新日本古典文学大系 63

本朝一人一首

小島憲之 校注

岩波書店刊行

目次

凡　例

本朝一人一首序 ………………………………………… 17

巻之一 ……………………………………………………… 三

巻之二 ……………………………………………………… 五

巻之三 ……………………………………………………… 四三

巻之四 ……………………………………………………… 七五

巻之五 ……………………………………………………… 一二五

巻之六 ……………………………………………………… 一四五

巻之七 ……………………………………………………… 一八〇

巻之八 ……………………………………………………… 二一〇

巻之九 ……………………………………………………… 二四三

巻之十 ……………………………………………………… 二八五

巻之一

巻之三

巻之五

巻之八

凡例

一　底本は神田香巌旧蔵本を用い、流布本の寛文五年版を参照した。

二　本文

1　本文は漢字仮名まじりに読み下し、巻末に底本の影印を掲げた。

2　読み下しは原則として底本の返り点・送り仮名、音読及び訓読記号等を尊重した。ただし、底本の片仮名はすべて平仮名に改めた。

（例）「想｣夫」→「想《おもふに》夫《それ》」　「想夫」→「想《おも》ふに夫《それ》」

3　底本の明かな不備や誤りは他本或いは校注者の意によって改め、必要に応じてその旨注記した。

4　漢字は原則として通行の字体に改めた。ただし、余―餘、弁―辨、芸―藝その他、弁別の必要な文字は正字体を使用した。

5　読み下し文は歴史的仮名遣いに従ったが、底本に施された読みや仮名遣いはそのままに残した。

（例）「見え」（校注者の読み下し）　「見へ」（底本の送り仮名）

底本に読みが示されていない語句については、可能な限り江戸時代初期頃の読みに従い、必要に応じて注を付した。

（例）「日本（につぽん）」「太宰府（ださいふ）」

また、人名・年号等の読み・仮名遣いは、林鵞峰撰の『本朝通鑑』『続本朝通鑑』その他の文献に従う。

（例）「小野妹子（をののいもとこ）」「吉備真備（きびのまび）」「藤原宇合（ふぢはらのうかふ）」

鵞峰が同一の語句、特に年号に二通りの読みを与えている場合には、現代通行の読みに近いものに従った。

（例）「承和（じようわ）（せうわ）」「延喜（えんぎ）（ゑんき）」などはそれぞれ前者に従う。

三　本文の作成に際しては、読解の便宜のために次のような措置をとった。

1　詩題の上に通し番号を冠した。

2　句読点を施し、各詩句を改行・アキで区切った。

3　底本において○印を施した箇所（欠字・補入等）は、訓読文では当該文字の左側に「・」印を打った。

（例）「花」→「花」　「〇〇」→「招留」（出典により補入）

4　引用・発話等を「　」で、書名を『　』でくくった。

四　脚注

1　［典］の項に詩の出典の略称を、［韻］の項に詩の韻字と韻の種類を示した。

2　出典の略称及び諸本

英華	文苑英華	会元	五灯会元
王沢	王沢不渇抄（内閣文庫本・寛永本）	懐風	懐風藻（天和本・寛政本・群書本）
下学	下学集（元和本）	外紀	尭山堂外紀
河海	河海抄（天理本）	戯鴻	戯鴻堂法帖

久安　久安日記
群載　朝野群載(滋野井本)
経国　経国集(慶長本・多和文庫本・神宮文庫本・三手文庫本系)
元久　元久詩歌合
諺解　歌行詩諺解
後集　菅家後集
広義　月令広義
江談　江談抄(水言鈔)
江吏　江吏部集
考略　日本考略
作文　作文大体
三流抄　古今和歌集序聞書三流抄
釈書　元亨釈書
秀麗　文華秀麗集
新撰　新撰朗詠集(梅沢本・竜大本・内閣文庫本・F本)
新万葉　新撰万葉集
相撲立　三十六番相撲立歌合
続通鑑　続本朝通鑑
談苑　楊億談苑
著聞　古今著聞集(書陵部本)
田氏　田氏家集
都氏　都氏文集(内閣文庫本)
筆精　徐氏筆精
賦源氏　賦光源氏物語詩
文粋　本朝文粋(弘安本)
文草　菅家文草
奉和　雑言奉和(群書本・浅草文庫本)
哀談　孤樹裒談
無題　本朝無題詩(浅草本)
凌雲　凌雲集(紅葉山文庫本)
麗藻　本朝麗藻
朗詠　和漢朗詠集(関戸本)

万葉　万葉集

五　付録等

1　『本朝通鑑』所収の「鵞峰年譜」（鵞峰林先生自叙譜略）、「称号義述」に句読点・返り点を施し、付録とした。

2　巻末に作者系図（山本登朗氏作成）及び作者名索引を付した。

本《ほん》朝《てう》一《いち》人《にん》一《いつ》首《しゆ》

小島憲之 校注

本《ほん》朝《てう》一《いち》人《にん》一《いっ》首《しゆ》序《じよ》

我《わ》が 先考羅山先生《せんかうらざんせんせい》[一]、壮年《さうねん》唐《たう》[二]・宋《そう》・元《げん》・明《みん》の絶句《ぜつく》を輯《あつ》む。其後《そののち》『 本朝詩選《ほんてうしせん》[三]』を編《あ》む。是一人各《これいちにんをのをの》一首に限《かぎ》る。然《しか》れども、登時《そのとき》[四]、中華《ちゆうくわ》の詩集《ししふ》猶未《なをいま》だ家蔵《かざう》せざる者有《ものあ》り。本朝の詩集と雖《いへど》も、未《いま》だ『凌雲《りよううん》[五]』『麗藻《れいさう》』等《とう》を得《え》ず。晩年《ばんねん》に及《およ》んで、倭漢《わかん》の詩集往年《わうねん》に倍《ばい》す。将《まさ》に前《まへ》の輯《あつ》むる所《ところ》を増補《ぞうほ》せんとして未《いま》だ果《はた》さず。既《すで》にして『 本朝詩選』丁酉《ていいう》[六]の災《さい》に罹《かか》り、『唐宋元明《たうそうげんみん》一人一首』幸存焉《さいはひにぞんず》。先考簀《ゆか》[七]を易《か》ゆる後《のち》、忝《かたじけな》く 官命《くわんめい》を蒙《かうむ》りて、災に罹《かか》る書を補求《おぎなひもと》む。倭漢の籍殆《じやくほとんど》棟宇《とうう》に充《み》つと雖《いへど》も、 先考の編《あ》める所副本無《ところふくほんな》[八]きが若《ごと》きに至つては、則《すなは》ち之《これ》を奈何《いか》んともする無《な》し。

今茲《ことし》[九]の秋《あき》、河魚《かぎよ》[一〇]の疾頓愈《しつにはかにい》ゆ。然《しか》れども、気宇《きう》[一一]未《いま》だ本《もと》に復《ふく》せざるを以《もつ》て、故《ゆゑ》に頤養月《いやうつき》[一二]を踰《こ》へ、燈下《とうか》[一三]蕭然《せうぜん》たり。『懐風《くわいふう》[一四]』『凌雲《りよううん》』『文華《ぶんくわ》』『経国《けいこく》』等の諸集を繙看《ひぼときみ》、本朝の古《いにしへ》[一五] 官家才子《くわんかさいし》に乏《とぼ》しからず、近代禅叢蔬筍《きんだいぜんそうそじゆん》[一六]の及ぶべき所に非《あら》ざることを歎《たん》ず。而《しか》うして、春信《しゆんしん》[一七]に命じて之《これ》を抄出《せうしゆつ》し、且《か》つ之を評《ひやう》し且つ之を論《ろん》じ、以《もつ》て敝帚《へいさう》[一八]に換《か》ふ。聊《いささか》[一九] 先考の編《あ》める所を補《おぎな》ふに似《に》たりと雖《いへど》も、然《しか》れども、詩を選ぶは我事《わがこと》[二〇]に非《あら》ず。唯《ただ》見るに随《したが》ひ得《う》るに随ひて、信等《しんら》[二一]を使《し》て作者の姓名《せいめい》を知らしむる而已《のみ》。漸漸《ぜんぜん》[二二]編《へん》を成《な》し、題《だい》して『 本朝一人一首』と曰《い》ふ。

一 亡父。編者鵞峰の父林羅山(道春)。 二 唐以来の四大王朝の絶句(五言或いは七言四句の詩)を輯めたのが唐宋元明一人一首、内閣文庫に現存。 三 明暦の大火(注六)で焼失。 四 ちょうどその時に。六朝以来の俗語的用法。 五 凌雲集は弘仁五年(八一四)撰の勅撰漢詩集。本朝麗藻は寛弘五年(一〇〇八)前後に高階積善撰の漢詩集(→本書巻五冒頭)。 六 明暦三年(一六五七)一月の江戸の大火(徳川実紀)。「正月十八日余宅罹災」(鵞峰・自叙譜略)。 七 人の臨終(礼記・檀弓上)。簀は竹などで編んだ寝台(床、ゆか)の敷物、易は取りかえる。大火の直後羅山没。 八 手控えに置く本、正本の対。 九 万治三年(鵞峰四十三歳)。 一〇 腹疾(左伝・宣公十二年伝「河魚腹疾」)。「今秋有㆓河魚疾㆒、保養之間、口㆓授春信㆒」(自叙譜略)。 一一 心ばえ、気がまえ。 一二 養生すること一か月を越え。 一三 書斎のあかりの許がひっそりと寂しい。 一四 懐風藻は奈良朝末期の漢詩集。文華秀麗集は平安初期の第二勅撰詩集、経国集は第三のそれ。 一五 主として奈良・平安時代の朝廷。 一六 禅門寺院。蔬筍は野菜と竹のこ、菜食の僧の意。ここは五山の詩僧たち。 一七 鵞峰の長男ハルノブ(梅洞、後に幕儒)、当時十八歳。 一八 古い箒を価千金とみなす思い違い、短所を知らぬたとえ(文選・魏文帝・典論論文、羅山編・童観鈔)。「換㆓敝帚㆒」は本書

二三時維《ときこれ》二四万治《まんぢ》三年季秋《きしう》、二五向陽林子《かうやうりんし》序《じよ》す。

をややよいものにする意。一九 ともかくも、まずは。二〇 私のすることではない。二一 春信ら。二二 次第に。二三 維は語調を整える語。二四 一六六〇年秋九月。二五 鵞峰の号向陽軒に同じ。付録「称号義述」参照。林子は林鵞峰の自称。

本《ほん》朝《てう》一《いち》人《にん》一《いつ》首《しゆ》巻《まき》之《の》一《いち》

向《かう》陽《やう》林《りん》子《し》輯《しふ》

1 述《しゆつ》懐《くわい》

大友皇子《おほとものくわうし》　天智帝《てんちてい》の長子《ちやうし》

道徳天訓《だうとくてんくん》を承《う》け　塩梅真宰《えんばいしんさい》に寄《よ》す
羞《は》づらくは監撫《かんぶ》の術無《じゆつな》きことを　安《いづく》んぞ能《よ》く四海《しかい》に臨《のぞ》まん

林子《りんし》曰《い》はく、大友《おほども》学《がく》[一]を好《この》んで才有《さいあ》り。本朝《ほんてう》、詩《し》を言《い》ふこと、此《これ》[二]より先《さき》なるは無《な》し。想夫《おもふにそれ》、此詩《このし》、太政大臣《たいじやうだいじん》[三]に任《にん》じ、朝政《てうせい》を執《と》る時《とき》の作《さく》ならん。然《しか》らずんば、則《すなは》ち太弟跡《たいていあと》[四]を吉野《よしの》に潜《ひそ》め、其身《そのみ》[五]既《すで》に太子《たいし》為《た》りし時の作《さく》ならん。末句《まつく》謙遜《けんそん》の意《い》有り。然れども果《はた》して遂《つひ》に讖《しん》[六]と為《な》る。嗚呼《ああ》、惜哉《をしいかな》痛哉《いたましいかな》、と。

1 （天智帝の後継者の地位にある）自分の胸のうちを述べて。訓は日葡、易林本、他。興懐風。韻宰・海、上声賄韻。〇道徳…　皇太子われのもつべき道徳を天の教えとうけたまわって身につけ、心を造物主に託しつつ適切な君主の善政を補佐したい。道徳（道は徳の本質、徳は道の作用したもの）はここは皇太子としてもつべき道徳（東宮職員令）。塩梅（アンバイとも）は塩と梅酢で羹（あつもの）に程よい味をつける（尚書・説命）。真宰は真実絶対の主宰者、造物者（荘子・斉物論）。〇羞づらく…　監撫は天子の征行に際して留守を守る「監国」と天子と共に従軍する「撫軍」の略。ともに皇太子の任務。後句、広い天下に臨む大任に堪えられようか。一「博学多通、有二文武材幹一」（懐風藻）。二 大友皇子。三 天智十年（六七一）任命（天智紀）、同六年とも（懐風藻）。前説なら二十四歳の時。四 天智帝の弟、大海人（おおあまの）皇子、後の天武帝が仏道修行のため「入二於吉野一」（天智紀・十年十月）。五 扶桑略記などの記事。書紀は記事欠、懐風藻は天智九年。六 讖は予言、兆候。壬申の乱（六七二）に敗れ縊死したことをさす。

2 山荘に於いて。興懐風。韻明・情、下平庚韻。〇塵外…　前句、浮世の塵を離れたここには新しい年の春の光があふれる。物候は風物気候、季節ごとの物のあや。〇風月…

2 山《さん》　斎《さい》

河《かは》　島《しまの》　皇《くわう》　子《し》

塵外年光満《ちんぐわいねんくわうみ》ち　林間物候明《りんかんぶつこうあき》らかなり
風月遊席《ふうげついうせき》に澄《す》み　松桂交情《しようけいかうじやう》を期《き》す

林子が曰はく、[一]河島は大友の弟也《なり》。兄弟共《きやうだいとも》に詩才《しさい》有り。[二]聊以《いささかもつ》て、[三]曹丕《さうひ》・曹植《さうしよく》に擬《ぎ》せん乎《か》、[四]蕭統《せうとう》・蕭綱《せうかう》に准《じゆん》ずべき乎《か》、と。

3 遊《いう》　猟《れふ》

大津皇子《おほつのくわうし》　天武帝《てんむてい》の子《みこ》

朝《あした》に三能《さんのう》の士《をのこ》を択《えら》び　暮《ゆふべ》に万騎《ばんき》の筵《むしろ》を開《ひら》く
臠《ししむら》を喫《きつ》して倶《とも》に豁矣《くわつい》　盞《さかづき》を傾《かたぶ》けて共《とも》に陶然《たうぜん》
月弓《げつきゆう》谷裡《こくり》に暉《かかや》き　雲旌嶺前《うんせいれいぜん》に張《は》る
曦光已《ぎくわうすで》に山に隠《かく》る　壮士《さうし》且《か》つ留連《るれん》

林子曰はく、此《こ》の詩を読むときは、則《すなは》ち大津の器量《きりやう》人に過《す》ぎたることを観《み》つべし。惜哉《をしいかな》、[一]光《ひかり》を韜《つつ》み時《とき》を待《ま》つこと能《あた》はずして、早《はや》く[二]不軌《ふき》を図《はか》り、[三]児女子《じぢよし》の擒《とら》はると為《な》ること、と。

風月は清風と明るい月。遊席は清遊の詩宴の席。後句、松や桂にあやかって変らぬ交誼を誓いたい。松は不変の操を示し(論語・子罕篇)、桂(香木の一種)は君子隠士などの高潔性を示す。→系図。一 天智帝を父とする異母弟。二 →序注一九。三 魏の武帝曹操を父とする同母兄弟。文帝と陳思王、共に詩人。四 梁の武帝蕭衍を父とする同母兄弟。文選の撰者昭明太子と簡文帝、共に詩人。

3 狩りに出て。興懐風。韻筵・然・前・連、下平先韻。天武十二年(六八三)十月の狩に従った時の作か。○朝に…　三能の士は三つの技能にすぐれた官人(三能は未詳)、ここは狩猟にたけた勇士ら。万騎は天子に従うあまたの騎士勇士。筵は宴席。○臠…　宴の盛んな描写。臠(ﾚ)は切り身の肉。豁矣は心のほがらかな様、矣は助字。陶然はほろよい気分。○月弓…　遊猟の「弓」と野営の「旗幕」を、弧をなす細い月とたなびく雲にたとえる。暉は弓が輝くこと。カカヤクは清音(日葡)。○曦光…　曦光は日の光。後句、狩の勇士らよ、まずはこの酒宴に居つづけよ。
一 すぐれた才能を包み隠す(懐風藻「蘊₌彼良才₋」)。二 謀叛を企てる(同「遂図₌不軌₋」)。軌は「法也」(原本系玉篇)。三 妃山辺皇女の殉死の記事(持統前紀)。子息として粟津王の例もあるが(本朝皇胤紹運録)、不確実。「為」の訓は底本によるが、受又曰《またい》はく、『日本紀《にほんぎ》』に曰はく、「詩賦《しふ》[四]の興《おこ》る、大津自《よ》り始《はじ》まる也」と。[五]紀淑望《きのよしもち》『古今倭歌集《こきんわかしふ》』の序《じょ》に曰はく、「大津皇子《おほつの》始《はじ》めて詩賦を作る」と。何《なん》ぞ[六]大友《おほども》と言はざる乎《や》。想夫《おもふにそれ》、[七]壬申《じんしん》の乱《らん》、大友天命遂《てんめいと》げずして、[八]太弟　志《こころざし》を得たり。即《すなは》ち是《これ》天武帝也。[九]舎人親王《とねりのしんわう》は天武の子也。故《ゆゑ》に、『日本紀』を撰《せん》する時、[一〇]諱《い》みて之《これ》を言はざる乎《か》、[一一]抑《そもそも》亦《また》大友の[一二]子孫憚《しそんはばか》って之を伝へざる乎《か》。大友久《ひさ》しく叛逆《はんぎゃく》の[一三]冤《ゑん》を蒙《かうむ》る。故に、其の詩世《よ》に伝はらず。是以《これをもって》、淑望《よしもち》も亦未《またいま》だ見ざる乎《か》。『懐風藻』[一四]微《な》かつせば、則ち大友の才[一五]寥寥《さいれうれう》たらん乎《か》。然《しか》れども、大友の詩僅《わづ》かに[一六]四句、大津の吟《ぎん》[一七]八句、且《か》つ七言一聯有《しちごんいちれんあ》り。曰はく、「[一八]天紙風筆雲鶴《てんしふうひつうんかく》を画《ゑが》く、山機霜杼《さんきさうちょ》葉錦《えふきん》を織《お》る」と。然《しか》るときは則《すなは》ち、大友は　本朝五言《ごごん》の祖《そ》にして、大津は七言の祖也《なり》。[一九]河島は大津と従昆弟為《じゅうこんていた》り。然れども、[二〇]其薨《そのみまかり》、大津の後《あと》に在《あ》るときは、則《すなは》ち詩を作ること、未《いま》だ大津と孰《いづ》れか先後為《せんごた》ることを知らず、と。

4　秋日《しうじつ》、志《こころざし》を言《い》ふ

釈《しゃく》　智《ち》　蔵《ざう》

性《せい》を得《う》る所《ところ》を知らんと欲《ほっ》し　来《きた》りて仁智《じんち》の情《じゃう》を尋《たづ》ぬ
気爽《きさは》やかにして山川麗《さんせんうるは》しく　風高《かぜたか》ふして物候芳《ぶっこうかうば》し
燕巣夏色《えんさうかしょく》を辞《じ》し　雁渚秋声《がんしょしうせい》を聴《き》く

身の助字。四 持統前紀の記事。詩賦は詩と散文の一体の賦。ここは漢詩。五 古今集・真名序「自三大津皇子之初作二詩賦一、詞人才子慕レ風継レ塵」。六 大友皇子。↓1。七 六七二年、大友自殺。八 大海人皇子の即位をさす。九 日本書紀の編纂者。一〇 父天武にとって大友皇子は仇敵であるために。一一 選択のことば。一二 葛野王(↓5)や淡海三船(↓巻一末林子評)など。一三 ぬれぎぬ。一四 微は「無」に同じ、ナカッセバは近世頃の語法。一五 取り上げられることもない。一六 五言四句二首。一七 四首のうち五言八句二首。一聯は二句の対。一八 詩題「述志」。天の如く広い紙の上に風の如く自由に筆を飛ばして雲間の鶴を画き、機(はた)の上に横糸を通す杼(ひ)を操りつつ霜が紅葉という錦の葉を織るような優れた詩文を表現したい。一九 ↓2。従昆弟はいとこ。二〇 河島皇子は持統五年(六九一)没。

4 秋の日にわが思いを外に発言して。典懐風。韻情・芳(通用韻)・声・驚、下平庚韻。○性を…　前句、人間の先天的な性質が知り得られるその場所を知ろうとして。仁智情は山川(論語・雍也篇)の風情。○気…　風高は秋風が空高く吹く。物候↓2。○燕巣…　前句、巣の燕が南へ去って夏のけわいも去る。雁渚は北より来た雁の鳴く水際。

茲《これ》に因《よ》つて竹林《ちくりん》の友《とも》　栄辱相驚《えいじよくあひおどろ》くこと莫《なか》れ

林子《りんし》曰《い》はく、是《これ》　本朝僧詩《そうし》の一権輿《けんよ》也《なり》。此《こ》の僧、二天智帝《てんちてい》の詔《せう》を奉《ほう》じて入唐《にったう》。高宗《かうそう》の時に当たるときは、則ち或《ある》いは夫《それ》、三王《わう》・楊《やう》・盧《ろ》・駱《らく》が輩《やから》と四邂逅《かいこう》せん乎《か》、若夫《もしそれ》、五李嶠《りけう》・蘇瓌《そくわい》・之問《しもん》・佺期《せんき》が輩と六覿面《てきめん》せん乎《か》、以《もつ》て羨《うらや》むべし。七劉禹錫《りううしやく》、詩を日本《にっぽん》の僧智蔵《ちざう》に贈《おく》るは、此《これ》と相関《あひかかは》らず、と。

5　竜門山《りゆうもんざん》に遊ぶ　　葛《かど》野《のの》王《わう》

駕《が》に命《めい》じて山水《さんすい》に遊び　長く冠冕《くわんべん》の情《じやう》を忘《わす》る
安《いづく》んぞ王喬《わうけう》が道《みち》を得て　鶴《つる》を控《ひか》へて一蓬瀛《ほうえい》に入《い》らん

林子曰はく、葛野《かどの》は大友《おほとも》が子也。皇考《くわうかう》の遺風《ゐふう》有りと謂《い》ひつべし。此《こ》の詩を読むときは、則ち二仙《せん》を学ぶの人《ひと》ならん。未だ知らず、果《はた》して然《しか》らん乎《か》。蓋《けだ》し三時嫌《じけん》を避《さ》けて、以《もつ》て四言《げん》を方外《はうぐわい》に託《たく》する乎《か》、と。

6　山《さん》　斎《さい》　　中臣大島《なかとみのおほしま》　天児屋根命《あまのこやねのみこと》自《よ》り出づ

宴飲山斎《えんいんさんさい》に遊び　遨遊野池《がういうやち》に臨《のぞ》む

○茲に…　「因レ茲」はこの自然界の推移によって。竹林友は竹林の七賢人(世説新語・任誕篇)、ここは同行した友人への呼びかけ。後句、栄達や恥辱にも心をどきどきさせまいぞ(老子・十三章「寵辱若レ驚」)。一 はじまり(爾雅・釈詁「始也」)。二 懐風藻「淡海帝世、遣二学唐国一」(初唐高宗の世)。三 王勃・楊炯・盧照隣・駱賓王の初唐四傑詩人。四 思いがけなく出会う。五 以下初唐(盛唐)詩人。蘇瓌は全唐詩に二首、子の蘇頲の誤か。之問は宋之問、佺期は沈佺期。六 出会う。七 中唐詩人白居易の友人。「贈二日本僧智蔵一」(全唐詩・三五九)の智蔵(平安初期の僧か)は本詩の作者とは同名異人。

5　竜門山(飛鳥地方より吉野へ続く山並み)に遊んで。〔出〕懐風。〔韻〕情・瀛、下平庚韻。○駕に…　「命レ駕」は馬車を仕立てる。冠冕はかんむり、宮仕えの高官。その煩わしさが「情」。○安んぞ…　どうかして王子喬(列仙伝・上)が仙人となったような方術を会得して、鶴を引きつれて神仙の住むという海中の山、蓬萊や瀛洲に入りたい(文選・遊仙詩・李善注)。一 亡父大友皇子(弘文帝)の残した詩風。二 仙術、神仙の道。三 時世への不満、嫌悪感。四 本心を仙界にことよせて言い表わす。

6　→2。〔出〕懐風。〔韻〕池・悲・微(通用韻)・期、上平支韻。○宴飲…　遨遊は気ままに遊ぶ。野池は山荘の

雲岸寒猿《うんがんかんゑん》嘯《うそぶ》き　霧《む》浦《ほ》柂《だ》声《せい》悲し
葉《は》落《お》ちて山《やま》逾《いよいよ》静《しづ》かに　風涼《かぜすず》しうして琴《こと》益《ますます》微《かす》かなり
各《おのおの》朝野《てうや》の趣《おもむき》を得たり　[一]攀桂《はんけい》の期《き》を論《ろん》ずること莫《なか》れ

林子曰はく、大島[一]仕宦《しくわん》、亜相《あしやう》に任《にん》じ、直大二《ぢきだいに》に叙《じよ》せらる。此の詩を見るときは、則ち所謂《いはゆる》[二]山林《さんりん》を忘れざる者《もの》乎《か》。但《ただ》[三]末句《まつく》に拠《よ》るときは、則ち少壮《せうさう》未だ顕《あら》はれざる時の作《さく》か。
[四]頸聯《けいれん》、動静相対《どうせいあひたい》し、句意《くい》も亦《また》可也《かなり》、と。

7　春日《しゆんじつ》、詔《せう》に応《おう》ず　紀麻呂《きのまろ》　武内《たけうち》の十二代の孫《まご》

恵気《けいき》四望《しばう》浮かぶ　重光《ちようくわう》一園《いちゑん》の春《はる》
式宴《しきえん》仁智《じんち》に依《よ》り　優遊《いういう》詩人《しじん》を催《うなが》す
崑山《こんざん》珠玉《しゆぎよく》盛《さか》んに　瑶水《えうすい》花藻《くわさう》陳《つら》なる
階梅《かいばい》素蝶《そてふ》を闘《たたか》はし　塘柳《たうりう》芳塵《はうぢん》を掃《はら》ふ
天徳《てんとく》堯舜《げうしゆん》を十《じふ》にす　皇恩《くわうおん》万民《ばんみん》を霑《うるほ》す

林子曰はく、本朝十句の詩、紀麻呂に於《お》いて初《はじ》めて之《これ》を見る。「階梅《かいばい》・素蝶《そてふ》」は見《み》る所の[一]即景《そくけい》乎《か》。若《も》し然《しか》らば、則ち誰《たれ》か「[二]一生梅花《いつしやうばいくわ》に近づくことを得《え》ず」

池。〇雲岸…　雲岸は雲のたち迷う池の岸べ。寒猿は切なく寒そうに鳴く猿。霧浦は霧のたちこめる入江。柂声は舟かじ、櫓の音。〇葉…　梁の王籍「入二若耶渓一」の「蟬噪林逾静、鳥鳴山更幽」(顔氏家訓・文章篇など)を学んだ表現。〇各…　仕官の身ながら山野の遊びの興趣に皆がひたることができた、この上は隠者風に桂の枝をたわめて持とうなどとは口にするまいぞ。攀桂は香木の桂を引きためて幽山に留まる意(楚辞・招隠士「攀二援桂枝一兮聊淹留」)。期は時期、約束。一　仕官して大納言に任命。直大二は養老令の従四位上に相当。二「士不レ忘二山林一、故不レ仕…」(本朝遯史・序)。三　攀桂云々を「折桂」(月の桂を手折る、官吏の試験に及第する意)と誤解しての推測か。四　第五・六句を「動」「静」とみなす。

7　春の日、勅命に応じて。「応詔」は六朝詩の言い方。[興]懐風。[韻]春・人・陳・塵・民、上平真韻。〇恵気…　前句、万物に恵みをもたらす春の気が四方の眺めの中に浮かぶ。四望は天子の国見をも暗示。後句、名君が相継いで現われ重ねて恵みの瑞光を放ち(尚書・顧命)、春の御苑一面にその光が溢れる。〇式宴…　式宴はくつろいで楽しむ(文選・東京賦「以宴(もつてやすんず)」)、ここはその宴席。「依二仁智一」は天子の仁智(思召)によ る(第五・六句の「山・水」を暗示)。後句、心のびやかなこの宴遊は詩人の

と謂《い》はん、と。

8 月《つき》を詠《えい》ず　　文《もん》武《む》天《てん》皇《わう》

月舟《げつしう》霧渚《むしよ》に移《うつ》り　楓檝《ふうしふ》霞浜《かひん》に泛《う》かぶ
臺上《だいじやう》澄流《すみなが》るる耀《ひかり》　酒中《しゆちゆう》沈《しづ》み去《さ》る輪《わ》
水下《みづくだ》つて斜陰《しやいん》砕《くだ》け　樹除《このはち》つて秋光《しうくわう》新《あら》たなり
独《ひと》り星間《せいかん》の鏡《かがみ》を以《もつ》て　還《かへ》つて雲漢《うんかん》の津《つ》に浮《う》かぶ

林子曰はく、本朝天子《てんし》の詩、文武《もんむ》を以《もつ》て始《はじめ》と為《す》。且《か》つ[一]釈奠亦此《せきてんまたこ》の馭寓《ぎよう》に権輿《けんよ》す。其の好学《かうがく》以て観《み》つべし、其の[二]風流《ふうりう》以て知るべし。惜哉《をしひかな》、[三]英筭富《えいさんと》まざること。世人唯《せじんただ》[四]竜田川楓錦《たつたがはふうきん》の歌《うた》を知つて、未《いま》だ其の詩を作ることを知らざることは何乎《なんぞや》、と。

9 駕《が》に従《したが》ひ、詔《せう》に応《おう》ず　　大神高市麻呂《おほみわのたかいちまろ》

病《やまひ》に臥《ふ》して已《すで》に白鬢《はくびん》　意《をも》謂へらく黄塵《くわうぢん》に入《い》らんと
期《き》せずして恩詔《おんせう》を遂《お》ひ　駕《が》に従《したが》ふ上林春《じやうりんのはる》

参加をうながす。〇崑山…　神仙の山崑崙(宮殿)には珠玉の如き詩客が溢れ、その山中の瑶池(御苑の池)には花咲く藻が列なる(優れた詩が続出する)。〇階梅…　宮殿のきざはしの白梅は白蝶と白さを競いあい、土手の柳は風にゆらいで香ぐわしい春の塵を吹き払う。〇天徳…　前句、天子の仁徳は中国古代の名天子尭や舜の徳にまさること十倍。一 その場の景物、眼前の景。二 宋僧別舸の詩「蝶」の結びにみえる詩句(唐宋元明一人一首・宋絶句)。

8　月をよんで。詠物は物を題として作詩すること、六朝頃盛行。興懐風。韻浜・輪・新・津、上平真韻。〇月舟…　天の川の景。月舟は空を渡る月を行く舟に見立てたわが上代的な表現。楓檝は楓(かえで)の舟かじ、月の舟。霞浜は赤色のもやのかかる岸辺。〇臺上…　地上の月見の宴の景。楼台の上に流れわたる月光、酒杯の中に沈みゆく円い月の輪。二句「流耀澄み…去輪沈む」ともよめる。〇水下…　前句、宴席の附近を流れる水に斜に傾く月影が揺れて砕ける。底本「水下」に音読符。後句、「除」は底本欠。寛政本懐風藻の「落」に同じ。樹は月の桂を暗示する。〇独り…　ただ一つの月は星の間の明るい鏡の如き光をもちつつ、更にまた天の川の渡し場に浮かぶ。一 二月と八月の丁(ひのと)の日を選んで孔子とその弟子を祭る行事。続日本紀・文武天皇

松巌鳴泉落《しようがんめいせんお》ち　竹浦笑花新《ちくほせうくわあらた》なり
臣《しん》は是先進《これせんしん》の輩《はい》　濫《みだ》りに後車《こうしや》の賓《ひん》に陪《ばい》す

林子曰はく、[一]高市曾《たかいちかつ》て冠《かんむり》を免《ぬ》ぎ、持統帝《ぢとうてい》の遊幸《いうかう》を諫《いさ》む。此詩《このし》を見るに、其《そ》の作《さく》未《いま》だ其の何時《いづれのとき》に在《あ》ることを知らずと雖《いへど》も、然《しか》れども、猶[二]諷諭《なをふうゆ》の意《い》を含《ふく》む。[三]破《は》題《だい》に拠《よ》るときは、則《すなは》ち老耄《らうもう》死を以て自期《みづからき》する者也《ものなり》。此《か》くの如《ごと》くして猶君《なをきみ》を忘れざる者《もの》、誰《たれ》か之《これ》を憐《あはれ》まざらん乎《や》、と。

又《また》曰はく、「大神《おほみわ》」一《いつ》に「三輪《みわ》」に作《つく》る。其の倭訓相通《わくんあひつう》ず。又同時《どうじ》に[四]高市皇子《たかいちのくわうし》有り。混《こん》じて一人《いちにん》と為《す》ること莫《なか》れ。按《あん》ずるに、[五]大神氏事代主神自《おほみわのうちことしろぬしのかみよ》り出《い》づ、と。

10 春日《しゆんじつ》、詔《せう》に応《おう》ず　巨勢多益須《こせのたやす》　武内《たけうち》の苗裔《べうえい》

玉管陽気《ぎよくくわんやうき》を吐《は》き　春色禁園《しゆんしよくきんゑん》に啓《ひら》く
山《やま》を望《のぞ》んで智《ち》趣広《しゆひろ》く　水《みづ》に臨《のぞ》んで仁懐敦《じんくわいあつ》し
松風雅曲《しようふうがきよく》を催《うなが》し　鶯哢談論《あうろうだんろん》に添《そ》ふ
今日良《こんにちまこと》に徳《とく》に酔《ゑ》ふ　誰《たれ》か言はん湛露《たんろ》の恩《おん》と

大宝元年(七〇一)二月丁巳(十四日)の条「釈奠之礼、於レ是始見矣」。馭寓は御宇、治世。権輿→4注一。二 ここは詩文学上の風流。三 文武帝の宝算、年齢。二十五歳で崩御。四 古今集・秋下「竜田川」の歌。左注「ならの帝」を文武帝とみなすのは一説。

9 行幸のおともをして。応詔→7。典懐風。韻塵・春・新・賓、上平真韻。○病に… 鬢を天和本懐風藻「髪」に作る。意謂は「意」も「謂」も思うこと。黄塵は黄色い土けむり、黄泉の国(あの世)。○期せず… 「逐二恩詔一」はめぐみの勅命に従って。上林は秦始皇帝・漢武帝の造った禁苑。ここは天子の御苑。○松巌… 御苑の風景。鳴泉は音をたてる滝の水。竹浦は竹の生えた庭園の池の入江。笑花は咲く花(「笑」は底本欠)。○臣は… 先進は素朴な野人、礼楽を解しない田舎者、後輩の対(論語・先進篇)。後句、身分不相応にも御車の後に従う副車の賓客として御そばに侍る次第だ。一 持統紀・六年(六九二)三月「脱二其冠位一…重諫…」。遊幸は伊勢行幸。二 遠まわしにさとす。三 詩の第一・二句。四 天武帝の長子。五 大国主の子、大和高市神社の祭神。

10 →7。苗裔は子孫。典懐風。韻園・敦・論・恩、上平元韻。○玉管… 玉で作ったあなのある笛(管楽器)は春の陽気を放ちつつかなでられ、春の物のあやが御苑に満ちる。

11　山水《さんすい》を遊覧《いうらん》す

犬《いぬ》上《かみの》王《わう》

暫《しばら》く三餘《さんよ》の暇《か》を以《もつ》て　遊息《いうそく》す瑶池《えうち》の浜《はま》
吹臺《すいだい》哢鶯《ろうあう》始《はじ》め　桂庭舞蝶《けいていぶてふ》新《あらた》なり
浴鳬《よくふ》雙《なら》んで岸《きし》を廻《めぐ》り　窺鷺《きろ》独《ひと》り鱗《うを》を銜《ふく》む
雲罍煙霞《うんらいえんか》を酌《く》み　花藻英人《くわさうえいじん》誦《よ》む
留連仁智《るれんじんち》の間《あひだ》　縦賞倫《しようしやうとも》を談《だん》ずるが如《ごと》し
林池《りんち》の楽《たのしみ》を尽《つ》くすと雖《いへど》も　未《いま》だ此《こ》の芳春《はうしゆん》を翫《もてあそ》ばず

12　雪《ゆき》を望《のぞ》む

紀古麻呂《きのこまろ》　麻呂《まろ》の子《と》

無為《むゐ》の聖徳寸陰《せいとくすんいん》を重《おも》んず　有道《いうだう》の神功球琳《しんこうきうりん》を軽《かろ》んず
垂拱端坐《すいきようたんざ》歳暮《さいぼ》を惜《を》しみ　軒《まど》を披《ひら》き簾《すだれ》を褰《かか》げて遥岑《えうしん》を望《のぞ》む
浮雲靉靆巌岫《ふうんあいたいがんしう》を縈《めぐ》り　驚飈蕭瑟庭林《きやうへうせうしつていりん》に響《ひび》く
落雪霏霏《らくせつひひ》一嶺白《いちれいしろ》く　斜日黯黯半山金《しやじつあんあんはんざんこがね》なり
柳絮未《りうじよいま》だ飛《と》ばず蝶先《てふまづ》舞ひ　梅芳猶遅《ばいはうなほおそ》くして花早臨《はやくのぞ》む

啓は開く、生じる。底本訓「禁園ヲ」。○山を…　山水を仁智にたとえる。↓4。山に「智」、川に「仁」を配したのは論語・雍也篇の逆用。仁懐は天子の仁の心(底本「仁狎」)。○松風…　風雅な音楽を催すかの如く松風が吹き(「風入松歌」を踏まえるか)、鶯の囀りが談笑の席に加わる。底本訓「談論ヲ」。○今日…　「酔レ徳」は天子の仁徳に酔う(毛詩・大雅・既徳)。後句、露の滋く置くような天子の恩愛(同・小雅・湛露)などと取立てていう者があろうか、それにもまさる皇恩だ。

11　御苑の林泉に遊んで。興懐風。韻浜・新・鱗・人・倫・春、上平真韻。○暫く…　暫はここはたまたまの意。三餘は学問の三つの余暇、ここは官人の骨休め。遊息は出遊していこう。瑶池↓7「瑶水」。○吹臺…　底本の二句を改訓。吹臺は梁王の築いた高殿の名(初学記・台)、ここは御苑の楼台。始は鶯が囀りはじめる。桂庭は香ぐわしい庭(漢の武帝建築の桂宮か)、御苑の庭。○浴鳬…　浴鳬は水をあびる鴨の類。窺鷺は魚をねらうさぎ。○雲罍…　雲罍は雲形模様を画いた酒樽。煙霞はもやの類、ここは流霞(仙人の酒)の如き美酒。後句、秀才たちが美しい文藻(詩文)を吟誦する。英人の「人」は底本欠、意改。○留連…　留連↓3。仁智↓4。仁智間は御苑の林泉のあいだ。縦賞はほしいままに賞美する。

夢裡《むり》鈞天《きんてん》尚《なを》湧《わ》き易《やす》し　松下清風《しょうかせいふう》信《まこと》に斟《く》み難《がた》し

林子曰はく、七言長篇《しちごんちやうへん》始《はじ》めて之《これ》を見る。七・八の句、能《よ》く[一]即景《そくけい》を写《うつ》す。九・十の句、形容《けいよう》し得《え》て好《よ》し。其《それ》[二]声律《せいりつ》に拘《かかは》らざるは、当時《たうじ》の風体《ふうてい》[三]比比《ひひ》皆然《みなしか》り。想《おも》ふに夫《それ》、『懐風藻』の中の才子《さいし》、唯《ただ》[四]『文選《もんぜん》』の古詩《こし》を慕《した》つて、未だ唐詩《たうし》[五]格律《かくりつ》の正《せい》を見ざるときは、則《すなは》ち之《これ》を[六]疑難《ぎなん》すべしと為《せ》ん乎《か》、と。

13 春日《しゆんじつ》、詔《せう》に応《おう》ず　美努浄麻呂《みののきよまろ》

天川田奈命《あめのかはたなのみこと》自《よ》り出づ

玉燭《ぎよくしよく》紫宮《しきゆう》に凝《こ》り　淑気芳春《しゆくきはうしゆん》に潤《うるほ》ふ
曲浦嬌鶯《きよくほけうあう》戯《たはふ》れ　瑶池《えうち》潜鱗《せんりん》躍《をど》る
階前桃花《かいぜんたうくわ》映《えい》じ　塘上柳条《たうじやうりうでう》新《あらた》なり
軽煙松心《けいえんしようしん》に入り　囀鳥葉裡《てんてうえふり》に陳《つら》なる
糸竹広楽《しちくくわうがく》を遏《とど》め　率舞《そつぶ》往塵《わうちん》洽《あまね》し
此時誰《このときたれ》か楽《たの》しまざらん　普天厚仁《ふてんこうじん》を蒙《かうむ》る

「談レ倫」はここは竹林の七賢人(↓4)の如き仲間と談笑する。○林池… 後句、麗しい春をまだ存分には賞翫し得ない、更に賞美しようの意か。表現未熟。

12 雪を見やって。典 懐風。韻 陰・琳・岑・林・金・臨・斟、下平侵韻。○無為… 「無為聖徳」は何もしないでいて自然に治まる御世の徳高い天子。寸陰はしばしの時間。「有道神功」は治政に功績のある天子。球琳は美玉。二句、天子の讃美(類句、文選・典論論文「古人賤二尺璧一而重二寸陰一」)。○垂拱… 垂拱は天子が裳を垂らし腕をくむ、太平の世の形容(尚書・武成)。端坐はきちんと座る。○浮雲… 靉靆は雲が暗くたなびく様。巌岫は岩山。「颼飀蕭瑟」は烈風がヒュウヒュウと吹く様。○落雪… 後句、夕日は暗くかげり山の片方は黄金色に染まる。○柳絮… 柳の白い綿毛はまだ飛ばないのに白い蝶の如き雪は舞い始め、白梅の香はまだ匂いもしないのに早くも雪の花は開く。○夢裡… 夢の中に聞いたという湧き上る鈞天(天上の中央)の音楽(史記・趙世家)さえも奏することは容易であろうが、この雪見の席以外では雪舞う松の下の清らかな風の曲を汲み取る(琴曲「風入松」)ことは難しかろう。一 →7注一。二 平仄の法を無視する。三 すべて皆。四 中国古代から六朝梁までの詩文集、梁昭明太子撰。古詩は詩の一体、唐

14 水に臨《のぞ》んで魚《うを》を観《み》る　紀《きの》　末《すゑ》　茂《しげ》

宇《いへ》を結《むす》ぶ南林《なんりんの》側《ほとり》　釣《はり》を垂《た》る北池《ほくちの》潯《きし》
人来《ひときた》れば戯《ぎ》鳥《てうかく》没れ　船渡《ふねわた》れば緑《りよく》萍《ひやう》沈む
苔揺《こけゆ》れて魚在《うをのあ》るを識《し》り　緡尽《いとつ》きて潭深《ふちのふか》きを覚《おぼ》ふ
空《むな》しく嗟《さ》す芳餌《はうじ》の下《もと》　独《ひと》り貪心《どんしん》有るを見る

林子曰はく、能《よ》く所見《しよけん》を写《うつ》す。末句警戒《けいかい》の意《い》を含《ふく》む、と。

15 唐《たう》に在《あ》つて本郷《ほんきやう》を憶《おも》ふ　釈《しやく》　辨《べん》　正《しやう》

日辺日本《につぺんにつぽん》を瞻《み》　雲裡《うんり》雲端《うんたん》を望《のぞ》む
遠遊遠国《ゑんいうゑんごく》に労《らう》し　長恨長安《ちやうこんちやうあん》に苦《くる》しむ

林子曰はく、辨正《べんしやう》は[一]秦氏《はだし》の子也。出家《しゆつけ》して僧《そう》と為《な》る。然《しか》れども、[二]二《に》子《し》を生《う》む。[三]入唐留学《につたうるがく》。[四]玄宗《げんそう》未だ位《くらゐ》に即《つ》かざる時、相対《あひたい》して[五]棋《き》を囲《かこ》む。謂《い》ひつべし、[六]異人《いじん》と。[七]其の詩体《してい》も亦奇異也《またきいなり》、と。

の近体詩に対する。五 詩の法則、きまり。六 疑い非難する。

13 →7。興懐風。韻春・鱗・新・陳・塵・仁、上平真韻。○玉燭… ほどよい四季の気(爾雅・釈天)が春に宮殿にじっと静止し、温和な気が春に満ちる。○曲浦… 屈曲した御苑の池の入江に美しい鴛鴦(おしどり)が戯れ、水中に潜む魚が天子への祝福のため躍り出る(毛詩・大雅・霊台)。瑶池→7「瑶水」。○階前… 階前はきざはしの前。塘上は池の堤の上。柳条はしだれ柳の枝。○軽煙… 軽煙は軽くたなびく靄の類。松心は松の心(しん)、松の中。○糸竹… 盛大な御宴の様子。管弦の響きは天上の広大な音楽(史記・趙世家)の趣を留め、鳥獣までも連れ立って舞うようなすぐれた舞(尚書・舜典)は、昔の世(「往塵」未詳)さながらだ。舞はゆき来する梁(はり)の塵を動かすに十分だの意とも(劉向別録)。○此時… 普天は天下あまねく(毛詩・小雅・北山)。厚仁は天子の厚い仁徳。

14 水辺で魚を観察して。陳人張正見・釣魚篇を模倣。興懐風。韻潯・沈・深・心、下平侵韻。○宇を… 結宇は家(小家)を構える。潯は水際、ほとり。○人… 萍は浮草。○苔… 緡は釣り糸。「識・覚」は甲の事柄によって乙のそれを知る句法。○空しく… よい餌のもとには(黄石公三略)、一途にこれを貪ろうとする魚の心がある、これを知っていたずら

16 三月三日《さんぐわつさんじつ》、詔《せう》に応《おう》ず

調老人《つきのおきな》 百済国自《くだらのくによ》り出づ

玄覧春節《げんらんしゆんせつ》に動《うご》き　宸駕離宮《しんがりきゆう》を出《い》づ
勝境既《しようきやうすで》に寂絶《せきぜつ》　雅趣亦《がしゆまた》窮《きはまりな》無し
花を折《を》る梅苑《ばいゑん》の側《ほとり》　醴《こざけ》を酌《く》む碧瀾《へきらん》の中《うち》
神仙意《しんせんい》を存《ぞん》ずるに非《あら》ず　広済是同《くわうさいこれどう》ずる攸《ところ》
腹《はらつづみ》を鼓《う》つ太平《たいへい》の日《ひ》　共《とも》に太平《たいへい》の風《ふう》を詠《えい》ず

林子曰はく、　本朝三月三日の宴《えん》、一顕宗天皇《けんぞうてんわう》に始まる。伝《つた》へ聞く、二廐戸皇子《うまやどのくわうし》曲水《きよくすい》の詩有りと。然《しか》れども、未《いま》だ其実《そのじつ》を知らず。其の詩の存ずる者《は》、是《これ》を以て始《はじめ》と為《す》。

其の「詔に応ず」るを以て、故《ゆゑ》に祝賀《しゆくが》の意《い》、至矣尽矣《いたれりつくせり》。然れども、「神仙意を存ずるに非《あら》ず」、謂《い》ひつべし、其眼《そのめ》三高《たか》しと。四仕宦《しくわん》、大学頭《だいがくのかみ》に任《にん》ず。料《はか》り知る、其の職《しよく》を辱《はづか》しめざることを。惜《を》しい哉《かな》、其の作《つく》る所唯此《ただこ》の一首にして、其餘《そのほか》伝はらず、と。

に嘆くばかり(世間の好餌のもと、人の貪欲心ありとは嘆かわしい)。

15　唐国で故郷日本を思って。この詩、晋元帝がその子劉紹(明帝)に日と長安の遠近を質問した世説新語・夙恵篇(琱玉集・十二など)の故事を踏まえる。【典】懐風。【韻】端・安、上平寒韻。○日辺…　日の出る東のあたりに日本(落葉集「につぽん」)を見ようとするが、雲のたな引くのを見るばかり。○遠遊…　遠く遊学して異国の唐で苦労し、果せない思いを持ち続けて長安の都で苦しい日々を送る。一 山城葛野郡(今の京都西南部)を本拠とする渡来氏族。二 朝慶・朝元。三 大宝元年(七〇一)遣唐使に従い留学僧として渡唐。四 盛唐の明皇帝(六八五―七六二)。五 囲碁。六 非凡な人。七 ここは各句に同じ語を反復する六朝詩的な手法。

16　三月三日上巳(じょうし)の佳節、勅命に応じて。【典】懐風。【韻】宮・窮・中・同・風、上平東韻。○玄覧…　ものを御覧になろうとの深いみ心が春の季節に動き、み車は離宮を出発する。○勝境…　寂絶は静まりかえる。「既…亦」は、二つの条件を並べる句法。○花を…　「折花」は底本「抑花」。醴は濃い甘酒。酌は詩ができない罰として酒(罰杯)を飲む意。碧瀾は曲水に立つ青い波。○神仙…　仙人になることに心をかけてはいない、広く万人を救済することこそ君臣一同の願うところ。○腹を…　鼓腹は太

17 元日《ぐわんじつ》、詔に応ず

藤《ふぢ》原《はらの》史《ふひと》

正朝《せいてう》万国《ばんこく》を観《み》　元日《ぐわんじつ》兆民《てうみん》に臨《のぞ》む
政《せい》を斉《ととの》へて玄造《げんざう》を敷《し》き　機《き》を撫《ぶ》して紫宸《ししん》に御《ぎよ》す
年華《ねんくわ》已《すで》に故《ふるき》に非《あら》ず　淑気《しゆくき》も亦《また》惟《これ》新《あらた》なり
鮮雲《せんうん》五彩《ごさい》に秀《ひい》で　麗景《れいけい》三春《さんしゆん》に輝《かかや》く
済済《せいせい》たり周行《しうかう》の士《をのこ》　穆穆《ぼくぼく》たり我が朝《てう》の人
徳《とく》に感《かん》じて天沢《てんたく》に遊び　和《わ》を飲《の》んで聖塵《せいぢん》を懽《よろこ》ぶ

林子曰はく、「史《ふひと》」倭訓《わくん》「[一]不比等《ふひと》」、即《すなは》ち是淡海公也《これたんかいこうなり》。此詩《このし》の如《ごと》き、則ち公に非《あら》ずんば、則ち之《これ》を言ふ能《あた》はず。宜哉《むべなるかな》、百僚《ひやくれう》に冠《くわん》とし、万機《ばんき》に預《あづか》り、威海内《いきほひかいだい》に振《ふる》ひ、名《な》蕃国《ばんこく》に聞《きこ》へ、[二]藤氏《とうし》四家《しけ》の祖《そ》と為《な》り、[三]摂籙累世《せつろくるいせい》の基《もとゐ》を開くこと。世人《せじん》唯《ただ》[四]興福寺《こうぶくじ》を営《えい》することを知つて、[五]律令《りつりやう》を作ることを知らず。然《しか》れども、律令を作ることを知る者或《ものある》いは之《これ》有り、詩を作ることを知る者鮮矣《ものすくなし》。嗚呼《ああ》、『懐風藻』[六]微《な》かつせば、則ち何《なに》を以《もつ》てか公詩才《こうしさい》有ることを知らん乎《や》。若夫《もしそれ》、公一代《いちだい》の[七]行実《かうじつ》は、則ち国史《こくし》を校《くら》べて以て知るべし、と。

平の世を喜ぶさま(帝尭の時の故事。初学記・帝王部)。風は歌謡。 一 顕宗紀「三年上巳…曲水宴」。 二 聖徳太子。 三 眼識。 四 仕官に同じ。

17 元日に勅命に応じて。【典】懐風。【韻】民・宸・新・春・人・塵、上平真韻。○正朝… 二句、臣下や異国の使節らに接見し新年を祝うこと。正朝は元日。○政を… 「斉レ政」は七政(日月五星)の運行を整えること、天子の善政の意(尚書・舜典)。玄造は天地の造化。「撫レ機」は機(天文を正しく運転する器、璣)を持って治める。紫宸は紫宸殿(宮中の正殿)。底本訓「紫宸ヲ」。御は出御。二句の類句、初唐許敬宗「奉レ和二元日一応制」に「敷二玄造一…御二紫宸一」。○年華… 年華は年光、年月。淑気は穏やかな春の気。「已…亦」は16「既…亦」に同じ。惟は発語の助字。○鮮雲… 五彩は青黄赤白黒の五色。秀は空高くたなびく。麗景は麗しい日光、景色。三春は春、春三か月。○済済… 済済は威儀のある人々の多いこと(毛詩・大雅・文王)。「周行士」は古代中国の周の朝廷に居並ぶ臣下(毛詩・周南・巻耳)。穆穆はうるわしく威儀のあること(毛詩・大雅・文王)。○徳に… 天沢は天子の恩沢、恵み。遊は御宴に侍る。後句、自然の和気にひたりつつ芳醇な酒を飲んで天子の御世を喜ぶ。和は和気(荘子・則陽篇)。「懽」は喜ぶ(底本「惟フ」、脇坂本などで訂)。 一 近江朝内大臣藤原

18 美人《びじん》を詠《えい》ず　　荊《けい》　助《じよ》　仁《じん》

巫山行雨下《ふざんかううふ》り　洛浦廻雪霏《らくほくわいせつと》ぶ
月は泛《う》かぶ眉間《みけん》の魄《ひかり》　雲は開く髻上《たいじやう》の暉《ひかり》
腰《こし》は楚王《そわう》の細《さい》を逐《お》ひ　体《からだ》は漢帝《かんてい》の飛《ひ》に随《したが》ふ
誰《たれ》か知らん交甫《かうほ》が珮《はい》　客《きやく》を留《とど》めて帰《かへり》を忘れ令《し》む

林子曰はく、故事《こじ》を畳用《でふよう》す。聊[一]着題《いささかちやくだい》の体《てい》に似《に》たり。然《しか》れども、四韻《しゐん》の中《うち》「霏・飛」の二字同意《どうい》。[二]疑難《ぎなん》を免《まぬか》れざるべけん乎《か》、と。

19 宴《えん》に侍《じ》す　　刀《と》　利《りの》　康《やす》　嗣《つぐ》

嘉辰光華《かしんくわうくわ》の節《とき》　淑景風日《しゆくけいふうじつ》の春《はる》
金堤弱柳《きんていじやくりう》を払《はら》ひ　玉沼軽鱗《ぎよくせうけいりんう》泛かぶ
爰《ここに》降《くだ》す豊宮《ほうきゆう》の宴《えん》　広《ひろ》く垂《た》る栢梁《はくりやう》の仁《じん》
八音寥亮《はちいんれうりやう》として奏《そう》し　百味馨香《ひやくみけいかう》陳《つら》なる
日《ひ》落《お》ちて松影闇《しようえいくら》く　風和《かぜなご》やかにして花気《くわき》新《あらた》なり

鎌足の子。二 四人の子が南・北・式・京の四家を起す。三 摂政(籙は符、天子の符)関白の家柄として代々の基礎を築く。四 南都七大寺の一つ。藤原氏の氏寺。五 大宝律令に参画、養老律令の撰修者。六 ↓3注一四。七 実績、事績。

18 中国的な美人を詠んで。詠↓8詩題。興懐風。韻霏・暉・飛・帰、上平微韻。○巫山… 巫山(四川省)・洛浦(洛山を源として黄河に注ぐ洛水)は神女の出現する神仙境(文選・高唐賦、洛神賦など)。行雨(降る雨)と廻雪(舞い散る雪)は神女、美人の形容。○月は… 美人の眉のあたりの美しさを月にたとえ、髻(かもじを添えて結った髪)の美しさを雲にたとえる。魄は月光。○腰は… 楚の霊王が細「腰」(柳腰)の美人を愛した故事と漢の成帝が趙皇后(体が軽く歌舞に巧みなため趙「飛」燕)を愛した故事(玉台新詠・五・江洪「詠ニ舞女一」にも両者が登場)。逐・随は両美人に匹敵する意。○誰か… 誰知は反語。交甫珮は鄭交甫が神女にもらった帯の飾り玉(洛神賦・李善注)。後句の主語は珮をつけた美人。一「美人」という題にかなう風体。二 ↓12注六。

19 御宴にはべって。興懐風。韻春・鱗・仁・陳・新・真、上平真韻。○嘉辰… 陽光輝くめでたいよい時。景色麗しく風と陽光の溢れる春。○金堤… 金と玉は美称。風が御苑の

俯仰《ふぎやう》す一人《いちじん》の徳《とく》　唯《ただ》寿《ことぶき》す万歳《ばんざい》の真《しん》

20 駕《が》に従《したが》ひ、詔《せう》に応《おう》ず

伊《い》与《よ》部《べの》馬《う》養《かふ》　事代主神《ことしろぬしのかみ》自《よ》り出づ

帝尭仁智《ていげうじんち》に叶《かな》ひ　仙蹕山川《せんひつさんせん》を玩《もてあそ》ぶ
畳嶺杳《でふれいえう》として極《きは》まらず　驚波《きやうは》断《た》えて復《また》連《つら》なる
雨《あめ》晴《は》れて雲羅《くもうすもの》を巻《ま》き　霧《きり》尽《つ》きて峰蓮《みねはちす》を舒《の》ぶ
舞庭《ぶてい》夏槿《かきん》落《お》ち　歌林《かりん》秋蟬《しうせん》驚《おどろ》く
仙槎《せんさ》栄光《えいくわう》泛かび　鳳笙《ほうしやう》祥煙《しやうえん》を帯《お》ぶ
豈《あに》独《ひと》り瑶池《えうち》の上《ほとり》ならんや　方《まさ》に唱《うた》ふ白雲《はくうん》の天《てん》

21 宴《えん》に侍《じ》して、詔に応ず

大《おほ》石《いしの》王《わう》

淑気高閣《しゆくきかうかく》に浮《う》かび　梅花景春《ばいくわけいしゆん》に灼《かかや》く
叡睠金堤《えいけんきんてい》に留《とど》め　神沢群臣《しんたくぐんしん》に施《ほどこ》す
琴瑟仙籞《きんしつせんぎよ》に設《まう》け　文酒水浜《ぶんしゆすいひん》に啓《ひら》く
叨《みだ》りに限《かぎ》り無き寿《ことぶき》を奉《たてまつ》り　倶《とも》に皇恩《くわうおん》の均《ひとしき》を頌《しよう》す

堤のしなやかな柳を吹き払い(柳は地面に触れ)、その池に軽やかに魚が浮かび上る(毛詩・大雅・霊台の霊沼の魚を意識する)。○爰…　豊宮は周の文王の豊(ほう)の地の宮殿。垂はめぐみを垂れて宴を催すこと。「栢梁仁」は漢の武帝の築いた柏梁の楼台での詩宴に参加した人々、それらをこの宴に見立てたもの。仁は人と君主の仁愛を兼ねよう。○八音…金・石・糸など八種の楽器。百味は百味酒、美酒。馨香は芳酒。○日…花気は花の芳香。○俯仰…　天子第一人の仁徳を仰ぎ、ひたすら聖寿万歳(万年)の不変性を祝う。真は変らぬもの、まこと。

20 →9。[典]懐風。[韻]川・連・蓮・蟬・煙・天、下平先韻。○帝尭…帝尭は中国古代の名君尭の如きわが天子。後句、行幸の前駆(御車とも)を仕立てて出発し仁智を表す山と川(→4)を賞翫したもう。○畳嶺…畳嶺は重なる山々。杳は深く遥か。驚波は騒ぐ川波。○雨…　羅は薄絹(底本「蘿」)。薄絹の如き雲を巻き収める。「舒レ蓮」は蓮の花が開いたように峰の姿が現われる。峰を蓮にたとえること、唐太宗などの唐詩の手法。○舞庭…　夏のむくげの花が舞にみとれて散り、秋ぜみが歌声に聞きほれてハッとする。○仙槎…　仙槎は仙人の乗るいかだ、天子の御船。栄光は瑞光。鳳は笙の美称ともその形状の連想とも。祥煙はめでたいし

22　春苑《しゆんゑん》、詔に応ず

田辺百枝《たなべのももえ》　豊城命《とよきのみこと》自り出づ

聖情汎愛敦《せいじやうはんあいあつ》し　神功亦陳《しんこうまたの》べ難《がた》し
唐鳳臺下《たうほうだいか》に翔《かけ》り　周魚水浜《しうぎよすいひん》に躍《をど》る
松風韻詠《しようふうしらべうた》に添《そ》へ　梅花薫身《ばいくわかをりみ》に帯《お》ぶ
琴酒芳苑《きんしゆはうゑん》を開《ひら》き　丹墨英人点《たんぼくえいじんてん》ず
適《たまたま》上林《じやうりん》の会《くわい》に遇《あ》つて　忝《かたじけな》く万年《ばんねん》の春《はる》を寿《ことぶき》す

林子曰はく、右の三首、共《とも》に詔に応ずる詩。然《しか》れども、此の詩三四・五六恰好《かっかう》。凡《およ》そ『懐風藻』に載《の》る所、或《ある》いは「侍宴《じえん》」と曰《い》ひ、或いは「応詔《おうせう》」と曰ふ者多《ものた》多《た》。是《ここ》に知《し》んぬ、当時《たうじ》人主《じんしゆ》文学を好む、故《ゆゑ》に群臣《ぐんしん》も亦才《またさい》に乏《とぼ》しからざることを。嗚呼《ああ》、郁郁《いくいく》たる哉《かな》、と。

23　山斎《さんさい》、志《こころざし》を言ふ

大神安麻呂《おほみわのやすまろ》

閑居《かんきよ》の趣《おもむき》を知らんと欲《ほつ》して　来《きた》りて山水《さんすい》の幽《いう》を尋《たづ》ぬ
浮沈《ふちん》す煙雲《えんうん》の外《そと》　攀翫《はんぐわん》す野花《やくわ》の秋《あき》

るしのもやの類。○豈…　古代の穆天子の瑶池(→7「瑶水」)のほとりの宴が唯一の宴ではなく、この御宴もそれに劣らない。西王母が穆天子のために「白雲在レ天」の歌謡を歌ったように(穆天子伝・三)、まさしく祝賀の詩を献上しよう。

21　侍宴→19、応詔→7。【典】懐風。【韻】春・臣・浜・均、上平真韻。○淑気…　淑気→13。景春は春景に同じ。灼は花の盛んな美しさ。○叡睠…　叡睠は天子が顧みること、目をやること。金堤は石を以て堅めた堤(文選・西京賦)、金は美称とも。神沢は天子の恩恵。○琴瑟…　音楽を奏する処を禁苑に設け、詩酒の宴を池のほとりに開く。仙蓹の「蓹」は「籞」「籞」(竹垣、人の出入を禁じた所)に同じ。○叨りに…　叨は忝なくも、分際を越えて。謙遜語。寿は祝辞。頌は褒めたたえる。

22　春のその、詔に答えて。「苑」は、「園」よりも広いその。底本「春花」。【典】懐風。【韻】陳・浜・身・人・春、上平真韻。○聖情…　汎愛は臣下を広く愛する。神功は天子の優れた功績。○唐鳳…　帝堯・周文王の故事による天子讃美。帝堯陶唐氏の時に現れた瑞鳥鳳凰の故事(帝王世紀)と周文王の徳に感じて霊沼の魚が躍り出た故事(毛詩・大雅・霊台)。○松風…　「添レ詠」(底本訓「詠ヲ」)は御宴の歌に加わる。○琴酒…　琴酒は音楽と酒盛り。「芳苑」を底本「芳花」に

稲《たう》葉《えふ》霜《しも》を負《お》つて落《お》ち　蟬《せん》声《せい》吹《かぜ》を逐《お》つて流《なが》る
祇《ただ》仁智《じんち》の賞《しやう》を為《な》す　何《なん》ぞ朝市《てうし》の遊《いう》を論《ろん》ぜん

林子曰はく、情景《じやうけい》兼備《かねそな》はる。其人《そのひと》を想像《さうざう》す、と。

24 春苑《しゆんゑん》、詔《せう》に応《おう》ず　　石川石足《いしかはのいはたり》 武内《たけうち》の苗裔《べうえい》

聖衿《せいきん》良節《りやうせつ》を愛《あい》し　仁趣《じんしゆ》芳春《はうしゆん》に動《どう》ず
素庭《そてい》英才《えいさい》満ち　紫閣《しかく》雅人《がじん》を引《ひ》く
水《みづ》清《きよ》うして瑶池《えうち》深《ふか》く　花《はな》開《ひら》いて禁苑《きんゑん》新《あら》たなり
戯鳥《ぎてう》波《なみ》に随《したが》つて散《さん》じ　仙舟《せんしう》石《いし》を逐《お》つて巡《めぐ》る
舞袖《ぶしう》翔鶴《しやうかく》を留《とど》め　歌声《かせい》梁塵《りやうちん》を落《おと》す
今日《こんにち》徳《とく》を忘《わす》るるに足《た》れり　言ふこと勿《なか》れ唐帝《たうてい》の民《たみ》と

林子曰はく、末句、「撃壌《げきじやう》の歌《うた》」の遺意《ゐい》有り、と。

25 宴《えん》に侍《じ》す　　山《やま》前《くまの》王《わう》

至徳《しとく》乾坤《けんこん》に洽《あまね》く　清化《せいくわ》嘉辰《かしん》に朗《ほが》らかなり

誤る。後句、すぐれた詩人らは朱や墨を紙に点々とつけて添削しつつ詩を作る。底本訓「英人ニ」。○適… 上林会は漢の武帝の増修した上林苑の宴会(文選・上林賦)を御苑の宴会に当てる。万年春は天子の永遠の春。一丁度よい、ほどよい。ニ香気のかんばしいさま、文才のあるさま。

23 山斎→2、言志→4。韻幽・秋・流・遊、下平尤韻。典懐風。○閑居… 幽は奥深く静か。○浮沈… 靄や雲などのかかるそとをさまよい、秋の野の花を手にとって賞翫する。○稲葉… 「負ㇾ霜」は霜を蒙る。流は風のまにまに流れて聞える。○祇… 詩題「言ㇾ志」の中心点。此処でひたすら山水(→4)の趣をめでる、朝廷や俗間の遊びなどは論じるにたろうか。一 言志という心情と景色。

24 →22。「春苑」底本「春花」。典懐風。韻春・人・新・巡・塵・民、上平真韻。○聖衿… 聖衿は天子の御心。良節はよい時節。後句、春に仁徳の御心が動いて宴を催す。芳春は春(初学記・春「梁元帝纂要」)。○素庭… 素庭は白砂を敷きつめた清らかな御庭。英才は俊才の官人。紫閣は御苑の高殿。雅人は風雅な詩人(底本「雅文」、寛政本懐風により訂)。引は招く。○水… 瑶池→7「瑶水」。○戯鳥… 後句、天子の御舟が水辺の巌石に沿ってめぐる。○舞袖… 舞は空を飛ぶ鶴も見とれるほど(底本「翔鶴」)、歌ごえは梁の上の塵を

四《し》海《かい》既《すで》に無《む》為《ゐ》　九域《きうゐき》正《まさ》に清淳《せいじゅん》
元首《げんしゅ》千歳《せんざい》を寿《ことぶき》し　股《こ》肱《こう》三春《さんしゅん》を頌《しよう》す
優優《いういう》恩《おん》に沐《もく》する者《もの》　誰《たれ》か芳塵《はうぢん》を仰《あふ》がざらん

26　春日宴《しゅんじつえん》に侍《じ》して、詔に応ず　采女比良夫《うねめのひらふ》　物部《もののべ》の同祖、宇麻《うま》志麻治命《しまちのみこと》自り出づ

道《みち》を論《ろん》ずれば唐《たう》と儕《ひと》し　徳《とく》を語《かた》れば虞《ぐ》に隣《とな》る
周《しう》の尸《かばね》を埋《うづ》む愛《あい》に冠《くわん》たり　殷《いん》の網《あみ》を解《と》く仁《じん》に駕《が》す
淑景蒼天麗《しゅくけいさうてんうるは》しく　嘉気《かき》碧空《へきくう》に陳《つら》なる
葉《は》は緑《みどり》なり園柳《ゑんりう》の月　花《はな》は紅《くれなゐ》なり山桜《さんあう》の春
雲間皇沢《うんかんくわうたく》を頌《しよう》し　日下《じつか》芳塵《はうぢん》に沐《もく》す
宜《よろ》しく南山《なんざん》の寿《ことぶき》を献《けん》じ　千秋北辰《せんしうほくしん》を衛《まも》るべし

林子曰はく、唐・虞・周・殷、連《つら》ねて之《これ》を言ふ。頌徳《しようとく》の至《いたり》、何を以《もつ》てか之《これ》に加《くは》へん。果《はた》して以て礼と為《せ》ん乎《か》、抑亦《はたまた》諂《おもねり》と為《せ》ん乎。柳桜《りうあう》の対稍《ついやや》好《よ》し。本朝に桜《さくら》を賞する、履中稚桜宮《りちうわかざくらのみや》に権輿《けんよ》す。然《しか》れども、其《そ》の詩に見へたるは、是其始乎《これそのはじめか》、と。

落し散らすほど上手だ(魯の虞公の故事。文選・嘯賦・李善注引「七略」)。○今日…　「忘レ徳」は天子の仁徳を忘れてしまうほどの深い恵みを受けている。後句、唐帝(陶唐氏堯帝)の御世の民など論じるにたらぬ(芸文類聚・帝堯陶唐氏引用「帝王世紀」)。一帝堯の太平の世を讃美して老人が地面(木製の下駄とも楽器とも)を打ちながら歌った歌謡(帝王世紀)。

25　→19。興懐風。韻辰・淳・春・塵、上平真韻。○至徳…　至徳は天子の仁徳。乾坤は天地。後句、天子の清明な徳化は今日の佳節に晴やか。○四海…　既は全く。無為→12。九域は九つの地域、九州、天下。○元首…　元首は天子。股肱は臣下、群臣(尚書・益稷)。○優優…　優優は和らぎ楽しんで。芳塵は香ぐわしい聖恩。

26　春の日に御宴に侍り、勅命に答えて。底本「宇麻志」の「麻」欠、意改。興懐風。韻隣・仁・陳・春・塵・辰、上平真韻。○道を…　道は帝道。唐は帝堯陶唐氏。虞は帝舜有虞氏。隣は肩を並べる。○周の…　周の文王が死骸を掘り起して厚く埋葬した仁愛(呂氏春秋・異用)を越え、殷の湯王が鳥の網の三面を解かしめた仁徳(同前)をしのぐほどの天子の仁愛をいう。○淑景…　淑景は春のよい景色。嘉気は瑞気。○葉は…　山桜はここは山ざくら。○雲間…　雲間は宮中。日下は天子のおひざもと。

27 春日《しゆんじつ》、詔に応ず　　安倍首名《あべのおふとな》　武内《たけうち》の苗裔《べうえい》

世《よ》は隆平《りゆうへい》の徳《とく》を頌《しよう》し　時《とき》は交泰《かうたい》の春を謡《えう》す
舞衣《ぶい》樹影《じゆえい》を揺《ゆる》がし　歌扇《かせん》梁塵《りやうぢん》を動《うご》かす
湛露《たんろ》仁智《じんち》を重《おも》んじ　流霞《りうか》松筠《しようゐん》に軽《かろ》し
凝麾《ぎようき》賞《しやう》して倦《う》むこと無《な》し　花と月と共《とも》に新《あらた》なり

28 初春《しよしゆん》、宴《えん》に侍《じ》す　　大伴旅人《おほとものたびひと》　道臣命《みちのおみのみこと》の後《のち》、安麻呂《やすまろ》の子

政《まつりごと》を寛《ゆる》やかにして情既《こころすでにとほ》遠く　古《いにしへ》を迪《ふ》んで道惟新《みちこれあらた》なり
穆穆《ぼくぼく》たり四門《しもん》の客《かく》　済済《せいせい》たり三徳《さんとく》の人
梅雪残岸《ばいせつざんがん》に乱《みだ》れ　煙霞《えんか》早春《さうしゆん》に接《せつ》す
共《ともにあそ》に遊ぶ聖主《せいしゆ》の沢《たく》　同《おなじくが》じく賀す撃壌《げきじやう》の仁《じん》

芳塵↓25。○宜しく…　前句、終南山にも比すべきご長寿を祝うことばを献上する(毛詩・小雅・天保)。北辰は北極星にも比すべき天子。二句、底本を改訓。一底本「謟」(疑う)を意改。二履中紀・三年十一月の稚桜宮の来歴に始まる。

27　↓7。興懐風。韻春・塵・筠・新、上平真韻。○世は…　隆平徳は隆昌太平を願う天子の徳。後句、時の人は天地相交って通じる泰平(周易・泰)の春を謳歌する。底本訓「世ニ」「時ニ」。○舞衣…　歌扇は扇で顔を覆いながら歌う歌。梁塵↓24。○湛露…　滋く置く露の如き君徳(↓10「湛露恩」)の天子は仁智のある臣を重んじ、空を赤く染めるもやは松や竹に軽くかかる。後句、底本訓「松筠ヲ軽ス」。流霞に仙人の飲む流霞酒を、筠に竹葉酒を暗示するか。○凝麾…　凝麾は未詳。指揮旗を正しく置くこと、天子の場所を示すことか。或いは凝旒(ぎようりゆう)の誤で天子の行列を止めることか。凝毫(筆をとどめる)の誤か。原文の「将」は並列の助字。底本訓「月ヲ将テ」。

28　初春一月御宴にはべって。興懐風。韻新・人・春・仁、上平真韻。○政を…　前句、政治刑罰をゆるやかにする寛大な御心は既に遠い昔より続く。「迪レ古」は古の正しい道をふむ。惟↓17。○穆穆…　穆穆・済済↓17。四門客は四方の宮門(尚書・舜典)からやってくる賓客、臣下。

29　吉野宮《よしののみや》に遊ぶ　　中《なか》臣《とみの》人《ひと》足《たり》

仁山鳳閣《じんざんほうかく》に狎《な》れ　智水竜楼《ちすいりようろう》に啓《ひら》く
花鳥沈翫《くわてうちんぐわん》するに堪《た》へたり　何人《なんびと》か淹留《えんる》せざらん

林子曰はく、『懐風藻《くわいふうさう》』山水《さんすい》を賦《ふ》するに、仁智《じんち》を言ふ者《もの》甚《はなはだ》多《おほ》し。当時《たうじ》の常《つね》の談乎《だんか》。料《はかり》知《し》る、人人《ひとびと》『論語《ろんご》』を誦《そら》んずることを、と。

30　駕《が》に吉野宮《よしののみや》に従《したが》ふ　　大《おほ》伴《ともの》王《わう》

張騫《ちやうけん》が跡《あと》を尋《たづ》ねんと欲《ほつ》して　幸《さいはひ》に河源《かげん》の風を逐《お》ふ
朝雲南北《てううんなんぼく》を指《さ》す　夕霧《せきむ》西東《せいとう》を正《ただ》す
嶺峻《みねしゆん》にして糸響《しきやうきふ》急に　谿曠《たにむな》しくして竹鳴融《ちくめいゆう》す
将《まさ》に造花《ざうくわ》の趣《おもむき》を歌はんとす　素《そ》を握《と》つて不工《ふこう》を愧《は》づ

林子曰はく、桓武《くわんむ》以前、[一]和州《わしう》、累朝《るいてう》の帝都《ていと》為《た》り、吉野《よしの》、遊覧《いうらん》の佳境《かきやう》為り。後世、「吉」の字或いは「芳」の字に作る。未《いま》だ其拠《そのよりどころ》を知らず。[二]禅僧霊彦《ぜんそうりやうげん》が謂《い》はく、「「芳」は其《それ》「茅」の字の誤《あやまり》」と。然《しか》れども、亦臆説也《またおくせつなり》。未《いま》だ是否《ぜひ》を知らず。

三徳人は智・仁・勇の徳を備えた臣。〇梅雪… 前句、崖のあたりで白梅と白雪が見まがうばかりに入り乱れて区別がつかない。但し表現不十分、残岸を雪の残る崖の意に用いたか。〇共… 沢は恩沢、めぐみ。撃壌↓24注一。仁は仁徳。

29 吉野離宮(奈良県吉野町宮滝の離宮)に遊んで。【興】懐風。【韻】楼・留、下平尤韻。〇仁山… 仁山・智水↓4。吉野山・吉野川を指す。山は宮の立派な高殿に接近し、川は宮の高楼に開いて流れる。〇花鳥… 沈翫は深く賞翫する。淹留は逗留(爾雅「淹・留、久也」)。

30 吉野離宮(↓29)行幸のお伴をして。【興】懐風。【韻】風・東・融・工、上平東韻。〇張騫… 漢の張騫が黄河の水源を窮めた故事を踏まえる(文選・東武吟・李善注など)。後句、さいわいにも吉野川の水源の風につれられて離宮に来た。〇朝雲… 雲霧の景のほかに、天子の南面(南北)、臣下の北面(上代の西東は縦の線)をも意味するか。正は正しく指す。〇嶺… 糸響は絃楽器の音。曠は空しく広い。竹鳴融は笛の音がさやかに澄み通って聞える。〇将に… 造化趣は造物者の作った吉野の自然の様子。後句、白絹の詩箋(白い動物の毛の筆とも)を手に取ってはみたが、文才のつたなさを恥じ入る。一 大和(奈良県)。二 希世(村菴)霊彦(一四〇四—八八)。後土御門帝の頃の禅僧(延俗《ぞく》に「茅葦《ばうゐ》」を呼んで「与志《よし》」[三]と曰《い》ふ。故に霊彦、「芳」の字「茅」の字に似たるを以《もつ》て之《これ》を言ふ乎《か》。若《も》し霊彦が説の如《ごと》くんば、則《すなは》ち『日本紀』[四]に所謂《いはゆる》「茅《よし》渟《ぬ》」は其《それ》「吉野」乎《か》。「渟」倭訓《わくん》「奴《ぬ》」、「野《の》」と音響相似《おんきやうあひに》たり。霊彦頗《すこぶ》る敏才《びんさい》有《あ》り。故に「芳」の字「茅」の字為《た》るべきことを知ると雖《いへど》も、然《しか》れども、「茅渟」を引いて證《しよう》と為《す》ること能《あた》はず。国史に瞽《こ》[五]する所以《ゆゑん》なり。姑《しばら》く此《ここ》に書《しよ》して以《もつ》て同志《どうし》の者を待つ、と。

31 秋《しう》　宴《えん》

道公首名《みちのきみおふとな》　大彦命《おほひこのみこと》自《よ》り出づ

望苑商気艶《ばうゑんしやうきつや》やかに　鳳池秋水清《ほうちしうすいきよ》し
晩燕《ばんえん》風に吟《ぎん》じて還《かへ》り　新雁《しんがん》露を払《はら》つて驚《おどろ》く
昔《むかし》は濠梁《がうりやう》の論《ろん》を聞き　今《いま》は遊魚《いうぎよ》の情《じやう》を辨《べん》ず
芳筵此《はうえんこ》の僚友《れういう》　節《ふし》を追つて雅声《がせい》を結《けつ》す

32 秋夜《しうや》山池《さんち》に宴す

境《さかひ》　部《べの》　王《わう》

峰《みね》に対《たい》して菊酒《きくしゆ》を傾《かたぶ》け　水《みづ》に臨《のぞ》んで桐琴《とうきん》を拍《はく》す

宝伝灯録・三十三)。

三 葦の類。四 但し、神武紀「茅渟、此云二智怒(ぬち)一」。五 暗いこと。

31 秋のうたげ。[典]懐風。[韻]清・驚・情・声、下平庚韻。○望苑… 望苑は漢武帝の開いた博望苑、ここは御苑。商気は秋気(商は五音の一つ、秋に配する)。鳳池は禁苑の池。秋水は夏の濁水の澄んだ秋の水。第五句に関係する語。○晩燕… 晩燕は遅くまで南方に帰らないでいる燕。新雁は新しくやって来た秋雁。○昔は… 濠梁論は濠水(川の名)を石でせき止めた渡し場のほとりで荘子と恵子が魚の楽しみを知るや否やについて論じ合った故事(荘子・秋水篇)。辨は池の魚の心情を弁別する、魚の楽しみを知る。○芳筵… 芳筵は宴席の美称。僚友は同僚、仲間(底本「俺友」)、「此」と結ばれて呼びかけの語。後句、歌の曲節(ふし)に従って風雅なよい歌声を共に続けよう(結はつらねる)。

32 秋の夜庭園の林泉(ましん)で酒宴をして。底本「宴」欠、懐風藻・目録により補。[典]懐風。[韻]琴・深、下平侵韻。○峰に… 菊酒は菊をもち米などの中に入れて醸造した菊花酒。もと重陽の節に飲んで長寿を祝う中国の行事。ここは陶淵明の故事を踏まえる(「九日閒居」など)。後句、琴の名手伯牙と流水の意をもつその琴の音を聞き分けた鍾子期の故事(文選・長笛賦・李善注引「列子」)。流水

帰《かへり》を忘れて明月《めいげつ》を待《ま》つ　何《なん》ぞ憂《うれ》ひん夜漏《やろう》の深きことを

33 七《しち》夕《せき》

山田三《やまだのみ》方《かた》　周《しう》の太子晋《しん》の後《のち》、或《ある》いは曰はく、魏の王昶《わうちやう》の後《のち》

金漢星楡《きんかんせいゆ》冷《すず》し　銀河《ぎんが》月桂《げつけい》の秋《あき》
霊姿《れいし》雲鬢《うんびん》を理《をさ》め　仙駕《せんが》潢流《くわうりう》を度《わた》る
窈窕《えうてう》衣玉《いぎよく》鳴《な》り　玲瓏《れいろう》彩舟《さいしう》に映《えい》ず
悲《かな》しむ所《ところ》は明日《みやうにち》の夜《よ》　誰《たれ》か別離《べつり》の憂《うれひ》を慰《ゐ》せん

林子曰はく、「金漢」と曰《い》ひ、「銀河」と曰ひ、「潢流《くわうりう》」と曰ふ、亦繁冗《またはんじよう》ならず乎《や》。末句《まつく》、倭歌《わか》に七夕《しちせき》の後朝《こうてう》を詠《えい》ずる起《き》本為《ほんた》る乎《か》、と。

34 春日宴《しゆんじつえん》に侍《じ》す

息長臣足《おきながのおみたり》　応神帝《おうじんてい》自《よ》り出づ

物候韶景《ぶつこうせうけい》を開《ひら》き　淑気満地《しゆくきまんち》新《あらた》なり
聖衿暄節《せいきんけんせつ》に属《ぞく》し　置酒《ち》縉紳《しゆしんしん》を引《ひ》く
帝徳千古《ていとくせんこ》に被《かうむ》り　皇恩万民《くわうおんばんみん》に洽《あまね》し
多《た》幸広宴《かうくわうえん》を憶《おも》ふ　還悦《またよろこ》ぶ湛露《たんろ》の仁《じん》

から「臨レ水」の句を生む。桐琴は良材の桐で作った琴(文選・琴賦)。拍は弾じる。○帰を…　夜漏は夜の時刻(漏は漏刻、水時計)。

33　七月七日たなばたの夜。牽牛・織女二星が当夜一年に一度逢うという伝説による中国の行事(芸文類聚・七月七日)、これが上代にも伝来し詩歌の素材となる。隋江総「七夕詩」を参考にした作。興懐風。韻秋・流・舟・憂、下平尤韻。○金漢…　金漢・銀河は天の川。星楡は星の中に生えているという楡(れい)の木、月桂は月の中にあるという桂(かつら)の木で、星・月の意。○霊姿…　以下四句、織女星の動作。霊姿は霊妙で麗しい姿。雲鬢は雲の如く美しくなびく頭髪(鬢は鬂)。理は整える、梳る。仙駕は織女星の御車。潢流は天の川、潢は渡し場。○窈窕…　窈窕はしとやかな様。玲瓏は織女星のうるわしい様、前句の衣玉のさやかな音の意を含む。彩舟は彩色を施した織女星の舟。○悲しむ…　所悲は悲しみ。後句、織女星の気持を述べる。一繁多、煩わしいこと。二和歌の一例「…七夕の後朝の心をよめる」(詞花集・秋)。後朝は別れの朝、きぬぎぬの別れ。起本は物事の起る源、本源。

34　→26。興懐風。韻新・紳・民・仁、上平真韻。○物候…　物候→2。韶景は麗しい春の景色(初学記・春「梁元帝纂要曰、景曰二和景・韶景一」)。

35 七《しち》夕《せき》

吉《きちの》知《ち》首《す》

冉冉《ぜんぜん》逝《ゆ》いて留《とど》まらず　時節《じせつ》忽《たちま》ち秋に驚《おどろ》く
菊風《きくふう》夕霧《せきむ》を披《ひら》き　桂月《けいげつ》蘭洲《らんしう》を照《て》らす
仙車《せんしや》鵲橋《じやくけう》を渡《わた》り　神駕《しんが》清流《せいりう》を越《こ》ゆ
天庭《てんてい》陳《の》べて相喜《あひよろこ》び　華閣《くわかく》離愁《りしう》を釈《と》く
河横《かはよこ》たはつて天曙《あ》けんと欲《ほつ》す　更《さら》に歎《たん》ず後期《こうき》の悠《はる》かなることを
林子曰はく、聊《いささか》感慨《かんがい》の意《い》有り。然《しか》れども、句未《くいま》だ到《いた》らざるに似たり、と。

36 春日宴《えん》に侍《じ》す

黄文連備《きふみのむらじそなふ》
高麗国《かうらいこく》自《よ》り出づ。「文」或いは「書」に作る

玉殿《ぎよくでん》風光《ふうくわうく》暮れ　金墀《きんち》春《しゆん》色《しよく》深《ふか》し
雕雲《てううん》歌響《かきやう》に遏《とど》まり　流水《りうすい》鳴琴《めいきん》に散《さん》ず
燭華《しよくくわ》粉壁《ふんぺき》の外《そと》　星璨《せいさん》翠煙《すいえん》の心《うち》
欣《よろこ》んで聖《せい》に則《のつと》る日に逢《あ》つて　束帯《そくたい》して韶音《せうおん》を仰《あふ》ぐ

淑気→13。○聖衿… 前句、天子(聖衿→24)は暖いこの季節に当って(底本「喧」は「暄」の誤刻)。置酒は酒宴を開く。縉紳は笏を帯にさし挟むこと、高位高官の人。引は招く。○帝徳… 被は被及、及ぶ。○多幸… 幸いの多い臣われは盛大な今日の御宴を忘れず、更に露の如きしげき御仁恵(→10「湛露恩」)を喜ぶ次第。

35 →33。興懐風。韻留・秋・洲・流・愁・悠、下平尤韻。○冉冉… 冉冉は月日などの次第に進むこと。○菊風… 菊風は菊の花を吹く風。披は吹き払う。桂月→33「月桂」。蘭洲は秋蘭の香る河の洲。○仙車… 仙車・神駕は織女星の車。鵲橋は織女星が渡河する際に鵲(かささぎ)が掛けるという橋(初学記・梁庾肩吾・七夕詩など)。○天庭… 二星逢会の場面。天上の御殿では一年一度の逢会の喜びを述べ、その美しい高楼では長い間の別れの悲しみをときほぐす。「釈」底本欠。寛政本で補。○河… 河は天の川。後期は来年の今夜逢う時期。一不十分のようだ。

36 →26。底本「書レ作」に誤る。黄文連(大伴)を黄書造に作る例、日本書紀・天武元年六月。興懐風。韻深・琴・心・音、下平侵韻。○玉殿… 玉殿は御殿の美称。風光は風と光の織成す景色。金墀は宮中の石だたみの美称。○雕雲… 前句、彫刻したような美しい瑞雲は宴の音楽に聞きほれてじっと止まる(列子・湯問

37
述《しゆつ》懐《くわい》

越智《をち》直《のあたひ》広江《ひろえ》　物部《もののべ》の同祖

文藻《ぶんさう》は我《わ》が難《かた》しとする所《ところ》　荘老《さうらう》は我が好《この》む所《ところ》
行年《かうねん》已《すで》に半《なか》ばを過《す》ぐ　今更《いまさら》に何《なん》の為《ため》に労《らう》せん

林子曰はく、人各《おのおの》好む所有り。此人《このひと》其《それ》一何晏《かあん》・王弼《わうひつ》が徒《やから》乎《か》。二高適《かうせき》五十にして始《はじ》めて詩を作り、盛唐《せいたう》の名家《めいか》為《た》り。何為《なんすれ》ぞ自《みづか》ら三画《かぎ》ること此《か》くの如《ごと》き乎《や》。況《いはん》や亦《また》「四朝《あした》に道《みち》を聞いて、夕《ゆふべ》に死《し》ぬとも可《か》なり」の聖言《せいげん》を聞《き》かざる乎《か》。荘老《さうらう》を好むの五弊《つひへ》、既《すで》に此《こ》の小詩《せうし》に於《お》いて之《これ》を見る、と。

38
述懐

春日蔵《かすがのくらの(おふと)》老《おゆ》　敏《び》達帝《たつてい》自《よ》り出づ

花色花枝《くわしよくくわし》を染《そ》め　鸎吟鸎谷《あうぎんあうこく》に新《あらた》なり
水《みづ》に臨《のぞ》んで良宴《りやうえん》を開《ひら》き　爵《さかづき》を泛《う》かべて芳春《はうしゆん》を賞《しやう》す

林子曰はく、一二の句一頗《すこぶる》奇《き》なり、と。

篇)。後句→32第二句。○燭華…　御宴の夜景。燭火の光は白壁の外までも輝き、みどり色のもやの中に星はきらめく。○欣んで…　「則㆑聖日」は聖人の教えを手本として政治をする天子の今日の御宴。「則聖」は「明聖」の誤かとも。後句、帝舜の作ったような優れた音楽を礼装して仰ぎ聞くうれしさよ。

37　→1。典懐風。韻好・労、去声号韻。○文藻…　文藻は詩文を作ること。荘老は虚無自然を説く老子・荘子の教え。○行年…　行年は人生百年。労(去声)は慰める、いたわる意。一 魏の何晏が易および老子の注を施した王弼の才能を称した故事(蒙求・何晏神伏)。二 盛唐詩人。「適年過㆓五十㆒、始留㆓意詩什㆒」(旧唐書・高適伝)。三 分ける、区分する。四 論語・里仁篇。五 弊害、無益。

38　→1。述懐の詩としては不十分。典懐風。韻新・春、上平真韻。○花色…　花・鸎(鶯)の字をそれぞれ重ねた手法、→15林子評。花は特定の花ではない。鶯吟はうぐいすの声。○水に…　三月三日の曲水宴を暗示する。「泛㆑爵」は曲水に酒杯を浮かべる。芳春→24。一 同字を重ねた手法の珍しさをいう。

39 秋日長屋王《しうじつながやのわう》の宅《いへ》に於《お》いて新羅《しらき》の客《かく》を宴《えん》す　　背《せ》奈《なの》行《ぎやう》文《もん》

嘉賓小雅《かひんせうが》を韻《ゐん》し　席《せき》を設《まう》けて大同《だいどう》を嘉《か》す
流《ながれ》を鑑《み》て筆海《ひつかい》を開《ひら》き　桂《かつら》を攀《よ》ぢて談叢《だんそう》に登《のぼ》る
杯酒皆《はいしゆみな》月有《あ》り　歌声共《かせいとも》に風を逐《お》ふ
何事《なにごと》ぞ専対《せんたい》の士《をのこ》　幸《さいはひ》に李陵《りりよう》が弓《ゆみ》を用《もち》ふるは

40 同《おな》じく　　調《つきの》古《こ》麻《ま》呂《ろ》

一面金蘭《いちめんきんらん》の席《せき》　三秋風月《さんしうふうげつ》の時《とき》
琴樽幽賞《きんそんいうしやう》に叶《かな》ひ　文華離《ぶんくわり》思《し》を叙《の》ぶ
人は大王《たいわう》の徳《とく》を含《ふく》み　地《ち》は小山《せうざん》の基《ふもと》の若《ごと》し
江海波《かうかいは》潮静《てうしづ》かなり　霧《きり》を披《ひら》くこと豈期《あにき》し難《がた》からんや

39 秋の日に長屋王邸で新羅使を慰める宴会を開いて。【典】懐風(詩題に「賦得㆓風字㆒」と見え、「風」という韻字を得て作詩したもの)。【韻】同・叢・風・弓、上平東韻。○嘉賓… 前句、底本無訓。良い客(新羅客)を迎えて小雅(毛詩・小雅・鹿鳴の如く宴を賀する歌)の歌を歌う。大同は万国太平の世(礼記・礼運)。○流… 前句、庭園の水際をみつつ、流れる如く詩筆を振う。筆海は豊かな詩文を海にたとえる。「攀㆑桂」は桂に取りすがる、高官に登る。ここは長屋王の宴に参加すること。「登㆓談叢㆒」はその宴会で大いに語る意。○杯酒… 後句、同席の皆の歌声が風のままに流れる。○何事… 難解。使者となって単独に応答できる新羅使よ(論語・子路篇)、うまく弓を用いながら匈奴に降伏した漢の李陵(史記・李将軍列伝)のように、酒に降伏して酔いつぶれるとは何ごとか、サア飲み給え、の意か(「幸」は願う意か)。底本訓「弓ヲ用フ」。

40 →39。【典】懐風。懐風藻では詩題「初秋…」云々とみえ、39と同じ時の作ではない。【韻】時・思・基・期、上平支韻。○一面… 前句、一度面会しただけで金や蘭の如く堅くまた香ぐわしい交りをする宴席だ(周易・繋辞上)。三秋は秋。「風月時」は清風明月の季節。○琴樽… 琴をかなで樽の酒を汲みかわすことはこのゆかしい賞遊の宴に適し、あやのある

41 同じく　　　　　　　　　　刀《と》利《りの》宣《せん》令《りやう》

玉《ぎよく》燭《しよく》秋《しう》序《じよ》を調《ととの》へ　　金《きん》風《ぷう》月《げつ》幃《ゐ》を扇《あを》ぐ
新《しん》知《ち》未《いま》だ幾《いく》日《にち》ならず　　送《そう》別《べつ》何《なん》ぞ依《い》依《い》
山《さん》際《さい》愁《しう》雲《うん》断《た》へ　　人《じん》前《ぜん》楽《らく》緒《しよ》稀《まれ》なり
相《あひ》顧《かへり》みる鳴《めい》鹿《ろく》の爵《さかづき》　　相《あひ》送《おく》る使《し》人《じん》の帰《かへ》るを

42 同じく　　　　　　　　　　下毛野虫麻呂《しもつけののむしまろ》　豊城命《とよきのみこと》の後《のち》

聖《せい》時《じ》七《しち》百《ひやく》に逢《あ》ひ　　祚《そ》運《うん》一《いつ》千《せん》に啓《ひら》く
況《いはん》や乃《いま》し山に梯《てい》する客《かく》　　垂《すい》毛《もう》亦《また》肩《かた》を比《なら》ぶ
寒《かん》蟬《せん》葉《えふ》後《ご》に鳴《な》き　　朔《さく》雁《がん》雲《うん》前《ぜん》を度《わた》る
独《ひと》り飛《ひ》鸞《らん》の曲《きよく》有《あ》り　　並《とも》に別《べつ》離《り》の絃《げん》に入《い》る

林子曰はく、此《こ》一の四首同《どう》席《せき》の作《さく》也。此《この》外《ほか》諸《しよ》作《さく》猶《なほ》多《おほ》し。長《なが》屋《や》王《のわう》、貴《き》二戚《せき》を以《もつ》て朝《てう》政《せい》を執《と》り、大《たい》饗《きやう》を開《ひら》いて群《ぐん》僚《れう》を聚《あつ》む。以て蕃《ばん》客《かく》に誇《ほこ》る者《もの》以て見つべし。其《そ》の詩の優《いう》劣《れつ》は、具《ぐ》眼《がん》の者《もの》に問《と》うて之《これ》を決《けつ》せよ。就《この》中《なか》古《こ》麻《ま》呂《ろ》が所謂《いはゆる》「人は大王の徳を含

詩文を作って離別の思いをのべる。○人は…　人は長屋王。大王は長屋王の皇室の一族であることを強調する語。小山は客をよく招いた淮南王小山(劉安)、その詩「招隠士」(楚辞、文選)によって更に小さい山の意をも兼ねる。○江海…　江海は日本海。後句、煙霧を押しのけ無事に帰国されることを期待する。

41 →39。[典]懐風(詩題に「賦得㆓稀字㆒」と見える)。[韻]幃・依・稀・帰、上平微韻。○玉燭…　玉燭→13。序は順序。金風は秋風。月幃は月のさす帳(とばり)。○新知…　新知は新しく知人になる。依依は慕わしく別れがたい様。○山際…　山の間には陰鬱な雲は絶えたが、宴の人々の前には別れのゆえに楽しい心は少い。○相顧みる…　客の接待を顧慮しつつ鹿鳴の歌を歌い(→39「小雅」)酒杯を傾け、使者一行の帰国を送る。

42 →39。[典]懐風(詩題に「賦得㆓前字㆒」と見える)。[韻]千・肩・前・絃、下平先韻。○聖時…　天子の御世は周代の卜年の如く七百年のめでたい年に当り(左伝・宣公三年)、天子の幸いな運は千年に一度開けるほどのめでたさだ。底本「聖」欠。底本訓「一千ヲ啓キ」。○況や…　まして遠く航海して来た新羅の客の中に老人も肩を並べてこの宴に参加するの意か。乃は「即」、イマシは「今こそ」の意(易林本「イマシ」)。「梯㆑山」はもと山にはしごをかける意。「垂毛」は

む」、頗《すこぶ》る諂媚《てんび》三に似《に》たる乎《か》、長屋亦之《またこれ》を喜ぶ乎《か》。其《そ》の驕心《けうしん》既《すで》に此《ここ》に萌《きざ》す。未《いま》だ幾《いく》ばくならずして謀叛《むほん》四自尽《じじん》す。之を戒《いまし》めざるべけん乎《や》、と。

43 晩秋《ばんしう》長屋王《ながやのわう》の宅《いへ》に宴《えん》す

田中浄足《たなかのきよたり》 蘇我稲目《そがのいなめ》の苗裔《べうえい》

冉冉《ぜんぜん》秋云《あきここ》に暮《く》れ　飄飄《へうへう》葉《は》已《すで》に涼《すず》し
西園《せいゑん》曲席《きよくせき》を開《ひら》き　東閣《とうかく》珪璋《けいしやう》を引《ひ》く
水底《すいてい》遊鱗《いうりん》戯《たはふ》れ　巌前《がんぜん》菊気《きくき》芳《かうば》し
君侯《くんこう》客《かく》を愛《あい》する日《ひ》　霞色《かしよく》鸞觴《らんしやう》に泛《う》かぶ

44 元日《ぐわんじつ》の宴《えん》、詔《せう》に応《おう》ず

長屋王《ながやのわう》 天武《てんむ》帝《てい》の孫《まご》、高《たか》市皇子《いちのくわうし》の子

年光《ねんくわう》仙御《せんぎよ》に泛《う》かび　日色《につしよく》上春《じやうしゆん》を照《て》らす
玄圃《げんぽ》梅《うめ》已《すで》に放《はな》ち　紫庭《してい》桃《もも》新《あら》たならんと欲《ほつ》す
柳糸《りうし》歌曲《かきよく》に入《い》り　蘭香《らんかう》舞巾《ぶきん》を染《そ》む
於焉《ここに》三元《さんげん》の節《せつ》　共《とも》に悦《よろこ》ぶ望雲《ばううん》の仁《じん》

林子曰はく、長屋王驕貴《けうき》、好《この》んで詩客《しかく》を会《くわい》す。其身《そのみ》亦自《またみづか》ら吟詠《ぎんえい》す。亦奇《またき》ならず

「垂老」の誤か。○寒蟬… 寒蟬はヒグラシ。朔雁は北方より来る雁。○独り… 飛鸞曲は飛び舞う鳳凰の曲、歌舞の曲(飛ぶことから別れを意味するか)。別離絃は送別の絃楽器、音楽。一 この評は誤り。少なくとも40の詩はそうではない。↓40詩題。二 天子の親戚。三 こびへつらう。諂を底本「謟(ウタ)」に誤る。四 天平元年(七二九)二月十二日「令二王自尽一」(続日本紀)。

43 陰暦九月長屋王邸で詩宴を開いて。典懐風。韻涼・璋・芳・觴、下平陽韻。○冉冉… 冉冉↓35。云は指定の機能の弱い助字。已は全く、すっかり。○西園… 西園は魏の文帝の作った園の名。曲席は曲宴(天子の内宴、ここは長屋王のそれ)の席。東閣は東の高殿。珪璋は美玉、ここは詩文に巧みな才人たち。底本訓「珪璋ニ」。引↓24。○水底… 菊気は菊の香。○君侯… 君侯は長屋王。後句、夕映えの色が鳳凰の模様を刻んだ盃中に浮かぶ。流霞酒(↓27)を暗示。底本訓「鸞觴ヲ」。

44 元日の御宴、詔に応じて。左大臣(七二四年以降)時代の作。典懐風。韻春・新・巾・仁、上平真韻。○年光… 年光は新春の光。仙御↓21。日色(底本「月色」。意改)は日光。上春は初春一月。○玄圃… 玄圃は崑崙山にある神仙の地、ここは天子の御苑。放は咲き開く。群書本懐風藻は「故」(十分咲いてふるくなる)に

乎《や》。大津《おほつ》[一]・舎人《とねり》、共《とも》に是其《これそ》の叔父《しゆくふ》也。蓋《けだ》し其化《それくわ》[二]する所有《ところあ》る乎《か》。此《こ》の詩《し》、「桃」を以《もつ》て「梅」に対《たい》す。元日《ぐわんじつ》に於《お》いて節物相協《せつぶつあひかな》[三]はず。未審《いぶか》し、禁《きん》庭《てい》に見る所なりや否《いな》や、と。

45 春日《しゆんじつ》宴に侍《じ》す　安《あ》倍《べの》広《ひろ》庭《には》

聖衿淑気《せいきんしゆくき》を感《かん》じ　高会芳春《かうくわいはうしゆん》に啓《ひら》く
樽《そん》は五《いつ》つ斉濁《せいだく》盈《み》ち　楽《がく》は万《よろづ》国風《こくふう》陳《つら》なる
花舒《はなひら》いて桃花香《たうくわかんば》しく　草秀《くさひい》でて蘭筵新《らんえんあらた》なり
堤上糸柳《ていじやうしりう》飄《ひるがへ》り　波中錦鱗《はちゆうきんりん》浮《う》かぶ
濫吹恩席《らんすいおんせき》に陪《ばい》し　毫《ふで》を含《ふく》んで才《さい》の貧《まづ》しきを愧《は》づ

46 吉野《よしの》川《がは》に遊《あそ》ぶ　紀《きのを》男人《びと》　麻呂《まろ》の孫《まご》

万丈《ばんぢやう》の崇巌削《すうがんけづ》って秀《ひい》づることを成《な》し　千尋《せんじん》の素《そ》濤《たう》逆《さかしま》に流《ながれ》を析《わか》つ
鍾池越潭《しようちゑつたん》の跡《あと》を訪《と》はんと欲《ほつ》す　留連《るれん》す美稲槎《びたうさ》に逢ひし洲《す》に

林子曰はく、七言四句、始《はじ》めて此《ここ》に見ゆ。大津《おほつ》[一]一聯《いちれん》の後、詩を言ふ者多《ものおほ》くは是《これ》

作る。紫庭は禁中の御庭。「欲レ新」は新しく咲こうとする。底本訓「欲シテ」。○柳糸… 前句、楽府曲「折楊柳」を暗示。舞巾は宮女の舞う領巾(ひれ)。○於焉… 於焉は発語の助字(アアココニとも)。三元は年・月・日の三つの始め、元日。「望雲仁」は帝尭の如き(史記・五帝本紀「望レ之如レ雲」)天子の仁徳。一 大津皇子・舎人親王。二 感化する。三 季節ごとに生じる物。

45 →26。典懐風。韻春・陳・新・鱗・貧、上平真韻。○聖衿… 聖衿→24。淑気→17。後句、盛大な宴会を春に開きたまう。底本訓「芳春ヲ」。○樽は… 五つの酒樽には斉酒(濃淡度のある酒)と濁酒が満ち(周礼・酒正)、諸国の国ぶり歌が続いて演奏される。○花… 懐風藻の諸本「桃花」を「桃苑」に作る。蘭筵は蘭の如く香ばしい同心の者の集る宴席。○堤上… 錦鱗は錦色の美しい魚。○濫吹… 濫吹はみだりに竽(笛の一種)を吹くこと、才のないたとえ(韓非子・内儲説)。「含レ毫」は筆を口に含んで、筆を取って。才は詩才。

46 吉野川に遊んで(上流に景勝の宮滝がある。→29)。典懐風。韻流・洲、下平尤韻。○万丈… 崇巌は高い巌。「削」云々は削り立ったように聳える。素濤は川の白波。前句、「削成して秀で」とも訓める。後句、「析」を群書本懐風藻は「折」に作る(「逆折して流る」とも訓める)。こ

五言也。七言は唯紀古麻呂《ただきのこまろ》「雪[二]を望む」長篇及《およ》び此詩而已《このみのみ》。紀氏《きし》は其《それ》　本朝七言の祖《そ》[三]宗乎《そうか》、と。

47 秋日長屋王《しうじつながやのわう》の宅《いへ》に於《お》いて新羅《しらき》の客を宴《えん》す

百済和麻呂《くだらのやまとまろ》　「和」或いは「倭」に作る。百済《くだら》国自《よ》り出づ

勝地山園《しようちさんゑん》の宅《いへ》　秋天風月《しうてんふうげつ》の時
酒《さけ》を置《お》いて桂賞《けいしやう》を開《ひら》き　履《くつ》を倒《さかしま》にして蘭期《らんき》を逐《お》ふ
人《ひと》は是雞林《これけいりん》の客《かく》　曲《しらべ》は即《すなは》ち鳳楼《ほうろう》の詞《し》
青海千里《せいかいせんり》の外《そと》　白雲一《はくうんいつ》に相思《あひおも》ふ

林子曰はく、此の詩、頸聯《けいれん》[一]及《およ》び末句稍好《ややよ》し、と。

48 宴《えん》に侍《じ》す

守部大隅《もりべのおほすみ》　振魂命《ふるたまのみこと》の後《のち》

聖衿韶景《せいきんせうけい》を愛《あい》し　山水芳春《さんすいはうしゆん》を翫《もてあそ》ぶ
椒花《せうくわ》風を帯《お》びて散《さん》じ　柏葉《はくえふ》月を含《ふく》んで新《あらた》なり
冬花雪嶺《とうくわせつれい》に消《き》へ　寒鏡氷津《かんきやうひようしん》に泮《と》く

の方がよかろう。○鍾池…　鍾池は呉のそれ、越潭は越の淵。これらに比すべき宮滝附近の川淵をいう。後句改訓。底本は「美稲槎洲ニ逢フ」。美稲(うましね)という漁夫が槎(いかだ)—柘(つみ)の枝に化した仙女—に吉野川で出逢ったという柘枝伝説を踏まえる。留連→3。一 大津皇子「述レ志」と「後人聯句」の七言詩(懐風藻)。二 →12。三 はじまり。

47 →39。典懐風(詩題に「賦得ニ時字一」と見え、韻字「時」が当り、これを韻字として作詩したもの)。韻時・期・詞・思、上平支韻。○勝地…　長屋王宅の場所と秋という時季について。風月→40。○酒を…　「置レ酒」は宴席を設ける。桂賞は香ぐわしく立派な宴を賞でる意か。後句、喜んで客を迎え蘭の香の如き同じ心の契り(周易・繫辞上)を追い求める。倒履(群書本懐風「倒屣」)は履物を逆にするほどあわてて客を迎える(魏志・王粲伝)。○人は…　雞林客は新羅の使節。鳳楼詞は鳳楼(列仙伝・蕭史)にも比すべき長屋王の宅で演奏される音楽の詞曲。○青海…　新羅は青海の彼方にある。別れて後には、白雲を眺めてはひたすら思うことであろう。一 第五・六句。

48 →19。典懐風。韻春・新・津・民、上平真韻。○聖衿…　聖衿→24。韶景は春の景色。後句、山水の景色のよい春を賞して御宴を開く。○椒花…　椒花は香実をもつ山椒(はじかみ)の

幸《さいはひ》に濫吹《らんすい》の席《せき》に陪《ばい》し　還《かへ》つて笑《わら》ふ撃壌《げきじやう》の民《たみ》

49 秋日長屋王の宅に於いて新羅の客を宴す

吉田宜《きちたのよろし》　孝照帝自《かうせうていよ》り出づ

西使《せいし》言《ここに》帰《かへ》る日　南登餞送《なんとうせんそう》の秋《あき》
人は蜀星《しよくせい》の遠《とほ》きに随《したが》ひ　驂《そへうま》は断雲《だんうん》の浮《う》かべるを帯《お》ぶ
一去郷国殊《いつきよきやうこくこと》なり　万里《ばんり》風牛《ふうぎう》絶《ぜつ》す
未《いま》だ新知《しんち》の趣《おもむき》を尽《つ》くさず　還《かへ》つて飛乖《ひくわい》の愁《うれひ》を作《な》す

50 讌《えん》に侍《じ》す

箭集虫麻呂《やつめのむしまろ》　物部《もののべ》の同祖《どうそ》

聖豫《せいよ》芳序《はうじよ》に開《ひら》き　皇恩品生《くわうおんひんせい》に施《ほどこ》す
流霞《りうか》酒処《しゆしよ》に泛《う》かび　薫吹曲中《くんすいきよくちゆう》に軽《かろ》し
紫殿《しでん》連珠《れんじゆ》絡《まと》ひ　丹墀《たんち》蓂草《めいさう》栄《さか》ふ
即《すなは》ち此《これ》槎《いかだ》に乗《じよう》ずる客《かく》　倶《とも》に欣《よろこ》ぶ天上《てんじやう》の情《じやう》

花。柏葉は常緑樹。「含レ月」は新春の月影(「日」の誤か)を宿す。二句の背後に元旦の屠蘇酒(椒酒と柏酒)を暗示。○冬花…　冬花は雪。後句、鏡の如き氷は渡し場附近で溶ける。○幸に…　身分不相応の身が幸いにも御宴に侍って、かえって帝尭の太平の世の民をあざ笑うほど今の聖代の有難さを感じる。濫吹→45。撃壌→24注一。

49 →39。典懐風(詩題に「賦得ニ秋字一」)。作者名「宜」を底本「宣」に誤る。韻秋・浮・牛・愁、下平尤韻。○西使…　西使は新羅の使者。言は発語の助字。後句、南の高処に登って(見送る動作)、帰国を送るはなむけの秋。○人は…　人は使者。蜀星は中国の西方蜀(四川省)の空にかかる星(初唐駱賓王の詩など)、新羅の方向に当てる。後句、添え馬は空に浮かぶちぎれ雲を帯びて故郷へ向かう。○一去…　ひとたび別れるとお互いは別々の国、万里の間は交際が絶える。風牛は慕い合う牝牡の牛馬を放逸すると無関係になる意(左伝・僖公四年)。○未だ…　新知(→41)趣は新しく友となった心情。飛乖は別離。

50 侍宴に同じ。→19。讌は酒盛り、宴会。典懐風。韻生・軽・栄・情、下平庚韻。○聖豫…　前句、天子は楽しみの御宴をよい時節の芳春に開く。底本「ヲ開キ」。品生は万物。○流霞…　流霞→27。薫吹は薫る春風。○

51 藤原太政《ふぢはらのたいじやう》が「吉野川に遊ぶ」韻《ゐん》を和《わ》す　大《おほ》津《つ》首《おふと》

地《ち》は是幽居《これいうきよ》の宅《たく》　山は惟帝者《ただていしや》の仁《じん》
潺湲石《せんくわんいし》を浸《ひた》す浪《なみ》　雑沓琴《ざつたふこと》に応《おう》ずる鱗《うを》
霊懐林野《れいくわいりんや》に対《たい》し　陶性風煙《たうせいふうえん》に在《あ》り
歓宴《くわんえん》の曲《きよく》を知らんと欲《ほつ》す　満酌自《まんしやくみづか》ら塵《ちり》を忘《わす》る

林子曰はく、藤太政《とうのたいじやう》は淡海公《たんかいこう》也。『懐風藻《くわいふうさう》』に公《こう》の「吉野」一の詩を載《の》すと雖《いへど》も、然《しか》れども、韻同《ゐんおな》じからざるときは、則《すなは》ち公の本韻《ほんゐん》伝はらざる乎《か》。本朝の和《わ》二韻《ゐん》此《ここ》に於《お》いて始《はじ》めて之《これ》を見る。且《か》つ元《げん》三・白《はく》・劉酬和《りうしうわ》の前《まへ》に在《あ》り。則《すなは》ち奇《き》なりと謂《い》ひつべし、と。

52 七《しち》　夕《せき》　藤原総前《ふぢはらのふささき》 「総」他書に「房」に作《つく》る

帝里《ていり》初涼至《しよりやういた》り　神衿早秋《しんきんさうしう》を翫《もてあそ》ぶ
瓊筵雅藻《けいえんがさう》を振《ふる》ひ　金閣良遊《きんかくりやういう》を啓《ひら》く
鳳駕雲路《ほうがうんろ》に飛び　竜車漢流《りようしやかんりう》を越《こ》ゆ

曲はしらべ。○紫殿… 紫殿は宮殿。連珠はつらなった玉、五星にたとえた帝堯の太平の世をこの聖代に適用。丹墀は金墀に同じ。→36。蓂草は帝堯の時に暦の代用とした蓂莢(初学記・帝王部)、コヨミグサ。○即ち… 前句→30張騫の故事。客は臣下。後句、天上に値するこの宮中の宴にはべって共に皇恩を喜ぶ。

51 太政大臣藤原史(不比等)の「吉野川に遊ぶ」詩と同じ韻に和して。興懐風(詩題「和下…之作上…仍用二前韻一」)。詩題の「遊二吉野川一」は「遊二吉野一」(懐風32、藤原史、真韻)とは別の詩とも。→林子評。韻仁・鱗・煙・塵、上平真韻。○地は… 後句、→29「仁山」。惟はコレとも。帝者は帝王。○潺湲… 潺湲は水の流れる音。浸を寛政本懐風藻「侵(ヲカス)」に作る。後句、琴の音に和して魚が入り乱れる。○霊懐… 霊懐は霊妙な心。林家本懐風藻「虚懐」(心を空しくする)、従うべきか。後句、性情を陶冶し養って風や煙霞の自然界の中にいる。○歓宴… 宴席の歓びの音楽の有様を知りたいと思うなら、十分に酒を汲み交して塵の世を自ら忘れている様子をごらん。「欲レ知」の句法は六朝以来例が多い。一藤原不比等「遊二吉野一二首」(第二首)。二他人の詩と同じ韻を以て詩を作ること。三中唐元稹・白居易・劉禹錫の間の、寄贈の詩に対する酬和(答え)の詩群より以前の作。

神仙《しんせん》の会《くわい》を知らんと欲《ほつ》す　青鳥瓊楼《せいてうけいろう》に入《い》る

53　吉野川に遊ぶ

藤《ふぢ》原《はらの》宇《う》合《かふ》

芝蕙蘭蓀《しけいらんそん》の沢《さは》　松柏桂椿《しようはくけいちん》の岑《みね》
野客《やかく》初《はじ》めて薜《へい》を披《ひら》き　朝隠《てういん》暫《しばら》く簪《しん》を投《とう》ず
筌《せん》を忘《わす》る陸機《りくき》が海　繳《しやく》を飛《と》ばす張衡《ちやうかう》が林
清風阮嘯《せいふうげんせう》に入《い》り　流水嵇琴《りうすいけいきん》に韻《ひび》く
天高《そらたか》うして槎路《さろ》遠《とほ》く　河廻《かはめぐ》つて桃源《たうげん》深《ふか》し
山中明月《さんちゆうめいげつ》の夜　自得《じとく》す幽居《いうきよ》の心《こころ》

54　暮春園池《ぼしゆんゑんち》に置酒《ちしゆ》す

藤原万里《ふぢはらのまろ》　他本「麻呂」に作る

城市元《じやうしもと》好《よしみな》無し　林園《りんゑん》賞《しやう》して餘有《あまりあ》り
琴《きん》を弾《だん》ず中散《ちゆうさん》が地《ち》　筆《ふで》を下《くだ》す伯英《はくえい》が書《しよ》
天霽《そらは》れて雲衣《うんい》落ち　池明《いけあき》らかにして桃錦《たうきんの》舒ぶ
言《げん》を寄《よ》す礼法《れいはふ》の士《をのこ》　我《わ》が麁《そ》疎《そ》有るを知るべし

52　↓33。「他書」は続日本紀など。「房前　フササキ」（書言字考）。興懐風。韻秋・遊・流・楼、下平尤韻。○帝里…　帝里は都。神衿は天子、その御心。早秋は初秋七月。○瓊筵…　宮中の七夕の宴席では雅麗な詩文に腕を振い、宮中の高殿では風雅な七夕の遊びを開く。○鳳駕…　鳳駕・竜車ともに織女星の車の美称。「越二漢流一」は天漢（天の川）を越えて彦星の許へ急ぐ。底本訓「ニ越ユ」。○神仙…　二星の逢会の様子を知ろうとすれば（欲知↓51）、西王母の使者の青い鳥が天上の美しい高楼に入る様をごらん（芸文類聚・七月七日「漢武故事」）。

53　↓46。興懐風。韻岑・簪・林・琴・深・心、下平侵韻。○芝蕙…　芝は瑞草。蕙は香草の蘭の類。蓀は香草。沢は山峡、谷間。松柏はともに常緑樹。桂は香木。椿は長寿を保つという聖なる木。○野客…　野客は仮に野の人になった我ら。「披レ薜」は薜蘿（つたかずら）の衣を着て隠者になる。後句、隠者の心をもちつつ宮仕えする我らはしばし身分を忘れて遊ぶ。簪は官人の冠をとめるかんざし。○筌を…　晋人陸機の文才に譬えられる海（詩品・上品）、即ち吉野川では魚を取る筌（ふせ）を忘れるほど我を忘れて遊び（荘子・外物篇）、後漢張衡の文才に譬えられる林（文選・張衡・帰田賦）、即ち吉野の山林では繳（いぐるみ）を飛ばして狩を楽しむ。○清林子曰はく、[一]淡海公《たんかいこう》の四男、其《そ》の長子武智麻呂《ちやうしむちまろ》最《もつと》も尊《たつと》し。然《しか》れども、其《そ》の詩伝《しつた》はらず。房前《ふさざき》・宇合《うかふ》・万里《まろ》、[二]昆弟《こんてい》三人並《なら》びに『懐風藻』に載《の》す。謂《い》ひつべし、[三]連珠合璧《れんじゆがつぺき》と。然れども、三人出処《しゆつしよ》各《おのおの》異《こと》なり。房前は参議《さんぎ》に任《にん》じ朝政《てうせい》に預《あづ》かる。子孫繁栄《しそんはんえい》なるを以《もつ》て、其《そ》の贈爵《ぞうしやく》武智麻呂と相同《あひおな》じ。宇合は才文武《さいぶんぶ》を兼《か》ね、東国西海《とうごくさいかい》の総管《そうくわん》に歴任《れきにん》す。遂《つひ》に[四]遣唐使《けんたうし》と為《な》り、以て壮遊《さういう》を窮《きは》む。一時《いちじ》推《お》して[五]翰《かん》墨《ぼく》の宗《そう》と為《な》す。唯惜《ただを》しむらくは、其の集《しふ》の伝はらざること。然れども、『懐《くわい》風《ふう》』に載《の》する所の数首幷《すうしゆなら》びに序《じよ》を見て、以《もつ》て其の英豪《えいがう》を知るべし。其の[六]貽厥《いけつ》百《もも》川《かは》・忠文《ただふみ》、度量人《どりやうひと》に過《す》ぎたる者《もの》、謂ひつべし、宇合の[七]遺烈《いれつ》と。万里《まろ》は自《みづか》ら[八]聖代《せいだい》の狂生《きやうせい》と称《しよう》し、琴酒《きんしゆ》を楽《たの》しみ、[九]隠淪《いんりん》を以て身《み》を終《を》ふ。其《そ》の所作幷《しよさくなら》びに序文《じよぶん》、皆《みな》尋常《よのつね》ならず。「[一〇]神納言《しんなごん》の墟《きよ》に過《よぎ》る」ときは、則《すなは》ち彼《か》の忠諫《ちゆうかん》を慕《した》ひ、「[一一]釈奠《せきてん》」に侍《じ》するときは、則《すなは》ち仲尼《ちゆうぢ》の時《とき》に用《もち》ひられざることを歎《たん》ず。「[一二]吉野川に遊ぶ」ときは、則《すなは》ち俗塵《ぞくぢん》を離《はな》るる意《い》有り。想《おも》ふに夫《それ》、其《そ》の文才《ぶんさい》宇合と伯仲《はくちゆう》すべし。是《これ》に由《よ》つて之《これ》を推《お》すときは、則ち武智麻呂《むちまろ》亦《また》文才有《あ》るべし。然《しか》らずんば、則ち何以《なにをもつ》てか其の子孫《しそん》[一三]南家《なんけ》儒者《じゆしや》の称有《しようあ》らん乎《や》。世《よ》唯藤氏《ただとうし》の貴顕《きけん》を知つて、其の祖先《そせん》文才並《ならびて》照ることを知らざるは何《なん》ぞ哉《や》。況《いはん》や彼《か》の子孫《しそん》多くは、是唯先例《これただせんれい》を引《ひ》いて官《くわん》爵《しやく》を貪《むさぼ》ることを知つて、[一四]文字を事《こと》とせざる者《もの》、痛《いたまし》哉《かな》、と。

風… 阮嘯は竹林の七賢人阮籍のうそぶく声。官人らの声をそれに喩える。流水→32。ここは吉野川。嵆琴は竹林の七賢人嵆康の弾く琴。官人らの琴をそれに喩える。○天… 槎路→30張騫の故事。後句、陶淵明「桃花源記」を踏まえる。底本訓「河廻ニシテ」。○山中… 幽居心は静かで奥深い住まいの心境。

54 暮春三月林泉で酒盛りをして。興懐風（群書本「園」を「於弟園」に作る）。「他本」は続日本紀など。閭餘・書・舒・疎、上平魚韻。○城市… 前句、奈良の都は元来親しい交りがないが。林園は詩題の園池、林泉（まし）。○琴を… 弾ずる琴は、中散大夫嵆康（→53）の如く、筆を振うのは草書の大家伯英（後漢張芝）のようだ。「下レ筆」はここは作詩。○天… 雲衣は雲のたな引く様を衣に譬えたもの、雲の意。落は消え去る。「桃錦舒」は錦の如く美しい桃の花が開く。○言を… 礼儀作法を守る皆様に一言申す、私に礼にはずれたそそっかしい点（酔飲など）のあることをご承知下さいと。「寄レ言」は六朝以来の句法。

一 藤原不比等。→17林子評。 二 兄弟。 三 美しい玉の連なる様。三兄弟の文才にたとえる。 四 この記事は誤り。 五 文学の第一人者。 六 子孫（毛詩・大雅・文王有声）。百川は宇合の八男。忠文は百川の五代目、武将。 七 残した功績。 八 懐風藻94の

55　述懐《しゆつくわい》　丹墀広成《たぢひのひろなり》　宣化帝《せんくわてい》の苗裔《べうえい》

少《わか》かりしとき蛍雪《けいせつ》の志《こころざし》無く　長《ひとと》なりて錦綺《きんき》の工《たくみ》無し
適《たまたま》文酒《ぶんしゅ》の会《くわい》に逢ひて　終《つひ》に不才《ふさい》の風《ふう》を恥《は》づ

林子曰はく、広成《ひろなり》は何人《なんびと》ぞ哉《や》。一乃《いま》し是《これ》二遣唐大使《けんたうたいし》に任《にん》じ、玄宗皇帝《げんそうくわうてい》に謁見《えつけん》す。其《そ》の賜《たま》ふ所の勅書《ちよくしよ》、三張九齢之《ちやうきうれいこれ》を作《つく》る。載《の》せて『四曲江集《きよくかうしふ》』に在《あ》り。美《び》を当時《たうじ》に播《ほどこ》し、五芳《はう》を万世《ばんせい》に遺《のこ》す。其《そ》の才豈尋常《さいあにじんじやう》ならん哉《や》。然《しか》れども、其の自《みづか》ら言ふ所《ところ》此《か》くの如《ごと》し。謂《い》ひつべし、才《さい》に誇《ほこ》らざる者《もの》と。惜《を》しい哉《かな》、其《そ》の遣唐船中《けんたうせんちゆう》の紀行《きかう》及《およ》び在唐《ざいたう》の著述伝《ちよじゆつつた》はらざること、と。

56　駕《が》に吉野宮《よしののみや》に従ふ　高向諸足《たかむくのもろたり》　武内《たけうち》の苗裔《べうえい》

在昔《むかし》魚を釣《つ》る士《をのこ》　方今《いまし》鳳《おほとり》を留《とど》むる公《きみ》
琴《きん》を弾《だん》じて仙《せん》と戯《たはふ》れ　江《かは》に投《とう》じて神《しん》と通《かよ》ふ
柘歌《しやか》寒渚《かんしよ》に泛《う》かび　霞景秋風《かけいしうふう》に飄《ひるがへ》る
誰《たれ》か謂《い》ふ姑射《こや》の嶺《みね》　蹕《ひつ》を駐《とど》む望仙宮《ばうせんきゆう》

序にみえる語句。狂生は変り者。九 隠逸者。一〇 懐風藻95の詩題「過二神納言墟一」。墟は旧居。忠諌は大神高市麻呂(9の作者)が伊勢行幸を中止するよう諌めたこと(持統紀)。一一 同じく97「仲秋釈奠」。釈奠↓8注一。仲尼は孔子。一二 同じく98。一三 武智麻呂の創設した南家(尊卑分脈)。一四 文業を顧みない。底本訓「…不(ざ)ルコト者(は)」は誤刻。

55 ↓1。[興]懐風。[韻]工・風、上平東韻。○少かりし… 前句、芸文類聚・蛍火引用の車胤・孫康の故事を踏まえる。錦綺工は美しい詩文を作る文才。○適… 不才風は文才のないわが身(風はふり、有様)。

一 接続詞、「即」の意。 二 天平四年(七三二)任命。イマシは今その意。 三 玄宗などに仕えた官人、曲江公とも。勅書は旧唐書・九九の「勅日本国王書」をさす(全唐文・二八七)。 四 二十巻(四部叢刊・集部)。 五 芳名。

56 ↓30。[興]懐風。[韻]公・通・風・宮、上平東韻。○在昔… 釣魚士は柘枝(つみのえ)伝説の漁夫美稲(うましね)。後句、今はここに御車を留めて遊ぶ貴人官人たち。鳳は鳳車、天子の御車(底本「風」)。○琴を… 神仙境吉野に遊ぶ官人の動作。仙は仙人。後句、吉野川に至って洛水の神女の如き川の女神と相通じる(神仙境の官女たちと遊ぶ意)。底本「将(と)」を「マサニ…セントス」と誤訓。○柘歌… 柘歌(底本「拓」。意改)は柘枝媛(つみのえ林子曰はく、孝徳天皇《かうとくてんわう》の時《とき》、[一]高向玄理《たかむくのくろまさ》、学業《がくげふ》を以《もつ》て博士《はかせ》に顕任《けんにん》す。[二]遣唐使《けんたうし》と為《な》る。疑《うたが》ふらくは是諸足其《これもろたりそ》の子孫《しそんか》乎、と。

57 唐《たう》に在《あ》つて本国《ほんごく》の皇太子《くわうたいし》に奉《たてまつ》る

釈《しやく》　道《だう》　慈《じ》

三宝聖徳《さんぼうせいとく》を持《ぢ》し　百霊仙寿《ひやくれいせんじゆ》を扶《たす》く
寿《じゆ》は日月《じつげつ》と共《とも》に長《なが》く　[一]徳《とく》は天地《てんち》と与《とも》に久《ひさ》し

林子曰はく、道慈《だうじ》入唐《につたう》、西土《せいど》に遊《あそ》び、帰朝《きてう》して名《な》を顕《あら》はす。是《これ》も亦僧中《またそうちゆう》の[二]巨擘《きよはく》也《なり》、と。

58 藤江守《とうのあふみのかみ》「裨叡山《ひえさん》の先考《せんかう》の旧禅処《きうぜんしよ》の柳樹《りうじゆ》を詠《えい》ずる作《さく》」を和《わ》す

麻田陽春《あさだのやす》　朝鮮国《てうせんこく》自《よ》り出づ

日月荏苒《じつげつじんぜん》として去《さ》り　慈範独《じはんひと》り依依《いい》
寂寞《せきばく》たる精禅《しやうぜん》の処《ところ》　俄《には》かに積草《せきさう》の墀《には》と為《な》る
古樹三秋《こじゆさんしう》落ち　寒花九月《かんくわきうぐわつ》衰《おとろ》ふ
唯両楊樹《ただりやうやうじゆ》を餘《あま》す　孝烏《かうう》朝夕《てうせき》悲《かな》しむ

ひめ)の歌。泛は漂いつつ歌われる。霞景は夕やけの景色、光。〇誰か… ここはすでに神人の住む藐姑射(やはこ)の山(荘子・逍遥遊篇)の趣をもつ処であり、漢の武帝の宮殿「望仙宮」(底本「望二仙宮一」)にも比すべき吉野離宮に御車を留めたもう。蹕は行幸の前駆。

57 唐にいて日本の皇太子聖武(和銅六年(七一三)立太子)に奉る詩。〇三宝… 仏・宝・僧という三つの宝は皇太子のもつべき優れた道徳(→1)を護持し、あまたの神霊は皇太子の寿命を助ける。〇寿は… 寿は皇太子の仙寿。徳はその聖徳。その長久を祈り奉る意。一 大宝元年(七〇一)遣学、養老二年(七一八)帰朝(懐風藻・作者伝)。二 親ゆび、人々のかしら。興懐風。韻寿・久、上声有韻。

一 黒麻呂とも。推古十六年(六〇八)小野妹子に従って学生として隋国へ、大化改新に際して「為二国博士一」。顕任は名が高くて任命される意。
二 白雉二年(六五一)遣唐押使。

58 藤原近江守仲麻呂の「比叡山の亡父武智麻呂のもとの禅房のしだれ柳の木を詠むという作」に唱和して。易林本「ヒエイセン」。興懐風。詩は後半の部分。韻依(通用韻)・墀・衰・悲、上平支韻。〇日月… 荏苒は時間の流れるさま。後句、慈愛深い亡父の風采(面影)だけがいつ迄も慕わしくまつわる。範は風範風儀。〇寂寞… 精禅は仏道に精進する。

林子曰はく、「裨叡」は即《すなは》ち「比叡《ひえ》」也《なり》。此《こ》の詩未《いま》だ其趣《そのおもむき》を詳《つまび》らかにせずと雖《いへど》も、然《しか》れども、孝子《かうし》親《おや》を慕《した》ふの情《じやう》有り。感慨殊深《かんがいことにふか》し。況《いはん》や亦台徒《またたいと》未《いま》だ山《やま》に入《い》らざる前《まへ》、此の山の題詠固《だいえいまこと》に是一故事《これいちこじ》也《なり》。以《もつ》て吟翫《ぎんぐわん》すべし、と。

59 春日左僕射長屋王《しゆんじつさぼくやながやのわう》の宅《いへ》に宴《えん》す

塩屋古麻呂《しほやのこまろ》　武内《たけうち》の苗裔《べうえい》

卜居城闕《ぼくきよじやうけつ》に傍《そ》ふ　興《きよう》に乗《じよう》じて朝冠《てうくわん》を引く
繁絃山水《はんげんさんすい》を辨《べん》じ　妙舞《めうぶ》斉紈《せいぐわん》を舒《の》ぶ
柳条風《りうでうかぜ》未《いま》だ暖《あたた》かならず　梅花雪猶《ばいくわゆきなを》寒《さむ》し
情《じやう》を放《ほしいまま》にして良《まこと》に所《ところ》を得たり　願言金蘭《をもうわれきんらん》の若《ごと》し

林子曰はく、此《こ》の詩平穏《へいをん》にして稍好《ややよ》し。且《か》つ諂媚《てんび》の意無《いな》し、と。

60 五八《ごはち》の年《とし》を賀《が》する宴《えん》

伊伎古麻呂《いきのこまろ》

万秋《ばんしう》貴《き》戚《せき》に長《ちやう》じ　五八《ごはち》遐年《かねん》を表《あら》はす
真率前後《しんそつぜんご》無《な》く　鳴求愚賢《めいきうぐけん》を一《いつ》にす
令節黄地《れいせつくわうち》を調《ととの》へ　寒風碧天《かんぷうへきてん》に変《へん》ず

「積草墀」は生い茂る草の石だたみの庭。○古樹… 前句、古い木の葉は秋になって散る。寒花(底本「寒草」。意改)は寒い時に咲く花、菊の花など。○唯… 「唯餘」は六朝以来の句法。ただ二本の柳の木だけがそこに残っていて、朝夕からすが来て悲しそうに鳴くばかり。孝烏(天和本懐風藻「烏」)は、説文に「烏、孝烏也」と。作者が亡父を思う情を暗示。↓林子評。一 比叡山天台宗の僧徒。

59 春の日に左大臣長屋王の邸宅での宴に参加して。底本、作者「古麻呂」の「呂」欠。圏懐風。圓冠・紈・寒・蘭、上平寒韻。○卜居… 前句、長屋王は住居をうらなって定め宮門に添って構える。「引二朝冠一」は朝廷出仕の冠をつけた官人を王が招く。○繁絃… 宴会の一座の人々は伯牙・鍾子期の如く急調の琴の絃の音より山水の趣を聞き分け(↓32)、巧みな舞は斉の国より産出する白いねりぎぬ(文選・班婕妤・怨歌行)をのべ翻すようだ。○柳条… 柳条はしだれ柳の枝。「暖」は懐風藻の諸本「煖」に作る。○情を… 気持のおもむくままに心を開放してほんとにここはよい処、金の如く固く蘭の如く香ぐわしい朋友の交り(↓40)をしたい。願言は毛詩・邶風・終風にみえる語(鄭箋「言ハ我、願ハ思也」)。言は意味の軽い助字でココニとも(惺窩点不読)。一 長屋王にこびへつらう心。底本「謟」に誤る。↓42林子評。

已《すで》に螽斯《しゆうし》の徴《しるし》に応《おう》ず　何《なん》ぞ須《もち》ひん太玄《たいげん》を顧《かへり》みることを

林子曰はく、「曲礼《きよくらい》」[一]に拠《よ》るときは、則《すなは》ち四十《しじふ》は是強仕《これきやうし》の年《とし》也。本朝《ほんてう》の俗既《ぞくすで》に四十に至《いた》るときは、則《すなは》ち老境《らうきやう》と為《な》す。故《ゆゑ》に四十の賀《が》有り。宴を設《まう》けて之《これ》を祝《しゆく》す、と。

61　幽《いう》　棲《せい》　　　隠士民黒人《いんしたみのくろひと》　野《の》見《みの》宿《すく》禰《ね》の後《のち》

試《こころみ》に囂塵《がうぢん》の処《ところ》を出《い》で　追《お》うて仙桂《せんけい》の叢《くさむら》を尋《たづ》ぬ
巌谿俗事《がんけいぞくじ》無《な》し　山路樵童《さんろせうどう》有《あ》り
泉石行行異《せんせきかうかうこと》なり　風烟処処同《ふうえんしよしよおな》じ
山人《さんじん》の楽《たのしみ》を知らんと欲《ほつ》す　松下清風《しようかせいふう》有り

林子曰はく、尭《げう》・舜《しゆんうへ》上に在《あ》るとき、巣《さう》[一]・由《いう》下《した》に在り。高《かう》[二]・光漢業《くわうかんげふ》を開《ひら》くとき、故《ゆゑ》に吾《わ》[五]芝《し》[三]を商山《しやうざん》に採《と》る者有《ものあ》り、羊裘独釣《やうきうどくてう》[四]の者有り。何代《いづれのよ》にか逸民無《いつみんな》からん。故《ゆゑ》に吾《わ》が夫子《ふうし》歴《あまね》く逸民《いつみん》を挙《あ》ぐ。馬遷《ばせん》[六]、伯夷《はくい》を以《もつ》て列伝《れつでん》の首《しゆ》と為《な》す。范史《はんし》[七]自《よ》り以下隠逸《をちつかたいんいつ》伝《でん》を立《た》つ。『懐風藻』の中《なか》の作者《さくしや》、悉《ことごと》く是縉紳《これしんしん》[八]の徒《と》也。釈門《しやくもん》[九]の徒《と》と雖《いへど》も、共《とも》に朝《てう》に顕《あら》はるる者也《ものなり》。独《ひと》り民黒人を其《そ》の中《なか》に載《の》せ、之《これ》に辨《わきま》へしむるに「隠士」の二字を以《もつ》てして、後世《こうせい》の者を使《し》て我《わ》が国亦隠士《くにまたいんし》有ることを知らしむ。亦善《またよ》か

60　長屋王の四十歳を祝う酒宴。興懐風。韻年・賢・天・玄、下平先韻。○万秋…　前句、君は永遠に栄える高貴な家柄に生長する(底本無訓)。遐年は長寿。○真率…　長屋王の態度。ありのままで飾らない態度を以て(世説新語・雅量篇、羊曼の故事)客の貴賤前後もなく迎え、鶯が鳴いて友を呼び求める如く愚人賢人の差もなく歓待する。底本「前没」及び「烏求」に誤る。○令節…　今日のよい季節は黄色の大地を整え、寒い風は吹き払われて青空に変る。○已に…　既に王家にはイナゴの如く子孫繁栄の瑞兆が現れている(毛詩・周南・螽斯)、いまさら漢の楊子雲の天地万物の根元などを述べた「太玄経」(文選・解嘲)など顧みる必要はない。一 礼記・曲礼上「四十曰レ強、而仕」(仕は官途に就く意)。

61　俗世間を離れて静かに住んで。隠士は隠遁者。興懐風。韻叢・童・同・風、上平東韻。○試に…　試はたまたま。囂塵はやかましく塵の多い俗世間。後句、仙人の住むような香木の桂の茂る草むらの幽棲の地を追い求めてやって来た。○巌谿…　巌谿は渓谷。樵童はわらべの木こり。○泉石…　行きに行くにつれて谷間の水や石の様子は変るが、風やもやはどこも同じくたちこめている。○山人…　隠遁した山びとの楽しみを知ろうと思うならば、松の下を吹く清らかな風によってわかる(松下の

らず乎《や》。

嗚呼《ああ》、黒人は何人《なんびと》ぞ哉《や》。其《そ》[一〇]の出自《しゆつじ》未《いま》だ知らず、其《そ》の郷邑《きやういふ》未《いま》だ知らず。其の幽棲《いうせい》何処《いづれのところ》に在る乎《や》、未《いま》だ知らず。其《そ》の年寿《ねんじゆ》幾多《いくばく》ぞ、未《いま》だ知らず。然《しか》れども、此の詩を観るときは、則《すなは》ち其の高尚想像《かうしやうさうざう》[一一]すべし。蓋《けだ》し其玄真子《それげんしんし》[一二]・四明狂客《しめいきやうかく》[一三]の流乎《りうか》。『懐風藻』[一四]微《な》かつせば、則《すなは》ち誰《たれ》か上世《じやうせい》に此人《このひと》有《あ》ることを知らん、と。

62（欠　題）　釈《しやく》　道《だう》　融《ゆう》

我《わ》が思《おも》ふ所《ところ》兮無漏《むろ》に在《あ》り　往従《いつてしたが》はんと欲《ほつ》すれば兮貪瞋《とんじん》難《かた》し
路《みち》の険易《けんい》兮己《おのれ》に由《よ》るに在《あ》り　壮士《さうし》去《さ》つて兮復《また》還《かへ》らず

林子が曰はく、此《こ》の詩《し》、題《だい》を闕《か》く。蓋《けだ》し其志《それこころざし》を言ふ者乎《ものか》。其《そ》の辞《じ》高《たか》しと謂《い》ひつべし。然《しか》れども、彼儒業《かれじゆげふ》[一]を棄《す》て以《もつ》て釈氏《しやくし》に入《い》るときは、則《すなは》ち[二]高《たか》きことは則《すなは》ち高矣《たかし》。或いは其実《それまこと》無《な》からん乎《か》、と。

63 南荒《なんくわう》に飄寓《へうぐう》して在京《ざいきやう》の故友《こいう》に贈《おく》る　石上乙麻呂《いそのかみのおとまろ》 本姓《ほんせい》物部《もののべ》

遼敻千里《れうけいせんり》に遊《あそ》び　徘徊寸心《はいくわいすんしん》を惜《を》しむ

清風に山人の楽しみがあるのだ)。「欲レ知」→51。一 隠者巣父と許由(嵇康高士伝)。二 前漢高帝と後漢光武帝。漢業は漢という国の大業。三 秦末の乱を避けて陝西省商山に隠れた四人の老人、四皓(漢書・張良伝・顔師古注)。芝は瑞草。四 羊の皮衣を着て魚を釣る者、隠士(後漢書・逸民伝・厳光伝)。五 林羅山。六 司馬遷。その史記の列伝一は「伯夷」。七 范曄(はんよう)撰の後漢書。列伝七十三に「逸民」。八 官位、身分の高い人。九 釈家、僧侶。一〇 民黒人は播磨国大掾として下任した民忌寸(たみのいみき)黒人か(大日本古文書・二・播磨国正税帳)。郷邑(底本「卿邑」に誤る)は村里、故郷。一一 高潔な志。一二 中唐張志和。仕官の後に釣客となって自適(唐才子伝・三)。一三 盛唐賀知章。仕官後、晩年郷里に隠居、「自号二四明(浙江省の山名)狂客一」(同・三)。流はたぐい、徒。一四 ↓3注一四。

62 詩題欠く。形式は後漢張平子(張衡)「四愁詩」(文選、玉台新詠)に学ぶ。各句の第四字目の「兮(けい)」は語調を整える助字、不読。〔出〕懐風。〔韻〕難・還(通用韻)、上平寒韻。○我が… 無漏は仏教語。漏(煩悩)を去って悟りの道に入る意。後句、それに向かって進もうとすれば欲(むさぼり)と怒りが邪魔をして進みにくい。○路の… 悟りへの道の嶮しいか平坦かは自分の心次第、春秋戦国の壮

風前蘭馥《ふうぜんらんか》を送《おく》り　月後《げつご》桂陰《かつらかげ》を舒《の》ぶ
斜雁雲《しやがんくも》を凌《しの》いで響《ひび》き　軽蟬樹《けいせんき》を抱《いだ》いて吟《ぎん》ず
相思《あひおも》うて別慟《べつどう》を知る　徒《いたづ》らに弄《ろう》す白雲《はくうん》の琴《きん》

林子曰はく、乙麻呂は左大臣《さだいじん》麻呂の子《こ》也。故《ゆゑ》有つて南謫《なんたく》[一]。心[二]を文藻《ぶんさう》に写《うつ》し、『銜悲藻《がんびさう》』両巻《りやうくわん》を作《つく》る。此《こ》の詩《し》亦其中《またそのなか》に在《あ》る者乎《ものか》。乃[三]知《いまし》んぬ、当時《たうじ》の貴介公子《きかいこうし》[四]翰墨《かんぼく》を弄《ろう》する、啻淡海公《ただたんかいこう》[五]の子而已《のみ》に匪《あら》ず、と。

64　月夜河浜《げつやかひん》に坐《ざ》す　　葛井広成《ふぢゐのひろなり》　一の姓白猪《しらゐ》、周国自《しうこくよ》り出づ

雲飛《くもと》んで玉柯《ぎよくか》に低《た》れ　月上《つきのぼ》つて金波《きんば》を動《うご》かす
落照曹王《らくせうさうわう》の苑《その》　流光織女《りうくわうしよくぢよ》の河《かは》

林子曰はく、能《よ》く景致《けいち》[一]を写《うつ》す、と。

以上《いじやう》の作者六十四人、『懐風藻《くわいふうさう》』に見えたる者各《ものおのおの》一首を載す。以《もつ》て我が邦《くに》の古体《こてい》を見つべし。

或《あるひと》林子に問うて曰はく、「『懐風藻』は誰人《たがひと》の撰《せん》する所《ところ》ぞ」と。答へて曰はく、「未《いま》だ之《これ》を知らず。然《しか》れども、序《じよ》の末《すゑ》に「天平勝宝三年《てんへいせうほう》[一]」と曰ふと

士(刺客)荊軻《けいか》は生還を期しないと歌ったが(文選・荊軻歌「壮士一去兮不二復還一」)、自分も悟りの道を期して後には戻らない決心だ。一 懐風藻・釈道融伝参照。二「則高」は衍字で本文は下の「則高矣」のみか。

63 南の果て土佐に流されてさすらい、在京の旧友に贈る。作者の配流は久米若売《わかめ》を姧した罪による(続日本紀・天平十一年三月)。〔典〕懐風。この詩の本文・訓など底本不備、流布本による(→解説)。〔韻〕心・陰・吟・琴、下平侵韻。○遼夐… 遠い遥かな千里の彼方の土佐にさすらい、さまよいつつ(不運な)わが身の小さな胸の内をいとおしむ。○風前… 送は蘭の芳香をもたらす。後句、月が出て桂の木はその影を地に長く引く。桂は月桂(月の中の桂)の縁語。→33。○斜雁… 斜雁は斜に連なって飛ぶ雁。軽蟬は軽やかな身の蟬。「抱レ樹」は樹につかまる。○相思… 友を思う情は別れの嘆きに耐えられないことをよく承知している。白雲の遠くに離れていてむなしく琴をかきならすばかり。一 南方土佐に流される。二 懐風藻・乙麻呂伝参照。心のうちを詩文に表現する。銜悲藻(悲しみを含む詩集)は現存しない。三 →55注一。四 貴い家柄の若君。翰墨は筆と墨、文筆。五 否定詞を伴い、ただ…だけではないの意。淡海公は藤原不比等。→17林子評。

きは、則《すなは》ち疑《うたが》ふらくは其《それ》淡海《あふみのみ》[二]三船《ふね》が撰《せん》する所乎《ところか》」と。曰はく、「勝宝の際《さい》、文人《ぶんじん》少なからず。何《なん》ぞ独《ひと》り三船而已《のみ》ならん哉《や》」と。曰はく、「汝《なんぢ》三船が系譜《けいふ》を知らざる乎《や》。其《そ》の父を池辺王《いけべのわう》と曰ふ。池辺の父を葛野王《かどののわう》と曰ふ。王は即《すなは》ち大友太子《おほども》の子也。此《こ》[三]の書の首《はじめ》に大友の詩を載せ、題して「淡海朝皇子《あふみてうくわうし》の作」と曰ふ。其の伝《でん》に曰はく、「皇太子《くわうたいし》は淡[四]海帝の長子《ちやうし》也」、其の伝の末《すゑ》に曰はく、「[五]壬申《じんしん》の乱《らん》に天命《てんめい》遂《と》げず」といふ。是《ここ》に於《お》いて大友始《はじ》めて叛逆《はんぎやく》の[六]冤《あん》を洗ふ。且《か》つ[七]舎人親王《とねりのしんわう》同時《どうじ》にして、大友の詩を作ることを知らず。此《こ》[八]の書《しよ》に於《お》いて始《はじ》めて世《よ》に著《あら》はる。況《いはん》や又《また》大友及《およ》び葛野王の伝《でん》に言ふ所《ところ》、共《とも》に是《これ》国史の記《き》せざる所《ところ》也。其の子孫《しそん》に非《あら》ずんば、則《すなは》ち誰《たれ》か能《よ》く之《これ》を知らん。三船、文学《ぶんがく》を以《もつ》て[九]石上宅嗣《いそのかみのやかつぐ》と名を斉《ひと》しうし、当時《たうじ》に鳴《な》る。想《おも》ふに夫《それ》、時《じ》[一〇]嫌《けん》を避《さ》け、公《あらは》に之《これ》を言《い》はずと雖《いへど》も、大友、天智《てんち》の嫡子《ちやくした》為れども、不幸《ふかう》にして天武《てんむ》の為《ため》に敗《はい》せ被《ら》れて叛臣《はんしん》に准《じゆん》ぜ被《ら》れ、且《か》つ其の文才《ぶんさい》も亦泯滅《またびんめつ》せんことを深[一一]く憫《あはれ》み、窃《ひそ》かに此の書《しよ》を作《つく》つて以《もつ》て子孫《しそん》に遺《のこ》す。故に其《そ》の年月《としつき》を記《き》し、以《もつ》て姓名《せいめい》を匿《かく》し、後人《こうじん》を使《し》て考へて之《これ》を知らしむる者乎《ものか》」と。問者《とふもの》驚いて曰はく、「子《し》が言ふ所《ところ》、其《それ》拠《よりどころ》有る乎《か》」と。曰はく、「『懐風藻』是《これぞ》其の拠《よ》る所《ところ》なり。往年《わうねん》会《あ》[一二]つて函三弟《かんさんてい》と談《だん》じて此の事に及び、[一三]従容《しようよう》として以《もつ》て先《せん》考《かう》に告《こく》す。笑《わら》つて之《これ》を頷《うなづ》けり。蓋《けだ》し其之《それこれ》を許《ゆる》せる乎《か》。嗚呼《ああ》、[一四]天武《てんむ》一時《いちじ》の勝《かち》

64 月の夜、河辺に坐って。興 懐風（詩題に「…一絶」（絶句）とある）。韻 柯・波・河、下平歌韻。〇雲… 河辺の景。河辺に坐って想像した天上の景とも。玉柯は木の枝（桂の木か）、玉は美称。動は「動ク」とも。〇落照… 夕日の光を見ると魏の曹子建（曹植）の西園の宴会が思われ（文選・曹子建・公讌詩）、ふと見ると動きゆく月の光が（同・七哀詩）天の河にかかる。一 景色などのおもむき。

一 孝謙天皇七五一年。二 養老六年（七二二）—延暦四年（七八五）。三 懐風藻1「淡海朝大友皇子」。四 天智天皇。五「会㆓壬申年（六七二）之乱㆒、天命不㆑遂、時年二十五」。六 無実の罪を晴らす。七 天武天皇第三皇子。養老四年（七二〇）日本書紀を撰上した一人。八 懐風藻。九「自㆓宝字㆒後、宅嗣及淡海真人三船為㆓文人之首㆒」（続日本紀・天応元年・宅嗣伝）。一〇 →5注三。一一 底本訓「深ク憫㆘…」。一二「曾」（かつて）の誤か。函三弟は林鵞峰の弟の函三子（羅山の四男）、読耕斎とも。一三 落ちついて、さりげなくゆったりとして。先考は父の羅山。一四 天武天皇側の壬申の乱の戦利をさす。

に乗《じよう》ずと雖《いへど》も、然《しか》れども、[一五]称徳女主皇胤無《せうとくぢよしゆくわういんな》し。光仁帝《くわうにんてい》、天智《てんち》の皇孫《くわうそん》なるを以《もつ》て、遂《つひ》に[一六]太統《だいとう》を承《う》け、長《なが》く帝室《ていしつ》の基《もとゐ》を興《おこ》す。然《しか》るときは、則《すなは》ち序者《じよしや》の所謂《いはゆる》「天命遂《と》げず」とは、豈其私《あにそれし》言《げん》ならん哉《や》。汝聞《なんぢき》かず乎《や》。宋《そう》の太祖《たいそ》天下《てんか》を以《もつ》て其《そ》の弟太宗《おとうとたいそう》に譲《ゆづ》る。太宗、太祖《たいそ》の子《こ》に譲らずして其の子に授《さづ》く。然《しか》れども、数世《すうせい》を経《へ》て、[一七]孝宗《かうそう》、太祖の皇胤《くわういん》なるを以《もつ》て、入つて[一八]大統《だいとう》を継《つ》ぐときは、則《すなは》ち天運《てんうん》の明《めい》、[一九]倭漢同一揆《わかんどういつき》也《なり》。故《ゆゑ》に知んぬ、『懐風藻』の作者《さくしや》大友の為《ため》に筆《ふで》を起《おこ》して、其《そ》の餘《ほか》の詩章並載《ししやうあはせの》するは、是亦時《これまたじ》嫌《けん》を避《さ》くるの一端《いつたん》なることを。然《しか》れども、[二〇]此是我家《これはこれわがいへ》の私言《しげん》也《なり》。後世若《こうせいも》し博雅《はくが》の君子《くんし》有《あ》らば、則《すなは》ち今日《こんにち》の私言、其他《それた》日《じつ》の公言為《こうげんた》らん乎《か》」と。問者唯《とふものい》[二一]して退《しりぞ》く。

本朝一人一首巻之一　終

一五 称徳天皇(孝謙天皇)。 一六 大統に同じく、皇統。 一七 底本「考宗」。孝宗(一一六二―八九)の誤。 一八 太統に同じ。 一九 道を同じくする。揆ははかること、道、法。 二〇 林家。 二一 承諾のことば「ゐゐ」(礼記・曲礼上・鄭注「応辞、唯恭㆓於諾㆒」)。

本朝一人一首巻之二

向《かう》陽《やう》林《りん》子《し》輯《しふ》

65 晩《ばん》春《しゆん》三《さん》日《じつ》遊《いう》覧《らん》　大《おほ》伴《ともの》池《いけ》主《ぬし》

餘《よ》春《しゆん》媚《び》日《じつ》怜《れい》賞《しやう》するに宜《よろ》し　上《じやう》巳《し》の風《ふう》光《くわう》覧《らん》遊《いう》するに足《た》れり
柳《りう》陌《はく》江《かは》に臨《のぞ》んで絃《げん》服《ぷく》を縟《じよく》し　桃《たう》源《げん》海《うみ》に通《つう》じて仙《せん》舟《しう》を泛《う》かぶ
雲《うん》罍《らい》桂《かつら》を酌《く》んで三《さん》清《せい》湛《たた》へ　羽《う》爵《しやく》人を催《うなが》して九《きう》曲《きよく》流る
縦《しよう》酔《すい》陶《たう》心《しん》彼《ひ》我《が》を忘る　酩《めい》酊《でい》処《ところ》として淹《えん》留《る》せずといふこと無《な》し

66 同《おな》じく　大《おほ》伴《ともの》家《やか》持《もち》　旅《たび》人《ひと》の子

杪《べう》春《しゆん》餘《よ》日《じつ》媚《び》景《けい》麗《うるは》し　初《しよ》巳《し》和《わ》風《ふう》払《はら》つて自《おの》づから軽《かろ》し

65 晩春三月三日遊覧して。作者、底本「大伴家持、旅人ノ子」に誤る。典万葉・十七。韻遊・舟・流・留、下平尤韻。○餘春… 餘春はあり余った春。残春とは別。媚日は麗らかな日。上巳は陰暦三月の初めの巳(み)の日。○柳陌… 以下、川辺の曲水の宴。柳陌は柳の並木道。「縟二絃服一」は官人らの晴れ着をまだらに美しく飾る。桃源は桃源境(陶淵明「桃花源記」)。「泛二仙舟一」は遊覧の舟(仙は美称)を川に浮かべる。○雲罍… 雲罍は雲雷の形を刻んだ樽。桂酒は桂(香木)を入れた酒。三清は何度も醸した清酒。「羽爵」云々は鳥の翼の姿に形どった酒盃は人に作詩をせかす(曲水の宴では盃が自分の処に来る迄に作詩すべき規則があるためこのようにいう)。九曲は曲りくねった岸辺。○縦酔… 気ままに酔ってうっとりと自他の別を忘れ、どこでもすわりこむ有様だ。淹留はその場に久しく留まる(爾雅「淹・留、久也」)。

66 →65。作者、底本「大伴池主」に誤る。典万葉・十七。韻軽・瀛・清・町、下平庚韻。○杪春… 杪春の「杪」(底本「秒」に誤る)は末の意。晩春。媚景はうららかな景色。初巳は上巳(→65)。和風はのどかな春風。○来燕… 前句は淮南子・説林訓を、

来燕泥《らいえんどろ》を銜《ふく》んで賀《が》して宇《いへ》に入り　帰《き》鴻蘆《こうあし》を引いて迴《はる》かにして瀛《おき》に赴《おもむ》く
聞く君が侶《とも》に嘯《うそぶ》き流曲《りうきよく》を新《あらた》にし　禊飲《けいいん》爵《さかづき》を催《うなが》して河清《かはのきよ》きに泛《う》かぶ
此《こ》の良宴《りやうえん》を追尋《ついじん》せんと欲《ほつ》すと雖《いへど》も　還《また》知る染懊脚跉跰《せんあうあしれいてい》

林子《りんし》曰《い》はく、此の二首『万葉集』に見えたり。按《あん》ずるに大伴氏《おほともし》一道臣命《みちのおみのみこと》自《よ》り出《い》づ。世朝政《よよてうせい》を執《と》り、或《ある》いは相《しやう》と為《な》り、或いは将《しやう》と為る。二藤氏《とうし》の盛《さか》んなるに逮《およ》んで、大伴氏稍衰《ややおとろ》ふ。然《しか》れども、猶朝《なをてう》に在《あ》つて三月卿《げつけい》と為《な》り、出でて四藩鎮《はんちん》と為る。家持五中納言《ちゆうなごん》に任《にん》じ奥羽《あうう》を管領《くわんりやう》す。且《か》つ倭歌《わか》を以《もつ》て名を著《あら》はす。又偶《またたまたま》此の詩を見る。謂《い》ひつべし、文武《ぶんぶ》の才《さい》有りと。池主亦《また》歌を能《よ》くす。六其詩《そのし》家持に比《ひ》すれば、則《すなは》ち之《これ》に及ばずと雖《いへど》も、其《そ》の心を漢字に注《つ》くる者《もの》、亦奇《またき》ならず乎《や》。家持が行実《かうじつ》、国史《こくし》を考へて以《もつ》て知るべし。此《こ》の外《ほか》、『万葉集』に七山上憶良《やまのうへのをくら》が詩有り。其体異《そのていい》様《やう》、故《ゆゑ》に之《これ》を略《りやく》す、と。

67 桜《あう》花《くわ》　　平《へい》城《ぜい》天《てん》皇《わう》

昔《むかし》幽巌《いうがん》の下《もと》に在《あ》つて　光華《くわうくわし》四方《はう》を照《て》らす
忽《たちま》ち攀折《はんせつ》の客《かく》に逢《あ》つて　笑《えみ》を含《ふく》んで三陽《さんやう》に亘《わた》る
気《き》を送《おく》る時に多少《よりよりたせう》　陰《かげ》を垂《た》る復短長《またたんちやう》

後句は同・脩務訓を踏まえる。帰鴻は北方へ帰る雁の類。賀は祝賀する。○聞く… 前句、底本を改訓。聞けば君は友と歌って曲水の流れを新鮮にし、三日のみそぎの酒宴に盃をせきたてて清流に浮かべたとのこと。「催」↓65。○此の… この佳宴に列なりたいと思うが、なお病床にあって足がふらつくことを知っている。染懊は、心の懊悩にそまる、ここは病み患うこと。底本「染陝」。一古事記・神武。二藤原氏。三公卿の唐名。四唐の節度使。ここは地方を鎮める使節。五延暦二年(七八三)中納言。延暦元年陸奥按察使鎮守将軍。六家持と池主の詩を前後逆に混同したためこう考えた。清人兪樾編・東瀛詩選・四十一も池主作を家持作として選ぶ。七万葉・五。

67 桜の花。[典]凌雲(詩題「賦二桜花一」)。[韻]方・陽・長・場、下平陽韻。○昔… 「昔在」は在昔、往時などの意をもつ名詞とも。幽巌は静かな奥深い山の巌石。光華は桜の花の光り、輝き。○忽ち… 前句、たまたま桜の枝を引きためて折る官人に出逢い(やがて宮中に移植)。「含レ笑」は咲きほころぶ。「亘二三陽一」は陽春(三か月の春)に咲きわたる。○気を… 時には濃く時には薄く香気をもたらし、或いは短く或いは長く花の影を地面に投影する。「復」、底本「枝」。○如何… 一物は桜花という「一つの物」。九春は九十日の春。

如何《いか》んぞ此《こ》の一物《いちぶつ》　美《び》を擅《ほしいまま》にす九春《きうしゆん》の場《ぢやう》

林子曰はく、桜花《あうくわ》の詩、中朝《ちゆうてう》[一]に在つては聞くこと罕《まれ》なり。偶《たまたま》伝ふる者《もの》、或《ある》いは桜桃《あうたう》[二]と相混《あひこん》じ、或《ある》いは其実《そのみ》を詠《えい》ず。本朝倭歌《わか》[三]家者流《かしやりう》殊《こと》に之《これ》を賞《しやう》し、以《もつ》て百《ひやく》花《くわ》の冠《くわん》と為《す》。遂《つひ》に其名《そのな》[四]を斥《さ》さず、猶洛《なをらく》[五]の牡丹《ぼたん》、蜀《しよく》の海棠《かいだう》のごとし。詩篇《しへん》に在《あ》つては、則《すなは》ち是《これ》を以《もつ》て始《はじ》めと為《す》。嗚呼《ああ》、四十字の御製《ぎよせい》、百千首の倭歌《わか》を累《かさ》ぬと雖《いへど》も、何為《なんすれ》ぞ之《これ》に換《か》へん、と。

68　春日遊猟《しゆんじついうれふ》、日《ひ》暮《く》れ江頭《かうとう》の亭子《ていし》に宿《しゆく》す

嵯《さ》峨《が》天《てん》皇《わう》

三春《さんしゆん》出猟《いでてれふ》す重城《ちようじやう》の外《そと》　四望《しばう》江山《かうざん》勢《いきほひ》転《うたた》雄《ゆう》なり
兎《うさぎ》を逐《お》ふ馬蹄《ばてい》落日《らくじつ》を承《う》け　禽《とり》を追《お》ふ鷹鷂《ようかう》軽風《けいふう》を払《はら》ふ
征船《せいせん》暮《くれに》入《い》る天に連《つら》なる水《かは》　明月《めいげつ》孤《ひとり》懸《かか》る暁《あ》けなんとする空《そら》
夏王《かわう》の此《こ》の事《こと》に荒《すさ》むを学《まな》ばず　為《ため》に思ふ周卜《しうぼく》非熊《ひゆう》に遇《あ》ふことを

林子曰はく、情景兼備《じやうけいかねそな》はり、対聯恰好《ついれんかつかう》[一]。末句警戒《けいかい》[二]有り、渭浜《ゐひん》[三]の跡《あと》を慕《した》ふ。謂《い》ひつべし絶作《ぜつさく》と。実《まこと》に是天子《これてんし》の詩也、と。

場は詩席の場(には)。一 中国。二 ゆすらうめの類。三 和歌を作る家の仲間。四 さくらという名をゆびさず、「花」といったこと。五 洛陽の「花」といえば牡丹を、蜀(四川省)の成都の「花」といえば海棠を意味した(鶴林玉露・十三)。

68 春の日に出狩し日ぐれに淀川のほとりの亭(ちん)に泊って。亭子(子は助字)は山崎離宮(京都府大山崎町離宮八幡附近)の小建築物、離れ家。興凌雲。韻雄・風・空・熊、上平東韻。○三春… 三春は春三か月、春。重城は幾重にもかさなる城、宮城。後句、淀川附近の四方の山川の地勢。「望」は眺望の意の外に天子の「望」(山川を遠望して祭をする)の意を含もう。転は益々。○兎… 遊猟の描写。鷹鷂はたかの翼(底本「鷹融」)。○征船… 二句改訓。下って行く船は日暮れに天につらなる淀川に消えてゆく。(目ざめると)明るい月がただ一つ夜も明けようとする空にかかる。○夏王… 夏の暴君桀(けつ)が遊猟に耽りすさんだ行為(史記・殷本紀)を学んだのではなく、周の文王が出猟をトって「熊ならぬ」在野の太公望に渭水のほとりで出逢った故事(史記・斉太公世家)を思い良臣を得たいと遊猟したのだ。「為」は理由を示す助字。一 第三・四句(狩用の馬と鷹)及び第五・六句(夕暮と暁)の調和のよさ。二 第八句に誡めの言葉がある。三 前述「周ト」参照。

69 九月九日《きうぐわつきうじつ》、燕《えん》に神泉苑《しんぜんゑん》に侍《じ》し、「秋露《しうろ》」を賦《ふ》す　淳《しゆん》和《わ》天《てん》皇《わう》

蓐収節《じよくしうせつ》を警《いまし》め秋《あき》云《ここに》老《お》ふ　百草《ひやくさう》初《はじめて》腓《や》んで露《つゆ》已《すでに》凄《さむ》し

池際荷《ちさいはちす》に凝《こ》つて残葉《ざんえふ》折《を》れ　岸頭菊《がんとうきく》を洗つて早花《さうくわ》低《た》る

未央闕《びあうけつ》の側雙掌《ほとりさうしやう》に承《う》け　長信宮《ちやうしんきゆう》の中隻啼《うちせきてい》を起《おこ》す

謬《あやま》つて恩筵《おんえん》を忝《かたじけな》ふして何《なん》の賦《ふ》する所《ところ》ぞ　晞陽湛湛群黎《きやうたんたんぐんれい》に被《かうむ》る

林子曰はく、是《これ》淳和皇太弟《くわうたいてい》為《た》るとき、嵯峨帝《さがてい》の宴《えん》に侍《じ》する令製也《れいせいなり》。此《こ》の時《とき》、平城太上皇《へいぜいだじやうくわう》為《た》り、嵯峨今上《きんじやう》為《た》り、淳和東宮《とうぐう》に在《あ》り。一天桂連枝《てんけいれんし》、二奎簡聯珠《けいかんれんじゆ》、三郁《いく》郁乎《いくこ》として文《ぶん》なる哉《かな》。朝廷文物《てうていぶんぶつ》の盛《せい》、此時《このとき》に過《す》ぎたるは無《な》し。吾《われ》四間然《かんぜん》すること無《な》し、と。

70 聖製《せいせい》「旧宮《きうきゆう》に宿《やど》る」を和《わ》し奉《たてまつ》る　藤原冬嗣《ふぢはらのふゆつぐ》 房前《ふさざき》の曾孫《そうそん》、内麻呂《うちまろ》の子

林泉《りんせん》の旧邸《きうてい》久しく陰陰《いんいん》　今日三秋再臨《こんにちさんしうさいりん》を錫《たま》ふ

宿《もと》より植《う》ゑし高松古節《かうしようこせつ》を全《まつた》うし　前《まへ》に栽《う》ゑし細菊新心《さいぎくしんしん》を吐《は》く

荒涼《くわうりやう》たる霊沼竜還駐《れいせうたつまたとどま》り　寂歴《せきれき》たる稜巌《りようがん》鳳《おほとり》更《さら》に尋《たづ》ぬ

69 重陽の佳節に神泉苑(禁苑。現在京都市二条城東側の小池はその一部)の宴会に侍って、「秋露」という題が当り、それを題として。興凌雲(「燕」を「讌」に作り、「応製」とある)。韻凄・低・啼・黎、下平斉韻。○蓐収… 蓐収は秋を司る神(礼記・月令)。節は秋の季節。云↓43。腓は枯れる。凄はさむざむとした様(毛詩・小雅・四月)。○池際… 主語は露。残葉はそこなわれた蓮の葉。洗は濡らす。早花は早咲きの菊。○未央闕… 露に関する故事。漢の宮殿未央宮の門の側には仙人が二つの並んだ手のひらに甘露をうけるように仕組んであり(初学記・露)、漢の長信宮では寵愛を失った班婕妤が(文選・怨歌行など)ひとり露のような涙を流す。○謬って… 身分不相応にも御宴に侍って何を作ろう、濡れた露を乾かす太陽の如き天子の仁愛が多くの民にも及んでいる(毛詩・小雅・湛露)、この露で十分だ。一 皇統の続く意。枝を連ねた天上の香木。ここは皇統の続く意。二 奎は文を司る星宿。文章が珠玉をつらねたように作られる。三 文の盛んな様(論語・八佾篇)。ここの文は詩文のあや。四 非難するすきまはない(論語・泰伯篇)。

70 嵯峨帝御製「もとの離宮に宿泊する」に唱和し奉って。興凌雲。韻陰・臨・心・尋・音、下平侵韻。○林泉… 「林泉旧邸」は林や池のある旧宮(交野離宮か)。陰陰は暗く沈んだ

沛中《はいちゆう》に漢筑《かんちく》を聞くに異《こと》ならず　謳歌《おうか》濫《みだ》りに続《つづ》く大風《たいふう》の音《こゑ》

林子曰はく、冬嗣は一貴介公子《きかいこうし》也《なり》。此《こ》の詩能《よ》く題《だい》の意《い》に協《かな》ふ。謂《い》ひつべし、二淡海《たんかい》公及《こうおよ》び総前《ふさざき》の遺風《ゐふう》を揚《あ》ぐと。幸《さいはひ》に三文明《ぶんめい》の世に生まれ、才《さい》有ること此《か》くの如《ごと》し。其登庸《それとうよう》せられ、四職将相《しよくしやうしやう》を兼ね、五北藤《ほくとう》の浪《なみ》を使《し》て瀰漫《びまん》せしむる者宜《ものむべ》なる哉《かな》。世《よの》俗唯《ひとただ》六南円堂《なんゑんだう》を営《えい》することを知るは何《なん》ぞ哉《や》、と。

71 晩夏《ばんか》神泉苑《しんぜんゑん》、同じく「深《しん》・臨《りん》・陰《いん》・心《しん》」を勒《ろく》す、制《せい》に応《おう》ず

菅野真道《すがののまみち》　周国貴首《しうこくきしゆ》王《わう》の苗裔《べうえい》

王母《わうぼ》仙園《せんゑん》近し　竜宮宝殿《りようきゆうほうでん》深し
追涼天蹕幸《ついりやうてんひつみゆき》し　縦賞鳳輿《しようしやうほうよ》臨《のぞ》む
竹《たけ》は疎《まば》らなり長竿節《ちやうかんせつ》　松《まつ》は傾《かたぶ》く小蓋陰《せうがいいん》
酔臣聖造《すいしんせいざう》に迷《まよ》ふ　唯歳寒《たださいかん》の心《こころ》有り

林子曰はく、一真道の文章《ぶんしやう》は、『続日本紀《しよくにほんぎ》』の在《あ》る有《あ》るときは、則《すなは》ち置いて論《ろん》ぜず。其の詩は唯此《ただこ》の一首を見る。其の応制《おうせい》の意《こころ》、写景《しやけい》の趣《おもむき》、押韻《あふゐん》の正《せい》、二末句の志《こころざし》、謂《い》ひつべし、其名《そのな》に負《そむ》かずと。惜《を》しい哉《かな》、三所作多伝《しよさくおほくつた》はらざること、と。

様。三秋は秋(初秋・中秋・晩秋)に同じ。再臨は二度の臨幸、行幸。錫は賜う。○宿より…　前句、論語・子罕篇を踏まえる。宿は素(もとより)の意。底本訓「宿ニ植シ」。前は前庭。新心は新しい色香。○荒涼…　天子(竜・鳳)の行幸に関する対句。霊沼は周の文王の離宮の池に比すべき池。寂歴はものさびしい様。「還…更」は動作の並立を示す句法。○沛中…　折しも起る音楽は漢の高祖が沛の地(江蘇省)で打った筑(瑟に似た楽器)の音の如く、高祖の歌った「大風歌」(史記・高祖紀)に続くかのように天子讃美の歌声が盛大に起る。一 高貴な身分の家柄の若者。二 藤原不比等(→17林子評)及び子総前(→52)。三 詩文などの盛んな時代、ここは主として弘仁期をさす。四 当時冬嗣は参議左近衛大将従三位兼行東宮大夫(凌雲集)。五 藤原北家を盛んにした。藤・浪・瀰漫(広がりはびこる)ともに縁語。六 奈良興福寺の堂舎の一つ。弘仁四年(八一三)冬嗣の創建。

71 陰暦六月の夏の暮に禁苑神泉苑(→69)で、参加の各自が共に「深・臨・陰・心」という韻字(下平侵韻)を定めて、これを詠み込んだ詩(勒はここは勒韻)、嵯峨帝の勅命による。興凌雲。○王母…　王母仙園は中国古代の女仙西王母の園、三千年に一度実を結ぶ桃があるという(漢武故事、漢武内伝など)。近・深の主語は禁苑・御殿。○追涼…　追

72 早《つと》に舟発《ふなだち》す　仲《なか》雄《をの》王《わう》

早旦《さうたん》扁舟《へんしう》発《はつ》す　微茫《びばう》として海未《いま》だ晴《は》れず
浦《ほ》辺《へん》孤《こ》樹《じゅ》遠く　天際《てんさい》片帆《へんばん》征《ゆ》く
釣火残焔《てうくわざんえん》を収《をさ》め　榜歌《ばうか》迴声《けいせい》を送る
悠悠《いういう》たる雲水《うんすい》の裡《うち》　郷思《きやうし》転《うたた》情《こころ》を傷《いた》ましむ

73 諸友《しよいう》の唐《たう》に入《い》るに別《わか》る　賀《か》陽《やの》豊《とよ》年《とし》

数君国器《すうくんこくき》為《た》り　万里長流《ばんりちやうりう》を渉《わた》る
翼《つばさ》を奮《ふる》つて鵬天渺《ほうてんべう》たり　鰭《ひれ》を軒《あ》げて鯤海悠《こんかいいう》なり
山に登つて眉《まゆ》自《おのづから》結《むす》ぶ　水に臨《のぞ》んで涙何《なんぞ》収《をさ》まらん
但此天《ただこれてん》に遷《うつ》る処《ところ》　空《むな》しく白雲《はくうん》の浮かべるを見ん

林子曰はく、豊年声名籍甚《せいめいせきじん》[一]。小野岑守《をののみねもり》勅《ちよく》を奉《ほう》じて『凌雲集《りよううんしふ》』[二]を撰《せん》する時、豊年を称《しよう》して当代《たうだい》[三]の大才《たいさい》と曰《い》つて、就《ついて》問《と》ふ所《ところ》有り。此《こ》の詩遠遊《えんいう》の情景《じやうけい》を想像《さうざう》す。首尾《しゆび》連続《れんぞく》恰好《かつかう》。按《あん》ずるに此《ここ》に所謂《いはゆる》「入唐《につたう》」は、延《えん》[四]

涼は涼しさを求める(底本「迎涼」)。天蹕は天子の御車(蹕→56)、鳳輿に同じ。縦賞は心のゆくまで賞美する。臨は臨御。○竹は…　苑の情景。長竿節は長いさおのような竹のふし。小蓋陰は小さい笠のような松の蔭。○酔臣…　聖造は天子の成される事(の広大さ)。歳寒心は寒気の厳しい冬にも常緑を保つ松や竹の如き変らぬ忠節心。一 真道は続日本紀の成立過程において修史に関係(類聚国史・一四七)。二 第八句。三 詩。

72 早朝舟で出発して。淀川を降る描写。〔典〕凌雲。〔韻〕晴・征・声・情、下平庚韻。○早旦…　扁舟は小舟。微茫はぼんやりと霞む様。海は難波の海。○浦辺…　浦辺は淀川の入り江のあたり。○釣火…　底本を改訓。後句、船人の歌が遠くから聞える。迴声は遥かに遠い歌ごえ(底本「廻声」)。○悠悠…　後句、故郷を思う旅愁が起りますます胸が痛む。

73 唐の国へ行く友人たちに別れて。延暦二十三年(八〇四)遣唐大使藤原葛野麻呂の一行に加わった者は菅原清公・上毛野穎人・朝野鹿取などの官人詩人たち。〔典〕凌雲。〔韻〕流・悠・収・浮、下平尤韻。○数君…　国器は国家的人材。長流は唐への長い海水。○翼を…　以下はすべて前途を想像した景。見やれば翼を振いたてて鵬(おおとり)の飛ぶという大空は遥かに続き、ひれを高くあげて鯤(おおうお)の渡るという大海ははるばると遠い(荘暦遣唐使《りやくけんたうし》の時平《ときか》。然《しか》らば則《すなは》ち「諸友《しよいう》」五は、藤原葛野麻呂《ふぢはらのかどのまろ》・菅原清公《すがはらのきよとも》の輩《ともがら》か、と。

74 九月九日宴《きうぐわつきうじつえん》に神泉苑《しんぜんゑん》に侍《じ》し、「秋蓮《しうれん》」を賦《ふ》す

良岑安世《よしみねのやすよ》　桓武帝《くわんむてい》の子、始めて此姓《このせい》を賜ふ

神泉《しんぜん》の御苑霜気下《ぎよゑんさうきくだ》り　霊沼《れいせう》の秋蓮過半黄《しうれんくわはんき》なり
露穿杯《つゆせんばい》に泛《う》かんで拙《つたな》く玉《ぎよく》を生《しやう》じ　風旧服《かぜきうふく》を吹いて復香《またかう》ばしき無《な》し
波《なみ》は隠士《いんし》三秋《さんしう》の蓋《かさ》を収《をさ》め　浦《うら》は幽人九月《いうじんきうぐわつ》の裳《も》を落《おと》す
妖艶佳人《えうえんかじん》望已断《のぞみすでにた》ふ　為《ため》に因《よ》る聖主水亭《せいしゆすいてい》の傍《かたはら》

林子曰はく、安世は桓武《くわんむ》の皇子《くわうし》、姓を賜ひて人臣《じんしん》に列《れつ》す。本是《もとこれ》嵯峨・淳和の連《れん》枝也《しなり》。故《ゆゑ》に其《そ》の嗜《たしな》む所《ところ》、亦同気同類《またどうきどうるい》一也。頷聯《がんれん》二・頸聯《けいれん》、譬喩恰好《ひゆかつかう》。末句美色《びしよく》を戒《いまし》むる微意与《びいか》三。彼《か》四の「歩歩蓮花《ほほれんくわ》を生《しやう》ずる」類《るい》、天淵懸隔《てんえんけんかく》五。嗚呼《ああ》、其子宗貞《そのこむねさだ》、父《ちち》六の蠱《こと》に幹《かん》たらず、而《しか》うして台徒《だいと》七と為《な》り僧正《そうじやう》に任《にん》ず。倭歌《わか》八を以《もつ》て名を著《あら》はす。不才《ふさい》の子為《こた》らずと雖《いへど》も、孝子《かうし》の取る所に非《あら》ず、と。

子・逍遥遊篇)。○山に… 「眉結」は悲しみのために眉がひそむ。二句、楚辞・九弁を踏まえる。○但… 「遷ㇾ天処」は天と海の接するあたり。結句に白雲を点出して惜別の心を盛上げる。一 名声が高い。二 弘仁五年(八一四)撰。三 序文「当代大才也。…臣就問簡呈」。大才は逸材。問は質問する。四・五 →詩題。

74 九月九日重陽の日に神泉苑(→69)の御宴に侍って、「秋蓮」という一物が当りそれを題として。典 凌雲(「…応製」)。韻 黄・香・裳・傍、下平陽韻。○神泉… 霊沼→70、ここは神泉苑の池。○露… 穿杯は破れた酒杯形の蓮の葉。旧服は古ぼけた衣服のような晩秋の蓮の花びら(楚辞・離騒)。復はもはや。○波は… 前句、隠士の笠に似た秋の蓮の葉が(楚辞・九歎)波間に浮いている。後句、女人の晩秋の裳のような蓮の花が(楚辞・離騒)入江に散り敷く。○妖艶… 後句を改訓。あでやかな美人の如き蓮の花はもはや望み見ることはできないが、聖天子嵯峨のいます水辺の亭(ちん)の傍に侍るわけだの意か。為→68。一 同じ気をもつ者、同族。二 第三・四句と第五・六句。三 「与」は疑問の助字。四 一歩ごとに蓮の花を生じる、美人のあゆみの形容(淵鑑類函・芙蕖引用「南史」)。五 隔りの甚しいこと。六 父の行なった事を子がとりしきらない意(周易・蠱)。七 天台の僧、後の僧

75 雪

藤原道雄《ふぢはらのみちを》 総前《ふささき》の曾孫《そうそん》、葛野《かどの》の弟

紛紛《ふんぷん》たる白雪《はくせつ》千里従《よ》りす　熒熒瀌瀌一《けいけいへうへういつ》に何斜《なんぞななめ》なる
疑《うたが》ふらくは是天中梅柳《これてんちゆうばいりう》の地《ち》　雨師《うし》風伯玄花《ふうはくげんくわ》を猟《と》るかと

76 久しく外国《ぐわいこく》に在り、晩年学《ばんねんがく》に帰《かへ》る、知《ち》旧零落《きうれいらく》、已《すで》に其人《そのひとな》無し、聊《いささか》以《もつ》て懐《おもひ》を述《の》ぶ

林《はやしのさ》娑婆《ば》 武内《たけうち》の苗裔《べうえい》、或いは曰ふ大伴室屋《おほとものむろや》の後《のち》と

晩年学館《ばんねんがくくわん》に帰る　旧識幾《きうしきいく》ばくか相辞《あひじ》す
物《もの》は是《ぜ》にして人は非《ひ》なる日《ひ》　悲《かなしみはきた》来り楽《たのしみはさ》去る時《とき》
忘筌故《ばうせんこ》友無《いうな》し　傾蓋新期《けいがいしんき》有《あ》り
平生《へいぜい》の事《こと》を説《と》かんと欲《ほつ》すれば　居然《きよぜん》として涙持《たも》たず
林子曰はく、懐旧《くわいきう》の感慨《かんがい》最《もつとも》切《せつ》なり、と。

正遍昭(照とも)。八古今集六歌仙の一人。

75 雪を題として詠んで。[典]凌雲(詩題「詠レ雪ニ」)。[韻]斜・花、下平麻韻。○紛紛… 前句、底本訓「千里ニ従フ」。熒熒は光り輝く様。瀌瀌は雪の盛んに降る様(毛詩・小雅・角弓)。「一何斜」はなんと斜めに吹きつけることか。○疑ふ… 作者の感想。天の中央に白梅や柳絮の園があって、雨の神や風の神がその花(や柳の綿の花)を捕えようとするのではなかろうか。玄花は天玄(天)の花、或いは玄冬(冬)の花とも(底本「玄苑」)。ここは雪の花。

76 久しく他国に在任し、晩年になって大学に帰って来たところ、旧友は死に、既にその人(未詳)はいない、そこでまず自分の心のうちを述べて。[典]凌雲(詩題には更に「簡之請ニ益菅原五郎ニ…」とみえ、大学頭菅原清公(?)に送ったもの)。[韻]辞・時・期・持、上平支韻。○晩年… 幾は幾人もの意、殆んどの意とも。相辞は詩題の零落(死ぬ)の意。○物は… 前句、物は常に不変であるが、人は移り変わる。「日」も後句の「時」も事柄を一点に凝集する表現。○忘筌… 魚を捕えてしまうと道具(筌は魚を捕える竹製の道具)を忘れるように(荘子・外物篇)、今は心の通じる旧友もいない、車の蓋《さか》を接近させて親しく語るような交友は(孔子家語・致思)、今は新しい友と

77 春日帰田直疏《しゆんじつきでんちよくそ》

上毛野穎人《かみつけののえひと》 豊城命《とよきのみこと》自り出づ

緑《ろく》を干《もと》めて終《つひ》に験無《しるしな》し　田《でん》に帰《かへ》つて弊門《へいもん》に入る
庭荒《にはあ》れて唯壁立《ただへきりつ》　籬失《まがきうしな》つて独《ひと》り花存《ぞん》ず
手を空《むな》しうして飢方至《うゑまさにいた》り　頭《かうべ》を低《た》れて日《ひ》已昏《すでにくら》る
世途此《せいとか》くの如《ごと》く苦《くる》し　何処《いづれのところ》にか春恩《しゆんおん》に遇《あ》はん

林子曰はく、古自《いにしへよ》り才子《さいし》時《とき》に遇《あ》はざる者多矣《ものおほし》。穎人何《えひとなん》ぞ此《か》くの如《ごと》く憂苦《いうく》する哉《や》。[一]岑守《みねもり》『凌雲集』を撰《せん》するとき、唯《ただ》此の一首を収《をさ》む。未審《いふか》し、奏覧《そうらん》の日是《ひこれ》を以《もつ》て官恩《くわんおん》に浴《よく》する乎《か》、抑亦逆鱗《はたまたげきりん》[二]に触《ふ》るる乎《か》。富貴《ふうき》[三]天《てん》に存《あ》るの命《めい》を知らずと雖《いへど》も、今之《いまこれ》を読むときは、則《すなは》ち[四]可憐《れんさん》生の意無《いな》きに非《あら》ず、と。

78 遠く辺城《へんじやう》に使《つかひ》す

小野岑守《をののみねもり》 敏達帝《びたつてい》の苗裔《べうえい》

王事古来盬《わうじこらいもろ》きこと靡《な》しと称《しよう》す　長途馬上歳云《ちやうとばじやうとしここ》に闌《たけなは》なり
黄昏極嶂哀猿叫《くわうこんきよくしやうあいゑんさけ》び　明発渡頭孤月団《あくるころをひととうこげつだん》なり
旅客斯時辺愁断《りよかくこのときへんしうた》ふ　誰《たれ》か能《よ》く坐《ゐ》ながら行路難《かうろなん》を識《し》らん

の契りばかり。○平生… 昔の事を語ろうとすると、思いもかけず涙が出て持ちこたえられない。居然はここは予想に反した事態をいう語。

77 春の日に郷里の田園に帰り直接にお上への上書に付けて詩を贈って。興凌雲。韻門・存・昏・恩、上平元韻。○緑を… 「干ㇾ緑」は官吏として俸給を求める(論語・為政篇)。弊門はあばら家の門。○庭… 壁立は家の壁だけが立ったまま残る。籬は柴や竹などで編んだ粗末な垣。○手を… 方は今こそ。已はすっかり。○世途… 世途は世渡りの道。何処はここでは何時、何日などの意。春恩は春が万物を生育するような天子の御恩。一 小野岑守。↓73林子評。二 天子の怒(韓非子・説難)。三 人の富貴は天命の与えるもの、人力ではどうにもできない(論語・顔淵篇)。四 中国の俗語。いとおしい、気の毒な者。「生」は接尾語。祖堂集・十七などにみえる禅語の一つ。

78 遠く辺地に使命を帯びて。この辺城は蝦夷を防禦する東国陸奥のとりで。興凌雲。韻闌・団・難・寒、上平寒韻。○王事… 前句、昔より王室のための仕事にお目こぼしがなくきびしいという(毛詩・小雅・杕杜)。云↓43。闌はここは年が暮れる。○黄昏… 極嶂は高くけわしい山。明発は夜明けごろ。渡頭は渡し場のあたり。団は月の円いこと。○旅客… 辺愁断は辺地のつらい思いに腸もた

唯餘《ただあま》す勅賜《ちよくし》の裘《きう》と帽《ばう》と　雪犯《ゆきにをか》され風牽《かぜにひ》かるれども寒《さむ》を加《くは》へず

林子曰はく、行旅《かうりよ》の情景《じやうけい》写《うつ》して詩中《しちゆう》に入る。末句、恩賜《おんし》の辱《じよく》を拝《はい》し、遠征《ゑんせい》の労《らう》を忘るるが如《ごと》し。然《しか》れども未《いま》だ知らず、其《そ》[一]の室家《しつか》「[二]君子于役《くんしうえき》」の詩を賦《ふ》するや否《いな》や。

又按ずるに、岑守《みねもり》『凌雲集』を撰す。詩凡《すべ》て九十[三]首、其《そ》の中《なか》嵯峨の御製[四]二十餘《よ》首《しゆ》、賀陽豊年及《かやのとよとしおよ》び岑守自《じ》作[五]各《さくおのおの》十三首、其《そ》の餘僅《ほかわづ》かに数首《すうしゆ》。是《ここ》に知んぬ、其当《それたう》時《じ》に在つて相敵《あひてき》する所《ところ》は豊年而已《とよとしのみ》。是《これ》に由《よ》つて之《これ》を観《み》れば、則《すなは》ち紀貫之《きのつらゆき》『古今《こきん》倭歌集《わかしふ》』を撰《せん》し、多く[六]其《そ》の自詠《じえい》を載《の》す。亦是同日《またこれどうじつ》[七]の談乎《だんか》、と。

79　冬日《とうじつ》汴州《べんしう》上源駅《じやうげんえき》雪《ゆき》に逢《あ》ふ　菅《すが》原《はらの》清《きよ》公《とも》

雲霞《うんか》未《いま》だ旧《きう》を辞《じ》せず　梅柳《ばいりう》忽《たちま》ち春に逢ふ
不分《ねたいかな》瓊瑤《けいえう》の屑《すりくづ》　来《きた》りて旅客《りよかく》の巾《きん》を霑《ぬ》らす

林子曰はく、此《これ》清公、遣唐《けんたう》の選《せん》に応じ、中華《ちゆうくわ》に在《あ》つて作る所也《ところなり》。按《あん》ずるに汴州《べんしう》は[一]大梁《たいりやう》の地《ち》也。古《いにしへ》を考ふるときは、則《すなは》ち堯《げう》・舜《しゆん》・禹《う》の旧都《きうと》也《なり》。此《これ》より後《のち》は則《すなは》ち[二]趙宋《てうそう》の帝都《ていと》也《なり》。此《こ》の勝地《しようち》に在つて彼《か》の風景《ふうけい》を賦《ふ》する者《もの》、[三]壮遊《さういう》の縦観《しようくわん》、誰《たれ》か之《これ》を羨《うらや》まざらん乎《や》。此是《これこ》の小絶《せうぜつ》[四]、以《もつ》て百千首に当《あ》つべし。況《いはん》や其《そ》の餘作《ほかつく》る所の詩文

ち切れんばかり。誰能は反語的表現。行路難は旅の難儀。○唯…　餘はのこす。裘は皮ごろも。後句、君恩をいう。牽は拘束される。一作者の家族。二「夫は公務の旅にゆく」の詩(毛詩・王風)。三実際は九十一首。四二十二首。五→73。六百首余。七同様の意。

79　冬の日に汴州の上源駅(河南省開封県の南にある宿駅)で雪に出逢って。中唐貞元二十年(八〇四)長安到着の途中の作。○興凌雲。凱春・巾、上平眞韻。○雲霞…　雲やもやが垂れこめて冬空はもとのまま、そのとき白い梅の花や白い柳の綿の如き雪が降って来て思いがけなくも春に出逢ったようだ。○不分…　あいにく美しい玉のけずり屑の如き雪片が降って来て、われら旅人の巾をぬらすことは不都合千万だ。「不分」は自分の本分をわきまえない、不都合などの意をもつ俗語的用法。屑(つせ)・雪(つせ)は相関語。巾はハンカチ、ここは頭巾とみたい。一戦国時代の魏の都(河南省)。二北宋。趙は宋室の姓。三さかんに遊覧してほしいままに眺める。四小さな五言絶句。五続日本紀・天

猶《なを》世に伝ふ、以《もつ》て玩賞《ぐわんしやう》すべし。且《か》つ是善《これよし》を以《もつ》て子と為《な》し、道真《みちざね》を以て孫《まご》と為す。亦美《またび》ならず乎《や》、と。按ずるに菅氏《五かんし》天穂日命《あまのほひのみこと》より出づ。本姓《ほんせい》は土師《じ》、清公の父古人《ふるひと》始めて菅原姓《すがはらせい》を賜ふ。

80 田《でん》家《か》

小《を》野《のの》永《なが》見《み》

庵《いほ》を結《むす》んで三径《さんけい》に居《を》り　園《その》に灌《そそ》いで一生《いつせい》を養《やしな》ふ
糟糠《さうかう》寧《むし》ろ腹《はら》に満《み》たんや　泉石《せんせき》但《ただ》情《こころ》を歓《よろこ》ばしむ
水裡《すいり》松影《まつかげ》を低《た》れ　風前《ふうぜん》竹声《たけこゑ》を動かす
聊《いささか》太平《たいへい》の税《ぜい》を輸《ゆ》す　独《ひと》り守る小山亭《せうざんてい》を

林子曰はく、永見[一]征夷《せいい》副師《ふくし》に任《にん》じ、奥州《あうしう》の要害《えうがい》を鎮《ちん》す。[二]豈《あに》顕職《けんしよく》に非《あら》ず乎《や》。然《しか》れども能《よ》く田家の情景《じやうけい》を写《うつ》すこと此《か》くの如《ごと》し。若《も》し彼《かれ》を使《し》て[三]少陵《せうりよう》「田家」の詩を熟読《じゆくどく》せしめば、則《すなは》ち[四]百尺《ひやくせき》の竿頭《かんとう》一歩《いつぽ》を進めん乎《か》、と。

81 早《さう》春《しゆん》田《でん》園《ゑん》

淡海福良満《あふみのふくらまろ》　或いは「満」字無し

寒牖《かんいう》五出《ごしゆつ》の花　空厨《くうちゆう》一樽《いつそん》の酒
已《すで》に帝王《ていわう》の力に迷《まよ》ふ　安《いづく》んぞ天地《てんち》の久しきを辨《わきま》へん

応元年(七八一)六月二十五日の条参照。

80 わが田園生活(隠居生活)。興凌雲。韻径・生・情・声・亭、下平庚韻(径・亭は通用韻)。○庵を… 三径は庭にある三すじの小さい道。隠居生活を示す語(蔣詡・陶淵明などの故事)。後句、菜園などに水を注いでわが身一つの生命を養う。○糟糠… 糟糠は酒のかすや米のぬかの粗食。寧はナンゾの意、反語。泉石は庭の小さい流れと石組み。「歓情」は底本「観ㇾ情」。○水裡… 庭の景。後句、風に当る竹は葉ずれの音をたてる。○聊か… ともかくも太平の世の租税を収め(底本「祝」)、小さい築山(→40)のある小さい建物(亭→68詩題)を守って住んでいる。一 凌雲集目録「征夷副将軍従五位下行陸奥介」。二 地位の高い職。三 杜少陵(杜甫)の田家(田家関係)の詩。四 更に向上進歩するたとえ(伊藤東涯・秉燭譚・三引用「伝灯録」)。竿はさお。

81 初春の田園生活を。作者自身を陶淵明的隠遁的な境地に置く。興凌雲。韻酒・久・柳・有、上声有韻。○寒牖… 前句、早春の寒い窓(れんじ窓)のあたりに綻ぶ五弁の梅の花。○已に… 前句、帝王の測り知れない恩徳に、自分の如き者は全く迷うほどだ。帝堯の時に「帝力何有ㇾ於ㇾ我哉」と老人が歌った故事(初学記・帝王)。久は天地の悠久。

口分一頃《くぶんいつけい》の田《た》　門外五株《もんぐわいごしゆ》の柳《やなぎ》
差貧興《ややひんきよう》を助《たす》くるに堪《た》へたり　何《なん》ぞ富有《ふういう》を貪《むさぼ》ることを事《こと》とせん

林子曰はく、此《こ》の人聊《いささか》[一]原憲《げんけん》の貧《ひん》を甘《あま》んじて、子貢《しこう》が富《ふう》を羨《うらや》まず。前件《ぜんけん》に載《の》する所の[二]毛穎人《もうのえひと》が言ふ所と[三]胡越《こゑつ》を隔《へだ》つるが如《ごと》し。其の詩を見て以《もつ》て其人《そのひと》を知るべし、と。

82 秋夜《しうや》病《やまひ》に臥《ふ》す　仲科善雄《なかしなのよしを》　周国自《しうこくよ》り出づ

臥来《ふしきた》つて頻《しき》りに改歳《かいさい》　年去《としさ》つて復《また》秋に逢《あ》ふ
照月三更《せうげつさんかう》静《しづ》かに　無人《ぶじん》四壁《しへき》幽《しづ》かなり
形《かたち》を養つて方《はう》已《すで》に劣《おと》り　命《めい》を知つて道《みち》優《すぐ》るるに非《あら》ず
唯風前《ただふうぜん》の樹《き》有り　揺落《えうらく》人を使《し》て愁《うれ》へしむ

林子曰はく、「秋夜《しうや》」也《や》[一]「臥病《ぐわびやう》」也《や》、其《そ》の寂寞無聊《せきばくぶれう》[二]、詩に見へたり、と。

○口分…　口分は各人に分配される食いしろ、口分田（底本「四分」）。一頃田は百畝の田、口すぎの可能な田。五株柳は陶淵明・五柳先生伝による。○差…　前句、どうにか貧乏の楽しさを助けることができる。差はかつがつ、やっと（底本「羞ラクハ…」を改訓）。富有は豊かさ、富。一 孔子の弟子の子思。子貢も孔子の弟子。子思の貧、子貢の富については、孔子家語・七十二弟子解参照。二 77の作者。三 北方のえびすと南方のえびす。遠く離れているたとえ。

82 秋の夜に病床に臥して。韻秋・幽・優・愁、下平尤韻。興凌雲。○臥来…　臥来は病床に臥してより。来は時間の経過を示す助字。○照月…　三更は夜の十二時過ぎのころ。四壁は四方の壁。病人や貧者の家を示す表現。○形を…　肉体を養う養生の方法は全くつたなく、天命を知って（周易・繫辞上）、道を楽しむ域にも達していない。「非レ優」は劣に同じく下手の意。○唯…　ただ風に向って立つ樹木の葉のゆらぎ落ちるのが（楚辞・宋玉・九弁）、病人のわが身を憂いに沈ませる。一 また（亦、又）に同じ。二 やるせなさ。

83 三・五・七言の雑言体。神泉苑（→69）で花見の宴にはべり、

83 雑言《ざふごん》。神泉苑《しんぜんゑん》に於《お》いて花《はな》の宴《えん》に侍《じ》す、「落花篇《らくくわのへん》」を賦《ふ》す、制《せい》に応《おう》ず

高丘弟越《たかをかの》 物部《もののべ》の同祖《どうそ》。或《ある》いは曰《い》ふ、百済国《くだらのくに》自《よ》り出づと

落花《らくくわ》飛ぶ　飛去《とびさ》つて丹墀《たんち》に落《お》つ
本《もと》謂ふ風に随《したが》つて落つると　方《まさ》に知る化《くわ》に乗《じよう》じて帰ることを
乍《たちまち》往き乍《たちまち》還《かへ》つて御杯《ぎよはい》に浮《う》かぶ　一連一断《いちれんいちだん》仙衣《せんい》に点《てん》ず
無心《むしん》の草木《さうもく》猶《なを》恋《れん》を餘《あま》す　況《いはん》や復《また》微臣《びしん》恩巵《おんし》に酔《ゑ》ふ

林子曰はく、此の詩を読むときは、則《すなは》ち千歳《せんざい》の下《もと》、其席《そのせき》に侍《じ》するが如《ごと》く、其景《そのけい》を見るが如《ごと》し、と。

84 信濃坂《しなののさか》を渉《わた》る

坂上今継《さかのうへのいまつぐ》 後漢霊帝《ごかんれいてい》自《よ》り出づ

積石《せきせき》千重《せんちよう》峻《さが》し　危途《きと》九折《きうせつ》分《わか》る
人は辺地《へんち》の雪に迷《まよ》ひ　馬は半天《はんてん》の雲を躡《ふ》む
巌《いはほ》冷《すさま》じうして花笑《え》み難《がた》く　渓《たに》深《ふか》うして景《ひかり》曛《く》れ易《やす》し
郷関《きやうくわん》何《いづれの》処《ところ》にか在《あ》る　客思《かくし》転《うたた》紛紛《ふんぷん》

「散る花」を題として詩を作る、嵯峨帝の勅命に応じて。花宴は弘仁三年(八一二)開かれた。作者「弟越(オトコシ)」は底本「茅越」。典凌雲。韻飛・墀(通用)・帰・衣・巵、上平微韻。〇落花…　丹墀は朱色で塗った御苑のきざはし、石だたみ。〇本…　本謂はもともと…と思っていたが。後句、陰陽の変化(生命の移ろい)に従って死(落花)に帰着する(陶淵明・帰去来辞)ことをほんとに知った。「乗レ化」を底本「彼化シテ」に作る。〇乍…　主語は落花。「乍…乍」(「一…一」も同様)はある動作が起ると同時に他の動作が起る場合の表現。アルイハとも。杯は酒杯(凌雲集「盞」)。後句、落花が続いたりとぎれたりして天子の御衣に点々とあとをつける。〇無心…　恋は天子を思慕する念。況復の「復」は助字。微臣は謙遜語。恩巵は恩賜の酒杯。一千年後の今。

84 信濃坂を通過(渉歴)して。信濃坂(長野県下伊那郡)は、和銅年間吉蘇(きそ)路が開通するまでの東山道の嶮路の坂。典凌雲。韻分・雲・曛・紛、上平文韻。〇積石…　積石は積みかさなった岩石。積石山を暗示するか(尚書・禹貢、遊仙窟など)。危途は危険な山道。〇人は…　人は作者一行。半天は天空の半ば、中ぞら。〇巌…　冷はひえびえとした様。「易レ曛」は日あしは早く暮れやすい。〇郷関…　郷関は故郷。後句、旅愁はつのり千々に乱れる。転→68。

林子曰はく、余《よ》京洛《けいらく》[一]・東武《とうぶ》往還《わうくわん》数回《すうくわい》。共《とも》に是東海道《これとうかいだう》を経《へ》て未《いま》だ東山道《とうさんだう》を歴《へ》ざれば、則《すなは》ち信濃《しなの》の険《けん》を嘗《な》めず[二]。然《しか》れども往往《わうわう》人の語る所を聞いて、廼《すなは》ち知んぬ、此の詩是有声《これいうせい》[三]の画《ぐわ》なることを、と。

85 渤海入朝《ぼつかいにふてう》　　大伴氏上《おほとものうぢかみ》

明皇宝暦《めいくわうほうれき》を御《ぎよ》して自従《よ》り　悠悠《いういう》渤海《ぼつかい》再三《さいさん》朝《てう》す
乃《いま》し知る玄徳《げんとく》已《すで》に深遠《しんゑん》　帰化《きくわ》純情《じゆんじやう》是《これ》最《もつと》も昭《あき》らかなり
片席《へんせき》聊《いささか》懸《か》かる南北《なんぼく》の吹《かぜ》　一船《いつせん》長《とこしなへに》泛《う》かぶ去来《きよらい》の潮《うしほ》
星を占《うらな》つて水上《すいじやう》感《かん》無《な》きに非《あら》ず　日《ひ》に就《つ》いて遥《はるか》に思《おも》ふ我が尭《げう》を眷《けん》することを

林子曰はく、唐の李《り》[一]勣《せき》高麗《かうらい》を滅《ほろ》ぼす。其の餘《よ》種《しゆ》流れて海隅《かいぐう》の島に居《ゐ》る者《もの》、渤海《ぼつかい》国《こく》と称《しよう》す。其《そ》の王《わう》、姓《せい》は大氏《だいし》[二]、屢《しばしば》使《つかひ》を献《けん》じて　本朝に来貢《らいとう》す。其の始《し》末《まつ》載《の》せて国史《こくし》に在り。凡《およ》そ其《そ》の使《つかひ》の来《きた》るに遇《あ》ふ毎《ごと》に、我が　邦《くに》の文人才子《ぶんじんさいし》[三]贈答《ぞうたふ》せずといふこと無《な》し。是亦《これまた》其の一時《いちじ》[四]の作也《なり》、と。

一 京と江戸(武は武蔵)。 二 試みる。 三 声のある画、佳品の詩の形容。

85 渤海使が嵯峨朝に来日して(弘仁元年(八一〇)か)。渤海は七世紀末建国。→林子評。典凌雲。韻朝・昭・潮・尭、下平蕭韻。○明皇… 明皇は聡明な天子。「御ニ宝暦一」は暦を収める、皇位につく。悠悠は遠く遥かな様。○乃し… 乃→55注一。イマシは今こその意。玄徳は天子の奥深い徳。「帰化純情」は感化されて帰服する渤海国のひたむきな心。○片席… 渡海中の情景。片席はひとひらの帆(席はむしろの類)。泛は意改(底本「冷シ」)。○星を… 渤海使の心情を想像した句。占星は星の運行を占って航路を定める。後句改訓。「就レ日」は日に向かって慕う(芸文類聚・帝王部・帝尭陶唐氏)、ここは東方のわが天子を慕う意。眷は顧りみる。 一 唐高祖・太宗に仕えた武将(新唐書・九十三)。六六八年高麗を滅ぼす。 二 大祚栄。神亀四年(七二七)始めて来朝。 三 贈答詩については、拙著『上代日本文学と中国文学』参照。 四 その時。→詩題注。

86 王昭君を題として。王昭君は漢の元帝に仕え、懐柔策のため止むなく匈奴に嫁した美人。その哀話は詩として多く登場。典凌雲(詩題「王昭君」)。韻寒・看、上平寒韻。○朔雪… 匈奴に嫁する道中の句。朔雪は北方の雪。辺霜は辺地に置く霜。隴頭は国境地帯の隴山(陝西省)のほ

86　「王昭君《わうせうくん》」を賦《ふ》す　　滋野貞主《しげののさだぬし》　天道根命《あめのみちねのみこと》自《よ》り出づ

朔雪翩翩《さくせつへんぺん》として沙漠《さばく》暗く　　辺霜惨烈《へんさうさんれつ》として隴頭《ろうとう》寒し
行行常《かうかうつね》に望《のぞ》む長安《ちやうあん》の日《ひ》　　曙色東方看《しよしよくとうはうみ》るに忍《しの》びず

林子曰はく、貞主は博覧《はくらん》の碩儒也《せきじゆなり》。其《そ》の著《あら》はす所《ところ》の『秘府略《ひふりやく》』[一]一千巻、今世《いまよ》に伝はらず、惜《を》しむべし。其の詩章《ししやう》今存《ぞん》ずる者長短多多《ものちやうたんたた》[二]、今岑守《みねもり》[三]の選に拠《よ》つて此の詩を載《の》す。頗《すこぶ》る唐人《たうひと》の風《ふう》有り、と。

87　菅祭酒《かんさいしゆ》「朱雀《しゆしやく》の衰柳《すいりう》を賦《ふ》する作」を和《わ》す　　多治比清貞《たちひのきよさだ》　「丹墀」通用

皇城陌上楊《くわうじやうはくじやうやう》と柳《りう》と　　両両三三道《りやうりやうさんさんみち》を夾《はさ》んで斜《なな》めなり
疇昔《ちうせき》の栄華都《えいぐわかつ》て見へず　　今時《こんじ》の憔悴一《せうすいいつ》に嗟《さ》す応《べ》し
寒霜樹《かんさうき》に着《つ》く真葉《しんえふ》に非《あら》ず　　霏雪枝《ひせつえだ》を封《ほう》ず是偽花《これぎくわ》
既《すで》に尭衢《げうく》に就《つ》いて恩煦《おんく》を待《ま》つ　　阿誰《あたれ》か更《さら》に陶潜《たうせん》が家を憶《おも》はん

林子曰はく、頷聯《がんれん》[一]・頸聯《けいれん》「衰柳」に於《お》いて切《せつ》なりと為《す》。破題《はだい》[二]・末句《まつく》朱雀門《しゆしやくもん》の官柳《くわんりう》なるを以《もつ》て、故《ゆゑ》に其《そ》の言此《ことか》くの如《ごと》し。但《ただ》し「陶潜家《たうせんか》」下三連《かさんれん》[三]、未《いま》だ知らず、

とり。○行行…　王昭君の心情を詠んだ句。行きに行く道すがら長安の都の空の日を常に眺めやる(長安と日の遠近の問答の故事→15)。東方は長安の空。一 平安初期天長八年(八三一)撰の一大類書、現在二巻が残る。二 三十数首のうち、雑言体(長短句)がかなり多い。三 小野岑守撰の凌雲集。

87 大学頭(ふんやのかみ)菅原清公の「朱雀大路の衰えた柳を題として作った詩」(現存せず)に唱和して。典凌雲。韻斜・嗟・花・家、下平麻韻。○皇城…　王城平安京朱雀大路のほとりの楊柳(やなぎ)、路の両側に二本三本と斜めにその糸が揺れている。原文「楊将柳」の「将」は並列の接続助字。○疇昔…　栄華は盛んに茂った有様。憔悴はやつれ衰えた様子。嗟は嘆く。○寒霜…　前句、霜が樹の枝について柳の白い綿のように見えるが、白い霜のいたずら。封は封じこめる。偽花は雪の花。○既に…　尭衢は帝尭の太平の世に住む民の巷、ここは朱雀大路。恩煦は暖かいめぐみの光、皇恩。待の主語は衰柳。後句、今さら誰が陶淵明の家の五株の柳(→81)などを思おうか。作者の衰柳の蘇生を期待する感想。阿誰は中国の六朝以来の俗語的用法、阿は接頭語、タレと訓むのが一般。一 第三・四句及び第五・六句。二 第一句。三 句末の三つの連なった韻字、ここは禁止された平三連。

他《た》の敲推《かうすい》無《な》きや否《いな》や、と。四

88 枕《まくら》に伏《ふ》す吟《ぎん》

桑原宮作《くはばらのみやつくり》　漢国自《かんこくよ》り出づ

労《らう》して枕に伏す　枕に伏して思《おもひ》に勝《た》へず
沈痾《ちんあ》歳《とし》を送る　力尽《ちからつ》き魂危《たましひあやふ》し
鬢蟬《びんせみ》を謝《しや》して兮白《はく》を垂《た》れ　衣鶉《ころもうづら》を懸《か》けて兮緇《し》に化《くわ》す
悽然《せいぜん》として物《もの》を感《かん》ず　物は是《ぜ》にして人は非《ひ》なり
孤枕《こちん》を撫《ぶ》して以《もつ》て耿耿《かうかう》　屺岵《きこ》に陟《のぼ》つて依依《いい》
雲花《うんくわ》を遽落《にはかにを》つるに悵《いた》み　風樹《ふうじゆ》を俄衰《にはかにおとろ》ふるに嗟《なげ》く
池臺《ちだいやう》漸毀《やくこぼ》れ　僮僕先離《どうぼくまづさか》る
客柳門《かくりうもん》に断《た》えて群雀噪《ぐんじやくさわ》ぎ　書蓬室《しよほうしつ》に晶《ひか》つて晩蛍輝《ばんけいかかや》く
月帷《つきとばり》を鑑《てら》して兮影冷《すさま》じく　風牖《かぜまど》を払《はら》つて兮声悲《こゑかな》し
離鴻《りこう》の暁咽《あかつきにむせ》ぶを聴《き》き　別鶴《べつかく》の孤飛《ひとりと》ぶを観《み》る
心倒絶《こころたうぜつ》兮今日《こんにち》を悽《いた》む　涙潺湲《なみだせんくわん》として兮昔時《せきじ》を想《おも》ふ
栄枯《えいこ》但《ただ》に理矣《ことわりあり》　倚伏固《いふくまこと》に須《すべか》らく期《き》すべし
皇天《くわうてん》の善《ぜん》を祐《たす》くるを恃《たの》む　霊薬《れいやく》を祈《いの》つて以《もつ》て何為《なんにかせ》ん

四 推敲の余地があろうの意。

88 枕に臥しつつものを思ううた。伏枕(毛詩・陳風・沢陂)は展転反側する意。吟は楽府体の詩にみえる文体の一つ、口で吟ずる意。ここは雑言体の詩。囲凌雲。韻思・危・緇・衰・離・悲・時・期・為、上平支韻、及び非・依・輝・飛、上平微韻(共に通用韻)。○労して… 前句、底本訓「枕ニ伏スニ労ス」。「不レ勝レ思」はあれこれ思うと堪えられない。前・後句は尻取り式の句法。○沈痾… 沈痾は重い病気。魂危は心の働きも危うく消え失せる。○鬢… 蟬の羽にも似た光沢のある鬢の毛は失せて白髪を垂らし、鶉の短い尾をかけたようなみすぼらしい衣(荀子・大略篇)は汚れて、黒くなる。「兮」は語調を整える助字。不読。以下同じ。○悽然… 後句→76第三句。○孤枕… 底本「孤」欠、紅葉山文庫本凌雲集により補。耿耿は寝つかれぬ様(毛詩・邶風・柏舟)。後句、山に登って見やる如く父母のいます方を慕わしく思う(同・魏風・陟岵)。屺岵は草木のある山(屺)と無い山(岵)(同上の毛伝)。○雲花… 群がり咲く花が急に散るのを見て病気のわが身を悲しみ、樹木が風に葉を散らすのを見て孝養のできないわが身を嘆く(韓詩外伝・九、説苑・敬慎篇など)。○池臺… 以下作者の周辺と作者の心情を述べる。池臺は池畔の楼台(うてな)。僮僕はしもべ。○客… 柳門は陶淵明の五株柳林子曰はく、作者此《こ》の時陸奥《むつ》の少目従八位下[一]《せうさくわん》為《げた》り。蓋《けだ》し才《さい》有つて下位《かゐ》に居《きよ》す。幽欝病《いううつやまひ》を成す。物を感ずる情《こころ》、見るに随《したが》ひ聞くに随ひ、之《これ》有らざる無《な》し。詳《つまび》らかに始末《しまつ》を見るときは、即《すなは》ち漸《やうや》く老《お》いて其《そ》の父母《ふぼ》猶存《なをぞん》ず。微官《びくわん》[二]に羇《き》し奥州《あうしう》に在り、病に罹《かか》り郷《きやう》を望んで吟《ぎん》ずる所《ところ》なり、と。

89 春日友人《しゆんじついうじん》の山荘《さんさう》に過《よぎ》る　「飛」の字を探得《さぐりえ》たり　桑《くは》原《はらの》腹《はら》赤《あか》

春に入《い》つて今幾日《いまいくひ》ぞ　聞道《きくなら》く数鸎《すうあう》飛ぶと
烟《けむり》は主人《しゆじん》の柳《やなぎ》に泛《う》かび　花は客子《かくし》の衣《ころも》を薫《くん》ず
野《や》童犢《どうこうし》を駆《か》つて去り　山叟薪《さんそうたきぎ》を負《お》うて帰る
何《なん》ぞ独《ひと》り漢陰《かんいん》の老《おきな》のみならんや　此間機《こときき》を絶《た》つべし

林子曰はく、丹青[一]《たんせい》を仮《か》らずして能《よ》く景致《けいち》を写《うつ》す。此《こ》の時腹赤文章生大初位《もんじやうのしやうだいしよゐ》[二]下《げ》為《た》り。則《すなはち》想《おも》ふに夫少壮《それせうさう》の作《さく》ならん。老成《らうせい》の作は『文華秀麗』[三]《ぶんくわしうれい》『経国集《けいとくしふ》』を考へて、以《もつ》て見つべし、と。腹赤後《のち》姓を改めて都氏[四]《とし》と称す。其の子を良香《よしか》と曰ふ。

の故事(→81)を踏まえる。後句、蓬(よもぎ)の生えたむさくるしい部屋には夕べの蛍の光が輝いて書物の上を照らす(続晋陽秋引用の蛍光で勉学した晋人車胤の故事)。○月…　声悲は底本訓「声悲シム」。○離鴻…　離鴻はむれを離れた鴻(雁の一種)。別鶴はむれと別れた鶴。○心…　心倒絶は心の緒が絶えんばかりに。潺湲は水の流れる形容。○栄枯…　理は世間の道理。後句、禍や幸福も循環するもの(老子・五十八章)、回復の時期を待とう。○皇天…　皇天は天帝。善は善者(作者)。後句、霊験のある薬を祈り求めても何になろうか。一 国司第四等官の下位の等級(スナイサウクワン)。二 下級役人として陸奥に下向する。羇は旅をする。

89 春の日に友人の山べの別荘に立寄って。韻字が分配され、当った「飛」を韻字として作ったもの。圏凌雲。圏飛・衣・帰・機、上平微韻。○春に…　聞道の「道」は助字。「言ふ」とみる説もある。○烟は…　烟は煙霞、もやの類。主人柳→88「柳門」。客子は旅人、作者たち。○野童…　野童は野にいるわらべ。駆は底本「駐」。山叟は山に住む翁。○何ぞ…　漢陰老は漢水の南岸の老人。機心(小細工、たくらみ)を否定した(荘子・天地篇)。後句、我等もここで小細工を捨てて山荘の楽しみを満喫しよう。此間は俗語的用法。一 赤と青の絵具。二 位階の一つ。

90 進士《しんじ》貞主《さだぬし》「初春《しよしゆん》菅祭酒《かんさいしゆ》の旧宅《きうたく》に過《よぎ》り、悵然《ちやうぜん》として懐《おもひ》を傷《いた》ましむる作」を和《わ》す
巨勢《こせの》志貴人《しきひと》 「志貴人」或いは「識人」に作る

閑庭《かんてい》の宿草《しゆくさう》復《また》掃《はら》ふ無《な》し　虚院《きよゐん》の孤松《こしよう》自《をの》づから声《こゑ》を作《な》す
但《ただ》見る平生《へいぜい》風月《ふうげつ》の処《ところ》　春朝《しゆんてう》花鳥《くわてう》人情《にんじやう》を惨《いた》ましむ

林子曰はく、懐旧感慨深切也《くわいきうかんがいしんせつなり》。是少年《これせうねん》の作也。[一]岑守之《みねもりこれ》を収載《をさめの》するときは、則《すなは》ち其《そ》の[二]穎悟《えいご》当時《たうじ》に顕《あら》はれ、先輩《せんばい》の為《ため》に称《しよう》せ被《ら》るる者《もの》知んぬべし。況《いはん》や老成《らうせい》に於《お》いてを乎《や》、と。

[三]平城自《へいぜいよ》り以下作者二十四人、『凌雲集』に見えたり。各《おのおの》一首を取る。

91 秋山《しうざん》の作、「泉《せん》」字を探得《さぐりえ》たり、制《せい》に応《おう》ず
朝野鹿取《あさののかとり》 武内《たけうち》の苗裔《べうえい》

八月《はちぐわつ》秋山《しうざん》涼吹《りやうすい》伝《つた》ふ　千峰《せんぽう》万嶺《ばんれい》寒葉《かんえふ》翩《ひるがへ》る
羽客《うかく》裳《も》斑《まだら》にして蜺気《げいき》度《わた》り　隠人《いんじん》帯《おび》緑《みどり》にして女蘿《ぢよら》懸《か》かる
谿《たに》濃霧《のうむ》を生《しやう》じて薄縠《はくこく》を織《お》り　水軽雷《けいらい》を写《しや》して飛泉《ひせん》を引《ひ》く
谷《たに》に入つて猶《なを》玄牝《げんぴん》の道を知る　巒《みね》に登《のぼ》つて何《なん》ぞ近《ちか》づかん白雲《はくうん》の天《てん》

九位に当り、その正・従のうちの正。三 文華秀麗集。四 弘仁十三年(八二二)改氏姓。

90 文章生滋野貞主(86の作者)の「初春一月、大学頭菅原清公(79の作者)の旧宅にたち寄り、(荒れ果てた様を見て)心にいたみ悲しむという詩」に唱和して。作者、底本「臣勢」。興凌雲。韻声・情、下平庚韻。○閑庭… 宿草は年を経た古い草。○虚院は人けのない中庭。○但… 平生は過去、往時。風月は自然界の風物を代表する風と月。後句、訪れたこの早春のあしたに見る花の色や鳥の声はわが心を痛ませる。一 →86注三。二 才能のすぐれて賢い。三 67平城帝より90巨勢志貴人まで。

91 秋山の詩、「泉」という韻字が当ってそれによって作る、嵯峨帝の勅命に応じて。興秀麗。韻伝・翩・懸・泉・天、下平先韻。○八月… 涼吹は涼しい風。○羽客… 深い秋山の想像的な風景。前句、まだら色のはかまを着用した羽のある仙人の周辺にはにじの気がたちこめる。斑、底本「班」。女蘿はつたかずらの類。○谿… 薄縠は薄絹。軽雷はかすかに聞える雷のような音、谷水の形容。底本「軽雪」。飛泉は滝。○谷に… 玄牝は物を生む力のある神秘な女性、天地の根源(老子・六章)。白雲天は羽化登天した仙人のいる天(荘子・天地篇)。一 第三・四句及び第五・六句。

林子曰はく、頷聯《がんれん》一・頸聯《けいれん》共《とも》に好《よ》し、と。

92 春日左将軍臨況《しゆんじつさしやうぐんりんきやう》

勇山文継《いさやまのふんつぐ》　饒速日命《にぎはやひのみこと》自り出づ

荊扉《けいひ》を洒掃《さいさう》して風《ふう》を望《のぞ》むこと久し　尊卑《そんぴ》の礼《れい》隔《へだ》て未《いま》だ歓《くわん》を成《な》さず
微誠《びせい》感《かん》有り恩顧《おんこ》を降《くだ》し　春醪《しゆんらう》を酌《く》まんと欲《ほつ》して心　自《をのづから》寛《ひろ》し
檐下《えんか》の閑花《かんくわ》光《ひかり》艶爚《えんやく》　籬前《りぜん》の脩竹《しうちく》影《かげ》檀欒《だんらん》
何図《なんぞはか》らん一《ひと》たび台門《たいもん》の貴《たつと》きを損《そん》じて　今日《こんにち》高車《かうしや》下官《かくわん》に過《よぎ》る

林子曰はく、「左将軍」は藤冬嗣《とうのふゆつぐ》也。此《こ》の時未《いま》だ大臣為《た》らず。然《しか》れども内麻呂《うちまろ》一の嫡子《ちやくし》と為《し》て月卿《げつけい》二に列《れつ》し、左大将《さだいしやう》を兼《か》ぬ。故《ゆゑ》に「台門《たいもん》」と曰ふ。且《か》つ文継《ふんつぐ》、位《くらゐ》五品《ごほん》に過ぎず、官大学助《くわんだいがくのすけ》三為り、紀伝博士《きでんのはかせ》を兼ぬ。然《しか》れば則《すなは》ち冬嗣貴《き》を以《もつ》て賤《せん》に下《くだ》る、文継才を恃《たの》みて礼《れい》を失はず。謂《い》ひつべし、賓主美《ひんしゆび》四を備《そな》ふと、と。

93 勅《ちよく》を奉《ほう》じて内宴《ないえん》に陪《ばい》す

王《わう》　孝《かう》　廉《れん》

海国来朝遠方自《かいこくらいてうゑんぱうよ》りす　百年一酔天裳《ひやくねんいつすいてんしやう》に謁《えつ》す
日宮座外何《じつきゆうざぐわいなん》の見る攸《ところ》ぞ　五色雲飛《ごしきくもと》ぶ万歳《ばんざい》の光《ひかり》

92 春の日、左近衛府大将軍藤原冬嗣がおいでになって。「春日」の上に底本「宴集」の二字あり、秀麗集の部立「宴集」を詩題と誤ったもの、削除。臨況は貴人の来訪、況は賜うの意。[典]秀麗。[韻]歓・寛・欒・官、上平寒韻。○荊扉… 荊扉は粗末な柴の戸。洒は秀麗集の「灑」に同じく、洗う、清掃する。「望ㇾ風」は御来駕(風姿)を待つ。歓は御来駕の喜び。隔、底本「融」。○微誠… 前句、いささかの真心を君は感じられ御来駕。春醪は春の日の濁り酒。寛は心がゆったりとする。○檐下… のどかに咲く軒端の花の光はあでやかに輝き、まがきの前の長くのびた竹の影はむらがっている。檀欒は竹の茂る様をいう擬態語。○何… 高貴の身(台は三公)をおとして、立派な御車がわが家に立ち寄って下さろうとは思いがけなかった。下官は官吏の謙遜語。一 右大臣従二位藤原内麻呂(日本後紀・弘仁三年十月卒伝)。二→66注三。三 秀麗集序「従五位下行大学助兼紀伝博士」。紀伝博士は紀伝の学科(史書・文選など文章道に関する学科目)を教える博士。四 賓客(冬嗣)と主人(文継)。美は風格など精神的な美しさ。

93 勅命を奉じて内宴にはべる。陪は陪従。内宴は宮中の仁寿殿で行なわれるうちうちの宴、私宴。弘仁六年(八一五)正月の作か。[典]秀麗。[韻]方・裳・光、下平陽韻。○海国…

林子曰はく、王孝廉は、蕃客投化《ばんかくとうくわ》して廷臣《ていしん》に列する者也《ものなり》、と。

94 七日禁中宴《しちじつきんちゆうえん》に陪《ばい》す　　釈《しやく》　仁《にん》　貞《ちやう》

貴国《きこく》に入朝《にふてう》して下客《かかく》を慙《は》づ　　七日恩を承《う》けて上賓《じやうひん》と作《な》る
更《さら》に見る鳳声妓態《ほうせいぎたい》無《な》し　　風流変動《ふうりうへんどう》す一国《いつこく》の春

林子曰はく、此詩《このし》を見るときは、則《すなは》ち蕃国《ばんこく》の使僧《しそう》ならん、と。

95 秋朝雁《しうてうかり》を聴いて渤海入朝《ぼつかいにふてう》の高判官《かうはんぐわん》に寄《よ》す　　坂上《さかのうへの》　今《いま》雄《を》

大海途渉《たいかいみちわた》り難《がた》し　　孤舟未《こしういま》だ廻《めぐ》ることを得《え》ず
如《し》かず関隴《くわんろう》の雁《かり》の　　春去つて復《ま》た秋来《あききた》るに

林子曰はく、賦《ふ》・比《ひ》の体《てい》を兼《か》ぬ、と。

96 早春阿《さうしゆんあ》州伴掾《しうばんぞう》の任《にん》に赴《おもむ》くに別《わか》る　　紀《きの》　末《すゑ》　守《もり》　麻呂《まろ》の玄孫《げんそん》

一朝命《いつてうめい》を銜《ふく》んで遠く離別《りべつ》　　上月春《じやうげつしゆん》初風尚寒《しよかぜなほさむ》し

海国は海の彼方の渤海国(→85)。後句、天子(裳は衣服)に拝謁し百年に一度の大酒に酔った。〇日宮… 前句、天子の宮の御座の外に何を見るかといえば。攸は「所」の意(爾雅・釈言)。後句、天子万歳のめでたさをいう。五色は青・黄・赤・白・黒。別訓「五色の雲飛び万歳に光る」とも。一帰国の途中逆風に遭って漂着、瘡を患い死す。正三位を賜わる(日本後紀・弘仁六年六月卒伝)。この投化(帰化)は誇大な表現。

94 弘仁六年正月七日宮中の御宴に侍って。[興]秀麗。[韻]賓・春、上平真韻。〇貴国… 貴国は他国をほめていう語、ここは日本。下客は卑下の自称語。上賓は上等の客。宴に侍ることを許されたためにいう。〇更に… 二句難解。帝尭の優れた音楽の如き宮中の雅楽には歌舞する女楽の宮女らの姿態は全くなくて、その音楽の風流(みやび)が満ち溢れ、日本の春を揺り動かすかのようだ、の意か。一 渤海国使一行の録事、釈家。王孝廉の死後(→93注一)やがて日本で死ぬ(日本後紀)。

95 秋の朝(弘仁五年か)渤海国より来朝した高英善判官(属官)に寄せて。[興]秀麗(「判官」の下に「釈録事」(94の作者)を加える)。[韻]廻・来、上平灰韻。〇大海… 大海は日本海。廻は帰還する。〇関隴… 判官を慰めることば。関隴は西北方の地(関は関中、陝西省。隴は甘粛省)。

我魂《わがたましひ》の子《し》に随《したが》つて去《さ》ることを識《し》らんと欲《ほつ》せば　羈亭夜夜夢中《きていよひよひむちゆう》に看《み》ん

林子曰はく、朋友《ほういう》[一]離《り》群《ぐん》の情深切也《こころしんせつなり》、と。

97 晩《ばん》秋《しう》述《しゆつ》懐《くわい》

姫《ひめ》大《おほ》伴《ともの》氏《うぢ》

節候《せつこう》蕭条《せうでう》歳《とし》将《まさ》に闌《たけなは》ならんとす　閨門《けいもん》静閑《せいかん》秋日《しうじつ》寒し

雲天《うんてん》遠雁《ゑんがん》声《こゑ》宜《よろ》しく聴《き》くべし　檐樹《えんじゆ》晩蟬《ばんせん》引《しらべ》殫《たん》せんと欲《ほつ》す

菊潭《きくたん》露《つゆ》を帯びて餘《よ》花《くわ》冷《すさま》じく　荷浦《かほ》霜《しも》を含《ふく》んで旧盞残《きうさんのこ》る

寂寞《せきばく》独《ひと》り傷《いた》む四運《しうん》の促《うなが》すことを　紛紛《ふんぷん》たる落葉《らくえふ》看《み》るに勝《た》へず

林子曰はく、[一]三百篇の中婦女《ふぢよ》の詠《えい》ずる所《ところ》の者《もの》多多《たた》。其後《そののち》、漢に[二]唐山夫人《たうざんふじん》・班婕妤《はんせふよ》の類《たぐひ》有り。歴代《れきだい》の詩《し》選《せん》[三]閨秀《けいしう》を棄《す》てず。然《しか》れば則《すなは》ち婦人《ふじん》の才何《さいなん》ぞ必《かなら》ずしも丈夫《ちやうふ》に劣《おと》らん乎《や》。

我が　国の女子《ぢよし》才《さい》有る者《もの》は、小町《こまち》・伊勢・紫式部・清少納言・赤染右衛門等《ら》、最《もつと》も其《そ》の著《あら》はれたる者也。其《そ》の餘《ほか》[四]彤管《とうくわん》の倭歌《わか》を玩詠《ぐわんえい》する者《もの》、[五]世世《せいせい》に乏《とぼ》しからず。世《よ》挙《こぞ》りて知らずといふこと無し。然《しか》れども大伴姫《おほとものひめ》詩を言ふこと此《か》くの如《ごと》くにして、其の名《な》世に聞《きこ》ふることは彼等《かれら》が万分《まんぶん》に及《およ》ばず、以《もつ》て痛恨《つうこん》すべし。嗚呼《ああ》、小町・伊勢・[六]清紫《せいし》等が才を以《もつ》て、[七]漢家《かんか》の字を学ば使《し》めば、則《すなは》ち我《わ》が　国の閨秀《けいしう》、

一詩の「六義」の二を「賦」（事実を直叙する）、三を「比」（物を他の物に譬える）とする（毛詩・大序）。

96 早春阿波の国の掾（三等官）大伴某が任国に赴任するのに別れて。作者、底本「未守」。興秀麗。韻寒・看、上平寒韻。○一朝…　一朝はひとたび。上月は正月。春初は早春。○我魂…　旅の宿の夜ごとの夢に私の姿を見ることによって、私の魂が君について離れないことをさとるだろう。「欲レ識」→51「欲レ知」。一 仲間から離れる。別離する。

97 晩秋九月思いを述べて（述懐→1）。興秀麗。韻闌・寒・殫・残・看、上平寒韻。○節候…　前句、秋の時節はものさびしく一年もその盛りを過ぎようとしている。閨門は作者の住むねやの入口。○雲天…「檐樹晩蟬」は軒端の木にとまって鳴く晩秋の蟬。引は音楽のふし、ここは蟬の声（底本訓「引テ」）。殫は尽きる。○菊潭…　前句、水辺の淵の菊は露をふくみ、余って残る菊は冷たそうだ。荷浦は入江の蓮。「旧盞残」は酒盃の形をした蓮の葉は損われて痛ましく残る。○寂寞…　「四運促」は春夏秋冬がせきたてられるように過ぎて行く。後句、入り乱れて散りまごう落葉は見るに耐えられない。一毛詩（詩経）の篇数を示す語（論語・為政篇）。二 漢の高帝の寵愛した女性、唐山は姓。班婕妤は成帝の時の宮女。班は氏、婕妤は女官名。

唐《たう》・宋《そう》に彷彿《はうふつ》[八]せん乎《か》。風俗《ふうぞく》の然《しか》らしむる、遺憾《ゐかん》無《な》きに非《あら》[九]ず、と。

98 「王昭君《わうせうくん》」を和《わ》し奉《たてまつ》る　　藤原是雄《ふぢはらのよしを》 葛野《かどの》の長子《ちやうし》

悲《ひ》を含《ふく》んで胡塞《こさい》に向かひ　寵《ちよう》を辞《じ》して長安《ちやうあん》を別《わか》る
馬上関山《ばじやうくわんざん》遠く　愁中行路《しうちゆうかうろ》難《かた》し
脂粉《しふん》霜を侵《をか》して減《げん》じ　花簪《くわしん》雪を冒《をか》して残《そこな》はる
琵琶《びは》哀怨《あいゑん》多し　何《なん》の意《こころ》あつてか更《さら》に弾《だん》ずることを為《せ》ん

林子曰はく、昭君《せうくん》胡[一]国《こく》に嫁《か》す。中華《ちゆうくわ》の詩人之《これ》を憐《あはれ》んで、歌《うた》を作り曲《きよく》を作つて楽《が》[二]府《ふ》に列《れつ》す。其《そ》の餘[三]声《よせい》　本朝に及んで、[四]弘仁帝「昭君楽府《せうくんがふ》御製」有り。[五]良岑安世《よしみねのやすよ》・菅清公《かんのきよとも》・朝野鹿取《あさののかとりおよ》及び是雄《よしを》皆之《みなこれ》を和《わ》す。並《なら》びに載《の》せて『文華秀麗集《ぶんくわしうれいしふ》』に在り。今《いま》是雄未《いま》だ前《まへ》に見へざるを以《もつ》て、此《ここ》に載《の》す。若《も》し群作《ぐんさく》の優劣《いうれつ》を試《ため》さんと欲《ほつ》せば、則《すなは》ち『秀麗集』を考へて可也《かなり》、と。

99 梵釈寺《ぼんしやくじ》に扈従《こじゆう》す、制《せい》に応《おう》ず　　藤《ふち》　原《はらの》　冬《ふゆ》　継《つぐ》

一人道《いちじんだう》を問うて梵釈《ぼんしやく》に登る　梵釈蕭然《せうぜん》太《はなは》だ幽閑《いうかん》

三 詩文に優れた女性。四 赤い軸の筆(毛詩・邶風・静女)、ここは文筆の女性たち。五 よよ、代々。六 清少納言・紫式部。七 漢詩。八 似ている。九 底本「非フ」は誤刻。

98 嵯峨御製「王昭君」に唱和して。〔典〕秀麗。〔韻〕安・難・残・弾、上平寒韻。○悲を… 胡塞はえびすのとりで、匈奴。後句、漢の元帝の寵愛を辞退して長安の都と別れる。○馬上… 前句、馬上遥かに国境地帯の山々が見える。行路難は路は進みがたい。○脂粉… 紅や白粉は霜におかされて色あせ、花の如き美しいかんざしは雪におかされて損じている。○琵琶… 前句、馬上でかきならす琵琶の音には多くの悲しい思いを含む(文選・王明君詞幷序)。王昭君の心情を代って述べた結句。一 匈奴の国。二 楽府は音楽に合わせて歌う詩、或いは楽府の題によって作る詩。「王明君詞」もその一つ。三 あり余るほどの歌曲。四 嵯峨天皇「王昭君」(秀麗62)。五 秀麗63・64・65・66の「奉レ和二王昭君一」の詩群。

99 行幸に随行して梵釈寺(大津市の比叡山麓に寺趾が残る)にたち寄る、嵯峨帝の勅命に答えて。弘仁六年四月の作。作者、「冬嗣」が正しい。〔典〕秀麗。〔韻〕閑・山・間・関、上平删韻。○一人… 一人は天子(尚書・太甲)。道は仏道。蕭然はもの寂しい様。太は「甚」に同じく過度を示す助字、やや俗語的。○定に…

定《ぢやう》に入《い》る老僧《らうそう》戸を出でず　縁《えん》に随《したが》ふ童子《どうじ》未《いま》だ山を下《くだ》らず
法堂《ほふだう》寂寂《じやくじやく》煙霞《えんか》の外《そと》　禅室《ぜんしつ》寥寥《れうれう》松竹《しようちく》の間《あひだ》
永劫《えいごふ》津梁《しんりやう》今自《いまじ》得《とく》　囂塵《がうぢん》何処《いづれのところ》にか更《さら》に相関《あひあづか》らん

林子曰はく、一頷聯《がんれん》・頸聯《けいれん》恰好《かつかう》。或《あるひと》問うて曰はく、「二冬嗣・冬継同姓同時《どうせいどうじ》、嗣・継倭訓相同《わくんあひおな》じ。恐らくは当時称呼《よびな》区別《くべつ》し難《かた》からん」と。曰はく、「三張浚《ちやうしゆん》・張《ちやう》俊《しゆん》同時名将《めいしやう》にして、浚・俊音相近《おんあひちか》し。況《いはん》や同時同姓名《どうせいめい》は、四漢《かん》、両《りやう》の韓信《かんしん》、両《りやう》の五王商《わうしやう》の類《たぐひ》少《すく》なからざるを乎《や》。本朝に在つては、則《すなは》ち六藤緒嗣《とうのをつぐ》の弟を緒継《をつぐ》と曰ふ。又七良経《よしつね》・義経《よしつね》同時、八足利義兼《あしかがよしかね》・新田《につた》義兼《よしかね》同時同姓同名、頼朝《よりとも》・義経下《した》に共《とも》に義盛《よしもり》有り。又九源高氏《みなもとのたかうぢ》同時に佐々木高氏《たかうぢ》有り。其《そ》の出自《しゆつじ》を異《こと》にすと雖《いへど》も、均《ひと》しく是源姓也《これげんせいなり》。其《そ》の餘猶多《ほかなほおほ》し。然《しか》れども詩話《しわ》を妨《さまた》ぐ、一〇何為《なんすれ》ぞ云云《うんうん》せん」、と。

100 光上人《くわうしやうにん》の山院《さんゐん》に題《だい》す　錦部彦公《にしごりべのひこぎみ》　物部《もののべ》氏自《よ》り出づ

梵宇《ぼんう》深峰《しんぽう》の裡《うち》　高僧住《かうそうぢゆう》して還《かへ》らず
経行《きやうぎやう》金策《きんさく》振《ふ》り　宴坐《えんざ》草衣《さうい》閑《しづ》かなり
寒竹《かんちく》残雪《ざんせつ》を留《とど》め　春蔬《しゆんそ》旧山《きうざん》に採《と》る
相談《あひだん》じて緑茗《りよくめい》を酌《く》む　煙火《えんくわ》暮《ぼ》雲《うん》の間《かん》

「入レ定」は精神を集中して坐禅をする。「随レ縁」は仏の縁に従う。童子は寺の小僧。○法堂…　法堂は仏法を説くお堂。煙霞外は靄や霞の外に高く聳える。禅室は坐禅するお堂。寥寥は寂しい様。○永劫…　永遠に人の苦悩を救ってさとりの境地に導く手引き(津梁は渡し場の橋)をただ今自ら体得した、煩わしく喧しい俗世間とはここでは全く無関係だ。
一 第三・四句及び第五・六句は程よい。
二 冬継未詳。　三 共に宋の武将。
四 漢の二人の韓信。韓信と韓王信。
五 漢の王商と後漢の王商。　六 承和十年(八四三)没、左大臣正二位。　七 建永元年(一二〇六)没。太政大臣。　八 ともに鎌倉前期の武将。　九 足利尊氏。
一〇 これ以上は述べない。

100 光定上人(最澄の弟子)の山寺に詩を書きつけて。題は壁などに書きつける。[興]秀麗。[韻]還・閑・山・間、上平删韻。○梵宇…　梵宇は寺院。深峰は比叡山の深い峰。高僧は光上人。○経行…　経行は仏語で、修行中の倦怠を防ぐために一定の処を往来する。金策は金の錫杖。宴坐は坐禅・静坐の意(維摩経・弟子品など)。底本「安坐」。草衣は隠者の服、ここは法衣。○寒竹…　寒竹は竹の一種、ここは寒中の竹。春蔬は春の野菜類。旧山は古なじみの山、比叡山。○相談…　緑茗は緑茶。茗はおそく採った茶。後句、竈の火が夕べの雲まに籠る中を。

101 幽人《いうじん》の遺《ゐ》跡《せき》を訪《と》ふ　　平　五《さ》月《つき》

借問《しやもん》す幽栖《いうせい》の客《かく》　悠悠《いういう》去つて幾年《いくとせ》ぞ
玄経空《げんきやうむな》しく巻《まき》を秘《ひ》す　丹竈早《たんさうはや》く煙《けむり》を収《をさ》む
影《かげ》は歇《や》む青松《せいしよう》の下《もと》　声《こゑ》は留《とど》まる白骨《はくこつ》の前《まへ》
今古《いまこ》跡《せき》を訪《と》ふに因《よ》つて　覚《おぼ》へず涙《なみだ》潺湲《せんくわん》

林子曰はく、幽人は何者《なにもの》ぞ哉《や》。蓋《けだ》し[一]夫《それ》老荘《らうさう》養生《やうじやう》の術《じゆつ》を学ぶ者乎《ものか》。[二]藤冬嗣《とうのふゆつぐ》此の詩を和して曰はく、「[三]玄書明月照《げんしよめいげつて》らし、白骨老猿《はくこつらうゑん》啼《な》く。風度《わた》つて松門《しようもん》寂《しづ》かに、泉《いづみ》飛んで石室凄《せきしつすさま》じ」と。識者之《しきしやこれ》を択《えら》べ、と。

102 「新燕《しんえん》を観《み》る」を和《わ》し奉《たてまつ》る　　佐伯長継《さへきのながつぐ》 大伴同祖《どうそ》

海燕《かいえん》新《あらた》に来《きた》りて春天《しゆんてん》を度《わた》る　差池《しち》たる羽翼往年《うよくわうねん》の如《ごと》し
既《すで》に能《よ》く蒼波《さうは》の遠《とほき》を忘却《ばうきやく》す　朝夕画梁《てうせきぐわりやう》の辺《へ》に巣《す》くはんと欲《ほつ》す

101 世を避けて隠れた人のもとの住居の跡を尋ねて。[典]秀麗。作者の姓は平□で、平氏ではない。[韻]年・煙・前・湲、下平先韻。○借問… 借問は以下のことをお尋ねしたいの意。特に唐詩に多い句法。幽栖客は静かに住む人、幽人(底本「幽捷」)。後句、遠く遥かなあの世に去ってから幾年経たのか。○玄経… 死後の遺跡の空しい情景。奥深い道理を書いた道家の書は空しく巻を閉じたまま、幽人の竈にはも早や煙はたたない。○影は… 幽人の人影は青松のもとには尽きて見えないが、生前の声は白骨の前に留まっている。「歇」は休息する、憩う意とも。○今… 古跡は遺跡。後句、そぞろに涙がそそぎ流れる。潺湲→88。 一 道家、老子・荘子。 二 藤原冬嗣(底本「冬継」)。 三 秀麗集94の頷聯・頸聯。玄書は「玄経」に同じ。松門は松のさしかかる門。泉は庭の滝の水、黄泉を暗示。凄はひんやりと冷たい。

102 「新しくやって来た燕をみる」という嵯峨御製に唱和し奉って。[典]秀麗。[韻]天・年・辺、下平先韻。○海燕… 海燕は海を越えて来るつばめ。後句、つばさを左右たがい違いに飛ぶ様子は去年に同じ。○既に… 「既能」は全く。忘却の「却」は動詞のあとにつく助字、忘れてしまう。画梁は美しく彩色をしたうつばり。

103 →102。[典]秀麗。[韻]晴・声・名、下平庚韻。○早燕… 前句、新燕

103 同じく　　小《を》野《のの》年《とし》永《なが》

早燕《さうえん》雙飛《さうひ》曙晴《しよせい》に入《い》り　遥《はる》かに聖眼《せいがん》を経《へ》て新声《しんせい》を奏《そう》す
還《かへ》つて嗟《さ》す未《いま》だ鴛鴦《ゑんあう》の帳《とばり》に狎《な》れずして　先《ま》づ漢家《かんか》妖艶《えうえん》の名を負《を》ふ

林子曰はく、[一]弘仁帝「河陽《かやう》の十詠《じふえい》」有り。共《とも》に三字を以《もつ》て題《だい》と為《し》、群臣《ぐんしん》分《わ》けて之《これ》を和《わ》す。是亦其《これまたそ》の一也《いつなり》。[二]若《も》し二首の優劣《いうれつ》を論《ろん》ぜば、則《すなは》ち前詩《ぜんし》燕亦王化《えんまたわうくわ》に馴《な》るるの微意《びい》有り、後詩《こうし》[三]謫仙《たくせん》が清平調《せいへいてう》の[四]藩籬《はんり》を窺《うかが》ふに似たりと雖《いへど》も、恐《おそ》らくは其好《それかう》色《しよく》の媒《なかだち》と為《せ》ん乎《か》、と。

104 「古関《こくわん》に過《よぎ》る」を和し奉る　　宮原村継《みやはらのむらつぐ》　物部《もののべ》同祖

皇猷《くわういう》遠く被《かうむ》りて車書《しやしよ》同じ　関路《くわんろ》長《なが》く開《ひら》いて古《こ》鎮《ちん》空《むな》し
白馬《はくば》時《よりよりに》来《きた》り吏《り》の問ふ無し　東西行客日夜《とうざいかうかくにちや》通《つう》ず

林子曰はく、是亦《これまた》「河陽十詠」の其一《そのひとつ》乎《か》、と。

が二羽並んで明け方の晴れた空に飛んで入る。底本訓「曙ニ入テ晴ル」。「経二聖眼一」は天子のお眼にとまる。○還つて…　仲のよいおしどりの絵模様のある美しいとばりのねやの中につがいで入る習慣には馴れないのに、まず早くも艶名をはせた漢の趙飛燕(成帝に寵愛された趙皇后)の名を背負って「飛燕」と呼ばれることはかえって嘆かわしい。一 嵯峨帝御製「河陽十詠」(河陽花・江上船・江辺草・山寺鐘の四首のみ残る)。河陽は淀川の北、京都府大山崎町附近。二 林子の誤。三 盛唐李白の自称。李白が玄宗の勅によって作ったのが清平調(近代曲辞の一つ)の三首。その第二首に「可憐飛燕倚二新妝一」とみえる。四 まがき(宮廷)の内。

104 御製「河陽(→103注一)の古い関所にたちよって」に唱和し奉って。作者、底本「宮部」。〔興〕秀麗。〔韻〕同・空・通、上平東韻。○皇猷…　天子の道(猷ははかりごと)は遠く迄も及んで、車のわだちも書きものも文字を同じくするというような統一した平和の御世である(礼記・中庸)。関所を往来する道路は長く続いて古いとりで(ここは関所)の跡が空しく残る。○白馬…　時折り白い馬が関所の跡を通過するが(芸文類聚・馬「韓子曰…乗二白馬一而過レ関」)、関吏のとがめることもなく、東に西にあちこちに行く旅人は日夜ここを通る。一「十詠」ではない。

105 冷然院《れいぜんゐん》、制《せい》に応《おう》じて「水中影《すいちゆうえい》」を賦《ふ》す　　桑原広田麻呂《くはばらのひろたまろ》

万象匠《ばんしやうたくみ》を須《もち》ゆる無し　能《よ》く図《づ》す渌水《ろくすい》の中《うち》
花を看《み》ては馥《か》有るかと疑《うたが》ひ　葉を聴《き》いては風を鳴《な》らさず
一鳥還鳥《いつてうまたとり》を添《そ》へ　孤叢更《こそうさら》に叢《くさむら》に向《む》かふ
天文遥《てんもんはる》かに耀《ひかり》を降《くだ》す　応《まさ》に潭心《たんしん》の空《くう》なるが為《ため》なるべし

林子曰はく、二頷聯《がんれん》・頸聯着題《けいれんちやくだい》の体《てい》を得《え》たり、と。

右作者十五人、『文華秀麗集《ぶんくわしうれいしふ》』に見えたり。此《こ》の外《ほか》『秀麗』に載《の》する所《ところ》、嵯峨の御製《ぎよせい》、淳和《しゆんわ》の令製《れいせい》、藤原冬嗣《ふぢはらのふゆつぐ》・良岑安世《よしみねのやすよ》・仲雄王《なかをのわう》・小野岑守《をののみねもり》・巨勢識人《こせのしきひと》・桑原腹赤《くははらのはらあか》・坂上今継《さかのうへのいまつぐ》・滋野貞主《しげののさだぬし》・菅原清公《すがはらのきよとも》・仲科善雄《なかしなのよしを》・丹治比清貞《たぢひのきよさだ》、既《すで》に『凌雲集』に見へたり。故《ゆゑ》に之《これ》を略《りやく》す。然《しか》れども其《そ》の中《なか》の長篇《ちやうへん》、之《これ》を取らんと欲する者《もの》有り。他日若《たじつも》し一人一首の数《かず》に拘《かか》はらず、本朝の詩を択《えら》ぶこと有つては、則《すなは》ち併考《あはせかんが》へて可也《かなり》。

按《あん》ずるに、嵯峨帝、岑守《みねもり》を使《し》て三延暦元年《えんりやくぐわんねん》自《よ》り弘仁《こうにん》五年に至るまでの詩を選《せん》せしむ、所謂《いはゆる》『凌雲集』是也《これなり》。其後《そののち》四四年を歴《へ》て仲雄王《なかをのわう》を使《し》て当代《たうだい》の詩を選《せん》せしむ、所謂『文華秀麗集』是也。其後天長《そののちてんちやう》五四年、淳和帝、滋野貞主を使《し》て

一「冷然院《れいぜんゐん》」は嵯峨帝の別宮《べつぐう》

105 冷然院で、勅命に応じて「水中の影」を題としてよむ。作者、底本「麻呂」欠。圏秀麗(詩題「冷然院各賦㆓一物㆒、得㆓水中影㆒応㆑制」。各自が一つの物を題として詩を作る時、この詩題に当ったもの)。圓中・風・叢・空、上平東韻。○万象… 画匠をまたないで、水中の影は緑の水の中によろずの物象をよく写し出す。匠は職人。能は能力、可能を示す助字。渌水は緑水(秀麗集)に同じ。○花を… 花は水に映る花影。疑は何々ではないかと思う。後句、水に映る葉の影に耳を傾けても風に音もたてない。○一鳥… 一羽の鳥が水中に影を落して別の鳥を映し添えたり、一つの草むらが他の水中の草むらに向きあうように一つに映ったりする。「還」(底本訓「還テ」)は後句の「更」に同じ。○天文… 天の織り成すあや(日月星などの天の現象)が遠くから水中に光(月光とも)を投射するのは、きっと淵の中心がからっぽで透き通っているためであろう。

一 嵯峨帝の別院、後の冷泉院。都の堀川の西附近(拾芥抄)。二 第三・四句及び第五・六句。着題は詩題の題意にかなう意。三 七八二年より八一四年。四 弘仁九年(八一八)。五 八二七年。六 七〇七年。七 本書巻三。

106 嵯峨帝御製「淀川のほとりに散る花のうた」に奉和して。詞はここは雑言体の詩の意。圏奉和。圓県・辺、下平先韻。夢・叢・風・紅・同、

六 慶雲《けいうん》四年自《よ》り天長に至るまでの詩を選せしむ、凡《およ》そ二十巻、所謂《いはゆる》『経国集』是也《なり》。其《そ》の選する所《ところ》、『凌雲』『文華』の後《あと》に在りと雖《いへど》も、然《しか》れども、其の作者『凌雲』『文華』より前《まへ》なる者《もの》有り。今撰集《いませんしふ》の次第《しだい》に因《よ》つて、『凌雲』『文華』を『懐風』『万葉』の次《つぎ》に載《の》す。七 然《しか》れども、作者の前後《ぜんご》混乱《こんらん》せんことを慮《おもんぱか》る。故《ゆゑ》に『経国』の作者を別巻に繋《か》く。

106 聖製《せいせい》「河上落花《かじやうらくくわ》の詞《し》」を和《わ》し奉る　坂田永河《さかたのながかは》 継体《けいたい》帝自《よ》り出づ

天子《てんし》春に乗《じよう》じて河陽《かやう》に幸《みゆき》す　河陽旧来花県《かやうきうらいはなけん》と作《な》る
一県併《いつけんなら》びに是落花《これらくくわ》の時　落花飄颺江辺《えうやうかうへん》に映《うつ》る
濃香武陵《のうかうぶりよう》の迷《まよひ》に異《こと》ならず　軽盈髣髴陽臺《けいえいはうふつやうだい》の夢《ゆめ》
山路《さんろ》吹落《ふきおと》す明月《めいげつ》の中《うち》　渡《と》頭紛紛細草《とうふんぷんさいさう》の叢《くさむら》
落花を惜《を》しむ
飛来《とびきた》り飛去《とびさ》つて春風《しゆんぷう》に任《まか》す
花を将《もつ》て人に擬《なぞら》へ人将《まさ》に故《ふ》りなんとす　人故《ひとふ》り花新《はなあたら》し逓《たがひ》に紅《くれなゐ》を惜しむ
只芬芳《ただふんぱう》を為《な》し仙《せん》に近きを看《み》る　万樹栄曜一種《ばんじゆえいえういつしゆ》同じ
落花を看《み》る

上平東韻。結・折、入声屑韻。〇天子… 「乗レ春」は春の季節にうながされて。河陽→103注一。第二句の冒頭につながる尻取り式手法。旧来は従来から、「来」は時の経過を示す助字。「花作レ県」は花を河陽県に植えつける意。晋人潘岳が黄河の北の河陽県の県中に花を植えた故事(芸文類聚・春など)。〇一県… 一県は淀川の河陽一県。併是は、すべてこれ。飄颺は落花が揺れ飛ぶ。底本「映レ江遍」(遍は脚韻の誤)。「映二江辺一」は淀川の川辺に映える。〇濃香… 前句は、武陵(湖南省)の漁夫が迷ったという陶淵明「桃花源記」の故事。軽盈は軽やかで美しさに満ちた落花の姿。「髣髴」云々は、楚の襄王の夢の中に出現した巫山の神女の姿に似ている意(文選・高唐賦)。陽臺は巫山の神女の居処。〇山路… 山路は河陽離宮の裏山の山路。吹落は風が花を吹き散らす。後句、淀川の渡し場附近では延びきらない草むらに落花が入り乱れる。〇落花… 三・七言。〇花を… 散る花を以て人になぞらえつつ人も年をとってゆこうとする、人は年々歳々古りゆくが花は毎年新しく咲き、お互いに紅色を惜しみあうかのようだ(人は色あせようとする紅顔を、咲く花は散りゆく紅色を惜しむ)。初唐劉希夷の「代白頭吟」の詩句の応用。〇只… 前句、改訓。ただひたすら花はフンプンとかおり桃花源の仙境に近いように思われ、

一半《いつぱん》は蕭灑《せうさい》一半《いつぱん》は結《むす》ぶ
今歳《ことし》蹉跎《さた》落尽《らくじん》すと雖《いへど》も　明年《みやうねん》還《かへ》つて復《また》攀折《はんせつ》に堪《た》へん

107 聖製《せいせい》「江上落花《かうじやうらくくわ》の詞《し》」を和し奉る　紀《きの》御《み》依《より》

河陽《かやう》二月《にぐわつ》落花飛ぶ　江上の行人《かうじん》花衣《はなごろも》を襲《おそ》ふ
岸を夾《はさ》む林多くして花一《いつ》に非《あら》ず　飛んで空中《くうちゆう》に満ち江扉《かうひ》に灑《そそ》く
村人《そんじん》争《あらそ》ひ出《い》でて芳柯《はうか》を掣《せい》す　霞浦《かほ》紛紛《ふんぷん》艶色《えんしよく》多し
澄潭《ちようたん》祇《ただ》彩浪《さいらう》の起《おこ》るを視《み》る　水底《すいてい》初《はじ》めて白雲《はくうん》の過《す》ぐるかと疑《うたが》ふ

落花《らくくわ》に対《たい》す

落花看《み》れども歇《や》まず　紅樹《こうじゆ》千条《せんでう》一段《いちだん》発《ひら》く
倏忽《しゆくこつ》として飄零《へうれい》す樹《き》と叢《くさむら》と　須臾《しゆゆ》に地《ち》に鋪《し》いて風に勝《た》へず
半《なか》ばは江磯《かうき》に着《つ》いて浦口《ほこう》駮《まだら》なり　半ばは波上《はじやう》に飛んで水顔《すいがん》紅《くれなゐ》なり

落花を見る

落花雪を欺《あざむ》いて湖裏《こり》に満《み》つ　満湖《まんこ》一廻《いつくわい》春水《しゆんすい》に投《とう》ず
無《む》数《すう》乱《みだ》れ来《きた》る凡《およ》そ幾千《いくせん》　歴乱《れきらん》飄颺《へうやう》後《しりへ》復《また》前《まへ》
唯《ただ》看《み》る日暮《にちぼ》津亭《しんてい》の下《もと》　左右《さいう》源花《げんくわ》水《みづ》を匝《めぐ》つて燃《も》ゆ

どの木も花で輝きすべて同じ有様だ。一種は同種類、同じこと。○落花… 三・七言。後句、半ばはすっかり散り半ばは枝に散らずについている。○今歳… 蹉跎は時間の早く経過する意。後句、来年はなおまた花を引きためることができようか。来年の花を期待すると共に来年を期しがたい人の命のはかなさを言外に含む。

107 →106。「江上」は「河上」に同じく淀川のほとり。興奉和。韻飛・衣・扉、上平微韻。柯・多・過、下平歌韻。歇・発、入声月韻。叢・風・紅、上平東韻。裏・水、上声紙韻。千・前・燃、下平先韻。○河陽… 行人は旅人。襲は襲いかかるように衣にまといつく。○岸を… 「夾レ岸」は両岸。「非レ一」は一種ではない。江扉は川辺の家のとびら。川辺の入口の意とも。灑は落花が散りそそぐ。○村人… 芳柯は香ぐわしい花の枝。掣は引きたわめる。後句、赤みを帯びた朝やけの入江には花の香がかおりあでやかな色に満ちる。○澄潭… 澄潭は澄んだふち。祇は唯、只に同じ。「彩浪起」は落花のために彩色のある美しい浪が湧き起ったように見える。後句、水底を見ると落花が飛んで来て白い雲が通過するのではないかといま気がついてそう思う。○落花に… 三言。○落花… 「不レ歇」は尽きない。紅樹は赤い花の咲いた樹。「一段発」はひときわ美しい花が開く。○倏忽… 主語は落花。

林子曰はく、右雑言《ざふごん》二首、読来《よみきた》つて意《い》一味《み》有ることを覚《おぼ》ゆ。共《とも》に是《これ》弘仁帝《こうにんてい》二の御製を和《わ》し奉《たてまつ》る者也《ものなり》。迺《すなは》ち知んぬ、当時《たうじ》の文士《ぶんし》朝《てう》に満つることを。想《おも》ふに夫《それ》、『秀麗集』三同時の作《さく》ならん。故《ゆゑ》に此《ここ》に附《ふ》す、と。

本朝一人一首巻之二終

忽ちひるがえり散る、樹と草むらに、しばらくして地面に散り敷く、風にささえきれないで。○半ば… 江磯は淀川のいそ。「浦口駁」は入江の入口が落花でまだら色になる。水顔は水の表面。○落花を… 三言。○落花雪を… 「欺レ雪」は落花が雪ではないかと人を欺くばかりに散る。後句、落花が湖(淀川)に満ちつつ一たび廻って春の水辺に至る。○無数… 歴乱は落花の乱れる様。飄颺は落花がひらひらと舞う様。○唯… ただ見るのは日のくれの渡し場の亭(ちん)のもと、どこもかしこも桃花源の花が水面を飛び巡って燃える如く水に映えるのを。亭は母屋に接した小建築物(→68詩題)、ここは河陽離宮のそれ。源花は陶淵明「桃花源記」に基づく。一 詩の風味。二 弘仁期の嵯峨帝。御製は佚する。三 弘仁十一年頃の作か(秀麗集は弘仁九年の成立)。

本朝一人一首巻之三

向《かう》陽《やう》林《りん》子《し》輯《しふ》

林子《りんし》曰《い》はく、本朝《ほんてう》の文学《ぶんがく》、[一]応神《おうじん》の馭寓《ぎよう》に始《はじ》まり、[二]淡海《あふみ》の朝廷《てうてい》に盛《さか》んなり。[三]吉《き》備《び》公《こう》入唐留学《にったうりうがく》二十年帰朝《きてう》して自《よ》り、[四]闔国之《かふこくこれ》に依頼《いらい》せずといふこと無《な》し。想《おも》ふに夫《それ》、公《こう》の詩賦《しふ》・文章《ぶんしやう》甚《はなはだ》多《おほ》かるべし。然《しか》れども、世に伝《つた》はらず。[五]『経国集《けいこくしふ》』に慶雲以来《けいうんいらい》の詩文を輯《あつ》むるときは、則《すなは》ち定《さだ》めて知《し》んぬ、其《そ》の中《なか》公の作を載《の》することを。然《しか》れども、全部《ぜんぶ》二十巻、過半亡滅《くわはんばうめつ》、今存《いまぞん》ずる者僅《ものわづ》かに[六]六巻而已《のみ》。公の作を見ず、以《もつ》て痛恨《つうこん》すべし。是《ここ》に於《お》いて、其《そ》の残簡《ざんかん》を繙《ひもと》き、[七]『凌雲《りよううん》』[八]『文華《ぶんくわ》』の作者を除《のぞ》き、編集《へんしふ》すること左の如《ごと》し、と。

一 応神帝の御世。馭寓は御宇に同じ、宇(く)を治める意。 二 天智帝の近江朝廷。 懐風藻・序文参照。三 吉備真備。留学は霊亀二年(七一六)—天平七年(七三五)。 四 国をあげて。 五 天長四年(八二七)成立の勅撰第三漢詩集。慶雲は文武帝慶雲四年(七〇七)をさす。 六 残巻巻一・十・十一・十三・十四・二十の六巻。 七 凌雲(新)集は勅撰第一漢詩集、弘仁五年(八一四)成立。 八 文華秀麗集は第二漢詩集、弘仁九年成立。

108 三月三日奈良西大寺での御宴にはべり、勅命に答えて。高野(称徳)天皇の神護景雲元年(七六七)の行幸の時か。興経国・十。○三昇… 時津・新・真、上平真韻。○三昇… 時はあたかも三月三日、この佳節に御宴を開く、それは陽春にあたる。三の字を重ねた技巧。三昇(未詳。日偏の某字の誤か)・三辰(良辰・嘉辰・芳辰)・三陽(→67)・三春は春に同じ。○鳳蓋… 西大寺行幸の描写。鳳蓋(底本「風蓋」)は鳳凰の飾りをつけた御車。覚苑はさとりの苑、寺院。鸞輿(底本欠)は瑞鳥の鸞の飾りをつけた御こしの車。禅津は寺院、「津」はさとりの道への渡し場。○青糸… 附近の春景色。前句、青い糸を垂らした柳の並木路には鶯の声が豊かに聞える。後句、底本「紅絮桃髭…」を改める。くれない色の花しべの桃の咲く谷。○幸に… 太平の御世に当

108 三月《さんぐわつ》三日《さんじつ》西大寺《さいだいじ》に於《お》いて宴《えん》に侍《じ》す、詔《せう》に応《おう》ず　石上宅嗣《いそのかみのやかつぐ》 乙麻呂《おとまろ》の子

三昇《さんしよう》三月《さんぐわつ》三辰《さんしん》を啓《ひら》く　三日《さんじつ》三陽《さんやう》三春《さんしゆん》に応《おう》ず
鳳蓋《ほうがい》空《そら》を凌《しの》いで覚苑《かくをん》に臨《のぞ》み　鸞輿《らんよ》日《ひ》に耀《かかや》いて禅津《ぜんしん》に対《たい》す
青糸《せいし》柳陌《りうはく》鶯歌《あうか》足《た》れり　紅蘂《こうずい》桃渓《たうけい》蝶舞《てふぶ》新《あらた》なり
幸《さいはひ》に無為《むゐ》に属《ぞく》して梵城《ぼんじやう》に賞《しやう》す　還《かへ》つて知る截《せつ》有り真《しん》を離《はな》れざることを

109 南山《なんざん》の智上人《ちしやうにん》に贈《おく》る　淡海三船《あふみのみふね》 大友皇子《おほどものくわうし》の曾孫《そうそん》

独居《どくきよ》窮巷《きゆうかう》の側《ほとり》　知己《ちき》幽山《いうざん》に在《あ》り
意《い》を得《う》る千年《せんねん》の桂《かつら》　香《か》を同《おな》じうす四海《しかい》の蘭《らん》
野人《やじん》薜衲《へいなふ》を披《ひら》き　朝隠《てういん》衣冠《いくわん》を忘《わす》る
思《おもひ》を制《せい》す何《いづ》れの処所《ところ》ぞ　遠《とほ》く白雲《はくうん》端《たん》に在《あ》り

林子曰はく、宅嗣《やかつぐ》[一]・三船《みふね》、才学《さいかく》一時《いちじ》に冠《くわん》たり、声名《せいめい》伯仲《はくちゆう》為《た》り[二]。其《そ》の所作《しよさく》多《おほ》かるべし。然《しか》れども、『経国』[三]残編《ざんぺん》梵門《ぼんもん》の部《ぶ》に此の二人《ににん》の作を載《の》す、而《しかう》して其《そ》の他《ほか》の考ふべき無《な》し。遺憾《ゐかん》無きに非《あら》ず、と。

り、この寺でうたげを楽しむ、さてそこで仏に帰依した人々は真如(さとり)の中にあることを悟った。梵城は法城・寺院。「有レ截」は整う、従う(毛詩・商頌・長発「海外有截」)。ここは有截者の意。

109 南岳天台山(浙江省)の智者大師智顗(ぎ ち) 六世紀の高僧)の霊像に贈って。遣唐使に託した詩か。典経国・十。韻山(通用)・蘭・冠・端、上平寒韻。○独居… 独居の主語は作者。知己(底本「巳」)は智上人。幽山は奥深い天台山。○意を… 上人と仏弟子の作者との交友関係を示す句。永遠に薫る桂(もくせい)の如く満足すべき交友関係(荘子・外物篇)を続け、海の果てまでも薫る蘭の如く同じ心の香ぐわしい関係(周易・繋辞上)を保つ。○野人… 主語は作者。在野の人であったとき薜蘿(かずら)で織った粗末な僧衣を着用し(延暦僧録・五)、朝廷に仕官しながら衣冠をつけた官人の身を忘れるほど隠遁者の心をもつ。○思… 上人を慕う心の至るところ(?)は何処かといえば、それは遠く白雲のかかる天台山のあたりだ。「制思」は未詳(「到思」か)。「何処所」の「処所」は所に同じ。唐詩に例がみえる。底本訓「処ノ所ゾ」。一「自二(天平)宝字一後、(石上)宅嗣及淡海真人為二文人之首一」(続日本紀・天応元年六月)。「才学 サイカク」(易林本)。二 優劣がない、匹敵する。三 経国集・十。

110 仏《ほとけ》を讃《さん》す　　孝《かう》謙《けん》天《てん》皇《わう》

恵《ゑ》日《にち》千界《せんがい》を照《て》らし　　慈《じ》雲《うん》万生《ばんしやう》を覆《をを》ふ
億縁化徳《おくえんくわとく》を成《な》し　　感心法声《かんしんほふじやう》を演《の》ぶ

林子曰はく、孝謙女主《かうけんぢよしゆ》久しく尊位《そんゐ》に居《きよ》す。[一]其の醜声《しうせい》国史に見えたるときは、則《すなは》ち置《お》いて論《ろん》ぜず。然《しか》れども、[二]吉《き》備《び》公《こう》を師《し》とし、書《しよ》を習《なら》ひ字《じ》を問ふ。故に詩を言ふこと此《か》くの如《ごと》し。何為《なんす》れぞ儒書《じゆしよ》を習つて而《しか》して仏《ほとけ》を讃《さん》すること此《か》くの如き、而して放淫《はういん》すること甚《はなは》だしき。是《ここ》に知《し》んぬ、習ふ所実《ところまこと》ならず、讃《さん》する所亦実《またまこと》ならざることを。其弊殆《そのへいほとん》ど[三]社稷《しやしよく》を危《あやふ》くし皇運《くわううん》を絶《ぜつ》せんと欲《ほつ》す。悲《かな》しい哉《かな》、此《か》くの如きの主に遇《あ》ふこと。吉備公の為《ため》に亦惜《またをしむ》焉、と。

111 禅《ぜん》居《こ》　　尼《に》和《わ》氏《し》

棲隠帰《せいいんき》趣多《しゆおほ》し　　従来《じゆうらい》練耶《れんにや》を重《をも》んず
駕《が》して言《ここ》に此処《このところ》を尋《たづ》ぬ　　此処《このところ》幾経過《いくけいくわ》
煙泛《もやう》かんで山樹《さんじゆ》暗《くら》く　　霞《かすみ》昭《あき》らかにして野《や》花《くわ》瑩《ひか》る

110 仏を讃歎して。[典]経国・十。[韻]生・声、下平庚韻。〇恵日… 恵日は慧日(法華経・普門品)、太陽の如き広大な仏の智。千界は三千世界。〇億縁… 底本、二句に脱字があり(「成」「心」)、経国集の諸本間にも異同が多いが、しばらく群書本などに従う。改訓。仏縁につながる億万の人々は仏の徳に感化され、心に感動して仏を讃歎して読経する意か。法声は信心の声(法華経・法師功徳品)。演は述べる。 一 道鏡との醜聞。二 吉備真備。→巻三序。 三 国家。

111 禅を修行する者のすまい(ゼンキョとも)、小建築の禅寺。[典]経国・十。[韻]耶・花、下平麻韻、及び過・阿、下平歌韻。〇棲隠… 帰趣は仏に帰依しようとする気持。練耶は寺。仏教語。〇駕して… 駕言は車をしたててさての意(毛詩、文選など)。言は指定の機能の弱い助字。底本訓「駕セヨワレ」。後句の「此処」(底本「処処」)は前句の繰返し。幾経過は幾たびも立寄る。〇煙… 底本「暗」欠。霞は空の赤い色、彩霞。後句、底本訓「野花ヲ瑩ク」。〇禅居… 異物は仏教語、他の物。微月(底本「激月」)は淡い光の月。巌阿は岩のすみ。一 尼位を授けられた姉広虫か(日本後紀・延暦十八年二月和気清麻呂卒伝)。但し経国集の目録に安養尼和氏とみえ、和(やまと)氏の一族の安養尼とも。

禅居《ぜんこ》異物《いもつ》無《な》し　微月巌阿《びげつがんあ》に入《い》る

林子曰はく、和氏《わし》は蓋《けだ》し和気清麻呂姉法均《わけのきよまろがあねほふきん》平《か》。然《しか》らざるときは、則《すなは》ち其《そ》の詩《し》を言ふこと此《か》くの如《ごと》くなること能《あた》はず。釈門《しやくもん》に入《い》ると雖《いへど》も、豈尋常女子《あにじんじやうぢよし》の比《たぐひ》ならん哉《や》、と。

112　落葉《らくえふ》を看《み》る、令《れい》に応《おう》ず　　滋《しげ》野《のの》善《よし》永《なが》

秋天鶴唳《しうてんつるな》いて露光団《ろくわうまど》かなり　万葉紛紛歳闌《ばんえふふんぷんとしたけなは》ならんと欲《ほつ》す
金井《きんせい》の梧《ご》桐揺落《どうえうらく》すと雖《いへど》も　庭前《ていぜん》の孤《こ》竹寒《ちくかん》を知らず

林子曰はく、此《こ》の詩句《く》意《い》共《ともによ》好し。殆《ほとん》ど唐風《たうふう》に近し、と。

113　制《せい》に応《おう》じて「深山《しんざん》の寺《てら》」を賦《ふ》す　　惟良春道《これながのはるみち》 百済国《くだらのくによ》自り出づ

上方来往路尋《じやうはうらいわうみちたづ》ね難《がた》し　塔廟青山祇樹《たふべうせいざんぎじゆ》の林《はやし》
片石空《へんせきくう》を観《くわん》ず　何《いづれの》劫《ごふ》にか尽《つ》きん　孤雲境《こうんきやう》に対《たい》す幾年《いくとせ》か深《ふか》き
紗《さ》燈点点千岑《とうてんてんせんしん》の夕《ゆふべ》　月磬寥寥五夜《げつけいれうれうごや》の心《こころ》
此《ここ》に到《いた》つて能《よ》く身世《しんせい》を令《し》て忘れしむ　塵機《ちんき》更《さら》に相侵《あひをか》すことを得《え》ず

112　落葉を見る、皇太子仁明の命に応じて。典経国・十三。韻団・蘭・寒、上平寒韻。○秋天…　蘭は年のふけること。○金井…　金井は金で飾った美しい井戸、青桐と結ばれることが多い（盛唐王昌齢・長信秋詞「金井梧桐秋葉黄」など）。後句、松と同じく、寒さにも緑を保つ一本の竹の貞節（みさお）をいう（論語・子罕篇）。作者の気持を暗示するか。一詩の句と表現上の意味（こころ）。

113　嵯峨上皇の命に応じて「深い山の寺」という題で作詩して。典経国・十（詩題「賦得二深山寺一応二太上天皇制一」）。韻尋・林・深・心・侵、下平侵韻。○上方…　上方は仏語、ここは山寺。後句、青い山を背景として山寺の林の中に仏舎利塔がみえる。祇樹（底本「祗樹」）は祇陀太子の園の樹林（一切経音義・十）。○片石…　片われ石は世の中の「空」（実体のない物、仮り物）をさとりつつ尽きない長い時間を送り、ちぎれ雲も「境」（心の外にある客観世界）に相対しつつどれほど長い年月を経たことか。○紗燈…　薄絹張りの灯籠の火は夜の峰々に点々とし、月光のもと打ちならす磬は明け方（午前四時頃）に修行する人の心に寂しく聞える。磬は玉や石を垂らして鳴らす楽器。○此に…　清められた作者の心境をいう。身世はわが身と世。塵機は塵の世にいる因縁。

林子曰はく、能《よ》く幽趣《いうしゆ》を写《うつ》す。弘仁帝《こうにんてい》[一]、春道を称《しよう》して惟《ゐ》逸人《いつじん》と曰《い》ふときは、則《すなは》ち其《そ》の人朝《ひとてう》に列《れつ》すと雖《いへど》も、然《しか》れども、隠棲《いんせい》[二]を慕《した》ふ者乎《ものか》。此の詩を読むときは、則《すなは》ち逸人の名に負《そむ》かず、と。

114 梵釈寺《ぼんしやくじ》に扈従《こじゆう》す、制《せい》に応《おう》ず　三原春上《みはらのはるうへ》 天武帝自《よ》り出づ

金輿《きんよ》近出《ちかくい》づ王畿《わうき》の外《そと》　仙蓋高飛《せんがいたかくと》ぶ天闕《てんけつ》の中《うち》
掌《たなごころ》を合《あ》はせ眸《ひとみ》を凝《こ》らして鷲嶺《じゆりやう》を尋《たづ》ぬ　香《かう》を焚《た》き蘂《ずい》を散《さん》じて竜宮《りようぐう》を拝《はい》す
老僧法《らうそうほふ》を護《ご》して心弥寂《こころいよいよしづ》かなり　童子《どうじ》飡《そん》を虚《むな》しうして体既窮《からだすでにきは》まる
徐《やうや》く荘梯《しやうだい》に出でて俗《ぞく》の遠《とほ》きを知り　閑《しづ》かに碧落《へきらく》に遊んで塵《ちり》の空《むな》しきことを覚《おぼ》ふ
禅場《ぜんぢやう》の蘚色冬夏《せんしよくとうか》無《な》し　幽谷《いうこく》の松声隔通《しようせいかくつう》有《あ》り　末《すゑ》の二句闕《けつ》

林子曰はく、清原夏野《きよはらのなつの》[一]亦《また》「梵釈寺に扈従す、制に応ずる詩」有り。『経国』残《ざん》編《べん》、其《そ》の題を載せ其詩《そのし》を闕《か》く。嗚呼《ああ》、春上の詩、闕句《けつく》・脱字《だつじ》惜《を》しまざるに非《あら》ず。況《いはん》や夏野は『令義解《りやうのぎげ》』[二]を作る、而《しかう》して官職才調兼備《くわんしよくさいてうかねそな》はる。偶《たまたま》其の題有つて詩を見ざる者《もの》、以《もつ》て歎息《たんそく》すべし、と。

一 嵯峨上皇の詩「和二惟逸人春道…之作一」(経国集・十)。逸人は隠逸者、世捨て人。ニ 世間を隠れ住む。

114 ↓99。㊥経国・十。韻中・宮・窮・空・□、上平東韻。○金輿… 金輿は天子の御車(経国集「鑾輿」)。王畿外は都の外。仙蓋は仙人(天子)の乗る車のかさ、覆い。天闕は宮門。○掌を… 底本「眸」欠。鷲嶺は釈迦の座禅した霊鷲山。散蘂は散華。竜宮は寺院。鷲嶺とともに梵釈寺をさす。○老僧… 寂は悟りの境地にあること。後句、寺の使役に従事する修行中の少年は空腹のために体力が全く限界に達する意か。「体」を底本「礼」に作る。○徐く… 荘梯は荘厳のはしご(漸教)の意で、寺院をいうか。「遊二碧落一」は、大空のもとこの寺に遊ぶ意か。底本「□石落」、神宮文庫本経国集により訂。塵空は塵の世の儚さ。○禅場… 後句、静かな谷間の松風の音が遠くからこちらに通って来る。○末二句闕 経国集は「宍眼今看真如理(宍眼(げん)今看る真如の理)、是著(以下五字欠)」に作る。一 従五位上の頃の作、経国集・十に題のみ残る。ニ 淳和帝の天長十年(八三三)十二月撰上、養老令の条文の解釈書十巻。

115 すなどりの歌。嵯峨帝「雑言漁歌」を学んだ詩で、歌う詩ではない。㊥経国・十四。韻晴・明・行、下平庚韻。○青春… 青春は春に同じ。紅花は紅色の花、特定の花では

115 漁《ぎょ》歌《か》

藤原三成《ふぢはらのみつなり》 武智麻呂《むちまろ》の曾孫

青春雨後雲天晴《せいしゅんうごうんてんは》る 岸《きし》を夾《はさ》む紅花水《こうくわみづ》を射《い》て明《あき》らかなり

濁醴《だくれい》を酌《く》み 魚羹《ぎょかう》を味《あぢ》をふ 蘆中飲了《ろちゅうのみをは》つて江《かは》に向《むか》つて行く

林子曰はく、此《こ》の人張志和《ひとちゃうしわ》[一]が詩を見るや否《いな》や。其《そ》[二]の体《てい》聊《いささか》庶幾《しょき》せんと欲《ほっ》す、と。

116 在唐《ざいたう》、昶法和尚《ちゃうほふわじゃう》の小山《せうざん》を観《み》る

釈《しゃく》 空《くう》 海《かい》

竹《たけ》を看花《みはな》を看《み》る本国《ほんごく》の春《はる》 人声鳥哢漢家新《じんせいてうろうかんかあらた》なり

君《きみ》が庭際小山《ていさいせうざん》の色《いろ》を見て 還《かへ》つて識《し》る君が情塵《こころちり》に染《そ》まらざることを

林子曰はく、嘗《かつ》て聞く、[一]藤斂夫先生《とうれんぷせんせい》、暇日《かじつ》『性霊集《しゃうりやうしふ》』[二]「後夜仏法僧鳥《ごやぶっぽふそうてう》を聞く詩」を見て、以《もつ》て集中第一《しふちゅうだいいち》と為《す》。其の詩に曰はく、「[三]閑林独坐《かんりんどくざ》す草堂《さうだう》の暁《あかつき》、三宝《さんぼう》の声一鳥《こゑいってう》に聞《きこ》ふ。[四]一鳥声《こゑ》有り人心《ひとこころ》有り、声心雲水倶《せいしんうんすいとも》に了了《れうれう》」と。然《しか》れども、今《いま》『経国』残編に於《お》いて、「在唐の作《さく》」一首を載す、と。

ない。「射レ水」は水中に写ること。林子評参照。○濁醴… 前句、三・三言。飲了の主語は漁父、漁翁。「飲」を経国集は「飤」(食べる)又は「飽」に作る。江はここは淀川を思い浮べたか。一「漁歌子」の作者として名高い中唐詩人。二塡詞(てん)、詩余の詩体の「漁歌子」に似せるの意。もとは毎歌に第四句「向」の字を用いた詩の一つか。

116 唐にいるとき昶法和尚(長安某寺の僧か、未詳)の小さい築山を見て(小山→40)。延暦二十四年(中唐貞元二十一年)、或いは翌年大同元年(八〇六)の春の作か。和尚は和上に同じく僧の敬称。典経国・十。韻春・新・塵、上平真韻。○竹を… 本国春はわが本国、日本の春に同じの意。鳥哢は鳥のさえずり。漢家は唐代、中国。○君が… 小山色は小さい築山の草木などの新鮮な春の色、物色。君は主人和尚。一藤原惺窩のあざな。二性霊集・十(補闕抄)所収。後夜は午前四時ごろ。三閑林は静かな林。草堂は草葺の粗末な庵。三宝声はブッ・ポウ・ソウと三宝(仏宝・法宝・僧宝)を唱える如く鳴く声。四「人有レ心」はこの鳥の法宝を説く声を聞く人は仏心(仏宝)をもたずには居られない。後句、鳥の声(法宝)、人の心(仏宝)、ゆく雲、流れる水(僧宝)が共に感応して明らかなさとりの境地を表わすの意。

117　雪を詠《えい》ず、詔《せう》に応《おう》ず　　　　朝《あさ》原《はらの》道《みち》永《なが》

天自《てんよ》り零《ふ》るは雪　　地《ち》を撲《う》つて照《て》らして開《さ》く
春《しゆん》絮《じよ》冬《とう》柳《りう》に繋《まつは》り　　新《しん》花《くわ》旧《きう》梅《ばい》に発《ひら》く
王家《わうか》 銀《しろかね》 屋《いへ》を作《つく》り　　帝里《ていり》玉《たま》臺《うてな》を為《つく》る
千箱《せんしやう》の詠《えい》を載《の》せんと欲《ほつ》す　　東西《とうざい》一《いつ》色《しよく》来《きた》る

林子曰はく、能《よ》く禁庭《きんてい》雪中《せつちゆう》の景《けい》を写《うつ》す。本注《ほんちゆう》[一]に云《い》はく、「桓武天皇在祚《くわんむてんわうざいそ》」と。然《しか》るときは、則《すなは》ち桓武亦《またこの》好んで詩を作るならん。平城《へいぜい》・嵯峨《さが》・淳和《しゆんわ》に至るまで、文物《ぶんぶつ》の盛んなるは、皇考之《くわうかうこれ》[二]を闢《ひら》く。世《よ》唯《ただ》最澄《さいちよう》[三]・空海《くうかい》を敬《けい》することを誇説《こせつ》す。豈《あに》必《かなら》ず其《それ》然《しか》らん哉《や》、と。

118　冬日《とうじつ》山門《さんもん》に過《よぎ》る　　　　笠仲守《かさのなかもり》　孝霊天皇《かうれいてんわう》自《よ》り出づ

香刹《かうせつ》青雲《せいうん》の外《そと》　　虚廊《きよらう》絶岸《ぜつがん》傾《かたぶ》く
水清《きよ》うして塵躅《ぢんちよく》断《た》へ　　風静《しづ》かにして梵音《ぼんおん》明《あき》らかなり
古《こ》石《せき》苔《こけ》席《むしろ》と為《な》り　　新房《しんばう》 菴《いほり》 名《な》を化《な》す

117　雪を詠む、桓武帝の詔に応じて。典経国・十三。韻開・梅・臺・来、上平灰韻。○天…　後句、雪が地面を打ちつけつつ白く照らして花が咲いたようだ。○春絮…　眼前の雪の描写。春の柳の綿の如き雪が冬の柳にまつわり(底本「栄」)、新しい雪の花が古い梅の木にひらく。○王家…　禁中では銀色の雪が降り積もって家屋をなし、都では玉の如き雪が楼台(たかどの)を作る。○千箱…　豊かな収穫を車に載せて収める如く、豊年の兆を示す雪の詩を献上しようと思うにつけて、(ああめでたや)どこもかしこも白一色に雪が降って来る。前句、毛詩・小雅・甫田「乃求㆓千斯倉㆒、乃求㆓万斯箱㆒」を踏まえる。後句、応詔的な結び。一　経国集の原注。
二　ここは先代の天子、桓武帝。
三　わが国の天台宗の開祖、伝教大師。空海と対比されるが、詩は残らない。

118　冬の日にある山寺の門に立寄って。過は過訪。典経国・十。韻傾・明・名・声、下平庚韻。○香刹…　寺院(香刹は仏語)は晴れた空に高く聳え、人けのない渡り廊下は切り立った崖の上に危うげに傾く。○水…　塵躅断はちりの跡が絶える。梵音は読経の声。○古石…　古びた石の苔は生え広がって坐席をなし、新しい僧房の庵室には名前がついている。「席」、底本「骨」。○森然…　前句、繁茂した蔓かずらの垂れ下った樹のもとで。

森然《しんぜん》たる蘿樹《らじゅ》の下《もと》　独《ひと》り暮鐘《ぼしよう》の声《こゑ》を聴《き》く

119　渤海客《ぼつかいかく》の仏《ほとけ》を礼《らい》するを聞き、感《かん》じて之《これ》を賦《ふ》す　安《あ》倍《べの》吉《よし》人《んど》

聞く君が今日化城《こんにちけじやう》の遊《いう》　真趣寥寥禅跡幽《しんしゆれうれうぜんせきいう》なり
方丈竹庭維摩《はうぢやうちくていゆいま》の室《へや》　円明松蓋宝積《ゑんみやうしようがいほうしやく》の球《たま》
玄門無《げんもんむ》に非《あら》ず又有《またう》に非ず　頂礼罪《ちやうらいつみ》を消《け》し更《さら》に憂《うれひ》を消す
六念鳥鳴《ろくねんとりな》く蕭然《せうぜん》たる処《ところ》　三帰《さんき》人《ひと》思ふ幾淹留《いくえんる》

120　同《おな》じく　嶋《しま》田《だの》清《きよ》田《た》

禅堂寂寂海浜《ぜんだうじやくじやくかいひん》に架《か》す　遠客時《ゑんかくとき》に来《きた》りて道真《だうしん》を訪《と》ふ
掌《たなごころ》を合《あ》はせ香《かう》を焚《た》いて有漏《うろ》を忘れ　心を廻《めぐ》らし偈《げ》を頌《じゆ》して迷津《めいしん》を覚《さと》る
法風冷冷暁《ほふふうれいれいあかつき》を迎《むか》ふるかと疑《うたが》ひ　天萼輝輝《てんがくきき》春《はる》に入《い》るに似《に》たり
随喜《ずいき》す君が微妙《みめう》の意《こころ》　猶是《なをこれ》同じく見る崛山《くつせん》の人《ひと》

林子曰はく、当時《たうじ》の人主《じんしゆ》文学を好むと雖《いへど》も、然《しか》れども、亦釈氏《またしやくし》を信《しん》ず。故に儒《じゆ》臣《しん》と雖《いへど》も、其《そ》の弊《へい》有ることを免《まぬか》れず。就中《このなかよしんど》吉人・清田が如《ごと》き、蕃客《ばんかく》の仏を礼《らい》す

119　渤海使たちが仏を礼拝すると聞いて感動して作る。渤海→85。天長二年(八二五)来日の時か。典経国・十(詩題「忽(たまたま)…」)。韻遊・幽・球・憂・留、下平尤韻。○聞く…　化城はかりに化作した城、寺院。真趣は本来の趣。寥寥→99。○方丈…　一丈四方の竹の庭は維摩居士の病室のよう(維摩経・問疾品)、円くあかるい笠松は宝玉を集積したような実をもつ。円明・宝積は仏語。○玄門…　前句、玄妙な仏門である仏教は混沌としたすべての物の根元である。玄門・無・有・頂礼は仏語。○六念…　六念は安楽を得ようとする六種の思念。前句、仏・法・僧と六念を唱えるように鳥がさびしくなく。後句、三宝(仏・宝・僧)に帰依する渤海の客に感動しつつ幾たびか足を留める。

120　→119。作者、底本「渚田」。典経国・十(詩題「同下安領客感ニ客等礼上仏之作上」)。韻浜・真・津・春・人、上平真韻。○禅堂…　禅堂は寺院の建物に付属する御堂。「架ニ海浜一」は敦賀の海岸にかかっている。後句、遠来の渤海の客は然るべき時に来て道の真実(仏の道)の存する此処を訪れる。「時」はヨリヨリニの意とも。○掌を…　合掌・焚香・有漏(煩悩の意)・「廻レ心」(仏道に心をふり向ける)・「頌レ偈」(韻文体の経文を誦すること)・迷津(悟りの道への渡し場に迷う)は仏語。○法風…　法風は寺の辺を吹く風の意か。疑は何々かと

るを聞いて之《これ》を感じ、其《それ》感じて足《た》らず、遂《つひ》に詩章《ししやう》を成《な》す。何為《なんす》れぞ其然《それしか》る乎《や》。
三程子《ていし》の所謂《いはゆる》駸駸然《しんしんぜん》として其中《そのなか》に入る者也《ものなり》、と。

121「殿前《でんぜん》の梅花《ばいくわ》」を和《わ》し奉《たてまつ》る

高村田使《たかむらのたづかひ》 漢《かん》の魯《ろ》の恭王《きようわう》の後

忽《たちま》ち見《み》る三春《さんしゆん》の木《き》　芳花一種催《はうくわいつしゆうなが》す
素葩《そは》日を承《う》けて笑《え》み　黄蘂《くわうずい》風に対《たい》して開《ひら》く
舞蝶《ぶてふと》飛んで更《さら》に聚《あつ》まり　歌鷽《かあうさ》去つて且来《またきた》る
和羹《くわかうも》如し適《てき》すべくんば　此《これ》を以《もつ》て塩梅《えんばい》と作《な》さん
林子曰はく、末句《まつく》微意《びい》を含《ふく》む、と。

122「落梅花《らくばいくわ》」を和し奉る

和気広世《わけのひろよ》 垂仁《すいにん》の苗裔《べうえい》、清麻呂の子

寒《かん》を凌《しの》いで朱早《あけはやく》発《ひら》く　暖《だん》を競《きそ》つて素《しろ》初《はじ》めて飛ぶ
吹《かぜ》を送《おく》つて香牖《かをりまど》に投《とう》じ　光《ひかり》を迎《むか》へて影扉《かげとびら》を払《はら》ふ
蘂《ずい》疎《まば》らにして実《み》漸《やうやく》見《み》へ　葉《は》細《ほそ》うして蔭猶微《かげなほかす》かなり
願《ねが》はくは重陽《ちようやう》の日に遇《あ》つて　暉《ひかり》を承《う》けて芳菲《はうひ》を擅《ほしいまま》にせん

思う。天蓴は天上の妙花、天華(げてん)。○随喜… 前句、渤海客の深い玄妙な仏心を喜ぶ。随喜・微妙は仏語。後句、やはり釈迦にまみえるように思われる。崛山は釈迦の説法した山(鷲峰山)。一人君、君主。ニナカニツイテ、ナカンヅクなどとも。「清田」、底本「渚田」。三宋の大儒程明道・程伊川。「駸駸然」は事の急速な形容(二程全書・二)。

121 東宮(後の平城帝)作「御殿の前庭の梅花」に唱和し奉って。典経国・十。韻催・開・来・梅、上平灰韻。○忽ち… たまたま春の梅の木を見たところ、梅の花はすべて咲く状態へとせきたてられんばかり。一種→106。○素葩… 素葩は白い梅の花。日は日の光。○舞蝶… 舞蝶はひらひらと舞う蝶。歌鷽は囀る鶯。○和羹… あつものの塩と酢の味加減がもし適切であるならば(尚書・説命下「若作ニ和羹一、爾惟塩梅」)、これで塩梅(安排)とすることができよう。一臣下が君主を助けてよい政治をするとの微妙な裏の意を含む。

122 東宮平城の「散る梅の花」の詩に唱和し奉って。「落梅花」は楽府(ふが)題の詩「梅花落」によるか。典経国・十一。韻飛・扉・微・非、上平微韻。○寒を… 朱は朱色の梅花。底本「未」。素は白い梅の花。底本訓「モトヨリ」。○吹を… 影は梅の花影。○蘂… 蔭は葉かげ。○願はくは…

林子曰はく、和気清麻呂《わけのきよまろ》[一]、忠直《ちゆうちよく》にして文武《ぶんぶ》の才《さい》有り。広世其《そ》の子也。其の詩を言ふこと宜《むべ》なる哉《かな》。所謂《いはゆる》「重陽の日」は晩秋《ばんしう》の九日《きうじつ》に非《あら》ず。唯陽春《ただやうしゆん》の重熙《ちようき》[二]を言ふ乎《か》。併《なら》びに下《しも》の句落梅《らくばい》を惜《を》しむの意有り、と。

123「春日《しゆんじつ》の作《さく》」を和し奉る　藤原衛《ふぢはらのまもる》　冬嗣《ふゆつぐ》の弟

時去《ときさ》り時来《ときき た》つて秋復春《あきまたはる》　一栄一悴《いちえいいちすい》偏《ひと》へに人を感《かん》ぜしむ
容顔忽《ようがんたちま》ち年序《ねんじよ》を逐《お》つて変《へん》じ　花鳥恒《くわてうつね》に歳月《さいげつ》と新《あら》たなり

林子曰はく、衛《まもる》、夏野《なつの》[一]に属《ぞく》し、『令義解《りやうのぎげ》』の編輯《へんしふ》に預《あづ》かるときは、則《すなは》ち其《そ》の才《さい》既《すで》に世に聞《きこ》ゆ。此《こ》の詩存《ぞん》ずる者亦幸也《ものまたさいはひなり》、と。

124 雑言《ざふごん》、太上天皇《だじやうてんわう》「牀《しやう》の詠《えい》」を和し奉る　太上皇《だじやうくわう》は嵯峨《さが》也　南淵永河《なんふちのながかは》　坂田永河《さかたのながかは》と同人《どうじんか》乎

春堂《しゆんだう》に御《ぎよ》す　春堂苔蘚《たいせん》の牀《しやう》
幽棲玳瑁《いうせいたいまい》を嫌《きら》つて自《よ》従り　尋常石上又水傍《よのつねせきじやうまたすいばう》

重陽日は陽春の光と東宮の恩愛の光とが重なったためでたい今日の日。芳菲は光(恩光)を受けつつ散る梅のかぐわしい香。一 八世紀後半の貴族官人。二 光を重ねること。

123 嵯峨天皇御製「春日の作」に和し奉って。[典]経国・十一。[韻]春・人・新、上平真韻。○時去り…　後句、栄枯盛衰の常理(きまり)があって、ひたすら人にあわれを催させる。底本訓「感ズ」。○容顔…　人の顔かたちは年の経過に従って変るが、花や鳥は歳月と共に(原文「将」)常に新しい。初唐劉希夷・代白頭吟「年々歳々花相似、歳々年々人不レ同」の詩想を踏まえる。底本訓「歳月ヲ将テ」。一 清原夏野奉勅撰の令義解・序に作者協力の記事がある。

124 雑言体(ここは三・五・七・七)の詩、嵯峨上皇の「春堂五詠」の「牀」の詩に唱和し奉って。牀は床に同じく、寝台、腰掛の類。[典]経国・十一。[韻]牀・傍、下平陽韻。○春堂…　春堂に出御したもう。春堂のきざはしのあたりには苔が生えてとこを敷きのべたよう。春堂は東堂に同じく、宮中の中堂の東側に位置する御殿の意か。第一句の「春堂」が第二句の冒頭に出現する手法は、六朝詩に多くの例をみる。○幽棲…　静かな住まいには玳瑁のかざりの如き立派な床を嫌うものなので、それ以来、いつも苔は石の上や水辺に床を敷いたように生える。

125　同じく、太上天皇「屛《へい》の詠《えい》」を和し奉る　浄《きよ》野《のの》夏《なつ》嗣《つぐ》

春堂《しゆんだう》に侍《じ》す　雲母《うんぼ》の屛《へい》
屈伸用《くつしんよう》に随《したが》つて定意《ていい》無し　唯期《ただき》す日夜《にちや》竜扃《りようけい》に対《たい》することを

林子曰はく、嵯峨上皇《さがのじやうくわう》「春堂の五詠《ごえい》」、曰はく屛《へい》、曰はく牀《しやう》、曰はく几《き》、曰はく燈《とう》、曰はく簾《れん》。群臣《ぐんしん》分けて之《これ》を和す、と。

126　「鬼《もの》を詠《えい》ずる什《じふ》」を和し奉る　石《いし》川《かはの》広《ひろ》主《ぬし》

鬼神惟測《きじんこれはか》らず　冥運希微《めいうんきび》に入《い》る
有《いう》を論《ろん》ずれば形《かたち》見ること無く　無《む》を言へば道奇《みちき》有り
斉襄未《せいじやういま》だ譴《けん》を免《まぬか》れず　晋景亦殃《しんけいまたあう》に随《したが》ふ
隠顕定《いんけんさだ》め難《がた》しと雖《いへど》も　禍淫《くわいん》知るべきに在《あ》り

林子曰はく、題既《だいすで》に奇《き》なり、詩亦《また》奇なり、と。

125　雑言体の詩で(→124)、嵯峨上皇の「春堂五詠」の「屛風」の詩に唱和し奉って。典経国・十一。韻屛・扃、下平青韻。○春堂…　雲母屛は「うんも」(きらら)を張った屛風。○屈伸…　必要に応じてたたんだり広げたりして定まらないが、ただ昼も夜も御殿の扉に向きあうようにきめてある。竜扃の竜は天子などに冠らせる接頭語、扃は出入口、門、かんぬきなど。一 上皇の原詩佚する。二 経国集・十一参照。分は題をくじなどで各自に分配すること。

126　「鬼神(目に見えない神霊・霊魂)を詠じた詩」に唱和して。典経国・十一(詩題「同ニ春太詠レ鬼之什一」)。韻微(通用韻)・奇・随・知、上平支韻。○鬼神…　惟は助字。「不レ測」ははかり知れないこと。後句、暗い処に潜む運命は耳に聞えず(「希」)、捕えるすべもない(「微」)境地に入っている。希微は老子・十四章にみえる語。○有を…　鬼神が存在するかといえばその形姿は見えない、何もないといっても道理には神秘性、不思議さがある。捉え処のないことを示す句。○斉襄…　前句、斉の襄公が鬼神のとがめを免れず殺された故事(史記・斉太公世家)。後句、晋の景公が夢の中で鬼神(亡霊)に苦しめられ、更に病気にかかり厠に落ちて死んだ故事(左伝・成公二十年)。殃は禍(わざわい)。○隠顕…　隠顕は隠れたり現れたりすること。後句、鬼神は淫(節度の

127 燕《つばめ》を詠《えい》ず

大枝直臣《おほえのただおみ》　天穂日命《あめのほひのみこと》自《よ》り出づ

瑞《ずい》を表《へう》して斉郡《せいぐん》に集《あつ》まり　霊《れい》を呈《てい》して玉筐《ぎよくきやう》に入《い》る
竜潜爽節《りようせんさうせつ》を避《さ》け　鳳挙喧光《ほうきよけんくわう》を逐《お》ふ
宇《いへ》に栖《す》んで新語《しんご》を伝《つた》へ　泥《ひぢ》を銜《ふく》んで旧梁《きうりやう》を尋《たづ》ぬ
去来候《きよらいとき》を失《うしな》はず　謂《い》ひつべし行蔵《かうざう》を識《し》ると

林子曰はく、「燕」の字を言はず。着題《ちやくだい》の体《てい》有り。句意《くい》恰好《かつかう》、と。

128 紅梅《こうばい》を看《み》る、令《れい》に応《おう》ず　「争《さう》」の字を得たり

紀《きの》長《なが》江《え》　麻呂《まろ》の玄孫

二月寒《にぐわつさむさ》除つて春暖《あたた》かならんと欲《ほつ》す　揺山《えうざん》の花樹《くわじゆ》梅先《ま》づ驚《おどろ》く
即今紅蘂枝《そくこんこうずいえだ》に満《み》ちて発《ひら》く　仙覧簾《せんらんすだれ》を褰《かか》ぐ感興《かんきよう》の情《じやう》
香羅衣《かをりらい》に雑《まじ》つて猶誤《なをあやま》るべし　光粧瞼《ひかりしやうけん》に添《そ》うて遂《つひ》に争《あらそ》ふ応《べ》し
儻《も》し質《し》を瑶堦《えうかい》の側《ほとり》に委《ゐ》するに因《よ》つて　朝夕徒《てうせきいたづ》らに少陽《せうやう》の明《めい》を仰《あふ》がん

ないもの)に禍を与えるということを知るべきだ(尚書・湯誥「天道福レ善禍レ淫」)。

127 燕を題として。詩句は芸文類聚、初学記(燕・祥瑞)などによる点が大。典経国・十一。韻筐・光・梁・蔵、下平陽韻。○瑞を…　燕に関する二つの故事。祥瑞を表わして白い燕が斉郡(南朝宋の郡名、江蘇省の一部)に集まり(芸文類聚・祥瑞部)、燕が霊妙な兆(しるし)を示して二人の娘の美しい竹籠の中に入った(同、呂氏春秋)。底本訓「集メリ」。○竜潜…　秋の季節を避けて竜のようにひそみ、春の光を追って鳳凰のように空に飛びあがる。晋傅咸・燕賦「秋背レ陰以竜潜、春晞レ陽而鳳挙」(同・鳥・燕)による。○宇に…　新語はういういしい声。「銜レ泥」云々は燕の生態(同・古詩など)。○去来…　行蔵は行動することと潜み隠れること(燕賦)。一題によくかなう体、体裁。

128 紅梅をみて、東宮仁明の命に応じて。「争」という韻字が当って。典経国・十一(詩題「賜レ看二紅梅一、探得二争字一応令」)。韻驚・情・争・明、下平庚韻。○二月…　揺山は初学記・皇太子に「山海経曰、西海之外有二揺山一、其上有レ人、名曰二太子長琴一」(嘉靖刊本)とみえ、山の名。ここは東宮仁明の庭の築山をさす。底本訓「山ヲ揺ス」。先驚は春の到来に驚いて梅が咲く気配を示す意。○即今…　「即今」は底本「即令」。前句改

129 早春途中《さうしゆんとちゆう》

藤原令緒《ふぢはらのよしを》 房前《ふささき》の玄孫

平旦《へいたん》鞭《むち》を揮《ふる》つて城外《じやうぐわい》に出《い》づ　林村《りんそん》雨《あめ》霽《は》れて早春生《しやう》ず
峰《みね》に傍《そ》ふて近《ちか》く聴《き》く樵客《せうかく》の唱《うた》　澗《たに》に入《い》つて深《ふか》く聞《き》く断猿《だんゑん》の声《こゑ》
関北《くわんぼく》の寒梅花《かんばいはな》未《いま》だ発《ひら》かず　江南《かうなん》の暖柳《だんりう》絮《わた》先《ま》づ驚《おどろ》く
愁中《しうちゆう》路《みち》遠《とほ》くして行き尽《つ》くさず　羈人《きじん》故郷《こきやう》の情《じやう》有るが為《ため》なり

林子曰はく、頷聯《がんれん》・頸聯《けいれん》、題《だい》に於《お》いて稍切《ややせつ》なり、と。

130 小池七夕《せうちしちせき》

布瑠高庭《ふるのたかには》 孝照天皇《かうせうてんわう》自《よ》り出づ

星夕池辺《せいせきちへん》に臥《ふ》す　遥《はる》かに瞻《み》る肆遠《しゑん》の天《てん》
知らず烏鵲《うじやく》の意《こころ》　何似《なん》ぞ神仙《しんせん》に達《いた》らん

131 重陽《ちようやう》の節《せつ》、制《せい》に応《おう》じて「秋虹《しうこう》」を賦《ふ》す

橘常主《たちばなのつねぬし》 諸兄公《もろえこう》の後《のち》

君王《くんわう》出《い》でて豫《たの》しむ重陽の序《じよ》　試《こころみ》に望《のぞ》む秋虹遠近《ゑんきん》の光《ひかり》

訓。紅蘂は紅梅の花しべ。「仙覧」の「仙」は東宮に冠らせた接頭語。東宮が見たもう。〇香… 前句、梅の香は女人のうす衣に雑り合い、どちらの香なのか判断を誤りそうだ。後句、梅と女人が美しさを競うようだの意。底本訓「ヲ添テ」。〇儻し… 前句改訓。「委レ質」は礼物を積む、仕官する意。ここは、たまたま御殿のきざはしに植えられたのでの意。後句、応令的な結び。少陽は東宮の意(文選・顔延年・三月三日曲水詩序の李善注「少陽ハ東宮也」)。明は明徳。

129 初春の途中で。六朝詩は「道中」を、唐詩は「途中」をよく用いる。興経国・十一。韻生・声・驚・情、下平庚韻。〇平旦… 平旦は夜明け頃。「平旦 寅時(とらのとき)」(新撰字鏡)。城外は平安京の郊外。〇峰に… 「樵客唱」は木こりの歌。「樵夫」(三手文庫本系経国集)のほうが韻が正しい。〇「断猿声」は悲しげに鳴く猿の声。〇関北… 関北は逢坂の関の北、琵琶湖北岸地方。江南は湖の南方淀川地帯を漠然とさす。先驚→128。〇愁中… 羈人は旅人の私。「為有」はタメニアリとも訓めよう。一 適切。

130 小さな池での七月七日の夜。興経国・十三。韻辺・天・仙、下平先韻。〇星夕… 星夕は七日の夜。「肆遠天」は極めて遠い空。「遠天を肆(ほしいまま)にす」ともよめる。〇知らず… 作者の立場をうたう。織女星を渡す橋を掛けるという烏鵲(かささぎ)の心

首尾《しゆび》分形殿閣《ぶんけいでんかく》に浮《う》かび　雌雄《しゆう》半体《はんたい》池塘《ちたう》に跨《また》がる
晴天《せいてん》色《いろ》爽《さは》やかにして弦文《げんもん》拖《ひ》き　碧水《へきすい》陰《かげ》生《しやう》じて橋勢《けうせい》長し
別《こと》に夢中華渚《むちゆうくわしよ》の度《わたり》有り　千年一聖明王《せんねんいつせいめいわう》を誕《たん》ず

林子曰はく、首句《しゆく》平易《へいい》、[一]二聯《にれん》形容《けいよう》し得て好《よ》し、[二]末句《まつく》応製《おうせい》の体《てい》に協《かな》ふ、と。

132 夜亭晩秋《やていばんしう》、「徊《くわい》」の字を探得《さぐりえ》たり、製《せい》に応《おう》ず　　安《あ》野《のの》文《ふん》継《つぐ》

無能《むのう》白首《はくしゆ》池臺《ちだい》に侍《じ》す　厭《いと》はず閑亭巌隈《かんていがんわい》に俯《ふ》すことを
陽面《やうめん》天《てん》を指《さ》して松栢森《しようはくしん》たり　陰崖《いんがい》地《ち》に満《み》ちて莓苔点《まいたいてん》ず
朝煙色《てうえんいろ》有つて深浅《しんせん》を看《み》　夕鳥《せきてう》心《こころ》無く往来闇《わうらいくら》し
老病《らうびやう》交《こもごも》侵《をか》して秋《あき》已《すで》に暮《く》る　恩私《おんし》仮借《かしやく》暫《しばら》く徘徊《はいくわい》す

林子曰はく、制《せい》に応じて自《みづか》ら身上《しんじやう》の事を叙《じよ》し、諷諭《ふうゆ》の意《い》を含む。蓋《けだ》し其《それ》[一]老休《らうきう》の志《こころざし》有つて、未《いま》だ遂《と》ぐること能《あた》はざる者乎《ものか》。「陽面《やうめん》の松栢《しようはく》」時に逢《あ》ふ人に比《ひ》す、「陰崖《いんがい》の莓苔《まいたい》」自《みづか》ら之《これ》に譬《たと》ふ。「朝煙・深浅・夕鳥・往来」共《とも》に[二]寓意《ぐうい》有るべし。末句直《ただ》に「老病」と雖《いへど》も、朝恩《てうおん》に引か被《る》るの意《い》を言ふ。今其《そ》の作を読んで、其の人を想像《さうざう》す。「森《しん》・点《てん》・看《かん》・闇《あん》」の四字、頗《すこぶる》其《それ》鍛錬《たんれん》を労《らう》す。「闇《あん》」の字 最《もつとも》工《たくみ》なり、と。

がわからないので、二星の許に達する(底本「遠」)ことができようか。経国集「飛鵠」に作る。後句改訓。「何似」は如何に同じ、俗語的用法。

131 九月九日の節句に嵯峨帝の勅命に応じ「秋の虹」を題として。作者、底本「常重」。[典]経国・十三(詩題「重陽節、得㆓秋虹㆒応製」)。[韻]光・塘・長・王、下平陽韻。○君王… 君王は嵯峨帝。出豫は豫(よ)の卦に則り出遊すること(周易・豫)。豫は楽しむ。秋虹の例は多くない(初唐宋之問・漢江宴別など)。○首尾… 首尾分形は虹の前部と後部が形を異にする。後句、雌の虹と雄の虹が色体を半々に分けあって池の堤の上に跨ってかかる。初学記・虹蜺「色鮮盛者為ㇾ雄…闇者為ㇾ雌」。○晴天… 「弦文拖」は弓づるの如く曲った模様を空に引きかける。○別に… 「別有」は詩によくみえる句法で、とりわけ、更に又、の意。前句は、帝摯の母が虹の如く星が華渚(渚の名)の渡し場に流れるのを夢みて帝を生んだ伝説(宋書・符瑞志、文選・弁命論注)。後句は、「千年一聖人」の中国思想。明王は嵯峨帝。一 頷聯・頸聯の対句。二 天子讃美の結句をさす。

132 晩秋の夜の亭(ちん)という題で作詩したとき「徊」という韻字が当って、嵯峨上皇の命による詩。底本「安倍」は誤。[典]経国・十三。[韻]臺・隈・苔・来・徊、上平灰韻。○無能… 主語は作者。白首は白髪あたま。

133 紀朝臣《きのあそん》「雪を詠《えい》ずる詩」を和《わ》す　　揚春師《やうしゆんし》 「春」或いは「秦」に作る

揚姓未《いま》だ詳《つまび》らかならず。或《ある》いは其唐人投化《それたうじんとうくわ》の者乎《ものか》。若《も》し「陽」字の誤《あやまりた》為らば、則《すなは》ち賀陽《かやうか》乎、陽侯氏《やこしか》乎。

昨夜《さくや》竜雲上《りようううんのぼ》り　　今朝鶴雪新《こんてうかくせつあらた》なり
祇花《ただはな》の樹《き》に発《ひら》くことを看《み》る　　鳥《とり》の春に驚《おどろ》くことを聴《き》かず
廻影神女《くわいえいしんぢよ》かと疑《うたが》ひ　　高歌郢人《かうかえいじん》に似《に》たり
幽蘭継《いうらんつ》ぐべきこと難《かた》し　　更《さら》に而《なんぢ》が嚬《ひそみ》に効《なら》はんと欲《ほつ》す

林子曰はく、此《こ》の詩亦恰好《またかつかう》、と。

134 試《し》に奉《ほう》じて、「秋興《しうきよう》」を賦《ふ》す、「建《けん》・除《ちよ》」等の十二字を以《もつ》て句の頭《かしら》に居《を》く　　治《たぢひの》　文《ふみ》　雄《を》

酉《いう》に建《さ》して星初《ほしはじ》めて転《てん》じ　　湿《しつ》を除《のぞ》いて金正《あきまさ》に王《わう》す
満江鴻翼疋《まんかうこうよくひつ》し　　平陸菊叢香《へいりくきくそうかうば》し
定《さだ》めて識《し》る幽閨《いうけい》の女《をんな》　　梭《ひ》を執《と》つて錦章《きんしやう》を織《お》ることを
破《は》簾虫網薄《れんちゆうまうう す》く　　危《き》牖月光涼《いうげつくわうすず》し

「不㆑厭」は、見あきない。〇陽面…「森㆓松栢㆒」は常緑樹の松栢が繁る。「点㆓苺苔㆒」はこけが点々と生える。〇朝煙… 朝煙は朝もやの類。深浅は色の濃淡。〇老病… 後句、君主の恵みを得てしばらくこの夜亭の辺をさまよう。恩私は君主の私的な恩愛。底本「恩秩」。一老いて退官し帰休する。二この寓意説は疑問、殆んど実景を詠んだ部分であろう。

133 紀朝臣(未詳)の「雪を詠む詩」に唱和して。作者名、渤海副使「揚(楊)泰師」(続日本紀)が正しい。天平宝字三年(七五九)一月作か。「陽侯氏」は百済系の氏、楊胡氏とも。囲経国・十三(詩題「奉和紀朝臣公…」)。初唐駱賓王「詠㆑雪」を参考にする。韻新・春・人・嚬、上平真韻。〇昨夜… 竜雲は竜の如き姿の雲(晋書・天文志)。鶴雪は白雪。鶴が雪の不滅によって帝堯の崩年を語った、「異苑」の故事。〇祇… 「祇看」は詩句としては経国集「怪看」(怪んで見る)の方がよい。後句、雪の花の景色であるため。〇廻影… 巡りつつ散る雪の影は「洛神賦」(文選)の神女かと思われ、郢人(楚の都の人)の歌う高尚な「陽春白雪歌」(文選・宋玉「対㆓楚王問㆒」)にも似る。〇幽蘭… 幽蘭は琴曲「幽蘭白雪曲」(文選・雪賦・李善注)。紀朝臣の秀作に見立てる。「而」は論語などにみえる古代語。「効㆑嚬」は美人西施が眉をひそめることを人がまねた故事(荘子・天運

雨《あめ》と成つて葉声《えふせい》乱れ　芳《かをり》を収《をさ》めて草色黄《さうしよくき》なり
書《しよ》を開《ひら》いて周覧《しうらん》して後　戸《と》を閉《と》ぢて潘郎《はんらう》を歎《たん》ず

林子曰はく、此《こ》の体《てい》[一] 本朝に於《お》いて初《はじ》めて之《これ》を見る。奇《き》と謂《い》ひつべし。惜《を》しい哉《かな》、其《そ》の餘作《よさく》伝はらざること、と。

135 秋日叡山《しうじつえいざん》に登つて澄上人《ちようしやうにん》に謁《えつ》す

藤《ふぢ》　原《はらの》　常《つね》　嗣《つぐ》

城東一岑聳《じやうとういつしんそび》へ　独《ひと》り叡山の名を負《お》ふ
貝葉上方界《ばいえふじやうはうかい》　焚香鷲嶺城《ふんかうじゆりやうじやう》
甑湌藜藿熟《そうそんれいくわくに》る　臼飦練砂成《きうはんれんさな》る
軽梵窓中曙《けいぼんさうちゆうあ》け　疎鐘枕上《そしようちんじやう》に清《きよ》し
桐蕉秋露《とうせうしうろ》の色　鶏犬冷雲《けいけんれいうん》の声
高陽丹丘《かうやうたんきう》の地《ち》　方《まさ》に知る南嶽《なんがく》の晴《せい》[一]

林子曰はく、常嗣は、桓武《くわんむ》の朝《てう》、遣唐大使《けんたうたいし》葛野麻呂《かどのまろ》が子也《なり》。経史《けいし》[二]に渉猟《せふれふ》し、『文選《もんぜん》』を諳誦《あんしよう》す。仁明《にんみやう》[三]の朝、遣唐大使に任《にん》ず。聘礼事畢《へいれいことをは》[四]つて帰朝《きてう》。父子《ふし》専対《せんたい》[五]の選《せん》、盛事《せいじ》と謂《い》ひつべし。想《おも》ふに夫《それ》、平生《へいぜい》の著述《ちよじゆつ》、在唐《ざいたう》の作多《おほ》かるべし。然《しか》れども世に伝はらず。『経国』残編僅《ざんぺんわづ》かに此の一首を見る。最澄《さいちよう》曾《かつ》て葛野《かどの》に従《したが》つ

篇)。物まねの詩でも作りたい。

134 文章生の詩の試験を奉じて「秋のもよおす感興」を題として作る、建・除等の十二字を各句の第一字目に置いて。建・除以下十二の文字(淮南子・天文訓)を用いる建除詩は六朝に始まる。詩例は芸文類聚・雑文部参照。囲経国・十三。作者名「治」は「多(丹)治比」などか。圜王・香・章・涼・黄・郎、下平陽韻。○酉に…　「建ㇾ酉」(建は太陰が「寅」に在る時の配当)は北斗七星が酉(西に当る)の方を指す。除は「卯」。「王す」はたけなわである。○満江…　満は「辰」。翼疋は翼を仲よく交える。平陸は平らかな(平は「巳」)地面。○定めて…　定識は、きっと…であろうと思う意(定は「午」)。幽閨女は奥深いねやの中で出征の夫を待つ妻。執は「未」。錦章は夫に送る回文詩を錦の織物に織ったもの(前秦の竇滔の妻蘇氏若蘭の錦字詩の故事)。○破簾…　破は「申」。危牖はこわれそうな格子窓(危は「酉」)。○雨と…「成ㇾ雨」(成は「戌」)は葉の音の形容。収は「亥」。○書を…　開は「子」。底本「周㆓覧候㆒」。周覧はひろく書物をみる。「閉ㇾ戸」(閉は「丑」)は戸を閉じて読書した漢の孫敬の故事(蒙求)。「歎㆓潘郎㆒」は潘安仁(郎は男子の称)の秋興賦(文選)を読んで嘆賞する意。
一 建除体。

135 秋の日に比叡山に登り最澄上人(→117注三)に拝謁して。囲経

て入唐《につたう》、則《すなは》ち其《それ》常嗣と方外《はうぐわい》[六]の旧交《きうかう》有ること、固《まこと》に宜《よろ》しく然《しか》るべし、と。

136 試《し》に奉《ほう》じて賦《ふ》す、「隴頭秋月明《ろうとうしうげつあき》らかなる」を得たり

小《を》野《のの》篁《たかむら》

反覆単于《はんぷくぜんう》の性《せい》　辺城《へんじやう》未《いま》だ兵《へい》を解《と》かず
戍夫《じゆふ》朝《あした》に蓐食《じよくしよく》し　戎馬《じゆうば》暁《あかつき》に寒鳴《かんめい》す
水を帯《お》びて城門《じやうもん》冷《すず》しく　風を添《そ》へて角韻《かくゐん》清《きよ》し
隴頭《ろうとう》一孤《いちこ》月《げつ》　万物《ばんぶつ》影《かげ》云《ここ》に生《しやう》ず
色《いろ》は満《み》つ都護《とご》が道《みち》　光《ひかり》は流《なが》る佽飛《しひ》が営《とりで》
辺機《へんき》侵寇《しんこう》を候《うかが》ふ　此《こ》の夜《よ》の明《あかるき》に驚《おどろ》く応《べ》し

林子曰はく、篁は岑守《みねもり》[一]が子也。博学絶倫《はくがくぜつりん》、詩文能書《しぶんのうしよ》、当時《たうじ》の無雙《むさう》為《た》り。淳和《しゆんわ》[二]の朝《てう》、『令義解《りやうのぎげ》』を撰《せん》す。夏野《なつの》総裁《そうさい》為《た》りと雖《いへど》も、多くは是《これ》篁が手に成る。仁明《にんみやう》の朝、遣唐副使《けんたうふくし》に任《にん》ず。篁、常嗣《つねつぐ》が下《した》に在《あ》ることを悦《よろこ》ばず。且《か》つ途中《とちゆう》常嗣が船損《ふねそん》ず。詔使《せうし》改めて篁が船に駕《が》す。篁怒《いか》つて留焉《とどまる》。是《これ》に由《よ》つて流人《るにん》と為《な》る。年を経て罪を免《めん》ず。又朝廷《またてうてい》に列して登庸《とうよう》、其《そ》の才藝抜群《さいげいばつぐん》なるを以《もつ》て也。国史詳《つまび》らかに其《そ》の行実《かうじつ》を述ぶ。其の文章粗《ほぼ》『明衡文粋《めいがうぶんすい》』[三]に載《の》す。其の詩往往《わうわう》『公任朗詠《きんたふらうえい》』[四]に

国・十。[韻]名・城・成・清・声・晴、下平庚韻。○城東… 城東は平安城(京都)の東。一岑は比叡山。○貝葉…比叡山寺に関して述べる。貝葉は貝多羅樹に書いた仏典。上方界は上方にある法界。ともに仏教語。鷲嶺城↓114。上方界と共にここは比叡山寺。○甑飡… 粗食の様(こしきの食事、あかざと豆の葉)を示す。「熟」(底本「就」)は煮る。臼餅は食物の類をつく臼。餅は飵に同じく「食」。練砂はねりあげた薬用の丹砂。○軽梵… 軽梵は軽やかな読経。疎鐘は間遠な朝の鐘の音。○桐蕉… 鶏犬は下界の里のそれ。○高陽… ここは高陽顓頊(せんぎょく)氏の居た仙郷に当る(楚辞・遠遊)、だから南嶽(中国五嶽の一つ衡山)に当る比叡山が晴れるわけだ。一 延暦二十年(八〇一)遣唐大使。
二 経書史書を広く読みあさる。
三 承和五年(八三八)。四 品物を贈る礼式。五 単独で応答し得る人、遣唐大使に選ばれたこと。六 俗世の外(仏教関係)の長い交際。

136 文章生の作詩の試験に「隴頭秋月明」の題が与えられ、題中の「明」を韻字として作る。弘仁十三年(八二二)の作。[興]経国・十三。[韻]兵・鳴・清・生・営・明、下平庚韻。○反覆… 前句、同じ行動を繰返し、裏切りのあるのは(毛詩・小雅・小明)匈奴の王がもつ本来の性格。○戍夫… 戍夫は辺境を守る兵士(底本「戎夫」。多和文庫本経国集により訂)。蓐食

見へたり。然《しか》れども、其の全篇は、『経国』残編僅《ざんぺんわづ》かに之《これ》を見る。甚《はなは》だ惜《を》しむべし。凡《およ》そ其の聡明穎悟《そうめいえいご》、当時《たうじ》の為《ため》[五]に重《をも》んぜ被《ら》るる者《もの》、『江談抄《がうだんせう》』[六]に粗之《ほぼこれ》を記す。且《か》つ世俗伝称《せぞくでんしよう》する者亦《ものまた》多し。或《ある》いは曰はく、篁[七]が名唐国《なたうごく》に聞《きこ》へ、白楽天《はくらくてん》が為《ため》に想像《さうざう》せ被《ら》る、と。未《いま》だ知らず、然《しか》りや否《いな》や。

篁が子孫《しそん》、連綿絶《れんめんた》へず。少時《わかきとき》、岑守に従つて奥州《あうしう》の任《にん》に赴《おもむ》き、兵事《へいじ》を調練《てうれん》す。故《ゆゑ》に其の子孫分《しそんわ》かれて関東《くわんとう》に在り。所謂武《いはゆるぶ》[八]州七党《しうしちたう》の中《うち》、岡部・人見《ひとみ》等其後《そののち》也。又聞《またき》く、下毛野国足《しもつけののくにあし》[九]利学校《かがのがくかう》は篁が家塾也《かじゆくなり》。其の遺《ゐ》跡今猶幸《せきいまなをさいはひ》に存《ぞん》ず、と。

137 試に奉じて賦す、「隴頭秋月《ろうとうしうげつ》明らかなる」を得たり、題《だい》の中韻《うちゐん》を取り、六十字に限《かぎ》る

豊《とよ》　前《さきの》　王《わう》

桂気《けいき》三秋《さんしう》晩《く》れ　蓂陰一点軽《めいいんいってんかろ》し
傍弓形始《ばうきゆうかたちはじ》めて望《のぞ》み　円鏡暈今傾《ゑんきやうかさいまかたぶ》く
漏尽《ろうつ》きて姮娥《こうが》落《お》ち　更深《かうふ》けて顧兎《こと》驚《おどろ》く
薄光波裏《はくくわうはり》に砕《くだ》け　寒色隴頭《かんしよくろうとう》に明らかなり
皎潔胡域《けうけつこゐき》に低《た》れ　玲瓏漢営《れいろうかんえい》を照《て》らす
誓《ちか》つて天子の剣《つるぎ》を将《もつ》て　怒髪《どはつ》独《ひと》り横行《わうかう》

は陣中のしとねの中で早朝食事をする。戎馬は軍馬。○水を… 角韻は角笛の音。○隴頭… 隴頭→86。云→43。○色は… 色は月色。都護は辺境の政治及び軍事を統轄する長官(後漢書・西域伝)。佽飛は楚の射士の名より漢の武官の名となったもの(漢書・宣帝紀注)。○辺機… 辺機は辺地に起るきざし。慶長本経国集など、「候」を「備」に、「驚」を「警」に作る。一 以下、巻末「作者名索引」参照。二 天長十年(八三三)二月。夏野は清原夏野。三 本朝文粋(藤原明衡撰)。四 和漢朗詠集(藤原公任撰)。五「為」は受身の助字。六 大江匡房の談話集。七 入唐する篁のために白楽天が待っていたという記事(江談抄・四)。八 中世武蔵国に住む七つの同族の武士団の総称。岡部・人見は小野姓猪俣党の支族(小野氏系図)。九「鎌倉大草紙」参照。

137 ↓136。詩題の中から韻字「明」を採り、六十字(五言十二句)に限定されたもの。典経国・十三。韻軽・傾・驚・明・営・行、下平庚韻。○桂気… 桂気は月の中の香木「もくせい」の放つ香。三秋は秋。後句、一点の月かげが薄くかかる。蓂陰の「蓂」は蓂莢(めいきやう)、帝尭の時に日ごとにその葉の増減する様を見て暦の代りにしたという伝説上の草。月の意。○傍弓… 弓形に近い三日月を始めて仰ぎ見、かさを掛けた円い鏡の如き月は今西に傾く。○漏… 漏尽は水

林子曰はく、此野篁《これをののたかむら》と同時《どうじ》の作乎《か》。其《そ》の優劣相考《いうれつあひかんが》ふべし。其《そ》一の声名敵《せいめいてき》せずと雖《いへど》も、此《こ》の詩未《いま》だ必ずしも雌《し》二伏《ふく》せざらん乎《か》。「怒髪横行」、皆《みな》三攀噲《はんくわい》が事併《ことあは》せて一句と為《す》。稍奇《ややき》なることを覚《おぼ》ふ。前詩豪放《がうはう》、後詩巧《かう》を費《つひや》す、と。

138 試《し》に奉じて賦す、「隴頭秋月《ろうとうしうげつ》明らかなる」を得たり

治《たちひの》 穎《かび》 長《なが》

霜気関樹《さうきくわんじゆ》に冷《つめ》たし　秋月色更《いろさら》に明らかなり
定《さだ》めて識《し》る恩《おん》を憶《おも》ふ客《かく》　戈《ほこ》を揮《ふる》つて縦《ほしひまま》に遠征《ゑんせい》す
影《かげ》は寒《さむ》し交河《かうが》の道《みち》　輝《ひかり》は度《わた》る万里《ばんり》程《てい》
水底鉤璧《すいていこうへき》沈《しづ》み　葉中落星《えふちゆうらくせい》を尋《たづ》ぬ
胡騎《こきき》気　逾《いよいよ》勇《いさ》み　漢営陣《かんえいぢん》雑《まじ》りて生《う》む
但《ただ》忻《よろこ》ぶらくは重光《ちようくわう》の暈《かさ》　独《ひと》り隴頭城《ろうとうじやう》を照らす

林子曰はく、野篁・豊前王と題を同じうす。此《こ》の詩稍劣《ややおと》る。東方虬《とうはうきうた》一為らず、豈《あに》宋之問《そうしもん》を望まん哉《や》、と。

時計の水がつきて時は経過する。姮娥は薬を盗んで月宮に上った伝説上の女性(淮南子・覧冥訓)、月の意。後句、夜はふけ月の中の兎(楚辞・天問)を驚かすほど白んでゆく。〇薄光…　波裏は大空の波の中。隴頭↓86。〇皎潔…　皎潔・玲瓏は美しい月の形容。漢営は味方の陣営。〇誓って…　天子より頂戴した剣を以て外敵を蹴散らそうとする。横行は恣に行動する。

一 豊前王。　二 下になる、下手。

三 漢の武将(史記・項羽本紀「瞋レ目視二項王一、頭髪上指…」)。

138 ↓136。典経国・十三。作者名「治」↓134。韻明・征・程・星(通用韻)・生・城、下平庚韻。〇霜気…　関樹は関塞(とりで)の樹木。〇定めて…　定識は↓134。二句にかかる。客は旅人、ここは兵士ら。「縦」は経国集「従」によるべきか。〇影は…　影は月かげ、月光。交河は西域地方(新疆省トルファンの西)にある交河城。程は道のり。〇水底…　鉤璧はかぎ形の玉のような三日月。底本「鈎璧」。〇胡騎…　漢営↓137。「陣雑生」は陣だてを複雑に入り込ます意か(底本「雑」欠)。〇但…　忻は二句にかかる。重光は明君が相続き一つの光に、他の光を重ねること(尚書・顧命)。ここは君主の光と月光の重なること。隴頭城↓86。一 則天武后が東方虬と宋之問に作詩させた時、後者の方が巧みであった話(新唐書・宋之問

139 試に奉じて、「秋雨《しうう》」を賦す　　山《やまだの》古《ふる》嗣《つぐ》

秋雨《しうう》正《まさ》に滂沛《はうはい》　旬朝玉堂《じゆんてうぎよくだう》に灑《そそ》く
花濃《はなこま》やかにして叢発越《くさむらはつゑつ》　燕度《つばめわた》つて石飛翔《いしひしやう》
已《すで》に蘭林《らんりん》の佩《おんもの》を濯《あら》ひ　更《さら》に蕙草《けいさう》の香《か》を霑《うるほ》す
風《かぜ》を迎《むか》へて斜影《しやえい》を散らし　暑《あつ》さを清《はら》ふて浮涼《ふりやう》を送る
露に似《に》て長楽《ちやうらく》に飄《ひるがへ》り　塵《ちり》の如《ごと》くにして建章《けんしやう》を払《はら》ふ
長年塊《ちやうねんくわい》を破《やぶ》る無し　徳《とく》を崇《たつと》び時《じ》康《かう》を詠《えい》ず

林子曰はく、詩中《しちゆう》、宮殿《きゆうでん》の名を畳用《でふよう》す。是亦《これまた》一体《いつてい》也。中華先輩《ちゆうくわせんばい》の風《ふう》を慕《した》ふ者乎《ものか》、と。

140 歳《とし》を守る　　常《つね(?)の》光《みつ》守《もり》

日月共《じつげつとも》に除《さ》つて歳遷《としうつ》らんと欲《ほつ》す　風雲乍《ふううんたちま》ちに改《あらた》まつて尚冬天《なをとうてん》
明鏡《めいきやう》を看《み》ずして暗《あん》に老《らう》を知る　況《いはん》や復《ま》た慈《じ》親七十年《しんしちじふねん》

林子曰はく、作者漸《やうやくを》老ひ、其母猶存《そのははなをぞん》ず。一喜《いつき》一懼《いつく》の意《い》を含む、と。

伝)を踏まえ、穎長の詩が東方虬にさえ及ばないことをいう(篁・豊前王を宋之問に当てる)。

139 文章生の試験に、「秋雨」という詩題を与えられて。典経国・十三。詩題に「宮殿名、限ニ天韻一」(陽韻の誤)と注記。闉堂・翔・香・涼・章・康、下平陽韻。○秋雨…　滂沛は盛んに雨の降る様。旬朝は十日間の朝まで。玉堂は漢の宮殿名(文選・西都賦)。灑は底本「漉」。○花…　発越は香が草むらから発散する、又宮殿名(西都賦)。飛翔も同じ。○已に…　已は「更」と呼応し並列を表す。蘭林は香草の蘭の林、草むら、又宮殿名(西都賦)。佩は蘭の香を身に帯びるおびもの(楚辞・離騒)。蕙草は香草の一つ、又宮殿名(西都賦)。○風を…　「迎レ風」は風を迎え入れる、又漢の宮殿名(西京賦)。清暑は暑さを払うこと、又宮殿名(初学記・殿)。浮涼は漂う涼気。○露に…　長楽・建章は共に宮殿名(西都賦)。○長年…　長年は長い年月、又宮殿名(西都賦)。「破レ塊」は雨が土くれ(田畑)を害すること。「崇レ徳」は天子の徳を尊ぶ、又宮殿名(文選・東京賦)。「詠ニ時康一」は治まる天下を称える(底本「時」欠)。一 雑名詩(文体明弁)に当る。ニ 梁元帝「宮殿名詩」(芸文類聚・雑文部)などをさす。

140 除夜にねないでその歳を見守って。守歳はもと中国の風俗。典経国・十三。作者「常」は常道か常澄

141 閑庭雪雨《かんていゆきふ》る

仁明天皇《にんみやうてんわう》 時に十七歳、皇太子為《た》り

玄雲万嶺《げんうんばんれい》に聚《つど》ひ　素雪宮中《そせつきゆうちゆう》に颺《あ》がる
湿《しめり》を帯びて還《かへ》つて砌《みぎり》に凝《こ》り　声無《こゑな》くして自《をの》づから空《そら》より落つ
朱《あけ》を奪《うば》つて将《まさ》に白《しろ》と作《な》さんとし　異《い》を矯《た》めて実《まこと》に同《どう》と為《す》
閑坐《かんざ》独《ひと》り経覧《けいらん》　紛紛道窮《ふんぷんみちきは》まらず

林子曰はく、儲君《ちよくん》[一]の貴《たつとき》を以《もつ》て妙年《めうねん》[二]詩を言ふこと此《か》くの如《ごと》し。定《さだ》めて知んぬ、嵯《さ》峨上皇《がのじやうくわう》・淳和天子《しゆんわのてんし》歓賞《くわんしやう》したまふべきことを。国史《こくし》[三]を見るときは、則《すなは》ち在位《ざいゐ》の時と雖《いへど》も文学を廃《はい》せず。然《しか》れども英製《えいせい》[四]多《おほ》く伝《つた》はらざる者《ものを》惜しむべし、と。

142 瀑布下《ばくふか》の蘭若《れんにや》に題《だい》す

源《みなもとの》弘《ひろむ》 十五歳

伝《つた》へ聞く蘭若人到《ひとのいた》る無《な》し　瀑布高流《たかくなが》れて半天《はんてん》を過ぐ
珠《たま》を涌《わ》かし金《こがね》を飛ばし万嶺《ばんれい》を分《わか》ち　波《なみ》を連《つら》ね灑《そそ》き落《お》ち一川《いつせん》と成《な》る
四時《しいじ》毎《つね》に聴《き》く奔雷《ほんらい》の響《ひび》くことを　遠近同《ゑんきんひと》しく看《み》る白鵠《はくこく》の懸《かか》ることを
此《こ》の地《ち》幽閑禅誦《いうかんぜんじゆ》の客《かく》　煩塵洗滌《ぼんぢんせんてき》す幾千年《いくせんねん》

か、未詳。韻遷・天・年、下平先韻。○日月… 共は経国集「其」(それ)。乍改はゆくりなくも新年へと改まるけわいを示す。○明鏡… 暗はそれとなく。況復の「復」は助字。七十年は礼記・曲礼に「七十曰レ老」という。

141 静かな庭に雪が降って(毛詩・小雅・頍弁の鄭箋に「雨レ雪」)。典経国・十三。韻中・空・同・窮、上平東韻。○玄雲… 玄雲は黒い雲。底本「聚」欠。素雪は白い雪。○湿を… 還はなお、更に。砌は石だたみ。「無レ声」は音をたてずに。底本「空ニ」。○朱を… 二句、劉璠・雪賦(芸文類聚・雪)による。雪が朱色や異物を白一色に同化する様。○閑坐… 経覧は見渡す。後句、降る雪のために道の見きわめがつかない。一皇太子。二若い齢、ここは十七歳。三続日本後紀。四すぐれた御製。

142 滝の下にある某寺院の壁などに詩を書き記して。蘭若は仏教語で寺院の意、ランニャとも。典経国・十(詩題「和下良将軍「瀑布下題二蘭若一、簡二清大夫一」之作上」)。韻天・川・懸・年、下平先韻。○伝へ… 半天は天の中ぞら。○珠を… 「金」(底本「釜」)は神宮文庫本経国集。「分二万嶺一」は多くの峰(経国集「壑」)を二分して落下する。灑落は激しくそそぎ落ちる。底本「落□」。○四時… 後句、白鵠は白い鵠(くぐい)、白鶴、白い滝のかかる形容。○此の… 禅誦

143 太上天皇《だじやうてんわう》「浄上人《じやうしやうにん》の病《やまひ》を問ふ」を和《わ》し奉《たてまつ》る　源常《みなもとのとこ》　年十六

支公《しこう》病《やまひ》に臥《ふ》して居諸《きよしよ》を遣《や》る　古寺《こじ》莓苔人《まいたい》の訪《とぶら》ふこと疎《おろそ》かなり
山客《さんかく》尋《たづね》来《きた》りて若《も》し相問《あひと》はば　自《みづか》ら言はん身世浮雲《しんせいふうん》虚《むな》しと

144 九日菊《きうじつきく》を翫《もてあそ》ぶ、制《せい》に応《おう》ず　雑言《ざふごん》　源明《みなもとのあきら》　十三歳

芳菊《はうぎく》を翫ぶ　幾芬芬《いくふんぷん》
寿《よはひ》を延《の》べて時に浮かぶ王弘《わうこう》が酒《さけ》　空《むな》しく嗟《なげ》く把《と》るに盈《み》ちて夕陽《せきやう》曛《くる》る

林子曰はく、弘[一]也《や》常也《や》明也《や》、共《とも》に是《これ》嵯峨帝《さがてい》[二]の子にして仁明《にんみやう》帝の弟《おとうとなり》也。嵯峨、皇子多し。弘等始《はじ》めて源姓《げんせい》を賜《たま》ひ人臣《じんしん》に列《れつ》す。此の三首共《とも》に是年少《これねんせう》の作也《なり》、奇《き》と謂《い》ひつべし。嵯峨甚《はなは》だ詩章《ししやう》を好む。故に太子[三]及《およ》び三皇子少年《せうねん》の作《さく》、並《なら》びに[四]『経国』残編《ざんぺん》に見えたり。若《も》し夫《それ》、全部存《ぞん》ぜば、則《すなは》ち其《そ》の他《た》諸皇子の作或《ある》いは之《これ》有らん乎《か》。[五]所謂《いはゆる》習《なら》ふこと性《せい》と成る。善《よ》い哉《かな》、三子歴仕《さんしれきし》[六]、共《とも》に顕官《けんくわん》に昇《のぼ》る、と。

は座禅し読経すること。煩塵は俗世間の煩悩の塵。

143 嵯峨上皇の御製「最澄上人(伝教大師)の病気を問う」に唱和し奉って。典経国・十。韻諸・疎・虚、上平魚韻。○支公… 晋の高僧支遁の敬称、最澄に当てる(文鏡秘府論・南巻)。居諸は日と月(毛詩・邶風「日居月諸」)。古寺莓苔は比叡山寺の苔。○山客… 山客は山寺を訪れる客(底本「内客」)。後句、自言は最澄自身の気持を述べたもの。この身この世は空に浮かぶ雲の如くはかない(維摩経・方便品「是身如二浮雲一」)。

144 九月九日の重陽の日に菊を賞翫する、嵯峨上皇の勅に応じて、雑言体(三・三・七・七言)の詩。典経国・十三(詩題「…翫二菊花一篇…」)。韻芬・曛、上声文韻。○芳菊… 幾は数量の疑問詞、どれほどか。○寿を… 陶淵明の故事(初学記・九月九日「陶潜…摘レ菊盈レ把坐二其側一…王弘送レ酒」)。菊は人の寿命を延ばし(初学記引用「西京雑記」)、時としてかの王弘の菊酒の中に浮かべられる。菊を手に一ぱい取って、重陽の宴を楽しむが、はや夕日が暮れてゆくのは嘆かわしい。一「也」は並列の助字。二底本「常」。三後の仁明帝。四経国集・巻十、十三。五尚書・太甲上。六代々の天子に続けて仕える。顕官は高官(弘は大納言、常は左大臣、明は参議)。

145 太上天皇《だじやうてんわう》「巫山高《ふざんかう》」を和《わ》し奉《たてまつ》る　有智子内親王《うちしないしんわう》

巫山高うして且《か》つ峻《しゆん》なり　瞻望幾岧岧《せんばういくてうてう》
積翠蒼海《せきすいさうかい》に臨《のぞ》み　飛泉紫霄《ひせんしせう》より落つ
陰雲朝《いんうんあした》に晻曖《あんあい》　宿雨夕《しゆくうゆふべ》に飄颻《へうえう》
別《こと》に暁猿《げうゑん》の叫《さけ》ぶ有り　寒声古木《かんせいこぼく》の条《えだ》

林子曰はく、有智子は、嵯峨帝の皇女《くわうぢよ》也。其《そ》の所作《しよさく》、『[一]経国』残編に見えたる者数篇《ものすうへん》、又《また》「[二]雑言、聖製江上落花《せいせいかうじやうらくくわ》の詞《し》を和し奉る」二十句、世に伝ふ。[三]律詩一篇《べん》国史に見えたる、尋常《よのつね》の墨客《ぼくかく》の及ぶ所に非《あら》ず。[四]烏孫公主《うそんこうしゆ》・[五]班婕妤《はんせふよ》に擬《ぎ》すと雖《いへど》も、恐《おそ》らくは過論《くわろん》と為《せ》ざらん乎《か》。本朝[六]女中無雙《ぢよちゆうむさう》の秀才《しうさい》也。故に国史の全文を載せ、偏《あまね》く人人《ひとびと》を使《し》て之《これ》を知らしむ。左の如《ごと》し。

『[七]仁明天皇実録《にんみやうてんわうじつろく》』に曰はく、[八]承和《じようわ》十四年十月戊午《つちのえうま》、二品《にほん》有智子内親王薨《こう》ず。内親王は、[九]先太上天皇《さきのだじやうてんわう》の幸姫王氏《かうきわうし》の誕育《たんいく》する所《ところ》也。遺言《ゆいごん》して葬《さう》を薄《うす》うし、兼《か》ねて葬使《さうし》を受けず。頗《すこぶる》[一〇]史《し》漢《かん》に渉《わた》り、兼《か》ねて善《よ》く文を属《しよく》す。無品《むほん》、[一一]賀茂斎院《かものさいゐん》と為《な》る。弘仁《こうにん》十四年春二月、天皇斎院に幸《かう》す。[一二]花の宴《えん》、文人《ぶんじん》を俾《し》て「春日山荘《しゆんじつさんさう》」の詩を賦《ふ》せしむ、[一三]各《おのおの》探《さぐ》つて韻《ゐん》を勒《ろく》す。公主《こうしゆ》「[一四]塘《たう》・光《くわう》・行《かう》・蒼《さう》」を探得《さぐりえ》たり。

145 嵯峨天皇御製「巫山高」に唱和し奉って。巫山高は楽府題の詩、揚子江上流の巫峡の山は高いの意。初唐陸敬・巫山高の詩句を参考にしたか。〔典〕経国・十。〔韻〕岧・霄・飆・条、下平蕭韻。○巫山… 後句、眺めやるとどれほど高いことか。○積翠… 積翠は深く重なる緑の山。蒼海は青い海の如き巫峡の水。飛泉は飛沫をあげて落ちる滝。紫霄は紫色の空。○陰雲… 朝には黒い雲が暗くたちこめ、夕べには長雨が神女の如く軽やかに降る(文選・洛神賦)。○別に… 「別有」の句法→131。「叫」を底本「断」に作る。

一 八首(巻十・十一・十三・十四)。 二 →107。 三 後出弘仁十四年の「春日山荘」の詩。 四 烏孫国に嫁した公主(漢書・西域伝)、悲愁の詩が残る。 五 →97注二。その「怨歌行」(文選)は名高い。 六 宮中関係の女性。 七 続日本後紀。 八 八四七年十月二十六日。品は親王・内親王に賜わる位。 九 嵯峨帝の寵姫、交野(かたの)女王。 一〇 史記と漢書。六国史の常套句。属は綴る、作る。 一一 京都の賀茂神社に奉仕する内親王。 一二 「花の宴(桜の花を賞美する詩宴)あり」の意。 一三 各自が当った韻で作詩する意。勒はととのえる。 一四 下平陽韻。 一五 染筆。 一六 天子の臨幸の様。幽荘は底本「幽牀」、続日本後紀により訂。水樹は水辺の樹木。 一七 孤鳥・寒花の背後に作者自身を描き、行幸の喜びを述べる。

即《すなは》ち筆《ふで》[一五]を灑《しただ》らして曰はく、「寂寂《じやくじやく》[一六]たる幽荘水樹《いうさうすいじゆ》の裏《うち》、仙輿《せんよ》一《ひとたび》降《くだ》る一池塘《いちちたう》。林《はやし》[一七]に棲《す》む孤《こ》鳥春沢《てうしゆんたく》を識《し》り、澗《たに》に隠《かく》るる寒花日光《かんくわにつくわう》を見る。泉声《せんせい》[一八]近く報《ほう》じて初雷響《しよらいひび》き、山色《さんしよく》高く晴れて暮雨《ぼう》行《つらな》る。此従《これよ》[一九]り更《さら》に恩顧《おんこ》の渥《あつ》きを知る、生涯何以《しやうがいなにをもつ》てか穹蒼《きゆうさう》に答へん」と。天皇之《これ》を歎《たん》じて三品《さんぽん》を授《さづ》く。時に年《とし》十七。是《こ》の日、天皇懐《おもひ》を書《しよ》して公主に賜ひて曰はく、「忝《かたじけな》[二〇]く文章《ぶんしやう》を以《もつ》て邦家《はうか》に著《あら》はる、栄楽《えいらく》を将《もつ》て煙霞《えんか》に負《そむ》くこと莫《なか》れ。即今《ただいま》[二一]永《なが》く幽貞《いうてい》の意《い》を抱《いだ》き、事無《ことな》くして終《とこしへ》に須《すべから》く年華《ねんくわ》を送るべし」と。尋《つ》[二二]いで文人《ぶんじん》を召《め》すの料封百戸《れうほうひやくこ》を賜《たま》ふ。天長《てんちやう》十年、二品に叙《じよ》す。性《ひととなり》貞潔《ていけつ》、嵯峨[二三]の西荘《せいさう》に居《きよ》す。薨ずる時、春秋《しゆんじう》四十一、と。

按《あん》ずるに、仁明の朝《みかど》、嵯峨を称《しよう》して先《さきの》太上天皇と曰ふ、淳和を称して後《のちの》太上天皇と曰ふ。

146 太上天皇《だじやうてんわう》「衣擣引《ころもうついん》」を和し奉る　惟《これなが(?)の》氏《うぢ》

秋蘭《あきたけなは》ならんと欲《ほつ》す　閨門《けいもん》寒し
風瑟瑟《かぜしつしつ》　露団団《つゆだんだん》
遥《はる》かに憶《おも》つて仍《よ》つて傷《いた》む辺戍《へんじゆ》の事《こと》　征人《せいじん》苦しむ応《べ》し客衣《かくい》の単《ひとへ》なることを
匣中鏡《かふちゆうかがみ》を掩《おほ》つて容飾《ようしよく》を休《や》め　機上梭《きじやうひ》を停《と》めて残織《ざんしよく》を裂《さ》く

一八 前句、泉水の音が身近に聞える、春一番の雷鳴の如く。行は行列、雨あしがつらなる。一九 「従レ此」はこの行幸によって。穹蒼は青い空、天子の恩恵。二〇 以下の四句の韻字は家・霞・華、下平麻韻。文章は詩文。煙霞はもやや霞の如き自然のあや。二一 即今はただ今より。幽貞は淑やかで正しい。「抱」、底本訓「抱ク」。年華は年月。「送」は続日本後紀「遣(やる)」に同じ。二二 以下、改訓。文人待遇として百戸分の封戸を授けられたの意。二三 洛西嵯峨大覚寺附近の別荘。

146 嵯峨天皇の「衣打つ歌」に唱和して。引は音楽のふし、ここは歌う詩ではない。七言の中に三・五言を交えた雑言体。圏経国・十三。韻字はその都度指摘。○秋…　「欲レ闌」は盛りを過ぎようとする。閨門は女のねやの門(「閨閤」の誤とも)。○風…　瑟瑟は風の音の形容。○遥かに…　主語は女性、妻。辺戍は辺境の守り。底本「辺戎」、三手文庫本経国集による。征人は出征した夫。単は征衣がひとえで薄い。以上、蘭・寒・団・単、上平寒韻。○匣中…女性の動作。前句、帰らぬ夫をもつ私は箱の中に鏡を収めて化粧をやめる。梭は横糸を通すはた織り道具。○借問…　借問は試みに以下のことを尋ねる意、後句が答の部分。唐詩によくみられる句法。南楼は南向きの高楼。以上、飾・織・色、入声職韻。

借問《しやもん》す衣《ころも》を擣《う》つ何処《いづれのところ》か好《よ》き　南楼窓下《なんろうさうか》月色《げつしよく》多し
芙蓉《ふよう》の杵《きね》　錦《にしき》の石砧《せきちん》
華陰《くわいん》と鳳林《ほうりん》と自《よ》り出《い》づ
斉紈《せいぐわん》を擣《う》ち　楚練《それん》を擣《う》つ
星漢《せいかん》西《にし》に廻《めぐ》り心気《しんき》倦《う》む
風に随《したが》つて揺颺《ゆれあが》つて羅袖《らしうかうば》香し　月に映《えい》じて高低《かうていそ》素手《しゆすず》涼し
疎節往還《そせつわうくわん》長信《ちやうしん》を繞《めぐ》る　清音悽断《せいいんせいだん》昭陽《せうやう》に入る
燈影《とうえい》に就《つ》き　玉房《ぎよくばう》に来《きた》る
刀尺短長《たうせきたんちやう》を量《はか》る
針《はり》を穿《うが》つて泣《なくなくむす》結ぶ連枝《れんし》の縷《いと》　怨《うらみ》を含《ふく》んで縫《ぬ》つて万里《ばんり》の裳《も》と為《な》す
怪《あや》しむ莫《なか》れ腰囲《えうゐ》疇昔《ちうせきこと》異なることを　昨来《さくらい》夢《ゆめ》に入つて君容《きみがかほかじ》悴けたり

林子曰はく、惟氏は蓋《けだ》し嵯峨帝の宮女《きゆうぢよか》乎。此《こ》の詞《し》を見るときは、則《すなは》ち殆《ほとん》ど其《それ》[一]上官昭容《じやうくわんせうよう》・[二]宋尚宮《そうしやうきゆう》の徒《とか》乎。又疑《またうたが》ふらくは是惟良春道《これこれながのはるみち》[三]が族類《ぞくるいか》乎。此《こ》の時、上《うへ》に有智子《うちし》有り、下《した》に惟氏有り。嗚呼《ああ》、嵯峨・淳和好文《かうぶん》の化《くわ》の広《ひろ》く覃《をよ》ぶ所、誰《たれ》か之《これ》を歎美《たんび》せざらん哉《や》。[四]紀氏《きし》が所謂《いはゆる》彼《か》の漢家《かんか》の字《もじ》を写《うつ》して、我《わ》が日域《にちゐき》の風《ふう》を化《くわ》する者《もの》、此《ここ》に在《あ》る乎《か》、と。

〇芙蓉…　芙蓉(蓮)・錦は美称か(北周庾信・詠画屏風詩二十四首)。後句、それは陝西省華陰と甘粛省鳳林の産(同・夜聴二擣衣一「鳴石出二華陰一、虚桐採二鳳林一」)。以上、砧・林、下平侵韻。〇斉紈…　斉紈は斉の国産の白絹。楚練は楚の国産の練絹(初唐劉希夷・擣衣篇)。星漢は天の川。以上、練・倦、去声霰韻。〇風に…　羅袖は薄絹の袖。高低は衣打つ白い手が上下する。〇疎節…　疎節は間のあいたきぬたの音のリズム。往還は聞えたり消えたりする。長信は漢の成帝に愛された女官班氏の退居した長信宮。悽断は甚だ痛ましい意(「断」は「悽」を強める助字)。昭陽は彼女の嘗て住んでいた昭陽殿。〇燈影…　美しい部屋の火かげのもと、鋏と物差しをもって夫の冬衣の寸法を測る。〇針を…　連枝縷(底本「継」)は二本どりの細糸(「連」は夫婦を暗示)。万里裳は遠くに出征した夫の着物。以上、香・涼・陽・房・長・裳、下平陽韻。〇怪しむ…　「腰囲…」は着物の腰まわりを以前より小さくしたこと。昨来は昨日、昨夜。「来」は日時などに関する語に続く助字。悴はやつれる。以上、異・悴、去声寘韻。一　初唐上官儀の孫むすめ婉児。中宗の時に昭容(女官の名)となる、詩人。二　尚宮(女官の名)宋氏。底本「尚官」、意改。中唐の宋氏若昭・若憲などをさす。共に詩を残す。三　113の作者。四　紀淑望の「古今和歌序」(本朝文粋・

147 雪を詠《えい》ず　　　　金《かね(?)の》雄《を》津《つ》

玉《たま》の如《ごと》く銀《しろかね》の如《ごと》き雪《ゆき》　東《ひがしよ》自り北《きたよ》自り来《きた》る
園《その》に絮《わた》無き柳《やなぎ》無し　庭《には》に花有《あ》る梅有り
瓊室殷室《けいしついんしつ》に非《あら》ず　瑶臺夏臺《えうだいかだい》に異《こと》なり
九区《きうく》万万里《ばんばんり》　一種色皚皚《いつしゆいろがいがい》

林子曰はく、毎句同字《まいくどうじ》を畳用《でふよう》す。下得《くだしえ》て平易《へいい》。乃《いま》し知んぬ、詩に熟《じゆく》して巧《たくみ》なることを、と。

148 雪を詠ず　　　　大《おほ》枝《えの》永《なが》野《の》

散絮風《さんじよかぜ》に因《よ》つて起《おこ》り　凝塩気《ぎようえんき》に任《まか》せて来《きた》る
榭楼皆白玉《しやろうみなはくぎよく》　草樹摠《さうじゆすべ》て花梅《くわばい》
国に豊年《ほうねん》の瑞《ずい》有り　家に閉戸《へいこ》の哀《あい》無し
但傷《ただいた》む東郭《とうくわく》の履《くつ》　歩《あゆ》むに随《したが》つて跡猶開《あとなほひら》く

十一)の語句、但し「写」を「移」、「風」を「俗」、「化」を「為」に作る。漢家は漢土、中国。日域は日本。

147 雪を詠んで。作者名の「金」は金刺、金城などの略か、未詳。底本「全」に作る。興経国・十三。韻来・梅・臺・皚、上平灰韻。○玉の… 雪を玉や銀にたとえること漢詩の手法。○園に… 柳絮や梅花のように雪が積るさま。○瓊室… 宮中の室やうてなを、中国古代の殷紂王の瓊室や夏の桀(けつ)王の瑶台に比較して(文選・東京賦)、その雪景色の美を強調する。○九区… 全国の遠い果てまでが、同じ白色だ。一詩作して。二→42。イマシは当時の訓みぐせ。

148 →147。興経国・十三。韻来・梅・哀・開、上平灰韻。○散絮… 二句、雪の形容。謝太傅一族の故事(芸文類聚・雪)による。前句は兄の女の言。後句、凝固した塩(底本「垣」)云々は兄の子胡児の言。○榭楼… 二句、雪景色。榭楼は屋根のある高楼。○国に… 前句、文選・雪賦「盈レ尺則呈ニ瑞豊年ー」による。後句、雪の日に戸を閉ざしていた袁安の故事(芸文類聚・雪)。○但… 貧窮生活の東郭先生が履き物がなくて雪の上に足跡をつけて行った故事(芸文類聚・雪)。「但」、底本「且」。「東郭履」、底本「東隣郭」、神宮文庫本経国集による。開は履の底がないために大きく開く、足が地をふむ意。

149 冬日途中雪に値《とうじつとちゆうゆき》ふ《あ》、左督《さとく》に簡《かん》す　雑言《ざふごん》

巧《たくみ(?)の》　諸《もろ》　勝《かつ》

晩路《ばんろ》寒雪《かんせつ》に逢《あ》ふ　紛紛《ふんぷん》悴顔《すいがん》に落つ
裘《かはごろも》を披《き》て捷径《せふけい》に従《したが》ひ　馬に策《むち》うつて関山《くわんざん》を越《こ》ふ
鶴髪《かくはつ》弥《いよいよ》白《しろき》を添《そ》へ　烏頭《うとう》漸《やうや》く斑《まだら》ならんと欲《ほっ》す
高人《かうじん》意有つて如《も》し垂訪《すいはう》せば　答ふべし興尽《きようのつ》くるに因《よ》つて還《かへ》るに非《あら》ずと

林子曰はく、「鶴髪・烏頭」の対聯稍奇《ついれんややき》なり、と。

150 冬日友人田家酒《とうじついうじんでんかさけ》を被《かうむ》る

伊《いふくべの》　永《なが》　氏《うぢ》

一宅長堤《いつたくちやうてい》の右《みぎ》　良田西東《りやうでんせいとう》に在り
閑門柳《かんもんやなぎ》を経《へ》て入《い》り　客舎溝《かくしやみぞ》を渡《わた》つて通《つう》ず
氷結《こほりむす》んで波文《はもん》断《た》へ　霜《しも》飛んで葉帷《えふゐ》空《むな》し
唯琴酒《ただきんしゆ》の事を餘《あま》す　併《なら》びに是竹林《これちくりん》の風《ふう》

林子曰はく、聊《いささか》田家の趣《おもむき》を写《うつ》す、と。

149　冬の日に道の途中で雪に出逢って、左衛門府の守（かみ）某氏への手紙に添えた詩。五言に七言を交えた雑言体。典経国・十三。韻顔・山・斑・還、上平刪韻。〇晩路…　晩路は夕暮れの道。後句、つかれ衰えた顔にしきりに雪が落ちる。〇裘を…　捷径は近道。関山は関所のある山、逢坂山か。〇鶴髪…　白髪に白雪の積もるさま。後句、秦王が囚えの身の燕太子丹に烏の頭（黒い頭髪）が白くなったら帰そうといった故事（芸文類聚・烏）。〇高人…　高人は心が高尚な人、左督某をさす。垂訪は訪問。後句、王子猷が雪の夜に友人戴安道を憶い家の門まで行って興が尽きたといって引き返した故事（芸文類聚・雪）を逆用した表現（初唐駱賓王「寓居洛浜対レ雪憶ニ謝二兄弟一」）、引き返さぬことを望む意。

150　冬の日に友人の田舎の家で酒に酔って。作者、底本「伊永代」、経国集による。典経国・十三。韻東・通・空・風、上平東韻。〇一宅…　一宅は友人の田家。「右」、底本「古」。三手文庫本経国集による。〇閑門…　柳は門の傍にある柳、陶淵明五柳先生の門の故事。底本「閑行」。客舎はここは友人の家。〇氷…　霜飛は冬の風のために霜が飛ぶ。「葉帷空」（底本「帷」欠）は帷（とばり）の如く繁茂した葉は空しく落ちている。〇唯…　琴を弾き酒を飲む風流だけがここに残り、全く竹林の七賢人（世説新語・

151
試《し》に奉《ほう》じて、「梁《はり》」を詠《えい》ず、「塵《ちん》」の字を得たり

南淵弘貞《なんふちのひろさだ》　本姓《ほんせい》坂田

鳳閣将《ほうかくまさ》に成らんとする歳《とし》　竜楼結構《りようろうけつこう》の辰《とき》
杏《からもも》は飄《ひるが》へる華日《くわじつ》の影《かげ》　梅《うめ》は起《おこ》る妙歌《めうか》の塵《ちり》
紫《むらさき》を帯《お》びて朝光断《てうくわうた》ち　丹《に》を含《ふく》んで晩色新《ばんしよくあらた》なり
願《ねが》はくは廊廟《らうべう》の幹《こはし》と為《な》つて　長《なが》く聖君《せいくん》の宸《しん》に奉《ほう》ぜん

林子曰はく、弘貞博覧《はくらん》、声名《せいめい》彰《あらは》れ聞《きこ》ふ。一夏野《なつの》が副《ふく》と為《な》つて『令義解《りやうのぎげ》』を編《あ》む。昔天智帝《むかしてんちてい》二竜潜《りようせん》の時《とき》、藤原鎌足《ふぢはらのかまたり》と三周公《しうこう》・孔子《こうし》の道《みち》を四南淵先生《なんふちせんせい》に問ふ。想《おも》ふに夫《それ》、弘貞其後乎《そののちか》、と。

152
不堪《ふかん》、試《し》に奉《ほう》ず

路《みちの》永《なが》名《な》

纖鱗浪《せんりんなみ》に逆《さか》らつて力微《ちからのかす》かなるを慙《は》づ　弱羽《じやくう》風に逢《あ》つて退飛《しりぞきと》ぶに倦《う》む
別《こと》に邯鄲《かんたん》に歩《ほ》を学《まな》ぶ者《もの》有り　中途匍匐帰《ちゆうとほふくかへり》を知らず

林子曰はく、毎句不堪《まいくふかん》の事《こと》を言ふ、と。

任誕篇)の風趣をもつ。「唯餘」→58。
一 まずは、ともかくも。

151 課題「梁」(屋根をうける材)を詠む時、「塵」の字が当ってこれを韻字として。奉試→134。典経国・十四。韻辰・塵・新・宸。上平真韻。○鳳閣… 鳳閣、竜楼ともにここは宮中の楼台の美称。結構は建物のしくみ、構え。○杏… あんずの木の梁には日光の中を塵の影が動き、梅の木の梁には妙なる美声によって塵が飛ぶ(文選・嘯賦・李善注引用虞公の梁塵の故事)。○紫を… 紫色の朝の塵と赤色の夕べの塵の対比。「断」(底本欠)は朝の光をさえぎる。○願はくは… どうか梁が朝庭の根幹となって、末長く聖天子の居処に奉仕してほしい。コハシ(幹)は底本訓。
一 清原夏野。→136林子評。二 未即位時代。皇極紀三年の条参照。
三 儒教。四 南淵請安。

152 奉試に耐えられないで。作者は文章生の奉試に落第。典経国・十四。韻微・飛・帰、上平微韻。○纖鱗… 細く小さい微力な魚と弱い羽の鳥の対比。「逆」、底本「迸」。三手文庫本系経国集による。退飛は風に吹き戻される。○別に… 「別有」→131。趙の都邯鄲の都人の歩きぶりを学んだ燕国の若者がもとの歩き方を忘れて四つばいになって帰ったという荘子・秋水篇の故事。奉試の学力がなくて耐えられない意に転用。

153 試《し》に奉《ほう》じて、「荊璞《けいはく》を治《ち》すること」を得たり　紀《きの》虎《とら》継《つぐ》

荊山《けいざん》奥府《あうふ》と称《しよう》す　経史《けいし》空《むなし》く伝《つた》へず
中《なか》に連城《れんじやう》の玉《ぎよく》有り　世《よ》に彼《かの》妍《うつくしき》を覚《し》る無《な》し
光《ひかり》を潜《ひそ》む深谷《しんこく》の内《うち》　彩《いろ》を韜《つつ》む峻巌《しゆんがん》の辺《へ》
価《あたひ》は千金《せんきん》を逐《お》うて重《おも》く　形《かたち》は満月《まんげつ》と円《まど》かなり
氷霜《ひようさう》還《かへ》つて潔《いさぎよ》きことを謝《しや》し　金石《きんせき》豈《あに》堅《かた》きことを斉《ひと》しうせん
未《いま》だ卞和《べんくわ》が献《けん》に遇《あ》はず　皇天《くわうてん》に奉《ほう》ずるに由《よし》無《な》し

林子曰はく、此《こ》の詩恰好《かつかう》。就中《このなか》「千金・満月」「氷霜・金石」対偶《たいぐう》稍《やや》工《たくみ》なり、と。

154 試に奉じて、「東平樹《とうへいじゆ》」を得たり　伴《ともの》成《しげ》益《ます》

東平霊感《とうへいれいかん》の木《き》　影《かげ》を傾《かたぶ》けて志《こころざし》空《むな》しきに非《あら》ず
地《ち》隔《へだ》てて連枝《れんし》異《こと》なり　神《かみ》幽《ほの》かにして合意《がふい》同《おな》じ
葉《は》衰《おとろ》へて寧《むし》ろ雪を待《ま》たんや　条《えだ》靡《なび》いて自《おの》づから風に因《よ》る
迥《はる》かに望《のぞ》んで相思《あひおも》ふ処《ところ》　悲《かなしい》哉《かな》古《こ》墓《ぼ》の中

153 「荊山(楚の国、河南省)出土の粗い玉をみがく」という奉試の題が当って。〔典〕経国・十四(詩題に「以レ天為レ韻限二六十字一」という制限の付記がある)。〔韻〕伝・妍・辺・円・堅・天、下平先韻。○荊山… 奥府は奥まった府庫(くら)。○中に… 連城玉は趙の恵文王所持の和氏の玉を秦の昭王が十五の城を連ねて所望した名玉(史記・廉頗藺相如列伝)。○光を… 二句、底本を改訓。峻巌(底本「参巌」)は荊山のけわしい岩。○価は… 「と」の原文「将」は共にの意(底本改訓)。○氷霜… 氷や霜も清く澄んだ玉には及ばず、金や石も玉の堅固さには及ばない。○未だ… 卞和の献上した玉に出逢わないので、天子に奉るすべもない。楚人卞和が荊山の粗い玉を厲王に献じ、後にみがいて文王に献じた故事(韓非子・卞和)。一 ↓120注二。

154 「東平樹」という奉試の題が当って。東平樹は東平の思王の墓の木の松、彼の死後その松が故郷を懐しむかのように西に靡いた故事(芸文類聚・松引用「聖賢冢墓記」)。〔典〕経国・十四。〔韻〕空・同・風・中、上平東韻。○東平… 志は思王の思い。「非レ空」は無駄にしない。○地… 後句、思王の神霊は幽深であり、松の霊も心を通わす。○葉… 前句、松の葉が衰えて雪の降るのを待とうか、常緑であるから(論語・子罕篇)。寧は反語。後句、底本「自」欠。○迥かに

林子曰はく、伴氏《ばんし》は本大伴氏《もとおほともし》也。淳和天皇《しゆんわてんわう》の諱《いみな》を避《さ》けて「大」の字を去《さ》る、と。

155 試に奉じて、「三《さん》」を詠《えい》ず 「帷《ゐ》」を以《もつ》て韻《ゐん》と為《な》す

文室真室《ふんやのまむろ》 天武《てんむ》の後胤《こういん》

青鳥山《せいてうやま》に居《ゐ》る日《ひ》　丹烏瑞《たんうずい》を表《あら》はす時《とき》
殷湯《いんたう》数《しばしば》位《くらゐ》を譲《ゆづ》り　管仲《くわんちゆう》終《つひ》に固辞《こじ》す
韻曲流泉急《ゐんきよくりうせんきふ》なり　湖《みづうみ》に入つて江水遅《かうすいおそ》し
寧《むし》ろ知らんや損益《そんえき》の友《とも》　長く董生《とうせい》が帷《とばり》を下《を》ろす

156 同《おな》じく

石川越智人《いしかはのをちんど》

曼倩文才長《まんせんぶんさいちやう》じ　相如賦《さうじよふ》を作ること遅《おそ》し
朋《とも》を尋ね云《ここ》に益《えき》有り　意《こころ》を交《まじ》へ此《これ》師と成《な》さん
烏影日中《うえいにつちゆう》に掛《か》かり　猿声峡裏《ゑんせいけふり》に悲しむ
天《てん》に沖《のぼ》つて方《まさ》に患《うれ》ふこと尚《ひさ》し　久しく仲舒《ちゆうじよ》が帷《とばり》を下《お》ろす

林子曰はく、嵯峨帝群臣《さがていぐんしん》の才《さい》を試《こころ》みること多端《たたん》。好事風流《かうずふうりう》と謂《い》ひつべし。二人《ににん》同題同韻《どうだいどうゐん》、共《とも》に「董子帷《とうしとばり》を下《お》ろす事《こと》」を用《もち》ゆ。未《いま》だ知らず、他《た》の押韻《あふゐん》無きや否《いな》

…処は時間空間をさす助字。古墓は思王の墓。一諱は大伴。類聚国史・弘仁十四年四月二十八日「天皇避諱」の記事。

155 奉試の課題「三」を各句に詠み入れる、「帷」を韻字として。典経国・十四。韻時・辞・遅・帷、上平支韻。○青鳥… 青鳥は西王母の山に住みこれに仕えた「三」羽の赤首黒目の鳥（山海経・大荒西経）。丹烏は赤烏。日の中の「三」足の烏の精が降りて「三」足の烏を生む（古今注）。なお赤烏・三足烏は瑞祥吉兆を示す（東観漢記・漢章帝）。○殷湯… 古代中国の殷の湯王が「三」たび位を譲って即位した故事（芸文類聚・譲）。後句、「三」人の主君に仕え「三」たび逐われた春秋時代斉の管仲の故事（史記・管晏列伝）。但し固辞した記事は未詳。○韻曲… 音曲の急なことを揚子江上流の「三」峡の急流にたとえる。文選・琴賦、琴曲を流泉（流水）にたとえる。後句、太湖に入って「三」江（浙江・呉淞江・浦陽江。文選・江賦注）は緩やか。○寧ろ… 寧→154。損益友は論語・季氏篇「益者三友、損者三友」による。後句、前漢の学者董仲舒が部屋に籠って講義をし、「三」年門庭さえ覗かなかった故事（史記・儒林列伝）。底本「長」欠。

156 →155。典経国・十四。韻遅・師・悲・帷、上平支韻。○曼倩… 文才の優れた東方朔（曼倩は字）が不

（以下、一一四頁につづく）

や。未《いま》だ当時《たうじ》孰《いづ》れか以《もつ》て是《ぜ》と為《す》ることを聞かず、と。

157 試に奉じて、「王昭君《わうせうくん》」を賦《ふ》す　　小《を》野《のの》末《すゑ》嗣《つぐ》

一朝寵《いつてうちよう》を辞《じ》す長沙《ちやうさ》の陌《まち》　万里《ばんり》愁《うれ》へて聴《き》く行路《かうろ》難《なん》
漢地《かんち》悠悠去《いういうさ》るに随《したが》つて尽《つ》き　燕山《えんざん》沼沼《てうてう》猶《なを》未《いま》だ殫《つ》きず
青虫《せいちゆう》鬢影《びんえい》風《かぜ》吹《ふき》破《やぶ》る　黄月《くわうげつ》顔粧《がんしやう》雪《ゆき》点残《てんじのこ》る
塞《とりで》を出づる笛声《てきせい》腸《はらわた》闇《あん》絶《た》ふ　紅《くれなゐ》を銷《け》す羅《ら》袖《しう》涙《なみだ》乾《かは》くこと無し
高巌《かうがん》猿《さる》叫《さけ》んで重煙《ちようえん》苦《くる》しみ　遥嶺《えうれい》鴻《かり》飛《と》んで隴水《ろうすい》寒し
料《はかり》識《し》る腰囲《えうゐ》昔日《せきじつ》より損《そん》ずることを　何《なん》ぞ労《らう》せん毎《つね》に鏡中《きやうちゆう》に向《むか》つて看《み》ることを

158 試に奉じて、「宝雞祠《ほうけいし》」を得たり　　鳥《しらとり(?)の》高《たか》名《な》

秦政《しんせい》基《もとゐ》を初《はじ》むる代《よ》　文公《ぶんこう》覇《は》を致《いた》す時《とき》
形《かたち》を分《わ》けて雉《きじ》に全《まつたく》似《に》たり　彩《いろ》を流して星《ほし》相《あひ》疑《うたが》ふ
緑野《りよくや》朝声《てうせい》散《さん》じ　青郊《せいかう》夕影《せきえい》飛ぶ
陳倉《ちんさう》北坂《ほくはん》の下《もと》　千歳《せんざい》幾《いく》たびか祠《し》を崇《あが》む

157 「王昭君」(楽府題の詩)という課題で作詩して。王昭君→86。典経国・十四(詩題「…賦得…」。「六韻(十二句)為レ限」という制限がある)。韻難・殫・残・乾・寒・看、上平寒韻。○一朝… 「辞レ寵」は漢の元帝の許を去り匈奴に降嫁する。長沙陌は湖南省洞庭湖南方の町。行路難(楽府詩題)は万里の遠くにある匈奴への道は困難。○漢地… 燕山は河北省の北方に連なる山。沼沼は「悠悠」と同じく、遥かに遠い様。○青虫… 青虫は王昭君の美しい鬢の形容。後句、月のような彼女の顔の黄粉の化粧には雪が点々とついて損なわれている。○塞を… 「腸闇絶」はそれとなく腸もたち切れんばかり。「銷レ紅羅袖」は涙のために紅色の消えたうすぎぬの袖。○高巌… 重煙は深いもや。底本「重壇」、三手文庫本系経国集による。隴水は国境地帯の隴頭(甘粛省)を流れる川。○料識る… 彼女の嘆きを推測する。前句→146。後句、「看」の目的語は自身の容姿。底本「毎」欠。

158 奉試に際して、「宝雞祠」という詩題を得て。秦の文公が陳倉(陝西省)の地で雄鶏の声の如く鳴る怪石を得、「陳宝の鳴雞」と称して北阪城(陝西省)に祭った故事(史記・秦本紀、同・封禅書)。典経国・十四(詩題に「六韻為レ限」という制限がある)。韻時・疑・飛(通用韻)・祠、上平支韻。○秦政… 文公→詩題注。○形を…

林子曰はく、二首共《とも》に故事《こじ》の題《だい》に協《かな》ふ、と。

159「塵《ちり》を詠《えい》ずる」を和《わ》し奉《たてまつ》る　藤原関雄《ふぢはらのせきを》 内麻呂《うちまろ》の孫、真夏《まなつ》の子

紫陌暮風発《しはくぼふうはつ》し　紅塵靄靄《こうぢんあいあい》として生《しやう》ず
牀中電影《しやうちゆうでんえい》に随《したが》ひ　梁上歌声《りやうじやうかせい》洗《あら》ふ
老氏和光《らうしわくわう》の訓《をしへ》　范生守険《はんせいしゆけん》の情《こころ》
林《はやし》を払《はら》つて霧薄《きりのうす》きを疑《うたが》ひ　沼《ぬま》に飄《ひるがへ》つて雨軽《あめのかろ》きに似《に》たり
戦路《せんろ》柴《しば》の曳《えい》に従《したが》ひ　粧楼鏡《しやうろうかがみ》の冥《めい》を含《ふく》む
未《いま》だ峻岳《しゆんがく》を神《たす》くることを期《き》せず　飛颺《ひやう》徒《いたづ》らに自《みづか》ら驚《おどろ》く

林子曰はく、関雄早く進士《しんじ》に挙《あ》げらるると雖《いへど》も、隠淪《いんりん》の志《こころざし》有り。東山《とうざん》に在《あ》り、今《いま》の南禅寺《なんぜんじ》其《そ》の旧跡《きうせき》也。世《よ》に東山進士《とうざんしんじ》と称《しよう》す。此《こ》の詩《し》、題詠恰好《だいえいかつかう》、謂《い》ひつべし其名《そのな》に負《そむ》かず、と。

160 同　じ　く　菅《すが》原《はらの》善《よし》主《ぬし》

大噫群物《たいあいぐんぶつ》を籠《こ》む　惟塵細微《ゐちんさいび》に在《あ》り

前句、分は各自形を分けもつ。「全」、底本「今」。後句、夜来る鶏の姿の神は光を空に流し星かと思われる。○緑野…　鶏(怪石)の描写。青郊は青々とした郊外。○陳倉…　陳倉・北坂→詩題注。底本「陳レ食」。

159 御製「詠レ塵」に唱和し奉って。典経国・十四(詩題「奉レ和…」は「奉レ試」の誤か。「六韻為レ限」の制限がある)。韻生・声・情・軽・冥(通用韻)・驚、下平庚韻。初唐謝偃・塵賦、芸文類聚・塵などを学ぶ。○紫陌…　紫陌は紫色に染まった巷。○牀中…　床の辺の塵は一瞬の稲光りに従って去り、はりの上の塵は美声に一掃される。音楽の名手虞公の梁塵の故事(劉向別録)。○老氏…　前句、光を和らげ、万物の塵(よごれ)に自分を同化するという教訓(老子・四章「和ニ其光一、同ニ其塵一」)。後句、貧乏で「甑中生レ塵范史雲」と歌われた范冉(はんぜん)の故事(後漢書・范冉伝、范丹とも)。底本「荘生」、三手文庫本系経国集による。守険は守倹、倹約する。○林を…　二句の主語は塵。疑は薄い霧かと思う。○戦路…　前句、車の後に柴を曳いて塵を起し敵が逃げた故事(左伝・襄公十八年)。後句、高楼の化粧部屋の鏡は使われずに暗い塵を含む。「冥」、底本「貞」。○未だ…　前句、「塵積為レ山」(荀子・勧学篇)の逆用。驚は塵が飛び揚る。一以下、文徳実録・仁寿三年二月卒伝。ニ京都の東山。寺は五山の一。

霖《ながあめ》に遇《あ》つて時《とき》に聚斂《しゆうれん》　吹《かぜ》を承《う》けて乍《たちま》ち雰霏《ふんぴ》
洛浦《らくほ》神襪《しんばつ》に生《しやう》じ　都城客衣《とじやうかくい》を染《そ》む
朝《あした》には行蓋《かうがい》に随《したが》つて起《おこ》り　暮《くれ》には去軒《きよけん》を逐《お》つて帰《かへ》る
動息常《どうそくつね》に定《さだ》まること無《な》し　徘徊何《はいくわいいづ》れの処《ところ》か非《ひ》なる
冀《ねが》はくは老聃《らうたん》が旨《むね》を持《も》つて　長《なが》く世間《せけん》の機《すぢ》を守《まも》らん

林子曰はく、善主は清公《きよとも》の子也、関雄《せきを》は冬嗣《ふゆつぐ》の姪《てつ》也。彼《かれ》は権門《けんもん》の族為《ぞくた》り、此《これ》は宿儒《しゆくじゆ》の子為《こた》り。同席同題相敵《どうせきどうだいあひてき》し、彼《かれ》は工巧《こうかう》を費《つひや》し、此《これ》は却《かへ》つて平易《へいい》。読者其択《よむものそれえら》べ、と。

161　同　じ　く　　中《なかとみの》良《よし》舟《ふね》

桂宮細質飛《けいきゆうさいしつ》び　柳陌軽光泛《りうはくけいくわう》かぶ
影《かげ》は竜媒《りようばい》を逐《お》つて辞《じ》し　形《かたち》は鳳轄《ほうかつ》に随《したが》つて揚《あ》がる
鏡沈《かがみしづ》んで霧月《むげつ》を疑《うたが》ひ　衣《ころもそ》染めて粉粧《ふんしやう》に似《に》たり
曲《しらべ》を帯《お》びて珠履《しゆり》生《しやう》じ　歌《うた》に臨《のぞ》んで画梁《ぐわりやう》を繞《めぐ》る
雨来《あめきた》れば収《をさ》まつて発《はつ》せず　風至《かぜいた》れば聚《あつ》まつて還張《または》る
峻岳譲無《しゆんがくじやうな》きが如《ごと》し　微《び》功亡《こうな》きこと莫《な》きに庶《ちか》からん

160　↓159。典経国・十四。韻微・霏・衣・帰・非・機、上平微韻。〇大噫…　大噫は大地から吐出すいき、風(荘子・斉物論)。惟塵は塵の意(毛詩・小雅「無レ将二大車一、惟塵冥冥」)、惟は意味の軽い発語の助字。〇霖に…　雰霏は塵がしきりに飛び散る様(塵賦「雰々霏々」)。〇洛浦…　前句、洛浦(洛陽を経て黄河に入る洛水)では神女の靴の中に塵が生じる(文選・洛神賦)。後句、「京洛多二風塵一、素衣化為レ緇」(文選・陸士衡・為二顧彦先一贈レ婦)による。〇朝には…　行蓋は行く車のおおい。去軒は帰りゆく貴人の車。〇動息…　動息は塵が動いたり静止したりする。後句、塵はどこでもさまよう。〇冀はくは…　老聃旨は老子「和光同塵」(↓159)の趣旨。機はここは変に対する道理、すじみち(塵賦「以三識レ変而知二機一」)。

161　↓159。典経国・十四。作者名、「中」は中臣か。大中臣とも。韻光・揚・粧・梁・張・亡、下平陽韻。〇桂宮…　桂宮はここは宮中の御殿。細質はきめのこまかい物質、塵。柳陌は柳を植えた巷。軽光は軽やかな塵の光。〇影は…　竜媒は駿馬、竜馬。鳳轄は鳳凰の姿の飾りをつけた立派な車の車輪のくさび。〇鏡…　塵が女人の鏡に沈んで霧の中の月かと思われ、衣に付着して化粧のようだ。底本「粉」欠、神宮文庫本経国集による。〇曲を…　前句、歌曲と共

162 同じく　　　　中《なかとみの》良《よし》樴《かち》

康荘颼気《かうさうへうき》起《おこ》り　　搏撃細塵《はくげきさいぢん》飛ぶ
晨影軒《しんえいくるま》を帯《お》びて出《い》で　　暮光蓋《ぼくわうきぬがさ》を将《ゐ》て帰る
時《とき》に随つて独《ひと》り競《きそ》はず　　物《もの》と是《これ》違《たが》ふこと無《な》し
動息理《どうそくことわり》を推《お》すが如《ごと》し　　逍遥幾《せうえうきざし》を知るに似《に》たり
形《かたち》は生《しやう》ず范丹《はんたん》が甑《こしき》　　色《いろ》は化《くわ》す士衡《しかう》が衣《ころも》
高山《かうざん》の極《きはみ》を助けんと欲《ほつ》す　　還《かへ》つて羞《は》づ真質《しんしつ》の微《かす》かなることを

林子曰はく、中氏未《ちゆうしいま》だ譜系《ふけい》を詳《つまび》らかにせず。蓋《けだ》し其伯仲埙篪《それはくちゆうけんち》乎《か》。同題《どうだい》にして末句《まつく》同意《どうい》、と。

163 同じく　　　　菅原清岡《すがはらのきよをか》

『江談《がうだん》』に曰はく、善主《よしぬし》の叔父、と。

微塵大道《びちんたいだう》に浮《う》かび　　靄靄垂楊《あいあいすいやう》に隠《かく》る
色《いろ》は暗《くら》し竜媒《りようばい》の埒《らち》　　形《かたち》は飛ぶ鳳輦《ほうれん》の場《には》
徘徊寧《はいくわいむし》ろ定《さだめ》有らんや　　動息固《どうそくまこと》に常《つね》無《な》し

に塵が美しい履(くつ)のそばに生じる(塵賦「払㆓珠履㆒…生㆓羅襪㆒」)。後句、梁上歌塵の故事。↓159。○雨… 張は塵がひろがる、拡張する。○峻岳… 前句、白氏六帖・山「山不㆑譲㆑塵、故能成㆓其大㆒」による。後句、底本訓「庶クハ亡コト莫シ」。塵は高峻な山を形成する小さい功績がないでもなかろうの意か。

162 ↓159。囲経国・十四。韻飛・帰・違・幾・衣・微、上平微韻。○康荘… 康荘はちまた(爾雅・釈宮「五達曰㆑康…六達曰㆑荘」)。颼気はつむじ風、激しい風の気。搏撃は風が地面をたたきつける。○晨影… 晨影は朝の塵の影。軒・蓋↓160。帯・将は、と共に。塵賦「将㆓晨軒㆒並出…与㆓暮蓋㆒同帰」。○時に… 塵賦「随㆑時無㆑競、応㆑物不㆑違」。○動息… 動息↓160。「推㆑理」は道理をおしすすめる。幾はけわい。○形は… 前句、范丹(范冉)の故事。↓159。後句、陸士衡の故事。↓160。○高山… 前句、塵は頂点に積って高山を助けようとする。羞の主語は塵。真質は本質。経国集「冥質」、これも一案。一↓161詩題注。ニ兄と弟、土笛と竹笛。良舟と良樴は兄か弟か、未詳の意。

163 ↓159。江談は江談抄(巻四)。囲経国・十四。韻楊・場・常・梁・光・荘、下平陽韻。○微塵… 大道はちまた。○色は… 竜媒↓161。埒は馬場の囲い。鳳輦は鳳凰の飾りのある乗物、天子の車。場は周辺。塵賦

舞《まひ》を逐《お》つて羅襪《らばつ》に生《しやう》じ　歌《うた》に驚《おどろ》いて画梁《ぐわりやう》に起《おこ》る
風《かぜ》に因《よ》つて細影《さいえい》を流《なが》し　雪《ゆき》に似《に》て軽光《けいくわう》を散《ち》らす
漢主《かんしゆ》に逢《あ》ふに由無《よしな》し　空《むな》しく此康荘《これかうさう》を転《めぐ》る

林子曰はく、同時《どうじ》五人同題《ごにんどうだい》。想像《さうざう》す当時《たうじ》才士《さいし》済済《せいせい》[一]。其《そ》の優劣《いうれつ》具眼《ぐがん》の者《もの》を待《ま》つて之《これ》を決《けつ》せん。共《とも》に是恭和《これきようわ》[二]の作《さく》。唯其《ただそ》の押韻《あふゐん》[三]元白《げんばく》に傚《なら》はざる而已《のみ》。猶惜《なををを》しむらくは御製《ぎよせい》[四]の本韻《ほんゐん》伝はらざること、と。

164 試《し》に奉じて、「照胆鏡《せうたんきやう》」を得たり　小《を》野《のの》春《はる》卿《きみ》(?)

良冶銅《りやうやどう》を錬《ね》つて初めて鋳《い》る日《ひ》　火雲烈烈風焔頻《くわうんれつれつふうえんしき》りなり
背文《はいもんたく》巧みに置《お》く盤竜《ばんりよう》の体《かたち》　面彩能《めんさいよ》く銜《ふく》む満月《まんげつ》の輪《わ》
玉匣池深《ぎよくかふいけふか》うして朝気《てうき》徹《てつ》し　金臺《きんだい》氷冷《こほりひや》やかにして夜陰《やいん》中《の》ぶ
空虚万象《くうきよばんしやう》見て明らかなる処《ところ》　野魅山精《やびさんせいみ》身を隠《かく》さず
西のかた秦城《しんじやう》に入《い》りて覇主《はしゆ》に献《けん》ず　君王殿上佳人《くんわうてんじやうかじん》を燭《て》らす
衣裳《いしやう》整《ととの》へ下《おろ》す綺羅《きら》の色　容貌《ようばう》粧《よそほ》ひ前《すす》む桃李《たうり》の春
情素《じやうそ》を言はんと欲《ほつ》して即《すなは》ち此《これ》に因《よ》る　発昧誰《はつまいたれ》か勝《まさ》らん奇宝《きほう》の真《しん》
如今《いま》妍媸《けんし》の鑑《かがみ》を用《もち》ゆべし　長く願はくは猶照胆《なをせうたん》の珍《ちん》と為《な》らん

「蒙二鳳輦於銅衢一、翳二竜媒於金埒一」。○徘徊…　寧→154。動息→160。○舞を…　羅襪はうすぎぬの履物(洛神賦「羅襪生レ塵」)。→160神襪。「驚レ歌」→159・161。○風に…　塵賦「流二細影於廻裾一」。同「布二玉階一而似レ雪」。軽光→161。○漢主…　漢主は塵を集めて遊んだ漢の光武帝(芸文類聚・塵)。康荘→162。一 多い様(毛詩・大雅・文王「済済多士」)。二 奉和する詩。三 押韻(→156注二)に関して元稹と白居易をまねない(元白唱和集参照)。四 淳和御製。

164 奉試→134。「五臓の中まで照らす名鏡」という題を得て。㊃経国・十四(詩題「…賦得…」。「各以二名字一為レ韻、八韻為レ限」(この作者の場合「春」)の制限がある)。韻頻・輪・中・身・人・春・真・珍、上平真韻。○良冶…　良冶はすぐれた鋳物師、かじ屋。火雲は練る際に起る夏雲の如き火の雲。風焔は鋳る時に起る風にまじるほのお。○背文…　背文は鏡の背面の模様、文字。盤竜体はわだかまる竜の姿の飾り(北周庾信の鏡賦「鏤二五色之盤竜一」)。後句、鏡の表面の色彩は満月の輪を含んだように清く澄む。○玉匣…　前句、箱の中の底深く曇りのない鏡の描写。後句、高殿の女人の澄んだ鏡の描写。夜陰は夜のくもり、影。○空虚…　前句、すべての物が鏡によって明らかに見通される(「見二明処一」と訓むべきか)。野魅山精は人の目に見え林子曰はく、題詠《だいえい》恰好《かつかう》[一]、と。

165 試に奉じて、「挑燈杖《てうとうちやう》」を賦《ふ》す　　春澄善縄《はるずみのよしただ》 本姓《ほんせい》は猪名部《ゐなべ》

斯《こ》の杖朴《つゑぼく》に任《まか》せて猶《なを》用ふるに勝《た》ふ　豈良工《あにりやうこう》の斲雕《たくてう》を加ふることを仮《か》らんや
白日黄昏《はくじつくわうこん》燈《ともしび》始めて続《つづ》く　茲《こ》の具《ぐ》に資《よ》るに匪《あら》ずんば未《いま》だ調《ととの》ふること能《あた》はじ
若《も》し藜杖《れいちやう》に非《あら》ずんば老いて全《まつた》く緊《きび》し　或《ある》いは是莠茎《これいうけいも》炎えて亦焦《またこ》ぐるならん
謬《あやま》つて舃卬《せきがう》を汚《けが》して盤外《ばんぐわい》に落ち　眼精鋭《まなこせいえい》を分《わか》ちて帳中《ちやうちゆう》に挑《かか》ぐ
後《のち》に招携《せうけい》有り友朋《いうほう》を宴《えん》す　華堂四《くわだうよも》に照《て》つて羊燈《やうとう》を列《つら》ぬ
時永夜《ときえいや》に因《よ》つて焰《ほのほ》滅ゆるに垂《なん》なんとす　微功《びこう》を効《いた》す毎《ごと》に明更《あかりさら》に増《ま》す
廉吏《れんり》燃《も》ゆるを嫌《きら》つて再《ふたた》び賞《しやう》せず　神翁備《しんおうそな》へ有《あ》つて躬《みづか》ら杖《つゑ》を吹《ふ》く
宣神正《せんしんまさ》に蘇公《そこう》を使《し》て厲《はげ》ましめ　致《ち》用亦蜀婦《ようまたしよくふ》を令《し》て紡《つむ》がしむ
一客環堵暁夕《いつかくくわんとげうせきつと》勤む　十年翫文《ぐわんぶんをの》自づから奨《しやう》を為《な》す
唯嘉《ただよみ》す陋質光《ろうしつひかり》を助くる力《ちから》を　敢《あ》へて膏沢《かうたく》の養《やしなひ》を貪《むさぼ》るに効《なら》はず

林子曰はく、善縄が此《こ》の作《さく》、想《おも》ふに夫《それ》、少壮《せうさう》[一]の時也《ときなり》。其《そ》の才調以見《さいてうもつてみ》つべし。仁明《にんみやう》・文徳《もんどく》・清和《せいわ》に歴仕《れきし》して侍読《じどく》と為《な》る。『前《ぜん》・後漢書《ごかんじよ》』[二]『文選《もんぜん》』等《とう》の群書《ぐんしよ》を講《かう》ず。其《そ》[三]の文章《ぶんしやう》『続日本後紀《しよくにほんこうき》』の在《あ》る有《あ》り。其《そ》の韻語《ゐんご》今に伝はる者《もの》、唯此《ただこ》の一篇《いつぺん》

ぬ野や山の精霊。○西の…　西京雑記・三引用の照胆鏡の故事。覇者秦の始皇帝が咸陽宮に入って鏡を得、宮中の女人たちの胆をこの鏡で照らした(「表裏有ㇾ明…則腸胃五臓、歴然無ㇾ礙」「以照二宮人一、胆張心動者則殺ㇾ之」)。○衣裳…　後句、化粧を整えた鏡の中の顔や姿は桃李の花咲く春の趣がある。前は、整える意か。○情素…　情素は本心。発昧は暗さを明るく照らす。○如今…　妍媸鑑は美醜、好悪を写す鏡。底本「妍嫆鑑」。珍は珍宝。一ほどよい。

165　奉試→134。詩題「灯心をかきたてる棒」という題を得て。圏経国・十四(「七言十韻、仍以二挑灯杖一為ㇾ韻」の制限がある)。圏離・調・焦・「挑」(下平蕭韻)、朋・「燈」・増(下平蒸韻)、「杖」・紡・奨・養(上声養韻)。○斯の…　「任ㇾ朴」はもとのきじ(朴質)のままで。「勝」底本欠。斲雕は切ったり飾ったりする。○白日…　茲具は挑灯杖。調は調整する。○若し…　二句難解。前句改訓。藜杖はアカザの茎で作った老人用の杖。莠は雑草の一種ハグサ。○謬つて…　「舃卬」は二重底の靴の高い部分の意か。底本「寫卯」、意改。盤は燭の受け皿。後句、眼光と燭火が明るい光を分けあってとばりの中に灯杖をかかげる。○後に…　「後」を三手文庫本系経国集「復」に作る。招携は人を招き伴う。華堂は華やかな座敷。羊

(以下、一一四頁につづく)

而已《のみ》。誰《たれ》か之《これ》を玩賞《ぐわんしやう》せざらん哉《や》、と。

166 試に奉じて、「爨焼桐《さんせうとう》」を得たり　大《おほ》枝《えの》礒《いそ》麻《ま》呂《ろ》

幹《みき》を擢《ぬきん》づ嶧陽《えきやう》の岑《みね》　森森衆林《しんしんしゆうりん》に秀《ひい》づ
春花《しゆんくわ》日《ひ》を含《ふく》んで笑《え》み　秋葉霜《しうえふしも》を帯《お》びて吟《ぎん》ず
鳳影枝上《ほうえいしじやう》に飄《ひるがへ》り　風声麗音《ふうせいれいいん》を散《さん》ず
忽《たちま》ち涼飇《りやうし》の激《げき》するに遇《あ》ふ　幾番《いくたび》か珪陰《けいいん》動《うご》く
匠石《しやうせき》方《まさ》に顧《かへり》みること無し　何《なん》ぞ思はん爨《さん》の為《ため》に侵《をか》されんことを
幸《さいはひ》に邕子《ようし》が識《し》るに逢《あ》つて　長く五絃琴《ごげんきん》と作《な》る

林子曰はく、頗《すこぶる》故事《こじ》の題《だい》に協《かな》ふ、と。

以上《いじやう》五十九人、『経国集《けいこくしふ》』の残編《ざんぺん》に見えたり。此《こ》の外《ほか》、清原夏野題《きよはらのなつのだい》[一]有つて詩を闕《か》く、弘道真貞題《ひろみちのさねさだだい》[二]詩共《とも》に闕《か》く。其《そ》の餘既《ほかすで》に『凌雲《りよううん》』[三]『文華《ぶんくわ》』に見えたる者《もの》は好詩《かうし》有りと雖《いへど》も、然《しか》れども、之《これ》を載《の》せず。嗚呼《ああ》本朝詩章《ほんてうししやう》の盛《せい》、此時《このとき》に過《す》ぎたるは無《な》し。若《も》し夫《それ》、一変《いつぺん》せば、則《すなは》ち李唐《りたう》[四]に於《お》いて其幾《それちか》からん乎《か》。

166 「焼残りの桐」という奉試の詩題を得て。後漢の蔡邕《さいよう》が焼残りの桐を譲り受けて作った「燋尾琴」の故事(芸文類聚・琴)による。囲経国・十四(「限二六韻一」の制限がある)。圓林・吟・音・陰・侵・琴、下平侵韻。○幹を… 嶧陽は嶧山の南。その桐は琴の良材として名高い(尚書・禹貢「嶧陽孤桐」)。森森は繁茂する形容。○春花… 春花は桐の花。○鳳影… 桐とその枝に住む鳳凰の取合せは文選・琴賦など琴や桐の詩に多い。麗音は桐製の琴の如き美しい音。○忽ち… 忽はたまたま。涼飇は涼風。番は回数を示す。珪は諸侯を封ずる時に用いる玉。周成王が桐葉を削って珪の形として唐叔虞に授けた故事による(呂氏春秋・重言)、ここは桐の葉影。○匠石… 匠石は石という名匠(文選・琴賦)。為は受身の助字。侵は焼かれる。○幸に… 邕子は蔡邕。識は見識。一 経国集巻十目録「扈二従梵釈寺一応制一首」。二 正六位上加賀介弘道宿禰真貞(底本「真定」)。三 →巻三序。四 李氏のたてた唐王朝、その詩。

167 文字の遊びによって作る詩。各句の第一・二字を合せて第五字とするもの。囲文粋・一。嘉祥元年(八四八)作。圓忠・鴻・嵩・風、上平東韻。○禾失… 前句、「禾―失」で「秩」。稲がなくなって即ち俸給を得ていたことをさとる。「中―心」で「忠」。○里魚… 「里―魚」で「鯉」。「江―鳥」

167　字《じ》訓《くん》詩《し》　清原真友《きよはらのさねとも》　其《そ》の先天武《さきてんむ》帝《てい》自《よ》り出づ

禾失《くわしつ》曾《すなは》ち秩《ちつ》を知る　中心《ちゆうしん》豈《あに》忠《ちゆう》を忘れんや
里《り》魚浪《ぎよなみ》を穿《うが》つ鯉《こひ》　江鳥秋《かうてうあき》を度る鴻《かり》
火《ひ》盡《つ》きて仍《よ》つて燼《じん》と為《な》り　山高《たか》うして自《をの》づから嵩《すう》と作《な》る
色糸《しきし》辞《ことば》絶《た》へず　凡虫寒風《はんちゆうかんぷう》に泣く

林子曰はく、真友は仁明時《にんみやうじ》の人。故《ゆゑ》に『経国《けいこく》』作者《さくしや》の次《つぎ》に附《ふ》す、と。

168　倉《さう》頡《けつ》讃《さん》　都良香《みやこのよしか》　一名は言道《ときみち》、腹赤《はらあか》の子

黄神《くわうしん》の史《し》、倉頡《さうけつ》名《な》を摽《へう》す　千年一出《せんねんいつしゆつ》、四目雙明《しもくさうめい》
獣迒書妙《じうかうしよたへ》に、兎毫筆精《とがうふでくは》し　紛紛《ふんぷん》たる虫鳥《ちゆうてう》、惟公《これこう》の生《う》む所《ところ》

林子曰はく、良香当時《たうじ》傑出《けつしゆつ》の秀才也《しうさいなり》。其《そ》の履歴行実国史《りれきかうじつこくし》[一]に見えたり、其の文章《ぶんしやう》『明衡文粋《めいがうぶんすい》』[二]に載《の》せたり。且《か》つ『都氏文集《としぶんしふ》』断簡三巻《だんかんさんくわん》有つて世に伝《つた》はる。嘗《かつ》て詩を作つて、「気《き》[三]霽《は》れては風新柳《しんりう》の髪《かみ》を梳《くしけづ》る」の句を得たり。未《いま》だ対句《ついく》を得ず。偶《たまたま》羅城門下《らじやうもんか》[四]に過《よぎ》り此句《このく》を吟《ぎん》ず。時《とき》に門上《もんじやう》に声《こゑ》有つて曰はく、「氷《こほり》消えて

で「鴻」。二句、鯉の腹の中にあった信書(文選・飲馬長城窟行)と雁の足につけた漢の武将蘇武の書信(雁信)の対比。隠者と権勢者の対比とも。〇火盡…「火―盡」で「燼」(燃え残りの木)。「山―高」で「嵩」。原本系玉篇「山大而高曰レ嵩」。〇色糸…「色―糸」で「絶」。彩色した糸の如き美しいことばは絶えない。曹娥の碑文を解読した魏文帝の故事「黄絹色糸也、於レ字為レ絶…」(世説新語・捷悟篇)。「凡(底本「几」)―虫」で「風」。二句は解読に優れた才能をもつ者と凡才の対比。

168　倉頡(後述)を讃美して。底本「倉鵠」。讃は文体の名(文体明弁「賛(讃)称美也」)。興都氏。闡名・明・精・生、下平庚韻、四字句。〇黄神…　黄神は中国古代伝説上の黄帝。史は記録を司る役人、史官。倉頡は黄帝に仕え、初めて文字を作る(説文解字・叙「黄帝之史倉頡、見ニ鳥獣蹏迒之迹一…初造ニ書契一」)。「摽レ名」は名を高くあらわす。四目雙明は四つの瞳がよく見える(晋成公綏・故筆賦「有ニ倉頡之奇生一、列ニ四目一而兼明」)。〇獣迒…　獣迒は獣の足跡の形をした文字。迒は迹(あと)、跡。底本「更」、内閣文庫本都氏による。兎毫は兎の細い毛の筆。後句、多数の虫や鳥の形をした文字は倉頡公の作ったものだ。一 三代実録など。二 本朝文粋。三 天気が晴れて風が新柳を吹く様を女人が髪を櫛ですく

は波旧苔《なみきうたい》[五]の鬚《ひげ》を洗《あら》ふ」と。時《とき》の人謂《ひとい》ふ、「是羅城門《これらじやうもん》[六]の鬼《おに》の作《つく》る所《ところ》」と。豈其然《あにそれしか》らん哉《や》。疑《うたが》ふらくは其の当時《たうじ》駱賓王《らくひんわう》[七]が如《ごと》き者《もの》、門上《もんじやう》に隠《かく》るるや否《いな》や。良香嘗《よしかかつ》て竹生嶋《ちくぶしま》[八]に遊んで、吟《ぎん》じて曰はく、「三千世界眼前《さんぜんせかいがんぜん》[九]に尽《つ》く」と。時《とき》に神賽吟《しんさいぎん》[一〇]じて云はく、「十二《じふに》[一一]因縁心裡《いんねんしんり》に空《むな》し」と云云《うんうん》。此等《これら》の説話《せつわ》蓋世《がいせい》[一二]の才力《さいりよく》有るを以《もつ》て、故に皆鬼《みなき》[一三]神《じん》を感動《かんどう》すと謂《い》ふ。是《これ》に由《よ》って俗《ぞく》に伝ふ、「良香南山《なんざん》[一四]の窟宅《くつたく》に入《い》りて神仙《しんせん》と為《な》る」と。然《しか》れども国史[一五]に其《そ》の卒《そつ》を載《の》するときは、則《すなは》ち取《と》る所《ところ》に非《あら》ず。故に想《おも》ふに夫《それ》、良香が詩若干首《じやくかんしゆ》為《た》るべし。然れども今未《いま》だ其《そ》の全篇《ぜんぺん》を得《え》ず。故に彼《か》の『文集《ぶんしふ》』[一六]断簡《だんかん》を考へ、此《こ》の讃《さん》を此《ここ》に載《の》す、と。

169 花《はな》は落《お》つ鳳臺《ほうだい》の春《はる》

大《おほ》江《えの》音《おと》人《んど》

若《も》し宋玉粧《そうぎよくよそほ》ひて重《かさ》ねて下《くだ》るに非《あら》ずんば　疑《うたが》ふらくは是襄王《これじやうわう》の夢長《ゆめなが》からざるならん

綺牕《きさう》に吹乱《ふきみだ》れて風色脆《ふうしよくもろ》く　珠砌《しゆせい》に灑来《さいらい》して雨声香《うせいかうば》し

林子曰はく、此の詩『江談抄《がうだんせう》』に之《これ》を載《の》せ、江相公作《がうしやうこうさく》[一]と為《す》。且《か》つ曰《い》[二]はく、「相公常《つね》に此《こ》の句《く》の美《び》を称《しよう》す」と。然《しか》れども朝綱《あさつな》[三]を称《しよう》して後江相公《のちのがうしやうこう》と曰ふときは、則《すなは》ち『江談』或《あ》るいは「後」の字を脱《だつ》するも未《いま》だ知るべからず。且《か》つ八句の中《うち》[四]に二聯《れん》を截《せつ》する者也《ものなり》。然《しか》れども今未《いまいま》だ音人《おとんど》が全詩《ぜんし》を得ず、故《ゆゑ》に此《か》くの如《ごと》し。按《あん》ずる

様にたとえた句。以下の説話は、江談抄・四、十訓抄・十、和漢朗詠集・春などに所収。四 朱雀大路の南端にある平安京の正門。「ラセフモン洛陽九条東寺ノ西」(書言字考)。五 人のひげに似た旧い水苔。六 十訓抄・七(本朝神仙伝、撰集抄などは朱雀門の鬼)。七 初唐四傑の詩人。八 琵琶湖北部に浮かぶ島。九 世界が眼前に眺め尽くされる。一〇 祭神、弁才天。一一 過去現在未来にわたる十二の因果関係(煩悩)は心の中でむなしく消えてしまう。以上二句、江談抄、十訓抄及び和漢朗詠集・山寺などに所収。一二 世の中を呑むほどの文才。一三 古今集・真名序などの句。一四 本朝神仙伝「棄レ官入レ山、覓レ仙修レ法、通二大峰一三ケ度、不レ知レ所レ終」。一五 三代実録・元慶三年二月廿五日の卒伝。一六 都氏文集。

169 「花は散る鳳台の春」の詩。鳳臺は鳳凰台、簫(ろう)の名手弄玉(ろうぎょく)とその夫の住んだ高楼の名(文選・升天行・李善注に列仙伝を引用)。〇若し… 宮殿に舞う美女を詠む。もし宋玉(弄玉の誤か)が化粧して再び地上に降るのでなければ、恐らく楚の襄王のはかない夢に出現した神女でもあろう。文選・神女賦「楚襄王与二宋玉一遊二於雲夢之浦一…其夜王寝、果夢与二神女一遇」による。〇綺牕… 詩題の落花の様をいう。綺牕は美し

囲江談。韻長・香、下平陽韻。

に音人は平城帝《へいぜいてい》の曾孫《そうそん》、[五]阿保《あぼ》親王《しんわう》の孫《まご》也。初《はじ》めて大江《おほえ》姓《せい》を賜《たま》ひ、学問《がくもん》を以《もつ》て其の家《いへ》を立つ。当時《たうじ》俊才《しゆんさいてう》朝に満《み》つ。然《しか》れども[六]箕《き》裘《きう》相継《あひつ》ぐ者《もの》、或《ある》いは一二世《せい》、或いは二三世而已《のみ》。唯《ただ》江氏《がうし》と菅氏《かんし》と、累葉家声《るいえふかせい》を墜《おと》さず、儒家《じゆか》の[七]宗為《そうた》るときは、則《すなは》ち[八]清公《きよとも》・音人、厥《そ》の[九]孫謀《そんぼう》を貽《のこ》す者《もの》、善哉《よいかな》、と。

又曰はく、[一〇]良香《よしか》は菅丞相《かんしようじやう》の師《し》也。音人は[一一]是善《これよし》と同僚《どうれう》為《た》り。故に此《ここ》に載《の》す、と。

170 秋《しう》日《じつ》感懐《かんくわい》

田達音《しまだのただおみ》　武内自《よ》り出づ

由来感思《ゆらいかんし》秋天《しうてん》に在《あ》り　多くは当時《たうじ》節物《せつぶつ》に牽《ひ》か被《る》

第一心《だいいちこころ》を傷《いた》ましむ何処《いづれのところ》か最《もつと》もなる　竹風葉《ちくふうは》を鳴らす月明《げつめい》の前《まへ》

林子曰はく、情《じやう》を述《の》べ景《けい》を写《うつ》す、頗《すこぶる》[一]居易《きよい》が体《てい》を得たり。読み了《をは》つて餘味《よみ》有ることを覚《おぼ》ふ。按《あん》ずるに[二]『菅家文草《かんけぶんさう》』に、或《ある》いは[三]「田進士《でんしんじ》」と曰ひ、或いは「田《でん》詩伯《しはく》」と曰ふ、其此《それこ》の人歟《ひとか》。且《か》つ[四]「田詩伯を哭《こく》する」詩有り。故《ゆゑ》に此《ここ》に載《の》す、と。

171 衣《ころも》を擣《う》つ

都《みやこの》　在《あり》　中《なか》

金颸《きんし》秋晩《しうばん》の冷《ひや》やかなる自《よ》り擣《う》ち　素月《そげつ》夜来《やらい》の晴《は》るる於《よ》り催《もよほ》す

く飾った女人の住む窓べ。風色脆は風の織成すあやは弱々しい。珠砌は玉を敷きつめたような美しい石だたみ。底本「昧砌」。灑来は落花が雨のように降り注ぐ。一 大江音人。二 古老の言葉(江談抄)。三 音人の孫。四 この二句をもと八句と推定したもの。五 二中歴・詩人歴「江相公音人 阿保親王男」。六 父祖の業をつぐたとえ(礼記・学記)。七 宗家。八 79の作者。九 子孫のためのよいはかりごと(毛詩・大雅・文王有声)。一〇 168の作者。一一 道真の父。

170 秋の日のおもい。作者、底本「田口」。田達音は島田忠臣。典 朗詠。韻 天・牽・前、下平先韻。○由来… 元来あわれを感じるのは秋の空、たいていは秋という季節の景物に心がひかれるからだ。白氏文集0790・暮立の「大抵四時心総苦、就中腸断是秋天」による。○第一… 後句、明るい月のもと竹を吹く風がその葉をさやさやと鳴らすのがそれに当る。一 中唐白居易(白楽天)の詩体。二 菅原道真の詩文集。三 文章生島田忠臣。菅家文草・一の詩題。四 詩伯は詩の大家。同・五の詩題。

171 衣を打って。擣衣は衣を砧の上で打つこと。韻 晴・声、下平庚韻。典 新撰(「擣衣詩、贈レ隣」)。○金颸… 金颸は金(五行で秋)風、秋風。後句、白く澄んだ秋の月の照る晴れた夜分から益々盛んになる。二句「擣(うつこと)」は…自りす、催(もよほすこと)は…於

色《いろ》は霜葉林《さうえふはやし》を辞《じ》する色《いろ》を争《あらそ》ひ　声《こゑ》は雲鴻塞《うんこうとりで》を出《い》づる声《こゑ》に混《こん》ず

林子曰はく、此《こ》の二《に》聯《れん》、謂《い》ひつべし、能《よ》く題詠《だいえい》[一]すと。腹赤《はらあか》[二]自《よ》り良香《よしか》を歴《へ》、在中《ありなか》に至り、累世済美《るいせいせいび》[三]、亦《また》奇ならず乎《や》、と。

本朝一人一首詩巻之三終

(ょ)りす」とも訓める。○色は…　色は打つ衣の色。「霜葉辞レ林」は、霜で赤くなった木の葉が林を飛び去る。声は衣打つ音。雲鴻は雲の中の雁。塞は雁の集る雁塞山を暗示しよう。一 題を設けて作詩する。二 腹赤(→89)・良香(→168)・在中は祖父・父・子。三 代々父祖の業を受継いで美(作詩)をなすこと(左伝・文公十八年)。二中歴・詩人歴に三人の名を載せる。

(一〇三頁脚注つづき)

老長寿の桃を「三」たび盗んだと小人に指摘された故事(芸文類聚・桃)。後句、漢の賦の大家司馬相如が数年(「三」年)かけて「子虚賦」を書き、それに「三」人の人物を配して作賦した故事(史記・司馬相如列伝)。○朋を…　二句、底本「明云有ニ益友一、意此成ニ吾師一」を経国集により訂。前句、「益者三友…友レ直、友レ諒、友ニ多聞一、益矣」(論語・季氏篇)による。↓155。後句「三人行、必有ニ我師一」(論語・述而篇)による。「交レ意」は心の中を語り合う意。○烏影…　「三」本足の烏が棲むという(→155)太陽が昼の空にかかり、猿の「三」声が「三」峡に悲しげに聞える(芸文類聚・猿「巴東三峡猿鳴悲、猿鳴三声涙霑レ衣」)。○天に…　前句、鳥が天に飛びあがって「三」年間も鳴かず、久しきに渡って心配する。「三年不レ飛不レ鳴」(史記・楚世家)による。後句→155。一 董仲舒、子は男子の敬称。二 韻をふむ、一定の処に同韻を使用する。

(一〇九頁脚注つづき)

燈は紙を羊の形に作った灯籠かという。○時…　徴功は杖でかきたてること。○廉吏…　前句、清廉潔白な楊州刺史の巴祗(はし)が官燭を使用しなかった故事(芸文類聚・燭)。「再」、底本「年」。後句、道士少翁が死んだ李夫人の姿を出現させるために燭火を用いた漢武故事の記事(初学記・燭・少翁夜張)。「有備躬」、底本「省備照」(無訓)。「吹レ杖」は挑灯杖を吹いて火を出すこと。○宣神…　前句、糸をつむぐ貧女が燭光を分けてくれといったことを蘇代(蘇秦の弟)に話して彼を承諾させた春秋戦国の甘茂の故事(史記・甘茂列伝)。初学記・燭・照壁は甘茂と蘇季子の類似の故事。「宣神」は微妙な点を述べるとの意か、「神」は誤字か、未詳。底本「宜神」。後句、錦衣の糸をつむぐ蜀の女たちに燭光が役立つ意か。初学記・錦に「錦若ニ灯燭一」。○一客…　前句、隣家の壁を穿ってその燭火で読書した前漢の匡衡の故事(初学記・燭・西京雑記)。堵は垣。後句、未詳。蛍火で勉強した車胤の事か。翫文は読書に耽る。「為レ奨」はははげむ。底本「為漿」、三手文庫本系経国集による。○唯…　陋質はいやしい挑灯杖の性質。膏沢は灯火のあぶら。一「天長之初、奉試及第」(三代実録・卒伝)。二 漢書と後漢書。「於ニ大学一講ニ范曄後漢書一」(同前)。三「続日本後紀序」。

本朝一人一首巻之四

向《かう》陽《やう》林《りん》子《し》輯《しふ》

172 渤海裴大使《ぼつかいはいたいし》が留《る》別《べつ》の什《じふ》に訓《こた》ふ、韻《ゐん》を次《つ》ぐ

菅《かん》　丞《しよう》　相《じやう》

交情《かうじやう》北溟《ほくめい》の深《ふかき》を謝《しや》せず　別恨還《べつこんかへ》つて陸《りく》に在《あ》つて沈《しづ》むが如《ごと》し
夜《や》半誰《はんたれ》か欺《あざむ》く顔上《がんじやう》の玉《ぎよく》　旬餘自《じゆんよをの》づから断《た》つ契中《けいちゆう》の金《きん》
高く看《み》る鶴《つる》の新雲路《しんうんろ》に出《い》づることを　遠く妬《ねた》む花の旧翰林《きうかんりん》に開《さ》くことを
珍重《ちんちよう》す帰郷相憶《ききやうあひおも》ふ処《ところ》　一篇《いつぺん》の長句摠《ちやうくす》べて丹心《たんしん》

林子《りんし》曰《い》はく、道真公《みちざねこう》、行実載《かうじつの》つて口碑《こうひ》に在《あ》り。其《そ》の儒家《じゆか》の宗為《そうた》り、文道《ぶんだう》の祖為《そた》ること、人皆膾炙《ひとみなくわいしや》す。然《しか》れども其の中妄誕多《なかまうたんた》多《た》。故に我《わ》が一先考《せんかう》『神社考《じんじやかう》』を編《あ》む時《とき》、公《こう》の本伝《ほんでん》を作る。是《これ》其《そ》の詳節也《しやうせつなり》。今既《いますで》に世に行《おこ》なふ、千歳《せんざい》の惑《まどひ》を解《と》くと謂《い》ひつべし。

172 渤海国裴頲（はいてい）大使が帰国に際して、残る人に留めて別れの気持を述べた詩に答えて。「次レ韻」は贈られた詩と同じ韻字をその順序通りに用いて作詩すること。渤海→85。底本「裴」に誤る。大使の帰国は元慶七年(八八三)。菅丞相は菅原道真。典文草・二。韻深・沈・金・林・心、下平侵韻。○交情… 北溟は北の大海、日本海。「不レ謝」は劣らない。○夜半… 涙を顔上の玉だなどとだますことができようか。欺は他のものと思わせること、似ること。当時の歌の表現も同様。旬餘は大使の入京の四月二十八日より退京の五月十二日の十日余り。「断二契中金一」は堅い金を切断するほどの強い契りを結ぶ(易・繋辞上「二人同レ心、其利断レ金」)。○高く… 大使の帰国後の文人官僚としての活躍を期待する二句。「出二雲路一」は出世する。ここは文学上の飛躍の意か。妬は羨む。「旧翰林」は故国の文苑。○珍重… 珍重は書翰や別れの挨拶の言葉、中国の俗語的な語。さよなら、お大事に。「相憶」云々は、帰国後君を憶うことでしょう。ここの「処」は意味の軽い語。後句、この一篇の詩はすべて真心のあらわれだ。一 亡父林羅山。その本朝神社考・上の二(北野)に道真の伝を所収。二 菅家文草、十二巻。三 本朝文粋(藤原明衡撰)に賦・表・詩序・銘・記など三十六篇を所収。四 「不出門」(菅

其の著述《ちよじゆつ》の如《ごと》きは、則《すなは》ち公の[二]本集《ほんしふ》十二巻幸《さいはひ》に存《ぞん》ず、且《か》つ[三]明衡《あきひら》選《えら》ぶ所《ところ》見て知んぬべし。今本集《ほんしふ》に就《つ》いて一首《いつしゆ》を載《の》す。末学《まつがく》の喙《くちばし》を容《い》るべき所《ところ》に非《あら》ず。嘗《かつ》て聞く、「[四]都府楼《とふろう》の瓦《かはら》、観音寺《くわんおんじ》の鐘《かね》」二句《にく》、公自《みづから》謂《をも》へらく、[五]香山居士《かうざんこじ》「遺愛寺《ゐあいじ》の鐘《かね》、香炉峰《かうろほう》の雪《ゆき》」の両句《りやうく》に[六]似《に》たり、と。然《しか》れども[七]謫居《たくきよ》の作《さく》、[八]『菅家後集《かんけこうしふ》』と号《がう》す。今世《よ》に伝《つた》はらず、則《すなは》ち全篇《ぜんぺん》を考ふること能《あた》はず。又《また》聞く、公再《こうふたた》び渤海《ぼつかい》の[九]裴大使《はいたいし》に遇《あ》ひ鴻臚《こうろ》の館伴《くわんばん》と為《な》り、贈答数回《ぞうたふすうくわい》。[一〇]彼甚《かれはなは》だ之《これ》を歎賞《たんしやう》す、公頗《すこぶ》る喜色《きしよく》を動《うご》かす、と。故に今其の数篇中《すうへんちゆう》に於《お》いて、此の一首《いつしゆ》を載《の》す。以《もつ》て初学《しよがく》の者《もの》を使《し》て公の文《ぶん》章外国《しやうぐわいこく》を動《うご》かすことを知らしむる而已《のみ》。

先考曾《せんかうかつ》て公の『文草《ぶんさう》』を見《み》、深く「[一一]春桜花《はるあうくわ》を惜《を》しむ、制《せい》に応《おう》ず、遅《ち》・時《じ》・糸《し》・遺《ゐ》の四韻《しゐん》」を賞《しやう》す。然《しか》れども先考心《こころ》を注《つ》くる所《ところ》は、彼《か》の小序《せうじよ》「[一二]兼《か》ねて松《しよう》竹《ちく》を惜《を》しむ」の諷諫《ふうかん》に在り。今序《じよ》を幷《あは》せて之《これ》を載《の》せざるときは、則《すなは》ち其の旨趣《ししゆ》明《あき》らかならず。且《か》つ既《すで》に此の序幷《じよなら》びに詩《し》を『[一三]宇多紀略《うだきりやく》』に編収《へんしう》す、則《すなは》ち今贅《ぜい》せず。公「[一四]釈奠《せきてん》、『論語《ろんご》』を講《かう》ずるを聴《き》く、「政《せい》を為《す》るに徳《とく》を以てする」を賦《ふ》し」て曰《い》はく、「[一五]君政万機此《くんせいばんきこ》の一経《いつけい》、竜《りよう》に乗《じよう》じて忘《わす》れず始収《はじめをさ》むる蛍《ほたる》。北辰高処無《ほくしんたかきところむ》為《ゐ》の徳《とく》、　疑《うたがふらくは》　是明珠衆星《これめいしゆしゆうせい》と作《な》るか」と。又、「[一六]九日宴《ここのかえん》に侍《じ》し、「菊は散《さん》ず一《いつ》叢《そう》の金《きん》」を賦《ふ》す、制《せい》に応《おう》じ」て曰はく、「[一七]是秋江白沙《これしうかうはくさ》を錬《ね》るにあらず、黄金化《わうごんなり》出《いだ》す菊叢花《きくそうくわ》。徴臣把得《びしんとりえ》て瀛中《えいちゆう》に満《み》つ、豈一経遺《あにいつけいのこ》して家に在るに若《し》かんや」と。

家後集)の第三・四句「都府楼纔看二瓦色一、観音寺只聴二鐘声一」。五 洛陽香山寺で精進した白居易。その詩句0978は「遺愛寺鐘欹レ枕聴、香炉峰雪撥レ簾看」。六 この話は未見。七 太宰府流謫は昌泰四年(延喜元年(九〇一))。八 菅家後集は道真の没後、紀長谷雄に送付したもの(刊本跋)、貞享四年(一六八七)刊行までは稀覯書。九 →詩題注。「鴻臚館伴」は京都の迎賓館の接待役。一〇 文草・二「裴頲云、礼部侍郎(道真)得二白氏之体一」。一一 文草・五。制は宇多帝の勅命。一二 その詩序の終りに「臣願我君兼惜二松竹一云爾」。道真は補闕拾遺(諷諫の役)に補せられたことがある(寛平六年)。一三 本朝通鑑・宇多天皇・寛平七年(八九五)三月の条。一四 文草・五。釈奠→8注一。ここは仲春のそれ。講書の後竟宴詩会が開かれ、論語・為政篇の冒頭句が道真に当ったもの。一五 天子のすべての政治はこの論語の精神、即位後も晋の車胤の如く蛍の光を集めて勉学を始めたことを忘れたまわぬ。北極星の如き高みくらにまして尭舜の如き無事の徳化、あたかも明珠の如き論語の精神が北極星をとり巻く多くの星になったよう。一六 醍醐帝昌泰二年(八九九)重陽の宴の作(文草・六)。「菊散一叢金」は唐太宗「秋日二首」第二首中の句。一七 沙は「紗」、白いうすぎぬ。徴臣は道真自身をいう謙遜語。第三・四句、陶潜の如くかごいっぱいに黄菊を満た此の二絶句《にぜつく》の如《ごと》きは、則《すなは》ち聖経《せいけい》を尊信《そんしん》し家業《かげふ》を勤励《きんれい》するに非《あら》ずんば、則《すなは》ち言ふこと能《あた》はず。一八嗚呼《ああ》、吉備公《きびこう》の後《のち》、儒臣台鼎《じゆしんたいてい》一九に登《のぼ》る者唯《ものただ》公而已《のみ》。若《も》し貶謫《へんたく》の変《へん》無くんば、則ち儒臣相継《じゆしんあひつ》ぎ登庸《とうよう》せ被《ら》るべし。唯惜《ただを》しむらくは公亢竜悔《かうりようくいあ》二〇有りの戒《いましめ》有らざることを、と。

173 秋を惜《を》しんで残菊《ざんぎく》を翫《もてあそ》ぶ、「芳《はう》」の字を得たり　宇《う》多《だ》天《てん》皇《わう》

金風吹起《きんぷうふきおこ》つて終《をは》らんと欲《ほつ》する処《ところ》　残菊前檐芳《ざんぎくぜんえんはう》を愛《あい》するに堪《た》へたり
何事《なにごと》ぞ殷勤《いんぎん》に今夜《こんや》翫《もてあそ》ぶ　明年《みやうねん》此の節愚《せつぐ》王《わう》を示《しめ》さん

174 秋を惜しんで菊花《きくくわ》を翫《もてあそ》ぶ、製《せい》に応《おう》ず、「晞《き》」の字を探得《さぐりえ》たり　惟《これ》良《ながの》高《たか》尚《なほ》

驚看《おどろきみ》る秋景疾《しうけいと》きこと飛ぶが如《ごと》し　最《もつと》も愛《あい》す菊花晩暉《きくくわばんき》に咲《さ》くことを
問《と》ふこと莫《なか》れ孤《こ》叢野外《そうやぐわい》に留《とど》まることを　唯《ただ》知る一種宮闈《いつしゆきゆうゐ》に在ることを
人を襲《おそ》ふ香気寧《かうきむし》ろ火《ひ》に因《よ》らんや　錦《にしき》を学ぶ文章機《ぶんしやうはた》を用ゐず

したとしても、経書を子孫に残すことに及ばない(漢書・韋賢伝「鄒魯諺曰、子ニ黄金満籝ヲ遺ストモ、一経ニ如カズ」)。一八 底本「嗚呼」に誤る。一九 三公、大臣。二〇 天を昇りつめて降りられない竜(極度に高い地位の者)は慎まないと失敗して悔いを残す(周易・乾)。

173 行く秋を愛惜し、衰えて咲き残る菊(重陽の節供を過ぎた菊花)を賞美する、韻字「芳」の字が当って。残菊は唐代詩語。寛平元年(八八九)九月二十五日宮中で行われた詩宴の詩(日本紀略)。【典】奉和(原注「一有二天皇御製四字一」)。【韻】芳・王、下平陽韻。○金風… 金風は秋風。前檐はのきばの前。○何事… 何事は、以下のことはどうした事かといえばの意。後句、明年のこの節には愚かな自分の晩成の才を示すことだろうから(原注「朕才似二晩成一、人可レ不レ見レ毀」)。底本訓「愚王ニ」。

174 →173(「菊花」は雑言奉和のまま)、宇多帝の勅命に応じ、韻字「晞」が当って。作者は当日の講師。【典】奉和。【韻】飛・暉・闈・機・晞、上平微韻。○驚看る… 秋景は秋の日。晩暉は夕日の光。○問ふ… 孤叢はひとむらの菊。一種はすべて同じ。中晩唐によく使用される俗語的用法。宮闈は宮中の奥御殿、小門。○人を… 後句、錦の如き菊のあや(美しさ)は機(はた)を用いて織ったものではない。

宴《えん》を賜《たま》ひて尋常《じんじやう》猶《なほ》酔《ゑ》ふべし　況乎《いはんや》恩湛《おんたん》露《つゆ》晞《かは》き難《がた》きをや

林子曰はく、「制《せい》に応ず」の意に協《かな》ふ。句《く》亦《また》恰好《かつかう》、と。

175　同じく、「深《しん》」の字を探《さぐ》る　島田忠臣《しまだのただおみ》

神八井耳命《かんやゐみみのみこと》自《よ》り出づ

一叢《いつそう》の寒菊《かんぎく》千金《せんきん》咲《さ》く　夜《よる》残栄《ざんえい》を翫《もてあそ》んで秋深《ふか》からんと欲《ほつ》す

月桂香《げつけいかをり》を混《こん》じて檻外《かんぐわい》に依《よ》り　燈花《とうくわ》色を和《わ》して紗陰《さいん》を隔《へだ》つ

簾《すだれ》星苑《せいゑん》に褰《かか》げて陶籬《たうり》接《せつ》し　閤《たかどの》天潢《てんくわう》に倚《よ》つて酈水《りすい》侵《をか》す

藂珠宮裡《ずいしゆきゆうり》の観《みもの》を除却《ぢよきやく》す　此《こ》の夕《ゆふべ》乾臨《けんりん》を拝《はい》するが如《ごと》きはあらず

林子曰はく、是亦《これまた》「制に応ず」の体《てい》を得《う》。然《しか》れども前詩《ぜんし》に如《し》かず、と。

176　同じく、「籬《り》」の字を得たり　小《を》野《のの》滋《しげ》陰《かげ》

何処《いづれのところ》にか残菊《ざんぎく》を翫《もてあそ》ばん　清商《せいしやう》晩れんと欲《ほつ》する時《とき》

金花《きんくわ》北闕《ほくけつ》に留《とど》め　玉蘂《ぎよくずい》東籬《とうり》に少《まれ》なり

白霧《はくむ》紅粉《こうふん》に凝《こ》り　丹霜《たんさう》素糸《そし》を染《そ》む

聖君《せいくん》殊《こと》に愛惜《あいせき》　酈《り》県《けん》是《これ》移《うつ》す応《べ》し

○宴を…　尋常は常に、いつも。後句、天子のめぐみの露が滋くて乾くことがない(毛詩・小雅・湛露)。一第七・八句をさす。

175　→174、韻字をさぐって「深」の字が当って。囲奉和。韻金・深・陰・侵・臨、下平侵韻。○一叢…「咲三千金二」は千金に値するかの如く。底本「千金ヲ咲(わら)フ」を改訓。残栄は咲き残る花。○月桂…　月光と灯を配した夜の菊の描写。前句、月光(月の桂)がその香(桂の縁語)を菊の芳香に混じて手すりの外に寄り添う。「和レ色」は菊の色と調和する。紗陰は薄絹のとばりの陰。○簾…　星苑は星の如く咲く菊の園。底本「星花」。陶籬は陶淵明の家の菊のさく垣根(「飲酒二十首」其五「采レ菊東籬下」)。天潢は天の川。倚はよりかかる。酈水は河南省南陽県の川の名、上流にある菊の滋液を含む水を飲むと長寿を得るという(初学記・菊)。侵は、ここは御溝水(みかわみず)を暗示。宮中の御溝水が流れること。○藂珠…　菊花のしべや玉で飾られた仙人の宮殿の見ものを除いて(「却」は助字)、今夜の天臨(「乾」は天)を拝することに匹敵するものはない。一第七・八句をさす。

176　→174、「籬」の韻字が当って。囲奉和。韻時・籬・糸・移、上平支韻。○何処…　清商は清く涼しい秋。○金花…　金花は菊の花。北闕は宮中の北の門、内裏。東籬→175「陶籬」。

林子曰はく、二《に》[一]聯恰好《れんかつかう》、と。

177 同じく、「燈《とう》」の字を得たり　藤原菅根《ふぢはらのすがね》 武智麻呂《むちまろ》の来孫《らいそん》

仙叢省禁繞階の滝《せんそうしやうきんぜうかいしよう》　黄《き》は黄金《わうごん》に似《に》白《しろ》は氷《こほり》に似たり
籬朶《りだ》秋深《ふか》うして柳園《りうゑん》に非《あら》ず　砌花夜久《せいくわよる》しうして蘭燈《らんとう》に映《えい》ず
宮人目《きゆうじんめ》を側《そば》めて摧尽《さいじん》すと雖《いへど》も　聖主憐《せいしゆあはれみ》を降《くだ》して犯凌《をかし》を免《まぬか》る
終《つひ》に両三霜後《りやうさんさうご》の色有り　天長歳寒《てんちやうさいかん》の徴《めし》に献《けん》ず応《べ》し

林子曰はく、此の詩の可否《かひ》、姑《しばら》く是《これ》を舎《を》く。[一]菅根《すがね》曾《かつ》て菅丞相《かんしようじやう》の薦挙《せんきよ》を被《かうむ》るときは、則《すなは》ち公《こう》、彼《か》の才《さい》を取る所《ところ》有る乎《か》。然《しか》れども彼[二]時平《かれときひら》に附《つ》いて公を傾《かたぶ》く、猶《なを》[三]邢恕《けいじよ》が伊川《いせん》に於《お》けるがごとき乎《か》。或《あるひと》の曰はく、「[四]菅根辨官為《べんくわんた》るとき、公の怒《いかり》に触《ふ》る。公笏《しやく》を以《もつ》て其の面《おもて》を打つ。故に彼怨《かれうらみ》を含《ふく》んで時平《ときひら》に党《くみ》す」と。未《いま》だ知らず、果《はた》して然《しか》るや否《いな》や、と。

178 同じく、「花《くわ》」の字を得たり　藤原直方《ふぢはらのなほかた》 良相《よしすけ》の子

晩秋尽《ばんしうつ》きんと欲《ほつ》し景将《ひかりまさ》に斜《なな》めならんとす　愛翫《あいぐわん》す深宮残菊花《しんきゆうざんぎくくわ》

○白霧… 前句、白い霧(秋の霧とも)が菊の花に凝集する意。後句、木の葉を赤く染める霜が織りなす糸を白く染める。○聖君… ここは宇多帝。後句、酈県の菊(→175「酈水」)をここに移して長寿にあやかられますよう。一 第三・四句と第五・六句の二つの対句。

177 →174、韻字「燈」の字が当って。興奉和。韻滝・氷・燈・凌・徴、下平蒸韻。○仙叢… 前句、宮中の菊の草むらはきざはしをめぐって流れる御溝水の辺にある。滝は河南省の池名とも川名とも。韻の関係上この字を用いたか。黄は黄菊、白は白菊。○籬朶… 籬朶は垣根の辺の菊花の枝。「非二柳園一」は柳が秋を待って早く散るためにこういったもの(世説新語・言語篇)。底本「非柳圏」、浅草文庫本雑言奉和による。砌花は石だたみの辺に咲く菊の花。蘭燈は蘭香を混ぜた油をもやす美しいともし火。○宮人… 「側レ目」は横目で冷たくみる。摧尽はすっかり菊を引き抜く。聖主は宇多帝。「犯凌」(底本の訓読符は誤りか)は凌ぎおかす、ここは取り払う。○終に… 両三は二、三の残菊。「天長」云々は末長き天子の寒い季節のお召しの宴。歳寒は変らぬ忠節を暗示(論語・子罕篇)。一 寛平九年(八九七)道真は菅根に従五位上大内記を授けられるよう奏上(菅家文草・九)。二 左大臣藤原時平。三 北宋の人。程顥(ていこう)の門下。司馬

銀臺芬馥《ぎんだいふんぷく》の色《いろ》を道《い》はんと欲《ほつ》す　黄金数朶《わうごんすうだ》陶家《たうか》に異《こと》なり

179 同じく、「叢《そう》」の字を探《さぐ》る　平惟範《たひらのこれのり》　桓武《くわんむ》の曾孫《そうそん》、高棟《たかむね》王の子

秋風《しうふう》を送尽《おくりつく》して百草空《ひやくさうむな》し　禁闈《きんゐ》孤《ひと》り菊の叢《くさむら》に残《のこ》る有り
花光《くわくわう》の暮《くれ》と秋光《しうくわう》の暮《くれ》と　一種蕭条翫惜《いつしゆせうでうぐわんせき》の中《うち》

180 同じく、「稀《き》」の字を探る　藤原滋実《ふぢはらのしげざね》　武智麻呂《むちまろ》の来孫《らいそん》

時木落《ときぼくらく》に臨《のぞ》んで百叢微《ひやくそうかす》かなり　惜《を》しむべし黄花紫《くわうくわむらさき》に変《へん》じて稀《まれ》なることを
秋風《しうふう》に憑託《ひようたく》して留《とど》めて散《さん》ずること莫《なか》れ　是尤《これもつと》も仙殿万年《せんでんばんねん》の暉《ひかり》

181 同じく、「残《ざん》」の字を探る　藤原定国《ふぢはらのさだくに》　高藤《たかふぢ》の子

惜《を》しむべし素秋花菊《そしうくわぎく》の朶《えだ》　時来《ときき》たりて憐《あはれみ》見る晩光《ばんくわう》の寒《さむ》きことを
何《なん》に因《よ》つてか今夜《このよ》心情切《しんじやうせつ》なる　洞裏《とうり》の仙庭一色残《せんていいつしよくのこ》る

林子曰はく、右四絶句《みぎ一ぜつく》、意到《いいた》り句《く》到らず、と。

光の門にも出入、後に司馬光を陥れ、程顥の弟伊川(程頤)との間にすきまが生じた(宋史・姦臣伝、道学伝)。四 江談抄・三・雑事「菅根与二菅家一不快事」「菅家被レ打二菅根頰一事」。

178 →174、韻字「花」の字が当って。典奉和。韻斜・花・家、下平麻韻。○晩秋… 深宮は宮中。○銀臺… 前句、楼台(なうて)の辺の菊の芳香の色のことを述べようとするに。黄金→176「金花」。「異二陶家一」はあの陶淵明の家の菊とは別の風趣がある。→175「陶籬」。

179 →174、韻字「叢」の字が当って。典奉和。韻空・叢・中、上平東韻。○秋風… 禁闈は宮闈(→174)に同じ、宮中。残はいたましく残る。以下の「残」にもこの気味がある。○花光… 花光はつややかな色をもつ菊の花。後句、二つながら共にものさびしい、ゆく秋を惜しんで菊をめでるとき。一種→174。

180 →174、韻字「稀」の字が当って。典奉和。韻微・稀・暉、上平微韻。○時… 木落は落葉の季節の秋。○秋風… 秋風よ、この花を散らさないでおくれ、とくに菊は宮中にいつ迄も光り咲くめでたい花なのだから。憑託はよりかかる、頼む。

181 →174、韻字「残」の字が当って。典奉和。韻寒・残、上平寒韻。○惜しむ… 素秋は秋。素は白色、五行思想の秋に当る。晩光は夕日の光。○何に… 後句、宮中の庭にた

182　同じく、「群《ぐん》」の字を探る　　橘 公緒《たちばなのきんを》　広相《ひろみ》の子

九月《きうぐわつ》　秋将《まさ》に尽《つ》きんとす　天臨菊芬《てんりんきくふん》を翫《もてあそ》ぶ
色は庭上《ていじやう》の燎《れう》に和《わ》し　香《かをり》は閣中《かくちゆう》の芸《うん》に混《こん》ず
酒客《しゆかくよ》攀ぢて相伴《あひともな》ひ　詩仙《しせんまと》繞ひて群《むれ》を作《な》す
五更《ごかう》猶《なを》未《いま》だ睡《ねむ》らず　共《とも》に詠《えい》ず舜《しゆん》の南薫《なんくん》

林子曰はく、二《に》[一]聯《れん》恰好《かつかう》。末[二]句《まつく》夏《なつ》の景《けい》を詠《えい》ずるに似たり、と。

183　同じく、「釵《さ》」の字を探る　　藤原如道《ふぢはらのゆきみち》　武智麻呂《むちまろ》の曷孫《こんそん》

紫禁秋天《しきんしうてんく》晩れ　夜来残菊《やらいざんぎく》奢《おご》る
軒前《けんぜん》雪を凝《こ》らして聳《そび》へ　臺上霜《だいじやうしも》を帯《お》びて斜《なな》めなり
錦《にしき》を裁《た》つ純青《じゆんせい》の葉　珠《たま》を点《てん》ず半白《はんぱく》の花
蕭条《せうでう》朶《えだ》を垂《た》るる処《ところ》　舞人《ぶじん》の釵《かんざし》を擲《な》ぐるに似《に》たり

林子曰はく、「奢《しや》」の字、菊《きく》と相応《さうおう》せず、と。

だ菊だけが衰えて残る。一色は同じ色。―178より181までの四つの絶句は内容はよいが、句の表現が不十分。

182　↓174、韻字「群」の字が当って。【興】奉和。【韻】芬・芸・群・薫、上平文韻。○九月…　天臨は天子の臨席、天子。菊芬は菊の芳香。○色は…　燎はかがり火。後句、菊の香は宮中の書庫の香草とまじりあう。「芸」は香草の一種、書物の間に挟んで虫よけとする。○酒客…　前句、酒好きの客がつれだって来て花を引きたわめる。詩仙は詩人たち。○五更…　明け方、午前四時ごろ。後句、帝舜が五絃琴を作り「南風の詩」(「南風之薫兮」云々)を歌った故事のように詩宴の人々が共に太平の歌を歌って聖代をことほぐ(芸文類聚・帝王部)。一 第三・四句と第五・六句。二 南風(薫風)が一般に夏の風を指すためにこのようにいったもの。

183　↓174、韻字「釵」の字が当って。【興】奉和。【韻】奢・斜・花・釵、下平麻韻。○紫禁…　紫禁は宮中。夜来は夜に入って、「来」は助字。奢は咲きほこる。○軒前…　のきばの前には雪を固まらせたように白菊が固まって高く、高殿には霜を帯びたように白菊が斜に垂れる。○錦を…「裁レ錦」は錦を仕立てる。後句、なかば白い菊花の玉を点々と散らす。○蕭条…　後句、舞を終えた舞い人がかんざしをほうり出すように一抹のさびしさを感じさせる。

184 同じく、「清《せい》」の字を探《さぐ》る

源湛《みなもとのたたふ》　嵯峨《さが》の皇孫《くわうそん》、源清《みなもとのきよし》の子

三秋《さんしう》已《すでに》尽《つ》きて冬律《とうりつ》に変《へん》ず　残菊霜《ざんぎくしも》を承《う》く一両茎《いちりやうけい》
香《かをり》独《ひと》り梅に先《さき》んじ暁月《げうげつ》に飛んで　色白雪《はくせつ》に同じうして夕燈清《せきとうきよ》し

185 同じく、「心《しん》」の字を探る

藤原老快《ふぢはらのらうくわい》　常嗣《つねつぐ》の曾孫《そうそん》。「老」一に「孝」に作る

三秋《さんしう》已《すでに》晩《く》れて千花《せんくわ》尽く　紫禁《しきん》の孤叢鬱金《こそううつこん》に似たり
微臣残悴《びしんざんすい》の色に異《こと》ならず　將《まさ》に濃露《のうろ》を含《ふく》んで丹心《たんしん》を表《あら》はさんとす

林子曰はく、群作共《ぐんさくとも》に菊の美《び》を言ふ。是《これ》独《ひと》り残花《ざんくわ》を以《もつ》て自《みづから》譬《たと》ふ。亦奇《またき》ならず乎《や》、と。

186 同じく、「香《かう》」の字を探る

藤原有頼《ふぢはらのありより》　魚名《うをな》の来孫《らいそん》、山陰《やまかげ》の子《こ》

禁省花《きんしやうはな》を翫《もてあそ》んで秋恨長《しうこんなが》し　是《これ》風気《ふうき》の芬芳《ふんぱう》を散《さん》ずるに因《よ》る
孤叢《こそう》白うして流光《りうくわう》の日に映《えい》じ　数片紅《すうへんくれなゐ》にして殺色《さつしよく》の霜に逢《あ》ふ

184 ↓174、韻字「清」の字が当って。興奉和。韻茎・清、下平庚韻。○三秋… 三秋は秋三か月、秋。冬律は冬(「律」は時候の変化、律暦)。一両茎は菊の一つ二つのくき。○香… 「先レ梅」云々は梅の咲く前にあかつきの月に向かって香を放つ意。

185 ↓174、韻字「心」の字が当って。作者を仮に「孝快」とすれば、常嗣の弟氏宗の孫となる。興奉和。韻金・心、下平侵韻。○三秋… 紫禁↓183。孤叢↓174。鬱金は鬱金香に同じく、黄色の香草。白詩2774「満園花菊鬱金黄、中有ニ孤叢一色似レ霜」。○微臣… 前句、臣下の自分は菊と同じくやつれて衰えた顔色をしている。後句、底本「含将」を「将含」(雑言奉和)に改め、改訓する。菊に置く濃い露の如きしたたる露を含みつつ忠誠の真心を表わそうとする次第。「濃露」は毛詩・小雅の「湛露」を暗示しよう。一 非凡ではないか。

186 ↓174、韻字「香」の字が当って。興奉和。韻長・芳・霜・香・王、下平陽韻。○禁省… 禁省は宮中。秋恨は秋にいだくかなわぬうらみ。下句にその理由を述べる。芬芳は菊の芳香。○孤叢… 「流光日」は移り流れる夕日。「殺色霜」は花の色をそこなう霜。○桂聚… 二句擬人化。桂聚は香木の桂(木犀の類)の群生。「可レ慙」は恥かしく思うほどだ。後句、まず咲いて香を放つ梅園の梅も菊の香に対してねたましく思うほど

桂聚《けいしゆう》は塹《は》づべし独《ひと》り自《みづか》ら盛《さか》んなることを　梅園《ばいゑん》正《まさ》に妬《ねた》む発《さ》いて先《ま》づ香《かを》ることを
瓊漿《けいしやう》本《もと》より自《より》凡草《ぼんさう》に殊《こと》なり　只《ただ》栽来《さいらい》して聖王《せいわう》に献《けん》ずるに任《まか》す

林子曰はく、一頷聯《がんれん》稍《やや》好《よ》し。二頸聯《けいれん》意到《いた》り句《く》未《いま》だ到らず、と。

右作者《みぎさくしや》十三人、三題《だい》を同《おな》じうして字を探《さぐ》る。雅興《がきよう》と謂《い》ひつべし。然《しか》れども皆驪《みなり》四珠《しゆ》を探《さぐ》らんと欲して、僅《わづ》かに鱗甲《りんかふ》を得る者乎《ものか》。就中《このなか》五八句は高尚稍優《たかなほややまさ》れり、絶《ぜつ》句《く》は老快奇《らうくわいき》六を出《いだ》す。就思《ついておも》ふに此等《これら》の群臣《ぐんしん》、即席《そくせき》詩を言ふこと此《か》くの如《ごと》し。然《しか》れども、定国独《さだくにひと》り椒房《せうばう》七の親《おや》を以《もつ》て後来貴《こうらいき》八顕《けん》。源湛《みなもとのたたふ》・惟範《これのりら》等の如きは共《とも》に是《これ》皇胤《くわういん》、其の才《さい》定国に劣《おと》るべからず。公緒《きんを》・如道《ゆきみち》・有頼《ありより》の如きは、此《こ》の時猶《ときなを》九蔭子《おんし》為《た》り、年少《ねんせう》を以て其の列《れつ》に入る。其餘《そのほか》多くは是下位《これかゐ》に居《きよ》して顕達《けんたつ》せず。此の外《ほか》是《これ》に由《よ》つて之《これ》を観《み》れば、則《すなは》ち此の宴《えん》、才《さい》を試《こころ》む、何《なん》の益《えき》か之《これ》有らん。此の外大蔵善行《おほくらのよしゆき》其の列《れつ》に在り。一〇下《しも》に載《の》するを以《もつ》て、故に之《これ》を略《りやく》す。

187
「菅氏三代家集《かんしさんだいかしふ》」に題《だい》す　醍《だい》醐《ご》天《てん》皇《わう》

門風《もんぷう》古《いにしへ》自《よ》り是儒林《これじゆりん》　今日文華《こんにちぶんくわ》皆悉《みなことごと》く金《きん》
唯一聯《ただいちれん》を詠《えい》じて気味《きみ》を知る　況《いはん》や三代《さんだい》を連《つら》ねて清吟《せいぎん》に飽《あ》く
琢磨《たくま》寒玉声声麗《かんぎよくせいせいうるは》しく　裁製餘霞《さいせいよか》句句《くく》侵《をか》す

だ。○瓊漿…　瓊漿は玉の如き立派な飲み物、酈県の菊の長寿を保つ滋液をいう(→175「酈水」)。本自の「自」は助字。栽来は菊をうえる。「来」は動詞に続く助字。底本欠。雑言奉和による。聖王は聖君宇多帝。一第三・四句。二第五・六句。「意到…」→181注一。三但し雑言奉和は本書の174以下の詩題中、「菊花」を「残菊」、「探」「得」を「探得」に作る。四驪竜という黒竜のあごの下にある玉を得ようとしてうろこと甲羅の如きつまらないものを得る(荘子・列禦寇)。五律詩。六→185注一。七皇后。延喜三年(九〇三)定国の娘和香子が醍醐帝の女御となる。八後に大納言従三位。九五位以上の父祖の蔭(おかげ)で官を得た者。一〇後出189。

187　菅原氏三代の家集を読みそれについての感想を詩書に書きつけて。→林子評。典後集(詩題「見三右丞相献二家集一」)。韻林・金・吟・侵・深、下平侵韻。○門風…　門風は菅原家儒学の家風。文華は詩文。白詩0421「珍重八十字、字字化為レ金」。○唯…　気味は詩のかもす風味。○琢磨…　前句は詩の美しい響を磨いて澄んだ玉の響にたとえ、後句は推敲した詩の各句の美しさを夕映えの空に残る彩雲や靄にたとえたもの(白詩2318「声々麗曲敲二寒玉一、句々妍辞綴二色糸一」)。○更に…　白様は白居易の平俗な詩風。後句、今後、白氏文集七十巻を

更《さら》に菅家《かんけ》白様《はくやう》に勝《まさ》れる有り　茲従《ここよ》り抛却《はうきやく》して匣塵《かふぢん》深し

林子曰はく、[一]『菅氏家伝《かんしかでん》』に謂《い》はく、「昌泰《しやうたい》三年、右大臣菅公其《うだいじんかんこうそ》の三代の家集《かしふ》二十八巻を奏進《そうしん》す」と。所謂《いはゆる》三代は清公《きよとも》・是善及《これよしおよ》び公《こう》也。天皇之《これ》を感賞《かんしやう》し、御製《ぎよせい》八句を賜《たま》ふ、即《すなは》ち此の詩也。末句《まつく》、「善《よ》く[二]『三代家集』を読むときは、則《すなは》ち『白氏文集《はくしぶんじふ》』亦抛却《またはうきやく》すべし」と。然《しか》れども明年《みやうねん》公貶謫《へんたく》の譴《とが》に遇《あ》ふときは、則ち『家集』却《かへ》つて抛擲《はうてき》せ被《ら》るべき乎《か》。貶謫の譴は公一代《いちだい》の不幸《ふかう》也。御製果《はた》して世に伝はるときは、則ち彼《か》の家累葉《いへるいえふ》[三]の華衮《くわこん》也。其の巻数《くわんすう》に就《つ》いて之《これ》を按《あん》ずるときは、則《すなは》ち公の集今存《しふいまぞん》ずる者《もの》十二巻、乃《いま》[四]し其《そ》の自《みづか》ら編《あ》む所《ところ》か乎。二代の集今《いま》伝はらず。[五]清公の詩は岑守《みねもり》・仲雄《なかを》・貞主《さだぬし》が採択《さいたく》する所《ところ》、其《そ》の十《じふ》が一《いち》を存《ぞん》ずるときは則《すなは》ち猶足《なほた》れり。唯是善《ただこれよし》作る所、僅《わづ》かに[六]『明衡文粋《めいがうぶんすい》』載《の》する所、及《およ》び[七]「高雄鐘銘《たかをしようのめい》」而已《のみ》。[八]其の詩未《いま》だ一首を得ず、以て痛恨《つうこん》すべし。然《しか》れども[九]『文徳実録《もんどくじつろく》』多《おほ》く是是善《はこれこれよし》の手沢《しゆたく》、亦幸《またさいは》ひならず乎《や》、と。

188 秋日城南水石亭《しうじつじやうなんすいせきのてい》に於《お》いて、蔵大師七旬《ざうのたいししちじゆん》を祝《しゆく》す

蔵大師は大蔵善行《おほくらのよしゆき》也。
水石亭は時平《ときひら》の別業《べつげふ》

藤原《ふぢはらの》時《とき》平《ひら》

苦《く》学流蛍《がくりうけい》を聚《あつ》めて自従《よ》り　稽古《けいこ》年深《としふか》うして徳尚馨《とくなほかうば》し

投げすてて開かず、書箱の塵は深く積もるだろう(白詩3086「旧巻生レ塵篋笥深」)。一 菅原御伝記か(荏柄天神社本菅原伝にも類似文あり)。昌泰三年(九〇〇)八月十六日の条。二十八巻は清公六巻、是善十巻、道真十二巻。献上の次第は菅家後集「献二家集一状」参照。二 昌泰四年正月二十五日大宰権帥に左遷。三 代々の賜わった天子の御衣、「華」は美称。四 即ちの意。→42。五 凌雲集(小野岑守らの撰)四首、文華秀麗集(仲雄王らの撰)七首、経国集(滋野貞主らの撰)五首、雑言奉和一首。六 本朝文粋・九「暮春南亜相山庄尚歯会詩序」。七「神護寺(じんごじ)鐘銘」、現存(橘広相の序、是善の銘、藤原敏行の書、いわゆる「三絶の鐘」)。八 類聚句題抄に二聯(「尋二山人一不レ遇」)、梅城録に引用の菅相公集に一聯を残す。九 元慶三年(八七九)の序に藤原基経・島田忠臣らと共に撰進者として名を連ねる。手沢は手のあか。

188 秋の日に平安京の南方水石亭(宇治附近か)で大蔵先生の七十歳の賀を祝して。大師は大先生、時平はその門下生。別業は別荘。「左大臣(時平)於二城南水閣一賀二大蔵善行七旬算一賦レ詩」(日本紀略・延喜元年(九〇一)九月十五日)。興奉和。韻 蛍・馨・星、下平青韻。○苦学…前句、蛍を集め灯火の代りとして苦学した晋の車胤の故事(蒙求・車胤聚レ蛍)。稽古は学問。○応に… 秋の

応《まさ》に城南今日《じやうなんこんにち》の会《くわい》に似たるべし　秋郊仰拝《しうかうあふぎはい》す老人星《らうじんせい》

189　丞相城南水石亭《しようじやうじやうなんすいせきのてい》に恩祝《おんしゆく》を賜《たま》ふ、教《けう》に応《おう》ず　大蔵善行《おほくらのよしゆき》　漢《かん》の霊帝《れいてい》自《よ》り出づ

草木《さうもく》秋に在《あ》つて地毛《ちもう》を縮《ちぢ》む　人急景《きふけい》に逢《あ》うて孤包《こはう》を慶《よろこ》ぶ

学《まな》んで道藝《だうげい》を成《な》す才貧素《さいひんそ》　瑩《みが》いて声名《せいめい》を払《はら》ふ価富豪《あたひふがう》

寿縦《よはひたと》ひ七旬寧《しちじゆんむし》ろ短《みじか》しと作《な》さんや　官纔《くわんわづ》かに五品尚高《ごほんなほ》しと為《す》

空《むな》しく客難《かくなん》を遺《のこ》し仙菓《せんくわ》を偸《ぬす》む　東方曼倩《とうばうまんせん》に向《むか》つて嘲《あざけ》るべし

林子曰はく、時平曾《[一]ときひらかつ》て善行《よしゆき》を師《し》として学問《がくもん》す。且《か》つ勅《[二]ちよく》を奉《ほう》じ善行を使《し》て『三代《さんだい》実録《じつろく》』を修《しう》せしむ。其の旧好有《きうかうあ》ること久矣《ひさし》。延喜元年《えんぎぐわんねん》の春、菅丞相《[三]かんしようじやう》左遷《させん》、時平独専《ひとりもつぱ》らなり。其の秋此《こ》の会《くわい》を設《まう》く。一時《[四]いちじ》の俊秀《しゆんしう》を聚《あつ》めて、善行七秩《[五]しちちつ》を賀《が》す、其の礼至矣《れいいたれり》。善行に在つては則《すなは》ち稽古《[六]けいこ》の力《ちから》と謂《い》ひつべし。時平左府《[七]さふ》の貴《たつとき》を以《も》つて自《みづか》ら称《しよう》して門生《もんせい》と曰ふ。詩中亦殷勤也《しちゆうまたいんぎん》。然《しか》れども善行才《さい》有つて齢高《よはひたか》し。既《すで》に修《しう》史《し》の功《こう》有り、且《か》つ弟子《でし》の貴《たつとき》有つて、爵五品《しやくごほん》に過《す》ぎず、官纔《くわんわづ》かに大外記《[八]だいげき》。何為《なんすれ》ぞ其然《それしか》らん乎《や》。是《これ》に由《よ》つて之《これ》を観《み》れば、則ち時平《ときひら》の師《し》を礼《れい》する、名《めい》有つて実無《じつな》き者乎《ものか》。

善行《よしゆき》作る所《ところ》、頸聯亦心無《けいれんまたこころな》きに非《あら》ず、且《か》つ東方朔《とうばうさく》を以て詩料《[九]しれう》と為《な》す。良《まこと》に以有《ゆへ》

野で老人星を仰ぎ拝するのは、きっと今日の祝賀会で老人という寿星である大師を拝するに似ているといえよう。老人星は、三善清行「革命勘文」に「直孤星北地有二一大星一。是為二老人星一。見則治平主レ寿、常以二秋分一候二之南郊一」(群書類従)とみえる。

189　左大臣藤原時平卿が城南の水石亭で私の七十の賀をお祝いくださって、左大臣の命による。興奉和(「秋日陪二左丞相…一」第一首)。韻毛・包・豪・高・嘲、下平豪(高、通用)韻。○草木… 「縮二地毛一」は地に生える草が収縮する、衰える。急景は足ばやに過ぎる日の光。孤包は未詳。包(苞)は草木の繁る意もあり、菊などの孤叢(→174)と同じく、自分ひとり元気なことをさすか。つまり七十の私を祝慶して下さってうれしいの意。○学んで… 道藝は学芸。後句、玉をみがくように名声を輝かすことは富に値するほど困難。○寿… 前句、たとえ七十歳でも短くはない。寧は反語、一般にイヅクンゾと訓む。五品は五位、当時彼は従五位上。○空しく… 前句改訓。漢の東方朔(字は曼倩)は、自分の官位の低いことを上書し自ら慰めた「答二客難一」(文選・四十五)を空しく残し、また不老長寿の仙界の桃を盗んだりしたが(漢武故事)、わたしは官位にも寿命にも満足、だから東方朔を嘲笑してやろう。一 雑言奉和・紀長谷雄の

(以下、一四四頁につづく)

る也。善行又《また》一首を作る。其の二聯《にれん》に曰はく、「竹《たけ》[一〇]に騎《の》る遊童昨日《いうどうさくじつ》の如《ごと》し、懸《けん》車《しや》の退老忽《たいらうたちま》ち今朝《こんてう》、身《み》[一一]を扶《たす》く藜杖三径《れいぢやうさんけい》に随《したが》ひ、徳《とく》を恋《した》ふ台星九霄《たいせいきうせう》を仰《あふ》ぐ」と。是《ここ》に知んぬ、彼《か》の才亦尋常《さいまたじんじやう》の墨客《ぼくかく》に超越《てうゑつ》することを、と。

190 秋日左丞相城南水石亭《しうじつさしようじやうじやうなんすいせきのてい》に陪《ばい》して、蔵外史大夫《ざうのぐわいしたいふ》の七旬《しちじゆん》の秋《とし》を祝《しゆく》す、教《けう》に応《おう》ず

紀長谷雄《きのはせを》　麻呂《まろ》の曩孫《こんそん》

吾《わ》が師《し》初《はじ》めて七旬の秋に満《み》つ　満腹昭昭是九流《まんぷくせうせうこれきうりう》
司馬晩年史《しばばんねんし》を修《しう》し了《をは》り　尚平残暮家《しやうへいざんぼいへ》を念《ねん》じて休《きう》す
松寒《まつさむ》うして未《いま》だ霜枝《さうし》の変《へん》有らず　鶴老《つるお》いて終《つひ》に雪鬢《せつびん》の愁《うれ》ひ無《な》し
丞相顧思《こし》す惇誨《じゆんくわい》の徳《とく》　一朝《いつてう》の恩祝百齢《おんしゆくひやくれい》の酬《しう》

林子曰はく、長谷雄《はせを》、一名《いちめい》[一]発昭、字《あざな》は寛、其《そ》の才名菅丞相《さいめいかんしようじやう》と並称《ならびしよう》せらる。寛《くわん》[二]平《へい》の朝《てう》、菅公《かんこう》を遣唐大使《けんたうたいし》に任《にん》じ長谷雄を副使《ふくし》と為《す》。然《しか》れども大唐《だいたう》[三]の乱《らん》に会《あ》つて罷《や》む。然《しか》るときは則《すなは》ち其の才《さい》、公《こう》の亜匹《あひつ》[四]為ること知んぬべし。此の時公既《すで》に配《はい》[五]流《る》、長谷雄一時《いちじ》[六]の為《ため》に推《お》さ被《る》。故に時平《ときひら》の旨《むね》を受《う》けて序《じよ》を作り、其の詩圧巻《あつくわん》[七]に載《の》す。破題《はだい》[八]善行《よしゆき》を称《しよう》して老儒《らうじゆ》と為《す》。此の時、善行『実録《じつろく》』[九]を修《しう》し了《をは》り帰田《きでん》を乞《こ》ふ。故に、頷聯《がんれん》「司馬《しば》・尚平《しやうへい》」が事《こと》を言ふ、頸聯《けいれん》其の老《お》いて猶壮健《なほさうけん》を言ふ、末《まつ》

一〇 竹馬に乗って遊んだ子供の頃は昨日のように思われるのに、忽ち今日は退官する老いの身。懸車は車をかけて用いないこと、退官する七十歳をいう。一一 前句、一年草であるあかざで作った老人用の軽い杖に身をまかせて隠居生活を送る。三径は隠者の庭(三輔決録・漢人蔣詡の故事。→80)。後句、徳を慕いつつ空にある星座の如き左大臣閣下を迎ぎみる次第。台星は上・中・下三台の三星からなる星座、三公の位に当てる。九霄は空の九つの分野、大空。

190 秋の日に左大臣時平の城南の水石亭(→188)に陪席し、従五位上大外記大蔵善行の七十歳の賀を祝って、左大臣の命による。【興】奉和。【韻】秋・流・休・愁・酬、下平尤韻。○吾が……　吾師は大蔵善行。初はいま。秋は歳。後句、何事も満腹するほど十分明らかに知りつくしこれこそ博学の人だ。九流は先秦時代の儒家・道家などの九学派。○司馬……　二句、善行が致仕表を奉ったことを故事になぞらえたもの。→林子評。司馬は史記の撰者司馬遷。尚平は後漢尚長(子平)。隠遁して出仕せず、子女の結婚後は行方知れずになる(芸文類聚・隠逸)。「残暮…」は晩年家族の事を思って退官する。○松……　前句、善行の変らぬ節操のたとえ(論語・子罕篇)。寒さにも霜置く松の枝は凋まない。後句、文選・雪賦・李善注「相鶴経曰、鶴千六百年…色白、復

句《く》、左丞相彼《さしようじやうかれ》を祝《いは》ふことの厚《あつ》きを言ふ。謂《い》ひつべし、句意《くい》共到《ともにいた》ると、と。

191 同　じ　く　　　藤原興範《ふぢはらのおきのり》　宇合《うかふ》の来孫《らいそん》

相公何事《しやうこうなにごと》ぞ会雲《くわいくも》を披《ひら》く　是吾師《これわがし》七十《しちじふ》の曛《くん》の為《ため》なり
水石亭辺相賀《すいせきのていへんあひが》する処《ところ》　文章博士《もんじやうはかせ》君《きみ》に如《し》かず

林子曰はく、此《こ》の詩《し》拙劣《つたなし》、と。

192 同　じ　く　　　三善清行《みよしのきよゆき》　百済国自《くだらのくによ》り出づ

鳴桐半燼《めいとうなかばもえのこ》して知音《ちいん》に遇《あ》ふ　七十還《かへ》つて悲しむ雪鬢《せつびん》の侵《をか》すことを
老《おい》を計《はか》つて自《みづか》ら栽《う》ふ松百尺《まつひやくしやく》　高《たかき》を挍《はか》つて平《たひ》らかに対《たい》す嶺千尋《みねせんじん》
紫芝《しし》未《いま》だ変《へん》ぜず南山《なんざん》の想《おもひ》　丹露《たんろ》猶凝《なをこ》らす北闕《ほくけつ》の心《こころ》
暮歯《ぼし》豈《あに》忘れんや疏傅《そふ》が志《こころざし》　相府篤恩《しやうふとくおん》の深《ふかき》に繋《つな》がる応《べ》し

林子曰はく、此の詩高《たか》うして俗《ぞく》ならず。専《もつぱ》ら善行老《よしゆきお》いて一時《いちじ》の栄《えい》に遇《あ》ふことを言ふ。其《そ》の譬喩《ひゆ》固《まことに》当《あた》れり。然《しか》れども阿諛《あゆ》の意無《いな》し。賀祝《がしゆく》の席《せき》に在《あ》つて「悲」の字を用ふ。「未だ南山の想《おもひ》を変《へん》ぜず」と言つて、「猶凝《なをこ》らす北闕《ほくけつ》の心」を以《もつ》て

二千年大毛落、茸毛生、色雪色」を踏まえ、善行の壮健な七十歳にたとえたもの。○丞相…　「惇誨徳」は善行がねんごろに教えてくれた徳(文選・西都賦「惇悔故老」)。一朝はこのたび。恩祝→189詩題。「百齢酬」は上寿百歳を願って乾杯する。一 長谷雄を唐人風に表記したもの。「紀長谷雄字紀寛」(桂林遺芳抄・字事)。二 宇多天皇朝。二人の任命は寛平六年(八九四)八月二十一日、九月三十日停止(日本紀略)。三 李茂貞の長安侵入のため晩唐昭宗の出奔などをいう。四 同類につぐ、類似のたぐい。五 大宰権帥左遷(→187注二)。この賀宴の八か月前に当る。六 その当日の状況によって。七 詩巻の巻頭。八 詩の最初の句。九 三代実録。「乞ニ帰田一」は致仕表を提出すること。

191 →190。興奉和。韻雲・曛・君、上平文韻。○相公…　相公は参議の唐名。ここは左大臣時平。どうして天の雲を排除して降りて宴席のつどいを開かれたのか。下句にその理由を述べる。吾師→190。曛は日ぐれ、人生の残年。○水石…　水石亭→188詩題。下句、君(善行師)こそ今日の席の博士なのだ。公的な博士は三善清行で、善行ではない。

192 →190。興奉和。韻音・侵・尋・心・深、下平侵韻。○鳴桐…　前句、桐の燃える音を聞き、半焼けの桐を譲り受けて琴(焦尾琴)を作った後漢

(以下、一四四頁につづく)

之《これ》に対《たい》す。「豈疏傅《あにそふ》が志を忘れんや」と言つて、「篤恩《とくおん》の深《ふかき》に縻《つな》がる応《べ》し」を以《もつ》て之《これ》を結《けつ》す。蓋《けだ》し彼《かれ》[一]帰《き》田《でん》を乞《こ》ひ留《る》連《れん》して果《はた》さざるを以《もつ》て、故に[二]抑揚《よくやう》の意《い》を寓《なぞら》ふ。豪放《がうはう》に非《あら》ずんば則《すなは》ち此《か》くの如《ごと》くなること能《あた》はず。夫《それ》清行《きよゆき》は本朝千歳《ほんてうせんざい》の奇才《きさい》也。[三]明法《みやうばふ》を以《もつ》て其の家《いへ》を立つと雖《いへど》も、諸流《しよりう》に該通《がいつう》す。所謂《いはゆる》[四]意見封事《いけんふうじ》の詳《しやう》、上《かみ》に忠《ちゆう》ありと謂《い》ひつべし。[五]辛酉革命《しんいうかくめい》の文《ぶん》、天人感応《てんじんかんおう》の理《り》に通《つう》ずと謂ひつべし。[六]菅公《かんこう》の威《ゐ》を憚《はばか》らず、退譲《たいじやう》の事を勤《つと》む、先見《せんけん》の識《しき》有《あ》りと謂ひつべし。[七]時平の怒《いかり》を恐《おそ》れず、菅門諸生《かんもんしよせい》の錮《こ》を解《と》くことを請《こ》ふ、度量《どりやう》人に過《す》ぐるの大《だい》有りと謂ひつべし。[八]堀川空宅《ほりかはくうたく》の怪《くわい》を屑《もののかずと》せずして、厲鬼《れいき》を使《し》て跡《あと》を潜《ひそ》めしむ、妖《えう》は正人《せいじん》に近《ちか》づかざるの義《ぎ》を知ると謂ひつべし。当時《たうじ》長谷雄が才《さい》、人の為《ため》に重《おも》んぜ被《ら》る。然《しか》れども猶之《なをこれ》を[九]軽侮《けいぶ》す。況《いはん》や其の他《ほか》に於《お》いてを乎《や》。想《おも》ふに夫《それ》、時平の招《まねき》に因《よ》つて此の席《せき》に列《れつ》すと雖《いへど》も、傍《かたはら》に人無《な》きが若《ごと》くありけん。故に其の豪放《がうはう》、詩に見えたること此《か》くの如し、と。

193　同　じ　く　　高階茂範《たかしなのしげのり》　長屋王《ながやのわう》の来孫《らいそん》

大夫《たいふ》暮歯《ぼし》七旬存《しちじゆんぞん》ず　　池亭《ちてい》に招得《まねきえ》て世喧《せいけん》を避《さ》く
新《あらた》に水泉《すいせん》に対《たい》して悦目《えつもく》に誇《ほこ》る　　更《さら》に松竹《しようちく》を看《み》て形言《けいげん》を語《かた》る

一 ↓190注九。二 褒めたりけなしたりする心をほのめかす。三 法律の解釈についての学、明法道(選叙令)。諸流は紀伝、陰陽、医学など。四 延喜十四年(九一四)四月二十八日、醍醐帝の詔に応じて、式部大輔の彼が奏上した「意見十二箇条」(本朝文粋・二)。封事は文体の一種、密封して提出する意見書。五 「革命勘文…請ﾆ改元応ﾆ天道ﾆ之状」(群書類従・四六一)。昌泰四年(九〇一)二月二十二日、辛酉(延喜元年)革命説により改元すべき旨を述べたもの(同年七月十五日延喜と改元)。六 昌泰三年十月十一日の「奉ﾆ菅右相府ﾆ書」(本朝文粋・七)をさす。「勤」は「勧」の誤か。七 同四年二月九日の「奉ﾆ左丞相ﾆ書」をさす。菅門諸生は菅家の門人弟子たち。錮は禁錮。八 今昔物語集・二十七「三善清行宰相家ニ渡ル語」による。五条堀川の無人の宅を買い、悪鬼(狐妖の類)に悩まされながら動ぜず説得し、転住させた話。正人は正義の人。九 江談抄・三「善相公与ﾆ紀納言ﾆ口論事」。清行が紀長谷雄に対して「無才博士ハワヌシヨリ始マル也ト云ヒケリ…」といった話。

193 ↓190。興奉和。韻存・喧・言・論・恩、上平元韻。〇大夫… 大夫は大蔵外史大夫善行。存は生存する。池亭は水石亭。招得は招待される、「得」は動詞につく助字。雑言奉和来歴志本は「避」を「隔」に作る。〇新に… 「誇ﾆ悦目ﾆ」は見て大いに楽しむ。

鶴《つると》飛び雲《くもま》舞ふ誰《たれ》か伴《ともな》ふに堪《た》へん　亀《かめひ》曳き泥《ひぢゆ》行く未《いま》だ論《ろん》ずるに足《た》らず
何用《なにをもつ》てか君朝《きみてう》の旧老《きうらう》と為《な》る　戴来《いただききた》る丞相《しようじやう》祝年《しゆくねん》の恩《おん》

林子曰はく、頸聯《けいれん》能《よ》く事《こと》を用《もち》ゆ。然《しか》れども阿諛《あゆ》の意《い》無《な》きに非《あら》ず、と。

194　同　じ　く　　藤原春海《ふぢはらのはるみ》　内麻呂《うちまろ》の曾孫《そうそん》

人生百歳七旬稀《じんせいひやくさいしちじゆんまれ》なり　蔵史《ざうし》愆《たがひ》無く久遠《くをん》期《き》す
此《ここよ》従り生《せい》を計《はか》るに幾日《いくにち》多き　塵《ちり》を海底《かいてい》に揚《あ》げ栢《かしは》は孫枝《そんし》

195　同　じ　く　　小《を》野《の》美《よし》材《き》

丞相《しようじやう》が南亭水石《なんていすいせき》鮮《あざ》やかなり　況《いはん》や秋景《しうけい》に当《あた》つて耆年《きねん》を惜《を》しむ
顔華《がんくわ》改《あらた》まらず星霜《せいさう》改まる　世上《せじやう》多《おほ》く疑《うたが》ふ地上《ちじやう》の仙《せん》

林子曰はく、美材は篁《たかむら》が孫《まご》也。侍読《じどく》為《た》り、其《そ》の名《な》著聞《ちよもん》。此の詩唯《ただ》覚《おぼ》ふ平易《へいい》なることを、と。

「語㆓形言㆒」はことばに表現する、詩を作る(毛詩・大序「情動㆓於中㆒、而形㆓於言㆒」)。○鶴飛び… 前句、仙術を学んで鶴と化した漢の丁令威(捜神後記)にもたぐうべき翁のお伴をして長生きをする者は誰もいない。後句、楚王が荘子を招こうとした時、亀の如く泥の中で長生きをした方がよいと言って招きを断った故事による(荘子・秋水篇)。亀が尾を引きつつ長生した話など翁にくらべて論ずるにたらない。○何用て… どうして君は朝廷の長老となったのか(長老になられておめでたい)、左大臣が翁の七十の祝賀の宴を設けたご恩を戴いてここに来た次第だ。一第五・六句は故事を用いる。

194　↓190。興奉和。韻稀(通用韻)・期・枝、上平支韻。○人生… 白詩0197「人生百歳期、七十有㆓幾人㆒」等。後句、大蔵外史善行翁は期待通り永遠の生命を約束する。○此… 今から生命を推測するとこれまでと幾日多く生きられるかといえば、海底が陸に変わり、常緑の柏にひこばえが生えるほど長生きされるに違いない。「揚㆓塵海底㆒」は海底に陸の塵をあげるほどの長年月、永遠をいう(初学記・海引用の葛洪神仙伝「東海行復揚㆑塵㆒」)。孫枝は幹の傍から生えた新しい枝。

195　↓190。興奉和。韻鮮・年・仙、下平先韻。○丞相… 南亭は左大臣時平の別荘城南の水石亭。↓188詩

196　同　じ　く　　橘《たちばなの》澄清《すみきよ》　諸兄《もろえ》の曽孫《こんそん》

丞相《しようじやう》恩《おん》深《ふか》うして水泉《すいせん》洗《あら》ふ　賀《が》す君《きみ》が暮《ぼ》歯《し》七旬《しちじゆん》の天《てん》
官柱史《くわんちゆうし》為《た》り相祝《あひしゆく》す応《べ》し　願《ねが》はくは籛鏗《せんかう》を遣《し》て遠年《ゑんねん》を譲《ゆづ》らしめん

197　同　じ　く　　平《たひらの》有《あり》相《すけ》

水石《すいせき》秋《あき》深《ふか》うして景象《けいしやう》幽《いう》なり　華筵《くわえん》飲《いん》を命《めい》じ淹留《えんる》を許《ゆる》す
亀齢《きれい》祝着《しゆくちやく》す蔵家《ざうけ》の筭《さん》　万歳《まんざい》同じく供《きよう》す相国《しやうこく》の遊《いう》

林子曰はく、一規祝《きしゆく》の甚《はなは》だしき、何以《なにをもつ》てか焉《これ》に加《くは》へん。且《か》つ本朝《ほんてう》、二太政大臣《たいじやうだいじん》を称《しよう》して相国《しやうこく》と曰《い》ふ。彼《かれ》仮《か》りて以《もつ》て三左府《さふ》の事と為《す》る乎《か》。恐《おそ》らくは相当《さうたう》せず、と。

198　同　じ　く　　三《み》統《むねの》理《まさ》平《ひら》

相逢《あひあ》うて歯《よはひ》を尚《たつと》び窮秋《きゆうしう》を約《やく》す　紅螺《こうら》を勧《すすめ》引《ひ》いて酒《さけ》流《なが》るるに似《に》たり
一院《いちゐん》群居《ぐんきよ》人《ひと》七人《しちにん》　疑《うたが》ふらくは天上《てんじやう》従《よ》り斗《と》星《せい》投《とう》ずるかと

題。秋景は秋の日ざし。耆年は六十歳の老人(礼記・曲礼上)。七十歳以上とも。ここは後者。○顔華…　顔華は善行の血色のよい顔色。後句、世間の多くの人達は彼が地上に住む仙人ではないかと思う。一 天皇・皇太子などに対して漢籍の講義をする職。作者は能書家として名高いが、その職にあったことは未詳。

196　→190。典奉和。韻洗・天・年、下平先韻。○丞相…　「洗二水泉一」は深いご恩は水石亭を洗う泉水のよう。水泉は実景を兼ねる。暮歯→192。七旬天は七十歳の天命。○官…　柱史は内記の唐名、柱下史。ここは周の柱下史で百六十有余歳も生きたという老子(史記・老子伝、列仙伝)に善行翁をたとえたもの。籛鏗は古代殷末の七百余歳生きた仙人、彭祖(列仙伝)。

197　→190。典奉和。韻幽・留・遊、下平尤韻。○水石…　景象は景色。華筵は盛大な宴席。「許二淹留一」は左大臣時平がこの宴に長時間留まることを許す。○亀齢…　亀齢は亀の如き長い齢。祝着は祝う、「着」は助字。蔵家筭は大蔵家の翁の寿命。後句、左大臣のこの宴遊で皆が等しく万年までとの祝賀の言葉を述べる。一 教訓と祝福。二「唐名太師、又相国」(書言字考)。三 左大臣。

198　→190。典奉和。韻秋・流・投、下平尤韻。○相逢…　「尚レ歯」は老人を敬う。「約二窮秋一」は晩秋九月林子曰はく、理平亦才《またさい》を以《もつ》て名を顕《あら》はす者也《ものなり》。所謂《いはゆる》「人《ひと》七人」は、按《あん》ずるに長《はー》谷《せ》雄《を》が序《じよ》に、平惟範《たひらのこれのり》・藤忠平《とうのただひら》・源興範《みなもとのおきのり》・平伊望《たひらのこれもち》及《およ》び理平・長谷雄、時平《ときひら》を加へて七人為《た》り。是等《これら》皆業《みなげふ》を善行に受《う》く。故に専《もつぱ》ら此の事《こと》に関《かかは》る。然《しか》れども、忠平・伊望詩無《な》し。其の不才《ふさい》知んぬべし。理平之《これ》を北斗《ほくと》の七星《しちせい》に擬《ぎ》して、以《もつ》て詩料《しれう》と為《す》。然《しか》るときは則《すなは》ち其の餘席《ほかせき》に列《れつ》する者《もの》、偶《たまたまそ》其の招《せう》に応《おう》ずる而已《のみ》、と。

199　同　じ　く　　　　　　　　　　　物《ものの》部《べ》安《やす》興《おき》

為《ため》に祝《しゆく》す衰年七旬《すいねんしちじゆん》に到《いた》ることを　城南《じやうなん》の水石洗《すいせきあら》つて塵《ちりな》無し
幽深地《いうしんところ》を得《え》て初《はじ》めて閣《かく》を開《ひら》き　酔臥霜《すいぐわしも》を経《へ》て吐《と》茵《いん》に擬《ぎ》す
青磴古来《せいとうこ》苔蘚老《らいたいせんを》ひ　白頭秋去《はくとうあきさ》つて浪花新《らうくわあらた》なり
大夫《たいふ》幸《さいはひ》に師資《しし》の旧《きう》を忝《かたじけな》うす　誰《たれ》か道《い》ふ恩波《おんぱ》一身《いつしん》に倍《ばい》すと

200　同　じ　く　　　　　　　　　　　大《おほ》江《えの》千《ち》古《ふる》

池《ち》亭写照《ていしやせう》す徳星《とくせい》の躔《てん》　上閣恩情豈伝《じやうかくおんじやうあにつた》はらざらんや
蓋《かさ》を傾《かたぶ》くる孤松陰尚茂《こしようかげなほも》す　三更月映《さんかうつきえい》ず五《ご》更《かう》の賢《けん》

の賀宴をきめる。紅螺はアカニシという巻貝の殻で作った酒杯。勧引は酒を勧める。〇一院…　一院はここは水石亭、その庭。七人↓林子評。「斗星投」は北斗七星が到来する。一雑言奉和の詩序に「将レ勧ニ七盃之酒一」とみえ、七十の賀の「行酒の役」のため七人に限定する。源興範は藤原興範。↓191。ニ第四句の「斗星」。詩料は作詩の材料。

199　↓190。興奉和。韻句・塵・茵・新・身、上平真韻。〇為に…　為祝はそのために祝うの意だが、「為」の意は軽い。衰年は暮年、老年。城南水石↓188詩題。〇幽深…　閣は食物を納めて置く棚(礼記・内則「大夫七十而有レ閣」)。「開レ閣」は七十の賀を催す意(高閣の水石亭を開放する意とも)。後句、夜の霜の降りる頃まで酔い臥し、その白い霜は敷物にものを吐いたかのようだ(白詩0826「酔客吐ニ文茵一」)。〇青磴…　磴は石段、かけ橋。後句、秋になって善行翁のしらが頭は白い波の花のように鮮やか。「白」は「秋」の縁語。〇大夫…　恐れ多くも幸いに翁は昔から時平の先生であった。左大臣時平の恩恵が翁一身に倍増すると誰が言うのか、そう言えないほどの大きな恩だ。

200　↓190。興奉和。韻躔・伝・賢、下平先韻。〇池亭…　池亭は時平の水石亭。徳星躔はめでたい星の軌道(蒙求・荀陳徳星)、ここは高徳のある参加者の宿る処をさす。上閣は林子曰はく、此の詩《し》恰好《かつかう》、俗《ぞく》ならず。実《まこと》に是《これ》音人《おとんど》の子にして維時《これとき》の父《ちち》也、と。

201 同じく　紀《きの》淑《よし》光《みつ》

暮歯《ぼし》廻《めぐ》ること無《な》く恩殊《おんことなる》有り　泉声清裡《せんせいせいり》桑楡《さうゆ》を惜《を》しむ
言《げん》を寄《よ》す池畔冬青樹《ちはんとうせいじゆ》　宜《よろ》しく貞心《ていしん》を使《し》て大夫《たいふ》に譲《ゆづ》らしむべし

林子曰はく、恰好《かつかう》。是亦《これまた》長谷雄《はせを》が子也。父子《ふし》共《とも》に此の席《せき》に列《れつ》す。時平《ときひら》が眷遇《けんぐう》を蒙《かうむ》ること知《し》んぬべし、と。

202 同じく　笙笠夏《なつ》蔭《かげ》

祝着慇懃意奈何《しゆくちやくいんぎんいいか》ん　大夫《たいふ》の暮歯《ぼし》懸車《けんしや》に在《あ》り
綺季《きき》を教《し》て千般《せんばん》恥《は》ぢしむべし　何《なん》ぞ喬松《けうしよう》を遣《し》て一向《いつかう》に奢《おご》らしめん
既《すで》に往《ゆ》く年流猶急水《ねんりうなをきふすい》のごとし　将来《まさにきた》る筭数是恒砂《さんすうこれこうさ》
丞相府《しようじやうふ》に陪《ばい》し祈飽《いのりあ》き難《がた》し　酷《はなは》だ恨《うら》む烏《う》輪《りん》漸《やうや》く斜《なな》めならんと擬《ほつ》す

林子曰はく、規祝惟甚《きしゆくこれはなは》だし、褒賞《ほうしやう》当《あ》たらず。且《か》つ「奢《しや》」の字《じ》穏《おだ》やかならず。想像《おもひや》る清行《きよゆき》が胡盧《ころ》を、と。

高い地位の人、時平。○蓋を… 傘を傾けたような姿のひとつ松(善行をさす)、その陰にもやはり多くの弟子たちが集まる。「傾レ蓋」は親しく交る意を含む。三更は子(ね)の刻、真夜中。五更賢は古代中国の周代に、退職した有徳の官吏を三老五更として待遇し養老の礼を尽した故事(礼記・文王世子)。ここは長老有徳の善行をさす。五更は五星にちなんだ表現。

一169の作者。維時は211の作者。

201 平→190。興奉和。韻殊・楡・夫、上平虞韻。○暮歯… 暮歯→192。「無レ廻」はもとに戻らない。恩は時平の恩。「泉声清裡」は水石亭の情景をいう。桑楡は日の暮れ。ここは晩年の意をも含もう。○言を… 冬にも常緑を保つ池辺のもちの木にことばを寄せたい、お前の変らぬ貞節の心を善行翁に譲ってくれるように(時平への貞節を望んだもの)。

一てあつい待遇。

202 →190。興奉和。韻車・奢・砂・斜、下平麻韻。○祝着… 前句、ねんごろに祝う(「着」は助字)気持ちは如何、言いつくせないほどだ。大夫は善行。懸車は七十歳(白虎通・致仕「大夫七十而致仕」)。→189林子評。○綺季… 二句、善行の高齢を述べる。綺季は綺里季、「商山四皓」の一人(→192「南山想」)。「千般」云々はあれこれと恥じさせるほどの年齢だの意。後句、どうして不老不死の仙人

203 同じく　　　　　　　　大蔵《おほくらの》是明《これあきら》

賀来《がしきた》る家父《かふ》七旬《しちじゆん》の秋《とし》　幸《さいはひ》に城南《じやうなん》に侍《じ》すれば水石《すいせき》幽《しづ》かなり
祝着《しゆくちやく》す院中《いんちゆう》松《まつ》と竹《たけ》と　貞心《ていしん》遥《はる》かに我《わ》が君《きみ》の遊《いう》に奉《ほう》ず

林子曰はく、是明は善行《よしゆき》が子《こ》也。時平《ときひら》其の老父《らうふ》の為《ため》に此の会《くわい》を設《まう》く。其の歎抃《たんべん》[一]宜《うべ》なる哉《かな》。然《しか》れば三四句《さんしく》言ふ所は時平を指《さ》す乎《か》。阿諛《あゆ》殊《ことに》甚《はなは》だし。若《も》し至尊《しそん》[二]を想像《さうざう》して之《これ》を言へば、則《すなは》ち此の席《せき》に在《あ》つては則《すなは》ち相当《さうたう》せず、と。

右作者《みぎさくしや》十六人。此《こ》の外《ほか》、平惟範《たひらのこれのり》[三]・惟良高尚《これながのたかなほ》・藤原菅根《ふぢはらのすがね》、席《せき》に列《れつ》し詩を作る。前に見えたるを以《もつ》て、故に之《これ》を略《りやく》す。此《こ》の輩共是一時《やからともにこれいちじ》の俊秀《しゆんしう》也。縦《たと》ひ至尊《しそん》の宴会《えんくわい》と雖《いへど》も、之《これ》に過《す》ぎず。時平の権《けん》、善行の栄《えい》、置《お》[四]いて論《ろん》ぜず。唯《ただ》喜ぶ、群輩《ぐんぱい》の所作《しよさく》今に伝はることを。若《も》し試《こころみ》に之《これ》を論《ろん》ぜば、則《すなは》ち八句は清行[五]を以《もつ》て最《さい》と為《す》、善行・長谷雄《はせを》之《これ》に次《つ》ぐ。絶句《ぜつく》は淑光[六]之《これ》を得《え》、理平《まさひら》・千古《ちふる》追随之《ついずいす》。其の餘《ほか》は姑《しばら》く是《これ》を舎《を》く。

王子喬と赤松子(列仙伝)をしてひたすら年齢を誇らせようか。○既に…「筭数」云々は善行翁の寿命は恒河(印度ガンジス河)の砂のように無限だ。「恒砂」、群書本「恒河」。○丞相府… 前句、左大臣時平の水石亭に侍って翁の長寿を祈るがまだあきたりない。烏輪は、日輪、日。三本足の烏が日に住むという伝説による(文選・蜀都賦・李善注「陽烏」引用「春秋元命包」)。「擬ㇾ斜」は斜に傾こうとする。一 →197注一。二 おもねる意をもたない三善清行は(→192林子評)、この褒賞した詩をみて、大笑するであろうと想像する。古今類書纂要「胡盧、太笑也」。

203 →190。興奉和。韻秋・幽・遊、下平尤韻。○賀来る… 賀来は祝う、「来」は助字。家父は作者の父の善行。七旬秋は七十歳。→190詩題。城南は水石亭。→188詩題。○祝着… 祝着→197。院中は時平の邸内(水石亭)、その庭。貞心は常緑の松と竹のように変らぬ貞節の心。我君は時平。→林子評。一 感激して手をたたいて喜ぶ。二 天子、ここは醍醐帝。三 以下三名、179・174・177の作者。四 論じるまでもない。五 清行192、善行189、長谷雄190の詩。六 淑光201、理平198、千古200の詩。

204 月の光が秋の池に満ちあふれて。興朗詠。韻初・虚・餘・魚・如、上平魚韻。○碧浪… 「碧浪金波」は月の照る池に立つ青色金色の波。「三

204 月影《げつえい》秋池《しうち》に満《み》つ　　菅原淳茂《すがはらのあつしげ》　菅公《かんこう》の次男《じなん》

碧浪金波《へきらうきんぱ》三五《さんご》の初《はじめ》　秋風計会《しうふうけいくわい》空虚《くうきよ》に似《に》たり
自《みづか》ら疑《うたが》ふ荷葉霜凝《かえふしもこ》ることの早《はや》きことを　人は道《い》ふ蘆花《ろくわ》雨過《あめよぎ》りて餘《のこ》るかと
岸白《きししろ》うして還《かへ》つて迷《まよ》ふ松上《しようじやう》の鶴　潭融《ふちゆう》にして筭《かぞ》ふべし藻中《さうちゆう》の魚
瑶池《えうち》便《すなは》ち是尋常《これよのつね》の号《がう》　此の夜《よ》の清明玉《せいめいぎよく》も如《し》かず

林子曰はく、頷聯《がんれん》譬《たと》へを設《まう》く、頸聯《けいれん》景《けい》を写《うつ》す。[一]破《は》題《だい》と落句《らくく》と共《とも》に好《よ》し。菅公《かんこう》此の子有り。其の家業《かげふ》を伝《つた》ふる者《もの》宜《うべなる》哉《かな》。世に伝《つた》ふ、[二]宇多上皇《うだのじやうくわう》此の詩を見て謂《のたま》はく、「恨《うら》むらくは先公《せんこう》を使《し》て在《あ》らざらしむることを」、と。

205 宮鸎暁光《きゆうあうげうくわう》に囀《さへづ》る　　村《むら》上《かみ》天《てん》皇《わう》

粉閣夢驚《ふんかくゆめおどろ》きて好哢《かうろう》を伝《つた》ふ　紅牕燈《こうさうともしび》尽きて嬌音《けうおん》を送る
露濃《こま》やかにして漫《みだ》りに語《かた》る園花《ゑんくわ》の底《そこ》　月落《お》ちて高歌《たかく》ふ御柳《ぎよりう》の陰《かげ》

林子曰はく、嘗《かつ》て[一]『村上紀略《むらかみのきりやく》』を見るに、詩の題を出《いだ》し、作者《さくしや》を召《め》すこと甚《はなはだ》多《おほ》し。想《おも》ふに夫《それ》、帝亦毎毎御製有《ていまたまいまいぎよせいあ》るべし。然《しか》れども其の全篇多伝《ぜんぺんおほくつた》はらず。是《これ》

五初」は十五夜の暮れがた。後句、秋風が計算をたてるかのようにはからって青色金色の波を立てて池の面は曇りのない大空のようだ。計会は白詩2874「府西池」などにみえる語。○自ら…　月光が池畔の草花を照らす描写。蓮の葉に早くも白い霜が凝っているのではないかと自ら思うばかりに光り、白い芦の花が通り過ぎた雨の後に散り残っているのかと人の言うほどだ。「道」を「導」に作る朗詠集本文もあるが、共にイフの意。○岸…　岸白は池の岸が月光で白く見える。「還迷」云々は、松の上にすむ白鶴かとかえって見まがうばかりの明るさをいう。融は澄み通る。○瑶池…　前句、仙女西王母が遊んだと伝える美しい池も(穆天子伝)、この月光の池に較べると平凡の名というべきだ。清明は十五夜の月のさやかな形容。一 第一句。ニ 江談抄・四「故老云…上皇被レ仰云、此夜所レ恨者、先公不レ見レ之云々」。先公は菅原道真。

205　宮中の鶯が明け方の光にさえずって。[典]新撰。[韻]音・陰、下平侵韻。○粉閣…　粉閣は白い化粧をほどこした高殿。後宮の女人たちの住む処を暗示する。驚は暁の夢に目がさめる。好哢は鶯の美しい声。紅牕は女人のいる部屋の紅色の窓。燈尽は明け方を示す。「送二嬌音一」は鶯が美声をもたらす。○露…　漫語は鶯がむやみに鳴く。「園花底」は御園

亦八句中二聯《またはつくちゆうにれん》を截《せつ》する者《もの》也。前聯《ぜんれん》「好哢《かうろう》・嬌音《けうおん》」頗重複《すこぶるちようふく》を覚《おぼ》ふ。後聯恰好《こうれんかつかう》。[三]帝亦《ていまた》此の詩を自負《じふ》す。宜《うべ》なる哉《かな》、と。

206　禁《きん》庭《てい》の竹《たけ》

兼《かね》明《あきら》親《しん》王《わう》

逆筝《はうじゆん》 纔《わづかに》 抽《いだ》す鳴鳳管《めいほうくわん》　蟠根猶《はんこんなを》点《てん》ず臥竜文《ぐわりようもん》

清涼秋月《せいりやうしうげつ》曾《かつ》て露を承《う》け　和暖春天《わだんしゆんてん》始《はじ》めて雲を掃《はら》ふ

林子曰はく、兼明は世に所謂前中書王《いはゆるさきのちゆうしよわう》[一]也。其の著述《ちよじゆつ》『明衡文粋《めいがうぶんすい》』[二]に見えたり。人皆之《ひとみなこれ》を知る。今《いま》此の二《に》聯之《れんこれ》を『江談抄《がうだんせう》』に得《え》たり。頗着題《すこぶるちやくだい》[三]の体《てい》有り。就中《このなか》前聯《ぜんれん》最《もつとも》好《よ》し。

按《あん》ずるに、兼明博聞多才《はくぶんたさい》、器量絶倫《きりやうぜつりん》。若《も》し延喜帝《えんぎてい》[四]を使《し》て此の人を立《た》てて儲君為《ちよくんた》[五]らしめば、則《すなは》ち我《わが》　邦《くに》の文物勃興《ぶんぶつぼつこう》すべきこと必矣《ひつせり》。其既《それすで》に然《しか》らず。遂《つひ》に執政《しつせい》[六]に嫉忌《しつき》せ被《ら》れて、台位《たいゐ》[七]に居《を》り朝政《てうせい》に預《あづ》かること能《あた》はず、西山《せいざん》[八]に蟄居《ちつきよ》す。其の幽鬱《いううつ》の憤《ふん》、「兎裘賦《ときうのふ》」[九]に見えたり、以《もつ》て知《し》んぬべし。痛哉《いたましいかな》、と。

の花のもと。月落は明け方を示す。一 日本紀略・村上天皇。二 四句を切り取る。三 江談抄・五・詩事「村上御製与ニ文時三位一勝負事」の話を踏まえるか。第三句「漫語」を江談抄は「緩語」に作る。

206　宮中の庭の竹。㊥江談・四。韻文・雲、上平文韻。○逆筝… 前句、ほとばしるほど勢のある竹もいまはやっとよい音を出す笛が作れるほどの状態だ(初学記・竹「王子年拾遺記曰…有ニ籊竹一、為ニ籥管一、吹レ之若ニ群鳳之鳴一」)。後句、わだかまった竹の根は竜が臥しているような模様を点々とつける。○清涼… 前句、嘗つて清涼殿の竹は秋月のもと露を受けていた(江談抄「延長末移ニ立清涼殿於醍醐寺一、更又改作、如レ本種レ竹也云々」)。「掃レ雲」は雲を払うほどに生長する。一 後中書王具平(ともひら)親王に対していう。二 本朝文粋。三 詩題によくかなう。四 醍醐帝。五 東宮、皇太子。六 藤原兼通。七 三公の位。作者は左大臣に進む。八 洛西嵯峨亀山の山荘。九 文粋13。兎裘は中国戦国時代魯の地名。隠公が隠居しようとした処(左伝・隠公十一年)。

207　しらが交りのわが髪を見て。㊥文粋・一。韻衰・姿・髭・糸・悲・知・遺・墀・旗・持・期・詞・遅、上平支韻。○吾… 生年未詳のため「三十五」の年月も未詳。○今朝… 類句、「今朝覧ニ明鏡一、鬚鬢尽成レ糸」(白詩3

207 二毛《にもう》を見る

源《みなもとの》　英《ふさ》　明《あきら》

吾年《われとし》三十五　　未《いま》だ覚《おぼ》へず形体《けいたい》の衰《おとろ》ふることを
今朝明鏡《こんてうめいきやう》を懸《か》く　　照見《てらしみ》る二毛《にもう》の姿《すがた》
鏡《かがみ》を疑《うたが》ひて猶未《なをいま》だ信《しん》ぜず　　目《め》を拭《のご》ひて重《かさ》ねて髭《ひげ》を求《もと》む
憐《あはれ》むべし銀鑷《ぎんでふ》の下《した》　　数茎《すうけい》の糸《いと》を抜得《ぬきえ》たり
秋に臨《のぞ》みて愁緒《しうしよ》多し　　此《ここ》に至《いた》りて又重《またかさねてかな》悲しむ
悲《かなしみや》止みて事理《じり》を思《おも》ふ　　事理《じり》信《まこと》に知《し》んぬべし
十六位《くらゐし》四品《ほん》　　十七職《しよくしふゐ》拾遺
延長休明《えんちやうきうめい》の代《みよ》　　久しく白玉《はくぎよく》の墀《には》に趍《わし》る
承平無事《せうへいぶじ》の暦《みよ》　　数《しばしば》警衛《けいゑい》の旗《はた》を採《と》る
忝《かたじけな》く宗室《そうしつ》の籍《せき》に入《い》り　　官位相持《くわんゐあひぢ》することを得《え》たり
顔回《がんくわい》は周《しう》の賢者《けんじや》　　未《いま》だ三十の期《ご》に至《いた》らず
潘岳《はんがく》は晋《しん》の名士《めいし》　　早《はや》く秋興《しうきよう》の詞《し》を著《あら》はす
彼皆我《かれみなわれ》より少《わか》し　　喜《よろこ》ぶべし始めて見ることの遅《おそ》きことを

林子曰はく、英明は宇多《うだ》の皇孫《くわうそん》、斉世《ときよ》親王《しんわう》の子也。其の母は[一]菅丞相《かんしようじやう》の娘《むすめ》也。

008「覧ㇾ鏡喜ㇾ老」)。○鏡を…　「求ㇾ髭」は口ひげのあたりをさがす(白詩3008「掩ㇾ鏡捋二白髭一」)。○憐む…　銀鑷は銀製の毛抜き。糸は糸の如き二毛。「鑷」の例、白詩0942「嬾ㇾ鑷従二鬢白一」、0989「満ㇾ鑷霜毛送ㇾ老来」など。○秋に…　二句、宋玉・九弁、文選・潘安仁・秋興賦などの悲秋の文学に基づく。愁緒はここは秋におこる憂いの心。○悲…　事理は事の道理。二句にわたって「事理」という語を重ねる手法は六朝頃より。○十六…　四品は四位。官位令「品謂ㇾ位也。親王称ㇾ品者、別二於諸王一」。○拾遺は侍従の唐名。○延長…　延長は醍醐帝の年号(九二三―九三一)。休明代は大いに明らかで立派な御世。白玉墀は白い玉を敷きつめた庭、禁中。趍は赴く、宮中に仕える。○承平…　朱雀帝の承平(九三一―九三八)の太平の御世には屢々宮中警護の旗をとった。近衛中将に任ぜられたことをさす。○忝く…　宗室籍は皇室(王族)の籍。後句、官職と位階とを保持することができた。○顔回…　顔回は孔子の高弟。二十代で白髪となる。史記・仲尼弟子列伝「回年二十九、髪尽白、蚤死」。○潘岳…　潘岳は潘安仁、西晋の文士。文選・秋興賦に「余春秋三十有二、始見二二毛一」(李善注「頭白有二二色一也」)。○彼皆…　後句、二毛を見た作者の年齢が遅いことを喜んだ結び。チハツとも。一 菅原道真。二 剃髪に同じ。三 世間一般公貶謫《こうへんたく》の時、斉世薙髪《ていはつ》[二]。時論《じろん》[三]、公《こう》、斉世を立てんと欲する異志《いし》[四]有りと。讒言此《ざんげんこれ》従《よ》り起《おこ》る。故に斉世亦事《またこと》に坐《つみ》せられ、数年《すうねん》にして下世《かせい》[五]。是《これ》に由《よ》つて之《これ》を考ふるときは、則《すなは》ち公《こう》、官《くわん》に在《あ》る時、英明未《いま》だ生まるべからず。斉世《ときよ》薨《こう》ずる時、猶孤《なをこ》児《じ》為《た》り。詩中「延長・承平」と言ふは、則ち蓋《けだ》し是天慶年中《これてんきやうねんちゆう》[六]の作乎《さくか》。斉世才《さい》名《めい》聞くこと無し。然《しか》れども英明文才此《ぶんさいか》くの如《ごと》し。想夫《おもふにそれ》、淳茂《あつしげら》等の外舅赦《ぐわいきうしや》[七]に逢ひ京《きやう》に帰る後、就《つ》いて学問《がくもん》する乎《か》。嗚呼《ああ》、英明皇孫為《くわうそんた》りと雖《いへど》も、源姓《みなもとせい》を賜《たま》ひ既《すで》に人臣《じんしん》に列《れつ》す、才調《さいてう》[八]有りと雖《いへど》も、未《いま》だ顕職《けんしよく》に昇《のぼ》らず。壮年《さうねん》「二毛を見る」の歎《なげき》、其意《それい》を寓《ぐう》する所有る乎《か》。其の餘《ほか》の著述《ちよじゆつ》、『明衡文粋《めいがうぶんすい》』[九]に見えたり、と。

208 王《わう》　昭《せう》　君《くん》

大江朝綱《おほえのあさつな》　音人《おとんど》の孫

翠黛紅顔錦繍《すいたいこうがんきんしう》の粧《よそほひ》　泣いて沙塞《ささい》を尋《たづ》ねて家郷《かきやう》を出《い》づ
辺風吹断《へんぷうふきた》つ秋《あき》の心緒《しんしよ》　隴水流添《ろうすいながれそ》ふ夜《よる》の涙行《るいかう》
胡角一声霜後《こかくいつせいさうご》の夢《ゆめ》　漢宮万里月前《かんきゆうばんりげつぜん》の腸《ものをもひ》
昭君若《せうくんも》し黄金《わうごん》の賂《まひなひ》を贈《おく》らば　定《さだ》めて是終身帝王《これしゆうしんていわう》に奉《ほう》ぜん

林子曰はく、朝綱が音人《おとんど》[一]に於《お》ける、猶子美《なをしび》[二]が審言《しんげん》に於けるがごとし。江家《がうけ》推《お》し尊《たつと》んで前後相公《ぜんごのしやうこう》[三]と称《しよう》す。曾《かつ》[四]て聞《き》く、朝綱甚《はなは》だ白楽天《はくらくてん》が詩《し》を慕《した》ふ、一夕夢《いつせきゆめ》に楽天《らくてん》

の論。四 世間と異なる考え。五 死ぬ。延長四年(九二六)九月没。六 朱雀帝の天慶(九三八–九四七)年間。七 しゅうと。八 優れた才の様子、おもむき。九 本朝文粋に四首。

208 王昭君の詩(→86詩題)。興朗詠。韻粧・郷・行・腸・王、下平陽韻。○翠黛… 翠黛は緑色の眉ずみ。沙塞は砂漠の要塞、とりで。家郷は故郷の漢の都。○辺風… 辺風は辺地えびすの国を吹く風。心緒は心の緒、心。「秋心緒」は「愁」を示す。隴水→157。「流添ふ…」は夜の涙はこの川と共に流れる。○胡角… 前句、えびすの角(つの)笛は霜の置く夜の夢をさます。「月前腸」は月をみては断腸の思いがする。○昭君… もし黄金のまいないを贈って画工に正しい容姿を描かしめたならば(西京雑記・二の故事)、きっと一生漢の帝王に仕えたであろうに。この詩は白詩「王昭君二首」に類似句があるが、その0806「黄金何日…」は黄金を匈奴に払ってわが身を返してほしいの意。

一 169の作者。二 杜甫。子美はあざな。杜審言はその祖父、初唐則天武后朝の官人詩人。三 前江相公(音人)、後江相公(朝綱)。相公は参議の唐名。四 古今著聞集・四「大江朝綱夢中に白楽天と問答の事」に類似の説話がある。
五 六朝梁の詩人江淹が夢に五色の筆を郭璞に返した故事(蒙求・江淹夢筆)。六 馬にむちを当てて急がすよ

と逢《あ》つて相話《あひかた》る。此従《これよ》り文筆《ぶんぴつ》歩《ほ》を進《すす》むと。蓋《けだ》し是彼家《これかのいへ》の子孫《しそん》、五江淹《かうえん》が事《こと》に擬《ぎ》して誇説《こせつ》する乎《か》。

此の詩《し》、句意《くい》共《とも》に好《よ》し。就中《このなか》頸聯《けいれん》最《もつと》も六警策《けいさく》と為《す》。其の餘《ほか》の著述《ちよじゆつ》、『七文粋《ぶんすい》』丼《なら》びに『朗詠《らうえい》』等《とう》に見へたり。八村上帝《むらかみてい》の朝《てう》、勅《ちよく》を奉《ほう》じ、菅丞相《かんしようじやう》が『九類聚国史《るいじゆうこくし》』に継《つ》いで、『一〇新国史《しんこくし》』を撰《せん》す。世に伝《つた》はらず、以《もつ》て惜《を》しむべし。朝綱、「一一渤海《ぼつかい》の客《かく》を送る」詩《し》の序《じよ》に曰《い》はく、「一二前途《ぜんと》程《ほど》遠《とほ》し、思《おもひ》を雁山《がんざん》の夕雲《ゆふべのくも》に馳《は》す。一三後会期《こうくわいご》遥《はるか》なり、纓《えい》を鴻臚《こうろ》の暁《あかつきの》涙《なみだ》に沾《ぬ》らす」と。客甚《かくはなは》だ之《これ》を感賞《かんしやう》す。年を経《へ》て彼《か》の国人《くにびと》我《わ》が邦《くに》の人に遇《あ》ふ。問《と》うて曰《い》はく、「一四江相公《がうしやうこう》三公《さんこう》為《た》りや否《いな》や」と。答曰《こたへてい》はく、「未也《いまだし》」と。彼曰《かれい》はく、「一五日本国《につぽんこく》、何《なん》ぞ文才《ぶんさい》を重《おも》んぜざる乎」と。此等《これら》の説話《せつわ》、江家《がうけ》の英傑《えいけつ》を以《もつ》て、故に菅相《かんじやう》に擬《ぎ》せんと欲《ほつ》して之《これ》を言ふ乎《や》、と。

209 山中《さんちゆう》に仙室《せんしつ》有《あ》り　菅原文時《すがはらのふんとき》　菅公の孫、高視の子

丹竈《たんさう》道《みち》成《な》つて仙室《せんしつ》静《しづ》かなり　山中の景色《けしき》月花《げつくわ》低《ひく》し
石牀《せきしやう》洞《とう》に留《とど》めて嵐《あらし》空《むな》しく掃《はら》ひ　玉案《ぎよくあん》林《はやし》に抛《なげう》つて鳥独啼《ひとりな》く
桃李《たうり》言《ものい》はず春幾《いく》ばくか暮《く》れぬる　煙霞《えんか》跡《あと》無《な》し昔《むかし》誰《たれ》か棲《す》みし
王喬《わうけうひと》一たび去《さ》つて雲長《とこしなへ》に断《た》ふ　早晩《いつか》笙声《しやうせい》故渓《こけい》に帰《かへ》らん

らに、文中最も重要で感動的な部分。七 本朝文粋 文選・文賦にみえる語。 四十五首。和漢朗詠集二十九首。 八 九四六年—九六七年。 九 もと二百巻、事項別に編纂。成立は寛平四年(八九二)五月ごろか(日本紀略)。 一〇 未詳。 一一 江談抄・六「於二鴻臚館一餞二北客一詩序」(日本紀略・延喜八年(九〇八)六月)による。本朝文粋・九、古今著聞集・五にも。渤海→85。 一二 雁山は山西省にある山の名、北方へ通じる要地。夕雲を「暮雲」に作る本文が多い。 一三 今後逢ふ時は遠く、迎賓館の明け方の涙で冠のひもをぬらす。「沾」を「霑」に作る本文が多い。 一四 太政大臣、左右大臣。左右大臣、内大臣とも。 一五 菅丞相、菅原道真。

209 山の中に仙人の住んでいた部屋が残っていて。高視、底本「高規」。 興朗詠・仙家。 韻低・啼・棲・渓、下平斉韻。 ○丹竈… 前句、かまどで丹薬をねり合わす仙人道が成就し、昇天したいま仙人の部屋は静寂だ。月花(朗詠集「月華」)は月に同じ。 ○石牀… 石牀は石の床、ベッド。空は仙人のいないことを示す。玉案は玉でちりばめた(或いは美称)机、食卓用の机とも。 ○桃李… 「桃李」云々は史記・李将軍列伝の伝賛「諺曰、桃李不レ言、下自成レ蹊」による。「春」云々は仙人が去ってからどれだけの春を送り迎えたのか。底本「幾暮」の傍訓「イクカクレヌ」。「棲」は

林子曰はく、菅公《かんこう》の子孫《しそん》、多《おほ》くは是才子《これさいし》也。就中《このなか》文時《ふんとき》を推《お》して翹楚《げうそ》[一]と為《す》。此の詩の如き、能《よ》く其の題に協《かな》ふ。頷聯《がんれん》・頸聯《けいれん》、最《もつと》も警策《けいさく》[二]と為《す》。『明衡文粋《めいがうぶんすい》』[三]多く其の文を載す。「繊月《せんげつ》[四]の賦《ふ》」を以《もつ》て圧巻《あつくわん》と為《す》。村上《むらかみ》の朝《てう》、文時、朝綱《あさつな》より少《わか》しと雖《いへど》も、其の才相敵《さいあひひと》し。曾《かつ》[五]て二人同じく勅《ちよく》を奉《ほう》じて、白氏《はくし》集中詩《じふちゆうし》の第一《だいいち》なるを択《えら》び、共《とも》に「蕭処士《せうしよし》[六]が黔南《けんなん》に遊ぶを送る詩」を出《いだ》す。又曾《またかつ》[七]て同《おな》じく某皇孫《ぼうくわうそん》の宅《たく》に遊んで花を詠ず。朝綱が句に曰はく、「此《こ》[八]の花是人間《はなこれじんかん》の種《たね》に非《あら》ず、瓊樹枝《けいじゆし》頭第二《とうだいに》の花」。文時が句に曰はく、「此[九]の花是人間の種に非ず、再《ふた》び養《やしな》ふ平臺一《へいだいいつ》片《ぺん》の霞《かすみ》」。上《かみ》の句一字《くいちじ》を違《たが》へず、下《しも》の句共《くとも》に梁園《りやうゑん》[一〇]の事《こと》を用《もち》ふ。朝綱《あさつな》が曰はく、「後人余《こうじんよ》[一一]と文時及《ふんときと》を以《もつ》て一雙《いつさう》と称《しよう》すべし」と。累葉《るいえふ》[一二]、菅《かん》・江相並《がうあひなら》んで大学寮東《だいがくれうとう》西《ざい》の曹主《さうしゆ》[一三]と為《な》る、と。

210 駅馬《えきば》閣声相応《かくせいあひおう》ず　菅原雅熙《すがはらのまさひろ》 文時の子

巫巌《ふがん》泉咽《いづみむせ》んで渓猿叫《けいゑんさけ》び　胡塞《こさい》笳寒《ふえさむ》うして牧馬《ぼくば》鳴く

竹露《ちくろ》松風《しようふう》幽独《いうどく》の思《おもひ》　瑶箏《えうさう》[一]玉瑟《ぎよくしつ》宴遊《えんいう》の情《こころ》

林子曰はく、『江談《がうだん》』に曰はく、「雅熙此《こ》の詩を以て及第《きふだい》」、と。

「栖」（朗詠集）に同じ。〇王喬…　王喬は王子喬。笙の名人で昇天した仙人（列仙伝）。雲は彼の昇天した雲。後句、仙人を王子喬にたとえ、その帰来を望んだもの。「早晩　イツカ」（易林本、他）。一 高く繁った雑木（毛詩・漢広）、ここは最も優れた文才。二 →208注六。三 本朝文粋。三十八首。四 三日月の賦（文粋１）。五 江談抄・四、古今著聞集・四の故事。六 白氏文集1142の詩。蕭は姓、処士は仕官しない者。黔南は貴州省の地名。この詩の「江従二巴峡一初成レ字、猿過二巫陽一始断レ腸」は、朗詠集・猿にも所収。七 江談抄・四の記事。八 詩題「暮春於二孫王書亭一賦レ花」。この花は人間世界のものではない。孫王（桃園源納言、源保光）をさす。仙境の玉の如き枝に咲く二番目の花。九 詩題「名花在二閑軒一」。平臺は漢の文帝の第二王子梁の孝王の築いた離宮（漢書・文三王伝）、孫王の邸宅。下句、平台の中で父親王についで再びあたり一面にひろがる赤いもやに養育されて咲いた孫王という花だ。一〇 漢代の梁の孝王の園。一一 江談抄・四の記事。一二 代々、累世。一三 大学寮の東西の曹（役所）の長。

210 宿駅の馬のいななきと楼閣での宴の声（人の声や音楽のね）とが響きあって。作者は「惟熙」が正しいか（日本紀略、尊卑分脈）。圏江談・四。闘鳴・情、下平庚韻。〇巫巌…

（以下、一四四頁につづく）

211 秋声《しうせい》管絃《くわんげん》脆《さや》かなり

大江維時《おほえのこれとき》 朝綱の従弟《じゆうてい》

汶陽《ぶんやう》の篁篠《くわうせう》遥《はる》かに韻《ゐん》を分《わか》つ　巴峡《はけふ》の流泉《りうせん》近《ちか》く声《こゑ》を報《ほう》ず
銀管《ぎんくわん》吹《ふ》く時《とき》鸞響《らんひびき》を発《はつ》し　玉徽《ぎよくき》弾《ひ》く処《ところ》風《かぜ》鳴《なり》を和《わ》す
感《かん》は成《な》る一曲《いつきよく》羌人《きやうじん》の怨《うらみ》　夢《ゆめ》は断《た》ふ三更《さんかう》叔夜《しゆくや》が情《こころ》
孤《こ》竹《ちく》脣《くちびる》に当《あ》つ秋月《しうげつ》落《お》ち　孫桐《そんどう》指《ゆび》に応《おう》じて暁風《げうふう》軽《かろ》し

林子曰はく、此の詩、本《もと》六韻《りくゐん》世《よ》に伝《つた》ふ。四聯《しれん》、首末《しゆまつ》[一]の四句《しく》を逸《いつ》す。村上《むらかみ》[二]の朝《てう》、詩戦《しせん》を試《こころ》む。[三]維時《これとき》人《ひと》に代《かは》つて之《これ》を作る。其の人勝《かち》を得《え》たり。朝綱《あさつな》名を一時《いちじ》に著《あら》はすと雖《いへど》も、其の子孫《しそん》微《び》矣《なり》。維時《これとき》の流《りう》最《もつとも》盛《さか》んなり。[四]匡衡《まさひら》・匡房《まさふさ》皆《みな》其《そ》の後《のち》也、と。

212 廻《くわい》文《ぶん》詩《し》

橘在列《たちばなのありつら》 大和守秘樹の子、源英明の弟子

寒露《かんろ》暁《あかつき》葉を霑《ぬ》らし　晩風《ばんふう》涼《すず》しく枝を動《うご》かす
残声《ざんせい》蟬嘒嘒《せみけいけい》　列影《れつえい》雁《かり》離離《りり》
蘭色《らんしよく》紅《くれなゐ》砌《みぎり》に添《そ》ひ　菊花《きくくわ》黄籬《き まがき》に満《み》つ

211 秋のかもす音の中に音楽はさやか。「脆」は清脆の意。底本「晩」、日本詩紀による。【典】江談・四。なお天徳三年闘詩行事略記参照。村上帝天徳三年(九五九)八月十六日清涼殿の詩合せ十題の一つ(日本紀略)。【韻】声・鳴・情・軽、下平庚韻。〇汶陽…前句、汶陽の竹が鳴るかのように笙の音が遠く響く。分はわかちあう。汶陽は山東省を西流して黄河にそそぐ汶水の北岸。篁篠は竹や小竹(のし)。笙の素材となること、文選・笙賦「鄒魯之珍、有二汶陽之孤篠一」の李善注参照。後句の巴峡は長江上流の難所(巫山から巴東まで)。巴峡流泉(底本「泳泉」)には琴曲「三峡流泉」を踏まえる。「報レ声」は近くに急流のような琴の音が聞える。〇銀管… 銀管は銀製の(或いは美しい)管楽器、笙など。鸞は鳳凰の一種。王子喬が笙を吹いて、鳳の如き音を出した列仙伝の故事。→209「王喬」。玉徽は玉の如き美しい琴(徽はことじ)。〇感は… 感成は思いが起る意か。「一曲」云々は、えびす(胡人)の吹くあし笛の一曲の悲しい怨みにつけて。怨は王昭君(→208)の怨か。底本「念」、日本詩紀による。後句、「琵賦」(文選・十八)を作った嵆叔夜(嵆康)の情を夜中に思うと夢からさめる。〇孤竹… 孤竹は前述「笙賦」の「汶陽の孤篠」を踏まえ、特にきわだった竹製の笙のふえを意味する。「落」は底本「色」、日本詩紀による。孫桐は琴

団団《だんだん》月嶺《つきみね》に聳《そび》え　皎皎《けうけう》水池《みづいけ》に澄《す》む

林子曰はく、在列《ありつら》詩を以《もつ》て名を著《あら》はす。源《みなもとのしたがふ》順 之《これ》を師《し》とす。在列後《のち》に僧《そう》[一]と為《な》り尊敬《そんきやう》と号《がう》す。没後《ぼつご》、順其《そ》の集《しふ》を編《あ》んで『[二]敬公集《きやうこうしふ》』と曰ふ。今世《よ》に伝《つた》はらず。[三]其の集《しふ》の序《じよ》『文粋《ぶんすい》』に見えたり、と。

213　白《はく》

源《みなもとのしたがふ》順
嵯峨皇子《さがのくわうし》の中《うち》、源《みなもとのさだむ》定の曾孫《そうそん》

銀河《ぎんが》澄朗《ちようらう》素秋《そしう》の天《てん》　又見《またみ》る林園白露《りんゑんはくろ》の円《まとか》なることを
毛宝《もうほう》が亀《かめ》は寒浪《かんらう》の底《そこ》に帰る　王弘《わうこう》が使《つかひ》は晩花《ばんくわ》の前に立つ
蘆洲《ろしう》の月色潮《げつしよくしほ》に随《したが》つて満《み》ち　葱嶺《そうれい》の雲膚《うんぷ》雪《ゆき》と連《つらな》る
霜鶴沙鷗《さうかくさおう》皆愛《あい》すべし　唯嫌《ただきら》ふ年鬢《ねんびん》漸《やうや》く皤然《はぜん》たることを

林子曰はく、[一]着題絶作《ちやくだいぜつさく》也。夫《それ》順は一時《いちじ》の英才《えいさい》也。其《そ》の文《ぶん》其の詩『[二]文粋《ぶんすい》』に見えたり。且《か》つ『後撰集《ごせんしふ》』を編《へん》し、『万葉集《まんえふしふ》』を点《てん》す、則《すなは》ち倭歌《わか》に長《ちやう》ぜり。又《また》『[三]倭《わ》名鈔《みやうせう》』を撰《せん》す、則ち其の才倭漢《さいわかん》に該通《がいつう》す。本朝の[四]揚雄《やうゆう》・許慎《きよしん》と称《しよう》すと雖《いへど》も、過論《くわろん》と為《せ》ず。尋常《じんじやう》の墨客《ぼくかく》を以《もつ》て之《これ》を看《み》ること莫《なか》れ、と。

の良材となる青桐のひこ生えから作った琴(文選・琴賦)。一首句「自有ニ素商爽気驚一、管絃清脆耳先傾」、末句「蕭辰合奏但寥亮、宝器宜レ伝万代名」(「但」、日本詩紀「俱」)。二↓出典注。詩戦は闘詩に同じく、左右に別れて詩の優劣を競うこと。三江談抄「右方人密属ニ納言一令レ作」。四匡衡は236の、匡房は282の作者。

212　上から読んでも下から逆に読んでも意味が通じ、平仄韻も合った詩。斉の王融の「廻文詩」はその一例、詩の一種の遊戯。「大和守」は尾張守か。典文粋・一。韻枝・離・籬・池、上平支韻。○寒露…　晩風は夕方の風。○残声…　嘒嘒はせわしく鳴く蟬の声の形容。離離は長くつらなる形容。○団団…　団団はまるい形容。皎皎は月光の白く明らかな形容。
一天慶七年(九四四)十月比叡山で出家。二七巻。三本朝文粋202・源順「沙門敬公集序」(天暦八年三月二十八日)。

213　「白」を題として(「白尽し」)。典朗詠。韻天・円・前・連・然、下平先韻。○銀河…　素秋↓181。円はまるく光る様。○毛宝…　前句は、晋の毛宝の部下によって放たれた白い亀が、後に戦いに負け江に溺れたとき彼を助けたという晋書・毛宝伝(蒙求・毛宝白亀)の記事。芸文類聚・亀引用「続捜神記」に、「先放白亀、既約岸、廻顧而去」とみえる。後句は、陶潜が酒も無く自宅の菊を採ってい

(以下、一四四頁につづく)

214 款《くわん》冬《どう》　実《じつ》は酴醾《どび》也。流伝《るでん》誤つて款冬と曰ふ

慶滋保胤《よししげのやすたね》　本賀茂氏《もとかもし》、文時《ふんとき》の弟子

養得《やしなひえ》て昔病雀《むかしびやうじやく》を扶《たす》け令《し》め　開来《ひらききた》りて本是《もとこれ》蛙鳴《あめい》を待《ま》つ
八重《やへ》の濃艶《のうえん》人相貴《あひたつと》ぶ　一片《いつぺん》の疎葩《そは》世の軽《かろ》んずる所《ところ》

林子曰はく、保胤《やすたね》、順《したがふ》と詩友《しいう》為り。其の著述《ちよじゆつ》『文粋《ぶんすい》』[一]及《およ》び『朗詠《らうえい》』に見えたり。[二]先祖《せんぞ》は天文暦数《てんもんれきすう》の家《いへ》也。[三]保胤姓《せい》を改《あらた》めて儒家《じゆか》と為《な》る、と。

215 秋《しう》懐《くわい》

藤原《ふぢはらの》後生　宇合《うかふ》の仍孫《じようそん》、式家《しきけ》の儒

悲《かなしみ》は倍《ばい》す夜蛬砌《やきようみぎり》に鳴く夕《ゆふべ》　涙《なみだ》は催《もよほ》す黄葉庭《くわうえふには》に落つる晨《あした》
箕裘《ききう》絶えんと欲《ほつ》す家三代《いへさんだい》　水菽酬《すいしゆくむく》い難《がた》し母七旬《ははしちじゆん》

林子曰はく、後生の祖《そ》[一]佐世《すけよ》対策《たいさく》、初《はじ》めて儒家《じゆか》と為《な》る。故《ゆゑ》に「三代」と曰《い》ふ。此の詩[二]奏覧《そうらん》を経《へ》て登庸《とうよう》、其の孝志《かうし》を感《かん》ずる故《ゆゑ》也、と。

214　山吹の花。実は酴醾だが、誤って款冬を山吹に当てたもの。酴醾は重ねて醸した酒の色に似た黄色の花。款冬はツワブキなど蕗の漢名。この考証については、箋注和名抄、元和本下学集など参照。〔典〕新撰。〔韻〕鳴・軽、下平庚韻。○養得て… 前句、揚宝という男が傷ついた黄雀を箱の中で養い、黄花を食わせていたところ百余日で元気になり、放ちやった故事(芸文類聚・雀引用「続斉諧記」)。開来は山吹の咲くこと。「待蛙鳴」は、新撰朗詠集に、「沢水に蛙鳴くなり山吹のうつろふ影やそこに見ゆらん」(拾遺集)とある。○八重… 八重と一重の山吹の対比。八重濃淡は漢詩の牡丹花の表現をまねたか。一片素葩はひとえの山吹の白い花。一 本朝文粋に詩文二十二首、和漢朗詠集、新撰朗詠集に各一首。二 先祖賀茂家は陰陽道を家業とする。三 天延三年(九七五)ごろ、「賀茂」を改めて「慶滋」とする。

215　秋の思い、感慨。式家は藤原式家、祖は宇合。〔典〕江談・四。〔韻〕晨・旬、上平真韻。○悲は… 夜蛬は夜のこおろぎ(きりぎりす)。黄葉は紅葉、唐代頃から次第に「紅葉」と書く方が多くなる。○箕裘… 箕裘は祖先の家業をつぐこと(礼記・学記「良冶之子、必学レ為レ裘、良弓之子、必学レ為レ箕」)。後句、七十歳の母に水を飲んで豆の粥をすすめるような粗末な食事をすすめることもできない

216　藤在衡《とうのありひら》を讃《さん》す　　橘正通《たちばなのまさみち》

『江談《がうだん》』に曰はく、「源順の弟子也」と。諸兄《もろえ》の雲孫《うんそん》

吏《り》部侍《ほうじ》郎職侍中《らうしよくじちゆう》　緋《ひ》を着《き》て初《はじ》めて出《い》づ紫微宮《しびきゆう》
銀魚腰底春浪《ぎんぎよえうていしゆんらう》を辞《じ》し　綾鶴衣間暁風《りようかくいかんげうふう》に舞ふ
花月一牕《くわげついつさう》交《まじは》り昔《むかし》睦《むつ》まし　雲泥万里《うんでいばんり》眼《まなこ》今《いま》窮《きは》まる
躬《み》を省《かへり》みて還《かへ》つて恥《は》づ相知《さうち》の久しきことを　君《きみ》は是当初竹馬《これそのかみちくば》の童《わらべ》

林子曰はく、詩意《しい》を按《あん》ずるに、正通自《みづか》ら謂《い》ふ、其《そ》の才在衡《さいありひら》に劣《おと》ると。然《しか》れども、其の幸不幸《かうふかうか》此くの如《ごと》し。故に彼《かれ》を讃《さん》して以《もつ》て己《おの》が不遇《ふぐう》を憤《いきどほ》る。句意《くい》共《とも》に奇《き》なり。世《よ》に伝《つた》ふ、正通其《そ》の後《のち》弥《いよいよ》沈淪《ちんりん》、家を携《たづさ》へて高麗《かうらい》に赴《おもむ》き宰相《さいしやう》と為《な》る、と。未《いま》だ然否《ぜんぴ》を知らず。其の後、在衡大臣《だいじん》に任《にん》ず。彼之《かれこれ》を聞《き》かば何《なん》と謂《をも》はんことを知らず、と。

本朝一人一首詩巻之四終

（礼記・檀弓下「孔子曰、啜レ菽飲レ水、尽二其歓一」）。一 祖父佐世は対策文の試験に及第、父文貞は文章博士、後生もこれに同じく、合わせて三代儒家となる。二 村上帝天暦四年（九五〇）対策を受ける宣旨を得て（類聚符宣抄・九）、及第し登用。

216 藤原在衡を讃美して（底本「藤在衡ニ…」、改訓）。「源順弟子也」は江談抄・五・詩事。典江談（現存本未見、日本詩紀による）。韻中・宮・風・窮・童、上平東韻。○吏部…　吏部侍郎は式部大輔の唐名。侍中は蔵人の唐名。後句、黄をおびた赤色の緋の正服を着用してはじめて宮中に出仕した。○銀魚…　衣服の模様の描写。腰のあたりに銀色の魚が春の浪に跳ねて去り、衣のあたりをあやのある美しい鶴があけ方の風に舞う。○花月…　昔と今の対比。花や月を一つ窓で共に眺めた昔は親しさもあったが、今は君との距りは遠く、出仕の姿をみて眼もつぶれんばかり。「睦」を詩紀「昵」に作る。○躬を…　一 益々落ちぶれる。躬はみずから、おのれ。二 江談抄・六「或人云、復高麗国得レ仙云々」。本朝遯史・上「或曰、正通引二妻子一、赴二高麗国一。国王善遇レ之、官職頗加云」。

（一二五頁脚注つづき）

詩序「承相昔亦有二問レ道之事一」。二 三代実録の序に時平と善行の名を併記。三 →187注二。四 その当時。五 七十歳。「秩」は十年間。六 →188。七 左大臣。門生は門下生。「門生藤時平」(雑言奉和)。八 太政官に属する書記官。オホトノシルスツカサ。九 詩の題材。

（一二七頁脚注つづき）

の蔡邕の故事(→166)と、琴の名手伯牙の「音」をよく聞き「知」った鍾子期の故事(呂氏春秋)を踏まえる。良桐の善行が知音の左大臣時平に見出されたことにたとえる。雪鬢は白い鬢。○老を… 前句、その長寿を計ると百尺(雑言奉和「百丈」)の松にも等しい。後句、その学問の高く深いことは千尋の峰に並ぶほどだ。平はやすらか(ここは常にの意とも)。○紫芝… 前句、仙薬を採取して南山に隠居しようとする思いは変らない。に隠居した四人の老人「四皓」(しこう)のように南山(陝西省商山)の四皓が漢の高祖の招きに応じなかった故事(文選・楊子雲・解嘲、楽府詩集・五十八「採紫操」など)。後句、天子に尽くそうとする赤い心(誠心)をやはりじっと保つ。「露」・「凝」は縁語。○暮歯… 晩年に至っても致仕の志を忘れようか、左大臣時平の厚い恩にほだされて退休の志を果たさないでいるのだ。前句、漢の疏広と甥の疏受が宣帝の時にそれぞれ太傅と少傅に任命され、五年後に致仕した故事(漢書・疏広伝、蒙求・二疏散金)。

（一三九頁脚注つづき）

滝の音と猿の声(前句)、笳のねと馬の声(後句)、それぞれの対比。巫巌は巫峡とも。巫峡は四川省の長江上流の難所。渓猿は巫峡の猿。「巴東三峡猿鳴悲、猿鳴三声涙霑レ衣」(宜都山川記)。笳はえびすの吹くあし笛。○竹露… 「幽独思」は静かに独りもの思いに沈んでいるときに、の意。後句はその対比。美しい箏の琴や瑟の音が宴会の遊びの情景を伝える。一 江談抄・四にこの記事未見。但し出題者は父の文時、当日、橘大納言好古が「腸断々々」と褒めた記事をさして「及第」といったものか。

（一四一頁脚注つづき）

たところ、王弘の白衣の使が酒をよこした故事(芸文類聚・九月九日)。晩花は花のうちで最もおそく咲く菊。○蘆洲… 蘆洲は白いあしの花の咲く川べの洲。「月色」云々は、満潮に従って月の色も益々白くさえる。葱嶺は西域地方の西端カラコルムの山々、葱《ね》の多生のため命名(漢書・西域伝・顔師古注)。雲膚は白雲を天のはだとみなしたもの。○霜鶴… 霜鶴は羽に白い霜のおく白鶴、沙鷗は白砂に遊ぶ白いかもめ。年鬢は年と共に白くなる鬢。皤然は白い様。「皤然」の下は補読。一 詩題によくかなった優れた作。謝観の「白賦」(和漢朗詠集所収)をまねたものか。二 本朝文粋、三十二首の詩文所収。三 和名類聚抄。醍醐帝の皇女勤子内親王の命によって選上した漢和辞書(序文参照)。四 揚(楊)雄は漢の成帝に仕え、羽猟賦その他の優れた賦を作る(文選所収)。許慎は後漢の人、説文解字を作った小学の大家。

本朝一人一首巻之五

向《かう》陽《やう》林《りん》子《し》輯《しふ》

林子《りんし》曰《い》はく、[一]寛弘年中《くわんこうねんちゆう》、[二]高階積善《たかしなのしげよし》当時《たうじ》の詩二巻《にくわん》を選《えら》び、『本朝麗藻《ほんてうれいさう》』と号《がう》す。[三]一巻逸《いつ》して一巻存焉《ぞんず》。作者《さくしや》多くは是才名《これさいめい》を以《もつ》て世に聞《きこ》へ、而《しか》して[四]明衡亦之《あきひらまたこれ》を取《と》る者也《ものなり》。然《しか》れども今之《これ》を読《よ》むときは、則《すなは》ち其の中一二《なかいちに》[五]聯《れん》の恰好《かつかう》有りと雖《いへど》も、未《いま》だ全篇《ぜんぺん》の[六]絶作《ぜつさく》を覚《おぼ》へず。是《ここ》に知んぬ、[七]具平《ともひら》、兼明《かねあきら》に及《およ》ばず、[八]以言《これとき》・積善《しげよし》が如《ごと》き、[九]朝綱《あさつな》・文時《ふんとき》に及ばざることを。[一〇]嗚呼《ああ》、皇運《くわううん》茲《ここ》自《よ》り漸微矣《やうやくかすかなり》。[一一]文章《ぶんしやう》亦時《またとき》と共《とも》に興衰《こうすい》す。[一二]今聊《いまいささか》彼《かれ》、此《ここ》より善《よ》き者《もの》各《おのおの》一首を載《の》す、と。

217 書中《しよちゆう》往事《わうじ》有《あ》り

一《いち》条《でう》帝《てい》

閑《しづ》かに典墳《てんぷん》に就《つ》いて日程《につてい》を送《おく》る　其の中《なか》の往事心情《しんじやう》に染《そ》む

一 一条帝の治世(一〇〇四―一二)。二 235の作者。三 巻上の巻首欠。四 268の作者。本朝文粋の撰者。五 一つ二つの対偶の二句に程よい作があるが。六 絶品。七 218の作者。兼明は206の作者。八 それぞれ233と235の作者。九 208と209の作者。一〇 底本、「嗚」を「鳴」に誤る、以下省略。一一 詩文。一二 とりあえず、まずは。

217 書物(特に古典)には学ぶべき過去の事(故事など)があって。[四]麗藻(「以レ情為レ韻」)。韻程・情・明・名・平、下平庚韻。○閑かに… 典墳は三墳五典の略。中国古代の三皇・五帝の書いた書物、読むべき古典。日程は日課。「染二心情一」は心の中に深くきざまれる。○百王… 百王は帝王たち。勝躅は優れた跡、業績。展は書巻を開く。○学得て… 追は追慕する。虞帝化は五帝の一人虞舜(帝舜有虞氏)の教化。恥は仁孝の名声をもつ漢の文帝に対して自分を恥しく思う。○多年… 前句、長年に渡って励んだのは仁と博愛を説く儒家(孔子の教え)と墨家(墨子の教え)に関係することであった。「縁レ底」は、俗語的表現、どうして。一「九五、飛竜在レ天、利レ見二大人一」(周易・乾)によって天子の位をいう。文字は詩文。二 219の作者藤原道長、一条朝の左大臣。三 源顕兼編の説話集、十三世紀初期の成立。以下の説話は巻一に所収。四 三光は日・月・星、君主をさす。叢

百王《ひやくわう》の勝躅篇《しようちよくへん》を開《ひら》けば見《み》　万代《まんだい》の聖賢巻《せいけんくわん》を展《の》ぶれば明《あき》らかなり
学得《まなびえ》て遠《とほ》く追《お》ふ虞帝《ぐてい》の化《くわ》　読来《よみきた》りて更《さら》に恥《は》づ漢文《かんぶん》の名《めい》
多年《たねん》稽古《けいこ》儒墨《じゆぼく》に属《ぞく》す　底《なに》に縁《よ》つてか此の時泰平《ときたいへい》ならざる

林子《りんし》曰《い》はく、[一]九五《きうご》の貴《き》に居《きよ》し、文字《もじ》に志《こころざし》有り、亦善《またよ》からず乎《や》。此の時政《まつりごと》大小《だいせう》と無《な》く[二]道長《みちなが》に決《けつ》す。末句《まつく》其叡慮《それえいりよ》を寓《ぐう》すること有る乎《か》。曾《かつ》て『[三]古事談《こじだん》』を見るに、曰はく、「帝親《みかどみづか》ら書《しよ》して曰はく、「[四]三光明《さんくわうめい》ならんと欲《ほつ》すれば黒雲光《こくうんひかり》を覆《おほ》ひ、叢蘭茂《そうらんも》せんと欲すれば秋風吹破《しうふうふきやぶ》る」と。帝崩《ほう》じて後《のち》、道長之《みちながこれ》を見て、破《やぶ》つて之《これ》を棄《す》つ」と。以《もつ》て并按《あはせあん》ずべし、と。

218　故工部橘郎中《もとのこうぼうきつらうちゆう》が詩巻《しくわん》に題《だい》す　『文粋《ぶんすい》』八に曰はく、侍読《じどく》工部橘郎中正通《まさみち》と　具平親王《ともひらしんわう》　村上帝《むらかみ》の子

君《きみ》が詩《し》一帙涙巾《いつちつなみだきん》に盈《み》つ　潘謝《はんしや》が末流原憲《まつりうげんけん》が身《み》
黄巻鎮《くわうくわんつね》に携《たづさ》ふ疎牖《そいう》の月　青衫《せいさん》長《とこしへ》に帯《お》ぶ古叢《こそう》の春
文華《ぶんくわ》は留《とど》まつて荊山《けいざん》の玉《ぎよく》と作《な》り　風骨《ふうこつ》は消《せう》して蒿里《かうり》の塵《ちり》と為《な》る
未《いま》だ茫茫天道《ばうばうてんだう》の理《ことわり》を会《くわい》せず　満朝《まんてう》の朱紫《しゆし》彼何人《かれなんびと》ぞ

林子曰はく、此の詩哀痛感慨《あいつうかんがい》、且《か》つ其の人の不遇《ふぐう》を憐《あは》れむ者至《ものいた》つて切《せつ》なり。疑《うたが》ふらくは是橘郎中《これきつらうちゆう》は正通歟《まさみちか》。具平能《ともひらよ》く彼《かれ》が才《さい》を知る。而《しか》うして彼に及ばざる者《もの》は、

蘭は芳香を放つ蘭の草むら、君主をさす。黒雲、秋風は道長を暗示。

218　逝去した橘正通(216の作者)宮内少丞の詩巻に書き記して。[典]麗藻。[韻]巾・身・春・塵・人、上平真韻。本朝文粋・八・源順「七月三日、陪㆓第七親王(具平親王)読書閣㆒…応教」の中に「侍読工部橘郎中正通」とみえる。○君が…　巾は手ぬぐいの類。潘謝は晋の潘安仁と宋の謝霊運(謝眺とも)、詩文に優れた官人(「詩品」)。原憲は孔子の弟子の子思、清貧の人(蒙求・原憲桑枢)。一二句は正通を以上の人々に譬える。○黄巻…　二句、正通の日常の態度を追慕する。黄巻は書籍。鎮は下句の「長」に同じ。疎牖月はわび住居の粗末な格子窓にかかる月。後句、青色の下級官吏の服をいつも着ている、枯草の草むらに一陽来復した春にも(春の除目にも任命されない意)。○文華…　彼の死後優れた詩巻は荊山産出の美玉の如く光り(韓非子・卞和)、その品格のある容姿は消えて蒿里(死者の魂が行くという泰山の南方の山、墓地)の塵あくたとなった。○未だ…　天の定めた禍福の道理が明らかでないのは私には理解できぬ、朝庭に溢れる朱紫(服や組みひもの朱と紫色)の高位高官には一体何者がなるのか。白詩0974・哭㆓従弟㆒「腰㆑金施㆑紫是何人」によるか。不遇の正通を哀悼する結び。一　216の「讃㆓藤在衡㆒」をさす。二　→216林子評。

朝《てう》に列《れつ》して、彼は下位《かゐ》に沈《しづ》む。故《ゆゑ》に哀慕《あいぼ》の意《い》有り。[一]前巻《ぜんくわん》に載《の》する所《ところ》正通が詩と併考《あはせかんが》ふべし。若《も》し然《しか》らば、則ち正通[二]高麗《かうらい》に赴《おもむ》くと称《しよう》するは、俗説《ぞくせつ》の訛《あやまりか》乎。具《とも》に平彼《ひらかれ》を知ること此《か》くの如《ごと》し。而《しか》も推挙《すいきよ》すること能《あた》はざるは、亦是朝政《またこれてうせい》に預《あづ》かること能《あた》はず、藤氏《とうし》に阿《おもね》つて言ふこと能はざる故也《ゆゑなり》、と。

219 暮《ぼ》秋《しう》宇治《ぢ》の別業《べつげふ》　　藤《ふぢ》原《はらの》道《みち》長《なが》

別業号《がう》して宇治の名《な》を伝《つた》ふ　　暮《ぼ》雲路僻《うんみちへき》にして華京《くわきやう》を隔《へだ》つ
柴門月静《さいもんつきしづ》かにして霜色《さうしよく》に眠《ねむ》り　　旅店風寒《りよてんかぜさむ》うして浪声《らうせい》に宿《やどり》す
戸《と》を排《ひら》いて遥《はる》かに看《み》る漁父《ぎよふ》の去《さ》るを　　簾《すだれ》を巻《ま》いて斜《なな》めに望《のぞ》む雁橋《がんけう》の横《よこ》たはることを
勝遊此《しよういうこ》の地《ち》猶尽《なをつ》くし難《がた》し　　秋興将《しうきようまさ》に移《うつ》さんとす潘令《はんれい》が情《こころ》

林子曰はく、藤氏《とうし》の権勢道長《けんせいみちなが》に至《いた》つて弥盛《いよいよさか》んなり。上《かみ》は[一]一人《いちじん》を侮《あなど》り、下《しも》は四《し》海《かい》を領《りやう》す。[二]男丞相《をのこしようじやう》と為《な》り、[三]女后妃《をんなこうひ》と為る。[四]『世継翁物語《よつぎのおきなのものがたり》』三巻、半《なか》ばは是《これ》道長《みちなが》の事《こと》、[五]赤染《あかぞめ》が『栄華物語《えいぐわものがたり》』四十巻、本是《もとこれ》道長の華美《くわび》を言はんが為《ため》に之《これ》を作《つく》る。其の[六]強大僭上勝計《きやうだいせんじやうしようけい》すべからず。曾《かつ》て[七]法成寺《ほふじやうじ》の大伽藍《だいがらん》を営《えい》す。故《ゆゑ》に俗《ぞく》に道長を称《しよう》して御堂関白《みだうのくわんばく》と曰《い》ふ。奢侈此《しやしか》くの如《ごと》し。而《しか》も詩を好《この》み且《か》つ書《しよ》を能《よ》くす、亦奇《またき》ならず乎《や》。

219 秋の夕べ(晩秋九月とも)宇治の別荘で。[興]麗藻(「暮秋於二左相府宇治別業一即事」)。[韻]名・京・声・横・情、下平庚韻。別荘は道長の子頼通の時に平等院となる。○別業…　路僻は道が遠く片よる、僻地。華京は京都。○柴門…　別業の景。「眠二霜色一」は白い霜の如き月のもとに眠る。旅店は旅の宿、ここは別業。「宿二浪声一」は宇治川の波の音を聞きながら一泊する。○戸を…　「漁父」は漁夫。底本二字欠、意によって補う(群書本「漢文」)。雁橋は宇治橋を雁の列にたとえたもの。○勝遊…　勝遊は心にかなった楽しい遊び。底本「雖レ尽」、群書本により訂。下句、この秋の興趣を、「秋興賦」(文選・十三)の作者河陽の県令潘安仁と同じ気持に移し及ぼそうと思う。一 天子。二 丞相は左右大臣の唐名。息子の頼通・教通などが摂関、太政大臣になったことなど。三 彰子が一条中宮、妍子が三条中宮になったことなど。四 大鏡。六巻本・八巻本などもある。五 赤染衛門。道長の妻倫子、娘彰子に仕えた女性。栄華物語は歴史物語の類、三十巻本も残る。六 身分を越えたおごりは数えきれない。七 京都市上京区、鴨川の西側、京都御所の東に造営された寺院(通称御堂)。

220 秋の某日、宋朝に渡った寂照上人の嘗つて住んでいた僧房に行って。→林子評、222林子評。[興]麗藻。

其の別業《べつげふ》洛外《らくぐわい》の宇治《うぢ》に在《あ》り。此《これ》は是暇日《これかじつ》逍遥《せうえう》の作《さく》也、と。

220 秋日《しうじつ》入宋《につそう》の寂照上人《じやくせうしやうにん》の旧房《きうばう》に到《いた》る　藤《ふぢ》原《はらの》伊《これ》周《ちか》

五臺渺渺幾由旬《ごだいべうべういくゆじゆん》　想像《をもひやるはる》遥かに逆旅《げきりよ》の身《み》と為《な》ることを

異郷縦《いきやうたと》ひ我《われ》を思ふ日無《な》くとも　他生豈君《たしやうあにきみ》を忘《わす》るる辰《とき》有らんや

山雲在昔去来《さんうんむかしきよらい》の物《もの》　魚鳥如今留《ぎよてうただいまる》守《す》の人

此《ここ》に到《いた》つて悵然帰《ちやうぜんかへ》ること未《いま》だ得《え》ず　秋風《しうふうく》暮るる処一《ところいつ》に巾《きん》を霑《うるほ》す

林子曰はく、伊周《これちか》は道長《みちなが》の姪《てつ》也。伊周嫡《ちやくた》為り、道長庶《しよた》為り。初《はじ》め伊周少《わか》うして内大臣《ないだいじん》と為《な》る。其の父関白道隆早世《くわんばくみちたかさうせい》一、道長之《これ》に代《かは》り万機《ばんき》二を預聞《あづかりき》く。伊周《これちか》、道長《みちなが》を詛《そ》三す。道長事無《ことな》く、権《けん》を争《あらそ》つて勝《か》つこと能《あた》はず。故に叔姪《しゆくてつ》交《こもごも》悪《にく》む。既《すで》にして伊周淫暴無礼《いんぼうぶれい》、左降《さかう》四せ被《ら》れて太宰帥《だざいのそつ》と為《な》る。故に帥内大臣《そつのないだいじん》と称《しよう》す。其の後赦《のちゆる》されて京《きやう》に帰《かへ》る。儀同三司《ぎどうさんし》五の宣《せん》を蒙《かうむ》る。其の行実《かうじつ》を論《ろん》ずるとき、則《すなは》ち取《と》る所《ところ》無し。

此の詩の如きは、則ち頗能《すこぶるよ》く情景《じやうけい》を写出《うつしいだ》す。寂照《じやくせう》六は大江《おほえ》姓《せい》、其の名《な》定基《さだもと》。髪《かみ》を薙《き》つて台徒《だいと》と為《な》り、宋《そう》に入り帰らず、と。

韻句・身・辰・人・巾、上平真韻。○五臺… 前句、五台山(中国山西省にある霊山、仏教の聖地)は遥かでどれだけの距離があるのか。由旬は梵語 yojana の音訳、四十里その他諸説がある。「逆旅身」は旅にある上人の身。○異郷… 異郷は異国宋にいる上人。他生は仏語、来世。○山雲… 旧房の情景。前句、去来は空を往来する。後句、(上人は帰らず)旧房の魚や鳥はいま留守番の人となる。○此に… 此は旧房。悵然は痛み嘆く様。一はひたすら、ひとえに。○巾→218。 一 道長の兄。長徳元年(九九五)没、四十三歳。 二 天下の政治を引受ける。底本「預-聞」。 三 そしる。 四 伊周二十二歳(長徳二年)の時。 五 「准大臣ノ自称」(書言字考)。寛弘二年(一〇〇五)。 六 参天台五台山記、元亨釈書・十六、善隣国宝記引用「楊文公談苑」など。長保五年(一〇〇三)入宋、長元七年(一〇三四)蘇州で没(円通大師とも)。台徒は天台宗の僧。

221 ↓219。左相府は左大臣道長。即事は目前の景をあるがままに詩に詠む。興麗藻。○一たび… 下句、風景をめで詩を作る風流をしつつ日ぐれに至った。○交… 前句、荘子・山木篇「君子之交、淡若レ水」を、後句、論語・子罕篇「歳寒、然後知二松栢之後一レ彫也」を踏まえる。砌は軒下の石だたみ。「好」は底本「ヲ好ム」を改訓。○門前… 宇治川畔の山水の景を中

韻従・春・松・峰・蹤、上平冬韻。

221 暮《ぼ》秋左相府《しうさしやうふ》が宇治《うぢ》の別業即事《べつげふそくじ》

藤《ふぢ》原《はらの》隆《たか》家《いへ》

一《ひと》たび別業を尋《たづ》ねて相従《あひしたが》ふことを許《ゆる》す　賞翫風流下春《しやうぐわんふうりうかしよう》に到《いた》る
交淡《まじはりあは》うして偏《ひと》へに砌《みぎり》を廻《めぐ》る水に宜《よろ》し　契堅《ちぎりかた》うして最《もつと》も軒《のき》を払《はら》ふ松に好《よ》し
門前《もんぜん》秋を導《みちび》く三巴峡《さんはけふ》　牕裡《さうり》暮《くれ》に迎《むか》ふ五老峰《ごらうほう》
此地《このち》の勝形聞《しようけいき》いて相看《あひみ》　川を済《わた》る舟檝先蹤《しうしふせんしよう》を継《つ》ぐ

林子曰はく、隆家《たかいへ》は伊周《これちか》の弟《おとうと》。本是淫暴無礼《もとこれいんぼうぶれい》、伊周と同《おな》じく左遷《させん》一。然《しか》れども赦《しや》二に逢《あ》うて納言《なごん》に復《ふく》し、官拾遺《くわんしふゐ》三を兼《か》ぬ。蓋《けだ》し道長叔姪《みちながしゆくてつ》の好《よしみ》を以《もつ》て、旧怨《きうゑん》を咎《とが》めざる乎《か》。

此《こ》の詩頸聯可也《けいれんかなり》。末句《まつく》道長を以て傅説《ふえつ》四に比《ひ》す。豈其然《あにそれしか》らん乎《や》。阿諛《あゆ》の甚《はなは》だしき、千歳《せんざい》の笑《せう》に供《きよう》す、と。

222 富楼那《ふるな》を探得《さぐりえ》たり

源《みなもとの》俊《とし》賢《かた》

出《い》でて釈氏《しやくし》富楼那に従《したが》ふ　字《あざな》は是満江意幾多《これまんかういいくばく》ぞ
智恵風高《ちゑかぜたか》うして詞霧《ことばきり》を巻《ま》き　辯才浪涌《べんさいなみわ》いて口河《くちかは》を懸《か》く

国三巴峡と五老峰にたとえたもの。前者は楊子江の上流四川省巴東・巴西・中巴の地の名高い峡谷、後者は江西省廬山の東南の峰。○此地…勝形はすぐれた景色。相看の相は助字。後句、昔の人が舟で宇治川を渡ったように今もそのままだ。↓林子評。一 長徳二年(九九六)四月、出雲権守に左遷。二 長徳三年四月。三 侍従の唐名。四 黄河を渡って南に移った中国古代殷国の子孫高宗の夢によって見出され、後に宰相となる(史記・殷本紀)。

222 勧学会の詩席で富楼那という題が当って。富楼那は釈迦十大弟子の一人(法華経・五百弟子受記品)。底本の「探得」を訓読。興麗藻。韻那・多・河・他・婆、下平歌韻。○釈氏…　出は出家する。満江は未詳(富楼那は満願(子)・満慈子などに意訳)。意は志向、思わく。幾多は数量の多いこと。○智恵…　前句、富楼那の智恵のたとえ。風が空高く吹いて暗い霧を巻き収めるような智恵の言葉の明快さをいう。後句、説法や弁舌の才能のあるたとえ。浪がわき上り口に河水をかけたように滔々と語る。底本「辨才」を意改。○慈悲…　「慈悲内契」は人に慈悲(仏教語)を与える事を心の中にちぎる。「利益外情」は利益(仏教語)を外に及ぼそうとする心情。○第一…富楼那についていう。名聞は名声、評判。三世は過去・現在・未来。いず

慈悲《じひ》内契《ないけい》我《われ》に由《よ》る応《べ》し　利益《りやく》外《ぐわい》情《じやう》他《た》を忌《い》むに似《に》たり
第一《だいいち》の名聞《みやうもん》三世《さんぜ》に久し　生生《しやうじやう》展転《てんでん》娑婆《しやば》に在り

林子曰はく、俊賢《としかた》は延喜《えんぎ》[一]の皇孫《くわうそん》、高明《たかあきら》[二]の子《こ》也。高明博識《はくしき》、本朝《ほんてう》の故事《こじ》に熟《じゆく》す。所謂《いはゆる》『西宮記《せいきゆうき》』[三]其の著《あら》はす所《ところ》也。藤氏《とうし》[四]と隙有《げきあ》つて左降《さかう》せらる。故に俊賢亦沈淪《またちんりん》す。今此の詩、平生釈氏《へいぜいしやくし》を好《この》み、偶題《たまたまだい》[五]を探《さぐ》つて之《これ》を得《え》たる者乎《ものか》。頷聯稍好《がんれんややよ》し。

按《あん》ずるに陶九成《たうきうせい》[六]が『書史会要《しよしくわいえう》』に謂《い》はく、「宋《そう》の景徳《けいとく》[七]三年、日本《につぽん》の僧寂照入貢《そうじやくせうにふこう》、曰はく、「国中王右軍《こくちゆうわううぐん》[八]が書《しよ》を習《なら》ふ」と。照頗筆法《せうすこぶるひつぱふ》を得たり。後南海《のちなんかい》の商人《しやうにん》の船其の国自《くによ》り還《かへ》る。国王《こくわう》の弟《おとうと》、照《せう》[九]に与《あた》ふる書を得たり。野人若愚《やじんじやくぐ》[一〇]と称《しよう》す。又左《またさ》大臣藤原道長《だいじんふぢはらのみちなが》が書《しよ》、又治部卿《ぢぶきやう》[一一]源《みなもとの》従英が書《しよ》、凡《およ》そ三書皆《さんしよみなに》[一二]二王《わう》の迹《あと》にして、若《じやく》愚《ぐ》が章草特《しやうさうとく》に妙《めう》なり。中土《ちゆうど》[一三]、書《しよ》を能《よ》くする者《もの》も亦能及《またよくおよ》ぶこと鮮《すくな》し。紙墨光精《しぼくくわうせい》。左大臣は乃し今《いま》[一四]国《くに》の上相《じやうしやう》、治部は九卿《きうけい》[一五]の列《れつ》也」と云云《うんうん》。

[一六]先考曾《せんかうかつ》て余《よ》に語《かた》つて曰はく、「昔惺窩《むかしせいくわ》[一七]と此の事を談《だん》ず。道長同時《みちながどうじ》を以《もつ》て之《これ》を考《かんが》ふれば、則ち野人若愚《やじんじやくぐ》は蓋《けだ》し是具平仮託《これともひらかたく》[一八]の名乎《なか》。源治部《げんぢぶ》従英未《いま》だ誰《たれ》と為《な》すことを知らず。按《あん》ずるに、景徳《けいとく》三年、我が寛弘《くわんこう》三年に当《あた》る。而《しか》うして具平寛弘六年を以て薨《こう》ず。其の照《せう》に与《あた》ふる書《しよ》、公《あらは》に其の名を言はずと雖《いへど》も、而《しか》も照之《これ》を悟《さと》り王《わう》弟《てい》と称《しよう》す」と。則ち惺窩《せいくわ》の言固当《げんまことにあた》れり。今窃《いまひそ》かに寛弘《くわんこう》『公卿補任《くぎやうぶにん》』[一九]を考《かんが》ふるときは、則ち寛弘元年俊賢参議《さんぎ》自《よ》り中納言《ちゆうなごん》に転《てん》ず、二年[二〇]治部卿を兼《か》ぬ。且つ俊

れも仏教語。後句、生れかわり死にかわり転々と流転してこの世に生きている。生生・展転・娑婆は仏教語。

一 醍醐帝、187の作者。 二 源高明、醍醐帝の子。 三 有職故実の書。「サイグウキ」とも。 四 安和二年(九六九)三月大宰員外帥に左遷。 五 探題の意。詩席で出題の中からくじなどで題を探し取ること。 六 以下、明の陶宗儀(字は九成)の書史会要・八の記事。「書史」を底本「諸史」に誤る。 七 一〇〇六年(一条帝寛弘三年)。寂照→220林子評。 八 東晋の書家王羲之。「晋人…官至ニ右将軍ー…尤於レ書得ニ今昔之妙ー」(書言字考)。 九 寂照。 一〇 宋人にもこのあざなをもつ者もあるが、特にここは在野の人である若い愚人の意を含ませた戯れか。 一一 治部卿は治部省の長官。「卿」を底本「郷」に誤る、以下同じ。「従英」の訓未詳。 一二 王羲之と子の王献之。 一三 中国本土。 一四 →42。上相は宰相。 一五 中国で三公につぐ九人の高官。 一六 亡父林羅山。 一七 藤原惺窩。羅山の師。 一八 218の作者。 一九 朝廷の高官職員録。ここは寛弘年間(一〇〇四–一三)の部分。 二〇 長保三年(一〇〇一)十月(公卿補任)。 二一 草書。 二二 中華の人、ここは宋人。 二三 ここは書写の文字が変る。 二四 「これら」に同じ。 二五 弟の林靖(守勝。羅山の四男)。号は函三子。

詩会の題。晴れ上って後に山や川は清くて。興麗藻(「探得ニ遊

賢の二字《にじ》草《さう》二一に書《しよ》すれば、従英と筆画相類《ひつかくあひるい》す。其《そ》の時照《ときせう》が言語《げんご》華人《くわじん》二二 詳《つまびらか》に通《つう》ずること能《あた》はず。故に流転《るてん》二三此《か》くの如き乎《か》。管見《くわんけん》此《か》くの如し。然《しか》れども惺窩《せいくわ》喚起《くわんき》すべからず。二四先考亦逝《せんかうまたせい》す。追《お》つて往事《わうじ》を懐《おも》ひ、覚《おぼ》えず涙《なみだ》の下《くだ》ることを。嗚呼《ああ》、今誰《たれ》と共《とも》にか此《こ》の等《ら》の事《こと》を談《だん》ぜん乎《や》。唯《ただ》二五家弟函三生《かていかんさんせい》有る而已《のみ》、と。

223　晴後山川清《はれたるのちさんせんきよ》し

藤《ふぢ》　原《はらの》　公《きん》　任《たふ》

山霽《やまは》れ川清《かはきよ》うして景趣幽《けいしゆいう》なり　近《ちか》く望《のぞ》めば雨脚東流《うきやくとうりう》に対《たい》す
嶺《みね》は毛女《もうぢよ》を摸《も》して唯青黛《ただせいたい》　浪《なみ》は漁翁《ぎよおう》に伴《ともな》つて自《おの》づから白頭《はくとう》
雲霧《うんむ》靄《もや》収《をさ》まる松月《しようげつ》の曙《あけぼの》　菰蒲《こほ》煙《けむり》巻《ま》く水風《すいふう》の秋《あき》
仁《じん》と云《い》ひ智《ち》と云ひ相楽《あひたの》しむに足《た》れり　宜矣登臨勝遊《むべなりとうりんしようゆう》を促《うなが》すことを

林子曰はく、公任《きんたふ》は清慎公《せいしんこう》一の孫《まご》にして、廉義公《れんぎこう》の子也。実《じつ》に是摂家《これせつけ》の正嫡《せいちやく》也。然《しか》れども道長《みちなが》の強大《きやうだい》を以《もつ》て、執柄《しつぺい》二に任《にん》ずること能《あた》はず。寛弘《くわんこう》の初《はじ》め中納言《ちゆうなごん》を以て、三左衛門督《さゑもんのかみ》を兼《か》ぬ。四貴族《きぞく》と曰《い》ひ、五才調《さいてう》と曰ひ、六黄門《くわうもん》・金吾《きんご》の官職《くわんしよく》を屑《もののかずとせ》ず。故に七宦仕《くわんし》の勤《つとめ》稍《やや》懶《おこた》る。此の詩を見るときは、則ち目を山水《さんすい》に遊《あそ》ばしめ、不平《ふへい》の懐《おもひ》を遣《や》る乎《か》。一二《に》聯稍好《れんややよ》し。唯末句《ただまつく》未可《みか》八なることを覚《おぼ》ふ、と。

字こ」)。韻幽・流・頭・秋・遊、下平尤韻。○山… 雨脚は雨あし。底本「西脚」、群書本麗藻による。東流は東側を流れる川、宇治川か。○嶺は… 前句は古代中国の美人毛嬙(荘子・斉物論)のまゆ墨のように青い峰の形容。後句はすなどりする老人のしらが頭のように白い波をたてる川浪の形容。中唐張志和「漁父詞」の漁翁を暗示。伴は従う。○雲霧… 菰蒲はまこもやがま、水辺の草。煙巻はもやの類が巻き収まる。水風は水辺を吹く風(菰蒲と共に白詩語か)。○仁と… 原文「云レ仁云レ智」の「云」は「ココニ」などともよまれる指定の機能の弱い助字で、「仁智」というに同じく、山水の意(論語・雍也篇。↓11)。登臨は「登レ山臨レ水」(宋玉・九弁)の意。勝遊は心にかなった遊び、遊覧。一 藤原実頼。廉義公は頼忠。二 摂政関白の要職。三 左衛門府の長官。四 摂家の正嫡。五 才能にめぐまれた様。六 中納言の唐名。七 官仕に同じ。八 不十分。

224　冬の日に飛香舎(易林本に右傍訓「フヂツボ」)で敦康親王(一条天皇第一皇子)が始めて御註孝経を読むのを聞いて、親王の下命に従っての詩。御註孝経は唐玄宗の注(開元十年撰、天宝二年重注)、清和帝貞観二年(八六〇)頃より講読。典麗藻(群書本、「於」を「陪」に、「註」を「注」に作る)。韻霜・王・忘、下平陽韻。

224 冬日《とうじつ》飛香舎《ひきやうしや》に於《お》いて第一皇子《だいいちのくわうし》始《はじ》めて御註孝経《ぎよちゆうかうきやう》を読むを聴《き》く、教《けう》に応《おう》ず

菅《すが》 原《はらの》 輔《すけ》 正《まさ》

頽齢八十有餘霜《たいれいはちじふいうよさう》　未《いま》だ神聡《しんそうわ》我が王《わう》に似《に》たることを見ず

遺老愚言君記取《ゐらうぐげんきみきしゆ》せよ　一経造次《いつきやうざうじ》も忘《わす》る応《べ》からず

林子曰はく、輔正《すけまさ》は淳茂《あつしげ》[一]の孫《まご》也。歴仕《れきし》、寛弘《くわんとう》[二]に至《いた》つて、其の齢《よはひ》八旬餘《はちじゆんよ》[三]、世家《せいか》[四]老儒《らうじゆ》を以て此の席《せき》に列《れつ》す。其の詩平易《へいい》、然《しか》れども勧戒《くわんかい》の意《い》有り。規祝《きしゆく》[五]の言《げん》に拘《かかは》らず、度量《どりやう》有りと謂《い》ひつべし。没後《ぼつご》[六]神《かみ》と為《し》て北野《きたの》廟《べう》に従祀《じゆうし》す。良《まこと》に以有《ゆへ》る也。

按《あん》ずるに、此の時《とき》、群臣《ぐんしん》詩を献《けん》ず、江以言序《がうのこれときじよ》[七]を作る。時に寛弘二年十一月[八]也。然《しか》らば則ち皇子は一条《いちでう》[九]帝の子にして、道隆《みちたか》[一〇]の外孫《ぐわいそん》也。帝譜《ていふ》を以て之《これ》を考《かんが》ふれば、則ち後一条《ごいちでう》[一一]・後朱雀猶未《ごしゆしやくなをいま》だ生《うま》れざるときは、則ち敦慶親王《あつよししんわうか》[一二]乎。道長《みちなが》の外孫為《ぐわいそんた》らざるを以《もつ》て、故に儲君《ちよくん》[一三]と為《な》ること能《あた》はず。然《しか》れども此の会《くわい》道長之《これ》を挙《あ》ぐ[一四]、と。

225 同　じ　く

菅《すが》 原《はらの》 宣《のり》 義《よし》

天孫《てんそん》初《はじ》めて析《わか》つ天経《てんけい》の義《ぎ》　孔父《こうふ》の旧章唐帝《きうしやうたうてい》の心《こころ》

〇頽齢…　餘霜は余年。後句、人なみ優れた聡明さの点ではわが親王に匹敵するものはない。〇遺老…　遺老は作者をさす。記取は記憶する、「取」は動詞の後につく助字。一経は一つの経書、ここは孝経。造次はとっさの場合、わずかの時間(論語・里仁篇、集解「急遽」)。一 204の作者。二 一条帝代。三 八十歳あまり。四 代々官吏として仕える家柄。五 教訓と祝福。六 古今著聞集・一。七 本朝麗藻、本朝文粋・九所収。八 一〇〇五年十一月十三日(日本紀略)。九 217の作者。一〇 →220注一。一一 第六十八代・六十九代の帝、道長の外孫。一二 誤。敦慶親王は宇多帝の子。一三 皇太子。一四 挙行する。

225 →224。典麗藻(群書本「同前」)。韻心・参、下平侵韻。〇天孫…　天孫はここは敦康親王。「析」云々は孝経の意義を分析する。孝経・三才章「孝、天之経也」。後句、御註孝経は孔子の古い章句で、また玄宗の心でもある。〇忽ち…　忽はたまたま。神聡は親王の聡明。底本「神聴」、群書本麗藻による。→224。後句、世の中はすべて曾子の如き孝行者になることは確かだ。定知は確かさを示す推量の句。曾参は孔子の弟子曾子、至孝の人。一 209の作者。

226 風や月の自然界に思いをよせることに飽きたりないで。典麗藻(「夏日同賦…、深字」)。韻心・深・

忽《たちま》ち感《かん》ず神聡孝行《しんそうかうかう》多きことを　定《さだ》めて知る四海《しかい》悉《ことごと》く曾参《そうしん》なることを

林子曰はく、宣義《のりよし》は文時《ふんとき》の孫《まご》也、と。

226 未《いま》だ風月《ふうげつ》の思《おもひ》に飽《あ》かず　源《みなもとの》則忠《のりただ》 延喜《えんぎ》帝の孫、盛明《もりあきら》の子

風月自《おの》づから通《つう》ず幾客心《いくかくしん》　相携《あひたづさ》へて未だ飽《あ》かず思《おもひ》尤《もつと》も深《ふか》し

文場猶嗜《ぶんぢやうなをたしな》む窓《まど》を照らす影《かげ》　詩境更《しきやうさら》に耽《ふけ》る竹を過《よぎ》る音《おと》

幽谷《いうこく》の春遊誰《しゆんいうたれ》か足《た》ると作《な》さん　高楼《かうろう》の夜《や》宴久《えんひさ》しく吟《ぎん》じ難《がた》し

此の時独《ときひと》り恨《うら》む才用無《さいような》きことを　其簪《それしん》を抽《ぬ》いて暮《ぼ》林《りん》に入《い》るを奈《いか》ん

林子曰はく、則忠才名《のりたださいめい》世に聞《き》かず。詩も亦然《またしか》り、と。

227 除名《ぢよめい》の後《のち》初めて三品《さんぼん》に復《ふく》し、重陽《ちようやう》の日《ひ》宴席《えんせき》に倍《ばい》することを得《う》、情《じやう》感《かん》の催《もよほ》す所《ところ》、罷《や》めんと欲《ほつ》すれども能《あた》はず、聊《いささか》鄙懐《ひくわい》を述《の》べて諸知《しよち》己《き》に呈《てい》す　藤原《ふぢはらの》有国《ありくに》

我《われ》は是柴荊貶謫《これさいけいへんたく》の人　豈図《あにはか》らんや徴召《ちようせう》せられて文賓《ぶんぴん》に列《れつ》せんとは

名《な》を除《のぞ》かる二月花開《にぐわつはなのひら》くる日　詔《みことのり》を待《ま》つ重陽菊綻《ちようやうきくのほころ》ぶる辰《とき》

音・吟・林、下平侵韻。○風月… 幾客心は幾人かの旅人(参加者)の心。尤はとりわけ、甚だ。○文場… 文場は文人たちの作詩の場所。影は夏の月かげ。音は風の音。○幽谷… 夜宴は夏の夜の宴。○此の… 才用は才能とその働き、ここは詩才。後句、かんざしをぬいて(辞官)夕暮れの林に入ろうとするのをどうしようか(どうにもならないほどだ)。「其奈」は「如何」に同じく、白詩などに見える句法。一般にイカンセンと訓む。―日本詩紀・二十八に二首所収。

227 除名は一条帝正暦二年(九九一)一月のそれ。翌三年七月、従三位に復位。重陽日は三年九月九日(以上、日本紀略)。(典)麗藻。(韻)人・賓・辰・紉・身・塵・薪・鱗・秦・新・紳、上平真韻。○我は… 柴荊はしばといばら、あばら家。貶謫は除名され太宰府に追放されたこと。徴召は罪を許され都へ召されたこと。文賓は文雅の客。○名を… ↓詩題。○籬落… 九日の宴の様。前句、菊酒に酔った隠士陶淵明の故事。籬落はまがき。後句、屈原・離騒「紉二秋蘭一以為レ佩」による。楚の臣下屈原が香草の草むらの秋蘭をつないで帯としたようなことは笑止千万(官人として身をかざるようなことはしない)。○忽ち… 前句、たまたま許されて田舎者の服(太宰府での生活)を投げ捨てると、当時の憂いの涙が一ぱい。朝衣は官人の服。賁(ヒ)は

籬《り》落《らく》陶《たう》隠《いん》が酔《すゐ》を要《もと》めず　蘭《らん》叢《そう》楚《そ》臣《しん》が紉《じん》を笑《わら》ふ応《べ》し
忽《たちま》ち野《や》服《ふく》を抛《なげう》つて愁《しう》涙《るい》染《そ》む　更《さら》に朝《てう》衣《い》を着《ちやく》して老《らう》身《しん》を賁《かざ》る
溘《はやく》死《し》して空《むな》しく黄《くわう》壌《じやう》の骨《ほね》と為《な》り　憖《なまじいに》生きて再《ふたた》び紫《し》宸《しん》の塵《ちり》を踏《ふ》む
半《なか》ば焦《こ》げたる桐《とう》尾《び》燼《もえくひ》を残《のこ》すと雖《いへど》も　已《すで》に朽《く》ちたる松《しよう》心《しん》薪《たきぎ》と作《な》ることを免《のが》る
籠《ろう》鶴《かく》雲に放《はな》ちて泥《でい》翅《し》を振《ふ》り　轍《てつ》魚《ぎよ》水を得《え》て枯《こ》鱗《りん》を潤《うるほ》す
鬢《びん》斑《まだら》なる蘇《そ》武《ぶ》初めて漢《かん》に帰《かへ》り　舌《した》在《あ》る張《ちやう》儀《ぎ》遂《つひ》に秦《しん》に入《い》る
運《うん》は秋《しう》蓬《ほう》風《ふう》処《しよ》に転《てん》ずるに任《まか》す　栄《えい》は朝《てう》菌《きん》露《ろ》中《ちゆう》に新《しん》なるに同《おな》じ
簪《しん》を抽《ぬ》いて将《まさ》に学《まな》ばんとす空《くう》門《もん》の法《ほふ》　未《いま》だ皇《くわう》恩《おん》を報《ほう》ぜざれば未だ紳《しん》を解《と》かず

林子曰はく、有国《ありくに》は参議《さんぎ》真夏《まなつ》が後《のち》也。其の高祖《かうそ》家宗《いへむね》法界寺《ほふかいじ》を[一]江州《がうしう》日野《ひの》に建《た》つ。茲《ここ》自《よ》り日野《ひの》を以て家号《かがう》と為《な》す。其の父輔道《すけみち》対策《たいさく》、[二]儒家《じゆか》に列《れつ》す。有国《ありくに》に至《いた》つて家《か》風《ふう》を揚《あ》ぐ。村上《むらかみ》・冷泉《れいぜん》・円融《えんゆう》・花山《くわさん》・一条《いちでう》に歴仕《れきし》し、三品《さんぼん》に叙《じよ》し、[三]勘解由長《かげゆのちやう》官《くわん》に任《にん》ず。[四]長徳《ちやうとく》元年[五]太宰大弐《だざいのだいに》に左遷《させん》す。同《どう》三年本位《ほんゐ》に復《かへ》り参議《さんぎ》に任《にん》ず。時《とき》に年《とし》五十九。

此の詩蓋《けだ》し本位に復《ふく》し、京《きやう》に帰り、朝宴《てうえん》に列《れつ》して、謫居《たくきよ》の鬱懐《うつくわい》を述《の》ぶる者也《ものなり》。首尾《しゆび》連続《れんぞく》、韻《ゐん》を押《あふ》すること拙《せつ》ならず。唯覚《ただおぼ》ふ、蘇武《そぶ》・張儀相対《ちやうぎあひたい》し、[六]忠邪類《ちゆうじやるい》せざることを。一時《いちじ》の詩料《しれう》為《た》りと雖《いへど》も、慎《つつし》まざるべからず。此の人子《ひとし》孫連綿《そんれんめん》、世才学《よさいがく》有り。凡《およ》そ諸儒家《しよじゆか》登庸《とうよう》、日野《ひの》の流《りう》、官爵絶倫《くわんしやくぜつりん》、と。

飾る(周易・序卦「賁者飾也」)。○溘…　前句、早く死んだら空しくあの世の骨となっただろうに。憖はなまじっか。紫宸は紫宸殿、宮中。○半ば…　前句、→166詩題注。自分の身にたとえる。後句、文選・古詩十九首「松柏摧為ㇾ薪」を踏まえ、許されて都に帰ったことをいう。○籠鶴…　作者の喜びを鳥魚にたとえる。轍魚は車のわだちの跡にできた水たまりの魚、ふな(荘子・外物篇)。枯鱗はひからびた魚のうろこ。○鬢…　鬢斑はごましお頭。底本「鬢班」、群書本麗藻による。蘇武は前漢の武将、匈奴に捕えられたが十九年目に帰国(漢書・蘇武伝)。後句は楚にとらわれたが、諸国を遊説し秦を覇者とした春秋戦国の遊説家張儀の故事(史記・張儀列伝)。○運は…　秋蓬は秋のよもぎ、その根は風に吹かれて転々とする。運命のままにまかす作者の身のたとえ。後句、朝ひらく芝菌(きのこの類)が露の中に新しくみえるが、夕方には枯れるのに等しい、栄誉のはかなさ(荘子・逍遥遊篇「朝菌不ㇾ知㆓晦朔㆒」)。○簪を…　「抽ㇾ簪」→226。空門法は仏教の法、仏法。仏教語。後句、再び都へ召されたのはまだ御恩にむくいていないので高官(貴紳)の地位を解かれないのであろうか。一　滋賀県蒲生郡日野町。但し今は京都市伏見区日野にある。二　官吏登庸試験の対策文に合格する。三　令外官。官吏交替の際に引継ぎの

228 宇治《うぢ》の別業即事《べつげふそくじ》

源孝道《みなもとのたかみち》　清和《せいわ》の玄孫《げんそん》、満仲《みつなか》の子

河水《かすい》は西に横《よこ》たはり山は東《ひがし》に峙《そばた》つ　王程《わうてい》頗《すこぶる》僻《へき》す洛陽宮《らくやうきゆう》
煙霞《えんか》奴僕《どぼく》尋常《じんじやう》の物《もの》　泉石資《せんせきし》儲造化《ちよざうくわ》の功《いさをし》
庾信《ゆしん》が園山境《そのさんきやう》の月《つき》に非《あら》ず　陶潜《たうせん》が家相門《いへしやうもん》の風《かぜ》を隔《へだ》つ
如何《いかん》ぞ別業幽奇《べつげふいうき》の地《ち》　主客公卿《しゆかくくぎやう》此《こ》の中《なか》に会《くわい》す

林子曰はく、是亦道長《これまたみちなが》に従《したが》ひ、宇治の別業に赴《おもむ》くの作《さく》也。頗《すこぶる》其の景《けい》を写《うつ》すと雖《いへど》も、未《いま》だ諷諭《ふうゆ》の意《い》を見ず、と。按《あん》ずるに、孝道《たかみち》が父《ふ》兄悉《けいことごと》く是武《これぶ》門《もん》の豪《がう》也。然《しか》るに孝道独《ひと》り文筆《ぶんぴつ》を弄《ろう》す。奇《き》と謂《い》ひつべし。実《じつ》は清和《せいわ》の曾孫元亮《そうそんもとあきら》の子《こ》也。満仲《みつなか》之《これ》を養《やしな》ふ。

229 玉井《たまのゐ》の山荘《さんさう》に題《だい》す

藤原為時《ふぢはらのためとき》　良門《よしかど》の玄孫《げんそん》

玉井の佳名《かめい》世《よ》に称《しよう》せ被《ら》る　松楹《しようえい》半《なか》ば接《せつ》す碧岩稜《へきがんりよう》
山雲舎《さんうんやど》を繞《めぐ》つて幔《とばり》を褰《かか》ぐ応《べ》し　澗月牕《かんげつまど》に臨《のぞ》んで燈《ともしび》に代《か》へんと欲《ほつ》す
梅寒花《うめかんくわ》を発《ひら》いて朝《あした》に雪を見《み》　水幽響《みづいうきやう》を収《をさ》めて夜《よは》に氷《こほり》を知る
池辺何物《ちへんなにもの》か相尋《あひたづ》ねて到《いた》らん　雁《かり》は来賓《らいひん》と作《な》り鶴《つる》は朋《とも》と作る

書類などの審査に当る官(書言字考「唐名勾勘」)。四 一条帝の代、九九五年。五 太宰府の次官。六 蘇武の忠と張儀の口舌を以てする邪道。

228 もとの詩題は221に同じ。典麗藻。韻東・宮・功・風・中、上平東韻。○河水… 河水は宇治川。後句、王事のために赴く(都から宇治への)旅程は甚だ遠く片田舎にある。洛陽宮は唐の長安宮に対する副都、ここは宇治の別荘。219の第二句「…路僻隔二華京一」の類句。○煙霞… もやや霞などの物色はしもべの如くそばにあっていつでも眺められるもの、別荘の庭園の池や石が蓄えられよく配置されているのは人工の功績によるものだ。○庾信… 庾信園は北周の代表詩人庾信の「小園賦」にみえる園。その園から眺める山のはざまの月よりも美しい別荘の月の眺めだ。底本「山境日」、群書本麗藻による。後句は、別荘の静けさを隠士陶淵明のそれにたとえたもの。「相門」云々は、車馬の出入りの激しい宰相の門の風塵を隔てて静かだ(陶潜「飲酒二十首」の「結レ廬在二人境一、而無二車馬喧一」)。○如何… 如何はなんとすばらしいことか。此中はここの意、唐詩に多い俗語。「卿」を底本「郷」に誤る。――→219。

229 玉井の山荘の壁などに詩を書きつけて。麗藻の原注「在二和泉国一云々」。清水の湧き出た大阪府和泉市小田町の辺か。典麗藻。韻称・

林子曰はく、玉井和泉《たまのゐいづみ》の国に在《あ》り。蓋《けだ》し其為時《それためとき》が一采地《さいち》此《ここ》に在る乎《か》。此の詩頗《すこぶる》能《よ》く景致《けいち》を写《うつ》す。是《ここ》に知《し》んぬ、二彼山林《かれさんりん》を忘《わす》れざる者《もの》也。世《よ》に伝《つた》ふ、「為時《ためとき》が娘《むすめ》紫式部《むらさきしきぶ》『源氏物語《げんじものがたり》』を作る、実《じつ》は是《これ》為時が筆《ふで》也」と。未だ然否《ぜんぴ》を知らず。若《も》し小《せう》を以《もつ》て大《だい》に准《じゅん》じて之《これ》を言《い》はば、則ち式部《しきぶ》が為時《ためとき》に於ける、三猶班彪《なをはんぴう》が昭《せう》有《あ》り、四蔡邕《さいよう》が琰《えん》有るがごとき乎《か》、と。

230 秋夜《しうや》月《つき》に対《たい》して入道尚書禅公《にふだうしやうしよぜんこう》を憶《おも》ふ　源　為憲《みなもとのためのり》　光孝帝《くわうかう》の玄孫《げんそん》

去年君《きよねんきみ》を尋《たづ》ぬ談話《だんわ》の夜《よ》　飛香樹《ひきやうしや》の東《ひがし》秋月《しうげつ》明《あき》らかなり
今夜《こんや》憶《おも》ふ君《きみ》が端居《たんきよ》の夜《よ》　教業坊中《けうげふばうちゆう》秋月清《きよ》し
一虧《いつき》一盈《いちえい》月《つき》相似《あひに》たり　時《とき》去《さ》り時来《きた》りて人同《ひとおな》じからず
我《わ》が衰鬢《すいびん》に当《あた》つては白《しろ》辨《べん》じ難《がた》し　君《きみ》が観念《くわんねん》に入つては空《くう》を覚《かく》す応《べ》し
何事《なにごと》ぞ閑対《ひまにたい》して相憶《あひおも》ふことを得《え》たる　員外官《ゐんぐわいくわん》冷《つめ》たうして営《いとな》む所無し
定《さだ》めて知る山月《さんげつ》遅来《おそくきた》るを咲《わら》はん　行年君《かうねんきみ》に比《ひ》すれば二年《にねん》の兄《けい》

林子曰はく、此の詩一居易《きよい》が体《てい》を学《まな》び、稍感慨深切《ややかんがいしんせつ》なるを覚《おぼ》ふ。二『江談《がうだん》』に曰はく、「為憲、橘正通《たちばなのまさみち》と共《とも》に源順《みなもとのしたがふ》が弟子《でし》と為《な》る。而《しか》うして正通先輩為《せんぱいた》り。然《しか》れども順《したがふ》其の家集《かしふ》を以て為憲《ためのり》に附《ふ》す」と。為憲才名《さいめい》を以て当時《たうじ》

稜・燈・氷・朋、下平蒸韻。○玉井… 後句、山荘の松の柱は青緑いろの岩かどに半ば触れる、接近する。底本「半按」、群書本麗藻による。○山雲… 前句、山の雲が山荘にまつわりついて、暗くて帳を上げなければならぬほどだ。○梅… 「見ㇾ雪」は雪が降ったかと思われる。「知ㇾ氷」は水が凍ったかと気づく。○池辺… 二句、自問自答の形。何物は「何」に同じ、「物」は助字、俗語的用法。「尋」は「ツギテ」(続いて)とも訓める。来賓は来客(礼記・月令「季秋之月…鴻雁来賓」)。「鶴作ㇾ朋」は孤高清節の鶴が朋友としてやって来る。鶴を友とすることは白詩などにもみえる。

一 知行処。二 →6注二。三 後漢の人。漢書の未完成のまま没し、その子の班固と妹の班昭が完成。四 後漢の人。琰は娘の蔡琰(詩人)、父の遺書を写して曹操に呈す。底本「瑗」(エン)、意改。

230 秋の夜に月に向かって仏門に入った弁官藤原惟茂を思って。典 麗藻。韻 明・清・営・兄、下平庚韻(同・空、上平東韻)。○去年… 去年は年時未詳。飛香樹は224飛香舎(藤壺)に同じ。○今夜… 端居はいずまいを正す。教業坊は「三条坊門〈教業坊〉」(拾芥抄)。○一虧… 初唐劉希夷・代白頭吟「年年歳歳花相似、歳歳年年人不ㇾ同」の句による。一虧一盈は月が欠けたり満ちたりする。○我が… 底本を改訓。後句、貴君

に鳴《な》る。[三]文場《ぶんぢやう》に赴《おもむ》く毎《ごと》に自《みづか》ら書嚢《しよなう》を携《たづさ》ふ。其遺忘《それゐばう》に備《そな》ふるが為《ため》なり、と。

231 酔時《すいじ》の心《こころ》は醒時《せいじ》の心《こころ》に勝《まさ》れり　「酣《かん》」の字《じ》を得《え》たり　藤原輔尹《ふぢはらのすけただ》　菅根《すがね》の曾孫《そうそん》

酔心已《すいしんすで》に勝《まさ》れり最《もつと》も甘《かん》なる応《べ》し　誰《たれ》か醒時《せいじ》を以て漸《やうやくたけなは》酣なるに比《ひ》せん

彼《か》の盃《さかづき》を停《とど》めて往事《わうじ》を思《おも》はん与《よ》りは　豈戸《あにこ》を添《そ》へて交談《かうだん》を契《ちぎ》るに如《し》かんや

漢《かん》の高祖《かうそ》の楽《たのしみしきりによろこ》頻 欣んで識《し》る　楚《そ》の屈原《くつげん》が憂《うれひいま》未だ酌《く》まずして諳《そら》んず

百慮消《ひやくりよせう》する中恨《なかうらみ》有るを遺《のこ》す　老来官散《らうらいくわんさんなみだた》涙堪へ難《がた》し

林子曰はく、[一]江匡衡《がうのまさひら》が曰はく、[二]「為憲《ためのり》・為時《ためとき》・孝道《たかみち》・敦信《あつのぶ》・[三]挙直《たかなほ》・輔尹、此の六人は[四]凡位《ぼんゐ》に越《こ》ゆる者《もの》也。故に[五]其の貧《ひん》を甘《かん》すといふは、蓋《けだ》し其の才《さい》有つて遇《ぐう》せられざるを以て、故に之《これ》に戯《たはむ》るる乎《か》」と。匡房又《まさふさまた》曰はく、[六]「輔尹・挙直一雙《いつさう》の者《もの》也」と。然《しか》れども今《いま》輔尹が詩《し》唯《ただ》此の一首を見る。未だ知らず、其の才に協《かな》ふや否《いな》やを。敦信は明衡《あきひら》[七]が父《ちち》也。是亦《これまた》挙直と共《とも》に其の詩伝《つた》はらず、と。挙直亦《また》是藤氏《これとうし》

232 秋日東光寺《しうじつとうくわうじ》に遊ぶ　善《みよし(?)の》為《ため》政《まさ》

楼臺竹樹日高卑《ろうだいちくじゆひかうひ》　此の寺由来《てらゆらい》地勢《ちせい》奇なり

が観想の世界に入っては一切が「無」だということをきっと悟るでしょう。「観念」「空」はともに仏教語。〇何事ぞ…　何事はなぜ、どうして。員外は定員外の官職、ここは閑職。冷に冷官(閑職)をかける。〇定知…　定知↓225。「山月」云々の句は、裏に自分の昇進(出家?)の遅いことを意味する。咲は禅公が笑うこと。一 白居易(白楽天)。二 江談抄・五「斉名者正通弟子事」。三 ここは詩席、作詩の場。

231　酒に酔った時の気分はさめた時の気分に勝っていて。詩席で「酣」という韻字が当って。菅根↓177。興麗藻。韻甘・酣・談・諳・堪、下平覃韻。〇酔心…　已はすっかり、全く。酣は飲酒の宴のたけなわ。〇彼の…「添レ戸」は飲酒の程度をふやす。交談は交友の談話。〇漢の…　前句、漢高祖が凱旋し酒宴を開いて自ら歌った「大風歌」の故事(史記・高祖本紀、文選・二十八)、未央宮完成の酒宴とも。欣は作者の喜ぶ動作。後句、憂憤の情を述べた屈原の「離騒」(楚辞)の故事。〇百慮…　「百慮消」はもろもろの心配を酒が除去する。後句は恨みの内容。「老来官散」は老いてから公務がひま。一 236の作者。以下は藤原行成へ送った書の文(江談抄・五)。二 為憲以下孝道まで230・229・228の作者。敦信は後出。三 藤原南家の流。類聚句題抄に一首。四 一般の位。水言鈔「凡伍」(一般の仲間)に

籬下《りか》の寒花紅錦繡《かんくわこうきんしう》　池中《ちちゆう》の秋水碧瑠璃《しうすいへきるり》
茶煙《さえん》纔《わづか》に出《い》でて山厨寂《さんちゆうしづ》かなり　松月遥《しようげつはる》かに昇《のぼ》つて岫幌垂《しうくわうた》る
今日相尋《こんにちあひたづ》ねて偸《ひそ》かに顧望《こばう》す　雲泉我《うんせんわ》が初知《しよち》を厭《いと》ふこと無《な》し

林子《りんし》曰はく、登覧《とうらん》[一]の景象《けいしやう》、寺中《じちゆう》の所見一一《しよけんいちいち》詩に入《い》る。居易《きよい》[二]、黄纈纈《くわうかうけつ》を以て碧瑠《へきる》璃《り》に対《たい》す。今紅錦繡《いまこうきんしう》を以《もつ》て之《これ》に換《か》ふ、可也《かなり》。然《しか》れども未《いま》だ是《これ》亦古《こ》[三]対《たい》か否《いな》かを考《かんが》へず。題《だい》に秋日《しうじつ》と曰ひ、句《く》に松月《しようげつ》と曰ふ。料知《はかりし》る、留連昼《るれんひる》自り夜《よる》に至《いた》ると。

按《あん》ずるに、『江談抄《がうだんせう》』に曰《い》ふこと有り、「慶滋為政《よししげのためまさ》[四]は亦是詩人也《またこれしじん》」と。蓋《けだ》し夫《それ》同人《どうじん》にして姓《せい》を改《あらた》むる者《もの》ならん。猶《なをゆ》[五]弓削以言《げのこれとき》姓《せい》を大江《おほえ》と改《あらた》め、田口斉名《たぐちのただな》姓を紀《き》と改《あらた》むるの例《れい》のごとき乎《か》。又按ずるに、『続文粋《ぞくぶんすい》』[六]及《およ》び歌書《かしよ》、善滋為政《よししげのためまさ》といふ者《もの》有り。『作者部類《さくしやぶるい》』[七]に曰はく、「保章《やすあきら》の子也」と。然《しか》らば則ち慶滋保胤《よししげのやすたね》[八]が姪《てつ》也。「慶《よし》」「善《よし》」同訓《どうくん》、互用《たがひにもち》ふる乎《か》。果《はた》[九]して一人也《いちにんなり》。他書《たしよ》の例《れい》を以て之《これ》を言へば、則ち「善《ぜん》」と曰《い》ふは是三善氏《これみよしし》也、と。

大江以言《おほえのこれとき》
一《いつ》に姓《せい》弓削《ゆげ》

233　閑中日月長《かんちゆうじつげつ》し

閑中の気味《きみ》禅房《ぜんばう》に属《ぞく》す　唯自《ただじ》然《ねん》に日月長《なが》きことを得《う》
幽室浮沈《いうしつふ》短《ちんたん》晷無《きな》し　陰居隣里《いんきよりんり》餘光《よくわう》有り

作る。[五]水言鈔「其身貧」に作る。[六]江談抄の文。一雙者は並んで優れた者。[七]268の作者。

232　秋の日に東光寺に遊んで。東光寺は洛東黒谷の東南の寺(左京区岡崎東天王町)。[典]麗藻(詩題の下「各成㆓四韻㆒」)。[韻]卑・奇・璃・垂・知、上平支韻。○楼臺…　高卑は日が高く時には低い。底本「目高卑」、出典により訂。○籬下…　前句、寒い秋の花(主として菊)は紅の錦の刺繡のように美しい。○茶煙…　茶煙は茶を煮る煙。岫幌は山(山寺)の入口のとばり。○今日…　後句、わく雲や泉水はここを初めて知った私をうとましくは思わないの意か(雲泉の興趣を十分に楽しんでいる)。[一]寺の高楼などからみる景色。[二]白居易「泛㆓太湖㆒書㆑事寄㆓微之㆒」(2443)の「黄夾纈林寒有㆑葉、碧琉璃水浄無㆑風」をさす。纈纈はしぼり染。[三]古い対句かどうかを。[四]江談抄に未見の話。為政が道済と共に「一双の人」といわれた話(水言鈔)と関係あるか。[五]「田口斉名改㆓紀姓㆒、弓削以言為㆓大江㆒」(東鑑・建保四年閏六月)。[六]本朝続文粋・八に文章博士善滋為政「暮春陪㆓左相府書閣㆒…応教詩序」とある。[七]勅撰作者部類(古今集より新千載集までの作者を類聚し解説)。[八]214の作者。姪はおい(甥)。[九]確かに。

233　閑居していると月日が長く感じられて(白詩3235の詩中の句)。

陶門《たうもん》跡絶《あとた》ふ春朝《しゆんてう》の雨　燕寝《えんしん》色衰《いろおとろ》ふ秋夜《しうや》の霜
我《われ》は是《これ》柴扉《さいひ》樗散《ちよさん》の士《し》　閑忙《かんばう》苦楽《くらく》両《ふた》つながら相忘《あひわす》る

林子曰はく、稍覚《ややおぼ》ふ、題《だい》の意《い》に協《かな》ふことを。『江談《がうだん》』[一]に曰はく、「頸聯《けいれん》、許渾《きよこん》が「殷尭藩《いんげうはん》に贈《おく》る詩」を以て之《これ》に准《じゆん》ずべし」と。今案《いまあん》ずるに、『許郢州集《きよえいしうしふ》』[二]「殷尭《いんげう》[三]藩《はん》に寄《よ》す、四韻《しゐん》」頸聯《けいれん》に曰はく、「月《つき》[四]を帯《お》びて独帰《ひとりかへ》る蕭寺《せうじ》遠し、花を翫《もてあそ》んで頻《しきり》に酔《ゑ》ふ庾楼《ゆろう》深《ふか》し」と。句勢《くせい》異《こと》なると雖《いへど》も、其の故事《こじ》を用《もち》ゆること相似《あひに》たり。彼《かれ》は「月花」と言ひ、此《これ》は「雨霜《うさう》」と言ふ。其の意《い》相似《あひに》たる乎《か》。『江談《がうだん》』[五]に又《また》曰はく、「以言「晴後《せいご》山川清《さんせんきよ》し」を賦《ふ》して曰はく、「嵩《すう》[六]に帰る鶴舞《かくぶ》日高《たか》く見《み》へ、渭《ゐ》に飲《の》む竜昇《りようしよう》雲残《のこ》らず」と。[七]源為憲《みなもとのためのり》其の席《せき》に在《あ》り。其の携《たづさ》ふる所《ところ》の書嚢《しよなう》を擁《よう》して感賞《かんしやう》已まず。[八]慶滋為政《よししげのためまさ》後《あと》に在《あ》り。難《なん》[九]じて曰はく、「竜昇《りようしよう》は鼎湖《ていこ》登天《とうてん》の謂《いひ》に非《あら》ず乎《や》。禁忌《きんき》の瑕《きず》を免《まぬか》れず」と。以言微笑《びせう》して言はず」と。蓋《けだ》し其彼難《それかのなん》を屑《もののかずとせ》ざる乎《か》。

以言文才《これときぶんさい》を以て当時《たうじ》の為《ため》に推《すい》せ被《ら》る。故《ゆゑ》に『江談』[一〇]に又曰はく、「橘在列《たちばなのありつら》、源順《みなもとのしたがふ》に及《およ》ばず、順、慶保胤《よししげのやすたね》に及ばず、保胤、以言に及ばず」と。其の名を播《あ》ぐること此《か》くの如し。[一一]豈其然《あにそれしか》らん乎《や》。四子《しし》の詩文《しぶん》今存《ぞん》ずる者《もの》多し。考《かんが》へて知んぬべし。然《しか》れども其の諸道《しよだう》に達《たつ》し、後世《こうせい》に功《こう》有る者《もの》は、保胤・以言が如き、何為《なんす》れぞ順が才《さい》を望《のぞ》まん乎《や》。以言は[一二]千古《ちふる》が曾孫《そうそん》也、と。

作者注、底本「了削」に誤る。四麗藻。興房・長・光・霜・忘、下平陽韻。○閑中… 前句、暇でのどかな気分が禅室に漂う。○幽室… 前句、閑寂な禅室に浮きつ沈みつして暮らし、短か日も射さない。陰居は暗い部屋。○陶門… 故事による作者の生活。「陶門跡絶」は隠居した陶淵明(陶潜)の家の門を訪れる人もない。後句の「燕寝」云々は、女性のやすむ部屋(毛詩・召南・采蘩・疏)では(男の訪れもなく)その容色は衰える。ここはくつろいで寝る。○我は… 柴扉はしばの扉、隠居。樗散は役に立たない人のたとえ。樗はオウチ、無用な木の代表。一 江談抄・四の記事。許渾は晩唐詩人(全唐詩・五二八—五三八)。殷尭藩も晩唐詩人(同・四九二)。二 許渾の詩集「丁卯集」に同じ。郢州は彼の赴任した湖北省の州名。三 丁卯集「寄二殷尭藩秀才一」(全唐詩「寄二…藩先輩一」)。四 蕭寺は梁の武帝蕭衍が建立した寺。庾楼は東晋の庾亮が建てて月を賞美したという楼閣。五 江談抄・四。六 前句、王子喬が嵩山(五岳の一つ)に登り白鶴に乗って昇天した故事(列仙伝)。後句、黄河に注ぐ渭水のほとりで竜が水を飲んだ故事(芸文類聚・鱗介部引用「辛氏三秦記」)。七 230の作者。八 232の作者。九 「後日難曰…」(江談抄)。「鼎湖登天」について、江談抄「是黄帝登遐事也」と記す。黄帝が鼎湖(河南省)でかなえを鋳て竜に乗っ

234 冬日《とうじつ》雲林院《うんりんゐん》に於いて、「境《さかひ》静《しづ》かにして人事《じんじ》少《すく》なし」を賦《ふ》す、「賖《しや》」を以《もつ》て韻《ゐん》と為《な》す　源道済《みなもとのみちなり》 光孝帝《くわうかう》の来孫《らいそん》

一《ひと》たび塵巷《ぢんかう》を辞《じ》して煙霞《えんか》に入《い》る　興《きよう》に乗《じよう》じて知らず往反《わうはん》の賖《はる》かなることを
境《さかひ》静《しづ》かに人稀《ひとまれ》にして俗事《ぞくじ》無し　松風《しようふう》颯颯《さつさつ》日《ひ》方《まさ》に斜《なな》めなり

林子《りんし》曰はく、道済《みちなり》は[一]以言《これとき》が弟子《でし》也。頗《すこぶる》詩才《しさい》の聞《ぶん》[二]有り。此の詩、平易《へいい》俗《ぞく》ならず、然《しか》れども餘味《よみ》無し、と。

235 夢中《むちゆう》白太保《はくたいほ》・元相公《げんしやうこう》に謁《えつ》す　高階積善《たかしなのしげよし》 茂範《しげのり》の玄孫《げんそん》

二《に》公《こう》身《み》化《くわ》して早《はや》く塵《ちり》と為《な》る　家集《かしふ》相《あひ》伝《つた》へて後人《こうじん》に属《ぞく》す
清句《せいく》既《すで》に看《み》る同《おな》じく是玉《これぎよく》　高情《かうじやう》識《し》らず又何《なん》の神《しん》ぞ
風聞《ふうぶん》す在昔《むかし》紅顔《こうがん》の日《ひ》　鶴望《かくばう》す如今《いま》白首《しはくしゆ》の辰《とき》
容鬢《ようびん》宛然《ゑんぜん》倶《とも》に夢《ゆめ》に入《い》る　漢都《かんと》月下《げつか》水煙《すいえん》の浜《はま》

林子曰はく、本朝《ほんてう》の先輩《せんぱい》[一]居易《きよい》を景慕《けいぼ》せずといふこと無し。故に[二]野篁《やくわう》を以て彼《かれ》に准《じゆん》じ、[三]菅相《かんじやう》を以て彼に勝《まさ》れりと為《す》。且《か》つ菅相《かんじやう》・[四]長谷雄《はせを》、元《げん》・白復生《ばくふくせい》の話《はなし》有り。

て登天した故事(芸文類聚・帝王部・黄帝軒轅氏)、天子の死をいう。一〇 江談抄・五「順・在列・保胤・以言等勝劣事」。橘在列は212の、源順は213の、慶滋保胤は214の作者。一一 恐らくそうだろう。一二 200の作者。

234 冬のある日、雲林院で、皆が「境(寺境、境内)は静かで人はまれで俗事とはかかわりがない」という詩を作る、韻字「賖」が当って。雲林院は京都上京区紫野にあった寺。【典】麗藻(「雲林院」の下「西洞、同」の三字あり、詩序を付す)。【韻】霞・賖・斜、下平麻韻。○一たび… 塵巷は俗世間。煙霞はもやのかかる雲林院。往反は京の市中からの往復。一 233の作者。二 名声。

235 夢の中で白居易(楽天)と元稹の二公に拝謁して。太保(三公の一)、相公(大臣、参議)、ここは敬称。【典】麗藻(「夢中」の下「同」あり)。【韻】塵・人・神・辰・浜、上平真韻。○二公… 化は物化。家集は白氏文集と元氏長慶集。○清句… 清句は清らかな詩句(白詩語)。後句、麗藻自注に「白太保伝云、太保者是文曲星神…」とみえ、白氏を文曲星(星の名、文星)の神とみなす俗伝。高情は気高い心情、詩情。○風聞… 前句、麗藻自注「余少年時、先人対レ余以常談二元白之故事一」。後句、今や白髪の時になって両公に逢いたいと鶴の如く首を長くして切望する。○容鬢… 容鬢は容貌と鬢髪。宛然はそっ

是《これ》より先朝綱既《さきあさつなすで》〔五〕に居易《きよい》を夢《ゆめ》む。積善《しげよし》に至つては元《げん》・白《ばく》を併《あは》せて之《これ》を夢《ゆめ》む。蓋《けだ》し其景慕《それけいぼ》の深《しん》、此《か》くの如きに到《いた》る者乎《ものか》。謂《い》ひつべし、〔六〕「思夢《しむ》」と。『麗藻《れいさう》』に載《の》する所《ところ》積善が詩数首《すうしゆ》〔七〕。然《しか》れども其の優劣《いうれつ》を論《ろん》ぜずして之《これ》を載《の》せ、以て一故事《いちこじ》〔八〕に備《そな》ふ、と。

以上十九人、『本朝麗藻《ほんてうれいさう》』下巻《げくわん》に見えたり。但《ただ》し其の中公卿官《くぎやうくわん》を記《しる》して、姓名《せいめい》を記さず。今『公卿補任《くぎやうぶにん》』を考《かんが》へ、寛弘年中直《くわんこうねんちゆうただ》に其姓名《そのせいめい》を記《しる》し、人を使《し》て之《これ》を知《し》り易《やす》からしむ。十九人の外江匡衡《ほかがうのまさひら》〔九〕有り。其の家集《かしふ》〔一〇〕存《ぞん》ずるを以《もつ》て、故に別《べつ》に之《これ》を択《えら》ぶ。惜哉《をしいかな》、其の上巻《じやうくわん》を使《し》て在《あ》らしめば、猶他《なをほか》の詩人《しじん》有るべし。

236　自《じ》愛《あい》　　大《おほ》江《えの》匡《まさ》衡《ひら》

我《われ》は我身《わがみ》を賞《しやう》すれども人識《し》らず　鑽堅嶮《さんけんけん》を嘗《な》む幾寒温《いくかんをん》
頭《かうべ》を問《と》ふ博士《はかせ》菅三位《かんさんみ》　耳《みみ》を提《あ》ぐ祖《そ》宗江納言《そうがうなごん》
東海烹鮮教化《とうかいはうせんけうくわ》を遺《のこ》し　玄成侍読殊恩《げんせいじどくしゆおん》を仰《あふ》ぐ
一言猶千金《いちげんなをせんきん》の重《おもき》に勝《まさ》れり　三百巻《くわん》の書至尊《しよしそん》に授《さづ》く

林子曰はく、匡衡博学多才《まさひらはくがくたさい》、累世官儒《るいせいくわんじゆ》也。自《みづか》ら言ふ、「其の時に遇《あ》ひ勤労《きんらう》する

くりそのまま。後句、夢の中の景。長安の都を流れる渭水などを連想させる。一 白居易。二 小野篁、136の作者。三 菅原道真、172の作者。四 紀長谷雄、190の作者。五 大江朝綱、208の作者。六 思慕する故に夢にみること。周礼・春官・占夢「三曰二思夢一」鄭玄注に「覚時所レ思二念之一而夢」。七 現存本五首、序のみ残り詩の脱したもの二首。八 優劣の判断でのせたのではなく、故事の点よりみて選ぶ。九 236の作者。一〇 江吏部集三巻。

236 身を大切にして。ここは作者の「述懐古調詩一百韻」冒頭の「優遊」の意に近かろう。【典】江吏・中。【韻】温・言・恩・尊、上平元韻。○我は…賞は自愛。鑽堅は堅い物を切る、学問にはげむ（論語・子罕篇）。「嘗レ嶮」云々は学のけわしさを幾年月も経験する（一百韻「嶮難無レ不レ嘗」）。○頭を… 前句、菅三位に対面してものを尋ねる。後句、祖父江納言が作者の耳を引っぱってものを聞かせる（一百韻「提レ耳殷勤誡」）。→林子評。○東海… 二句、作者の経歴。→林子評。東海は東海道尾張権守をさす。「烹鮮」云々は、国を治めるには小事（小さい魚）に干渉しないで教訓感化を残す（老子・六十章「治二大国一者、若レ烹二小鮮一」）。後句、自身を太子の太傅であった漢の韋玄成に比す。→林子評。但し江吏部集は「玄成」を「子城」に作る。尾張守にもなった自

こと此《か》くの如《ごと》し」と。所謂《いはゆる》菅三位《かんさんみ》は[一]文時《ふんとき》也、江納言《がうなごん》は其《そ》の祖[二]維時《これとき》也。村上朝《むらかみのてう》、[三]匡衡《まさひら》猶《なを》少《わか》し。維時に就《つ》いて学《まな》ぶ、而《しか》うして文時に試《こころ》み被《ら》れて[四]対策《たいさく》。壮年《さうねん》出《い》でて[五]尾《を》張守《はりのかみ》と為《な》り、幾《いく》ばくならずして召《め》されて[六]侍読《じどく》と為《な》る。[七]『尚書《しやうしよ》』『毛詩《もうし》』『史記《しき》』『文選《もんぜん》』『白氏文集《はくしぶんじふ》』等《とう》を授《さづ》け奉《たてまつ》る。[八]累朝《るいてう》に歴仕《れきし》し、[九]式部大輔《しきぶのたいふ》に任《にん》ぜられ、文章博士《もんじやうはかせ》を兼《か》ぬ。[一〇]韋玄成《ゐげんせい》を以て自《みづからに》比《ひ》す。曾《かつ》て「[一一]古調五言詩《こてうごごんのし》一百韻《いつぴやくゐん》」を作《つく》り、詳《つまび》らかに其の履歴事実《りれきじじつ》を述《の》ぶ。又維時《またこれとき》[一二]延喜東宮学士《えんぎとうぐうのがくし》と為《な》り、且《か》つ村上帝の師《し》と為る例《れい》を以《もつ》て、[一三]一条帝の皇子《くわうし》の師と為《な》る。時《とき》に絶句《ぜつく》を作《つく》る。曰はく、「[一四]呂望授来《りよばうさづけきた》る文武《ぶんぶ》の学《がく》、桓栄独《くわんえいひと》り遇《あ》ふ漢明《かんめい》の時《とき》。幸《さいは》ひに延喜明時《えんぎめいじ》の例《れい》を伝《つた》へ、天子儲皇皇子《てんしちよくわうくわうし》の師《し》」と。其の自称《みづからしよう》する、此《か》くの如し。

今余《いまよ》が家、『江吏部集《がうりほうしふ》』三巻を蔵《をさ》む。其の中《なか》、古詩《こし》・律詩《りつし》・絶句《ぜつく》観《み》るべき者《もの》有り。然《しか》れども此の詩を取る者《は》、彼《かれ》が素志《そし》を著《あら》はさんが為《ため》也。曾《かつ》て本朝《ほんてう》の書目《しよもく》を見るに、先輩《せんぱい》各《おのおの》家集《かしふ》有り。然れども今世《いまよ》に伝《つた》はる者《もの》、[一五]菅丞相《かんしようじやう》の外《ほか》、『都氏《とし》文集《ぶんしふ》』の残簡《ざんかん》及《およ》び匡衡《まさひらが》詩集《ししふ》而已《のみ》。其の文《ぶん》は則《すなは》ち[一六]明衡《あきひら》多《おほ》く之《これ》を取る。其の状《じやう》を考《かんが》ふれば、則ち知んぬ、労《らう》すと雖《いへど》も富饒《ふぜう》ならず、と。

分を武城の宰になった子遊(論語・陽貨篇)に擬したものか。〇一言… 一言は侍読としての一言。彼の詩に「幸当二下問一不二停滞一、一字千金万々金」と。三百巻はあまたの書、特に一百韻の「毛詩三百篇」をさす。

一 209の作者。 二 211の作者。 三 「九歳始言レ詩…十三加二元服一、祖父在二其筵一」(一百韻)。 四 「二十八献レ策」(同)。 五 正暦三年(九九二)。 六 「執レ巻授二明主一」(一百韻)。 七 以下の書名→「一百韻」。 八 円融・花山・一条・三条朝。 九 寛弘七年(一〇一〇)。文章博士は永祚元年(九八九)。一〇 漢の韋賢の子、儒者、元帝に仕え相となる(漢書・韋賢伝)。 一一 江吏部集・中。 一二 年時未詳。朱雀帝天慶九年(九四六)まで東宮学士。 一三 敦成親王(後一条帝)か。 一四 七言絶句、韻は上平文韻。呂望は周の文王の師太公望呂尚(史記・斉太公世家)。桓栄は後漢明帝が師の礼を以てした臣(後漢書・桓栄伝)。明時は醍醐帝を中心とする太平文明の御世。儲皇は皇太子。 一五 菅原道真「菅家文草」「菅家後集」、都良香「都氏文集」(現存本巻三・四・五)、匡衡「江吏部集」三巻。 一六 藤原明衡の本朝文粋。

237 省試に及第した詩句。典 文粋・七。題 全体の詩未詳、韻字不明(去・上声)。〇沢… 沢は仁沢、めぐみ。文粋に「仁」とも。覃は覃及の意。後句、周易・中孚・象「信及二豚魚一也」による。信はまこと、誠心。

237
及《きふ》第《だい》

大《おほ》江《えの》時《とき》棟《むね》

沢猶草木《たくなをさうもく》に覃《をよ》び　信幾鱗介《しんほとんどりんかい》に及ぶ
日下《じつか》葵《あふひ》の傾《かたぶ》くを識《し》り　風前草《ふうぜんくさ》の靡《なび》くを看《み》る

林子曰はく、此の四句、紀斉名《きのただな》[一]之《これ》を難《なん》じて曰はく、「上下両《じやうげりやう》「草《さう》」の字《じ》有り。巨害《きよがい》と為《な》すべし」と。以《もつ》て落第《らくだい》に処《しよ》す。匡衡奏状《まさひらそうじやう》[二]を上《たてまつ》り、先例《せんれい》を引《ひ》いて其の嘲《あざけり》を解《と》く。其の引く所《ところ》の先輩《せんぱい》四句惟多《これおほ》し。今一字《いちじ》を低書《ていしよ》して、以て左《ひだり》に附《ふ》す。其の難答《なんたふ》[三]の趣《おもむき》、詳《つまび》らかに『文粋《ぶんすい》』に見えたり、と。

238
日《じつ》月《げつ》光《くわう》華《くわ》

藤《ふぢ》原《はらの》正《まさ》時《とき》

夜魄清《やはくきよ》うして損《そん》ずること無し　朝曦《てうぎ》静《しづ》かにして群《ぐん》ぜず
扶《ふ》桑晨《さうあしたにのぼ》上る旭《あさひ》　芳桂霽《はうけいはれてと》飛ぶ薫《かをり》

○日下…　君主の仁徳のたとえ。前句、葵(葵藿、ひまわり)が日の方に傾く意(文選・三十七・曹子建「求㆑通㆓親親㆒表」)。後句、論語・顔淵篇「君子之徳風、小人之徳草。草上㆓之風㆒、必偃」による。一 一条帝長徳三年(九九七)従五位下行大内記のとき。二 長徳三年八月二十九日の奏状。奏状に「不㆑為㆑難」と述べる。三 斉名の非難に対する匡衡の答。

238　日や月が輝いて世は太平という及第の詩(尚書大伝・虞夏伝)。㊥文粋・七(詩題の下に「限㆓百二十字㆒」)。㊞群・薫、上平文韻。○夜魄…　夜魄は月光。朝曦は朝の日光。群は群がる。○扶桑…　扶桑は東方の野。太陽がそこを通る時を晨明(明け方)という(淮南子・天文訓)。文粋の原注に「朝与㆑晨其義一也」。芳桂は香ぐわしい月の桂、月の意。

239　海の水が波をあげず世は太平という及第の詩。韓詩外伝・五「成王之時…久矣、天之不㆓迅風疾雨㆒也、海不㆓波溢㆒也」。㊥文粋・七(詩題の下に「限㆓八十字㆒」)。㊞平・晴、下平庚韻。○滄海…　前句、青い海には白波も立たずおだやか。○金宮…　東方渤海の島にあるという神仙の宮門、宮殿の美称。(史記・封禅書)。玉闕はその宮殿の(原文ママ)

240　→237。㊥文粋・七。㊞成・声、下平庚韻。○棹歌…　棹歌は舟歌。

239 海水波《かいすいなみ》を揚《あ》げず　藤《ふぢ》原《はらの》長《なが》穎《かひ》

滄海波《さうかいなみ》の白《しろ》きこと無し　初《はじ》めて知る太平《たいへい》に遇《あ》ふことを
金宮奔浪《きんきゆうほんらう》静かに　玉闕乱濤《ぎよくけつらんたう》晴《は》る

240 及《きふ》　第《だい》　文《ふん》室《やの》尚《まさ》相《すけ》

棹歌《たうか》音《おと》自《をの》づから亮《さ》へ　舟宿《しうしゆく》夢長《とこしへ》に成《な》る
霽雪《せいせつ》好《よ》し彩《いろどり》無《な》し　臘雷《らふらい》寧《むし》ろ声《こゑ》有らんや

241 涇《けい》渭《ゐ》殊《しゆ》流《りう》　大《やま》和《との》宗《むね》雄《を》

二《に》流《りう》涇渭《けいゐ》最《もつと》も霊奇《れいき》　合注《がふちゆう》交通《かうつう》是《これ》随《したが》はず
共《とも》に二宮《にきゆう》を度《わた》つて威浩蕩《ゐかうたう》　同《おな》じく三百を経《へ》て色参差《いろしんし》

亮は音がさえる。後句、船やどの夢はいつ迄も続く。○霽雪…　霽雪は晴れた日の雪。好は訓点語「コトムナシ」に同じく、ほどよい、無難だ。臘雷は臘月の雷、冬の雷。寧は反語。文粋の原注に「音与レ声是也」。

241　「涇水と渭水が流れを殊にする」という及第の詩。この二水は黄河の上流、陝西省を流れる川。<u>典</u>文粋・七。<u>韻</u>奇・随・差、上平支韻。○二流…　二流は涇水と渭水。後句、合流して交わるが、さて清濁の水を雑えない。○共に…　二宮は秦の長楽宮に通じる東門と西門（初学記・地部・渭水「三輔旧事」）。威浩蕩は水勢が広く盛んな様。三百は三百里（同・地部・涇水「辛氏三秦記、涇水出二安定朝那県西一…入レ渭、与二渭水一合流三百里、清濁不二相雑一」）。文粋の原注に「二流与二二宮一並用之、是也」。

242　→241。<u>典</u>文粋・七。○涇渭…　→241第一・二句。「自然為」は自然本来のしわざ。○洋洋…　洋洋・浩浩は水流の豊かな様。朝那（テウナとも）県は甘粛省の県名（→241第三句注）。鳥鼠は甘粛省の山名（初学記・涇水「尚書称、導レ渭自二鳥鼠同穴一、東会二于灃一」）。垂はほとり、辺境。文粋の原注に「分流与二能流一、是也」。<u>韻</u>移・為・垂、上平支韻。

243　「両株の幹や枝が連なって一本となった木」という題の及第の詩。連理樹は、芸文類聚・祥瑞部・木連理の「瑞応図曰、木連理、王者徳

242　同《おな》じく　　　　嶋《しま》田《だの》惟《これ》上《かみ》

涇渭《けいゐ》分流《ぶんりう》雑移《ざつい》せず　濁清《だくせい》誠《まこと》に識《し》る自然《じねん》に為《な》ることを
洋洋《やうやう》既《すで》に朝那《ちゆだ》県《けん》に出づ　浩浩《かうかう》能《よ》く鳥鼠《てうそ》の垂《すい》に流る

243　連《れん》理《り》樹《じゆ》　　　　有《あり》名《な》王《わう》

隔《へだ》て靡《な》く深仁《しんじん》を布《し》く　私《わたくし》無《な》く景化《けいくわ》を施《ほどこ》す
神工《しんこう》誠《まこと》に隠《かく》れず　天道《てんだう》斯《これ》詐《いつはり》無し

244　山水清音有《さんすいせいおんあ》り　　　　源《みなもとの》当《まさ》方《かた》

四時《しいじ》懐《おもひ》変《かは》らず　五夜《ごや》感《おもひ》相《あひ》侵《をか》す
灑灑《さいさい》何《いづ》れの時か息《や》まん　蕭蕭《せうせう》幾処《いくところ》にか沈《しづ》む

化洽…」など、君主の徳化にたとえる。典文粋・七(詩題の下に「限$_{二}$百廿字$_{一}$」)。韻化・詐、去声禡韻。○隔… 深仁は深い恵み。景化は大きな感化。○神工… 神工は「神功」の意、君主の功績。「不$_{レ}$隠」は「隠さず」とも。後句の類句、左伝・昭公二十六年「天道無$_{レ}$諂」など。文粋の原注に「無$_{レ}$私与$_{レ}$無$_{レ}$詐、是也」。

244 「山の風や谷川の水が清らかな音を出す」という題の及第の詩。この詩題は文選・二十二・左太沖「招隠詩二首」(第一首第十句)による。典文粋・七(詩題の下「限$_{二}$八十字$_{一}$」)。韻侵・沈、下平侵韻。○四時… 五夜は一夜を五等分したもの(甲夜・乙夜・丙夜・丁夜・戊夜)、戊夜の意もあるが、ここは一夜中。「感相侵」は思いにたえない意。○灑灑… 灑灑は水の音の絶えない様。蕭蕭は風の音のさびしい様。沈は作者の沈淪の意を含もう。文粋の原注に「四時与$_{二}$何時$_{一}$、是也」。

245 ↓237。音楽に関する詩。典文粋・七。韻惰・破、去声箇韻。○三成… 三成は三たび音楽を奏する、成は一段落をいう(礼記・楽記「三成而南」鄭玄注「成猶$_{レ}$奏也。毎奏$_{二}$武曲$_{一}$、一終為$_{二}$一成$_{一}$」)。肆夏は楽章の名(儀礼・燕礼「公拝$_{二}$受爵$_{一}$而奏$_{二}$肆夏$_{一}$」鄭玄注「肆夏、楽章也」)。惰はあきる。文粋の原注に「夏与$_{レ}$惰同去声」。○文声… 文声は礼記・楽記に「形$_{二}$於声$_{一}$、声成$_{レ}$文、謂$_{二}$之音$_{一}$」とみ

245 及第《きふだい》　　藤原淵名《ふぢはらのふちな》

三成《さんせい》の奏転切《そうてんせつ》なり　肆夏《しか》の歌何《なんぞ》惰《おこた》らん
文声方《ぶんせいまさ》に亮発《りやうはつ》　韻気《ゐんき》寧《むし》ろ残破《ざんぱ》せんや

246 同じく　　多治敏範《たぢのとしのり》

三皇《さんくわう》誰《たれ》か首《しゆ》に在《あ》る　穆穆《ぼくぼく》たり宓羲《ふくき》の徳《とく》
衣《ころも》を垂《た》れ化《くわ》を施《ほどこ》すこと遠し　木《き》を刻《きざ》み震《しん》に出《い》づること直《なほ》し

右《みぎ》九人、匡衡《まさひら》『竜門集《りようもんしふ》』を引《ひ》いて、以《もつ》て其の證《しよう》と為《な》す。博識《はくしき》と謂《い》ひつべし、と。

247 落書《らくしよ》　　桜嶋忠信《さくらじまのただのぶ》

・陽春《やうしゆん》の詔勅《せうちよく》哀楽《あいらく》多し　半《なか》ば尽《ことごと》く眉《まゆ》を開き半ば頭《かしら》を叩《たた》く
・官爵《くわんしやく》専《もは》ら功課《こうくわ》の賞《しやう》に非《あら》ず　公私《こうし》寄致《よせいた》す贖労《しよくらう》の求《きう》

え、音楽のあや。亮発は音楽が明るくほがらかに起る。後句、音楽のひびきは損われることがあろうか。文粋の原注に「気与レ破同去声」。

246 ↓237。㊥文粋・七。韻徳・直、入声職韻。〇三皇…　三皇は中国古代の三人の皇(神に化合する者)、伏羲(庖犠)・女媧・神皇(補史記・三皇本紀)。穆穆はうるわしい様(尚書・舜典「四門穆穆」、孔伝「美也」)。宓羲は伏羲に同じ。文粋の原注に「徳与レ穆同入声」。〇衣を…　伏羲の行為を述べる。「垂レ衣」は衣を垂らしたまま何もしない、天下太平の意(周易・繋辞下伝「黄帝尭舜垂二衣裳一而天下治…」)。化は徳を以て感化する。「刻レ木」は木を刻んでそのそばに文字を書くこと(尚書・序「古者伏犠氏之王二天下一也…造二書契一」、孔伝「以レ書書二木辺一、言二其事一、刻二其木一」)。「出レ震」は東方において万物を発生させる(周易・説卦「帝出二乎震一」)。直はまっすぐ。文粋の原注に「木与レ直同入声」。一佚書。竜門は登竜門の意で、文粋・七にみる如く及第者の詩を集めた詩集か。

247 権力者や社会への批判風刺などを示す匿名の文書、詩文。㊥文粋・十二。韻頭・求・収・猷・流・抽・愁・州、下平尤韻。〇陽春…　陽春は春、ここはこの春の意。文粋(弘安本)「今春」。詔勅は補任の勅。「叩レ頭」はぬかずく。ここは歎いて訴える意を含む。〇官爵…　「功課賞」は仕事

除書《ぢよしよ》久しきは待つ貢書《こうしよ》の致《いた》ることを　直物《ちきぶつ》遅《おそ》きは期《き》す献物《けんぶつ》の収《をさ》むることを
故《こ》大閤《たいかふ》賢《けん》にして衆望《しゆうばう》に帰《き》す　左丞相《さしようじやう》佞《ねい》にして皇猷《くわういう》を損《そん》ず
忽《たちま》ち魚水《ぎよすい》恩波《おんば》の濁《にご》るに逢《あ》ふ　共《とも》に駿河《するが》感涙《かんるい》の流《なが》るるを見る
和風《わふう》に向《むか》ふと雖《いへど》も桜《さくら》独《ひとり》冷《すさま》じ　暖露《だんろ》に霑《うるほ》さ被《れ》て橘《たちばな》先《まづ》抽《ぬ》きんづ
近臣《きんしん》貪欲《どんよく》世間《せけん》の歎《なげき》　外吏《ぐわいり》沈淪《ちんりん》天下《てんか》の愁《うれひ》
費用《ひよう》金銀《きんぎん》千万両《せんまんりやう》　沽亡《こばう》す山海《さんかい》十二州《しう》

林子曰はく、是《これ》『文粋《ぶんすい》』に見えたり。其の註《ちゆう》に曰はく、「此の落書《らくしよ》に依《よ》つて大《おほ》隅守《すみのかみ》に拝任《はいにん》す」と云云《うんうん》。按《あん》ずるに、『古事談《こじだん》』[一]、忠信《ただのぶ》大隅の任《にん》に赴《おもむ》くこと有り。然《しか》れども何《いづ》れの代《よ》の人といふことを記《しる》さず、則《すなは》ち考《かんが》ふべき無《な》し。『文粋』旧《きう》本《ほん》・刊本《かんぽん》共《とも》に闕字《けつじ》多し。今《みだ》りに朱書《しゆしよ》[二]して之《これ》を補《おぎな》ふ。此の落書《らくしよ》其の時政《じせい》を諷刺《ふうし》す。然れども未《いま》だ知らず、件件《けんけん》何等《いづれ》[三]の事を指《さ》すことを。彼此《かれこれ》の落書に因《よ》つて大《おほ》隅守《すみのかみ》に任《にん》ずるときは、則ち其の譴《けん》に遇《あ》はずして、微禄《びろく》を蒙《かうむ》る乎《か》、抑亦《はたまた》西海《さいかい》窮《きゆう》[四]遠《ゑん》の地《ち》に左降《さかう》する乎。今試《こころみ》に「駿河《するが》感涙《かんるい》」の句を以《もつ》て推《お》して之《これ》を言ふときは、則ち一条《いちでう》帝永祚《えいそ》[五]元年相国《しやうこく》藤頼忠公《とうのよりただこう》薨《こう》ず。駿河国《するがのくに》[六]に封《ほう》じ廉義《れんぎ》公《こう》と諡《おくりな》す。所謂《いはゆる》「故《こ》太閤《たいかふ》賢《けん》にして衆望《しゆうばう》に帰《き》す」、又《また》曰はく、「共《とも》に駿河《するが》感涙《かんるい》の流《なが》るるを見る」とは、頼忠《よりただ》を悲慕《ひぼ》せる乎《か》。是《これ》より先《さき》頼忠関白《くわんばく》[七]為《た》ること十年、既《すで》にして職《しよくじ》を辞す。藤兼家《とうのかねいへ》志《こころざし》を得《え》、一条位《くらゐ》に即《つ》くとき摂政《せつしやう》[八]と為《な》る。頼忠薨《よりただこう》じて未《いま》だ幾《いく》ばくなら

の出来具合を賞する。令集解・考課令「年終考二校所レ仕功過一也」。課、課試也」。贖労は官位や昇進を請うために財物を官に納めること(文粋・三善清行「意見十二箇条」の「請停以二贖労人一…」)。○除書… 除書は任官の辞令。「久待」は改訓。貢書はみつぎ物の文書。直物は除目ののち召名にもれた者を訂正すること、「ナホシモノ」(江家次第・直物)。「遅期」は改訓。期は期待する。○故大閤… 文粋「右大閤」。大閤は太閤に同じく太政大臣。左丞相は左大臣。皇猷は帝の仕事、国政。故大閤→林子評。○忽ち… 文粋本文による試訓「初めて魚水逢ひて恩波濁る、共に駿河を見て感涙流る」。忽はたまたま。「逢二魚水一」は魚と水とが逢う、君臣相遇のたとえ。「恩波濁」は相遇の逆、両者間の不和。「駿河」は封じられた駿河国(静岡県)。→林子評。「水・波・河・涙・流」は縁語。○和風… 前句、作者自身の不遇をたとえたもの。和風はのどかな春風。「雖レ向」を文粋は「不レ動」(動かされず)。後句、橘某の栄達をたとえたもの。→林子評。暖露は暖い皇恩の露。○近臣… 近臣は天子の側近。文粋「内臣」。外吏は地方の官吏。○費用… 前句、大金を費して。「費用」を文粋(弘安本)は「招集」。「沽亡」は官を売って金を無くする意か。底本「沾亡」、文粋により訂。十二州は帝舜のときの州の数(尚書・舜典)、ここは日本全

ずして、兼家進《すす》んで相国《しやうこく》と為《な》る。此の時左大臣《さだいじん》九源《みなもとの》雅信《まさのぶ》、兼家と婚《こん》を結《むす》び相《あひ》睦《むつま》し、所謂《いはゆる》「左丞相《さしようじやう》佞《ねい》にして皇猷《くわういう》を損《そん》ず」とは是乎《これか》。又同年《またどうねん》左大将《さだいしやう》藤原朝光《ふぢはらのあさみつ》病《やまひ》に因《よ》り其の職《しよく》を辞《じ》す、明年《みやうねん》右大将《うだいしやう》一〇藤済時《とうのなりとき》左《ひだり》に転《てん》ず、所謂《いはゆる》「桜《さくら》独《ひとり》冷《すさま》じ」「橘《たちばな》先抽《まづぬ》きんづ」とは、言《げん》を左近衛《さこんゑ》の桜《さくら》、右近衛《うこんゑ》の橘《たちばな》に託《たく》する乎《か》。或《あるひと》の曰はく、「桜《さくら》は忠信《ただのぶ》其の氏《うぢ》に託《たく》して官《くわん》の一一冷《れい》を言ふ乎《か》、橘《たちばな》は当時《たうじ》橘姓《きつせい》の者登庸《ものとうよう》乎《か》」と。其の餘《ほか》、今一二強解《きやうかい》すること能《あた》はず、と。

248 秋夜《しうや》懐《おもひ》を書《しよ》し、諸文友《しよぶんいう》に呈《てい》し、兼《か》ねて南隣《なんりん》源処士《げんしよし》に寄《よ》す

貧居老生《ひんきよらうせい》藤原衆海《ふぢはらのもろうみ》

•見•説《きくならく》北堂《ほくだう》商賈《しやうこ》隆《さか》んなり　東西《とうざい》交易《かうえき》甚《はなは》だ怱怱《そうそう》なりと
文章博士《もんじやうはかせ》儒宣下《じゆせんげ》　太上天皇《だじやうてんわう》葬礼中《さうれいちゆう》
一院《いちゐん》哀《あい》を挙《あ》げ憂《うれひ》未だ尽《つ》きず　両家《りやうか》職《しよく》を沽《う》つて悦《よろこび》窮《きはまり》無し
•三《みよし》は泗《し》水《すい》を教《し》て恩沢《おんたく》を忘《わす》れしめ　橘《たちばな》は槐林《くわいりん》を使《し》て旧風《きうふう》を損《そこな》はしむ
•今•日《こんにち》の議《ぎ》人墨客《じんぼくかく》に非《あら》ず　去年《きよねん》の補《ほ》者半《しやなか》ば田翁《でんおう》
•外《そと》向背《かうはい》を論《ろん》じて詞怨《ことばうら》むと雖《いへど》も　内《うち》心情《しんじやう》を接《せつ》して契《ちぎり》自《おのづから》通《つう》ず
•美物《びぶつ》来時《きたるとき》脣《くちびる》更《さらに》咲《わら》ひ　訴《そ》言《げん》到処《いたるところ》耳《みみ》初《はじめて》聾《ろう》す

土の意。一 古事談に未見。但し宇治拾遺物語(「歌読テ被レ免レ罪事」)、古本説話集(「大隅守事」)、今昔物語集・二十四(「大隅国郡司読ニ和歌一語」)、十訓抄・十その他にみえる大隅守は桜島忠信。二 底本〇印で囲む。本書で左傍に「•」を付したもの。三 何等の等は助字か、ナニラではなかろう。四 西海道大隅(鹿児島県の一部)。五 九八九年。六月二十六日太政大臣藤原頼忠薨(百練抄)。六 続本朝通鑑・十七。七 永観二年(九八四)八月二十七日(百練抄)。八 寛和二年(九八六)六月二十三日(同)。九 永延二年(九八八)四月二十三日、兼家が源雅信の桟敷に行き多くの贈物をしたのはその下心か(同)。一〇 正暦元年(九九〇)左大将を兼ねる。一一 冷遇。一二 無理に解釈する。

248 秋の夜自分の思いを記し多くの詩友にさし出し、なお兼ねて南どなりの仕官しない源某に寄せて。底本「秋」欠。文粋「寄」欠。なお、文粋は作者名の末尾を「衆海上」とし、「在列云こ」と注記。圏文粋・十二。上平東韻。〇見説… 見説は聞くところによれば。「聞道」とも。唐詩に多い俗語。底本「南〇」。北堂は大学寮の講堂、文章院。商賈は売官の商売。東西交易は大学寮の東西の教場での売買。怱怱は忙しい。〇文章博士… 前句、大学寮の文章博士任命

潤屋《じゅんをく》を招留《せうりう》して簾《すだれ》を褰《かか》げて出づ　蘊袍《うんばう》を厭却《えんきゃく》して戸《と》を閉《と》ぢて籠《こも》る
恥《はぢ》を棄《す》て形容《けいよう》常《つね》に理《り》を失《うしな》ふ　私《わたくし》を顧《かへり》み行操《かうさう》豈《あに》忠《ちゅう》を思《おも》はんや
高《たか》きに居《ゐ》るは只是《ただこれ》銅山《どうざん》動《うご》く　下《した》に在《あ》るは猶《なほ》金穴《きんけつ》の空《むな》しきに因《よ》る
豈《あに》識《し》らんや仲尼《ちゅうぢ》貧《まづ》しうして道《みち》を楽《たの》しむことを　祗《ただ》看《み》る後輩《こうはい》富《と》んで功《こう》成《な》すことを
宛《あたかも》如《に》たり宿禰《すくね》裁縫《さいほう》の女《をんな》　其奈《それいかん》せん朝臣《あそん》造作《ざうさく》の工《こう》
蚨《ふ》足《そく》群飛《ぐんび》し母子《ぼし》を分《わか》ち　麞牙《しやうが》并走《へいそう》し雌雄《しゆう》を決《けっ》す
菅蔵《かんざう》住《す》まず名《めい》先《まづ》改《あらた》まる　桜笠《あうりふ》長居《ながくゐ》て命《めい》終《をは》るべし
人は新研《しんけん》の珠《たま》与《と》異《こと》ならず　我は古弊《こへい》の瓦《かはら》と相同《あひおな》じ
自《みづか》ら慙《は》づ困《まづ》しきこと原憲《げんけん》に倍《ばい》することを　唯庶《ただねが》はくは饒《ゆたか》なること石崇《せきすう》自《よ》り多きことを
霧《きり》を冒《をか》して昔期《むかしき》す暁桂《げうけい》を攀《よ》づることを　霜《しも》を戴《いただ》いて今《いま》歎《たん》ず秋蓬《しうほう》に類《るい》することを
幾千人《いくせんにん》の裏頭《うちかしら》雪《ゆき》を梳《くしけづ》る　数十年《すうじふねん》の前《まへ》涙《なみだ》紅《くれなゐ》を拭《のご》ふ
影《かげ》は冷《すさま》じ蒼蒼《さうさう》砌《みぎり》に盈《み》つる月　声は寒《さむ》し札札《さつさつ》床《ゆか》を繞《めぐ》る虫
衰《おとろ》ふる哉《かな》柳市《りうし》に老《お》いて価《あたひ》無し　早晩《いつか》此身《このみ》公《おほやけ》に奉《ほう》ぜんと欲《ほっ》す

林子曰はく、源処士《げんしよし》・衆海《もろうみ》未《いま》だ何人《なんびと》為《た》ることを知らず。蓋《けだ》し其時《それじ》政《せい》を譏《そし》る者《もの》言《げん》[一]を寓《ぐう》し名《な》を託《たく》する乎《か》。『文粋《ぶんすい》』の旧本《きうほん》[二]に傍書《ばうしよ》して曰はく、「桜笠《あうりふ》は桜島忠臣《さくらじまのただおみ》[三]・笠忠信《かさのただのぶ》也、蔵《ざう》は大蔵弼邦《おほくらのすけくに》也」と。然《しか》るときは則ち「蔵《ざう》」の字の上《うへ》亦《また》人《ひと》の姓《せい》乎。傍書漫滅《ばうしよまんめつ》詳《つまび》らかならず。忠臣は蓋《けだ》し其忠信《それただのぶ》が族類《ぞくるい》乎《か》。按《あん》ずるに、一条《いち》[四]帝正暦《でうていしやうりやく》

の宣旨が下る。○一院… 院は上皇などの御所。「挙㆑哀」は死者のために声をあげて泣く儀礼。仮寧令に「聞㆑喪挙哀」の例が多い。両家は後述の「三・橘」の両家。「沽㆑職」は職官を売買する。底本「沽㆑職」。○三は… 三善家の儒学は学恩を忘れるほど権威を失い、橘家の学問は在来の学風をそこなう。底本「三」を「花」に作る。泗水は孔子の生れた山東省の川名、ここは孔子の儒学。槐林は槐市に同じく、長安のえんじゅの木の下で学生が議論し合ったことから大学・学問をいう(芸文類聚・礼部・学校)。○今日… 議人はあれこれ議せられている者。補者は補任者。田翁は田舎おやじ(軽蔑の意を含む)。○外… 向背は従うことと背くこと。「接㆓心情㆒」は心を通わせる。○美物… 美物はここは貢物。文粋「貢物」。「脣…咲」は喜ぶこと。「耳…聾」は聾者の如く聞えぬ振りをする。○潤屋… 二句文粋により改訓。潤屋は金持(礼記・大学「富潤㆑屋」)。招留は招き引き留める(底本欠字)。「褰㆑簾…」は進んで出迎える様。蘊袍は縕袍、貧賤者の着る衣服、貧賤者(論語・子罕篇)。厭却はいとう、嫌う、「却」は助字。○恥を… 「棄㆑恥」は底本欠字。形容は顔や姿を中心とする態度。「失㆑理」は道理に反する。行操はみさおのある行動。忠は誠実。○高きに… 「居㆑高」を文粋「登㆑高」

（以下、一七九頁につづく）

二年円融上皇崩《ゑんゆうじやうくわうほう》ず、寛弘《くわんこう》八年冷泉《れいぜん》上皇崩ず。所謂《いはゆる》「太上天皇葬礼中《だじやうてんわうさうれいちゆう》」とは、此等《これら》の時の作る所乎《ところか》。其の餘皆是当時《ほかみなこれたうじ》の事、今強解《しひてと》かず。旧本脱字惟多《きうほんだつじこれおほ》し。今叨《みだ》りに[五]朱書《しゆしよ》して数字《すうじ》を補《おぎな》ふ。其の推読《すいどく》すべからざるは之《これ》を闕《か》く、と。

249
閑《かん》居《きよ》

釈性空《しやくしやうくう》　橘諸兄《たちばなのもろえ》の後胤《こういん》

貧《まづ》しうして亦賤《またいや》し　閑亭《かんてい》の隠士《いんし》
之《これ》を以《もつ》て楽《たのしみ》と為《な》し　富貴《ふうき》を羨《うらや》まず
我人《われひと》を知《し》らず　恨《うらみ》も無《な》く喜《よろこび》も無《な》し
人我《ひとわれ》を知らず　誉《ほまれ》も無く毀《そしり》も無し

林子曰はく、性空《しやうくう》は始《はじ》め[一]播州書写山《ばんしうしよしやざん》を開《ひら》く。其の事実《じじつ》は花山上皇之《くわさんじやうくわうこれ》が伝《でん》を作《つく》り、[二]師錬《しれん》が『釈書《しやくしよ》』亦其《またそ》の伝を載《の》す。此の[三]頌二《じゆに》伝《でん》に見えず。然《しか》れども世上流《せじやうる》伝久矣《でんひさし》。故に此《ここ》に記《しる》す。凡《およ》そ　本朝[四]浮屠頌《ほんてうふとじゆ》を作《つく》り[五]偈《げ》を作る者猶多《ものなほおほ》し。今之《いまこれ》を[六]尋《じん》覓《べき》せず、姑《しばら》く是《これ》を以《もつ》て例《れい》と為《な》す、と。

五 →247注二。

249 静かなすまい。興流伝の詩。→林子評。韻士・貴・喜・毀、上声紙韻(但し「貴」は去声未韻)。○貧しう…　隠士は隠遁者、作者自身をいう。○之を…　論語・述而篇「子曰、飯㆓疏食㆒飲㆑水…楽亦在㆓其中㆒矣。不義而富且貴、於㆑我如㆓浮雲㆒」による。○我…　知は理解する。「知る」については、論語・憲問篇に「子曰、莫㆓我知㆒也夫」云々とみえ、子貢との問答がみえる。○人…　論語・衛霊公篇「子曰、吾之於㆑人也、誰毀誰誉」の逆で、他人からの評価をいう。

一 朝野群載・二・書写山上人伝(花山法皇)「到㆓播磨餝磨郡書写山(姫路市北方の山)㆒、造㆓一間草庵㆒住之」。

二 元亨釈書(虎関師錬撰)・十一・感進。

三 仏徳を讃美する文体の一種、主として四言。

四 仏教語。仏、僧侶。

五 仏徳を讃美する韻文体の部分。頌に同じく、「偈頌」とも。

六 さがし求める。

250 詩の一体、文字遊びの一種。同じ偏(へん)や傍(つくり)の字を集めて作る「偏傍体」(→252林子評)に当る。「超・越」など「走」偏の字で作られた詩に基づくともいうが未詳。「脚」は文字の冠(かんむり)に対する下の脚部の意か。興群載・一。韻怨・忠、上平東韻。○愚惷…　各句は文字の脚に当る部分の「心」を使用。愚惷は愚鈍、おろかさ。怱はあわただしい。二句の訓は「…意急なるを慙(は)づ、…悲怱な

250 走《そう》脚《きやく》の詩《し》

藤《ふぢ》原《はらの》敦《あつ》隆《たか》

愚《ぐ》惷《たう》慙《ざん》意《い》急《きふ》なり　忿《ふん》怒《ぬ》怨《ゑん》悲《ぴ》怱《そう》なり

志《こころざし》に恣《まか》せて忽《たちま》ち患《くわん》を忘《わす》れ　恩《おん》を感《かん》じて忠《ちゆう》を念《おも》ふ応《べ》し

251 同じく

藤原公朋《ふぢはらのきんとも》　為光公《ためみつこう》の玄孫《げんそん》

誰《たれ》か識《し》らん話《わ》談《だん》の議《ぎ》　請《こ》ふ論《ろん》ぜん諷《ふう》詠《えい》の詩《し》

諸諛《しよゆ》諭誤《ゆど》を誡《いまし》む　誑誕詶詞《きやうたんしうし》を試《こころ》みる

252 同じく

大《おほ》江《えの》政《まさ》時《とき》

宇《う》宙《ちう》寔《まこと》に宜《よろ》しく安《あん》ずべし　寂寥《せきれう》定《さだ》めて寛《ひろき》に向《むか》ふ

富宏《ふくわう》寧《むし》ろ寡宝《くわほう》　客客寮官《かくかくれうくわん》を守《まも》る　客客其の一《ひとつ》は他字《たじ》の訛《あやまり》

林子曰はく、三首同体《さんしゆどうたい》、一中華《ちゆうくわ》に所謂偏傍体《いはゆるへんばうたい》也。其の走脚《そうきやく》と言ふ、亦奇《またき》ならず乎《や》、と。

るを怨む」とも。〇志に… 「恣レ志」は思うままに振舞う。「恩」は君恩。

251 ↓250。作者は「公明」か、「玄孫」は「来孫」か。典群載・一。韻詩・詞、上平支韻。〇誰か… 各句は「言」偏を使用。「諷詠詩」はそれとなく歌う詩。〇諸諛… 改訓。底本は「諸諛誠(まこと)に論誤、誑誕試みに詶詞」。諸諛はもろもろのこびへつらい。「誡二論誤一」は誤りをさとすことをいましめる。誑誕はいつわり。詶詞は応答のことば(「詶」は滋野井本群載の「訓」によるべきか)。

252 ↓250。典群載・一。韻安・寛・官、上平寒韻。〇宇宙… 各句は「宀」(うかんむり)を使用。宇宙は空間と時間、世界。安はやすらか。後句、形も声もない無の世界は必ず広く豊かな方向に向うことだろう。〇富宏… 前句、広く富むことは財宝の少ないことであろうか。後句の「客客」、群載の「賓客」(来客の意)によるべきか。但し「賓」は貝部の属、疑問が残る。寮官は仲間の官吏。一 中国。偏傍体は文字構成上の偏(へん)と傍(つくり)による体、ここはその上部(かんむり)と下部(あし)をも含める(書言字考・九参照)。

253 一 古調的な詩に対する詩。群載「新調」に作る。二 ↓167。なお以下の詩体については解説参照。三 250以下三首。和は唱和詩。四 ↓212。典群載・一。韻岑・沈・林・琴、上平侵韻。〇行雨… 行雨は降る雨(文選・高唐賦「旦為二朝雲一、暮為二行

253
我《わ》が党数輩《たうすうはい》留《る》連《れん》日《ひ》久《ひさ》し。或《ある》いは新詞《しんし》[一]旧格《きうかく》の詞《し》を詠《えい》じ、或いは字《じ》[二]訓《くん》・離《り》合《がふ》の什《じふ》を綴《つづ》る。又越調《またゑつてう》の詩《し》有り、又[三]走脚《そうきやく》の和《わ》有り。適《たまたま》遺《のこ》る所《ところ》の体《てい》は[四]只廻文而已《ただくわいぶんのみ》。仍《よつ》て章句《しやうく》を連《つら》ねて、敬《うやま》つて友朋《いうほう》に呈《てい》す

藤原公章《ふぢはらのきんあきら》　為光公《ためみつこう》の玄孫《げんそん》

行雨《かうう》暮《くれ》に地《ち》を霑《うるほ》す　暗雲《あんうん》朝《あした》に岑《みね》を繞《めぐ》る
清風《せいふう》涼《すず》しうして颯颯《さつさつ》　落日《らくじつ》暖《あたた》かうして沈沈《ちんちん》
征馬《せいば》中路《ちゆうろ》に疲《つか》る　宿鳥《しゆくてう》外林《ぐわいりん》に群《むら》がる
情感《じやうかん》酒《さけ》を酣《たの》しむに足《た》る　宴遊《えんいう》数《あまた》たび琴《きん》を調《しら》ぶ

林子曰はく、此の詩《し》不可《ふか》と為《せ》ず。然《しか》れども[五]橘在列《たちばなのありつら》に及《およ》ばざること遠《とほし》矣、と。

254
近曾《きんそう》[一]左金吾《さきんご》[二]藤廷尉《とうていゐ》古調《こてう》[三]五十韻《ごじふゐん》を以て予《よ》が弊窓《へいさう》に投《とう》ぜ見《ら》る。予《よ》拙和《せつわ》[四]を献《けん》ずと雖《いへど》も餘興《よきよう》未だ尽《つ》きず。仍《よつ》て「羈《き》[五]秋引《しういん》」に慣《なら》つて、「沈春《ちんしゆん》[六]引《いん》」を綴《つづ》り、重《かさ》ねて之《これ》を呈《てい》し奉《たてまつ》る

惟《これ》宗《むねの》孝《たか》仲《なか》

一愚《いちぐ》有り兮親《おや》を養《やしな》ふ　三径《さんけい》に遊《あそ》んで兮貧《ひん》を楽《たの》しむ

雨二」)。○清風… 沈沈は静まる様。ここは沈む意の「沈」(ちん)を重ねたか。○征馬… 征馬は旅中で乗る馬。中路は途中。宿鳥は巣に宿る鳥。○情感… 前句、群載「情感是(これ)酣酒」とする。情感は感情が高まって。

五 ↓212「廻文詩」。

254
一 近ごろ。二 左衛門府の唐名。廷尉は検非違使を兼ねる衛門府の佐・尉の唐名。「藤廷尉」未詳。↓256林子評。三 近体詩に対して、古詩の調子をもつ詩。四 私の唱和詩。五 旅中の秋のうた。引は楽曲、ここは詩。六 心の沈む春のうたの意、結句「未レ遇レ春」に当る。典群載・二。韻親・貧・身・神・皴・辛・蓁・磷・津・巾・春、上平真韻。○一愚… 一愚は作者自身をいう。「兮」(けい)は語調を調える助字。不読。三径は庭の三つの小道。蔣詡(しようく)や陶淵明など隠者の住居をさす。○洙水… 洙水は孔子の故郷山東省を流れる洙川、この川の辺で門人を教育した。前句、作者が故郷にあって勉学もできず落ちぶれていた意。黌舎は都の学舎、大学。神は心神、こころ。○庭草… 蓁蓁は草木の茂る様(毛詩・周南・桃夭、毛伝「至盛貌」)。砌石は石だたみの石。底本「石」欠字。磷磷は傍を流れる水の中に石がきらきらする様(毛詩・唐風・揚之水「揚之水、白石磷磷」、毛伝「清澈也」)。○偃息… 偃息は休む。泝洄は流れを溯る(爾雅「逆レ流上曰二泝洄一」)。群載「沂洄」、底

洙水《しゆすい》に在《あ》つて兮身《み》を沈め　黌舎《くわうしや》に居《ゐ》て兮神《たましひ》を労《らう》す
齢傾《よはひかたむ》かんと欲《ほつ》して兮面皺《おもてしは》み　愁除《うれひのぞ》き難《がた》うして兮心辛《こころつら》し
庭草荒《ていさうあ》れて兮蓁蓁《しんしん》　砌石細《せいせきほそ》うして兮磷磷《りんりん》
偃息《えんそく》を窓裏《さうり》に恣《ほしいまま》にし　泝洄《そくわい》を河《か》津《しん》に忘《わす》る
孫氏《そんし》を冷席《れいせき》に訪《とぶら》ひ　郭泰《くわくたい》に墊巾《てんきん》に伴《ともな》ふ
花飄飄《へうへう》として兮鳥空《むな》しく去《さ》り　毎年奈何《まいねんなん》ぞ未《いま》だ春《はる》に遇《あ》はざる

255 [一]宗才子《そうさいし》「沈春引《ちんしゆんいん》」を綴《つづ》り、藤廷尉《とうていゐ》に呈《てい》し奉《たてまつ》る。一詠《いちえい》して魂《たましひ》を銷《け》し、再吟《さいぎん》して骨《ほね》に入《い》る。賞翫《しやうぐわん》に堪《た》へず、聊《いささか》鄙詞《ひし》を綴《つづ》り、[二]本韻《ほんゐん》を押《お》す

菅《かん》才《さい》子《し》　其の名を闕《か》く

良朋《りやうほう》を覓《もと》め兮親《した》しまんと欲《ほつ》す　善道《ぜんだう》を楽しみ兮貧《ひん》を忘《わす》る
青衿《せいきん》を紆《まと》うて兮身《み》を顧《かへり》みる　縹嚢《へうなう》を繙《ひもと》いて兮神《たましひ》を谷《やしな》ふ
滄浪濁《さうらうにご》つて兮色皺《いろしわ》む　栄路《えいろ》遠うして兮思辛《おもひつら》し
遊竜蔓《いうりようばん》して兮蓁蓁《しんしん》　美石《びせき》蔵《ざう》して兮磷磷《りんりん》
寸陰《すんいん》を過隙《くわげき》に惜《を》しみ　九流《きうりう》を問津《もんしん》に迷《まよ》ふ
黄香《くわうきやう》を扇枕《せんちん》に慕《した》ひ　淵明《えんめい》を戴巾《たいきん》に思ふ

本「泝洄」、意改。河津は川の渡し場。忘はものを忘れるほどの自由な境地をいう。○孫氏… 前句、「孫康映雪」(蒙求)の故事。冷たい雪の光の許で勉学する意。後句、後漢郭泰(林宗)の「林宗折巾」(蒙求)の故事。墊巾は雨に遇って頭巾の一角が折れたことをさす。林宗(郭泰)は後に弟子を集めて教授した有徳の人。「伴」は作者が彼を友として学問をする意。底本「熱巾」、滋野井本群載により訂。○花… 二句七言。飄飄は花が風に吹かれて飜る。「鳥空去」は下句の「未レ遇レ春」と共に作者の不遇のたとえ。群載「去」を底本欠。「奈何」は底本「余何」、群載に従う。

255 一 254の作者、惟宗孝仲。才子は詩文の才のある人。二 もとの韻(254)を押韻する。㊞群載・二。韻 254に同じ。○良朋… 「覓二良朋一」(底本「不レ見二良明一」)はよい友を求める。後句、論語・学而篇「貧而楽」などを踏まえるか。○青衿… 「紆二青衿一」は青いえりの服をまとう、学生になる意。縹嚢ははなだ色の書物のカバー、書物。谷は「谷神不死。谷ハ養也」(河上公本老子)。○滄浪… 前句、世の中の乱れをいう。楚辞・屈原「漁父」の「滄浪之水濁兮、可三以濯二吾足一」による。栄路は栄達への道。滄浪は漢水の下流。○遊竜… 庭には草木が繁って荒れてはいるが、美石の如き才能を深く隠している意か。「遊竜」、底本は「遊龍」。

時苒苒《ときぜんぜん》兮代謝《たいしや》すと雖《いへど》も　歎《なげ》く莫《なか》れ物《もの》の春《はる》に逢《あ》はざる無《な》きことを

256 宗才子《そうさいし》「沈春引《ちんしゆんいん》」を作り、藤廷尉《とうていゐ》に寄《よ》せ奉《たてまつ》る。菅才子《かんさいし》継《つ》いで以《もつ》て之《これ》を和《わ》す。予不才《よふさい》を以て、得《え》て相知《あひし》る无《な》し。僅《わづ》かに孟夏《まうか》[一]の仲《ちゆう》に臨《のぞ》んで、適《たまたま》「沈春《ちんしゆん》の詞《し》」を開《ひら》く。握翫《あくぐわん》[二]に勝《た》へず、[三]愁《なまじひ》に鄙懐《ひくわい》を抽《ぬ》いて、外見《ぐわいけん》を憚《はばか》らず、偸《ひそ》かに本韻《ほんゐん》[四]を押《お》す

三善為康《みよしのためやす》

文友《ぶんいう》を訪《と》うて兮相親《あひした》しみ　筆耕《ひつかう》を営《いとな》んで兮貧《ひん》を安《やす》んず
鷹揚《ようやう》を見て兮身《み》を辱《は》づかしめ　鷁退《げきたい》を思つて兮神《たましひ》を銷《け》す
面波《おもてなみ》を畳《たた》んで兮漸《やうやく》皺《しわ》み　心茶《こころと》に非《あら》ずして兮猶辛《なほつら》し
逕蓬滋《けいほうしげ》うして兮蓁蓁《しんしん》　泉石浅《せんせきあさ》うして兮磷磷《りんりん》
丹意《たんい》を虎館《こくわん》に労《らう》し　紅鱗《こうりん》を竜津《りようしん》に曝《さら》す
衰鬢《すいびん》を霜雪《さうせつ》に欺《あざむ》き　老涙《らうるい》を衣巾《いきん》に灑《そそ》く
風漠漠《ばくばく》として兮芳非《はうひ》尽《つ》く　澗底《かんてい》の古松《こしよう》春を識《し》らず

林子曰はく、三首平易《へいい》、滋味《じみ》無しと雖《いへど》も、必《かなら》ずしも盧瀑《ろばく》[五]を以て之《これ》を洗《あら》はずして亦可也《またかなり》。小序《せうじよ》に所謂《いはゆる》「藤廷尉《とうていゐ》」[六]、未だ誰人《たれびと》為《た》ることを詳《つまび》らかにせず。為康自《ためやすみづか》ら槐市老翁《くわいしらうおう》[七]と号《がう》す。鳥羽帝永久年中《とばていえいきうねんちゆう》[八]、『朝野群載《てうやぐんさい》』を著《あら》はす。甚《はなは》だ考古《かうこ》[九]

草木名か、未詳。蓁蓁・磷磷↓254。○寸陰…　過隙はすき間を過ぎるほどの速さのたとえ(荘子・知北遊篇「若三白駒之過二レ隙」)。後句、迷いながら種々の学問を問い尋ねる意。九流は儒家道家など九学派。問津は渡し場を問う(論語・微子篇)、「迷」を底本は「造」。○黄香…　前句、後漢の黄香が暑い夏には枕をあおいで親孝行をした故事(蒙求・黄香扇枕「暑則扇二床枕一」)。底本、「慕」を「暮」に誤る。後句、かぶっている頭巾をぬいで酒をこした酒好きの陶淵明の故事(梁蕭統・陶淵明伝「取二頭上葛巾一漉レ酒、漉畢、還復着レ之」)。群載の原注に「頭戴二漉酒巾一故也」。○時…　「苒苒」は意改(群載「薢薢」、底本「薢薢」)。時が移りゆく様。代謝は移り変わる。下句、254の結句に応じて、なげきたもうなと結ぶ。

256　一 陰暦四月の中頃。二 賞翫せずにはおられない。三 しいて心のうちを引出す、述べる。「愁ナマシイニ」(易林本)。四 ↓255詩題。四群載・二。韻254に同じ。○文友…　文友は詩文の友。筆耕は文筆で生活する。○鷹揚…　鷹の飛揚を見て、落ちぶれたわが身を恥じる(毛詩・大雅・大明)。風によく耐える水鳥の鷁が退飛するのを思うと、気がめいる(左伝・僖公十六年「六鷁退飛」)。○面…　前句、顔面にしわができる。後句、茶はにがな。辛はにがなの縁語。○逕蓬…　逕蓬は隠者の庭に生

に便《びん》す。『三善家譜《みよしがかふ》』余《よ》未《いま》だ之《これ》を見ず。然《しか》れども推《お》して之《これ》を按《あん》ずるに、為康《ためやす》は、『麗藻《れいさう》』に載《の》する所為政《ところためまさ》一〇が子孫《しそんか》乎。共《とも》に是清行《これきよゆきよ》自り出《い》で、筭道《さんだう》一一を伝《つた》へて、家業《かげふ》の暇《いとま》、文字《もじ》一二に志《こころざ》す者《もの》也。此の時文筆《ときぶんぴつ》一四古《いにしへ》に及《およ》ばずと雖《いへど》も、猶此等《なをこれら》の贈答《ぞうたふ》一三有るは、亦善《またよ》からず乎《や》。小序《せうじよ》に所謂字訓《いはゆるじくん》・離合《りがふ》・越調《ゑつてう》・古調《こてう》、盍《なん》ぞ列書《れつしよ》して以《もつ》て後世《こうせい》に伝《つた》へざる乎《や》、と。

257 試《し》に奉《ほう》じて賦《ふ》す、「万玉《ばんぎよく》を班《わか》つ」を得《え》たり

藤原尹経《ふぢはらのただつね》 実範《さねのり》の曾孫《そうそん》

陶虞継体《たうぐけいたい》 政《まつりごと》方《まさ》に寛《ひろ》し
万玉班来《わかちきた》りて民《たみ》各《おのおの》安《やす》し
執得《とりえ》て趨《おもむ》かず皆体《みなたい》を守《まも》る
捧持《ほうぢ》し敬《けい》を致《いた》して悉《ことごと》く歓《くわん》を騰《あ》ぐ
連城価《れんじやうあたひ》を待《ま》つて質《しつ》を磨《みが》く応《べ》し
列国功《れつこくこう》を争《あらそ》つて貫《くわん》を受《う》けんと欲《ほつ》す
令徳光《れいとくひかり》に比《ひ》して常《つね》に用《よう》を作《な》す
奇珍色《きちんいろ》を蔵《をさ》めて遂《つひ》に残《のこり》無し
冬氷湿《とうひようしめり》を生《しやう》じて望猶潔《のぞみなほきよ》し
夜月流《やげつながれ》に臨《のぞ》んで影或《かげあるいはまど》団かなり
河伯図明五采《かはくとめいごさい》を浮かべ
山璞文朗群官《さんはくぶんらうぐんくわん》に賜《たま》ふ
廻周映《くわいしうひかり》を施《ほどこ》し辨冠《べんくわん》に徹《てつ》し
清越声《せいゑつこゑ》有り環珮寒《くわんばいさむ》し
幸《さいは》ひに我《わ》が君崇学《きみすうがく》の代《よ》に遇《あ》ふ
竜門仰上《りようもんあふぎあ》げて屢盤桓《しばしばばんくわん》

えたよもぎ(蒙求・蔣詡三逕)。蓁蓁・磷磷→254。○丹意… 丹意は真心。虎館は白虎観、後漢の頃ここで五経を論じた建物、ここは学校の意。後句、出世の関門である登竜門の不首尾をいうか。竜津は魚が溯って竜となるべき渡し場。鱗は魚のうろこ(滋野井本群載「鰓」(ゑら))。○衰鬢… 前句、白髪となった鬢髪の様。衣巾はここは衣の袖。○颪… 漠漠は寂しく吹く様。芳菲は花の香ぐわしさ。澗底は谷間(文選・左太沖「詠史八首」第二首「鬱鬱澗底松」)。「不レ識レ春」は不遇の身をいう。五 江西省廬山の瀑布の意か(李白「望二廬山瀑布一」)。「不必」云々は洗い捨てなくてもよいの意。六 →254詩題。七 えんじゅを植えた市街(大学の意もある)に住む老人。八 自序「永久四年」(一一一六)、但し増補もあるという。九 公家制度を知る上に便利だの意。一〇 232の作者。一一 算道。大学寮の四道の一つ。一二 文筆。一三 底本「有リ」、訂正。一四 以下→253小序。古調→254。

257 詩題、「奉試、賦して得たり…」と訓むのが一般。式部省で行なう文章生の「試」験に応じ「奉」り、その時の詩題「種々の玉をわけ与える」が当って。【典】群載・十三(詩題の下に「以レ歓為レ韻、七言八韻」)。【韻】寛・安・歓・貫・残・団・官・寒・桓、上平寒韻。○陶虞… 陶虞は帝尭陶唐氏と帝舜有虞氏。継体は天子の位を継ぐ。

(以下、一七九頁につづく)

258 同じく　　藤原憲光《ふぢはらののりみつ》　高藤《たかふぢ》の十代

我が君《きみ》政《まつりごと》に莅《のぞ》みて温寒《をんかん》を理《をさ》む　万玉《ばんぎよく》班来《わかちきた》りて徳《とく》の寛《ひろき》を仰《あふ》ぐ
照耀《せうえう》光清《きよ》らして列国《れつこく》に盈《み》ち　玲瓏《れいろう》色潔《きよ》らして群官《ぐんくわん》に賜《たま》ふ
藍田《らんでん》美《び》を伝《つた》へて常に用《よう》を為《な》す　荊岫《けいしう》奇《き》を韜《つつ》んで遂《つひ》に残《のこ》らず
雲沙《くもさ》庭《てい》に落ちて空《むな》しく屑《せつ》を誤《あやま》り　露竹葦《つゆちくゐ》に凝《こ》りて自《おの》づから貫《くわん》を疑《うたが》ふ
浮筠影《ふゐんかげ》遠くして信《しん》無きに非《あら》ず　垂棘《すいきよく》規円《きえん》にして豈端《あにたん》有らんや
雍伯種玉《ようはくしゆぎよく》唯質《ただしつ》を得《う》　水蒼文朗《すいさうぶんらう》悉《ことごと》く歓《くわん》を騰《あ》ぐ
平平治道気《へいへいちだうき》新《あたら》しく見《み》ゆ　琢琢学崇功《たくたくがくすうこう》尚《なを》難《かた》し
再《ふた》び唐堯明化《たうげうめいくわ》の日に遇《あ》ふ　八埏九土《はちえんきうど》各《おのおの》平安《へいあん》

林子曰はく、右《みぎ》二首、永久年中《えいきうねんちゆう》に試《こころ》み被《ら》れし所《ところ》也。同時《どうじ》詩を言ふ者猶《ものなを》之《これ》有り。『群載《ぐんさい》』其の姓名《せいめい》を載《の》せ、其の詩を略《りやく》するときは、則ち此の二首当時《たうじ》以《もつ》て翹楚《げうそ》㆓と為《な》る乎《か》、と。

258 →257。典群載・十三。韻寒・寛・官・残・貫・端・歓・難・安、上平寒韻。○我が…　温寒は気象状況。「徳寛」を底本「徳完」。○照耀…　玉の美しさをいう。「玲瓏」を底本「珍瓏」。「賜㆓群官㆒」→257第二句。「万玉」云々→257第十二句。○藍田…　257の第七・八句に類句。藍田は陝西省にある美玉を産する山(文選・西都賦「藍田美玉」)。荊岫は湖北省にある和氏の玉を出した荊山。○雲…　沙庭は白砂の庭。「誤㆑屑」は玉のくずではないかと誤るほどだ。「疑㆑貫」は玉をつらぬいたのかと思う。○浮筠…　前句、礼記・聘義「孚尹旁達、信也」(鄭注「浮筠謂㆓玉采色㆒也。采色旁達、不㆑有㆓隠翳㆒、似㆑信也」)による。「遠」底本欠字。「垂棘」は春秋時代の美玉を産した晋の地名(左伝・僖公二年、杜注「垂棘出㆓美玉㆒」)。「規円」云々はその美玉は円くてはしのない意。○雍伯…　前句、蒙求・雍伯種玉の故事。群載・底本「種生」、意改。彼が某人に石を与え、その石を種えさせたところ、数年後に玉が出た話。質は玉質。後句、礼記・玉藻「大夫佩㆓水蒼玉㆒」に基づく。水蒼玉は水のように蒼いおび玉。文朗→257第十二句。○平平…　平平治道は治まる太平の道。琢琢学崇は学問を尊重して切磋琢磨する。群載・底本「学山」、意改。○再び…　唐堯は帝堯陶唐氏、帝堯。ここは鳥羽天皇をさす。八埏は地の果て。九土は九州、

259 試《し》に奉《ほう》じて賦《ふ》す、「徳天地《とくてんち》に配《はい》す」を得《え》たり

藤原仲実《ふぢはらのなかざね》　武智麻呂《むちまろ》の十一代

天地《てんち》に配《はい》す徳尤《とくもつと》も淳《じゆん》なり　治世《ちせい》料《はか》り知る聖人《せいじん》に属《ぞく》することを
上下《じやうげ》宜《ぎ》を得《え》礼律《れいりつ》を調《ととの》ふ　乾坤《けんこん》度《ど》に協《かな》ひ君臣《くんしん》を正《ただ》す
堯雲《げううん》高《たか》く霽《は》れて祥風《しやうふう》起《おこ》り　舜海《しゆんかい》忽《たちまち》澄《す》んで恵沢《けいたく》均《ひと》し
運載《うんさい》克《よ》く諧《かな》ひ庶類《しよるい》に分《わか》つ　覆幬《ふくたう》忒《たが》はず彝倫《いりん》を叙《じよ》す
普《あまね》く雨露《うろ》を施《ほどこ》す玄穹《げんきゆう》の表《おもて》　遥《はる》かに波瀾《はらん》を息《や》む碧海《へきかい》の浜《はま》
土壌《どじやう》時《とき》に順《したが》つて草木《さうもく》を生《しやう》じ　陰陽《いんやう》節《せつ》に応《おう》じて星辰《せいしん》を列《れつ》す
二儀《にぎ》交泰《かうたい》洪化《こうくわ》を同《おな》じうし　万物《ばんぶつ》裁成《さいせい》篤仁《とくじん》を戴《いただ》く
多日《たじつ》久《ひさ》しく泗水《しすい》に趨《はし》ると雖《いへど》も　竜門《りようもん》浪《なみ》冷《つめた》くして立《たちどころ》に逡巡《しゆんじゆん》

林子曰はく、[一]是《これ》白河《しらかは》承保《ぜうほう》二年の[二]制試《せいし》也。同時《どうじ》詩を賦《ふ》する者《もの》十九人、『群載《ぐんさい》』に其《そ》の姓名《せいめい》を載《の》せ、其の詩を略《りやく》す。然《しか》れども此《こ》の一首《いつしゆ》当時《たうじ》の風体《ふうてい》を見《み》つべし。且《か》つ知《し》る、[三]挙科《きよくわ》猶《なを》未《いま》だ廃《はい》せざることを、と。

右走脚《みぎそうきやく》自《よ》り以下《いか》十首、三善為康《みよしのためやす》が『朝野群載《てうやぐんさい》』に見えたり。按《あん》ずるに、『無《む》題詩《だいし》』の作者《さくしや》三十人の中、『群載』の作者より先《さき》なる有り。然《しか》れども『無題《むだい》詩《し》』に、[四]忠通公《ただみちこう》及《およ》び通憲《みちのり》が詩を載《の》するときは、則《すなは》ち其の編緝《へんしふ》『群載《ぐんさい》』の後に

全土。平安は「寧安」(群載)に同じ。二毛詩・周南・漢広の「翹翹錯薪、言刈ニ其楚一」にもとづく語。こんもりと繁る雑木林の形容、ここは優れた詩の意。

259　奉試(→257)に際して、詩題「天子の徳が天地に並んで」が当って。㊂群載・十三(詩題の下に「以レ人為レ韻、七言八韻」と注記)。韻淳・人・臣・均・倫・浜・辰・仁・巡、上平真韻。○天地… 前句、詩題を述べる(礼記・経解「徳配ニ天地一」)。聖人は帝堯帝舜の如き天子。○上下… 上下は君臣。宜は適宜、和合。礼律は礼と刑法。乾坤は天地。度は制度、法則。○堯雲… 堯雲は帝堯にも比すべき高い天の雲。群載「堯天」。舜海は帝舜にも比すべきめぐみの海。○運載… 運載は民を載せはこぶこと。庶類はもろもろの民。底本「諧」の下「□□度」、群載の一本による。「覆幬」は覆い育てる。「幬」も覆に同じ(中庸・三十章)。彝倫は人の守るべき道、常道(尚書・洪範)。○普く… 雨露はここは天子のめぐみ。玄穹は大空。「碧海浜」は青海原の果てまでも(毛詩・小雅・北山の「率土之浜」を踏まえる)。○土壌… 陰陽は万物を作る二気。星辰は星(二十八宿)と辰(日月)の会う処、星座。○二儀… 周易・泰の「象曰、天地交泰、后以裁ニ成天地之道一…」による。二儀はここは天と地。交泰は二つの物が交り和して通じる。洪化は大きな

在《あ》り。故に今叙《じょ》する所《ところ》此《か》くの如し。

260 琴《きん》を聴《き》く　　菅《すが》原《はらの》永《なが》頼《より》

蘼蕪《びぶ》香《かをり》散《さん》ず楚江《そかう》の頭《ほとり》　湘竹叢辺涙《しやうちくそうへんなみだ》収《をさ》まらず
悲糸《ひし》を把《と》つて離怨《りゑん》を写《うつ》すこと莫《なか》れ　夜《よ》深《ふ》けて簾外鬼神《れんぐわいきしん》愁《うれ》ふ

林子曰《い》はく、此の詩《し》『源氏《げんじ》河海抄《かかいせう》』[一]に見えたり。未《いま》だ知《し》らず、源善成《みなもとのよしなり》何《いづ》れの書《しよ》自《よ》り之《これ》を抄出《せうしゆつ》することを。彼《か》の抄《せう》誤字《ごじ》多し、故《ゆゑ》に此の詩者《ししや》永順《えいじゆん》[二]と曰《い》ふ。諸家《しよか》の譜《ふ》を考《かんが》ふるに、未《いま》だ永順《えいじゆん》を見ず。而《しか》して『菅氏譜《かんしのふ》』、雅規《まさのり》の曾孫《そうそん》に永頼《ながより》有り。按《あん》ずるに　本朝中世以来《ほんてうちゆうせいいらい》唯《ただ》箏《さう》[三]有つて琴《きん》無し。此の詩琴《きん》と題《だい》するときは、則ち近代《きんだい》の作に非《あら》ざらん。然《しか》るときは、則ち「順《じゆん》」は当《まさ》に「頼《らい》」に作るべし。故に此《ここ》に載《の》す、と。

本朝一人一首詩巻之五　終

徳の力。底本訓「同ク洪化」。裁成は布をたって衣服を作る、しあげる。〇篤仁は天子の仁徳。〇多日…「泗水」を底本「汨水」(べきすい)に作る。屈原が投身した川、汨羅。ここは滋野井本群載「泗水」(山東省を流れる川、孔子が学問を教えた処)に従う。前句は長年にわたって孔子の学(経学)を勉学したの意。後句、登竜門の奉試の及第は難しくしりごみをする意。「冷」を群載は「峻」(たかし)に作るが、これも一案。一 一〇七五年。二 ここは式部省の擬文章生試詩をさす。三 官吏登用試験、科挙(科は科目)。四 290藤原忠通、289藤原通憲。

260 七絃琴の音を聞いて。[韻]頭・収・愁、下平尤韻。[典]河海・若菜下。〇蘼蕪… 琴の音の感じを述べる。前句、楚辞・九歌・少司命「秋蘭兮蘼蕪」を踏まえる。蘼蕪は香草。楚江は江北省岷江(びんこう)。後句、帝舜の死を悲しむ二人の娘が湘水(湖南省湘江)に至り、その涙が竹にそそいで斑紋ができたという故事(博物志)。〇悲糸… 前句、底本「驀地悲絃…」。天理図書館本河海抄による。悲しい絃の糸を取って別れの悲恨を表現するな(「糸」と「離」は同韻)。後句は、この琴を引くと禍があるとして奏法を伝えることのないため(若菜の巻)、愁うといったもの(河海抄「礼記曰、夫礼楽通二乎鬼神一」)。一 室町初期の注釈書。四辻善成撰。二 天理図書館本「永頤」。三「しやう」のこと。

(一六九頁脚注つづき)

に作る。銅山は金銭。県官が銅山で銭を鋳た話によるか(漢書・食貨志、芸文類聚・宝玉部・銅など)。金穴は金の出る穴、金蔵。〇豈…　「豈識」(文粋「不ㇾ信」)は反語。「仲尼」(文粋「宣尼」)は孔子。以下の句は論語・述而篇「飯二疏食一飲ㇾ水…楽亦在二其中一矣」による。「祗」は「祇」(文粋)と通用。「成ㇾ功」は上位にある意。〇宛…　「宛如」(文粋)は底本欠字。前句、三善宿禰の裁縫女のようにめめしい。「其奈」を底本「背奈(セナ)」。文粋による。「朝臣」云々は、橘朝臣の大工のよう。〇蚨足…　蟬が群れ飛び一緒にいる母と子が分れ、牙のあるくじかの雄と牙のない雌が共に走って勝負を決める。上下の差の生じるたとえ。「蚨足」を文粋は「鵝眼」(鵝鳥の眼のように穴のあいた銭)。これに従えば「鑿牙」は米穀の意(白詩920・官舎閑題「禄米鑿牙稲」)。〇菅蔵…　「菅」、底本欠字。菅原家や大蔵家の子弟は大学寮に住まないで名は得業生に改まり、桜氏や笠氏は大学に長く居ても昇進のめどはない。〇人は…　新研は新しくみがく。弊はこわれる。〇自ら…　「自」を文粋「還」に作る。原憲は清貧で名高い孔子の弟子(蒙求・原憲桑枢)。石崇は金谷に別荘を作り豪遊した晋人(晋書・石崇伝)。〇霧を…　「冒ㇾ霧」を文粋は「開ㇾ霧」。「攀…桂」は月の桂を取る、登用試験に合格する。「戴ㇾ霜」は老いて白い頭髪をいただく。秋蓬は根が風に飛んでゆく秋のよもぎ、雑草。〇幾千人…　「幾千人」を文粋は「三千人」(史記・孔子世家)。前句、幾千人(三千人)の大学生の中でうだつが上がらず頭が白くなるほど老いを迎える。後句、入学した数十年前を思うと血の涙をぬぐうほどだ。〇影は…　作者の秋の周辺。影(文粋「色」)は月影。札札は摩擦によって起る音、虫のねの形容。〇衰ふる…　「衰」を文粋は「悲」。柳市は長安市内の西の地名。ここは京都の町なか。早晩は唐詩に多い語。一 他の事にたとえて言う。二 弘安本。三「忠信」の誤記か。笠忠信未詳(笠氏は渡来人系か)。四 以下、百練抄による記述。

(一七五頁脚注つづき)

寛は寛大。「万玉班来」は帝舜が諸侯を封ずる時にそのしるしとして五階級の瑞玉を与えた故事(尚書・舜典「班二瑞于群后一」)。〇執得…　玉を得た諸侯の行動。執得はしっかり持つ。体はみち、のり。〇連城…　前句、趙の恵王所持の和氏の玉を秦の昭王が十五城をつらねて交換したいと願った故事(文選・魏文帝「与二鍾大理一書」李善注引用の史記)。質は玉の材質。後句の故事未詳。列国を底本「州国」。貫は貨幣一千銭、ここは玉。〇令徳…　前句、礼記・聘義「君子比二徳於玉一焉」による。光は玉の光。後句の奇珍は和氏の玉。底本「斉珍」。「蔵ㇾ色」は山などに光を秘めたままの玉の状態。「無ㇾ残」は掘り出して後すっかり光を放つ意。〇冬氷…　前句は晏子春秋・諫にみえる、景公の着用した氷月の珠の故事。湿はうるおい(荀子・勧学篇「玉在ㇾ山而草木潤、川生ㇾ珠而岸不ㇾ枯」)。後句は夜光の珠についていうか。「或団」を底本「式円」。〇河伯…　「河伯」云々は、河の神の支配する河図(竜の背に現われた図)は明瞭の意。五朵は黄青赤白黒の五つの色彩。後句は尚書・舜典の故事(→第二句)。「山璞」は群載「山玄」、底本「玄」欠字、意改。山から出たままのあら玉、和氏の玉。文朗は玉にあやがあり澄んで美しい様。〇廻周…　前句、玉があたりに光を放ち諸侯の礼装用の冠を照らす。「清越有ㇾ声」は玉の音の澄んだ様(礼記・聘義)。「環珮寒」はおび玉の音がさやかな様。〇幸ひに…　崇学は学問をたっとぶ。底本「山学」、意改。後句、登竜門(ここは奉試の門)を仰いでしばしばそこにぐずぐずする。合格不合格の気持を暗示。

本朝一人一首巻之六

向《かう》陽《やう》林《りん》子《し》輯《しふ》

261 売《ばい》炭《たん》婦《ふ》

輔《すけ》仁《ひと》親《しん》王《わう》

売炭《ばいたん》の婦人《ふじん》今《いま》聞取《ぶんしゆ》す　家郷《かきやう》遥《はる》かに大原山《おほはらやま》に在《あ》り

衣《ころも》単《うす》く路《みち》嶮《けは》しく嵐《あらし》に伴《ともな》うて出づ　日《ひ》暮《く》れ天《そら》寒《さむ》く月に向《むか》つて還《かへ》る

白雪《はくせつ》声《こゑ》高し窮巷《きゆうかう》の裡《うち》　秋風《しうふう》価《あたひ》を増《ま》す破村《はそん》の間《あひだ》

土宜《どぎ》本《もと》自《よ》り丁壮《ていさう》を重《おも》んず　最《もつと》も憐《あは》れむ此の時首《ときかうべ》の斑《はん》を見る

林子《りんし》曰《い》はく、是[一]居易《これきよい》に倣《なら》つて「売炭翁《ばいたんおう》」を詠《えい》ず。句意《くい》共《とも》に可《か》也《なり》。売炭の婦人人《ひと》皆之《みなこれ》を見る。然《しか》れども未《いま》だ之《これ》を詠《えい》ずる者《もの》を聞かず。輔仁《すけひと》、親王《しんわう》の貴《き》を以《もつ》て、紅[二]《こう》袖《しう》の妓《ぎ》を賦《ふ》せず、心《こころ》を破《は》村《そん》賤婦《せんぷ》に注《つ》けて、風流《ふうりう》の趣《おもむき》を以てす。啻《ただ》花鳥《くわてう》を弄[三]《ろう》する而已《のみ》に匪《あら》ず、売炭の斑白《はんぱく》を憐《あは》れむ。其の才識《さいしき》高《たか》しと謂《い》ひつべし。是《これ》を以て広く

261 炭を売りあるく女。白居易0156新楽府・売炭翁などを参考にする。興無題・二（三宮「見二売炭婦一」）。韻山・還・間・斑、上平刪韻。○売炭…　聞取は以下のことを聞く、問うて知った（取は助字）。大原は京都の北東部、左京区大原町。○衣単…　衣単は薄いひとえ、薄着の姿。「伴レ嵐」は寒い冬の風（山の気とも）と共に。「向レ月」は東の空にかかる月に向かって。○白雪…　前句、白雪の中、声を張りあげて貧しい庶民の町を売りあるく。他にも韻の誤があるため無題詩「白雲」を採るべきか。破村は荒れ果てた村（白詩0076「秦中吟・重賦」）。「増レ価」は炭の値があがる。○土宜…　前句、土地の産物の炭を売るのは本来一人前の若い男が重用される。後句は白髪雑りの炭売り女を哀れむ気持。一 →詩題注。「翁」は「婦」の誤。二 赤い衣の妓女。宮中の歌妓から遊里の女までその範囲は広い。三 もてあそぶ、詩歌に詠む。斑白は白髪まじり、まだら色の髪。四 政治教化。五 第七十一代の天皇。六 親政の強化に努め、中興の英主と称せられる。七 嫡子と庶子の身分。輔仁は庶子（母は女御基子）、第一皇子貞仁（白河天皇）は嫡子（母は皇后藤原茂子）。大位は皇位。八 京都市左京区聖護院付近にあったとも、三十三間堂はやや後の創立とも。林羅山文集・五十六「近代名曰二蓮華王院一、俗号為二三十三間一」。

之《これ》を推《おしはか》るときは、則《すなは》ち政教《せいけう》[四]に補有《ほあ》らん乎《か》。輔仁《すけひと》は後《ご》[五]三条帝《さんでう》第三の皇子、故に三宮《さんのみや》と称《しよう》す。後三条元是英主《もとこれえいしゆ》[六]。故に知《し》んぬ、親王才《しんわうさい》有り、然《しか》れども嫡庶《てきしよ》[七]の分定《ぶんさだ》まるを以て、故《ゆゑ》に白河帝《しらかはてい》大位《たいゐ》を践《ふ》むことを。予《よ》を以て之《これ》を見れば、則ち此の一首、得長寿院《とくぢやうじゆゐん》[八]に妄《みだ》りに国用《こくよう》を費《つひや》すと、豈唯天《あにただてん》[九]壌《じやうか》懸け隔《へだ》つる而已《のみ》ならん哉《や》。況《いはん》や其の餘《ほか》の詠吟《えいぎん》、縦《たと》ひ兼明《かねあきら》[一〇]に及《およ》ばずと雖《いへど》も、具平《ともひら》[一一]と抗衡《かうかう》すべき者《もの》、亦可《またか》ならず乎《や》、と。

262 暑《しよ》を避《さ》く　　源《みなもとの》経《つね》信《のぶ》

座《ざ》を林間《りんかん》に移《うつ》して夕陽《せきやう》ならんと欲《ほつ》す　夏天暑気秋光《かてんしよきしうくわう》に似《に》たり
張公簟冷《ちやうこうむしろつめ》たくして風空払《むなしくはら》ひ　班氏《はんし》扇団《あふぎまど》かにして月自涼《おのづからすず》し
老《おい》を送《おく》る交遊詩《かういうし》両韻《りやうゐん》　憂《うれひ》を忘《わす》る郷邑酒三觴《きやういふさけさんしやう》
唯此《ただこ》の地《ち》炎日《えんじつ》を消《せう》するのみにあらず　雨を学《まな》ぶ松声《しようせい》腸《はらわた》を断《た》つに足《た》れり

林子曰はく、経信《つねのぶ》は宇多《うだ》帝の玄孫《げんそん》也。官亜相《くわんあしやう》[一]に至る。才能絶倫《さいのうぜつりん》、時《とき》の為《ため》に重《おも》ぜ被《ら》る。曾《かつ》て行幸《ぎやうかう》[二]に桂川《かつらがは》に扈従《こじゆう》す。勅《ちよく》して詩船《しせん》・歌船《かせん》・管絃船《くわんげんせん》を分《わか》ち、各其《おのおのそ》の能《のう》に堪《た》へたる者《もの》を使《し》て、意《い》に随《したが》つて之《これ》に駕《が》せしむ。経信、監吏《かんり》[三]に問《と》うて曰はく、「余《よ》

九 輔仁と白河院の才は天と地の大差があるに止まらない。輔仁の方に荷担する発言。一〇 206の作者。二 218の作者。抗衡は相対する二つの車が譲らぬこと、張合う。底本「杭衡」。

262 暑さを避けて。典無題・二。韻陽・光・涼・觴・腸、下平陽韻。○座を… 夕陽は夕日、ここは夕暮れ。欲はある状態に近づきつつある意。暑気はあつさ。無題詩は「景気」。「似二秋光一」は秋の日ざしの如く柔らか。○張公… 前句、後漢張純が「簟為レ夏施」と「賦レ席」の中で述べた故事(初学記・席引用「張隠文士伝」)。簟《てん》は簀の子、竹のむしろ。「空」は竹むしろがひんやりとしているので吹く風も役立たない、無駄だ。後句、寵愛を失った前漢の班婕妤(班氏という女官)の「怨歌行」(文選・二十七)「裁為二合歓扇一、団団似二明月一」の故事。「月自涼」は円いうちわを手にすると円い明るい月が本性のまま涼しそう。○老… 交遊は交際。「詩両韻」は二韻の詩を作り合う意。「郷邑」云々は村里の人と数杯の酒を酌み交わす。○唯… 炎日はやけつく夏の太陽。「学レ雨松声」は雨の音に似たような松風の音(晩唐詩に多い表現)。「断レ腸」は、心にしみる。一 大納言の唐名。二 白河帝大井川行幸の話(承保三年(一〇七六))。古今著聞集・五・和歌)参照。桂川は京都嵐山を流れる大井川。三 監視の役人。

何《いづ》れの船に乗らん乎《や》」と。曰はく、「君《きみ》の意《い》に任《まか》すべし」と。経信管絃船《くわんげんせん》に駕《が》し、曲《きよく》を奏《そう》し且《か》つ詩《し》并《なら》びに歌を献《けん》ず。身《み》一船《いつせん》に駕すと雖《いへど》も才三船《さいさんせん》を兼《か》ぬ。世《よ》以《もつ》て美談《びだん》と為《す》。是《これ》より先《さき》、藤公任《とうのきんたふ》[四]亦《また》此《か》くの如《ごと》きの事《こと》有り。故に世《よ》才藝《さいげい》を称《しよう》する者《もの》曰《い》はく、「前に公任有《あ》り、後に経信有り」と。今《いま》此の詩亦《また》頗《すこぶる》題《だい》[五]に於《お》いて当《たう》と為《な》す、と。

263　大極殿《だいごくでん》新成《しんせい》を賀《が》す

藤《ふぢ》　原《はらの》　実《さね》　綱《つな》

大廈《たいか》殊形《しゆけい》経始《けいし》成《な》る　一時《いちじ》初《はじ》めて識《し》る百工《ひやくこう》の営《いとな》むことを
雲を干《をか》す繡桷《しうかく》参差《しんし》として列《つら》なり　月に啓《ひら》く金扉《きんぴ》照耀《せうえう》として明《あき》らかなり
周日《しうじつ》の霊臺《れいだい》宜《よろ》しく比類《ひるい》すべし　漢朝《かんてう》の正殿《せいでん》相争《あひあらそ》はんと欲《ほつ》す
倩《つらつら》思《おも》へば基址《きし》石於《いしよ》りも堅《かた》し　億万年《おくまんねん》の間《あひだ》豈《あに》傾《かたぶ》くこと有らんや

林子曰はく、実綱《さねつな》は有国《ありくに》[一]が孫《まご》也。家業《かげふ》を継《つ》いで侍読《じどく》[二]と為《な》る。此の詩《し》、規祝《きしゆく》[三]の意《い》、大過《たいくわ》に似《に》ると雖《いへど》も、然《しか》れども、其の人[四]に在《あ》つては則《すなは》ち相当《さうたう》、と。

[四] 関白藤原道長の一条帝長保元年(九九九)大井川遊覧のとき、藤原公任(223の作者)が和歌の船に乗った話(著聞集・五)。[五] 詩題によくかなう、当る。

263　宮中の大極殿(正殿)の新築を祝賀して。後三条帝延久四年(一〇七二)四月新成、作者の序も残る(本朝続文粋・九)。[典]無題・一。[韻]成・営・明・争・傾、下平庚韻。○大廈…　大廈殊形は大極殿という大きな館の特別な造作、構え。経始は測量して建築し始める。一時は建築完成のその時。百工は多くの職人。○雲を…　前句、天雲を凌ぐばかりの高く色彩の鮮やかな垂木(たるき)が交錯して連なる。「啓レ月金扉」は月光に向かって開く黄金のとびら。○周日…　主語は大極殿。周の文王が建てた霊台になぞらえるのにふさわしく、漢の朝廷の本丸の御殿(文選・二・西京賦)に対して好い相手となろう。○倩…　倩はよくよくの意、但し「倩」にツラツラを当てる根拠は未詳。「ツラツラ　如何、倩也」(名語記・九)。基址は建物の礎石。[一] 227の作者。[二] 天子・皇太子などに仕え学業を進講する官。[三] 祝意を表現することは過度のようではあるが。[四] 作者にとっては当っている。

264　晩春三月の末の日、目前にあるがままを詠んで。[典]無題・四。[韻]身・春・新・頻、上平真韻。○今年…　今年を無題詩「四年」に作る。一

264 三月尽《さんぐわつじん》の日《ひ》即事《そくじ》

藤原有信《ふぢはらのありのぶ》

今年《こんねん》三月一朝《いつてう》尽く　風光《ふうくわう》を悵望《ちやうばう》して屢《しばしば》身を省《かへり》みる
人事《じんじ》未《いま》だ壮日《さうじつ》を留《とど》むること能《あた》はず　老心《らうしん》何《なん》ぞ残春《ざんしゆん》を送るに耐《た》へん
百花彫落葉陰薄《ひやくくわてうらくえふいんうす》く　両鬢変衰雪片新《りやうびんへんすいせつぺんあらた》なり
久しく閑居《かんきよ》に在《あ》つて仮景《かけい》多《おほ》し　妨《さまた》げず取次《しどろに》放遊《はういう》の頻《しき》りなることを

林子曰はく、有信《ありのぶ》は実綱《さねつな》[一]が三男也。対策《たいさく》[二]の後《のち》、歴仕《れきし》して、東宮学士《とうぐうがくじ》[三]・蔵人《くらうど》[四]・右《う》[五]衛門助《ゑもんのすけ》・右中辨《うちゆうべん》[六]に任《にん》ず。

今此詩《このし》を見るときは、則《すなは》ち不満《ふまん》の意《い》有り。想《おも》ふに学士・辨官《べんくわん》閑官《かんくわん》[七]に非《あら》ず。蓋《けだ》し其金吾《それきんご》[八]に任じて、武官《ぶくわん》に列《れつ》することを楽《この》まざる乎《か》。然《しか》らざるときは、則ち老後《らうご》蟄居《ちつきよ》、稍《やうや》く朝参《てうさん》を闕《か》く時の作乎《さくか》。詩を読んで其の人を知るべし、と。

265 冬日長楽寺《とうじつちやうらくじ》に遊《あそ》ぶ

藤原敦宗《ふぢはらのあつむね》

浄界寂寥塵事《じやうかいじやくれうぢんじ》稀《まれ》なり　一来斗藪《いちらいとそう》思《おもひ》依依《いい》
仏庭草合《ぶつていくさあ》つて門《もん》に逕《みち》無し　禅院竹荒《ぜんゐんたけあ》れて墻《かき》に衣《ころも》有り

朝は一日にして。「風光悵望」はあと一日の春の風や光を悲しみを以て眺める。○人事… 人事は世間の雑事。壮日は壮年の日。老心は老人の気持。残春は一日限りの痛ましい春。○百花… 彫落はしぼみ散る、凋落。「葉陰薄」は葉のまだ繁らぬ状態。雪片は白髪のたとえ。○久しく… 閑居は静かなわび住まい(無題詩「閑官」。→林子評・注七)。仮景は暇な日。取次は俗語。つぎつぎに、勝手次第に。「取次 シドロ」(書言字考)。放遊はぶらつく、気ままに遊ぶ。

一 前詩の作者。二 官吏登用試験の対策文に及第して後。三 皇太子教育係。四 蔵人所の職員。五 右衛門府(宮中の警備に当る役所)の次官。六 太政官の右弁官の一員。七 暇な官職。八 左右衛門府の唐名。

265 冬の日に長楽寺に遊んで。長楽寺は平安京東山山麓の寺(東山区円山町。拾芥抄「祇園東」)、文人遊覧の地。[典]無題・八。[韻]稀・依・衣・帰・微、上平微韻。○浄界… 浄界は寺の境内。寂寥はものさびしい様。塵事は世俗の雑事。一来はひとたびここに来て。斗藪は仏語、煩悩を払おうとする意。依依は慕わしい、思いが続く。○仏庭… 草合は草が繁茂する。禅院は寺院、長楽寺。衣は法衣。○寒雁… 嵐は山の気。低雲は低くたれこめた雲。「向レ暮」は夕方。底本「向春」。○談僧… 談僧は僧と談

寒雁《かんがん》嵐《あらし》に叫《さけ》んで嶺《みね》を過《す》ぎて滅《めつ》し　低雲暮《ていうんくれ》に向《むか》つて渓《たに》に傍《そ》うて帰る
談僧漸《だんそうやうや》く識《し》る幽玄《いうげん》の理《ことわり》　人間官禄《じんかんくわんろく》の微《び》なることを恨《うら》みず

林子曰はく、敦宗《あつむね》は一実綱《さねつな》が姪《てつ》也。其の父を二実政《さねまさ》と曰《い》ふ。其の登庸実綱《とうようさねつな》に超《こ》ゆ三。然《しか》れども故有《ゆゑ》つて四謫死《たくし》す。敦宗、五文章博士《もんじやうはかせ》・六式部大輔《しきぶのたいふ》・大学頭《だいがくのかみ》に歴任《れきにん》す。則ち儒官《じゆくわん》に於いて備矣《そなはれり》。然《しか》れども、此の詩不平《ふへい》の意《い》有り。蓋《けだ》し其の父実政事《こと》に坐《つみ》せられ、敦宗幽鬱《いううつ》の時《とき》作る所乎《か》。然《しか》らずんば、則ち其の身《み》未《いま》だ実政の七月卿《げつけい》に列《れつ》するに及《およ》ばず、故に爾《しか》云《い》ふ乎《か》。八二《に》聯《れん》頗《すこぶる》景《けい》を写《うつ》す。其の志趣《ししゆ》九乃《いま》し論有《ろんあ》るべし、と。

266　傀《くわい》儡《らい》子《し》　　藤《ふぢ》原《はらの》実《さね》光《みつ》

憐《あは》れむべし傀儡虚狂《くわいらいきよきやう》の輩《やから》　自界娯《じかいたの》しみ難《がた》きこと皆是同《これおな》じ
棲卜《せいぼく》す山河《さんが》幽僻《いうへき》の地《ち》　怨深《うらみふか》し声貌老来《せいばうらうらい》の中《なか》
羈遊《きいう》殆《ほとんど》忘《わす》る三輪《さんりん》の業《げふ》　世事《せじ》営《いとな》まず万里《ばんり》の躬《み》
行客襟《かうかくえり》を接《せつ》し争《いか》でか駐《とど》むることを得《え》ん　雲明定《うんめいさだ》めて知る秋風《しうふう》に対《たい》することを

林子曰はく、実光《さねみつ》は一有信《ありのぶ》が子也。此の詩傀儡《くわいらい》を見て人世《じんせい》を感《かん》ず。二梁鍠《りやうくわう》が絶句《ぜつく》と聊《いささか》併按《あはせあん》ずべき乎《か》、と。

論する。「幽玄理」は奥深く霊妙な仏教の道理。人間は俗世界。一 263の作者。姪はおい。二 実綱の兄、参議従三位。三 底本「起ユ」を改。四「寛治二年(一〇八八)…前大弐実政除名、配ニ流伊豆国一…依レ射ニ危正八幡宮神輿一也」(百練抄)。五年後七十五歳没。五 大学寮に属し詩文及び紀伝の教授。モンザウハカセとも。六 式部省の次官。七 三位・参議・中納言以上の官人。実政が参議従二位に至ったことをいう。八 第三・四句(頷聯)と第五・六句(頸聯)。九 すなわちいま。

266 人形つかい、くぐつ。傀儡は操り人形。「久久豆」(和名抄)。↓大江匡房「傀儡子記」(朝野群載・三)。四無題・二一。韻同・中・躬・風、上平東韻。○憐れむ… 前句、ああ、くぐつというぞ偽りの狂気じみた者よ。自界は各自の世界。「難レ娯」は無題詩「歎娯」(歎きと楽しみ)によるべきか。○棲卜… 山河の奥まった処を占って住み、老いるうちに声も容貌も衰えるという怨は深い。○羈遊… 羈遊はくぐつの旅、放浪。三輪業はこの世の生業(三輪は仏語。世界を支える土台の風・水・金の三つの輪)。万里躬は万里の遠くまで放浪する身。○行客… 旅人が彼等と親しくなじんでもそこに留めることはできない。争は反語の助字。「雲明」は雲の明るい夜の意か。底本「雲朋」。「定知」云々は、くぐつらはきっと知ること

267 暮春尚歯会《ぼしゆんしやうしくわい》を見る

藤《ふぢ》原《はらの》宗《むね》光《みつ》

賓主襟《ひんしゆえり》を連《つら》ぬ遊放《いうはう》の辰《とき》　只歓《ただよろこ》ぶ結外《けつぐわい》交親《かうしん》することを許《ゆる》さるるを
漸《やうや》く暮歯《ぼし》に臨《のぞ》んで頭雪《かしらゆき》と為《な》り　閑《しづ》かに餘年《よねん》を憶《おも》ふ復幾春《またいくはる》ぞ
垣下《ゑんか》競来《きそひきた》る風骨《ふうこつ》の客《かく》　花前会飲燕毛《くわぜんくわいいんえんもう》の人
斯《こ》の筵今古《えんきんこ》相逢《さうほう》の少《まれ》なることを　歩《ほ》を引《ひ》き慇懃《いんぎん》に老身《らうしん》を容《い》る

林子曰はく、宗光《むねみつ》は実光《さねみつ》[一]が弟也。実綱《さねつな》[二]自《よ》り宗光《むねみつ》に至《いた》る、共《とも》に是藤氏北家日野家《これとうしほくけひのけ》の儒也《じゆなり》。有国《ありくに》[三]が貽厥亦美《いけつまたび》ならず乎《や》。此の詩自註《じちゆう》に曰はく、「七老《しちらう》[四]の後会遇《のちくわいぐう》の者之《ものこれ》を垣下《ゑんか》と謂《い》ふ」と。按《あん》ずるに昔南《むかしなん》[五]淵年名《ふちのとしな》、楽天《らくてん》[六]が九老会《きうらうくわい》に倣《なら》ひ、尚歯会《しやうしくわい》を修《しう》す。其の後藤原在衡《のちふぢはらのありひら》[七]亦之《これ》を行《おこな》ふ。爾来此等《じらいこれら》の例《れい》を追《お》うて此の会《くわい》有る乎《か》。故に今之《いまこれ》を載《の》す。人を使《し》て一故事《いちこじ》を知らしむるに、「風骨《ふうこつ》」を以《もつ》て「燕毛《えんもう》」に対《たい》す。猶《なを》『麗藻《れいさう》』に載する所《ところ》、高《たかしなの》[八]積善《しげよし》が「風聞《ふうぶん》・鶴望《かくばう》」の例《れい》のごとし。皆是仮《みなこれか》[九]対也《たいなり》、と。

だろう、秋風に吹かれる悲しい身を。一 264の作者。二 盛唐の人。唐宋元明一人一首・唐絶句「傀儡」に「刻レ木牽レ糸作二老翁一、雞皮鶴髪与レ真同。須臾弄罷寂無レ事、還似人生一夢中」とみえる。

267 晩春三月敬老会(老齢七十歳以上を尊び賀する会)を見て。典 無題・一(詩題は「暮春見二厳閣亜相山庄尚歯会一詩」)。厳閣亜相は大納言藤原宗忠、天承元年(一一三一)三月二十二日、白河山荘での会(百練抄、長秋記)。韻 辰・親・春・人・身、上平真韻。○賓主…「連レ襟」は並んで、ともに。「遊放辰」は気ままに遊ぶ時。結外は尚歯会の員外の者。「許二交親一」は親しい交際を許される、参加を許可されたこと。○漸く…暮歯は老年。幾春は幾たび春を迎えることやら。○垣下…垣下→林子評。風骨客は詩才のある風流気骨の参加者。燕毛は宴会の時頭髪の色で席次を定める意(礼記・中庸「燕毛所二以序一レ歯」)。○斯の…前句、尚歯の宴にめぐり逢うことは今も古も稀だ。「古」、底本「占ム」。一 266の作者。二 263の作者。三 日野家の祖資業の父。貽厥は子孫に残す謀(毛詩・大雅・文王有声)。四 尚歯会の七人の老人のほかに参会する者。垣下は垣根のもとの意。五 「大納言南淵朝臣年名設二尚歯宴一」(扶桑略記・貞観十九年(八七七)三月)。六 中唐会昌五年(八四五)三月作、白詩3722・九老図詩。

268 紅桜花《こうあうくわ》の下《もと》に作《さく》す

藤《ふち》原《はらの》明《あき》衡《ひら》

文友《ぶんいうき》期せず会遇《くわいぐう》の新《あらた》なることを　紅桜開《こうあうひらく》処《ところ》幾《いく》ばくか神《しん》を頤《やしな》ふ
我《われ》は猶日《なをひ》を逐《お》うて老《おい》を催《もよほ》す応《べ》し　汝《なんぢ》は是毎年《これまいねん》春を忘《わす》れず
露《つゆ》に泣《な》いて栄悴《えいすい》の異《こと》なることを慙《は》づと雖《いへど》も　霞《かすみ》を酌《く》んで慭《なまじひ》に接《せつ》す楽遊《らくいう》の頻《しき》りなるを
何因《なんによ》つてか漸《やうや》く帰歟《きよ》の思《おもひ》を動《うご》かす　花下《くわか》自《おの》づから錦《にしき》を衣《き》る人と為《な》る

林子曰はく、此の詩情景兼備《じやうけいかねそな》[一]はる。句《く》も亦恰好《またかつかう》。明衡《あきひら》は式家《しきけ》[二]の儒《じゆ》也。其の鼻祖《びそう》[三]宇合《かふいち》一時翰墨《かんぼく》[四]の宗為《そうた》る以来《いらい》、世世《よよ》文字《もじ》に志《こころざ》すと雖《いへど》も、明衡に至つて家声《かせい》を揚《あ》ぐ。其の著《あら》はす所《ところ》『本朝文粋《ほんてうぶんすい》』甚《はなは》だ後世《こうせい》に功《こう》有り。凡《およ》そ諸先輩《しよせんばい》の家集《かしふ》、今存《ぞん》ずる者希《ものまれ》なり。『文粋』微《な》かりせば、則ち我が邦《くに》の文章何以《ぶんしやうなにをもつ》てか之《これ》を徴《ちよう》とせん。『続文粋《ぞくぶんすい》』[五]の編輯《へんしふ》、亦是《またこれ》明衡が塵《あと》を継《つ》ぐ者也《ものなり》。且《か》つ其の自《みづから》作《つく》る所《ところ》、多《おほ》く『続文粋』及《およ》び『無題詩《むだいし》[六]集《しふ》』に見《み》ゆ。則ち明衡先輩《せんぱい》[七]の忠臣為《ちゆうしんた》り。故《ゆゑ》に後人亦明衡《こうじんまたあきひら》[八]が忠臣為《た》り、と。

七「有ニ尚歯会一。大納言藤原在衡行レ之」(扶桑略記・安和二年(九六九)三月)。八 235の第五・六句。九 字音を仮借した語句を対応させる詩の手法。風(ふう)は鳳(ほう)の仮借。「鳳」(風)が「鶴」に対する如く、「風」(鳳)は「燕」に対する。

268 紅の桜の花のもとで。典無題・三。韻新・神・春・頻・人、上平真韻。○文友… 文友は詩人仲間。幾はどれほどか。神は精神、英気。○我は… 人事の移ろいと自然の不変との対比。汝は桜花への呼びかけ。○露に… 「栄悴異」は盛りの花と衰えゆくわが身の違い。霞は仙人の飲むような「流霞の酒」。原詩自注「乃者(このころ)被レ引ニ群英一、屢尋ニ春花一、故云」。慭は無理に、強いて。○何… どうして「帰ろうよ」(白詩などの語)の詩の気持になったのか、花の下で錦を着て帰る人のようないい気持になったため(漢書・朱買臣伝「富貴不レ帰ニ故郷一如ニ衣レ繍夜行一」)。

一 心情と景物。二 藤原四家の一。三 始祖。宇合は53の作者。四 詩文の第一人者。五 本朝続文粋。後一条帝より崇徳帝までの詩文を収録、撰者未詳。六 本朝無題詩。七 先輩たちの詩文を忠実に集め残した事をいう。八 後輩たち。

269 河べで暑気を避けて(屏風絵の長い原序を縮収した詩題)。典無題・一。韻除・車・沙・花・家、下平麻韻。○林塘… 林塘はここは松の

269 河辺《かへん》暑《しよ》を避《さ》く　　藤《ふぢ》原《はらの》敦《あつ》基《もと》

林塘《りんたう》の勝趣《しようしゆ》望中《ばうちゆう》に賒《はる》かなり　　暑《しよ》を避《さ》くる行人《かうじん》暫《しばら》く車を駐《とど》む
船畔《せんばん》魚《うを》を窺《うかが》つて曲渚《きよくしよ》に歌ひ　　罇前《そんぜん》酒《さけ》を斟《く》んで平沙《へいさ》に睡《ねむ》る
風《かぜ》松樾《しようゑつ》に生《しやう》じて時《とき》に雨を聞く　　浪《なみ》石稜《せきりよう》を洗《あら》つて夏《なつ》に花を見る
何《なん》ぞ啻《ただ》袁公《ゑんこう》河朔《かさく》の地《ち》のみならんや　　凄然《せいぜん》此《こ》の処《ところ》家《いへ》に帰ることを忘る

林子曰はく、敦基《あつもと》は明衡《あきひら》[一]が子也。官禄《くわんろく》家業《かげふ》共《とも》に父《ちち》の風《ふう》を継《つ》ぐ。其の名《な》亦《また》籍甚《せきじん》[二]。此の詩破題《はだい》[三]・頷聯《がんれん》共《とも》に是実事《これじつじ》、頸聯《けいれん》[四]譬喩《ひゆ》を設《まう》け、虚接《きよせつ》[五]の体《てい》有り。而《しか》うして暑《しよ》を避《さ》くるに於《お》いて相当《さうたう》、末句《まつく》故事《こじ》を引《ひ》いて以《もつ》て之《これ》を結《けつ》す、と。

270 夏夜《かや》月前《げつぜん》志《こころざし》を言《い》ふ　　藤《ふぢ》原《はらの》敦《あつ》光《みつ》

夏夜《かや》夜閑《よしづ》かにして更漏《かうろう》深し　　月前《げつぜん》佇立《ちよりつ》して幽襟《いうきん》を動かす
嵩山《すうざん》雪《ゆき》畳《かさ》なつて空《むな》しく黛《まゆずみ》を消《け》し　　隴水《ろうすい》氷《こほり》封《ふう》じて尚《なを》音《おと》有り
蔡琰《さいえん》胡《こ》に入《い》る千里《せんり》の涙　　陶朱《たうしゆ》越《ゑつ》を去《さ》る五湖《ごこ》の心《こころ》
多年《たねん》照らし読む何《なん》の恨《うら》むる攸《ところ》ぞ　　才《さい》浅うして未《いま》だ桂林《けいりん》を攀《よ》づること能《あた》はず

土手、堤。「望中賒」は遥かに見渡される。〇船畔… 曲渚は湾曲した入江のなぎさ。平沙は平らかな砂浜。〇風… 松樾は松の木陰。「時」は無題詩の「晴」が適切。「聞ㇾ雨」は松風の音を雨の音にたとえたもの。石稜は岩石のかど。花は白波のたとえ。〇何ぞ… 前句、この避暑地は後漢の袁紹が劉松らと黄河の北に避暑した地(芸文類聚・伏、白氏六帖・酒など)に劣らない。凄然は冷涼のさま。「此処」を無題詩「斯処」に作る。一 前詩268の作者。二 名声が甚だ高い。三 第一・二句。頷聯は第三・四句。四 第五・六句。五 虚構的な接続表現の詩体。

270 夏の夜、月を前にして思いを述べて。興無題・三。韻深・襟・音・心・林、下平侵韻。〇夏夜… 更漏は水時計、時刻。深は夜がふける。幽襟は深い胸の中の思い。〇嵩山… 黛色の山の色をむなしく消すかのように嵩山(中国五岳の一)に雪が重なって白い(和漢朗詠集・十五夜・白詩「嵩山表裏千重雪」)。「消ㇾ黛」、底本「明ㇾ黛」。後句、国境地帯隴山の麓を流れる隴水の氷が結んで冷やかな音をたてる(同・管絃「隴水凍咽流不ㇾ得」)。ともに月光の形容。ここは月明の都の東山や鴨川の景を眺めてのことか。〇蔡琰… 作者の思い出す言志の故事。蔡琰はえびすに捕えられ、胡笳(かこ)の詩を作って本国を偲んだ後漢の女人(芸文類聚・楽部・

林子曰はく、敦光《あつみつ》は敦基《あつもと》[一]が弟《おとうと》にして、其の才亦伯仲《さいまたはくちゆう》の間《かん》也。明衡《あきひら》[二]二子《にし》有り。小《せう》[三]を以《もつ》て大《だい》に擬《ぎ》せば、則ち猶老泉《なをらうせん》[四]、軾《しよく》・轍《てつ》有るがごとき乎《か》。且《か》つ敦光齢八旬《よはひはちじゆん》[五]に超《こ》へ、当時《たうじ》の老儒為《らうじゆた》り、世《よ》の為《ため》に推《お》さ被《る》。亦猶軾《またなをしよく》[六]早く没《ぼつ》して、轍長生《てつちやうせい》せるがごとき乎《か》。

此の詩敦光少壮《せうさう》、未《いま》だ及第《きふだい》せざる時の作也《さくなり》。此の後《のち》、任末《じんまつ》[七]が勤怠《つとめおこた》らずして、郤《げき》[八]詵《せん》が桂攀《かつらはん》を得《え》て、文章博士《もんじやうはかせ》[九]の職《しよく》、式部大輔《しきぶのたいふ》の官《くわん》、相継《あひつ》いで歴任《れきにん》。謂《い》ひつべし、「月下《げつか》[一〇]に言ふ所《ところ》の志《こころざし》を遂《と》ぐ」と。『続文粋《ぞくぶんすい》[一一]』多《おほ》く其の文《ぶん》を載《の》す。且《か》つ一百韻《いつぴやくゐん》[一二]の詩有り。今《いま》「才浅し」と言ふ。然《しか》れども勤《つと》めて止《や》まず。故に浅者遂深者《あさきものつひにふかきもの》、知りぬべし。又晩年《ばんねん》「月《つき》[一三]を翫《もてあそ》ぶ、六韻《ろくゐん》」、昇殿《しようでん》を聴《ゆる》されず、参議《さんぎ》に任《にん》ぜざるを以て、不平《ふへい》の意《い》を含《ふく》む。則ち其の事異《ことこと》なると雖《いへど》も、其の恨《うら》むる所《ところ》は、身《み》を《を》終ふるまで果《はた》して止《や》まざる乎《か》、と。

271 勧学院修造新成《くわんがくゐんしうざうしんせい》を賀《が》す　　藤《ふぢ》　原《はらの》　茂《しげ》　明《あきら》

初《はじ》めて学館《がくくわん》を排《はい》す昔明時《むかしめいじ》　爾自《それよ》り群才《ぐんさい》多く茲《ここ》に在《あ》り
地勢風流伝《ちせいふうりうつた》はりて已《すで》に久しく　天長雲搆《てんちやううんこう》見るに猶遺《なをのこ》る
今左相餘慶《いまさしやうよけい》を鍾《あつ》むるに逢ふ　更《さら》に南曹旧基《なんさうきうき》を複《ふく》することを喜《よろこ》ぶ

筎)。陶朱は范蠡(はんれい)。越王勾践(こうせん)の恥をそそいで後、舟で五湖(太湖)を渡り越を偲んで泣いた忠臣(史記・貨殖列伝)。○多年… 詩題「言レ志」の部分。前句、長年月明のもと刻苦勉学したが、恨みとする点は何かといえば。「攀二桂林一」は対策登科をいう。→林子評。
一 269の作者。二 268の作者。三 小は敦光、大は敦基。四 宋代の学者蘇洵。長子蘇軾(東坡)、次子蘇轍。五 八十歳。六 宋徽宗二年(一一〇一)六十六歳没。七 後漢の儒者。死亡した友人の手厚い喪儀によって名高い(後漢書・仁安伝)。八 対策の際に「桂林一枝、崑山片玉」といって及第した晋人(蒙求・郤詵一枝)。及第のたとえ。九 →265林子評。一〇 特に第七・八句の内容についていう。一一 →268注五。一二 巻一「初冬述懐一百韻」。一三 巻三。その詩の自注に「昇殿」云々の不平の意を洩らす。

271 勧学院(→林子評)の修理改築の新しい完成を祝して。【典】無題・一。仁平四年(一一五四)二月作(百練抄)。【韻】時・茲・遺・基・眉、上平支韻。○初めて… 排は開く、創設する。昔明時は昔の大平のみ世。弘仁・天長の頃をさす。群才は藤原氏の多くの才子。○地勢… 前句、院の土地の様子やその風趣は喧伝されて久しいばかりではなく。「天長雲搆」は長久を意味する天長時代の雲に聳えるばかりの建物。天長は淳和帝の年号。無

来賀《らいが》何《なん》ぞ唯《ただ》燕雀《えんじやく》を称《しよう》せん　庭花《ていくわ》は笑《えみ》を含《ふく》み柳《やなぎ》は眉《まゆ》を開く

林子曰はく、勧学院《くわんがくゐん》は藤氏《とうし》の一庠序《しやうじよ》也。二淳和《じゆんわ》帝天長年中《てんちやうねんちゆう》、左大臣藤冬嗣之《さだいじんとうのふゆつぐこれ》を建《た》つ。大学寮《だいがくれう》の南《みなみ》に在り、故に三南曹《なんさう》と曰《い》ふ。爾来相継《じらいあひつ》いで藤氏《とうし》の四長者之《ちやうじやこれ》を領《りやう》す。五同氏学《どうしがく》に志《こころざ》す者《もの》、皆《みな》此の院《ゐん》に在《あ》り。茂明は六敦基《あつもと》が子也。想《おも》ふに其の年少《ねんせう》の時《とき》、此の院の生徒為《せいとた》るべし。故に特《とく》に其の修造　新　成《しうざうあたらしくな》るを賀《が》すること此《か》くの如《ごと》し、と。

272 冬日山家即事《とうじつさんかそくじ》　藤原周光《ふぢはらのちかみつ》

喬林浅水一山家《けうりんせんすいいちさんか》　造化風流世邪《ざうくわふうりうせいじや》を絶《ぜつ》す
客を待つ華筵薜荔《くわえんへいり》に鋪《し》き　庭を払《はら》ふ白箒茅花《はくさうばうくわ》に任《まか》す
陶弘《たうこう》が隠逕孤松《いんけいこしよう》静かなり　靖節《せいせつ》が幽居五柳《いうきよごりう》斜《なな》めなり
縦《たと》ひ浮名《ふめい》有りとも寧《むし》ろ意《い》を動かさんや　茲地《このち》に生涯《しやうがい》を送るに如《し》かず

林子曰はく、周光《ちかみつ》は一敦基《あつもと》が第五の男也。文才《ぶんさい》有りと雖《いへど》も登庸《とうよう》せ被《ら》れず、其の官《くわん》僅《わづ》かに二大監物《だいけんもち》、三博士《はかせ》に任《にん》ずること能《あた》はず。蓋《けだ》し其の四庶流為《しよりうた》るを以ての故乎《ゆゑか》。抑《はた》亦不幸《またふかう》の甚　者乎《はなはだしきものか》。

今《いま》『無題詩《むだいし》』を見るに、其の詩百餘首《ひやくよしゆ》を載《の》す。其の餘《ほか》の作者此《さくしやこれ》より多きは無し。

題詩原注「此院者天長左僕射所㆓経始㆒也。故云」。→林子評。但し弘仁十二年(八二一)創設とする説もある(類聚三代格・七)。創設者藤原冬嗣は天長三年(八二六)没。○今… 左相は左大臣の唐名、藤原頼長をさす。余慶は祖先の善行の報いとしての慶事(周易・坤「積善之家、必有㆓余慶㆒」)。南曹→林子評。旧基はもとの建物。複は「復」(無題詩)に同じく、修復する。○来賀… 祝賀に来るのは燕雀だけではない(淮南子・説林訓「大厦成而燕雀相賀」)、花も柳も来賀するのだ。一 学校。二 69の作者。三 曹は部屋、詰所。四 氏(うじ)のかみ。五 藤原氏。六 269の作者。

272 冬の日のやまがの隠居生活を見たままを詠んで。典 無題・七。韻 家・邪・花・斜・涯、下平麻韻。○喬林… 喬林は高い木々の林(無題詩「高林」)。浅水はせせらぎ。世邪は邪世、よこしまな俗世間。○客を… 「華筵」云々はうるわしい宴席のむしろを蔓草(まさきのかずら)の垂れるあたりに敷く。後句、風にゆれる白い穂の茅花(つばな)を庭を掃く箒の代用とみなしたもの。○陶弘… 二句、山家の景のたとえ。陶弘は梁の陶弘景(→林子評)、隠居して松風を愛した人(列仙伝)。隠逕は隠者の庭の小道。靖節は靖節先生、陶淵明のおくり名。「五柳斜」(「五柳先生伝」)は彼の家の門の五本の柳が風にゆれる。

[五]大抵《たいてい》皆《みな》山居《さんきよ》隠[六]淪《いんりん》の事《こと》也。其の淡薄之《たんばくこれ》を取るべき者《もの》多し。今《いま》此の一首を見《み》、之《これ》を[七]数推《すうすい》すべし。謂《い》ひつべし、隠逸《いんいつ》の徒《と》と。世《よ》に伝《つた》ふ、洛《らく》[八]の東山雙林寺《ひがしやまさうりんじ》の辺《あたり》に周光が旧跡《きうせき》有りと云ふ。

此の詩、句意《くい》共好《ともによ》し。其の陶弘景《たうこうけい》、「景《けい》」の字《じ》を略《りやく》して之《これ》を言ふが若《ごと》きは、猶《なを》[九]元稹《げんじん》、「潘安今夕《はんあんこんせき》に過《よぎ》る」と曰《い》ふがごとき乎《か》。[一〇]藤季綱《とうのすゑつな》、「[一一]潘安」を以て押韻《あふゐん》と為《な》す。「仁《じん》」の字を略す、元稹に倣《なら》ふ也《なり》。周光《ちかみつ》、又曾《かつ》て[一二]陶淵《たうえん》を以て押韻《あふゐん》と為《な》す、共に拠《よ》る所《ところ》有るべし。況《いはん》や弘景《こうけい》・靖節同氏《せいせつどうし》、「孤松《こしよう》」「五柳《ごりう》」、[一三]的対《てきたい》と為《な》す、隠《いん》逸《いつ》に於いて最《もつと》も相応為《さうおうた》り。今若《も》し周光《ちかみつ》を喚起《くわんき》して詩を論《ろん》ぜば、則ち試《こころ》みに彼《かれ》に問《と》ふに、[一四]鄭薫《ていくん》が「[一五]七松《しちしよう》」、靖節《せいせつ》が「五柳」に対《たい》するを以てせば、則ち如何《いかん》。未だ知らず、彼点頭《かれてんとう》せんや否《いな》や。嗚呼《ああ》、[一六]明衡自《よ》り敦基・敦光を歴《へ》、茂明・周光に至る。父子《ふし》相継《あひつ》ぎ、兄弟《きやうだい》名斉《ひと》し。[一七]宇合《うかふ》の孫謀亦美《そんぼうまたび》ならず乎《や》、と。

273　遍照寺《へんぜうじ》に月《つき》を翫《もてあそ》ぶ　　藤《ふち》原《はらの》実《さね》範《のり》

月に対《たい》して適三五《たまたまさんご》の晴《せい》に逢《あ》ふ　　蕭然《せうぜん》たる古寺《こじ》感方《かんまさ》に生《しやう》ず

最明素択《さいみやうもとえら》ぶ今宵《こよひ》の色　　遍照《へんぜう》弥《いよいよ》知る此の地《ち》の名

〇縦ひ…　浮名は虚名。寧は反語の助字、ナンゾとも。一　269の作者。二　中務省の官人、従五位下相当。三　文章博士、従五位下相当。四　庶子の系統。五　おおむね。白詩の「大都」などに同じく俗語的な語。六　隠遁(淪は沈む)。七　数えて推測する。「類推」の誤とも。八　京都東山区鷲尾町にあった天台宗の寺(山城名勝志)。九　中唐詩人白楽天の詩友。底本「元積」に誤る(次行も同じ)。引用句は「賦得二九月尽一」(元氏長慶集308)の第五句(潘安は潘安仁)。一〇　274の作者。一一　「初秋偶吟」(無題詩・五)の結句「此時興味勝二潘安一」をさす。一二　「田家秋雨」は韻字、寒韻。一三　「田家秋雨…籬下菊残」(同・二)の結句「唯望二籬菊一想二陶淵一」をさす。「淵」は韻字、先韻。一三　適切に釣合いのとれた対句、的名対。一四　庭に松を植え七松居士と号した唐の隠士(白孔六帖・松柏)。一五　うなずく、賛成する。一六　268の作者より272の作者に至る。一七　→268林子評。孫謀は子孫のためのはかりごと。

273　遍照寺(洛西嵯峨広沢池の西北にあった寺)で月をめでて。四　無題・二。闔晴・生・名・平・傾、下平庚韻。〇月に…　三五晴は八月十五夜の晴天。感は感興。〇最明…　最明(煩悩のない最も明らかなもの)・遍照(全世界を照らす仏の教え)の仏教語を用いた対句。今夜の月色はも

松磴荊扉《しようとうけいひ》秋雪《しうせつ》宿《やど》し　寒原荒墅《かんげんくわうや》白沙《はくさ》平《たひ》らかなり
漏更《ろうかう》暁《あかつき》到《いた》つて将《まさ》に帰らんとする処《ところ》　悵望《ちやうばう》す山西《さんせい》影《かげ》已《すで》に傾《かたぶ》くことを

林子曰はく、実範《さねのり》は[一]藤氏《とうし》南家《なんけ》の儒《じゆ》也。其の家業《かげふ》茲《これ》自《よ》り勃興《ぼつこう》。此の詩平易《へいい》に似《に》ると雖《いへど》も、然《しか》れども、[二]心《こころ》を注《つ》くる所《ところ》無きに非《あら》ず。「遍照《へんぜう》」、寺《てら》の名を用《もち》ひて「月《つき》」に於いて相当《さうたう》。「秋雪《しうせつ》」の句《く》、譬喩《ひゆ》と雖《いへど》も、[三]禹錫《うしやく》が詩を見るに非《あら》ずんば、則ち連言《つらねてい》ひ難《がた》し。末句《まつく》、[四]許渾《きよこん》が所謂《いはゆる》「辞《じ》すること莫《なか》れ曙《あけぼの》に達《たつ》して慇懃《いんぎん》に望《のぞ》むことを、一《ひと》たび西巌《せいがん》に堕《お》つれば又年《またとし》を隔《へだ》てん」の句《く》に傚《なら》ふ。曾《かつ》て[五]「長楽寺《ちやうらくじ》に遊《あそ》ぶ」一聯《いちれん》に曰はく、「莓苔石滑《ばいたいいしなめ》らかにして路猶邃《みちなほふか》く、松柏山寒《しようはくやまさむ》うして枝長《えだなが》からず」と。時人《じじん》の為《ため》に称《しよう》せ被《ら》る。其の[六]序《じよ》に「白駒《はくく》」云云《うんうん》の事を用《もち》ふ。其の出処《しゆつしよ》[七]盧照隣《ろせうりん》が集《しふ》に在り。[八]人《ひと》其の博覧《はくらん》に服《ふく》す。然るときは則ち、実範《さねのり》、時人《ときのひと》専《もつぱ》ら『白氏文集《はくしぶんじふ》』を読《よ》むを以て不満《ふまん》の意《い》有り。粗唐諸家《あらあらたうしよか》の詩を渉猟《せふれふ》する者《もの》知んぬべし。其の序文《じよぶん》今伝《つた》はらず、以て惜《を》しむべし、と。

274　春日東光寺《しゆんじつとうくわうじ》に遊《あそ》ぶ

藤《ふぢ》原《はらの》季《すゑ》綱《つな》

塵《ちり》を厭《いと》ふ我友《われとも》只《ただ》同心《どうしん》　倶《とも》に城東《じやうとう》蘿《ら》洞《とう》の深きに入る
松檟煙中《しようかえんちゆう》鐘《かね》屢《しばしば》叩《たた》き　莓苔露上《ばいたいろじやう》盞《さかづき》閑《しづか》に斟《く》む

ともと最も明らかな光であるとして択ばれ、この月をみてあまねく照らすという遍照寺の名を益々さとる。

○松磴… 松磴は松の坂道、石段の道。無題・底本「松燈」、日本詩紀により訂。荊扉はいばらのとびら、寺のそれ。秋雪は月光のたとえ。↓林子評。荒墅(無題詩「野」)はあら野。白沙は白砂、月光のたとえ。○漏更… 漏更は水時計。処はときの意。悵望は恨みがましく眺めやる。影は月かげ。一 始祖武智麻呂。家業は文章道。二 心をそそぐ。三 白楽天の詩友劉禹錫。秋雪は劉氏「終南山秋雪」、及び白氏の和詩(2624)「遍㆓覧古今集㆒、都無㆓秋雪詩㆒」によって、禹錫の造語という。四 晩唐詩人。詩句は「鶴林寺中秋夜玩㆑月」の末句。五「秋日長楽寺即事」(無題詩・八)第五・六句。六 以下「服す」まで、江談抄・五の記事。「其序」は大江匡房の序(現存せず)、実範の作ではない。「白駒」云々は、実範の詩に続く同題の詩句「白駒過㆑隙往難㆑反」(無題詩・八)の第五句との混同か。七 初唐四傑詩人。その幽憂子集(「対㆓蜀父老問㆒」)に「去不㆑可㆑留、同㆓白駒之過㆒㆑隙」とみえる(出典、荘子・知北遊篇)。八 江談抄に「主人被㆑感云々」。

274　春の日に東光寺に遊んで。東光寺は京都左京区岡崎天王町附近にあった寺。 興無題・九。 韻心・深・斟・音・侵、下平侵韻。○塵を… 塵は俗塵。同心は同じ心の仲間。城東

破碑《はひ》歳《とし》を歴《へ》て滅《き》えて字《じ》無し　古《こ》鐸《たく》風《かぜ》に動いて微《かす》かに音《おと》有り
香刹《かうせつ》境《きやう》幽《いう》にして遊放《いうはう》好《よ》し　此の時更《ときさら》に忘る世縁《せえん》の侵《をか》すことを

林子曰はく、季綱《すゑつな》は実範《さねのり》[一]が子也。詳《つまび》らかに古寺《こじ》の景《けい》を写《うつ》し、頗《すこぶる》感慨《かんがい》を添《そ》ふ、と。

275　冬日長楽寺《とうじつちやうらくじ》に遊《あそ》ぶ

藤《ふぢ》原《はらの》実《さね》兼《かね》

暫《しばら》く東朝餘暇《とうてうよか》の日に乗《じよう》じ　遥《はる》かに古寺《こじ》片雲《へんうん》の端《はし》を攀《よ》づ
嵐《あらし》に随《したが》ふ林葉《りんえふ》檐《ひさし》を繞《めぐ》つて灑《そそ》き　雨を学《まな》ぶ巌松《がんしよう》砌《みぎり》に当《あた》つて寒し
石壁《せきへき》路《みち》深《ふか》うして薜茘《へいり》を援《ひ》き　玉堂《ぎよくだう》枢《とぼそ》閉ぢて栴檀《せんだん》を炷《た》く
浄宮《じやうぐう》興《きよう》罷《や》んで帰らんと欲《ほつ》する処《ところ》　薄暮《はくぼ》鐘《かね》鳴り山漏《さんろう》闌《た》く

林子曰はく、実兼《さねかね》は季綱《すゑつな》[一]が子也。
此の詩不可《ふか》と為《せ》ず。然《しか》れども、『無題詩《むだいし》』に唯《ただ》此の[二]一首《の》を載するときは、則ち
[三]他《ほか》に之《これ》を考《かんが》ふべき無《な》し。
実範《さねのり》・季綱《すゑつな》・実兼《さねかね》三世《さんせい》[四]相継《あひつ》ぐ、亦《また》美《び》ならず乎《や》、と。

は洛東岡崎あたり。蘿洞はったかずらのからまる洞宮、寺院。〇松櫃…　松櫃は松やひさぎ、墓によく植える木。煙中はもやの中。
〇破碑…　破碑は破損した石ぶみ。鐸は鈴の一種、風鐸。〇香刹…　香刹は寺院、仏教語。境は俗世間との境界。遊放は気ままに遊ぶ。世縁は世の中の種々のかかわり、仏教語。
一　273の作者。

275　↓265。典無題・八。韻端・寒・檀・闌、上平寒韻。〇暫く…　東朝は作者が仕えた宗仁親王(後の鳥羽天皇)の東宮御所。片雲端は俗世間とかけ離れた高処の寺をさす。〇嵐に…　灑は葉がしきりに散る。「学ㇾ雨」は風のため雨のような音をたてる。砌はのき下の石だたみ。〇石壁…　薜茘→272。援は援引、つかまる。玉堂は寺のお堂の美称。枢はひらき戸、扉。栴檀は仏前でたく香木、びゃくだん。炷《しゆ》は焚く(無題詩は「聞」。香を聞く、かぐ)。〇浄宮…　浄宮は寺院。山漏は山寺の漏刻、時刻。闌は、盛りを過ぎる。ここは一日の終りを告げる意。底本「閑」は上平刪韻、無題詩により訂。一　274の作者。二　但し朝野群載(猪熊本)・一に「憶ニ禁中一三首、効ニ江南曲体一」を所収。三　二十八歳で夭折したためか。四　三代に亘って家の学問を承けつぐ。

276　秋日に或る別荘で見たままをよんで。典無題・六。韻眸・秋・頭・

276

秋日別業即事《しうじつべつげふそくじ》　　藤《ふち》原《はらの》知《とも》房《ふさ》

一《ひと》たび別墅《べつしよ》を尋《たづ》ねて暫《しばら》く眸《ひとみ》を廻《めぐ》らす　景気《けいき》蕭条晩秋《せうでうばんしう》に属《ぞく》す
泉《いづみ》苔衣《たいい》を洗《あら》つて石背《せきはい》に飛び　嵐《あらし》葉錦《えふきん》を裁《た》つて林頭《りんとう》に灑《そそ》く
郊扉《かうひ》暮《くれ》に掩《と》ぢて茶《さ》煙《えん》細《ほそ》く　岫幌《しうくわう》晴《はれ》に褰《かか》げて桂月《けいげつ》幽《かす》かなり
勝趣《しようしゆ》元来《ぐわんらい》此の処《ところ》に多し　時時《じじ》友を引《ひ》いて風流《ふうりう》を翫《もてあそ》ぶ

林子曰はく、情景兼備《じやうけいかねそな》へ、句意《くい》共《ともに》可《か》也。別墅《べつしよ》の雅趣想像《がしゆさうざう》すべし。知房《ともふさ》は道長公《みちながこう》の曾孫《そうそん》也、と。

277

薔《しやう》薇《び》　　源《みなもとの》時《とき》綱《つな》

薔薇一種《いつしゆ》階《きざはし》に当《あた》つて綻《ほころ》ぶ　只色濃《ただいろこまやか》なるのみならず香《か》也《また》薫《かうば》し
紅萼《こうがく》風軽《かろ》うして錦傘《きんさん》を揺《ゆ》るがし　翠条《すいでう》露重《おも》うして羅裙《らくん》婀《たを》やかなり
倩《つらつら》新艶宮月《しんえんきゆうげつ》に嬌《けう》するを看《み》る　猶陳根潤雲《なをちんこんかんうん》に託《たく》するに勝《まさ》れり
石竹金銭《せきちくきんせん》信《まこと》に美《び》なりと雖《いへど》も　嘗《こころ》みに優劣《いうれつ》を論《ろん》ずる更《さら》に群《むれ》に非《あら》ず

林子曰はく、時綱《ときつな》は光孝天皇《くわうかうてんわう》の後《のち》也。詩文《しぶん》を以て中原長国《なかはらのながくに》と名《な》を斉《ひと》しうする者《もの》

幽・流、下平尤韻。○一たび…　別墅(音、ヤとも)は別荘、別業。後句、あたりの有様はもの淋しくて晩秋に当る。○泉…　泉は岩を伝って落ちる滝。苔衣はこけ。石背は庭石の背後。葉錦は紅葉した木の葉。裁は切断する、ここは嵐が吹き散らす意。底本「栽」。林頭は林のほとり。灑は紅葉が散りそそぐ。○郊扉…　郊扉は郊外にある別荘のとびら。茶煙は茶を煮る煙。岫幌は山の家(別荘)のとばり。晴は夕晴れ。桂月は月。桂は香木、月にあるという伝説による(虞喜安「天論」)。○勝趣…　勝趣はすぐれたおもむき。時時は折りにふれて。引は招引する、まねく。風流はここは作詩などの風流。一周辺の景とそれによって起る感情。

277　ばら(サウビとも)の花を題として。【典】無題・二(「賦薔薇」)。【韻】薫・裙・雲・群、上平文韻。○薔薇…　一種は同じ種類。也は亦(たま)の意、唐詩に多い俗語的用法。○紅萼…　紅萼は紅色の花しべ、花(無題詩「紅蘂」)。錦傘は錦のかさを開いたような美しい花。後句、緑の枝葉に重そうな露が置いてうすものの裳のようにたおやかだ。○倩…　新しくあでやかな花が宮殿の上にかかる月にこびるかの如く美を争うさまをよく見ると(倩→263)、やはり谷間の雲の中に古い根を寄せていた頃よりも美しい(無題詩原注「白氏有薔薇澗詩」)。○石竹…　石竹はナデシ

也。

此の詩、薔薇《しやうび》に於《お》いて頗《すこぶる》之《これ》を尽《つ》くす。末句《まつく》、白氏《はくし》が「[三]石竹金銭何《せきちくきんせんなん》ぞ細瑣《さいさ》なる」の句に倣《なら》ふ。然《しか》れども、[四]彼《かれ》は牡丹《ぼたん》に於いて之《これ》を言ひ、此《これ》は薔薇と品評《ひんぴやう》す。彼《かれ》は「細瑣《さいさ》」と言ひ、此《これ》は「信美《しんび》」と言ふ。頗《すこぶる》知んぬ、[五]換骨《くわんこつ》の法《はふ》なることを。且《か》つ「[六]雖信美」の三字《さんじ》、[七]王仲宜《わうちゆうぎ》が「登楼賦《とうろうふ》」に本《もと》づくと雖《いへど》も、又《また》白氏が「[八]薔薇澗《しやうびかん》」の詩《し》有るを以て、故に第六句之《これ》に拠《よ》る、と。

278　秋日長楽寺即事《しうじつちやうらくじそくじ》　菅《すが》原《はらの》是《これ》綱《つな》

蕭寺《せうじ》幽深形勝伝《いうしんけいしようつた》ふ　暫《しばら》く豪友《がういう》に交《まじは》って苔筵《たいえん》を掃《はら》ふ

適《たまたま》辞《じ》す万里《ばんり》柳営《りうえい》の裡《うち》　閑《しづ》かに到《いた》る四《し》禅蘭若《ぜんらんにや》の前

楼閣高低《ろうかくかうてい》地勢《せい》に因《よ》り　林泉奇絶天然《りんせんきぜつてんねん》に任《まか》す

身は東海《とうかい》に沈み景西《けいにし》に迫《せま》る　秋興独《しうきようひと》り慵《ものう》し暮れ難《がた》き年《とし》

林子曰はく、是綱《これつな》は[一]菅丞《かんしようじやう》相七世《しちせい》の孫《まご》也。此の詩未《いま》だ知らず、其の[二]累世儒宗《るいせいじゆそう》の名に応《おう》ずるや否《いな》や。『無題詩《むだいし》』の中、唯《ただ》此の一首見《けん》ず、則ち他《た》の考《かんが》ふべき無し。当時才子長楽寺《たうじさいしちやうらくじ》に遊《あそ》び、詩《し》を作《つく》る者多多《ものたた》。『[三]無題詩』並《なら》びに之《これ》を載《の》す。其の優《いう》劣具《れつぐ》眼《がん》の者《もの》に付《ふ》す、と。

コの類。金銭は金銭花(淡黄色の菊に似た花)。「更非レ群」は少しも薔薇の花に肩を並べるほどの仲間ではない、及ばない。一 五十九代の帝。二 428の作者。三 白詩0152「牡丹芳」の詩句。原詩は「細瑣」を「細砕」に作る。四 白居易。五 先人の詩文を踏まえつつ新しい表現を造る方法。六 底本「雖」字を欠く。意により補入。七 魏人王粲「登楼賦」(文選・十一)の「雖ニ信美一而非ニ吾土一兮」をさす。八「和下王十八薔薇澗花時、有レ懐ニ蕭侍御一兼見上レ贈」(0645)の詩句。

278 秋の日に長楽寺(→265)に遊び見たままを。興無題・八。韻伝・筵・前・然・年、下平先韻。○蕭寺… 蕭寺は仏寺。梁の武帝(蕭衍)がその姓を寺につけた故事(釈氏要覧・上)。「形勝伝」は景色の勝れた処として言い伝えられる。豪友は勝れた友。無題詩「鸞友」。苔筵は苔のむしろ。○適… 万里は東西にわたる京の町。柳営は将軍の陣営、ここは帝城の意か。四禅は禅を四つの段階に分けたその最高。蘭若は寺院、共に仏教語。四禅蘭若は洛東長楽寺をさす。○楼閣… 林泉は寺の庭園。○身は… わが身を東海日本の国に沈めつつ夕日の光は西方に沈もうとする。晋人潘安仁が「秋興賦」(文選・十三)に歌う秋の興趣などは暮れなずむ一年(わが齢)にとってはただものういばかり。一 菅原道真、172の作者。

279 花下《くわか》志《こころざし》を言《い》ふ　　菅《すが》原《はらの》在《あり》良《よし》

麗日遅遅《れいじつちち》天晴《てんはれ》に属《ぞく》す　　朝《あした》従《よ》り夕《ゆふべ》に及び芳情《はうじやう》を引《ひ》く
煙霞《えんか》の景気《けいき》春《はる》徐《やうや》く暮《く》る　　八十《はちじふ》の風光《ふうくわう》歯《よはひ》独《ひと》り傾《かたぶ》く
子を憶《おも》つて堪《た》へず鵠《こく》を射《い》難《がた》きに　　花に対《たい》して分《ぶん》に随《したが》ひ鶯《うぐひす》を聞くに足《た》れり
白頭今黄門《はくとういまくわうもん》の席《せき》に侍《じ》す　　向後遥《きやうごはる》かに知る万葉《まんえふ》の栄《さか》ゆることを

林子曰はく、在良《ありよし》は是綱《これつな》[一]が弟也。頗《すこぶる》文才《ぶんさい》を以て名を著《あら》はす。此の詩を読むときは、則ち齢八旬《よはひはちじゆん》に超《こ》へ、家業《かげふ》[二]を忘《わす》れざるの意《い》有り。没後《ぼつご》北野《きたの》[三]廟《べう》に従祀《じゆうし》す、と。

280 山寺《さんじ》に遊《あそ》ぶ　　菅《すが》原《はらの》時《とき》登《なり》

老来素《らうらいもと》より芳辰《はうしん》を惜《を》しむに足《た》れり　　寺《てら》に遊《あそ》び箇寺甚《このてらはなは》だ隣《となり》を絶《た》つ
鳥有《とりあ》り花有り雙節物《さうせつぶつ》　　官《くわん》無く禄《ろく》無し一閑人《いちかんじん》
煙霞《えんか》跡《あと》僻《へき》なり梵宮《ぼんぐう》の境《きやう》　　風月《ふうげつ》心《こころ》慵《ものう》し竜洞《りようとう》の春
既《すで》に過《よぎ》つて登臨《とうりん》す仁智《じんち》の楽《たのしび》　　山門《さんもん》深《ふかき》処《ところ》自《おの》づから貧《ひん》を忘《わす》る

二 代々の学者の筆頭。 三 巻八に同題の詩十三首所載。

279 花のもとで心に思うことを述べて。 典無題・三。 韻晴・情・傾・鶯・栄、下平庚韻。○麗日… 属はあたる。後句、一日中温い親切(花下の遊び)に誘われる。引は招引。○煙霞… 景気は気配、様子、景色。八十は八旬、八十歳。風光は春の風と光。○子を… 前句、自分の子(清能など七名の子)の将来のことを思うと対策に及第しにくいので耐えがたい。「射レ鵠」は周礼・七・司裘の鄭玄注に基づく。鵠は小鳥の類。後句、花に対応しつつ賞美するとそれなりに鶯の音も聞くに足る。「随レ分」は唐代の俗語、ここは分に応じて、それ相応に(名義抄「ナフサナフサ」)。○白頭… 白頭は白髪の自分。黄門は中納言の唐名。藤原忠通か。向後(カウゴとも)はこれから先。万葉は子々孫々。「万葉に」(万世、万代)とも訓める。 一 278の作者。
二 菅原家の家学。 三 今の上京区北野天満宮、主祭神は道真。

280 ある山寺に遊んで。 典無題・十。 韻辰・隣・人・春・貧、上平真韻。○老来… 芳辰は芳時、春のよい季節。底本「箇寺」欠。箇は俗語的用法。○鳥… 雙節物は鳥と花の二つが春の季節の代表物。一閑人は作者自身。○煙霞… 僻は僻遠、へんぴで遠い。梵宮は寺院。境→274。慵は「懶」に同じく、気が進まない。竜洞は竜のす林子曰はく、時登は[一]在良《ありよし》が弟也。[二]兄弟《きやうだい》三人同時《どうじ》名を著《あら》はし、其の[三]家業《かげふ》相続《あひつづ》く。之《これ》を賞《しやう》すべしと雖《いへど》も、然《しか》れども、三人の詩共《とも》に不遇《ふぐう》の意《い》を含《ふく》む。[四]就中《このなか》時登殊《ことに》甚《はなは》だし、以て[五]憐殺《れんさつ》すべし、と。

281 大宋《だいそう》の商人《しやうにん》鸚鵡《あうむ》を献《けん》ずるを聞く

大《おほ》江《えの》佐《すけ》国《くに》

隴西《ろうせい》の翅《つばさ》漢宮《かんきゆう》の深《ふか》きに入《い》る　采采《さいさい》たる麗容徳音《れいようとくおん》に馴《な》る
巧語能言辯士《かうごのうげんべんし》に同じ　緑衣紅觜衆禽《りよくいこうししゆうきん》に異《こと》なり
憐《あは》れむべし舶上遼海《はくじやうれうかい》を経《ふ》ることを　誰《たれ》か識《し》らん羈中鄧林《きちゆうとうりん》を思ふことを
商客献来《しやうかくけんじきた》る鸚鵡鳥《あうむてう》　禁闈命《きんゐめい》に委《ゆだ》ね長吟《ちやうぎん》すること勿《なか》れ

林子曰はく、佐国《すけくに》は[一]朝綱《あさつな》が曾孫《そうそん》也。詩を以て名を著《あら》はす。平生《へいぜい》花を愛《あい》し、年《とし》を逐《お》うて厭《あ》くこと無し。晩年《ばんねん》の吟《ぎん》に曰はく、「[二]六十餘回看《ろくじふよくわいみ》て飽《あ》かず、他生定《たしやうさだ》めて花を愛する人と作《な》らん」と。今『無題詩《むだいし》』を見るに、[三]或《ある》いは桜下《あうか》の作《さく》有り、或いは[四]梅下《ばいか》の飲《いん》有り、或いは[五]卯花《うのはな》を賦《ふ》し、或いは[六]鹿鳴草《ろくめいさう》を翫《もてあそ》び、或いは[七]菊花《きくくわ》を詠《えい》ず。其の詩之《これ》を取るべき者《もの》有り。然れども、姑《しばら》く此の詩を載せて、以て[八]一故事《いちこじ》に備《そな》ふ、と。

む洞窟、ここは山寺。〇既に…　過は過訪、立ち寄る。「登臨」云々は、山に登り水に臨んで(楚辞)山水の楽しみを味わう(論語・雍也篇「知者楽レ水、仁者楽レ山」)。貧は現世の苦の一つ、仏教語。

一 279の作者。尊卑分脈によれば時登は在良の子。 二 是綱・在良・時登。 三 ↓279注二。「続」は「継」に同じ。 四 なかんずく、とりわけ。 五 甚だあわれだ。殺は動詞を強める助字。

281 宋の商人が鸚鵡を朝廷に献上したと聞いて。「大」は美称。永保二年(一〇八二)八月の献上のときか(百練抄)。文選・十三・鸚鵡賦の語句を利用。【四】無題・二。【韻】深・音・禽・林・吟、下平侵韻。〇隴西…　隴西は陝西省隴山の西の西域地方。漢宮はわが宮廷を中国のそれにたとえる。後句、美しい鳥は天子のお声に馴れる、そのものまねをする。底本「釆」「采」。〇巧語…　辯士は雄弁の人。底本「辨士」に誤る。緑衣は緑色の羽毛。〇憐れむ…　遼海は日本への遠い東の海。羈中は旅中(無題詩「籠中」)。鄧林は楚の北境の深林(山海経・海外北経)、嘗って住んでいた鸚鵡の故郷(鸚鵡賦)。〇商客…　商客はここは大宋商人。後句、朝廷での運命に身をまかせて、悲しげに鳴き続けるな。一 208の作者。二 新撰朗詠集・上・花「逐レ年未レ飽レ花」の詩句。六十餘回は六十余歳。他生はここは未来の生、仏教語。三 「紅桜花下作」(巻

282 初冬懐《しよとうおもひ》を書《しよ》す

大《おほ》江《えの》匡《まさ》房《ふさ》

冬来《ふゆきた》り秋過《あきす》ぐ幽居《いうきよ》の処《ところ》　終日《ひねもす》何因《なんによ》つてか感正《かんまさ》に深き
遥笛一声《えうてきいつせい》聞いて涙《なみだ》を下《くだ》す　古《こ》書数帙《しよすうちつ》見て心を研《みが》く
黄花影移《くわうくわかげうつ》る瑠璃《るり》の水　紅葉光《こうえふひかり》散《ち》る錦繡《きんしう》の林
魯舎《ろしや》の壁穿《かべうが》ちて音玉《おときよく》に似《に》たり　台山《だいさん》の賦《ふ》擲《なげう》ちて響金《ひびききん》の如《ごと》し
馬《ば》相如《さうじよ》が室文君《しつぶんくん》が器《うつは》　楊貴《やうき》妃《ひ》が宮方士《みやはうし》が簪《かんざし》
不《ふ》藝今《げいいま》に分職《ぶんしよく》無し　豈《あに》妨《さまた》げんや驥《き》に鞭《むち》うつて故山《こざん》を尋《たつ》ぬることを

林子曰はく、匡房《まさふさ》は[一]匡衡《まさひら》が曾孫《そうそん》也。曾《かつ》て其の作《さく》する所《ところ》の「[二]暮《ぼ》年記《ねんき》」を見るときは、則ち幼《えうよ》自り既《すで》に[三]岐《き》嶷《ぎ》、壮《さう》にして才名《さいめい》を馳《は》せ、諸先輩《しよせんぱい》の為《ため》に称《しよう》せ被《ら》る。此の詩亦《また》[四]少壮《せうさう》の作也。経史《けいし》を読《よ》み、文章《ぶんしやう》に志《こころざ》すは見つべし。馬《ば》相如《さうじよ》・楊貴《やうき》妃《ひ》の一聯《いちれん》、蓋《けだ》し其の諷《ふう》する所《ところ》有る乎《か》。末句《まつく》、未《いま》だ登庸《とうよう》せ被《ら》れず、退隠《たいいん》の意《い》を含《ふく》む。「馬《うま》に鞭《むち》うつ」と言はず、殊《こと》に「驥《き》」の字を用《もち》ゆ。俊才《しゆんさい》顧《かへりみる》者《もの》無きの[五]微《び》意《い》有り、言外《げんぐわい》に著《あら》はる。然《しか》らざるときは、則ち元是《もとこれ》[六]廟廊《べうらう》の器《うつは》也。豈《あに》「故山《こざん》を尋《たつ》ぬる」の慮《りよ》有らん哉《や》。其の後顕達《のちけんたつ》、朝《てう》に在《あ》つては[七]納言《なごん》為り、外《そと》に在つては[八]太宰帥《ださいのそつ》為り。又[九]大蔵卿《またおほくらきやう》を兼《か》ぬ。故《ゆゑ》に江[一〇]大府卿《がうのだいふきやう》と曰《い》ひ、江[一一]都督《がうのととく》と曰ひ、又江帥《がうのそつ》[一二]と曰ふ。江納言《がうのなごん》

三)など。四「紅梅花下命レ飲」(巻三)。五「翫二卯花一」(巻二)。六「翫二鹿鳴草一」(巻二)。鹿鳴草は萩。七「翫二池辺残菊一」(巻二)。八 花を愛する一つの興味のある事柄(史館茗話参照)。

282 初冬十月わが思いを書きしるして。㈸無題・五。韻深・心・林・金・簪・尋、下平侵韻。〇冬… 感は初冬の興趣、季節に感じる思い。〇遥笛… 遥笛は遠い笛の音。〇黄花… 黄花は菊。移は「写る」の意に用いたもの。瑠璃水は玉の如く澄んだ水の色。錦繡林は鮮やかな紅葉の林。〇魯舎… 詩文の永遠性を述べる。前句、魯の孔子の旧宅で玉の如き音を聞いて壁をこわし多くの古文の経籍を得た故事(漢書・魯恭王伝)。後句、「遊二天台山一賦」(文選・十一)を書いた晋人孫綽がこれを自負し、友人に「卿試擲レ地、当レ作二金石声一」といった故事(蒙求・孫綽才冠)。〇馬相如… 末句の導入部として、能力をもつ名高い故事を並べる。前句、前漢の司馬相如が妻卓文君の度量によって貧しさから仕官栄達の道が叶えられた故事(蒙求・文君当壚)。後句、楊貴妃が安禄山に殺害された後、玄宗は方士(神仙道の修験者)を天上に派遣し、その宮の妃から形見の金のかんざしを贈られた故事(「長恨歌」、陳鴻「長恨歌伝」)。〇不藝… 不藝はとりえのない自分。分職は与えられた官職。後句、遁世の素志を

と称《しよう》せざるは、[一三]惟時《これとき》に嫌《けん》を以《もつ》て也。宰府《ざいふ》に在つて[一四]菅廟《かんべう》に詣《まう》で詩《し》二百韻《にひやくゐん》を作る。中華《ちゆうくわ》と雖《いへど》も此《か》くの如《ごと》き長篇《ちやうへん》を作る者希矣《ものまれなり》。況《いはん》や本朝《ほんてう》に於いてを乎《や》。其の著述《ちよじゆつ》、『続文粋《ぞくぶんすい》』『[一五]朝野群載《てうやぐんさい》』及《およ》び『[一六]無題詩集《むだいししふ》』に見えたり。且《か》つ『[一七]江次第《がうしだい》』一書《いつしよ》、朝廷《てうてい》の官儀備矣尽矣《くわんぎそなはれりつくせり》。今に至《いた》つて之《これ》に依頼《いらい》せざる無し。『[一八]江談抄《がうだんせう》』は其の説話《せつわ》にして、門人《もんじん》の記《しる》す所《ところ》也。全篇伝《ぜんぺんつた》はらず、今僅《いまわづか》に存《ぞん》ずる者《もの》、亦猶《またなほ》以て眼《め》を慰《ゐ》すべし。嘗《かつ》て自《みづか》ら歎《なげ》いて曰《い》はく、「[一九]朝廷盛《てうていさか》んなるときは、則ち吾《わ》が家亦《また》盛んなり、朝廷衰《てうていおとろ》ふるときは、則ち吾が家亦衰ふ」と。其の[二〇]自任此《じにんか》くの如し。故に知んぬ、此の詩少壮《せうさう》の作為《さくた》ることを。

今試《いまこころ》みに江家《がうけ》の秀才《しうさい》を論《ろん》ずるときは、則ち詩文は[二一]朝綱《あさつな》其の尤《いう》也、匡衡之《まさひらこれ》に次《つ》ぐ。匡房之《まさふさこれ》に及《およ》ぶこと能《あた》はず。才倭漢《さいわかん》を兼《か》ね、博《ひろ》く古今《ここん》を識《し》り、朝家《てうか》に功《こう》有るは、豈唯江家而已《あにただがうけのみ》ならん哉《や》。偏《あまね》く諸家《しよか》を考《かんが》ふるに、匡房が如き者少矣《ものまれなり》、と。

283 秋日浄土寺仙窟即事《しうじつじやうどじせんくつそくじ》

大《おほ》江《えの》隆《たか》兼《かね》

忽《たちま》ち秋蘭芳契《しうらんはうけい》の友《とも》を引《ひ》いて　蕭寺《せうじ》に趁《お》ひ来《き》て意幽微《こころいうび》
千華塔《せんげたふ》旧りて雲端《うんたん》に挿《はさ》み　一葉舟虚《いちえふふねきよ》にして浪上《らうじやう》に飛ぶ
山路《さんろ》風閑《かぜしづ》かにして人事《じんじ》少《まれ》なり　洞天日暮《とうてんひく》れて鳥声稀《てうせいまれ》なり

貫くのも自由だ。驥は駿馬。故山は秦の暴政を憎んで隠れた四人の老人四皓(しこう)が嘗つて住んだ商山。

一 236の作者。 二 続文粋・十一・江大府卿「暮年記」に「十一賦レ詩、世謂二之神童一」とみえる。 三 才知が勝れている様。 四 第四句のあたりはそれ。 五 微妙な心のうち。 六 朝廷に仕えるほどの器量のある人。 七 寛治八年(一〇九四)権中納言。 八 太宰府の長官、但し権帥。 九 大蔵省の長官。「卿」、底本「郷」。 一〇 大蔵卿の唐名。 一一 太宰帥の唐名。 一二 太宰帥の略。 一三 匡房の六代の祖中納言大江維時(210の作者)と混同を避ける意か。 一四 安楽寺(今の太宰府市)にある菅原道真の廟所。二百韻は続文粋・一「参二安楽寺一」の古調詩四百句、康和二年(一一〇〇)作。 一五 三善為康撰。 一六 本朝無題詩。 一七 江家次第。十九巻、有職故実の書。 一八 群書類従本六巻、他に古本系(「水言抄」など)が残る。門人藤原実兼(275の作者)の聞書という。 一九 出典未詳。 二〇 自分でになう、信じる。 二一 208の作者。尤は最も勝れる。

283 秋の日に浄土寺で見たままを。浄土寺は京都市左京区銀閣寺のあたりにあった寺、町名にその名を残す。仙窟は仙人の住む洞窟、ここは寺院。【典】無題・九。【韻】微・飛・稀・帰、上平微韻。○忽ち… 前句、たまたま秋の蘭の如き君子のちぎりをもつ良い友(周易・繫辞上伝)を招いて。

林叢《りんそう》水石《すいせき》興《きよう》多しと雖《いへど》も　鐘漏《しようろう》半深《なかばふか》うして月に乗《じよう》じて帰《かへ》る

林子曰はく、隆兼《たかかね》は[一]匡房《まさふさ》が子也。此の詩頗《すこぶる》[二]景致《けいち》を写《うつ》す。末句《まつく》留連《るれん》せざるの意《い》有り。[三]此の人《ひと》匡房に先《さき》んじて卒《しゆつ》す。[四]九代《きうだい》の書《しよ》誰にか伝《つた》ふべきの歎《なげき》有るは良《まこと》に以《ゆへ》有る也。[五]先考是《せんかうこれ》を以て敬吉《けいきち》に比《ひ》す、と。

284　暮春《ぼしゆん》粟田別業《あはたのべつげふ》に遊ぶ、三韻《さんゐん》　惟《これ》宗《むねの》孝《たか》言《とき》

勝地《しようち》の佳名何《かめいなん》の感《かん》ずる所《ところ》　粟田《あはたの》別業城東《じやうとう》に在り
花零《お》ちて履《くつ》に踏《ふ》む三春《さんしゆん》の雪　松老《お》いて耳《みみ》に伝《つた》ふ尚歯《しやうし》の風
法水前《ほふすいまへ》に清《きよ》うして波響冷《はきやうすず》し　如何《いかん》せん蓮府《れんぷ》梵宮《ぼんぐう》と為《な》る

林子曰はく、三韻詩《さんゐんし》、中華《ちゆうくわ》に於いて其例《そのれい》有り。然れども本朝《ほんてう》に在つては則ち希矣《まれなり》、亦奇《き》ならず乎《や》。「尚《しやう》」の字《じ》、[一]居易《きよい》が所謂《いはゆる》「已《すで》に曾《かつ》て愁殺《しうさつ》す李尚書《りしやうしよ》」の例《れい》に倣《なら》つて平声《ひやうしやう》と為《す》る乎《か》。[二]宋《そう》の寇準《こうじゆん》亦《また》「江南《かうなん》閑殺《かんさつ》す老尚書《らうしやうしよ》」の句《く》有り。且《か》つ「尚《しやう》」の字「上《じやう》」の字と通《つう》ず、故《ゆゑ》に「三」の字に[三]仮対《かたい》す。又《また》「歯《し》」の字年齢《ねんれい》の義《ぎ》也、故《ゆゑ》に「春《しゆん》」の字に対す。亦奇《き》ならず乎《や》。粟田別業《あはたのべつげふ》は[四]藤原在衡公《ふぢはらのありひらこう》の旧跡《きうせき》也。在衡晩年《ばんねん》此の別業に於いて[五]尚歯会《しやうしくわい》を修《しう》す、故

蕭寺→278、ここは浄土寺。幽微は奥深い。趁来は続いてやって来る。○千華…　あまたの美しい寺の塔が雲間に聳え、小舟の如き一枚の落葉が寺の林泉の波の上を飛ぶ。○山路…　人事は世間の雑事。洞天は仙洞(浄土寺)の空。○林叢…　林叢は林や草むら。水石は寺の庭の滝や石のたたずまい。鐘漏は時の鐘(漏は水時計)。「半深」云々は夜も半ばふけて月光の中を帰る。一 282の作者。

二 風致、風景などのおもむき。

三 作者隆兼。匡房自作の願文「為二亡息隆兼朝臣一」に「少而先レ親」とみえる(続文粋・十三)。四 願文「累祖相伝之書、収二拾誰人一」に当る。九代は大江氏の祖音人(169の作者)より隆兼まで九代(願文「家伝二九代一」)。

五 林羅山。敬吉はその長男叔勝(寛永六年(一六二九)十七歳で没)。

284　陰暦三月洛東粟田(今の東山区)の藤原在衡殿の別荘に遊んで、三韻の詩(隔句に押韻した六句の詩)。↓林子評。典無題・六。韻東・風・宮、上平東韻。○勝地…　前句、景勝の地という名前に何を感じるかといえば。城東は王城京都の東、洛東。○花…　三春雪は春三箇月(ここは暮春)の雪の如き落花。後句、老木の松を吹く風が昔ここで尚歯会(→267)があったことを耳に伝える。無題詩原注「昔日此地有二尚歯会一、故云」。○法水…　法水は仏の教え。煩悩を洗い清めるために水にたとえる。こ

に爾《しか》云《い》ふ。在衡儒官《じゆくわん》自《よ》り起《おこ》り、歴任《れきにん》して[六]左大臣《さだいじん》と為《な》る。[七]吉備公《きびこう》・[八]菅丞相《かんしようじやう》の外《ほか》其の例《れい》無し。諸儒皆之《しよじゆみなこれ》を羨《うらや》む。孝言此《たかときここ》に到《いた》つて感慨殊甚《かんがいことにはなは》だし。且《か》つ末句《まつく》に所《いは》謂《ゆる》「如何《いかん》せん蓮府梵宮《れんぶぼんぐう》と為《な》る」、最《もつと》も心《こころ》を注《つ》くる所《ところ》有り。本朝《ほんてう》の古《いにしへ》[九]蘇我氏《そがし》其の家を以て寺と為《な》すは、時代既《じだいすで》に遠し。[一〇]中年以来上皇《ちゆうねんいらいじやうくわう》の宮《きゆう》、[一一]執柄《しつぺい》の第《だい》、皆寺《じ》院《ゐん》を以て称号《しようがう》と為《な》す。在衡が別業亦此《べつげふまたか》くの如し。是《これ》孝言が歎息《たんそく》する所以《ゆゑん》也。本朝儒家《ほんてうじゆか》[一二]大抵釈氏《たいていしやくし》を兼《か》ね学《まな》ぶ。[一三]菅《かん》・江儒宗《がうじゆそう》と雖《いへど》も、此の惑《まどひ》有るを免《まぬか》れず。独《ひと》り孝言此《こ》の歎《なげき》有り。謂《い》ひつべし、其の識量諸子《しきりやうしよし》に卓越《たくゑつ》すと。蓋《けだ》し其古《それいにしへ》に感《かん》じ今を諷《ふう》する者乎《ものか》。『無題詩《むだいし》』孝言が詩を載する者殆《ものほとん》ど[一四]三十首、余殊《よこと》に之《これ》を標出《へうしゆつ》す、亦意《い》無きに非《あら》ず、と。

285 七夕《しちせき》の後朝《こうてう》

中《なか》原《はらの》広《ひろ》俊《とし》

仙娥《せんが》其奈《いかん》せん漢河《かんか》の頭《ほとり》　帰処天明《かへるところてんめい》にして怨休《うらみや》まず
別涙数行朝露《べつるいすうかうあさつゆ》落ち　去衣《きよい》一対暁雲《いつついげううん》愁《うれ》ふ
前期《ぜんき》何《いづれのよ》夜ぞ唯昨《ただきのふ》を占《し》むる　後会《こうくわい》今従《よ》り又秋を待つ
興《きよう》に乗《じよう》じて忘《わす》れ難《がた》し風月《ふうげつ》の味《あぢ》　此の席万年《せきまんねん》の遊《あそび》に従《したが》はんと欲《ほつ》す

林子曰はく、中原氏《なかはらし》は[一]明経道《みやうぎやうだう》の儒家《じゆか》也。広俊《ひろとし》に至つて詩を以《もつ》て名を著《あら》はす。

こは更に寺の林泉の水をもいう。→林子評。如何はここは歎息の表現。蓮府は大臣の邸宅、粟田の別荘(蓮は法水の縁語)。梵宮は寺院。一 白詩0835「得二微之到レ官後書一…悵然有レ感、因成二四章一」(其二)。詩句「かつて李尚書を愁えしめた処だ」の意。白詩の「尚」は平声、その前句の「三考」の「三」も平声。二 宋の太宗・真宗に仕えた官人(宋史・二八一)。全宋詩・全宋詞にこの詩句未収、詩の出典未詳。三 →267注九。四・五 →267注七。六 村上帝安和三年(九七〇)任命。七 吉備真備。称徳帝天平神護二年(七六六)右大臣。八 菅原道真。没後左大臣。九 蘇我馬子の「新営二精舎一」(石川精舎か)については敏達紀十四年(五八五)六月の条参照。一〇 中古。一一 摂政関白などの邸宅。一二 →272注五。一三 菅原・大江の儒学の家柄。一四 群書類従本三十二首(浅草文庫本「作者詩数孝言、二十九首」)。

285 七月七日の翌朝。典無題・三(詩題「後朝詩」)。韻頭・休・愁・秋・遊、下平尤韻。〇仙娥… 前句、男女二星の媒介者の月は天の川のほとりで、以下のことを如何ともすることができない。仙娥は昇天して月の精となった仙女姮娥(淮南子・覧冥訓)、ここは月。其奈は如何の意、白詩などに多い俗語的な助字。帰処は翌朝帰りゆく織女星の動作。天明は空があける。怨は飽き足らぬうら二七夕《しちせき》の後朝《こうてう》は倭歌家《わかけ》者流《しゃりう》専《もっぱ》ら題詠《だいえい》する所也。今《いま》此の二《に》三聯《れんよ》能く後朝《こうてう》の意を言ひ、平易《へいい》にして餘味《よみ》有ることを覚《おぼ》ふ。故に此《ここ》に載す。『無題詩』広俊《ひろとし》が詩を載すること殆《ほとん》ど四七十首、其の中猶之《なかなほこれ》を取るべき者有り、考《かんがへ》見《み》るべし。五系譜《けいふ》を考ふるに曰はく、「広俊《ひろとし》が娘《むすめ》藤茂明《とうのしげあきら》に適《ゆ》きて敦周《あっちか》を生《う》む」、と。

286 郭《くわく》公《こう》　　釈《しゃく》蓮《れん》禅《ぜん》

郭公《くわくこう》夏に属《ぞく》して佳名《かめい》有り　好事《かうじ》の家家《かか》嗟歎《さたん》成《な》る
鸎子《あうし》巣《す》の中春翅《なかはるつばさ》を刷《かいつくろ》ふ　兎花墻《とくわかき》の外暁声《そとあかつきこゑ》を伝《つた》ふ
汝《なんぢ》は同類《どうるい》を呼《よ》ぶ孤雲《こうん》の路《みち》　人は和言《わごん》を詠《えい》ず五月《さつき》の程《ほど》
低檐《ていえん》雨滴《た》る寂寥《せきれう》の夜《よ》　枕《まくら》を欹《そばた》てて堪《た》へず相待《あひま》つの情《こころ》

林子曰はく、本朝古来《ほんてうこらい》一杜鵑《とけん》を称《しよう》して郭公《くわくこう》と曰ふ。中華《ちゆうくわ》杜鵑《とけん》を賦《ふ》す、多《おほ》く是暮《これぼ》春《しゆん》に属《ぞく》す。本朝専《もっぱ》ら夏に於いて之《これ》を言ふ。蓮禅《れんぜん》、郭公を以《もっ》て日本《にっぽん》の称呼《しようこ》と為《な》す。故《ゆゑ》に一句も中華の故事《こじ》を言ふ無し。心《こころ》を題《だい》に注《つ》くる者《もの》と謂《い》ふべし。「夏に属《ぞく》す」と言ひ、「兎花《うのはな》」と言ふ、皆《みな》本朝《ほんてう》の二節物《せつぶつ》に協《かな》ふ。倭歌《わか》多く「三五月闇《さつきやみ》」を以て郭公《くわくこう》の四連語《れんご》と為《な》す。鸎巣《あうさう》の中《なか》、郭公の卵《たまご》有ること、『五万葉集《まんえふしふ》』に見えたり。故に之《これ》を取つて以て六詩料《しれう》と為《な》す。今に至《いた》つて人家《じんか》往往《わうわう》に鸎巣の中に於いて、

み。○別涙… 別涙数行は別れの涙が幾すじも流れる。朝露は涙のたとえ、朝露となって。後句、昨夜逢って今別れようとする二星の一そろいの衣は暁の雲の如く別れを悲しむかのよう(衣は雲の縁語)。○前期… 以前からのとりきめは一体いつの夜なのか、逢う夜は昨夜のみときめているが。次の逢会は今からまた来年の七夕の秋を待たねばならぬ。○興に… 作者の感想を述べる。興は七夕の感興、面白み。風月味は風や月を賞する風流な味わい。席は七夕の宴席。万年は永遠。一 経学を明らかにする大学の基本学科。二 古今集、後撰集の歌など例が多い。三 第三・四句(頷聯)と第五・六句(頸聯)。四 「七十」は「五十」の誤り。五 「母日向守中原広俊女」(尊卑分脈・敦周(430の作者)注)。茂明は271の作者。適は嫁する(爾雅・釈詁)。

286 ほととぎす。四無題・二(詩題「賦㆓郭公㆒」)。韻名・成・声・程・情、下平庚韻。○郭公… 「属㆑夏」は夏の鳥として。好事家家は風流人達。「嗟歎成」は歌の中に讃嘆し続けてきた。○鸎子… 主語は郭公。鸎子は鶯(「子」は助字)。刷は翼を整える。無題詩、前句の原注「見㆓万葉集㆒故曰」。→林子評。兎花は卯の花。兎(うさぎ)を卯(う)に通じさせた和製語。○汝は… 汝は郭公。「孤雲路」は雲の中で独り。和言は和歌。無題詩原注「古今之人多詠㆓和歌㆒、故曰」)。○

郭公の卵を得《う》る者之《ものこれ》有り。子美《しび》[七]が所謂《いはゆる》「子を百鳥《ひやくてう》の巣に生《う》む」者《もの》、併按《へいあん》すべし。「汝同類《なんぢどうるい》を呼《よ》ぶ」とは、唐詩《たうし》[八]に所謂《いはゆる》「杜宇名《とうな》を呼《よ》び語《かた》る」者《もの》、相互《あひたがひ》に吻合《ふんがふ》す。其の「雲《くも》」と言ひ「雨《あめ》」と言ふは、倭漢共《わかんとも》に同趣《どうしゆ》也。然るときは、則ち我が国に所謂《いはゆる》「郭公《くわくこう》」は即ち是《これ》「杜鵑《とけん》」也。宜《よろ》しく此の詩を以て證《しよう》と為《な》すべし。或《あるひと》[九]曰はく、「山中鳥《さんちゆうとり》有り、自《みづか》ら郭公《くわくこう》と呼ぶ。世俗《せぞく》に称《しよう》する所《ところ》の鳥《とり》と同じからず。中華郭公《ちゆうくわくくわくこう》を以て杜鵑《とけん》の異名《いみやう》と為《せ》ず。則ち郭公《くわくこう》、杜鵑各別《とけんかくべつ》也。古来伝称《こらいでんしよう》の誤《あやまり》也」と。未《いま》だ然否《ぜんひ》[一〇]を知らず。『無題詩《むだいし》』蓮禅《れんぜん》が詩五十[一一]餘首《よしゆ》を載す。其の中、山家閑居《さんかかんきよ》[一二]の趣《おもむき》、西海紀行《さいかいきかう》[一三]の作《さく》、佳境勝遊《かきやうしよういう》[一四]の興《きよう》、花月詠賞《くわげつえいしやう》[一五]の句《く》、取るべき者多《おほ》し。想夫《おもふにそれ》、空海《くうかい》[一六]の後《のち》、釈氏詩《しやくしし》[一七]を言ふ者、未だ蓮禅が如き者を聞かず、と。

287 三月尽《さんぐわつじん》の日《ひ》長楽寺《ちやうらくじ》に遊ぶ　藤《ふち》原《はらの》顕《あき》業《なり》

一《ひと》たび華洛《くわらく》を辞《じ》して暫《しばら》く留連《るれん》　長楽《ちやうらく》の仁祠《にんし》自然《じねん》を感《かん》ず
寺《てら》は五臺形勝《ごだいけいしよう》の地《ち》を写《うつ》す　時《とき》は三月艶陽《えんやう》の天《てん》に当《あた》る
山楼鐘尽《さんろうかねつ》く孤雲《こうん》の外《そと》　林戸《りんこ》花飛《と》ぶ落日《らくじつ》の前《まへ》
韶景闌《せうけいた》け来《きた》り相惜《あひを》しむこと苦《はなは》だし　青春暮《せいしゆんくるるところ》処金仙《こんせん》を礼《らい》す

低檐… 低檐は低いひさし、軒端。後句、枕を傾けたままねむられず(底本「歌枕」、無題詩により訂)、郭公の声を今かと待つ心はたえられない。相待の相は助字。一 ほととぎす、子規。以下の林子注、史館茗話参照。二 季節ごとの風物。三 さみだれの頃の夜の暗がり。四 つながる語。五 巻九(一七五五)「鶯の生卵(かひご)の中に郭公独り生まれて…」。六 詩の題材。七 盛唐杜子美、杜甫。引用詩は「杜鵑」の「生㆓子百鳥巣㆒、百鳥不㆓敢嗔㆒…」。併按は合わせて調べる、考える。八 晩唐李遠「送㆓人入㆒㆑蜀」の第五句「杜魄(杜宇、ほととぎす)呼㆑名語」(全唐詩・五一九)。九 江談抄・三「郭公為㆓鶯子㆒事」にみえる戸部卿(源経信)や藤原実兼などの談の言い伝えをさすか。一〇 然るやいなや。一一 群書類従本五十九首。一二「山家春興」(巻七)など。一三「於㆓室泊㆒即事」(巻七)など。一四「遊㆓九条別業㆒」(巻六)など。一五「賦㆓薔薇㆒」(巻二)、「山家翫㆑月」(巻三)など。一六 116の作者。一七 僧侶。

287 三月の末日、洛東長楽寺(→265詩題)に遊んで。典無題・八。韻連・然・天・前・仙、下平先韻。○一たび… 華洛は花の都洛陽、ここは平安京。留連はこの寺に居続ける。仁祠は寺院。自然は俗事のない本来の有様。○寺は… 五臺は山西省五台山、寺院をもつ形勝の地。写は模倣林子曰はく、顕業《あきなり》は有国《ありくに》六世《ろくせい》の孫《まご》、日野家《ひのけ》の嫡流《ちやくりう》也。実綱等《さねつなら》と同祖《どうそ》にして異宗《いそう》也《なり》。其の母《はは》は菅是綱《かんのこれつな》の娘《むすめ》也。此の詩釈氏《しやくし》に淫《いん》すと雖《いへど》も、然れども、寺に遊ぶの句意《くい》不可《ふか》と為《せ》ず、と。

288 長安城亭旧《ちやうあんじやうていきう》を懐《おも》ふ

藤《ふぢ》原《はらの》基《もと》俊《とし》

此の地《ち》来《こ》ぬこと時歳《じさい》久《ひさ》し　賓亭《ひんてい》頽落《たいらく》客堂《かくだう》傾《かたぶ》く
山腰《さんえう》駮樹《はくじゆ》霜色《さうしよく》に飽《あ》き　石竇《せきとう》寒泉《かんせん》昔声《せきせい》を変《へん》ず
涼燠《りやういく》幾回《いくたび》秋月《しうげつ》の影　関河《くわんか》万里《ばんり》故人《こじん》の情《こころ》
傷嗟《しやうさ》す更に明君《めいくん》の涙《なみだ》を掬《すく》ふことを　灑《そそ》きて商風《しやうふう》に託《たく》して遠城《ゑんじやう》に寄《よ》す

林子曰はく、昔《むかし》桓武《くわんむ》帝平安城《へいあんじやう》を営《えい》す。並《なら》びに左右京《さうきやう》を建て、漢《かん》の東西京《とうざいきやう》に比《ひ》す。故に左京《さきやう》を以《もつ》て洛陽《らくやう》に擬《ぎ》し、右京《うきやう》を以て長安《ちやうあん》に擬す。仁明《にんみやう》帝大内裡《だいだいり》を造《つく》る。延《えん》喜《ぎ》・天暦《てんりやく》の以後《いご》に至《いた》つて、左右京相並《あひなら》んで儼然《げんぜん》。其の後《のち》左京旧《きう》に依《よ》り、右京荒廃《くわうはい》。基俊《もととし》が所謂長安《いはゆるちやうあん》は右京也《なり》。此の詩頗《すこぶる》懐旧《くわいきう》の意《い》に於いて切《せつ》なりと為《な》す。中原広俊《なかはらのひろとし》「雍州《ようしう》の旧宅《きうたく》に過《よぎ》る詩《し》」有り。亦是長安《またこれちやうあん》、雍州《ようしう》に在るを以て、故に右京を指《さ》して雍州と為《な》す也。是《これ》に由《よ》つて之《これ》を言ふときは、則ち俗《ぞく》に山城《やましろ》を総称《そうしよう》して雍州と為《す》るは恐《おそ》らくは定論《ていろん》に非《あら》

する。艶陽は春の季節、ここは晩春。○山楼…　尽は夕方の鐘をつき終える。林戸は林の中の僧院の戸、扉。○韶景…　前句、春景色も盛りを過ぎて愛惜すること甚だしい。青春は春。金仙(キンセンとも)は仏、仏像。
一 227の作者。二 →227林子評。三 263の作者。異宗は血筋を異にする。
四 278の作者。

288 平安京(長安城→林子評)の右京の旧宅のあずまや(小建築物)で昔を思って。[出]無題・五。[韻]傾・声・情・城、下平庚韻。○此の…　賓亭は客を迎える亭。客堂は客を迎える堂宇。○山腰…　山腰は山の中腹。「駮樹」云々は、まゆみ(まだらの木)が十分に紅葉する。後句、石の穴を流れる冷たい清水(泉水、滝)は昔の音を変えている。底本「昔声ニ変ズ」、意改。○涼燠…　寒暖の一年は幾たびかめぐって今は秋月の光、幾山河(関所と河)を隔てる遠くの親友はどんな気持で同じ月を眺めているやら。白詩「二千里外故人心」(和漢朗詠集・十五夜)を踏まえる。○傷嗟…　傷嗟する主語は作者。「明君」云々は、この月をみて遠くにいる貴君の涙を手にすくうほど悲しむ意か。「明君」は匈奴に嫁した王明君(王昭君)にたとえたもの。「明」、類従本「期」(逢う、待つ)。この方がよいか。後句、荒れた旧亭にそそぐ涙を秋風に託して遠い城を守る君に伝えたい。
一 第五十代の天皇。平安城は平安京。

ざる乎《か》。洛陽《らくやう》、豫州《よしう》[一一]に在り。然るときは、則ち中華《ちゆうくわ》に擬《ぎ》して之《これ》を言ふときは、則ち今の王城《わうじやう》は左京也。雍州《ようしう》と称《しよう》すべからず。然《しか》れども帝都《ていと》の在る所を以て、故に仮《かり》に雍州《ようしう》を以て山城《やましろ》に擬《ぎ》する乎《か》。広俊《ひろとし》が詩亦『無題詩』[一二]に在り。此の詩と之《これ》を併考《あはせかんが》ふべし。基俊素《もと》より倭歌《わか》を以て聞《きこ》ふ、所謂俊成《いはゆるしゆんぜい》[一三]・定家《ていか》皆《みな》其の流《りう》也。世《せい》系《けい》を考《かんが》ふるときは、則ち道長公《みちながこう》[一四]の後胤《こういん》也。貴介《きかい》[一五]の子を以て其の才《さい》倭漢《わかん》を兼《か》ぬ、以て嘉《よみ》すべし。且《か》つ『新撰朗詠《しんせんらうえい》』[一六]、其の輯《しふ》する所也。『公任朗詠《きんたふがらうえい》』[一七]と共に世《よ》に行《おこな》はる、と。

289　懐《おもひ》を書《しよ》して紙障《ししやう》に題《だい》す

藤原通憲《ふぢはらのみちのり》

寸禄斗儲求《すんろくとちよもと》めて豈得《あにえ》んや　生涯本自浮沈《しやうがいもとよりふちん》に任《まか》す
身《み》を顧《かへり》みて遂《つひ》に識《し》る栄枯《えいこ》の分《ぶん》　世《よ》に在《あ》つて猶慵《なをものう》し遊宦《いうくわん》の心《しん》
晋桂当初手《しんけいたうしよて》に入《い》り難《がた》し　呉桐《ごとう》何日《いづれのひ》か知音《ちいん》に遇《あ》はん
一篇《いつぺん》の狂句一壺《きやうくいつこ》の酒《さけ》　箇裡《これ》時時酔吟《じじすいぎん》に足《た》れり

林子曰はく、通憲《みちのり》は実範《さねのり》[一]が曾孫《そうそん》、実兼《さねかね》[二]が子也。南家《なんけ》[三]儒流為《じゆりうた》りと雖《いへど》も、高階《たかしな》[四]氏の養子《やうし》と為《な》る。故に儒官《じゆくわん》に昇《のぼ》らず、博学《はくがく》にして諸道《しよだう》を該通《がいつう》す。時《とき》の人《ひと》其の広才《くわうさい》に服《ふく》す。少壮《せうさう》にして登庸《とうよう》せ被《ら》れず。此の詩全《まつたく》是《これ》不遇《ふぐう》の意《い》を説《と》く。世務《せいむ》を厭《いと》ふと

二 洛水の北にある漢の東都。三 漢の西都。四 141の作者。五 醍醐天皇(187の作者)の年号(九〇一-九二三)。六 村上天皇(205の作者)の年号(九四七-九五六)。七 おごそかに区別されている様。八 もとのままに繁栄したこと。右京の荒廃については慶滋保胤「池亭記」(本朝文粋)参照。九 285の作者。詩題は無題詩・七。一〇 陝西省長安県の北西のあたり。一一 河南省のあたり。一二 →注九。一三 ともに中世の歌人。俊成は千載集の撰者。定家は313の作者。一四 219の作者。一五 貴族(介は大の意)。一六 新撰朗詠集、二巻。一七 和漢朗詠集、二巻、藤原公任(223の作者)撰。

289 自分の思いを紙のついたて(ふすま、障子)に書きしるして。【典】無題・二一。【韻】沈・心・音・吟、下平侵韻。○寸禄… 寸禄はすこしの俸給。斗儲はわずかな蓄財。本自の「自」は助字。浮沈は栄枯盛衰。○身を… 分は自己に運命的に与えられた分け前。遊宦心は地方役人となって赴任する心持。「宦」は官。○晋桂… 前句、天下第一の成績で及第し、「桂林一枝」(香木かつらの林のひと枝)と自称した晋の郤詵(げきしん)の故事(蒙求)。郤詵の如く最初は及第できなかったの意。後句、炊事用になっていた呉の桐ですぐれた琴を作った蔡邕の故事(→166)、及び伯牙の琴の音を聞き分けた鍾子期の「知音」の故事(蒙求・伯牙絶レ絃)を踏まえる。呉の

雖《いへど》も、然れども、期《き》する所《ところ》無きに非《あら》ず。其の後髪《のちかみ》[五]を薙《き》つて名《な》を信西《しんぜい》と改《あらた》む。所《いは》謂《ゆる》少納言入道是也《せうなごんにふだふこれなり》。其の妻《つま》[六]、後白河《ごしらかは》帝の乳母《めのと》為《た》り。帝《みかど》の位《くらゐ》に即《つ》くに及《およ》んで、信《しん》西親近《ぜいしんきん》せ被《ら》れて専《もつぱ》ら朝政《てうせい》に預《あづか》る。保元《ほうげん》[七]の乱《らん》、刑罰《けいばつ》を厳《げん》にし、以て人の怨《うらみ》を招《まね》く。蓋《けだ》し其の心《こころ》、申《しん》[八]・韓《かん》が法《はふ》を用《もち》ひて凶悪《きようあく》を懲《ちよう》せんと欲《ほつ》する乎《か》。其の後邪人《のちじやじん》を黜《しりぞ》け、以て古道《こだう》を考《かんが》へ、人の耳目《じもく》を新《あらた》にせんと欲《ほつ》して、未《いま》だ果《は》たさず。藤信頼《とうのぶより》[九]と権《けん》を争《あらそ》つて、平治《へいぢ》[一〇]の乱起《らんおこ》る。遂《つひ》に戮死《りくし》[一一]せ被《ら》る。豈之《あにこれ》を憐《あは》れまざらん哉《や》。

『無題詩』通憲が詩を載《の》する、殆《ほとん》ど二十[一二]首。其の行実《かうじつ》は則ち論有《ろんあ》るべし、其《そ》の才《さい》は則ち直《ただ》[一四]の人《ひと》に匪《あら》ず、と。

290　九月十三夜月《くぐわつじふさんやつき》を翫《もてあそ》ぶ　　藤《ふぢ》原《はらの》忠《ただ》通《みち》

閑牕寂寂月相臨《かんさうせきせきつきあひのぞ》む　窮秋《きゆうしう》に属《ぞく》して従《よ》り望禁《のぞみた》へ回《がた》し
潘室《はんしつ》の昔蹤《せきしよう》雪を凌《しの》いで訪《と》ひ　蔣家《しやうか》の旧径《きうけいしも》霜を踏《ふ》んで尋《たづ》ぬ
十三夜の影《かげ》古《いにしへ》於《よ》り勝《まさ》れり　数百年《すうひやくねん》の光《ひかり》今に若《し》かず
独《ひと》り前軒《ぜんけん》に倚《よ》つて首《かうべ》を回《めぐ》らして見る　清明《せいめい》此の夕《ゆふべ》価千金《あたひせんきん》

林子曰はく、八月十五夜は中華《ちゆうくわ》に賞《しやう》する所《ところ》、一年《いちねん》の良夜《りやうや》也。九月十三夜[一]は本《ほん》朝《てう》に翫《もてあそ》ぶ所《ところ》、三秋《さんしう》[二]の佳期《かき》也《なり》。既《すで》に菅丞相《かんしようじやう》[三]詠吟《えいぎん》有るときは、則ち延喜《えんぎ》[四]以前《いぜん》之《これ》を

桐に比すべき自分の才能を理解してくれる友にいつ会うことができようか。〇一篇… 狂句はたわむれの詩句。箇裡は「箇」に同じく、コレこそなど指示の意をもつ唐代の俗語。時時→276。一 273の作者。二 275の作者。三 →273林子評。四 平治物語・上「南家の博士、長門守高階経俊(尊卑分脈には経敏)が猶子(養子)也」。五 康治三年(一一四四)出家、三十九歳。六「後白川院御時、朝子、馬助(藤原)兼永女」(禁秘抄)。七 保元元年(一一五六)の乱。八 古代中国の戦国時代、刑名学を唱えた申不害と韓非子。九 権中納言藤原信頼との争いについては、平治物語・上「信頼・信西不快事」参照。一〇 平治元年(一一五九)の乱。一一 生き埋めになった(平治物語・上「信西出家の由来…最後の事」)。一二 群書本・浅草文庫本など十八首。底本「載ルノ」を改訓。一三 平凡な人。原文「直也人」の「也」は強意の助字。

290 九月十三夜の月を賞美して。↓林子評。典無題・三。韻臨・禁・尋・今・金、下平侵韻。〇閑牕… 閑牕は静かな窓べ。相臨は照らす(相は助字)。後句、晩秋九月になってから十三夜の月を待ちのぞむ気持はたえがたい。〇潘室… 潘室昔蹤は「皎々窓中月、照二我室南端一」(文選「悼亡詩三首」其二)と詠じた晋の潘安仁(潘岳)の旧宅の跡。蔣家旧径は三つの小みちをもつ漢の蔣詡(しようく)の古びた庭(蒙求・蔣詡三逕)。雪・霜は

賞《しやう》すること明《あきらかなり》矣。若《も》し其中秋《それちゆうしう》に擬《ぎ》せば、則ち[五]季秋亦《きしうまた》十五夜を取《と》るべし。然《しか》れども十三夜を賞するは、蓋《けだ》し其易《それえき》[六]に所謂《いはゆる》「月望《つきもち》に幾《ちか》し」、又曰はく、「[七]天道盈《てんだうみ》てるを虧《か》く」と。是《これ》其の心《こころ》を注《つ》くる所《ところ》、其の旨深《むねふかし》矣。[八]卜部兼好《うらべけんかう》が曰《い》はく、「九月十三夜と中秋と共《とも》に月婁宿《つきろうしゆく》に在《あ》り。故に古来《こらい》此の夕《ゆふべ》を賞《しやう》す」と。彼《かれ》二十八宿《しゆく》の一周《いつしう》するを以て之《これ》を言ふと雖《いへど》も、然《しか》れども、月に大小《だいせう》の差《たがひ》有《あ》るときは、則《すなは》ち必《かなら》ずしも定論《ていろん》と為《せ》ざらん乎《か》。『無題詩』此の外《ほか》十三夜の詩[九]数首《すうしゆ》有り、然れども是《これ》其の尤《いう》[一〇]也。且《か》つ忠通《ただみち》が詩九十[一一]餘首《よしゆ》を載す。然《しか》れども之《これ》を載《の》せ、以て 本朝清節《ほんてうせいせつ》[一二]の題詠《だいえい》と為《な》す也。

夫《それ》忠通《ただみち》は[一三]摂家《せつけ》の正嫡《せいちやく》、官 相国《くわんしやうこく》[一四]と為《な》り、職摂関《しよくせつくわん》[一五]を兼《か》ぬ。所謂法性寺殿下《いはゆるほつしやうじてんが》[一六]是也《これなり》。人臣《じんしん》の貴《き》、此《これ》に過ぎたる無し。然《しか》れども、其の父忠実《ちちただざね》[一七]致仕《ちし》の後《のち》、老《お》いて猶存《なほぞん》ず。[一八]少子《せうし》頼長《よりなが》を愛《あい》し、忠通《ただみち》に代《か》へんと欲《ほつ》する者数《ものあまた》たび。忠通敦厚《とんこう》、不順《ふじゆん》の意《い》無し。然《しか》れども忠実《ただざね》[一九]厭忌《えんき》の私《し》、日《ひび》に隆《さか》んに、頼長[二〇]驕泰《けうたい》の勢《せい》、月《つき》に盛《さか》んなり。遂《つひ》に[二一]保元《ほうげん》の乱《らん》を招《まね》き、[二二]頼長禍《くわ》に罹《かか》りて、忠実亦将《またまさ》に遠流《をんる》の変《へん》有らんとす。忠通固請《かたくこ》うて免《まぬか》るることを得《え》たり。是《ここ》に於いて忠実感悟《ただざねかんご》、父子《ふし》為《た》ること初《はじ》めの如し。是《これ》に由《よ》つて之《これ》を観《み》れば、則ち其の人為《ひとた》る[二三]存順也《そんじゆんなり》。況《いはん》や文才《ぶんさい》有るを乎《や》。忠通 薨後《こうぜしのち》、摂家《せつけ》[二四]二流《にりう》と為《な》る、又分《わか》れて[二五]五家《ごけ》と為《な》る。朝廷陵夷《てうていりようい》[二六]、執柄勢分《しつぺいせいわか》る。天下《てんか》の権《けん》、武家《ぶけ》の手に入つて、[二七]文字《もじ》亦廃《はいす》矣、と。

月光の形容。○十三夜… 影は月かげ、月光。○独り… 前軒はここは庭に面した欄干、てすり。倚はよりかかる(無題詩「憑」)。清明は清らかで冷明な様(王沢不渇鈔「清明者明月事也」)。一 源経信(262の作者)の歌(金葉和歌集・秋)、和漢兼作集・秋下、その他、中右記(保安元年九月十三日)、徒然草の記事など。二 秋(三か月)のよい季節。三 菅原道真(172の作者)の詩に未見。菅家文草463の詩はそれに当るか。四 拾遺和歌集・秋の題詞「延喜十九年九月十三日御屏風に月乗りて翫二潺湲一」はその参考になる。五 九月。取るは選ぶ。六 周易(「小畜」上九、「帰妹」六五、「中孚」六四)。七 周易・謙。天の道はみちたものを欠いて、足らぬものを益す。八 徒然草の作者。引用はその第二三九段。婁宿(二十八宿の一。牡羊座の中の星)が清明であるために、この夜を賞すること。九 八首。一〇 最も優れた詩。一一 群書本は九十首。一二 清らかな月の佳節を題とした詩の第一級の意。一三 摂政・関白を出す家柄、藤原北家の流れ。一四 太政大臣、久安五年(一一四九)任命。一五 摂政・関白。一六 出家後、法性寺(左京区岡崎付近)に住んだためにいう。一七 知足院とも(一〇七八—一一六二)、摂関、太政大臣。一八 年少の子。頼長は292の作者、忠通の弟。一九 忠通を嫌う私情。二〇 おごりいばる。二一 →289

右作者《みぎさくしや》三十人、『無題詩集《むだいししふ》』[二八]に見えたり。此の集《しふ》未《いま》だ誰人《たれびと》の編《あ》む所《ところ》かを知らず。蓋《けだ》し其の編輯既《へんしふすで》に成《な》り、未だ其の名を題《だい》せず、且《か》つ撰者《せんじや》の名《な》を著《あら》はさず。故に姑《しばら》く『無題詩《むだいし》』を以て之《これ》を呼《よ》ぶ乎《か》。按《あん》ずるに、忠通《ただみち》、二《に》条帝《でう》応保《をうほう》[二九]二年に至《いた》つて致仕《ち》[三〇]《し》剃髪《ていはつ》。此の集《しふ》、法性寺《ほつしやうじ》[三一]入道《にふだう》殿下《てんが》と称《しよう》するときは、則ち其の撰《せん》応保の後《のち》に在《あ》らん。或いは其の忠通致仕《ちし》閑居《かんきよ》の時《とき》、左右《さいう》の者《もの》を使《し》て之《これ》を編輯《へんしふ》せしめ、二《に》[三二]歳《さい》を歴《へ》て忠通薨《ただみちこう》ず。故《ゆゑ》に未だ編《へん》を終《を》へずして輟《や》む乎《か》。其の書為《しよた》[三三]る、題《だい》の名《な》無く、巻《くわん》[三四]の数《かず》無し。則《すなは》ち今存《ぞん》ずる者《もの》は草稿流伝《さうかうるでん》の者乎《ものか》。後人叨《こうじんみだ》りに之《これ》に名《な》づくること能《あた》はず、唯《ただ》『無題詩《むだいし》』と称《しよう》する而已乎《のみか》。

林子《りんし》曰はく、本朝《ほんてう》の文字《もじ》[三五]風体《ふうてい》、時《とき》を逐《お》うて変替《へんたい》。『懐風《くわいふう》[三六]』は其古詩《それこし》[三七]に似《に》たる乎《か》。『凌雲《りよううん》[三八]』『経国《けいこく》[三九]』は唐詩《たうし》を学《まな》んで盛美也《せいびなり》。延喜《えんぎ》[四〇]・天暦《てんりやく》の際《さい》、格調整斉《かくてうせいせい》[四一]して律体備矣《りつたいそなはる》[四二]。『麗藻《れいさう》[四三]』自《よ》り以下意到《いいた》[四四]つて句《く》到らず、其既《それすで》に衰矣《おとろふ》。『無題詩』自《よ》り以後、官家文字《くわんかもじ》[四五]無し。吾之《われこれ》を見まく欲《ほつ》せず、と。

291 賀茂社《かものやしろ》を拝《はい》し百度《ひやくど》の参詣《さんけい》を企《くはだ》て懐《おもひ》を述《の》ぶ

菅《すが》原《はらの》孝《たか》標《すゑ》

上下往来《じやうげわうらい》百度の功《こう》　心《こころ》に誓《ちか》ひ歩《ほ》を引く鴨堤《あふてい》の中《なか》

注七。二二 保元元年矢に当って没す。二三 従順。二四 近衛家(忠通の子基実の流れ)と九条家(同じく子兼実の流れ)。二五 九条家から二条・一条家、近衛家から鷹司家合計五家に分れる。二六 衰微する。執柄は摂関家。二七 文学、ここは詩。二八 本朝無題詩。院政後期の総集、群書本七七二首、三十人。「無題」の意については林子評も一案。「句題」ならぬものを意味するとも(王沢不渇鈔・上)。二九 一一六二年。三〇 官職を辞して仏門に入る。三一 →注一六。三二 長寛二年(一一六四)没、六十八歳。三三 書物としての体裁。三四 現存本は十巻本と三巻本。三五 詩の姿、詩風。三六 懐風藻。→本書巻一。三七 近体詩以前の古代の詩(平仄や句数の制限のない詩)。三八 凌雲集。→巻二(67—90)。三九 経国集。→巻二(108—166)。四〇 →288注五・六。巻四の詩がほぼこれに当る。四一 声調が整う。四二 律詩の体裁。四三 本朝麗藻。→巻五(217—235)。四四 内容に表現がついてゆかない。四五 朝廷官人に詩が残らない。

291 賀茂神社に参拝し百度の参詣をもくろみ、なお自分の思いを述べて。底本「孝標」のみ、意により「菅原」を補。興久安(→292注一)。韻上平東韻。〇上下… 上は上賀茂神社(京都市北区)、下は下鴨神社(同左京区)。功は神の功徳を得ようとして。鴨堤は上下二社の往

苦行日積《くぎやうひびつ》む何《なん》の憶《おも》ふ攸《ところ》ぞ　素願偸《そぐわんひそ》かに祈《いの》る古《こ》栢《はく》の風《かぜ》

292　孝標《たかすゑ》が韻《ゐん》を和《わ》す　藤《ふぢ》原《はらの》頼《より》長《なが》

吾《われ》は南土《なんど》に如《ゆ》き汝《なんぢ》は岨《そ》に参《まゐ》る　素願共《そぐわんとも》に通《つう》ず神意《しんい》の中《なか》
鴨御祖神恵《かものみおやのかみめぐみ》を垂《た》るること速《すみ》やかなり　今冬定《こんとうさだ》めて聴《き》かん羽林《うりん》の風

林子曰はく、右二首《みぎにしゆ》、頼長《よりなが》が『久安日記《きうあんにつき》』[一]に見えたり。語俗《ごぞく》[二]俳《はい》なりと雖《いへど》も、姑《しばら》く載《の》せて、以て数《かず》に備《そな》ふる而已《のみ》。

頼長少時通憲《よりながわかきときみちのり》[三]を師《し》として学問《がくもん》す。穎悟《えいご》[四]人《ひと》を驚《おどろ》かす。既《すで》に長《ちやう》じて経史《けいし》[五]を博覧《はくらん》す。且《か》つ本朝《ほんてう》の公事《くじ》[六]に通《つう》ず。其の日記[七]三十余冊《よさつ》、今猶存焉《いまなをぞんず》。常《つね》に人に語《かた》つて曰はく、「詩歌《しいか》・管絃《くわんげん》・能書《のうしよ》[八]は国家《こくか》に於いて何《なん》の益《えき》か之《これ》有らん。朝家《てうか》[九]の輔佐《ほさ》為《た》る者《もの》は、唯倭漢《ただわかん》の事《こと》を博識《はくしき》するを以て要《えう》と為《す》べし」と。其の心《こころ》、忠通《ただみち》[一〇]諸藝《しよげい》有るを軽《けい》侮《ぶ》して、己《おの》が学《がく》を以て誇説《こせつ》し、嫡《ちやく》[一一]を奪《うば》ひ、摂関《せつくわん》為《た》らんと欲《ほつ》する而已《のみ》。既《すで》に左大《さだい》[一二]臣《じん》に任《にん》じ、内覧《ないらん》[一三]の宣旨《せんじ》を蒙《かうむ》る。其の権勢《けんせい》忠通と抗衡《かうかう》[一四]。孝標《たかすゑ》[一五]其の党《たう》也。今《いま》此の贈《ぞう》答《たふ》を見るに、彼《かれ》の素願神《そぐわんかみ》に託《たく》し、頼長《よりなが》を憑《たの》んで羽林《うりん》[一六]に昇《のぼ》らんと欲《ほつ》する也。頼長が素願抑何事《そもそもなにごと》ぞ哉《や》。唯《ただ》[一七]兄の職《しよく》に代《か》はらんと欲《ほつ》するに在《あ》る而已《のみ》。神に祈《いの》つて益《えき》無く、学《まな》んで却《かへ》つて姦《かん》[一八]を為《な》す。保元《ほうげん》[一九]の乱《らん》、天誅《てんちう》[二〇]を免《まぬか》れず。其の罪論《つみろん》ずるに及《およ》ば

来に通る鴨川の土手。○苦行…　「何攸ㇾ憶」は何を思ってかといえば。「攸」は「所」に同じ。素願は平生の願い。「祈」云々は常緑樹の柏(かしわ、ひのきの類)の古木を吹く風に祈る。次の詩292よりみて、頼長という古木を頼みにして祈る意であろう。

292　孝標の詩に唱和し同じ押韻で詩を作って。興久安。韻中・風、上平東韻。○吾は…　南土は京都の南方宇治をいうか(頼長は宇治左大臣)。岨はけわしい山。二社をさすか(孝標の受領に任命された上総・常陸とも)。素願→291。○鴨…　鴨御祖神は下鴨神社の祭神。ここは上賀茂神社別雷命を含むか。今冬は今年の冬(十一月・十二月)の司召の除目。羽林風は羽林(近衛府の唐名、近衛府の役人)に任用されるというしらせの風。一 台記の久安年間(一一四五―五〇)の部分。→注七。二 下品でおどけている。三 289の作者。四 才知が穂先のように鋭く賢い。五 経書・史書。六 朝廷の政務、儀式。クウジとも。七 台記現存本の完備したものは残らない。八 能筆。九 朝廷。一〇 290の作者。頼長の兄。一一 直系の地位。一二 久安五年(一一四九)。一三 朝廷の機密文書を帝より先に内見する役職、摂政関白に準じる。仁平元年(一一五一)任命。一四 お互いに張合う。一五 菅原孝標は道真五世の嫡孫。更科日記の作者はその娘。

ず、と。

本朝一人一首詩巻之六終

一六 →詩の結句。 一七 兄忠通。 一八 悪事。 一九 →289注七。 二〇 天罰。 →290注二三。

本朝一人一首詩《し》巻《くわん》之七

向《かう》陽《やう》林《りん》子《し》輯《しふ》

林子《りんし》曰《い》はく、[一]保元《ほうげん》・平治《へいぢ》自《よ》り以下、[二]王道陵夷《わうだうりようい》、文才人《ぶんさいひと》に乏《とぼ》し。[三]侍読《じどく》の職《しよく》、[四]博士《はかせ》の官《くわん》有りと雖《いへど》も、詩文編輯《しぶんへんしふ》無《な》きときは、則《すなは》ち何以《なにをもつ》てか之《これ》を[五]徴《しるし》とせん。偶《たまたま》[六]稗説《はいせつ》小冊《せうさつ》に見えたる者《もの》、往往《わうわう》に之《これ》を采拾《さいしふ》し、[七]聊《いささか》其数《そのかず》に備《そな》ふること左《さ》の如し、と。

293　禁庭勝遊《きんていしようしう》を催《もよほ》す　　高《たか》倉《くら》帝《てい》

禁庭月下《げつか》勝遊成《な》る　　管《くわん》有り絃《げん》有り頌声《しようせい》有り
宴席《えんせき》慭《なまじい》に延久《えんきう》の跡《あと》を追《お》ふ　　詞花猶昔《しくわなをむかし》の風情《ふぜい》に異《こと》なり

林子曰はく、此の御製《ぎよせい》、[一]橘季茂《たちばなのすゑしげ》が『著聞集《ちよもんじふ》』に見えたり。延久は、後三条帝《ごさんでうてい》の年号《ねんがう》也。按《あん》ずるに此の御製治承《ぢせう》[二]二年六月の事也。当時平清盛《たひらのきよもり》朝廷を蔑《ないがしろ》に

一 保元(元年)・平治(元年)の乱以後。 二 王者の行なうべき道が衰える。 三 天皇・皇太子に漢籍などを進講する職。 四 文章博士。 五 文才を知る目じるし。 六 取るにたらぬ話、説話・小説の類。 七 まずまず詩の数を揃える。

293 宮中清涼殿で詩会を催して。勝遊は高雅な遊宴。 興著聞・四。 闔成・声・情、下平庚韻。○禁庭…成は行なう。頌声は天子の徳を称讃する臣下の歌ごえ。○宴席… 慭は「慭」に同じ。心に望まないのに強いて。延久↓林子評。追は尋ね慕う。後句、今夜の美しい詩のあやはやはり延久の昔の宴の情趣とは違う。 一 正しくは橘成季。季茂(スエ モチとも)・季成とも(本朝書籍目録)。 二 一一七八年。 三 衣を垂れ手をこまぬいて何もしない意。本来は、天下太平

し、帝は唯垂拱《ただすいきよう》[三]する而已《のみ》。是《これ》に由《よ》つて之《これ》を考《かんが》ふるときは、則《すなは》ち帝の延久を慕《した》ふこと、豈唯詩会而已《あにただしくわいのみ》ならん哉《や》。蓋《けだ》し其延久帝《それえんきうてい》[四]の累世摂家《るいせいせつけ》の権《けん》を抑《おさ》へ、以て自《みづか》ら政《まつりごと》を聴《き》くことを慕《した》ふ乎《か》。余《よ》曾《かつ》て演史《えんし》[五]を見しときは、則ち高倉帝木偶人《たかくらていもくぐうじん》の如《ごと》し。此の詩を見て始《はじ》めて知《し》んぬ、帝 志《こころざし》有つて遂《と》ぐること能《あた》はざることを。聞《き》く、太政大臣藤師長《たいじやうだいじんとうのもろなが》[六]以下十《じふ》余輩《よはい》、此の御会《ぎよくわい》に列《れつ》すと。然《しか》れども季茂唯《すゑしげただ》其の名を記《しる》し、各《おのおの》 詩を載《の》せず。今《いま》之《これ》を考《かんが》ふべき無《な》し。衰世《すいせい》に在《あ》つて此の雅会《がくわい》有り、也一奇《またいつき》[七]、と。

294 水郷春望《すいがうのしゆんばう》　　藤《ふぢ》原《はらの》良《よし》経《つね》

土俗《どぞく》地《ち》低《ひく》し春草《しゆんさう》の底《そこ》　海仙楼《かいせんろう》遠し曙雲《しよううん》の間《あひだ》
沙村《さそん》遥《はる》かに属《ぞく》す煙霞《えんか》の境《さかひ》　水沢《すいたく》半《なか》ば呑《の》む花柳《くわりう》の山

林子曰はく、是《これ》土御《つちみ》門《かど》[一]帝元久年中《げんきうねんちゆう》の会《くわい》也。時《とき》に良経摂政為《よしつねせつしやうた》り。故に其の作《さく》、巻首《くわんしゆ》に在《あ》り。

良経倭歌《わか》を以《もつ》て其の名を著《あら》はすこと、世を挙《あ》げて之を知る。余《よ》曾《かつ》て定家《ていか》[二]の日記《につき》を見るに曰《い》はく、「良経、「殷《いん》[三]の高宗傅説《かうそうふえつ》を得《う》る頌《しよう》」幷《なら》びに「隠逸《いんいつ》[四]の賦《ふ》」を作る」と。又《また》『建仁《けんにん》[五]元年千五百番歌合《うたあはせ》』の時、良経判者《はんじや》の列《れつ》に在り、詩句《しく》を以

の意(尚書・畢命)。四 後三条帝が代々の摂政関白家の権力を抑え親政を進めたこと。五 歴史上の事件を語る講談・説話の類。六 著聞集に藤原師長以下十四名の名を挙げる。七 これまた珍重すべきことだ。

294 水辺の村里の春のながめ。〔典〕元久。以下十九首は白氏文集(文集・後集)の詩語(白詩語)を随処に用いるが、いちいち指摘しない。〔韻〕間・山、上平刪韻。〇土俗… 土俗は住む人。春草底は春草の繁る低地帯。海仙楼は蜃気楼(白詩2357「重題別東楼」)。〇沙村… 沙村は砂浜の村。但し江西省辺のそれを暗示するか。属は附属する。白詩語に多い。ここはもやのあたりに見渡される意。後句、水のある沢が春山を呑まんばかりに浸す。一 元久二年(一二〇五)六月十五日の詩歌合(後鳥羽院主催)。二 明月記・元久二年四月二十九日の条。三 中国古代の殷の高宗が夢の暗示によって傅(底本「傳」)説という名宰相を得た話(史記・殷本紀)。頌は人の功績などを称讃する文体の一種。但し明月記に「頌」の字はない。四「世を捨てる」という賦の作者は頭弁藤原長兼。五 一二〇一年。良経の加判は「夏歌三」と「秋歌一」の計百五十番。

て「夏歌《なつのうた》百五十首」を評《ひやう》す。是《ここ》に知《し》んぬ、実《まこと》に是忠通《これただみち》の孫《まご》なることを、と。

295 同　じ　く　　　藤《ふぢ》原《はらの》良《よし》輔《すけ》

渭北《ゐほく》の暁霞《げうか》雁陣《がんぢん》を消《け》し　江南《かうなん》の春柳《しゆんりう》漁郷《ぎよがう》を隔《へだ》つ
百花亭外胡天《ひやくくわていぐわいこてん》遠く　五鳳楼前伊水《ごほうろうぜんいすい》長し

林子曰はく、良輔《よしすけ》は、良経《よしつね》の弟也、と。

296 同　じ　く　　　藤《ふぢ》原《はらの》資《すけ》実《ざね》

海燕《かいえん》翅《つばさた》垂れて花嶼《くわしよ》遠し　潮雞声《てうけいこゑ》曙《あ》けて柳烟孤《りうえんこ》なり
潯陽《じんやう》の春色鑪《しゆんしよくろ》地《ち》に連《つら》なり　杭県《かうけん》の風光鏡湖《ふうくわうきやうこ》に属《ぞく》す

林子曰はく、資実《すけざね》は、[一]日野《ひの》実光《さねみつ》の曾孫《そうそん》也。彼《か》の家《いへ》、実光を称《しよう》して[二]大帥《たいそつ》と為《な》し、資実を称して後帥《こうそつ》と為す。実光は既《すで》に[三]『無題詩《むだいし》』に見ゆ、と。

295 →294。【興】→294。【韻】郷・長、下平陽韻。〇渭北…　中国の北と南の対比。渭北は、洛水と合して黄河に注ぐ渭水の北。長安に近く白居易の故郷の地。暁霞は明け方のもや(霞は朝やけとも)。雁陣は帰雁の列。後句、江南の春の柳は漁村を視界から遮る。江南は揚子江の南、蘇州・杭州を中心とする地。〇百花亭…　百花亭は揚子江を望む江州(九江)のあずまやの名(白詩0946・百花亭)。胡天は北方のえびすの国の空。五鳳楼は洛陽にある高楼の名(五鳳は五種類の鳳凰の意)。伊水は洛陽を流れる川の名(白詩2699・五鳳楼晩望「伊水黄金線一条」)。前句は「江」の南より北方の空への遠望、後句は北の洛陽附近の「河」の悠久性を描く。

296 →294。【興】→294。【韻】孤・湖、上平虞韻。〇海燕…　花嶼は花咲く島・洲。後句、潮の到来を告げる鶏の声に夜は明けて、もやのかかる柳一本。〇潯陽…　潯陽は江西省九江市附近。「琵琶行」など白詩に屢々みえる地。鑪地は潯陽の南方廬山の聳える名勝の地(香鑪峰はその北峰)。杭県は浙江省の一部。鏡湖は浙江省紹興県の南の湖、宋以後は田となる。属→294。鏡湖が風光を専用する意。一 藤原実光、266の作者。二 後帥に対する大帥という敬称。帥は太宰権帥。底本「師」に誤る。三 本朝無題詩に六首。→266。

297 同じく　　藤原《ふぢはらの》長兼《ながかね》

千程《せんてい》の春浪駅船《しゆんらうえきせん》の路《みち》　一穂《いつすい》の暮煙潮戸《ぼえんてうこ》の堤《つつみ》
遠雁霞《ゑんがんかすみ》に消《き》えて湖月上《こげつのぼ》り　驚鵜水《きやうていみづ》を拍《う》つて海雲低《かいうんひく》し

林子曰はく、長兼《ながかね》は、[一]内大臣高藤《ないだいじんたかふぢ》の後胤《こういん》、[二]葉室顕隆《はむろあきたか》の曾孫《そうそん》也。其の父長方《ながかた》、詩《し》を作ると雖《いへど》も、未《いま》だ名を著《あら》はさず。長兼に至つて、詩才資実《しさいすけざね》と並称《ならびしよう》せらる。[三]藤《とうの》教家《のりいへ》、曾《かつ》て資実・長兼が作る所の百聯《ひやくれん》を選《えら》び、[四]『両卿百番詩合《りやうきやうひやくばんしあはせ》』と号《がう》す。其の[五]破題《はだい》「春は四時《しいじ》の始《はじめ》を作《な》す」、資実一聯《いちれん》に曰はく、[六]「漢《かん》十二皇高祖《くわうかうそ》の徳《とく》、唐《たう》三百歳太宗《さいたいそう》の功《こう》」、長兼一聯に曰はく、[七]「黄軒《くわうけん》徳を著《あら》はす帝猷《ていいう》の祖《そ》、伯禹《はくう》功を立つ王者《わうじや》の先《せん》」、其の餘皆此《ほかみなこ》の類《たぐひ》也。此の詩合《しあはせ》、今の[八]考功郎中《かうこうらうちゆう》源《みなもとの》忠次之《ただつぐこれ》を蔵《をさ》む。余《よ》亦之《またこれ》を写《うつ》す、と。

298 同じく　　藤原《ふぢはらの》親経《ちかつね》

湖南湖北《こなんこほく》山千里《やませんり》　潮去《しほさ》り潮来《しほきた》り浪幾重《なみいくへ》
風は緑《みどり》なり杭州春岸《かうしうしゆんがん》の柳　煙《けむり》は青《あを》し呉郡暮江《ごぐんぼかう》の松

297 →294。興→294。韻堤・低、上平斉韻。〇千程… 千程は遠く続く意。程は数量を示す助字。駅船路は宿駅の船を乗りつぐ水路。一穂は一すじ。暮煙は夕暮れに立つもやの類。潮戸は潮の出入する口(白詩2665・和二春深二十首一「潮戸家」)。〇遠雁… 「消レ霞」、底本を改訓。「驚鵜拍レ水」は物音に驚いた鵜が水面をばたばたと打つ。一 藤原高藤(冬嗣の孫)。二 葉室家の祖。三 北家藤原良経の次男。四 資実長兼両卿百番詩合(群書本)。底本「両郷」に誤る。五 詩の最初の題。以下冒頭の各一聯が続く。六 前漢が十二代の帝が続いたのは高祖の徳により、唐が三百年(群書本「三百載」)続いたのは太宗の功績による。七 黄帝軒轅氏は徳を明らかに示したが、これは帝王の道の始祖(史記・五帝本紀)、夏王朝を開いた禹は功績を立てたが、これは王者のさきがけ(史記・夏本紀)。八 式部大輔の唐名。源(松平)忠次は寛永十九年(一六四二)ごろこの職にあった人(草薙本古事記奥書)、和漢に通じ後の姫路藩主(姫路侍従)。

298 →294。興→294。韻重・松、上平冬韻。〇湖南… 湖南・湖北を中国の省名に当てたか。〇風は… 風緑は柳を吹く風が緑色に見える。杭州春岸は杭州市(浙江省)西湖の春の岸。煙青は松にかかる夕べのもやが青く見える。呉郡は江蘇省の郡名。暮江は夕暮れの揚子江(長江)。

林子曰はく、親経《ちかつね》は、日野《ひの》の嫡流顕業《ちやくりうあきなり》[一]が孫《まご》也。良経《よしつね》[二]勅《ちよく》を奉《ほう》じ、親経を使《し》て『新《しん》[三]古今倭歌集《こきんわかしふ》』の序《じよ》を作らしむ。則《すなは》ち当時儒官《そのときじゆくわん》の上首為《じやうしゆた》ること知《し》んぬべし、と。

299 同 じ く　菅《すが》原《はらの》在《あり》高《たか》

沙村《さそん》の漁税霞色《ぎよぜいかしよく》を輸《ゆ》す　浪駅《らうえき》の棹歌《たうか》鳥声《てうせい》に和《わ》す
青草《せいさう》湖《みづうみ》遥《はる》かにして舟一雙《いつさう》　紅桃浦《かうたうら》遠《とほ》し路千程《みちせんてい》

林子曰はく、在高《ありたか》は、是綱《これつな》[一]の弟輔方《すけかた》の曾孫《そうそん》也、と。

300 同 じ く　藤《ふぢ》原《はらの》頼《より》範《のり》

雨に展《の》ぶる渚蒲裙帯《しよほくんたい》の葉　風に飜《ひるがへ》る河柳《かりう》麹塵《きくぢん》の波
煙村酒旆花《えんそんしゆはいはな》を穿《うが》つて見《み》ゆ　夜岸漁舟火《やがんぎよしうひ》を篝《かがり》にして過《す》ぐ

林子曰はく、頼範《よりのり》は、南家《なんけ》[一]実範《さねのり》の六代、永範《ながのり》の孫、と。

一 287の作者。二 294の作者。三 真名序は親経、仮名序は良経。

299 ↓294。興↓294。韻声・程、下平庚韻。○沙村… 沙村↓294。輸は漁業税の代りに朝やけ夕やけの色を収める(砂浜の村の霞の美しさをいう)。浪駅棹歌は波うち際の宿駅で歌う舟唄。○青草… 青草は青い春草。「湖」と結ばれて洞庭湖の南に連なる「青草湖」を踏まえる(白詩3148・浪淘沙詞六首の第三首「青草湖中万里程」)。一雙は二隻。紅桃浦は桃の花さく入り江。陶淵明「桃花源記」に基づく語。千程↓297。一 278の作者。

300 ↓294。興↓294。韻波・過、下平歌韻。○雨に… 前句、春雨に伸びてゆくなぎさの蒲(まが)の葉は宮女のつけるもすそ(下衣)の飾り帯のようだ(白詩2331・春題ニ湖上一「青羅裙帯展ニ新蒲一」)。「麹塵波」はこうじかびの色(淡黄色)の波のようだ(同1083・春江間歩贈ニ張山人一「春水麹塵波」)。○煙村… 前句、もやのかかる村の酒屋の旗は花の間から見える。「篝レ火」はかがり火をともす。一 祖は武智麻呂。実範は273、永範は433の作者。

301　同じく　　　藤《ふぢ》原《はらの》宗《むね》業《なり》

杭酒《かうしゆ》花を酌《く》む遊客《いうかく》の盞《さかづき》　湓魚税《ぼんぎよぜい》を輸《をさ》む釣郎《てうらう》の船

江心《かうしん》の暁浪《げうらう》清うして月を浮《う》かべ　湖上《こじやう》の春山《しゆんざん》青うして天《てん》に倚《よ》る

林子曰はく、宗業《むねなり》は、日野《ひの》の庶流《しよりう》宗光《むねみつ》の子《こ》也、と。

302　同じく　　　菅《すが》原《はらの》為《ため》長《なが》

潮来《しほきた》りて海樹《かいじゆ》齊《なづな》猶《なを》短《みじか》く　浪去《なみさ》つて汀松花《ていしようはな》留《とど》まらず

春径草《しゆんけいくさ》青し湖《みづうみ》の北岸《ほくがん》　暁江月《げうかうつき》白し郡《ぐん》の西楼《せいろう》

林子曰はく、為長《ためなが》は、是綱《これつな》の曾孫《そうそん》。家業《かげふ》を継《つ》ぎ、時《とき》の為《ため》に推《お》さ被《れ》、後世《こうせい》に至《いた》つて其の名を知らる。数朝《すうてう》に歴仕《れきし》し、国師《こくし》の号《がう》を蒙《かうむ》る。其の子孫《しそん》以《もつ》て美談《びだん》と為《す》、と。

301　↓294。[典]↓294。[韻]船・天、下平先韻。○杭酒…　旅人の酒杯に満ちる杭州(浙江省)の美酒、その中に花が散りかかる。漁夫の船が釣る湓江の魚を税として納める(白詩0508・首夏「湓魚賤如レ泥」)。湓江は潯陽より流れて揚子江に注ぐ。○江心…　江心はここは湓江の中心(同0603・琵琶行「唯見江心秋月白」)。「暁浪」は群書本「晩浪」。湖上は西湖のほとりか。一　267の作者。

302　↓294。[典]↓294。[韻]留・楼、下平尤韻。○潮…　海樹薺は海べの樹下のなずな、ここはその新芽。↓307。それが満ち潮に隠れる。汀松花は水ぎわの松の花。○春径…　郡西楼は郡役所(郡庁)の西方の高どの、ここは白詩の蘇州のそれを踏まえる(2469・城上夜宴「笙歌一曲郡西楼」)。一　278の作者。二　後鳥羽・土御門・順徳・後堀河・四条の各朝。三　大学頭の唐名。国子祭酒の別称。

303　同　じ　く　　藤原盛経《ふぢはらのもりつね》

極浦《きよくほ》風和《なご》やかにして遥《はる》かに岸を度《わた》る　廻塘《くわいたう》柳嫩《わか》うして僅《わづ》かに塵《ちり》を垂《た》る
霞光爛爛江村《かくわうらんらんかうそん》の夕《ゆふべ》　草色青青湖水《さうしよくせいせいこすい》の春

林子曰はく、盛経《もりつね》は、一親経《ちかつね》の弟也、と。

304　同　じ　く　　藤原宗行《ふぢはらのむねゆき》

松県花芳《しようけんはなかうば》しうして酒を輸《をさ》むる地《ち》　浮梁《ふりやう》風暖《あたた》かにして茶《ちや》を売る人
銭塘湖上暁霞《せんたうこじやうげうか》薄《うす》く　錦水橋辺宿草《きんすいけうへんしゆくさう》の春

林子曰はく、宗行《むねゆき》は、一葉室顕隆《はむろあきたか》の孫《まご》也。此の人《ひと》、二承久《せうきう》の役《えき》、事《こと》に坐《つみ》せられ、鎌《かま》倉《くら》に赴《おもむ》き、遠州菊河《ゑんしうきくかは》に到《いた》つて刑《けい》せらる。『三東鑑《あづまかがみ》』『四承久記《せうきうき》』に見えたり。或《ある》いは以《もつ》て五光親《みつちか》と為《す》るは誤矣《あやまりなり》、と。

303　→294。〔典〕→294。〔韻〕塵・春、上平真韻。〇極浦…　極浦は遠い入江(白詩1336・晩興「極浦収二残雨一」)。廻塘はぐるりとめぐる堤(同0612・叙レ徳書レ情四十韻…「廻塘排二玉棹一」)。嫩を群書本「嬾(ものうし)」に作る。垂塵は麹塵(→300)の糸を垂らす、柳が淡黄色の若芽の枝を垂らしている様(同0608・代書詩一百韻寄二微之一「柳宛二麹塵糸一」)。〇霞光…　霞光はここは夕焼けの光。爛爛は光り輝く様(同0152・牡丹芳「千片赤英霞爛爛」)。江村はかわぞいの村。一 298の作者。

304　→294。〔典〕→294。〔韻〕人・春、上平真韻。〇松県…　松県は江蘇省松江(呉淞江)流域をいうか。輸→301、酒を税として納める。浮梁は江西省景徳鎮、茶の産地(白詩0603・琵琶行「前年浮梁買レ茶去」)。〇銭塘…　銭塘湖は浙江省杭州の西湖の別名。暁霞→294。錦水橋は四川省成都附近を流れる錦江にかかる橋。ここは西湖の橋名か。宿草は一年を経た草。一 →297林子評。二 承久三年(一二二一)の戦役。菊川は静岡県小笠郡菊川町。太平記・二「俊基朝臣再関東下向事」。三 吾妻鏡・二十五(承久三年七月)。四 下巻。五 太平記の説。

305　→294。〔典〕→294。〔韻〕花・霞、下平麻韻。〇渭北…　青煙は青草を、白雲は花を見たてたもの。渭北→295。斜岸は斜傾した川岸(白詩1161・巴水「軟沙如二渭曲一、斜岸憶二天津一」)。〇竜文…　竜文は竜の模様を描いて曲

305　同じく　藤《ふぢ》原《はらの》成《しげ》信《のぶ》

渭《ゐ》北《ほく》煙《けむり》青《あを》し斜岸《しやがん》の草　湖《こ》東《とう》雲《くも》白《しろ》し遠山《ゑんざん》の花

竜文水浄《りようぶんみづきよ》うして遥《はる》かに漢《かん》に連《つら》なり　蜃気《しんき》楼《ろう》高うして半《なか》ば霞《かすみ》に入《い》る

林子曰はく、是亦顕隆《これまたあきたか》の後胤《こういん》、成頼《しげより》の子也、と。

306　同じく　藤《ふぢ》原《はらの》信《のぶ》定《さだ》

長河《ちやうか》月を浸《ひた》して烟波《えんぱ》遠く　孤島《ことう》花を帯《お》びて雲樹《うんじゆ》低《ひく》し

江岸晴沙《かうがんせいさ》青うして草と為《な》り　湖田《こでん》春水《しゆんすい》白うして畦《あぜ》無し

林子曰はく、信定《のぶさだ》は、藤隆家《とうのたかいへ》の七代、信隆《のぶたか》の子也、と。

307　同じく　藤《ふぢ》原《はらの》孝《たか》範《のり》

鱸舳《ろしう》雁《かり》帰つて波月《はげつ》白く　蘇州《そしう》柳《りう》暗《くら》うして水煙《すいえん》青し

江南《かうなん》春樹《しゆんじゆ》千茎《せんけい》の薺《せい》　湖上《こじやう》晩船《ばんせん》一葉《いちえふ》の萍《へい》

りつつ流れる水。漢は漢水(湖北省漢口を経て揚子江に注ぐ川)、ここは天漢(天)の意によるべきか。群書本「渓」に作る。蜃気楼は蜃(おおはまぐり)の吐き出す息によるという古代人の思考を示す語。霞は煙霞。一　葉室顕隆。→304林子評。

306　→294。興→294。韻低・畦、上平斉韻。○長河…　長河は長い黄河、ここは長く続く川。「浸レ月」は月光を川に映す(白詩0603・琵琶行「別時茫茫江浸レ月」)。烟波はもやのたちこめた波の面。「帯レ花」はおびのように花を咲かせて。雲樹は雲のかかる樹木。○江岸…　晴沙は晴れた日のかわいた砂地(同1083・春江間歩贈二張山人一「晴沙金屑色」)。「為レ草」は草地になる。一　北家藤原隆家、221の作者。

307　→294。興→294。韻青・萍、下平青韻。○鱸舳…　鱸舳は香鱸峰。白居易の逗留した住居に聳える江西省廬山の最高峰。波月は波に映る月(白詩3219・南塘暝興「波月動連レ珠」)。後句、蘇州(浙江省)の役人となった白居易の詩に「蘇州柳」(2464)がある。水煙は水の上にたつもや、白詩語。○江南…　江南→295。千茎薺はあまたの茎をもつなずな、その白く点在する様を樹木の新芽にたとえたもの。→302。一葉萍はひとはの浮き草、夕べの船をたとえたもの(1104・江州赴二忠州一…五十韻「孤舟萍一葉、霜鬢雪千茎」)。

林子曰はく、孝範は、実範《さねのり》[一]の玄孫《げんそん》、永範《ながのり》の子。『蒙求倭歌《もうぎうわか》』[二]の跋《ばつ》を作り、詩を其の後に題《だい》す、と。

308 同　じ　く　　　　　　　　藤《ふぢ》原《はらの》家《いへ》宣《のぶ》

春山斜《しゆんざんなな》めに繞《めぐ》る湖《こ》三面《さんめん》　夜《や》泊《はくま》先づ聞く潮一声《てういつせい》
岸勢半《がんせいなか》ば添《そ》ふ堤柳《ていりう》の力《ちから》　郡図《ぐんと》初《はじ》めて記《しる》す海花《かいくわ》の名《な》

林子曰はく、家宣《いへのぶ》は、資実《すけざね》[一]の長子《ちやうし》也、と。

309 同　じ　く　　　　　　　　藤《ふぢ》原《はらの》行《ゆき》長《なが》

海隅泊《かいぐうとまり》を求《もと》めて雲跡無《あとな》し　湖上船《こじやうふね》を停《とど》めて月隣《となり》を作《な》す
楊柳一村江県緑《やうりういつそんかうけんみどり》なり　烟霞《えんか》万里《ばんり》水郷《すいがう》の春

林子曰はく、行長《ゆきなが》は、宗行《むねゆき》[一]の兄也、と。

一 南家藤原実範、273の作者。永範は433の作者。二 朝議大夫源光行の著。光行は孝範の弟子(「城門郎者(光行)多年之弟子也…」)。詩は「百詠蒙求新楽府…」以下の七言二句(翰林老主孝範)。題はしるす。

308 →294。興→294。韻声・名、下平庚韻。○春山… 前句、傾斜した春の山が湖の三方をとりまく。夜泊はよる碇泊する(白詩3148・浪淘沙詞六首「愁見㆓灘頭夜泊処㆒」)。潮一声は潮の押しよせる音のひとひびき。○岸勢… 前句、湖岸の地勢の美しさには半ば堤の柳が効果を添えている。郡図は郡の地図、郡県図志の如きもの。海花は未詳。海辺の柳の花とも、海波の美しさを花にたとえたとも、海産物の一種とも。一 296の作者。

309 →294。興→294。韻隣・春、上平真韻。○海隅… 海隅は海の入り込んだ処。「雲無㆑跡」は夕べの空に雲もなく晴れた様。「月作㆑隣」は月が甚だ近くに照る。○楊柳… 「楊柳一村」はやなぎが村中を覆う。江県は川ぞいの県、江南地方の県を頭に描く。水郷→294。一 304の作者。

310 →294。興→294。韻塵・辰、上平真韻。○長堤… 草縷は糸すじの如き若草(白詩2875・天津橋「柳糸嫋嫋風繰出、草縷茸茸雨剪斉」)。

310　同じく　藤原宗親《ふぢはらのむねちか》

長堤草縷《ちやうていさうる》単毯《たんたん》を展《の》ぶ　斜岸柳糸《しやがんりうし》麴塵《きくぢん》宛《わが》ぬ
渡口《とこう》舟を呼《よ》ぶ霞隔《かすみへだ》つる夕《ゆふべ》　潭心字《たんしんもじ》を成《な》す雁帰《かりかへ》る辰《とき》

林子曰はく、宗親《むねちか》は、[一]親経《ちかつね》の子、と。

311　同じく　作者の名を闕《か》く

風頭《ふうとう》松動《うご》いて客帆《かくはん》遠く　雲外雁《うんぐわいかり》帰つて孤嶋《こたう》賒《はる》かなり
江県《かうけん》月清《きよ》うして天又《てんまた》水　湖山《こざん》春深うして浪《なみ》と花と

312　同じく　作者の名を闕く

海岸《かいがん》の孤松雲外《こしようんぐわい》に見へ　江村《かうそん》の遠柳《ゑんりう》雨初《はじ》めて新《あらた》なり
意何《こころいづ》れの処《ところ》に留《とど》めむ放遊《はういう》の客《かく》　楽《たのしび》其《そ》の中に在《あ》り漁釣《ぎよてう》の人

右十九首、[一]『元久詩歌合《げんきうしいかあはせ》』也。其の中二首、[二]家本《いへのほん》、作者の名無し。姑《しばら》く闕《か》く焉。

「展二単毯一」は一枚の毛で織った敷物をひろげる。斜岸→305。「宛二麴塵一」の「宛」を底本「(あた)カ」(?)と訓む。これによれば柳の糸は淡黄色のこうじに似る意(→303)。ここは対句のため「宛」は動詞で(同0608「柳宛二麴塵糸一」)、「婉」に同じ。ワガヌと訓んで置く。柳の糸が淡黄色の糸をたわめる如く風にゆれる意(宛を「婉」とみなせば柳が若くしなやかな様)。〇渡口… 渡口は渡し場。後句、帰ってゆく雁が文字を画いたように列をなしつつ淵のまん中を飛び渡る。一 298の作者。

311 →294。典→294。韻賒・花、下平麻韻。〇風頭… 風頭は風の吹きつける先、風前。客帆は旅路の船。雲外は雲のかなた。〇江県… 江県→309。天又水は天にも水の上にも月影は清らか。湖山は湖畔の山。結句第四字欠、元久詩歌合により「深」を補う。原文「浪将レ花」の「将」は「与」に同じ。波も花も共に春の深さを示す対象物。

312 →294。典→294。韻新・人、上平真韻。〇海岸… 雲外→311。江村→303。「雨初新」は柳の芽にいま雨がぬれて新鮮である。〇意留…「放遊客」は気ままに遊ぶ旅人よ、の意。後句は前句の答えの部分。論語・述而篇を踏まえる。「漁釣人」の語は中唐張志和の「漁歌子」に登場する漁翁を思わせる。一 →294注一。
二 林家所蔵本。

別本《べつぽん》を以《もつ》て之《これ》を補《おぎな》ふべし。若《も》し其の諸本此《しよほんか》くの如《ごと》きときは、則《すなは》ち或《ある》いは其後《それご》鳥羽上皇及《とばじやうくわうおよ》び東宮《とうぐう》順徳院《じゆんとくゐん》之《これ》を作つて、其の名を顕《あら》はさざる乎《か》。当今《たうぎん》土御門《つちみかど》御製《ぎよせい》、倭歌《わか》の中《なか》に在《あ》り。凡《およ》そ詩歌合は、詩を作る者二《ものに》聯《れん》を作り、歌《うた》を作る者二首を作り、[三]之《これ》を合《あ》はす。是例也《これれいなり》。又《また》詩一聯、歌一首、相対《あひたい》する者《もの》を相撲《すまふ》[四]立詩歌合《だてのしいかあはせ》と曰《い》ふ。

又按《あん》ずるに、此の会《くわい》の作者良経公及《さくしやよしつねこうおよ》[五]び良輔《よしすけ》は、忠通《ただみち》の孫《まご》也。日野儒流《ひのじゆりう》六人、南家《なんけ》二人《ふたり》、菅氏《かんし》二人、共《とも》に是《これ》『無題詩《むだいし》』作者の子孫《しそん》也。顕隆《あきたか》の流《りう》四人、其の中に在り。則《すなは》ち彼亦藤氏《かれまたとうし》儒家《じゆか》の一流乎《いちりうか》。信定独《のぶさだひと》り隆家《たかいへ》の流為《りうた》り。則《すなは》ち『麗《れい》[六]藻《さう》』自《よ》り出づる者《もの》也。就《つ》いて想《おも》ふに、[七]江家《がうけ》幷《なら》びに式家《しきけ》此の会《くわい》に列《れつ》せず。則《すなは》ち彼《か》の二流既《にりうすで》に衰微《すいび》し、家業《かげふ》を継《つ》ぐこと能《あた》はざる乎《か》、と。

313　春《しゆん》　景《けい》　　藤《ふぢ》　原《はらの》　定《てい》　家《か》

芳節愛来《はうせつこのみきた》りて帝畿《ていき》を望《のぞ》む　花に先《さき》んじて照耀《せうえう》するは是春衣《これしゆんい》
渓嵐浪《けいらんなみ》を吹《ふ》いて冬氷尽《とうひようつ》き　山気《さんき》霞《かすみ》を帯《お》びて暁月微《げうげつかす》かなり
宿雪猶封《しゆくせつなをふう》じて松葉重《しようえふおも》く　早梅纔《さうばいわづ》かに綻《ほころ》びて鳥声稀《てうせいまれ》なり
閑眠徒《かんみんいたづ》らに南簷日《なんえんひ》を負《を》ふ　賓雁今従《ひんがんいまよ》り北に飛ばんと欲《ほつ》す

三 詩一聯と歌一首ごとに勝敗を決める。四 長承二年(一一三三)十一月十八日相撲立詩歌合。占手(うらて)・掖(わき)・最手(ほて)など相撲をまねた形を採るために相撲立という。五 →294・295林子評。以下前述の詩群参照。六 本朝麗藻。七 大江家と藤原式家(不比等の子宇合を祖とする)。

313 春の景色。圏定家・拾遺愚草員外所収「韻字四季歌」。「春」の部に収めるが、詩題無し。圏畿・衣・微・稀・飛、上平微韻。○芳節… 芳節は香ぐわしい季節、春。愛来の「来」は継続を示す助字。帝畿は天子のいます畿内。○渓嵐… 渓嵐は谷間の山の気、ここは谷を吹く風。霞→295。○宿雪… 宿雪は去年の残る雪。纔は少量の意のほかにやっとの意をも含む。○閑眠… 「南簷」云々は、南側のひさし(のき)の辺で日ざ林子曰はく、定家《ていか》、倭歌《わか》を以《もつ》て古《こ》今《こん》に鳴《な》る。世《よ》を挙《あ》げて知る所《ところ》なり。此の詩、[一]建保《けんぽう》五年に作る所《ところ》也。凡《およ》そ四《し》聯《れん》二十首、分《わか》ちて四時《しいじ》の景《けい》を賦《ふ》す。各《おのおの》五首、共《とも》に倭歌《わか》四首を以《もつ》て四聯に対《たい》す。今其《いまそ》の[二]圧巻《あつくわん》一首之《これ》を載《の》す。其の餘《ほか》、[三]類《るい》して之を知るべし。此の外《ほか》、或《ある》いは絶句《ぜつく》、或いは一聯、往往《わうわう》に『[四]明月記《めいげつき》』の中に見えたり。

其の世系《せいけい》、道長公《みちながこう》の六男大納《だいな》言長家《ごんながいへ》自《よ》り出づ。基俊《もととし》と[五]同祖《どうそ》にして異宗《いそう》、[六]俊成《しゆんぜい》を以《もつ》て父と為《し》、為家《ためいへ》を以て子と為《す》。世《よ》、倭歌《わか》者流《しやりう》の[七]宗《そう》と為《す》。[八]惺窩滕歛夫《せいくわとうれんぷ》は、定家の末葉《まつえふ》也、と。

314　山中花夕《さんちゆうのくわせき》　　藤《ふぢ》原《はらの》範《のり》時《とき》

好鳥《かうてう》林《はやし》深《ふか》く雪を凌《しの》いで宿《しゆく》す　帰《き》樵《せう》路《みち》滑《なめ》らかに春《はる》を負《お》うて行く
桃渓《たうけい》浪《なみ》洗《あら》ふ斜陽《しややう》の影《かげ》　[一]梅嶺《ばいれい》風《かぜ》芳《かんば》し夜《よる》ならんと欲《す》る声《こゑ》

林子曰はく、範時《のりとき》は、南家《なんけ》季綱《すゑつな》が玄孫《げんそん》。[二]建保《けんぽう》元年二月、禁裏《きんり》此の会《くわい》を催《もよほ》す。範時が詩《し》巻頭《くわんとう》に在《あ》り、と。

しを背にうける。賓雁は毎年北方からやって来る来客の秋雁、来雁。北飛は春になって北方へ帰る意。一 承久二年(一二二〇)の作。建保五年(一二一七)の内裏詩合の韻字を使用したもの。二 巻中の最も優れた作。三 類推する。四 定家の日記。自筆本現存。五 道長の子孫ではあるが、途中で家系が分れたこと。基俊は288の作者。六 藤原俊成、御子左家の祖。七 宗家。八 藤原惺窩(元和五年没)、あざなは歛夫。「滕」は「藤」(藤原)の音通、近世の人名に「藤」を「滕」と書いた例は少なくない。

314　山の中の花の夕べ。【興】建保元年(一二一三)二月二十六日行なわれた「内裏詩歌合」(建保詩歌合)。当日の題「山中花夕」「野外秋望」。本書は前者の中九首を採録。【韻】行・声、下平庚韻。○好鳥…　好鳥は美しい鳥、よい声でなく鳥。帰樵は家に帰るきこり。路滑は雪道のすべりやすい意。「負ㇾ春行」は、春の雰囲気を背に負って帰りゆく。但し「負」を「春(の夕べ)にそむいて」の意とも。○桃渓…　桃渓(桃の花の咲く谷)は陶淵明「桃花源記」を連想させる語。前句、谷川の波に夕日の映る景。声は風の音。一 藤原南家(→300林子評)、季綱は274の作者。二 このとき範時は右中弁。

315 同《おな》じく　　平《たひらの》経《つね》高《たか》

煙霞《えんか》林《はやし》遠《とほ》うして暮雲《ぼうん》掛《か》かり　桃李《たうり》蹊《こみち》深《ふか》うして春日《しゆんじつ》垂《た》る
松柏《しようはく》嵐《あらし》曛《く》れて青うして寂寞《せきばく》　峰巒《ほうらん》花《はな》満《み》ちて白うして参差《しんし》

林子曰はく、桓武帝《くわんむてい》の子葛原親王《みこかどはらのしんわう》に二子有り。曰《い》はく高見《たかみ》、曰はく高棟《たかむね》。高見は早世《さうせい》す。[一]高棟、高見の子高望《たかもち》と共《とも》に平姓《へいせい》を賜《たま》ふ。高望の後《のち》、武臣《ぶしん》と為《な》る。所謂《いはゆる》清盛《きよもり》及《およ》び北条時政《ほうでうときまさ》并《なら》びに[二]坂東八平氏《ばんどうはちへいし》、皆《みな》其《そ》の後胤《こういん》也《なり》。[三]高棟の子惟範《これのり》、朝《てう》に仕《つか》へ、官黄門《くわんくわうもん》に至る。宇多《うだ》の朝《てう》、[四]「残菊《ざんぎく》を翫《もてあそ》ぶ詩」既《すで》に収《しう》載焉《さいす》。[五]又時平《またときひら》の水石亭《すいせきてい》の会《くわい》に列《れつ》して詩を作る。其の子孫《しそん》世《よよ》朝廷《てうてい》に仕ふ。名家《めいか》の列《れつ》為《た》りと雖《いへど》も、文才《ぶんさい》有る者稀矣《ものまれなり》。惟範六世の孫[六]式部大輔《しきぶのたいふ》定親《さだちか》、後朱雀帝《ごしゆしやくてい》の侍読《じどく》為《た》り。大江匡房之《おほえのまさふさこれ》を師《し》とす。[七]『続文粋《ぞくぶんすい》』、定親が文《ぶん》を載《の》す。然《しか》れども未《いま》だ其の詩を見ず。且《か》つ[八]『麗藻《れいさう》』『無題詩《むだいし》』に平氏《へいし》の作者《さくしや》無し。定親《さだちか》が伯父《はくふ》を行義《ゆきよし》と曰ふ。是経高《これつねたか》八世の祖《そ》也。惟範《これのり》が後《のち》、始めて平氏の詩を見る。其の[九]平五月《さつき》・[一〇]平有相《ありすけら》等が若《ごと》きは、桓武《くわんむ》平氏に非《あら》ず、と。

315 ↓314。典↓314。韻垂・差、上平支韻。〇煙霞…　煙霞はもやの類。「掛」は和習的な語。詩には「帯」「覆」などを用いる。桃李蹊は桃やすももの花咲く小みち。「垂」も和習的。〇松柏…　松柏は松や柏、常緑の樹として詩によく出現。嵐曛は山の気が暮れかかる。峰巒は峰々、山々。参差は不揃いで差がある、入りまじる。一 高棟は主語。二 千葉・上総・三浦・土肥・秩父・大庭・梶原・長尾の関東八平氏。三 179の作者。黄門は中納言の唐名。四 ↓179。五 ↓203林子評。六 式部省の次官。侍読は天子や皇太子に講義をする役、侍講。七 本朝続文粋・十「七言、重陽陪₂昭陽舎₁、同₃時菊似₂嘉賓₁応令詩…右少弁正五位下兼行(東宮)学士平朝臣定親」。八 本朝麗藻、本朝無題詩。九 101の作者。平□五月、平氏ではない。一〇 197の作者。

316 同じく　　　　　　　藤《ふぢ》原《はらの》範《のり》朝《とも》

艶《えん》を攀《よ》ぢて共帰《ともにかへ》る樵客《せうかく》の路《みち》　粧《しやう》に耽《ふけ》つて宿《やど》を欲《ほつ》す隠倫《いんりん》の家

暗風《あんぷう》嶺《みね》を払《はら》つて春露《しゆんろお》零ち　斜日《しやじつ》林に映《えい》じて晩霞《ばんか》に混《こん》ず

林子曰はく、範朝《のりとも》は、[一]南家《なんけ》季綱《すゑつな》六代の孫也。

曾《かつ》て聞く、[二]惺窩《せいくわわ》我が[三]先考《せんかう》に謂《い》つて曰はく、「世《よ》に伝《つた》ふ、範《はん》を以《もつ》て[四]諱《いみな》と為《す》る者《もの》、始《はじ》めて[五]『資治通鑑《しちつがん》』を読《よ》むと。[六]定《さだ》めて知る、是南家《これなんけ》の儒《じゆ》なることを。然《しか》れども、未《いま》だ誰某《すいぼう》といふことを詳《つまび》らかにせず」と。先考[七]『無題詩《むだいし》』を見《み》、始めて疑《うたが》ふ、[八]「実範為《さねのりた》るべし」と。既《すで》にして、「未《いま》だ然《しか》らじ」と謂《い》ふ。今《いま》、[九]『著聞集《ちよもんじふ》』を按《あん》ずるに曰はく、「[一〇]仁平年中《にんへいねんちゆう》、宋国《そうこく》の[一一]商客劉氏《しやうかくりうし》、[一二]『東坡図帖《とうばづてふ》』を齎《もたら》し、来《きた》つて[一三]藤頼長《とうのよりなが》公《こう》に献《けん》ず」と。然《しか》るときは、則《すなは》ち『通鑑《つがん》』の伝来《でんらい》、亦《また》其の先後《せんご》に在《あ》るべき乎《か》。元久《げんきう》・建保両度《けんぽうりやうど》の詩歌合《しいかあはせ》、[一四]南家《なんけ》の四範《しはん》其の席《せき》に列《れつ》す。実範《さねのり》が[一五]遺羸猶未《ゐえいなをいま》だ破《やぶ》れず。是《これ》に由《よ》つて之《これ》を推《お》すときは、則ち『通鑑《つがん》』を読む者此等《ものこれら》の輩《やから》に在らん乎《か》。一事《いちじ》の證《しよう》すべき無《な》し。且《か》つ詩話《しわ》に非《あら》ず。然《しか》れども、先考《せんかう》の談《だん》ずる所、今猶《なを》耳に在《あ》り。故に今《いま》「範《はん》」の字《じ》に就《つ》いて、追憶《ついおく》の餘《あまり》、此《こ》に載《の》せて以て子孫《しそん》に示《しめ》す、と。

316 [典]↓314。[韻]家・霞、下平麻韻。○艶を…　前句、奥山に花を尋ねた人々が夕暮に帰る情景。「攀レ艶」は美しい花を手折る。「攀」を底本「挙」に作る。樵客は木こり。「耽レ粧」はよそおい(化粧)を楽しむ、ここは花を身に飾ることか。隠倫は隠者。○暗風…　暗風はくらがりを吹く風。「混ニ晩霞ニ」は、夕やけの中にとけこむ。一 274の作者。南家は藤原南家。二 藤原惺窩。↓313林子評。三 亡父林羅山。四 生前の実名。五 宋の司馬光撰の編年体史書。六 必然を意味する助字。七 本朝無題詩。八 273の作者。九 古今著聞集・四・文学。一〇 近衛天皇代の年号(一一五一—五四)。一一 貿易商劉文冲。一二 「東坡先生(蘇軾)指掌図」二帖。宋司馬光撰「切韻指掌図」の如き書か。一三 宇治左府藤原頼長。292の作者。一四 藤原頼範・孝範(元久詩歌合)、範時・範朝(建保詩歌合)。一五 残り(余慶、余福など)は損なわれていない。底本「遺羸」。

317　同じく　　源《みなもとの》通《みち》方《かた》

霞中《かちゆう》雪を問《と》うて松戸《しようこ》を訪《と》ふ　塵外《ちんぐわい》山を愛《あい》して石稜《せきりよう》に坐《ざ》す
渓竹《けいちく》の夕鷃《せきあう》霧に蔵《かく》れて宿《しゆく》し　嶺林《れいりん》の春月《しゆんげつ》花に出《い》でて昇《のぼ》る

林子曰はく、通方《みちかた》は、一具平《ともひら》が七世《しちせい》の孫《まご》、所謂村上源氏久我《いはゆるむらかみげんじくが》の庶流《しよりう》也、と。

318　同じく　　藤《ふぢ》原《はらの》教《のり》実《ざね》

唯春山《ただしゆんざん》に逗《とど》まつて宿《やど》を卜《ぼく》す応《べ》し　縦《たと》ひ西日《せいじつ》に覃《およ》ぶとも何之《いづくにゆ》かんと欲《ほつ》す
樵夫《せうふ》歌《うた》つて返《かへ》る残花《ざんくわ》の夕《ゆふべ》　巫女夢芳《ふぢよゆめかんば》し行雨《かうう》の時《とき》

林子曰はく、教実《のりざね》は、一良経公《よしつねこう》の孫、道家公《みちいへ》の長子《ちやうし》也。所謂九条一流《いはゆるくでういちりう》の祖《そ》也。然《しか》るに二補任《ぶにん》・系譜《けいふ》を以て之を考《かんが》ふるときは、則《すなは》ち建保元年《けんぽうぐわんねん》教実僅《わづ》かに四五歳《しごさい》、未《いま》だ詩を作るべからず。其の筆写《ひつしや》の謬決矣《びうけつせり》。教実《のりざね》の叔父教家詩歌《しゆくふのりいへしいか》の才《さい》有り。故に、三「実《じつ》」の字《じ》「家《か》」の字為《た》ることを疑《うたが》ふ。則ち教家此の時既《すで》に四二位中将《にゐのちゆうじやう》為《た》り。而《しか》も五詩歌合《しいかあはせ》に左近将監《さこんのしやうげん》教実と曰《い》ふときは、則ち相合《あひあ》はず。未《いま》だ何《いづ》れの人を誤《あや》まることを知《し》らず、と。

317　↓314。興↓314。韻稜・昇、下平蒸韻。○霞中…　霞は春霞。「問ㇾ雪」云々は、雪のなかを尋ね松のさしかかる隠者の家を訪れる。塵外は俗世間の外。後句の主語は隠者。○渓竹…　渓竹は谷間の竹藪。後句、「花夕」の光景。一 村上帝の子具平親王、218の作者。

318　↓314。興↓314。韻之・時、上平支韻。○唯…　トはうらなって定める。西日は夕刻。○樵夫…　残花は衰えて咲き残る花。後句、この夕べ「わたしは朝には朝雲となり、暮には降る雨となる」と楚王に語った巫山の神女の甘い夢を見る、の意（文選・宋玉・高唐賦）。一 九条良経、294の作者。二 補任は公卿補任、系譜は系図の類か。三「教実」は「教家」の誤かと思う。四 建保元年（一二一三）従二位左（右）中将中宮権大夫（公卿補任）。五 内裏詩歌合（建保元年詩歌合）に「左近将監藤原教実」とみえる。

319 同　じ　く　　　藤《ふぢ》原《はらの》兼《かね》隆《たか》

藍渓《らんけい》霞《かすみ》暖《あたた》かにして鶯声《あうせい》出《い》づ　松洞《しようとう》日《ひ》曛《く》れて鶴睡《かくすい》閑《しづ》かなり
月と相期《あひき》して緑水《りよくすい》を占《し》む　花の為《ため》に一夜《いちや》春山《しゆんざん》に宿《しゆく》す

林子曰はく、兼隆《かねたか》は、良門《よしかど》の後胤《こういん》、光隆《みつたか》が子《と》、家隆《いへたか》が兄《あに》也、と。

320 同　じ　く　　　藤《ふぢ》原《はらの》知《とも》長《なが》

雪は飛ぶ樵客《せうかく》漸《やうやく》帰《かへ》る地《ち》　月伴《つきはともな》ふ隠淪《いんりん》独《ひとり》往《ゆ》く春
雲洞中《くもとうちゆう》に宿《しゆく》して艶《えん》を隔《へだ》つと雖《いへど》も　風渓《かぜけい》北《ほく》に来《きた》りて僅《わづ》かに匂《にほひ》を伝《つた》ふ

林子曰はく、知長《ともなが》は、高藤《たかふぢ》十代の孫、定長《さだなが》の子也、と。

321 同　じ　く　　　藤《ふぢ》原《はらの》家《いへ》満《みつ》

蘿《ら》月《げつ》東に昇《のぼ》る群樹《ぐんじゆ》の杪《すゑ》　松嵐《しようらん》北に送る一渓《いつけい》の花
春は望《のぞ》む錦繍谷間《きんしうこくかん》の露　夕《ゆふべ》は拝《はい》す蓬莱洞裏《ほうらいとうり》の霞

319 ↓314。[典]↓314。[韻]閑・山、上平刪韻。○藍渓…　藍渓は中国の川の名(福建省その他)、ここは青い谷間。霞はここはもやの類。松洞は松林の中のほら穴。群書本詩歌合の校異「澗」(谷川)も一案。鶴睡は鶴のねむり。晩唐頃の詩に例をみる。○月と…　前句、夕べの月と自分たちと約束したかのように緑の谷の水を占領する、作者が場所を占めた水辺に月が浮かぶ情景。一藤原(北家)冬嗣の子。家隆は新古今集撰者の一人。

320 ↓314。[典]↓314。[韻]春・匂、上平真韻。○雪は…　樵客↓316。後句、春の夕べ隠者と共に月も空をゆく。○雲…　「雲」は底本「雪」。宿はとどまる、籠る。「隔レ艶」は美しい花と隔てている。後句、南の風が北の谷間に吹いて来て花の香をかすかに伝える。一藤原冬嗣の孫(良門の子)。

321 ↓314。[典]↓314。[韻]花・霞、下平麻韻。○蘿月…　蘿月はつたかずらにかかって見える月。杪はこずえ。後句、松を吹く山の風に乗って一つの谷間の花が北に吹き送られる。○春は…　錦繍谷は江西省にある谷の名、ここは綾錦の美しい花が咲く谷間。蓬莱洞は東海の仙人の住むという蓬莱山の洞穴。ここはそのような山の洞。霞は夕焼けのもや。

林子曰はく、家満《いへみつ》は、[一]資実《すけざね》の子、家宣《いへのぶ》の弟也。「満」[二]本《もと》「光」に作る。今《いま》[三]前《さきの》大君《おほきみ》の御諱《おんいみな》を避《さ》けて、改《あらた》めて「満」の字と為《す》。「[四]光《くわう》」「満《まん》」倭訓《わくん》相通《あひかよ》ふは、是《これ》[五]流例《りうれい》也。[六]聊《いささか》[七]史遷《しせん》「[八]啓《けい》」を改めて「開《かい》」と為《す》る、「徹《てつ》」を改めて「通《つう》」と為《な》し、[九]孟堅《まうけん》「[一〇]荀《じゆん》」を改めて「孫《そん》」と為《す》る、「荘《さう》」を改めて「厳《げん》」と為《す》るの例《れい》に倣《なら》ふ、と。

322 同じく　　平《たひらの》棟《むね》基《もと》

雨来柳色《うらいりうしよく》裛《ゆ》れて露《つゆ》を含《ふく》む　霞底桃顔《かていたうがん》酔《ゑ》ひて春に和《わ》す
客路《かくろ》薫《かをり》を送る明月《めいげつ》の影《かげ》　樵衣《せうい》惟《これ》馥《かを》れ暖風《だんぷう》の辰《とき》

林子曰はく、棟基《むねもと》は、[一]行義《ゆきよし》八代の孫、棟範《むねのり》が子《こ》、[二]経高《つねたか》と従兄弟《じゆうけいてい》為《た》り、と。

右《みぎ》九首、『建保詩歌合《けんぽうしいかあはせ》』の作者也《なり》。此の外《ほか》、[三]為長《ためなが》・頼範《よりのり》・資実《すけざね》・家宣《いへのぶ》亦《また》此の席《せき》に列《れつ》す。然《しか》れども、[四]元久《げんきう》の会《くわい》に見へたるを以《もつ》て、故《ゆゑ》に之《これ》を略《りやく》す。

林子曰はく、元久・建保の際《さい》、後鳥羽《ごとば》・土御門《つちみかど》・順徳《じゆんとく》の三帝《さんてい》、共《とも》に倭歌《わか》に長《ちやう》ず。且《か》つ[五]藤良経公《とうのよしつねこう》及《およ》び俊成《しゆんぜい》・定家《ていか》・家隆《いへたか》・雅経《まさつね》并《なら》びに慈鎮《じちん》・西行《さいぎやう》・寂蓮《じやくれん》が徒《と》、皆同《みなどう》時《じ》。且《か》つ家良《いへよし》公・秀能《ひでよし》・家長《いへなが》等并《なら》びに官女数輩《くわんぢよすうはい》、三十《みそ》一字《ひともじ》に達《たつ》する者猶多《ものなをおほ》し。倭歌《わか》の道、是《ここ》に於《お》いて盛《さか》んなりと為《な》す。試《こころ》みに之《これ》を譬《たと》へんば、則《すなは》ち[六]猶黄《なをくわう》・陳《ちん》・

一 296の作者。家宣は308の作者。 二 右衛門権少尉藤原家「光」(建保詩歌合)。 三 三代将軍徳川家光。 四 光・満ともに和訓「ミツ」。 五 今までの慣習、しきたり。 六 まずまず、先ずは。 七 史記の著者司馬遷。 八 「啓」は前漢景帝の諱。微子「啓」を「開」に改めるなどその例。「徹」は前漢武帝の諱。蒯「徹」を「通」に改めるなど。 九 漢書の著者班孟堅(班固)。 一〇 「荀」(「詢」)は前漢宣帝の諱。「荀」「詢」を「孫」に改める(荀子集解・儒効篇、「荀」卿を「孫」卿に)。「荘」は後漢の明帝の諱(後漢書の作者は班固ではなく范曄)。「荘」助を「厳」助に改めるなど。

322 ↓314。興↓314。韻春・辰、上平真韻。○雨来… 雨来は雨が降って来る(杜甫などの唐詩)。底本「西来」。「柳色裛」は柳の緑がしなやかに揺れる。後句、赤い色のもやのもと桃の花は酒によったように赤く春によく調和する。○客路… 明月は詩歌合「新月」に作る。客路は旅路。後句、木こりのいやしい衣に花の香よかおれよ、暖い風の吹くその時に。惟は強めの助字。 一 ↓315林子評。 二 315の作者。 三 式部権大輔為長卿(302の作者)・従三位頼範卿(300)・大宰権帥資実卿(296)・左少弁藤原家宣(308)。 四 前述の元久詩歌合(「水郷春望」)に四名の詩を所収。 五 以下、新古今集前後の代表歌人を列挙する。 六 黄庭堅・陳師道・秦観・張耒(いら)・晁秦《しん》・張《ちやう》・晁等《てうら》、同《おな》じく[七]蘇門《そもん》に遊《あそ》ぶがごとき乎《か》。就中《そのなか》定家最《もつとも》秀《ひい》づ。猶《なを》[八]魯直《ろちよく》、江《かう》西詩祖《せいのしそ》為《た》るがごとき乎《か》。

[九]漢字に至つては、則《すなは》ち聞くこと無し。今《いま》、両度詩歌合《りやうどしいかあはせ》の作者を載《の》す。此《ここ》に於いて、以《もつ》て当時《たうじ》の[一〇]風体《ふうてい》を見つべし。此の時《とき》、既《すで》に古《いにしへ》に如《し》かざる者明矣《ものあきらけし》。[一一]承久《せうきう》の乱《らん》後《ご》、[一二]文字《もじ》日廃《ひびにはい》す。又此[一三]の時に如かず。豈歎《あになげ》かざるべけん哉《や》、と。

323 翰林老主藤孝範《かんりんらうしゆとうのたかのり》が示《しめ》さ被《れ》し詩韻《しゐん》を酬和《しうわ》す　　源《みなもとの》　光《みつ》　行《ゆき》

李瀚李嶠居易《りかんりけうきよい》が作《さく》　人《ひと》の為物《ためもの》の為妍詞《ためけんし》を顕《あら》はす
慭《なまじひ》に漢語《かんご》を摸《も》して倭字《わじ》と成《な》す　忝《かたじけな》く感《かん》ず両篇歌《りやうへんうた》と詩《し》と

林子曰はく、[一]藤孝範前《とうのたかのりまへ》に見ゆ。光行《みつゆき》は、清和源氏《せいわげんじ》満政《みつまさ》が来孫《らいそん》、光季《みつすゑ》が子也。光行倭歌《わか》を以て名を著《あら》はす。後鳥羽《ごとば》・順徳《じゆんとく》に歴仕《れきし》し、[二]大監物《だいけんもつ》に任《にん》ず。『源氏物語《げんじものがたり》水源抄《すいげんせう》』は光行が作る所《ところ》也。曾《かつ》て孝範を師《し》とし学問《がくもん》す。光行[三]倭字《わじ》を以て『李嶠《りけう》百詠《ひやくえい》』『李瀚蒙求《りかんもうぎう》』『白氏新楽府《はくししんがふ》』を写《うつ》す。各《おのおの》倭歌《わか》を詠《えい》ず。孝範之《これ》が跋《ばつ》を為《つく》る。且《か》つ詩歌《しいか》各《おのおの》一首を其の後に[四]題《だい》す。此の詩即《すなは》ち[五]其の韻《ゐん》を和《わ》する者《もの》也、と。

補之。七 宋の代表詩人蘇軾(蘇東坡)の門下。八 黄庭堅のあざな。江西は彼を宗とする詩の一派(江西派)。九 ここは漢詩。「無レ聞」、底本訓「…無キコト」、改訓。一〇 詩の姿。一一 承久三年(一二二一)。一二 文学がひび衰える。一三 元久・建保の詩歌合の時代。

323 文章博士(「老」は敬称)藤原孝範(→307)の示された詩の韻に唱和して。典 蒙求和歌・巻末。以下六首の詩題は編者林子による。韻 詞・詩、上平支韻。○李瀚… 李瀚は後晋の人。李嶠は初唐詩人。居易は中唐の代表詩人白居易(白楽天)。「為レ人為レ物」は「為二人物一」に同じく人物(ひと)のため。妍詞は麗しいことば、美辞の作品。○慭に… 慭はしいて、無理に。「歌与レ詩」の例「百詠蒙求新楽府、探二其賾旨一述二歌詞一。歌詞一々兼二華実一、還咲二元和天宝詩一。カラクニノヤヘノシホチノアサキリニ(ヲ?)クマナクハラフシキシマノカセ」(蒙求和歌)。一 →307。二 中務省の属官「オホイヲロシモノノツカサ」。三 仮名で注を記したことをさす。各項目ごとに歌を付す。李嶠百詠は李嶠百二十詠、李瀚蒙求は李瀚注蒙求、白氏新楽府は白氏長慶集新楽府とも。四 書きつける。五 示された詩と同じ韻字を用いて詩を作る、和韻。孝範の詩韻「詞・詩」、光行もこれに同じ。

324 臨《りん》終《じゆう》　　平時頼《たひらのときより》　法名道崇《ほふみやうだうそう》

業鏡《ごふきやう》高懸《たかくかか》る　三十七年
一槌《いつつい》に打砕《ださい》す　大道坦然《だいだうたんぜん》

林子曰はく、時頼《ときより》の世系《せいけい》[一]・行実《かうじつ》、詳《つまび》らかに『東鑑《あづまかがみ》』に見えたり、今贅《いまぜい》せず。其の度量《どりやう》人に過ぎ、闔国《かふこく》[二]を指揮《しき》す。早《はや》く政務《せいむ》を辞《じ》すと雖《いへど》も、子姪《してつ》[三]を使《し》て之《これ》に代《かは》らしめ、則《すなは》ち其の身《み》弥高《いよいよたか》し。深《ふか》く禅法《ぜんぽふ》[四]に帰《き》すと雖も、朝廷《てうてい》を蔑《ないがしろ》にし、主将《しゆしやう》[五]を侮《あなど》る者自若《ものじじやく》たり。嗚呼《ああ》、彼《かれ》を使《し》て禅《ぜん》を好むの心を以《もつ》て儒《じゆ》を好むの心に易《か》へしめば、則ち国家《こくか》に補《おぎなひ》有らん。其の建長寺《けんちやうじ》の大《だい》を営《えい》[六]するは、金沢文庫《かなざはのぶんこ》[七]蔵書《ざうしよ》に如《し》かず。而《しか》して道隆《だうりう》[八]を招《まね》くの弊《へい》、遂《つひ》に一寧《いちねい》[九]を使《し》て我鼎《わがかなへ》[一〇]を覬覦《きゆ》せしむるに至《いた》る。爾《じ》来祖元《らいそげん》[一一]・疎石《そせき》が輩《やから》、相継《あひつ》いで世《よ》を惑《まど》はし民《たみ》を誣《し》ひ、闔国悉《かふこくことごと》く靡《なび》くは、時頼其《ときよりそ》の濫觴《らんしやう》也。豈之《あにこれ》を戒《いまし》めざらん哉《や》。若夫《もしそれ》世に所謂時頼微《いはゆるときよりび》服《ふく》[一二]し群国《ぐんこく》を巡行《じゆんかう》するの事《こと》、『東鑑《あづまかがみ》』に見えず。未《いま》だ然否《ぜんぴ》を知《し》らず、と。

324 辞世の詩。㊥東鑑・弘長三年(一二六三)十一月二十二日の条。「頌云」とみえる。頌は仏徳を讃美することば、偈。ここは四言四句。[韻]懸・年・然、下平先韻。〇業鏡… 業鏡は、この世で人の行なった罪悪を照らし出す地獄の鏡、仏語。時頼は没年三十七歳(東鑑「御法名道崇、御年三十七」)。〇一槌… 俗念を一槌(一撃)でうち砕いた、そこには悟りという大道が平らかに続いている。
一 家系と事績。 二 国内全体。 三 自分の子時宗と兄弟の子。 四 仏教に帰依する。 五 総大将、将軍。 六 自若は平然としていること。 六 いとなむ。 七「在二相州金沢称名寺境内一、北条顕時創レ之、蔵二和漢群書一」(書言字考)。 八 蘭渓道隆を招いて建長寺を開山。 九 一寧一山、帰化僧(もと元の使者として来日)。 一〇 帝王の位を不当にうかがい望む。 一一 無学祖元・夢窓疎石(夢窓国師)。 一二 姿をやつす。時頼の諸国巡行の話は謡曲「鉢木」、太平記・三十五「北野通夜物語ノ事」など参照。

325 佐渡国《さどのくに》に於《お》いて刑《けい》に臨《のぞ》む　藤《ふぢ》原《はらの》資《すけ》朝《とも》

五蘊《ごうん》仮《かり》に形《かたち》を成《な》す　四大《しだい》今《いま》空《くう》に帰《き》す
首《かうべ》を将《もつ》て白刃《はくじん》に当《あ》つ　截断《せつだん》す一陣《いちぢん》の風

326 鎌倉葛原岡《かまくらくずはらがをか》に於《お》いて刑《けい》に臨《のぞ》む　藤《ふぢ》原《はらの》俊《とし》基《もと》

古来《こらい》の一句《いつく》　死《し》も無《な》く生《しやう》も無し
万里《ばんり》雲尽《くもつ》き　長江水清《ちやうかうみづ》し

林子曰はく、一二子《にし》密旨《みつし》を蒙《かうむ》り大事《だいじ》を図《はか》る。成《な》らずして刑《けい》に就《つ》く。其の志《こころざし》憐《あは》れむべし。然《しか》れども、二子共《とも》に是《これ》二日野《ひの》儒家《じゆか》の流《りう》、何為《なんす》れぞ三禅法《ぜんぽふ》に淫《いん》して、臨終《りんじゆう》の言《げん》、此《か》くの如くなるに至る乎《か》。四其の事の始末《しまつ》、人口《じんこう》に膾炙《くわいしや》す。故に置《お》いて言はず、と。

325　佐渡の国で刑に臨んで。〔典〕太平記・二「阿新殿ノ事」。〔韻〕空・風、上平東韻。○五蘊…　五蘊は積って心身を形成する五つの要素。色・受・想・行・識。四大は地・水・火・風の四大原素。「帰レ空」は仮に形をしたものが、いま本来の空(実体のないもの)に帰る。○首を…　截断の主語は首。この一首は秦王に刑せられた肇法師の辞世の偈に似る(景徳伝灯録・二十七)。

326　鎌倉葛原岡(扇谷より西に出る坂附近)で刑死に臨んで。辞世の頌、四言四句。〔典〕太平記・二「俊基被レ誅ノ事」。〔韻〕生・清、下平庚韻。○古来…　昔からの一句に、死も生もないという。○万里…　長江は揚子江。長江の清流にたくして、現在の自身の澄んだ境地をうたう。

一 資朝・俊基。密旨は秘密の勅旨。
二 日野家祖(藤原北家)は資業。
三 仏教にふける。四 夫婦のちぎり(北の方尼になる)、君臣の義(臣下の助光の高野山入り)など多くの人々の話題になる。

327 近江国栢原《あふみのくにかしはばら》に於いて刑《けい》に臨《のぞ》む　　源《みなもとの》具《とも》行《ゆき》

生死《しやうじ》に逍遥《せうえう》す　四十二年
山河《さんか》一《ひとたび》革《あらた》まつて　天地《てんち》洞然《とうぜん》

林子曰はく、具行《ともゆき》は具平《ともひら》[一]十一代の孫《まご》也。具平台宗《だいしゆう》[二]を信《しん》ず。具行禅法《ぜんぽふ》に帰《き》する者《もの》、祖孫《そそん》一致《いつち》也《なり》。其の難《なん》に逢《あ》ふ始末《しまつ》、資朝《すけとも》[三]・俊基《としもと》と時異《ときこと》なりと雖《いへど》も、事相類《ことあひるい》す、と。

328 自《じ》尽《じん》　　塩《し》飽《あく》聖《しやう》遠《ゑん》

吹毛《すいもう》を提持《ていぢ》し　虚空《こくう》を截断《せつだん》す
大火聚裏《たいくわじゆり》　一道《いちだう》の清風《せいふう》

林子曰はく、元弘鎌倉《げんこうかまくら》[一]の乱《らん》、源《みなもとの》義貞《よしさだ》一挙《いつきよ》して、北条氏《ほふでうし》赤族《せきぞく》[二]、同時《どうじ》に死者数《しぬるものすう》百千人《ひやくせんにん》。其の中、聖遠《しやうゑん》独《ひと》り筆《ふで》を握《にぎ》つて自尽《じじん》す。其の撓《たゆ》まざる者《もの》丈夫《ぢやうぶ》と謂《い》ひつべし。然《しか》れども、彼《かれ》実《まこと》に高時《たかとき》[三]に忠《ちゆう》有《あ》るときは、則《すなは》ち何《なん》[四]ぞ坐《いなが》ら其の苞桑《はうさう》に繫《かか》ることを見ん乎《や》。曾《かつ》て一言《いちげん》の諫《いさめ》無《な》し。而《しか》うして偶《たまたま》筆《ふで》を把《と》つて言ふ所《ところ》此《か》くの如《ごと》し。是《ここ》に知んぬ、風俗《ふうぞく》の習熟《しふじゆく》[五]して、弥《いよいよ》禅法《ぜんぽふ》を悟《さと》り、世教《せいけう》[六]に益《えき》無きことを、と。

327 近江国の柏原(滋賀県坂田郡山東町柏原)で刑死に臨んで。辞世の頌、四言四句。〔典〕太平記・四「笠置囚人死罪流刑ノ事」。〔韻〕年・然、下平先韻。○生死… 生あり死ありという生死の苦しみの世界(俗界)にさまようこと四十二年。○山河… 死に臨む悟りの心境を述べる。山河すべてあらたまって、天も地も空(くう)の状態である。一 具平親王、218の作者。二 天台宗。三 325・326の作者。

328 自害の詩。辞世の頌、四言四句。〔典〕太平記・十「塩飽入道自害ノ事」。〔韻〕空・風、上平東韻。○吹毛… 「吹毛の剣」を持って形のない虚空を切断する。碧巌録・第一百則「巴陵吹毛剣」に「剣刃吹レ毛試レ之、其毛自断。乃利剣謂二之吹毛一也」とみえる。○大火… 大火災の集まるところにも一すじの涼しい風が吹き通る。さわやかな作者自尽の境地を述べたもの。一 太平記・十「鎌倉合戦ノ事」参照。元弘は後醍醐天皇代。源義貞は新田義貞。二 一族が皆ごろしにされる(文選・四十五・解嘲、李善注「赤謂二誅滅一也」)。三 北条高時。四 どうしてそのまま何もしないで安全でいたのであろうか。「坐」はイナガラニシテの意。「繫二苞桑一」は頑丈な桑の木の根に物をつなぎとめるように、しっかりと自己の安全を維持すること(周易・否)。「繫」は底本無訓、周易の惺窩点「カカレリ」を参考にする。

329 山家《さんかの》春興《しゆんきよう》　　光《くわう》明《みやう》帝《てい》

桃花流水洞中《たうくわりうすいとうちゆう》の天《てん》　記《き》せず煙霞《えんか》多少《たせう》の年《とし》

満目《まんもく》の風光塵世《ふうくわうぢんせい》の外《そと》　一等閑《とうかん》に逢着《ほうちやく》す是神仙《これしんせん》

林子曰はく、此康永《これかうえい》元年の御製《ぎよせい》也。所謂《いはゆる》『五十四番詩歌合《しいかあはせ》』是《これ》也。二頃間兵革《けいかんへいかくや》止まず、三帝都《ていと》騒乱《さうらん》。偶此会《たまたまこのくわい》有り、奇事《きじ》と謂《い》ふべし、と。

330 同　じ　く　　貞《てい》　乗《じよう》

竹外午鶏閑夢《ちくぐわいごけいかんむ》回《めぐ》る　孤筇雙屐苺苔《こきようさうげきまいたい》に印《いん》す

微風時《びふうとき》に幽香《いうかう》を載《の》せて過ぐ　前山花已《ぜんざんはなすで》に開《ひら》くと報《ほう》ずるに似《に》たり

林子曰はく、一貞乗《ていじよう》は、貴族《きぞく》の僧《そう》と為《な》る者也《ものなり》、と。

331 同　じ　く　　藤《ふぢ》　原《はらの》　有《あり》　範《のり》

山鸎啼破《さんあうていは》す午窓《ごさう》の夢　閑《しづ》かに柴門《さいもん》を掩《おほ》ひて春昼《しゆんちう》長し

五 物事に慣れる。六 世間への教え。

329 山べの家(山里)の春の興趣(おもしろみ)。興康永二年五十四番詩歌合。作者は花園院が正しい。○桃花…韻天・年・仙、下平先韻。○桃花…山家の場所を桃源境(陶淵明「桃花源記」)、神仙境にたとえる。桃花流水は桃の花の流れる川、別天地(盛唐李白・山中問答「桃花流水窅然去」)。洞中天は洞天、神仙の住居。後句、この桃源の神仙境はもやの中にあってどれだけ多くの年を経たかわからない(多少は疑問のことば)。煙霞を主語とも解しうる。○満目… 後句、ついなんとはなしに仙人に出逢ったような思いがする。等閑(等間)は漫然と、気にとめぬ様。白詩など中唐以降に多くみられる。逢着の「着」は助字。一 二年(一三四三)の誤。二 その頃、戦争はやまない。足利尊氏を中心とする南北朝の争いをさす。三 京都。

330 ↓329。興↓329。韻回・苔・開、上平灰韻。○竹外… 前句、竹林の外では真昼のにわとりが夢の中をあちらこちら廻っている。孤筇は一本の竹の杖。雙屐はひとそろいのはきもの。「印二苺苔一」はこけに跡をつける。「印」を詩歌合「踏」に作る。○微風… 幽香はほのかでゆかしい花の香。時は時折り。一 詩歌合は「沙弥真乗」(群書本)とする。正否未詳。

331 ↓329。興↓329。韻長・場、下平陽韻。○山鸎… 前句、山の鶯

是《これ》の処《ところ》花有《あ》り人到《いた》らず　知んぬ塵世利《ちんせいり》名場《めいちやう》に非《あら》ざることを

林子曰はく、有範《ありのり》は、南家《なんけ》[一]孝範《たかのり》六代の孫《まご》也、と。

332 同　じ　く　　　　玄《げん》　恵《ゑ》

路《みち》桃源《たうげん》に接《せつ》して水浜《すいひん》に傍《そ》ふ　煙霞《えんか》鏁《とざす》処《ところ》絶《ぜつ》して隣《となり》無し

惜《をしいかな》哉九陌《きうはく》紅塵《かうぢん》の客《かく》　山中《さんちゆう》一段《いちだん》の春を見ず

林子曰はく、玄恵《げんゑ》は、儒家《じゆか》にして[一]台宗《だいしゆう》に帰《き》す。而《しか》して後《のち》[二]還俗《げんぞく》す。然《しか》れども髪《かみ》無くして身を終《を》ふ。博識《はくしき》を以《もつ》て世に聞《きこ》ふ。[三]法印《ほふいん》の位《くらゐ》に叙《じよ》す。其の作る所、[四]『太平《たいへい》記《き》』[五]『庭訓往来《ていきんわうらい》』等、今猶存《いまなほぞん》じて児童《じどう》に便《びん》ず。玄恵《げんゑ》自《みづか》ら[六]洗心子《せんしんし》と号《がう》し、又健叟《またけんそう》と号す。軒号《けんがう》を独清《どくせい》と曰《い》ふ。或《ある》いは曰ふ、玄恵初《はじ》めて[七]『温公通鑑《をんこうつがん》』を読む、と。

333 同　じ　く　　　　藤《ふぢ》　原《はらの》　俊《とし》　冬《ふゆ》

幽処元来竹径深《いうしよぐわんらいちくけい》し　屋頭《をくとう》の山色碧千尋《さんしよくあをせんじん》

浮《ふ》花浪蘂《くわらうずい》未《いま》だ曾《かつ》て発《はつ》せず　春は梅辺《ばいへん》に到《いた》つて先《ま》づ盍簪《かふしん》

林子曰はく、[一]俊冬《としふゆ》は、小《を》川坊城《がはばうぜう》俊実《としざね》が子也、と。

が鳴いて窓近く昼寝の夢を破る。啼破→337。「掩二柴門一」は隠者のしば垣を閉じて。春昼は中唐以来の詩語。○是の…　塵世は俗世間。利名場は名誉や利益を求める場所。一 307の作者。

332 →329。興→329。韻浜・隣・春、上平真韻。○路…　桃源は桃源境(陶淵明「桃花源記」)。「絶無レ隣」は人家と全く隔絶している。○惜哉…　九陌は九条もある市街。客は旅人。大通りに黄色い塵の立つ繁華な都に住む人々が、この山中のひときわ美しい春を見ないのは残念だ。一 天台宗。二 底本「還」に「ワン」と傍書。クワンと読んだか。三 第一等の僧位、殿上人四位に準ずる。四 太平記の作者は未詳。玄恵を作者の一人とみる説もあり(理尽抄)、監修者かとも。五 続群書類従(巻三六一)消息部所収。なお「遊学往来」(「続庭訓往来」とも)も玄恵の作(巻三六二)。六 洗心子玄恵(詩人玉屑・奥書)・独清軒健叟(尺素往来)などと称する。七 宋の司馬光(温公)撰「資治通鑑」。

333 →329。興→329。韻深・尋・簪、下平侵韻。○幽処…　竹径は竹林の中の小みち。屋頭は家のほとり。碧千尋(尋は八尺)は山の青色が非常に深い様。○浮花…　前句、水に浮かんだ花や波の花(のずい)のような実を結ばないむだ花(中唐韓愈などの詩語)はここで咲いたことはない。後句の梅を導く導入部。盍簪は友達

334 同　じ　く　　　　藤《ふぢ》原《はらの》隆《たか》職《つね》

花色《くわしよく》孤《こ》ならず雲隣《くもとなり》有り　紅塵《こうちん》到《いた》る無し碧桃《へきたう》の春
一瓢《いつぺう》貯《たくは》へ得《え》たり肥《こ》ゆべき水　還《かへ》つて人間《じんかん》食肉《しよくにく》の人に恥《は》づ
林子曰はく、隆職《たかつね》[一]は、鷲尾隆良《わしのをたかよし》の子也、と。

335 同　じ　く　　　　藤《ふぢ》原《はらの》国《くに》俊《とし》

幽処《いうしよ》曾《かつ》て浮世《ふせい》の事《こと》無し　浩歌《かうか》日日《にちにち》花間《くわかん》に到《いた》る
遊糸《いうし》百尺《ひやくせき》天外《てんぐわい》に飄《ひるがへ》る　山翁《さんおう》心緒《しんしよ》の閑《しづ》かなるに及《およ》ばず
林子曰はく、国俊《くにとし》[一]は、吉田《よしだ》国房《くにふさ》の子也。俊冬《としふゆ》[二]と従兄弟《じゆうけいてい》為《た》り、と。

336 同　じ　く　　　　藤《ふぢ》原《はらの》藤《ふぢ》長《なが》

柴門《さいもん》曾《かつ》て人家《じんか》に似《に》ず　緑水青山《りよくすいせいざん》左右《さいう》遮《さへぎ》る
誰か識《し》る前渓《ぜんけい》奇絶《きぜつ》の景《けい》を　夜深《よるふか》うして淡月《たんげつ》梨花《りくわ》に属《ぞく》す

がそこに集まる（藤原惺窩点「アイアツマル・アフコトスミヤカナリ」）。周易・豫の「朋盍簪」による（王弼注「盍ハ合也、簪ハ疾也」。清人王夫之は「盍」を「何不」と解する）。一当日の官職は蔵人春宮大進。

334　→329。典→329。韻隣・春・人、上平真韻。○花色…　前句、花を背景にした雲の景（論語・里仁篇「徳不レ孤、必有レ隣」）。紅塵は黄色い俗世間のちり。碧桃は仙人の食べる青色の桃の実、この山中を仙境に見立てる。○一瓢…　ひさごの半球形の椀の中に水を養分として貯え（論語・雍也篇「一箪食、一瓢飲」）、世間の贅沢な肉食者に恥ずかしい思いをさせるほどだ。一当日の官職は参議。隆良の「子」は「孫」の誤。

335　→329。典→329。韻間・閑、上平刪韻。○幽処…　曾無はすべてを否定する語、全く無い。浩歌は大声で歌う。花間は花の咲いている処。○遊糸…　遊糸はくもの糸が空中を浮遊する現象（唐詩「数尺遊糸」「遊糸百尺」など）。後句、高く長い遊糸の光景も山に住む老人の心の静けさには及ばない。一当日の官職は蔵人頭右京大夫。二333の作者。

336　→329。典→329。韻家・遮・花、下平麻韻。○柴門…　柴で作った粗末な隠者の門。曾不→335「曾無」。人家は一般の民家。○誰か…　前渓は隠者の家の前面にある谷間、谷川。奇絶景はきわだってすばらしい景色林子曰はく、藤長《ふぢなが》は、甘露寺《かんろじ》隆長《たかなが》の子也、と。

337 同　じ　く　　紀《きの》 行《ゆき》 親《ちか》

乱雲堆裏《らんうんたいり》閑田《かんでん》の地《ち》　孤客半家《こかくはんか》雲半家《くもはんか》
識《し》らず黄鸝樹底《くわうりじゆてい》に棲《す》むことを　一声啼破《いつせいていは》す満山《まんざん》の霞《かすみ》

右九首《みぎ》、『康永《かうえい》五十四番詩歌合《しいかあはせ》』に見えたり。

338 伊勢浦即事《いせのうらそくじ》　　坂《さか》 士《し》 仏《ぶつ》

浦松画《ほしようぐわ》に似《に》たり夕陽《せきやう》の裏《うち》　老眼摩挲《らうがんまさ》苦吟《くぎん》を費《つひや》す
水は細流自《さいりうよ》り海脈《かいみやく》に通《つう》ず　波は万頃《ばんけい》に横《よこ》たはつて天心《てんしん》に列《つら》なる
雲晴《くもは》れ雲起《くもおこ》つて山高下《やまかうげ》　潮去《しほさ》り潮来《しほきた》つて月浅深《つきせんしん》
六十餘《ろくじふよ》年漂泊《ねんへうはく》の処《ところ》　江湖《かうこ》の風景《ふうけい》今に如《し》かず

林子曰はく、士仏《しぶつ》は、医《い》を学《まな》び、源《みなもとの》義詮《よしあきら》・義満《よしみつ》に仕《つか》ふ。法印《ほふいん》に叙《じよ》し、上池院《じやうちゐん》と号《がう》す。其の諱慧勇《いみなけいゆう》、健叟《けんそう》と号す。其の祖《そ》を九仏《きうぶつ》と曰《い》ふ。其の父を十仏《じふぶつ》と曰ふ。故に主君《しゆくん》、彼《かれ》を呼《よ》んで士仏《しぶつ》と曰ふ。「士《し》」の字《じ》十一にして十仏に亜《つ》ぐの謂《いひ》を以《もつ》

(底本「絶」欠)。「属二梨花一」は淡い月が梨の花のように白い。底本「夜深」の下一字分空白。一藤長は当日右大弁。隆長は甘露寺家祖(北家高藤の後裔)、権中納言。

337 ↓329。興↓329。韻家・霞、下平麻韻。○乱雲…　乱れ雲の積るそこには所有主のない田がある、ひとりの旅人の宿の半分は泊るための家、半分は雲が覆う。○識らず…「不レ識」の主語は孤客。黄鸝は鶯の一種、ちょうせん鶯。盛唐詩に多い語。啼破の「破」は、動詞「啼」の後に続き、これを強める。俗語的用法。一群書類従(巻二一四)「五十四番詩歌合 康永二年(一三四三)」。作者行親は当日大学頭。

338 目前の伊勢二見海岸のあるがままを詩に詠んで(伊勢の浦即興詩)。興伊勢太神宮参詣記(康永元年(一三四二))。韻吟・心・深・今、下平侵韻。○浦松…　浦松は入江の松。摩挲は老眼をよく見えるようにさする。「費二苦吟一」は苦心して作詩に時間を費す。○水は…　海脈は海の水脈(みお)。万頃は広い水面。○雲晴れ…「山高下」は雲の有無によって山が高くも低くも見える。「月浅深」は夕潮の去来によって映る月が浅くも深くも見える。○六十…　後句は今見る伊勢浦の風景の優れていることを他と比較して強調する。一足利義詮、その子義満。ともに征夷大将軍。二月舟録(「上池院進月宗精法印肖

て也。康永元年《かうえいぐわんねん》、士仏[三]太神宮《だいじんぐう》に詣《けい》し、処処《しよしよ》を経歴《けいれき》して作《つく》る所《ところ》也、と。

339　海《かい》　南《なん》　行《かう》　　　源《みなもとの》　頼《より》　之《ゆき》

人生《じんせい》五十功《こうな》無きを愧《は》づ　　花木《くわぼく》春過《す》ぎて夏已《すで》に中《なか》ば
満室蒼蠅掃《まんしつさうようはら》へども尽《つ》き難《がた》し　　去《さ》つて禅榻《ぜんたふ》を尋《たづ》ねて清風《せいふう》に臥《ふ》さん

林子曰はく、頼之《よりゆき》は、所謂細川武蔵守《いはゆるほそかはむさしのかみ》也。其の先《せん》、清和源氏《せいわげんじ》足利義清《あしかがよしきよ》自り出《い》づ。義清《よしきよ》が孫[一]義秀始《まごよしひではじ》めて細川《ほそかは》の称号《しようがう》有り。足利氏族繁多《しぞくはんた》、細川最《もつとも》顕《あら》はる。頼之《よりゆき》が父頼春《ちちよりはる》、尊氏《たかうぢ》に従《したが》つて戦功若干《せんこうじやくかん》、[二]南海道《なんかいだう》を鎮《ちん》し、遂《つひ》に軍事《ぐんじ》に[三]死《し》す。頼之相続《あひつづ》いて南海《なんかい》を鎮《おさ》ふ。阿波《あは》・讃岐《さぬき》に[四]横行《わうかう》し、[五]兵革《へいかく》有るときは、則《すなは》ち[六]京師《けいし》に会《くわい》し戦功《せんこう》を励《れい》す。

[七]貞治《ぢやうち》六年、源義詮《みなもとのよしあきら》臨終《りんじゆう》、頼之を召《め》し、[八]孤《こ》を託《たく》し後事《こうじ》を附《ふ》す。時《とき》に義満公《よしみつこう》僅《わづ》かに十一歳、頼之執事職《しつじしよく》に居《ゐ》る。之《これ》を[九]輔翼《ほよく》し、之を調護《てうご》す。天下《てんが》を以《もつ》て己《おのれ》が任《にん》と為《な》す。未《いま》だ幾《いく》ばくならずして、南方《なんばう》兵《いくさ》衰《おとろ》へ、九州《きうしう》勢《いきほひ》疲《つか》る。[一〇]闔国《かふこく》漸《やうやく》静《しづ》かに、武威《ぶゐ》大《おほい》に振《ふる》ふ。皆《みな》頼之が功《こう》也。執事《しつじ》を改《あらた》め管領《くわんりやう》と称《しよう》す。既《すで》にして義満[一一]成童《よしみつせいどう》、器量抜群《きりやうばつぐん》。頼之[一二]退譲《よりゆきたいじやう》して職《しよく》を辞《じ》す。未《いま》だ許《ゆる》さず。[一三]康暦元年《かうりやくぐわんねん》閏《うるふ》四月、頼之在職《ざいしよく》十三年、俄《にはか》に譴責《けんせき》せ被《ら》れ、髪《かみ》を薙《そ》り名《な》を[一四]常久と改《あらた》む。洛《らく》

像㆒)に、「十仏子曰㆓建叟恵勇法印㆒…相公喚㆑之為㆓士仏㆒。士之為㆑字、従㆑十従㆑一。蓋亜㆓十仏㆒之義也…扁㆓其居㆒曰㆓上池㆒」とみえる。三 伊勢太神宮。

339 南海道のうた。ここは南海蟄居の道中の作(→林子評)。天授五年(一三七九)の作か。行はもと楽府の詩の一体、ここはその意はない。[典]細川頼之家乘。[韻]功・中・風、上平東韻。○人生五十… 人生五十は日本的発想か。作者はこの時五十一歳。自身を花木にたとえる。○満室… 蒼蠅はあおばえ、小人物にたとえる。禅榻は座禅用の腰掛け、ここは禅寺の意。清風は俗世を離れた寺の清らかな風。底本「挂㆓清風㆒」、続本朝通鑑により訂。一 義季の誤か。二 七道の一つ(紀伊・淡路・阿波・讃岐・伊予・土佐の六国)。三 讃岐守、観応三年(一三五二)没。四 思いのままに行動する。五 兵乱。六 京都に馳せ参じる。七 一三六七年。八 遺児、足利義満をさす。九 助ける。調護は保護する。一〇 全国。一一 十五歳以上の少年をいう(礼記・内則)。一二 進むべき時に退き受けるべき時にさし控える(礼記・曲礼上)。一三 一三七九年。一四 常久の訓未詳。ジヤウクか。

を出《い》でて南海《なんかい》に蟄居《ちつきよ》す。此の詩、其の道中《だうちゆう》に作る所《ところ》也。今茲《このとき》義満二十三歳、頼之五十一歳也。忠義功労《ちゆうぎこうらう》、世《よ》を挙《あ》げて知る所也。然《しか》れども、讒人側《ざんにんかたはら》に在《あ》り、其の権勢《けんせい》を忌《い》む。故に此の変《へん》有り。頼之政務《せいむ》の暇《いとま》、頗《すこぶる》心を禅法《ぜんぼふ》に帰《き》す。此の詩中《しちゆう》、述《の》ぶる所《ところ》皆実録《じつろく》。其の功《こう》に誇《ほこ》らず、聊《いささか》一五徴《び》意《い》を寓《ぐう》す。句《く》も亦恰好《またかつかう》一六、武人《ぶじん》に在《あ》るときは、則ち奇才《きさい》と謂《い》ひつべし。其の後《のち》、一七雷霆怒《らいていいかり》解《と》け、一八四国総管《しこくそうくわん》に補《ほ》す。再《ふた》び徴《め》されて管領《くわんりやう》に任《にん》ず。而《しかう》して一九明徳《めいとく》の乱《らん》、又軍功《またぐんこう》有り。子孫連綿《しそんれんめん》、斯《し》波《ば》・畠山《はたけやま》の両氏《りやうし》と相代《あひかは》つて管領職を掌《つかさど》る。所謂三管領是也《いはゆるさんくわんりやうこれなり》。其の中、細川《ほそかは》最も強大《きやうだい》なるは、頼之が庇蔭《ひいん》二〇也。今偶《いまたまたま》此の詩を彼《かれ》が家乗《かじよう》二一に得《え》て、此《ここ》に載《の》す、と。

340　閑《かん》居《きよの》花《はな》　　　釈《しやく》守《しゆ》遍《へん》

門前門後花無数《もんぜんもんごはなむすう》　砌《みぎり》に遊ぶ詩人《しじん》敲《たた》けども開《ひら》かず
何《なん》ぞ幽居《いうきよ》を使《し》て境外《きやうぐわい》に求《もと》めしめん　心閑《こころしづ》かなるときは則《すなは》ち塵埃《ちんあい》を払拭《ふつしよく》す

林子曰はく、守遍《しゆへん》は、一久我通宣公《くがみちのぶこう》の子也。二仁和寺《にんなじ》に入《い》り、菩提院《ぼだいゐん》に住《ちゆう》す。俗《ぞく》に三所謂院家《いはゆるゐんげ》と云ふ者《もの》也。後《のち》に大僧正《だいそうじやう》に任《にん》ず。四東寺長者《とうじちやうじや》為《た》り。真言宗《しんごんしゆう》に在《あ》つては、則ち栄達《えいたつ》の者也。守遍曾《かつ》て五「四時題《しいじだい》」を掲《かか》げ、各《おのおの》詩《し》一聯《いちれん》歌一首を賦《ふ》す。其の中、六絶句《ぜつく》二首有り。今《いま》其の一《ひとつ》を此《ここ》に載《の》す。七或人《あるひと》其の詩歌《しいか》を評《ひやう》し、又各《おのおの》詩一聯、

一五 自分の微妙な心の中をほのめかす。一六 ほどよい。一七 かみなりの如き将軍義満の怒りがとける。一八 阿波・讃岐・伊予・土佐の四国。一九 明徳二年(一三九一)京都での乱。二〇 おかげ。二一 頼之の家の記録、日記。この詩の出典ではあるが未見。但し詩は続本朝通鑑にも所載。

340 静かなすまいに咲く花。興守遍詩歌合(四番)。韻開・埃、上平灰韻。○門前… 門前は閑居の門の前。砌は軒下の石だたみ。敲は門の戸をたたく。晩唐賈島「題₌李凝幽居₋」の「僧敲月下門」を連想させる。○何ぞ… 幽居は閑居に同じ。境外は俗世間の外。「境」は仏語、心(主観的世界)に対する客観的世界。後句は前句の理由を示す。塵埃は俗世のけがれ。一 権大納言。永享五年(一四三三)没。二 京都市右京区にある名刹、通称「おむろ」。書言字考「ニンワジ」。三 門跡寺に属する別院、その住職。公卿の子弟が出家して住職となることが多い(和漢三才図会、和訓栞など)。四 京都下京区にある真言宗東寺の長。五 早春鶯(一番)より命息観(三十番)まで(守遍詩歌合)。六「於千里浜即事」(二十八番)はその一つ。七 尊円親王の判詞説があるが疑問。

341 山の雪ぐもが雪になろうとして。興康富記。韻西・迷・渓、上平斉韻。○寒山… 寒山はさむざむとした山。凍雲は凍ったようにつめたそ

或《ある》いは歌一首を以《もつ》て、其の勝負《しようぶ》を定《さだ》む、と。

341　山雲雪《さんうんゆき》ならんと欲《ほつ》す　　中《なか》原《はらの》康《やす》富《とみ》

寒山雪《かんざんゆき》ならんと欲《ほつ》す暮天《ぼてん》の西《にし》　風凍雲《かぜとううん》を巻《ま》いて帰鳥迷《きてうまよ》ふ
詩翁清興《しおうせいきよう》の在有《ざいあ》るべし　一棹前渓《いつたうぜんけい》に泛《う》かぶを看《み》んと要《えう》す

林子曰はく、康富《やすとみ》は、[一]累世外記職《るいせいげきしよく》、清原氏《きよはらし》と同列同役《どうれつどうやく》の者《もの》也。其の先祖《せんぞ》博識《はくしき》の者《もの》有り、而《しか》して世々《よよ》[二]明経博士《みやうぎやうはかせ》に任《にん》ず。其の後、家衰《いへおとろ》へ、僅《わづ》かに外記役《げきやく》を[三]勤《きん》ずる而已《のみ》。『康富日記《やすとみのにつき》』数十巻、[四]応永《をうえい》の末自《すゑよ》り康正《かうしやう》に至《いた》る。其《そ》の半《なか》ば今猶存《いまなほぞん》ず。此の詩、[五]宝徳元年《ほうとくぐわんねん》十月作る所也、と。

342　庭梅一枝《ていばいいつし》康富《やすとみ》に贈《おく》る　　清《きよ》原《はらの》業《なり》忠《ただ》

春来《しゆんらい》養《やしな》ひ得《え》たり一枝《いつし》の梅　江南駅使《かうなんえきし》の回《くわい》を待たず
十歳老兄《じつさいらうけい》風勢在《ふうせいあ》り　繁花《はんくわ》の時節《じせつ》興《きよう》遊《いう》催《もよほ》す

林子曰はく、此の詩、[一]『康富宝徳元年記《やすとみほうとくぐわんねんのき》』に見えたり。康富和《やすとみわ》[二]韻有《ゐんあ》り云云《うんうん》。按《あん》ずるに、清《せい》・中両家《ちゆうりやうけ》、古《いにしへ》を考《かんが》ふるときは、則《すなは》ち清家《せいけ》に頼業《よりなり》・良枝等《よしえだら》有《あ》り、[三]明《みやう》

うな雲。〇詩翁…　詩を作る翁は清らかな楽しみ(作詩の興味)があることだろう、すなわちひとふりさおを動かして舟を前の谷川に浮かべた様を詩興として見たいと求めるわけだ。「一棹」、史料大成本「一掉」。一 歴代。外記職は太政官に属し、文書の作成、儀式の執行を扱う官。大外記は中原・清原氏の世襲。二 大学寮で経書を教授する博士。三 つとめる。四 称光帝代より後花園帝代。五 一四四九年閏十月八日の条。

342　庭の梅(八重の飛梅)のひと枝を康富に贈って。[典]↓341。もと詩題はない。[韻]梅・回・催、上平灰韻。〇春来…　春来は春になって。来は時間の経過を示す助字。養得は養う意、得は助字。ここは育てて花を咲かせた。後句、六朝の人陸凱が江南から長安の友范曄に梅花一枝と詩を贈った故事(太平御覧・果部・荊州記)を踏まえる。陸凱のように江南の駅使が回って来るのを待つ必要はなく、一枝を自分で贈ります。〇十歳…　十歳老兄は十歳上の貴君、康富をさす。風勢はものの風情を解すること。後句、多くの(梅の)花が咲きほこる時季には感興の遊びを開くことでしょう。一 康富記・宝徳元年二月二十日の条。二 業忠の詩と同じ韻字で作詩すること。「恩賜一枝喜有梅、時著内蘂晩初回、新詩吟尽暗香底、不覚禁鐘春暁催」。三 経書を教授する役。

経《ぎやう》侍読《じどく》為《た》り、中家《ちゆうけ》に師遠《もろとほ》・師安《もろやす》等有り、博識《はくしき》の名を顕《あら》はす。[四]広俊《ひろとしし》詩才《さい》有り。今《いま》此の二人の作を見るときは、則《すなは》ち[五]文字《もじ》も亦《また》其の家と共《とも》に零落《れいらく》す、と。

343 落《らく》　葉《えふ》

貞《さだ》　常《つね》　親《しん》　王《わう》

枯梢《こせう》寂寂《じやくじやく》斜陽《しややう》を帯《お》ぶ　満砌《まんせい》の飄塵《へうちん》蘚蒼《せんさう》を擁《よう》す
道無《みちな》き晩風《ばんぷう》葉を吹《ふ》き尽《つ》く　老紅《らうこう》却《かへ》つて恐《おそ》る暁来《げうらい》の霜《しも》

林子曰はく、貞常親王《さだつねしんわう》は、崇光帝《そうくわうてい》の曾孫《そうそん》、[一]貞成《さだしげ》親王の子、所謂伏見殿《いはゆるふしみどの》也。常《つね》に康富を召《め》して書《しよ》を読む。故《ゆゑ》に康富[二]此の詩を其の日記《につき》の中に載《の》す、と。

344 中原康富《なかはらのやすとみ》に寄《よ》す

叡《えい》　山《ざん》　僧《そう》　某《なにがし》

湖上《こじやう》の風光碧樹《ふうくわうへきじゆ》の巓《てん》　青山《せいざん》沈む故《ゆゑ》に白波《はくは》鮮《あざ》やかなり
正《まさ》に惟聞説《これきくなら》く清怨《せいゑん》に耐《た》へたりと　百里《ひやくり》の遠帆楼閣《ゑんばんろうかく》の前

林子曰はく、此の詩、[一]嘉吉《かきつ》三年六月康富勅使《ちよくし》に随《したが》つて叡山《えいざん》に登《のぼ》り、[二]西生院《さいしやうゐん》の僧と打話《だわ》、其の僧此の詩を贈《おく》る。康富[三]和韻《わゐんあ》有り云々《うんうん》、と。

四 中原広俊。 五 詩作。

343 おちば。[典]→341。[韻]陽・蒼・霜、下平陽韻。○枯梢… 寂々はものさびしい様。斜陽は斜に傾く夕日。○満砌は軒の石畳いっぱい。飄塵は風に飄える塵の如き落ち葉。「擁二蘚蒼一」は青い苔を覆う。○道無き…「無レ道」は「葉」にかかる。「無道晩風」は道をはずれた無情な夕暮れの風とも。老紅は、散りぎわの紅葉。紅葉を促す霜が逆に葉を落す恐れがあるので、「却」の字を用いたもの。暁来は暗いあけ方。来→342。一 後崇光院貞成親王(伏見宮)。二 康富記・文安四年(一四四七)十月八日の条。

344 中原康富に詩を寄せて。[典]→341。[韻]巓・鮮・前、下平先韻。○湖上… 湖上は琵琶湖のほとり、湖面。「碧樹巓」は緑の木の生えた比叡山頂。後句、青い山が湖水に影を映すために白波が鮮やかに見える。○正に… これこそ聞くところの「清怨」(清らかなもののあわれ)に十分値する、遠い帆かけ船が比叡山上の高楼の前に見えるとは。聞説は聞くところによればの意、一般に句の冒頭に置く。一 康富記・嘉吉三年(一四四三)六月四日の条。二 西生院は円融坊に同じ(五月三十日)。打話は話をする、語る。打は接頭語、中国俗語的用法。勅使蔵人権右中弁藤原俊秀の作かとも。三 和韻詩「攀躋携友白雲巓、直下千山湖上鮮、不管士峰為勝境、舟飛鷗睡夕陽前」。

345 大炊御門《おほいのみかど》信宗公《のぶむねこう》の席即興《せきそくきよう》　　藤《ふち》原《はらの》時《とき》房《ふさ》

高門客《かうもんかく》を引《ひ》いて芳辰《はうしん》に遇《あ》ふ　醸緑醸紅花柳新《ちやうりよくちやうこうくわりうあらた》なり
祝得《しゆくしえ》たり主人亀鶴《しゆじんきかく》の寿《じゆ》　大椿亦見《だいちんまた》る八千春《はちせんしゆん》

林子曰はく、時房《ときふさ》は、万里小路《までのこうぢ》嗣房《つぐふさ》の男《をのこ》。此の詩宝徳《ほうとく》[一]元年の作。時《とき》に信宗《のぶむね》・時《とき》房共《ふさとも》に前内府《さきのだいふ》[二]為り。康富《やすとみ》、其の席に陪《ばい》して韻《ゐん》[三]を和《わ》す、と。

346 乱《らん》を避《さ》け京《きやう》を出《い》で江州水口《がうしうみなくち》に到《いた》り雨に遇《あ》ふ　　藤《ふち》原《はらの》兼《かね》良《ら》

憶得《おもひえ》たり三生石上《さんしやうせきじやう》の縁《えん》　一菴風雨《いちあんふうう》夜眠《よるねむ》る無《な》し
今朝更《こんてうさら》に下《くだ》る山前《さんぜん》の路《みち》　老樹《らうじゆ》雲深《ふか》うして杜鵑哭《とけんとく》す

林子曰はく、兼良《かねら》は、俗《ぞく》に所謂《いはゆる》[一]一条大閤是也《いちでうたいかふこれなり》。凡《およ》そ其の身《み》摂関職《せつくわんしよく》に補《ほ》し、上表《じやうへう》して其の子摂関為《た》るときは、則《すなは》ち之《これ》を尊《たふと》んで大閤《たいかふ》と曰《い》ふ。是流《これる》例《れい》[二]也。兼良公、官爵《くわんしやく》の貴《き》、以《もつ》て之《これ》[三]に加《くは》ふる無し。然《しか》れども唯虚位《ただきよゐ》[四]に居《きよ》し、国政《こくせい》に於《お》いては損《そん》益《えき》すること能《あた》はず。其の才倭漢《さいわかん》を兼《か》ね、当時無雙《そのときむさう》。[五]公自《こうみづか》ら謂《い》ふ、「吾《われ》、[六]菅丞相《かんしようじやう》に勝《まさ》る者三《ものみ》つ。彼《かれ》は[七]右府《うふ》為《た》り、吾《われ》は[八]相国《しやうこく》為《た》り。彼は其《そ》の家門微賤《かもんびせん》、吾は累世摂《るいせいせつ》

345　大炊御門信宗公(→林子評)の詩席での即興の詩。詩題は林子の加えたもの。典→341。韻辰・新・春、上平真韻。○高門… 高門は高貴の家柄、信宗をさす。引は招待する。芳辰はかんばしい時節、春。「醸緑醸紅」は新しい酒をかもす時季であるため、春の物である緑の柳とくれないの花を酒にかもすといったもの。「花柳新」は花と柳の新しい春の季節を表現した句。○祝得… 祝得の「得」は助字。「主人亀鶴寿」は主人信宗の長寿。後句、大椿という巨木の霊樹が八千年の春を見るように主人は永遠の長寿を保たれんことを。荘子・逍遥遊篇「上古有二大椿者一、以二八千歳一為レ春、八千歳為レ秋」に基づく。
一 宝徳元年(一四四九)三月八日の作。
二 もと内大臣。
三 和韻「桃紅李白満庭辰、今日詩歌御宴新、老後争聴前聖楽、斯躬只在太平春」。

346　応仁の戦乱を避けて京都を出て近江の水口(甲賀郡水口町)に至り雨に出逢って。典関藤河紀行(藤川の記)。作者、「かねよし」とも。韻縁・眠・鵑、下平先韻。○憶得… 憶得の「得」は助字。三生石は浙江省杭県の天竺寺の後の山にある石。唐の円観が再生してこの石の許で李源と再会した故事(唐袁郊撰「甘沢謡」)。この謡の第一句に「三生石上旧精魂」とみえ、作者は、一夜の宿りにこの故事を思い浮かべたもの。菴は庵。○今朝… 杜鵑→286林子評。一 太

家《け》也。彼は漢事《かんじ》[九]を知《し》る者《もの》、李唐以前《りたういぜん》[一〇]而已《のみ》、我《わが》　朝《てう》の事を知る者《もの》、延喜《えんぎ》[一一]以前而已《のみ》。吾は既《すで》に倭漢《わかん》の古《いにしへ》を知って、之《これ》を加《くは》ふるに李唐以後《いご》の事、延喜以後の事を以《もつ》てす。然《しか》れども、吾《わ》が百歳《ひやくさい》の後、世人《せじん》吾を尊ぶこと彼《かれ》に如《し》かじ。遺恨《ゐこん》無きに非《あら》ず」と。故《ゆゑ》に、時《とき》の人《ひと》兼良を招請《せうせい》するときは、則《すなは》ち菅相影像《かんじやうえいざう》[一二]を牀上《しやうじやう》[一三]に掛《か》くること能《あた》はず。若《も》し偶《たまたま》之《これ》を見るときは、則ち怒《いか》つて曰《い》はく、「彼何《かれなん》ぞ吾《わ》が頭上《とうじやう》に在る哉《や》」と。其の自《みづか》ら許《ゆる》すこと此《か》くの如《ごと》し。

漸《やうや》く老《お》いて、応仁《をうにん》[一四]の乱《らん》に遇《あ》つて、蔵書焦土《ざうしよせうど》。乱を避《さ》けて、濃州《のうしう》[一五]・江州《がうしう》・伊《い》州《しう》の間《あひだ》に漂泊《へうはく》す。紀行《きかう》の詩歌《しいか》若干《じやくかん》、今《いま》其の一首を載《の》す。餘《よ》は類《るい》して推《お》すべし。其の博識《はくしき》は、則《すなは》ち置《お》いて論《ろん》ぜず。詩文《しぶん》に至《いた》つては、則ち是綱《これつな》[一六]・在良《ありよし》[一七]に及《およ》ぶこと能《あた》はず。豈菅相《あにかんじやう》と併論《あはせろん》ずべけん哉《や》。

公著《こうあら》はす所《ところ》、『四書童子訓《ししよどうじくん》[一八]』『神代纂疏《じんだいさんそ》[一九]』『源氏花鳥餘情《げんじくわてうよせい》[二〇]』『歌林良材《かりんりやうざい》[二一]』『樵談治要《せうだんちえう》』『梁塵抄《りやうぢんせう》[二二]』『公事根源《くじこんげん》』『桃花蘂葉《たうくわずいえふ》』『関藤河紀行《せきのふぢかはきかう》』『筆口占《ひつこうせん》[二三]』『文明一統記《ぶんめいいつとうき》』『伊勢物語愚見抄《いせものがたりぐけんせう》[二四]』『職原位階《しよくげんゐかい》[二五]』『追加《ついか》[二六]』『尺素往来《せきそわうらい》』等《とう》有り。其の餘猶多《ほかなほおほ》し。

固《まこと》に是衰世《これすいせい》の大才《たいさい》也。唯《ただ》其の文章《ぶんしやう》、「新続古今序《しんぞくこきんのじよ》[二七]」有り。詩は『関藤河紀行』に四五首《しごしゆ》、及《およ》び「後小松院挽詩《ごこまつゐんばんし》[二八]」、僅《わづ》かに世に伝ふ。又「俊成像賛《しゆんぜいざうのさん》[二九]」有り。

然《しか》るときは、則《すなは》ち博識《はくしき》は、公《こう》の長《ちやう》ずる所《ところ》にして、後世之《こうせいこれ》に依頼《いらい》す。文筆《ぶんぴつ》は、其の短《たん》とする所也。嗚呼《ああ》、李善《りぜん》[三〇]『文選《もんぜん》』を註《ちゆう》す、人皆其《ひとみなそ》の博聞《はくぶん》を知る。然《しか》れども、

閣に同じ。二 慣例。三 最上位をいう。四 名目だけの地位。五 続本朝通鑑参照。六 菅原道真。七 右大臣。八 太政大臣。九 中国のこと。一〇 唐代。李は唐天子の姓。一一 醍醐帝の代。一二 道真の画像。一三 とこの上。一四 後土御門帝一四六七―六八年の乱。一五 美濃・近江・伊賀。一六 菅原是綱、278の作者。一七 底本「左良」は「在良」(菅原)の誤。279の作者。一八 四書は一大学・二論語・三孟子・四中庸の順序(四書童子訓・一)。一九 日本書紀纂疏。二〇 源氏物語花鳥餘情。二一 歌林良材集。二二 梁塵愚案抄。二三 「筆椛(ふでのすさび)」のことか。二四 底本「遇見抄」は「愚見抄」の誤。二五 「職原抄注」か。二六 「連歌新式追加」か。二七 「新続古今和歌集序」。二八 未詳。挽詩は挽歌詩。二九 たよる。三〇 初唐の人、李善注の「文選」(六十巻)は唐高宗顕慶三年(六五八)成立。三一 博識の李善は文章が下手なので書簏(書物を納めるつづら)とそしられた(新唐書・李邕伝「淹ニ貫古今一、不レ能レ属レ辞、故人号ニ書簏一」)。三二 博識の点で兼良を評価する。

[三一]書簏《しよろく》の謗《そしり》有るときは、則ち人各《おのおの》長《ちやう》ずる所《ところ》有り。故《ゆゑ》に余《よ》、[三二]公《こう》の博識《はくしき》に於《お》いて之《これ》を取ること有り、と。

347 雪中鸎《せつちゆうのうぐひす》　文明《ぶんめい》十五年正月将軍源義尚《しやうぐんみなもとのよしひさ》の営《えい》に会《くわい》す　藤原政家《ふぢはらのまさいへ》

春天雪灑《しゆんてんゆきそそ》き未《いま》だ吹き晴れず　更《さら》に金衣《きんい》を刷《つくろ》ふ正月《しやうぐわつ》の鸎《うぐひす》
是従《これよ》り東風寒《とうふうかん》を送り去《さ》る　花中百囀管絃《くわちゆうひやくてんくわんげん》の声

林子曰はく、政家公《まさいへこう》は、近衛房通公《このゑふさみちこう》[一]の男、時に関白為《くわんばくた》り。按《あん》ずるに、応仁《をうにん》[二]の大《たい》乱《らん》、文明《ぶんめい》の初《はじ》め猶未《なをいま》だ止《や》まず。数年《すうねん》の後、群雄皆《ぐんいうみな》其の国に帰る。洛中稍静《らくちゆうやうやくしづ》かなり。[三]義尚《よしひさ》倭歌《わか》を嗜《たしな》む。故に此の会《くわい》を催《もよほ》す。其の[四]風流聊想像《ふうりういささかさうざうす》焉、と。

348 同《おな》じく　藤原実遠《ふぢはらのさねとほ》

満庭《まんてい》の残雪樹梢傾《ざんせつじゆせうかたぶ》く　谷を出《い》づる嬌鸎金羽《けうあうきんう》軽《かろ》し
恰《あたか》も嵩山万歳《すうざんばんざい》を呼《よ》ぶに似《に》たり　新年《しんねん》先づ報《ほう》ず両三声《りやうさんせい》

林子曰はく、実遠《さねとほ》は、[一]西園寺公名《さいをんじきんな》の男、時《とき》に[二]左府《さふ》為《た》り、と。

347 雪の中に鳴く鶯。文明十五年(一四八三)正月十三日将軍足利義尚の邸(営は柳営。将軍の居所)での詩歌合に参会して。〔典〕文明十五年(将軍家)詩歌合(一番「雪中鶯」)。六十番の中から八首採用。〔韻〕晴・鸎(鶯)・声、下平庚韻。○春天…　「未吹晴」は風雪が吹いて空は晴れない。底本「未レ吹レ晴」を改訓。「刷二金衣一」は鶯が美しい羽をはづくろいする。鶯を金衣公子とも称する(開元遺事)。○是従り…　東風は春風。「百囀」云々は鶯が盛んにさえずる、管絃の音のように。一 房嗣の誤。二 →346林子評。三 文明年間を中心とする足利将軍。四 風雅をまずまず想像できる。

348 →347。〔典〕→347(二番)。〔韻〕傾・軽・声、下平庚韻。○満庭…　樹梢は底本「樹梢頭」。「出レ谷」は毛詩・小雅・伐木の「出レ自二幽谷一」による。嬌鸎はよい声でなく鶯。金羽→347「金衣」。○恰も…　「嵩山万歳」は漢の武帝が嵩山(河南省五岳の一つ)を祭るために登山したとき万歳(慶賀のことば)を叫ぶ声がどこからともなく聞えてきた故事(漢書・武帝紀)。両三声は二声三声。一 太政大臣、後に出家。二 左大臣。

349　同じく　藤《ふち》原《はらの》実《さね》淳《あつ》

餘《よ》寒谷《かんこく》谷雪《こくゆき》堆堆《たいたい》　一曲《いっきょく》未《いま》だ歌はず春《はる》未だ回《かへ》らず
語《ご》を寄《よ》す東風《とうふう》吹いて意《い》を着《つ》けよ　金衣《きんい》猶《なを》宿《やど》す去年《きょねん》の梅

林子曰はく、実淳《さねあつ》は、[一]徳大寺《とくだいじ》公有《きんあり》の男、時《とき》に[二]内府《だいふ》為《た》り、と。

350　江畔柳《かうはんのやなぎ》　同席《どうせき》　同《どう》山《ざん》

江畔春温《はるあたた》かにして柳色《りうしよく》鮮《あざ》やかなり　千糸《せんし》万縷《ばんる》青煙《せいえん》を鎖《とざ》す
漁橋《ぎよけう》は何《なん》ぞ官橋《くわんけう》の暁《あかつき》に似《に》ん　金狖《きんじゆう》を繫《つな》がず只船《ただふね》を繫《つな》ぐ

351　同じく　宗《そう》山《ざん》

千条《せんでう》の柳色《りうしよく》好風光《かうふうくわう》　短短長 長江水《たんたんちやうちやうかうすい》の傍《ほとり》
染《そ》めて乾《かは》くことを成《な》さず烟雨《えんう》の晩《ばん》　半《なか》ば鴨緑《あふりよく》の如《ごと》く半ば鵝黄《がくわう》

林子曰はく、同山《どうざん》諱《いみな》は等源《とうげん》、[一]香厳院《かうごんゐん》と号《がう》す。即是《すなはちこれ》義尚《よしひさ》の[二]庶兄《しよけい》也。想《おも》ふに夫《それ》、

349　↓347。典↓347(三番)。韻堆・回・梅、上平灰韻。○餘寒…　「谷谷」は多くの谷、どの谷も。底本「谷合」。堆堆は積み重なる。一曲は鶯の一声。○語を…　春風にひとこと申したい、注意して吹いてくれ、鶯の羽(↓347)はまだ去年の梅の香を留めているから。一 右大臣。二 内大臣。

350　かわのほとりの柳。同じ席での作。典↓347(三十六番)。韻鮮・煙・船、下平先韻。○江畔…　千糸万縷はあまたの柳の糸。青煙は青色を帯びたもや。鎖はとざす、柳の附近にもやがたちこめている様。○漁橋…　漁橋は漁村にかかる橋。詩歌合「漁郷」。官橋は隋の煬帝の時に架した洛陽の天津橋をいうか(白詩2892・雪後早過㆔天津橋㆓…に「官橋晴雪暁峨々」とある)。金狖は金色の尾をもつ猿の一種、金線狖。後句、都の官橋には珍貴な金狖をつなぐが、ここにはただ船をつなぐばかり。

351　↓350。典↓347(三十四番)。韻光・傍・黄、下平陽韻。○千条…　後句、或いは短く或いは長く柳の糸が川べに添って立つ。○染めて…　前句、柳の糸を染めてぬれたまま乾ききらない、けむる雨の夕べ。鴨緑はかもの羽や頭の緑色。鵝黄はがちょうの毛の黄色。ともに柳の新芽の色をさす。一 ↓作者名索引。二 側室腹の兄。三 出家する。四 貴人の子弟を呼ぶ敬称。桑門は僧侶。

王室《わうしつ》衰《おとろ》へて皇子《くわうし》釈氏《しやくし》[三]に入《い》る、摂家《せつけ》微《び》にして貴介桑門《きかいさうもん》[四]と為《な》る、武門《ぶもん》弱《よわ》うして其の[五]連枝《れんし》僧《そう》と為《な》る。以《もつ》て痛《いた》むべし。宗山《そうざん》諱は等貴《とうき》、相国寺《しやうこくじ》[六]の僧為《そうた》り。是崇光帝《これそうくわうてい》の玄孫《げんそん》、伏見《ふしみ》[七]貞常親王《さだつねしんわう》の子也。皇胤《くわういん》の故《ゆゑ》を以《もつ》て同山《どうざん》と相並《あひなら》ぶ。二人共《ふたりとも》に是既《これすで》に禅門《ぜんもん》の徒為《とた》り。今此《いまこ》の集《しふ》に叢林《そうりん》[八]の詩を取らず。然《しか》れども、此の二人は、高貴《かうき》の族《ぞく》にして他《た》に准《じゆん》じ難《がた》し。且《か》つ此の会《くわい》席《せき》の次第《しだい》、三公《さんこう》[九]の次《つぎ》、源通秀《みなもとのみちひで》の上《かみ》に列《れつ》し、禅徒《ぜんと》蘭坡《らんぱ》[一〇]・横川《わうせん》・桃源《たうげん》・周麟《しうりん》・周《しう》全《ぜん》が列《れつ》と為《せ》ず。故《ゆゑ》に此《ここ》に載《の》す。蘭坡等《らんぱら》の五人、此の席《せき》に在《あ》りと雖《いへど》も、皆之《みなこれ》を載せず。[一一]師錬《しれん》・円月《ゑんげつ》・周信《しうしん》・中津等《ちゆうしんら》以下《いか》、禅徒《ぜんと》の詩枚挙《しまいきよ》に遑《いとま》あらず。況《いはん》や其《そ》[一二]の集《しふ》今世《いまよ》に行《おこな》はる。故に今皆之《みなこれ》を収《をさ》めず、と。

352 山家梯《さんかのてい》　同席《どうせき》　　源《みなもとの》　通《みち》　秀《ひで》

茅屋蕭条一径微《ばうをくせうでういつけいかす》かなり　　古梯幾尺柴扉《こていいくしやくさいひ》に向《む》かふ
蒼苔路嶮《さうたいみちけん》にして人の過《よぎ》る無し　　只斜陽樵士《ただしややうせうし》の帰《かへ》るを看《み》る

林子曰はく、通秀《みちひで》は、久我《くが》[一]庶流中院通淳《しよりうなかのゐんみちあつ》の男。官内府《くわんだいふ》[二]に至《いた》り、位《ゐ》一品《いつぽん》[三]に叙《じよ》す。其の家乗《かじよう》[四]を『一位殿記《いちゐどののき》』[五]と曰《い》ふ、と。

五 同胞兄弟。六 京都五山の一つ。七 343の作者。八 寺院関係者の詩。九 左方作者順序は関白近衛政家・左大臣西園寺実遠・内大臣徳大寺実澄・同山・宗山・従一位通秀。一〇 以下五名は詩歌合に同席した禅僧。一一 虎関師錬・中巌円月・義堂周信・絶海中津。一二 四名の集を一つ宛あげると、師錬・済北集、円月・東海一漚集、周信・空華集、中津・蕉堅集など。

352 山中の家の崖のあたりにあるかけ橋。同席→350。興→347(六十番)。韻微・扉・帰、上平微韻。○茅屋… 前句、かやぶきの家はものさびしく一本の小道が細々と通じている。後句、柴の扉に向けて幾尺か知れないほどのかけ橋がかかる。○蒼苔… 蒼苔はあおあおとした苔。斜陽は夕日。樵士はきこり。一 別家。通淳は准大臣。二 内大臣。三 一位。四 家の記録、日記。五 十輪院内府記。

353 同じく　藤《ふぢ》原《はらの》冬《ふゆ》良《ら》

路蹊隈《みちけいわい》に入《い》りて歩歩《ほほ》迷《まよ》ふ　樵歌《せうか》声遠《こゑとほ》し夕陽《せきやう》の西
山前山后《さんぜんさんご》梯上《ていじやう》を踏《ふ》む　誰《たれ》か白雲《はくうん》を伴《ともな》ひ旧棲《きうせい》に安《やす》んぜん

林子曰はく、冬良《ふゆら》は、兼良《かねら》[一]の子也。時《とき》に左大将《さだいしやう》[二]為《た》り。其の後関白《のちくわんぱく》と為《な》る。頗《すこぶる》[三]才調《さいてう》有《あ》り、『増鏡《ますかがみ》』[四]を作る、と。

354 同じく　藤《ふぢ》原《はらの》基《もと》綱《つな》

二三《にさん》の茅屋客《ばうをくかく》の過《よぎ》ること稀《まれ》なり　苔危梯《こけきてい》を鎖《とざ》して翠微《すいび》に傍《そ》ふ
径林西《みちりんせい》を歴断《へた》えて還続《またつづ》く　行行《ゆきゆき》て認《みと》め到《いた》る小渓扉《せうけいひ》

林子曰はく、基綱《もとつな》は、姉小路基昌《あねがこうぢもとまさ》[一]の男、と。

355 山中紅葉《さんちゆうのこうえふ》　藤《ふぢ》原《はらの》教《のり》秀《ひで》

暁霜葉《げうさうは》を染《そ》め景佳《けいか》なる哉《かな》　一抹《いちまつ》の斜陽蜀錦《しやようしよくきん》開《ひら》く

353 ↓352。作者、「ふゆよし」とも。【韻】迷・西・棲、上平斉韻。【典】↓347(五十六番)。○路… 蹊隈は小道の曲がった処、くま。歩歩は一歩一歩。○山前… 樵歌はきこりのうたう歌。○山前… 梯上は谷のかけ橋の上。後句、底本「伴」を欠く。旧棲はもとからの住みか。かけ橋があるので住む人を想像し、白雲を友として誰が安住しているのだろうかと、述べる。一 346の作者。二 左近衛大将。三 才知のある様子。四 作者冬良説は旧説、現在は二条良基説が有力。

354 ↓352。【典】↓347(五十一番)。作者は当日参議。【韻】稀・微・扉、上平微韻。○二三… 客過は旅人がたちよる、訪れる。危梯は危うげにかかるかけ橋、桟道。鎖は閉ざす、苔の密生している様。翠微は山の中腹のあたり、緑の山の色とも。○径… 前句、底本訓「林西ヲ経歴ス」。詩歌合による。林西は林の西側。行行はどんどん行く(文選「古詩十九首」など)。認到は見付けてそこに至る。小渓扉は小さい谷間の家の扉。一 基昌は「昌家」の誤。

355 山の中の紅葉。【典】詩歌合(文明十四年九月二十八日)(三番)。↓360林子評。当日作者は権大納言。【韻】哉・開・鬼、上平灰韻。○暁霜… 一抹はひとぬり(「抹」を底本「林」に作るが、平仄の誤)。蜀錦は蜀の国の錦江でさらした糸で織った美しい錦、夕日に映える紅葉にたとえる。

識《し》らず秋光《しうくわう》幾千樹《いくせんじゆ》　吟流水《ぎんりうすい》に随《したが》つて崔嵬《さいくわい》に上《のぼ》る

林子曰はく、教秀《のりひで》は、坊城経成《ばうぜうつねなり》の男、と。

356 同　じ　く　　藤《ふぢ》　原《はらの》　経《つね》　茂《しげ》

昨夜《さくや》清霜染《せいさうそ》め出《いだ》すや不《いな》や　満山葉葉紅《まんざんえふえふくれなゐ》を着《き》て稠《しげ》し
誰《たれ》有つてか能《よ》く斯《こ》の地《ち》を縮得《ちぢめえ》て　移《うつ》して五雲天上《ごうんてんじやう》秋《あき》と作《な》す

林子曰はく、経茂《つねしげ》は、[一]坊城経直《ばうぜうつねなほ》の男、[二]教秀《のりひで》と従兄弟《じゆうけいてい》為《た》り、と。

357 田家《でんか》秋寒《あきさむ》し　　藤《ふぢ》　原《はらの》　高《たか》　清《きよ》

収斂《しうれん》未《いま》だ終《を》はらず秋色《しうしよく》深し　田村戸戸《でんそんここ》清碪《せいちん》を拭《ぬぐ》ふ
近年《きんねん》租《そ》重《おも》うして衣《きぬ》猶《なほ》薄《うす》し　月《つき》冷《ひ》え風寒《かぜさむ》うして思《おもひ》禁《きん》ぜず

林子曰はく、高清《たかきよ》は、[一]勧修寺《くはじゆじ》清房《きよふさ》の男、と。

○識らず…　秋の光がどれだけの樹木に照るのかわからないほど美しい。谷川の音に沿いながら詩歌を吟じつつ次第に嶮しい山頂へと上ってゆく。「上」の主語は作者。

356　→355。典→355(七番)。作者は当日大蔵卿。韻不・稠・秋、下平尤韻。○昨夜…　染出は霜が木の葉を紅葉させるものとしていう。前句では染め出したか否か疑ったまま、後句に続ける。後句、全山紅葉してその色は濃い。○誰…　「有㆑誰」は誰か…できるものはいないか、誰か…してほしい。縮得の「得」は助字。五雲天上は五色の雲のかかる天上の仙界、ここは宮中の意。この紅葉の秋山を圧縮して宮中の秋として移せるものはいないかとの結び。一 経成(→355林子評)の弟。二 355の作者。

357　田舎の秋は寒く。典→355(二十二番)。作者は当日権中納言。韻深・碪・禁、下平侵韻。○収斂…　収斂は秋の取り入れ。田村は田園の村落。「拭㆓清碪㆒」は冬の準備のためにさっぱりと砧(きぬた)の塵を拭うこと(杜甫・擣衣「秋至拭㆓清砧㆒」)。○近年…　租は租税。薄は暖い衣が着られないためにいう。「思不㆑禁」はつらい思いに耐えられない。一 勧修寺は海住山家とも。

358　同じく　藤《ふぢ》原《はらの》広《ひろ》光《みつ》

東作西収《とうさくせいしう》歳《とし》漸《やうやく》闌《たけなは》なり　田翁《でんおう》住処《すむところ》露《つゆ》漙漙《たんたん》
稲粱《たうりやう》刈尽《かりつく》す秋風《しうふう》の夕《ゆふべ》　想是《おもふこれ》吾《わ》が廬《いほり》次第《しだい》に寒《さむ》し

林子曰はく、広光《ひろみつ》は、柳原藤光《やなぎはらふぢみつ》の男、と。

359　鶴齢《つるよはひ》を伴《ともな》ふ　菅《すが》原《はらの》和《かず》長《なが》

洞裡《とうり》喬松《けうしよう》半《なか》ば庭を掩《おほ》ふ　枝は猶碧《なをみどり》を垂《た》れ鶴《つる》は翮《はね》を垂《た》る
千年《ちとせ》の色君《いろきみ》に寿《じゆ》を献《たてまつ》るに似《に》たり　正《まさ》に仙衣《せんい》を伴《ともな》ひ共《とも》に齢《よはひ》を制《せい》す

林子曰はく、和長《かずなが》は、為長《ためなが》十代の後、長清《ながきよ》の男、と。

360　同じく　卜《うら》部《べの》兼《かね》致《むね》

一隻《いつせき》高《たか》く翀《とびあが》る蓬嶋《ほうたう》の天《てん》　玄衣《げんい》丹頂《たんちやう》飛仙《ひせん》に伴《ともな》ふ
雲母《うんも》を飡《くら》うて彭祖《はうそ》に随《したが》ふこと莫《なか》れ　猶《なを》蟠桃《ばんたう》子《み》を着《つ》くる年を欠《か》く

358　↓357。典↓355(十八番)。作者は当日は権中納言。韻闌・漙・寒、上平寒韻。○東作…　東作は春の耕作。西収は秋の収穫。闌はここは盛りを過ぎる。漙漙は底本「溥溥」、意改。露の多いこと(毛詩・鄭風・野有蔓草)。○稲粱…　稲粱は稲とあわ(底本「梁」、意改)。想是の「是」は強意の助字。次第は名詞より副詞へ転化したもの、白詩に例が多い。一藤光は資広とも。

359　鶴は長寿をもって。典↓355(二十九番「鶴伴仙齢」)。作者は当日は散位。韻庭・翮・齢、下平青韻。○洞裡…　洞裡は仙人のいる洞(ほら)の中、上皇後花園院の御所(仙洞御所)。喬松はたけの高い松。鶴は緑の松に対して白い鶴をさすか。○千年…　前句、千年の緑の松の色が上皇に長寿を献上するかのようだ。松と鶴の姿を仙人の衣を捧げもつ姿とみなしたもの。「制レ齢」はよわいを定める、整える。一菅原為長、東坊城家。

360　↓359。典↓355(三十一番)。当日、作者は蔵人神祇少副。韻天・仙・年、下平先韻。○一隻…　一隻は一羽。底本「一雙」に作るのは平仄の誤。翀は空高く飛びあがる。蓬嶋は仙人の住むという蓬莱山。玄衣は黒色の衣、丹頂鶴の羽毛をさす。飛仙は空を飛ぶ仙人。○雲母…　彭祖はきらを服食して七百余歳生きたという中国古代の仙人(列仙伝)。蟠桃は三林子曰はく、兼致《かねむね》は、吉田《よしだ》神職《しんしよく》兼倶《かねとも》[一]の男、と。

「山中紅葉《さんちゆうのこうえふ》」以下《いか》三題《さんだい》[二]の詩巻《しくわん》、余《よ》が家之《いへこれ》を蔵《をさ》む。教秀《のりひで》以下六人、共《とも》に義尚《よしひさ》[三]の会席《くわいせき》に列《れつ》し、其《そ》の三題を賦《ふ》[四]す。今彼《かれ》を捨《す》て此《これ》を取《と》るは、題品《だいひん》[五]を分《わか》たんが為《ため》なり、と。

361 江山春意《かうざんのしゆんい》

貞《さだ》　敦《あつ》　親《しん》　王《わう》

江山《かうざん》雨過ぎて翠微《すいび》平《たひ》らかなり　樵唱漁歌《せうしやうぎよか》春晴《しゆんせい》を喜《よろこ》ぶ

風は動《うご》く水南酒旗《すいなんしゆき》の外《そと》　杏村既《きやうそんすで》に聴《き》く花を売《う》る声

林子曰はく、貞敦《さだあつ》は、伏見《ふしみ》殿貞常《どのさだつね》[一]の孫《まご》、邦高《くにたか》[二]の男、中務卿親王《なかつかさきやうしんわう》と称《しよう》す、と。

362 同じく

藤《ふぢ》　原《はらの》　宣《のぶ》　秀《ひで》

東風暖《とうふうだん》を送つて江城《かうじやう》に入《い》る　霞山山《かすみやまやま》を隔《へだ》て波浪《はらう》平《たひ》らかなり

聖代《せいだい》の恩光《おんくわう》自《をの》づから春意《しゆんい》　千峰万水初晴《せんぽうばんすいしよせい》を弄《ろう》す

林子曰はく、宣秀《のぶひで》は、中御門宣胤《なかみかどのぶたね》[一]の男、と。

此の二首の懐紙《くわいし》、余《よ》が家之《これ》を蔵《をさ》む。

千年に一度開花し実をつける(着子)という屈曲した桃の木(十洲記)。群書本「着二千年一」。前句の「莫…随」を受けて、後句は、彭祖の年齢は蟠桃の結実する三千年に及ばないの意。

一 神祇大副。二「山中紅葉」「田家秋寒」「鶴伴レ齢」。群書類従「詩歌合」(文明十四年九月二十八日)にも所収。三 将軍足利義尚。四 与えられた題によって詩を作る。五 題目。種々の題に分けるためにこれらの詩を採った意。

361　川と山のかもす春ののどかな心もち、風情。興林家蔵懐紙詩。韻平・晴・声、下平庚韻。〇江山…翠微→354。樵唱漁歌はきこりや漁夫の歌ごえ。春晴は春の晴れた日。〇風は…　前句、川の南にある酒屋の外にたてたしるしの旗を風があおる(風動は一般には秋冬の激しい風の形容)。杏村はあんずの木のある村。一 343の作者。二 邦高親王。

362　→361。興→361。韻城・平・晴、下平庚韻。〇東風…　東風は春風。江城は川のほとりの町。江戸をいう場合が多いが、ここは京都をさすか。霞は日本的な「かすみ」。〇聖代…聖なる御世の恩沢は自ら春の光のめぐみとなって現われている。多くの山や川を背景とした春の初めの晴れた日をぞんぶんに賞美する。一 権大納言。宣胤卿記を著す。

363 印《いん》を解《と》いて後懐《のちおもひ》を書《しよ》す　　藤《ふぢ》原《はらの》実《さね》隆《たか》

三十年来《ねんらい》朝市《てうし》の塵《ちり》　片舟《へんしう》帰《かへ》り去《さ》る五湖《ごこ》の春
平生慙愧《へいぜいざんき》す功業《こうげふ》無きことを　白鷗《はくおう》に対《たい》して此の身を終《を》ふ合《べ》きに

林子曰はく、実隆《さねたか》は、三条庶流公保《さんでうしよりうきんやす》の男也。倭歌《わか》を以《もつ》て名を著《あら》はし、且《か》つ漢才《かんさい》有《あ》り。官《くわん》に仕《つか》へ内大臣《ないだいじん》に至《いた》る。逍遥院《せうえうゐん》と号《がう》す。其の子《こ》称 名院公条《しようみやうゐんきんえだ》、公条の子三光院実澄《さんくわうゐんさねずみ》、相継《あひつ》いで大臣《だいじん》に任《にん》ず。共《とも》に一才調有《さいてうあ》り。公条最《きんえだもつと》も顕《あらは》る焉。実隆《さねたか》、二文明義尚《ぶんめいよしひさ》の会《くわい》に列《れつ》し、三題《さんだい》を賦《ふ》す。其の餘《ほか》の詩、猶之有《なをこれあ》り。然《しか》れども、此《こ》の詩《し》三親筆短尺《しんぴつたんざく》、故《こ》四石川忠総之《いしかはただふさこれ》を蔵《をさ》む。往年余《わうねんよ》に贈《おく》る。幸《さいはひ》に五丁酉《ていいう》の災《さい》を免《まぬか》れて、今猶在《いまなほあ》り焉。忠総の志《こころざし》忘《わす》るべからず。且《か》つ句意《くい》、他作《たさく》に比《ひ》するときは、則《すなは》ち稍《やや》好《よ》し。故《ゆゑ》に此《ここ》に載《の》す、と。

364 新正口号《しんせいのこうがう》　　源《みなもとの》晴《はる》信《のぶ》

淑気未《しゆくきいま》だ融《ゆう》せず春尚遅《はるなをおそ》し　霜辛雪苦《さうしんせつく》豈《あに》詩を言はんや
此の情愧《こころは》づらくは東風《とうふう》に咲《わら》は被《れ》んことを　吟《う》断《た》ふ江南梅一枝《かうなんうめいつし》

363 官を辞して(永正三年(一五〇六))後に、自分の心の中を詩に述べて。典林家蔵短冊詩。韻塵・春・身、上平真韻。○三十… 「朝市塵」は朝廷と人の集る市場の塵、世俗の塵。後句、越(えつ)の国の宰相であった范蠡(後の陶朱公)が五湖に舟を浮かべて去った故事(史記・貨殖伝)、官を辞した作者自身をさす。五湖は太湖の別名。○平生… 後句、人によく馴れる白い鷗を友として(列子・黄帝篇など)、隠居生活をすべきだったのに。合は当然の意をもつ助字。一 →353注三。二 →347詩題。権中納言実隆の三題の詩は「雪中鶯」「江畔柳」「山家梯」。三 実隆自筆の短冊。四 徳川の家臣、近江膳所城主、慶安三年(一六五〇)没。五 明暦三年(一六五七)の江戸の大火。

364 年の始めに口から出るままに。唐詩に「口号」の詩は多い。典未詳(夜航詩話・一など)。韻遅・詩・枝、上平支韻。○淑気… 淑気は春のけはい。融は融和、やわらぐ。後句、霜や雪の苦しみは詩に述べることはできない。○此の… 此情は第二句をさす。この心を春風に笑われることを恥じて、「中国の江南地方に咲く梅のひと枝」の詩を吟じる次第だ。吟断は吟じ尽くすこと、断は動詞のあとにつく俗語的用法。「江南梅一枝」は「江南一枝春」(→342)の故事を踏まえるか。

365 乱れる世の中。典未詳。韻鉎・涼、下平陽韻。○刀を… 前句、林子曰はく、晴信《はるのぶ》は、世に所謂《いはゆる》武田《たけだ》信玄《しんげん》也、と。

365　乱《らん》世《せい》　源義輝《みなもとのよしてる》　光源院《くわうげんゐん》

刀《かたな》を抛《なげう》ち諸有《しよう》を空《むな》しうす　又何《またなん》ぞ鋒鋩《ほうばう》を説《と》かん
転身《てんしん》の路《みち》を知らんと要《えう》す　火裡《くわり》に清涼《せいりやう》を得《う》

366　乱《らん》を避《さ》けて舟《ふね》を江州《がうしう》の湖上《こじやう》に泛《うか》ぶ　源義昭《みなもとのよしあき》　霊陽院《りやうやうゐん》

江湖《かうこ》に落魄《らくはく》して暗《あん》に愁《うれひ》を結《むす》ぶ　孤《こ》舟《しう》一夜《いちや》思《おもひ》悠悠《いういう》
天公《てんこう》も亦《また》吾《わ》が生《せい》を慨《なげ》くや否《いな》や　月は白し蘆花《ろくわ》浅水《せんすい》の秋《あき》

367　源《みなもとのみちかつ》通勝に示《しめ》す　後《ご》陽《やう》成《ぜい》院《ゐん》

旅雁《りよがん》北《きた》に飛《と》ぶ残臈《ざんらふ》の天《てん》　今宵《こんせう》旧《ふる》きを話《かた》つて思《おもひ》欣然《きんぜん》
前身《ぜんしん》蘇武《そぶ》去来《きよらい》するや否《いな》や　一瞬《いつしゆん》居諸《きよしよ》十九年

林子曰はく、通勝《みちかつ》は所謂《いはゆる》中院《なかのゐん》也足叟《やそくそう》也。曾《かつ》て故有《ゆゑあ》り、丹後国《たんごのくに》に蟄居《ちつきよ》す。十九

武士の刀を投げ捨て、あらゆるものはむなしいと思う。諸有は仏語。鋒鋩はほこさき、ここは武事。○転身…　転身は武士の身を他に転じる。要は求める。後句、火の中の如き乱世にもすがすがしい境地(仏道への道)を得よう。

366　乱を避けて舟を近江の琵琶湖に浮かべて。永禄十年(一五六七)三好康長等の襲撃を山田浦に避ける。典続通鑑・一九九。韻愁・悠・秋、下平尤韻。○江湖…　江湖は中国の三江五湖、ここは琵琶湖。「暗結レ愁」は人知れず愁いに心がとざされる。悠悠は憂えるさま。○天公…　天公は天帝。お天道さまといった語気。生はここは不幸な境涯。否はここは不安と希望の心境。後句、秋八月の月は冷やかに照らす、あしの花の出た湖畔の浅い水辺に。

367　源通勝に与えて。典未詳。↓林子評。韻天・然・年、下平先韻。○旅雁…　前句、通勝の身を暗示する。残臈は残る臘月、十二月末。○前身…　前身は前世の身、生れ変った身。蘇武は漢の武帝の臣、匈奴に捕えられ、雁信のたよりによって十九年後に帰国(漢書・蘇武伝)。お前の前身は蘇武の如く、異国に行って帰ったかどうか(蘇武の雁のたよりの如く帰って来て嬉しい)。後句、別れた日月の十九年も一瞬間のようだ。居諸は月日、毛詩・邶風・日月の「日居月諸」による語。一中院也足

年を歴《へ》て、京《きやう》に帰り拝謁《はいえつ》[三]す。時《とき》に此の御製《ぎよせい》を賜《たま》ふ、と。

368　近江黄門鞍馬《あふみのくわうもんくらま》に遊んで花を看《み》る、雨に遇《あ》つて留滞《りうたい》す

源《みなもとの》　藤孝《ふぢたか》　細川玄旨《ほそかはげんし》、幽斎《いうさい》と号《がう》す

群《むれ》を成《な》す鞍馬《あんば》春風《しゆんぷう》に競《きそ》ふ　墨客騒人吟興《ぼくかくさうじんぎんきよう》濃《こま》やかなり
帰《き》計《けい》催《もよほし》来《きた》り山雨《さんう》灑《そそ》く　桜花《あうくわ》知《し》んぬ是公《これきみ》を留《とど》むべしと

369　北肉山人挽詩《ほくにくさんじんばんし》

豊《とよ》　臣《とみ》　勝《かつ》　俊《とし》

天《てん》斯《し》文《ぶん》を喪《ほろぼ》すや否《いな》や　遊魂太虚《いうこんたいきよ》に帰《き》す
威儀《ゐぎ》俎豆《そとう》を思ふ　容貌《ようばう》衣裾《いきよ》を曳《ひ》く
封千戸《ふうせんと》を用《もち》ひず　貪《どん》する所《ところ》書五車《しよごしや》
泫然雙袖《げんぜんさうしう》の涙《なみだ》　何《いづれの》日《ひ》にか又能除《またよくのぞ》かん

林子曰はく、勝俊《かつとし》は、秀吉《ひでよし》の族《ぞく》也。曾《かつ》て若狭国《わかさのくに》[一]を領《りやう》し、官《くわん》、少将《せうしやう》[二]に任《にん》ず。庚子《かうし》[三]の役《えき》、故有《ゆゑあ》つて蟄居《ちつきよ》、洛東霊山《らくとうりやうぜん》[四]に在《あ》ること年久矣《としひさし》。倭歌《わか》を以《もつ》て自《みづか》ら楽《たの》しむ。長嘯子《ちやうせうし》と号《がう》す。晩年《ばんねん》に及《およ》んで大原山《おほはらやま》[五]に移《うつ》る。天哉翁《てんさいおう》と号《がう》し、或《ある》いは西山樵夫《せいざんせうふ》と称《しよう》

軒。叟は翁の意。 二 丹後国(京都府北部)田辺城に謹慎。 三 慶長五年(一六〇〇)。

368 近江中納言(足利義昭か)が京都の鞍馬に花見に行き、雨にあいそこに雨やどりをして。興未詳。韻風・濃(通用韻)・公、上平東韻。○群を… 鞍馬は鞍をつけた馬、地名の「鞍馬」をかける。墨客は書画を書く風流人。騒人は詩人。「吟興濃」は詩を作ろうとする心が深い。○帰計… 帰ろうとした時に山の雨が降りそそいで来て、桜の花があなた(近江黄門)を引き留めようとするのだと知った。帰計は帰ろうとする計画。

369 藤原惺窩の死を悼む挽歌の詩。惺窩は元和五年(一六一九)没。興未詳。韻虚・裾・車・除、上平魚韻。○天… 天がこの文(広くいえば文明文化の意)を滅すのかどうか、いや文は永遠であるが(論語・子罕篇「天之未㆑喪㆓斯文㆒」)、君の魂は天空に帰した。以下主語は北肉山人。○威儀… 「思㆓俎豆㆒」は祭礼を心にかける(俎豆は祭のときにそなえ物を盛るうつわ)。「曳㆓衣裾㆒」は衣のすそを引く、優雅な姿の形容。○封千戸… 封千戸は君主から与えられる千軒分の領地。書五車は五台の車に積むほどの多くの書籍(荘子・天下篇の恵施の故事)。○泫然… 泫然は落涙する形容。除は涙を除く、止める。

一 若狭国の小浜領主。 二 左近衛権少将。 三 慶長五年(一六〇〇)の関ヶ原

す。其の詠草《えいさう》を『挙白集《きよはくしふ》』[六]と曰《い》ふ。慶長《きやうちやう》自《よ》り正保《しやうほう》に至《いた》る退隠《たいいん》四十餘年《よねん》、寿《じゆ》[七]を以《もつ》て終《を》ふ、と。

370 春《しゆん》　雪《せつ》　藤原政宗《ふぢはらのまさむね》　仙臺黄門《せんだいのくわうもん》 兼陸奥守《けんむつのかみ》

餘寒去《よかんさ》ること無くして発花遅《はつくわおそ》し　春雪夜来積《しゆんせつやらいつも》らんと欲《ほつ》する時《とき》
手に信《まか》せて猶斟《なをく》む三盞《さんさん》の酒　酔中《すいちゆう》の独楽誰有《どくらくたれあ》つてか知らん

林子曰はく、此の詩　[一]先考《せんかう》に示《しめ》して和《わ》[二]を要《もと》む、と。

371 春興《しゆんきよう》　江府《かうふ》の邸《てい》に於《お》いて作《さく》す　源敬《みなもとのたかし》　尾張亜相《をはりのあしやう》 義直卿《よしなほきやう》

梅花紅綻《ばいくわくれなゐほころ》んで恵風香《けいふうかう》ばし　草色江城日日昌《さうしよくかうじやうにちにちさか》んなり
酒《さけ》を酌《く》み箏《さう》を弾《だん》じて更《さら》に無事《ぶじ》　已《すで》に知《し》んぬ恩顧君王《おんこくんわう》に在《あ》ることを

林子曰はく、此の詩親筆《しんぴつ》、[一]先考《せんかう》に寄《よ》せ被《ら》る。今伝《いまつた》はつて余《よ》が手に在《あ》り。彼此《ひし》[二]懐旧《くわいきう》、覚《おぼ》へず涙《なみだ》の下《くだ》ることを、と。

本朝一人一首詩巻之七終

の合戦。[四] 京都市東山区高台寺附近の霊山。[五] 京都市西京区大原野。[六] 慶安二年(一六四九)刊。[七] 天寿を全うする。八十一歳(慶安二年)。

370 春の雪。[興]林家蔵詩。→林子評。夜航詩話・一に「春夜作」として載せる。[韻]遅・時・知、上平支韻。○餘寒… 発花は開花。夜来は夜になってから、来は時間の経過を示す助字。○手に… 「信レ手」は手の動くままに。盞は酒盃。[一] 亡父林羅山(道春)。[二] 政宗が詩の唱和(もしくは和韻)を求める。

371 春の興趣。江府は江戸。亜相は宰相につぐ者、大納言。[興]林家蔵詩。[韻]香・昌・王、下平陽韻。○梅花… 恵風は物事に恵みを与える風、春風。後句、盛んに繁る春草の色のように江戸の市中は日日に繁昌している。城は城市、町。○酒を… 箏は箏の琴。無事は平和なこと。君王はここは徳川幕府の将軍。[一] 亡父林羅山。[二] あれこれと昔を回想する。

本朝一人一首詩《し》巻《くわん》之八

向《かう》陽《やう》林《りん》子《し》輯《しふ》

林子《りんし》　本朝《ほんてう》の詩人を標出《へうしゆつ》し、三百六十餘人《よにん》を得《う》。勒《ろく》[一]して七巻と為《な》し、将《まさ》に筆を擲《なげう》たんとす。既《すで》[二]にして惜《を》しむらくは、未《いま》だ全篇《ぜんぺん》を得《え》ずと雖《いへど》も、或《ある》いは一聯《いちれん》[三]或いは二句之《これ》を取るべき者《もの》有り。況《いはん》や其の中、声名籍甚《せいめいせきじん》[四]、片言雙字《へんげんさうじ》[五]、其の人を知るべき者之《ものこれ》有るをや。是《ここ》に於《お》いて、諸《もろもろ》[六]の家《か》集泯滅《しふびんめつ》[七]して以《もつ》て之《これ》を徴《ちよう》[八]とすべき者無《ものな》きことを歎《たん》ず。遂《つひ》に其の僅《わづ》かに存《ぞん》ずる者《もの》を採拾《さいしふ》し、七巻の後に次《つ》ぎ、以《もつ》て外集《ぐわいしふ》[九]に擬《ぎ》す。

372　琴《きん》を弾《だん》ずるを聞く

惟高親王《これたかのしんわう》　高《かう》、一に喬《けう》に作る

相如《しやうじよ》昔《むかし》文君《ぶんくん》を挑《いど》み得《え》たり　簾中《れんちゆう》を使《し》て子細《しさい》に聴《き》かしむる莫《なか》れ

林子《りんし》曰《い》はく、惟喬《これたか》は、文徳帝《もんどくてい》の長庶子《ちやうしよし》[一]也。清和帝《せいわてい》、母《はは》の貴《たふとき》を以《もつ》て、早《はや》く太子《たいし》と

一 整える、おさめる。二 そうこうするうちに残念に思ったことは。三 対になる二句。四 名声。籍甚は名声評判の甚だ高いこと。五 ひとこと。雙字は二つの文字、二字。六 種々の個人詩集。七 ほろんでなくなる。八 明らかにする。九 正集に入らないものを編集した詩文集。擬はなぞらえる。

372　琴を弾ずるを聞いて。㊉朗詠・管絃。詩題と作者名の一部は平安末期の信阿の和漢朗詠集私注、或いはそれを承ける後の注、江談抄などによることが多い。以下これに準じる。○相如…　前句、漢の司馬相如が富豪の卓王孫宅に招かれた時、琴を弾いて娘の文君の心を引き駆落ちした故事(史記・司馬相如列伝)。後句、相如の前例もあり、すだれの中にいる富貴の家の女性には琴をしんみりと聞かせてはならない、の意。一 本妻以外の女性から生まれた長男。弟清和帝の母は藤原良房の女、皇太后明子。文徳はモンドグとも。二「大原ともいふ。小野といふも此辺にあり」(京城勝覧)。今の京都市左京区修学院辺より八瀬大原付近一帯。三 江談抄・二・雑事「天安皇帝(文徳帝)有下譲二位于惟喬親王一之志上事」などの伝承。四 亡父林羅山の羅山林先生文集・二十六「惟喬弁」。

373　山ぶき。→注二。㊉朗詠・春。○雌黄…　前句、山ぶきが花の中に黄色の顔料を点々とほどこして

為《な》る。惟喬《これたかしりぞ》退いて[二]小原《をはら》に隠居《いんきよ》す。[三]俗《ぞく》に伝《つた》ふ、清和《せいわ》と太子《たいし》と為《な》ることを争《あらそ》ふことは誤也《あやまりなり》。[四]先考曾《せんかうかつ》て詳《つまび》らかに之《これ》を辨《べん》ず、と。

373　款《くわん》冬《どう》　　藤《ふぢ》原《はらの》実《さね》頼《より》

雌黄《しくわう》を点着《てんちやく》す天意《てんい》有《あ》り　款冬《くわんどう》誤《あやま》つて暮春《ぼしゆん》の風《かぜ》に綻《ほころ》ぶ

林子《りんし》曰《い》はく、[一]国俗《こくぞく》誤《あやま》つて[二]酴《ど》醾《び》を以《もつ》て款冬《くわんどう》と為《な》す。故に此の詩亦伝襲《またでんしふ》して之《これ》を作る。[三]『江談抄《がうだんせう》』に曰はく、「兼明親王《かねあきらしんわう》此の句を吟《ぎん》じて曰はく、[四]「之《これ》を作る者《もの》は誉《ほまれ》を取《と》る者也」」と。[五]清原某難《きよはらぼうなん》じて曰はく、「[六]本草《ほんざう》を考《かんが》ふるときは、則《すなは》ち款冬の花《はな》冬開《ひら》く、暮春《ぼしゆん》花開《ひら》くは酴《ど》醾《び》也《なり》」と。兼明感悟《かんご》す」と。蓋《けだ》し[七]唯《ただ》其の句《く》を弄《ろう》し、其の事《こと》に拘《かかは》らざる者也。『江談《がうだん》』又《また》曰はく、「[八]此《こ》の句《く》、作者詳《さくしやつまび》らかならず。或《ある》いは実頼《さねより》の作と曰ふ」と。兼明の言《げん》を以《もつ》て之《これ》を観《み》れば、則《すなは》ち疑《うたが》ふらくは[九]其《それ》実頼の作に非《あら》じ。実頼は所謂清慎公《いはゆるせいしんこう》也。縦《たと》ひ未《いま》だ執政《しつせい》の時の作ならずと雖《いへど》も、必《かなら》ずしも此の句を以て毀誉《きよ》を論《ろん》ぜじ、と。

咲くのは天に配慮(考え)があるからだ。雌黄は誤字を訂正するための顔料。点着の「着」は動詞の下につける助字。後句、冬を凌いで生ずる意をもつ款冬(つわぶきの類)が山ぶきに誤用されて晩春の風に咲きほころんでいるからだ。「綻」は花が開く意。前句の理由を後句で説明する。

一 わが国の世俗の人々。 二 「ヤマブキ・ドビ 日本所レ謂山吹是也。暮春有レ花、日本俗呼二款冬一謂二山吹一者誤也」(下学集)。 三 巻四。兼明親王(206の作者)が大納言の頃の説話。 四 「其人於二朱雀院一所レ作也。見二其気色一、称二誉作者一也」。 五 清原為信の父、典薬頭清原真人某。 六 「款冬、和名山不々支(やまふぶき)、見二本草一、其花冬開。今以二款冬一為二山吹名一誤也」。「本草」は本草和名(薬物書、平安時代の深根輔仁撰。「款冬…和名也末布々岐、一名於保波」)。 七 兼明がその句の表面をもてあそび、事実の内容は問題としない。 八 「題不レ詳、作者不レ知。或云清慎公小野宮宴、無二今作者一云々」(巻四)。 九 実頼が作者であれば同時代の兼明は知っていたはず。

374 まばらに吹く風の中に衣を打つきぬたときねが鳴る。 興朗詠・秋・擣衣。〇擣処… 夫のために布を打っているうちに暁に近づき、ねやを照らす月は冷やかで悲しみに耐えられない。衣に仕立てて雲の寒い秋の辺境のとりでにいる夫に贈ろう

374 風疎《まば》らにして砧杵《ちんしよ》鳴《な》る　藤《ふぢ》原《はらの》篤《あつ》茂《しげ》

擣処《うつところ》暁《あかつき》閨月《けいげつ》の冷《すさまじき》を愁《うれ》ふ　裁将《さいしも》つて秋塞雲《あきさいうん》の寒《さむき》に寄《よ》す

林子《りんし》曰《い》はく、篤茂《あつもち》は、一真《ま》夏《なつ》が玄孫《げんそん》也。『二朗詠《らうえい》』の註《ちゆう》、「藤《とう》」を「菅《かん》」に作《つく》るは誤也《あやまりなり》。篤茂詩を以て名を著《あら》はす。三江以言《がうのこれとき》、其の弟子《でし》也、と。

375 中《ちゆう》陰《いん》　藤《ふぢ》原《はらの》義《よし》孝《たか》

朝《あした》には紅顔有《こうがんあ》つて世路《せいろ》に誇《ほこ》れども　暮《くれ》には白骨《はくこつ》と為《な》つて郊原《かうげん》と朽《く》ちぬ

林子曰はく、中陰は没後《ぼつご》四十九日《しじふくにち》の間《あひだ》也。義孝《よしたか》は、一伊尹公《これただこう》の子也。此の句既《すで》に世を厭《いと》ふの意《こころ》有り。遂《つひ》に二花山帝《くわさんてい》に従《したが》つて釈門《しやくもん》に入《い》る、と。

376 閏《うるふ》三《さん》月《ぐわつ》　藤《ふぢ》原《はらの》滋《しげ》藤《ふぢ》

花《はな》は根《ね》に帰ることを悔《く》ゆれども悔ゆるに益無《えきな》し　鳥《とり》は谷に入《い》ることを期《き》すれども定《さだ》めて期《き》を延《の》べん

とする。「裁将」の「将」は動詞に付く助字、唐詩に多い。一 藤原(日野)真夏。二 朗詠集私注など、「藤原」を「菅原」に作る。三 233の作者。

375 死後四十九日間、生まれ変わるまでの間。典朗詠・無常。朗詠集私注などに「中陰ノ願文」とあるが、願文ではなかろう。○朝に… 世路はもと仏典語。ここは世の中、浮世。「誇」を底本「跨」に誤る。郊原は野原、野外。「郊原と」(「と」はともに)は、一般には「郊原に」と訓ずる。一 摂政藤原伊尹の四男。二 第六十五代の帝(寛和二年(九八六)出家)。この事実は未詳、義懐の誤か。

376 閏の三月。陰暦では五年に二度の割合で或る月を閏月として繰返す。典朗詠・春。○花は… 前句、春も終りと思って枯れ落ちた花が、閏月に気付いてもとに戻ろうとくやんでもどうにもならぬ。「帰レ根」は老子・十六章の「夫物芸芸、各帰二其根一」(河上公本「言ハ万物無レ不二枯落一、各復反二其根一而更生也」)に基づき、根本、根源に帰ること。後句、毛詩・小雅・伐木「鳥…出レ自二幽谷一、遷二于喬木一」を踏まえる。「延レ期」は閏月のため帰る時を延ばす。一 不比等の長子、南家の祖。二 183の作者。三 朗詠集私注「清原滋藤」。

377 項羽(項王)を題にして詩を作る。詠史(底本訓「詠レ史」を改める)は歴史上の記事を題にして詩をよむこと。この部門はすでに平安勅撰漢林子曰はく、滋藤《しげふぢ》は、[一]武智麻呂《むちまろ》の裔孫《こんそん》、[二]如道《ゆきみち》の弟也。[三]『朗詠《らうえい》』の註《ちゆう》に誤《あやま》つて清《きよ》原《はら》と為《な》す、と。

377 詠史《えいし》、項羽《かうう》を賦《ふ》す　　橘《たちばなの》広相《ひろみ》 一名博覧《ひろみ》

燈《ともしび》暗《くら》うしては数行虞氏《すうかうぐし》が涙《なみだ》　[一]夜深《よるふ》けて四面楚歌《しめんそか》の声《こゑ》

林子曰はく、此《こ》の一聯《いちれん》、[一]項羽《かうう》に於《お》いて的当《てきたう》、且《か》つ声律平穏《せいりつへいをん》。古来吟弄《こらいぎんろう》して之《これ》を膾炙《くわいしや》す。

広相《ひろみ》は、[二]諸兄《もろえ》公《こう》の来孫《らいそん》也。幼《えう》にして穎悟《えいご》、[三]九歳にして昇殿《しようでん》。「暮春景《ぼしゆんのけい》」を賦《ふ》して曰はく、「[四]荒村《くわうそん》の桃李《たうり》猶愛《なをあい》す応《べ》し、何《いか》に況《いはん》や瓊林華苑《けいりんくわゑん》の春《はる》」と。世《よ》の人唯《ひとただ》[五]菅《かん》公《こう》十一歳詩《し》を作ることを知つて此事《このこと》を知らず。故に之《これ》を標出《へうしゆつ》す。長《ちやう》じて博学《はくがく》、凡《およ》そ書《しよ》を読むに巻《くわん》を開《ひら》いて[六]横見《よこにみ》て読過《とくくわ》す。[七]七日《しちにち》の間《あひだ》大蔵経《だいざうきやう》を電覧《でんらん》す。其の敏速《びんそく》此《か》くの如《ごと》し。仕官参議《しくわんさんぎ》に至《いた》る。[八]高雄山《たかをやま》の鐘《かね》、[九]菅是善《かんのこれよし》銘《めい》を作《つく》り、広相《ひろみ》序《じよ》を作り、[一〇]藤敏行《とうのとしゆき》之《これ》を書く。世以《よもつ》て[一一]三絶《さんぜつ》と為《な》す。集《しふ》八巻有り、[一二]『橘氏文集《きつしぶんしふ》』と号《がう》す。未《いま》だ知らず、今存《いまぞん》ずるや否《いな》や。吾《われ》未だ之《これ》を見ず。没後《ぼつご》[一三]納言《なごん》を贈《おく》ら被《る》。或《ある》いは曰はく、「[一四]広相《ひろみ》、[一五]藤佐世《とうのすけよ》が為《ため》に譖《そし》ら被《れ》、[一六]昭宣公《せうせんこう》の怒《いかり》に触《ふ》れ、憂恚《いうい》して死す。其の霊赤犬《れいせきけん》と為《な》り、佐世が家に入《い》る。彼《かれ》を見《み》るときは、則《すなは》ち吠《ほ》えにき」と。[一七]蒙誕《もうたん》の説《せつ》取る

詩集などにみえる。㊥朗詠・詠史。
○燈… 数行の「行」は涙のすじ。虞氏は虞美人。漢軍に四方を囲まれた項羽が敵陣に郷里楚の民歌を聞いて、敗戦と思い、寵愛した虞氏と別れを惜しむ酒宴で詩を唱和した故事(史記・項羽本紀)。一 項羽を詠んでよく的を得ている。二 橘諸兄、天平年間左大臣。三 以下の説話は江談抄・四による。九歳は承和十二年(八四五)。四 荒村は荒れはてた村。瓊林華苑は美しい禁苑。五 菅原道真の詩「月夜見二梅花一〈于レ時年十一〉」(菅家文草・一)。六 早い速度で読み通す。七 大蔵経(一切経。仏典の全集)をたちまちのうちに通覧する。八 高雄の神護寺(京都市右京区)の鐘は貞観十七年(八七五)八月二十五日鋳造。九 道真の父菅原是善。銘は鐘銘。一〇 藤原敏行。当時図書頭、歌人、能書家。一一 三絶鐘。史館茗話参照。一二 日本詩紀・詩家書目に「橘広相・橘氏文集八巻」とみえるが佚書。一三 中納言を追贈。一四 いわゆる阿衡事件の説話。十訓抄・四「可レ誡二人上多言等一事」など。一五 文章博士、「日本国見在書目録」の撰者。一六 摂政関白藤原基経。391の作者。一七 大うそ。
378 石山寺(大津市の名刹)での作。㊥朗詠・行旅。「遊二石山寺一」(史館茗話)。○蒼波… 前句は青い波路の琵琶湖のはるばると遠い広大な景、後句は白い霧のたちこめた石山

に足《た》らず、と。

378 石山《いしやま》の作《さく》　橘《たちばなの》直《なほ》幹《もと》

蒼波《さうは》路遠《みちとほ》し雲千里《くもせんり》　白霧山深《はくむやまふか》し鳥一声《とりいつせい》

林子《りんし》曰《い》はく、直幹《なほもと》は、諸兄《もろえ》一の弟佐為《すけため》の来孫《らいそん》也。此の一聯《いちれん》世挙《よこぞ》りて之《これ》を歎賞《たんしやう》す。宋《そう》僧奝然入宋《そうてうねんにつそう》二の時、此の詩を以《もつ》て自作《じさく》と称《しよう》し曰はく、「露千里《つゆせんり》三・虫一声《むしいつせい》」と。宋人《ひと》の曰はく、「秀逸《しういつ》四也。但恐《ただおそ》らくは、「雲千里《くもせんり》・鳥一声《とりいつせい》」に作《つく》るべし」と。直幹又《また》「隣家《りんか》五を卜《ぼく》する」一聯《いちれん》有り、曰はく、「春煙《しゆんえん》六遁《たが》ひに譲《ゆづ》る簾前《れんぜん》の色《いろ》、暁浪潜《げうらうひそ》かに分《わか》つ枕上《ちんじやう》の声《こゑ》」と。又「山寺《やまでら》七に宿《しゆく》す」一聯に曰はく、「石《いし》八に触《ふ》るる春雲枕上《しゆんうんちんじやう》に生《しやう》じ、峰《みね》を啣《ふく》む暁月牕中《げうげつさうちゆう》より出《い》づ」と。共《とも》に是佳句《これかく》也。其《そ》の餘《ほか》推《お》して之《これ》を知るべし、と。

379 藤在衡《とうのありひら》が尚歯《しやうし》の会《くわい》　菅《すが》原《はらの》雅《まさ》規《のり》

酔《ゑ》うて落花《らくくわ》に対《たい》すれば心自《おのづから》静《しづ》かなり　眠《ねむ》つて一餘算《よさん》を思へば涙先紅《なみだまづくれなゐ》なり

林子曰はく、雅規《まさのり》は、菅公《かんこう》の嫡孫《ちやくそん》、一文時《ふんとき》の兄《あに》也。兄弟共《きやうだいとも》に此の会《くわい》に列《れつ》す。人皆《ひとみな》二

附近の深山の静けさを鳥の一声によって強調したもの。一 →377注二。二 天元五年(九八三)入宋。京都嵯峨清涼寺に釈迦如来像を将来した。以下の説話は江談抄・四、古今著聞集・四などに所収。三 江談抄など「霞千里」。四 「唐人称云、可レ謂二佳句一、恐可レ作二雲・鳥一」(江談抄)。五 隣の家を占めて住む。南史・陸慧暁列伝にみえる慧暁と張融の故事による。六 すだれの前のけぶる春の柳の新緑は(関戸本「春雲」・「簷」)、お互いに隣家のものだと譲りあい、枕べに聞える明け方の池の波音は隣家と共有の音として分かちあう。史館茗話参照。七 朗詠集「春宿二山寺一」。八 「触レ石」は石にふれて雲が起る(尚書大伝)。後句、峰のあたりにかかる暁の月は山寺の窓より出る。「啣レ峰」は峰にふくまれる意。類句、白詩0911・庾楼暁望「竹霧籠銜レ嶺月」。「啣」は「銜」、「牕」は「窓」に同じ。底本「牕中ニ」を改訓。

379 安和二年(九六九)三月、大納言藤原在衡の山荘で開かれた尚歯会での作。高齢者を尚(とう)ぶこの詩会は白居易のそれにならったもの(古今著聞集・四)。興朗詠・老人(「尚歯会詩」)。○酔うて… 餘筭(算)は余命、残りの寿命。「涙先紅」は紅色の涙、血の涙がまずこぼれる。一 →209の作者。二 「以レ静対レ紅、時人称歎云々」(朗詠集私注)。三 流水と花にたとえて老いを嘆く句。「流年涙」は

「静《せい》」「紅《こう》」相対《あひたい》するを以《もつ》て妙《めう》と為《な》す。「静」の字《じ》、偏《へん》に「青《せい》」有《あ》る故《ゆゑ》也。文時の詩に曰はく、三「水返《みづかへる》夕《ゆふべ》無《な》し流年《りうねん》の涙《なみだ》、花豈《はなあに》重《かさなる》春《はる》ならんや暮歯《ぼし》の粧《よそほひ》」四「林《りん》霧声《むこゑ》を校《たくら》ぶれば鸎老《うぐひすお》いず、岸風力《がんぷうちから》を論《ろん》ずれば柳猶強《やなぎなほつよ》し」と。五雅規難《まさのりなん》じて曰はく、「強《きやう》の字《じ》誠《まこと》に強《つよ》し」と。文時《ふんとき》の曰はく、「他《た》の字《じ》の之《これ》に代《か》ふべき無《な》し」と。雅規の曰はく、「固《まこと》に然《しか》り」と。六此の会《くわい》文時を請《しやう》じて序《じよ》を作らしむ。然《しか》るときは、則《すなは》ち衆望《しゆうばう》雅規に在《あ》らずして、文時に在《あ》る者《もの》、明矣《あきらけし》、と。

380 餞《せん》　別《べつ》　　菅《すが》原《はらの》庶《もろ》幾《ちか》

九枝《きうし》燈《ともしびつ》尽きて唯暁《ただあかつき》を期《き》す　一葉舟《いちえふふね》飛《と》んで秋を待《ま》たず

林子曰はく、庶幾《もろちか》は、一文時《ふんとき》の弟也、と。

381 松風秋韻《しようふうしうゐん》を侵《をか》す　　菅《すが》原《はらの》資《すけ》忠《ただ》

琴商曲《きんしやうきよく》を改《あらた》めて煙《けむり》を吹いて後《のち》　簫瑟心《せうしつこころ》を催《もよほ》して雨《あめ》を学《まな》ぶ辰《とき》

林子曰はく、資忠《すけただ》は、一雅規《まさのり》の子也、と。

帰ることもなく(論語・子罕篇)、流れゆく歳月を思って流す涙。後句、春の花はかさねて咲くことがないように、春の如きよそおいはもはやない人の老いの身よ。四 老いた鶯も弱々しい柳もわが老いの身にくらべると若々しく強い。林霧は林にたちこめる霧。岸風は川岸の柳を吹く風。五 以下、江談抄・四、朗詠集私注など。六 文時はこの会の「七叟」の一人、詩序の作者。

380 送別、うまのはなむけ。典朗詠・餞別。○九枝… 九枝は九つの枝に別れた灯の台、華やかな別れの宴の情景。「期レ暁」は明け方を待って別れるばかり。後句、落葉の秋を待たずに木の葉のような小舟に乗って早くも君は旅立とうとする。一 209の作者。史館茗話参照。

381 松風の音が秋の響きに入って。典朗詠・松(但し伝為氏本、嘉暦本など数本のみ)。○琴商… 松にたちこめるもやを松風が吹き払って後に、秋の琴のしらべがかわる。松風が雨に似た音をたてる時、笛や琴の音が秋の人の心をしきりにかきたてる。簫瑟は「蕭瑟」(ものさびしい様)の誤かとも。「学レ雨」は、平安中期の漢詩や散文にかなりみられる表現(出典、晩唐方干「題二陶詳校書陽羨隠居一」)。一 379の作者。

382 火というものは寒中の陰暦十二月の春の如きもの。典朗詠・炉火。白詩2302・対レ火翫レ雪の第三句

382 火《ひ》は是臘天《これらふてん》の春《はる》　　菅《すが》原《はらの》輔《すけ》昭《てる》

多時《たじ》縦《たと》ひ鸎花《あうくわ》の下《もと》に酔《ゑ》はしむるとも　　近日那《きんじつなん》ぞ離《はな》れん獣炭《じうたん》の辺《へ》

林子《りんし》曰《い》はく、「多《た》」一或《ある》いは「他《た》」に作る。輔昭《すけてる》は、二文時《ふんとき》の子也。三或《あるひと》匡房《まさふさ》に問《と》うて曰はく、「古今父子《ここんふし》四家業相伝《かげふあひつた》ふる者誰哉《ものたれぞや》」と。答《こた》へて曰はく、「都 良香《みやこのよしか》の子《こ》五在中《ありなか》、菅公《かんこう》の子《こ》六淳茂《あつしげ》、村上帝《むらかみてい》の子《こ》七具平《ともひら》、文時の子《こ》輔昭而已《のみ》」、と。

383 雪消《ゆきき》えて氷且《こほりか》つ解《と》く　　源《みなもとの》相《すけ》規《のり》

胡塞誰《こさいたれ》か能《よ》く使節《しせつ》を全《まつた》うせん　　虖陀還《こだかへ》つて恐《おそ》る臣忠《しんちゆう》を失《うしな》はんことを

林子曰はく、相規《すけのり》は、一光孝《くわうかう》の曾孫《そうそん》、詩文《しぶん》を以《もつ》て頗《すこぶる》其の名を馳《は》す、と。

384 閑《かん》居《きよ》　　平《たひらの》佐《すけ》幹《もと》

跡《あと》を晦《くら》ませども未《いま》だ苔径《たいけい》の月を抛《なげう》たず　　喧《けん》を避《さ》けても猶竹窓《なをちくさう》の風に臥《ふ》す

に基づく。〇多時… 多時は、嘗って、長い間。後句、近ごろは炭火の辺が離れられぬ。獣炭は獣の形に作った炭(前述白詩の第六句「獣炭敲初折」による。晋書・羊琇伝の故事に基づく)。一 朗詠集弘安本など二、三の本文「他時」に作る。「いつか将来の春の日」の意に解すれば句意にかなうが、しばらく底本による。二 209の作者。三 江談抄・五「父子無㆑相㆓伝文章㆒事」。四 ここは文章道。「誰哉」を江談抄は「希歟(まれか)」に作る。五 171の作者。六 204の作者。七 六条宮具平親王、後中書王。218の作者。

383 雪が消えて、一方ではまた氷もとけて。典朗詠・氷付春氷。〇胡塞… 前句は匈奴のとりでで雪を嚙んでまでも使者(節はその手形、しるし)の役目を全うした前漢蘇武の故事(漢書・蘇武伝)。雪が消えては蘇武のようなことは誰もできない、の意。後句は、味方の光武帝の軍を安心させるため虖陀河が凍っていると偽ったところ、実際に凍っていて渡り得た王覇の故事(後漢書・王覇列伝)。虖陀(虖他・滹沱)は河北省天津附近を流れる川の名。その川の氷がとけてはかえって王覇の如く臣としての忠を尽くすこともできまい、の意。一 第五十八代光孝帝。

384 静かなすまい。典朗詠・閑居。〇跡を… 「晦㆑跡」は俗世間を捨て隠居する。苔径は苔の生えたこみち。「未㆑抛」は捨てない、月に心

385　無為《むゐ》にして治《をさ》まる　　小《を》野《のの》国《くに》風《かぜ》

刑鞭蒲朽《けいべんかまく》ちて蛍《ほたる》空《むなし》く去《さ》り　諫鼓《かんこ》苔深《こけふか》うして鳥驚《とりおどろ》かず

林子曰はく、此の詩或《ある》いは大江朝綱《おほえのあさつな》作《さく》と曰ふ、と。

386　田家《でんか》の秋意《しうい》　　高《たか》岳《をかの》相《すけ》如《ゆき》

蕭索《せうさく》たる村風笛《そんぷうふえ》を吹《ふ》く処《ところ》　荒涼《くわうりやう》たる隣月衣《りんげつころも》を擣《う》つ程《ほど》

387　古《こ》宮《きゆう》　　三《み》善《よしの》善《よし》宗《むね》

暁《あかつき》に向《むか》つて簾頭白露《れんとうはくろ》を生《しやう》じ　宵《よひ》を終《をは》るまで牀底青天《しやうていせいてん》を見る

林子曰はく、此の詩或《ある》いは清行《きよゆき》作《さく》と曰《い》ふ、と。

をよせる意。喧は俗世の喧騒。「臥二竹窓風一」は窓べの竹を吹く風の中にまどろむ。

385　帝王が何もしないで天下が治まって（論語・衛霊公篇）。典朗詠・帝王。○刑鞭…　長年にわたる太平の世を歌う。前句、罪人を打つ蒲のむち（後漢書・劉寛伝の故事）の必要もなくなり、朽ちた蒲（まが）は蛍となって飛び去った。腐った「草」が蛍火となるという故事（礼記・月令）を踏まえる。後句、名天子帝尭が自分を諫めようとする者に鼓を打たせた故事（帝王世紀など）を踏まえ、その鼓も使用されず苔むして、鳥も驚かされない、の意。━208の作者。

386　田舎の家の秋のおもむき。典朗詠・田家。○蕭索…　蕭索はものさびしいさま、村風は村を吹く風。隣月は隣の家を照らす月。「擣レ衣程」は隣では衣を打つきぬたの音が聞える。程はここは時間、時を示す。

387　古い宮。ここは破れた宅。典朗詠・故宮付破宅（朗詠集私注「屋宅壊」三善相公）。○暁に…　すだれのあたりに秋の白露が置き、夜もすがら寝床から青空が見える破屋のさまを描く。「向レ暁」は暁になんなんとする。━192の作者。清行の訓は本朝通鑑、一般にはキヨツラ。

388　池辺に臨んだあずまやでの夕べの眺め。典朗詠・蓮。○岸竹…　低は垂れる、しなう。潭荷は池の蓮。後句の類句、「魚戯新荷動」（斉謝朓・

388 池亭《ちてい》の晩眺《ばんてう》　紀在昌《きのありまさ》

岸竹《がんちく》枝《えだ》低《ひく》し鳥の宿《しゆく》すなる応《べ》し　潭荷《たんか》葉《は》動《うご》く是《これ》魚《うを》の遊ぶならん

林子《りんし》曰《い》はく、在昌《ありまさ》は、長谷雄《はせを》[一]が孫《まご》、淑信《よしのぶ》が子也。頗《すこぶる》詩才《しさい》有り。「蘇武《そぶ》[二]を賦《ふ》す」一聯《いちれん》に曰はく、「三千里《さんぜんり》外《ぐわい》行李《あんり》に随《したが》ひ、十九年間《ねんかん》転蓬《てんぽう》に任《まか》す」、と。此の一聯、『源氏河海抄《げんじかかいせう》』[三]に見ゆ。

389 紅白梅花《こうはくのばいくわ》　紀斉名《きのただな》

仙臼風生《せんきうかぜしやう》じて空《むな》しく雪を簸《ひ》る　野炉火暖《やろひあたた》かにして未《いま》だ煙《けむり》を掲《あ》げず

林子《りんし》曰はく、斉名《ただな》曾《かつ》て田口《たぐち》[一]姓《せい》を冒《をか》す。橘正通《たちばなのまさみち》[二]を師《し》とし詩文を学ぶ。頗《すこぶ》る才名《さいめい》を以《もつ》て自《みづから》許《ゆる》す。その文章《ぶんしやう》『明衡文粋《めいがうぶんすい》』[三]に見えたり。曾《かつ》て[四]江時棟《がうのときむね》の及第詩《きふだいのし》を難《なん》じ、匡衡《まさひら》と争論《さうろん》し、江以言《がうのこれとき》と相互《さうご》に誹謗《ひばう》す。斉名曾《かつ》て「秋未《あきいま》[五]だ詩境《しきやう》を出《い》でず」を賦《ふ》して曰はく、「霜花後垂《さうくわのちた》[六]る詞林《しりん》の暁《あかつき》、風葉前駈《ふうえふぜんく》す筆駅《ひつえき》の程《ほど》」と。以言同題《これときどうだい》を賦《ふ》して曰はく、「文峰轡《ぶんぽうくつばみ》[七]を按《とど》め駒過《こまのよぎ》る影《かげ》、詞海舟《しかいふね》を艤《ふなよそをひ》す葉落《はお》つる声《こゑ》」と。具平親王《ともひらしんわう》[八]其の草《さう》を見《み》、二句下《しも》六字を改《あらた》めて、「白駒《はくく》[九]の影《かげ》」「紅葉《こうえふ》の声」と為《な》す。

遊㆓東田㆒)、「蓮揺見㆓魚近㆒」(陳張正見・釣竿篇)など。一 190の作者。二 蘇武(→383注)を題として詠んだ一聯二句。行李は官の使者。一般に「カウリ」と訓む。転蓬は風で根こそぎにされた蓬(よもぎ)が毬状になって転んでゆくこと、匈奴流浪の身をさす。三 四辻善成著、源氏物語の注釈書。「須磨。在昌、賦㆓蘇武㆒」。

389 紅と白の梅の花。典朗詠・紅梅。〇仙臼…　前句は、白梅が風に飛ぶ様を仙人が臼でつく仙薬が風に吹きあおられる様にたとえる。簸は箕(み)であおって糠などを飛ばすこと。朗詠集の詩題「紅梅」によれば、雪を「絳雪」(丹薬の名)に見立てる。後句は、紅梅が咲き揃った様を火の赤くおこった野外の炉にたとえる。炉は「鑪」、掲は「揚」(朗詠集)に同じ。一 東鑑・建保四年(一二一六)閏六月。冒は他人の姓を名のる。二 216の作者。江談抄・五「斉名者正通弟子事」。三 藤原明衡撰の本朝文粋。四 及第詩の問題点は「寰中唯守㆑礼、海外都無㆑怨」(本朝文粋・七「省試詩論」)。大江匡衡は時棟の父。江以言は233の作者。五 以下、朗詠集・九月尽「秋未㆑出㆓詩境㆒」、江談抄・四参照。「九月尽日(九月末日)ではあるが秋の興趣は残っている」という詩句。六 霜という花が暁に置くように後に詩文となって現われ(江談抄「霜花後発詞林裏」)、風に散る木の葉は駅馬の如く前駆となって筆をうながす。

両詩《りやうし》並《なら》び出《い》づるに及《およ》んで、人皆《ひとみな》以言を以《もつ》て優《まさ》れりと為《な》す。斉名身《み》を終《を》ふるまで具平《ともひら》を恨《うら》む。一〇匡房評《まさふさひやう》に曰はく、「縦《たと》ひ紅白《こうはく》の二字を改《あらた》めずとも、按《あん》・犠《ぎ》の二字を用ゐる、一一最《もつと》も新意《しんい》有《あ》るときは、則《すなは》ち斉名に優《まさ》るべし」と。一二慶保胤《よしのやすたね》曾《かつ》て具平《ともひら》と当時《たうじ》の文筆《ぶんぴつ》を論《ろん》じて曰《い》はく、「匡衡《まさひら》は、敢死《かんし》の士《し》数百騎《すうひやくき》、介《かい》冑《ちう》を被《かうぶ》り、一三驊騮《くわりう》に策《むち》うち、其の一四鋒《ほこさき》森然《しんぜん》、敢《あへ》て当《あた》る者少《ものすくな》きが如《ごと》し。斉名《ただな》は、一五瑞雪《ずいせつ》の朝《あした》、瑤臺《えうだい》の上《うへ》箏柱《さうちゆう》を弾《だん》ずるが如し。以言は、白砂《はくさ》庭前《ていぜん》、翠松《すいしよう》陰下《いんか》、一六陵王《りようわう》を奏《そう》するが如し」と。具平問うて曰はく、「足下《そくか》何如《いかん》」と。対《こた》へて曰はく、「一七旧《ふる》き上達《かんだち》部《め》毛車《もうしや》に駕《が》し、時時《ときどき》隠声《いんせい》有《あ》るに似《に》たり」と云云《うんうん》。

一八或《あるひと》匡房《まさふさ》に問《と》うて曰はく、「匡衡・以言・斉名の三人《さんにん》、文体《ぶんてい》各《おのおの》異《こと》なり、共《とも》に佳境《かきやう》を得《え》たり」と。答《こた》へて曰はく、「斉名《ただな》、文文句句《ぶんぶんくく》皆《みな》古詞《こし》を採摭《さいせき》するの故《ゆゑ》に、一九風騒《ふうさう》の体《てい》有り。其《そ》の二〇之《これ》を得《え》ざるの日《ひ》に至《いた》つては、忽《たちま》ち目を驚《おどろ》かさず、新意《しんい》無《な》き故《ゆゑ》也。以言は之《これ》と相違《あひたが》ふ。作《つく》る所《ところ》の詩《し》、意《い》に任《まか》せ詞《し》を恣《ほしいまま》にし、二一都《すべ》て轡《ひ》策《さく》無《な》し。其《そ》の体実新《ていじつにあらた》に、其の興《きよう》弥《いよいよ》多《おほ》し。二二其の之《これ》を得ざるの日《ひ》に至《いた》つては、亦後学《またこうがく》の及《およ》ぶべきに非《あら》ず」と。

今按《いまあん》ずるに、匡房二《まさふさに》人《にん》を論《ろん》じて匡衡《まさひら》に及ばざるは、二三其の家祖《かそ》を憚《はばか》る故乎《ゆゑか》。以言の詩《し》多く『二四麗藻《れいさう》』に見えたり。未《いま》だ知《し》らず、匡房が論《ろん》ずる所《ところ》の如《ごと》きや否《いな》や。斉名の詩《し》未《いま》だ全篇《ぜんぺん》を見ず。則《すなは》ち詳《つまび》らかに之《これ》を考《かんが》ふること能《あた》はず。保胤《やすたね》が言《こと》、二五貫之《つらゆき》

七 駒の早く過ぎる影の如く秋も尽きようとする日影の中を詩文の峰に馬のくつわをおさえ止めて九月尽の詩を作り、木の葉の散る音の中をことばの海へと舟立ちの準備をする(作詩をする意)。轡・駒、海・舟・葉は縁語。八 218の作者。草は以言の詩の草稿。九「白駒」(荘子・知北遊篇)の語を用いて秋に当る「白」を標出し、後の句に「紅葉」を配置して色対とする。一〇 大府卿大江匡房。一一 新しい趣向があるので。一二 慶は慶(善)滋(よしげ)。保胤は当時大内記。以下の記事は古今著聞集・四・文学。一三 周の穆王の八駿の一つ(穆天子伝)、赤毛の馬。一四 鋭い様。一五 豊年の瑞兆を示す雪。一六 舞楽の名、蘭陵王。一七 上達部は公卿。毛車は檳榔の毛で飾った牛車の一種。糸毛の車とも。隠声はひそひそ声。一八 以下の話は江談抄・五「匡衡・以言・斉名文体各異事」。或人は藤原実兼か。一九 毛詩の「国風」と楚辞の「離騒」の文体、古典的な文体。二〇 そうでない時には人の目を驚かさない。二一 少しも制御しない。轡策は馬のくつわとむち。底本「曰」は「日」(江談抄)の誤。二二 それがうまくゆかない時も。底本「曰」は「日」の誤。「及」を江談抄は「法」(まなぶ・のっとる)に作るが、一案。二三 大江匡房は匡衡の曾孫。二四 本朝麗藻。二中歴は「麗草」に作る。二五 古今集・序の六歌仙評。

が歌人《かじん》を評《ひやう》するに似《に》たり。未だ其の相当《あひあた》るや否《いな》やを知らずと雖《いへど》も、其の譬喩《ひゆ》以《もつ》て耳を慰《ゐ》すべし。而《しか》して聊《いささか》其の人《ひと》を想像《おもひや》る、と。

390 江侍郎来書《がうじらうのらいしよ》に和《わ》す　十《と》市《をち》采《うね》女《め》

寒閨独臥《かんけいどくぐわ》して夫婿無《ふぜいな》し　妨《さまた》げず蕭郎《せうらう》が馬蹄《ばてい》に枉《わう》すことを

林子《りんし》曰《い》はく、采女《うねめ》は美濃国《みののくに》の女子《ぢよし》也。有智子《うちし》[一]・惟氏《これのうぢ》の後《のち》、婦人《ふじん》の句《く》、是《ここ》に於《お》いて之《これ》を見る、と。

右《みぎ》十九人、『公任朗詠《きんたふらうえい》』[二]に見えたり。代《だい》[三]に拘《かかは》らず、各同姓《おのおのどうせい》を以《もつ》て並《なら》びに叙《のべ》焉《つ》。

391 内《ない》宴《えん》　藤《ふぢ》原《はらの》基《もと》経《つね》

酔《ゑ》うて望《のぞ》む西山仙駕《せいざんせんが》の遠《とほ》きことを　微臣涙落《びしんなみだお》つ旧恩《きうおん》の衣《ころも》

林子曰はく、基経《もとつね》は、所謂昭宣公《いはゆるせうせんこう》也。忠仁公良房《ちゆうじんこうよしふさ》[一]は、其の父也。基経相継《あひつ》いで弥《いよいよ》家門《かもん》を高《たか》うす。時平《ときひら》[二]及《およ》び貞信公忠平《ていしんこうただひら》は、其の子也。実頼《さねより》[三]・師輔《もろすけ》は、其の孫也。摂家連綿《せつけれんめん》の権《けん》、悉《ことごと》く是《これ》基経の枝葉《しえふ》也。基経、清和《せいわ》の朝《てう》に在《あ》つて、既《すで》に顕職《けんしよく》[四]

390 大江家の式部少輔(未詳)の恋の手紙にこたえて。[典]朗詠・恋(「和ニ江侍郎一」)。朗詠集私注「采女和ニ江侍郎来書一、美濃国十市采女之詩」)。○寒閨… 寒閨はわびしいねや、寝室。夫婿は夫。「夫」を底本「天」に誤る。蕭郎は秦の穆公の娘と鳳凰に乗って昇天した蕭史の伝説(列仙伝)に由来し、愛する男性、色男などをいう。「枉ニ馬蹄一」は馬の蹄をまげる、馬に乗って立寄る。後句はおいでをこばみませんという誘いの句。一 145・146の作者、共に閨秀作家。二 藤原公任撰の和漢朗詠集。三 作詩の時代にこだわらない。

391 正月二十日ごろ宮中で行なう宴(文人を召して詩を作らせる)。[典]江談・四。○酔うて… 西山は清和上皇が隠棲した丹波国水尾山寺(京都市右京区嵯峨水尾)をさす。仙駕は天子の御車。旧恩衣は嘗って拝領した恩賜の衣。一 藤原良房(太政大臣、摂政)は養父。二 188の作者。忠平は基経の子、時平の弟。三 実頼は小野宮殿、373の作者。弟師輔は九条殿とも。四 地位の高い職。清和朝では中納言・右大臣など。五「元慶四年正月二十一日」(三代実録)。六 清和上皇。内禅は君主が生存中に皇位を譲ること。七 基経が陽成天皇(五十七代)を廃し光孝天皇を立てたことをいう。霍光は昭帝の崩後、昌邑王賀を立て、やがてこれを廃し、を歴《ふ》。

[五]此の詩是元慶年《これぐわんぎやうねん》の中《うち》の所作《しよさく》也。時《とき》に[六]清和内禅《せいわないぜん》、洛西水尾山《らくせいみづのをのやま》に在《あ》り。故に懐旧《くわいきう》の意《い》を寓《ぐう》す。満座《まんざ》皆涙《みななみだ》を拭《ぬぐ》ふ。今按《あん》ずるに、基経先帝《せんてい》を慕《した》ふこと此《か》くの如く深切《しんせつ》なり。則《すなは》ち何《なん》ぞ当今《たうこん》に於《お》いて輔佐《ほさ》の労《らう》を尽《つ》くさざる乎《や》。然《しか》るに未《いま》だ幾《いく》ばくならずして[七]霍光《くわくくわう》が事《こと》を行《おこな》ひ、陽成《やうぜい》の昌邑王為《しやういふわうた》ること明矣《あきらけし》、と。

392 述懐《しゆつくわい》　藤《ふぢ》原《はらの》行《ゆき》葛《かつ》

雙涙幾《さうるいいく》たびか揮《はら》ふ巾上《きんじやう》の雨　二毛《にもう》多く飾《かざ》る鏡中《きやうちゆう》の霜

林子《りんし》曰《い》はく、行葛《ゆきかつ》は、[一]宇合《うかふ》の来孫《らいそん》也。[二]蔵人島田忠臣《くらうどしまだのただおみ》此の詩を以《もつ》て[三]天覧《てんらん》に入《い》る。[四]乃《いま》し之《これ》を哀憐《あいれん》し、[五]登省《とうしやう》の宣旨《せんじ》を蒙《かうぶ》る、と。

393 大内試《だいないし》に応《おう》ず　藤《ふぢ》原《はらの》博《ひろ》文《ふみ》

周墻壁立猿空叫《しうしやうへきりつさるむなしくさけ》び　連洞門深《れんとうもんふか》うして鳥驚《おどろ》かず

林子曰はく、博文《ひろふみ》は、[一]関雄《せきを》が孫《まご》也。[二]此の時、試《し》に応《おう》ずる者《もの》十人、博文及《およ》び藤諸蔭《とうのもろかげ》二人及第《ににんきふだい》す。諸蔭《もろかげ》の詩伝《しつた》はらず、と。

宣帝を立てた実力者(漢書・霍光伝)。

392 自分の思いを述べて。→1。典江談・四。○雙涙… 不遇を嘆く。雙涙は両眼から流れる涙。巾はハンカチ。二毛は黒白の毛髪、白がまじりの髪(文選・秋興賦)。「飾」を江談抄「鋪」(しく)に作る。鏡中霜は鏡にうつる白髪。一 藤原宇合、53の作者。二 島田忠臣(175の作者)は寛平三年(八九一)没。蔵人職にもならず、行葛と年代も合わない。蔵人藤原「忠君」(師輔の子)の誤か(江談抄「島田忠君(臣)為二五位蔵人一之時…」)。三 村上帝の叡覧。四 即の意、イマシ(今こそ)は当時の訓。五 式部省が行う文章生試の受験許可。

393 宮中での作詩の試験に応じて。大内は白詩などにみえる漢語。この二句は、扶桑集・七「山無レ隠詩〈七言八韻、毎句用二逸人名一〉」の第五・六句に当る。典江談・四。○周墻… 隠者ら(特定の隠者名未詳)も理想の天子に仕え(扶桑集「此是相随謁二聖明一」云々)、山に隠者もいないことを述べる。周墻は周囲を垣でめぐらしたようにきり立った岩山。連洞は隠者のすみかである連なった洞窟。「猿空叫」「鳥不レ驚」は人けのない様。一 藤原関雄、159の作者。東山隠士とも。二 延喜二年(九〇二)十月六日の応試。以下の記事は江談抄。藤原諸蔭は当時文章生。

394 任にある常陸国での作。「常州任」の「任」は配流以後の作なら

394 常州《じやうしう》の任《にん》に在《あ》つて作《さく》す　藤原季仲《ふぢはらのすゑなか》　実頼《さねより》の来孫《らいそん》

遊子《いうし》三年塵土《ぢんど》の面《おもて》　長安万里《ちやうあんばんり》月華《げつくわ》の西《にし》

林子《りんし》曰《い》はく、『江談《がうだん》』に曰はく、「白《はく》[一]が詩《し》に曰はく、「遊子《いうし》[二]塵土《ぢんど》の顔云云《かほうんうん》」と。上《かみ》の句《く》之《これ》に倣《なら》ふ」と。又《また》曰はく、「「一条風景月華《いちでうふうけいげつくわ》[三]の西《にし》」、是月華門《これげつくわもん》[四]を謂《い》ふ。天《てん》上《じやう》の月に関《あづか》らず。故《ゆゑ》に匡房《まさふさ》見て之《これ》を咲《わら》ふ」と。今按《いまあん》ずるに、季仲固《すゑなかまこと》に白詩《はくし》の議《ぎ》を解《かい》せざる乎《か》。或《ある》いは其仮用《それかりもち》ゐて、以《もつ》て遠方《ゑんばう》に在《あ》つて京師《けいし》を憶《おも》ふの意《い》を述《の》ぶる乎《か》。季仲曾《かつ》て太宰帥《ださいのそつ》と為《な》る。其の面[五]深黒《つらはなはだくろ》し。時《とき》の人之《ひとこれ》を称《しよう》して黒帥《こくそつ》と曰ふ。按《あん》ずるに、『本朝続文粋《ほんてうぞくぶんすい》[六]』、藤前都督《とうのぜんと とく》と称《しよう》し、『基俊朗詠《もととし》[七]』、前都督《ぜんと とく》と称《しよう》す。共《とも》に是季仲《これすゑなか》か、と。

395 飛葉舟《ひえふふね》と共《とも》に軽《かろ》し　橘倚平《たちばなのよりひら》

瑶池《えうち》偸《ひそ》かに感《かん》ず仙遊《せんいう》の趣《おもむき》　還《かへ》つて賞《しやう》す林宗《りんそう》が李膺《りよう》に伴《ともな》ふことを

林子曰はく、倚平は、諸兄《もろえ》[一]の雲孫《うんそん》也。此の詩省試《しやうし》[二]、澄《ちよう》・陵《りよう》・氷《ひよう》・膺《よう》四字を勒《ろく》[三]する末句《まつく》也。此般及第《このたびきふだい》、と。

ば不適当。詩題は編者。典江談・四。実頼は373の作者。○遊子… 遊子は旅人、季仲。塵土面は辺地常陸のほこりに染まった自分の顔。後句、遠く長安(平安京)を西方に望む作者の嘆き。一 白居易、中唐の代表的詩人。二「塵土遊子顔」(0410「出二関路一」第二句)。三「和三劉郎中学士題二集賢閣一」(2641)の第六句。四 月華は月華門、宮門の名。季仲はこれを月の意に用いる。五 以下の話の出典未詳。六 巻九・十などに藤前都督の作がみえる。都督は太宰帥の唐名。七 藤原基俊撰の新撰朗詠集(「鶴是作二仙禽一」前都督)。

395 飛び散る木の葉は池の舟と共に軽やかに浮んで。葉と舟は縁語。典江談・四。○瑶池… 瑶池は中国古代伝説上の西王母の住む神仙の池(穆天子伝)。試験の場所の池をさすか。仙遊は仙人たちの遊び。後句の「還」は、転換の助字。ここはなおいえばの意。「林宗」云々は、後漢の郭太(字は林宗)が帰郷のとき友人李膺と同舟して洛川を渡り、その様を衆人が神仙のようだといった故事(後漢書・郭太伝、蒙求・李郭仙舟など)。舟遊びの人々を両者に見立てる。一 橘諸兄の九代。二 ここは文章生の試験。康保二年(九六五)十月二十二日に施行(紫明抄・四「放嶋試船事」、桂林遺芳抄引用「登省記」など)。三 韻字を定めてその順序に作詩すること。この四字は下

396 内《うち》に菩薩《ぼさつ》の行《ぎやう》を秘《ひ》す　橘《たちばなの》孝《たか》親《ちか》

潔清丹地《けつせいたんち》珠《たま》長《なが》く琢《みが》き　十四《じふし》秋天《しうてん》月《つき》暫《しばら》く陰《くも》る

397 酒《さけ》を消《け》す雪中《せつちゆう》の天《てん》　菅《すが》原《はらの》斯《これ》宣《のぶ》

且《かつ》飲《の》み且《かつ》醒《さ》め憂《うれひ》未《いま》だ忘《わす》れず　会稽山《くわいけいざん》の雪《ゆき》満頭《まんとう》新《あらた》なり

林子曰はく、『江談《がうだん》』に曰はく、「斯宣《これのぶ》此の詩を作る、時に歳《とし》七十、満座《まんざ》之《これ》を褒賞《ほうしやう》す」と。或《ある》いは曰はく、「[一]雅規《まさのり》彼《かれ》に代《かは》つて作る所《ところ》なり」と。按《あん》ずるに、『[二]菅氏《かんしの》譜《ふ》』に斯宣無し。而《しか》して雅規の従弟《じゆうてい》[三]斯宗《これむね》といふ者《もの》有り。斯宣の字《じ》と相似《あひに》たり。彼此《かれこれ》其《そ》の一《ひとつ》誤《あやま》るか、と。

398 省試《しやうし》、山明《やまあき》らかにして松雪《しようせつ》を望《のぞ》む　菅《すが》原《はらの》在《あり》躬《み》

青嵐《せいらん》漫《すずろ》に触《ふ》れて粧《よそほひ》猶《なほ》重《おも》し　[一]皓月《かうげつ》高和《たかくわ》して影《かげ》沈《しづ》まず

林子曰はく、在躬《ありみ》は、淳茂《あつしげ》の子也。或《ある》いは在明《ありあきら》に作る。此《こ》の句《く》、[二]衆議《しゆうぎ》未《いま》だ決《けつ》せ

平声蒸韻、「澄」(江談抄)を底本「證」(去声徑韻)に誤る。

396 方便として菩薩の修行(解脱の道)を内にひめて置いて。法華経・五百弟子受記品の偈の一句。[典]江談・四。○潔清…　前句、清らかなまごころを以て(地は心地)長い間玉をみがく、長く修行を続ける。後句、秋の天には十四日の月がしばらく曇る、満月を目前に控えた景。解脱の前の境地をいうか。但し江談抄・四のこの詩に関する説話では、作詩改作の問題となっている。ここでは文字通りに解して置く。

397 酒の酔いを雪ぞらに醒して(雪の如き白髪の老人の身に酔いを消そうとして)。「消」と「雪」とは縁語。[典]江談・四。○且飲…　酒を飲んだり醒めたりしても老いの憂いは頭を離れない。中国の越(えつ)の会稽山の雪の如く、越前の役人のわたしの(江談抄「越前掾菅斯宣」)頭は越(こし)の山の雪の如く真白だ。一 山城守菅原雅規。379の作者。二 菅原氏の系図。三 底本「期」は「斯」の誤。

398 文章生への試験の詩題「山はあかるく松にかかる雪を見やる」。[典]江談・四(但し作者「菅在明」)。○青嵐…　前句、青い山の気にしきりに触れつつ松の雪のよそおい(姿)はやはり重そうだ。漫は何げなくの意とも。後句、白い月は空高くかかり白雪と調和している。一 道真の子。204の作者。二 及第の評定がきまら

ず、延喜帝《えんぎてい》[三]之《これ》を吟《ぎん》じて琴《きん》を弾《だん》ず。遂《つひ》に及第《きふだい》、と。

399　省試《しやうし》、旻天豊沢《びんてんほうたく》を降《くだ》す　　　　大江如鏡《おほえのゆきみ》

百里嵩車《ひやくりすうくるまなが》長く轄《くさび》す可《べ》し　　五官《ごくわん》の掾火《じようひ》遂《つひ》に燃《も》ゆること無《な》し

林子《りんし》曰《い》はく、如鏡《ゆきみ》は、音人《おとんど》[一]の曾孫《そうそん》。此の上句《じやうく》[二]、「可《か》」の字本《じもと》「不《ふ》」に作る。朝綱《あさつなあらた》[三]改めて「可《か》」の字と為《な》す。村上帝《むらかみてい》頻《しき》りに之《これ》を誦《しよう》す、と。

400　及第《きふだい》　　　　宗岡秋津《むねをかのあきつ》

今宵詔《こよひせう》を奉《たてまつ》り　歓《よろこび》極《きは》まり無し　　建礼門前舞踏《けんれいもんぜんぶたふ》の人

林子曰はく、秋津《あきつ》[一]久《ひさ》しく大学《だいがく》に住《ちゆう》し、時世《じせい》に趨《はし》らず。頻《しき》りに数年《すうねん》の課試《くわし》[二]に逢《あ》ひ、常《つね》に一身《いつしん》の落第《らくだい》を歎《なげ》く[三]。延喜《えんぎ》[四]十七年十一月及第《きふだい》。故《ゆゑ》に此の句《く》を作り、大庭《だいてい》[五]に拝《はい》舞《ぶ》す。青衫月《せいさんつき》[六]に映《えい》じ、白髪霜《はくはつしも》を戴《いただ》く。夜行宿衛《やかうしゆくゑい》[七]、奇《き》として之《これ》を問へば、則《すなは》ち秋津也、と。

右《みぎ》十人、『江談抄《がうだんせう》』に見えたり。

ないうちに(江談抄「評定以前」)。

三　醍醐帝。延喜はエンキとも(通鑑付録)。

399　省試(→398)の詩題「秋ぞらが恵みの雨を降らす」(文選・王仲宣・公讌詩、「昊天」に作る)。旻天は広く天をいう場合もある(尚書・大禹謨)。典江談・四。〇百里…　前句、後漢の百里嵩(底本「百里ノ嵩」)が徐州刺史の時、旱魃であったが、彼の巡行する処には甘雨が降ったという故事(芸文類聚・雨引用「謝承後漢書」)。轄は車輪をとめるくさびを打つ、長く留まることを願う動作。後句、後漢の五官(三等官)の属官(宿衛を司る官)の涼輔が、旱魃の時に降雨を祈り焼身しようとしたところ、雨が降ったという故事(初学記・雨引用「范曄後漢書」)。「掾」(江談抄)を底本「極」に誤る。一 大江音人、169の作者。二 以下、江談抄の記事。「不」では句意が反対。三 江相公大江朝綱、音人の孫。208の作者。

400　省試に及第して。典江談・四。〇今宵…　奉詔は及第のみことのりを戴く。後句の主語は作者自身。建礼門は、大内裏外郭十二門の一つ、南面中央。一 以下、江談抄の記事。史館茗話参照。二 官吏登用試験。三 底本「歓フ」に誤る。四 九一七年。「十一月四日奉試日及第」(江談抄)。五 紫宸殿の前庭。六 身分の低い者が着用する青色の単衣。七 夜廻りの宿衛の者が不審に思って。

401 詠史《えいし》、梁孝王《りやうのかうわう》を得《え》たり　　是《これ》貞《さだ》親《しん》王《わう》

鄒枚散《すうばいさん》じて後平臺静《のちへいだいしづ》かなり　空《むな》しく春風《しゆんぷう》を遣《し》て只断腸《ただだんちやう》せしむ

林子曰はく、是貞《これさだ》は、宇多帝《うだてい》の兄《あに》也。是貞、[一]至《し》尊《そん》の連枝《れんし》を以《もつ》て、此の題《だい》を賦《ふ》す。[二]偶相当《たまたまあひあた》る、と。

402 秋景何帰《しうけいいづくにかへ》らんと欲《ほつ》す　　後《ご》朱《しゆ》雀《しやく》帝《てい》

路山水《みちさんすい》に非《あら》ず誰《たれ》か趁《おもむ》くに堪《た》へん　跡乾坤《あとけんこん》に任《まか》す豈尋《あにたづ》ぬることを得《え》んや

403 宇《う》治《ぢ》行幸《ぎやうかう》　　後《ご》冷《れい》泉《ぜん》帝《てい》

忽《たちま》ち看《み》る烏《う》瑟三明《しつさんみやう》の影《かげ》　暫《しばら》く駐《とど》む鸞輿《らんよ》一日《いちじつ》の蹤《あと》

401 歴史上の記事(ここは史記)を題として詩を作る会で、「梁孝王」が当り、それを題としたもの。孝王(劉武)は漢の文帝の子、景帝の弟。底本「詠レ史」を改訓。↓377詩題注。典新撰・詠史。○鄒枚… 孝王没後の哀れさを述べる。鄒枚は孝王入朝のとき、つれて来た論客鄒陽と枚乗(史記・司馬相如列伝)。平臺は孝王の建築した豪華な楼台。後句、春風が人を悲しませる。一 宇多帝(173の作者)の兄弟であるため。二 親王と孝王の立場が帝の兄弟という点で偶然一致。

402 今は「九月尽」、秋の景色はどこに行ってしまうのか。典新撰・九月尽。○路… 秋の帰ってゆく路は山や川ではないから誰も追うことはできない。梅沢本など「趁」を「トムル」と訓む。秋は天地の循環に従って去るのだからその跡を尋ねることはできない。跡を底本「路」に誤る。

403 宇治平等院行幸の作(今鏡・一・治暦三年(一〇六七)十月十五日)。典新撰・帝王付行幸。○忽ち… 前句、たまたま平等院の仏像を拝したことをいう。烏瑟(底本「鳥瑟」に誤る)は仏語。仏の頭上(仏頂)の肉の盛り上がり、三十二相の一つ。三明は仏が三つの智明(宿命・天眼・漏尽)を知ること。影は仏の御影。後句、雨のため還御が一日(十七日に)延びたことをいう。鸞輿は天子の御車。鸞(霊鳥)の形の飾り(鈴ともいう)を

404　学士《がくし》藤実政《とうのさねまさ》任《にん》に赴《おもむ》くを送《おく》る　　後《ご》三《さん》条《でう》帝《てい》

州民《しうみん》縦《たと》ひ甘棠《かんたう》の詠《えい》を作《な》すとも　忘《わす》るること莫《なか》れ多年《たねん》風月《ふうげつ》の遊《いう》

林子《りんし》曰《い》はく、此の詩、帝東宮《ていとうぐう》に在《あ》る時の令製《れいせい》[一]也。実政《さねまさ》、東宮学士《とうぐうのがくし》[二]為り。出《い》でて甲斐守《かひのかみ》と為《な》り任《にん》に赴《おもむ》く。或《ある》いは曰はく、摂津守《せつつのかみ》、と。故《ゆゑ》に此の詩を賜《たま》ひて以《もつ》て贐焉《はなむけす》。彼《かれ》が吏《り》務《む》・学問《がくもん》相共《あひとも》に怠《おこた》らざることを勧《すす》む。所謂《いはゆる》人《ひと》を送《おく》るに言《げん》[三]を以《もつ》てする者《もの》也。其の後《のち》実政《さねまさ》、兄《あに》実綱《さねつな》に超《こ》へ、公卿《くぎやう》に列《れつ》す。聊《いささか》[四]此の言を践《ふ》む乎《か》。実政《さねまさ》は日野家《ひのけ》[五]の儒《じゆ》也。其の[六]門族《もんぞく》の詩『無題詩《むだいし》』に在《あ》り。唯《ただ》実政《さねまさ》が詩を漏《も》らす、頗《すこぶる》遺念《ゐねん》[七]為《た》り。聊《いささか》大同《だいどう》[八]・弘《こう》仁《にん》・天長《てんちやう》の跡《あと》を追《お》はんと欲《ほつ》すること有《あ》る乎《か》。就中《このなか》後《ご》三条《さんでう》は中葉《ちゆうえふ》[九]の英主《えいしゆ》也。東宮《とうぐう》に在《あ》りし時、藤頼通《とうのよりみち》[一〇]が久しく国柄《こくへい》を執《と》ることを悦《よろこ》ばず。位《くらゐ》に即《つ》くに及《およ》んで、遂《つひ》に藤氏《とうし》の権《けん》を抑《おさ》へ、自《みづか》ら政務《せいむ》を聴《き》く。所謂延久《いはゆるえんきう》[一一]の政《せい》、将《まさ》に古道《こだう》に復《ふく》せんとす。惜哉《をしいかな》、英筭長《えいさんなが》[一二]からざること。然《しか》れば茲《ここ》より白河《しらかは》・鳥羽《とば》、緑洞《りよくとう》[一三]に在《あ》り、国政《こくせい》を断《だん》ず。而《しか》うして摂家《せつけ》[一四]唯《ただ》位《くらゐ》に備《そな》はる而已《のみ》。皆是延久《みなこれえんきう》の餘《よ》[一五]烈也《れつなり》、と。

付けたという。蹤は足あと。

404　東宮学士藤原実政が甲斐の国守として赴任するのを送って。囲新撰・刺史。〇州民…　甲斐の民衆が実政の善政を褒めたたえたとしても、都で長年のあいだ作詩という風流風雅を楽しんだことを忘れまいぞ。甘棠詠は周の召公の善政に感じた州民が嘗って召公の休息した甘棠(カタナシ、梨の一種)の木を大切にしようと歌った詩(毛詩・召南・甘棠)、これを実政の場合に適用したもの。一 皇太子の作。二 皇太子に学問を進講する職(東宮職員令「掌二執レ経奉説一」)。三 有意義な言葉。四 この言葉を実践する。五 藤原北家より出る。日野氏祖は実政の父資業。儒は儒者。六 門族は実綱(263の作者)・有綱・季綱など。本朝無題詩は平安末期後白河院政のころ成立。七 残念。八 平城・嵯峨・淳和天皇代の詩文学隆盛期の跡。九 平安中期の優れた君主。一〇 藤原頼通(摂政関白)。国柄は国権。一一 後三条帝の年号(一〇六九—七三)。一二 天子の御齢、宝算(一〇七三年崩、四十歳)。一三 上皇の仙洞御所。一四 ここは摂関家の藤原氏。一五 残した功績。

405　長楽寺に遊んで。長楽寺は京都東山にある寺(拾芥抄・諸寺部「双林寺北、祇園東」)。囲新撰・山寺。〇青苔…　院はここは寺の庭園。「地空老」は人けのない庭の苔むしてさびれた様。「不レ童」ははげ山では

405 長楽寺《ちやうらくじ》に遊《あそ》ぶ　　源《みなもとの》師《もろ》房《ふさ》

青苔院静《せいたいゐんしづ》かにして地《ち》空《むなしく》老《お》ふ　碧樹《へきじゅ》路深《みちふか》うして山童《やまかぶろ》ならず

林子曰はく、師房《もろふさ》は、一具平《ともひら》の子《こ》也。所謂源右《いはゆるげんう》府《ふ》是也《これなり》、と。

406 夜閑《よるしづ》かにして只蛩《ただこほろぎ》を聞《き》く　　源《みなもとの》俊《とし》房《ふさ》

孀閨《さうけい》枕冷《まくらさむ》し風に吟《ぎん》ずる暁《あかつき》　孤館《こくわん》夢残《ゆめのこ》る雨を怨《うら》む秋《あき》

林子曰はく、俊房《としふさ》は、一師房《もろふさ》の子也。具平《ともひら》より三代相続《さんだいあひつづ》いて文才《ぶんさい》有り。俊房は、所謂堀河左《いはゆるほりかはさ》大臣《だいじん》也。二或匡房《あるひとまさふさ》に問《と》うて曰はく、「師房《もろふさ》・俊房《としふさ》孰《いづれ》勝《まさ》れる」と。答《こた》へて曰《い》はく、「師房勝《もろふさまさ》れり」と。三又問曰《とうてい》はく、「才学《さいがく》、同年《どうねん》の論《ろん》に非《あら》ず。詩《し》に於《お》いては則ち俊房佳句《としふさかく》多《おほ》し」と。匡房以《まさふさもつ》て然《しか》りと為《す》、と。

407 秋霧《しうむ》紅樹《こうじゅ》を籠《こ》む　　源《みなもとの》相《すけ》方《かた》

浅深《せんしん》猶暗《なをくら》し千峰《せんぼう》の暁《あかつき》　濃淡《のうたん》分《わ》け難《がた》し五里《ごり》の朝《あした》

なく山の木々の繁った様(釈名・釈長幼「山無ニ草木一、亦曰レ童、言未ニ巾冠一似レ之也」)。一 218の作者。

406 山は閑静でただこおろぎの声を聞くのみ。囲新撰・虫(作者「堀川右大臣」)。〇孀閨… 孀閨は寡婦のねや。枕冷は独り寝のわびしさの形容。「吟レ風」の主語は蛩。後句、旅人が宿で見る夢は損なわれたままさめやらず、秋の雨を怨むかのように蛩はあわれに鳴いて。孤館はかけ離れた一軒の旅館。一 405の作者。二以下、江談抄・五「左府与ニ土御門右府一詩事」。三江談抄は「問曰」ではなく、或人(藤原実兼か)の言葉「予云」云々とあり、文脈はこの方がよい。「才学」云々は、師房の方が優れ、同列には論じられないの意。

407 秋霧が紅葉した木々をこめて。囲新撰・霧。〇浅深… 霧で紅葉の色合いが見分けられない様を述べる。浅深は濃淡とともに紅葉の色。暗は暗くてはっきり見えない。千峰は多くのみねみね。五里は後漢の張楷が道術を好み五里の遠くまでも続く「五里霧」を起こした故事による(芸文類聚・霧引用「謝承後漢書」)。一宇多帝(173の作者)。玄孫は曾孫の誤。

408 遠くにも近くにも春の花が咲き満ちて。囲新撰・花。〇粧… 前句は近景、後句は遠景。粧繁は花が美しく繁る。後句、花の香の匂うあたりを国境の風に向かって馬でゆ林子《りんし》曰《い》はく、相方《すけかた》は、宇《う》多《だ》の玄孫《げんそん》也、と。

408 遠近《ゑんきん》春花《しゆんくわ》満《み》つ　源《みなもとの》成《しげ》宗《むね》

粧《よそほひ》繁《しげ》うして鳥囀《てん》ず家園《かゑん》の露　香《かをり》乱《みだ》れて馬嘶《せい》す隴塞《ろうさい》の風

409 三《さん》月《ぐわつ》晦《くわい》　藤《ふぢ》原《はらの》季《すゑ》方《かた》

林間《りんかん》縦《たと》ひ残花《ざんくわ》の在《あ》る有《あ》りとも　留《とど》めて明朝《みやうてう》に到《いた》らば是春《これはる》なら不《じ》

林子曰はく、季方《すゑかた》は、菅根《すがね》の子也、と。

410 常《つね》に花果《くわくわ》有《あ》り　藤《ふぢ》原《はらの》成《しげ》家《いへ》

縦《たと》ひ仙人《せんにん》に事《つか》ふるも誰《たれ》か地《ち》に拾《ひろ》はん　全《まつた》く独覚《どくかく》を教《し》て空《くう》を観《くわん》ぜざらしむ

林子曰はく、成家《しげいへ》は、菅根《すがね》の来孫《らいそん》也、と。

く風景。嘶はいななく(イバユ)。隴塞は中国の辺境地帯(甘粛省付近)のとりで。

409 陰暦三月のつごもり、春の終りの日、「三月尽(じん)」に同じ。典新撰・三月尽。作者は「李方」(梅沢本など)とも。〇林間… 春を惜しむ心情を述べる。残花は色あせて残る花。後句、過ぎてゆく日を留めたところで明日の朝になるともう夏。一177の作者。

410 いつも花と果実があって。典新撰・仏事。〇縦ひ… 前句は果、後句は花に関する句。前句、釈迦が嘗つて仙人に仕えて「採レ菓汲レ水、拾レ新設レ食」した法華経・提婆達多品に基づく。後句、釈迦は一切「無」(実体のない物)であることを樹の下で悟ったが(独覚は仏教語)、今は樹上に花があるので悟ることができない。「教」は使役を示す助字。俗語や詩に用いることが多い。

411 雨が晴れ上って山や河は清らか。典新撰・山水。〇松江… 前句は水、後句は山に関する句。松江は江蘇省呉淞(うんすん)江、鱸(すずき)の産地として名高い。蘿洞は蔦かずらの生えたほら穴、隠者の住まい。「雲開」は「月落」と共に詩題の「雨晴れて…」の意。隠逕は隠者の通うこみち。

412 川や山のあるこの土地は奥深く。典新撰・山水。〇客帆… 前句は水、後句は山に関する句。客帆は旅人を乗せたほかけ船。風千里は風

411　雨晴《あめは》れて山河《さんか》清《きよ》し　蘿洞《らとう》雲開《ひら》いて隠逕深《いんけいふか》し

　　　　　　　　　　　　　　　　藤原《ふぢはらの》雅材《まさき》

松江《しようかう》月落《お》ちて漁舟去《ぎよしうさ》り

412　江山此《かうざんこ》の地深《ちふか》し

　　　　　　　　　　　　　　　　藤原《ふぢはらの》惟成《これしげ》

客帆《かくはん》月有《あ》り風千里《かぜせんり》　仙洞《せんとう》人無《な》し鶴一雙《つるいつさう》

林子曰はく、雅材《まさき》は、魚名《うをな》[一]の仍孫《じようそん》、村上帝《むらかみてい》に仕《つか》ふ。惟成《これしげ》は、雅材[二]が子也。花山《くわさん》帝《てい》の近臣《きんしんた》為り、政務《せいむ》に預《あづか》る。帝脱屣《ていだつし》[三]の時《とき》[四]、従《したが》ひ奉《たてまつ》り宮を出づ。惟成《これしげ》、或《ある》いは雅《まさ》成《しげ》に作るは誤《あやまりなり》也、と。

413　管絃《くわんげん》

　　　　　　　　　　　　　　　　藤原《ふぢはらの》斉信《ただのぶ》

秋月夜閑《しうげつよしづ》かにして曲《きよく》を按《あん》ずることを聞く　金風吹落《きんぷうふきお》す玉簫《ぎよくせう》の声《こゑ》

林子曰はく、斉信《ただのぶ》は、師輔公《もろすけこう》[一]の孫《まご》、為光公《ためみつこう》の子也。一条帝《いちでうてい》の時《とき》、官《くわん》、大納言《だいなごん》に至《いた》り、右衛門督《うゑもんのかみ》を兼《か》ぬ。故《ゆゑ》に金吾卿《きんごきやう》[二]と称《しよう》す。又民部卿《またみんぶきやう》を兼《か》ぬ。故に藤《とうの》民部卿と

が千里の遠くまで(遠くより)吹く。仙洞は仙人の住むほら、住みか。鶴一雙は一つがいの鶴。数百歳を経た夫婦が双鶴に化したという故事(初学記・鶴引用「神境記」)によって、この地の奥深さを示す。一 藤原魚名。仍孫は八代目。二 411の作者。三 ぞうり(続本朝通鑑・十七「ワラクツ」)をぬぎ捨てること。花山帝の退位、出家をいう(寛和二年(九八六))。四 惟成の出家(悟妙)をいう。

413　管楽器と絃楽器。興新撰・管絃。作者については、「金吾卿」(竜大本)・「金五卿」(内閣文庫本)のほか、千載佳句・管絃に「金雲卿・秦楼仙」(F本「仙」を「山」に作る)とみえ(金雲卿は外国人)、異説がある。○秋月… 前句は絃、後句は管について。「按ㇾ曲」は曲をしらべる、かなでる。後句、曲のしらべを聞くと、天から秋風が蕭史の簫(しようのふえ)の妙音を吹きおろすようだ、の意。蕭史は簫の名手、妻の弄玉と共に鳳凰に随って昇天した伝説上の人(列仙伝)。玉簫は玉で飾った簫、妻の弄玉の名前の「玉」を暗示するか。一 藤原北家基経(391の作者)の孫。二 衛門の唐名。三 本朝文粋・十一。四 戸部尚書は民部卿の唐名。五 223の作者。六 220の作者。以下、江談抄・五「公任・斉信為二詩敵一事」の記事。詩敵は詩の好敵手。七 底本「斉信ハ」。江談抄の「不ㇾ可ㇾ打二斉信一」が理解し易い。八 江談抄「斉信常庶二幾師殿公任一」。

称《しよう》す。[三]『文粋《ぶんすい》』に所謂《いはゆる》[四]戸部《こほう》藤尚書《とうしやうしよ》是也《これなり》。[五]斉信《ただのぶ》が文才《ぶんさい》公任《きんたふ》と名《な》を斉《ひと》しうす。[六]伊周《これちか》の曰《い》はく、「公任・斉信、詩敵《してき》と謂《い》ふべし。若《も》し諸《これ》を相撲《すまい》に譬《たと》へば、則《すなは》ち公任は擲《なげう》つべく、[七]斉信は打《う》つべからず」と。然《しか》れども[八]斉信常《つね》に公任・伊周を庶幾《しよき》す、と。

414 暮春花《ぼしゆんはな》を尋《たづ》ぬ　藤《ふぢ》原《はらの》定《さだ》頼《より》

望《のぞみ》は疲《つか》る雲嶺千条《うんれいせんでう》の雪《ゆき》　跡《あと》は入《い》る煙村一道《えんそんいちだう》の霞《かすみ》

林子《りんし》曰《い》はく、定頼《さだより》は、[一]公任《きんたふ》の子《こ》也。四条中納言《しでうちゆうなごん》と称《しよう》す、と。

415 酔《ゑひ》に依《よ》つて天《てん》の寒《さむき》を忘《わす》る　藤《ふぢ》原《はらの》国《くに》成《しげ》

藍水　氷《らんすいこほりのさ》沍ゆる思《おもひな》無かる応《べ》し　玉山唯雪《ぎよくさんただゆきのき》消ゆる情有《こころあ》り

林子曰はく、国成《くにしげ》は、[一]山蔭《やまかげ》の来孫《らいそん》也、と。

庶幾はこうありたいと願う、目標とする。

414 春のくれに花を求めて。[典]新撰・花。作者を「四条大納言」（藤原公任）とする本文（F本・竜大本など）もある。○望… 遠い峰の木々に積った雪のような花、見やると目も疲れるばかり。赤いもやのような花の咲く村へと一直線に足を踏み入れる。 一 223の作者。

415 酒に酔ったために寒気を忘れて。[典]新撰・酒。○藍水… 藍水・玉山は長安の南方藍田県より遠望される川と山の名。千載佳句・山水に「藍水遠従㆓千澗㆒落、玉山高並㆓両峰㆒寒」（杜甫「九日藍田崔氏荘」）とみえ、景勝酒宴の地として名高い。藍水や玉山のような寒い地でも酒の酔いのために寒さを忘れてしまう。 一藤原山蔭（藤原北家流）。

416 月光を浴びて女人の衣を打つ音を聞いて。[典]新撰・擣衣。○雪中… 雪・霜を月光にたとえる。絶尽（梅沢本・内閣文庫本など訓符号）は衣打つ音が夢をすっかり破る。幽人は静かに閑居する人。添来は衣打つきぬたの音に空を渡る雁の声が加わる。 一「知房」（藤原教通の孫）とする竜大本などもある。国成は415の作者。

417 乞巧奠（きっこうでん）を描いた屏風（ヘイフウとも）の詩。乞巧奠は女子が裁縫の上手になることを乞う七夕の祭。月次屏風の一部、色紙形に書

416　月《つき》の前衣《まへころも》を擣《う》つを聞《き》く　　藤《ふぢ》原《はらの》友《とも》房《ふさ》

雪中絶尽《せつちゆうぜつじん》す幽人《いうじん》の夢《ゆめ》　霜後添来《さうごそへきた》る旅雁《りよがん》の声《こゑ》

林子曰はく、友房《ともふさ》[一]は、国成《くにしげ》の子也、と。

417　乞巧《きつかう》の屏風《びやうぶ》　　藤《ふぢ》原《はらの》広《ひろ》業《なり》

雲霞《うんか》帳巻《とばりま》いて風消息《かぜせうそく》す　烏鵲橋《うじやくはし》連《つら》ねて浪往来《なみわうらい》す

林子曰はく、広業《ひろなり》は、日野有国《ひのありくに》[一]の子也。官《くわん》、参議《さんぎ》に至《いた》る。『文粋《ぶんすい》』[二]に所謂《いはゆる》藤相《とうしやう》[三]公是《こうこれ》也、と。

418　皇子《くわうし》『御註孝経《ぎよちゆうかうきやう》』を読《よ》む　　藤《ふぢ》原《はらの》家《いへ》経《つね》

若《も》し皇子神聡敏《しんそうびん》を言《い》はば　日遠《にちゑん》[一]の論《ろん》は同日《どうじつ》の論《ろん》に非《あら》ず

林子曰はく、家経《いへつね》は、広業《ひろなり》の子也、と。

いた詩か。典新撰・七夕。○雲霞…前句、雲霞の如く美しいとばりを巻きあげると風が七夕のたよりを伝える。「雲霞帳巻」はとばりのように広がった雲霞も巻き収まって晴れあがり、の意とも。後句、織女星が出発する時、かささぎ(底本「烏」を「鳥」に誤る)が橋を連ねてかけ(底本「連」の傍訓「チ」は誤刻)、天の川の行き来する波の中を織女星が渡る。

一 227の作者(藤原有国)。二 本朝文粋・三。三 相公は参議の唐名。作者は寛弘四年(一〇〇七)参議。

418　一条帝の第一皇子敦康親王が御注孝経を読むのを見て。典新撰・親王。御注孝経は開元十年(七二二)唐の玄宗が注した孝経。この御注本については、三代実録・貞観二年(八六〇)十月十六日の条に詳しい。敦康親王が寛弘二年(一〇〇五)十一月十三日に始めて孝経を読んだこと、本朝文粋・九・257 258参照。○若し…「神聡敏」は神の如くさとく賢い(梅沢本「神聡ノ敏」)。後句、皇子のかしこさは明帝さえも比較にならぬほどすばらしい意。「日遠論」は晋の明帝が幼時、日と長安のどちらが遠いかと父元帝に尋ねられ、日が遠いと答えたという、明帝の賢明さを物語る故事(世説新語・夙恵篇、琱玉集・聡慧篇など)。→15。一 417の作者。

419　秋の月は冴えている、旅にあって。典新撰・月。○郷涙… 霜・雪ともに月光のたとえ。郷涙は故郷

419 月《つき》は明《あき》らかなり羈旅《きりよ》の中《なか》　藤《ふぢ》原《はらの》行《ゆき》家《いへ》

郷涙《きやうるい》霜に灑《そそ》く孤館《こくわん》の暁《あかつき》　客夢《かくむ》雪に驚《おどろ》く戍楼《じゆろう》の秋《あき》

林子《りんし》曰《い》はく、行家《ゆきいへ》は、一家経《いへつね》の子也、と。

420 松緑《まつみどり》にして池水《ちすい》に臨《のぞ》む　藤《ふぢ》原《はらの》有《あり》俊《とし》

沙雨《さう》荷《はちす》開《ひら》いて蓋影《がいえい》を交《まじ》へ　汀風魚躍《ていふううををど》つて琴声《きんせい》を誤《あやま》る

林子曰はく、有俊《ありとし》は、一有国《ありくに》が曾孫《そうそん》、二実綱《さねつな》が子也。或《ある》いは誤《あやま》つて有信《ありのぶ》に作《つく》る。実《さね》綱《つな》・三有信《ありのぶ》、既《すで》に『無題詩《むだいし》』に見えたり、と。

421 子日《しじつ》の屏風《びやうぶ》　藤《ふぢ》原《はらの》義《よし》忠《ただ》

若《も》し野外和羹《やぐわいくわかう》の主《あるじ》を尋《たづ》ねば　便《すなは》ち是塩梅鼎足《これえんばいていそく》の臣《おみ》

林子曰はく、義忠《よしただ》は、一宇合《うかふ》の十代、為文《ためふみ》の子也。後朱雀帝《ごしゆしやくてい》の二侍読《じどく》為《た》り。三長久《ちやうきう》二年十月、吉野川《よしのがは》に於《お》いて没《ぼつ》す。年《とし》三十八。参議従三位《さんぎじゆさんみ》を贈《おく》ら被《る》。四『続文粋《ぞくぶんすい》』に

を思う涙。孤館→406。客夢は旅でみる夢。「驚レ雪」は月を見て雪かとハッとする、目をさます。戍楼は国境地帯を守るとりでの楼台、やぐら。
一 418の作者。

420 緑色の松が池の水にのぞんで。典新撰・松。詩題を「松照池水」（梅沢本）・「松樹臨池水」（内閣文庫本）とし、作者を「有信」とする諸本もある（→林子評）。○沙雨…　沙雨は水際の砂に降る雨。「交ニ蓋影一」はかさのような姿の松の影が池に映って蓮の花と交わる。後句、水際を吹く松風の音を琴のねかと思って魚が躍る。「魚躍」は楚の琴の名手瓠巴（はこ）の故事（列子・湯問）。「琴声」は琴の曲「風入松」を踏まえる（初学記・琴）。一 227の作者。二 263の作者。三 264の作者。無題詩は本朝無題詩。

421 子の日（正月の上の子の日に野で摘んだ若菜のあつものを食べる行事）の様子を画いた月次屏風。典新撰・若菜。色紙形に書いた詩か。○若し…　和羹はスープを程よく調理すること。塩梅（アンバイとも）はその調味料の塩と酢。皇太子や大臣が国政を助けることのたとえ（尚書・説命）。鼎足は三本足のかなえ。三公（ここは大臣）にたとえる。子の日の春の野で塩梅のよいスープを作るのは誰かといえば、適切に国政を司る三公だ。一 藤原宇合、式家の祖、53の作者。二 天子や皇太子に講義をする役。三 一〇四一年。「権左中

所謂《いはゆる》藤贈《とうのぞう》三品《さんぼん》是《これ》也、と。

422 荷《か》上《じやう》の露《つゆ》　高《たかをかの》五《とも》常《つね》

看破《かんぱ》す風流《ふうりう》何《なん》の似《に》たる所《ところ》ぞ　琉璃《るり》盤底《ばんてい》水精《すいしやう》の丸《ぐわん》

林子曰はく、『江談《がうだん》』に曰はく、「三統理平《みむねのまさひら》・高五常《たかをかのともつね》、詩《し》を巧《たく》みにする者《もの》也」と。惜哉《をしいかな》、その詩《し》伝《つた》はらず、と。

423 将《しやう》帥《すい》　高《たか》丘《をかの》末《すゑ》高《たか》

三軍士《さんぐんし》渇《かつ》す孤城《こじやう》の下《もと》　一眼泉《いちがんいづみ》飛《と》ぶ再拝《さいはい》の前《まへ》

424 紅《こう》梅《ばい》花下《はなのもと》　菅《すが》原《はらの》定《さだ》義《よし》

落蘂衣《らくずいころも》に灑《そそ》いで春《はる》雪を払《はら》ひ　濃粧酒《のうしやうさけ》に浮《う》かんで暁霞《あかつきかすみ》を斟《く》む

林子曰はく、定義《さだよし》は、雅規《まさのり》が曾孫《そうそん》、或《ある》いは誤《あやま》つて之義《これよし》に作る、と。

弁義忠於二吉野河一漂死」(百練抄)。四「贈藤三品」(義忠)の作二首所収。

422 蓮の葉の上の露。典新撰・露。高丘五常。作者「高五常」は唐風の名称。○看破… 前句、蓮の葉に置いた露の優雅さが何に似ているかといえば、次のことがよくわかった。「看破」を「看取」(「取」は助字)とする諸本に従うべきか。瑠璃盤はガラス製の大皿、蓮の葉のたとえ。「水精丸」は水晶の玉、露のたとえ。一 江談抄・五「輔尹・挙直一双者也事」に「統理平・高五常、工レ詩者也」。理平は三代実録の編者の一人、文章博士。

423 将軍。典新撰・将軍(「得二耿恭一」)。底本、作者名を「未高」に誤る。○三軍… 西域に出征し匈奴に囲まれ、水のないため兵士が渇した時、井をおがみ神明に祈ると、飛泉が潰出したという後漢耿恭(こうきょう)の故事(蒙求・耿恭拝井)。三軍はここは大軍、全軍。一眼はひと筋の流れ(眼は泉などを数える量詞、俗語)、白詩0938・題二盧山山下湯泉一「一眼湯泉流向レ東」など。

424 紅梅の花のもとで。典新撰・花。○落蘂… 落蘂は散る花しべ、花。春は「払レ雪」の主語。雪は花びらのたとえ。濃粧は厚化粧、紅梅の花びらのたとえ。「斟レ霞」は、赤いもやにも似た花びらの浮かぶ酒をくむ。「霞」は「流霞酒」(仙人の飲む酒)を踏まえる。一 379の作者。二 梅沢本・内閣文庫本「言義」。

425 王《わう》昭《せう》君《くん》　菅《すが》原《はらの》義《よし》明《あきら》

翡翠《ひすい》扇《あふぎ》翻《ひるが》へつて渓霧《けいむ》断《た》へ　琵琶《びは》絃《げん》咽《むせ》んで嶺泉《れいせん》懸《かか》る

林子《りんし》曰《い》はく、義明《よしあきら》は、文時《ふんとき》[一]が曾孫《そうそん》、[二]或《ある》いは誤《あやま》つて斉明《ただあきら》に作る、と。

426 秋《しう》山《ざん》眺《てう》望《ばう》　菅《すが》原《はらの》忠《ただ》貞《さだ》

雁字《がんじ》一行《いつかう》月に驚《おどろ》き去《さ》り　樵歌《せうか》数曲《すうきよく》風を負《お》うて還《かへ》る

林子曰はく、忠貞《たださだ》は、淳茂《あつしげ》[一]が玄孫《げんそん》也。或《ある》いは「貞《てい》」を誤《あやま》つて「真《しん》」に作《つく》り、或いは「忠《ちゆう》」を誤つて「家《か》」に作り、或《ある》いは「忠貞」の二字を誤つて「最真《さいしん》」に作り、或《ある》いは「菅忠貞」の三字を誤つて「藤有見」に作る。皆是《みなこれ》草字《さうじ》転写《てんしや》の誤乎《あやまりか》。然《しか》れども『菅氏譜《かんしのふ》』[二]に二忠貞有り、則《すなは》ち其の一は忠真[三]為《た》らん乎《か》。彼此《かれこれ》疑無《うたがひな》きに非《あら》ず、と。

425 匈奴へ降嫁した悲劇の主人公(王明君とも)。→86・98。典新撰・王昭君。○翡翠…　王昭君が匈奴へ行く道中の描写。翡翠扇はかわせみの美しい羽で作った彼女の扇、うちわ。断は扇の風にあおられて谷間の霧が断ち切れる、消え失せる。琵琶絃は馬上で奏する彼女の琵琶の絃の音。咽はむせびなくような音色。懸はその音色に応じて峰から滝水が流れ落ちる。一 209の作者。二 梅沢本「斉明」。

426 秋の山のながめ。典新撰・眺望。○雁字…　前句、雁(雁字は雁の列を文字に見立てたもの)のひとつらが三日月を見て弓かと思って驚いて飛び去る。梁庾肩吾「驚雁避二虚弓一」などの趣向。後句、木こりが歌を数曲歌いながら秋風を背にうけて帰宅する。鄭弘が薪を運ぶために朝夕の追い風が吹くようにと神人に願ってこれを果した「鄭公風」の故事を踏まえる(後漢書・鄭弘伝・賢注引用「弘霊苻会稽記」)。「一行」を「数行」、「数曲」を「一曲」、「風」を「嵐」に作る本(F本など)もある。一 204の作者。二 菅原氏の系図。三 梅沢本・竜大本など「忠真」。

427 寒い夜、琴をかなでて。撫は撫琴、琴を手にする、弾く。典新撰・管絃。○松に…　前句、琴曲「風入松」を踏まえる(初学記・琴)。→420。松風の音にも似た琴の音が春の夢の中まで聞える。後句、琴曲「石上流

427 寒夜《かんや》鳴琴《めいきん》を撫《な》づ　　　　笠《かさの》　雅《まさ》　望《もち》

松《まつ》に入《い》る風響春夢《ふうきやうはるゆめ》を吹《ふ》き　峡《かひ》に落《お》つる泉声暗《せんせいあん》に心《こころ》に灑《そそ》く

428 秋《しう》　夜《や》　　　　中《なか》　原《はらの》　長《なが》　国《くに》

万事《ばんじ》皆非《みなひ》なり燈下《とうか》の涙《なみだ》　一生半《いつしやうなか》ば暮《く》る月前《げつぜん》の情《こころ》

林子曰はく、『[一]作者部類《さくしやぶるい》』に曰はく、「従五位肥前守《ひぜんのかみ》中原長国は大隅守重頼《おほすみのかみしげより》の男、天喜《てんき》二年十二月卒《しゆつ》す」と云云《うんうん》。『[二]本朝文粋《ほんてうぶんすい》』に中原長国有《なかはらのながくにあ》り、[三]又江匡房《またがうのまさふさ》「暮《ぼ》年記《ねんき》」に肥前守長国《ひぜんのかみながくに》有り、即《すなは》ち此の人也。『[四]江談《がうだん》』に曰《い》はく、「或《あるひと》問うて曰はく、「時綱《ときつな》と長国《ながくに》と何如《いかん》[五]」と。匡房答《まさふさこた》へて曰はく、「長国勝《まさ》る乎《か》」と。按《あん》ずるに、時綱『[六]無題詩《むだいし》』に見えたり。長国著述《ちよじゆつ》伝はらず、と。

429 王《わう》　昭《せう》　君《くん》　　　　津《つ》　守《もりの》　棟《むね》　国《くに》

一雙涙《いつさうなみだ》滴《お》つ黄河《くわうが》の水《みづ》　願《ねが》はくは東流《とうりう》して漢家《かんか》に入《い》ることを得《え》ん

泉」(或いは伯牙・鍾子期の「流水曲」)を踏まえる(同)。山のはざまに落ちる滝の音にも似た琴の音がそれとなく心の中まで清らかにそそぐ。

428 秋の夜。典新撰・秋夜(「漫漫秋夜(長)」)。○万事…　非は意の如くならなかった、の意。「燈下涙」は灯のもとで涙を流す。後句、人生も半ば過ぎ去り月のもとで回想すれば感慨に耐えない。一 勅撰作者部類。天喜二年(一〇五四)は後冷泉帝の治世。二 巻十三「北野天神供二御幣並種種物一文」の作者(但し「大江匡衡」とも)。三 朝野群載(大江匡房「江納言暮年詩記」)に「故肥前守長国朝臣…長二於文章一。時在二任国一、見二予詩草一」とみえる。四 江談抄・五「時綱・長国勝劣事」による。五 優劣如何。時綱は277の作者。→277林子評。六 本朝無題詩に三首所収。

429 →425。典新撰・王昭君。○一雙…　匈奴に嫁してそこに住む彼女の心情を詠む。一雙涙は両眼から流れる涙。黄河水は故郷を流れる黄河の水、涙の甚だしい形容ともなる。後句、どうかこの涙だけでも黄河の流れに乗って東へ流れ漢の朝廷に帰って行ってほしい。

一 今の大阪市住吉にある住吉大社の神主職。二 代々。津守国基以来歌人輩出、棟国は新後撰集などの歌人。

430 自分の思いを述べて。→1。典新撰・述懐。○郷夢…　郷夢は故郷を思う夢。胡馬思は胡馬が生地林子《りんし》曰《い》はく、津守氏《つもりし》は、[一]住吉《すみよし》の神職《しんしよく》也。[二]世倭歌《よよわか》を嗜《たしな》み、頗《すこぶる》其の名を著《あら》はす。詩句《しく》に至《いた》つては、則《すなは》ち唯是已《ただこれのみ》、と。

430 述《しゆつ》懐《くわい》　　尾《を》張《はりの》学《がく》士《し》

郷夢頻《きやうむしき》りに催《もよほ》す胡馬《こば》の思《おもひ》　橋題信《けうだいしん》ぜず蜀竜《しよくりよう》の心《こころ》

林子曰はく、尾張学士《をはりのがくし》其の名を闕《か》く。[一]『文粋《ぶんすい》』、尾張宿禰言鑑《をはりのすくねときみ》有り。疑《うたが》ふらくは其是乎《それこれか》、と。

右《みぎ》三十人、[二]基俊《もととし》『新撰朗詠《しんせんらうえい》』に見えたり。按《あん》ずるに、『新撰朗詠』唯其《ただそ》の官《くわん》を記《しる》し姓名《せいめい》を言はざる者《もの》有り。所謂第三親王《いはゆるだいさんしんわう》は[三]輔仁《すけひとか》乎、入道大納言《にふだうだいなごん》は[四]俊賢《としかた》乎、[五]都督亜将《ととくあしやう》は経信《つねのぶ》乎、前都督《ぜんとどく》は[六]季仲《すゑなか》乎、[七]源亜将《げんあしやう》は英明《ふさあきら》乎、江澄兼《がうのすみかね》は[八]隆兼《たかかね》を誤《あやま》る乎、雅成《まさしげ》は[九]惟成《これしげ》を誤《あやま》る乎。皆是《みなこれ》[一〇]疑《うたがひ》を闕《か》き、姑《しばら》く是《これ》を舎《お》く。

431 藤原信西《ふぢはらのしんぜい》が席《せき》、「夜深《よるふ》けて管絃《くわんげん》を催《もよほ》す」を賦《ふ》す　　藤《ふぢ》原《はらの》敦《あつ》周《ちか》

竜吟水暗《りようぎんみづくら》し両三曲《りやうさんきよく》　[一]鶴唳霜寒《かくれいしもさむ》し第四声《だいしせい》

林子曰はく、敦周《あつちか》は、式家《しきけ》の儒茂明《じゆしげあきら》の子也。[二]此《こ》の席《せき》、群輩詩既成《ぐんばいしすでにな》り、敦周独《ひと》

である北方の胡国を慕うように、故郷を思う心(文選・古詩十九首「胡馬依二北風一、越鳥巣二南枝一」)。橋題は橋に書きしるす。漢の司馬相如が栄達しなければ蜀の北方の昇仙橋を再び通らないと決意し、それを橋柱に記した故事による(蒙求・相如題柱)。蜀竜は相如をさす(蜀出身の英雄の意か)。後句、相如のように志を立てはしたが、その望みはなく、この故事はもはや信じられない、の意。一 本朝文粋・二・官符に尾張言鑒「応レ討二平将門一符」。二 藤原基俊撰の新撰朗詠集。三 後三条天皇第三皇子、261の作者。四 源俊賢、222の作者。五 都督は太宰帥、亜将は亜相(大納言の唐名)の誤。源経信、262の作者。六 藤原季仲、394の作者。七 亜将は近衛中将の唐名。源英明、207の作者。八 大江隆兼、283の作者。九 藤原惟成、412の作者。一〇 疑わしいと思うところは取除いて置く(論語・為政篇)。

431 入道信西(藤原通憲の法名)の家の詩席で「夜がふけて音楽を催する」という題が与えられ、各自がこれを題として作詩して。典著聞・四「敦周が秀句の事」。詩題は林子による。○竜吟… 竜吟は竜の嘯く幽深な声(竜は「隴」の誤とも。↓注四)。両三曲は第二第三の絃の音。鶴唳は鶴が子を思って鳴く悲しい声(→注四)。ともに楽器の音色にたとえたもの。一 藤原式家の儒者。茂

り未《いま》だ成《な》らず。満座《まんざ》皆興無《みなきような》し。信西《しんぜい》、[三]郢曲《えいきよく》の者有安《ものありやす》を使《し》て朗詠《らうえい》せしむ。有安《ありやす》唱《とな》へて曰はく、「[四]第一第二《だいいちだいに》の絃索索《げんさくさく》」と云云《うんうん》。時《とき》に敦周が詩成《な》る。満座《まんざ》興《きよう》を催《もよほ》し之《これ》を感賞《かんしやう》す、と。

432 釈奠《せきてん》に候《さぶら》ふ　藤《ふぢ》原《はらの》実《さね》定《さだ》

豈図《あにはか》らんや幷《ならび》に杏壇《きやうだん》の宴《えん》に接《せつ》せんとは　衣鉢《いはつ》遂《つひ》に帰《き》す四十《しじふ》の春

林子曰はく、実定《さねさだ》は、[一]仁義《じんぎ》公公季《こうきんすゑ》の仍孫《じようそん》、[二]徳大寺《とくだいじ》右大臣公能《うだいじんきんよし》の子也。所謂後《いはゆるのちの》徳大寺左府《とくだいじさふ》是《これ》也。[三]治承年中《ぢせうねんちゆう》、大将《だいしやう》を望任《ばうにん》、得《え》ず。故《ゆゑ》に蟄居《ちつきよ》す。既《すで》にして左大将《さだいしやう》に任《にん》ず。是《ここ》に於《お》いて朝参《てうさん》、釈奠《せきてん》の[四]上卿《しやうけい》と為《な》る。欣然《きんぜん》として此の作《さく》有り。時《とき》に儒《じゆ》官《くわん》[五]藤原永範《ふぢはらのながのり》此《これ》を感《かん》ず。

今按《いまあん》ずるに、[六]釈奠《せきてん》に詩を作つて衣鉢《いはつ》を言ふ。[七]儒釈《じゆしやく》を混《こん》ずる者乎《ものか》。永範[八]憚《はばか》つて口《くち》を緘《つぐ》む乎《か》、と。

433 嘉応《かをう》二年九月十三夜、宝荘厳院《ほうしやうごんゐん》に月を翫《もてあそ》ぶ　藤《ふぢ》原《はらの》永《なが》範《のり》

楼臺月映《ろうだいつきえい》じて素輝《そき》冷《すさま》じ　七十秋闌《あきたけなは》にして紅涙餘《こうるいあま》る

明は271の作者。二 以下、古今著聞集の記事。三 謡いものの専門家(郢曲は俗曲、はやり歌)。有安は未詳、中原頼盛の子とも。四 和漢朗詠集・管絃・白居易「五絃弾」(新楽府0141)の第一句。索索は五絃琴の音調が低く太いこと。なおその第四句「夜鶴憶ㇾ子籠中鳴」、第六句「隴水凍咽流不ㇾ得」とみえ、この朗詠を参考にして敦周の詩が生れたという説話。

432 釈奠(二月と八月に大学寮で孔子とその弟子を祭る行事)に伺候して。ここは二月の釈奠。典著聞・四「後徳大寺左大臣実定風月の才人に勝れたる事」。詩題は林子による。○豈… 幷は著聞集の一本「再」に作る。杏壇は孔子の教壇(荘子・漁父)、ここは大学寮。杏壇宴は釈奠後の宴会。衣鉢は仏語。ここは先祖から伝えられた官職、学事。四十春はその官職が四十歳の春のいま遂に自分の許に戻ったの意。一 藤原師輔の九男、太政大臣。仍孫は玄孫の誤か。二 徳大寺家祖実能の子。三 高倉・安徳帝の世(一一七七-八〇)。以下、古今著聞集。四 朝廷で公事を行う際の首席の人。底本「上郷」に誤る。五 433の作者。六 儒教の行事の釈奠に仏語「衣鉢」を使用する。七 儒教と釈教、儒・仏。八 著聞集は反対に「感歎にたへず涙を流しけり」という。「緘」は林子の排仏思想を示す一例か。

433 嘉応二年(一一七〇、高倉帝。底本「喜応」に誤る)九月十三夜(→

林子《りんし》曰《い》はく、永範《ながのり》は、南家《なんけ》実範《さねのり》が曾孫《そうそん》、一時《いちじ》の老儒《らうじゆ》為《た》り。此《こ》の夕《ゆふべ》藤実定《とうのさねさだ》に誘引《いういん》せ被《ら》れ、月影《げつえい》に対《たい》し、旧抄《きうせう》を見て之《これ》を吟《ぎん》ず、と。

434 聯《れん》句《く》　素《そ》俊《しゆん》

春調春鸎囀《しゆんてうしゆんあうてん》　古聞古鳥蘇《こぶんこてうそ》

林子曰《い》はく、素俊《そしゆん》聯句《れんく》を以《もつ》て名《な》を得《え》たり。又一聯《またいちれん》有って曰はく、「琵琶牧馬《びはぼくば》を称《しよう》し、羯鼓泉狼《かつこせんらう》を習《なら》ふ」と。或《あるひと》誦《じゆ》して曰はく、「想像《おもひや》る華陽洞《くわやうとう》」と。俊声《しゆんこゑ》に応《おう》じ対《こた》へて曰はく、「乍《たちま》ちに存《ぞん》ず松子亭《しようしてい》」と。

右《みぎ》四人、橘《たちばなの》季茂《すゑしげ》『著聞集《ちよもんじふ》』に見えたり。

435 行在所《あんざいしよ》の庭樹《ていじゆ》に書《しよ》す　源《みなもとの》高《たか》徳《のり》

天《てん》越王《ゑつわう》を空《むな》しうすること莫《なか》れ　時《とき》に范蠡《はんれい》無《な》きに非《あら》ず

林子《りんし》曰《い》はく、高徳《たかのり》は、宇多《うだ》源氏《げんじ》佐佐木《ささき》の支流《しりう》、所謂《いはゆる》児嶋三郎《こじまさぶらう》といふ者《もの》なり。累《るい》世士《せいし》林《りん》に在《あ》つて弓馬《きうば》を嗜《たしな》む者《もの》也。元弘笠置《げんこうかさぎ》の役《えき》、王師《わうし》敗績《はいせき》。遂《つひ》に隠州《いんしう》の狩《かり》有《あ》り。高徳《たかのり》微服《びふく》、密《ひそ》かに行在所《あんざいしよ》に詣《まゐ》り、庭樹《ていじゆ》を削《けづ》つて此の十字を書《しよ》し、以《もつ》て丹心《たんしん》を旌《あらは》

---

290)に宝荘厳院で月を賞翫して。十三夜に月を賞でること、宇多・醍醐朝頃に始まる。院は鳥羽上皇の御所(百練抄・長承三年)、京都市左京区聖護院辺にあったという(続本朝通鑑・四十九「俗号二白河阿弥陀堂一」)。典著聞・四「式部大輔永範が秀句の事」。詩題は林子。〇楼臺… 素輝は白く明るい月光。闌はここは盛りを過ぎること。作者が七十歳を過ぎたことをいう。紅涙は血の涙、一般に美人の流す涙をいう。ここは作者の涙。一 藤原南家の実範、273の作者。二 当時の儒者の長老。三 以下、著聞集の記事。藤原実定は432の作者。四 詩を抄出した作詩の旧い参考書(著聞集「抄物」)。

434 連句(人々が寄り合って作る漢詩)。典著聞・四「素俊法師が秀句の事」。〇春調… 底本音読(書陵部本「春ハ調ブ」)。「春鸎囀」「古鳥蘇(コトリソとも)」ともに雅楽の曲名(古鳥蘇は高麗曲とも)。後句は素俊の作。「古聞」を書陵部本「古(ムカシ)ハ聞ク」。一 以下、著聞集。二 琵琶の名器の名(拾芥抄)。羯鼓(鞨鼓)は台に据えて打つ鼓。泉狼は未詳、奏法の一種か。三 この名の山は陝西省(尚書・禹貢)、安徽省などにある。ここは梁人陶弘景の隠居した江蘇省の洞穴。四 素俊法師。五 すぐさま思いますよ(存は日本語的表現)、あの仙人赤松子の亭を、の意か。松子に笑止をかけた洒落。松子亭は蔡陽

す。翌日《よくじつ》叡覧《えいらん》に入《い》る。乃《いま》[五]し知《し》んぬ、彼勤王《かれきんわう》の志《こころざし》有ることを。其の後《ご》[六]平族敗亡《へいぞくはいばう》、天皇復辟《てんわうふくへき》[七]。未《いま》だ幾《いく》ばくならず、闔国《かふこく》[八]大《おほい》に乱《みだ》る。干戈戢《かんくわをさ》まらざること四十餘年《よねん》。高徳身《たかのりみ》を終《を》ふるまで此の句《く》の意《い》に負《そむ》かず。其の事詳《ことつまび》らかに玄恵《げんゑ》[九]が「筆記《ひつき》」に見えたり、と。

[一〇]余《よ》が家《いへ》、中華《ちゆうくわ》の詩集《ししふ》を蔵《をさ》むる者若干部《ものじやくかんぶ》。其の中、六朝古詩《りくてうこし》[一一]及《およ》び唐詩《たうし》闕《か》けて全《まつた》からざる者《もの》を輯《あつ》めて、殊《こと》に一巻と為《す》る者有《ものあ》り。或《ある》いは長篇《ちやうへん》の中僅《うちわづ》かに四句二句《しくにく》を存《ぞん》じ、或《ある》いは三句《さんく》一句《いつく》を存ずる者惟多《ものこれおほ》し。中華歴代《ちゆうくわれきだい》の詩集乏《ししふとぼ》しからざるときは、則《すなは》ち縦《たと》ひ闕語《けつご》の者《もの》を輯《あつ》めずと雖《いへど》も、何《なん》の妨《さまたげ》か之有《これあ》らん。然《しか》れども猶《なを》労《らう》して遺逸此《ゐいつか》くの如《ごと》き者《もの》を求《もと》む。一句二句の小《せう》と雖《いへど》も、其《そ》の絶妙《ぜつめう》、言《げん》[一二]を易《か》へざる者亦之有《ものまたこれあ》るときは、則ち何為《なんす》れぞ之《これ》を廃《はい》せん哉《や》。古詩《こし》[一三]に在《あ》つては則ち「庭草人無《ていさうひとな》[一四]く意《い》に随《したが》つて緑《みどり》し」の類、宋詩《そうし》に在つては則ち「楓落《かへでお》[一五]ちて呉江冷《ごかうさむ》し」の類、唐詩《たうし》に在つては則ち「満城《まんじやう》[一六]の風雨重陽《ふううちようやう》に近《ちか》き」の類、唯是《ただこれ》一句、古今之《ここんこれ》を歎賞《たんしやう》す。其の餘猶多《ほかなほおほ》し、之《これ》を考見《かんがへみ》るべし。況《いはん》や今輯《いまあつ》むる所《ところ》、悉《ことごと》く是《これ》二句、或《ある》いは対聯稍巧《ついれんややたくみ》[一七]なる者有《あ》り、或《ある》いは二句連続《れんぞく》し得《え》て好《よ》き者《もの》有り。其の中工拙《こうせつ》の優劣《いうれつ》、択《えら》んで之《これ》を取るときは、則ち庶乎《こいねがはくは》、其詩壇《それしだん》に登《のぼ》るの一助《いちじよ》ならん乎《か》。且夫本集七巻《かつそれほんしふしちくわん》の外《ほか》の作者《さくしや》、姓名歴歴然《せいめいれきれきぜん》たるときは、則ち童蒙《どうもう》[一八]に益無《やくな》きに非《あら》ず乎《や》。公任《きんたふ》[一九]・基俊選《もととしえら》ぶ所《ところ》の外《ほか》、今《いま》『江談抄《がうだんせう》』『著聞集《ちよもんじふ》』を見て僅《わづ》かに

県界にある神仙的な亭(文選・南都賦・李善注)とも。「乍存」を著聞集は「左存」(サゾンジタリ)に作る、これも一案。六 著聞集の作者は橘成季。→293注一。

435 行在所の庭の桜の木に書きしるして。行在所は元弘二年(一三三二)後醍醐帝が隠岐の島遷幸の時の仮宮、院庄(いんのしよう)の宿舎。院庄は今の岡山県津山市の一部。興太平記・四「備後三郎高徳ガ事」。詩題は林子。〇天…前句、天よ、呉王に捕えられた越王勾践(「越王」を太平記「勾践」に作る)のように後醍醐帝の御命を奪わないでくれ。後句、高徳自身を越王の恥をすすいだ范蠡に擬す。一 ここは武士の世界の意。二 元弘元年九月鎌倉幕府軍によって笠置落城、皇軍が大敗(太平記・三)。三 隠岐の国への配流を、狩に出たといいなしたもの。四 まごころを示す。五「乃」は即ちの意。「知」の主語は天子。「主上ハ…詩ノ心ノ御覚リ有リテ、竜顔殊ニ御快ク笑セ給ヘドモ…」(太平記)。六 平家一門。鎌倉幕府の執権北条氏は平家の末流。七 退位した帝が再び位につくこと。八 全国、国中。九 太平記の撰者を玄恵法師(後醍醐帝の侍読、学僧)とみなした記述。→332。一〇 以下に巻八の編集態度の一端を述べる。一一 中国古代の詩。文選などにその一部を収集。但し、林子は唐詩に対して六朝詩を意味する。→

十餘篇《じふよへん》を補《おぎな》ひて、高徳《たかのり》が句《く》を以《もつ》て之《これ》を終《を》ふ。其の餘《ほか》広《ひろ》く之《これ》を求《もと》むるに遑《いとま》あらず。見者察焉《みるものさつせよ》。

林子《りんし》曰《い》はく、[一]古人《こじん》謂《い》はく、「少陵《せうりよう》、詩《し》に聖《せい》なり、文《ぶん》に於《お》いては則《すなは》ち短為《たんた》り。[二]南豊《なんぽう》、文章《ぶんしやう》の大家為《たいかた》り、詩《し》に於《お》いては則《すなは》ち[三]遺《ゐ》恨《こん》有《あ》り」と。少陵文《ぶん》を作《つく》らざるに非《あら》ず、南豊詩《し》を言《い》はざるに非《あら》ず。然《しか》れども[四]韓柳《かんりう》・欧蘇《おうそ》が詩文兼備《しぶんかねそな》はるに如《し》かざるを以《もつ》て、故《ゆゑ》に之《これ》を言《い》ふ而已《のみ》。凡《およ》そ詩を作る者《もの》、[五]豈文路《あにぶんろ》を知《し》らざらん哉《や》、文《ぶん》を作る者、豈《あに》[六]詩思《しし》無《な》かるべけんや。故に今《いま》本朝先輩《ほんてうせんぱい》、其《そ》の文存《ぶんぞん》じて其の詩伝《しつた》はらざる者《もの》の姓名《せいめい》を記《しる》し、[七]左傍《さばう》に列《れつ》す。他後若《たのひとのちも》し此《こ》の姓名《せいめい》に就《つ》いて其の詩を求得《もとめう》るときは、則ち[八]補闕拾遺《ほけつしふゐ》して可也《かなり》。是余《これよ》が[九]微意《びい》也、と。

[一〇]葛《ふぢ》井《ゐの》諸《もろ》会《あ》　元明《げんめい》の朝《てう》
船沙弥《ふねのさみ》麻呂《まろ》　聖武《しやうむ》の朝
蔵岐美《くらのきみ》麻呂《まろ》　聖武の朝
[一一]大神虫麻呂《おほみわのむしまろ》　聖武の朝
紀《きの》真《ま》象《かた》　孝謙《かうけん》の朝
栗原年《くりはらのとし》足《たり》　桓武《くわんむ》の朝
道守宮《みちもりのみや》継《つぐ》　桓武の朝
[一二]大日奉首名《おびとな》　奉は秦《はた》歟《か》
[一三]主《しゆ》金《きん》蘭《らん》
[一四]菅原清《すがはらのきよ》人《んど》　清公《きよとも》の弟
和《わ》気《けの》真《ま》綱《つな》　清麻呂の子、広世の弟
和気仲《なか》世《よ》　広世の子

右十二人、[一五]『経国集』残編《ざんぺん》に見えたり。

藤原氏《ふぢはらのうぢ》宗《むね》　葛野《かどの》の子也。清和の朝右大臣為り
菅原是《すがはらのこれ》善《よし》　清公の子。[一六]菅丞相《かんしようじやう》の父

注一三。 一二 言葉を変えることのできない優れた作、不変の作。 一三 古い六朝の詩の中では。 一四 隋人王冑「燕歌行」の句(太平御覧・五九一引用「国朝伝記」、隋唐嘉話・上など)。 一五 新唐書・二〇一、初唐崔信明の句(全唐詩・三十八)。呉江は呉淞江、太湖から流れ出る川。 一六 宋人潘大臨の句(韻語陽秋・二)。 一七 対句。 一八 詩にくらい初学者。 一九 藤原公任撰の和漢朗詠集、同基俊撰の新撰朗詠集。

一 明人楊慎の升菴詩語・十一「評二李・杜一」の説「杜少陵(杜甫)之詩…神二於詩一者与…聖二於詩一者与…比二之文一、太白則史記、少陵則漢書也」などをさすか。短は短所をもつ、劣る。 二 宋人曾鞏(そうきよう)。江西省南豊の人、南豊先生とも。南豊の文の巧みなこと朱子語録(一三九「論レ文」)にしばしばみえるが、「古人の言」としては特定の人を検出し得ない。 三 残念に思う点がある。 四 中唐の韓愈・柳宗元、宋の欧陽修と蘇軾(蘇東坡)。 五 作文の道、その才。 六 詩情、ことは詩才。 七 左側に並べる、列記する。 八 本書の欠を補足し収集する。 九 ささやかな心づかい。謙遜語。 一〇 「井」を底本「中」に誤る。 一一 「足」を底本「久」に誤る。 一二 底本、「大日奉」(訓不明)を「奉」に誤り、「首名」を「首君(ヲトトキミ)」に誤る。下の注記は不要。文武・元明朝の人か。

紀《きの》貫《つら》之《ゆき》船守の来孫　一七紀《き》淑《よし》望《もち》長谷雄《はせを》の子
一八紀《き》淑《よし》信《のぶ》淑望《よしもち》の弟　有《あり》明《あきら》延長時《えんちやうのとき》の人
巨《こ》勢《せの》為《ため》時《とき》　秦《はたの》氏《うち》安《やす》村上の朝
大《おほ》江《えの》澄《すみ》明《あきら》朝綱の子　藤原惟《これ》貞《さだ》宇合《うかふ》の仍孫《じようそん》
藤原行《ゆき》成《なり》一九伊尹《いいん》公の孫、義高の子　二一藤原倫《とも》寧《やす》長良《ながら》の曾孫
高《たか》階《しなの》成《なり》忠《ただ》二〇高二品《かうにほん》と号す、積善《しげよし》の父　賀《か》茂《もの》保《やす》憲《のり》慶《よししげのやすたね》保胤の兄
平《たひらの》兼《かね》盛《もり》光孝の玄孫《げんそん》　大江挙《たか》周《ちか》匡衡《まさひら》の子
二二宮《みや》道《ちの》義《よし》行《ゆき》　二三文《ふん》室《やの》如《ゆき》正《まさ》
二四三《み》善《よしの》道《みち》統《むね》

右十九人、『本朝文粋《ほんてうぶんすい》』に見えたり。

二五菅原清《きよ》房《ふさ》是綱の兄　菅原宣《よし》忠《ただ》
藤原正《まさ》家《いへ》日野家経《いへつね》の子　藤原友《とも》実《ざね》南家《なんけ》季綱の子
源《みなもとのより》頼義《よし》満仲の孫、頼信の子　大江匡《まさ》輔《すけ》匡房の孫
二六大江匡《まさ》時《とき》　平《たひらの》定《さだ》親《ちか》高棟の曷孫《こんそん》。江《がうの》匡房之《これ》を師とす
二七花園赤《はなぞののあか》恒《つね》

右九人、『続本朝文粋』に見えたり。

二八花《くわ》山《さん》法《ほふ》皇《わう》　二九都《みやこの》在《あり》高《たか》

一三 元明朝の人か。以上九名は経国集・二十「対策文」の作者。一四 以下三名は同・一「賦」の作者。一五 現存本は、巻一・十・十一・十三・十四・二十のみ。一六 菅原道真。一七 未詳。延長は醍醐帝の延長年間。一八 一条朝の正暦の頃の人。一九 義高は「義孝」が正しい。二〇 本朝文粋・七・175。二一 同・六・170。実作者は大江朝綱。二二 同・六・166。実作者は大江以言。二三 同・六・167。二四 同・六・169。

二五 以下、九名については、本朝続文粋・姓氏に詳しい。二六 続文粋三・策「述二行旅一」の作者。二七 底本「花国」に誤る。同・三・策「詳二和歌一」の作者。

二八 以下、七名の作品をあげる。「書写山上人伝」。二九 「審二鷹挙一箴」。

[一]平《たひらの》　兼《かね》材《き》
[二]大江　道《みち》国《くに》　佐国《すけくに》の子、「道」或いは「通」に作る
[三]中原《なかはらの》師《もろ》遠《とほ》　師平の子
[四]藤原　令《よし》明《あきら》　敦基の子、茂明の兄
[五]藤原　成《なり》季《すゑ》　南家《なんけ》実範《さねのり》の子

右七人、『朝野群載《てうやぐんさい》』文筆《ぶんぴつ》の部《ぶ》に見えたり。

此の外《ほか》、『群載』、詔勅《せうちよく》・[六]符命《ふめい》・[七]位記《ゐき》、幷《なら》びに[八]公文《くもん》・[九]解状《げじやう》等の作者《さくしや》甚《はなはだ》多《おほ》し。枚挙に遑あらず。『群載』自《よ》り以後《いご》文集《ぶんしふ》の存《ぞん》する無《な》く、『新撰朗詠《しんせんらうえい》』自《よ》り以後詩集《ししふ》の存《ぞん》ずる無し。其《そ》の後《のち》、[一〇]源《みなもとの》親房《ちかふさ》・藤原長親《ふぢはらのながちか》が如《ごと》き、乱世《らんせ》に生《うま》れ、才倭漢《さいわかん》を兼《か》ね、学古今《がくここん》に通《つう》ず。然《しか》れども未《いま》だ其の詩を見ず、[一一]遺念《ゐねん》無《な》きに非《あら》ず。[一二]保元《ほうげん》・平治《へいぢ》以来《いらい》、朝廷《てうてい》、文臣《ぶんしん》無《な》し。然《しか》れども[一三]菅家《かんけ》の族類《ぞくるい》僅《わづ》かに紀伝《きでん》の箕裘《ききう》を守《まも》り、[一四]清原《きよはら》・中原《なかはら》聊《いささか》明経《みやうぎやう》の遺風《ゐふう》を追《お》ふ。以《もつ》て[一五]職役《しよくえき》を勤《つと》むと雖《いへど》も、詩文《しぶん》に至《いた》つては則《すなは》ち寥寥《れうれう》乎《こ》たり。足利氏《あしかがし》幕府《ばくふ》を開《ひら》いて以来《いらい》、[一六]文字《もじ》の禅徒《ぜんと》相《あひ》続《つづ》いて勃起《ぼつき》す。而《しかう》して[一七]廷臣《ていしん》の文字《もじ》殆《ほとん》ど地《ち》を掃《はら》ふ、痛《いたまし》哉《いかな》。

八巻終《はちくわんをはり》

一 同。底本「兼村」に誤る。 二 「新楽府廿句和歌題序」。 三 「北辰祭文」。 四 「地神供祭文」。底本「合明」に誤る。 五 「太政大臣造二九条堂一」。 六 天が天子に授ける符(しるし)。ここは文体の名、瑞応を述べて天子の徳をたたえる(文体明弁)。但し群載にはこの項未見。 七 叙位を記した公文書。 八 朝廷の発行する公文書。群載・諸国公文参照。 九 諸官庁が朝廷に提出する公文書、解文(げぶみ)。 一〇 北畠親房・花山院長親。 一一 残念なことだ。 一二 後白河・二条帝代。文臣は文筆によって仕官する臣。 一三 菅原氏一族がやっと紀伝道(大学寮四科の一つ、文章道)という父祖の業を守る。箕裘は礼記・学記「良冶之子、必学レ為レ裘。良弓之子、必学レ為レ箕」に基づく語。父祖の業をつぐ譬え。 一四 清原・中原両家がともかくも明経道(大学寮四科の一つ、経書道)の残された学風を追い慕う。 一五 職責。 一六 文才のある禅僧。五山文学の禅僧たち。 一七 朝廷の臣たちの詩文は殆んど皆無になった。

本朝一人一首詩巻《しくわん》之九

向陽林子輯

林子《りんし》曰《い》はく、此《こ》の巻《くわん》、偽作《ぎさく》幷《なら》びに無名氏《むめいし》及《およ》び怪誕《くわいたん》[一]の詩《し》を雑記《ざつき》し、以《もつ》て異聞《いぶん》[二]を広《ひろ》うす。而《しか》して雑集《ざつしふ》に擬《ぎ》す、と。

436 万葉《まんえふ》の春《はる》の歌《うた》に擬《ぎ》す

和《わ》風《ふう》触処《ふるるところ》物《もの》皆《みな》楽《たの》しむ　上苑《じやうゑん》の梅花《ばいくわ》開《ひら》いて也《また》落《お》つ
淑女《しゆくぢよ》偸《ぬすみ》攀《よ》ぢて簪《しん》と作《な》すに堪《た》へたり　残香《ざんかう》袖《そで》に匂《にを》ひて払《はら》へども却《しりぞ》け難《がた》し

林子《りんし》曰《い》はく、此の詩『新撰万葉《しんせんまんえふ》』の上巻《じやうくわん》に見へたり。世《よ》に伝《つた》ふ、『新撰万葉』は、菅丞相《かんしようじやう》[一]、『万葉集《まんえふしふ》』の歌に擬《ぎ》して作る所也《ところなり》。其の上巻に序《じよ》[二]有り、曰はく、「寛平《くわんへい》五年九月二十五日。而《しか》して上下の巻合《くわんあは》せて三百首」と。『基俊朗詠《もととしらうえい》』[三]に往往其詩《わうわうそのし》を載《の》せて、『菅家万葉集《かんけまんえふしふ》』と曰《い》ふときは、則《すなは》ち其の伝称《つたへしよう》する所既《すでに》久矣《ひさし》。

一怪しくうその話。原本系玉篇「誕、欺也」。二変わった話。

436 新撰万葉集の春の歌になぞらえて。詩題は林子による。〔典〕新万葉(対の歌「散るとみてあるべきものを梅の花うたて匂ひの袖にとまれる」)。〔韻〕楽・落・却、入声薬韻。○和風… 和風は春風。上苑は前漢の武帝が修補した上林苑、ここは宮廷の園。也はものを列挙する場合のマタに当る。○淑女… 偸攀は梅の花にひそかに触れて引く。「堪レ作レ簪」はかんざしにするに十分だ。残香は梅の残り香。歌の第五句に当る。一菅原道真。丞相は左右大臣の唐名。醍醐帝寛平五年(八九三)、道真は左大弁兼勘解由長官、春宮亮。二序文「左右上下両軸、摠三百有首」。撰進は同年九月二十五日(日本紀略)。三藤原基俊撰の新撰朗詠集に七首の詩を載せる。四亡父林羅山。五必ず。「必ノ字ヨリ重シ」(文語解・一)。

437 新撰万葉集の夏の歌になぞらえて。詩題は林子。〔典〕新万葉(対の歌「夏の風わが袂にしつつまれば思はむ人のつとにしてまし」)。〔韻〕身・人、上平真韻。○夏風… 姮娥は月世界に上天した伝説上の女性の名(淮南子・覧冥訓)。底本「姤娥」に誤る。ここは歌の第四句に当る。恋思は彼女を恋い慕う。「別深身」は和習的表現。特に深い恋ごころをいだくわが身はの意か。○暮行… 過ぎゆく暮春を留めようとするが、散る然《しか》れども筆力《ひつりよく》句法《はふ》柔弱《にうじやく》にして拙《つたな》し。[四]先考《せんかう》曾《かつ》て一覧《いちらん》して曰はく、「先輩《せんぱい》既《すで》に疑《うたが》ふ、菅公《かんこう》の作に非《あら》ず」と。今《いま》熟読《じゆくどく》するときは、則ち決《けつ》[五]して其《それ》偽作《ぎさく》為《た》り、と。

437 万葉《まんえふ》の夏《なつ》の歌《うた》に擬《ぎ》す

夏《か》風《ふう》俄《にはかに》来《きた》りて吾袖《わがそで》を扇《あを》ぐ　姮娥《こうが》恋思《れんし》す別《ことに》深《ふか》き身《み》
暮《くれ》行《ゆ》きて春節《しゆんせつ》将《まさ》に過留《すぎとど》めんとす　落花《らくくわ》早速《さうそく》障《さはる》人《ひと》無し

林子曰はく、是《これ》『新撰万葉《しんせんまんえふ》』の下巻《げくわん》に見えたり。序《じよ》に曰《い》はく、「延喜《えんぎ》十三年八月二十一日」と。則《すなは》ち菅公《かんこう》[一]薨《こう》じて後数年《のちすうねん》を隔《へだ》つ。古来《こらい》既《すで》に其の年月《ねんげつ》を考へて謂《い》はく、「他人《たにん》菅公之《かんこうの》塵《あと》[二]を継《つ》ぎ、下巻を作つて以《もつ》て上巻を足《た》す」と。或《あるひと》の曰はく、「[三]源相公《みなもとのしやうこう》の作《さく》也」と。今上下《じやうげ》の巻を見るときは、則《すなは》ち上巻は其の辞《じ》拙《つたな》しと雖《いへど》も、[四]韻声違《ゐんせいたが》はざる者多《ものおほ》し。而《しか》うして其中偶《そのなかたまたま》韻声合《あ》はざる者《もの》有り。下巻に至つては、則ち韻声合はざる者《もの》多くして、合者《あふもの》十が一《いち》。源相公は何人哉《なんびとぞや》。韻声を知らずして、妄《みだり》に作《さく》す。何以《なにをもつ》てか之《これ》を詩と謂《い》ふべけん哉《や》。嗚呼《ああ》、近世倭歌《きんせいわか》を嗜《たしな》む者甚《ものはなは》だ漢才《かんさい》[五]に乏《とぼ》し。此《か》くの如《ごと》きの拙句《せつく》を以て、菅丞相《かんしようじやう》を誣《し》ひ源相公を瀆《けが》す、哀哉《かなしいかな》、と。

花は早くて(早速は和習語)、それをふせぎきる人もない。歌の第五句に当る。一 菅原道真は延喜三年(九〇三)没。醍醐帝延喜十三年は十一年後。二 後塵。三 未詳。一説に参議源当時。四 脚韻などをいう。五 詩を作る才能、詩才。

438 野馬臺(やまと)の詩。典 諺解(貞享版)など。韻 後述。○東海… 語注、林子評参照。以下四句、工・功。上平東韻。前句、日本は東海の姫氏国の子孫。姫氏は古代周の国の姫氏后稷(農業を担当する長官。史記・周本紀)。百世は百代、長い間。「代二天工一」は天下を治める仕事を人君が天に代って行なう(尚書・皐陶謨)。天工は天の造化の工(たくみ)。○右司… 右司は隋の官署名。ここは推古朝廷の官署に当てたか。衡主は衡岳恵思(えし)大師の化身という聖徳太子。元功は大功。○初… 以下四句、宗・終(通用韻)、上平冬韻。「治法事」は聖徳太子の憲法十七条をさす。○本枝… 前句、木の幹と枝(君と臣)の関係は天地に行きわたる(毛詩・小雅・北山「溥天之下、莫レ非二王土一、率土之浜、莫レ非二王臣一」)。「定二始終一」は君臣の位を定める。底本「治終」に作る。○谷塡… 以下四句、翔・昌、下平陽韻。前句、地変のため谷はふさがれ人民たちは離散する意か。田孫は田を作る子孫たち。魚後句、あり得ないことのたとえ。魚膾は魚のなます。二句を諺解は壬申

438
野《や》馬《ば》臺《たいの》詩《し》

東海姫氏国《とうかいきしこく》　百世天工《ひやくせいてんこう》に代《かは》る
右司輔翼《いうしほよく》と為《な》る　衡主元功《かうしゆげんこう》を建《た》つ
初《はじ》めには治法《ちはふ》の事《こと》を興《おこ》し　終《をは》りには祖宗《そそう》を祭《まつ》ることを成《な》す
本枝天壌《ほんしてんじやう》に周《あまね》く　君臣始終《くんしんしじう》を定《さだ》む
谷塡《たにうづも》り田孫走《でんそんはし》り　魚膾羽《ぎよくわいはね》を生《しやう》じて翔《かけ》る
葛《かづら》の後干戈動《のちかんくわうご》き　中《なかごろは》　微《ひそか》にして子孫《しそん》は昌《さかん》なり
白竜游《はくりようをよ》ひで水を失《うしな》ひ　窘急胡城《きんきふこじやう》に寄《よ》す
黄雞《くわうけい》人に代《かは》つて食《くら》ひ　黒鼠牛腸《こくそぎうちやう》を飡《さん》す
丹水流《たんすいながれつ》尽きて後《のち》　天命三公《てんめいさんこう》に在《あ》り
百王《ひやくわう》流《ながれ》　畢《ことごとく》　竭《つ》きて　猿犬英雄《ゑんけんえいゆう》と称《しよう》す
星流れて野外《やぐわい》に飛《と》び　鐘鼓国中《しようこここくちゆう》に喧《かまびす》し
青丘《せいきう》と赤土《せきど》と　茫茫遂《ばうばうつひ》に空《くう》と為《な》る

林子曰はく、此の詩未《いま》だ何人《なんびと》の妄作《ばうさく》することを知らず。俗《ぞく》に伝《つた》へ称《しよう》す、梁《りやう》の僧《そう》宝誌《ほうし》[一]一千八人の化女《けちよ》[二]と遇《あ》ふ。日本国《につぽんこく》の始終《しじう》を話《かた》るを聞き、即《すなは》ち十二[三]韻《ゐん》を作る。

の乱と解する。〇葛の…　葛後は藤原氏の子孫、鎌足。葛は藤に同じ。「干戈動」は蘇我入鹿を誅したこと。微は衰微、仲麻呂(恵美押勝)の乱以後の衰え。「子孫昌」は平安清和朝の藤原良房の頃の隆盛をいう。〇白竜…　以下四句、城(庚韻)と腸(陽韻)は韻が合わない。白竜の白は庚、竜は辰。天平十二庚辰年(七四〇)に誕生した女帝孝謙が僧道鏡を寵愛し(諺解)、諸臣はえびすの城(他国など)に身を寄せて、身に迫った道鏡の暴逆を避ける。〇黄雞…　前句の主語は平将門(まさかど)。黄雞の黄は己、雞は酉で、平将門の生れ歳、己酉。実は生年未詳。「代レ人食」は東国八州を占領したこと。後句の主語は平清盛。黒は水、鼠は子(ね)、清盛の生れ歳、元永元年(一一一八)。但し干支が合わない。「飡二牛腸一」は無道で祭祀を行わず牛の肉を食べたこと。〇丹水…　以下四句、公・雄、上平東韻。丹水は黄河に注ぐ川の名、同名のものが多く、水経注・二十・丹水によれば、帝堯が南蛮を征服した川とも、赤火の如き丹魚の出現した川とも。ここは臣下が丹心(忠誠)を尽くすべき天子の恩沢の意か。流尽後は、安徳天皇以後の王道の衰微をいう(諺解)。後句、天命によって源頼朝の三代(頼朝・頼家・実朝)が三公(ここは将軍)に登ったこと。〇百王…　百王は群雄。竭は尽きる。猿犬は申(さる)戌(いぬ)の歳の人、応仁の乱の山名宗是《これ》日本《にっぽん》の[四]讖文也《しんぶんなり》。千八人の女は是《これ》「倭《わ》」の字《じ》を分《わ》[五]くる也。野馬臺《やばたい》と号《がう》するは、[六]野馬は陽焔也《やうえんなり》、[七]臺《たい》は国《くに》を謂《い》ふ也。言《こと》は、倭国人道軽薄《わこくじんだうけいはく》、有《あ》りと雖《いへど》も無《な》きが若《ごと》し、猶陽焔《なをやうえん》の[八]春臺《しゅんだい》に起《おこ》るがごとし。流伝《るでん》して唐代《たうのだい》に至《いた》り、[九]吉備公《きびこう》の入唐《にったう》に及《およ》んで、唐人其智《たうじんそのち》を試《こころ》みんが為《ため》に此の詩を出《いだ》し、公《こう》を使《し》て之《これ》を読ましむ。其の書式平《しょしきへい》直《ちょく》ならず、而《しか》も交錯回旋《かうさくくわいせん》、[一〇]蘇若蘭《そじゃくらん》が「錦字詩《きんじのし》」の如《ごと》し。公之《こうこれ》を読むこと能《あた》はず、黙《もく》して本国《ほんごく》の仏神《ぶっしん》に禱《いの》る。忽《たちま》ち蜘蛛《くも》有り、其の紙上《しじゃう》に落《お》つ。漸歩《やうやくあゆ》みて糸《いと》を引《ひ》く。公其《そ》の跡《あと》を認《と》[一一]めて之《これ》を読み、一字《いちじ》を誤《あやま》らず。唐人之《これ》を称美《しょうび》す。

[一二]好事《かうず》の者《もの》、此の詩を註《ちゅう》して謂《い》はく、「姫氏国《きしこく》とは、日本、后稷《こうしょく》の後為《のちた》ればなり。右司《いうし》は、[一三]天児屋根命《あまのこやねのみこと》・天太玉命《あまのふとたまのみこと》、皇孫《くわうそん》の輔翼《ほよく》と為《な》るを謂《い》ふ。衡主《かうしゅ》とは、[一四]八耳《やつみみの》太子《たいし》、衡山思大和尚《かうざんしだいくわじゃう》の化身為《けしんた》るを謂ふ。谷塡魚膾《こくてんぎょくわい》は、[一五]大友皇子《おほとものくわうし》の乱《らん》を謂ふ。葛後《かづらののち》の二句は、恵美押勝《ゑみのをしかつ》が乱《らん》を作《な》し、[一六]藤氏《とうし》中微《なかごろひそか》にして、[一七]忠仁公《ちゅうじんこう》に至《いた》つて再《さい》興《こう》し、子孫繁昌《しそんはんじゃう》を謂《い》ふ。白竜《はくりょう》とは、孝謙女主《かうけんちよしゅ》を謂ふ。庚辰《かのえたつ》の歳《とし》を以《もつ》て生《うま》れて淫《いん》乱《らん》、[一八]国祚《こくそ》殆《ほとんど》絶《ぜつ》す。黄雞《くわうけい》とは、平将門《たひらのまさかど》を謂ふ。[一九]己酉《つちのととり》の歳を以て生れて、而《しかう》して王号《わうがう》を僣《せん》す。黒鼠《こくそ》とは、平清盛《たひらのきよもり》を謂ふ。壬子《みづのえね》の歳を以て生れて、而して王室《わうしつ》を侮《あなど》る。天命三公《てんめいさんこう》に在《あ》りとは、源頼朝《みなもとのよりとも》四海《しかい》を領《りやう》し三代将軍《さんだいしやうぐん》と為《な》るを謂《い》ふ。猿《ゑん》犬英雄《けんえいゆう》と称《しよう》すとは、申戌《さるいぬ》の歳《とし》の人、威四海《いしかい》に加《くは》ふること有るを謂ふ。其後兵革《そののちへいかく》止《や》まず、国中空《こくちゅうくう》と為《な》る」と。或《ある》いは曰《い》はく、「山名宗全《やまなそうぜん》・細川勝元《ほそかはかつもと》、申戌《さるいぬ》の歳

全と細川勝元。「犬猿の中」の意をも含もう。〇星流れ… 以下四句、中・空、上平東韻。星流は星の流れ飛ぶ如く世間のただならぬけわい。後句、戦国時代をさす。鐘や鼓は戦の道具。〇青丘… 青丘は新羅の国。これに対する赤土は日本。豊臣秀吉の出征を暗示するか。一 保誌とも。讖記の如き詩に巧みな僧(高僧伝・十)。以下「野馬臺序」による。二 女性に変化(げん)した者。三 野馬臺詩二十四句。
四 予言の文、未来記。五 離合詩の如く「倭」の字を分解すると「千八人女」となる。六 かげろう。陽気の発動が奔馬の如くみえるため(荘子・逍遥遊篇、郭注「遊気也」)。七 四方を見渡す高台の意から国の意としたか。八 春のうてな(老子・二十章)。九 吉備真備。留学生として玄宗開元五年(七一七)入唐。一〇 晋人蘇蕙、竇滔の妻。錦の中に廻文旋図の詩を織り夫への恨みを贈る(晋書・列女伝)。一一 尋ね求める。一二 歌行詩諺解などをさす。一三 記・紀の神代の巻にみえる神名。底本「太」の訓、「マト」と誤刻。一四 多くの人の訴などを聞き分けた聖徳太子。陳の南岳恵思禅師(隋の思大禅師、南岳衡山思禅師)については、日本高僧伝要文抄・聖徳太子伝参照。一五 壬申の乱。一六 藤原氏。一七 太政大臣藤原良房。一八 国の繁栄、幸い。底本「国祚」に誤る、意改。一九 底本「巳酉」に誤る。

を以て生れて、[二〇]応仁《をうにん》の大乱《たいらん》、洛中焦土《らくちゆうせうど》となんぬる者是也《ものこれなり》」と。
今按《あん》ずるに、宝誌《ほうし》何以《なにをもつ》てか豫《あらかじ》め[二一]殊域千歳《しゆゐきせんざい》の後《のち》を知らん哉《や》。[二二]決是中葉以後《けつしてこれちゆうえふいご》、好事《かうず》僅《わつ》かに字《じ》を知る者《もの》、叡山座主《えいざんざす》の『[二三]未来記《みらいき》』、『天王寺《てんわうじ》未来記《みらいき》』等の妄説《まうせつ》に倣《なら》つて作《さく》する也《なり》。[二四]野馬臺《やばたい》、倭訓也麻登《わくんやまと》、即《すなは》ち是大和也《これやまとなり》。此の註《ちゆう》を作る者《もの》、此の倭訓を知らず、漫《みだ》りに陽焔《やうえん》を引いて之《これ》を解《かい》す。捧腹《ほうふく》に堪《た》へず。且《か》つ唯右司《ただいうし》[二五]と言ふ、豈《あに》左右《さいう》を兼《か》ぬべけん哉《や》。八耳《やつみみ》の生《う》まるること、思大未《しだいいま》だ死《し》せざるの前に在り。[二六]師錬《しれん》が『釈書《しやくしよ》』、[二七]許多《そこばく》の文字《もんじ》を費《つひや》して、之《これ》を解《かい》す。其の妄説《まうせつ》に迷《まよ》ふ者《もの》、其の才《さい》量浅陋知《りやうせんろうし》んぬべし。[二八]谷塡魚膾《こくてんぎよくわい》、大友《おほども》の事《こと》に於《お》いて相当《あひあた》らず。[二九]窘急胡城《きんきふこじやう》に寄《よ》す、孝謙《かうけん》の事に於いて分明《ぶんめい》ならず。則《すなは》ち作者《さくしや》、国史《こくし》に瞽《こ》するなり。況又頼朝《いはんやまたよりとも》[三〇]、卿《きやう》と言《い》ふべし、公《こう》と言ふべからず。頼家害《よりいへがい》せ被《ら》れ、[三一]実朝弑《さねともし》に遭《あ》ふ、天命果《てんめいはた》して何在《いづくにあ》る哉《や》。妄誕《まうたん》の甚《はなは》だしき、事実《じじつ》の暗《くら》き、之《これ》を論《ろん》ずるに足《た》らずと雖《いへど》も、聊《いささか》辨《べん》じて以《もつ》て児童《じどう》の惑《まどひ》を解《かい》す。

[三二]俗伝《ぞくでん》に又称《またい》はく、是《これ》より先阿倍仲麻呂《さきあべのなかまろ》[三三]入唐《につたう》、[三四]武帝之《ぶていこれ》を殺《ころ》す。[三五]其後吉備《そののちきび》入唐《につたう》、仲《なか》麻呂霊鬼《まろれいき》と為《な》り、屢唐人《しばしばたうじん》の密謀《みつぼう》を以て吉備公《きびこう》に告《つ》ぐ。故《ゆゑ》に公死《し》を免《まぬか》ることを得《え》たり。「野馬臺詩《やばたいのし》」を示《しめ》すに及《およ》んで、鬼《き》来告《きたりつ》げて曰はく、「公若《こうも》し之《これ》を読《よ》まざるときは、則《すなは》ち必《かなら》ず殺《ころ》さ被《れ》ん。然《しか》りと雖《いへど》も吾《われ》も亦公《またこう》を救《すく》ふこと能《あた》はず」といふ。遥《はる》かに[三六]長谷寺《はせでら》の観音《くわんおん》に祈《いの》つて之《これ》を読むことを得たり。仲麻呂《なかまろ》が入唐《につたう》、玄《げん》

二〇 応仁元年(一四六七)、二年の京を中心とする乱。 二一 外国。ここは日本。 二二 必ず。中葉は中ごろ、中世。 二三 未来の事を予想して書いた書。底本すべて「未」を「末」に誤る。比叡山住職の書は未詳。天王寺未来記については、太平記・六「(楠)正成天王寺未来記披見事」参照。 二四 元和本下学集・天地門参照。 二五 「右司」というが、左右司の意を兼ねていない。 二六 京都五山の学僧、虎関法名師錬。元亨釈書(鎌倉時代に至る迄の僧史)を著す。 二七 多くの。「許多 ソコバク」(元亀二年版運歩色葉)、大谷本節用集「若干、或作二許多一」。 二八 →第九・十句。 二九 →第十四句。大友皇子は1の作者。瞽は暗い意。 三〇 頼朝は征夷大将軍、公(大臣)ではない。 三一 公暁(くぎよう)に殺害される。 三二 諺解など。 三三 玄宗開元五年(七一七)入唐。 三四 武帝は誤(武后則天の誤かとも)。玄宗は武帝とはいわない。→注三七。 三五 吉備真備。仲麻呂と共に入唐。 三六 奈良県の東部初瀬町にある名刹、初瀬寺とも。

三七 玄宗は至道大聖大明孝皇帝(旧唐書・八)、略して明皇帝。 三八 中唐大暦五年(七七〇)没。 三九 僧侶。梁宝誌をさす。 四〇 マウラウとも。でたらめ、とりとめのない言葉(荘子・斉物論)。「不二精要一貌」「軽率曰…」(書言字考)。

宗《そう》の時に在り。宜《よろ》しく[三七]明皇《めいくわう》と曰《い》ふべし。武帝《ぶてい》と曰ふべからず。且《か》つ仲麻呂《なかまろ》留学《りうがく》数十年《すうじふねん》、寿《よはひ》を以て[三八]唐国《たうこく》に終る。此等《これら》の謬説《びうせつ》、[三九]浮屠者《ふとしや》、倭漢《わかん》の故事《こじ》を知《し》らず、妄《みだ》りに[四〇]孟浪《まんらん》の言《げん》を吐《は》いて、吉備公《きびこう》を誣《し》ひ、仏力《ぶつりき》を誇説《こせつ》して、以て世人《せじん》を誤《あやま》る。僅《わつ》かに読書《どくしよ》の眼《め》を具《ぐ》する者《もの》、一見《いつけん》して其の邪説《じやせつ》を知《し》るべきは、則《すなは》ち多言《たげん》を費《つひや》して亦益無《またえきな》し。今《いま》此の詩を載《の》するは、唯一首《ただいつしゆ》の数《かず》に備《そな》ふる而已《のみ》、と。

右《みぎ》の三首《さんしゆ》、偽作《ぎさく》。

439（無　題）

落花《らくくわ》心無《こころな》うして流水《りうすい》に随《したが》ふ　流水心有《こころあ》つて落花を追《お》ふ

仁義《じんぎ》悉《ことごと》く貧所《ひんしよ》自《よ》り絶《た》ふ　世情《せじやう》は偏《ひとへ》に銭有《ぜにあ》る家に向《むか》ふ

林子曰はく、是《これ》『源氏河海抄《げんじかかいせう》』に見えたり。題無《だいな》し。作者《さくしや》の姓名《せいめい》を詳《つまび》らかにせず。一二の句稍好《ややよ》し、三四《さんし》の句鄙野《くひや》、と。

440（無　題）

氷池破鏡《ひようちはきやう》の如《ごと》し　雪影残花《せつえいざんくわ》に似《に》たり

439　底本詩題欠く。[典]河海（天理本など未収）。[韻]花・家、下平麻韻。○落花…　前句の逆が後句。謡曲その他にみる如く、男女の情を落花と流水にたとえたものとも。○仁義…　仁と義という代表的な徳目も貧しさのゆえに失われ、世間の人情も金持の家になびく。当時の諺的なものを詩にしたか。一　四辻善成著、源氏物語のすぐれた注釈書。貞治（一三六二—六八）の頃の成立。

440　底本詩題欠く。[典]河海・十（作者「僧達寔」、詩題「早春」）。「薄氷とけぬる池の鏡には世にたぐひなき影ぞならべる」（源氏物語・初音）の左の一聯。○氷池…　池の氷はとけて明鏡を破ったように澄んでいる、雪の降る影はちらほら残った花のようだ。氷と鏡、雪と花の見立て。

441　花のもとで酔ってうたう。詩題は林子。[典]王沢・上。[韻]牽・前・眠・仙・筵、下平先韻。○一觴…　一觴一詠は酒を飲み詩を作る。纏牽は心がその方に引かれる。後句、桜やあんずの花の咲く風景がこの上なく美しい。那は俗語的な反語の助字。○林径…　林径は林のこみち。「枕」を王沢不渇抄「抛(なげうつ)」に作る。閣は酒杯を置く。○松巌…　前句、赤松子のような仙人のいる松のいわおの辺りには春を尋ねる遊客に会うことはない。後句難解、桃花咲く入江はそれとなく陶淵明の桃花源に通じていて、半日過したつもりが長い年月林子曰はく、此の一聯亦《いちれんまた》『河海抄《かかいせう》』に見《み》へたり、と。

441 花《くわ》下《か》酔《すい》吟《ぎん》　　無《む》名《めい》氏《し》

一觴一詠意《いつしやういちえいい》纏牽《てんけん》　風景那《ふうけいなん》ぞ桜杏《あうきやう》の前《まへ》に堪《た》へん
林径琴《りんけいこと》を枕《まくら》にして花下《くわか》に臥《ふ》し　池《ち》頭盞《とうさん》を閣《さしを》いて水辺《すいへん》に眠《ねむ》る
松巌《しようがん》未《いま》だ会《くわい》せず三春《さんしゆん》の客《かく》　桃浦《たうほ》暗《あん》に通《つう》ず半日《はんじつ》の仙《せん》
過《す》ぎ易《やす》き時《とき》過《よぎ》り難《がた》き友《とも》を将《ゐ》て　相携《あひたづさ》へて忘《わす》るること莫《なか》れ酔吟《すいぎん》の筵《むしろ》

442 秋夜《しうや》月前《げつぜん》に吟《ぎん》ず　　無《む》名《めい》氏《し》

蕭条《せうでう》たる風景月華《ふうけいげつくわ》の色《いろ》　共《とも》に秋天《しうてん》に属《ぞく》して万期《ばんき》を約《やく》す
爽序《さうじよ》縦《たと》ひ団雪《だんせつ》の扇《あふぎ》を忘《わす》るとも　今宵《こよひ》暫《しばら》く納涼《なふりやう》の詩を賦《ふ》す
雙蓬鬢《さうほうびん》透《す》く皤《は》然《ぜん》の夕《ゆふべ》　一葉《いちえふ》波《なみ》高《たか》し黄落《くわうらく》の時《とき》
時《じ》俗《ぞく》恩《おん》に誇《ほこ》つて徳《とく》を頌《しよう》すと雖《いへど》も　吹嘘《すいきよ》の微《び》望《ばうま》待つても猶《なを》遅《おそ》し

林子曰はく、右の二首、[一]『王沢不渇抄《わうたくふかつせう》』に見えたり。此の抄誰人《せうたれびと》の作る所を詳《つまび》らかにせず。其の書為《しよた》る、[二]主客《しゆかく》、詩体《したい》を論《ろん》じ、相共《あひとも》に[三]若干首《じやくかんしゆ》を詠吟《えいぎん》す。今主客《いましゆかく》

を経ている。或いは半日ほど仙人に通じる者となるの意か(寛永本王沢不渇抄は桃源に昇った雑話をあげる)。「通」は道が通じる意と、似通う意をかけるか。○過ぎ…　「易ㇾ過時」は春。「難ㇾ過」の過は立寄る、逢う。将は引きつれる。筵は酒宴の席。

442 秋の夜の月を前にしてうたう。詩題は林子。四王沢・上。韻期・詩・時・遅、上平支韻。○蕭条…　前句、ものさびしい秋の風景と月の色の美しさ。共は風と月。万期(底本「万機」)は万年、永遠。○爽序…　爽序はさわやかな秋の季節。団雪扇はまるく白いうちわ。雪は月光の意。班婕妤の「裁為二合歓扇一、団団似二明月一」(文選・怨歌行)による。○雙蓬…　前句、よもぎのように乱れた左右のびんの毛が薄くすけてみえる月の白い夕べ(鬢の白さをかける)。後句、一そうの小舟(一葉に「一葉の舟」をかける)に風が吹いて洞庭湖の波は高い(楚辞)、木の葉が黄色に散る時に。○時俗…　世間の人が君恩を誇りとしてその徳をたたえはしても、推挙を待つ老いの身のかすかな望みは遅々として果されない(むしろ秋夜の月のもと大いに歌おう)。

一 王沢抄とも。僧良季の撰といい、中世建治年間に成る。底本「不竭抄」に作る。二 主人と客の問答体をいう。三 底本を改訓。

四 類推する。

の作る所の一首《いつしゆ》を載《の》す。其の餘《ほか》は類《るい》[四]して推《お》すべし、と。

443 秋雁数行書《しうがんすうかうしよ》　　無《む》名《めい》氏《し》

秋雁《しうがん》陽《やう》に随《したが》つて来《きた》ること幾《いくばくか》 賒《はる》かなる　数行《すうかう》の書《しよ》暮天《ぼてん》に点《てん》じて斜《なな》めなり
篇章《へんしやう》定《さだ》まらず言葉《ことば》に迷《まよ》ふ　披閲《ひえつ》 疑《うたがひ》 有《あ》つて眼花《がんくわ》を拭《のご》ふ
朝《あした》に山雲《さんうん》に隠《かく》れて緗帙《しやうちつ》巻《ま》き　暮《くれ》に林靄《りんあい》に過《よぎ》つて注文《ちゆうぶん》加《くは》はる
老儒《らうじゆ》 漸《やうやく》 耄《もう》して業《げふ》に疲《つか》ると雖《いへど》も　宿癖《しゆくへき》相侵《あひをか》して望《のぞ》めば尚《なを》遮《さへぎ》る

林子曰はく、是《これ》『作文大体《さくもんだいたい》』[一]に見えたり。此の書《しよ》、中御門《なかみかど》右大臣《うだいじん》藤原宗忠《ふぢはらのむねただ》の著《あら》はす所《ところ》也。本朝の詩体《してい》を論《ろん》じ、紀長谷雄《きのはせを》[二]・菅文時《かんのふんとき》・源順《みなもとのしたがふ》・慶保胤《よししげのやすたね》等が詩を引《ひ》いて、以《もつ》て例《れい》と為《な》す。此《こ》の詩作者《しさくしや》を闕《か》く、故に此《ここ》に載《の》す。想《おも》ふに夫《それ》、紀《き》・菅《かん》・源《げん》・慶《けいら》等が作《さく》に非《あら》じ。而《しか》うして『麗藻《れいさう》』[三]『無題詩《むだいし》』[四]の作者《さくしや》に比《ひ》すれば猶《なを》劣《おと》れり。蓋《けだ》し宗忠《むねただ》自《みづから》作《つく》る所乎《ところか》。宗忠家乗《むねただかじよう》[五]有り、『中右記《ちゆういうき》』と曰ふ。且《か》つ『作《さく》文大体《もんだいたい》』を著《あら》はすときは、則《すなは》ち文筆《ぶんぴつ》を好《この》むこと知んぬべし。族譜《ぞくふ》[六]を以て之《これ》を言ふときは、則《すなは》ち道長《みちなが》の後胤《こういん》、基俊《もととし》の姪《てつ》[七]也。必《かなら》ず其《それ》詩を作るべき者乎《ものか》。『著聞集《ちよもんじふ》』[八]に曰はく、「崇徳帝天承《しゆとくていてんぜう》[九]元年三月二十二日、大納言宗忠《だいなごんむねただ》遠《とほ》く白居易《はくきよい》[一〇]を慕《した》ひ、近《ちか》く南淵年名《なんふちのとしな》[一一]・藤原在衡《ふぢはらのありひら》を尋《たづ》ねて、白河《しらかは》[一二]の山荘《さんさう》に於《お》いて尚歯会《しやうしのくわい》[一三]を修《しう》す。

443 秋の雁が数行の手紙(雁信)をもたらして(「行」は雁の行列の意をかける)。[四]作文(「以㆑斜為㆑韻」)。賒・斜・花・加・遮、下平麻韻。〇秋雁… 陽はここは秋の日ざし。幾賒はどれほど遠い処から来たのか。後句、夕空に雁が点をなして飛ぶさま(漢書・蘇武伝)。江吏部集・下「秋雁数行書詩」の冒頭二句に類似。〇篇章… 篇章はここは手紙の文章。「迷㆓言葉㆒」は書を書く者(蘇武)の立場でいう。後句、書を受取った者が、読みとれないのは自分の目のせいかとかすんだ目をぬぐう。〇朝に… 雁の擬人化的な動作。緗帙は浅黄色の布で作った書物のカバー。巻は巻いて収める。「過㆓林靄㆒」はもやのかかる林にたち寄って。注文は注釈(雁信)の文章。〇老儒… 老儒は作者自身をいう。耄は多く七十歳をさすが、ここは老いぼれる。業は自分の仕事、職。後句、以前からの詩癖が身に侵入し、雁を望見するが老いの身にはよく見えない。

一 漢詩文を作るための詩学書。平安末期に藤原宗忠などが増補改編したもの。 二 順に190・209・213・214の作者。

三 本朝麗藻。→巻五冒頭の林子評。

四 本朝無題詩。→290林子評。 五 家の歴史、記録。中右記は堀河帝応徳四年(一〇八七)の元旦より崇徳帝保延四年(一一三八)二月二十九日までの日録。

六 一族の系譜、系図。 七「姪 ヲヒ」(諸節用集)。基俊(288の作者)の兄中一四七叟座《しちそうざ》に在《あ》り、所謂《いはゆる》三善為康《みよしのためやす》年八十三・藤原基俊《ふぢはらのもととし》年七十六・中原広俊《なかはらのひろとし》年七十・宗忠《むねただ》年七十・藤原敦光《ふぢはらのあつみつ》年六十九・藤原実光《ふぢはらのさねみつ》年六十三・菅原時登《すがはらのときのり》年六十二」と云云《うんうん》。一五是善《これよし》・文時《ふんとき》の先例《せんれい》を追《を》ひ、時登《ときのり》を使《し》て詩《し》の序《じよ》を作らしめて、各《おのおの》詩を賦《ふ》す。源師時《みなもとのもろとき》等《ら》一六垣下《ゑんのもと》に在《あ》り。風流《ふうりう》と謂《い》ひつべし。是《これ》に由《よ》つて之《これ》を観《み》れば、則《すなは》ち宗忠《むねただ》詩を作ること一七決矣《けつせり》、と。

444 鱗介《りんかいことごと》悉く春《はる》に逢《あ》ふ　　無《む》名《めい》氏《し》

諸蟄《しよちつ》雷《いかづち》に驚《おどろ》いて戸《と》を啓《ひら》く応《べ》し　蟠竜《はんりよう》凍《こほり》を出《い》でて雲《くも》に遷《うつ》らんと欲《ほつ》す

林子曰はく、一『三十六番相撲立詩歌合《さんじふろくばんすまふだてのしいかあはせ》』と称《しよう》する者《もの》一巻有り。四時《しいじ》等《とう》の題《だい》を掲《かか》げ、各《おのおの》二詩一聯《いちれん》歌一首《うたいつしゆ》を賦《ふ》して、以《もつ》て相合《あひあは》す。是其《これぞ》の巻頭也《くわんとうなり》。其の作者《さくしや》を著《あら》はさず。或《ある》いは曰はく、「其の歌多くは三是藤良経公《これとうのよしつねこう》の詠《えい》ずる所也《ところ》」と。然《しか》るときは則《すなは》ち詩《し》も亦《また》其の作る所乎《ところか》。未《いま》だ知《し》らず、然《しか》りや否《いな》やを、と。

445『源氏物語《げんじものがたり》』桐壺《きりつぼ》を賦《ふ》す　　無《む》名《めい》氏《し》

一《ひとり》の更衣《かうい》有り何代《いづれのみよ》の事ぞ　桐壺《きりつぼ》選《えらばれ》入《い》りて皇明《くわうめい》に近《ちか》づく

御門宗俊の子。八 古今著聞集。以下の記事は「我朝の尚歯会は大納言年名始めて行ひ、同在衡・宗忠等続いて是を行ふ事」(巻四・文学)。九 一一三一年。一〇 白楽天の「七老会詩」(3640)。一一 大納言年名は貞観十九年(八七七)三月十八日、大納言在衡は安和二年(九六九)三月十三日尚歯会を行なう。「尋」は文献的に尋ねること。一二 京都市左京区岡崎町附近の山荘か。一三 ↓379詩題注。一四 七人の老人。白居易尚歯会の形式を学んだもの。当日の官職、前左衛門佐基俊・前日向守広俊・式部大輔敦光・右大弁実光・式部少輔時登など。一五 菅原是善は貞観の、菅原文時は安和の尚歯会の詩序を作る。一六 垣下座(えんがのざ)、相伴者の席。師時は入道左大臣俊房の二男、権中納言。この辺までが著聞集の内容。一七 決定的だ。文中の「必其可㆑作㆑詩者乎」の答え。

444 魚竜蛇の類や貝類もすべて春に逢って。興相撲立。〇諸蟄…前句、周礼・考古記・韗人「凡冒㆑鼓、必以㆓啓蟄之日㆒」(鄭玄注「蟄虫始聞㆓雷声㆒而動」)、礼記・月令「蟄虫咸動、啓㆑戸始出」などによる。蟄は土中に冬ごもりをする虫類。蟠竜は地中にとぐろを巻いてこもる鱗類の竜。一 鎌倉時代の詩歌合(続群書類従四二〇)。三十六番より成り、左が詩、右が歌。↓312林子評。二 この詩に対する歌「空はなほ霞もやらず風さ

桑弧《さうこ》 祥《しるし》顕《あら》はれて恩《おん》を承《う》けて後《のち》　華輦《くわれん》 詔《みことのり》 降《くだ》つて病《やまひ》を憐《あは》れむ程《ほど》
古漏《ころう》推遷《おしうつ》つて別恨《べつこん》を添《そ》へ　秋燈《しうとう》挑《かか》げ尽《つく》して幽情《いうじやう》を砕《くだ》く
唯《ただ》贈位《ぞうゐ》黄壌《くわうじやう》を照《て》らすのみに匪《あら》ず　遺体《ゐたい》冠婚礼《くわんこんれい》已《すで》に成《な》る

林子《りんし》曰《い》はく、此の詩作者《しさくしや》を詳《つまび》らかにせず。「桐壺《きりつぼ》」より「夢浮橋《ゆめのうきはし》」に至《いた》るまで、毎帖《まいでふ》之《これ》を賦《ふ》す。[一]巻末《くわんまつ》「紫 式部《むらさきしきぶ》」を賦《ふ》す。悉《ことごとく》 皆《みな》[二]四《し》韻《ゐん》也。序《じよ》に曰《い》はく、「[三]正応《しやうをう》四年八月」と。跋《ばつ》に曰はく、「[四]金沢文庫《かなざはぶんこ》に蔵《ざう》する所」、と。

446 高館《たかだち》の戦場《せんちやう》を賦《ふ》す　無《む》 名《めい》 氏《し》

高館《たかだち》天《てん》に聳《そび》へて星冑《ほしかぶと》に似《に》たり　衣川《ころもがは》海《うみ》に通《つう》じて月弓《つきゆみ》の如《ごと》し
義経《よしつね》の運命《うんめい》紅塵《こうぢん》の外《そと》　辨慶《べんけい》威《ゐ》を揮《ふる》ふ白浪《はくらう》の中《なか》

林子曰はく、此の詩、世俗《せぞく》に口誦《こうしよう》流伝《るでん》す。未《いま》だ知《し》らず、誰人《たれびと》の作《つく》る所《ところ》を、と。
右《みぎ》の八首、無名氏《むめいし》。

447 村上帝《むらかみてい》を夢《ゆめ》む　（源《みなもとの》 延《のぶ》 光《みつ》）

聖顔《せいがん》を再拝《さいはい》す一寝《いつしん》の程《ほど》　恩言《おんげん》 芳《かんばしき》 処《ところ》中情《ちゆうじやう》を奏《そう》す

えて雪げに曇る春の夜の月」(歌題「余寒」)。三 後京極摂政、294の作者。

445　源氏物語の桐壺の巻を詩に作って。【典】賦源氏。【韻】明・程・情・成、下平庚韻。○一の… 何代事は桐壺の巻「何れの御時にか」を踏まえる。皇明は明徳の天子。入は宮中に入る。皇明は明徳の天子。○桑弧… 前句、桐壺が天子の恩を受けて後に男子(光源氏)誕生の瑞祥が現われた。桑弧は桑の木のゆみ。男子出生の際にこの弓と蓬(よもぎ)の矢で天地四方を射て雄飛を祝う(礼記・内則)。後句、「輦車の宣旨などのたまはせても…」を踏まえる。○古漏… 桐壺の死後の天子の思いをいう。古漏は古びた水時計。別恨は別れの悲しみ。後句、秋の灯をかきたてて思いを断つ(長恨歌(0596)「孤灯挑尽未レ成レ眠」)。○唯… 贈られた桐壺の位はあの世を照らすだけではなく、忘れ形見である光源氏の元服と婚姻の儀式が完了した。一 賦光源氏物語詩の巻末。二 四韻八句。三 伏見帝の世。一二九一年。四 現在横浜市金沢町にある、鎌倉中期設立の文庫(書言字考「在二相州金沢文庫称名寺境内一。北条顕時創レ之、蔵二和漢群書一」)。「かねざわ文庫」とも。

446　衣川高館の戦場を詩に作って。詩題は林子による。高館は源義経の立籠ったやかた(岩手県平泉町附近)。【典】口誦流伝。→林子評。【韻】弓・中、上平東韻。○高館… 後句、衣川は高館の下のあたりで北上川に

夢中《むちゆう》に如《も》し夢中の事《こと》を覚《さと》らば　一生《いつしやう》を尽《つ》くすと雖《いへど》も豈空《あにむな》しく驚《おどろ》かんや

林子曰はく、『著聞集《ちよもんじふ》』に曰《い》はく、「一亜相《あしやう》源　延光《みなもとののぶみつ》、村上帝《むらかみてい》の近臣《きんしんた》為り。帝崩《ていほう》二ず。延光哀慕《のぶみつあいぼ》に勝《た》へず、身《み》を終《を》はるまで喪《も》服《ふく》を脱《だつ》せず。一夕夢《いつせきゆめ》みらく、帝、御製《ぎよせい》を賜《たまは》つて曰はく、「三月輪日本相別《げつりんにつぽんあひわか》ると雖《いへど》も、温意《をんい》清涼《せいりやう》昔の至誠《しせい》。四兜率《とそつ》最《もつと》も高しつて、之《これ》に答《こた》へ奉《たてまつ》る」と。今按《いまあん》ずるに、当時《たうじ》の文物猶盛《ぶんぶつなほさか》んなり。豈此《あにか》くの如《ごと》き内院《ないゐん》に帰《かへ》る、如今《いま》彼《そこ》に於《お》いて卿《きやう》が名を語《かた》る」と云云《うんうん》。延光夢覚《のぶみつゆめさ》めて右の詩を作の拙句《せつく》有《あ》らん乎《や》。怪誕実無《くわいたんじつな》し、故《ゆゑ》に延光《のぶみつ》が名を著《あら》はさず、此《ここ》に載《の》す。延光《のぶみつ》は延《えん》五喜帝《ぎてい》の孫《まご》、世明親王《よりあきらしんわう》の子《こ》也、と。

448　正暦《しやうりやく》二年菅神託宣《かんしんたくせん》

家門《かもん》一閉《ひとたび》づ幾風煙《いくふうえん》　筆硯《ひつけん》抛《なげう》ち来《きた》る九十年

蒼穹《さうきゆう》を仰《あふ》ぐ毎《ごと》に故事《こじ》を思ふ　朝朝暮暮《てうてうぼぼ》涙《なみだ》漣漣《れんれん》

449　正暦《しやうりやく》四年菅神左《かんしんさ》大臣《だいじん》を贈《ぞう》する時《とき》、神《しん》、勅使《ちよくし》に示《しめ》して曰《い》ふ

忽《たちま》ち朝使《てうし》に驚《おどろ》いて荊棘《けいきよく》を排《はい》す　官只高加《くわんただたかくは》はりて感拝成《かんぱいな》る

そそぎ太平洋に通じる。「月如レ弓」は月は弓形で細い。凄惨な戦場の描写。〇義経…　前句、義経の戦死をいう(文治五年(一一八九)閏四月、藤原泰衡に討たれる)。紅塵は塵ほこりのたつ世間。後句、家臣弁慶の衣川の川中での壮絶な戦死をいう(東鑑「家人等雖二相防一、悉以敗績」)。

447　村上帝(六十二代)のお姿を夢にみて。興著聞・四。韻情・驚、下平庚韻。〇聖顔…　聖顔は村上帝。後句、なさけのあるお言葉に心中のまごころを申し上げる。底本訓「中情ニ奉ス」。〇夢中…　前句、底本「如レ覚ニ…ニ」。著聞集諸本の訓「如(シモ)…」に従う。夢の中で夢を見ていると覚ったなら、一生目をさますようなことはしない。一生眠ったままでいたのに、という気持。驚はここは目をさます。一 大納言の唐名。延光は枇杷大納言とも。二 康保四年(九六七)崩御。三 月にいる朕と日本に住む君とは別れてはいるが、君は冬は暖かく夏は涼しく計るといった真心を(礼記・曲礼上「冬温而夏凊」)昔からもっていた。その誠意を別れていても思う。底本「清涼」、礼記により改める。四 弥勒菩薩のいます兜率天の内院に朕はいる、今そこで君の名を語るのだ。卿(底本「郷」に誤る)は延光卿。五 醍醐帝。世明は代明とも(尊卑分脈)。

448　一条帝正暦二年(九九一)菅原道真公の神霊のお告げの詩。興江

仁恩《じんおん》の邃窟《すいくつ》に覃《をよ》ぶを悦《よろこ》ぶと雖《いへど》も　但《ただ》羞《は》づ存没《ぞんぼつ》左遷《させん》の名《な》

450　正暦《しやうりやく》五年菅神太政大臣《かんしんだいじやうだいじん》を贈《ぞう》する後《のち》の託宣《たくせん》

昨《きのふ》は北闕《ほくけつ》に悲《かなしみ》を蒙《かうむ》りし士《し》と為《な》り　今は西都《せいと》に恥《はぢ》を雪《すす》ぐ尸《し》と作《な》る
生《いきての》恨《うらみ》死《ししての》歓《よろこび》　其《それ》我《われ》を奈《いか》んせん　今須《いますべから》く望《のぞみ》足《た》んぬ皇基《くわうき》を護《まも》るべし

林子曰はく、右の三首『江談抄《がうだんせう》』に見えたり。謂《い》ふべし怪也《くわいなり》と。[一]決《けっ》して是《これ》後人《こうじん》菅神《かんしん》の霊《れい》に仮託《かたく》し、以《もつ》て時世《じせい》を驚《おどろ》かす者也《ものなり》。[二]江家《がうけ》の徒《と》之《これ》を察《さつ》せず、書《しよ》に筆《ひつ》して、以て千歳《せんざい》の疑《うたがひ》を遺《のこ》す哉《か》、と。

451　藤原義孝没後《ふぢはらのよしたかぼつご》の詩《し》

昔《むかし》は蓬萊宮裡《ほうらいきゆうり》の月に契《ちぎ》り　今《いま》は極楽界中《ごくらくかいちゆう》の風に遊《あそ》ぶ

林子曰はく、是《これ》『江談抄《がうだんせう》』に見えたり。曰《い》はく、「[一]僧賀《そうが》縁《えん》、夢中《むちゆう》に義孝喜色有《よしたかきしよくあ》るを見る。問うて曰はく、「君何事《きみなにごと》を喜《よろこ》ぶ」と。[二]義孝《よしたか》此の一聯《いちれん》を誦《しよう》す」と云云《うんうん》。[三]師《し》錬《れん》が『釈書《しやくしよ》』に亦《また》此の事《こと》有り。「[四]契」、「約《ちぎり》」に作《つく》り、「遊」、「居《ゐる》」に作る、「風」、「花《はな》」に作る。且《か》つ曰はく、「[五]亜相藤高遠夢中《あしやうとうのたかとほむちゆう》に見る所《ところ》也」と。本《もと》是好《よりこれかう》

談・四(「天満天神正暦四年御託宣」)。韻煙・年・漣、下平先韻。○家門…　家門は菅家の門。風煙は、ここは歳月の意。九十年は大宰権帥に左遷された延喜元年(九〇一)より正暦二年までをいう。○蒼穹…　故事は昔の事。漣漣の類句、毛詩・衛風・氓「泣涕漣漣」など。

449　正暦四年道真公が没後に左大臣を贈られた時その神霊が勅使に示した詩。五月二十日、「贈二右大臣正一位一」(日本紀略)。典江談・四(「被レ示二贈左大臣正一位一勅使一詩正暦四年」)。韻成・名、下平庚韻。○忽ち…　前句、底本訓に従うが、「忽ち驚く…」と訓む方がよい。「排二荊棘一」は荒れたいばらの扉を押し開く意。加は累加。北野天神御伝は「感拝」を「拝感」に作る。○仁恩…　邃窟は奥深い岩屋、おくつき。存没は、生前も死後も。

450　正暦五年太政大臣の位を贈られた後の道真公の神霊のお告げの詩。底本「後」字を欠く。典江談・四(「被レ贈二太政大臣一之後託正暦五年四月」)。韻尸・基、上平支韻。○昨は…　北闕は宮中の北の門。「蒙レ悲」は左遷されたこと。西都は大宰府。「雪レ恥」は死後太政大臣の位を贈られたこと。尸はしかばね。○生恨…　「其奈レ我」は、私は一体どうしたらよいのか。其奈は「如何」に同じく俗語的用法。皇基は国のもとい。
一 必ず、きっと。 二 大江家の人々。

事《ず》の者《もの》の擬作《ぎさく》也。故《ゆゑ》に伝称《でんしよう》する所《ところ》、同《おな》じからざること有り、と。

452 大江斉光《おほえのなりみつ》没後《ぼつご》の詩

幾縁《きえん》更《さら》に尽《つ》きて今《いま》帰《かへ》り去《さ》る　七十三年世間《せけん》に在《あ》り

林子曰はく、是亦《これまた》『江談抄《がうだんせう》』に見えたり、[一]僧良源《そうりやうげん》夢中《むちゆう》に見る所《ところ》也。江家《がうけ》の徒《と》、何《なん》ぞ怪誕《くわいたん》を好《この》むことの甚《はなは》だしき、取《と》るに足《た》らず、と。

453 燈臺鬼《とうだいき》の詩《し》

我《われ》は元日本華京《もとにつぽんくわけい》の客《かく》　汝《なんぢ》は是一家同姓《これいつかどうせい》の人
子と為《な》り爺《おや》と為《な》る前世《ぜんせい》の契《ちぎり》　山を隔《へだ》て海を隔て恋情《れんじやう》辛《から》し
年を経《へ》て涙《なみだ》を流《なが》す蓬蒿《ほうかう》の宿《やど》　日《ひ》を逐《お》つて思《おもひ》を馳《は》す蘭菊《らんぎく》の親《おや》
形破《かたちやぶ》れて他郷《たきやう》に燈鬼《とうき》と作《な》る　争《いか》でか旧里《きうり》に帰《かへ》つて斯身《このみ》を寄《よ》せん

林子曰《い》はく、『[一]下学集《かがくしふ》』に曰はく、「[二]軽大臣遣唐使《かるのだいじんけんたうし》と為《な》る時《とき》、[三]支那《しな》の人之《ひとこれ》に不《ふ》言《げん》の薬《くすり》を飲ましめ、身《み》に彩画《さいくわく》を作《な》し、頭《かしら》に燈臺《とうだい》を載《さい》[四]して火《ひ》を燃《も》やし、即《すなは》ち之《これ》を名《な》づけて燈臺鬼《とうだいき》と為《す》。其《そ》の子[五]弼宰相《ひつのさいしやう》支那に往《ゆ》いて父を尋《たづ》ぬ。燈臺鬼《とうだいき》涙《なみだ》を流《なが》し指《ゆび》

451 藤原義孝が没して後の詩。→林子評。典江談・四(「此詩、義孝少将卒去之後、賀縁阿闍梨夢見二少将一…」)。○昔は… 前句、昔は宮中の月のもとで君と交友のちぎりを結んだ。蓬萊宮は仙人の住むという東海の蓬萊の島にある宮殿、ここは宮中。極楽界中は極楽世界。一 天台宗三井寺の僧、長徳(九九五-九九九)ごろの阿闍梨。二 正五位下、右近少将。天延二年(九七四)没。三 →438注二六。元亨二年(一三二二)の上表文がある。四「昔約…、今居極楽界中花」(元亨釈書・十七・願雑・王臣)。五 大納言。「高遠平居友善。義孝卒。不レ幾夢。在二宮中一与二義孝一娯遊。義孝哦二一聯一曰…」(同)。

452 大江斉光の没後の詩。斉光は維時(211の作者)の子、参議、永延元年(九八七)没。→林子評。典江談・四(「此詩、大江斉光卒去之後、良源僧正夢所レ見也」)。○幾縁… 幾縁は機縁(仏法の教えを聞く縁)に同じ。帰り去る行先は、あの世。一 第十八代天台座主、慈恵大師。永観三年(九八五)没(元亨釈書・四)。斉光より先に没し、僧綱補任に参議斉光が良源の右の句を夢に見たとある。

453 灯台鬼の詩。→林子評。典下学・人名門・軽大臣。韻人・辛・親・身、上平真韻。○我は… 我は軽大臣自身をいう。華京客は日本の都の京都からやって来た客。日本、日葡辞書「ニホン・ニッポン」。→15。

の頭《かしら》を六噬断《かみた》ち、血《ち》を以て詩《し》を書《しよ》す」と云云《うんうん》。今按《いまあん》ずるに、軽《かるの》大臣国史《こくし》に見えず。其の事怪誕《ことくわいたん》、言《い》ふに足《た》らず。是亦好事《これまたかうず》の者《もの》の妄作《まうさく》する所《ところ》也、と。

454 鶯《うぐひす》の詩《し》

初陽毎朝来《しよやうまいてうらい》　不遭還本棲《ふさうくわんほんせい》

林子曰はく、一倭歌家者流《わかけしやりう》、伝称《でんしよう》して曰はく、「二孝謙天皇《かうけんてんわう》の馭寓《ぎよう》、大和《やまと》の国高間《くにたかま》三寺《でら》の僧《そう》、侍児《じじ》有《あ》り、甚《はなは》だ之《これ》を愛《あい》す。四一旦《いつたん》侍児《じじ》暴《にはかに》死《し》す。僧悲歎《ひたん》殊《ことに》甚《はなは》だし。既《すで》にして歳月隔《さいげつへだた》り、哀情薄《あいじやううす》くして之《これ》を忘《わす》る。時《とき》に鶯《うぐひす》有り、庭梅《ていばい》に鳴《な》く。僧怪《あや》しんで之《これ》を聞《き》くときは、則《すなは》ち「初陽毎朝来、不遭還本棲」と唱《とな》ふるが如し。僧倭《そうわ》字《じ》を以《もつ》て之《これ》を写《うつ》すときは、則《すなは》ち三十一字の倭歌《わか》と為《な》る。之《これ》を詠《えい》じて曰はく、五「波津波留乃《はつはるの》、阿志太古登爾波《あしたごとには》、幾太礼土毛《きたれども》、阿波天曾加恵留《あはでぞかへる》、毛土能須美加《もとのすみか》爾《に》」と云云《うんうん》。僧悲慕《そうひぼ》して、六乃《いま》し彼《か》の児化《こくわ》して鶯《うぐひす》と為《な》ることを悟《さと》る。而《しか》うして哀《あい》痛已《つうや》まず」と。今按《いまあん》ずるに、七「来《らい》」読《よ》んで「釐《り》」と為《な》す。支《し》の韻《ゐん》と通《つう》ず。八支の韻《ゐん》、斉《せい》の韻《ゐん》と相通《あひつう》ずるときは、則《すなは》ち「来《らい》」「棲《せい》」九叶音《けふいん》妨《さまたげ》無《な》し。故《ゆゑ》に此《ここ》に載《の》す。一〇以《もつ》て中華禽語《ちゆうくわきんご》の例《れい》に倣《なら》ふ。其の事怪誕《ことくわいたん》、姑《しばら》く是《これ》を舍《を》く、と。

右《みぎ》の八首《はつしゆ》、怪誕《くわいたん》。

汝はその子の弼宰相。↓林子評。〇子と… 元和三年版下学集に「爺」を「ヲヤ」とよむ。爺々(やや)に同じ。〇年は慕う心が甚だしく、苦しい。辛を… 父はよもぎの繋ったわが貧しい宿を思い出して涙を流し、子はかぐわしい蘭や菊の如き親に思いをはせる。〇形… 前句、中国で人間の姿を破壊されて灯台鬼となった。下学集「形破ニ他郷一…」と訓む。後句の争は反語の助字、「如何でか」の意。ここは不可能なことを可能ならしめたいという気持を含もう。一 通俗辞書の一つ、元和三年本(三種ある)が初印本。二 国史に記載せず、伝説上の人か。三 今の中国。四 元和本下学集訓「イタタカシメテ」。五 未詳。六 元和本下学集訓「カミキッテ」。

454 鶯の詩。〔典〕三流抄など。〔韻〕↓林子評。〇初陽… 初春の毎朝ここにやって来て老僧を慕うが、一度も遭わないのでもとのすみかに還るのです。「不遭」も他の例に従って音読する。鶯の声を擬したものか。一 和歌を専門とする家柄。二 第四十六代孝謙天皇の御世(七四九―七五七)。馭寓は御宇に同じ。三 奈良県金剛山東麓、御所市高天(たかま)にある寺。四 或る朝。底本「一且」に誤る。底本「悲歎ニ」のニは衍字。五「初春のあした毎には来たれどもあはでぞ帰るもとのすみかに」。六「即ち」に同じ。当時の訓みぐせ。七「来」は上林子曰はく、中華の詩集《ししふ》、疑《うたが》ふべき者《もの》有り。題《だい》を失《しつ》する者《もの》有り、名無《なな》き者有り、鬼《おに》の詩《し》を録《ろく》する者有り、鳥獣《てうじう》の詩を載《の》する者有り。牛僧孺《ぎうそうじゆ》[一]が『周秦行記《しうしんかうき》』、成《せい》[二]自虚《じきよ》が『東陽夜怪録《とうやうやくわいろく》』の如《ごと》き、其の怪誕殊甚《くわいたんことにはなは》だし。今此《いまこ》の一巻載《の》する所《ところ》、其《そ》の例無《れいな》きに非《あら》ず、と。

本朝一人一首詩巻之九終

平灰韻、「鼈」は上平支韻。八 支韻(上平支韻)と斉韻(上平斉韻)とは通じない。九 叶韻に同じく、同一の韻でない文字が同一の韻として通じること。一〇 中国の鳥のなき声。

一 中唐の政治家。「周秦行記」は唐人小説(神怪の類)。「周秦行紀」とも。唐人説薈・十一集参照。二 唐人か、未詳。「東陽夜怪録」は異聞に属する小説。唐人王洙撰のもの、唐闕名氏撰のものなどが残る。

本朝一人一首詩巻《しくわん》之《の》十

向《かう》陽《やう》林《りん》子《し》輯《しふ》

林子《りんし》曰《い》はく、此の一巻[一]には、本朝《ほんてう》の作者中華《さくしやちゆうくわ》の書《しよ》に見へたる者《もの》を載《の》す。嗚呼《ああ》、此の邦《くに》に生れて其の詩《し》伝《つた》はらず、不幸《ふかう》と謂《い》ひつべし。然《しか》れども、彼《か》の国《くに》に遊《あそ》んで、墨痕《ぼくこん》[二]を遺《のこ》す者《もの》、亦幸《またさいはひ》ならず乎《や》。今之《いまこれ》を採拾《さいしふ》して、以《もつ》て此《ここ》に載《の》するときは、則《すなは》ち其の名《な》長《なが》く両国《りやうこく》に伝《つた》はつて、以《もつ》て不窮《ふきゆう》[三]に垂《た》れん乎《か》。以《もつ》て別集《べつしふ》に擬《ぎ》すべし、と。

455 命《めい》を銜《ふく》んで本国《ほんごく》に使《つかひ》す　或《ある》いは「本《ほん》」の字《じ》の上に「日《にち》」の字有《あ》る者《もの》は非《ひ》なり

胡衡《こかう》　「胡《こ》」は当《まさ》に「朝《てう》」に作《つく》るべし

命《めい》を銜《ふく》んで将《まさ》に国《くに》を辞《じ》せんとす　非才侍臣《ひさいじしん》を忝《かたじけな》くす
天中明主《てんちゆうめいしゆ》を恋《こ》ひ　海外慈親《かいぐわいじしん》を憶《おも》ふ
伏奏金闕《ふくそうきんけつ》に違《たが》ひ　騑驂玉津《ひさんぎよくしん》を去《さ》る

一 わが国の書物に見えないで、文苑英華・日本考略その他の中国の文献に残るわが国びとの作詩を収める。二 墨で書かれた跡、残された漢詩。三 不朽。

455 玄宗皇帝の勅命を奉じて本国日本に派遣されて。作者は朝衡(ちようこう)(阿倍仲麻呂)→林子評。興英華。韻臣・親・津・隣・辰・人、上平真韻。○命を… 国は唐朝。後句、才能のないわれながら臣下となってお仕えする。○天中… 天中は天の最中にある唐朝(天朝中夏)。明主は玄宗皇帝。海外は海の向うの日本。慈親は慈悲深いおや。○伏奏… ひれ伏してお暇の許可を得て宮門を去り、添え馬に乗って出発し長安附近の渡し場を発つ。蘇州の港とも。違は離去する意。「…ヲサリ」とも。玉津は渡し場の美称。○蓬萊… 蓬萊は東海にあるという神仙の島。郷路は故郷への海路。若木は日の照る若木(淮南子・墜形訓)、若木の国。若木を

蓬萊郷路《ほうらいきやうろ》遠《とほ》く　若木故園《じやくぼくこゑん》隣《とな》る
西望恩《さいばうおん》を懐《おも》ふ日《ひ》　東帰義《とうきぎ》を感《かん》ずる辰《とき》
平生《へいぜい》の一宝剣《いちほうけん》　留《とど》めて交《まじはり》を結《むす》ぶ人に贈《おく》る

林子《りんし》曰《い》はく、此の詩『文苑英華《ぶんゑんえいぐわ》』[一]二百九十六、詩の部《ぶ》一百四十六、行邁奉使《かうまいほうし》の類《るい》に見えたり。按《あん》ずるに、「胡《こ》」は当《まさ》に「朝《てう》」に作《つく》るべし、即是《すなはちこれ》　本朝阿倍仲《ほんてうあべのなか》麻呂《まろ》也《なり》。仲麻呂《なかまろ》、元正帝霊亀《げんしやうていれいき》[二]二年八月を以《もつ》て、遣唐使多治比県守《けんたうしたぢひのあがたもり》に従《したが》つて、中《ちゆう》華《くわ》に赴《おもむ》く、時に年《とし》十六。[三]聘礼事畢《へいれいことおは》つて、[四]県守朝《あがたもりてう》に帰《かへ》る。仲麻呂《なかまろ》留学《りうがく》して帰らず。姓名《せいめい》を改《あらた》めて朝衡《てうかう》と曰《い》ふ。「朝《てう》」或《ある》いは「晁《てう》」に作《つく》る、猶《なを》[五]「晁錯《てうそ》」「朝錯《てうそ》」相通《あひつう》ずる例《れい》のごとし。玄宗《げんそう》其の才《さい》を愛《あい》して厚《あつ》く之《これ》に遇《ぐう》す。官[六]秘書監《くわんひしよかん》に至《いた》り、[七]左補闕《さほけつ》を歴《ふ》。故に晁監《てうかん》と称《しよう》し、或《ある》いは晁卿《てうけい》と称し、或いは[八]晁校書《てうかうしよ》と称し、或いは晁巨《てうきよ》卿《けい》と称し、[九]李白《りはく》・魏万《ぎまん》と相交《あひまじは》る。[一〇]儲光羲《ちよくわうぎ》詩を贈《おく》つて之を褒賞《ほうしやう》す。[一一]天宝《てんぽう》十二年、仲麻呂《なかまろ》、遣唐大使藤原清河《けんたうたいしふぢはらのきよかは》と同船《どうせん》して帰朝《きてう》す。[一二]王維《わうゐ》序《じよ》を作《つく》り、詩を作つて、以《もつ》て之《これ》を送《おく》る。[一三]包佶《はうきつ》・陸海亦別《りくかいまたわかれ》を送る詩有り。其の餘《ほか》、当時《たうじ》の名士《めいし》[一四]行《かう》を送《おく》る者猶《ものなほ》多《おほ》し。霊亀《れいき》二年は開元《かいげん》四年に当《あた》る。天宝《てんぽう》十二年に至《いた》るまで、在唐《ざいたう》三十八年也。此の詩疑《うたが》ふらくは此の時に当《あた》つて作《さく》する所《ところ》なり。本是《もとこれ》　本朝《ほんてう》の人為《た》りと雖《いへど》も、然《しか》れども既《すで》に留学殆《りうがくほとん》ど四十年、官職《くわんしよく》に歴任《れきにん》す。故《ゆゑ》に玄宗別勅《げんそうべつちよく》有るべし。故に題《だい》に曰《い》はく、「命《めい》を銜《ふく》んで本国《ほんごく》に使《つかひ》す」と。首句《しゆく》に亦曰《またい》はく、「命を銜んで将《まさ》に

「叒木(じやくぼく)」つまり「扶桑」と解し、蓬萊と共に東方日本とみなす林子注もある。「故園隣」は若木の国は故郷に隣接する意。〇西望…　西の方長安を眺めて玄宗の恩を思い、東方日本に帰ろうとして唐ひとの恩義に感じる。〇平生…　前句、日ごろ大切にする一ふりの剣(史記・呉太伯世家・季札の故事)。

一 宋の太宗の勅命を受けた李昉(りほう)らの撰、千巻、太平興国七年(九八二)成る。六朝梁より晩唐の詩文を三十七類に分ける。この詩は巻二九六・行邁(旅行の意)八「奉ㇾ使五十首」に収める。 二 七一六年。留学生として渡唐。 三 唐朝に貢物を献上する礼。 四 養老元年(七一七)帰朝。 五 御史大夫晁錯(漢書・景帝紀)に関する顔師古注「晁ハ古ノ朝ノ字」。 六 秘書省の図書を掌る長官。 七 左右補闕の一。門下省に属し、天子の過失などを補う唐の官名。 八 秘府の図書の校勘などを掌る官名。 九 盛唐の代表詩人。魏万は李白と同じ頃の詩人。 一〇 盛唐詩人。「洛中貽二朝校書衡一、朝即日本人也」の詩をさす(全唐詩)。 一一 七五三年。大使の帰朝は翌年。 一二 「送三秘書晁監還二日本国一并序」(全唐詩)。王維は盛唐詩人。 一三 「送二日本国聘賀使晁巨卿東帰一」(全唐詩)。包佶は盛唐詩人。陸海(孫海)は盛唐詩人、送別の詩は現存しない。 一四 盛唐趙驊(趙曄)の「送三晁補闕帰二日本国一」はその一例。

国《くに》を辞《じ》せんとす」と、最《もつと》[一五]も的当《てきたう》と為《な》す。「非才侍臣《ひさいじしん》を忝《かたじけな》くす」とは、不才《ふさい》にして近侍《きんじ》の官《くわん》為《た》るを謂《い》ふ、謙辞《けんのことば》[一六]也。第三、四の句《く》、併《なら》びに玄宗《げんそう》を瞻恋《せんれん》[一七]し、本国《ほんごく》の親《おや》を思慕《しぼ》することを言《い》ふ。第五、六の句、帝都《ていと》を辞《じ》し、行装《かうさう》[一八]を促《うなが》すを謂《い》ふ。第七、八の句《く》は、海陸路遥《かいりくみちはる》かなるを謂《い》ふ、「蓬萊《ほうらい》[一九]」「若木《じやくぼく》」共《とも》に是《これ》本朝《ほんてう》を指《さ》す。第九、第十の句には、唐帝《たうてい》の恩《おん》を忘《わす》れず、又本土《またほんど》[二〇]の義《ぎ》を忘《わす》れざることを謂ふ。末句《まつく》に所謂《いはゆる》「宝剣交《ほうけんまじはり》を結《むす》ぶ人《ひと》に贈《おく》る」、誰某《たれがし》と為《す》ることを詳《つまび》らかにせずと雖《いへど》も、彼在唐《かれざいたう》の久《ひさ》しき、交友若干輩有《かういうじやくかんはいあ》るべし、故に剣《けん》を解《と》いて留別《るべつ》[二一]する也。猶《なを》布裘《ふきう》[二二]を以《もつ》て魏万《ぎまん》に贈《おく》る事の如《ごと》し。詩《し》を説《と》くこと此《か》くの如きときは、則《すなは》ち仲麻呂《なかまろ》が作為《さくた》ること疑無《うたがひな》し。明《みん》の高廷礼《かうていれい》、『唐詩品彙《たうしひんゐ》[二三]』を編《あ》み、四唐《したう》[二四]の体《てい》を分《わか》つ。[二五]此の詩を以《もつ》て盛唐《せいたう》と為《す》るときは、則《すなは》ち仲麻呂《なかまろ》と時世相合《じせいあひがつ》す。詩人[二六]の爵里《しやくり》を叙《じよ》するときは、則ち唯胡衡《ただこかう》と曰《い》つて其の爵里《しやくり》を闕《か》く。想《おも》ふに夫《それ》、朝衡《てうかう》名を中国に著《あら》はすと雖《いへど》も、後人《こうじん》其の爵里《しやくり》を知《し》らず。故《ゆゑ》に「朝《てう》」の字《じ》転《てん》じ誤《あやま》つて「胡《こ》」と為《な》す。晁卿衡為《てうけいかうた》ることを知らず、唯盛唐《ただせいたう》の人為《ひとた》ることを知る。故《ゆゑ》に廷礼妄《ていれいみだり》に「日」[二七]の字を「本」の字《じ》の上に加《くは》へ、題《だい》に「命《めい》を銜《ふく》んで日本《につぽん》国に使《つかひ》す」と曰《い》ふ。『品彙《ひんゐ》』以後唐詩《いごたうし》を編《あ》む者《もの》、多《おほ》く是廷礼《これていれい》が涎《せん》[二八]を舐《ねぶ》る。故に皆《みな》「日」の字を加へ、詩意《しい》を使《し》て通《つう》ぜざらしむ。胡衡《こかう》が爵里《しやくり》を知らざるときは、則《すなは》ち何以《なにをもつ》てか其の日本に使《つかひ》すと為《す》ることを知らん哉《や》。若《も》し胡衡《こかう》といふ者《もの》日本に使《つかひ》すること有《あ》るときは、

一五 うまく当てはまる。 一六 謙遜自謙のことば。 一七 仰ぎ慕う。 一八 旅じたく。 一九 「若木」を扶桑と解すること説文などによるか。 二〇 日本の恩義。ただし詩は唐の友人から受けた恩義。 二一 旅に出る者が見送りの人に物を残し与えること。 二二 布裘は布の裏に皮をつけた衣。李白「送三王屋山人魏万還二王屋一幷序」の一句「身着二日本裘一」(注「裘則朝卿所レ贈、日本布為レ之」)をいう。 二三 九十巻、拾遺十巻、明の洪武二十六年(一三九三)序。 二四 初唐(正始)、盛唐(正宗・大家・名家・羽翼)、中唐(接武)、晩唐(正変・余響)。更に釈家・異民族の詩人などを「旁流」として分類する。 二五 唐詩品彙・七十六・五言排律六羽翼に所収。 二六 詩人の閲歴を記した同書の「詩人爵里詳節」をさす。爵里は爵と知行所。 二七 唐詩品彙に「本国」とする版本もある。 二八 人の誤りなどを踏襲する。わが近世の諺。 二九 文武帝元年(六九七)より桓武帝延暦十年(七九一)までの勅撰史書、延暦十六年完成(日本後紀)。 三〇 文苑英華。 三一 「あまの原ふりさけみれば春日なる三笠の山に出でし月かも」(古今集・羇旅)。 三二 今のベトナムの一部。 三三 「哭二晁卿衡一」。 三四 続日本紀・宝亀元年(七七〇)三月四日の条に「附レ書送二於郷親一」。 三五 「上元中、擢二左散騎常侍・安南都護一」(新唐書・東夷列伝・日本)。散騎常侍は散騎省の長官。天子に侍して物事の可否につい

即《すなは》ち『続日本紀《しよくにほんぎ》』[二九]何《なん》ぞ之《これ》を漏《も》らすべき哉《や》。是《ここ》に知んぬ、『英華《えいぐわ》』[三〇]に「日」の字《じ》無《な》き者極《ものきは》めて是《ぜ》なり、「胡《こ》」の字《じ》は「朝《てう》」の字を誤《あやま》る也。仲麻呂《なかまろ》既《すで》に海に浮《う》かぶ。仰《あふ》いで明月《めいげつ》を見《み》、我《わ》が　邦《くに》の三笠山《みかさやま》[三一]を想像《さうざう》し、倭歌《わか》を詠《えい》ず。洋中風《やうちゆうかぜ》に遇《あ》つて[三二]漂泊《へうはく》、殆《ほとんど》危《あやふ》し。安南国《あんなんこく》[三三]に到《いた》る。華人《くわじん》以為《をも》へらく、既没《すでにぼつ》すと。故《ゆゑ》に李白《りはく》詩《し》を作《つく》つて之を哭《こく》す。未《いま》だ幾《いく》ばくならずして、仲麻呂《なかまろ》又唐国《またたうこく》に赴《おもむ》く。新羅《しらぎ》[三四]の使《つかひ》に就《つ》いて、書《しよ》を日本に寄《よ》す。粛宗《しゆくそう》の朝《てう》、朝衡官《てうかうくわん》を歴《へ》て散騎常侍《さんきじやうじ》[三五]・安南都護《あんなんのとご》と為《な》り、北海郡開国公食邑三千戸《ほくかいぐんかいこくこうしよくいふさんぜんこ》[三六]に封《ほう》ぜらる。代宗《だいそう》に歴仕《れきし》す。大暦《たいれき》[三七]五年正月を以て、唐国《たうこく》に卒《しゆつ》す。年七十、或《ある》いは曰《い》ふ、七十三と。潞州大都《ろしうのだいと》督《とく》[三八]を贈《おく》りぬ。光仁帝宝亀元年《くわうにんていほうきぐわんねん》[三九]に当《あた》つて、訃《ふ》　本《ほん》朝《てう》に聞《きこ》ふ、従二《じゆに》品《ほん》を贈《ぞう》す。凡《およ》そ前後在唐《ぜんございたう》五十年也。古来遣唐使《こらいけんたうし》帰朝《きてう》して栄達《えいたつ》する者《もの》、吉備公《きびこう》[四〇]に如《し》くは無《な》し。名を中華《ちゆうくわ》に顕《あら》はす者《もの》、粟田真人《あはたのまつと》[四一]・丹墀広成《たぢひのひろなり》[四二]及《およ》び朝衡《てうかう》也。就中朝衡《このなかてうかう》最《もつと》も藉甚《せきじん》[四三]也。曾《かつ》て聞《き》く、惺窩《せいくわ》[四四]　先考《せんかう》と談《だん》じて、朝衡《てうかう》が詩文《しぶん》伝《つた》はらざることを惜《を》しむ。往年函《わうねんかん》[四五]三子《さんし》、『英華《えいぐわ》』の題《だい》に「本国《ほんごく》に使《つかひ》す」といふを見《み》て、始《はじ》めて疑《うたが》ふ、「胡《こ》」の字《じ》「朝《てう》」の字《じ》を誤《あやま》るかと。遂《つひ》に倭漢《わかん》の書籍《しよじやく》を考《かんが》へ、其の拠《よ》るべきを證《しよう》とす。詩[四六]を作《つく》つて曰《い》はく、「胡衡《こかう》は是何者《これなにもの》ぞ、便《すなは》ち是朝巨卿《これてうきよけい》」と。　先考之《せんかうこれ》を頷《うなづ》く、余《よ》も亦之《またこれ》に同《どう》ず。今《いま》此の集《しふ》を編《へん》し、詩の意《い》を解《かい》す。弥知《いよいよし》んぬ、朝衡為《てうかうた》ることを。

て意見を述べる。都護は官名、地方を鎮護する役。三六 今の山東省にあった郡名。開国公は国家創業の功臣に与える封号。食邑は領地。三七 七七〇年。三八 山西省長治県の州名。大都督は官名、軍を統率する役。以上の官職に関して続日本後紀・承和三年(八三六)五月十日の条に「故留学問贈従二品安倍朝臣仲満、大唐光禄大夫、右散騎常侍兼御史中丞、北海郡開国公、贈潞州大都督朝衡可㆑贈㆓正二品㆒」。三九 七七〇年。四〇 吉備真備。霊亀二年(七一六)留学生として渡唐、在唐二十年に及ぶ。四一 一般には「まひと」(?―七一九)。旧唐書・東夷列伝・日本に「長安三年(七〇三)、其大臣朝臣真人来貢㆓方物㆒…真人好読㆓経史㆒、解㆓属文㆒、容止温雅…開元初又遣使来朝…」。四二 唐大和上東征伝に聘唐大使とみえる。55の作者。四三 名高い。四四 藤原氏、近世初期の儒者、元和五年(一六一九)没、五十九歳。先考は惺窩の門弟林羅山(道春)、羅林子の父。四五 林読耕斎(林靖)、羅山の四男、幕儒。四六 林羅山先生文集・三十七所収「改正阿倍仲麻呂伝」の鵞峰の付注「其ノ後、十題雑詠ノ時、靖、題ヲ探リテ胡衡ヲ得タリ。乃チ長句ヲ作リ、其ノ旨趣ヲ弁ズ。結句ニ云フ、「胡衡ハ終ニ何者ゾ。恐ラクハ是レ晁巨卿カ」ト。先生益々頷ク」(原文漢文)。

未《いま》だ傍観《ばうくわん》の者何《ものなん》と謂《い》はんことを知らず、と。

〔欄外頭注〕

[四七]辛丑《しんちう》の春、函三没《かんさんぼつ》す。其の後、余《よ》偶《たまたま》張氏《ちやうし》[四八]が編《へん》する所の『唐雅《たうが》』を得《え》たり。此《こ》の詩《し》を載《の》す。其の題《だい》『英華《えいぐわ》』の如くして、「胡《こ》」を改《あらた》め「朝《てう》」と為《な》す。函三の考《かんが》ふる所と脗合《ふんがふ》[四九]す。

456 千《せん》の袈裟《けさ》を製《せい》し、縁《えり》に各一偈《おのおのいちげ》を繡《ぬ》ひ、唐国千《たうこくせん》の沙門《しやもん》に施《ほどこ》す

長《なが》屋《やの》王《わう》

山川異域《さんせんいゐき》

風月一天《ふうげついつてん》

遠《とほ》く浄侶《じようりよ》に寄《よ》せ

誓《ちか》つて勝縁《しようえん》を結《むす》ぶ

林子《りんし》曰《い》はく、此《こ》の偈《げ》、『六学僧伝《ろくがくそうでん》』[一]鑑真伝《がんじんのでん》に見えたり。『師錬釈書《しれんしやくしよ》』[二]亦之《またこれ》を記《しる》す。長屋王[三]既《すで》に第一巻に見えたり。然《しか》れども此《こ》の偈中華《げちゆうくわ》の書《しよ》に見えたるを以《もつ》て、故《ゆゑ》に再之《ふたたびこれ》を出《いだ》す、と。

四七 寛文元年(一六六一)三月十二日没、三十八歳。 四八 張之象「唐雅」二十六巻(明史・芸文志)。 四九 ぴったり合う。

456 千着の法衣を作り、そのふちに一首ずつ偈(仏徳を讃する韻文)を縫いつけ、唐の千人の僧侶に与えて。典釈書など。釈書・一・釈鑑真に「製二千袈裟一、縁各繡二一偈一、…施二此土一千沙門一」。韻天・縁、下平先韻。〇山川… 日本と唐は山川を異にする地域だが、風や月は同じ天のもとにあって変らない。唐大和上東征伝は「一」を「同」に作る。〇遠く…「寄二浄侶一」は唐の僧侶に千の袈裟を贈る。勝縁は仏語、勝れた因縁。東征伝は「寄二諸仙子一、共結二来縁一」に作る。 一 元のころ撰述された(新修)科分六学僧伝(大日本続蔵経一輯二編)の「唐僧鑑真伝」(十四・弘法科)。六学は「慧学」以下「定学」までの六学科分の意。 二 虎関師錬撰元亨釈書。元亨二年(一三二二)の上表文による。 三 →44。

457 宋の真宗皇帝にたてまつる詩。真宗は宋の第三代皇帝。咸平五年(一〇〇二)商人周世昌に従って入宋した作者が日本の風俗等を問われた時の作か(宋書・四九一・日本国)。典広義。韻淳・臣・鱗・春、上平真韻。〇君… 君は君主真宗。〇衣冠… 衣冠は朝廷出仕のときの服装。後句、礼儀と音楽は漢代君臣の習慣に従う。〇玉甕… 宴会に関する描写。玉甕

457 宋《そう》の真宗皇帝《しんそうくわうてい》に上《たてまつ》る

滕《とう》　木《ぼく》　吉《きつ》

君吾《きみわ》が風俗《ふうぞく》を問《と》ふ　吾《わ》が風俗《ふうぞく》最《もつと》も淳《じゆん》なり
衣冠唐《いくわんたう》の制度《せいど》　礼楽漢《れいがくかん》の君臣《くんしん》
玉甕新酒《ぎよくをうしんしゆ》を篘《こ》し　金刀細鱗《きんたうさいりん》を剖《さ》く
年年二三月《ねんねんにさんぐわつ》　桃李《たうり》一般《いつぱん》の春《はる》

林子曰はく、『月令広義《ぐわつりやうくわうぎ》』[一]に曰はく、「宋《そう》の真宗《しんそう》の朝《てう》、日本国《につぽんこく》の人《ひと》滕木吉《とうぼくきつ》朝《てう》す、詩《し》を献《けん》ず」と云云《うんうん》。滕木吉未だ何人為《なんびとた》ることを知らず。按《あん》ずるに、此《こ》の詩《し》嗐哩《がいり》[二]嘛哈《まがふ》が作《つく》る所《ところ》と一二《いちに》の句《く》異《こと》にして、其《そ》の餘大抵相同《ほかたいていあひおな》じ。未《いま》だ孰《いづ》れか是《ぜ》なることを知らず。嘛哈《まがふ》が詩下《しした》の段《だん》に見えたり。薛氏《せつし》[三]が『日本考略《につぽんかうりやく》』亦《また》此の詩を載《の》す。作者《さくしや》を記《き》せず、「篘《しう》」の字《じ》、「蔵《ざう》」に作《つく》る、其の餘《ほか》、『広義《くわうぎ》』と同《おな》じ、と。

458 黒金水瓶丁晋公《こくきんすいへいていしんこう》に寄《よ》す

僧寂照《そうじやくせう》　「照《せう》」一《いつ》に「昭《せう》」に作《つく》る

提携《ていけい》す三五歳《さんごさい》　日用曾《にちようかつ》て離《はな》れず
暁井残月《げうせいざんげつ》を斟《く》み　寒炉砕澌《かんろさいし》を釈《と》く

の玉、金刀の金は共に美称。甕は甕(かめ)に同じ。篘(音シウ)は酒をこすもの、ここは動詞漉す。「剖二細鱗一」は小さな魚を料理する。○年年…　後句、桃やすももの花が咲き、どこもかしこも春一色だ。一般はここは両国とも同じの意を含もう。一真宗に仕えた明人馮応京撰、戴任増釈。引用は巻六・二月令・桃李春。二→463。三明人薛俊撰。日本攷略とも。嘉靖九年(一五三〇)王文光序。倭寇を防ぐ目的で執筆、日本の国土、風俗、歴史、言語などを所収。その詩の題は「答二風俗問一」。「篘」を「蔵」(おさめる)に作る。なおその朝貢略に「滕木吉至、上召見云、以二国詩一献二其詞一」とみえる。

458　鉄の水がめを丁晋公に贈って。丁晋公は丁謂、宋の真宗代の人、晋国公(宋史・二八三)。作者、京都青蓮院印信自筆に「寂照」と書す。興談苑。韻離・澌・斷・知、上平支韻。○提携…　十五年間たずさえ、毎日用いて手ばなしたことがない。○暁井…　あかつきの井戸(談苑「暁水」)に映る残んの月を汲み、寒々としたいろりで、砕いた氷をとかす。談苑は「春炉釈夜澌」に作る。○鄱銀…　水瓶の出来ばえの良さを言う。これにくらべれば、鄱陽(江西省の地)の銀で作った水瓶もぜいたくさをのがれられず、萊蕪(山東省の地)の長い谷の石も欠けやすいほどだ。底本「菜石」を元亨釈書によ

鄱《は》銀《ぎん》侈《し》を免《まぬか》れ難《がた》く　萊石《らいせき》虧《き》を成《な》し易《やす》し
此の器《うつは》堅《かた》うして還実《またじつ》　公《こう》に寄《よ》す応《まさ》に知るべし

林子《りんし》曰《い》はく、此の詩楊億《しやうおく》[一]が『談苑《だんゑん》』に見えたり。今按《あん》ずるに、寂照《じやくせう》[二]初《はじ》めの名《な》は定基《さだもと》。其《そ》の姓大江《せいおほえ》、実《じつ》に是維時《これこれとき》[三]の孫《まご》、斉光《ただみつ》の子也。匡衡《まさひら》[四]と従兄弟《いとこた》為り。累世《るいせい》の儒家《じゆか》を出《い》で、釈氏《しやくし》に入《い》り、叡山《えいざん》の源信《げんしん》[五]の弟子《でし》と為《な》る。遠遊宋《ゑんいうそう》に入《い》り、丁謂《ていゐ》[六]が為《ため》に留《とど》め被《ら》れて帰《かへ》らず、呉門寺《ごもんじ》に住《ちゆう》す。円通大師《ゑんつうだいし》と号《がう》す。師錬《しれん》[七]「寂照伝《じやくせうでん》」を作《つく》る。其の賛《さん》に曰はく、「照《せう》、晋公《しんこう》を友《とも》とす、善《よ》く択《えら》ぶと謂《い》ひつべし」と。丁謂《ていゐ》[八]是国《これくに》を誤《あやま》り、主《しゆ》を惑《まど》はす姦人也《かんじんなり》。然《しか》るときは、則《すなは》ち照《せう》、友《とも》を択《えら》まず、唯彼《ただかれ》が権《けん》勢《せい》に阿諛《あゆ》する而已《のみ》。師錬亦未《しれんまたいま》だ詳《つまび》らかに謂《ゐ》が行実《かうじつ》を知らざる乎《か》、と。

459　暮春施無畏寺《ぼしゆんせむゐじ》に遊《あそ》んで半落花《なかばおつるはな》を翫《もてあそ》ぶ　　鬱《うつ》檀《だん》

落花《らくくわ》地《ち》に委《ゐ》し亦枝《またえだ》に残《のこ》る　有《あ》るが如《ごと》く空《むな》しきが如《ごと》く意《い》に始知《はじめてし》る
何《なん》ぞ道場檀越《だうぢやうだんをつ》の老《らう》　年顔白髪半頭《ねんがんはくはつはんとう》の時《とき》に似《に》ん

り訂。○此の…　実は実用的なこと。後句、丁晋公にこの真価を知ってほしいの意。「寄」は言葉をよせる。底本、「知」を「如」に誤る。一 宋の真宗代の官人、文人。諡は文公(宋史・三〇五)。楊文公談苑は宋人黄鑑撰。二 以下、元亨釈書・十六による記述か。初名は俗名。三 211の作者。四 236の作者。五 元亨釈書・四・釈源信伝参照。六 字は謂之、公言。真宗時代の官人。「晋公思レ留レ之、啗以ニ姑蘇山水之美一。昭愛ニ其奇秀一、止ニ于呉門寺ニ」(釈書・十六)。七 元亨釈書の撰者。八 宋史・丁謂伝に基づく。

459. 晩春に洛西の施無畏寺(↓460林子評)に遊び、なかば散った花を賞翫して。興戯鴻。韻枝・知・時、上平支韻。○落花…　「委レ地」は地にゆだねる、落ちる。後句、「有」と「空」(無)の仏教的真理を始めて悟った。○何ぞ…　道場は修行する所、仏寺。檀越老は老いた施主。後句、半ば落花の状態を老人にたとえる。年相応の白髪まじりの顔に何と似ていることか。年顔は白詩語。

460　三月のつごもり(三十日)に施無畏寺でその場の事を詠んで。左拾遺は左の侍従。↓林子評。興戯鴻。韻催・開、上平灰韻。○艶陽…　艶陽ははなやかな春。白首拾遺は侍従職にある白髪の私。春の尽きる日を惜しむことは、白氏文集などの影響

460 三月尽日《さんぐわつじんじつ》施無畏寺《せむゐじ》に於《お》いて即事《そくじ》　　左《さ》拾《しふ》遺《ゐ》

艶陽《えんやう》三月《さんぐわつ》今日《こんじつ》尽く　白首《はくしゆ》の拾遺《しふゐ》感懐《かんくわい》催《もよほ》す
永《なが》く老身《らうしん》を以《もつ》て後会《こうくわい》を期《き》す　明春《みやうしゆん》誰《たれ》か定《さだ》めて花開《はなのひら》くを見ん

一酔《ゑひ》を扶《たす》けて筆《ふで》を走《はし》らしむ、二声《せい》を調《ととの》ふ応《べ》からず。

三薛嗣昌《せつししやう》が曰《い》はく、以上《いじやう》四二枚此皇子《これくわうし》の手跡《しゆせき》也、と。

五子昂《しかう》が曰《い》はく、日本の草書《さうしよ》、唐人《たうひと》の六二王《にわう》が筆《ふで》を学《まな》ぶが如《ごと》し、と。

七彦光《げんくわう》が曰《い》はく、八海東国《かいとうくに》を去《さ》ること幾千里《いくせんり》、文物《ぶんぶつ》九中州《ちゆうしう》と同《おな》じ。蓋《けだ》し太平《たいへい》日《ひ》久《ひさ》しく、一〇漸《やうや》く之《これ》が然《しか》ら使《し》むることを被《かうむ》る耶《か》、と。

林子曰はく、右施無畏寺《みぎせむゐじ》の詩二首《しにしゆ》、幷《なら》びに三人《さんにん》の跋《ばつ》、一一董其昌《とうきしやう》が『戯鴻堂法帖《ぎこうだうはふでふ》』の十四に見えたり。鬱檀《うつだん》・左《さ》拾遺《しふゐ》未《いま》だ何人《なんびと》為《た》ることを知らず。然《しか》れども三人の跋語《ばつご》を見るときは、則《すなは》ち草書絶品《さうしよぜつぴん》の者也《ものなり》。一二施無畏寺《せむゐじ》は洛西《らくせい》の勝地《しようち》、一三兼明親王《かねあきらしんわう》建《た》つる所《ところ》の蘭若也《れんにやなり》。一四『公卿補任《くぎやうぶにん》』を考《かんが》ふるときは、則《すなは》ち一五永観《やうくわん》二年藤斉信侍従《とうのただのぶじじゆう》を兼《か》ぬ。此の人一六公任《きんたふ》と当時《たうじ》に相並《あひなら》ぶときは、則《すなは》ち料《はか》り知る、能書為《のうしよた》るべきことを。且《か》つ『江談抄《がうだんせう》』に一七斉信鷹司殿《ただのぶたかつかさどの》の屏風《びやうぶ》に書《しよ》する詩有《あ》り、是一證《これいつしよう》也。此の時兼明《かねあきら》未《いま》だ薨《こう》ぜず、然《しか》

「期＝後会＝」は、以後もこの景色に逢うことを願う。〇永く…　が濃い。一酒に酔った勢で。二平仄など声調を整える余裕がない(右の詩に平仄を誤った処がある)。作者の言。三徽宗に仕えた宋の官人(宋史・三二八)。四法帖に書かれた二枚の詩(459・460)。五英宗に仕えた宋の官人葉顒(ようぎょう)のあざな(宋史・三八四)。六晋の書家王羲之(大王)とその子王献之(小王)。以上の記事、王煙堂法帖・十六に類似。七宋の官人王葆(おうほう)のあざな(宋詩紀事・五十九)。八日本。九中国の自称。一〇次第に日本が中国の影響を蒙ったのであろうか。一一神宗代の明の官人。書法に通じ、その書室が戯鴻堂。彼の刻した帖がこの法帖(書の手本)である(明史・二八八)。詳しくは『書道全集』十七「中国・元、明Ⅰ」参照。底本「薫其昌」に誤る。一二この寺はもと観音寺を改めた寺名(本朝文粋・五)、施無畏は仏教語、何ものにも恐れぬ力を与える意。寺の位置は現在未詳(拾芥抄「北山」、山城名勝志「紙屋川西旧跡」)。京都市北区紙屋川、金閣寺附近か。一三醍醐帝の皇子、前中書王、206の作者。蘭若は仏教語、寺院の意。「練若…又云＝蘭若＝」(書言字考)。一四公卿の補任年月日を記したもの。一五九八四年九月二十三日侍従。藤原斉信は413の作者。一六藤原公任。平安中期の歌人、和漢朗詠集の撰者。

るときは則《すなは》ち鬱檀《うつだん》は寓名《ぐうめい》[一八]にして左拾遺《さしふゐ》は斉信乎《ただのぶか》。又按《あん》ずるに、藤行成寛和元《とうのかうぜいくわんわぐわん》[一九]年侍従《ねんじじゆう》に任《にん》ず。其の後長保《のちちやうほう》[二〇]三年に至《いた》つて参議《さんぎ》に任ず、再《ふたたび》侍従を兼《か》ぬ。其の後寛弘《くわんこう》[二一]の際中納言《さいちゆうなごん》に昇《のぼ》り、侍従を兼ぬること故《もと》の如《ごと》し。行成能書《のうしよ》、世《よ》を挙《あ》げて知る所《ところ》也。寂照《じやくせう》[二二]寛弘元年を以《もつ》て宋《そう》に入《い》る。然《しか》るときは則《すなは》ち鬱檀《うつだん》は具平《ともひら》[二三]の寓名《ぐうめい》、猶野人若愚《なをやじんじやくぐ》[二四]の例《れい》のごとし、而《しか》うして左拾遺《さしふゐ》は行成乎《か》。寂照《じやくせう》二人の墨痕《ぼくこん》を齎《もたら》し、宋に入りて人に示《しめ》す。而後流《しかるのちる》転《てん》して石に刻《きざ》み、以《もつ》て元《げん》・明《みん》に至《いた》りて猶滅《なをめつ》せず。且《か》つ三人の跋語《ばつご》[二五]有《あ》つて併《あは》せて之《これ》を刻《きざ》み、董其昌之《とうきしやうこれ》[二六]を蔵《ざう》する者乎《ものか》。考索此《かうさくか》くの如《ごと》し、未《いま》だ然否《しかるやいな》やといふことを知らず。嗣昌《ししやう》が謂《い》はく、「二《に》枚共《まいとも》に皇子《くわうし》の筆《ひつ》」と、伝《でん》聞《ぶん》の誤乎《あやまりか》。若《も》し然《しか》らざるときは、則《すなは》ち左拾遺《さしふゐ》の詩《し》共《とも》に是鬱檀之《これうつだんこれ》を筆《ひつ》する乎《か》。左《さ》と称《しよう》するは、定《さだ》めて知んぬ、当時右拾遺有《たうじうしふゐあ》らん。或《ある》いは其《それ》斉信・行成同時侍《どうじじ》従左右相並《じゆうさいうあひなら》ぶ乎《か》。若《も》し「左《さ》」の字は其《それ》「藤《とう》」の字《じ》の草書転写《さうしよてんしや》の誤《あやまり》なるときは、則《すなは》ち斉信・行成に於《お》いて共《とも》に的当為《てきたうた》[二七]り。又其《そ》の先後藤公季《せんごとうのきんすゑ》[二八]・藤誠信亦《とうのもとのぶまた》侍従を兼《か》ぬ。然《しか》れども此《こ》の二人詩才有《しさいあ》ることを聞かず。斉信は詩人《しじん》也。行成が詩伝《しつた》らずと雖《いへど》も、其の父義孝《ちちよしたか》[二九]詩を為《つく》る。且《か》つ『明衡文粋《めいがうぶんすい》[三〇]』に行成が文《ぶん》を載《の》するときは、則《すなは》ち定《さだ》めて是《これ》詩を作るべし。余《よ》曾《かつ》て『宋史《そうし》[三一]藝文志《げいもんし》』を見るに、藤佐理《とうのさり》が書《しよ》一巻有り。又『書史会要《しよしくわいえう》[三二]』を見るに、若愚《じやくぐ》・道長《みちなが》・源治部《げんのぢぶ》の事を載《の》す。今又此《いままたこ》の石刻《せきこく》を見る。乃《いま》[三三]し知んぬ、当時《たうじ》

223の作者。 一七 江談抄・五「鷹司殿(藤原道長の妻倫子)屏風斉信端午詩事」の記事。 一八 仮の名。 一九 藤原行成。三蹟の一人。花山帝寛和元年は九八五年。 二〇 一〇〇一年(一条帝)。参議は太政官に属し政治を議する四位以上の官。 二一 一条帝寛弘年間(一〇〇四―一二)。 二二 「景徳元年(一〇〇四)、其国僧寂照等八人来朝」(宋史・四九一・日本国)。 二三 村上帝の皇子具平親王。218の作者。 二四 田舎者の若造。 善隣国宝記・寛弘三年の条に、宋商人の持ち帰った寂照の書について、「三書皆二王之迹、而野人若愚章草特妙」、また同書引用「楊文公談苑」に「得下国王弟与二寂照一書上、称二野人若愚一」とある。 二五 薛嗣昌・子昂・彦光。 二六 底本「薫其昌」に誤る。 二七 あてはまる。 二八 太政大臣藤原(九条)公季は寛弘八年(一〇一一)侍従。藤原誠信は太政大臣九条為光の子、侍従の年時未詳。 二九 375の作者。 三〇 藤原明衡撰本朝文粋。その巻七に藤原行成の書状二つ(190・193)所収。 三一 宋史・芸文志に藤原佐理の書未見。日本国の条(巻四九一)に、僧奝然(よちうねん)が弟子喜因を入宋させた時の礼物の中に「又一合、納二参議正四位上藤佐理手書二巻…一」とあるのをさすか。 三二 明人陶宗儀撰。能書家や書法などを述べる。その巻八・外域・日本国に、「後南海商人船自二其国一還。得下国王弟与二(寂)照一書上。称二野人若

能書歴歴《のうしよれきれき》、相並《あひなら》んで人《ひと》に乏《とぼ》しからざることを。族譜《ぞくふ》を以《もつ》て之《これ》を言ふときは、則《すなは》ち佐理・道長・斉信・行成共《とも》に是従弟《これじゆうてい》・再従弟《さいじゆうてい》の[三四]行也《かうなり》。兼明《かねあきら》・具平《ともひら》・源治部は[三五]叔姪《しゆくてつ》・従弟《じゆうてい》の行也《かうなり》。文才能書《ぶんさいのうしよ》、美《び》を一家《いつか》に鍾《あつ》む、亦善《またよ》からず乎《や》。後世文筆日《こうせいぶんぴつひび》衰《おとろ》へ、能書《のうしよ》も亦古《またいにしへ》に及《およ》ばざる者《もの》、痛哉《いたましきかな》、と。

461 仏海禅師《ぶつかいぜんじ》を辞《じ》して東《ひがし》に帰《かへ》る　　僧《そう》　覚《かく》　阿《あ》

海《うみ》に航《ふなわたり》し来《きた》りて探《さぐ》る教外《けうげ》の伝《でん》　知見《ちけん》を離《はな》れ蹄筌《ていせん》を脱《だつ》せんと要《えう》す
諸方参遍草鞋破《しよはうさんぺんさうあいやぶ》る　水《みづ》は澄潭《ちようたん》に在《あ》り月《つき》は天《てん》に在り

林子《りんし》曰《い》はく、此の詩、『[一]五燈会元《ごとうゑげん》』覚阿《かくあ》伝《でん》に見えたり。阿《あ》は日本国藤氏《につぽんこくとうし》の子也。十四歳にして僧《そう》と為《な》る。二十九歳にして中国禅宗《ちゆうごくぜんしゆう》の盛《さか》んなるを聞いて宋《そう》に入《い》る、時《とき》に高倉《たかくら》帝[二]承安《ぜうあん》三年也《なり》。霊隠寺《りんいんじ》の仏海《ぶつかい》を師《し》として受法《じゆほふ》。明年[三]金陵《みやうねんきんりよう》に遊《あそ》び、江岸《かうがん》鼓声《こせい》を聞いて忽《たちま》ち大悟《たいご》、而《しか》して[四]海《かい》を辞《じ》して東帰《ひがしにかへ》る。[五]偈《げ》五首《ごしゆ》を作《つく》る、是其《これそ》の一《ひとつ》也。帰朝《きてう》して叡山《えいざん》に住《ぢゆう》す。

今按《いまあん》ずるに、『会元《ゑげん》』に詳《つまび》らかに阿《あ》が事を述《の》ぶ。然《しか》れども阿《あ》、禅法《ぜんぽふ》を伝へて帰《き》朝《てう》すと雖《いへど》も、未《いま》だ其《そ》の宗《しゆう》を弘《ひろ》めず。其の後《のち》十餘年を歴《へ》て、[六]栄西宋《えいさいそう》に入り、[七]帰朝《きてう》して始《はじ》めて禅宗《ぜんしゆう》を唱《とな》ふ。京都《きやうと》・鎌倉《かまくら》を経歴《けいれき》し、遂《つひ》に[八]洛《らく》の建仁《けんにん》、鎌倉《かまくら》の寿福《じゆふく》を開《ひら》

愚一。」又左大臣滕(藤)原道長書、又治部(唐名礼部)卿源従英書、凡三書皆二王之迹、而若愚章草特妙。中土之能書者、亦鮮二能及一、紙墨光精…」とみえる。善隣国宝記・寛弘三年の条にも類似文がある。三三 即ちの意。三四 排行。一族の長幼の順序。三五 おじおい。姪は「甥」(おい)。

461 仏海禅師の処を去って東方の日本に帰る。典会元。韻伝・筌・天、下平先韻。〇海に… 来探は中国に来て探求する。「教外伝」は経典以外の「以心伝心的」な禅宗の教え。知見は知識や見識。蹄筌は兎を獲るわなと魚を漁するやな(荘子・外物篇)、さとりへ至る道具。要は望み求める意。〇諸方… 前句、諸国をめぐり歩いて(会元「参徧」、意は同じ)草鞋が破れた。後句、遍歴の涯に到着した禅の境地をいう。澄潭は澄んだ淵。一 宋人釈普済撰。覚阿上人伝・二十の大要を採る。なお元亨釈書・六・浄禅「釈覚阿伝」、善隣国宝記・高倉院承安元年の条参照。二 一一七三年(宋孝宗乾道九年)。三 江蘇省南京に当る。江岸は揚子江(長江)の岸。四 仏海禅師にいとまごいをして。五「述二五偈一、叙二所見一」(五灯会元)。六 栄西の入宋は仁安三年(一一六八)と文治三年(一一八七)。ここは後者(元亨釈書・二「以二三年夏一、重入二宋域一」)。七 建久二年(一一九一)帰朝。八 洛東(今の東山区)の建仁寺。相州亀谷、今

く。是《これ》　本朝禅寺《ほんてうぜんじ》の始《はじ》め也。其の後、[九]東福《とうふく》の円爾《ゑんに》、[一〇]建長《けんちやう》の道隆《だうりゆう》相継《あひつ》いで勃起《ぼつき》して、[一一]達磨宗本朝《だるましゆうほんてう》に瀰漫《びまん》す、と。

462　季潭《きたん》に寄《よ》す　　　藤《とう》　子《し》　載《さい》

荊門一別《けいもんいちべつ》　各《おのおの》　翁《おきな》と成《な》る　　三十一年夢中《むちゆう》の如《ごと》し
幾《いく》ばくか書《しよ》を封《ふう》じて安否《あんぴ》を問《と》はんと欲《ほつ》すれば　　行人倉卒《かうじんさうそつ》にして意窮《いきは》まり難《がた》し

林子《りんし》曰《い》はく、此の詩、[一]僧竜派《そうりようは》『新選集《しんせんしふ》』に見えたり。未《いま》だ知《し》らず、派《は》、中華《ちゆうくわ》の何《いづ》れの書自《しよよ》り之《これ》を標出《へうしゆつ》することを。伝《つた》へ称《しよう》す、子載《しさい》は是《これ》日本国藤氏《とうし》の子也。「藤《とう》」或《ある》いは「滕《とう》」に作る、「藤《とう》」「滕《とう》」相通《あひつう》ず。[二]宋景濂《そうけいれん》が「日東曲《につとうきよく》」に所謂《いはゆる》源滕《げんとう》は、源氏滕氏《げんじとうし》を謂《い》ふ也。中華《ちゆうくわ》の書《しよ》に或《ある》いは「騰元《とうげん》」と曰《い》ふは、「藤源《とうげん》」の音《おん》を誤《あやま》る也。[三]季潭《きたん》は所謂僧宗泐《いはゆるそうそうろく》也《なり》。元《げん》の末自《すゑよ》り明朝《みんてう》に至《いた》るまで高貴《かうき》の僧也《そうなり》。子《し》載遠遊《さいゑんいう》、彼《かれ》と交久《まじはりひさ》しき者乎《ものか》、と。

463　大明太祖皇帝《だいみんたいそくわうてい》に上《たてまつ》る　　　嗐《がい》　哩《り》　嘛《ま》　哈《がふ》

国《くに》は中原国《ちゆうげんこく》に比《ひ》す　　人《ひと》は上国《じやうこく》の人の如《ごと》し

の鎌倉の寿福寺。
九　円爾は弁円のあざな。嘉禎元年(一二三五)入宋、帰国後禅を広め、建長七年(一二五五)京都東山東福寺開山(元亨釈書・七)。一〇　道隆は蘭渓道隆、宋人。寛元四年(一二四六)来日、鎌倉建長寺開山(同書・六)。一一　達磨(印度より中国に入った高僧、禅宗の祖。元亨釈書・一)を祖とする禅宗の別称。わが中世の大日能忍(だいにちのうにん)が広めたという。

462　季潭禅師に書翰につけて詩を寄せて。興新選集。韻翁・中・窮、上平東韻。○荊門…　荊門はいばらの門、修行した寺を暗示。○幾ばく…　「封レ書」は手紙をしたためる。安否は老師の消息。後句、旅立つ私はあわただしくて手紙に意を尽せません。行人は使者とも。一　江西竜派(一四四六)が唐宋金元詩家の絶句を撰したもの。唐宋元明一人一首の引用書目の一つ。二　元末明初の文人宋濂のあざな。「日東曲」(富士山を詠じた詩)は唐宋元明一人一首・明絶句に所収。三　明の僧、杭州中天竺寺の住持。季潭宗泐(全室)。彼の許に参じた五山の詩僧絶海中津の詩が「蕉堅藁」(しようけんこう)にみえる。

463　明の太祖(朱元璋)に奏上する詩。457「上二宋真宗皇帝一」に類似する。興哀談。韻人・臣・鱗・春、上平真韻。○国は…　国はわが日本。中原国は大明国。後句、日本の人々は大明国の人々の如く上品。○衣冠…　→457

衣冠唐《いくわんたう》の制度《せいど》　礼楽漢《れいがくかん》の君臣《くんしん》
銀甕新酒《ぎんをうしんしゆ》を篘《こ》し　金刀錦鱗《きんたうきんりん》を膾《なます》にす
年年二三月《ねんねんにさんぐわつ》　桃李《たうり》一般《いつぱん》の春《はる》

林子曰はく、此《こ》の詩《し》[一]『孤樹裒談《こじゆほうだん》』に見えたり。曰はく、[二]「国初《こくしよ》の時《とき》、当《まさ》に倭国《わこく》を征《せい》せんと欲《ほつ》す。彼《かれ》、[三]使《し》嗐哩嘛哈《がいりまがふ》を遣《つか》はして、[四]表《へう》を奉《たてまつ》り降《かう》を乞《こ》ふ。上《かみ》、倭国《わこく》の風俗如何《ふうぞくいかん》と問《と》ふ。嗐哩嘛哈詩《し》を以《もつ》て答《こた》へて曰はく、云云《うんうん》と。上初《かみはじ》め其の[五]不恭《ふきよう》を罪《つみ》せんと欲《ほつ》す。徐《おもむろ》にして乃し之《これ》を貰《ゆる》す」と。

按《あん》ずるに、此の詩《し》、[六]前《まへ》の段滕木吉《だんとうぼくきつ》が詩と[七]大《おほ》きに同《おな》じうして小《すこ》しき異《こと》なり。蔣氏《しやうし》が[八]『尭山堂外紀《げうざんだうぐわいき》』に亦《また》此の詩を載《の》せ、嗐哩嘛哈が作《さく》と為《な》す。而《しか》うして「上国《じやうこく》」を[九]「上古《じやうこ》」に作《つく》り、「錦鱗《きんりん》」を「細鱗《さいりん》」に作る。其の餘皆《ほかみな》『裒談《ほうだん》』に同《おな》じ。

今按《いまあん》ずるに、嗐哩嘛哈未《いま》だ何人為《なんぴとた》ることを知らず、且《か》つ　本朝《ほんてう》の人の名《な》に類《るい》せず。想《おも》ふに夫《それ》、両国言語《りやうこくげんご》通《つう》ぜず、[一〇]鞮訳《ていやく》誤《あやまり》を伝《つた》へて此《か》くの如き乎《か》。余曾《よかつ》て明朝《みんてう》国初《こくしよ》の事《こと》を考《かんが》ふるに、両国《りやうこく》の[一一]使价来往《しかいらいわう》する者《もの》、日本国王良懐《につぽんこくわうりやうくわい》と号《がう》す。[一二]洪武《こうぶ》の初《はじ》めは後光厳帝応安年中《ごくわうごんていをうあんねんちゆう》に当《あた》る。其《そ》の時《とき》、[一三]武将《ぶしやう》は源　義満《みなもとのよしみつ》、執事《しつじ》は細川頼之《ほそかはよりゆき》也。良　懐何者《りやうくわいなにもの》ぞ哉《や》。[一四]諸《これ》を我《わ》が　国《くに》の事に考《かんが》ふるに、則《すなは》ち是《これ》より先菊池氏《さききくちし》[一五]肥後国《ひごのくに》に在《あ》り。南朝《なんてう》の皇子《くわうし》を奉《ほう》じ、征西将軍《せいせいしやうぐん》と称《しよう》す。威《ゐ》九州《きうしう》に振《ふる》ふ。其の皇子軍中《ぐんちゆう》に薨《こう》ず。又《また》其の子を立て、征西将軍と号《がう》す、或《ある》いは[一六]関西親王《くわんせいしんわう》と称《しよう》す。是即《これすなはち》良　懐《りやうくわい》

第三・四句。〇銀甕…　二句↓457第五・六句。銀甕は銀製のかめ(酒壺)。錦鱗は美しい魚。〇年年…　↓457第七・八句
一 明の李默撰、十巻。瑣記の属(雑史類)。二 明の建国の初期、漠然と洪武年間(一三六八―九八)をさす。三 使節。四 太祖に奉る文。五 恭順でないこと。六 457の詩をさす。七 大同小異(荘子・天下篇)の訓読。八 明人蔣仲舒撰。引用本文は巻一〇〇「国朝、倭国」に所収。九 古代の人のように淳朴の意。一〇 夷狄の言語を通訳する通訳官(礼記・王制「西方曰二狄鞮一、北方曰レ訳」)。一一 使介に同じく使者。一二 明太祖の元号。その初期は北朝後光厳帝の応安年間(一三六八―一三七五)。一三 将軍は室町幕府足利義満。執事は将軍の補佐役。一四「之乎」の二字の音をつづめて一字で表わした中国古代の用法。コレに当る。一五 肥後(熊本県)菊池郡の豪族。菊池武光は南朝の懐良(かねよし)親王を奉ず。一六 菊池伝記(史籍集覧)「征西将軍宮筑紫御下向事」「菊池武政遣二使大明国一事」参照。

也。洪武《こうぶ》の初《はじ》め、菊池《きくち》、良懐の旨《むね》を奉《ほう》じ、使《つかひ》を明国《みんこく》に遣《つか》はす。明国の使　本朝《ほんてう》に来《きた》るとき、則《すなは》ち菊池　要遮《よこぎりさへぎ》[一七]りて之《これ》を留《とど》め、良懐に謁《えつ》して礼《れい》を修《しう》し、之を帰《かへ》す。明国以為《みんこくをもへらく》、良懐は真《まこと》の日本の王也《わうなり》と。故《ゆゑ》に薛氏《せつし》が『日本考略《につぽんかうりやく》』[一八]に曰はく、「洪《こう》[一九]武《ぶ》二年、使趙秩《つかひてうちつ》を遣《つか》はし、日本に諭《さと》[二〇]して来貢《らいこう》せしむ。海に泛《う》かんで折木崖《せつぼくがい》[二一]に至《いた》る。関者秩《くわんじやちつ》[二二]を拒《こば》む。書《しよ》を以《もつ》て王良懐《りやうくわい》に達《たつ》す。始《はじ》めて延入《ひきい》れ、諭すに詔旨《せうし》を以《もつ》てすと云云《うんうん》。良懐、僧《そう》九人を遣《つか》はして秩《ちつ》に随《したが》へ表《へう》を奉《たてまつ》り、臣《しん》と称《しよう》して入貢《にふこう》す」と。是《これ》に由《よ》つて之《これ》を観《み》れば、則《すなは》ち嗜哩嘛哈《がいりまがふ》は、良懐が遣《つか》はす所の僧の名《な》、訳鞮《やくてい》[二三]の為《ため》に誤《あやま》ら被《る》る者乎《ものか》。洪武五年、応安《をうあん》五年に当《あた》る。大明《だいみん》の使僧《しそう》仲猷《ちゆういう》[二四]・克勤来《こくごんきた》[二五]る。此の時始《ときはじ》めて良懐真王《しんわう》に非《あら》ざることを知つて、平安城《へいあんじやう》[二六]に達《たつ》し、義満《よしみつ》に謁《えつ》す。或いは中津・妙佐を誤る乎か。年を歴《へ》て、義満《よしみつ》の使僧《しそうちゆうしん》中津[二七]・妙佐《めうさ》[二八]大明《だいみん》に赴《おもむ》く。或《ある》いは疑《うたが》ふ、嗜哩嘛哈は中津・妙佐を誤《あやま》る乎《か》。然《しか》れども『中津集《ちゆうしんしふ》』[二九]を以《もつ》て之《これ》を考《かんが》ふるときは、則《すなは》ち恐《おそ》らくは其然《それしか》らざる乎《か》。嗜哩嘛哈果《はた》して是良懐《これりやうくわい》の使者為《ししやた》るときは、則《すなは》ち我《わ》が邦《くに》辺鄙《へんぴ》の僧《そう》、詩《し》を作《つく》ること此《か》くの如《ごと》きは、奇《き》なりと謂《い》ひつべし。或《ある》いは其滕木吉《それとうぼくきつ》[三〇]が詩を伝聞《つたへき》き、数字《すうじ》を改《あらた》めて之《これ》を出《いだ》す乎《か》。按《あん》ずるに、『宋史《そうし》』[三一]に滕木吉宋《そう》に入《い》るは、真宗咸平《しんそうかんぺい》七年也。洪武《こうぶ》に至《いた》るまで殆《ほとん》ど三百年。故《ゆゑ》に明人偶《みんひとたまたま》之《これ》を忘《わす》れて以《もつ》て嘛哈が始《はじ》めて作《つく》る所《ところ》と為《す》る乎《か》、と。

一七　さえぎり止める。文選・羽猟賦の古訓「タヘサヘキル」。書言字考「要ヨコギル…遮也」「遮　サヘギル…要也」。一八　明人薛俊撰。一九　一三六九年。以下の引用は現存本日本考略には無く、京都大学蔵の写本(表題「日本国考」)にみえる。二〇　上より下へさとし告げる、諭告。二一　地名、未詳。二二　関守。二三　→注一〇。二四　明の僧。「天寧寺住持仲猷諱ハ祖闡」(善隣国宝記・応安六年)。二五　底本「克勒」に誤る。「瓦官教寺長老無逸諱ハ克勤」(同)。仲猷と共に来日し、「奉㆑使来、久寓㆓筑紫㆒」(同)。二六　平安京。二七　五山僧絶海中津(一三三六-一四〇五)。二八　汝霖(じよりん)良佐、後に妙佐と改称。生没年不明。絶海と入明したのは応安元年(洪武元年(一三六八))、洪武九年太宗に召見。二九　絶海中津の詩文集「蕉堅藁」の別名か。三〇　→457。三一　「咸平五年(一〇〇二)、建州海賈周世昌…与㆓其国人滕木吉㆒至」(宋史・外国・日本国、日本考略・朝貢略)。

464　465　西湖を詠む詩二つ。西湖は浙江省杭州にある名高い湖。[典]考略。

464・465 西湖《せいこ》を詠《えい》ず、二首《にしゅ》

一株《いっしゅ》の楊柳《やうりう》一株《いっしゅ》の花《はな》　原是唐朝売酒《もとこれたうてうばいしゅ》の家《いへ》
惟吾《ただわ》が邦風土《くにふうど》の異《こと》なる有《あ》り　春深《はるふか》うして処《ところ》として桑麻《さうま》ならずといふこと無《な》し

昔年曾《そのかみかつ》て湖《みづうみ》を画《えが》く図《づ》を見る　意《をも》はず人間《じんかん》に此の湖《みづうみ》有ることを
今日打従《こんにちうちしたが》ひて湖上《こじやう》を過《す》ぐ　画工《ぐわこう》は猶自《なほ》工夫《くふう》を欠《か》く

林子《りんし》曰《い》はく、右《みぎ》の二首《にしゅ》、薛氏《せつし》が『日本考略《にっぽんかうりやく》』一に之《これ》を載《の》せ、以《もっ》て日本人の作《さく》と為《す》。『尭山堂外紀《げうざんだうぐわいき》』二に後《あと》の一首を載《の》せて曰はく、「正徳《せいとく》三の間《かん》日本国の使者《ししゃ》有り。西湖《せいこ》を経《へ》て詩《し》を題《だい》す四、昔年云云《せきねんうんうん》五」、と。

466 春日感懐《しゅんじつかんくわい》

中原二月《ちゅうげんにぐわつ》綺《あやぎぬ》塵《ちり》の如《ごと》し　異卉奇葩《いききは》景物新《けいぶつあらた》なり
是吾《これわ》が天仁更《てんじんさら》に潤《くわつ》なるべし　小塘《せうたう》の幽草《いうさう》も亦春《またはる》を成《な》す

〔第一首〕 韻花・家・麻、下平麻韻。○一株… 花は柳絮、柳の花をさす。後句、このあたりは唐時代には酒を売る店のあったところだ。○惟… 風土は土地・気候・人情などを人文地理的に総合したことば。後句、桑や麻の畑の広がる西湖附近の景。
〔第二首〕 韻図・湖・夫、上平虞韻。○昔年… 西湖を画いた宋代の図に李嵩筆「西湖図巻」(上海博物館蔵)などが残るが、作者の見た図は未詳。人間はこの世の中。○今日… 前句、底本「打従ニ湖上ニ過」、改訓。打は動作を示す語か。後句、かつて感嘆した西湖の図も実際の西湖の美しさとはくらべものにならない、の意。猶自は猶に同じ、「自」は助字。底本訓「ヲ(ノヅカラ)」。一 同書・文詞略。薛氏は薛俊。二 同書・倭国。三 明武帝の治世(一五〇六-二一、後柏原帝永正年間)。四 しるす、記す。五 外紀引用の詩は「画」を「此」に、「不意」を「不信」に、「猶自欠」を「還欠着」(着は助字)に作る。

466 春の日のおもい。興考略。韻塵・新・春、上平真韻。○中原… 前句、中国の中央部(ここは明国)の二月の景色はあやぎぬを張りめぐらしたようにこまやかで美しい、塵がこまかいように。異卉奇葩は珍らしい草や花。○是… 前句、これはわが天のめぐみ(明の天子の仁徳をさすか)が更に広いためであろうか。小塘は小さい堤。

林子《りんし》曰《い》はく、是亦薛氏《これまたせつし》が『日[一]本考略』に之《これ》を載《の》せ、以《もっ》て日本人の作《さく》と為《な》す、と。

467 辺将《へんしやう》に奉《たてまつ》る

子を棄《す》て妻《つま》を抛《なげう》つて大唐《だいたう》に入《い》る　将軍何事《しやうぐんなにごと》ぞ苦《ねんごろ》に隄防《ていばう》す
関津橋上団団《くわんしんけうじやうだんだん》の月　天地《てんち》私《わたくし》無《な》し一様《いちやう》の光《ひかり》

林子曰はく、是亦薛氏《これまたせつし》『日本考略』に見えたり。又『尭山堂外紀《げうざんだうぐわいき》』に此の詩を載《の》す。曰はく、「倭[一]人入貢《わじんにふこう》、毎《つね》に舟《ふね》を定海通津橋《ていかいつうしんけう》[二]に艤《ふなよそをい》す。時《とき》に防閑《ばうかん》[三]の法《はふ》頗《すこぶる》厳《げん》なり。絶句《ぜつく》を賦《ふ》し、子を棄つ」と云云《うんうん》。「隄《てい》」[四]、「相《しやう》」に作《つく》り、「関《くわん》」、「通《つう》」に作る、と。

468 普福迷失楽清獲《ふふくめいしつらくせいとら》へ被《ら》れ嘆懐《たんくわい》す

上国《じやうこく》に来遊《らいいう》して中原《ちゆうげん》を看《み》る　細《こま》かに青松《せいしよう》を嚼《か》み冷泉《れいせん》に咽《むせ》ぶ
慈母堂《じぼだう》に在《あ》り年八十《としはちじふ》　孤児客《こじかく》と為《な》る路三千《みちさんぜん》
心《こころ》は北闕浮雲《ほくけつふうん》の外《そと》に依《よ》り　身《み》は西山返照《せいざんへんせう》の辺《へ》に在《あ》り
処処朱門花柳《しよしよしゆもんくわりう》の巷《ちまた》　知らず何日是帰年《いづれのひこれきねん》

一 同書・文詞略。

467 都を離れた辺地(ここはその海岸線)を警備する将軍にささげて。典考略。韻唐・防・光、下平陽韻。○子を… 大唐は唐、ここは明国。後句、将軍はなぜ私の入国を防ぎとめようとするのか。苦はここは甚しくの意。○関津… 関所の設けられた渡し場の橋の上には円い月がかかる。平等に照らす月の光のように無私のめぐみを私にも与えてくれ。

一 底本、「倭人」に訓読符。 二 明州、改めて定海県。今の浙江省鎮海県。ここに関津橋があった。「艤 フナヨソヒ …南方人謂二整レ舟向一レ岸曰レ艤」(書言字考)。 三 入国取締まりの法律。防も閑もふせぐこと。 四 底本「提」は誤記。尭山堂外紀は「隄防」を「相防」に、「関津橋」を「通津橋」に作る。

468 普福迷失楽清(訓未詳)が捕えられてなげきおもって。典考略。韻泉・千・辺・年、下平先韻。○上国… 上国は大明国。中原はその中央部。明の都は建康、今の南京。後句は、捕えられて以来の辛酸を述べる。咽はむせび泣く。○慈母… 孤児は親を離れてひとり身の作者。客は旅人。路三千は遠い中国にいる意。○心は… 前句、心を遥かな故郷にはせる意。北闕は宮殿の北にあるやぐら門。返照辺は落日の照り返すあたり。明国をいう。○処処… あちこちに朱塗りの門が並び、花やしだれ林子曰はく、是亦《これまた》『日本考略』に見えたり。普福迷失楽清は日本人の名《な》為《た》るべし、と。

469 春雪《しゅんせつ》に題《だい》す

昨夜《さくや》東風《とうふう》北風《ほくふう》に勝《まさ》れり　春雪《しゅんせつ》を醸成《ちゃうせい》して長空《ちゃうくう》に満《み》つ
梨花《りくわ》樹上《じゅじゃう》白《しろ》白を加《くは》へ　桃杏《たうきゃう》枝頭《しとう》紅《くれなゐ》紅ならず
鸎《うぐひす》は問《と》ふ幾時《いくとき》か能《よ》く谷を出でん　燕《つばめ》は愁《うれ》ふ何日《いづれのひ》か泥《ひぢ》の融《ゆう》することを得《え》ん
寒氷領却《かんぴょうりゃうきゃく》す鞦韆《しうせん》の架《か》　路行人《みちかうじん》を阻《はば》んで去《さ》つて通《つう》ぜず

林子曰はく、是亦《これまた》『日本考略』に見えたり。「一昨夜《さくや》」或《ある》いは「一夜《いちや》」に作《つく》る、「春雪《しゅんせつ》を醸成《ちゃうせい》す」或《ある》いは「二鵝毛飛乱《がもうひらん》する」に作る。『尭山堂外紀《げうざんだうぐわいき》』に曰はく、「三万暦《ばんれき》二年三月、四倭子《わし》三人、一破船《いっぱせん》と同《おな》じく、漂《ただよ》つて五登州府《とうしうふ》に至《いた》る。其の一《ひと》詩を能《よ》くす。是《こ》の日《ひ》雪雨《ゆきふ》る。六登守《とうのしゅつ》就いて出《いだ》して題《だい》と為《な》す。倭子即《すなは》ち此の詩一首《いっしゅ》を写《うつ》す」と云云《うんうん》。

按《あん》ずるに、『考略』唯《ただ》詩を記《き》して其の趣《おもむき》を記せず、『外紀《ぐわいき》』併《なら》びに其の趣《おもむき》を載《の》す。然《しか》れども『考略』は七嘉靖年中《かせいねんちゅう》に作《つく》る所《ところ》也。『外紀』に万暦《ばんれき》と曰ふは誤《あやまりなり》也。故《ゆゑ》に今悉《いまことごと》く『考略』の次第《しだい》に従《したが》つて之《これ》を記す、と。

柳の咲く日本の都を思い出すが、いつ帰る年が来るやら。

469 春の雪を題として詩によんで。「題」は一般には壁などに詩を書きつける意。㈣考略。韻風・空・紅・融・通、上平東韻。○昨夜… 東風は東から吹く春風。長空は大空。○梨花… 梨の白い花に雪が白さを加え、桃やあんずの花の枝先の紅色は紅ならぬ白色になっている。○鸎は… 二句擬人化。鸎と谷、燕と泥は縁語。底本、「幾時」に音読符。泥融は燕が巣を作るための泥がとけること。○寒氷… 庭のぶらんこの縄は凍てつき、路は凍って旅人を通さない。領却は占領する。却は動詞を強める助字。一 尭山堂外紀所収の詩との異同を示す。二 白い雪がみだれ飛ぶ様。三 一五七四年(明の神宗代)。四 明人からの日本人の呼称。五 山東省の府名。六 登州府の長官が春雪について詩題とした。七 一五二二―一五六六年(明の世宗代)。鄭余慶の引に「嘉靖癸未(二年)」とみえる。

470　育王《いくわう》に遊《あそ》ぶ

偶《たまたま》来《きた》りて覧勝《らんしよう》す鄮峰《ぼうほう》の境《さかひ》　山路《さんろ》行行《かうかう》雪堆《ゆきたい》を作《な》す
風空林《かぜくうりん》を攪《みだ》して飢虎《きこ》嘯《うそぶ》き　雲老樹《くもらうじゆ》を埋《うづ》めて断猿《だんゑん》哀《あは》れむ
頭《かしら》を擡《もた》ぐ東塔又西塔《とうたふまたさいたふ》　歩《ほ》を移《うつ》す前臺《ぜんだい》更《さら》に後臺《こうだい》
正《まさ》に是如来真《これにょらいしん》の境界《きやうがい》　臘天《らふてん》香《かをり》散《さん》ず一枝《いつし》の梅《うめ》

471　萍《うきくさ》

錦鱗砌《きんりんみぎり》に密《みつ》にして針《はり》を容《い》れず　只根児《ただこんじ》の深《ふか》からざることを做《な》すが為《ため》なり
曾《かつ》て白雲《はくうん》と水面《すいめん》を争《あらそ》ふ　豈明月《あにめいげつ》の波心《はしん》に下《くだ》ることを容《ゆる》さんや
幾番浪《いくばんなみ》打《う》つも応《まさ》に滅《ほろ》び難《がた》かるべし　数陣風《すうぢんかぜ》吹《ふ》けども復《また》沈《しづ》まず
多少《たせう》の魚竜《ぎよりよう》蔵《かく》れて底《そこ》に在《あ》り　漁翁《ぎよおう》鉤《つりばり》を下《おろ》して尋《たづ》ぬるに処《ところ》無《な》し

470　阿育王寺に遊んで。この寺は鄮峰にあって、明代に倭寇が侵入。典考略。韻堆・哀・臺・梅、上平灰韻。○偶… 覧勝はすばらしい景色を眺める。鄮峰は浙江省鄞(ぎん)県の東にある山、鄮山。行行はどんどんゆくこと(ユキユキテ)。○風… 「断猿哀」は人のはらわたを断つほど猿が哀れげになく。○頭を… 「擡レ頭」はここは寺の塔を仰ぎ見る。臺は楼台(うてな)。この寺の風景については、明張岱撰の陶菴夢憶・阿育王寺舎利に記す。○正に… 前句、まさしくここは釈迦如来のまことの世界(聖地・境地)である。境界は仏教語。後句の臘天は陰暦十二月の空。

471　浮き草の詩。萍(音へイ)は水草の一つ。典考略。韻針・深・心・沈・尋、下平侵韻。○錦鱗… 美しい魚が石だたみの池に密集してつり針をたれる余地がない、ただ萍の根(「児」は助字)が張って池の底を浅くしているためである。○曾て… かつて池にうつる白雲と場所を奪いあった萍が、明るい月が池の中央を照らすことをゆるそうか。○幾番… 萍の繁茂をいう。幾番は幾般に同じく、いくたびの意。滅は萍がなくなる。「数陣風吹」はしばしば風の吹く意、陣はもののつらなること。○多少… 多少は幾ばくか知れない意、ここは無数の意。漁翁は老いた漁夫。「鉤」を底本「釣」に作るのは平仄の誤。

472 保叔塔《ほしゆくたふ》

保叔元来夫《ほしゆくぐわんらいそれ》を保《たも》たず　造成《ざうせい》す七級石浮屠《しちきふせきふと》
縦然《たとひ》一《ひと》たび西湖《せいこ》の水を帯《お》ぶとも　洗得《あらひえ》て清時也是汚《すむときまたこれけが》る

473 張太守《ちやうたいしゆ》に禁《きん》ぜ被《ら》る、舟中嘆懐《しうちゆうたんくわい》す

老鶴徘徊《らうかくはいくわい》す日本の東《ひがし》　嘆《なげ》いて看《み》る宇宙樊籠《うちうはんろう》と作《な》ることを
只飛《ただと》んで尭天《げうてん》の濶《くわつ》に入《い》るに因《よ》つて　恨《うら》むらくは扁舟一葉《へんしういちえふ》の中《なか》に在《あ》り

474 四友亭《しいうてい》

四友亭《しいうてい》の名《な》万古香《ばんこかんば》し　清風曾《せいふうかつ》て逅《たが》ひに遐方《かはう》に到《いた》る
我来《われきた》りて亭中《ていちゆう》の主《あるじ》を見ず　松竹《しようちく》は青青梅《せいせいうめ》は自《おのづから》黄《き》なり

林子《りんし》曰《い》はく、右《みぎ》の五首、共《とも》に『日本考略』に見えたり。未《いま》だ何時何《いづれのときいづれ》の倭人作《わじんつく》る所《ところ》といふことを知らず。然《しか》れども　本朝《ほんてう》に伝《つた》はらず。中華《ちゆうくわ》に遺《のこ》り、薛氏《せつし》が為《ため》

---

472 保叔塔の詩。保俶塔とも。宋代に建立した浙江省杭州の西湖に臨む宝石山にある塔名。囲考略。圓夫・屠・汚、上平虞韻。○保叔…夫は指事の代名詞、ここは塔をさす（京都大学本考略「天」に従うべきか）。七級は七段、七層。宋の咸平年間に九層を七層とする。石浮屠は石の寺塔、浮屠は仏教語。○縦然…　縦然の「然」はそえ字。たとえ西湖の水をかぶるとしても。得は獲得の意で、「洗」を強める助字。清時は太平の御世の意もあるが、ここはきれいに洗われるとき。也是は反復を示す亦に同じく俗語的用法。「汚」は汚れてますます古色を帯びる意。

473 郡の長官張氏に拘禁され、舟の中で嘆き思って。囲考略。圓東・籠・中、上平東韻。○老鶴…　老鶴は作者自身をたとえる。日本東は東方の日本。樊籠は鳥かご。「嘆」を考略「咲」（「笑」）に作る。○只…「只因」はただ…しただけの理由で。「尭天濶」は帝尭の如き聖天子の治める広い中国。後句、木の葉の如き小舟の中に拘禁されている自分がうらめしい。

474 四友亭の詩。この亭は西湖に臨む亭であろうが、未詳。囲考略。圓香・方・黄、下平陽韻。○四友…　「万古香」は大昔から名が高い。後句は過去を顧りみた描写。清風は四友（孔子の四人の友など四友は多い）の名にちなんで吹く風をすがす

に収載《しうさい》せ被《ら》る、亦奇《またき》ならず乎《や》。余《よ》今此《いまこ》に載《の》せ、　本朝《ほんてう》に遺《のこ》す、と。

475　蜀葵花《しよくきくわ》

花《はな》は木槿《もくきん》の花に於《お》いて相似《あひに》たり　葉《は》は芙蓉《ふよう》の葉と一般《いつぱん》なり
五尺《ごしやく》の闌干遮《らんかんさへぎ》り尽《つ》きず　尚一半《なをいつぱん》を留《とど》めて人《ひと》に与《あた》へて看《み》せしむ

林子《りんし》曰《い》はく、『尭山堂外紀《げうざんだうぐわいき》』に曰はく、「成化甲午倭人入貢《せいくわかふごわじんにふこう》[一]。蜀葵花《しよくきくわ》を見て識《し》らず、何《なん》の名《な》を問《と》ふ。人之《これ》を紿《あざむ》いて曰はく、「此一丈紅也《これいちぢやうこうなり》」[二]と。其の人紙《ひとかみ》を以《もつ》て其花《そのはな》を状《かたど》り[三]題《だい》す」と云云《うんうん》。
按《あん》ずるに、成化甲午、　本朝文明《ほんてうぶんめい》六年に当《あた》る。此《こ》の時応仁兵革《ときをうにんへいかく》[四]漸《やうやく》静《しづ》かなり。然《しか》れども、辺境未《へんきやういま》だ安《やす》からず。則《すなは》ち不審《いふかし》[五]、何人入貢《なんびとにふこう》するや否《いな》や。義満公以来入《よしみつこういらいにふ》貢使《こうし》と為《な》つて大明《だいみん》に赴《おもむ》く者《もの》は、多《おほ》くは是禅徒也《これぜんとなり》[六]。然《しか》るときは則《すなは》ち此の詩亦禅人《またぜんにん》の作《つく》る所乎《ところか》。又按《またあん》ずるに、此の時武将下《ときぶしやうした》を御《ぎよ》すること能《あた》はず。故に西海《さいかい》の牧守《ぼくしゆ》[七]私《わたくし》に使船《しせん》を渡《わた》し、以《もつ》て利倍《りばい》[八]に便《べん》ず。則《すなは》ち此の入貢は或《ある》いは其《そ》の類乎《るいか》[九]、と。

がしいといったものか。逓はかわるがわる。遐方は遠いかなた。○我…　二句、現在の描写。亭中主は四友亭のあるじ。自黄は梅の実の熟した様。一 日本考略の撰者明人薛俊。底本「収載セス」の「ス」は誤記。

475　カラアオイの詩。[典]外紀。[韻]般・看、上平寒韻。○花…　木槿花はムクゲの花。一般は同様の意。○五尺…　遮は闌干(底本「于」に誤る)に花がかぶさる。一半は花の姿の半分。「与レ人看」は人にそれをみる機会を与えてくれる。一 明憲宗成化十年(一四七四)。二 立葵(タチアオイ)の別称。三 花の様子を形容して。四 応仁の乱(一四六七—七七)。五 イフガシは誤刻か。しばらく底本に従う(易林本、下学集などはイブカシ)。六 入明僧は絶海中津・汝霖良佐以下十一名余(辻善之助『日支文化の交流』)。禅徒・禅人は禅者。七 州郡の長官。ここは守護大名大内氏などをさすか。八 利益の倍をあげる手だてとする。九 底本「数」。「類」(類)の誤字とみて、「類」に改める。

476　雨の中を曹娥江(浙江省紹興県を東流する川の名、孝女曹娥廟のあたりを流れる)に至って。底本の訓に従ったが、「ヲ往ク」と訓むべきか。倭子は日本人。[典]外紀。なお続本朝通鑑・一九八所収。[韻]天・煙・川・船・伝、下平先韻。○渺渺…　前句、川水の果てしない様。潑は川波

476 雨中《うちゆう》曹娥江《さうがかう》に往《ゆ》く

倭子《わし》従終興《じゆうしゆうきよう》

渺渺茫茫浪天《べうべうばうばうなみてん》に潑《はつ》す　霏霏払払雨煙《ひひふつふつあめけむり》に和《わ》す
蒼蒼翠翠山寺《さうさうすいすいやまてら》を遮《さへぎ》る　白白紅紅花川《はくはくこうこうはなかは》に満《み》つ
整整斉斉沙上《せいせいせいせいさじやう》の鴈《かり》　来来往往渡頭《らいらいわうわうとう》の船《ふね》
行行坐坐《ぎやうぎやうざざ》看《み》れども尽《つ》くること無《な》し　世世《せぜ》生生話《しやうじやうかたり》と作《な》して伝《つた》ふ

477 又《また》

天《てん》は泗水《しすい》に連《つら》なり水は天に連《つら》なる　煙《けむり》は孤村《こそん》を鎖《とざ》し村は煙《けむり》を鎖《とざ》す
樹《き》は藤蘿《とうら》を繞《めぐ》り蘿《ら》は樹を繞《めぐ》る　川《かは》は巫峡《ふけふ》に通《つう》じ峡《けふ》は川に通《つう》ず
酒《さけ》は酔客《すいかく》を迷《まよ》はし客《かく》は酒《さけ》に迷《まよ》ふ　船《ふね》は行人《かうじん》を送《おく》り人は船《ふね》を送る
此《こ》の会難《くわいかた》かる応《べ》し此《ここ》に会《くわい》し難《がた》し　今に伝《つた》へて古《いにしへ》を話《かた》り古今《ここん》伝《つた》ふ

林子曰はく、『尭山堂外紀《げうざんだうぐわいき》』此の詩を載《の》せ、以《もつ》て嘉靖《かせい》[一]間《かん》の事《こと》と為《な》す。今按《いまあん》ずるに、未《いま》だ知《し》らず、従終興何人為《じゆうしゆうきようなんぴとた》ることを。二首共《とも》に畳字《でふじ》[二]を連用《れんよう》す、[三]格体固奇《かくていまことにき》なり。読得《よみえ》て渋《とどこほ》らず、最《もつと》も絶唱為《ぜつしやうた》り。[四]蔣仲舒之《しやうちゆうじよこれ》を収載《しうさい》する者《もの》、宜《むべ》

が勢よくはね上る、散る。霏霏は雨の、払払は風の激しい様。煙は煙霞（もや）。○蒼蒼… 前句、青くみどりの山は寺を覆い隠す。白白紅紅は白や赤の花。○整整… 整整斉斉はきちんとそろって並ぶ様。来来往往は往き来する様。渡頭は渡し場のほとり。○行行… 行行坐坐は、行坐、行住坐臥に同じく（仏教語）、立居振舞。ここは舟の中で立ったりすわったりすること。後句、現世にも来世にもこの景色を語り草として伝えよう。世世生生は仏教語。

477 前の詩題に同じ。[典韻]ともに476に同じ。○天は… 泗水は山東省泗水県に発し江蘇省に入って淮水に注ぐ川の名。「煙鎖二孤村一」は、水辺の一村がもやに閉ざされている意。○樹は… 藤蘿はふじかずら。繞はめぐりまといつく。巫峡は揚子江の上流にある難所、三峡の一つ。○酒は… 前句は船中で酒に酔う客、後句は船つき場の旅人の様子を描く。○此の… 此会はこの川の景との出あい。後句、この体験を今の世に伝えて後の世の昔話とし、古今を通じての語り草としよう。一 明世宗の年号（一五二二―六六）。二 同じ字を重ねて用いる用字法。476では渺渺・茫茫など。三 詩の法則（きまり）と文体。四 尭山堂外紀の撰者、明人蔣一葵。

478 湧金門（今の浙江省杭州市外にあった門の名）の柳。[典]筆精。

なる哉《かな》、と。

478 湧金門《ようきんもん》の柳《やなぎ》

湧金門外《ようきんもんぐわい》 柳金《やなぎきん》の如《ごと》し　三日来《さんじつきた》らざれば緑陰《りよくいん》と成《な》る
一枝《いつし》を折取《をりと》つて城裡《じやうり》に去《さ》る　人を教《し》て是春深《これはるふか》まると道《い》ふことを知《し》らしむ

479 又《また》

西風古道《せいふうこ》《だうやうりうくだ》楊柳摧く　落葉帰意《らくえふきい》の多《おほ》きに如《し》かず

林子《りんし》曰《い》はく、[一]『徐氏筆精《じよしひつせい》』に曰はく、「倭夷入貢《わいにふこう》、船《ふね》を[二]杭城《かうじやう》の外湧金門《そとようきんもん》に駐《ちゆう》して、柳《やなぎ》を詠《えい》じ二首を賦《ふ》す」と云云《うんうん》。

按《あん》ずるに、徐氏《じよし》[三]朝鮮《てうせん》の詩数首《すうしゆ》を収載《しうさい》し、而《しかう》して其の次《つぎ》に此の二首を載《の》す。其の意謂《いおも》へらく、外夷《ぐわいい》と雖《いへど》も、詩を作ること此《か》くの如し、と。想《おも》ふに夫《それ》、[四]嗐哩嘛哈《がいりまがふ》以下《いか》、[五]薛氏《せつし》・蔣氏《しやうし》・徐氏《じよし》取《と》る所《ところ》の者《もの》、[六]中華人《ちゆうくわじん》の作る所と雖《いへど》も愧《は》づべからず。[七]諸《これ》を　本邦《ほんばう》に考《かんが》ふるときは、則《すなは》ち当時《たうじ》の朝廷未《てうていいま》だ此《か》くの如きの文才《ぶんさい》を見ず、則ち疑《うたが》ふらくは[八]是五《これご》岳《がく》の禅徒《ぜんと》明国《みんこく》に入る者の作る所乎《ところか》。然《しか》らずんば、則ち我《わ》が　邦《くに》

韻金・陰・深、下平侵韻。〇湧金…「如レ金」は金色の美しい若芽の形容。「不レ来」の主語は作者。〇一枝…城裡は杭州城内。後句、人々にいま春の深いことを知らせよう。教は使役の助字、平声。

479 前の詩題に同じ。典筆精。韻多(下平歌韻)であるが、他の二句を欠くため不明。〇西風… 古道は古からある道。摧は風が柳を激しくなびかせる。後句、風に舞う多くの落葉も日本への帰心の甚だしさには及ばない。二句は一首の後半の句か。一 明の徐𤊹(じよはつ)撰、雑説の類。二 →478詩は巻五「倭詩」にみえる。三 朝鮮詩・朝鮮許氏・朝鮮李媛の詩をさす。四 463の作者。五 順題注。六 中国人。七 →463注一の撰者名。日本考略・尭山堂外紀・徐氏筆精に、日本考略・尭山堂外紀・徐氏筆精する者。八 京都・鎌倉五山の禅僧。九 異郷に流浪する者。一〇「倩ヤトフ 以レ賃使レ人也」(書言字考)。一一 ことばを転ずる時の用法、ハタマタとも。

480 万里の彼方の日本から帰国した明人の詩巻。詩を欠くことについては、林子評参照。一 号は瓊台。英宗・憲宗などに仕え、諸書を修補する(明史・一八一)。二 兵士。「戎」を底本「戒」に誤る。蔡庯及び秉常→後文。「瓊」は瓊台。三 唐詩の風体。四 六朝晋に行なわれた書体。晋人衛恒「四体書勢」にみる如く、古文・篆書・隷書・草体の四種があるが、ここ

の[九]浪士《らうし》華人《くわじん》を[一〇]倩《やと》ひて作る所乎《か》、[一一]抑又《そもそもまた》華人脩飾潤色《しうしよくじゆんしよく》して以《もつ》て流伝《るでん》する者乎《ものか》、と。

480 万里《ばんり》一帰人詩巻《いちきじんのしくわん》 闕《けつ》

林子曰はく、明《みん》の[一]丘濬《きうしゆん》『瓊臺類稿《けいだいるいかう》』四十七に「万里一帰人巻跋《ばんりいちきじんくわんばつ》」を載《の》す。曰はく、「右《みぎ》、五言律詩《ごごんりつし》一首・七言絶句《しちごんぜつく》二十一首は、乃《いま》し日本国の僧の作、以《もつ》て瓊《けい》の[二]戎士蔡庸《じゆうしさいよう》・秉常《へいじやう》に送《おく》る者也《ものなり》。詩は[三]唐体《たうてい》を以《もつ》てし、字《じ》は[四]晋書《しんしよ》を以てし、書《しよ》は[五]繭《けん》紙《し》を以てし、巻《くわん》は「万里一帰人」を以て名と為《な》す。蓋《けだ》し其の詩中《しちゆう》の句《く》を摘《つ》む。而《しか》して是の句は則《すなは》ち又唐《またたう》の[六]王右丞《わういうじよう》「人《ひと》の下第《かだい》を送《おく》る」の詩の句を剽《へう》する也」と。嗚呼《ああ》、是《こ》の巻を観《み》て、以て[七]孝《かう》の一念華夷《いちねんくわい》を間《へだ》つること無《な》きことを見《み》つべし。[八]蘇《そ》子《し》曰はく、「天下《てんか》豈父無《あにちちな》きの人《ひと》有らんや」と。信哉《まことなるかな》、斯《こ》の言也《げんや》。秉常《へいじやう》、[九]永楽《えいらく》中《ちゆう》に於《お》いて、[一〇]由海将軍《いうかいしやうぐん》に随《したが》つて、倭《わ》の海上《かいじやう》に備《そな》ふ。[一一]賊《ぞく》に万全《ばんぜん》に遇《あ》ひ、我軍敗績《わがぐんはいせき》す。遂《つひ》に為《ため》に俘《とりこ》にせ所《ら》る。同時《どうじ》に執《とら》は被《る》る者《もの》皆刃下《じんか》に死す。独《ひと》り秉常、母《はは》の老《お》いたるを以《もつ》て、辞《じ》して脱《のが》るることを得《え》たり。海東《かいとう》の諸夷《しよい》に[一二]間関《かんくわん》し、日本に達《たつ》し、其の国僧《こくそう》[一三]恵《ゑ》歳《さい》に投《とう》じて師《し》と為《な》す。髪《かみ》を祝《き》りて[一四]浮屠《ふと》と為《な》る。[一五]間《ひま》に乗《じよう》じて言《こと》母の在《ざい》に及《およ》ぶ。彼《か》の僧惻然《そうそくぜん》として之《これ》を憐《あは》れむ。其の主《あるじ》に白《まふ》し、之《これ》を縦《ゆる》して帰《かへ》ることを

は晋人王羲之風の書体か。五 まゆ糸から作った紙。六 盛唐王維、最終の官歴は尚書右丞。五言律詩「送㆔丘為落第帰㆓江東㆒」の第六句「万里一帰人」を剽窃。人は孝行で名高い友人丘為。下第は試験に落第する。七 孝行の念は中国も日本も同じ。八 宋人蘇軾など。この名をもつ宋・明人もあるが、未詳。九 明の成祖の年号(一四〇三―二四)。一〇 由海将軍(未詳)に従って、倭寇の侵入する海上の警備にあたる。一一 万全(広東省の島にある地名。→注二八)という処で倭寇に遭遇して、明軍は大敗した。一二 苦労しながらあちこちを流浪する。一三 恵歳(→後文)の許に身を寄せる。一四 仏教語、僧の意、浮図とも。底本「浮奢」に誤る。一五 間談のひまをとらえて、母が故郷明国にいますことを話す。一六 即ちの意。近世の訓みくせ。一七 孝が人心の中にあるということは、あまねく天下に及んでいる。放は至ること。一八 倭寇は甚だ無道のやつだ。倭虜の虜は敵をののしる語、えびす。一九 恐れつつしむ様、驚く様。二〇 中国と夷狄(日本)との間に差があろうか。二一 天寿。二二 七十歳。袠(袟)は「秩」に通じ十年をいう。二三 詩巻を開いて読誦する。二四 幾度となく誦し深く感心する。二五 他人をほめることば。二六 宋の李昉らが太宗の命を承けて編集した一大類書、九八三年成立、平安末期伝来。

得《え》、[一六]乃《いま》し其《そ》の徒《と》を率《ひき》ひ、詩《し》を賦《ふ》して以《もっ》て之《これ》を送《おく》る、此《か》くの如《ごと》しと云《い》ふ。予《よ》、是《ここ》に於《お》いて、独《ひと》り秉常《へいじやう》が克《よ》く孝《かう》なるを見るのみにあらず、而《しかう》して因《よ》つて以《もっ》て[一七]夫孝《それかう》の人心《じんしん》に在《あ》る、諸《これ》を四海《しかい》に放《いた》りて準《じゅん》ずることを知んぬ。夫《それ》[一八]倭虜《わりよ》至《いた》つて不道《ふだう》為《た》り。日本東夷《とうい》の人《ひと》也。一《ひと》たび秉常の母老《ははお》いたるの言《げん》を聞いて、即《すなは》ち[一九]惕然《てきぜん》として夫《そ》の惻隠《そくいん》の心《こころ》を興《おこ》し、秉常が母子《ぼし》を使《し》て復相見《またあひまみ》ゆることを得《え》せしむ。孰《たれ》か親《おや》に孝《かう》あるの[二〇]心華夷《こころくわい》を以《もっ》て間《へだ》つと謂《い》はん哉《や》。後《のち》秉常果《はた》して其の志《こころざし》の如く、継母《けいぼ》朱氏《しゅし》を養《やしな》つて、以て[二一]天年《てんねん》を終《を》へしむ。今《いま》秉常亦已《またすで》に[二二]七袠《しちちつ》矣。嘗《かつ》て是《こ》の巻を以《もっ》て示《しめ》さ見《る》。予《よ》毎《つね》に[二三]展誦《てんしよう》し、未《いま》だ嘗《かつ》て[二四]三復嘆息《さんぷくたんそく》せずんばあらず。故《ゆゑ》に此《これ》を其の巻末《くわんまつ》に書《しよ》し、[二五]博雅《はくが》の君子《くんし》を使《し》て取《と》ること有《あ》らしむ。未《いま》だ必《かなら》ずしも以《もっ》て[二六]『太平御覧《たいへいぎよらん》』の一《いつ》に備《そな》ふるに足《た》らずんばあらず。

[二七]『広東通志《くわんとんつうし》』七十二に曰はく、「蔡庸《さいよう》は倭《わ》を衛《まも》る戎士《じゆうし》也。永楽中《えいらくちゆう》年《とし》二十餘、万《ばん》[二八]全独洲洋《ぜんどくしうやう》に於《お》いて、賊《ぞく》の為《ため》に俘《とりこ》にせ所《ら》る。後《のち》日本に至《いた》つて、其の国の僧《そう》に投《とう》じ、髪《かみ》を祝《き》りて浮屠《ふと》と為《な》る。久《ひさ》しくして間《ひま》に乗《じよう》じ、泣《な》いて言ふ、「母老《ははお》いて堂《だう》に在《あ》り」と。僧[二九]惻然《そくぜん》として其の主《あるじ》に白《まう》し、釈《ゆる》すことを得《え》たり。遂《つひ》に其の徒《と》を率《ひき》ひ詩を賦《ふ》す。「万里一帰人巻」と名《な》づけ、以《もっ》て之《これ》を贈る。帰《かへ》るに及《およ》んで母尚恙《ははなをつつがな》無し。而《しかう》して庸年已《ようとしすで》に七十餘《よ》矣、郷里嘆異《きやうりたんい》せずといふこと莫《な》し」と。

按《あん》ずるに[三〇]丘氏《きうし》詳《つまび》らかに之《これ》を言ふ。然《しか》れども『広東通志《くわんとんつうし》』を併《あは》せて之《これ》を観《み》るとき

太平御覧(人事部「孝」)に加えてもよかろうの意。
二七 明人談愷ら纂修の広東省の地誌(清代に続修)。二八 広東省万寧県東南の海上。万全→注一一。二九 痛み悲しむ様。三〇 丘濬。三一 京都嵯峨天竜寺の僧、鄂隠慧奯(一三五七—一四二五)。至徳三年(一三八六)に入明、詩集「南游稿」がある。三二 絶海中津。→463 林子評。鄂隠は絶海の詩文集「蕉堅藁」の編者。三三 五山の僧覚範慧洪撰「石門文字禅」があり、この詩集を撰した彼をさすこともあるが、ここは文字によって禅の境地を表現する五山文学、五山詩僧の作をさす。三四 盛唐杜子美(杜甫)の「江畔独歩尋レ花七絶句」(第六首)に、「黄四娘家花満レ蹊」とみえる。黄四娘は何人か未詳であるが(九家注)、その名は滅びない。林子評も、今に名の伝わる未詳のこの詩巻について、黄四娘の場合とあわせ考えるべきといったもの。三五 集めた処、収集したもの。

481 南珍(明僧か、未詳)上人に詩をよせて。〔興〕明詩選。〔韻〕清・名・生・城、下平庚韻。〇上人… 上人は高僧、南珍をさす。僻は市中を離れた片田舎。「与二石泉一」は石の間から湧く泉と同じく。〇道… 前句、上人には仏道というものがあって全く俗の人とちがう。「不レ用レ名」は名声にかかずらわない。〇空階… 上人の僻居の景を想像したもの。空階

は、則《すなは》ち其の事益《ことますます》明《あき》らかなり。故に並《なら》びに之《これ》を載《の》す。『通志』には唯《ただ》日本国の僧と言ふ。丘氏《きうし》其の名を記《しる》し、恵歳《ゑさい》と曰《い》ふ。「歳《さい》」は当《まさ》に「奯《くわつ》」に作るべし。即《すなは》ち是天竜寺《これてんりゆうじ》の僧《そう》[三一]慧奯《ゑくわつ》、鄂隠《がくいん》と号《がう》す、[三二]津絶海《しんぜつかい》の弟子《でし》為《た》り、而《しか》して頗《すこぶる》詩才《しさい》有《あ》る者也《ものなり》。其の巻中《くわんちゆう》の詩、想《おも》ふに夫《それ》、当時《たうじ》[三三]五岳文字禅《ごがくもんじぜん》の作為《さくた》るべし。今若《いまも》し諸《これ》を五岳《ご がく》の詩稿《しかう》を考《かんが》へば、則《すなは》ち或《ある》いは之《これ》を得《え》つべし。然《しか》れども中華《ちゆうくわ》の書《しよ》に見へざるときは、則《すなは》ち此《ここ》に載《の》すべき所以《ゆゑん》に非《あら》ず。故に題《だい》の下《した》に闕《けつ》と曰《い》ふ。而して丘氏《きうし》が跋《ばつ》を引《ひ》いて、以《もつ》て其の始末《しまつ》を著《あら》はす。嗚呼《ああ》、此亦《これまた》本朝一故事《ほんてういちこじ》、而して丘氏《きうし》が集《しふ》に載《の》する者《もの》、[三四]子美《しび》が詩中《しちゆう》の「黄四娘《くわうしにやう》」と併按《あはせあん》ずべき者乎《ものか》。凡《およ》そ此の[三五]集所《しふしよ》の五岳に関《あづか》る者《もの》は之《これ》を載《の》せず。然《しか》れども是《これ》は中華《ちゆうくわ》の書《しよ》に見へたり、故に此《か》くの如《ごと》し、と。

481 南珍《なんちん》に寄《よ》す　　僧《そう》天《てん》祥《しやう》 日本人

上人居処僻《しやうにんきよしよへき》なり　　心《こころ》は石泉《せきせん》と清《きよ》し
道在《みちあ》りて偏《ひとへ》に俗《ぞく》に違《たが》ひ　　身《み》閒《しづか》にして名《な》を用《もち》ひず
空階松子落《くうかいしようしお》ち　　雨径蘚花生《うけいせんくわしやう》ず
怪《あやしむ》 得《にえ》たり相見《あひみ》ること稀《まれ》なること　　年来城《としごろしろ》に到《いた》るに懶《ものう》し

本朝一人一首　巻之十

は人けのないきざはし。松子は松の実。雨径は雨の降りそそぐこみち。蘚花は苔の花。〇怪得…　お逢いするのがまれなことはふしぎですが、この数年来、城内(町の中)に入られるのが大儀なのにちがいありません。怪得の訓は底本に従う(「怪ニ」は「怪ミ」の誤か。一般にはアヤシミエタリと訓む)。「得」は動詞の後につく助字、俗語的用法。一曹学佺輯の歴代詩選・八六・国初高僧。十一首は、本詩のほか、「題㆓竜関水楼㆒」「次㆓韻惟心見㆑寄」「贈㆓李生㆒」「送㆔僧帰㆓重慶㆒」「哭㆓宋士熙㆒」「呈㆓同社諸友㆒」「夢裏湖山為孫懐玉作」「長安春日作」「楡城聴㆑角」「暮春病懐」。

482 「長く思い続ける」という雑言の詩(三言・七言)。この詩題は六朝以来みえる。典明詩選。韻長・桑・皇・梁・章・鴦・腸、下平陽韻。臺・苔・回、上平灰韻。絶・咽・血・出(通用韻)、入声屑韻。身・輪・君(通用韻)、上平真韻。許・緒・去、上声語韻。〇長く…　第一句の句末が第二句の冒頭に現われる手法は六朝詩に多い、以下同様。第三句、扶桑は東海の島にあるという神木。日本をいう。兮は楚辞によくみられる用法、つなぎの助字。〇手に…　美人の様子を巫女的に表現する。さんごの枝を引きたわめ、流霞の酒(仙人の酒)を酌んで神に捧げ、太乙の神の名をとなえ東皇の神の前にまみえる。太乙は星の名、天にいる最高の神。太一とも。

林子《りんし》曰《い》はく、明《みん》の曹学佺《さうがくせん》『明詩選《みんしせん》』に、日本僧天祥《てんしやう》の詩十一首を載《の》す。今《いま》其の一《いつ》を取る。未《いま》だ天祥何人《なんびと》為《た》ることを知らず、と。

482

長《ちやう》　相《さう》　思《し》

僧《そう》　機《き》　先《せん》　日本人

長《なが》く相思《あひおも》ふ　相思《あひおも》ふこと長し
美人《びじん》有《あ》り兮扶桑《ふさう》に在《あ》り
手に珊瑚《さんご》を攀《よ》ぢて霞気《かき》を酌《く》み　口《くち》に太乙《たいいつ》を誦《しよう》して東皇《とうくわう》に朝《てう》す
鯨波《げいは》天《てん》を摩《な》で 航《ふなよそをひ》 すべからず　首《かしら》を矯《あ》げ渡《わた》らんと欲《ほつ》すれども川に梁《はし》無《な》し
去時《さるとき》我に瓊瑶《けいえう》の章《しやう》を遺《をく》る　蛮牋半幅雙鴛鴦《ばんせんはんぷくさうゑんあう》
鴛鴦飛《と》ばず墨色《ぼくしよく》改《あらた》まる　涙《なみだ》を攬《をさ》へて一《ひと》たび読《よ》んで三《み》たび断腸《だんちやう》
前年書《ぜんねんしよ》を呉王臺《ごわうだい》に寄《よ》す　西湖《せいこ》の楊柳《やうりう》青《あを》うして苔《こけ》の如《ごと》し
今年東風楊柳《こんねんとうふうやうりう》動《うご》く　鴻雁《こうがん》一《ひと》たび去《さ》つて何《なん》ぞ当《まさ》に回《かへ》るべき
朱絃《しゆげん》を弾《だん》ぜんと欲《ほつ》するに絃断絶《げんだんぜつ》　悲歌《ひか》を放《はな》たんと欲するに声哽咽《こゑかうえつ》
孤鸞《こらん》夜舞《よるま》ふ南山《なんざん》の雲《くも》　花《はな》は簾前杜《れんぜんと》鵑《けん》の血《ち》を漬《ひた》す
君《きみ》を思《おも》ふに天上《てんじやう》の月《つき》の　夜夜《よよ》飛《と》んで海東従《かいとうよ》り出《い》づるに如《し》かず
月明《げつめい》は長《なが》く美人《びじん》の身《み》に傍《そ》ふ　美人亦明月《まためいげつ》の輪《わ》に近《ちか》し

東皇は太乙の祠が東にあるために称する。東帝、春の神(楚辞・九歌「東皇太一」)。〇鯨波…　作者が渡海するときの描写。鯨波はくじらの起す大波。「摩レ天」は天にとどく。後句、渡海の困難を橋梁のない渡河にたとえる。「矯レ首」は頭をふりあげて(海の彼方を見やる)。〇去時…　日本を離れるとき彼女は美しいおび玉の如き文章(手紙)をくれた。瓊瑶は毛詩・衛風・木瓜に基づく語。後句、中国に渡った私は、蜀地方の番(つがい)のおしどり模様の詩箋(蜀箋)の半切に返事を書く。〇鴛鴦…　詩箋のおしどりはあなたの許に飛びたたず、墨の色はあせた。涙をおさえつつ読み返すと深い悲しみに襲われる。以上陽韻。〇前年…　前句、呉王夫差の宮殿(臺は楼台)に住む美人西施(暗に日本の女人をさす)に手紙を寄せた。後句は、その時の杭州西湖の景。〇今年…　今年は春をつげる東風に柳がそよぐ頃であるが、北へ帰る春の雁はもはや帰って来はしまい(帰国の希望のないことを暗示)。以上灰韻。〇朱絃…　二句、悲嘆の描写。朱絃は朱色の美しい琴の絃。哽咽はむせぶ。〇孤鸞…　前句、一羽のはぐれた鸞(鳳凰の一種)が南山にかかる愁雲の如く、絃の音につれて夜空に舞う。作者のくらい心情を暗示する。後句、すだれの前に咲く花はほととぎすが鳴いて吐く血のような赤色に染まっている。作者の悲しみを

衣《ころも》を褰《かか》げ酒《さけ》を把《と》つて明月《めいげつ》に問《と》ふ　中宵月《ちゆうせうつき》を見れば君を見るが如《ごと》し

長《なが》く相思《あひおも》ふ　長《なが》きこと許《かく》の如《ごと》し

千種愁《せんしゆうれひ》を消《せう》するとも愁消《うれひせう》せず　乱糸零落頭緒多《らんしれいらくとうしよおほ》し

但涙《ただなみだ》を将《も》つて東流《とうりう》の波《なみ》に寄《よ》す　我《わ》が為《ため》に流《なが》れて扶桑《ふさう》に入《い》り去《さ》れ

林子曰はく、是亦《これまた》『明詩選《みんしせん》』に見えたり。其の辞艶《じえん》にして優《いう》なり。之《これ》を読《よ》むに一餘味《よみ》有り。疑《うたが》ふらくは其仮《それかり》に美人《びじん》を設《まう》けて、以《もつ》て　本邦《ほんばう》の郷親《きやうしん》を思慕《しぼ》する乎《か》。此《こ》の外《ほか》、二五言律詩《ごごんりつし》三首、絶句《ぜつく》一篇《いつぺん》有り、共《とも》に絶唱《ぜつしやう》為《た》り。就《つ》いて思《おも》ふに、往昔《わうじやく》我が　邦《くに》の三僧智蔵《そうちざう》、劉禹錫《りううしやく》が集《しふ》に見《み》へ、四僧円載《そうゑんさい》、陸亀蒙《りくきもう》・皮日休《ひじつきう》が集《しふ》に見へたり。其の餘《ほか》、五鑑禅師《かんぜんじ》が鄭谷《ていこく》に於《お》けるの類猶多《るいなほおほ》し。定《さだ》めて知《し》んぬ、是等《これら》各《おのおの》唐《たう》に在《あ》つて詩を作るべし。然《しか》れども一首の伝無《でんな》し、以て惜《を》しむべし。天祥《てんしやう》・機《き》先《せん》、六曹氏《さうし》が選《せん》に入る、幸《さいはひ》と謂《い》ひつべし、と。

本朝一人一首詩巻之十終

暗示。○君を… 夜ごとに海の東から登る月を見るにつけて、あなたの姿が思い出される。以上屑韻。○月明… 傍は身にまつわりつく。「近ニ…輪一」は満月のわのように美しい。底本訓「近ク」を改める。○衣を… 李白に「把レ酒問レ月」の詩がある。中宵は夜半。以上真韻。○長く… 前句は第一句の冒頭句の繰返し。「如レ許」の「許」はコノなどに当る語、俗語的用法。○千種… 千種はくさぐさ。後句、乱れた心の糸が落ちかかりいろいろの思いがつきない。李白・荊州歌「繰レ糸憶レ君頭緒多」。○但… 前句、涙を東への流れに寄せようとする。「将」は「以（もつて）」の意。後句、日本のあなたの処に流れてくれ。以上語韻。一 ありあまる味わい。二 五言律詩「寄ニ西山石隠一」「送別」「挽逸光古先生」、絶句「送ニ僧帰ニ石城一」。三 中唐詩人劉氏の詩「贈ニ日本僧智蔵一」。4の作者智蔵とは別人。四 晩唐詩人陸亀蒙「和ニ襲美一重送ニ円載上人帰ニ日本国一」「聞下円載上人挾ニ儒書一泊ニ釈典一帰中日本国上更作ニ一絶一以送一」、及び晩唐詩人皮日休「送ニ円載上人帰ニ日本国一」「重送」の詩。円載は最澄の弟子。留学僧として渡唐、帰国の途中、元慶元年（八七七）遭難溺死（元亨釈書・三・釈円珍）。五 晩唐詩人鄭谷の詩「贈ニ日東鑑禅師一」（司空図の詩も同じ）。鑑禅師未詳。六 明詩選。→481林子評。

本朝一人一首附録《ほんてういちにんいつしゆふろく》

向《かう》陽《やう》林《りん》子《し》

本朝の文学、阿直岐《あちよくき》[一]・王仁《わに》が来朝《らいてう》に権輿《けんよ》す。其後《そののち》段揚爾《だんやうに》[二]・王辰爾《わうじんに》が輩之《やからこれ》を揚搉《やうかく》[三]す。天智《てんち》帝《てい》の馭寓《ぎよう》[四]に及《およ》んで、雅頌《がしよう》[五]初《はじめて》起《おこ》り、篇章若干《へんしやうじやくかん》、其中《そのなか》今存《ぞん》ずる者《もの》大友《おほども》[六]・大津《おほつ》の詩賦《しふ》是也《これなり》。平氏《へいし》が撰《せん》する所《ところ》『廏戸太子伝《うまやどのたいしのでん》』[七]に曰《い》はく、「推古《すいこ》[八]二十八年三月上巳《じやうし》、太子《たいし》、漢《かん》・百済《くだら》の好文士《かうぶんし》を召《め》し、詩を裁《さい》せ使《し》む」と。然《しか》れども『懐風藻《くわいふうさう》』の序《じよ》に曰《い》はく、「聖徳太子《しやうとくたいし》専《もつぱ》ら釈教《しやくけう》を崇《あが》む、未《いま》だ篇章《へんしやう》に遑《いとま》あらず」と。是《これ》に由《よ》つて之《これ》を観《み》れば、則《すなは》ち平氏《へいし》が言ふ所《ところ》未《いま》だ信《しん》ずべからず。天武《てんむ》[九]崩《ほう》ずる時《とき》、群臣《ぐんしん》誄《しのびごと》を作る。持統《ぢとう》の朝《てう》に神納言《しんなごん》[一〇]の作《さく》有り。既《すで》にして文武《もんむ》帝「月舟《げつしう》」[一一]の四韻《しゐん》、淡海公《たんかいこう》[一二]「元日《ぐわんじつ》」の六韻《ろくゐん》、相継《あひつ》いで章《しやう》を成《な》す。聖武《しやうむ》帝に及《およ》んで、玉棗《ぎよくさう》[一三]を賀《が》して詩を献《けん》ずる者《もの》百餘人《ひやくよにん》、盛《さか》んなりと謂《い》ひつべし。想《おも》ふに夫《それ》、『懐風藻』の作《さく》者《しや》其《そ》の先後《せんご》に在《あ》るべし。弘仁《こうにん》[一四]の在祚《ざいそ》に逮《およ》んで、『凌雲《りやううん》』『文華《ぶんくわ》』の撰《せん》有《あ》り。天長《てんちやう》[一五]承継《うけつ》いで、『経国《けいこく》』の編《へん》有り。承和《じようわ》[一六]以来《いらい》毎《まい》春題《しゆんだい》を賜《たま》ひ、群臣《ぐんしん》の作を試《こころ》む。遂《つひ》に恒例《こうれい》と為《な》る。其の餘《ほか》、臨時《りんじ》[一七]の雅席《がせき》、花月《くわげつ》の盛筵《せいえん》、枚挙《まいきよ》すべからず。才子《さいし》朝《てう》に満《み》ち、博士家《はかせいへ》[一八]を立《た》つ。歴代《れきだい》

一 百済から遣わされた阿直岐(阿知吉師。訓は本朝通鑑)が皇太子菟道稚郎子《うじのわきいらつこ》に経典を(応神紀・十五年)、また王仁(和邇吉師)が同じく皇太子に諸典籍を教えたことをいう(同・十六年)。権輿はもののはじめ(毛詩・秦風、毛伝「始也」)。二 百済の貢上した五経博士、「揚」は「楊」とも(継体紀・七年(五一三))。王辰爾は船史《ふねのふひと》の祖。高麗の国書を解読した唯一の人(敏達紀・元年(五七二))。三 引証する。底本「揚」(音テキ)に誤る。四 御宇に同じ、御世。五 毛詩の「雅」と「頌」の詩、ここは漢詩。六 1・3の作者。七 聖徳太子伝暦。平基親撰その他の説があるが未詳。八 六二〇年陰暦三月三日の曲水宴に作詩させた。九 朱鳥元年(六八六)崩。誄は死者を慕ってその霊にむかって述べることば。一〇 懐風藻・序「神納言之悲二白髪一」。→9。一一 懐風藻・序「鳳蓋天皇泛二月舟於霧渚一」。→8。一二 →17「元日応詔」。一三 底本「玉菜」に作る。意改。棗の実は食用薬用。続日本紀・神亀三年(七二六)九月二十七日「文人一百十二人上二玉来(棗)詩賦一」。一四 嵯峨帝の在位、弘仁元年(八一〇)―十四年。凌雲集は弘仁五年、文華秀麗集は同九年の勅撰漢詩集。一五 淳和帝の元号(八二四―八三三)。経国集は天長四年成立の第三勅撰漢詩集。一六 仁明天皇の元号(八三四―八四七)。春の題については類聚国史・歳時部参照。一七 三月三日・七月七日・

其人《そのひと》に乏《とぼ》しからず。故に[一九]江匡衡《がうのまさひら》が曰はく、「　本朝《ほんてう》は詩《し》の国《くに》也」と。[二〇]『文選《もんぜん》』　本朝《ほんてう》に行《おこな》はるること久《ひさし》矣。[二一]嵯峨《さが》帝の御宇《ぎよう》、『白氏文集《はくしぶんじふ》』全部《ぜんぶ》始《はじ》めて　本朝に伝《でん》来《らい》す。詩人《しじん》、『文選』『白氏』に倣《なら》はずといふ者《もの》無《な》し。然《しか》れども桓武《くわんむ》の朝《てう》、僧空海《そうくうかい》、[二二]王《わう》昌齢《しやうれい》が集《しふ》を熟覧《じゆくらん》す。且《か》つ其の著《あら》はす所《ところ》の[二三]『秘府論《ひふろん》』、粗《ほぼ》六朝《りくてう》の詩及《およ》び銭起《せんき》・崔曙《さいしよ》等が唐《たう》詩《し》を引《ひ》いて例《れい》と為《な》す。[二四]嵯峨《さが》の隠君子《いんくんし》、元稹《げんじん》が集を読む。[二五]菅丞相《かんしようじやう》の曰《い》はく、「温庭筠《をんていゐん》詩《し》優《いう》美《び》也」と。[二六]公任《きんたふ》・基俊《もととし》採用《さいよう》する所《ところ》、宋之問《そうしもん》・王維《わうゐ》・李頎《りき》・盧綸《ろりん》・李端《りたん》・李嘉祐《りかいう》・劉禹《りうう》錫《しやく》・賈島《かたう》・章孝標《しやうかうへう》・許渾《きよこん》・鮑溶《はうよう》・方干《はうかん》・杜荀鶴《とじゆんかく》・楊巨源《やうきよげん》・公乗億《こうじようおく》・謝観《しやくわん》・皇甫冉《くわうほぜん》・皇甫《くわうほ》曾《そう》等諸家《しよか》猶多《なほおほ》し。加之《しかのみならず》[二七]李《り》嶠《けう》・蕭穎士《せうえいし》・張文成《ちやうぶんせい》等が作《さく》久《ひさ》しく　本朝《ほんてう》に聞《きこ》ゆ。然《しか》るときは則《すなは》ち、当時《たうじ》の文人《ぶんじん》、漢魏《かんぎ》六朝唐《りくてうたう》の諸家《しよか》に渉《わた》ること必矣《ひつせり》。[二八]藤実頼《とうのさねより》、盧照隣《ろせうりん》が集《しふ》を見る。[二九]江《がうの》匡房《まさふさ》、王勃《わうぼつ》・杜少陵《とせうりよう》が集を求《もと》む。且《か》つ談《だん》じて[三〇]李謫仙《りてきせん》が事《こと》に及《およ》ぶときは、則《すなは》ち何《なん》ぞ必《かなら》ずしも白香山而已《はくかうざんのみ》ならん哉《や》。[三一]『白集《はくしふ》』始伝《はじめてつた》はる時《とき》、弘仁《こうにん》帝深《ふか》く之《これ》を秘《ひ》し、曾《かつ》て野篁《やくわう》と詩を論《ろん》じ、篁《たかむら》が言ふ所白《ところはく》が意《い》と合《かな》ふことを感《かん》ず。想《おも》ふに夫《それ》、当時《たうじ》の朝士《てうし》、唐国《たうこく》の便《びん》に就《つ》いて、相争《あひあらそ》つて之《これ》を求《もと》む。余《よ》が　[三二]先考家蔵《せんかうかざう》の『白集』の跋《ばつ》に曰《い》はく、「[三三]会昌《くわいしやう》四年五月、日本の僧恵蕚《そうゑがく》が為《ため》に之《これ》を写《うつ》す」と。是仁明《これにんみやう》帝承和《じようわ》十一年、蕚唐《がくたう》に在《あ》る時に当《あた》る。蕚猶此《がくなをか》くの如《ごと》し、況《いはん》や文人《ぶんじん》に於《お》いてを哉《や》。爾　来《しかつしよりこのかた》『白集』[三四]闔国《かふこく》に流伝《るでん》す。「白氏《はくし》」と斥《さ》さずして唯《ただ》「文集《ぶんじふ》」と曰ふ。啻《ただ》詩《し》家《か》の為《ため》に称《しよう》せらる而已《のみ》に匪《あら》ず、倭歌《わか》の家《いへ》と雖《いへど》も之《これ》を読まずといふこと無《な》し。其の[三五]訓点《くんてん》は世《よ》に伝《つた》ふ、菅氏《かんし》の加《くは》ふる所《ところ》也と。『江談《がうだん》』に曰はく、「[三六]菅丞《かんしよう》

九月九日などの定まった詩宴以外の臨時の詩宴の席。　一八　大江家・菅原家など。　一九　大江匡衡。336の作者。「本朝…」の出典未詳。以上、平安初期までの詩の展開を述べる。　二〇　この項、文選、元・白の詩文集などの享受について。文選は、六世紀梁に至るまでの詩文の詞華集。梁昭明太子撰、三十巻。　二一　江談抄・四の「故賢相伝云、白氏文集一本詩渡来、在二御所一、尤被二秘蔵一、人敢無レ見」による。嵯峨弘仁期に伝来したのはその一部。　二二　空海が帰国時(平城帝大同元年)に将来し、嵯峨帝弘仁三年に献上(性霊集・四「献二雑文一表」)。王昌齢は盛唐詩人。　二三　文鏡秘府論。その天巻に中唐銭起、盛唐崔曙の詩を引用。　二四　中唐元稹の「十日菊花」の詩を嵯峨帝の皇子が吟じた(江談抄・四)。この皇子(源淳)→後文隠者の条。　二五　菅原道真、丞相(底本「承相」)は宰相。江談抄・五「菅家御草事」に「菅家云、温庭筠(晩唐詩人)詩体優長也」。　二六　藤原公任撰の和漢朗詠集、藤原基俊撰の新撰朗詠集に収める初唐―晩唐の詩人をあげる。　二七　李嶠百(二十)詠(初唐李嶠)、遊仙窟(初唐張文成)。中唐蕭穎士は作品よりも日本国使が彼の来日を乞うた点に中心があるか(新唐書・文芸列伝)。　二八　実頼は実範の誤か。江談抄・五「文章博士実範長楽寺詩事」に、盧照隣集を「往年所二一見一也」。盧照隣は初唐四傑の一人、詩集に「幽憂

相《じやう》の詩《し》元稹《げんじん》に似《に》たり」と。然《しか》るときは則《すなは》ち、公《こう》『元集《げんしふ》』を読むこと、『白集《はくしふ》』と相同《あひおな》じかるべし。唯未《ただいま》だ訓点《くんてん》に遑《いとま》あらざる乎《か》。[一]一条帝《いちでう》、紀斉名《きのただな》に勅《ちよく》して『元集』下巻《げくわん》を点《てん》ず。斉名辞《じ》して詔《みことのり》を受《う》けず。然《しか》るときは則《すなは》ち、其の上巻是《じやうくわんこれ》より先点本《さきてんぼん》有る乎《か》、故《ゆゑ》に斉名先《せん》輩《ばい》を憚《はばか》つて之《これ》を加補《くはへおぎな》はざる者乎《ものか》。故に知《し》んぬ、[二]本朝官家《ほんてうくわんか》の詩章《ししやう》、専《もつぱ》ら『文選《もんぜん》』『[三]元白《げんぱく》』を以《もつ》て主《しゆ》と為《な》して、諸家《しよか》を参考《さんかう》することを。

江朝綱《がうのあさつな》の曰《い》はく、[四]凡《およ》そ詩を作るの道《みち》、先《ま》づ題目《だいもく》を[五]安《あん》ず、然後《しかるのち》[六]翰《かん》を染《そ》む。詩に長短有《ちやうたんあ》り、題《だい》に虚実《きよじつ》有り。経籍《けいせき》の奥理《あうり》に出《い》づる者《もの》、之《これ》を実題《じつだい》と謂《い》ふ。[七]風月《ふうげつ》の浮《ふ》華《くわ》に懸《かか》る者《もの》、之を虚《きよ》題《だい》と謂ふ。[八]雙関《さうくわん》の題有《だいあ》るべし、一題《いちだい》の中《なか》、二《に》物相雙《ぶつあひなら》べる也。[九]上下分作《じやうげわかちつく》る、之《これ》を雙関《さうくわん》と謂《い》ふ。

凡《およ》そ五言の詩、[一〇]二句の中《なかに》二四不同《しふどう》、二九対《にくつい》、七言の詩、一句の中二四不同、二六対《にろくつい》、共《とも》に[一一]下三連《かさんれん》の病《へい》を避《さ》く。

五言・七言を論《ろん》ぜず、[一二]首《しゆ》の一韻《いちゐん》を発句《ほつく》と謂《い》ふ、其の次《つぎ》の一韻を胸句《きようく》と謂ふ、其の次の一韻を腰句《えうく》と謂ふ、其の尾《び》を落句《らくく》と謂ふ。首尾胸腰《しゆびきようえう》を四韻と謂ふ。只首尾《ただしゆび》の二韻有《あ》るを絶句《ぜつく》と謂《い》ふ。

凡《およ》そ詩に[一三]八病《はちへい》有り。平頭病《へいとうへい》とは、上句《じやうく》の第一二字と下句《かく》の第一二字と[一四]同平上去入是也《どうひやうじやうきよにふこれなり》。但《ただ》し第[一五]一字同平声《どうひやうしやう》、病《へい》と為《せ》ざる也。上尾病《じやうびへい》とは、五言の詩第五字と第十字と、七言の詩第七字と第(十)四字と同平上去入是也《これなり》。蜂腰病《ふえうへい》とは、五言七言、毎句《まいく》第二字と第四字

子集」。二九 江談抄・五「王勃・元稹集事」に、「注王勃集」「注杜工部集」について「所㆓尋取㆒也」。前者は初唐四傑王勃の詩集注。日本国見在書目録「新註王勃集十四巻」と関係があるか。後者は盛唐杜甫詩集の注。共に原本未詳。三〇 天上からこの世に流された仙人李白。江談抄・五「古集体或有㆓対不対㆒事」に、「李白者謫仙也」。白香山は河南省の香山に住んだ白楽天。三一 白氏文集。→注二一引の江談抄。嵯峨帝が御製「行㆓幸河陽館㆒」を小野篁に示したとき、彼の答が白楽天の詩句と一致したので、「汝詩情与㆓楽天㆒同也者」と驚嘆されたという(江談抄・四)。三二 亡父羅山蔵、林羅山校本をさす。三三 八四四年。僧恵蕚書写本は蘇州南禅院本。「之を写」したのは白楽天(金沢文庫旧蔵本白氏文集・三十三奥書)。三四 全国。三五 時賢書写本など現存古鈔本に菅家点をみる。三六「被㆑命云、菅家御作者元稹之詩体也」(江談抄・五「菅家御作者為㆓元稹之詩体㆒事」)、「菅家御作者類㆓元稹集㆒之由、先日有㆑仰。其言誠而有㆑験」(同「糸類字出㆓元稹集㆒事」)。

一「被㆑命云、一条院以㆓元稹集下巻㆒斉名可㆓点進㆒之由被㆑仰㆑之、雖㆑然遁云々」(江談抄・五「斉名不㆑点㆓元稹集㆒事」)。二 朝廷及び官人たち。三 元稹集と白氏文集。諸家は中国の詩人たち。四 以下、作文大体の引

と同平上去入是也《これなり》。但《ただ》し上の句平声《ひやうしやう》、病《へい》と為《せ》ざる也。鶴膝病《かくしつへい》とは、[一六]五言の上句第二字と下句第九字と不《ふ》同平上去入是也《どうひやうじやうきよにふこれなり》。下《か》三連《さんれん》の病《へい》とは、五言七言毎句《まいく》三字《さんじ》連同声是也《れんどうせいこれなり》。[一七]念二《ねんじ》病《へい》とは、一首の中同字《なかどうじ》同意《どうい》有《あ》る是也《これなり》。越韻病《あつゐんへい》とは、相似《あひに》たる韻《ゐん》を用《もち》ゆる也。所謂《いはゆる》[一八]「清《せい》」の韻《ゐん》に「青《せい》」の字《じ》を用《もち》ゆる是也《これなり》。[一九]越調病《あつてうへい》とは、或《ある》いは餘《あま》りの句有り、或いは不足《ふそく》の句《く》有る是也《これなり》。中華《ちゆうくわ》の詩病《しへい》と大同小《だいどうせう》異《い》、故に此《ここ》に記《しる》す。[二〇]詩に八対《はちつい》有り。其の中常《なかつね》に用《もち》ゆべきは、色対《しきつい》・数対《すうつい》・声対是也《せいついこれなり》。色対《しきつい》とは、上句《じやうのく》に「丹《たん》青《せい》」を用《もち》ゆる、下句《かのく》に「白黒《はくこく》」を用《もち》ゆるの類是也《るいこれなり》。数対《すうつい》とは、上の句《く》に「三千《さんぜん》」を用《もち》ひ、下の句《く》に「一万《いちまん》」を用《もち》ゆるの類《るい》是也《なり》。声対《せいつい》とは、上の句《く》に「仙《せん》」の字《じ》を用《もち》ひ、下の句《く》に「万《まん》」の字《じ》を用《もち》ゆるの類《るい》是也《なり》。「仙《せん》」の字《じ》の声《せい》「千《せん》」に渉《わた》る、故《ゆゑ》に「万《まん》」の字と対《つい》を為《な》す。其《そ》の外《ほか》、風雲《ふううん》・草木《さうもく》・魚虫《ぎよちゆう》・禽獣《きんじう》・年月《ねんげつ》・日時《にちじ》・天地《てんち》・明暗《めいあん》・貴《き》賤《せん》・上下《じやうげ》、其の名を以《もつ》て対を為す是也《なり》。色対《しきつい》の中《なか》に、「烏《からす》」を以《もつ》て「黒《くろ》」に代《か》へ、「雪《ゆき》」を以て「白《しろ》」に代ふ、数対《すうつい》の中に「雙《さう》」を以て「二《に》」に准《じゆん》じ、「孤《こ》」を以て「一《いち》」に准《じゆん》ずる等《とう》是也《なり》。[二一]発《ほつ》句《く》・落句《らくく》強《あなが》ち対《つい》を求《もと》めず、諸集《しよしふ》の中解逅《なかかいこう》[二二]に之有《これあ》り。[二三]以上、朝綱《あさつな》、天慶《てんきやう》二年作る所《ところ》、今其《そ》の要《えう》を此《ここ》に摘《つ》む。[二四]藤右府宗忠《とうのうふむねただ》の『作文大体《さくもんだいたい》』に曰《い》はく、[二五]「文章詩《ぶんしやうし》賦《ふ》十二《じふに》対《つい》」。曰はく、「色対《しきつい》とは青黄赤白黒の類《るい》是也《なり》」。曰はく、「[二六]物対《ぶつつい》とは驚魚《きやうぎよ》・飛鳥《ひてう》の類《るい》是也《なり》」。曰はく、「同対《どうつい》とは山岳《さんがく》・海《かい》潮《てう》・内外《ないぐわい》・表裏《へうり》の類《るい》是也《なり》」。曰はく、「異対《いつい》とは水火《すいくわ》・人物《じんぶつ》・春秋《しゆんじう》・東西《とうざい》・子午《しご》[二七]・乾坤《けんこん》・河海《かかい》・砧杵《ちんしよ》の類《るい》是也《なり》」。曰はく、「数対《すうつい》とは一二《いちに》・万億《まんおく》・[二八]衆洪《しゆうこう》・孤《こ》集《しふ》の類《るい》是也《なり》」。曰はく、

用。五「按」に同じ、考える。六 筆を墨にそめる。七 文学的な詩句を題としたもの。八 一つの題の中に関係する二つの物が存在すること。九 詩題の中の語句を上句と下句にわけて作る意。観智院本作文大体など、この句を欠く。一〇 第二字と第四字は平仄を異にし、上句の第二字と下句の第九字とは平仄を等しくすること。一一 各句の下三字に平または仄を連用する詩病、欠点。一二 句名について述べる。一三 避けるべき八つの欠点。梁の沈約(しんやく)が定めたという。一四 平上去入のいずれの場合にも声を同じくする。底本の「同」無訓。以下同様。一五 上句下句の一字目が平声を同じくしても病とはならない。一六 観智院本作文大体「第五字与二第十五字一同二平上去入一是也」。一七 観智院本「捻二」。捻は「粘」に同じか。「念二」は「二つを念う」意に解したためか、後考をまつ。一八「清」は平声庚韻、「青」は平声青韻に属し、隣り合せに配列。これを混用すれば、越韻になる。一九 中国音楽の七調の一つ越調(ヱチテウとも)を参考にしたか、規定の句数を越える意で名付けたか、未詳。二〇 以下、作文大体にみえる。二一 →前述「句名」の条。二二 たまに出逢うこともある。「解逅」は「邂逅」(毛詩・鄭風)。二三 天慶二年(九三九)二月五日。二四 中御門右大臣藤原宗忠(一〇六二―一一四一)を作文大体の「第十俗説」までの撰

「畳対《でふつい》とは悠悠《いういう》・渺渺《べうべう》・一班班《はんぱん》・瑟瑟《しつしつ》の類是也《るいこれなり》」。曰はく、「二聯綿対《れんめんつい》とは雪深《ゆきふか》うして深谷愁《しんこくしう》猿移《ゑんうつ》り、雪遠《とほ》くして遠峰訪客稀《ゑんぽうはうかくまれ》なりの類《るい》是也《なり》」。曰はく、「正対《せいつい》とは高低《かうてい》・去来《きよらい》・三蒹葭《けんか》・楊柳《やうりう》の類《るい》是也《なり》」。曰はく、「音対《おんつい》とは一二三《いちにさん》、先専朽《せんせんきう》に対《たい》す。「先《せん》」の字《じ》は「千《せん》」の音也《おんなり》、「専《せん》」の字も亦《また》「千《せん》」の音也《なり》、「朽《きう》」も亦《また》「九《きう》」の音也」。曰はく、「傍対《ばうつい》とは「春《しゅん》」は是《これ》「東《とう》」、故《ゆゑ》に「西《せい》」の字に対す。「秋《しう》」は是《これ》「西《せい》」、故に「東《とう》」の字に対す。「金《きん》」は是《これ》「西《せい》」、故に「東《とう》」の字に対す。「木《もく》」は是《これ》「東《とう》」、故に「西《せい》」の字に対す。其《そ》の餘《ほか》、「四陰《いん》陽《やう》」「子午《しご》」、「南北《なんぼく》」に対《たい》す、「水火《すいくわ》」、「陰陽《いんやう》」に対《たい》するの類《るい》是也《なり》」。曰はく、「義対《ぎつい》とは「白《はく》」、「烏《う》」に対《たい》す、「雪《せつ》」、「紅《こう》」に対す、「明《めい》」、「黒《こく》」に対す、「月《げつ》」、「景《えい》」に対するの類《るい》是也《なり》」。曰はく、「五雙対《さうつい》とは花《はな》の色《いろ》は遠《とほ》く花の色に依《よ》つて映《かかや》き、鳥《とり》の音《ね》は深《ふか》く鳥の音に和《わ》して歌《うた》ふの類《るい》是也《なり》」。又曰はく、「我《わ》が　六朝貞観以後句題《てうぢやうぐわんいごくだい》を好《この》む。七或《ある》いは題《だい》の外《そと》の字《じ》を以《もつ》て韻《ゐん》に附《つ》く、或《ある》いは題《だい》の中《なか》の字を以て韻に附く。所謂《いはゆる》「魚氷《うをひ》に上《のぼ》る」の題《だい》に、「魚《ぎよ》」を以《もつ》て韻《ゐん》の字を為《な》し、「暁鶯宮樹《げうあうきゆうじゆ》に鳴《な》く」の題に、「宮《きゆう》」を以て韻字《ゐんじ》と為《す》るの類是也《るいこれなり》。八題中平声《だいちゆうひやうしやう》、或《ある》いは二字、或いは三字之有《これあ》るときは、則《すなは》ち其《そ》の中《なか》一字を択《え》りて韻《ゐん》と為《し》、或いは九破題《はだい》に韻字《ゐんじ》を用《もち》ひ、或いは結句《けつく》に之《これ》を用ゆ。共《とも》に以《もつ》て例有《れいあ》り。一〇探題《さぐりだい》に於《お》いては、則《すなは》ち韻《ゐん》の字を附《つ》けず、只作者《たださくしや》の心《こころ》に任《まか》す。一一一篇《いつぺん》の中同字《なかどうじ》を用《もち》ひざるは麗体也《れいていなり》。然《しか》れども或《ある》いは同字《どうじ》を用《もち》ゆること亦之有《またこれあ》り」と云云《うんうん》。

林子《りんし》曰《い》はく、一二宗忠《むねただ》が詩、余《よ》未《いま》だ之《これ》を見ず。然《しか》れども詩法《しはふ》を論《ろん》ずること此《か》くの如《ごと》

者と見なし、以下を大江朝綱撰と見なした記述。二五「文章有㆓十二対㆒詩賦雑筆等同用之」(群書本作文大体)を要約したもの。観智院本この項欠。二六「有情非情等也」。驚魚はものに驚いた魚。飛鳥は群書本「飛蝶」に作る。二七 十二支の「ね」(子)と「うま」(午)。方向では北と南、時刻では午前零時と正午の差がある。二八 多いことと大きいこと。群書本「洪」に「広」と傍書。底本「供」に誤る。

一 明らかな様などの意(「第六畳対」)。ただし「斑斑」(まだらな様)の方がむしろ一般的。瑟瑟は風などのきびしく吹く様。二 底本「総綿」に作る。「一句之中有㆓同字㆒、上下不㆓同(相)離㆒読㆑之」(「第七聯綿対」)。三「よし」と「あし」。楊柳は「川やなぎ」と「しだれ柳」。四「陰対㆑南、陽対㆑北。子対㆑南、午対㆑北。水対㆑陽、陽是火、故火対㆑陰、陰是水故也」(「第十傍対」)。五「隔㆓衆字㆒用㆓畳字㆒是也」(「第十二双対」)。本文の例は「花色」「鳥音」が句ごとに二回あて用いている。六 清和天皇代(八五九―八七七)。「句題者五言・七言詩中、取㆘叶㆓時宜㆒句㆖、又出㆓新題㆒也」(「出題事」)。七 以下、「付㆑韻事」による。八「題中取㆑韻事」による。九 ここは詩の最初の句の意。「破題句用㆓韻字㆒事」による。「例」については作文大体参照。一〇 詩会で与えられた題の中で探って自分の題をきめること。「採

し。此の外博《ほかひろ》く詩体《してい》を挙《あ》げ、皆先輩《みなせんぱい》の句《く》を以《もつ》て例《れい》と為《す》。詳《つまび》らかに『作文大体』に見えたり。其《そ》の事繁多《ことはんた》、故《ゆゑ》に枚挙《まいきよ》せず、と。

[一三]我が朝天子《てうてんし》詩を好《この》みたまふは、嵯峨《さが》・村上《むらかみ》を以《もつ》て最《さい》と為《す》。皇子連枝《わうじれんし》に在《あ》つては、則《すなは》ち兼明《かねあきら》・具平《ともひら》・輔仁《すけひと》に過《す》ぎたる者無《ものな》し。諸家《しよか》に在《あ》つては、則《すなは》ち紀氏《きし》より先《さき》なる者無《ものな》し。[一四]『懐風藻《くわいふうさう》』を見て知んぬべし。長谷雄《はせを》に至《いた》つて、大《おほ》いに家声《かせい》を揚《あ》ぐ。斉名《ただな》・在昌《ありまさ》以後《いご》聞《き》くこと無し。都氏《とし》[一五]三世相続《さんせいあひつづ》いて名を著《あら》はす。在中《ありなか》以後《いご》聞くこと無し。橘氏《たちばなし》・小野氏《をのし》・三善氏《みよしし》・諸源氏《しよげんし》の族《ぞく》、秀才間出《しうさいかんしゆつ》。[一六]然《しか》れども数世《すうせい》に及ぶこと能《あた》はず。[一七]菅野氏《すがのし》・巨勢氏《こせし》・滋野氏《しげのし》・春澄氏《はるずみし》・惟良氏《これながし》・高階氏《たかしなし》・田口氏《たぐちし》・大蔵氏《おほくらし》の類《るい》の如き、其の人《ひと》無きに非《あら》ず。然《しか》れども或《ある》いは一世二世《いつせいにせい》、或いは世《よ》を隔《へだ》て連綿《れんめん》せざる也。[一八]箕裘弓冶《ききうきゆうや》の久《ひさ》しき、唯是藤氏《ただこれとうし》・菅《かん》氏《し》・江氏《がうし》而已《のみ》。藤氏《とうし》に[一九]日野《ひの》・南《なん》・式《しき》の三家《さんけ》有り。共《とも》に是声価連続《これせいかれんぞく》。式家《しきけ》中《なかごろ》微《かす》かなり、日野《ひの》・南家《なんけ》僅《わづ》かに餘業《よげふ》を守《まも》る。江家達者《がうけたつしや》多し。然《しか》れども匡房《まさふさ》の後《のち》、数世《すうせい》ならずして家業《かげふ》殆絶焉《ほとんどぜつす》。[二〇]菅氏《かんし》古人《ふるひと》草創《さうさう》せし自《よ》り、清公顕著《きよともけんちよ》、是善承襲《これよししようしふ》、道真公家門《みちざねこうかもん》を高大《かうだい》にす。淳《あつ》茂《しげ》・[二一]文時所生《ふんときしよせい》を辱《はづか》しめず。伝《つた》へて是綱《これつな》・在良《ありよし》に至《いた》り、延《の》べて為長《ためなが》・在高《ありたか》に及《およ》び、降《くだ》つて秀長《ひでなが》・和長《かずなが》に逮《およ》んで、各其《おのおのそ》の時《とき》に当《あた》つて令望《れいばう》有り。秀長《ひでなが》が詩伝《つた》はらずと雖《いへど》も、然《しか》れども[二二]義満公大明《よしみつこうだいみん》に遣《つか》はす書《しよ》、秀長《ひでなが》を使《し》て之《これ》を作らしむるときは、則《すなは》ち[二三]猶金銀金根《なをきんぎんきんこん》を誤《あやま》つ、[二四]蝦蟆《がま》を指《さ》して良馬《りやうば》と為《す》るの類《るい》に非《あら》ず。秀長《ひでなが》が後《のち》、武将詩文《ぶしやうしぶん》を以《もつ》て禅徒《ぜんと》に属《ぞく》し、茲従《ここよ》り以《この》降《かた》、世《よ》を挙《あ》げて皆文筆唯《みなぶんぴつただ》[二五]叢林《そうりん》に在《あ》りと謂《い》つて、官家《くわんか》を問《と》ふ者無《ものな》し。[二六]登時《そのとき》、[二七]信義堂《しんぎだう》・津絶《しんぜつ》

題事」による。　一二「発句并胸腰句用㆓同字㆒事」による。「然或」以下、観智院本欠く。　一三 →三二九頁注二四。本書に既収の詩人諸家の概説。　一四 紀麻呂、古麻呂、男人の詩を所収。→作者系図。　一五 →作者系図。　一六 文選・序、六臣注「衆多也」。　一七 菅野真道・巨勢識人・滋野貞主・春澄善縄・惟良春道・高階茂範・田口(武内宿禰の後裔氏族、170の作者を誤ったか)・大蔵善行などはそれぞれ諸氏の代表的作者。　一八 父祖の仕事をうけつぐ(礼記・学記)。「冶」を底本「治」に誤る。　一九 藤原房前(北家)の子孫資業が日野家の祖。　二〇 →作者系図。　二一 生みの親、父母(毛詩・小雅・小宛)。　二二 将軍足利義満が応永八年(一四〇一)肥富某と僧祖阿に託した国書「日本准三后某上㆓書大明皇帝陛下㆒」(善隣国宝記・中)。「草ハ菅相公秀長卿、清書前宮内卿行俊卿」(康富記・応永八年五月十三日の条)。　二三 誤用誤読のたとえ。中唐韓愈の子の昶(ちょう)が「金根車」(瑞車)を「金銀車」と誤読した故事(尚書故実)。　二四 大きながま(蛙の一種)を見て良馬と誤った例。風俗通の「按蝦蟆無㆑尾、当㆑言㆓夏馬㆒」云々はその参考になろう。　二五 禅林、寺院。　二六 六朝以来の俗語。五山、五山派。　二七 五山文学の代表詩人。義堂周信(一三二五―八八)、絶海中津(一三三六―一四〇五)。

海抜群《かいばつぐん》の才《さい》有り。[一]巌惟肖《がんいせう》・派江西《はかうさい》・秀岐陽《しうぎやう》・彦村菴《げんそんあん》・連竺雲《れんちくうん》が徒相継《とあひつ》いで出《い》づ。其《そ》の餘《ほか》、[二]『花上集《くわじやうしふ》』[三]『百人一首《ひやくにんいつしゆ》』[四]『北斗集《ほくとしふ》』に見えたるは五岳《ごがく》の秀也《しうなり》。官家既《くわんかすで》に衰《おとろ》へ、叢林《そうりん》も亦《また》微《かす》かなり。二百年来《ねんらい》闔国《かふこく》文章《ぶんしやう》無し、悲《かな》しい哉《かな》。幸《さいはひ》に[五]惺窩藤先生《せいくわとうせんせい》、余《よ》が　先考《せんかう》有《あ》つて、斯道再興《このみちさいこう》。然《しか》れども今《いまに》二先生《せんせい》に継《つ》ぐ者無し、之《これ》を如何《いかん》ともすること無し。

我が　[六]邦閨秀《くにけいしう》、大伴姫《おほともひめ》・有智子《うちし》・惟氏《ゐし》、恐《おそ》らくは中華《ちゆうくわ》に愧《は》ぢず。其の後寥寥乎《のちれうれうたり》。僅《わづ》かに[七]十市采女《とをちのうねめ》を見る。倭歌者流《わかしやりう》の如《ごと》きに至《いた》つては、則《すなは》ち置《お》いて論《ろん》ぜず。[八]方外《はうぐわい》に在《あ》つては、則ち[九]智蔵《ちざう》・辨正《べんしやう》・道慈《だうじ》・道融《だうゆう》・空海《くうかい》・蓮禅而已《れんぜんのみ》。[一〇]性空《しやうくう》・守遍《しゆへん》が如きは、則ち其の[一一]員《ゐん》に備《そな》はる而已《のみ》。叢林《そうりん》の若《ごと》きに至つては、姑《しばら》く是《これ》を舎《を》く。隠逸《いんいつ》に在《あ》つては、則《すなは》ち[一二]民黒人《たみのくろひと》・嵯峨《さが》の隠君子而已《いんくんしのみ》。此の人は嵯峨《さが》の皇孫《くわうそん》、姓《せい》は源《みなもと》、諱《いみな》は淳《あつし》、或《ある》いは曰はく、清《きよし》と。其の詩聞《き》かずと雖《いへど》も、[一三]広相《ひろみ》・是善《これよし》の如き、事《こと》を論《ろん》じて決《けつ》せざる者《もの》、此の人に質正《しつせい》するときは、則ち其の博物知《はくぶつし》んぬべし。夫《か》の[一四]関雄《せきを》・周光《ちかみつ》が若《ごと》きは、[一五]山林《さんりん》の志《こころざし》有りと雖《いへど》も、或いは出《い》でて朝廷《てうてい》に列《れつ》し、或いは微官《びくわん》に[一六]羈《き》せられて退《しりぞ》くこと能《あた》はず。[一七]藤麻呂《とうのまろ》の如きは、自《みづか》ら狂生《きやうせい》と称《しよう》し、[一八]良春道《りやうのはるみち》、山人《さんじん》と称せ被《ら》るる類《るい》の者《もの》、其猶多《それなをおほ》かるべし。

本朝《ほんてう》の大事《だいじ》、遣唐使《けんたうし》に過《す》ぎたるは無《な》し。就中粟田真人《このなかあはたのまつと》、[一九]武后《ぶこう》の為《ため》に礼《れい》せ被《ら》れ、名《な》を[二〇]劉《りう》煦《く》・宋祁《そうき》が筆《ひつ》に播《は》す。其の餘《ほか》、[二一]多治比県守《たぢひのあがたもり》・藤原清河《ふぢはらのきよかは》・藤原葛野《ふぢはらのかどのら》等、才識豈尋常《さいしきあにじんじやう》ならん哉《や》。今《いま》其の詩を求《もと》むるに皆之《みなこれ》を得《え》ず、甚《はなは》だ遺憾《ゐかん》と為《す》。是《ここ》に知んぬ、[二二]藤原宇合《ふぢはらのうかふ》・丹墀広成《たぢひのひろなり》・藤原常嗣《ふぢはらのつねつぐ》、其の詩を存《ぞん》ずる者　幸《さいはひ》　為《た》り。夫《か》の[二三]小野妹子《をののいもこ》・高向玄理《たかむくのくろまさ》が若《ごと》きは、則《すなは》ち

一 惟肖得巌(南禅寺)・江西竜派(建仁寺)・岐陽方秀(東福寺)。以上は室町中期の代表的詩僧。村菴霊彦・竺雲等連は末期の詩僧。 二 京都建仁寺の僧文挙が詩僧らの二百首を収集した詩集。 三 横川景三(おうせんけいさん)撰。 四 天隠竜沢撰。五岳は五山文学。 五 藤原惺窩及びその門下生林羅山。 六 この条、女流詩人、僧侶、隠者などの詩人について。順に97・145・146の作者。 七 390の作者。 八 仏教界。 九 順に4・15・57・62・116・286の作者。 一〇 それぞれ249・340の作者。 一一 その員数に入るのみだ。 一二 隠士民黒人は61の作者。 一三 「有二一事不レ通、広相(橘)策レ馬到二嵯峨隠君子之許一、問レ之云々」(江談抄・五「広相任二左衛門尉一、是善(菅原)卿不レ被レ許事」)。 一四 それぞれ159・272の作者。 一五 隠遁の志。 一六 束縛されて。 一七 54の作者藤原万里。 一八 113の作者。山人(世を捨てて山に住む者)と呼ばれたこと、嵯峨上皇「和下惟(良)山人春道晩聴中山磬上」(経国集・十)にみえる。 一九 この条、遣唐使関係の詩について。長安三年(七〇三)、麟徳殿の宴で則天武后によって司膳卿を授けられたこと(旧新唐書・東夷伝)。 二〇 それぞれ旧唐書、新唐書の撰者。劉煦は劉昫とも。「播」は名を揚げる。 二一 県守養老元年(七一七)遣唐押使、清河天平勝宝四年(七五二)大使、葛野麻呂延暦二十三年(八〇四)大使として出発。 二二 宇合(副使、「うまかひ」)・

『懐風藻《くわいふうさう》』の前に在り、置《お》いて論《ろん》ぜず。本朝儒業《じゆげふ》を以《もつ》て栄達《えいたつ》する者《もの》は、[二四]左大臣藤原在衡《さだいじんふぢはらのありひら》に過《す》ぎたるは無《な》し。其の事業《じげふ》、『国史《こくし》[二五]略《りやく》』『文粋《ぶんすい》』及《およ》び小説《せうせつ》[二六]に載《の》すると雖《いへど》も、未《いま》だ其の詩文《しぶん》を見ず、遺憾《ゐかん》無《な》きに非《あら》ず。或《あるひと》[二七]の曰《い》はく、「在衡《ありひら》、至尊某《しそんぼう》の書《しよ》を読《よ》むを聞《き》いては、則《すなは》ち己《をのれ》も亦《また》某の書を読む。此《か》くの如《ごと》くする者数《ものあまた》たび。故に下問有《かもんあ》る毎《ごと》に応対流《おうたいなが》るるが如《ごと》し。故に非常《ひじやう》の登庸《とうよう》を得たり」と。未《いま》だ然否《しかるやいな》やといふことを知らず。此の公《こう》、日野《ひの》[二八]・南《なん》・式《しき》の流《りう》に非《あら》ずして、魚名公《うをなこう》[二九]の曩孫《こんそん》、有頼《ありより》の子也。或《ある》いは曰はく、「[三〇]僧如無《そうにょむ》が子也」と。

桓武《くわんむ》の平氏《へいし》二流《にりう》有り。高望《たかもち》[三一]の後胤《こういん》悉《ことごと》く是《これ》武門《ぶもん》為《た》り、高棟《たかむね》[三二]の後胤《こういん》廷臣《ていしん》為《た》り。故に詩文《しぶん》を弄《ろう》する者《もの》間《まま》之《これ》有《あ》り。就中《このなか》定親《さだちか》[三三]、後朱雀帝《ごしゆしやく》の侍読《じどく》と為《な》り、江匡房《がうのまさふさ》之《これ》を師《し》とするときは、則ち其の才想像《さいさうざう》すべし。今其《いまそ》の文《ぶん》を『続文粋《ぞくぶんすい》』[三四]に見る、未《いま》だ詩章《ししやう》を見ざる也。嵯峨《さが》・光孝《くわうかう》の源氏《げんし》、才子《さいし》有り。所謂《いはゆる》順《したがふ》[三五]・時綱《ときつな》・為憲《ためのり》等是也《これなり》。宇多《うだ》の源氏《げんし》、英明《ふさあきら》[三六]・経信《つねのぶ》等有り。醍醐《だいご》の源氏《げんし》、兼明《かねあきら》[三七]・則忠《のりただ》等有り。且《か》つ高明《たかあきら》[三八]の詩《し》伝《つた》はらずと雖《いへど》も、『西宮記《せいきゆうき》』を撰《せん》するときは、則ち其の才《さい》知んぬべし。村上《むらかみ》の源氏《げんし》、師房《もろふさ》[三九]・俊房《としふさ》等有り。唯清和《ただせいわ》の源氏《げんし》は、則《すなは》ち孝道《たかみち》[四〇]の外《ほか》、文士《ぶんし》有ることを聞かず。然《しか》れども、頼光《よりみつ》[四一]が子《こ》頼国《よりくに》等文章生《もんじやうしやう》に補《ほ》せらる。豈《あに》詩を作らざらん哉《や》。然《しか》れども今伝《つた》ふること無《な》し。『続文粋』に頼義《よりよし》[四二]が文一篇《ぶんいつぺん》を載《の》す。未《いま》だ知らず、自《みづから》作《つく》る所乎《ところか》、博士《はかせ》の手を借《か》る者乎《ものか》。所謂《いはゆる》習《なら》[四三]ふこと性《せい》と成《な》る、之《これ》を思《おも》はざるべけん乎《や》。

広成(大使)の詩は懐風藻、常嗣(大使)の詩は経国集にみえる。二三 妹子(「いもこ」)は推古十六年(六〇八)遣隋使。妹子に従って留学した高向玄理(本朝通鑑、ハルマサ)は白雉五年(六五四)遣唐押使。二四 この条、栄達者在衡について。醍醐・朱雀・村上の三代に仕え、左大臣(粟田左大臣)となる。二五 日本紀略・安和二年三月十三日条に「大納言在衡卿於二粟田山一有二尚歯会一」とみえ、本朝文粋・九「暮春藤亜相(在衡)山庄尚歯会詩」の序に、在衡を「儒雅宗匠、国家耆徳」と述べる。二六 説話類。古今著聞集・四・文学にこの尚歯会のことを述べるのは、その一例。二七 類文、十訓抄・六。二八 日野家(北家の子孫)・藤原南家・式家。二九 右大臣魚名(日本高僧伝要文抄・三に伝記)は、藤原北家房前(52の作者)の子。曩孫は昆孫。有頼は186の作者。三〇「在衡、実者如無僧都子也」(尊卑分脈・魚名公孫)。三一 この条、皇室を祖に頂く平氏・源氏の各流の詩人について。高望は桓武帝の孫高見王の子。三二 高見王の弟。兄とも。三三「定義朝臣謂二予師右大弁定親朝臣一曰…」(朝野群載・大江匡房「江納言暮年詩記」)。三四 本朝続文粋・十・詩序下。三五 源順→213(嵯峨流)。時綱→277、為憲→230(共に光孝流)。三六 英明→207、経信→262。三七 兼明親王→206、則忠→226。三八 源高明は兼明親王の弟。西宮記(「さいきゅうき」とも)は詩章《ししやう》の総集《そうしふ》、本朝《ほんてう》[一]の書目《しよもく》に見《み》えたる者《もの》、菅是善《かんのこれよし》の『銀牓翰律集《ぎんばうかんりつしふ》』[二]『韻律詩《ゐんりつし》』、紀斉名《きのただな》[三]の『扶桑集《ふさうしふ》』、藤明衡《とうのあきひら》の『本朝秀句《ほんてうしうく》』、敦光《あつみつ》の『続本朝秀句《しよくほんてうしうく》』、周光《ちかみつ》の『拾遺佳句《しふゐかく》』、長方《ながかた》の『新撰秀句《しんせんしうく》』、基家《もといへ》の『続新撰秀句《しよくしんせんしうく》』、蓮禅《れんぜん》の『打聞集《うちぎきしふ》』、菅為長《かんのためなが》の『文鳳集《ぶんほうしふ》』、其の餘《ほか》、『本朝佳句《ほんてうかく》』『本朝策林《ほんてうさくりん》』『類聚句題抄《るいじゆうくだいせう》』『古今詩抄《こきんしせう》』『格律清英集《かくりつせいえいしふ》』『詞花麗則《しくわれいそく》』『当世麗《たうせいれい》句《く》』『近代麗句《きんだいれいく》』『藍田集《らんでんしふ》』『風心抄《ふうしんせう》』等《とう》の如《ごと》き、或《ある》いは百巻《ひやくくわん》、或《ある》いは三十巻、或いは二十巻、或いは十巻、或いは数巻《すうくわん》、差《しな》有り。今皆伝《みなつた》[四]はらず、以《もつ》て痛息《つうそく》すべし。今偶《たまたま》存《ぞん》ずる者秘《ものひ》するときは、則《すなは》ち知る者鮮矣《ものすくなし》。余《よ》深《ふか》く其の久《ひさ》しうして弥漫滅《いよいよまんめつ》せんことを惜《を》しむ。故《ゆゑ》に今僅《わづ》かに此の十巻を編《あ》む。以《もつ》て十《じふ》[五]が一《いち》を千百《せんひやく》に存ずる也。

詩家《しか》の別集《べつしふ》[六]、本朝《ほんてう》[七]の書目《しよもく》に見えたる者《もの》、『菅家三代集《かんけさんだいしふ》』[八]『野相公集《やしやうこうしふ》』『江音人集《がうおんじんしふ》』『後江《ごがう》相公集《しやうこうしふ》』『江吏部集《がうりほうしふ》』『江金吾集《がうきんごしふ》』『後江吏部集《ごがうりほうしふ》』『都氏文集《としぶんしふ》』『橘氏文集《きつしぶんしふ》』『善家集《ぜんけしふ》』『紀《き》家集《けしふ》』『藤有国集《とういうこくしふ》』『橘直幹集《きつちよくかんしふ》』『慶保胤集《けいほういんしふ》』『源時綱集《げんじかうしふ》』等也《とうなり》。其の中《なか》、『菅家三代集』[九]二十八巻、其の餘或《ほかある》いは五巻、或《ある》いは三四巻、或《ある》いは一二巻而已《のみ》。然《しか》るときは、則《すなは》ち本朝《ほんてう》の書目《しよもく》を編《あ》む時《とき》、既《すで》に全部《ぜんぶ》を得《え》ざる乎《か》。且夫諸家《かつそれしよか》の集豈唯是而已《しふあにただこれのみ》ならん哉《や》。倭歌《わか》の若《ごと》きに至《いた》つては、則《すなは》ち『万葉』『古今』以下《いか》勅撰《ちよくせん》[一〇]二十一代及《およ》び家家《いへいへ》の集《しふ》、汗牛充棟《かんぎうじゆうとう》[一一]。是《ここ》に知んぬ、本朝中世《ほんてうちゆうせい》より以来《いらい》、唯倭字《ただわじ》を弄《ろう》して漢字《かんじ》を重《おも》んぜざる也。乃《いま》し五岳諸彦《ごがくしよげん》[一二]の集《しふ》に至《いた》つて、余《よ》が見る所《ところ》に於《お》いては、則《すなは》ち師錬《しれん》[一三]『済北集《さいほくしふ》』、円月《ゑんげつ》『東海一漚集《とうかいいちおうしふ》』、周信《しうしん》『空花集《くうげしふ》』、周鱗《しうりん》『翰林胡蘆集《かんりんころしふ》』等小部《とうせうぶ》と為《せ》ず。其の餘《ほか》、中津《ちゆうしん》[一四]『蕉堅稿《せうけんかう》』、友梅《いうばい》『岷峨《びんが》

有職故実の書。三九 師房↓405。俊房↓406。四〇 孝道↓228。四一 頼光は源満仲の子。頼国は頼光の子、正四位下、左馬権頭。四二 巻六・奏状「頼義朝臣申二伊予重任一状」。四三 尚書(書経)・太甲上。

一 この条、残存しない詩集について。本朝書籍目録所収の書物を中心に、通憲入道蔵書目録などを参考にして示す。二 十巻。韻律詩は、「集韻律詩十巻」。三 「扶桑集十二巻」。「本朝秀句五巻」。「続本朝秀句三巻」。「拾遺佳句三巻」。長方卿「新撰秀句三巻」。基家公「続新撰秀句三巻」。「打聞集三巻」。為長卿「文鳳抄十巻」。「本朝佳句八巻」。「本朝策林十五巻」。「類聚句題抄二十巻」。「古今詩抄十巻」。「格律清英集百巻」。「詩苑麗則十巻」。「当世麗句二巻」。「近代麗句十巻」。「藍田集一(或は四)巻」。「風心抄三巻」。四 扶桑集(巻七・九の一部)など残存するものもある。五 わずかに残存するものを後世に残そうとする。

六 この条、個人別の詩文集について。「総集」に対する語。七 本朝書籍目録の書目を中心として示す。八 「菅家三代(菅原清公・是善・道真)集廿八巻」。「野相公(小野篁)集五巻」。「江音人(大江音人《おとんど》)集一巻」。「後江相公(大江朝綱)集二巻」。「江吏部(大江匡衡)集三巻(「目録」未見)」。「江金吾集一巻」。「後江李部(大江挙

集《しふ》』、祖応《そおう》『早霖集《さうりんしふ》』等、頗名《すこぶるな》を緇林《しりん》[一五]に馳《は》すと雖《いへど》も、其の著述《ちよじゆつ》は、則《すなは》ち小部而已《せうぶのみ》。余《よ》が先考羅山林先生《せんかうらざんはやしせんせい》、平生《へいぜい》の著述悉《ちよじゆつことごと》く丁酉《ていいう》[一六]の災《さい》に罹《かか》る。簣《ゆか》[一七]を易《か》ゆるの後《のち》、余《よ》、函三弟《かんさんてい》[一八]と遺《ゐ》文《ぶん》を万方《ばんはう》[一九]に求得《もとめえ》て、『文集《ぶんしふ》』[二〇]七十五巻、『詩集《ししふ》』七十五巻を編輯《へんしふ》す。都合《つがふ》百五十巻、文千《ぶんせん》篇《ぺん》に起《こ》[二一]へ、詩殆《ほとん》ど五千首。　本朝詩文興《ほんてうしぶんおこ》つて自《よ》り今《いま》に至《いた》るまで、未《いま》だ此《これ》より盛《さか》んなる者《もの》有《あ》らざる也。

已上十段《いじやうじふだん》十巻の後《あと》に附《ふ》す

万治《まんぢ》[二二]三年庚子《かうし》九月二十六日

向陽林子《かうやうりんし》温故《おんこ》[二三]知《ち》新斎《しんさい》に記《しる》す

周)集一巻」。「都氏(都良香)文集八巻」。「善帖」。「橘氏(橘広相)文集」。「紀(三善清行)家集一注(巻?)」」。「紀(紀長谷雄)家集」(「目録」未見。「続紀家詩集三帖」あり)。「勘解由相公(藤原有国)集二巻」。「直幹(橘直幹)草一巻」。「慶保胤(慶滋保胤《よししげのやすたね》)集二巻」。「源時綱草一巻」。九 菅家後集(貞享板本)「合二十八巻。菅家集六巻祖父清公集、菅相公集十巻親父是善集、菅家文草十二巻道真集」(「献二家集一状」)。一〇 二十一代集。「八代集、十三代集」(書言字考)。一一 蔵書の多いたとえ。「其為レ書、処則充二棟宇一、出則汗二牛馬一」(柳宗元「唐故給事中陸文通墓表」)。一二 五山のすぐれた多くの男子、僧侶。一三 虎関師錬、二十巻。中巌円月、三巻。義堂周信、「空華集」十巻。景徐周麟、十七巻。一四 絶海中津、二巻。雪村友梅、二巻。夢巌祖応、二巻。一五 黒衣を身にまとう仏家、寺。ここは仏教界、五山文学。一六 明暦三年(一六五七)の江戸の大火。↓「本朝一人一首序」。一七 同前。一八 羅山はその三日後に病没。一八 羅山の四男(鵞峰の弟)林読耕斎の字「函三子」。一九 あらゆる方面。二〇 羅山林先生文集(寛文二年刊)。千七百数十篇。詩集は四千六百三十九首。二一 「起」は「超」「越」などの意に使用したか。二二 一六六〇年。二三 付録「称号義述」参照。ここはその書斎をいう。

本朝一人一首後序《ほんてういちにんいっしゅのこうじょ》

余《よ》、一夕《いっせき》、[一]温故斎《おんこさい》自《よ》り[二]静廬《せいろ》に帰《かへ》る。[三]棐几《ひき》埃《ほこり》を掃《はら》ひ、侍童《じどう》茶を捧《ささ》ぐ。余《よ》諭《さと》して曰《い》はく、「今試《こころみ》に一山嶽《いちさんがく》に就《つ》いて、其の[四]群樹衆卉《ぐんじゅしゅうき》を区分《くぶん》するときは、則《すなは》ち之《これ》を一山一植《いちざんいちしょく》と謂《い》ふべけん乎《か》、[五]一府庫《いちふこ》を撿《けん》し、其の[六]諸品雑器《しょひんざつき》を条陳《でうちん》するときは、則ち之を一庫一貨《いちこいちくわ》と謂《い》ふべけん乎《か》。[七]森然芊焉《しんぜんせんえん》の萃《すい》以《もつ》て見《み》つべし、[八]粲乎炳如《さんこへいじょ》の秀《しう》以て認《みと》むべし」と。童《わらは》が曰《い》はく、「信《まこと》に然《しかり》矣。然《しか》れども何《なん》ぞ其の言《こと》の此《ここ》に出《い》でたる哉《や》、[九]未審《いぶかし》」と。余《よ》が曰はく、「爰《ここ》に『一人一首《いちにんいっしゅ》』の書有《しょあ》り。故《ゆゑ》に偶《たまたま》[一〇]爾耳《しかるのみ》」と。童喜色《きしょく》を動《うご》かして曰はく、「漢魏歟《かんぎか》、[一一]両晋《りゃうしん》歟、南北歟《なんぼくか》、李唐歟《りたうか》、[一二]趙宋歟《てうそうか》、胡元歟《こげんか》、大明歟《だいみんか》、其或《それある》いは[一三]歴代概挙歟《れきだいがいきょか》」と。余が曰はく、「本朝《ほんてう》也」と。童が曰はく、「愈《いよいよ》新奇《しんき》なり。其の書何許《いづれのところ》に在《あ》る乎《や》」と。余が曰はく、「[一四]家兄温故斎主《かけいおんこさいしゅ》、病後近来新撰《びゃうごきんらいしんせん》する所《ところ》なり」と。童が曰はく、「其の書為《しょた》る奈何《いかん》」と。余が曰はく、「『懐風藻《くわいふうさう》』に[一五]資始《とつてはじめ》て、『[一六]万葉集《まんえふしふ》』の載《の》する所也《ところや》、『凌雲集《りょううんしふ》』也《や》、『文華秀麗《ぶんくわしうれい》』也《や》、『経国集《けいこくしふ》』也《や》、『[一七]都良香集《みやこのよしかしふ》』也《や》、『菅家文草《かんけぶんさう》』也《や》、『[一八]残菊詩編《ざんぎくしへん》』也《や》、『水石亭詩巻《すいせきていしくわん》』也《や》、『本朝麗藻《ほんてうれいさう》』也《や》、『江吏部集《がうりほうしふ》』也《や》、『本朝文粋《ほんてうぶんすい》』也《や》、『朝野群載《てうやぐんさい》』也《や》、『[一九]無題詩集《むだいししふ》』也《や》、之《これ》を[二〇]掄閲《ろんえつ》し、各《おのおの》其の一詩を採《と》る。其の餘《ほか》の[二一]録記《ろくき》、[二二]倭歌《わか》の籍《せき》、国字《こくじ》の書《しょ》、遍《あまねく》考《かんが》へ精《くはしく》訪《と》ひ、乃《いま》し近歳《きんさい》に至《いた》るまで、凡《およ》そ作者《さくしゃ》三百六十餘人《よにん》、而《しかう》して詩の数《かず》も亦同《またおな》じ。

一 →前頁注二三。温故知新斎に同じ。二 後序を書いた林靖(鵞峰の弟)の号、その書斎。三 かやの木で作った机。四 多くの草。五 財貨や器物などを収納するくら。六 種々雑多な器物。芸文類聚・雑器物部参照。条陳は条を逐って述べる。七 草木の繁る様。群樹・衆卉についていう。「萃」は下句の「秀」に対する語。八 光り輝くこと。府庫の財貨についていう。九 →475注五。一〇 以上のことをそういったわけなのだ。一一 西晋と東晋。「南北」は南朝と北朝。「李唐」は唐朝。一二 底本「趙宗」を改める。宋朝の意。趙は宋の天子の姓。「胡元」はえびすである元朝を卑んだ語。一三 中国歴代の詩をおおまかにとりあげたもの。一四 兄である温故知新斎の主人、鵞峰。一五 もととして始まる。周易・乾「大哉乾元、万物資始」。一六 大伴家持や池主の詩などをいう。以下の「也」は、反復の助字。一七 都氏文集。一八 174や188(水石亭詩巻)の詩群。一九 本朝無題詩。二〇 えらび(「掄」はリンとも)、ぬきとる。二一 日記・記録類。二二 和歌という書籍。新撰万葉集などの詩。「国字書」は河海抄、古今著聞集など。二三 おさめる、整える。二四 以下の「一巻」はそれぞれ五《ご》七《しち》の言《げん》、長短《ちやうたん》の句《く》差有《しなあ》り。[二三]勒《ろく》して七巻《しちくわん》と成《な》す。又《また》[二四]一巻、以《もつ》て両句存《りやうくぞん》じて篇全《へんまつた》からざる者《もの》を輯《あつ》む。又一巻、以て無名氏《むめいし》の作及《さくおよ》び怪異雑件《くわいいざつけん》を記《しる》す。又一巻、以《もつ》て本邦《ほんばう》の題詠中《だいえいちゆう》華《くわ》の典《てん》に[二五]表章《へうしやう》する者《もの》を纂《あつ》む。統《す》べて計《けい》するに十巻、名《な》を命《めい》じて『本朝一人一首《ほんてういちにんいつしゆ》』と曰ふ。而《しか》うして評話《ひやうわ》を各篇《かくへん》の後に加《くは》へ、乃《いま》し某《ばう》の甲《かふ》、某《ばう》の乙《おつ》の出自族系《しゆつじぞくけい》を[二六]校審《くらべつまび》らかにす。『懐風藻』の作者聞《さくしやきこ》へず。[二七]往歳臆度《わうさいおくたく》して、以《もつ》て淡海三《あふみのみ》船《ふね》が撰《せん》と為《な》す。[二八]阿部仲満《あべのなかまろ》が詩《し》律伝《りつつた》はらず、固《まこと》に遺憾也《ゐかんなり》。『[二九]文苑英華《ぶんゑんえいぐわ》』に載《の》する所《ところ》「胡衡本国《こかうほんごく》に使《つかひ》する詩」、此是《ここにこれ》「朝《てう》」「胡《こ》」相乱《あひみだ》れて、而《しか》も[三〇]朝衡《てうかう》の作《さく》と為《す》る者也《ものなり》。此の両件方今論述焉《りやうけんまさにいまろんじゆつす》。『[三一]書史会要《しよしくわいえう》』に所謂《いはゆる》本朝翰墨《ほんてうかんぼく》の中華《ちゆうくわ》に達《たつ》する者《もの》、[三二]治部卿《ぢぶきやう》源従英、其の爵里未《しやくりいま》だ詳《つまび》らかならず。方今新《まさにいまあらた》に之《これ》を考察《かうさつ》し、以《もつ》て[三四]源俊賢《みなもとのとしかた》と為《す》。「俊賢」の草字《さうじ》転《てん》じて「従英」と為《な》る者也《ものなり》。[三五]確当《かくたう》なりと謂《い》ひつべし。加之《しかのみならず》[三六]校索《かうさく》の国史《こくし》の料《れう》に便《べん》なる者《もの》、亦可《またか》ならず乎《や》。且又別《かつまたべつ》に附録十則《ふろくじつそく》を著《あら》はし、以《もつ》て十巻の末《まつ》に貼《てん》ず。誠《まこと》に是好書也《これかうしよなり》、[三七]珍簡也《ちんかんなり》。[三八]彼《か》の衆山《しゆうざん》の草木栄茂《さうもくえいも》するときは則《すなは》ち栄茂矣《えいもす》。[三九]時《とき》と早謝《はやくしや》し世《よ》を閲《えつ》すること有《あ》ること罕《まれ》なり。此《こ》の群作《ぐんさく》、[四〇]筆花凋《ひつくわしぼ》まず、藻林《さうりん》久《ひさしく》芳《かんば》し。彼《か》の[四一]盈庫《えいこ》の金玉耀麗《きんぎよくえうれい》なることは則ち耀麗矣《えうれいなり》。[四二]脛《けい》無くして走《はし》り、乍《たちまち》摧《くだ》け乍《たちまち》失《しつ》す。此の諸《しよ》[四三]篇瓊唾《へんけいだ》乾《かは》かず、爛章永《らんしやうなが》く照《て》らす。何《なん》ぞ夫《それ》一山一植、一庫一貨の[四四]併言《あはせい》ふに足《た》らん也哉《や》」と。童《わらは》が曰はく、「謹《つつし》んで[四五]誨《くわい》を承《う》く。抑《そもそも》本朝《ほんてう》の作者此《さくしやか》くの如《ごと》き而已耶《のみか》」と。余《よ》が曰はく、「中華古《ちゆうくわこ》今《こん》の詞《し》人《じん》甚《はなはだ》蕃《しげ》し。[四六]今李唐《いまりたう》に就《つ》いて之《これ》を告《つ》げん。其詩人《それしじん》の多多《たた》、計氏《けいし》が『[四七]唐《たう》詩紀事《しきじ》』に過《す》ぎたるは莫《な》し、而《しか》うして[四八]千口《せんこう》の外幾希《ほかいくばくもなし》。瞻夫《かへりみるにそれ》、[四九]初盛中晩《しよせいちゆうばん》の才子《さいし》、豈較《あにかう》

巻八・九・十をさす。 二五 書きあらわす。 二六 「校」は比較する。 二七 先年あれこれ臆測して。 二八 阿倍仲麻呂。 二九 宋の太宗代に李昉(りぼう)等奉勅撰の総集一千巻。 三〇 仲麻呂の唐名。↓455の詩。 三一 書史会要・八。 三二 治部省の長官。底本「治部郷」に誤る。↓222林子評。爵里は官位と出身地。 三四 222の作者。 三五 確実で妥当。 三六 考え尋ねること。料は資料。 三七 貴重な書物。 三八 冒頭の「就二一山嶽一…」に関する記事。「ときは」は改訓、底本「コトハ」。 三九 時と共に早く去り(枯れ)、枯れずに年月を過すことはまれだ。 四〇 詩を文筆の花(筆花)やあやの林(藻林)にたとえる。 四一 冒頭の「撿二一府庫一…」の記事に当る。 四二 物がすぐ流行するたとえ。劉子新論・十九・薦賢「玉無レ翼而飛、玉無レ脛而行」。 四三 美しい玉の如き口液(つば)がかわかない。ここは佳作の続出をいうが、出典未詳。「爛章」は輝くほどの詩文。 四四 同列に論じることができようか。 四五 教え。 四六 唐朝(六一八—九〇七)に同じ。李は高祖の姓。 四七 宋人計有功撰。詩人千百五十家の作を所収。 四八 千人。口は数。 四九 初唐・盛唐・中唐・晩唐。「較計」はくらべる。

一 共に杜甫の友人。杜甫(杜陵)に寄せた詩が残る(唐詩紀事・二十四)。 二 裴迪・丘為共に王維の詩友。王維との交友の詩が残る(唐詩紀事・十六、

計《けい》することを得《え》ん乎《や》。[一]韋《ゐ》迢《てう》・郭受《くわくじゆ》、杜陵《とりよう》が集《しふ》に見へず。[二]裴迪《はいてき》・丘為《きうゐ》、王維《わうゐ》が集《しふ》に附《つ》けざるときは、則《すなは》ち文字《もじ》伝《つた》はらざるべし。是《か》くの若《ごと》きの類《るい》少《すく》なからず。故《ゆゑ》に[三]唐賢《たうけん》の名《な》有《あ》り作《さく》有る者《もの》、僅《わづ》かに千餘《せんよ》に超《こ》ゆ。

本朝も亦然《またしか》り。学術興起《がくじゆつこうき》の後《のち》、諸生《しよせい》の輩出《はいしゆつ》して、春秋《しゆんじう》の[四]科試《くわし》、年年其《ねんねんそ》の桂《かつら》を攀《よ》づる者《もの》最《もつとも》夥《おびただし》矣。[五]侍宴応制《じえんおうせい》の徒《と》、[六]釈奠朝野《せきてんてうや》の俊《しゆん》、極《きはめて》衆《おほし》矣。且《か》つ[七]贈答私《ぞうたふし》閑《かん》の倫《たぐひ》、亦以《またもつ》て繁加《はんか》す。其の名姓翰墨《めいせいかんぼく》と与《とも》に[八]蕪没《ぶぼつ》する者《もの》、固《まこと》に際量無《さいりやうな》し。吁痛《ああいた》ましき哉《かな》。若《も》し夫《それ》、[九]天命開別《あまのみことひらけわけの》帝《みかど》の百篇隻字《せきじ》遺《のこ》らず、慨惜《がいせき》すべし。且《か》つ[一〇]吉備真備《きびのまび》の「梅樹《ばいじゆ》を詠《えい》ずる」也《や》、[一一]藤原八束《ふぢはらのやつか》の「渤海《ぼつかい》の貢使《こうし》と往復《わうふく》する」也《や》、[一二]石上乙満《いそのかみのおとまろ》の「南荒篇草《なんくわうへんさう》」也《や》、小野篁《をののたかむら》の「[一三]隠州長篇《いんしうちやうへん》」也《や》、其の事《こと》有つて、其の詞無《ことばな》し。深《ふか》く惜《を》しむべし。『[一四]経国《けいこく》』二十巻の六巻僅《わづ》かに残《のこる》也。[一五]『土佐日記《とさにつき》』に詩《し》を賦《ふ》するの事有《ことあ》つて録《ろく》せず。[一六]公任《きんたふ》・基俊《もととし》の朗詠《らうえい》其の完章殊尠《くわんしやうことにすくなし》也。悒《いふ》惜《せき》すべし。況《いはん》や[一七]又群彦《またぐんげん》の各集多《かくしふおほ》く烏有《ういう》と為《な》る。而《しか》うして『[一八]秘府略《ひふりやく》』『[一九]銀牓翰律《ぎんばうかんりつ》』『扶桑集《ふさうしふ》』『坤元録《こんげんろく》』『秀句《しうく》』『麗句《れいく》』『格律清英《かくりつせいえい》』等《とう》の名《な》空《むなしく》伝《つた》ふる乎《か》。勝《あ》げて惜《を》しむべき哉《かな》。業《ことすで》已に此《か》くの如《ごと》し。方今《まさにいま》本朝辞章《ほんてうじしやう》世に行《おこな》はるる者《もの》は[二〇]僅僅《きんきん》たる晨星《しんせいなり》也。家兄病餘《かけいびやうよ》の[二一]優興《いうきよう》、閑中《かんちゆう》の幽適《いうてき》、既已《すで》に此《ここ》に及《およ》ぶ。其の光陰《くわういん》の虚《むなしく》擲《なげう》たざる也《や》、[二二]勔釗《べんせう》の致《いた》す所《ところ》、最《もつと》も嘉歎《かたん》すべし。凡《およ》そ此の作者《さくしや》、唯一篇有《ただいつぺんあ》るときは、則《すなは》ち見る所《ところ》に任《まか》せて、之《これ》を記《しる》す、両三篇《りやうさんぺん》有るときは、則ち以《もつ》て可否《かひ》を遴《えら》む。或《ある》いは一人《いちにん》の作《さく》数十首有り、及《およ》び百《ひやく》章《しやう》に逾《こ》ゆるときは、則ち[二三]揀察固《かんさつまこと》に眼《め》を着《つ》く。是《ここ》に至《いた》つて、其《そ》の姓名云云《せいめいうんうん》、其の才調《さいてう》云云、

十七)。底本は丘為を「丘丹」(中唐詩人)に誤る。三 唐代のすぐれた詩人。四 官吏の登用試験に応じること。「攀ㇾ桂」は、それに合格する。五 天子の御宴に侍して勅命により詩を作る。六 供物を捧げ孔子を祭ること(学令)。わが国では文武帝大宝元年(七〇一)が最初。日中の歴史については、制度通・十一「釈奠の事」参照。「俊」は俊才、英俊。七 詩を贈答し、独り静かに詩を作る輩。八 雑草の中に埋もれる。「痛哉」の底本訓イマシキカナは誤刻。九 天智天皇。懐風藻・序「彫章麗筆、非二唯百篇一」を踏まえ、一字(一篇)も残らないの意。一〇 一般にはキビノマキビ。詩題は俗伝か、未詳。「也」は並列の助字。一一 藤原真楯(本名八束)。渤海使楊承慶の帰蕃に際して彼が宴餞を設けたことなどをさすか(天平神護二年三月卒伝)。ここの「往復」は詩の贈答。一二 石上乙麻呂が南国土佐に流された時の佚名詩集「銜悲藻」《かんぴそう》(懐風藻・乙麻呂伝序)。一三 隠岐島配流の道中で作った「謫行吟七言十韻」(仁寿二年十二月卒伝)。一四 経国集の残巻は巻一・十・十一・十二・十四・二十巻の六巻。一五 紀貫之・土佐日記に漢詩を作る記事がある(承平四年十二月二十六日、二十七日など)。一六 藤原公任撰の和漢朗詠集、同基俊撰の新撰朗詠集には完全な詩章が少なく、詩句を中心とする。一七 多くの優秀な人々。「烏有」は滅

其の[二四]古製近格《こせいきんかく》云云、[二五]炯炯然《けいけいぜん》矣。[二六]禅林風月《ぜんりんふうげつ》の詩、以て観《み》つべき者乏《ものとぼ》しからず。而《しか》うして今特《いまとく》に之《これ》を略《りやく》す。亦是《またこれ》其の眼を着《つ》くる所《ところ》也。至若《しかのみならず》[二七]藤斂夫《とうれんぷ》・羅山先生《らざんせんせい》の吟詠《ぎんえい》、今特《とく》に録《ろく》せず、[二八]微意《びい》有るべし。就《つ》いて之《これ》を言へば、[二九]中華文宗詞伯《ちゆうくわぶんそうしはく》、世《よ》を歴《へ》て比比《ひひ》。然《しか》れども其の家業延《かげふの》べて数世《すうせい》に及《およ》ぶ者鮮矣《ものすくなし》。本朝《ほんてう》、文字《もじ》を以《もつ》て[三〇]弓冶《きゆうや》と為《す》る者《もの》、紀氏《きし》久《ひさし》矣。菅氏《かんし》最《もつと》も綿綿《めんめん》、[三一]江氏《がうし》奕葉相紹《えきえふあひつ》ぐ。藤氏《とうし》の南家《なんけ》也《や》、式家《しきけ》也《や》、[三二]真夏《まなつ》の胤《いん》也《や》、亦[三三]貽厥《またいけつ》を墜《おと》さず。[三四]哿《よ》い矣《かな》、偉《ををひ》なる矣《かな》。今《いま》此の書《しよ》を披《ひら》いて了知《れうち》すべし。本朝風俗《ほんてうふうぞく》の敦厚《とんこう》、豈他方《あにたはう》に愧《は》ぢん乎《や》。中華《ちゆうくわ》の人《ひと》、其の世に在《あ》つて、其の世の美事《びじ》に誇《ほこ》る者多《ものおほ》からずと為《せ》ず。[三五]吾儕《わなみ》、桑域《さうゐき》の人也、桑域の美《び》事《じ》、談《だん》ぜずんばあるべからず」と。童拝《わらははい》して退《しりぞ》く。既《すで》にして家兄《かけい》余《よ》に命《めい》ずるに後序《こうじよ》を以《もつ》てす。遂《つひ》に一般《いつぱん》の[三六]説話《せつわ》を叙《じよ》し、[三七]呈焉《ていし》応焉《おうず》。『[三八]荊公詩《けいこうし》選《せん》』に序《じよ》して曰はく、「唐詩《たうし》を知らんと欲《ほつ》する者此《ものこれ》を観《み》れば足矣《たんぬ》」と。今夫《いまそれ》　本朝《ほんてう》の詩を知らんと欲《ほつ》する者《もの》、此《こ》の書《しよ》を観《み》れば足矣乎《たんなんか》。[三九]万治《まんぢ》庚子《かうし》季秋《きしう》、読耕子《どくかうし》林　靖書《はやしせいしよ》す。

ぶ、佚する。一八 滋野貞主等撰、一千巻の類書(巻八六四・八六八残存)。一九 以下の書名は→三三四頁注二一・三。「坤元録」は「坤元録屛風詩」(大江維時撰、二巻)。「秀句」は「本朝秀句」。「麗句」は「近代麗句」「当世麗句」の何れかをさす。二〇 わずかに残る明け方の星。二一 すぐれた興味。「幽適」は静かに楽しむこと、自適。二二 勔も釗も努力する意。爾雅・釈詁「釗、勔、勉也」。二三 よりわけて察する。二四 詩の調子の古調か以後の格調かなど。二五 その明察は光り輝く。二六 仏家、主として五山の僧の文学。二七 藤原惺窩。林羅山は惺窩の門弟。二八 深い配慮。二九 文章の大家。比比は多数。三〇 家業を代々継ぐこと。「弓裘」(礼記・学記)に同じ。冶はかじ屋。三一 代々。三二 北家出身の藤原真夏、日野家の祖。三三 子孫に残す家業(毛詩・大雅・文王有声)のほまれを失墜させない。三四 毛詩・小雅・正月「毛伝、哿ハ可也」。三五 「吾儕 ワナミ・ワラハ自身之称、出二左伝一」(書言字考)。「桑域」は扶桑(東方の海中にあるという神木)のある地域、日本国。「美事」はうるわしい文学上の事。三六 堅苦しくない話。三七 序文を呈し求めに応じた。三八 宋人王安石(荊国公に任ぜられたため王荊公という)撰の唐百家詩選。三九 万治三年(一六六〇)九月、読耕斎林靖(靖はオサムとも)。「子」は自称。

本朝《ほんてう》一人《いちにん》一首《いつしゆ》後《のあと》に題《だい》す[一]

[二]堯撃壌有《げうげきじやうあ》り、舜南風《しゆんなんぷう》有り。詩の道《みち》為《た》る、此《ここ》に濫觴《らんしやう》す。周詩《しうし》[三]・楚騒《そさう》・漢魏《かんぎ》・六朝《りくてう》を経《へ》、李唐《りたう》の初《しよ》・盛《せい》・中《ちゆう》・晩《ばん》に至《いた》つて[四]郁郁乎《いくいくこ》たり。

顧夫《かへりみるにそれ》、本朝《ほんてう》の歌に於ける、中華《ちゆうくわ》の詩の如《ごと》し。端《たん》を[五]陽神《をかみ》陰神《めかみ》の唱《しやう》に造《な》して、始《し》を下《した》照姫《てるひめ》・素盞烏《そさを》の詠《えい》に托《たく》し、而《しか》うして[六]難波《なには》の春花《はるのはな》、王仁之《わにこれ》を賞《しやう》し、[七]明石《あかし》の朝霧《あさぎり》、人麿之《ひとまろこれ》を吟《ぎん》ず。[八]橘諸兄《たちばなのもろえ》の『万葉集』を編《へん》し、紀貫之《きのつらゆき》が『古今集』を撰《せん》す。是自《これよ》り倭歌《わか》の良材顕著《りやうざいけんちよ》矣《す》。[九]殊世《しゆせい》にして制法《せいはふ》有り、各国《かくこく》にして風俗《ふうぞく》有り。固《まこと》に知《し》んぬべし。啻《ただ》倭歌而已《のみ》に匪《あら》ず、詩《し》に於《お》いても亦盛矣《またさかんなり》。其始《そのはじめ》何代《いづれのよ》乎《ぞ》。[一〇]大友《おほども》・大津《おほつ》の作《つく》る所《ところ》、[一一]「河梁《かりやう》」の五言《ごごん》、[一二]「栢梁《はくりやう》」の七言《しちごん》の如《ごと》き者《もの》、其権輿《それけんよ》乎《か》。其の後《のち》[一三]文武《もんむ》・嵯峨《さが》より醍醐《だいご》・村上《むらかみ》に至《いた》つて、[一四]休明《きうめい》の政《せい》を施《ほどこ》し、[一五]菅《かん》・江及《がうおよ》び藤氏《とうし》の南《なん》・式《しき》、文章《ぶんしやう》の家《いへ》を世《せい》す。[一六]至若《しかのみならず》詞秀文英《しうぶんえい》、世《よ》を逐《お》うて興《おこ》り、[一七]騒《さう》人墨客《じんぼくかく》、時《とき》を同《おな》じうして出《い》づ。中華《ちゆうくわ》の文物《ぶんぶつ》と雖《いへど》も、豈啻之《あにただこれ》に外《す》ぎん乎《や》。嗚呼《ああ》盛《さか》んなる哉《かな》。然《しか》れども歴代《れきだい》の兵革《へいかく》に逢《あ》うて、典籍殆《てんせきほとん》ど散失《さんしつ》し、[一八]烏有《ういう》と為《な》る者甚《ものはなは》だ少《すく》なからず。其の存《ぞん》ずる者僅《ものわづ》かに十が二《に》三耳《さんのみ》。故に其の名の人口《じんこう》に膾炙《くわいしや》せざる者宜《ものむべ》なる乎《かな》。[一九]嘆惜太息斯《たんせきたいそくここ》に在《あ》り。

[二〇]邇日《じじつ》　[二一]向陽《かうやう》林先生微恙《せんせいびやう》有り。[二二]節往《せつゆ》いて之《これ》が起居《ききよ》を問《と》ふ。先生一編《いつぺん》を出《いだ》し、節《せつ》に示《しめ》して

一 書きしるす。二 帝尭のときその徳を称賞する撃壌(土くれを打つとも、土製の楽器を打つともいう)の歌があり(芸文類聚・帝王部引用「帝王世紀」)、帝舜が五絃琴を作り南風歌を歌った(同)。三 中国古代の周の詩、特に詩経(毛詩)。楚騒は楚の国の離騒、特に楚辞。四 咲く花の匂う如く詩の盛んな様(論語・八佾「郁郁乎文哉」)。五 男女二神の唱和(神代紀・上)。以下、古今集・仮名序を参考にしたか。「世に伝はる事は…下照姫に初まり…素盞烏尊よりぞ起りける」。「烏」を底本「鳥」に誤る。六 王仁の作った「難波津にさくやこの花…」の歌(仮名序)。七「ほのぼのと明石の浦の朝霧に…」の歌(仮名序)。底本「人磨」に誤る。八 諸兄説は八雲御抄などによる。九 時代を異にして。制法は詩歌を作る方法、仕方。一〇 1・3の作者。一一 漢の蘇武が匈奴を去るとき李陵が与えた五言詩の第一句にみえる(古詩源・二「与蘇武詩三首」第三首)。河梁は黄河の橋。大友の詩も五言。一二 漢武帝が柏梁台を作り(「栢」は「柏」に同じ)、群臣に七言詩の聯句を作らせたその詩(同・漢武帝「柏梁詩」)。大津にも七言聯句の「述志」がある。一三 文武帝(8の作者)を引用したのは、懐風藻・序の「鳳翥(ほうしよ)天皇」によるか。嵯峨→68、醍醐→187、村上→205。一四 立派で明らかな政治。一五 南家

曰はく、「余《よ》頃《このごろ》薬石《やくせき》の暇《いとま》、偶《たまたま》『懐風《くわいふう》』以下《いか》の諸集《しよしふ》、雑《まじ》へて[二三]稗史《はいし》小説《せうせつ》の末《すゑ》に及《およ》ぶまでを閲《えつ》し、以《もつ》て　本朝《ほんてう》の詞客《しかく》を選《せん》す。一人毎《いちにんごと》にして一首を采《と》る。凡《およ》そ三百餘人《よにん》、長短《ちやうたん》・古《こ》風《ふう》・五七言《ごしちごん》・[二四]異《い》体《たい》・雑詠《ざつえい》、或《ある》いは篇全《へんまつた》からざる者有《ものあ》り、或いは怪談《くわいだん》の者有り、或いは名《な》を記《き》せざる者有り、或いは[二五]異域《いゐき》の書《しよ》に出《い》づる者有り。一首毎《いつしゆごと》に之《これ》を評論《ひやうろん》す。且《か》つ　本朝《ほんてう》の詩体《してい》を掲《かか》げ、之《これ》が附録《ふろく》を作《つく》る。併《あは》せて十巻と為《な》し、名《な》づけて『本朝一人一首《ほんてういちにんいつしゆ》』と曰《い》ふ。[二六]叢林《そうりん》の徒《と》の如《ごと》きは、則《すなは》ち今之《いまこれ》を採《と》らず」と。節欣然《せつきんぜん》として巻《まき》を開《ひら》き、[二七]乙覧《いつらん》して嘆《たん》じて曰はく、「今《いま》此の巻を見《み》て[二八]疑《うたが》ふ。詩家《しか》亦《また》[二九]司天臺《してんだい》有つて之《これ》に登《のぼ》り、[三〇]東皐《とうかう》の白楡《はくゆ》を指数《しすう》するが如《ごと》し。一辰一星《いつしんいつせい》其の名同《めいおな》じからず、一人一首其の品《ひん》各《おのおの》異《こと》なり。就中《このなか》[三一]三台七斗《さんだいしちと》有り、二十八宿《しゆく》有り。粲然《さんぜん》として[三二]天《てん》に麗《かか》り、[三三]芒寒《ひかりさむ》く色正《いろただ》し。吁夫《ああそれ》　本朝《ほんてう》の古《いにしへ》、文物《ぶんぶつ》の盛《せい》、其《そ》の時世也《じせいや》、其の分野也《ぶんやや》、[三四]徳星聚《とくせいあつ》まる者乎《ものか》、[三五]五星奎《ごせいけい》に聚《あつ》まる者乎《ものか》。之《これ》を中華《ちゆうくわ》に[三六]方《たく》ぶれば、[三七]外《ぐわい》裔《えい》に在《あ》りと雖《いへど》も、[三八]胡豈人無《こあにひとな》からん乎《や》。[三九]文章昭回《ぶんしやうせうくわい》の光《ひかり》、是《ここ》に於《お》いて見《み》つべし。唯其《ただそ》の伝《でん》の遍《あまね》からざることを惜《を》しむ。亦[四〇]保章職事《またほしやうしよくじ》の廃《はい》するが如き乎《か》。今《いま》　先生の此の編《へん》、[四一]羲和《ぎくわ》の眼《め》有《あ》つて、[四二]紫宮列宿《しきゆうれつしゆく》、区別分辨《くべつぶんべん》、[四三]昭昭焉《せうせうたり》、煥煥焉《くわんくわんたり》。具眼《ぐがん》の者《もの》を使《し》て[四四]管窺《くわんき》して之《これ》を得《え》せしめば、則《すなは》ち其《その》功《いさをし》大《だい》なる哉《かな》、其《その》施《ほどこし》博《はく》なる哉《かな》。何《なん》の幸《さいはひ》か焉《これ》に如《まさ》らん。且《か》つ編中若干《へんちゆうじやくかん》の名《めい》士《し》、[四五]顔《かほ》を地下《ちか》に開《ひら》く者耶《ものか》。想《おも》ふに夫《それ》、　本朝詩《ほんてうし》を編《あ》むの書《しよ》、間存《ままぞん》ずること有りと雖《いへど》も、然《しか》れども其の評論《ひやうろん》する者僅《ものわづ》かに『江談抄《がうだんせう》』有り、其の餘未《ほかいま》だ曾《かつ》て之《これ》を見ず。然《しか》るときは、則《すなは》ち詩評《しひやう》の詳精《しやうせい》なる者《もの》、其是《それこれ》を以《もつ》て始《し》と為《せ》ん乎《か》。且《か》つ中華《ちゆうくわ》詩を評《ひやう》する者[四六]夥矣《ものををし》と雖《いへど》も、一《いち》

(祖は武智麻呂)。式家(祖は宇合)。「世」は代々ひきつぐこと。一六 詩文にすぐれ秀才。一七 詩を作ったり、書画の筆を取る風流人。一八→三三八頁注一七。一九 心の底から惜しんで、ためいきをつく。二〇 近ごろ。二一 林鵞峰が軽い病気の床にある意。二二 この後題の作者、門下生金節。二三 正史に対する民間の歴史、記録類。「小説」は作り物語、説話の類。二四 変った文体をもつ詩。「偏傍体」(巻五)や「三韻詩」(巻六)などの類。二五 宋・明などの中国の書籍。二六 五山の詩僧たち。二七 一覧に同じ。二八 以下のことではないかと思う。二九 唐代の天文暦日を司る役所。三〇 東方の水田(田沢)にかかる星を指で数える。「白楡」は星の名(玉台新詠・一「隴西行」)。三一 北極星の周辺にある上台中台下台の三つの星と北斗七星。「二十八宿」は二十八座の星。三二 林羅山跋・藤原惺窩点の周易・離に「ツク」と訓む。底本訓カカルは意訳。三三 光芒が冴える。「色正」は五色をさす。三四 めでたいしるしの星、景星。三五 木・火・金・水・土星の五惑星。「奎」は文章を司るという星。三六 「比方」に同じく、比較する。三七 外国という片ほとり、辺境。三八 えびす、異民族。ここは日本をさす。但し反語の「胡」(なんぞ)と訓むべきか。三九 光りめぐる(毛詩・大雅・雲漢)。四〇 文に関する官吏の意か。四一 古代中国の暦法天文を司っ

人《にん》を掲《かか》げて一首《いつしゆ》を選《せん》する者無《ものな》し。則《すなは》ち此《こ》の編《へん》の如《ごと》き、固《まこと》に希有《けう》の書《しよ》、奇珍《きちん》の翫也《ぐわんなり》。況《いはん》や此の三百餘人《よにん》、[一]彼《か》の詩《し》三百と期《き》せずして自《をの》づから符合《ふがふ》するときは、則《すなは》ち[二]又美《またび》を尽《つく》せりと謂《い》ひつべし。先生《せんせい》の博物明辨《はくぶつめいべん》、以《もつ》て仰歎《ぎやうたん》すべけん乎《か》。先生《せんせい》、[三]文敏公《ぶんびんこう》の緒《ちよ》を受《う》け、根《ね》を儒林《じゆりん》に深《ふか》ふし、[四]蔕《ほぞ》を文林《ぶんりん》に固《かた》ふし、[五]身《み》を士林《しりん》に托《たく》し、[六]意《こころ》を藝林《げいりん》に游《あそ》ばしむ。此の集《しふ》を編《あ》む如《ごと》きは、[七]古人《こじん》に書林《しよりん》に対《たい》し、筆花《ひつくわ》を詩林《しりん》に弄《ろう》する者乎《ものか》」と。先生莞爾《くわんじ》として曰はく、「汝亦之《なんぢまたこれ》が巻末《くわんまつ》に題《だい》せよ」と。節其《せつそ》の任《にん》に非《あら》ざるを以《もつ》て、峻拒《しゆんきよ》すれども許《ゆる》されず。是《ここ》に於《お》いて、[八]禿筆《とくひつ》を握《にぎ》り、漫《みだ》りに贅語《ぜいご》を綴《つづ》る。[九]醤瓿《しやうほう》を覆《をを》ひ、[一〇]葫蘆《ころ》を画《あが》くの譏《そしり》を免《まぬか》れず。門生金節《もんせいきんせつ》[一一]謹《つつし》んで題《だい》す。

た羲氏と和氏。太陽の御者(広雅・釈文)として名高い。四三 天帝の居所という星の名。「列宿」は並ぶ多くの星宿。四四 明らかであり、光り輝く。四五 狭いくだの穴から広い天を観測すること(荘子・秋水篇)。四六 あの世で顔をほころばせる。四七 底本、返点の位置を誤る。

一 詩経をさす(論語・為政篇)。二 論語・八佾篇「尽レ美矣、又尽レ善也」による。三 林羅山のおくり名。「緒」は糸ぐち、ここは学統を受けつぐこと。四 へた。ねもと。五 読書人の仲間に身を投じる、読書に身をゆだねる。六 芸術の道に心を寄せる。七 残した書物の中で昔の人に相対し、文筆を漢詩の世界で振う。八 穂さきのすり切れた筆、謙遜のことば。九 ひしお(味噌の類)を入れたかめのふたに代用すること。この文が何の用にもたたないたとえ(顔氏家訓・文章篇)。一〇 瓢箪を画くこと。先例をまねるだけで独創性のないたとえ(続湘山野録「依レ様画二葫蘆一」など)。一一 読耕年譜参照。

本朝一人一首跋《ほんてういちにんいつしゆばつ》

昔《むかし》　本朝文物《ほんてうぶんぶつ》の盛《さか》んなる、詩人才子《しじんさいし》世世《よよ》乏《とぼ》しからず。想《おも》ふに其《それ》、諸家《しよか》の文筆簡編堆《ぶんぴつかんぺんたい》を成《な》し、[一]車載斗量《しやさいとりやう》ならん。然《しか》れども世《よ》遠《とほ》く人亡《ひとほろ》んで、存《ぞん》ずる者幾希《ものいくばくもなし》。以《もつ》て痛《いた》むべし、以て惜《を》しむべし。

頃間《このごろ》　[二]家厳向陽先生《かげんかうやうせんせい》、病餘《びやうよ》[三]寂閴《せきげき》、[四]一日読耕先生《いちじつどくかうせんせい》と談《だん》じて此事《このこと》に及《およ》ぶ。因《よ》つて『懐風藻《くわいふうさう》』『凌雲《りよううん》』『文粋《ぶんすい》』『経国《けいこく》』『麗藻《れいさう》』『無題詩《むだいし》』等《とう》の詩集《ししふ》を披繙《ひらきひもと》き、其の詩を抄出《せうしゆつ》す。一人《いちにん》に各一首《おのおのいつしゆ》を限《かぎ》る。[五]乃《いま》し批評《ひひやう》を加《くは》ふ。[六]小子《せうし》に命《めい》じて筆《ふで》を渉《と》らしむ。其の撰択《せんたく》の精《せい》、捜求《さうきう》の労《らう》、勝言《あげてい》ふべけん乎《や》。既《すで》にして[七]昼牕夜几《ちうさうやき》、孜孜《しし》怠《おこた》らず、月を逾《こ》へて篇《へん》を成《な》す。合部《がふぶ》十巻、名《な》づけて『本朝一人一首《ほんてういちにんいつしゆ》』と曰《い》ふ。在昔《むかし》[八]索靖《さくせい》、魏玄同《ぎげんどう》に語《かた》つて曰はく、「病中以《びやうちゆうもつ》て慰《なぐさ》む無《な》し、君《きみ》が[九]詩軸《しぢく》を把《と》つて日を過《す》ごす」と。今《いま》　家厳病餘《かげんびやうよ》、本朝の詩軸を把つて日を過ごす者《もの》、併按《あはせあん》ずべし。何《なん》ぞ世人《せじん》[一〇]笙歌《しやうか》・鼓舞《こぶ》・飲食《いんしよく》・談話《だんわ》の者《もの》と[一一]世《よ》を同《おな》じうして語《かた》るべけん哉《や》。睠《かへり》みるに夫《それ》、[一二]良玉卞瑀《りやうぎよくべんくわ》に遇《あ》はざるときは、則《すなは》ち長《なが》く黄壌《くわうじやう》に埋《うづも》る、[一三]宝剣雷煥《ほうけんらいくわん》に遇《あ》はざるときは、則ち誰か[一四]青函《せいかん》を開《ひら》かん哉《や》。今《いま》の人唯《ひとただ》[一五]五岳《ごがく》に文字《もじ》の禅有《ぜんあ》ることを知つて、未《いま》だ　本朝《ほんてう》の古官家《いにしへくわんか》に詩才《しさい》有ることを知らず。故に[一六]瓊章瑶句《けいしやうえうく》、光《ひかり》を韜《つつ》みて其の美《び》を揚《あ》ぐること能《あた》はず、[一七]筆槊詩鋒《ひつさくしほう》、筥《はこ》に在《あ》つて其の鋭《えい》を発《はつ》することを得《え》ず。幸《さいはひ》に　家厳《かげん》

一 車に載せた物が斗升(すとます)ではかるほど数の多いこと(呉志・呉主孫権伝・裴松之注引用「呉書」)。 二 自分の父の鵞峰。 三 静かで人けのない様。 四 鵞峰の弟靖、後序の作者。 五 すなわちなどの意をもつ助字。イマシは当時の訓。 六 作者春信の謙遜語。 七 昼の書窓と夜の机。 八 索靖は草書に巧みな官人(晋書・六十)、魏玄同は唐の官人(旧唐書・八十七)。両者の時代が離れ、作者の記憶ちがいか。或いは「索靖」を叔父の林靖に、「魏玄同」を祖父羅山の友人菅玄同(菅得菴)になぞらえたたわむれかとも。 九 詩の書かれた巻き物、詩巻。 一〇 笙の音に合わせてうたう歌。「鼓舞」はつづみに合わせて舞う舞。「談話」は世間一般の話。 一一 同日の論ではない。 一二 楚の卞和(「瑀」に同じ)のような良玉の発見者に出逢わないと。韓非子・四・和氏、蒙求・卞和泣レ璧など。 一三 晋人雷煥が地中の石函の中で竜泉・太阿の二剣を得た話(蒙求・雷煥送レ剣)。 一四 宝剣を収めた青色のはこ。底本「哉」の傍訓キは誤刻。 一五 禅の境地を表現する五山の詩文学。五山文学。 一六 玉のように美しい詩章や詩句。瓊・瑶ともに美玉。 一七 詩文のほこさき、鋭利な表現。

の撰《せんあ》有つて、其の名を挙揚《きよやう》す。良玉卞瑀《りやうぎよくべんくわ》に遇《あ》ふに孰与《いづれ》[一]ぞ哉《や》、宝剣雷煥《ほうけんらいくわん》に遇《あ》ふに孰与ぞ哉。嗚呼《ああ》、他日《たじつ》此の書遍《しよあまね》く世《よ》に行《おこな》はれて、人人《じんじん》、作者《さくしや》の姓名《せいめい》を記《しる》し、作者の系譜《けいふ》を知り、作者の行実《かうじつ》を識《し》り、作者の詩句《しく》を誦《しよう》し、且又深《かつまたふか》く其の句意《くい》を味《あぢは》ひ、諸《これ》を中華《ちゆうくわ》の詩章《ししやう》に参《さん》考《かう》するときは、則ち[二]騒壇《さうだん》に登《のぼ》るの助《じよ》と為《な》らん者必矣《ものひつせり》。豈《あに》五岳《ごがく》[三]蔬筍《そじゆん》の味《あぢ》を屑《もののかず》とせん乎《や》。嘗《かつ》て聞《き》く、[四]鯉趨《りはし》つて庭《には》を過《す》ぎ、詩を学《まな》ぶことを得《え》たり。[五]今小子《いませうし》伯魚《はくぎよ》に於《お》いて及ぶべからずと雖《いへど》も、焉《ここ》に　本朝の詩を聞《き》くことを得《え》たり。亦悦《またよろこ》ばしからず乎《や》。[六]万治《まんぢ》庚子《かうし》冬《ふゆ》の孟《はじめ》、小子《せうし》春信《しゆんしん》謹《つつしんで》　跋《ばつ》す。

一 優劣を問う句法。漢書や文選の賦などに見える。 二 詩文壇。 三 野菜と筍の味。五山禅僧の文学をいう。 四 孔子の子の鯉(字は伯魚)が庭を走って通り過ぎた時、「詩」を学んだかと尋ねられ、遂に「詩」を学んだという話(論語・季氏篇)。 五 鵞峰の子の春信が、父孔子の教えを受けた伯魚と自分を比較したもの。底本「及ハ」に誤る。 六 万治三年(一六〇)十月。

本朝一人一首補遺《ほゐ》

林子《りんし》曰《い》はく、世《よ》に陳農《ちんのうな》[一]無きときは、則《すなは》ち遺《ゐ》書《しよ》求《もと》むべからず。家東観《いへとうくわん》[二]にあらざれば、則ち未見《みけん》の書《しよ》を得《え》難《がた》し。才王充《さいわうじゆう》[三]にあらざれば、則ち閲《けみ》する所《ところ》諳《そら》んずべからず。料《はか》り知《し》る、此の編漏脱有《へんろうだつあ》るべし。故に数葉《すうえふ》を餘《あま》して、以《もつ》て増補《ぞうほ》を待《ま》[四]つ也。若《も》し幸《さいはひ》に多多《たた》之《これ》を得《え》ば、則ち続集《ぞくしふ》を修《しう》[五]して以《もつ》て此の編《へん》に継《つ》ぐべし、と。

[六]寛文乙巳《くわんぶんいつし》仲春既望《ちゆうしゆんきばう》

[七]室町《むろまち》通《どほり》鯉山《こひやま》町
[八]田《た》中《なか》清《せい》左《ざ》衛《ゑ》門《もん》刊行《かんかう》

一 漢の成帝の命を受けて散逸した書物を天下に求めた人(漢書・成帝紀・河平三年)。 二 漢代の宮廷の図書館。 三 後漢の王充が貧しいために洛陽の書店の書物を一見しその内容をよく暗記した話(蒙求・王充閲レ市)。 四 底本「待」の送仮名を「〆」(して)に誤る。 五 編修して。 六 寛文五年(一六六五)二月十六日。 七 鯉山町は京都市中京区室町通六角下ル。 八 『徳川時代出版者出版物集覧・続篇』に記載の書肆。

原文

本朝一人一首序

我　先考羅山先生壯年輯唐宋元明絶句其
後編　本朝詩選是人各限一首然登時中
華詩集猶有未家藏者雖　本朝詩集未得凌
雲麗藻等及晩年而倭漢詩集倍於往年將增
補前所輯而未果既而　本朝詩選罹丁酉之
災唐宋元明人一首幸存焉　先考易簀之
後忝蒙　官命補求罹災之書雖倭漢之籍殆
充棟宇至若　先考所編無副本則無奈之何

今玆《コトシ》之秋河魚之疾頻愈然以氣宇未復本故
頤養踰月燈下蕭然繙者懷風凌雲文華經國
等諸集歟　本朝之古官家不乏才子非近代
禪叢蔬筍之所可及而命春信抄出之且評之
且論之以換敝帚聊雖似補　先考所編然選
詩者非我事唯隨見隨得而使信等知作者姓
名而已漸漸成編題曰　本朝一人一首時維
萬治三年季秋向陽林子序

本朝一人一首巻之一

向陽林子輯

述懷　大友皇子 天智帝長子

道德承天訓鹽梅寄眞宰羞無監撫術安能臨四海

林子曰大友好學有才　本朝言詩無先於此想
夫此詩任太政大臣執朝政時之作也不然則太
弟潛跡于吉野其身既爲太子時之作也末句有
謙遜之意然果遂爲讖嗚呼惜哉痛哉

山齋　河島皇子

塵外年光滿林間物候明風月澄遊席松桂期交情

林子曰河島者大友弟也兄弟共有詩才而以好
曹丕曹植乎可准蕭統蕭綱乎

遊獵　大津皇子 天武帝子

朝擇三能士暮開萬騎筵喫臠倶豁矣傾盞共陶然
月弓輝谷裡雲旌張嶺前曦光已隱山壯士且留連

林子曰讀此詩則可觀大津器量過人也惜哉不
能韜光待時早圖不軌爲兒女子擒矣　日
本紀曰詩賦之興自大津始也紀淑望古今倭歌
集序曰大津皇子始作詩賦何不言大友乎想夫
壬申之亂大友天命不遂而太弟得志即是天武
帝也舍人親王者天武子也故撰日本紀時諱而
不言之乎抑亦大友子孫憚而不傳之乎大友久

蒙叛逆之冤故其詩不傳于世是以淑望亦未見
乎微懷風藻則大友之才寔寥寥乎然大友詩僅四
句大津吟八句且有七言一聯曰天紙風筆畫雲
鶴山機霜杼織葉錦然則大友本朝五言之祖
而大津七言之祖也河島與大津爲從昆弟然其
夢在大津之後則作詩未知與大津孰爲先後也

秋日言志　釋智藏

欲知得性所來尋仁智情氣爽山川麗風高物候芳
燕巢辭夏色雁渚聽秋聲因茲竹林友榮辱莫相驚
林子曰是　本朝僧詩之權輿也此僧奉

詔入唐當高宗時則或夫與王楊盧駱輩
若夫與李嶠蘇瓌之儔佺期輩覿面乎可以羨焉
劉禹錫贈詩日本僧智藏者與此不相關

遊龍門山　葛野王

命駕遊山水長忘冠冕情安得王喬道控鶴入蓬瀛
林子曰葛野者大友子也可謂有皇考之遺風也
讀此詩則學仙之人也未知果然乎蓋避時嫌以
託言於方外乎

山齋　中臣大島　出自天兒屋根命

宴飲遊山齋遨遊臨野池雲岸寒猿嘯霧浦柂聲悲
葉落山逾靜風涼琴益微各得朝野趣莫論攀桂期

林子曰大島仕官任亞相叙直大二見此詩則所
謂不忘山林者乎但擬末句則少壯未顯時之作
乎頸聯動靜相對句意亦可也

春日應詔　紀麻呂　武内十二代孫

惠氣四望浮重光一園春式宴依仁智優遊催詩人
崑山珠玉盛瑤水花藻陳階梅鬪素蝶塘柳掃芳塵
天德十堯舜皇恩霑萬民
林子曰　本朝十代詩於紀麻呂初見之階梅素
蝶所見之即景乎若然則誰謂一生不得近梅花

詠月　文武天皇

月舟移霧渚楓檝泛霞濱臺上澄流耀酒中沈去輪
水下斜陰碎樹秋光新獨以星間鏡還浮雲漢濱
林子曰　本朝天子之詩以文武爲始且釋奠亦
權輿于此馭寓其好學可以觀焉其風流可以知
焉惜哉英筭不富也世人唯知龍田川楓錦歌詠
知其作詩者何乎

從駕應詔　大神高市麻呂

臥病已白鬢意謂入黃塵不期逐恩詔從駕上林春
松巖鳴泉落竹浦花新臣是先進輩濫陪後車賓
林子曰高市曾免冠諫持統帝遊幸見此詩其作
雖未知其在何時然猶含諷諭之意擬破題則老
耄以死自期者也如此而猶不忘君者誰不憐之

乎又曰大神一作三輪其倭訓相通又同時有高
市皇子莫混為一人　按大神氏出自事代主神

春日應詔　巨勢多益須　武内苗裔

玉管吐陽氣春色啓禁園望山智趣廣臨水仁狎敦
松風催雅曲鶯哢添談論今日良醉德誰言湛露恩

遊覽山水　犬上王

暫以三餘暇遊息瑶池濱吹臺哢鶯始挂庭舞蝶新
浴鳧雙廻岸窺鷺獨銜鱗雲罍酌煙霞花藻誦英
留連仁智間縱賞如談倫雖盡林池樂未翫此芳春

望雪　紀古麻呂　麻呂子

無為聖德重寸陰有道神功輕球琳垂拱端坐惜歲
暮披軒褰簾望遙岑浮雲靉靆縈巖岫驚飈蕭瑟響
庭林落雪霏霏一嶺白斜日黯黯半山金柳絮未飛
蝶先舞梅芳猶遲花早臨夢裡鈞天尚易涌松下清
風信難斟

林子曰七言長篇始見之七八句能寫即景九十
句形容得好其不拘聲律者當時風體比比皆然
想夫懷風藻中才子唯慕文選古詩而未見唐詩
格律之正則為可疑難之乎

春日應詔　美努淨麻呂　出自天川田奈命

玉燭凝紫宮淑氣潤芳春曲浦戲嬌鶯瑶池躍潛鱗
階前桃花映塘上柳條新輕煙松心入囀鳥葉裡陳
絲竹遏廣樂率舞洽往塵此時誰不樂普天蒙厚仁

臨水觀魚　紀末茂

結宇南林側垂釣北池潯人來戲鳥沒船渡綠萍沉
苔搖識魚在緡盡覺潭深空嗟芳餌下獨見有貪心

林子曰能寫所見末句含警戒之意

在唐憶本鄉　釋辨正

日邊瞻日本雲裡望雲端遠遊勞遠國長恨苦長安

林子曰辨正者秦氏之子也出家為僧然生二子
入唐留學玄宗未即位時相對圍棋可謂異人也
其詩體亦奇異也

三月三日應詔　調老人　出自百濟國

玄覽動春節宸駕出離宮勝境既寂絕雅趣亦無窮
柳花梅花側酌醴碧瀾中神仙非存意廣濟是攸同
鼓腹太平日共詠太平風

林子曰　本朝三月三日之宴始於顯宗天皇傳
聞厩戸皇子有曲水詩然未知其實其詩存者以
是為始以其應詔故祝賀之意至矣盡矣然神仙
非存意可謂其眼高也仕宦任大學頭料知不辱
其職也惜哉其所作唯此一首而其餘不傳

元日應詔　藤原史

正朝觀萬國元日臨兆民齊政敷玄造撫機御紫宸
年華已非故淑氣亦惟新鮮雲秀五彩麗景耀三春

濟濟周行士穆穆我朝人感德遊天澤飲和惟聖塵

林子曰史倭訓不比等即是淡海公也知此詩則非公則不能言之宜哉冠百僚預萬機威振海内名聞蕃國爲藤氏四家之祖開攝籙累世之基也世人唯知營興福寺而不知作律令然知作律令者或有之知作詩者鮮矣嗚呼微懷風藻則何以知公有詩才乎若夫公一代行實則考國史可以知焉

詠美人　荊助仁

巫山行雨下洛浦廻雪霏月泛眉間魄雲開鬢上暉腰逐楚王細體隨漢帝飛誰知交甫珮留客令忘歸

林子曰疊用故事聊似着題體然四韻中霏飛二字同意可不免疑難乎

侍宴　刀利康嗣

嘉辰光華節淑景風日春金堤拂弱柳玉沼泛輕鱗爰降豐宮宴廣垂栢梁仁八音寥亮奏百味馨香陳日落松影闇風和花氣新俯仰一人德唯壽萬歲眞

從駕應詔　伊與部馬養 出自事代主神

帝堯叶仁智仙蹕玩山川疊嶺杳不極驚波斷復連雨晴雲卷羅霧盡峯舒蓮舞庭落夏槿歌林驚秋蟬仙槎泛榮光鳳笙帶祥煙豈獨瑤池上方唱白雲天

侍宴應詔　大石王

淑氣浮高閣梅花灼景春叡睠留金堤神澤施群臣琴瑟設仙籞文酒啓水濵叨奉無限壽倶頌皇恩均

春花應詔　田邊百枝 出自豐城命

聖情敦汎愛神功亦難陳唐鳳翔臺下周魚躍水濵松風韻添詠梅花薫帶身琴酒開芳苑丹墨點英人適遇上林會忝壽萬年春

林子曰右三首共應詔詩然此詩三四五六恰好凡懷風藻所載或曰侍宴或曰應詔者多多是知當時人主好文學故群臣亦不乏才也嗚呼郁郁哉

山齋言志　大神安麻呂

欲知閑居趣來尋山水幽浮沉煙雲外攀翫野花秋稻葉負霜落蟬聲逐吹流祇爲仁智賞何論朝市遊

林子曰情景無備想像其人

春花應詔　石川石足 武内宿禰

聖衿愛良節仁趣動芳春素庭滿英才紫閣引雅文水清瑤池深花開禁苑新戲鳥隨波散仙舟逐石巡舉袖留翔鶴歌聲落梁塵今日足忘德勿言唐帝民

林子曰末句有擊壤歌之遺意

侍宴　山前王

至德洽乾坤清化朗嘉辰四海既無爲九域正清淳元首壽千歲股肱頌三春優優沐恩者誰不仰芳塵

春日侍宴應詔　　采女比良夫（物部同祖出自宇麻志治命）
論道與唐儕語德共虞隣冠周埋尸愛駕殷解網仁
淑景蒼天麗嘉氣碧空陳葉緑園柳月花紅山櫻春
雲間頌皇澤日下沐芳塵宜獻南山壽千秋衛北辰
林子曰唐虞周殷連言之頌德之至何以加之果
以為禮乎抑亦為諂乎柳櫻之對稍好　本朝賞
櫻權輿于履中稚櫻宮然其見于詩者是其始乎

春日應詔　　安倍首名（武内宿禰裔）
世頌隆平德時謡交泰春舞衣搖樹影歌扇動梁塵
湛露重仁智流霞輕松筠凝塵賞無倦花將月共新

初春侍宴　　大伴旅人（道臣命後安麻呂子）
寛政情既遠迪古道惟新穆穆四門客濟濟三德人
梅雪亂殘岸煙霞接早春共遊聖主澤同賀擊壤仁

遊吉野宮　　中臣人足
仁山狎鳳閣智水啓龍樓花鳥堪沉翫何人不淹留
林子曰懷風藻賦山水言仁智者甚多當時之常
談乎料知人人諳論語也

從駕吉野宮　　大伴王
欲尋張騫跡幸逐河源風朝雲指南北夕霧正西東
嶺峻絲響急谿曠竹鳴融將歌造化趣握素愧不工
林子曰桓武以前和州為累朝之帝都吉野為遊
覽之佳境後世吉字或作芳字未知其擬禪僧濫
彦謂芳其芽字之誤然亦臆説也未知是否俗呼
芽葺曰與志故靈彦以芳字似芽字言之乎若如
靈彦説則日本紀所謂芽渟其吉野乎渟倭訓奴
與野音響相似靈彦頗有敏才故雖知芳字可為
芽字然不能引芽渟為證所以讐國史也姑書于
此以待同志者

秋宴　　道公首名（出自大彦命）
望苑商氣艶鳳池秋水清晩燕吟風還新雁拂露驚
昔聞濠梁論今辨遊魚情芳筵此僚友追節結雅聲

秋夜山池　　境部王
對峰傾菊酒臨水拍桐琴忘歸待明月何憂夜漏深

七夕　　山田三方（周太子晉之後或曰魏王翹之後）
金漢星楡冷銀河月桂秋靈姿理雲鬢仙駕度潢流
窈窕鳴衣玉玲瓏映彩舟所悲明日夜誰慰別離憂
林子曰金漢曰銀河曰潢流不亦繁冗乎末句
為倭歌詠七夕後朝之趣本乎

春日侍宴　　息長臣足（出自應神帝）
物候開韶景淑氣滿地新聖衿屬喧節置酒引搢紳
帝德被千古皇恩洽萬民多幸憶廣宴還悅湛露仁

七夕　　吉知首
冉冉逝不留時節忽驚秋菊風披夕霧桂月照蘭洲
仙車渡鵲橋神駕越清流天庭陳相喜華閣離愁

河横天欲曙更歎後期悠
林子曰聊有感慨之意然句似未到
春日侍宴　黄文連備 出自高麗國 文武書作
玉殿風光暮金墀春色深雕雲遏歌響流水散鳴琴
燭華粉壁外星燦翠煙心欣逢則聖日束帶仰韶音
述懐　越智直廣江 物部同祖
文藻我所難莊老我所好行年已過半今更為何勞
林子曰人各有所好此人其何晏王弼之徒乎高
適五十始作詩為盛唐名家何為自畫如此乎況
亦不聞朝聞道而夕死可之聖言乎好莊老之弊
既於此小詩而見之

述懐　春日藏老 出自敏達帝
花色花枝染鶯吟鶯谷新臨水開良宴泛爵賞芳春
林子曰一二句頗奇
秋日於長屋王宅宴新羅客　背奈行文
嘉賓韻小雅設席嘉大同鑒流開筆海攀桂登談藂
杯酒皆有月歌聲共逐風何事專對士幸用李陵弓
同　調古麻呂
一面金蘭席三秋風月時琴樽叶幽賞文華叙離思
人含大王德地若小山基江海波潮靜披霧豈難期
同　刀利宣令

玉燭調秋序金風扇月幃新知未幾日送別何依依
山際愁雲斷人前樂緒稀相顧鳴鹿爵相送使人歸
同　下毛野蟲麻呂 豊城命之後
時逢七百祚道啓一千秋況乃梯山客垂毛亦比肩
寒蟬鳴葉後朔雁度雲前獨有飛鸞曲並入別離絃
林子曰此四首同席之作也此外諸作猶多長屋
王以貴戚執朝政開大饗聚群僚以誇蕃客者可
以見焉其詩優劣問具眼者而決之就中古麻呂
所謂人含大王德頗似諂媚乎長屋亦喜之乎其
驕心既萌于此未幾謀叛自盡可不戒之乎
晩秋宴於長屋王宅　田中淨足 藤義目苗裔

冉冉秋云暮飄飄葉已凉西園開曲席東閣引珪璋
水底遊鱗戯巖前菊氣芳君侯愛客日霞色泛鸞觴
元日宴應詔　長屋王 天武帝孫高市皇子子
年光泛仙籞月色照上春玄圃梅已放紫庭桃欲新
柳絲入歌曲蘭香染舞巾於焉三元節共悦望雲仁
林子曰長屋王驕貴好會詩客其身亦自吟詠不
亦奇乎大津舍人共是其叔父也蓋其有所化乎
此詩以桃對梅於元日節物不相協未審禁庭所
見否
春日侍宴　安倍廣庭
聖衿感淑氣高會啓芳春樽五齊濁盈樂萬國風陳

花舒桃花香草秀蘭筵新堤上飄絲柳波中浮錦鱗
濫吹陪恩席含毫愧才貧

遊吉野川　紀男人 麻呂孫

萬丈崇巖削成秀千尋素濤逆折流欲訪鍾池越潭
跡留連美稻逢槎洲

林子曰七言四句始見于此也大津一聯之後言
詩者多是五言也七言唯紀古麻呂望雪長篇及
此詩而已紀氏者其　本朝七言祖宗乎

秋日於長屋王宅宴新羅客　百濟和麻呂 知或作倭出自百濟國

勝地山園宅秋天風月時置酒開桂賞倒屐逐蘭期
人是雞林客曲即鳳樓詞青海千里外白雲一相思

林子曰此詩頸聯及末句稍好

侍宴　守部大隅 振寛命之後

聖衿愛韶景山水翫芳春椒花帶風散柏葉含月新
冬花消雪嶺寒鏡泮氷津幸陪濫吹席還笑擊壤民

秋日於長屋王宅宴新羅客　吉田宜 出自孝照帝

西使言歸日南登餞送秋人隨蜀星遠驂帶斷雲浮
一去殊鄉國萬里絶風牛未盡新知趣還作飛乖愁

侍讌　箭集蟲麻呂 物部同姓

聖豫開芳序皇恩施品生流霞酒處泛薰吹曲中輕
紫殿連珠絡丹墀蓂草榮即此乘槎客倶欣天上情

和藤原太政遊吉野川韻　大津首

地是幽居宅山惟帝者仁潺湲浸石浪雜沓應琴鱗
靈懷對林野陶性在風煙欲知歡宴曲滿酌自忘塵

林子曰藤太政者淡海公也懷風藻雖載公吉野
詩然韻不同則公之本韻不傳乎　本朝和韻於
此始見之且在元白劉酬和之前則可謂奇也

七夕　藤原總前 總他書作房

帝里初涼至神衿翫早秋瓊筵振雅藻金閣啓良遊
鳳駕飛雲路龍車越漢流欲知神仙會青鳥入瓊樓

遊吉野川　藤原宇合

芝蕙蘭蓀澤松柏桂椿岑野客初披薜朝隱暫投簪
忘筌陸機海飛繳張衡林清風入阮嘯流水韻嵆琴
天高槎路遠河廻桃源深山中明月夜自得幽居心

暮春園池置酒　藤原萬里 他本作麻呂

城市元無好林園賞有餘彈琴中散地下筆伯英書
天霽雲衣落池明桃錦舒寄言禮法士知我有麁疎

林子曰淡海公四男其長子武智麻呂最卓然其
詩不傳房前宇合萬里昆弟三人並載于懷風藻
可謂連珠合璧也然三人出處各異房前任參議
預朝政以子孫繁榮其贈爵與武智麻呂相同宇
合才兼文武歷任東國西海總管遂爲遣唐使以

篡雄遊一時推為翰墨之宗唯惜其集不傳也然
見懐風所載數首并序可以知其英豪也其貽厥
百川忠文度量過人者可謂宇合遺烈也萬里自
稱聖代之狂生也樂琴酒以隠淪終身其所作并
序文皆不尋常過神納言墟則慕彼忠諫侍釋奠
則歎仲尼不用于時遊吉野川則有離俗塵之意
想夫其文才與宇合可伯仲也由是推之則武智
麻呂亦可有文才不然則何以其子孫有南家儒
者之稱乎世唯知藤氏之貴顕而不知其祖先文
才並照者何哉況彼子孫多是唯引先例知貪官
爵而不事文字者痛哉、

述懐　　丹墀廣成 宣化帝苗裔

少無螢雪志長無錦綺工適逢文酒會終恐不才風
林子曰廣成者何人哉乃是任遣唐大使謁見玄
宗皇帝其所賜之勅書張九齡作之載在曲江集
播美於當時遺芳于萬世其才豈尋常哉然其所
自言如此可謂不誇才者也惜哉其遣唐船中紀
行及在唐之著述不傳也

從駕吉野宮　　高向諸足 武内苗裔

在昔釣魚士方今留鳳公彈琴與仙戯投江將神遊
柘歌泛寒渚霞景飄秋風誰謂姑射嶺駐蹕望仙宮
林子曰孝徳天皇時高向玄理以學業而顯任博
士為遣唐使疑是諸足其子孫乎

在唐奉本國皇太子　　釋道慈

三寶持聖徳百靈扶仙壽壽共日月長徳與天地久
林子曰道慈入唐遊西土歸朝顯名是亦僧中之
巨擘也

和藤江守詠裨叡山先考之舊禪處柳樹作　　麻田陽春 出自朝鮮國

日月荏苒去慈範獨依依寂寞精禪處俄為積草墀
古樹三秋落寒草九月衰唯餘兩楊樹孝鳥朝夕悲
林子曰裨叡即比叡也此詩雖拙辭其趣然有孝
子慕親之情感慨殊深況亦台徒未入山之前此
山題詠固是一故事也可以吟諷焉

春日宴于左僕射長屋王宅　　塩屋古麻 武内苗裔

卜居傍城闕乘興引朝冠繁絃辨山水妙舞舒齊紈
柳條風未煖梅花雪猶寒放情良得所願言若金蘭
林子曰此詩平穏稍好且無諂媚之意

賀五八年宴　　伊伎古麻呂

萬秋長貴戚五八表遐年真率無前没烏求一愚賢
令節調黄地寒風變碧天已應螽斯徴何須顧太玄
林子曰據曲禮則四十是強仕之年也　本朝之
俗既至四十則為老境故有四十賀設宴祝之

幽棲　隱士民黒人 野見宿祢之後

試出囂塵處追尋仙桂叢巖谿無俗事山路有樵童
泉石行行異風烟處處同欲知山人樂松下有清風

林子曰堯舜在上巢由在下高光開漢業有採芝于商山者有羊裘獨釣者何代無逸民故吾夫子歷舉逸民馬遷以伯夷爲列傳之首自范史以下立隱逸傳也懷風藻中之作者悉是縉紳之徒也雖釋門之徒其顯於朝者也獨載民黒人于其中弁之以隱士二字而使後世者知我　國亦有隱士不亦善乎嗚呼黒人何人哉其出自未知其鄉邑未知其幽棲在何處乎未知其年壽幾多未知焉然觀此詩則其高尚可想像焉蓋其玄眞子四明狂客之流乎微懷風藻則誰知上世有此人也

釋道融

我所思兮在無漏欲往從兮貪瞋難路險易兮在由己壯士去兮不復還

林子曰此詩闕題蓋其言志者乎其辭可謂高也然彼棄儒業以入釋氏則高則高矣或其無寶乎

飄寓南荒贈在京故友　石上乙麻呂 本姓物部

遼夐遊千里徘徊惜寸心風前蘭送馥月後桂舒陰
斜雁凌雲響輕蟬抱樹吟相思知別動徒愛弄白雲

林子曰乙麻呂者左太臣古麻呂子也有故南謫寫心文藻作銜悲藻兩卷此詩亦在其中者乎乃知當時貴介公子弄翰墨匪啻淡海公之子而已

月夜坐河濱　葛井廣成 一姓白猪出自周國

雲飛低玉柯月上動金波落照曹王苑流光織女河

林子曰能寫景致

以上作者六十四人見于懷風藻者各載一首可以見我　邦之古體

或問林子曰懷風藻誰人所撰答曰未知之然序末曰天平勝寶三年則疑其淡海三船所撰乎曰勝寶之際文人不乏何獨三船而已哉曰汝不知三船不請乎其父曰池邊王池邊父曰葛野王王即大友太子之子也此書首載大友詩題曰淡海朝皇子作其傳曰皇太子者淡海帝長子也其傳末曰壬申之亂天命不遂於是大友始洗叛逆之冤且舍人親王同時不知大友作詩於此書始著千世況又大友及葛野王傳所言共是國史所不記也非其子孫則誰能知之三船以文學與石上宅嗣齊名鳴于當時想夫避時嫌雖不公言之深憫大友爲天智嫡子不幸爲天武被敗而被准叛臣且其文才亦堪惜而竊作此書以遺于子孫故記其年月以匿姓

名使後人考而知之者乎問者驚曰子所言
其有據乎曰懷風藻是其所據也往年會與
两三弟談及此事從容以告　先考笑而領
之蓋其許之乎嗚呼天武雖乘一時之勝然
稱德女主無皇胤光仁帝以天智皇孫遂承
太統長與帝室之基然則序者所謂天命不
遂者豈其私言哉汝不聞乎宋太祖以天下
讓其弟太宗太宗不讓太祖之子而授其子
然經數世孝宗以太祖皇胤入繼大統則天
運之明倭漢同一揆也故知懷風藻作者為
大友起筆而其餘詩章並載者是亦避時嫌

之一端也然此是我家之私言也後世若有
博雅君子則今日之私言其為他日之公言
乎問者唯而退

本朝一人一首卷之一終

本朝一人一首卷之二

向陽林子輯

晩春三日遊覽　大伴家持　旅人子

餘春媚日宜怜賞上巳風光足覽遊柳陌臨江縟袨
服桃源通海泛仙舟雲罍酌桂三清湛羽爵催人九
曲流縱醉陶心忘彼我酩酊無處不淹留

同　大伴池主

杪春餘日媚景麗初巳和風拂自輕來鷰銜泥
賀入宇倣鴻引蘆迥赴瀛聞君嘯侶新流曲禊飲催
爵泛河清雖欲追尋此良宴還知染懊脚跉竮

林子曰此二首見萬葉集按大伴氏出自道臣命
世執朝政或為相或為將逮藤氏之盛大伴氏稍
衰然猶在朝為月卿出為藩鎮家持任中納言管
領奥羽且以倭歌著名又偶見此詩可謂有文武
之才池主亦能歌其詩比家持則雖不及之注其
心于漢字者不亦奇乎家持行實考國史可以知
焉此外萬葉集有山上憶良詩其體異様故畧之

櫻花　平城天皇

昔在幽巖下光華照四方忽逢攀折客含笑亘三陽
送氣時多少垂陰枝短長如何此一物擅美九春場

林子曰櫻花詩在中朝罕聞焉偶值者或與櫻桃
相混或詠其實也　本朝倭歌家者流殊賞之以

爲百花之冠遂不存其名猶洛牡丹蜀海棠在詩篇則以是爲始嗚呼四十字之御製雖累百千首之倭歌何以爲換之

春日遊獵日暮宿江頭亭子　嵯峨天皇

三春出獵重城外四望江山勢轉雄逐兎馬蹄承落日追禽鷹翮拂輕風征船暮入連天水明月孤懸欲曉空不學夏王荒此事爲思周卜遇非熊

林子曰情景兼備對聯恰好末句有警戒慕渭濱之跡可謂絶作也實是天子之詩也

九月九日侍燕神泉苑賦秋露　淳和天皇

寒收暑歸節秋云老百草初腓露已凄池際凝荷殘葉折岸頭洗菊早花低未央闕側承雙掌長信宮中起隻啼謬忝恩延何所賦晞陽湛湛被群黎

林子曰是淳和爲皇太弟侍嵯峨帝宴之令製也此時平城爲太上皇嵯峨爲今上淳和在東宮天桂連枝奎箇聯珠郁郁乎文哉朝廷文物之盛無過於此時也吾無間然矣

奉和聖製宿舊宮　藤原冬嗣 房前曽孫 内麻呂子

林泉舊邸久隱陰今日三秋錫再臨宿植高松全古節前栽細菊吐新心荒涼靈沼龍還駐寂歷稜巖鳳更尋不異沛中聞漢筑謳歌濫續大風音

林子曰冬嗣者貴介公子也此詩能協題意可謂揚淡海公及總前之遺風也幸生于文明之世有才如此其登庸職兼將相使北藤之浪淼漫者宜哉世俗唯知營南圓堂者何哉

晩夏神泉苑同勒深臨陰心應制　菅野真道 周國貴首王苗裔

王母仙園近龍宮寶殿深迎涼天蹕幸縱賞鳳輿臨竹踈長竿飾松傾小蓋陰醉臣迷聖造唯有歲寒心

林子曰真道文章有續日本紀在則置而不論其詩唯見此一首其應制之意寫景之趣押韻之正末句之志可謂不負其名也惜哉所作不多傳焉

早舟發　仲雄王

早旦扁舟發微茫海未晴浦邊孤樹遠天際片帆征釣火收殘焰榜歌送廻聲悠悠雲水裡鄉思轉傷情

別諸友入唐　賀陽豊年

數君爲國器萬里涉長流奮翼鵬天渺軒鱗鯤海悠登山眉自結臨水淚何收但此還天處空見白雲浮

林子曰豊年聲名籍甚小野岑守奉勅撰凌雲集時稱豊年曰當代大才而有所就問焉此詩想像遠遊之情景首尾連續恰好挾此所謂入唐延曆遣唐使時乎然則諸友者藤原葛野麻呂菅原清公之輩乎

九月九日侍宴神泉苑賦秋莚

良岑安世（桓武帝子　始賜姓）

神泉御苑霜氣下　靈沼秋蓮過半黃　露泣寒枝枯生玉
風吹舊服無復香　波收隱士三秋蓋　浦落幽人九月
裳　妖艶佳人望已斷　爲因聖主水亭傍

林子曰安世者桓武之皇子賜姓列人臣本是嵯
峨淳和之連枝也故其所嗜亦同氣同類也頷聯
頸聯譬喩恰好末句飛美色之微意與彼步步生
蓮花之顰天淵懸隔嗚呼其子宗貞不幹父之蠱
而爲台徒任僧正以倭歌著名雖不爲不才子非
孝子之所取也

雪　藤原道雄（總前曾孫　葛野孫）

紛紛白雪從千里　㸌㸌瀌瀌一何斜　疑是天中梅柳
地　兩師風伯獵玄花

久在外國晩年歸學知舊零落已無其人聊以述
懷　林娑婆（武内苗裔武日　大伴室屋之後）

晩年歸學館　舊識幾相離　物是人非日　悲來樂去時
忘筌無故友　傾蓋有新期　欲說平生事　居然淚不持

林子曰懷舊之感慨最切

春日歸田直疏　上毛野穎人（出自豐城命）

于祿終無驗　歸田入弊門　庭荒唯壁立　籬失獨花存
空手飢方至　低頭日已昏　世途如此苦　何處遇春恩

林子曰自古才子不遇時者多矣穎人何如此憂

苦哉岑守撰凌雲集唯收此一首未審奏覽之日
以是浴官恩乎抑亦觸逆鱗乎雖不知其實在天
之命今讀之則非無可憐生之意也

遠使邊城　小野岑守（敏達帝苗裔）

王事古來稱靡盬　長途馬上歲云闌　黃昏極嶂哀猿
叫　明發渡頭孤月團　旅客斯時邊愁斷　誰能坐識行
路難　唯餘敕賜裘與帽　雪犯風牽不加寒

林子曰行旅之情景寫入詩中末句拜恩賜之辱
如忘遠征之勞然未知其室家賦君子于役詩否
又按岑守撰凌雲集詩九九十首其中嵯峨御製
二十餘首賀陽豐年及岑守自作各十三首其餘
僅數首是知其在當時而所相敵者豐年而已由
是觀之則紀貫之撰古今倭歌集多載其自詠亦
是同日之談乎

冬日汴州上源驛逢雪　菅原清公

雲霞未辭舊　梅柳忽逢春　不分瓊瑤屑　來霑旅客巾

林子曰此清公應遣唐之選在中華所作也按汴
州者大梁之地也考古則堯舜禹之舊都也後於
此則趙宋帝都也在此勝地賦彼風景者壯遊之
縱觀誰不羨之乎此是小絕可以當百千首況其
餘所作詩文猶傳於世可以玩賞焉且以是善爲
子以道真爲孫不亦美乎

按菅氏出自天穗日命本姓土師清公父古人

始賜菅原姓

田家　　小野永見

結菴居三徑、灌園養一生、糟糠寧滿腹、泉石但觀情、木裡松低影、風前竹動聲、聊輸太平祝、獨守小山亭

林子曰永見任征夷副師鎮奥州要害豈非顯職乎然能寫田家之情景如此若使彼熟讀少陵田家詩則百尺竿頭進一歩乎

早春田園　　淡海福良滿（或無滿字）

寒牖五出花、空厨一樽酒、已迷帝王力、安辨天地久、四分一頃田、門外五株柳、蓋堪助貧與、何憂不真富

林子曰此人聊其原憲之貧而不羨子貢之富與

前件所載毛穎人所言如胡越見其詩可以知其人

秋夜臥病　　仲科善雄（出自周國）

臥來頻改歲、年去復逢秋、照月三更靜、無人四壁幽、養形方已劣、知命道非優、唯有風前樹、搖落使人愁

林子曰秋夜也臥病也其寂寞無聊見于詩

雜言於神泉苑侍花宴賦落花篇應制　　高丘茅越（物部副使或曰出自百濟國）

落花飛、飛去落、周墀本謂隨風落、方知彼化歸衣往、衣還浮、御杯一連一斷點、仙衣無心草木猶餘戀、況復微臣醉恩危

林子曰讀此詩則千歲之下如侍其席如見其景

渉信濃坂　　坂上今繼（出自後漢靈帝）

積石千重峻、危途九折分、人迷邊地雪、馬躡半天雲、巖冷花難笑、溪深景易曛、鄉關何處在、客思轉紛紛

林子曰余京洛東武往還數回共是經東海道而未歷東山道則不嘗信濃之險然往往聞人所語廼知此詩是有聲之畫也

渤海入朝　　大伴氏上

自從明皇御寶暦、悠悠渤海再三朝、乃知玄德已深遠、歸化純情是最昭、片帆孤懸南北吹、一船長冷去來潮、占星水上非無感、就日遺恩眷我堯

林子曰唐李勣滅高麗其餘種流居海隅之島者稱渤海國其王姓大氏屢獻使來貢本朝其始末載在國史凡每遇其使來我邦文人才子無不贈答是亦其一時之作也

賦王昭君　　滋野貞主（出自天道根命）

朔雪翩翩沙漠暗、邊霜慘烈隴頭寒、行行常望長安日、曙色東方不忍看

林子曰貞主者博覽之碩儒也其所著秘府略一千卷今不傳于世可惜焉其詩章今存者長短多今據岑守之選載此詩頗有唐人之風

和菅祭酒賦朱雀衰柳作　　多治比清貞

皇城陌上楊將柳兩兩三三夾道斜疇昔榮華都不
見今時憔悴一應嗟寒霜着樹非真葉霏雪封枝是
僞花既就堯衢待恩煦何誰更憶陶潛家
林子曰頷聯頸聯於裹柳爲切破題末句以朱雀
門官柳故其言如此但陶潛家下三連未知無他
敲推否

伏枕吟　桑原宮作 出自漢國

發伏枕伏枕不勝思沈病送歲力盡魂危鬢謝蟬兮
垂白衣懸鶉兮化緇悽然感物物是人非撫枕以
歔欷陟屺岵而依依悵迎花於遷落嗟風樹於俄衰
池臺漸毀僮僕先離客散柳門群雀噪書閣蓬室曉
螢爥月鑑帷兮影冷風拂牖兮聲悲聽離鴻之曉咽
覩別鶴之孤飛心倒絶兮魂亮今日淚潺湲兮想昔時
榮枯但理矣倚伏固須期恃皇天之祐善祈靈藥以
何爲
林子曰作者此時爲陸奥少目從八位下蓋有才
居下位幽欝成病感物之情隨見隨聞無不有之
謫見始末則漸老而其父母猶存羈微官在奥州
離親望郷而所吟也

春日過友人山莊 探得飛字　桑原腹赤

入春兮幾日聞道數鶯飛烟泛主人柳花薫客子衣
野童駐犢去山叟負薪歸何獨漢陰老此間可絶機

林子曰不假冊青能寫景致此時腹赤爲文章生
大初位下則想夫少壯之作也老成之作考文華
秀麗經國集可以見焉 腹赤後改姓爲都氏其子曰良香

和進士貞主初春過菅祭酒舊宅悵然傷懷作

臣勢志貴人 讃貴人或作讃人

閑庭宿草無復掃涯院孤松自作聲但見平生風月
處春朝花鳥慘人情
林子曰懷舊感慨深切也是少年作也岑守收載
之則其頼悟顯于當時爲先輩被稱者可知焉況
於老成乎
自平城以下作者二十四人見凌雲集各取一首

秋山作探得泉字應制　朝野鹿取 武内苗裔

八月秋山京吹傳千紫蟲聲寒葉翻羽客裳斑蜺氣
度隱人帶綠女蘿懸絡芒濃霧織薄縠水寫輕雪引
飛泉入谷猶知玄牝道登嶺何近白雲天
林子曰頷聯頸聯共好

宴集春日左將軍臨況　勇山文繼 出自饒速日命

洒掃荊扉望風久尊卑禮謝未成歡微誠有感降恩
顧欲酌春醪心自寛檐下閑花光艶爚籬前脩竹影
檀欒何圖一損台門貴今日高車過下官
林子曰左將軍者藤冬嗣也此時未爲大臣然爲
内麻呂嫡子列月卿兼左大將故曰台門且文人盛

位不過五品官爲大學助兼紀傳博士然則冬嗣以貴下賤文繼恃才不失禮可謂賓主備矣

奉勅陪内宴　王孝廉

海國來朝自遠方百年一醉謁天裳日宮座外何攸見五色雲飛万歳光

林子曰王孝廉者蕃客投化列廷臣者也

七日禁中陪宴　釋仁貞

入朝貴國慙下客七日承恩作上賓更見鳳聲無妓態風流變動一國春

林子曰見此詩則其既出僧也

秋朝聽雁寄渤海入朝高判官　坂上今雄

大海途難渉孤舟未得廻不如關隴雁春去復秋来

林子曰兼賦比之體

早春別阿州伴掾赴任　紀末守　麻呂玄孫

一朝銜命遠離別上月春初風尚寒欲識我魂隨子去驛亭夜夜夢中看

林子曰朋友離群之情深切也

晩秋述懐　姫大伴氏

節候蕭條歳將闌閨門静閑秋日寒雲天遠雁聲宜聽檐樹晩蟬引欲彈菊潭帶露餘花冷荷浦含霜舊盞殘寂寞獨傷四運促紛紛落葉不勝看

林子曰三百篇中婦女所詠者多多其後漢有唐山夫人班婕妤之類歴代詩選不棄閨秀然則婦人之才何必劣丈夫乎我　國女子有才者小町伊勢紫式部清少納言赤染右衛門等最其著者也其餘彤管之玩詠倭歌者世世不乏也舉世無不知焉然大伴姫言詩如此其名聞于世不及彼等之萬分可以痛恨也嗚呼以小町伊勢清紫等之才使學漢家之字則我　國之閨秀彷彿唐宋乎風俗之使然非無遺憾也

奉和王昭君　藤原是雄　葛野長子

含悲向胡塞辭寵別長安馬上關山遠愁中行路難脂粉侵霜減花簪冒雪殘琵琶多哀怨何意更爲彈

林子曰昭君嫁胡國中華詩人憐之作歌作曲而列樂府其餘聲及　本朝弘仁帝有昭君樂府御製良岑安世菅清公朝野鹿取及是雄皆和之並載在文華秀麗集今以是雄未見于前載於此若欲試聲作優劣則考秀麗集而可也

過梵釋寺應制　藤原冬繼

一入人間道登梵釋梵釋蕭然太幽閑入定老僧不出戸隨緣童子未下山法堂寂寂煙霞外禪室寥寥松竹間永劫津梁今自得囂塵何處更相關

林子曰頷聯頸聯恰好或問曰冬嗣冬繼同姓同

時嗣繼倭訓相同恐當時稱呼難區別曰張浚張
後同時名將而浚後音相近況同時同姓名漢兩
韓信兩王商之類不少乎在　本朝則藤緒嗣弟
曰緒繼又良經義經同時足利義兼新田義兼同
時同姓同名頼朝義經下共有義盛又源高氏同
時有佐々木高氏雖異其出自均是源姓也其餘
猶多然妨詩話何爲云云

題光上人山院　　錦部彦公（出自物部氏）

梵宇深峯裡高僧住不遷經行金策振安坐草衣閑
寒竹留殘雪春蔬採薄田堪談酌緑茗煙火暮雲間

訪幽人遺跡　　平五月

借問幽棲客悠悠去幾年玄經空秘卷丹竈早収烟
影歇青松下聲留白骨前因今訪古跡不覺涙潺湲

林子曰幽人何者哉蓋夫學老莊養生之術者乎
藤冬繼和此詩曰玄書明月照白骨老猿啼風度
松門寂泉飛石室凄識者擇之

奉和觀新燕　　佐伯長繼（大伴同祖）

海燕新來度春天差池羽翼如往年既能忘却著波
遠朝夕欲巢畫梁邊

同　　小野年永

早燕雙飛入曙晴遥經聖眼奏新聲還嗟未辨鴛鴦
帳先負漢家妖艶名

林子曰弘仁帝有河陽十詠共以三字爲題群臣
分和之是亦其一也若論一首優劣則前詩有燕
來馴王化之微意後詩雖似規諷仙清平調之藩
籬恐其爲好色之媒乎

奉和過古關　　宮部村繼（物部同祖）

皇猷遠被車書同關路長開古鎭空白馬時來無吏
問青牛西行客日夜逼

林子曰是亦河陽十詠之其一乎

冷然院應制賦水中影　　桑原廣田

萬象無須匠能圖淥水中看花疑有馥聽葉不鳴風
下鳥還添鳥孤叢更向叢不文遥降耀應爲濯心空

（冷然院者嵯峨帝之別宮）

林子曰頷聯頸聯得着題之體

右作者十五人見文華秀麗集此外秀麗所載
嵯峨御製淳和令製藤原冬嗣良岑安世仲雄
王小野岑守巨勢識人桑原腹赤坂上今繼滋
野貞主菅原清公仲科善雄丹治比清貞既見
凌雲集故略之然其中長篇有欲取之者他日
若不拘一人一首之數有擇　本朝詩者則併
考而可也

按嵯峨帝使岑守選自延暦元年至弘仁五年
之詩所謂凌雲集是也其後歷四年使仲雄王

選當代之詩所謂文華秀麗集是也其後天長
四年淳和帝使滋野貞主選自慶雲四年至天
長之詩凡二十巻所謂經國集是也其所選雖
在凌雲文華之後然其作者有前於凌雲文華
者今因撰集之次第載凌雲文華於懷風萬葉
之次然恐作者之前後混亂故繫經國作者於
別巻

奉和聖製河上落花詞　　坂田永河

天子乘春幸河陽河陽舊來花作縣一縣併是落花時落
花飄颻映江遍濃香不異武陵迷輕盈髣髴陽臺夢
山路吹落明月中渡頭紛紛細草叢惜落花飛來飛
去任春風將花擲人人將故人故花新遍惜紅英戀
芬芳近似看萬樹榮耀一種同看落花一半蕭灑一
半結合歲蹉跎雖落盡明年還復堪攀折

奉和聖製江上落花詞　　紀御依

河陽二月落花飛江上行人花襲衣來岸林多花非
一飛滿空中灑江扉村人爭出製芳拘霞浦紛紛艷
色多澄潭祗視彩浪起水底初疑白雲灑對落花落花看
不厭紅樹千條一段發忽飄零樹與叢須臾鋪地
不勝風半着江磯浦口颭半飛波上水顏紅見落花
落花數雪滿湖裏滿湖一迴投春水無數亂來凡幾
千歷亂飄颻後復前唯看日暮津亭下左右源花匝
永燃

林子曰右雜言二首讀來覺有意味共是奉和弘
仁帝御製者也遡知當時文士滿朝也想夫秀麗
集同時之作也故附於此

本朝一人一首巻之二終

本朝一人一首巻之三

向陽林子輯

林子曰　本朝文學始于應神敷盛于淡海朝
延自吉備公入唐留學二十年歸朝闔國無不依
頼之想夫公詩賦文章可甚多然不傳于世經國
集載慶雲以來詩文則定知其中載公之作然全
部二十巻過半亡滅今存者僅六巻而已不見公
之作可以痛恨焉於是繙其殘簡除凌雲文華作
者編輯如左

三月三日於西大寺侍宴應詔　石上宅嗣 乙麻呂子

三异三月啓三辰三日三陽應三春風蓋凌空臨覺
苑燿日對禪津青絲柳陌鶯歌足紅蘂桃蹊蝶
舞新幸屬無為梵城賞還知有截不離真

贈南山智上人　淡海三船 大友皇子曾孫

獨居窮巷側知已在幽山得意千年桂同香四海蘭
野人披薜衲朝隱忘衣冠制思何處所遠在白雲端

林子曰宅嗣三船才學冠一時聲名為伯仲其所
作可多然經國殘編梵門部載此二人之作而無
其他可考非無遺憾

讚佛　孝謙天皇

惠日照千界慈雲覆萬生　億縁化德感　演法聲

林子曰孝謙女主久居尊位其醜聲見國史則置
而不論然師吉備公習書問字故言詩如此何為
習儒書而讀佛如此而放溢之甚是知所習不實
所讀亦不實也其弊殆欲危社稷絶皇運悲哉過
如此之主為吉備公亦惜焉

禪居　尼和氏

棲隱多歸趣從來重練邪鴛言尋此處屢屢幾經過
煙泛　山樹霞昭瑩野花禪居無異物滿月入巖阿

林子曰和氏蓋和氣清麻呂姉法均乎不然則其
言詩不能如此也雖入釋門豈尋常女子之比哉

看落葉應令　滋野善永

秋天鶴唳露光團萬葉紛紛歳欲闌金井梧桐雖拂
落庭前孤竹不知寒

林子曰此詩句意共好殆近于唐風

應制賦深山寺　惟良春道 出自百濟國

上方來往路難尋塔廟青山秋樹林片石觀空何劫
盡孤雲對境幾年深紗燈點點千峰夕月磬寥寥五
夜心到此能令身世忘塵機不得更相侵

林子曰能寫幽趣弘仁帝稱春道曰惟逸人則其
人雖列朝然慕隱棲者乎讀此詩則不負逸人之
名

扈從梵釋寺應制　三原春上 出自天武帝

金輿近出王畿外仙蓋高飛天闕中合掌凝
尋藏鳥

嶺焚香散葉拜龍宮老僧護法心彌寂童子虔殷禮
既窮除出薜梯知俗遠閑　石落覺塵空禪場鮮色
無冬夏幽谷松聲有隔遍　末二十句闕

林子曰清原夏野亦有扈從梵釋寺應制詩經國殘編載其題闕其詩嗚呼春上詩闕句脫字非不惜焉況其野者作令義解而官職才調兼備偶有其題而不見詩者可以歎息

漁歌　　藤原三成　武智麻呂曾孫

青春雨後雲天晴來岸紅花射水明酌濁醪味魚
羹蘆中飲了尚江行

林子曰此人見張志和詩否其體彌欲庶幾

在唐觀昶法和尚小山　　釋空海

看竹看花本國春人聲鳥哢漢家新見君庭際小山
色還識君情不染塵

林子曰嘗聞藤斂夫先生暇日見性靈集後夜聞佛法僧鳥詩以為集中第一其詩曰閑林獨坐草堂曉三寶之聲聞一鳥一鳥有聲人有心聲心雲水俱了了然今於經國殘編載在唐之作一首

詠雪應詔　　朝原道永

自天零者雪撲地照而開春祭榮冬柳新花發舊梅
王家銀作屋帝里玉為臺欲載千箱詠東西一色來

林子曰能寫禁庭雪中景本注云桓武天皇在祚然則桓武亦好作詩也至平城嵯峨淳和文物之盛者皇考闢之世唯謂說敎最盛空海豈必其然哉

冬日過山門　　笠仲守　出自孝靈天皇

香刹青雲外虛廊絕岸頭水清塵蹈斷風靜梵音明
古石苔為骨新房菴化名森然蘿樹下獨聽暮鐘聲

聞渤海客禮佛感而賦之　　安倍吉人

聞君今日化城遊真趣寥寥禪跡幽方丈竹庭維摩
室圓明松蓋寶積球玄門非無又非有頂禮消罪更
消憂六念鳥鳴蕭然處三歸人思幾淹留

同　　嶋田渚田

禪堂寂寂架海濱遠客時來訪道真合掌焚香忘有
漏歸心頌偈覺迷津法風冷冷疑迎曉天暮煙爐似
入春隨喜君之微妙意猶是同見嶋山人

林子曰當時人主雖好文學然亦信釋氏故雖儒臣不覺有其弊就中如吉人渚田聞蕃客禮佛感之其感而不足遂成詩章何為其然乎程子所謂駸駸然入於其中者也

奉和殿前梅花　　高村田使　漢甯恭王之後

忽見三春木芳花一種催素葩承日笑黃葉對風開
舞蝶飛更聚歌鶯去且來和羹如可適以此作鹽梅

林子曰末句含微意

奉和落梅花　　和氣廣世　[illegible]清麻呂子
凌寒未早發競暖素初飛送吹香投牖迎光影拂扉
葉疎實漸見葉細蔭猶微願遇重陽日承暉擅芳菲
林子曰和氣清麻呂忠直而有文武才廣世其子
也其言詩宜哉所謂重陽日者非晩秋九日唯言
陽春之重熙乎併下句有惜落梅之意
奉和春日作　　藤原衛　冬嗣弟
時去時來秋復春一榮一悴徧感人容顔忽逐年序
變花鳥恒將歳月新
林子曰衛屬夏野領令義解編輯則其才既聞于
世此詩存者亦幸也

雑言奉和太上天皇牀詠　太上皇者嵯峨也
南淵永河　與坂田永河同人歟
御春堂春堂苔蘚林階樓自從嫌玳瑁尋常石上又
水傍
同奉和太上天皇屏詠　　浄野夏嗣
侍春堂春堂雲母屏屈伸隨用無定意唯期日夜[illegible]
龍扃
林子曰嵯峨上皇春堂五詠曰屏曰牀曰几曰燈
曰簾群臣分和之
奉和詠鬼之什　　石川廣主
鬼神惟不測冥運入希微論有形無見言無道有寄

胥襄未免譏晋景亦殃隨隱顯雖難定禍淫在可知
林子曰題既奇詩亦奇
詠燕　　大枝直臣　出自天穂日命
表瑞集胥郡呈靈入王宮龍潛避爽節鳳擧逐暄光
栖宇傳新語銜泥尋舊梁去來不失候可謂識行藏
林子曰不言燕字有着題之體句意恰好
看紅梅應令　得争字　　紀長江　麻呂玄孫
二月寒除春欲暖揺山花樹梅先驚即今紅葉蒲枝
發仙覽褰簾感興情香雜羅衣猶可誤光添粧臉遂
應爭儻因委質瑶堦側朝夕徒仰少陽明
早春途中　　藤原令緒　房前玄孫

平旦揮鞭城外出林村雨霽早春生傍峰近聽樵客
唱入澗深聞斷猿聲關北寒梅花未發江南暖柳絮
先驚愁中路遠行不盡爲有羈人故郷情
林子曰領聯頭聯於題稍切
小池七夕　　布瑠高庭　出自孝昭天皇
星夕臥池邊遥瞻肆遠天不知烏鵲意何似遠神劍
重陽節應制賦秋虹　　橘常重　諸兄公之後
君王出豫重陽序試望秋虹遠近光首尾分形浮翠
閣雌雄半體跨池塘晴天色爽弦文拖碧水陰生橋
勢長別有夢中華渚度千年一聖誕明王
林子曰首句平易二聯形容得好末句協應製之

體

夜亭晩秋採得徊字應製　安倍文繼

無能白首侍池臺不厭閑亭俯巖隈陽面指天森松
栢陰崖滿地點莓苔朝煙有色看深淺夕鳥無心閙
往來老病交侵秋已暮恩秩假借暫徘徊

林子曰應制自叙身上之事含諷諭之意蓋其有
老休之志未能遂者乎陽面松栢比逢時之人陰
崖莓苔自譬之朝煙深淺夕鳥往來共可有寓意
末句直言雖老病被朝恩引之意今讀其作想像
其人也森點看閙四字頗其勞鍛錬閙字最工

和紀朝臣詠雪詩　揚春師（春或作泰）

揚姓未詳或其唐人投化者乎若陽字誤則賀陽乎陽侯氏乎

詠夜龍雲上今朝鶴雪新祇看花發樹不聽鳥驚春
迴影疑神女高歌似郢人幽蘭難可繼更欲効而嚬

林子曰此詩亦恰好

奉試賦秋興以建除等十二字居句頭　治文雄

建酉星初轉除瀛金正王滿江鴻翼疋平陸菊叢衣
定識幽閨女執梭織錦章破籬蟲細薄危牖月光涼
成雨葉聲乱収芳草色黄開書周覧倦閉戶歎潘郎

林子曰此體於　本朝初見之可謂奇也惜哉其
餘作不傳也

秋日登叡山謁澄上人　藤原常嗣

坂東一岑聳獨負叡山名貝葉上方界焚香鷲嶺城
飢貧藜藿就臼餅練砂成輕梵窓中曙疎鐘枕上清
桐蕉秋露色鶏犬冷雲聲高陽丹丘地方知南嶽清

林子曰常嗣者桓武朝遣唐大使葛野麻呂子也
渉獵經史諳誦文選仁明朝任遣唐大使聘禮事
畢歸朝父子専對之選可謂盛事也想夫平生著
述在唐之作可多然不傳于世經國殘編僅見此
一首最澄曾從葛野入唐則其與常嗣有方外舊
交固宜然

奉試賦得隴頭秋月明　小野篁

反覆單于性邊城未解兵戎夫朝蓐食戎馬曉寒鳴
帶水城門冷添風角韻清隴頭一孤月萬物影云生
色滿都護道光流佽飛營邊機候侵寇應驚此夜明

林子曰篁者岑守子也博學絶倫詩文能書爲當
時無雙淳和朝撰令義解篁野雖爲總裁多是成
於篁手仁明朝任遣唐副使篁不悦在常嗣下且
途中常嗣船損詔使改駕篁船篁怒而留焉由是
爲流人經年免罪又列朝廷登庸以其才藝拔群
也國史詳述其行實其文章粗載明衡文粹其詩
往往見公任朗詠然其全篇者經國殘編僅見之
可甚惜焉凡其聰明穎悟爲當時被重者江談抄

粗記之且世俗傳稱者亦多或曰篁名聞于唐國
爲白樂天被想像未知然否篁子孫連綿不絶少
時從岑守赴奧州之任調練兵事故其子孫分在
關東所謂武州七黨之中岡部人見等其後也又
聞下毛野國足利學校者篁家塾也其遺跡今猶
幸存焉

奉試賦得隴頭秋月明題中取韻限六十字
豐前王

桂氣三秋晩蓂陰一點輕傍弓形始望圓鏡暈今傾
漏盡姮娥落更深顥兎驚薄光波裏碎寒色隴頭明
皎潔低胡域玲瓏照漢營誓將天子劍怒髮獨横行

林子曰此與野篁同時之作乎其優劣可相考其
聲名雖不敵此詩未必雌伏乎怒髮横行皆樊噲
事併爲一句覺稍奇前詩豪放後詩貴巧

奉試賦得隴頭秋月明　治顏長

霜氣冷關樹秋月色更明定識憶恩客揮戈縱遠征
影寒交河道煙度萬里程水底沉鉤璧葉中尋落星
胡騎氣逾勇漢營陣生但恨重光暈獨照隴頭

林子曰與野篁豐前王同題此詩稍劣不爲東
亂豈望宋之間哉

奉試賦秋雨　山古嗣

秋雨正滂沛旬朝鹿王堂花濃叢發越燕度石飛翔
已濯蘭林佩更霑蕙草香翅風散斜影清暑送浮涼
似露飄長樂如塵拂建章長年無破塊崇德詠康

林子曰詩中豐用宮殿名是亦一體也慕中華
輩之風者乎

守歲　常光守

日月共除歲欲遷風雲改尚冬夫不看明鏡暗知
老况復慈親七十年

林子曰作者漸老其母猶存含一喜一懼之意

閑庭雨雪　仁明天皇 時十七歲 爲皇太子

萬嶺素粉飄宮中帶濕還凝砌無聲自落空
女雲

奪采將作白嬌卑寶爲同閑坐獨經覽紛紛道不窮

林子曰以儲君之貴妙年言詩如此定知嵯峨上
皇淳和天子可歡賞也見國史則雖在位之時不
廢文學然英製不多傳者可惜焉

題瀑布下蘭若　源弘 十五歲

傳聞蘭若無人到瀑布高流過半天涌珠飛瓮分萬
嶺連波落成一川四時每聽奔雷響遠近同看
鵠懸此地幽閑禪誦客煩塵洗滌幾千年

奉和太上天皇問淨上人病　源常 年十六

支公臥病遺居諸古寺莓苔八訪疎內客尋來若相
關自言身世浮雲虛

九日翫菊應制雜言　源明十三歳
翫芳菊幾芬芬延壽時浮王弘酒空盛盈把夕陽照
林子曰弘也常也明也共是嵯峨帝之子而仁明
帝之弟也嵯峨多皇子弘等始賜源姓列人臣此
三首共是年少之作也可謂奇也嵯峨甚好詩
故太子及三皇子少年之作並見于經國殘編若
夫全部存則其他諸皇子之作或有之乎所謂習
與性成善哉三子歷仕共爲顯官
奉和太上天皇巫山高　有智子内親王
巫山高且峻瞻望幾岧岧積翠臨蒼海飛泉落紫霄
隂雲朝晻曖宿雨夕飄颻別有曉猿斷寒聲古木條

林子曰有智子者嵯峨帝皇女也其所作見經國
殘編者數篇又雜言奉和聖製江上落花詞二十
句傳于世律詩一篇見國史非尋常墨客所及也
雖擬爲孫公主班婕妤恐不爲過論乎　本朝女
中無雙之秀才也故載國史全文備使人知之
如左　仁明天皇實錄曰承和十四年十月戊午
二品有智子内親王薨遺言薄葬兼不受葬使依
親王者先太上天皇幸姫王氏所誕也頗涉史
漢兼善屬文無品爲賀茂齋院弘仁十四年春二
月天皇幸齋院花宴俾文人賦春日山莊詩各探
勒韻公主探得塘光行蒼即瀝筆曰寂寂幽莊水

樹裏仙輿一降一池塘栖林孤鳥識春澤隱澗寒
花見日光泉聲近報初雷響山色高晴暮雨行從
此更知恩顧渥生涯何以答穹蒼天皇歎之授三
品于時年十七是日天皇書懷賜公主曰忝以文
章著邦家莫將榮樂負煙霞即今永抱幽貞意無
事終須送年華尋賜召文人料封百戸天長十年
叙二品性貞潔居于嵯峨西莊薨時春秋四十一
按仁明朝稱嵯峨曰先太上天皇稱淳和曰後
太上天皇
奉和太上天皇擣衣引　惟氏
秋欲闌閨門寒風瑟瑟露團團遥憶仍傷遼戍事征

人應苦客衣單屏帷掩鏡休容飾機上停梭裂殘織
借問擣衣何處好南樓窓下多月色芙蓉杵錦石砧
自華陰與鳳林擣齊執擣楚練星漢西迴心氣倦隨
風揺颺羅袖香映月高低素手涼疎節往還繞長信
清音悽斷入昭陽就燈影來玉房刀尺量短長穿針
泣結連枝織含愁縫爲萬里裳莫怪腰圍疇昔異
來入夢君容悴
林子曰惟氏蓋嵯峨帝宮女乎見此詞則殆其上
官昭容宋尚宮之徒乎又疑是惟良春道之族類
乎此時上有有智子下有惟氏嗚呼嵯峨淳和好
文之化所廣覃誰不歎美之哉紀氏所謂寫彼漢

家之字化我日域之風者在於此乎

詠雪　全雄津

如玉如銀雪自東自北來園無無絮柳庭有有花梅瓊室非殷室瑤臺異夏臺九區萬萬里一種色皚皚

林子曰每句疊用同字下得平易乃知熟詩而巧

詠雪　大枝永野

散絮因風起凝垣任氣來樹樓皆白玉草樹惣花梅國有豐年瑞家無閉戶哀且傷東隣郭隴步跡猶開

冬日途中值雪簡花皆雜言　巧諸勝

晚路逢寒雪紛紛落憐顏拔裘從捷徑策馬越關山鶴髮彌添白烏頭欲再高人有意如尋訪可答非因興盡還

林子曰鶴髮烏頭之對聯稍奇

冬日友人田家被酒　伊永代

一宅長堤古良田在西東閑行經柳入客舍渡灞通氷結波文斷霜飛葉空唯餘琴酒事併是竹林風

林子曰聊寫田家之趣

奉試詠梁得塵字　南淵弘貞　本姓坂田

鳳閣將成歲龍樓結構辰沓飄華日影梅起妙歌塵帶紫朝光含冊曉色新願為廊廟幹長奉聖君宸

林子曰弘貞博覽聲名彰聞為夏野副編令義解昔天智帝龍潛時與藤原鎌足間周公孔子之道予南淵先生想夫弘貞其後乎

不堪奉試　路永名

纖鱗迸浪慙力微弱羽逢風倦退飛別有邯鄲學步者中途匍匐不知歸

林子曰每句言不堪之事

奉試得治荊璞　紀虎繼

荊山稱與府經史不空傳中有連城玉世無覺彼妍潛光深谷內韜彩衆巖邊價逐千金重形將滿月圓氷霜還謝潔金石豈齊堅未遇下和獻無由奉皇天

林子曰此詩恰好就中千金滿月氷霜金石對偶稍工

奉試得東平樹　伴成益

東平靈威木傾影志非空地隔連枝異神幽合意同棄哀寧待雪條靡因風迴望相思處悲哉古墓中

林子曰伴氏本大伴氏也避淳和天皇諱去大字

奉試詠三以雌為韻　文室真室　天武後胤

青鳥居山日丹鳥表瑞時殷湯數讓位管仲終固辭韻曲流泉急入湖江水遲寧知損益友下董生帷

同　石川越智人

曼倩文才長相如作賦遲明云有益友意此成吾師烏影日中掛猿聲峽裏悲冲天方患尚久下仲舒帷

林子曰嵯峨帝試群臣才多端可謂好事風流也

二人同題同韻共用董子下帷事未知無他押韻否未聞當時孰以為是

奉試賦王昭君　　小野末嗣

一朝辭寵長沙陌萬里愁聞行路難漢地悠悠隨去盡燕山迢迢猶未殫青蟲鬢影風吹破黄月顔粧雪點殘出塞笛聲腸闇絶銷紅羅袖涙無乾高巖猿叫重壇苦遺嶺鴻飛隴水寒料識腰圍損昔日何勞向鏡中看

奉試得寶雞祠　　烏高名

秦政初基代文公致霸時分形雉今似流彩星相疑緑野朝聲散青郊夕影飛陳倉北坂下千歳幾崇祠

林子曰二首共以故事題

奉和詠塵　　藤原關雄 内麻呂孫 真夏子

紫陌暮風發紅塵靄靄生林中隨電影梁上洗歌聲老氏和光訓莊生守險情拂林疑霧薄飄沼似雨輕戰路從柴曳粧樓合鏡貞未期禪峻岳飛颺徒自驚

林子曰關雄早雖舉進士有隱淪之志在東山南禪寺其舊跡也世稱東山進士此詩題詠恰好可謂不負其名

同　　菅原善主

大噫龍群物惟塵在細微遇霧時聚斂承吹乍霏霏洛浦生神襪都城染客衣朝隨行蓋起暮逐去軒歸動息常無定徘徊何處非冀持老聃旨長守世間機

林子曰善主者清公子也關雄者冬嗣姪也彼為權門之族此為宿儒之子同席同題相敵彼貴工巧此却平易讀者其擇焉

同　　中良舟

桂宮飛細質柳陌乏輕光影逐龍媒辭形隨鳳轄揚鏡沉疑霧月衣染似粧帶曲生珠履臨歌繞畫梁雨來收不發風至聚還張峻岳如無讓微功庶莫亡

同　　中良棟

康莊飈氣起搏擊細塵飛晨影帶軒出暮光將蓋歸隨時獨不競與物已無違動息如推理逍遙似知幾形生范冊甑色化士衡衣欲助高山極還羞貞質微

林子曰中氏未詳譜系蓋其伯仲埙篪乎同題而末句同意

同　　菅原清岡 江談曰善主叔父

微塵浮大道靄靄滿無揚色暗龍媒埒形飛鳳輦場徘徊寧有定動息固無常逐舞生羅襪驚歌起畫梁因風流細影似雪散輕光無由逢漢主空此轉康莊

林子曰同時五人同題湿潦當時才士濟濟其優劣待其眼者決之共是恭和之作唯其押韻不拘元白而已猶惜御製本韻不傳也

奉試得照膽鏡　　小野春卿

良冶鍊銅初鑄日火雲烈烈風焰類背文巧置盤龍體而影能銜滿月輪王匣池深朝氣徹金臺氷冷夜陰中空歷萬象見明覰野咲山精不隠身西入秦城獻蜀王君主殿上燭佳人称我鑒下綺羅色容貌排前桃李春欲言情素即因此發昧誰勝奇實真如今可用妍媸鑒長願猶為照膽數

林子曰題詠恰好

奉試賦挑燈杖　春澄善縄 本姓猪名部

斯杖任朴猶用　豈假良工加新雕　白日黄昏燈於續匪資茲具未能調若非恭杖老全聚或是荊楚炎亦焦謬污寫即盤旱落眼分精銳帳中挑後有招携宴友朋華堂四照列羊燈時因永夜焰無滅每効微功明更增廉吏嫌然年不賞神翁肖備照吹杖宜神正使蘇公屬致用亦令蜀婦紡一客環堵曉夕勤一年龍文自為辨唯嘉陋質助光力雖敢効貪膏澤養

林子曰善縄此作想夫少壯時也其才調可以見位仕仁明文德清和為侍讀講前後漢書文選等群書其文章有續日本後紀在焉其韻語傳于今者唯此一篇而已誰不玩賞之哉

奉試得鸚燒桐　大枝礒麻呂

擢幹嶧陽岑森森秀衆林春花含日笑秋葉帶霜吟鳳影飄枝上風聲散囀音忽遇凉飇激發番動硅陰匠右方無顏何思為鑿鑄侵幸逢邕子識長作五絃琴

林子曰頗協故事題

以上五十九人見經國集殘編此外清原夏野有題閨詩弘道真定有題詩共闕其餘既見凌雲文華者雖有好詩然不載之嗚呼　本朝詩章之盛無過於此時也若夫一變則於李唐其幾乎

字訓詩　清原真友 其先出自天武帝

禾失曽知秋中心豈忘忠里魚遊浪鯉江鳥度秋鴻火盡仍為燼山高自作嵩色絲辭不絶几虫泣寒風

林子曰真友者仁明時人故附于經國作者之次

倉頡讃　都良香 一名言道 慶赤子

黄神之史倉頡揔名千年一出四目雙明獸更書妙兎毫筆精紛紛鳥惟公所生

林子曰良香當時傑出之秀才也其履歷行實見國史其文章載明衡文粋且有都氏文集斷簡三卷傳于世嘗作詩而得氣霽風梳新柳髮之句未得對句偶過羅城門下吟此句時門上有聲曰氷消波洗舊苔鬚時人謂是羅城門鬼之所作也豈其然哉疑其當時如駱賓王者隱于門上乎良香嘗遊竹生嶋吟曰三千世界眼前盡時神廣吟云十二因縁心裡空云云此等說話以有蓋世才力故皆謂感動鬼神由是俗傳良香入南山所宅為

神仙然國史載其卒則非所取焉想夫良香詩可
爲若干首然今未見其全篇故考彼文集斷簡載
此讀于此

花落鳳臺春　大江音人

若非宋王粧重下疑是襄王夢不長吹亂綺窓風色
暗灑衆砌雨聲香

林子曰此詩江談抄載之爲江相公作且曰相公
常稱此句之美然爾朝綱曰後江相公則江談或
脫後字未可知焉且載八句中二聯者也然今未
得音人全詩故如此按音人者平城帝曾孫阿保
親王孫也初號大江姓以學問立其家當時俊才
滿朝然其裔相繼或一二世或二三世而已唯
江氏與菅氏累葉不墜家聲爲儒家之宗則清公
音人貽厥孫謀者善哉　又曰良香者菅丞相師
也音人者與是善爲同僚故載於此

・秋日感懷　田口達音 出自武内

由來感思在秋天多被當時節物牽第一傷心何處
最竹風鳴葉月明前

林子曰述情寫景頗得居易體讀了覺有餘味按
菅家文草或曰田進士或曰田詩伯其此人歟且
有與田詩伯詩故載于此

擣衣　都在中

擣白金砧秋晩冷催於素月夜來晴色爭霜葉辭林
色聲混雲鴻出塞聲

林子曰此二聯可謂能題詠自腹來歷良香至在
中累世濟美不亦奇乎

本朝一人一首卷之三終

本朝一人一首巻之四

向陽林子輯

訓渤海裴大使留別之作次韻

菅丞相

交情不謝北溟深別恨還如在陸沈夜半誰欺顔上
玉旬餘自斷契中金高看鶴出新雲路遠妬花開舊
翰林珍重歸鄕相憶處一篇長句惣川心

林子曰道真公行實載在口碑其爲儒家之宗爲
文道之祖人皆膾炙然其中妄誕多多故我　先
考編神社考時作公本傳是其詳節也今既行于
世可謂解千歳之惑也如其著述則公本集十二

巻幸存且昕所選可見而知焉今就本集載一
首非末學所可容喙也嘗聞都府樓瓦觀音寺鐘
二句公自謂敵香山居士遺愛寺鐘香爐峯雪兩
句然謫居之作號菅家後集今不傳于世則不能
考全篇又聞公再遇渤海裴大使爲鴻臚館伴贈
答數回彼甚歎賞之公頗動喜色故今於其數篇
中載此一首以使初學者知公之文章動外國而
已　先考曾見公文草深賞春惜櫻花應制遲時
節遺四韻然　先考所注心者在彼小序兼惜松
竹之諷諫今不并序載之則其旨趣不明且既編
收此序并詩于宇多紀畧則今不贅焉公釋奠聽

講論語賦爲政以徳曰君政萬機此一經乘龍不
忘始收螢北辰高處無爲徳衆是明珠作衆星又
九日侍宴賦菊散一叢金應制曰不是秋江練白
沙黄金化出菊叢花微臣把得籬中満豈若一經
遺在家如此二絶句則非尊信聖經勤勵家業則
不能言焉嗚呼吉備公之後儒臣登台鼎者唯公
而已若無贓誣之變則儒臣相繼可被登庸也唯
惜公不有亢龍有悔之戒

惜秋翫殘菊得芳字　宇多天皇

金風吹起欲終處殘菊前檐堪愛芳何事殷勤今夜
翫明年此節示[illegible]　王

惜秋翫殘菊應製探得歸字

惟良高尚

驚看秋景疾如飛最愛菊花唉晩暉莫問孤叢留野
外唯知一種在宮闈襲入香氣寧因次學錦文章不
用機賜宴尋常猶可醉況乎恩湛露難歸

林子曰協應制之意句亦恰好

同探深字　島田忠臣 出自神八井耳命

一叢寒菊咲千金夜翫殘榮秋欲深月桂混香依檻
外燈花和色隔紗陰簾褰星花陶籬樓閣倚天潢酈
水侵除却蘂珠宮裡觀不如此夕拜龍臨

林子曰是亦得應制之體然不如前詩

同賦離字　小野滋陰

何處蘢殘菊清商欲晩時金花留北闕玉蘂少東籬白露凝紅粉丹霜染素絲聖君殊愛惜酈縣是應移

林子曰二聯恰好

同得燈字　藤原菅根　武智麻呂末孫

仙叢省禁繞階涵黄似黄金白似氷籬朶秋深非柳圃砌花夜久映蘭燈宮人側目雖摧盡聖主降憐兒犯凌終有兩三番後色天長應獻歳寒徵

林子曰此詩寄古姑舍是菅根曽被菅丞相薦舉則公有所取彼才乎然彼附時平傾公猶那怨於伊川乎或曰無飛爲辨官闕公之怒公以笏打其回故彼含怨心乎將未知果然否

同得花字　藤原直方　良相子

晩秋欲盡景將移變蘢深宮殘菊花欲道銀臺芬馥色黄金數朶異陶家

同探叢字　平惟範　桓武曽孫　高棟王子

送盡秋風百草空禁闈孤有菊殘叢花光暮與秋光暮一種蕭條蘢惜中

同探稀字　藤原滋實　武智麻呂末孫

時臨木落百叢微可惜黄花變紫稀憑託秋風留莫散是尤仙殿万年暉

同探殘字　藤原定國　高藤子

可惜素秋花菊朶時來憐見晩光寒何因今夜心情切洞裏仙庭一色殘

林子曰右四絶句意到句不到

同探群字　橘公緒　廣相子

九月秋將盡天臨蘢菊芬色和庭上燎香混閤中芸酒客攀相伴詩仙繞作群五更猶未輟共詠舜南薫

林子曰二聯恰好末句似詠夏景

同探叙字　藤原如道　武智麻呂昇孫

紫禁秋天晩夜來殘菊奢軒前凝雪聳臺上帶霜斜栽錦純青葉點珠半白花蕭條無朶處似謝舞人叙

林子曰奢字叙字菊不相應

同探清字　源湛　嵯峨皇孫　源清子

三秋已盡變冬律殘菊承霜一兩莖香獨先梅飛曉月色同白雪夕灯清

同探心字　藤原老快　常嗣曽孫　老一作孝

三秋已晩千花盡紫禁孤叢似鬱金不異微臣殘悴色含將濃露表丹心

林子曰群作共言菊之美是獨以殘花自譬不亦奇乎

同探香字　藤原有頼　尚名来孫　山蔭子

禁省蘢花秋恨長是因風氣散芬芳孤叢白映流光日數片紅逢殺色霜桂聚可憐獨自盛梅園正姤發

先香瓊蕊本自殊九草只任裁　獻聖主
林子曰頷聯稍好頸聯意到句未到
右作者十三人同題探字可謂雅興也然皆欲探驪珠僅得麟甲者乎就中八句者高尚稍優絶句者老快出奇就思此等群臣即席言詩如此然定國獨以椒房之親而後來貴顯如源湛惟範等共是皇胤其才不可劣定國如公緒如道有頼此時猶爲蔭子以年少入其列其餘多是居下位不顯達由是觀之則此宴試才何益之有此外大藏善行在其列以載于下故略之

題菅氏三代家集　醍醐天皇

門風自古是儒林今日文華皆悉金唯詠一聯知氣味況連三代飽清吟琢磨寒玉聲聲麗裁製餘霞句句侵更有菅家勝白様從茲抛却匣塵深

林子曰菅氏家傳謂昌泰三年右大臣菅公奏進其三代家集二十八巻所謂三代者清公是善及公也天皇感賞之賜御製八句即此詩也末句善讀三代家集則白氏文集亦可抛却也然明年公遇貶謫之譴則家集却可被抛擲乎貶謫之譴者公一代之不幸也御製果傳于世則彼家累葉之華衮也就其巻數而按之則公集今存者十二巻乃其所自編乎二代集今不傳清公詩者岑守仲雄貞主所撰擇存其十之一則猶足雖是善所作僅明衡文粹所載及高雄鐘銘而已其詩未得一首可以痛恨焉然文德實録多是是善手澤不亦幸乎

秋日於城南水石亭祝藏大師七旬　藏大師者大藏善行也水石亭時平別業　藤原時平

自從嘗學聚流螢稽古年深德尚馨應似城南今日會秋郊仰拜老人星

丞相城南水石亭賜恩祝應教　大藏善行　出自漢靈帝

草不在秋縮地毛人逢急景慶孤包學成道藝才貧素瑩拂聲名價富豪壽纔七旬寧作短官纔五品尚爲高空遺客難偷仙菓可向東方曼倩嘲

林子曰時平曾師善行學問且奉勅使善行修三代實録其有舊好久矣延喜元年春菅丞相左遷時平獨專其秋設此會聚一時俊秀賀善行七秩其禮至矣在善行則可謂稽古之力也時平以左府之貴自稱曰門生詩中亦殷勤也然善行有才而齡高既有修史之功且有弟子之貴而爵不過五品官纔大外記何爲其然乎由是觀之則時平之禮師有名而無實者乎善行所作頸聯亦非無心且以東方朔爲詩料良有以也善行又作一首

其二聯曰騎竹遊童知耿白懸車退老忽今朝扶
身藜杖隨三徑癈德台星仰九霄是知彼才亦超
越尋常異客也

秋日陪左丞相城南水石之亭祝藏外史大夫
七旬之秋應教　紀長谷雄 麻呂弟孫

吾師初滿七旬秋滿腹昭昭是九流司馬晩年修史
了尚平殘暮念家休松寒未有霜枝變鶴老終無雪
鬢愁丞相顧恩惇誨德一朝恩祝百齡酬

林子曰長谷雄一名發昭字寛其才名與菅丞相
並稱寛平朝菅公任遣唐大使長谷雄爲副使然
會大唐之亂而罷然則其才爲公之亞匹可知焉
此時公既配流長谷雄爲一時被推故受時平之
旨作序其詩載于歴卷破題稱善行爲老儒此時
善行修實錄了乞歸田故頷聯言司馬尚平事頸
聯言其老猶壯健末句言左丞相祝彼之厚可謂
句意共到也

同　藤原興範 宇合來孫

相公何事會披雲爲是吾師七十賺水石亭邊相賀
處文章博士不知君

林子曰此詩拙劣

同　三善清行 出自百濟國

鳴桐半燼遇知音七十還悲雪鬢侵討老自栽松百
尺披高平對嶺千尋紫芝未變南山想冊露猶凝北
闕心暮齒豈忘踈傳志應縻相府篤恩深

林子曰此詩高而不俗專言善行老而遇一時之
榮其譬喩固當然無所諛之意在賀祝之席而用
悲字言未變南山想而以猶凝北闕心對之言豈
忘踈傳志而以應縻篤恩深結之蓋以彼乞歸田
留連不果故寓抑揚之意非豪放則不能如此夫
清行者本朝千歳奇才也以明法雖立其家該通
諸流所謂意見封事之詳可謂忠于上也辛酉革
命之文可謂通天人感應之理也不憚菅公之威
勸退讓之事可謂有先見之識也不恐時平之怒
請解菅門諸生之鑑可謂有度量過人之大也不
肯掘川空宅之怪而使厲鬼潛跡可謂知妖不近
正人之義也當時長谷雄才爲人被重然猶輕侮
之況於其他乎想夫因時平之招雖列此席傍若
無人故其豪放見于詩如此

同　高階茂範 長屋王來孫

大夫暮齒七旬存招得池亭避世喧新對水泉誇悦
目更看松竹語形言鶴飛雲舞誰堪伴蝉蛻泥行未
足論何用君爲朝舊老戴來丞相祝年恩

林子曰頸聯能用事然非無阿諛之意

同　藤原春海 内麻呂曾孫

人生百歳七旬稀藏史無慙久遠期從此計生多幾
日揚塵海底栢孫枝

同　小野美材

丞相南亭水石鮮況當秋景惜著年顏華不改星霜
改世上多疑地上仙

林子曰美材者皇孫也為侍讀其名著聞此詩唯
覺平易

同　橘澄清　諸兄曾孫

丞相恩深洗水泉賀君暮齒七旬天官為柱史應相
祝願遣羲鑾讓遠年

同　平有相

水石秋深景象幽華筵命飲許淹留龜齡祝著藏家
筭萬歳同供相國遊

林子曰規祝之甚何以加焉且　本朝稱太政大
臣曰相國彼假以為左府之事乎恐不相當

同　三統理平

相逢尚齒約窮秋勸引紅螺酒似流下院群居人七
人疑從天上斗星投

林子曰理平亦以才顯名者也所謂人七人援長
谷雄扂平惟範藤忠平源[illegible]範平伊望及理平長
谷雄加時平為七人是等皆受業于善行故專關
此事然忠平伊望無詩其不才可知也理平擬之以
于北斗七星以為詩料然則其餘列席者偶應其
招而已

同　物部安興

為祝衰年到七旬城南水石洗無塵園深得地初開
閣醉臥經霜擬吐茵青鬢古來苔鮮老白頭秋去浪
花新太夫幸忝師資舊誰遣恩波倍一身

同　大江千古

池亭寫照德星躔上闥風情甚不倫頒盡孤松陰尚
茂三更月映五更賢

林子曰此詩恰好不俗實是音人子而維時父也

同　紀淑光

暮齒無迦恩有殊泉華清禮紫檢寄言池畔冬青
樹宜使貞心讓大夫

林子曰恰好是亦長谷雄子也父子共列此席蒙
時平眷遇可知也

同　笙笹夏蔭

祝着慇懃意奈何大夫暮齒在懸車可教綺季千般
恥何遣喬松一向奢既往年流猶急水將來算數是
恒砂陪丞相府祈難飽酩恨烏輪漸擬斜

林子曰規祝惟甚良實不當且奢字不穩想像清
行胡盧

同　大藏是明

賀衆家父七旬秋幸侍城南水石幽祝着院中松與
竹貞心遥奉我君遊
林子曰是明者善行子也時平爲其老父設此會
其歎抃宜哉然三四句所言者指時平乎向諛殊
甚若想像至尊而言之則在此席則不相當
右作者十六人此外平惟範惟良高尚藤原菅
根烈席作詩以見于前故畧之此輩共是一時
俊秀也縱雖至其會不過之時平之權善行
之榮置而不論唯喜群輩所作傳于今也若試
論之則八句者以清行爲最善行長谷雄次之
絶句者淑光得之理平千古追隨之其餘姑舍
是
月影滿秋池　菅原淳茂 菅公次男
碧浪金波三五初秋風計會似空虛自疑荷葉凝霜
早人道蘆花過雨餘岸白還迷松上鶴潭融可算藻
中魚瑶池便是尋常號此夜清明玉不如
林子曰頷聯設譬頸聯寫景破題與落句共妍菅
公有此子傳其家業者宜哉世傳之多上皇見此
詩謂恨使先公不在焉
宮鶯囀曉光　村上天皇
粉閣夢驚囀好呀紅牕燈盡送嬌音露濃漫語園花
底月落高歌御柳陰
林子曰嘗見村上紀畧出詩題召作者甚多想夫
帝亦每每可有御製然其全篇不多傳焉是亦載
八句中二聯者也前聯好呀嬌音頗覺重複後聯
恰好帝亦自負此詩宜哉
禁庭竹　兼明親王
迸笋纔抽鳴鳳管蟠根猶點臥龍文清涼秋月曾承
露和暖春天始掃雲
林子曰兼明世所謂前中書王也其著述見明衡
文粹人皆知之今此二聯得之于江談抄有著
題之體就中前聯最好按兼明傳聞多才器量絶
倫若使延喜帝立此人爲儲君則我　邦文物可
勃興必矣其既不然遂被執政嫉忌而不能居台
位頹朝政暮若西山其鬱陶之憤見兔裘賦可以
知焉痛哉
見二毛　源英明
吾年三十五未覺形體衰今朝懸明鏡照見二毛姿
疑鏡猶未信拭目重求覓可憐銀鑷下拔得數莖絲
臨秋多愁緒至此又重悲悲止惡事理事理信可知
十六位四品十七職拾遺延長休明代久越白玉墀
承平無事曆數採警衛旗忝入宗室籍官位得相持
顏回周賢者未至三十期潘岳晉名士早著秋興詞
波皆少於我可喜始見遲

林子曰英明者字多皇孫齊世親王子也其母者菅丞相娘也公貶謫之時齊世薙髮時論有公欲立齊世之異志讒言從此起故齊世亦学事數年而下世由是考之則公在官時英明未可生齊世薨時猶爲孤兒詩中言延長承平則盖是天慶年中作乎齊世才名無聞然英明文才如此想夫淳茂等外舅逢赦歸京之後就而學問乎嗚呼英明雖爲皇孫賜源姓既列人臣雖有才調未身顯職壯年見二毛之歎其有所寓意乎其餘著述見明衡文粋

王昭君　　大江朝綱 音人孫

翠黛紅顏錦繡粧泣尋沙塞出家鄉邊風吹斷秋心緒隴水流添夜涙行胡角一聲霜後夢漢宮萬里月前腸昭君若贈黄金賂定是終身奉帝王

林子曰朝綱於音人猶子美於審言江家推尊稱前後相公曾聞朝綱甚慕白樂天詩一夕夢與樂天逢而相話從此文筆進步蓋是彼家子孫擬江淹事而誇説乎此詩句意共好就中頸聯最爲警策其餘著述見文粋并朗詠等村上帝朝奉勅繼菅丞相類聚國史撰新國史不傳于世可以惜焉朝綱送渤海客詩序曰前途程遠馳思於雁山之夕雲後會期遥沾纓於鴻臚之曉涙客甚感賞之經年彼國人遇我　邦人問曰江相公爲三公否答曰未也彼曰日本國何不重文才乎此等説話以江家英傑故欲擬菅相而言之乎

山中有仙室　　菅原文時 菅公孫 高視子

丹竈道成仙室靜山中景色月花低石牀留洞嵐空掃玉案抛林鳥獨啼桃李不言春幾暮煙霞無跡昔誰棲王喬一去雲長斷早晩笙聲歸故溪

林子曰菅公子孫多是才子也就中推文時而爲翹楚如此詩能協其題頷聯頸聯最爲警策明衡文粋多載其文以繊月賦爲壓巻村上朝文時雖少於朝綱其才相敵曽二人同奉勅撰白氏集中詩第一共出送蕭處士遊黔南詩又曾同賦某皇孫宅詠花朝綱句曰此花非是人間種瓊樹枝頭第一花文時句曰此花非是人間種再養平臺一片霞上句不違一字下句共用梁園事朝綱曰後人以余及文時可稱一雙果兼菅江相並爲大學寮東西曹主

驛馬閣聲相應　　菅原雅規 文時子

巫巖泉咽溪猿叫胡塞笳寒牧馬鳴竹露松風幽獨思瑶箏玉瑟宴遊情

林子曰江談曰雅規以此詩及第

秋聲晩管絃　　大江維時 朝綱從弟

汶陽墓篠遥分韻巴峡深泉近報聲銀管吹時鸞發響王徽彈處風和鳴感成一曲羌人念夢断三更叔夜情孤竹當宵秋月色孫桐應指暁風軽

林子曰此詩本六韻世傳四聯逸首末四句村上朝試詩戰雖時代人作之其人得勝朝綱雖著名於一時其子孫微矣雖時之流最盛匡衡匡房皆其後也

廻文詩　橘在列（大和守秘樹子 源英明弟子）

寒露暁零葉晩風涼動枝残聲蟬嘒嘒列影雁離離蘭色紅添砌菊花黄滿籬團團月聳嶺皎皎水澄池

林子曰在列以詩著名源順師之在列後爲僧號尊敬没後順編其集曰敬公集今不傳于世其集序見文粋

白　源順（嵯峨皇子之中 源定曽孫）

銀河澄朗素秋天又見林園白露圓毛寶龜歸寒浪底王弘使立晩花前蘆洲月色隨潮滿葱嶺雲膚與雪連霜鶴沙鷗皆可愛唯嫌年鬢漸皤然

林子曰着題絶作也夫順者一時英才也其文其詩見文粋且編後撰集點萬葉集則長于倭歌又撰倭名鈔則其才該通倭漢雖稱　本朝揚雄許慎不爲過論莫以尋常墨客看之

欸冬（實除讎也流傳誤曰欵冬）　慶滋保胤（本賀茂氏 文時弟子）

養得昔令扶病雀開來本是待蛙鳴八重濃艶人相貴一片疎葩世所軽

林子曰保胤與順爲詩友其著述見文粋及朗詠先祖者天文暦數家也保胤改姓爲儒家

秋懐　藤原後生（宇合仍孫 式家儒）

悲倍夜蛬鳴砌又涙催黄葉落庭晨集哀欲絶家三代水菽難酬母七旬

林子曰後生祖佐世對策初爲儒家故曰三代此詩經奏覧而登庸感其孝志故也

讃藤在衡　橘正通（江談曰源順弟子也諸兄雲孫）

吏部侍郎職侍中着緋初出紫微宮銀魚腰底辞春浪縑鶴衣間舞暁風花月一窓交昔睦雲泥萬里眼今窮省躬還恥相知久君是當初竹馬童

林子曰按詩意正通自謂其才劣在衡然其幸不幸如此故讃彼以憤已不遇句意共奇世傳正通其後彌沈淪携家赴高麗爲宰相未知然否其後在衡任大臣彼聞之不知謂何

本朝一人一首詩巻之四終

本朝一人一首卷之五

向陽林子輯

林子曰寛弘年中高階積善選當時詩二卷號本朝麗藻一卷逸而一卷存焉作者多是以才名聞世而明衡亦取之者也然今讀之則其中雖有一二聯恰好未覺全篇絶作也是知具平不及兼明如以言積善不及朝綱文時也嗚呼　皇運自茲漸微矣文章亦與時共興衰今聊從彼善於此者各載下首

書中有往事　一條帝

閑就典墳送日程其中往事染心情百王勝躅開篇見萬代聖賢展卷明學得遠追虞帝化讀來更耻漢文名多年稽古屬儒墨縁底此時不泰平

林子曰居九五之貴有志于文字不亦善乎此時政無大小決于道長末句其有寓獻慮乎曽見古事談曰帝親書曰三光欲明黒雲覆光叢蘭欲茂秋風吹破　帝崩後道長見之破棄之可以并按焉

題故工部橘郎中詩卷 文粋八日侍讀工部橘郎中正通　具平親王 村上帝子

君詩一帙涙盈巾潘謝末流原憲身黄卷鎮携疎牖月青衫長帶古叢春文華留作荆山玉風骨消爲蒿里塵来會茫茫天道理滿朝朱紫彼何人

林子曰此詩哀痛感慨且憐其人不遇者至切疑是橘郎中者正通歟具平能知彼才而不及彼者列朝而彼沉下位故有哀慕之意與前卷所載正通詩可併考焉若然則稱正通赴高麗者俗説之訛乎具平知彼如此而不能推擧者亦是不能預朝政阿于藤氏不能言故也

暮秋宇治別業　藤原道長

別業號傳宇治名暮雲路僻隔華京柴門月靜眠霜色旅店風寒宿浪聲排戸遥看　去卷簾斜望鴈橋横勝遊此地猶雖盡秋興將移滿今情

林子曰藤氏權勢至道長彌盛上侮一人下領四海男爲丞相女爲后妃世繼翁物語三卷半是道長之事赤染榮華物語四十卷本是譽道長華美作之其強大僭上不可勝計曽嘗法成寺大伽藍故俗稱道長曰御堂關白奢侈如此而好詩且能書不亦奇乎其別業在洛外宇治此是暇日逍遥之作也

秋日到入宋寂照上人舊房　藤原伊周

五臺渺渺幾由旬想像遥爲逆旅身異鄕縦無思我日他生豈有忘君辰山雲在昔去來物魚鳥如今留

守人到此悵然歸未得秋風暮處一霑巾
林子曰伊周者道長姪也伊周爲嫡道長爲庶初
伊周少爲内大臣其父關白道隆早世道長代之
預聞萬機伊周詛道長道長無事爭權不能勝故
叔姪交惡既而伊周滞暴無禮被左降爲太宰帥
故稱帥内大臣其後赦歸京儀同三司之宣論
其行實則無所取焉如此詩則頗能寫出情景也
寂照者大江姓其名定基薙髮爲台徒入宋不歸

暮秋左相府宇治別業即事　　藤原隆家

一尋別相從賞翫風流到下春交濃偏宜迴砌
水契　拂軒松門前秋導三巴峡牕裡暮迎五
老峯此地勝形聞相看濟川舟檝繼先蹤
林子曰隆家者伊周弟本是滞暴無禮與伊周同
左遷然逢赦復納言官兼拾遺蓋道長以叔姪之
好不咎舊怨乎此詩頸聯可也末句以道長比傅
説豈其然乎可謂之甚哄千歳之笑

採得富樓那　　源俊賢

出從釋氏富樓那字是滿江意幾多智恵風高詞巻
霧辨才浪涌口懸河慈悲内契應由我利益外情似
忌他第一名聞三世久生生展轉在娑婆
林子曰俊賢者延喜皇孫高明子也高明博識熟
本朝故事所謂西宮記其所著也與藤氏有隙
左降故俊賢亦沉淪今此詩平生好釋氏偶探題
得之者乎頷聯稍好按陶九成諸史會要謂宋景
徳三年日本僧寂照入貢曰國中習王右軍書照
頗得筆法後南海商人船自其國還得國王弟與
照書稱野人若愚又左大臣藤原道長書又治部
卿源從英書凡三書皆二王之迹而若愚章草特
妙中土能書者亦鮮能及紙墨光精左大臣乃國
之上相治部九卿之列也云云　先考嘗語余曰
昔與惺窩談此事以道長同時考之則野人若愚
蓋[illegible]假託名乎源治部從英未知爲誰也按
景徳三年當我寛弘三年而具平以寛弘六年薨
其與照書雖不公言其名而照悟之稱王弟則惺
窩之言固當今竊考寛弘公卿補任則寛弘元年
俊賢自參議轉中納言二年兼治部卿且俊賢二
字草書與從英筆畫相類其時照言語華人不能
詳通故流轉如此乎管見如此然惺窩不可喚起
先考亦逝追懐往事不覺涙之下嗚呼今誰共
談此等事乎唯有家弟函三生而已

晴後山川清　　藤原公任

山霽川清景趣幽近望西脚對東流嶺摸毛女唯青
黛浪伴漁翁自白頭雲霧霽收松月曙菰蒲煙巻水

風秋云仁云智足相樂宜矣登臨促勝遊
林子曰公任者清愼公孫而廉義公子也實是嫡
家正嫡也然以道長强大不能任執柄寛弘初以
中納言兼左衛門督且貴族且才調不齎黄門金
吾官職故窪任之勤稍懈見此詩則遊目於山水
遣不平之懷乎二聯稍好唯覺末句未可也
冬日於飛香舍聽第一皇子始讀御註孝經應
教　　菅原輔正
稚齡八十有餘霜未見神聰似我王遺老愚言君記
取丁經造次不應忘
林子曰輔正者淳茂孫也歷任至寛弘其齡八旬
餘以世家老儒列此席其詩平易然有勸戒之意
不拘規祝之言可謂有度量也没後爲神從祀北
野廟良有以也按此時群臣獻詩江以言作序時
寛弘二年十一月也然則皇子者一條帝子而道
隆外孫也以帝譜考之則後一條後朱雀猶未生
則敦慶親王乎以不爲道長外孫故不能爲儲君
也然此會道長舉之
同　　菅原宣義
天孫初析天經義孔父舊章睿帝心忽感神聽多幸
行定知四海悉會參
林子曰宣義者文時孫也

未飽風月思　　源則忠 延喜帝孫 盛明子
風月自通幾客心相携未飽思尤深文場猶嗜照燭
影詩境更耽過竹音幽谷春遊誰作足高樓夜宴久
難吟此時獨恨無才用其奈抽簪入暮林
林子曰則忠才名不聞于世詩亦然
除名之後初復三品重陽之日得侍宴處情感
所催欲罷不能聊述鄙懷呈諸知己
藤原有國
我是柴荆臥讁人豈圖徴召列文賓除名二月花開
日待詔重陽菊綻辰籬落不要陶隱醉蘭叢應咲楚
臣紉忽抛野服染愁涙更著朝衣賁老身豈遂死空爲
黄壤骨愁生再踏紫宸塵半焦桐尾雖殘燼已朽松
心免依薪龍鶴放雲振泥翅轍魚得水潤枯鱗鬢斑
蘇武初歸漢舌在張儀遂入秦運任秋蓬風處轉榮
同朝菌露中新抽簪將學空門法未報皇恩未解紳
林子曰有國者參議真夏之後也其高祖家宗建
法界寺於江州日野自茲以日野爲家号其父輔
道對策列儒家至有國揚家風歷任村上冷泉圓
融花山一條叙三品任勘解由長官長德元年左
遷太宰大貳同三年復本位任參議時年五十九
此詩蓋復本位歸京列朝宴而述諸君欝懐者邪
首尾連續押韻不拙唯覺蘇武張儀相對忠邪不

顯也雖為下時詩料不可不慎焉此人子孫連綿世有才與充諸儒家登庸日野之流官爵絶倫

宇治別業即事　源孝道 清和玄孫 滿仲子

河水横西山峙東王程頗僻洛陽宮煙霞奴僕尋常物泉石資儲造化功庾信園非山境且陶潜家隔相門風如何別業幽奇地主客公卿會此中

林子曰是亦從道長赴宇治別業之作也頗雖寫其景未見諷諭之意

按孝道父兄悉是武門之豪也然孝道獨弄文筆可謂奇也實清和曾孫元亮子也滿仲養之

題玉井山莊　藤原為時 良門玄孫

玉井佳名被世稱松楹半按碧岩稜山雲繞舎簷襲幔欄月臨牕欲代燈梅發寒花朝見雪水收幽響夜知氷池邊何物相尋到雁作來賓鶴作朋

林子曰玉井在和泉國蓋其為時采地在於此乎此詩頗能寫景致是知彼不忘山林者也世傳為時娘紫式部作源氏物語實是為時筆也未知然否若以小推大言之則式部於為時猶班彪之有昭蔡邕之有琰乎

秋夜對月憶入道尚書禪公　源為憲 光孝帝玄孫

去年尋君談話夜飛香樹東秋月明今夜憶君端居夜敎叢坊中秋月清一斷一盈月相似時去時來人不同當我衰鬢難辨白入君襟念應覺空何事開[illegible]得相憶負外官吟無所營定知山月咲遲來行年比君二年兄

林子曰此詩學居易體稍覺感慨深切也江談曰為憲與橘正通共為源順弟子而正通為先輩然順以其家集附為憲為憲以才名鳴于當時毎赴文場自携書嚢其為備遺忘也

醉時心勝醒時心 得酬字　藤原輔尹 菅根曾孫

醉心已勝最應尋誰以醒時比漸酬與彼停盃思往事豈知添尸契交談漢高祖樂頻欣識楚屈原憂未酌諳百慮消中趣有根老來官散涙難堪

林子曰江匡衡曰為憲為時孝道敦信擧直輔尹此六人者越於凡位者也故其才貧蓋以其有才而不遇故歟之乎匡房又曰輔尹擧直一雙者也然今輔尹詩唯見此一首未知恊其才否敦信者明衡父也是亦與擧直共其詩不傳 擧直亦是藤氏

秋日遊東光寺　善為政

樓臺竹樹目高卑此寺由來地勢奇籬下寒花紅錦繡池中秋水碧瑠璃茶煙纔出山厨寂松月遥昇岫幌垂毎今日相尋偷顧望雲泉無厭我初知

林子曰登覽之景象寺中之所見一一入詩吞吻以黄纐纈對碧瑠璃今以紅錦繡换之可也然未

考是亦古對否題曰秋日句曰松月料知留連自
晝至夜也按江談抄有曰慶滋爲政者亦是詩人
也蓋夫同人而改姓者猶弓削以言改姓大江田
口齊名改姓紀之例乎又按續文粹及歌書有善
滋爲政者作者部類曰保章子也然則慶滋保胤
姪也慶善同訓互用乎果一人也以他書例言之
則曰善者是三善氏也

閑中日月長　大江以言（一姓弓削）

閑中氣味屬禪房唯得自然日月長幽室浮沉無短
晷陰居隣里有餘光陶門跡絶春朝雨燕寢色衰秋
夜霜我是柴扉樗散士閑忙苦樂兩相忘

林子曰稍覺恊題意江談曰頸聯以許渾贈殷尭
藩詩可准之今案許郢州集寄殷尭藩四韻頸聯
曰帶月獨歸蕭寺遠翫花頻醉庾樓深句勢雖異
其用故事相似彼言月花此言雨霜其意相似乎
江談又曰以言賦晴後山川清曰歸嵩鶴舞日高
見飮渭龍昇雲不殘源爲憲在其席擁其所携書
嚢而感賞不已慶滋爲政在後難曰龍昇者非鼎
湖登天之謂乎不免禁忌之瑕以言微笑而不言
蓋其不屑彼難乎以言以文才爲當時被推故江
談又曰濫在列不及源順順不及慶保胤保胤不
及以言其播名如此豈其然乎四子詩文今存者
多可考而知焉然其達諸道有功于後世者如保
胤以言何爲望順之才乎以言者千古曾孫也

冬日於雲林院賦境靜少人事以餘爲韻　源道濟（光孝帝來孫）

一辭塵巷入煙霞乗輿不知往反賒境靜人稀無俗
事松風颯颯日方斜

林子曰道濟者以言弟子也頗有詩才之聞此詩
平易不俗然無餘味

夢中謁白太保元相公　高階積善（茂範玄孫）

二公身化早爲塵家集相傳屬後人清句既看同是
玉高情不識又何神風聞在昔紅顏日鶴望如今白
首辰容鬢宛然倶入夢漢都月下水煙濱

林子曰　本朝先輩無不景慕居易故以野篁准
彼以菅相爲勝彼且菅相長谷雄有元白優生之
誥先是朝綱既夢居易至積善併元白夢之蓋其
景慕之深到如此者乎可謂思夢也麗藻所載積
善詩數首然不論其優劣載之以備一故事

以上十九人見　本朝麗藻下卷但其中公卿
記官不記姓名今考公卿補任寛弘年中直記
其姓名使人易知之十九人外有江匡衡以其
家集存故別擇之惜哉使其上卷在焉猶可有
他詩人也

自愛　　大江匡衡
我賞我身人不識鑽堅掌喩幾寒温問頭博士菅三
位提耳祖宗江納言東海亰鮮遺教化玄成侍讀仰
殊恩一言猶勝千金重三百巻書授至尊
林子曰匡衡博學多才累世官儒也自言其遇時
勤勞如此所謂菅三位者文時也江納言者其祖
維時也村上朝匡衡猶少就維時學而被文時試
而對策壯年出爲尾張守不幾召爲侍讀奉授尚
書毛詩史記文選白氏文集等歷仕累朝任式部
大輔兼文章博士以韋玄成自比曾作古調五言
詩一百韻詳述其履歷事實又以維時爲延喜東
宮學士且爲村上帝師例而爲一條帝之皇子之
師時作絶句曰呂望授來文武學桓榮獨遇漢明
時幸傳延喜明時例天子儲皇皇子師其自稱如
此今余家藏江吏部集三卷其中古詩律詩絶句
有可觀者然取此詩者爲著彼素志也曾見本
朝書目先輩各有家集然今傳于世者菅丞相之
外都氏文集殘簡及匡衡詩集而已其文則明衡
多取之考其狀則知雖勞而不富饒
及第　　大江時棟
澤猶覃草木信幾及鱗介日下識葵傾鳳前看葛靡
林子曰此四句紀齊名難之曰上下有兩草字可
爲巨害以處落第匡衡上表狀引先例解其嘲其
所引先輩四句惟多今低書一字以附於左其難
答之趣詳見文粹
日月光華　　藤原正時
夜魄清無損朝曦靜不群扶桑晨上旭芳桂霽飛薫
海水不揚波　　藤原長頼
滄海無波白初知遇太平金宮奔浪靜玉闕亂濤晴
及第　　文室尚相
棹歌音自亮舟宿夢長成霽雪好無秋臘雷寧有聲
涇渭殊流　　大和宗雄
二流涇渭冣靈奇合注交通不是随共度二宮威浩
蕩同經三百色參差
同　　嶋田惟上
涇渭分流不雜移濁清識識自然爲洋洋既出朝那
縣浩浩能流鳥鼠毋
連理樹　　有名王
靡傷布深仁無私施景化神工誠不隠天道斯無該
山水有清音　　源當方
四時懐不變五夜感相侵灑灑何時息蕭蕭幾處沉
及第　　藤原淵名
三成奏轉切肆夏歌何憒文不鞏方亮發韻氣寧殘破
同　　多治敏範

三皇誰在昔根稷宓羲德垂衣施化遠刻木出囊直
右九人臣銜引龍門集以爲其諡可謂博識也
落書　　櫻嶋忠信
陽春詔勅多哀樂半盡開眉半叩頭官爵專非功課賞公私寄致贖勞求除書久待直書致直物遲期獻物收故大閤賢歸衆望左丞相倭損皇猷忽逢烈木恩波溺其見駿河感淚流雖向和風櫻獨吟被霑暖露橘先拙近臣貪欲世間歎外吏沉淪天下愁貫用金銀千萬兩治亡山海十二州
林子曰是見文粹其註曰依此落書拜任大隅守云云按古事談有忠信赴大隅之任然不記何代人則無可考焉文粹舊本刊本共多闕字今以朱書補之此落書諷刺其時政然未知件件指何等事也彼因此落書任大隅守則不遇其譴而蒙微祿乎抑亦左降西海鄙遠之地乎今試以駿河感淚句推言之則一條帝永祚元年相國藤頼忠公薨其駿河國謚廉義公所謂故太閤賢歸衆望又曰共見駿河感淚流者悲嘆頼忠乎先是頼忠爲關白十年既而辭職藤兼家得志一條即位爲攝政頼忠憂而未幾兼家進爲相國此時左大臣源雅信與兼家結婚相睦所謂左丞相倭損皇猷者是乎又同年左大將藤原朝光因病辭其職明年右大將藤濟時轉左所謂櫻獨吟橘先拙者託言于左近衛櫻右近衛橘乎或曰櫻者忠信託其氏言官吟乎橘者當時橘姓者登庸乎其餘今不能強解焉

夜書懷呈諸文友兼寄南隣源處士
貧居老生藤原衆海
南○北堂南貫隆東西交易甚忩忩文章博士儒宣下太上天皇葬禮中一院舉哀憂未盡兩家沾職悅無窮花敷泗水忘恩澤橘使槐林損舊風今日議人非墨客去年補者半甲翁外論向背詞雖怨內接心情契自逼美物來時脣更咲許言到處耳初聾○○潤屋褰簾出厭却縕袍閉戸籠○○形容常失理顧私行操豈思忠居高只是銅山動在下猶因金穴空豈識仲尼貪樂道祗看後輩富成功○○宿爾栽縫女背奈朝臣造作工蚨足群飛分母子鷽芽并走決雌雄○藏不往名先毀櫻笠長居命可終人與新砌珠不異我將古幣花相同自慚困倍於原憲唯庶饒多自石崇冐霧昔期攀曉桂戴霜今歎顆秋蓬幾千人裏頭梳雪數十年前淚拭紅影冷蒼蒼盈初月聲寒札札繞床蟲義哉柳市老無價早晚此身欲奉公
林子曰源處士衆海未知爲何人蓋其識時政者寓言託名乎文粹舊本傍書曰櫻笠者櫻島忠臣

並忠信也藏者大藏郷邦也然則藏字上亦人姓乎傍書漫滅不詳忠臣者蓋其忠信族類乎按一條帝正暦二年圓融上皇崩寛弘八年冷泉上皇崩所謂太上天皇葬禮中者此等時所作乎其餘皆是當時之事今不强解焉舊本脫字惟多今叨朱書補數字其不可推讀者闕之

閑居　釋性空 稱諸兄後胤

貧而亦賤閑亭隱士以之爲樂不羨富貴我不知人無恨無喜人不知我無譽無毀

林子曰性空者始開播州書寫山其事實花山上皇作之傳師錬釋書亦載其傳此須不見二傳然世上流傳久矣故記于此凡　本朝浮屠作頌作偈者猶多今不尋覓之姑以是爲例

走脚詩　藤原敦隆

愚惷懸意急忿怒怨悲怱怘忘忽忘患感恩應念忠

同　藤原公明 爲光公玄孫

誰識詁談議請論諷詠詩諸諛誠諭誤誑誕試訓詞

同　大江政時

宇宙寔宜安寂寞定向寛富宏寧寡實客客守審官

客容其一作字之訛

林子曰三首同體中華所謂偏傍體也其言走脚不亦奇乎

我黨數輩留連日久或詠新詞舊格之詞或綴字訓離合之什又有越調之詩又有走脚之和適所遺之體只廻文而已仍連章句敬呈友朋矣　藤原公章 爲光公玄孫

行雨暮露地暗雲朝鎖兮清風凉颯颯落日腰沉沉征馬疲中路宿鳥群外林情感足酣酒宴遊數調琴

林子曰此詩不爲不可然不及播在列遠矣

近曾左金吾藤廷尉以古調五十韻見投予之弊窓矣予雖獻拙和餘興未盡仍慣羈秋引綴沉春引重奉呈之　惟宗孝仲

有一愚兮養親遊三徑兮樂貧在洙木兮沉身居蠻舎兮勞神齡欲頽兮面皺愁難除兮心辛庭草荒兮萋萋砌　細兮磷磷悠假息於窓裏忘行迪於河津訪孫氏於吟席伴郭泰於熱巾花飄飄兮鳥空每年余何未遇春

宗才子綴沉春引奉呈藤廷尉一詠鎖魂再吟入骨不堪賞歎聊綴鄙詞押本韻

菅才子 闕其名

不見良明兮欲親樂善道兮忘貧紆青衿兮顧身繼縲囊兮谷神滄浪濁兮色皺榮路遠兮思辛舜龍蔓兮蓁蓁美石藏兮磷磷惜寸陰於遊隙造九流於問津暮黃昏於翁枕思淵明於戴巾時薜薜兮雖代謝莫

歎物無不逢春
宗才子作沉春引奉寄藤廷尉菅才子繼以和
之予以不才元得相知僅臨孟友之仲適賜沈
春之詞不勝握玩聊抽鄙懐不憚外見偷押本
韻　三善爲康
訪人友兮相親營筆耕兮安貧見鷹揚兮辱身思鵝
退兮鎖神面疊波兮漸皺心非茶兮猶辛遲蓬滋兮
柔蔡泉石淺兮磷磷勞丹意於虎窟縣紅鱗於龍津
歎衰鬢於霜雪灑老淚於衣巾風瀼瀼兮芳菲盡澗
底古松不識春
林子曰三首平易雖無滋味不必以房濃洗之亦

可也小序所謂藤廷尉朱雀詳爲誰人也爲康自號
槐市老翁鳥羽帝永久年中著朝野群載甚便于
考古也三善家譜余未見之然推按之爲康者廉
藻所載爲政子孫乎共是出自清行傳算道而家
業之暇志于文字者也此時文筆雖不及古猶有
此等之贈答者不亦善乎小序所謂字訓離合越
調古調蕾列書以傳于後世乎
奉試賦得班萬玉　藤原尹經 實範 曾孫
陶甄繼體政方寛萬玉班來民各安執得不趣皆守
體捧持致敬恐騰歡連城待價應磨賀州國争功欲
受寳爲今德比光當作用齊珍藏色遂無殘久永亡爲

望猶潔夜月臨流影式圓河伯圖明浮五采山文
朗賜群官廻周施職辨冠微清越有聲環珮寒幸遇
我君山學代龍門御上屢攀植
同　藤原憲光 高藤 十代
我君莅政理温寒萬玉班來仰德完照耀光清盈列
國珍瓏色潔賜群官藍田傳美常爲用荊岫鄰奇遂
不殘雲落沙庭空認月露凝竹葉自疑寳浮鳥影
非無信番棘規圓豈有端雍伯種生唯得寳水著文
朗恐騰歡平平治道氣新見琢琢學山功尚難再遇
唐堯明化日八埏九土各平安
林子曰右二首永久年中所被試也同時言詩者

猶有之群載載其姓名畧其詩則此二首當時以
爲翹楚乎
奉試賦得德配天地　藤原仲實 武智麻呂 十一代
配于天地德尤淳治世料知屬聖人上下得宜調禮
律乾坤協度正君臣堯雲高聳祥風起舜海忽露惠
澤均運載克諧　度覆幬不忒叙彝倫普施雨露
玄穹表遥息波瀾碧海濱土壤順時生草木陰陽應
節列星辰二儀交泰同洪化萬物栽成藏萬仁多日
久難趣汨水龍門浪冷立逡巡
林子曰是白河兼保二年制試也同時賦詩者十
九人群載識其姓名略其詩然此一首可見當時

風體且知舉科猶未慶

右自走脚以下十首見三善為康朝野群載

按無題詩作者三十人中有先於群載作者然無題詩載忠通公及通憲詩則其編緝在群載後故今所叙如此

聽琴　　菅原永頼

麝無香散楚江頭湘竹叢邊涙不收蓦地悲絃寫離愁夜深簾外鬼神愁

林子曰此詩見源氏河海抄未知源善成自何書抄出之彼抄多誤字故此詩者曰永順考諸家譜未見永順而菅氏譜雅規曾孫有永頼按本朝中世以來唯有箏而無琴此詩題琴則非近代之作然則順當作頼故載於此

本朝一人一首詩卷之五終

本朝一人一首卷之六

向陽林子輯

賣炭婦　　輔仁親王

賣炭婦人今聞取家郷遥在大原山衣單路嶮伴嵐出日暮天寒向月還白雪高聲窮巷裡秋風増價破村間土宜自本重丁壯最憐此時見首斑

林子曰是倣居易詠賣炭翁句意共可也賣炭婦人人皆見之然未聞詠之者輔仁以親王之貴不賦紅袖之妓注心于破村賤婦以風流之趣匪啻弄花鳥而已憐賣炭之斑白其才識可謂高也以是廣推之則有補於政教乎輔仁者後三條帝第三皇子故稱三宮後三條元是英主故知親王有牙然以嫡庶之分定故白河帝踐大位以予見之則此一首與得長壽院妄費國用豈唯天壤懸隔而已哉況其餘詠吟縱雖不及兼明與具平可抗衡者不亦可乎

避暑　　源經信

移座林間欲夕陽夏天暑氣似秋光張公簟冷風空拂班氏扇團月自涼送老交遊詩兩韻忘憂郷貟酒三觴不唯此地消炎日學雨松聲足斷腸

林子曰經信者宇多帝玄孫也官至亞相才能絶倫爲時被重曾扈從行幸于桂川勅分詩船歌船

管絃船各使堪其能者隨意駕之經信問監吏曰余乘何船乎曰可任君意經信駕管絃船奏曲且獻詩并歌身雖駕一船才兼三船世以爲美談先是藤公任亦有如此之事故世稱才藝者曰前有公任後有經信今此詩亦頗於題爲當

賀大極殿新成　藤原實綱

大廈殊形經始成一時初識百工營于雲構桷衆差列啓月金扉照耀明周日靈臺宜比類漢朝正殿欲相爭倩思基址堅於石億萬年間豈有傾

林子曰實綱者有國孫也繼家業爲侍讀此詩規祝之意雖似大過然在其人則相當

三月盡日即事　藤原有信

今年三月一朝盡悵望風光屢省身人事未能留壯日老心何耐送殘春百花彫落葉陰薄兩鬢變衰雪片新久在閑居多假景不妨取次放遊頻

林子曰有信者實綱三男也對策之後歷仕任東宮學士藏人右衛門助右中辨今見此詩則有不滿之意想學士辨官非閑官蓋其任金吾不樂列武官乎不然則老後蟄居稍闕朝參時作乎讀詩可知其人

冬日遊長樂寺　藤原敦宗

淨界寂寥塵事稀一來斗藪思依依佛庭草合門無逕禪院竹荒牆有衣寒雁叫嵐過嶺滅低雲向春傍溪歸談僧漸識幽玄理不恨人間官祿微

林子曰敦宗者實綱姪也其父曰實政其登庸起大學頭則於儒官備矣然此詩有不平之意蓋其父實政坐事敦宗幽鬱之時所作乎不然則其身未及實政列月卿故云爾乎二聯頗寫其志趣乃可有論

傀儡子　藤原實光

可憐傀儡匪狂輩自界難娛皆是同棲卜山河幽僻地怨深聲貌老來中羈遊殆忘三輪業世事不營万里郎行客接襟爭得駐雲朋定知對秋風

林子曰實光者有信子也此詩見傀儡感人世與梁鍠絕句聊可併按乎

暮春見尚齒會　藤原宗光

賓主連襟遊放辰只歡結外許交親漸臨暮齒頭爲雪閑憶餘年殘幾春垣下競來風骨客花前會飲鶴毛人斯筵今白相逢少引步慇懃容老身

林子曰宗光者實光弟也自實綱至宗光共是藤氏北家日野家儒也有國貽厥不亦美乎此詩自註曰七老之後會遇者謂之垣下按昔南淵年名效樂天九老會修尚齒會其後藤原在衡亦行之

爾來追此等之例有此會乎故今載之使人知一
故事以風骨對鏃毛猶聚藻所載高積善風聞鶴
望之例皆是假對也

紅櫻花下作　藤原明衡

文友不期會遇新紅櫻開處幾囘袖我猶逐日應催
老波是每年不忘春泣露雖歎榮悴異酌霞恣接樂
遊頻何因漸動歸歟思花下自爲衣錦人

林子曰此詩情景兼備句亦恰好明衡者式家儒
也其曩祖宇合爲丁時翰墨之宗以來世世雖忘
于文字至明衡揚家業其所著　本朝文粹甚有
功于後世凡諸先輩之家集今存者希徵文粹則
我　邦文章何以徵之續文粹編輯亦是繼明衡
塵者也且其所自作多見續文粹及無題詩集則
明衡爲先輩忠臣故後人亦爲明衡忠臣

河邊避暑　藤原敦基

林塘勝趣望中賒避暑有人暫駐車舩畔窺魚歌曲
渚樽前對酒聽平沙風生松樾時聞雨浪洗石稜夏
見花何啻袁公河朔地淒然此處忘歸家

林子曰敦基者明衡子也官祿家業共繼父之風
其名亦籍甚此詩破題頷聯共是實事頸聯設譬
喩有虛接體而於避暑相當末句引故事以結之

夏夜月前言志　藤原敦光

夏夜夜閑更漏深月前佇立動幽襟嵩山雪疊空明
影瀧水氷封尚有音蔡琰入胡千里淚陶朱去越五
湖心多年照讀何攸恨才淺未能攀桂林

林子曰敦光者敦基弟而其才亦伯仲之間也明
衡有二子以小擬大則猶老泉有軾轍乎且敦光
齡超八旬爲當時老儒爲世被推亦猶軾早沒而
轍長生乎此詩敦光少壯未及第時作也此後任
末之勤不怠而郤詵之桂得攀而文章博士之職
式部大輔之官相繼歷任可謂遂月下所言之志
也續文粹多載其文且有一百韻詩今言才淺然
勤而不止故淺者遂深者可知焉又晚年就月六
韻以不聽昇殿不任參議含不平之意則其事雖
異其所恨者終身果不止乎

賀勸學院修造新成　藤原茂明

初排學館昔明時自爾群才多在茲地勢風流傳已
久天長雲構見猶遺今逢左相鍾餘慶更喜南曹複
舊基來賀何唯稱燕雀庭花含笑抑聞眉

林子曰勸學院者藤氏庠序也淳和帝天長年中
左大臣藤冬嗣建之在大學寮南故曰南曹爾來
相繼藤氏長者領之同氏志學者皆在此院茂明
者敦基子也想其年少時可爲此院生徒故特賀
其修造新成如此

冬日山家即事　藤原周光

喬林淺水一山家造化風流絶世邪待客華筵鋪薜荔拂庭白幕任茅花陶弘隱迹孤松靜靖節幽居五柳斜縱有浮名寧動意不知茲地送生涯

林子曰周光者敦基第五男也雖有文才不被登庸其官僅大監物不能任博士蓋其以爲疎流故乎抑亦不幸之甚者乎今見無題詩載其詩六首其餘依者無多於此大抵皆山居隱淪之事也其淡薄多可取之者今見此一首可推之可謂隱逸之徒也世傳洛東山雙林寺邊有周光舊跡云此詩句意共好矣其陶弘景畧景字言猶元積曰潘安適今夕並藤季綱以潘安爲押韻畧名仁字傚元積也周光又皆以陶淵爲押韻其可有所攄況弘景靖節同氏孤松五柳爲的對於隱逸最爲相應今若喚起周光論詩則試問彼以鄭薰七松對靖節五柳則如何未知彼點頭否嗚呼自明衡歷敦基敦光至茂明周光父子相繼兄弟齊名宇合之孫謀不亦美乎

遍照寺翫月　藤原實範

對月適逢三五蓂蕭然古寺感方生最明素揮今宵色遍照彌知此地名松燈荊扉秋雪宿寒原荒野白沙平漏更曉到將歸處悵望山西影已傾

林子曰實範者藤氏南家儒也其家業自茲勃興此詩雖似平易然非無所注心遍照用寺名而於月相當秋雪之句雖譬喩非見禹錫詩則難連言末句傚許渾所謂莫辭達曙殷懃望一墮西巖又隔年句曾遊長樂寺一聯曰莓苔石滑路猶邃松柏山寒枝不長爲時人被稱其序用白駒云云事其出處在麗聚麟集人服其博覽然則實範以時人專讀白氏文集有不滿之意粗涉獵唐諸家詩者可知焉其序文今不傳可以惜焉

春日遊東光寺　藤原季綱

厭塵我友只同心倶入城東蘿洞深松檟煙中鐘屢叩莓苔露上盞閑斟破碑歷歲滅無字古鐸動風微有音香刹境幽遊放好此時更忘世緣侵

林子曰季綱者實範子也詳寫古寺景頗添感慨

冬日遊長樂寺　藤原實兼

暫乗東朝餘暇日適攀古寺片雲端隨嵐林葉綴檐灑學雨巖松當砌寒石壁路深披薜荔玉堂樞閉炷栴檀浄宮興罷欲歸處薄暮鐘鳴山漏闌

林子曰實兼者季綱子也此詩不爲不可然無題詩唯載此一首則無他可考之實範季綱實兼三世相繼不亦美乎

秋日別業即事　藤原知房

一尋別墅暫廻眸景氣蕭條屬晩秋泉洗苔衣雅
背嵐裁葉錦漂林頭郊扉暮擁茶煙細岫幌晴褰桂
月幽勝趣元來多此處時時引友翫風流

林子曰情景兼備句意共可也別墅之雅趣可想
像焉知房者道長公曾孫也

薔薇　源時綱

薔薇一種當階綻不只色濃香也薫紅蕚嵐輕拂錦
傘翠條露重嫋羅裙倩看新艶嬌宮月猶勝陳根託
潤雲石竹金錢雖信美當論優劣更非群

林子曰時綱者光孝天皇之後也以詩文與中原
長國齊名者也此詩於薔薇頗盡之末句傚白氏
石竹金錢何細瑣句然彼於牡丹言之此與薔薇
品評彼言細瑣此言信美頗知換骨法也且雖
信美二字本于王仲宣登樓賦又以白氏有薔薇
澗詩故第六句擬之

秋日長樂寺即事　菅原是綱

蕭寺幽深形勝傳暫交豪友攜苔筵遍辭萬里柳營
裡閑到四禪蘭若前樓閣高低因地勢林泉奇絶任
天然身沉東海景西迫秋興獨慵難暮年

林子曰是綱者菅丞相七世之孫也此詩未知其
應累世儒宗之名否無題詩中唯見此一首則無
他可考焉當時才子遊長樂寺作詩者多多無
詩並載之其優劣在其眼者

花下言志　菅原在良

暦日遲遲天屬晴從朝及夕引芳情煙霞景氣春條
暮八十風光齒獨傾憶子不堪難射鵠對花蘭分足
聞鶯白頭今侍黄門席向後遙知萬葉榮

林子曰在良者是綱弟也頗以文才著名讀此詩
則齡超八旬有不忘家業之意沒後從祀北野廟

遊山寺　菅原時登

老來素足惜芳辰遊寺甚絶隣有鳥有花雙節物
無官無祿一閑人煙霞跡僻梵宮境風月心慵龍洞
春既過登臨仁智樂山門深處自忘貧

林子曰時登者在良弟也兄弟三人同時著名其
家業相續雖可賞之然三人詩共含不遇之意甚
中時登殊甚可以憐殺焉

聞大宋商人獻鸚鵡　大江佐國

隴西翅入漢宮深采采眼容馴德音巧語能言同辨
士綠衣紅觜異衆禽可憐舶上經遼海誰識籠中思
鄧林商客獻來鸚鵡鳥禁闈委命幼長吟

林子曰佐國者朝綱曾孫也以詩著名平生愛花
逐年無厭晩年吟曰六十餘回看不飽他生定作
愛花人今見無題詩或有櫻下作或有梅下飲或
賦卯花或翫鹿鳴草或詠菊花其詩有可取之詩

然姑載此詩以備一故事
初冬書懷　大江匡房
冬來秋過幽居處終日何因感正深遊宙一聲聞下
涙古書數帙見研心黃花移影瑠璃水紅葉散光錦
繡林曾舍壁穿音似玉台山賦擲響如金馬相如室
文君器楊貴妃宮方士簪不藝于今無分職皆殆難
歸故山尋
林子曰匡房者匡衡曾孫也曾見其所作暮年記
則自幼既岐嶷壯而馳才名為諸先輩被稱此詩
亦少壯之作也讀經史志文章者可見焉馬相如
楊貴妃一聯蓋其有所諷乎末句未被登庸含退

隱之意不言轍馬疎風驟字有俊才無顧者之微
意著于言外不然則元是廟廊之器也豈有故山
尋之慮哉其後顯達在朝為納言在外為太宰師
又兼大藏卿故曰江大府卿曰江都督又曰江帥
也不稱江納言者以譏於惟時也在宰府請官廟
作詩二百韻雖中華亦如此長篇者希矣況於
本朝乎其著述見續文粹朝野群載及無題詩集
且江次第一書朝廷之官儀備矣盡矣至今無不
依賴之江談抄其說話而門人所記也全篇不傳
今僅存者亦猶可以慰眼也嘗自歎曰朝廷盛則
吾家亦盛朝廷衰則吾家亦衰其自任如此故知

此詩為少壯之作也今試論江家秀才則詩文朝
綱其尤也匡衡次之匡房不能及之才無倭漢博
識古今有功于朝家者豈唯江家而已哉編者謂
家如匡房者少矣
秋日淨土寺仙窟即事　大江隆兼
忽引秋蘭芳契友趁來蕭寺意幽微千華塔舊雲端
揮一葉舟虛浪上飛山路風閑人事少洞天日暮鳥
聲稀林巖水石雖多興鐘漏半深乘月歸
林子曰隆兼者匡房子也此詩頗寫景致末句亦
不留連之意此人先匡房卒有九代之書可傳誰
之歎者良有以也　先考以是比敬吉

暮春遊栗田別業三韻　惟宗孝言
勝地佳名何所感栗田別業在城東花零展蹋三春
雪松老耳傳尚齒風法水前清波響冷如何遊府出
梵宮
林子曰三韻詩於中華有其例然在本朝則希
矣不亦奇乎尚字做居易所謂已曾愁殺李尚書
例為平聲乎宋寇準亦有江南閑殺老尚書句且
尚字與上字通故假對三字又齒字年齡之義也
故對春字不亦奇乎栗田別業者藤原在衡公舊
跡也在衡晩年於此別業修尚齒會故云爾在衡
起自儒官歷任為左大臣吉備公菅丞相之外無

其例諸儒皆美之孝言到此感慨殊甚且末句所謂如何蓮府爲梵宮最有所往心　本朝之古蘇我氏以其家爲寺者時代既遠中年以來上皇之宮執柄之第皆以寺院爲稱號在衞別業亦如此是孝言所以歎息也　本朝儒家大抵兼學釋氏雖菅江儒宗不免有此感也獨孝言有此歎可謂其識量卓越于諸子蓋其感古諷今者乎無題詩載孝言詩者殆三十首余殊標出之亦非無意也

七夕後朝　中原廣俊

仙娥其奈漢河頭歸鳳天明愁不休別淚數行朝露夜去衣丁對曉雲愁前期何夜雖占非後會從今又尋鞦乗興難忘風月味欲從此席萬年遊

林子曰中原氏者明經道儒家也至廣俊以詩著名七夕後朝者倭歌家者流所專題詠也今此一二聯能言後朝之意平易而覺有餘味故載於此無題詩載廣俊詩殆七十首其中猶有可取之者可考見焉考系譜曰廣俊娘適藤茂明生敦周

郭公　釋蓮禪

郭公屬夏有佳名好事家家嘆欲成鶯子巣中春剛翅兎花墻外曉傳聲汝呼同類孤雲路人詠和言五月程低檐雨滴寂寥夜欹枕不堪相待情

林子曰　本朝古來稱杜鵑曰郭公中華賦杜鵑多是屬暮春　本朝專於夏言之蓮禪以郭公稱日本稱呼故無一句言中華故事可謂生心于題者也言屬夏言兎花皆協　本朝節物倭歌多以五月關爲郭公連語鶯巣中有郭公卵見萬葉集故取之以爲詩料至今人家往往於鶯巣中得郭公卵者有之子美所謂生子百鳥巣者可併按焉汝呼同類者唐詩所謂杜宇呼名語者相互吻合其言雲言雨者倭漢共同趣也然則我國所謂郭公即是杜鵑也宜以此詩爲證或曰山中有鳥自呼郭公與世俗所稱鳥不同中華以郭公不爲杜鵑異名則郭公杜鵑各別也古來傳稱之誤也未知然否無題詩載蓮禪詩五十餘首其中山家閑居之趣西海紀行之作佳境勝遊之興花月詠賞之句可取者多想夫空海之後釋氏言詩者未聞如蓮禪者

三月盡日遊長樂寺　藤原顯業

一辭華洛暫留連長樂仁祠感自然寺寫五臺形勝地時當三月艷陽天山樓鐘盡孤雲外林戸花飛落日前韶景闌來相惜苦青春暮處禮金仙

林子曰顯業者有國六世孫日野家嫡流也與實綱等同祖而異宗也其母菅是綱娘也此詩雖猶釋氏然遊寺之句意不爲不可

長安城亭懷舊　藤原基俊
此地不來時歳久寶亭頽落客堂傾山腰駁樹飽霜
色石竇寒泉變昔聲京爛幾回秋月影關河萬里故
人情傷嗟更擲明君涙灑託商風寄遠城
林子曰昔桓武帝營平安城並建左右京比漢東
西京故以左京擬洛陽以右京擬長安仁明帝造
大内裡至延喜天暦以後左右京相並儼然其後
左京依舊右京荒廢基俊所謂長安者右京也此
詩頗於懷舊之意爲切中原廣俊有過雍州舊宅
詩亦是以長安在雍州故指右京爲雍州也由是
言之則俗總稱山城爲雍州者恐非定論乎洛陽

在豫州然則擬中華言之則今王城者左京也不
可稱雍州然以帝都所在故假以雍州擬山城乎
廣俊詩亦在無題詩可與此詩併考之基俊素以
倭歌聞所謂俊成定家皆其流也考世系則道長
公之後胤也以貴介之子其才兼倭漢可以嘉焉
且新撰朗詠其所輯也與公任朗詠共行于世
書懷題紙障　藤原通憲
寸祿手儲求豈得生涯本自任浮沈顧身遂識榮枯
分在世猶慵遊宦心晉桂當初難入手呉桐何日遇
知音一篇在句一壺酒箇裡時時足醉吟
林子曰通憲者實範曾孫實兼子也雖爲南家儒

流爲高階氏養子故不爲儒官博學該通諸道時
人服其廣才少壯不被登庸此詩全是說不遇之
意雖厭世務然非無所期其後薙髪改名信西所
謂少納言入道是也其妻爲後白河帝乳母及帝
即位信西被親近專預朝政保元之亂嚴刑罰以
招人之怨蓋其心欲用申韓之法懲凶惡乎其後
欲黜邪人以老古道新人之耳目未果與藤信頼
爭權而平治之亂起遂被戮死豈不憐之哉無題
詩載通憲詩殆二十首其行實則可省論其才則
匪直也人
九月十三夜翫月　藤原忠通

既應寂寂月相臨從屬窮秋望巨深潘室昔蹤凌雪
訪蔣家舊徑踏霜尋十三夜影勝於古數百年光不
若今獨倚前軒回首見清明此夕價千金
林子曰八月十五夜者中華所賞千年之良夜也
九月十三夜者　本朝所翫三秋之佳期也既有
菅丞相詠吟則延喜以前賞之明矣若其擬中秋
則季秋亦可取十五夜然賞十三夜者蓋其易所
謂月幾望又曰天道虧盈是其所注心其旨深矣
卜部兼好曰九月十三夜與中秋共月在婁宿故
古來賞此夕彼以二十八宿下周離言之然月有
大小之差則不必爲定論乎無題詩此外有十三

夜詩數首然是其尤也且載忠通詩九十餘首然
載之以爲　本朝清節題詠也夫忠通者攝家正
嫡官爲相國職兼攝關所謂法性寺殿下是也人
臣之貴無過於此然其父忠實致仕之後老而猶
存愛少子頼長欲代忠通者數矣忠通敦厚無不
順之意然忠實厭忌之私日隆頼長驕泰之勢月
盛遂招保元亂頼長罹禍而忠實亦將有遠流之
變忠通固請而得免於是忠實感悟爲父子如初
由是觀之則其爲人存順也況有文才乎忠通薨
後攝家爲二流又分爲五家朝廷陵夷執柄與分
天下之權入武家之手而文字亦廢矣

右作者三十人見無題詩集此集未知誰人所
編也蓋其編輯既成未題其名且不署撰者之
名故姑以無題詩呼之乎按忠通至二條帝應
保二年致仕剃髮此集稱法性寺入道殿下則
其撰在應保之後或其忠通致仕閑居之時使
左右者編輯之歴二三歳而忠通薨故未終編而
輟乎其爲書無題名無卷數則今存者草稿流
傳者乎後人不能叨名之唯稱無題詩而已乎
林子曰　本朝文字風體逐時變替懷風其似古
詩乎凌雲經國學唐詩而盛美也延喜天暦之際
格調整齊而律體備矣自兼藻以下意到句不到

其既衰矣自無題詩以後官家無文字吾不欲見
之

拜賀茂社企百度參詣述懷　孝標

上下往來百度功誓忘引步鴨堤中昔行日積何依
憶素願偸祈古栢風

和孝標韻　藤原頼長

吾知南土汝參詣素願共通神意中鴨御祖神垂愍
速令冬定聽羽林風

林子曰右二首見頼長久安日記語雖俗俳姑載
以備數而已頼長少時師通憲學問頓悟驚人既
長博覧經史且通　本朝公事其日記三十餘冊
今猶存焉常語人曰詩歌管絃能書於國家何益
之有爲朝家輔佐者唯以博識倭漢之事可爲要
其心輕侮忠通有諸藝而以已學誇說欲奪嫡爲
攝關而已既任左大臣掌内覽宜肯其權勢與忠
通抗衛孝標其黨也今見此贈答彼素願託神欲
憑頼長而爲羽林也頼長素願抑何事哉唯在欲
代兄職而已祈神而無益學而却爲姦保元之亂
不免天誅其罪不及論焉

本朝一人一首詩卷之六終

本朝一人一首詩巻之七

向陽林子輯

林子曰自保元平治以下王道陵夷文才乏人雖有侍讀之職博士之官無詩文編輯則何以徴之偶見稗説小冊者往往采拾之聊備其數如左

禁庭催勝遊　高倉帝

禁庭月下勝遊成有管有絃有頌聲宴席懸追延久跡詞花猶異昔風情

林子曰此御製見橘季茂著聞集延久者後三條帝年號也按此御製治承二年六月之事也當時平清盛蔑如帝唯垂拱而已由是考之則帝慕延久豈唯吟會而已哉蓋其慕延久帝之抑累世攝家之權以自聽政乎余曾見演史則高倉帝如木偶人見此詩始知帝有志不能遂焉聞太政大臣藤師長以下十餘輩列此御會然季茂唯記其名各不載詩今無可考之在衰世有此雅會也一奇

水郷春望　藤原良經

土俗地低春艸底海仙樓遠曙雲間沙村遥屬煙霞境水澤半呑花柳山

林子曰是土御門帝元久年中會也時良經爲攝政故其作在巻首良經以倭歌著其名擧世知之余曾見定家日記曰良經作殷高宗得傳説頌并[illegible]文建仁元年千五百番歌合時良經在判者之列以詩句譯夏歌百五十首是知實是忠通孫也

同　藤原良輔

渭北曉霞消雁陣江南春柳隔漁郷百花亭外胡天遠五鳳樓前伊水長

林子曰良輔者良經弟也

同　藤原資實

海燕翅垂花嶼遠潮雞聲曙柳烟孤潯陽春色連鐘地杭縣風光屬鏡湖

林子曰資實者日野實光曾孫也彼家彌實光爲大師彌資實爲侍讀師實光所見無慮詩

同　藤原長兼

千程春浪驛船路一穂暮煙潮戸堤遠雁消霞湖月上驚鵜拍水海雲低

林子曰長兼者内大臣高藤後胤葉室顯隆曾孫也其父長方雖依詩未著名至長兼詩才與資實並稱藤教家曾選資實長兼所作百聯號兩郷百番詩合其破題春作四時始資實一聯曰漢十二皇高祖徳唐三百歳太宗功長兼一聯曰黄軒著徳帝猷祖伯禹立功王者先其餘皆此類也此詩合今考功郎中源忠次藏之余亦寫之

同　　藤原親經

湖南湖北山千里潮去潮來浪幾重風緑杭州春岸柳煙青呉郡暮江松

林子曰親經者日野嫡流顯業孫也良經奉勅使親經作新古今倭歌集序則當時爲儒官上首可知焉

同　　菅原在高

沙村漁税輸霞色浪驛棹歌和鳥聲青艸湖遥舟一雙紅桃浦遠路千程

林子曰在高者是綱弟輔方曾孫也

同　　藤原頼範

雨展渚蒲裙帶葉風飜河柳麹塵波煙村泝洄花見夜岸漁舟篝火過

林子曰頼範者南家實範六代永範孫

同　　藤原宗業

杭酒酌花遊客盞溢魚輸税釣即船江心曉浪清浮月湖上春山青倚天

林子曰宗業者日野庶流宗光子也

同　　菅原爲長

潮來海樹薺猶短浪去汀松花不留春徑草青湖北岸曉江月白郡西樓

林子曰爲長者是綱曾孫繼家業爲時被推至後世知其名歷仕數朝掌國師號其子孫以爲美談

同　　藤原盛經

極浦風兒過度岸廻塘柳嫩僅垂塵霞光爛爛江村夕草色青青湖水春

林子曰盛經者親經弟也

同　　藤原宗行

松縣花芳輸酒地浮梁風暖賣茶人錢塘湖上曉霞薄錦水橋邊宿艸春

林子曰宗行者葉室顯隆孫也此人承久之役坐事赴鎌倉到遠州菊河而刑見東鑑承久記或以爲光親者誤矣

同　　藤原成信

渭北煙青斜岸草湖東雲白遠山花龍文水淨遥漢蜃氣樓高半入霞

林子曰是亦顯隆後胤成頼子也

同　　藤原信定

長河浸月烟波遠孤島帶花雲樹低江岸晴沙青爲草湖由春水白無畦

林子曰信定者藤隆家七代信隆子也

同　　藤原孝範

鐘岫雁歸波月白蘇州柳暗水煙青江南春樹千莖薺湖上流船一葉萍

林子曰孝範者實範玄孫采範子作家求倭歌跋
題詩於其後
同　藤原家宜
春山斜繞湖三面夜泊先聞潮一聲岸勢半添堤柳
力郡圖初記海花名
林子曰家宜者資實長子也
同　藤原行長
海隅求泊雲無跡湖上停船月作儔楊柳一村江縣
緑烟霞萬里水鄉春
林子曰行長者宗行兄也
同　藤原宗兒

長堤草縷展單毯斜岸柳絲絓麴塵渡口喚舟鷗鳥
夕潭心成字雁歸辰
林子曰宗親者親經子
同　闕作者名
風頭松動客帆遠雲外雁歸孤鳴除江縣月清天又
氷湖山春　浪將花
同　闕作者名
海岸孤松雲外見江村遠柳雨初新意留何處放遊
客樂在其中漁釣人
右十九首元久詩歌合也其中二首家本無作
者名姑闕焉可以別本補之若其諸本如此則

跋云後鳥羽上皇及東宮順徳院作之不顯其
名乎當今土御門御製在倭歌中凡詩歌合者
作詩者作二聯作歌者作二首合之是例也又
詩一聯歌一首相對者曰相撲立詩歌合又按
此會作者良經公及良輔者忠通孫也日野儒
流六人南家二人菅氏二人共是無題詩作者
子孫也顯隆之流四人在其中則彼亦藤氏儒
家一流乎信定獨爲隆家之流則出自鼎藥者
也就想江家弁式家不列此會則彼二流既衰
微不能繼家業乎
春景　藤原定家

芳節愛來望帝畿先花照耀是春衣溪風吹浪冬氷
盡山氣帶霞曉月微宿雪猶封松葉重早梅纔綻鳥
聲稀閑眠徒負南簷日賓雁從今欲北飛
林子曰定家以倭歌鳴于古今舉世所知也此詩
建保五年所作也凡四聯二十首分賦四時景各
五首共以倭歌四首對四聯今其歷巻一首載之
其餘可顯而知之此外或絶句或一聯往往見明
月記中其世系出自道長公六男大納言長家與
基俊同祖而異宗以俊成爲父以爲家爲子世爲
倭歌者流之宗惺窩藤斂夫者定家末葉也
山中花夕　藤原範時

好鳥林深凌雪宿歸樵路滑夏暮行桃溪浪洗斜陽
影梅嶺風芳欲夜聲
林子曰範時者南家季綱玄孫建保元年二月禁
裏催此會範時詩在卷頭
同　平經高
煙霞林遠暮雲掛桃李蹊深春日垂松柏嵐聽青翠
寞峯巒花滿白參差
林子曰桓武帝子葛原親王有二子曰高見曰高
棟高見早世高棟與高見子高望共賜平姓高望
之後為武臣所謂清盛及北条時政并坂東八平
氏皆其後胤也高棟子惟範仕朝官至黃門宰

朝詠殘菊詩既收載焉又列時平水石亭會作詩
其子孫世仕朝廷雖為名家之列有文才者稀矣
惟範六世孫式部大輔定親為後朱雀帝侍讀大
江匡房師之續文粹載定親文然未見其詩且覆
藻無題詩無平氏作者定親伯父日行義是經高
八世之祖也惟範之後始見平氏詩若其平五月
平有相等非桓武平氏也
同　藤原範朝
尋艷共歸樵客路耽粧欲宿隱倫家暗風拂嶺寒春
露斜日映林混曉霞
林子曰範朝者南家季綱六代之孫也曾聞惺窩

謂我　先考曰世傳以範為諱者始讀資治通鑑
定知是南家儒也然未詳誰某　先考見無題詩
始疑可為實範既而謂未然今按著聞集曰仁平
年中宋國商客劉氏齎東坡圖帖來獻藤賴長公
然則通鑑傳來亦可在其先後乎元久建保兩度
詩歌合南家四範列其席實範遺藁猶未彼由是
推之則讀通鑑者在此等之輩乎無一事之可證
且非詩話然　先考之所談今猶在耳故今就範
字追憶之錄載於此以示子孫
同　源通方
霞中間雪訪松戶塵外愛山坐石幾溪竹夕[illegible]

宿嶺林春月出花懸
林子曰通方者具平七世之孫所謂村上源氏久
我庶流也
同　藤原教實
唯逗春山應下宿縱尋西日欲何之樵夫歌返飛花
夕巫女琴芳行雨時
林子曰教實者良經公孫道家公長子也所謂九
條一流之祖也然以補任系譜考之則建保元年
教實僅四五歲未可作詩其筆寫之謬決矣教實
叔父教家有詩歌之才故疑實字為家字則教家
此時既為二位中將而詩歌合曰左近將監教實

則不想合未知誤何人也

同　藤原兼隆

藍溪霞暖鶯聲出松洞日曛鶴雖閑與月相期占緑
水為花一夜宿春山

林子曰兼隆者良門後胤光隆子家隆兄也

同　藤原知長

雪飛樵客漸歸地月伴隠淪獨往春雪宿洞中雖満
艶風來溪北僅傳句

林子曰知長者高藤十代孫定長子也

同　藤原家満

雁月東昇群樹杪松風北送一溪花春望錦繡谷間
露夕拜蓬萊洞裡霞

林子曰家満者資實子家宣弟也滿本作光今避
前大君御諱改為滿字光滿倭訓相通者是流
例也聊倣史遷改啓為開改徹為通孟堅改荀為
孫改莊為嚴之例

同　平棟基

西來柳色鳥含露霞底桃顏醉和春客路送簫明月
影樵衣帷擭暖風辰

林子曰棟基者行義八代之孫棟範子與經高為
從兄弟

右九首建保詩歌合作者也此外為長賴範資
實宗宣亦列此席然以見元久會故具之

林子曰元久建保之際後鳥羽土御門順德三帝
共長倭歌且藤良經公及俊成定家家隆雅經
慈鎮西行寂蓮之徒皆同時且家良公秀能家長
等並官女數輩達三十一字者猶多倭歌之道於
是為盛矣試譬之則猶黃陳秦張晁等同遊蘇門
乎就中定家最秀猶魯直為江西詩祖乎至漢字
則無聞焉今載兩度詩歌合作者於此可以見當
時之風體此時既不如古者明矣承久亂後文字
日廢又不如此時豈可不歎哉

酬和翰林老主藤孝範被示詩韻　源光行

李瀚李嶠居易作為人為物顯妍詞愁摸漢語成倭
字忝感兩篇歌與詩

林子曰藤孝範見前光行者清和源氏滿政來孫
光季子也光行以倭歌著名歷仕後鳥羽順德任
大監物源氏物語水原抄者光行所作也曾師孝
範學問光行以倭字寫李嶠百詠李瀚蒙求白氏
新樂府各詠倭歌孝範為之跋且題詩歌各一首
于其後此詩即和其韻者也

臨終　平時賴　法名道崇

業鏡高懸三十七年一槌打碎大道坦然

林子曰時頼世系行實詳見東鑑今不贅其庶眞過人指揮闔國早雖辭政務使子姪代之則其身彌高深雖歸禪法蔑朝廷侮主將者自若嗚呼使彼以好禪之心易好儒之心則有補於國家其爲建長寺之大不知金澤文庫藏書而招道隆之弊遂至使一寧覬覦我邦爾來祖元疎石輩相繼惑世誣民闔國悉靡者時頼其濫觴也豈不悲之哉若夫世所謂時頼微服巡行群國之事不見東鑑未知然否

於佐渡國臨刑　藤原資朝

五蘊假成形四大今歸空將首當白刃截斷一陣風

於鎌倉葛原岡臨刑　藤原俊基

古來一句無死無生萬里雲盡長江水清

林子曰二子蒙密旨圖大事不成而就刑其志可憐焉然二子共是日野儒家之流何為淫禪法而臨終之言至如此乎其事始末膾炙人口故置而不言

於近江國栢原臨刑　源具行

逍遙生死四十二年山河一革天地洞然

林子曰具行者具平十一代孫也具平信台宗具行歸禪法者祖孫一致也其逢難始末與資朝俊基時雖異爭相類

自讃　盧鮑聖遠

提持吹毛截斷虚空大火聚裏一道清風

林子曰元弘鎌倉之亂源義貞一舉而北條氏赤族同時死者數百千人其中聖遠獨握筆而自畫讃其不撓者可謂丈夫也然彼實有忠於高時則何坐見其繫於苞桑乎曾無一言之諫而偶把筆所旨如此是知風俗之習熟而彌悟禪法無益於世教

山家春興　光明帝

桃花流水洞中天不記煙霞多少年滿目風光塵世外等閑逢着是神仙

林子曰此康永元年御製也所謂五十四番詩歌合是也頃間兵革不止帝都騷亂偶有此會可謂奇事也

同　貞乗

竹外午雞喚夢回孤筇雙屐印苺苔微風時載幽香過似報前山花已開

林子曰貞乗者貴族之為僧者也

同　藤原有範

山鶯啼破午窓夢閑掩柴門春晝長是處有花人不到知非塵世利名場

林子曰有範者南家孝範六代孫也

同　玄恵

路接桃源傍水濱煙霞鏁處絶無隣惜哉九陌紅塵
客不見山中一段春

林子曰玄恵者儒家而歸台宗而後還俗然無[illegible]
而終身以博識聞于世叙法印位其所作太平記
庭訓往來等今猶存而便于兒童玄恵自號洗心
子又號健叟軒號曰獨清或曰玄恵初讀温公通
鑑

同　藤原俊冬

幽處元來竹徑深屋頭山色碧千尋浮花浪蘂未曾
發春到梅邊先盍簪

林子曰俊冬者小川坊城俊實子也

同　藤原隆職

花色不孤雲有隣紅塵無到碧桃春一瓢貯得可知
水還耻人間食肉人

林子曰隆職者鷲尾隆良子也

同　藤原國俊

幽處曾無浮世事浩歌日日到花間遊絲百尺飄天
外不及山翁心緒閑

林子曰國俊者吉田國房子也與俊冬爲從兄弟

同　藤原藤長

柴門曾不似人家綠水青山左右遮誰識前溪[illegible]
夜深　淡月屬梨花

林子曰藤長者甘露寺隆長子也

同　紀行親

亂雲堆裏閑田地孤客半家雲半家不識黄鸝棲
底一聲啼破蒲山霞

右九首見康永五十四番詩歌合

伊勢浦即事　坂士佛

浦松似畫夕陽裏老眼摩挲費苦吟水自細流通
脉波横万頃列天心雲晴雲起山高下潮去潮來月
淺深六十餘年漂泊處江湖風景不如今

林子曰士佛者學醫仕源義詮義滿叙法印號上
池院其諱慧勇號健叟其祖曰九佛其父曰十佛
故主君呼彼曰士佛以士字十一而亞十佛之
也康永元年士佛詣太神宮經歷處處而所作也

海南行　源頼之

人生五十愧無功花木春過夏已中滿室蒼蠅掃難
盡去尋禪榻臥清風

林子曰頼之者所謂細川武藏守也其先出自清
和源氏足利義清義清孫義秀始有細川稱號足
利氏族繁多細川最顯頼之父頼春從尊氏戰功
若干鎮南海道遂死于軍事頼之相續鎮南海[illegible]

行阿波讃岐有兵革則會京師勵戰功貞治六年源義詮臨終召頼之託孤附後事時義滿公僅十一歳頼之居執事職輔翼之調護之以天下爲己任未幾南方兵衰九州勢蹙闔國漸靜武威大振皆頼之之功也改執事稱管領既而義滿成童器量拔群頼之退讓辭職未許康曆元年閏四月頼之在職十三年俄被讒責薙髮改名常久出洛蟄居南海此詩其道中所作也今玆義滿二十三歳頼之五十一歳也忠義功勞舉世所知也然讒人在側忌其權勢故有此變頼之政務之暇頗歸心禪法此詩中所述皆實録不誇其功聊寓微意可亦恰好在武人則可謂奇才也其後當讒怒解補四國總管兼徴任管領而明徳之亂又有軍功子孫連綿與斯波畠山兩氏相代掌管領職所謂三管領是也其中細川最強大者頼之庇蔭也今偶得此詩于彼家乗載於此

閑居花　釋守遍

門前門後花無數遊翫詩人敲不開何使幽居求境外心閑則拂拭塵埃

林子曰守遍者久我通宣公子也入仁和寺任菩提院俗所謂院家云者也後任大僧正爲東寺長者在眞言宗則榮達者也守遍曾揭四時題各賦詩一聯歌一首其中有絶句二首今載其一於此或人評其詩歌又各以詩一聯或歌一首定其勝負

山雲欲雪　中原康富

寒山欲雪暮天西風卷凍雲歸鳥迷可有詩翁清興在要看一棹之前溪

林子曰康富者累世外記職與清原氏同列同役者也其先祖有博士職者而世々任明經博士其後家衰僅勤外記役而已康富日記數十巻自應永之末至康正其半今猶存此詩寶德元年十月所作也

庭梅一枝贈康富　清原業忠

春來養得一枝梅不待江南驛使回十歳老兄風勢在繁花時節與遊偕

林子曰此詩見康富寶德元年記康富有和韻云按清中兩家者則清家有頼業良枝等爲明經侍讀中家有師遠師安等顯博識名廣俊有詩才今見此二人之作則文字亦與其家共零落

落葉　貞常親王

枯梢寂寂帶斜陽滿砌飄塵擁蘚蒼無道晩風吹葉盡老紅却恐曉來霜

林子曰貞常親王者崇光帝曾孫貞成親王子所

謂伏見殿也常召康冨讀書故康冨載此詩於其
日記中

寄中原康富　叡山僧某

湖上風光碧樹巔青山沉故白波鮮正惟閒説耐清
愁百里遠帆樓閣前

林子曰此詩嘉吉三年六月康富隨勅使登叡山
與西生院僧打話其僧贈此詩康富有和韻云云

大炊御門信宗公席即興　藤原時房

高門引客遇芳辰醸緑醸紅花柳新祝得主人龜鶴
壽大椿亦見八千春

林子曰時房者萬里小路嗣房男此詩寶徳元年
作時信宗時房共為前内府康富陪其席和韻

避亂出京到江州水口遇雨　藤原兼良

憶得三生石上縁一菴風雨夜無眠今朝更下山前
路老樹雲深哭杜鵑

林子曰兼良者俗所謂一條大閤是也凡其身補
攝關職上表而其子為攝關則尊之曰大閤是流
例也兼良公官爵之貴無以加之然雖居更位於
國政不能損益其才兼倭漢當時無雙公自謂吾
勝菅丞相者三彼為右府吾為相國彼其家門微
賤吾累世攝家也彼知漢事者李唐以前而已知
我
朝事者延喜以前而已吾既知倭漢之古而
加之以李唐以後之事延喜以後之事然吾百歳
之後世人尊吾不如彼非無遺恨焉故時人招請
兼良則不能掛菅相影像於牀上若偶見之則怒
曰彼何在吾頭上哉其自許如此漸老遇應仁之
亂藏書焦土避亂漂泊濃州江州伊州間紀行詩
歌若干今載其一首餘可類推焉其博識則置而
不論至詩文則不能及是綱左良豈與菅相可併
論哉公所著有四書童子訓神代纂疏源氏花鳥
餘情歌林良材樵談治要梁塵抄公事根源桃花
蘂葉關藤河紀行筆口占文明一統記伊勢物語
愚見抄職原位階追加尺素往來等其餘猶多固
是衰世大才也雖其文章有新續古今序詩者闕
藤河紀行四五首及後小松院挽詩僅傳于世又
有後成像賛然則博識者公之所長而後世依賴
之文筆者其所短也嗚呼李善註文選人皆知其
博聞然有書簏之謗則人各有所長故余於公博
識有取之

雪中鶯　文明十五年正月會將軍源義尚營　藤原政家

春天灑雪未吹晴更耐金衣正月鶯從是東風送樂
去花中百囀管絃聲

林子曰政家公者近衛房通公男時爲關白
仁大亂文明之初猶未止數年之後群雄皆歸其
國洛中稍靜義尚嘗脩歌故催此會其風流聊想
像焉

同　藤原實遠

滿庭殘雪樹梢頭出谷嬌鶯金羽輕恰似嵩山呼萬
歲新年先報兩三聲

林子曰實遠者西園寺公名男時爲左府

同　藤原實淳

餘寒谷合雪堆堆一曲未歌春未回寄語東風吹着
意金衣猶宿去年梅

林子曰實淳者德大寺公有男時爲内府

江畔柳　同席　同山

江畔春温柳色鮮千絲萬縷鎖青煙漁樵何似官
晩不繫金絨只繫舩

同　宗山

千條柳色好風光短短長長江水傍染不成乾烟兩
晩半如鴨緑半鵝黄

林子曰同山諱等源號香嚴院即是義尚庶兄也
想夫王室衰而皇子入釋氏攝家微而貴介爲桒
門武門弱而其連枝爲僧可以痛焉宗山諱等貴
爲相國寺僧是崇光帝玄孫伏見貞常親王子也
以皇胤故與同山相並二人共是既爲禪門之徒
今此集不敢兼林詩然此二人者高貴之族而難
准他且此會席次第列三公之次源通秀之上不
爲禪徒蘭坡横川桃源周麟周全列故載於此蘭
坡等五人雖在此席皆不載之師錬圓月周信中
津等以下禪徒詩不遑枚舉況其集今行于世故
今皆不收之

山家梯　同席　源通秀

茅屋蕭條一徑微古梯幾尺向柴扉蒼苔路嶮無人
過只看斜陽樵士歸

林子曰通秀者久我庶流中院通淳男官至内府
位叙一品其家乗曰一位殿記

同　藤原冬良

路入蹊隈歩歩迷樵歌聲遠夕陽西山前山后蹈
上誰　白雲安舊棲

林子曰冬良者兼良子也時爲左大將其後爲關
白頗有才調作増鏡

同　藤原基綱

二三茅屋客過稀苔鎖危梯傍翠微經歴林西斷還
續行行認到小溪扉

林子曰基綱者姉小路基昌男

山中紅葉　藤原教秀

曉霜染葉景佳哉　一林斜陽蜀錦開　不識秋光幾千
樹　吟隨流水上崔嵬
林子曰教秀者坊城經成男
同　藤原經茂
昨夜清霜染出不　滿山葉葉着紅翻　有誰能縮得斯
地　移作五雲天上秋
林子曰經茂者坊城經直男　與教秀爲從兄弟
田家秋寒　藤原高清
收斂未終秋色深　田村戶戶拭清碪　近年粗重衣猶
薄　月冷風寒患不禁
林子曰高清者勸修寺清房男

同　藤原廣光
東作西收歲漸闌　田翁住處露漙漙　稻粱刈盡秋風
夕　想是吾廬次第寒
林子曰廣光者柳原藤光男
鶴伴齡　菅原和長
洞裡喬松半掩庭　枝猶垂碧鶴垂翎　千年色似獻君
壽　正伴仙衣共制齡
林子曰和長者爲長十代之後長清男
同　卜部兼致
一雙高翔蓬嶋天　玄衣丹頂伴飛仙　莫食雲母隨彭
祖　猶欠蟠桃着子年

林子曰兼致者吉田神職兼俱男
山中紅葉以下三題詩卷余家藏之　教秀以下
六人共列義尚會席賦其三題　今捨彼取此爲
分題品也
江山春意　貞敦親王
江山雨過翠微平　樵唱漁歌喜春晴　風動水南酒旗
外　杏村既聽賣花聲
林子曰貞敦者伏見殿貞常孫邦高男　稱中務卿
親王
同　藤原宣秀
東風送暖入江城　霞隔山山波浪平　聖代恩光自春

意　千峯萬水弄初晴
林子曰宣秀者中御門宣胤男
此二首懷紙余家藏之
解印後書懷　藤原實隆
三十年來朝市塵　片舟歸去五湖春　平生慚愧無功
業　合對白鷗終此身
林子曰實隆者三條庶流公保男也　以倭歌著名
且有漢才　仕官至內大臣　號逍遙院　其子稱名院
公條　公條子三光院實澄　相繼任大臣　共有才調
公條最顯焉　實隆列文明義尚會賦三題　其餘詩
猶有之　然此詩親筆短尺　故石川忠總藏之　往年

贈余幸免丁酉之災而今猶在焉忠總之志不忘
忘焉且向意此他作則稍好故載於此

新正口號　源晴信

淑氣未融春尚遲霜辛雪苦豈言詩此情愧被東風
咲吟斷江南梅一枝

林子曰晴信者世所謂武田信玄也

亂世　源義煇　光源院

拋劍空諸有又何論錙銖要知轉身路火裡得清涼

避亂泛舟江州湖上　源義昭　靈陽院

落魄江湖暗結愁孤舟一夜思悠悠天公亦慨吾生
否月白蘆花淺水秋

示源通勝　後陽成院

旅雁北飛殘臈天今宵詰鳴思欣然前身蘇武去來
否一瞬居諸十九年

林子曰通勝者所謂中院也足叟也曾有故蟄居
丹後國歷十九年歸京拜謁時賜此御製

近江黃門遊鞍馬看花遇雨留滯　源藤孝　細川玄旨 號幽齋

成群鞍馬競春風墨客騷人吟興濃歸計催來山雨
灑櫻花知是可留公

北肉山人挽詩　豐臣勝俊

天喪斯文否遊魂歸太虛威儀思俎豆容貌曳衣裾
不用封千戶所貪書五車泫然雙袖淚何日又然脫

林子曰勝俊者秀吉之族也曾領若狹國官任少
將庚子之役有故蟄居在洛東靈山年久矣以倭
歌自樂號長嘯子及晚年移大原山號天哉翁或
稱西山樵夫其詠草曰擧白集自慶長至正保退
隱四十餘年以壽終

春雪　藤原政宗　仙臺黃門 兼陸奧守

餘寒無去發花遲春雪夜來欲積時信手猶斟三盞
酒醉中獨樂有誰知

林子曰此詩示　先考要和

春興於江府邸作　源敬　尾張亞相 義直卿

梅花紅綻惠風香州色江城日日昌酌酒彈箏更無
事已知恩顧在君王

林子曰此詩親筆被寄　先考今傳在余手被此
懷舊不覺淚之下也

本朝一人一首詩卷之七終

本朝一人一首詩卷之八
向陽林子輯
林子標出　本朝詩人得三百六十餘人勒爲七
卷將摭筆既而惜雖未得全篇或一聯或二句有
可叙之者況其中聲名籍甚片言隻字可知其人
者有之乎於是歎諸家集泯滅無可以徵之者遂
採拾其僅存者次七卷之後以擬外集
聞彈琴　　惟高親王 高一作喬
相如昔挑文君得　莫使簾中子細聽
林子曰惟喬者文德帝長庶子也清和帝以母貴
早爲太子惟喬退隱君小原俗傳與清和爭爲太
子者誤也　先考曾詳辨之
款冬　　藤原實賴
點著雌黃天有意　款冬誤綻暮春風
林子曰國俗誤以酴醾爲款冬故此詩亦傳襲而
作之江談抄曰兼明親王吟此句曰作之者取署
者也清原某難曰考本朝則款冬花冬開暮春花
開者酴醾也兼明感悟蓋唯弄其句不拘其事者
也江談又曰此句作者不詳或曰實賴作以兼明
言觀之則疑其非實賴作實賴者所謂清愼公也
縱雖未執政時作不必以此句論懷鉛書
風踈砧杵鳴　　藤原篤茂
擣處曉愁閨月冷　裁將秋寄塞雲寒
林子曰篤茂者眞夏玄孫也朗詠註藤作菅者誤
也篤茂以詩著名江以言其弟子也
中陰　　藤原義孝
朝有紅顏誇世路　暮爲白骨朽郊原
林子曰中陰者沒後四十九日間也義孝者伊尹
公子也此句既有厭世之意遂從花山帝入禪門
閏三月　　藤原滋藤
花悔歸根無益悔　鳥期入谷定延期
林子曰滋藤者武智麻呂曾孫如道弟也朗詠註
誤爲清原
詠史賦項羽　　橘廣相 一名博覽
燈暗數行虞氏淚　夜深四面楚歌聲
林子曰此一聯於項羽的當且聲律平穩古來吟
弄膾炙之廣相者諸兄公來孫也幼而穎悟九歲
昇殿賦暮春景曰荒村桃李猶應愛何況瓊林華
苑春世人唯知菅公十一歲作詩而不知此事故
標出之長而博學九讀書開卷橫見讀過七行即
諳覽大藏經其敏速如此仕官至參議高雄山鐘
銘是善作銘廣相作序藤敏行書之世以爲三絕
有集八卷號橘氏文集未知今存否吾未見之沒
後被贈納言或曰廣相爲藤佐世被譖觸昭宣公

之怒憂恚而死其靈爲赤犬入佐世家見彼則以
蒙譏之説不足取焉

石山作　橘直幹

蒼波路遠雲千里　白霧山深鳥一聲

林子曰直幹者諸兄弟佐爲來孫也此一聯挙世歎賞之俏奇然入宋時以此詩稱自作曰露千里鳥一聲宋人曰秀逸也但恐可作雲千里鳥一聲也直幹又有卜隣家一聯曰春煙遥讓篁前色曉浪潛分枕上聲又宿山寺一聯曰巖石春雲生枕上嶺峰曉月出窓中共是佳句也其餘可推知之

藤在衡尚齒會　菅原雅規

臨對落花心自靜　眠思餘算淚先紅

林子曰雅規者菅公嫡孫文時兄也兄弟共列此會人皆以靜紅相對爲妙也靜字偏有青月故也文時詩曰水無返夕流年涙花豈重春暮齒粧林聳校聲鶯不老岸風論力柳猶強雅規難曰強字誠強文時曰無他字可代之雅規曰固然此會請文時作序然則衆望不在雅規在文時者明矣

餞別　菅原庶幾

九枝燈盡唯期曉　一葉舟飛不待秋

林子曰庶幾者文時弟也

松風侵秋韻　菅原資忠

琴商改曲吹煙後　簫愁催心學雨辰

林子曰資忠者雅規子也

火是臘天春　菅原輔昭

多時縱使醉鸎花下　近日那離獸炭邊

林子曰多或作他輔昭者文時子也或問匡房曰古今父子家業相傳者誰哉答曰都良香子在中菅公子淳茂村上帝子具平文時子輔昭而已

雪消氷且解　源相規

胡塞誰能全使節　虖陀還恐失臣忠

林子曰相規者光孝曾孫以詩文顯馳其名

閑居　平佐幹

晦跡未抛苔徑月　避喧猶卧竹窓風

無爲治　小野國風

刑鞭蒲朽螢空去　諫鼓苔深鳥不驚

林子曰此詩或曰大江朝綱作

田家秋意　高岳相如

蕭索村風吹笛處　荒涼隣月擣衣程

古宮　三善善宗

向曉簾頭生白露　終宵牀底見青天

林子曰此詩或曰清行作

池亭晩眺　紀在昌

岸竹枝低應鳥宿　潭荷葉動是魚遊

林子曰在昌者長谷雄孫淑信子也頗有詩才臨蘇武一聯曰三千里外隨行李十九年間任轉蓬

此一聯見源氏河海抄

紅白梅花　紀齊名

仙臼風生空散雪　野炉火暖未揚煙

林子曰齊名曾昌田口姓師橘正通學詩文頗以才名自許其文章見明衡文粹曾難江時棟及第詩與匡衡爭論與江以言相互誹謗齊名曾賦秋未出詩境曰霜花後乗詞林曉風葉前驅筆驛程以言賦同題曰文峰按轡駒過影詞海艤舟葉落聲具平親王見其草改二句下六字爲白駒影紅葉聲及兩詩並出人皆以以言爲優齊名終身恨具平也匡房評曰縱不改紅白二字用按艤二字最有新意則可優于齊名也慶保胤曾與具平論當時文筆曰匡衡如敢死之士數百騎被介胄策驊騮其鋒森然少敢當者齊名如瑞雪之朝瑤臺之上彈箏柱以言如白砂庭前翠松陰下奏陵王具平問曰足下何如對曰似舊上達部駕毛車時時有隱聲云云或問匡房曰匡衡以言齊名三人文體各異其得佳境答曰齊名文文句句皆採摭古詞故有風騷之體至其不得之曰忽不驚目匡新意故也以言與之相違所作之詩任意恣詞叙無礙策其体實新其興彌多至其不得之曰亦非後學之所及也今按匡房論二人不及匡衡者擺其家祖故乎以言詩多見麗藻未知如匡房所論否齊名詩未見全篇則不能詳考之保胤之評貫之評歌人雖未知其相當否其譬喩可以慰耳而聊想像其人

和江侍郎來書　十市采女

寒閨獨臥無夫婿　不妨蕭郎枉馬蹄

林子曰采女者美濃國女子也有智于惟氏之後婦人之句於是見之

右十九人見公任朗詠不拘代各以同姓並叙焉

内宴　藤原基經

醉望西山仙駕遠　微臣淚落舊恩衣

林子曰基經者所謂昭宣公也忠仁公良房者其父也基經相繼彌高家門時平及貞信公忠平者其子也實頼師輔者其孫也攝家連綿之權悉是基經之枝葉也基經在清和朝既歷顯職此詩是元慶年中所作也時清和内禪在洛西水尾山故寓懷舊之意滿座皆拭淚今按基經慕先帝如此深切則何於當今不盡輔佐之勞乎然未幾行翟光之事陽成爲昌邑王明矣

述懐　藤原行葛

雙涙幾揮巾上雨　二毛多飾鏡中霜

林子曰行葛者宇合來孫也藏人島田忠臣以此詩入天覽乃哀憐之蒙登省宣旨

大内應試　藤原博文

周墻壁立猿空叫　連洞門深鳥不驚

林子曰博文者關雄孫也此時應試者十人博文及藤諸蔭二人及第諸蔭詩不傳

在常州任作　藤原季仲 實頼來孫

遊子三年塵土面　長安萬里月華西

林子曰江談曰白詩曰遊子塵土顏云云上句似之又曰下條風景月華西甚謂月華門不關天上月故匡房見而咲之今按季仲固不解白詩之議乎或其假用以述在遠方憶京師之意乎季仲嘗為太宰帥其面深黑時人稱之曰黑帥按本朝續文粹稱藤前都督基俊朗詠稱前都督共是季仲乎

飛葉共舟輕　橘倚平

瑶池偷感仙遊趣　還賞林宗伴李膺

林子曰倚平者諸兄雲孫也此詩省試勒韻陵氷膺四字末句也此歳及第

內秘菩薩行　橘孝親

潔清丹地珠長琢　十四秋天月暫陰

消酒雪中天　菅原斯宣

且飲且醒憂未忘　會稽山雪滿頭新

林子曰江談曰斯宣作此詩時歳七十滿座感賞之或曰雅規代彼所作也按菅氏譜無斯宣而雅規從弟有期宗者與斯宣字相似彼此其一誤乎

省試山明望松雪　菅原在躬

青嵐漫觸粃猶重　皓月高和影不沈

林子曰在躬者淳茂子也或作在明此句衆議未決延喜帝吟之彈琴遂及第

省試旻天降豐澤　大江如鏡

百里嵩車長可轄　五官極炎遂無燃

林子曰如鏡者音人曾孫此上句可字本作不朝綱改為可字村上帝頻誦之

及第　宗岡秋津

今宵奉詔歡無極　建禮門前舞踏人

林子曰秋津久住大學不趨時世頻逢數年之課試常歎一身之落第延喜十七年十一月及第故作此句拜舞大庭青衫映月白髮戴霜夜行宿衛奇而問之則秋津也

右十人見江談抄

詠史得梁孝王　是貞親王

郷杖散後平臺靜　空遣春風只斷腸

林子曰是貞者宇多帝兄也是貞以至尊之連枝賦此題偶相當

秋景欲何歸　後朱雀帝

路非山水誰堪　路任乾坤豈得尋

宇治行幸　後冷泉帝

忽看鳥瑟三明影　暫駐鸞輿一日蹤

送學士藤實政赴任　後三條帝

州民縱作甘棠詠　莫忘多年風月遊

林子曰此詩帝在東宮時令製也實政爲東宮學士出爲甲斐守赴任（或曰攝津守）故賜此詩以寵焉勸彼吏務學問相共不怠所謂送人以言者也其後實政超兄實綱列公卿聊踐此言乎實政者日野家儒也其門族詩在無題詩唯爲實政詩頗爲遺念按後朱雀後冷泉後三條父子兄弟相繼言詩聊有欲追大同弘仁天長之跡乎就中後三條者中葉之英主也在東宮時不悦藤賴通久執國柄及即位而遂抑藤氏權自聽政務所謂延久之政將復古道惜哉英算不長也然自茲白河鳥羽之緑洞斷國政而攝家唯備位而已皆是延久餘烈也

遊長樂寺　源師房

青苔院靜地空老　碧樹路深山不童

林子曰師房者具平子也所謂源右府是也

夜閑只聞蛩　源俊房

孀閨枕冷吟風曉　孤館夢殘怨雨秋

林子曰俊房者師房子也自具平三代相續有文才俊房者所謂堀河左大臣也或問匡房曰師房俊房孰勝答曰師房勝又問曰才學非同年之論於詩則俊房佳句多匡房以爲然

秋霧籠紅樹　源相方

淺深猶暗千峰曉　濃淡難分五里潮

林子曰相方者宇多玄孫也

遠近春花滿　源成宗

粃繁鳥囀家園露　香亂馬嘶隴塞風

三月晦　藤原季方

林間縱有殘花在　留到明朝不是春

林子曰季方者菅根子也

常有花菓　藤原成家

縱事仙人誰拾地　全教獨覺不觀空

林子曰成家者菅根來孫也

雨晴山河清　藤原雅材

松江月落漁舟去　蘿洞雲開雁逕深

江山此地深　藤原惟成

客帆有月風千里　仙洞無人鶴一雙
林子曰雅材者其名仍孫仕村上帝惟成者雅材
子也爲花山帝近臣預政務帝脱屣之時奉從出
家惟成或作雅成誤也

管絃　藤原齊信
秋月夜閑聞撥曲　金風吹落手蕭聲
林子曰齊信者師輔公孫爲光公子也一條帝時
官至大納言兼右衛門督故稱金吾卿又兼民部
卿故稱藤民部卿文粹所謂户部藤尚書是也齊
信文才與公任齊名伊周曰公任齊信可謂詩敵
也若譬諸相撲則公任可擬齊信不可打然齊信

常羨幾公任伊周

暮春尋花　藤原定頼
望疲雲嶺千條雪　跡入煙村一逕霞
林子曰定頼者公任子也稱四條中納言

依醉忘天寒　藤原國成
藍水應無氷互思　玉山唯有雪消情
林子曰國成者山蔭來孫也

月前聞擣衣　藤原友房
雪中絶盡幽人夢　霜後添來旅雁聲
林子曰友房者國成子也

乞巧屏風　藤原廣業
雲霞帳卷風消息　烏鵲橋連浪往來
林子曰廣業者日野有國子也官至參議文粹所
謂藤相公是也

皇子讀御註孝經　藤原家經
若言皇子神聰敏　日遠論非同日論
林子曰家經者廣業子也

月明羈旅中　藤原行家
鄉涙灑霜孤館曉　客夢驚雪戍樓秋
林子曰行家者家經子也

松緑臨池水　藤原有俊
沙雨荷開交蓋影　汀風魚躍誤琴聲
林子曰有俊者有國曾孫實綱子也或誤作有信
實綱有信既見無題詩

子日屏風　藤原義忠
若尋野外和羹主　便是塩梅鼎足臣
林子曰義忠者宇合十代爲文子也爲後朱雀帝
侍讀長久二年十月於吉野川没年三十八被贈
參議從三位續文粹所謂藤贈三品是也

荷上露　高五常
看破風流何所似　琉璃盤底水精丸
林子曰江談曰三統理平高五常巧詩者也惜哉
其詩不傳

將帥　　高丘末高
三軍士渴孤城下　一眼泉飛再拜前
紅梅花下　菅原定義
落葉濺衣春拂雪　濃粧浮酒曉斟霞
林子曰定義者雅規曾孫或誤作之義
王昭君　菅原義明
翡翠扇飜溪霧斷　琵琶絃咽嶺泉悲
林子曰義明者文時曾孫或誤作齊明
秋山眺望　菅原忠貞
雁字一行驚月去　樵歌數曲負風還
林子曰忠貞者淳茂玄孫也或誤作眞或誤忠

作家或誤忠貞二字作最眞或誤菅忠貞三字作
藤有見皆是草字轉寫之誤乎然菅氏譜有二忠
貞則其一者為忠眞乎彼此非無疑
寒夜撫鳴琴　菅雅望
入松風響春吹發　落峽泉聲曉瀉心
秋夜　中原長國
萬事皆非燈下淚　一生半暮月前情
林子曰作者部類曰從五位肥前守中原長國本
大隅守重頼男天喜二年十二月卒云云・本朝
文粹有中原長國又江匡房暮年記有肥前守長
國即此人也江談曰或問曰時綱與長國何如匡

房答曰長國勝乎擧時綱見無題詩長國者述不
傳
王昭君　津守棟國
一雙涙滴黃河水　願得東流入漢家
林子曰津守氏者住吉神職也世嗜倭歌頗有
名至詩句則唯是已
述懷　尾張學士
鄉夢頻催胡馬思　橋題不省蜀龍心
林子曰尾張學士闕其名文粹有尾張宿禰言鑑
疑其是乎
右三十人見基俊新撰朗詠按新撰朗詠有唯

記其官不言姓名者所謂第三親王者輔仁乎
入道大納言者俊賢乎都督亞將者經信乎前
都督者季仲乎源亞將者英明乎江澄燕者誤
隆蕪乎雅成者誤惟成乎皆是闕疑姑舍是
藤原信西廟賦夜深催管絃
龍吟水暗兩三曲　鶴唳霜寒第四聲　藤原敦周
林子曰敦周者式家儒茂明子也此席群輩詩既
成敦周獨未成滿座皆無興信西使郢曲者有為
朗詠有安唱曰第一第二絃索索云云時敦周詩
成滿座催興感賞之

候釋奠
豈圖并挾杏壇宴　衣鉢遂歸四十春　藤原實定
林子曰實定者仁義公公季仍孫德大寺右大臣
公能子也所謂後德大寺左府是也治承年中欲
任大將不得故蟄居既而任左大將於是朝參
釋奠上卿欣然有此作時儒官藤原永範感之今
按釋奠作詩言衣鉢混儒釋者乎永範憚而緘口
乎
喜應二年九月十三夜實莊嚴院翫月
樓臺月映素艷冷　七十秋闌紅淚餘　藤原永範
林子曰永範者南家實範曾孫爲一時老儒此夕
被藤實定誘引對月影見舊抄吟之
聯句　素俊
春調春鶯囀　古聞古鳥蘇
林子曰素俊以聯句得名又有一聯曰琵琶稱文
馬獨皷習泉狼或誦曰想像華陽洞俊應聲對曰
卜存松子亭
右四人見橘季茂著聞集
書行在所庭樹　源高德
天莫空越王　時非無范蠡
林子曰高德者宇多源氏佐佐木支流所謂兒嶋
三郎者累世在士林嗜弓馬者也元弘笠置之役
王師敗績遂有隱州之狩高德微服寄詣行在所
削庭樹書此十字以旌丹心翌日入叡覽乃知彼
有勤王之志其後平族敗亡天皇復辟未幾闔國
大亂干戈不戢四十餘年高德終身不負此句
其事詳見玄惠筆記
余家藏中華詩集者若干部其中有輯六朝古
詩及唐詩闕而不全者殊爲一卷者或長篇中
僅存四句二句或存三句一句者惟多中華歷
代詩集不乏則縱雖不輯闕語者何妨之有然
猶勞求遺逸如此者雖一句二句之小其絶妙
不易言者亦有之則何爲廢之哉在古詩則庭
草無人隨意綠之類在唐詩則楓落呉江冷之
類在宋詩則滿城風雨近重陽之類唯是一句
古今歎賞之其餘猶多可考見之况今所輯悉
是二句或有對聯稍巧者或有三句連續得好
者其中工拙優劣擇而取之則庶乎其登詩道
之一助乎且夫本集七卷之外作者姓名歷
然則非無益于童蒙乎公任基俊所選之外今
見江談抄著聞集僅補十餘篇而以高德句終
之其餘不遑廣求之見者察焉
林子曰古人謂少陵聖於詩於文則爲短南豊爲

文章之大家於詩則有遺恨也少陵非不作文命
豈非不言詩然以不如韓柳歐蘇詩文兼備故言
之而已凡作詩者豈不知文路哉作文者豈可無
詩思哉故今記本朝書其文存而其詩不傳
者之姓名列左傍他後若就此姓名求得其詩
補闕拾遺而可也是余微意也

葛中諸會 元明朝　　舩沙彌麻呂 聖武朝
藏岐美麻呂 聖武朝　　大神蟲麻呂 聖武朝
紀真象 孝謙朝　　栗原年久 桓武朝
道守宮繼 桓武朝　　奉首君 奉泰賍
主金蘭　　菅原清人 清公弟

和氣真綱 清麻呂子廣世弟　　和氣仲世 廣世子

右十二人見經國集殘編

藤原氏宗 葛野麻呂子也清和朝爲右大臣　　菅原是善 清公子菅丞相父
紀貫之 舩守來孫　　紀淑望 長谷雄子
紀淑信 淑望弟　　有明 延長時人
巨勢爲時　　秦氏安 村上朝
大江澄明 朝綱子　　藤原惟貞 宇合仍孫
藤原行成 伊尹公孫義高子　　藤原倫寧 長良曾孫
高階成忠 號高二品積善父　　賀茂保憲 慶保胤兄
平兼盛 光孝玄孫　　大江擧周 匡衡子
宮道義行　　文室如正

三善道統

右十九人見本朝文粹

菅原清房 是綱兄　　菅原宣忠
藤原正家 日野家經子　　藤原友實 南家季綱子
源頼義 滿仲孫頼信子　　大江匡輔 匡房孫
大江匡時　　平定親 高棟曾孫江匡房師之
花國赤恒　　都在高

右九人見續本朝文粹

花山法皇　　大江道國 佐國子道或作通
平兼村　　藤原合明 敦基子茂明兄
中原師遠 師平子

藤原成季

右七人見朝野群載文筆部此外群載詔勅
符命位記并公文解狀等之作者甚多不遑
枚擧也自群載以後無文集之存自新撰朗
詠以後無詩集之存其後如源親房藤原長
親生于亂世才兼倭漢學通古今然未見其
詩非無遺念也保元平治以來朝廷無文臣
然菅家族類僅守紀傳之業清原中原明
追明經之遺風以雖勤職役至詩文則寥寥
乎自足利氏開幕府以來文字禪徒相繼蔚
起而廷臣文字殆掃地痛哉

八巻終

本朝一人一首詩卷之九

向陽林子輯

林子曰此卷雜記僞作并無名氏及怪誕之詩以
廣異聞而擬雜集

擬萬葉春歌

和風觸處物皆樂　上苑梅花開也落
淑女偷攀堪作簪　殘香匂袖拂難却

林子曰此詩見新撰萬葉上卷世傳新撰萬葉者
菅丞相擬萬葉集歌所作也其上卷有序曰寛平
五年九月二十五日而上下卷合二百首甚後胡
詠往往載其詩曰菅家萬葉集則其所傳稱既以
矣然筆力句法柔弱而拙　先考曾一覧曰先輩
既疑非菅公之作今雜議則決其爲僞作也

擬萬葉夏歌

夏風俄來扇吾袖　姮娥戀思別深身
暮行春節將過留　落花早速無隨人

林子曰是見新撰萬葉下卷序曰延喜十三年八
月二十一日則菅公薨後隔數年古來既考其年
月謂他人繼菅公之舉作下卷以足上卷或曰源
相公作也今見上下卷則上卷其辭雖拙韻聲不
違者多而其中偶有韻聲不合者至下卷則韻聲
不合者多而合者十之一源相公者何人哉不知
韻聲而妄作何以可謂之詩哉嗚呼近世嗜倭歌
者甚之漢才以如此之拙句誣菅丞相瀆源相公
哀哉

野馬臺詩

東海姫氏國　百世代天工　右司爲輔翼　衡主建元功
初興治法事　終成祭祖宗　本枝周天壤　君臣定治終
谷塡田孫走　魚膾生羽翔　葛後干戈動　中微子孫昌
白龍游失水　窘急寄胡城　黄雞代人食　黒鼠喰牛腸
丹水流盡後　天命在三公　百王流畢竭　猿犬稱英雄
星流飛野外　鐘鼓喧國中　青丘與赤土　茫茫遂爲空

林子曰此詩未知何人妄作也俗傳稱梁僧寶誌
與二千八人化女遇闘話日本國始終即作十二
韻是日本讖文也千八人女是分倭字也號野馬
臺者野馬者陽焔也臺者謂國也言倭國人道輕
薄雖有若無猶陽焔起春臺也流傳至唐代及吉
備公入唐唐人爲試其智出此詩使公讀之其書
式不平直而交錯回旋如蘇若蘭錦字詩公不能
讀之默禱本國佛神忽有蜘蛛落其紙上漸步引
絲公認其跡讀之不誤一字唐人稱美之好事者
註此詩謂姫氏國者日本爲后稷之後也右司者
謂天兒屋根命天太玉命爲皇孫輔翼也衡主者
謂八耳太子爲衡山思大和尚化身也谷塡魚膾

者謂大友皇子亂也葛後二句者謂恵美押勝作亂藤氏中檝《カヂ》至恵仁公無與子孫繁昌也白龍者謂孝謙女主以庚辰歳生而淫亂國祚殆絶也黄雞者謂平將門以己酉歳生而僭王號也黒鼠者謂平清盛以壬子歳生而侮王室也天命在三公者謂源頼朝領四海爲三代將軍也猿犬稱英雄者謂有申戌之歳之人威加四海也其後兵革不止國中爲空也或曰山名宗全細川勝元以申戌之歳生而應仁大亂洛中焦土者是也今按寳誌何以豫知殊域千歳之後哉決是中葉以後好事僅知字者倣叡山座主未來記天王寺未來記等妄説而作也野馬臺倭訓也麻登是大和也作此註者不知此倭訓漫引陽焔解之不堪捧腹至惟言右説豈可熟左右哉八耳生在思大未死之前師錬釋書贊許多文字解之迷其妄説者其才量淺陋可知焉谷墳魚膽於大友事不相當寄急寄胡城於孝謙事不分明則作者贅於國史況又頼朝可言鄕不可言公頼家被害實朝遭弑天命果何在哉妄誕之甚事實之暗雖不足論之聊辨以解兒童之惑俗傳又稱先是阿倍仲麻呂入唐武帝殺之其後吉備入唐仲麻呂爲靈鬼屢以唐人寄謀告吉備公故公得免死及示野馬臺詩鬼來告曰公若不讀之則必被殺雖然吾亦不能救公遥祈長谷寺觀音得讀之仲麻呂入唐在玄宗時宜曰明皇不可曰武帝且仲麻呂留學數十年以壽終于唐國此等謬説浮屠者不知倭漢故事妄吐孟浪之言誣吉備公誇説佛力以誑世人僅具讀書之眼者一見可知其邪説則費多言亦無益今載此詩者唯備一首之數而已

右三首僞作

落花無心隨流水　流水有心追落花
仁義悉絶自貧所　世情偏向有錢家

林子曰是見源氏河海抄無題不詳作者姓名一二句稍近三四句鄙野

氷池如破鏡　雪影似殘花

林子曰此一聯亦見河海抄

花下醉吟　無名氏

一觴一詠意纏牽　風景那堪櫻杏前
林徑抱琴花下臥　池頭闌盡水邊眠
松巖未會三春客　桃浦暗通半日仙
易過時將難過友　相携莫忘醉吟筵

秋夜月前吟　無名氏

蕭條風景月華色　共屬秋天約萬機
爽亭縱忘團雪扇　今宵暫賦納涼詩

雙[illegible]鬢透皤然夕　一葉波瀾黄落時
時俗誇恩雖須德　吹嘘微望待猶遲
林子曰右二首見王澤不竭抄此抄不詳誰人所
作其爲書主客論詩體相共詠吟若干首今載主
客所作一首其餘可類推焉
秋雁數行書　無名氏
秋雁臨陽來幾點　數行書點暮天斜
篇章不定迷言葉　披閲有疑拭眼花
朝隠山雲[illegible]帙巻　暮過林鶴注文加
老儒漸耄雖廢業　宿癖相侵望尚遮
林子曰是見作文大體此書中御門右大臣藤原
宗忠所著也論　本朝詩體引紀長谷雄菅文時
源順慶保胤等詩以爲例此詩闕作者故載於此
想夫非紀菅源慶等作而比麗藻無題詩作者猶
務蓋宗忠所自作乎宗忠有家乗曰中右記且著
作文大體則好文事可知焉以族譜言之則道長
後胤基俊姪也必其可作詩者乎著聞集曰崇德
帝天承元年三月二十二日大納言宗忠遠慕白
居易近尋南淵年名藤原在衡而於白河山莊修
尚歯會七叟在座所謂三善爲康年八十三藤原
基俊年七十六中原廣俊年七十宗忠年七十藤
原敦光年六十九藤原實光年六十三菅原時登
年六十二云云逮是善文時先例使時登作詩序
而各賦詩源師時等在垣下可謂風流也由是觀
之則宗忠作詩决矣
鱗介悉逢春　無名氏
諸蟄驚雷應啓戸　蟠龍出瀆欲遷雲
林子曰右綱三十六番相撲立詩歌合者一巻也
四時等題各賦詩一聯歌一首以相合是其巻頭
也不著其作者或曰其歌多是藤良經公所詠也
然則詩亦其所作乎未知然否
賦源氏物語桐壺　無名氏
有一更衣爲代事　桐壺選入近皇明
桑弧祥顯承恩後　華輦詔降憐病起
古漏推遷添別恨　秋燈挑盡碎幽情
匪唯贈位照黄壤　遺體冠婚禮已成
林子曰此詩不詳作者自桐壺至夢浮橋毎帖賦
之巻末賦紫式部悉皆四韻也序曰正應四年八
月跋曰金澤文庫所藏
賦高館戰場　無名氏
高館從天星似冑　衣川通海月如弓
義經運命紅塵外　辨慶揮威白浪中
林子曰此詩世俗口誦流傳未知誰人所作
右八首無名氏

夢村上帝

再拜聖顔一寢程　恩言芳處奉中情
夢中如覺夢中事　雖盡一生豈空驚

林子曰著聞集曰亞相源延光為村上帝近臣帝崩延光不勝哀慕終身不脫喪服一夕夢帝賜御製曰月輪日本雖相別溫去清凉昔至誠兜率最高歸内院如今於彼語卿名云云延光夢覺作右詩奉答之今按當時文物猶盛豈有如此拙句乎怪誕無實故不載延光名載於此延光者延喜帝孫世明親王子也

正暦三年菅神託宣

家門一閉幾風煙　筆硯抛來九十年
毎仰蒼穹思故事　朝朝暮暮涙漣漣

正暦四年菅神贈左大臣時神示勅使曰

忽驚朝使排荊棘　官品高加感拜成
雖悦仁恩覃邃窟　但羞存沒左遷名

正暦五年菅神贈太政大臣託宣

昨為北闕蒙悲士　今作西都雪恥尸
生恨死歡其奈我　今須望足護皇基

林子曰右三首見江談抄可謂怪也決是後人假託菅神之靈以驚時世者也江家之徒不察之筆書以遺千歳之疑哉

藤原義孝沒後詩

昔契蓬萊宮裏月　今遊極樂界中風

林子曰是見江談抄曰僧賀緣夢中見義孝有喜色問曰君喜何事義孝誦此一聯云云師錬釋書亦有此事契作約遊作居風作花且曰亞相藤高遠夢中所見也本是好事者擬作也故所傳稱有不同

大江齊光沒後詩

幾緣更盡今歸去　七十三年在世間

林子曰是亦見江談抄僧良源夢中所見也江家之徒何好怪異之甚不足取焉

燈臺鬼詩

我元日本華京客　汝是一家同姓人
為子為爺前世契　隔山隔海變情辛
經年流涙蓬蒿宿　逐日馳思蘭菊親
形破他郷作燈鬼　爭歸舊里寄斯身

林子曰下學集曰輕大臣為遣唐使時支那人然之不言藥身作彩畫頭戴燈臺而燃火即名之為燈臺鬼其子弼宰相往支那尋父燈臺鬼流涙嚙斷指頭以血書詩云云今按輕大臣不見國史其事怪誕不足言焉是亦好事者所妄作也

鸎詩

初陽毎朝來　不遭還本棲
林子曰倭歌家者流傳稱曰孝謙天皇馭寓大和
國高間寺僧有侍兒甚愛之一旦侍兒暴死僧悲
歎殊甚既而歳月漸衰情薄而忘之時有鶯啼庭
梅僧怪聞之則如唱初陽毎朝來不遭還本棲僧
以倭字寫之則爲三十一字倭歌詠之曰波津波
留乃阿志太古登爾波幾太禮土毛阿波天曾加
慝留毛土能須美加爾云云僧悲慕乃悟彼兒化
爲鶯而哀痛不已今按來讀爲釐與支韻通支韻
與齊韻相通則來棲叶音無妨故載于此以倣中
華會語之例其事怪誕姑舍其

右八首怪誕
林子曰中華詩集有可疑者有失題者有無名者
有録鬼詩者有載鳥獸詩者如牛僧儒周秦行記
成自虚東陽夜怪録其怪誕殊甚今此一卷所載
非無其例

本朝一人一首詩卷之九終

本朝一人一首詩卷之十
向陽林子輯
林子曰此一卷載本朝作者見中華書者嗚呼
生於此邦其詩不傳可謂不幸也然避彼國而遺
墨痕者不亦幸乎今採拾之以載於此則其名長
傳于兩國以垂不窮乎可以擬別集
銜命使本國（或本字上有日字者非）　胡衡（胡當作朝）
銜命將辭國非才忝侍臣天中戀明主海外憶慈親
伏奏違金闕騑驂去玉津蓬萊鄕路遠若木故園隣
西望懷恩日東歸感義辰平生一寶劍留贈結交人
林子曰此詩見文苑英華二百九十六詩部一百
四十六行邁奉使類披胡當作朝衡是　本朝阿
倍仲麻呂也仲麻呂以元正帝靈龜二年八月從
遣唐使多治比縣守赴中華時年十六聘禮事畢
縣守歸朝仲麻呂留學不歸改姓名曰朝衡朝或
作晁衡晁錯朝錯相通例玄宗愛其才厚遇之官至
秘書監歷左補闕故稱晁監或稱晁卿或稱晁校
書或稱晁巨卿與李白魏萬相交儲光羲贈詩褒
賞之天寶十二年仲麻呂與遣唐大使藤原清河
同船歸朝王維作序作詩以送之包佶陸海亦有
送別詩其餘當時名士送行者猶多靈龜二年當
開元四年至天寶十二年在唐三十八年也此詩

疑當此時所作也本是雖為 本朝之人然既留學殆四十年歷任官職故玄宗可有別勅故題曰銜命使本國首句亦曰銜命將辭國最為的當非才忝侍臣謂不才為近侍官謙辭也第三四句併言瞻戀玄宗思慕本國之親第五六句謂辭帝都促行裝第七八句謂海陸路遙蓬萊若木共是指本朝第九第十句謂不忘唐帝之恩又不忘本土之義末句所謂寶劍贈結交人雖不詳為誰某彼在唐之久可有交友若干輩故解劍留別也猶如以布裘贈魏萬事也說詩如此則為仲麻呂作無疑明高棅禮編唐詩品彙分四唐體以此詩為盛唐則與仲麻呂時世相合敘詩人爵里則唯曰胡衡賜其爵里想夫朝衡雖著名于中國後人不知其爵里故朝字轉誤為胡不知為晁卿衡唯知為盛唐之人故廷禮妄加日字于本字上題曰衡命使日本國品彙以後編唐詩者多是祖廷禮之迹故皆加日字使詩意不通不知胡衡爵里則何以知其為使日本哉若有胡衡者使日本則續日本紀何可漏之哉是知英華無日字者極是胡字誤朝字也仲麻呂既浮海仰見明月想像我 邦三笠山詠倭歌洋中遇風漂泊殆危到安南國華人以為既沒故李白作詩哭之未幾仲麻呂又赴

辛之春函三歿其後余偶得張氏所輯唐雅載此詩其題如英華而改胡為晁與函三所以符合

唐國就新羅使寄書于日本肅宗朝朝衡歷官為散騎常侍安南都護封北海郡開國公食邑三千戶歷仕代宗以大曆五年正月卒于唐國年七十或曰七十三贈潞州大都督當光仁帝寶龜元年計聞于 本朝贈從二品凡前後在唐五十年也古來遣唐使歸朝榮達者無如吉備公顯名于中華者粟田真人丹墀廣成及朝衡也就中朝衡最藉甚也曾聞惺窩與 先考談惜朝衡詩文不傳往年函三子見英華題使本國而始疑胡字誤朝字遂考倭漢書籍證其可擬作詩曰胡衡是何者便是朝臣卿 先考鑑之余亦同之今編此集解詩意弥知為朝衡未知傍觀者謂何

製千袈裟縁各繡一偈施唐國千沙門　長屋王

山川異域風月一天遠寄淨侶著結勝緣

林子曰此偈見六學僧傳鑑真傳師鍊釋書亦記之長屋王既見第一卷然此偈以見中華之書故再出之

上宋真宗皇帝　勝木吉

君問吾風俗吾風俗最淳衣冠唐制度禮樂漢君臣玉甕篘新酒金刀剖細鱗年年二三月桃李一般春

林子曰月令廣義曰宋真宗朝日本國人滕木吉

朝獻詩云云滕木吉未知為何人按此詩與嗜哩
嘛哈所作一二句異而其餘大抵相同未知孰是
嘛哈詩見下段薛氏日本考畧亦載此詩不記作
者稱字作藏其餘與廣義同

黒金水瓶寄丁晋公　　僧寂照 照一作昭

提携三五歳日用不曾離曉井斟殘月寒爐釋砕澌
鄱銀難免俗莱石易成虧此器堅還實寄公應可知

林子曰此詩見楊億談苑今按寂照初名定基其
姓大江實是維時孫齊光子也與匡衡為從兄弟
出累世儒家入釋氏為叡山源信弟子遠遊入宋
為丁謂被留不歸住吳門寺號圓通大師師錬作
寂照傳其贊曰照友晋公可謂善擇焉丁謂是誤
國惑主姦人也然則照不擇友唯阿諛彼權勢而
已師錬亦未詳知謂行實乎

暮春遊施無畏寺翫半落花　　鬱檀

落花委地亦殘枝　如有如空意始知
何似道場檀越老　年顔白髪半頭時

三月盡日於施無畏寺即事　　左拾遺

艶陽三月今日盡　白首拾遺感慨催
永以老身期後會　明春誰定見花開

扶辭走筆不應調聲

薛嗣昌曰以上二枚此皇子手跡也
子昂曰日本草書如唐人學二王筆也
彦光曰海東去國幾千里文物與中州同蓋太
平日久漸被之使然耶

林子曰右施無畏寺詩二首先三人跋見薫其昌
戯鴻堂法帖十四鬱檀左拾遺未知為何人然見
三人跋語則草書絶品者也施無畏寺者洛西勝
地兼明親王所建之蘭若也考公卿補任則永觀
二年藤齊信兼侍從此人與公任相並于當時則
料知可為能書且江談抄有齊信書鷹司殿屏風
詩是一證也此時兼明未薨然則鬱檀寓名而左
拾遺者齊信乎又按藤行成寛和元年任侍從其
後至長保三年任參議再兼侍從其後寛弘之際
昇中納言兼侍從如故行成能書擧世所知也寂
照以寛弘元年入宋然則鬱檀者具平寓名猶耶
人若愚之例而左拾遺者行成乎寂照齎二人墨
痕入宋示人而後流轉刻石以至元明猶不滅且
有三人跋語併刻之董其昌藏之者乎考索如此
未知然否嗣昌謂二枚共皇子之筆傳聞之誤乎
若不然則左拾遺詩共是鬱檀筆之乎稱左者定
知當時有右拾遺或其齊信行成同時侍從左右

相竝乎若左字其藤字草書轉寫之誤則於齊信
行成共爲的當又其先後藤公季藤誠信亦兼待
從然此二人不聞有詩才齊信者詩人也行成詩
雖不傳其父義孝爲詩且明衡文粹載行成文則
定是可作詩也余曾見宋史藝文志有藤佐理書
一卷又見書史會要載君愚道長源治部事今又
見此石刻乃知當時能書歷歷相竝不乏人也以
族譜言之則佐理道長齊信行成共是從弟爾從
弟之行也兼明具平源治部者叔姪從弟之行也
文才能書鍾美于一家不亦善乎後世文筆日衰
能書亦不及古者痛哉

辭佛海禪師東歸　　僧覺阿
航海來探教外傳　要離知見脫蹄筌
諸方參遍草鞋破　水在澄潭月在天
林子曰此詩見五燈會元覺阿傳阿者日本國藤
氏子也十四歲爲僧二十九歲聞中國禪宗之盛
入宋時高倉帝承安三年也師靈隱寺佛海受法
明年遊金陵江岸聞鼓聲忽大悟而辭佛海東歸作
偈五首是其一也歸朝住叡山今按會元詳述阿
事然阿雖傳禪法歸朝未弘其宗其後歷十餘年
榮西入宋歸朝始唱禪宗經歷京都鎌倉遂闢洛
之建仁鎌倉之壽福是　本朝禪寺之始也其後

東福圓爾建長道隆相繼勃起而達磨宗瀰漫于
本朝
寄季潭　　藤子載
荊門一別各成翁　三十一年如夢中
幾欲封書問安否　行人倉卒意難窮
林子曰此詩見僧龍派新選集未知派自中華何
書標出之傳稱子載是日本國藤氏之子也藤或
作滕藤滕相通宋景濂日東曲所謂源滕者謂源
氏滕氏也中華書或曰藤元者誤藤源之音也季
潭所謂僧宗泐也自元末至明朝高貴之僧也子
載遠遊與彼交久者乎

上大明太祖皇帝　　嗒哩嘛哈
國比中原國人如上國人衣冠唐制度禮樂漢君臣
銀甕蒭新酒金刀膾錦鱗年年二三月桃李一般春
林子曰此詩見孤樹裒談曰國初時嘗欲征倭國
彼遣使嗒哩嘛哈奉表乞降上問倭國風俗如何
嗒哩嘛哈以詩答曰云云上初欲罪其不恭徐乃
貰之按此詩與前段滕木吉詩大同小異蔣氏堯
山堂外紀亦載此詩爲嗒哩嘛哈作而上國作上
古錦鱗作細鱗其餘皆同裒談　今按嗒哩嘛哈
未知爲何人且不顯　本朝人名想夫兩國言語
不通鞮譯傳誤如此乎余曾考明朝國初之事爾

國使价來往者號日本國王良懷洪武初當後光
嚴帝應安年中其時武將者源義滿執事者細川
賴之也良懷何者哉考諸我　國之事則先是菊池
氏在肥後國奉南朝皇子稱征西將軍威振九州
其皇子薨于軍中又立其子號征西將軍或稱關
西親王是即良懷也洪武初菊池奉良懷之旨遣
使于明國明國使來　本朝則菊池要遮留之謁
良懷脩禮歸之明國以爲良懷眞日本王也故薛
氏日本考畧曰洪武二年遣使趙秩諭日本來貢
泛海至折木崖關者拒秩以書達王良懷始延入
諭以詔旨云云　良懷遣僧九人隨秩奉表稱臣入

貢由是觀之則嗐哩嘛哈者良懷所遣之僧名歟
譯說誤者乎洪武五年當應安五年大明使僧
仲猷克勤來此時始知良懷非眞王而達平安城
認義滿歷年義滿使僧中津妙佐赴大明或疑嗐
哩嘛哈者誤中津妙佐乎然以中津集考之則恐
其不然乎嗐哩嘛哈果是爲良懷使者則我　邦
邊鄙之僧作詩如此者可謂奇也或其傳聞滕木
吉詩改數字而出之乎按宋史滕木吉入宋者眞
宗咸平七年也至洪武殆三百年故明人假忘之
以爲嘛哈所始作乎

詠西湖二首

一株楊柳一株花　原是唐朝賣酒家
惟有吾邦風土異　春深無處不桑麻

昔年曾見畫湖圖　不意人間有此湖
今日打從湖上過　畫工猶自欠工夫

林子曰右二首薛氏日本考畧載之以爲日本人
作也堯山堂外紀載後一首曰正德間有日本國
使者經西湖題詩昔年云云

春日感懷

中原二月綺如塵　異卉奇葩景物新
可是吾天仁更潤　小塘幽州亦成春

林子曰是亦薛氏日本考畧載之以爲日本人作

奉邊將

棄子拋妻入大唐　將軍何事苦隄防
關津橋上團團月　天地無私一樣光

林子曰是亦見薛氏日本考畧又堯山堂外紀載
此詩曰倭人入貢毎艤舟定海過津橋時防閑之
法頗嚴賦絕句棄子云云提作粗關作過

普福迷失樂清被擄嘆懷

來遊上國看中原　細嚼青松咽冷泉
慈母在堂年八十　孤兒爲客路三千
心依北闕浮雲外　身在西山返照邊
處處朱門花柳巷　不知何日是歸年

林子曰是亦見日本考略普福迷失樂清者可矣
日本人名
題春雪
昨夜東風勝北風　釀成春雪滿長空
梨花樹上白加白　桃杏枝頭紅不紅
鸎間幾時能出谷　燕愁何日得泥融
寒氷領却鞦韆架　路阻行人去不通
林子曰是亦見日本考略　昨夜或作一夜釀成
春雪或作鵝毛飛兒堯山堂外紀曰萬曆二年三
月倭子三人同一破船漂至登州府其一能詩是
日兩雪登守就出爲題倭子即寫此詩一首云云

按考略唯記詩不記其趣外紀併載其趣然考略
嘉靖年中所作也外紀曰萬曆者誤也故今悉從
考略次第記之
遊育王
偶來覧勝鄮峯境　山路行行雪作堆
風攪空林飢虎嘯　雲埋老樹斷猿哀
墖頭東塔又西塔　移歩前臺更後臺
正是如來真境界　臘天香散一枝梅
萍
錦鱗密砌不容針　只爲根兒做不深
曾與白雲爭水面　豈容明月下波心

幾番浪打應難滅　數陣風吹不復沉
多少魚龍藏在底　漁翁無處下鈎尋
保叔塔
保叔元來不保夫　造成七級石浮屠
縱然一帶西湖水　洗得清時也是汚
被張太守禁舟中歎懐
老鶴徘徊日本東　嘆看宇宙作樊籠
只因飛入堯天潤　恨在扁舟一葉中
四友亭
四友亭名萬古香　清風曾遍到遐方
我來不見亭中主　松竹青青梅自黄

林子曰右五首共見日本考略未知何時何倭人
所作然不傳於　本朝遺於中華爲薛氏被収載
不亦奇乎余今載於此遺於　本朝
蜀葵花
花於木槿花相似　葉與芙蓉葉一般
五尺闌干遮不盡　尚留一半與人看
林子曰堯山堂外紀曰成化甲午倭人入貢見蜀
葵花不識問何名人紿之曰此一丈紅也其人以
紙状其花題云云按成化甲午當　本朝文明六
年此時應仁兵革漸静然邊境未安則不審何人
入貢否也義滿公以來爲入貢使赴大明者多是禪

徒也然則此詩亦禪人所作乎又按此時武將不能御下故西海牧守私渡使船以便利倍則此入貢者或其類乎

雨中往曹娥江　倭子從終興

渺渺茫茫浪潑天　霏霏拂拂雨和煙
蒼蒼翠翠山遮寺　白白紅紅花滿川
整整齊齊沙上鴈　來來往往渡頭船
行行坐坐看無盡　世世生生作話傳

又

天連泗水水連天　煙鎖孤村村鎖煙
樹繞藤蘿藤繞樹　川通巫峽峽通川
酒迷醉客客迷酒　船送行人人送船
此會應難難會此　傳今話古古今傳

林子曰堯山堂外紀載此詩以爲嘉靖間事今按未知從終興爲何人二首共連用疊字格體固奇讀得不澁最爲絶唱蔣仲舒收載之者宜哉

湧金門柳

湧金門外柳如金　三日不來成綠陰
折取一枝城裏去　教人知道是春深

又

西風古道摧楊柳　落葉不知歸意多

林子曰徐氏筆精曰倭夷入貢駐舶杭城外湧金門詠柳賦二首云云按徐氏收載朝鮮詩數首而其次載此二首其意謂雖外夷作詩如此想夫嗜哩嘛哈以下薛氏蔣氏徐氏所取者雖中華人所作不可愧焉考諸　本邦則當時朝廷未見如此之文才則疑是五岳禪徒入明國者所作乎不然則我　邦浪士儕華人所作乎抑又華人僞飾潤色以流傳者乎

萬里一歸人詩卷　國

林子曰明丘濬瓊臺類稿四十七載萬里一歸人卷跋曰右五言律詩一首七言絶句二十一首乃日本國僧作以送瓊之戍士蔡庸秉常者也詩以唐體字以晉書書以繭紙卷以萬里一歸人爲名蓋摭其詩中之句而是句則又剽唐王右丞送人下第之詩之句也嗚呼觀於是卷可以見孝之一念無間華夷矣蘇子曰天下豈有無父之人信哉斯言也秉常於永樂中隨由海將軍備倭海上遇賊于萬全我軍敗績遂爲所得同時被執者皆死又下獨秉常以母老辭得脫間關海東諸夷徒日本投其國僧惠歲爲師祝髮爲浮屠秉間言及母在彼僧惻然憐之白其主縱之得歸乃率其徒賦詩以送之如此云予於是不獨見秉常之克孝而因以知夫孝之在於人心放諸四海而準也夫倭

覓至爲不道日本東夷之人也一聞秉常母老之言即惕然興夫惻隱之心使秉常之母子復得相見孰謂孝親之心以華夷而間哉後秉常果如其志養繼母朱氏以終天年今秉常亦已七袠矣嘗以是卷見示予每展誦未嘗不三復嘆息故書此於其卷末使情雅君子有取焉未必不足以備太平御覽之一也　廣東通志七十二曰秦庸衛倭戍士也永樂中年二十餘於萬全獨洲洋爲賊所獲後至日本投其國僧祝髮爲浮屠久之秉間泣言母老在堂僧惻然白其主得釋遂率其徒賦詩名萬里一歸人卷以贈之及歸母尚無恙而庸年已七十餘矣鄉里莫不嘆異　按丘氏詳言之然併廣東通志觀之則其事益明故並載之通志唯言日本國僧丘氏記其名曰惠蔵蔵嘗作蔵即是天龍寺僧慧蔵號鄂隱爲津絶海弟子而頗有詩才者也其卷中詩想夫可爲當時五岳文字禪之作也今若考諸五岳詩稿則或可得之然不見於中華書則非所以可載於此故題下曰闕而引丘氏跋以著其始末嗚呼此亦　本朝一故事而載於丘氏集者與子美詩中黄四娘可併按者乎凡此集所關於五岳者不載之然是見於中華書故如此

寄南珍　僧天祥　日本人

上人居處僻心與石泉清道在偏違俗身閑不用名空階松子落雨徑薜花生怪得稀相見年來懶到城

林子曰明曹學佺明詩選載日本僧天祥詩十一首今取其一未知天祥爲何人

長相思　僧機先　日本人

長相思相思長有美人兮在扶桑手攀珊瑚耐霞氣口誦太乙朝東皇鯨波摩天不可航矯首欲渡川無梁去時遺我瓊瑶章蠻箋半幅雙鴛鴦鴛鴦不飛星色改攬涙一讀三斷腸前年寄書兵王臺西湖楊柳青如昔今年東風楊柳動鳴雁一去何當回欲彈朱絃絃斷絶欲放悲歌聲哽咽孤鸞夜舞南山雲花簾前杜鵑血思君不知天上月夜夜飛從海東出片明長傍美人身美人亦近明月輪褰衣把酒問明月中宵見月如見君長相思長如詩千種消愁愁不消執絲琴落多頭緒但將涙寄東流波爲我流入扶桑去

林子曰是亦見明詩選其辭艶而優讀之有餘味疑其假設美人以思慕　本邦卿親乎此外有五言律詩三首絶句一首共爲絶唱就思往昔我邦僧智藏見劉禹錫集僧圓載見陸龜蒙皮日休集其餘堅禪師於鄭谷之類猶多定知是等各在

唐可作詩然無一首之傳可以惜焉天祥機先入
曹氏之選可謂幸也

本朝一人一首詩卷之十終

本朝一人一首附録　　向陽林子

本朝文學權輿於阿直岐王仁來朝其後段揚爾王
辰爾之輩揚推之及天智帝馭寓雅頌初起篇章若
干其中今存者大友大津詩賦是也平氏所撰厩戸
太子傳曰推古二十八年三月上巳太子召漢百濟
好文士使誡詩然懷風藻序曰聖德太子專崇釋教
未遑篇章由是觀之則平氏所言未可信焉天武崩
時群臣作誄并統朝有神納言之作既而文武帝月
舟四韻淡海公元日六韻相繼成章及聖武帝賀王
莱獻詩者百餘人可謂盛矣想夫懷風藻作者可在
其先後也逮弘仁在祚有凌雲文華之撰天長秉繼
有經國之編承和以來毎春賜題試群臣之作遂為
恒例其餘臨時之雅席花月之盛筵不可枚擧才子
滿朝博士立家歷代不乏其人故江匡衡曰　本朝
者詩國也

文選行于　本朝久矣嵯峨帝御宇白氏文集全部
始傳來　本朝詩人無不誦文選白氏者然桓武朝
僧空海熟覽王昌齡集且其所著秘府論粗引六朝
之詩及錢起崔曙等唐詩為例嵯峨隱君子讀元稹
集菅承相曰温庭筠詩優美也公任基俊所採用宋
之問王維李頎盧綸李端李嘉祐劉禹錫賈島章孝
標許渾鮑溶方干杜荀鶴楊巨源公乘億謝觀皇甫
冉皇甫曾等諸家猶多加之李嶠蘇頲士張文成等
作久聞于　本朝然則當時文人涉漢魏六朝唐諸
家必矣藤實頼見盧照鄰集江匡房求王勃杜少陵
集且談及李謫仙事則何必白香山而已哉白集始
傳時弘仁帝深秘之焉與野篁論詩感篁所言與白
意合想夫當時朝士就唐國之便相爭求之歟　先
考家藏白集跋曰會昌四年五月為日本僧惠萼寫
之是當仁明帝承和十一年萼在唐時也萼猶如此
況於文人哉爾來白集流傳於闔國不存白氏而唯
曰文集匪啻為詩家稱而已雖倭歌家無不讀之其
訓點世傳菅氏所加也江談曰菅丞相詩似元稹然

則公讀元集可與白集相同唯未遑訓點乎一條帝勅紀齊名點元集下巻齊名辭不受詔然則其上巻先是有點本乎故齊名憚先輩不加補之者乎故知本朝官家詩章專以文選元白爲主而參考諸家也

江朝綱曰凡作詩之道先安題目然後涂驗焉詩有長短題有虛實出於經籍之與理者謂之實題懸於風月之浮華者謂之虛題可有雙關之題一題之中二物相雙也上下分作謂之雙關也凡五言詩二句中二四不同二九對七言詩一句中二四不同二六對共避下三連病不論五言七言皆一韻謂發句其次一韻謂胸句其次一韻謂腰句其尾謂落句首尾胸腰謂四韻只有首尾二韻謂絶句凡詩有八病平頭病者上句第一二字與下句第一二字同平上去入是也但第一字同平聲不爲病也上尾病者五言詩第五字與第十字七言詩第七字與第四字同平上去入是也蜂腰病者五言七言每句第二字與第四字同平上去入是也但上句平聲不爲病也鶴膝病者五言上句第二字與下句第九字不同平上去入是也下三連病者五言七言每句三字連同聲是也念二病者一首之中有同字同意是也越韻病者用相似之韻也所謂清韻用青字是也越調病者或有餘句或有不足之句是也與中華詩病大同小異故記於此詩有八對其中常可用者色對數對聲對是也色對者上句用丹青下句用白黒之類是也數對者上句用三千下句用一萬之類是也聲對者上句用仙字下句用萬字之類是也仙字聲涉千故與萬字爲對其外風雲草木魚蟲禽獸年月日時天地明暗貴賤上下以其名爲對是也色對之中以烏代黒以雪代白數對之中以隻准一以孤准二等是也發句落句強不求對諸集中解近有之以上朝綱天慶二年所作今摘其要於此

藤右府宗忠作文大體曰文章詩賦十二對曰色對者青黄赤白黒之類是也曰物對者鶯魚飛鳥之類是也曰同對者山岳海潮内外表裏之類是也曰異對者水火五物春秋東西子午乾坤河海砧杵之類是也曰數對者一二萬億衆供孤集之類是也曰疊對者悠悠渺渺班班瑟瑟之類是也曰總綿對者雪深深谷愁猿移雪遠遠峯訪客稀之類是也曰正對者高低去來蒹葭楊柳之類是也曰音對者一二三對先専朽先字千音也専字亦千音也朽亦九音也曰傍對者春是東故對西字秋是西故對東字金是西故對東字木是東故對西字其餘陰陽子午對南北水火對陰陽之類是也曰義對者白對烏雪對紅明對黒月對景之類是也曰雙對者花色遠依花色映鳥音深和

爲詩歌之類是也又曰我　朝貞觀以後好句題或
以題外字附韻或以題中字附韻所謂鳥上采題以
鳥爲韻字曉鶯鳴官樹題以官爲韻字之類是也題
中平聲或二字或三字有之則其中擇二字爲韻或
破題用韻字或結句用之共以有例於探題則不附
韻字只任作者之心一篇中不用同字者賦體也然
或用同字亦有之云云
林子曰宗忠詩余未見之然論詩法如此此外律
擧詩體皆以先輩句爲例詳見作文大體其事繁
多故不枚擧焉
我
朝天子好詩者以嵯峨村上爲最在皇子連枝

則無過兼明具平輔仁者在諸家則無先於紀氏者
見懐風藻可知焉至長谷雄大揚家聲齊名在昌
後無聞都氏三世相續著名在中以後無聞橘氏小
野氏三善氏諸源氏之族秀才間出然不能及數世
如菅野氏巨勢氏滋野氏春澄氏惟良氏高階氏田
口氏大藏氏之類非無其人然或一世二世或隔世
不連綿也箕裘之治之久唯是藤氏菅氏江氏而已
藤氏有日野南式三家共是聲價連續式家中微日
野南家僅守餘業江家多達者然匡房之後不數世
家業殆絶焉菅氏自古人草創清公顯著是善承襲
道眞公高大家門淳茂文時不辱所生傳至是綱在

良延及爲長在高階達秀長和長各當其時有令望
秀長詩雖不傳然義滿公遣大明書使秀長作之則
猶非金銀誤金根指蝦蟆爲良馬之類秀長之後武
將以詩文屬禪徒從茲以降擧世皆謂文筆唯在叢
林而無聞官家者當時信義堂津絶海有拔群之才
嚴惟肖江西秀岐陽彦村菴蓮竺雲之徒相繼而
出其餘見花上集百人一首北斗集者五岳之秀也
官家既衰叢林亦微二百年來闔國無文章悲哉幸
有惺窩藤先生余　先考而斯道再興然今無繼二
先生者無如之何
我
邦閨秀大伴姫有智子惟氏恐不愧中華其後

寥寥乎僅見十市采女至如倭歌者流則擯而不論
在方外則智藏辨正道慈道融空海蓮禪而已如雖
空守遍則備其員而已至若叢林姑舍是在隱逸則
民黒人嵯峨隱君子而已此人嵯峨皇孫姓源諱淳
或曰清其詩雖不聞如廣相是善論事不決者質正
於此人則其博物可知焉若夫關雄周光雖有山林
之志或出列朝廷或羈微官不能退如藤麻呂自稱
狂生良春道被稱山人之類者其猶可多
本朝大事無過於遣唐使就中粟田眞人爲武后欲
禮播名於劉煦宋祁之筆其餘多治比縣守藤原清
河藤原葛野等才識豈尋常哉今求其詩皆不得之

甚爲遺憾是知藤原宇合丹墀廣成藤原常嗣存其
詩者爲幸也若夫小野妹子高向玄理則在懐風藻
之前置而不論
本朝以儒業榮達者無過於左大臣藤原在衡其事
業雖載國史畧文粹及小說未見其詩文非無遺憾
或曰在衡聞至尊讀某書則已亦讀某書如此者數
矣故每有下問應對如流故得非常登庸未知然否
此公非日野南式之流而爲名公曾孫有賴子也或
曰曾如無子也
桓武平氏有二流高望後胤悉是爲武門高棟後胤
爲廷臣故弄詩文者間有之就中定親爲後朱雀帝

侍讀江匡房師之則其才可想像今見其文于續文
粹未見詩章也嵯峨光孝源氏有才子所謂源時綱
爲憲等是也宇多源氏有英明經信等醍醐源氏有
兼明則忠等且高明詩雖不傳撰西宮記則其才可
知焉村上源氏有師房俊房等唯清和源氏則孝道
之外不聞有文士然賴光子賴國等補文章生豈不
作詩哉然今無傳也續文粹載賴義文一篇未知所
自作乎借博士之手者乎所謂君與臣成可不思之
乎
詩章總集見於　本朝書目者菅是善銀牓翰律集
韻律詩紀齊名扶桑集藤明衡本朝秀句敦光續本

朝秀句周光拾遺佳句長方新撰秀句基家續新撰
秀句蓮禪打聞集曾爲長文鳳集其餘如本朝佳句
本朝策林類聚句題抄古今詩抄格律清英集詞花
麗則當世麗句近代麗句藍田集風心抄等或百卷
或三十卷或二十卷或十卷或數卷有差今皆不傳
可以痛息焉今僅存者秘則知者鮮矣余深惜其又
而獨漫滅故今僅編此十卷以存十之一於千百也
詩家別集見於　本朝書目者菅家三代集野相公
集江音人集後江相公集江吏部集江金吾集後江
吏部集都氏文集橘氏文集善家集紀家集藤有國
集橘直幹集慶保胤集源時綱集等也其中菅家三

代集二十八卷其餘或五卷或三四卷或一二卷而
已然則編本朝書目時既不得全部乎且夫諸家
集豈唯是而已哉至若倭歌則萬葉古今以下勅撰
二十一代及家家集汗牛充棟是知　本朝中世以
來唯弄倭字不重漢字也乃至五岳諸老集於余所
見則師鍊濟北集圓月東海一漚集周信空花集周
麟翰林葫蘆集等不爲小部其餘中津蕉堅稿友梅
岷峨集祖應早霖集等頗雖馳名於緇林其著述則
小部而已余　先考羅山林先生平生著述悉罹丁
酉之災易簀之後余與函三弟求得遺文於萬方編
輯文集七十五卷詩集七十五卷都合百五十卷文

起千篇詩殆五千首自 本朝詩文興至今未有盛
於此者也

已上十段附於十卷之後

萬治三年庚子九月二十六日

向陽林子記於
温故知新齋

本朝一人一首後序

余一夕自温故齋歸靜廬棐几掃塵侍童捧茶余謂
曰今試就一山嶽區分其群樹衆卉則可謂之一山
一植乎撿一府庫條陳其諸品雜器則可謂之一庫
一貨乎森然芊焉之華可以見矣粲乎炳如之秀可
以認矣童曰信然矣然何其言之出此哉未審余曰
爰有一人一首之書故偶爾耳童動喜色曰漢魏歟
兩晋歟南北歟李唐歟趙宋歟胡元歟大明歟其或
歷代聚集歟余曰 本朝也童曰愈新奇其書在何
許乎余曰家兄温故齋主病後近來所新撰也童曰
其爲書也奈何余曰資始于懐風藻而萬葉集之所

載也凌雲集也文華秀麗集也經國集也都良香集也
菅家文草也殘菊詩編也水石亭詩卷也本朝麗藻
也江吏部集也本朝文粹也朝野群載也無題詩集
也掄闕之各採其一詩其餘之録記倭歌之籍國字
之書遍考精訪乃至近歳凡作者三百六十餘人而
詩數亦同五七之言長短之句有差勒成七卷又一
卷以輯兩句存而篇不全者又一卷以記無名氏之
作及怪異雜件又一卷以纂本邦之題詠表章于中
華之典者總計十卷命名曰本朝一人一首而加評
語于各篇之後乃按審某甲某乙之出自族系懐風
藻作者不聞往歳膺慶以爲凌雲三舩之撰也阿部

仲滿詩律不傳固遺憾也文藻英華所載吉備使者
國詩此是朝胡相亂而爲朝衡之作者也此兩件方
今論述焉書史會要所謂 本朝翰墨之達于中華
者治部卿源從英其爵里未詳方今新考察之以爲
源俊賢也俊賢之草字轉爲從英者也可謂確當加
之校索之便于國史之料者不亦可乎且又別著附
録十則以貼于十卷之末誠是好書也珍寵也彼衆
山之草木榮茂則榮茂矣與時早謝罕有聞世此之
群作筆花不凋藻林久芳彼盈庫之金玉耀麗則耀
麗矣無脛而走不摧不失此之諸篇瑰奇不啻爛章
采照何夫一山一植一庫一貨之足所言也哉童曰

謹承誨抑　本朝之作者如此而已耶余曰中華古
今之詞人甚蕃今就李唐而告之其詩人之多多莫
過於計氏之唐詩紀事而千口之外幾希聴失初盛
中晩之才子豈得較計乎韋迢郭受不見于杜陵集
裴迪丘丹不附于王維集則文字可不傳也若是之
顯不少故唐賢之有名有作者僅超千餘　本朝亦
然學術興起之後諸生輩出春秋之釋試年年其擧
桂者最夥矣侍宴應制之徒釋奠朝野之後極衆矣
且其答秘閣之倫亦以繁加其名姓與翰墨無沒者
固無際量可痛哉若夫天命開別帝之百篇集等不
遺可慨惜焉且吉備真備之詠桜樹也藤原八束之

與渤海貢使往復也石上乙滿之南荒篇古世小野
篁之隠州長篇也有其事而無其詞可深惜焉經國
二十巻之六巻僅殘也土佐日記有賦詩之事而不
録也公任基俊之朗詠其完章殊尠也可悼惜焉況
又群彦之各集多為烏有而秘府署銀牓翰律扶桑
集坤元録秀句冊句格律清英等之名空傳乎可勝
惜哉業已如此方今　本朝辭章行世者僅僅晨星
也家兄病餘之優興閑中之幽適既已及此其不光
昃之虚勞也勵劍之所致最可嘉歎凡此作者雖有
一篇則任所見而記之有兩三篇則以遴可否或一
人之作有數十首及逾百章則揀察周着眼至尋其

姓名云云其才調云云其古製近格云云烱烱然矣
禪林風月之詩可以觀者不乏而今將畧之亦是其
所着眼也至若藤斂夫羅山先生之吟詠今特不録
可有微意就而言之中華文宗詞伯歷世比比然其
家業延及數世者鮮矣　本朝以文字為弓冶者紀
氏久矣菅氏最綿綿江氏奕葉相紹藤氏之南家也
式家也真夏之胤也亦不墜貽厥芳矣偉矣今披此
書可了知也　本朝風俗之敦厚豈愧他方乎中華
之人在其世誇其世之美事者不為不多吾儕桑域
之人也桑域之美事不可不談也童拜而退既而家
兄命余以後序遂叙一般談話焉應焉渕公序詩

選曰欲知唐詩者觀此足矣今夫欲知　本朝詩者
觀此書足矣乎萬治庚子季秋讀耕子林靖書

題本朝一人一首後
堯有撃壤焉舜有南風焉爲詩之道濫觴於此矣經
于周詩楚騷漢魏六朝至于李唐之初盛中晩而郁
郁乎顚夫　本朝於歌如中華之詩也造端於陽神
陰神之唱而托始於下照姫素盞烏之詠而難波之
春花王仁賞之明石之朝霧人磨吟之橘諸兄之纂
萬葉集紀貫之之撰古今集自是倭歌之良材顯著
矣殊世而有制法各國而有風俗固可知焉匪啻倭
歌而已於詩亦盛矣其始何代乎大友大津所作如
河梁之五言栢梁之七言者其權輿乎其後文武嵯
峨至醍醐村上施休明之政菅江及藤氏之南式世

文章之家至若詞秀文英逐世而與騷人墨客同轡
而出雖中華之文物豈啻外之乎嗚呼盛哉然逢歴
代之兵革而典籍殆散失爲烏有者甚不少也其存
者僅十之二三耳故其名之不膾炙人口者宜乎棄
措太息在於斯矣邇日　向陽林先生有微恙節往
問之起居　先生出一編示節曰余頃閒藥石之暇
偶閲懷風以下之諸集雜及稗史小說之末以選
本朝之詞客每一人而采一首凡三百餘人長短古
風五七言異體雜詠或有篇不全者或有怪談者或
有不記名者或有出異域之書者每一首評論之且
掲　本朝之詩體依之附録併爲十卷名曰本朝一

人一首如叢林之徒則今不採之節欣然開卷乙覧
嘆曰今見此卷而疑如詩家亦有司天臺而登之指
數東皐之白楡一辰一星其名不同一人一首其品
各異就中有三台七斗有二十八宿粲然麗天芒寒
色正吁夫　本朝之古文物之盛其時世也其分野
也德星聚者乎五星聚奎者乎方之中華雖在外裔
胡豈無人乎文章昭回之光於是可見矣唯惜其傳
之不遍亦如保章職事之廢乎今　先生之此編有
羲和之眼而紫宮列宿區別分辨昭昭焉煥煥焉使
具眼者管窺得之則其功大哉其施博哉何幸如焉
且編中若干之名士開顏于地下者耶想夫　本朝

編詩之書雖有間存然其評論者僅有江談抄其餘
未曾見之然則詩評之詳精者其以是爲始乎且雖
中華評詩者夥矣無掲一人而選一首者則如此編
罔希有之書奇珍之説也况此三百餘人與彼詩三
百不期而自符合則又可謂盡美矣　先生之博物
明辨以可仰歎乎　先生受文敏公之緒深根于儒
林固蒂于文林托身于士林游意于藝林如編此集
者對古人于書林弄筆花于詩林者乎　先生莞爾
曰汝亦題之卷末節以非其任峻拒不許於是握禿
筆漫綴贅語不免獲齊醜畫葫蘆之譏焉門生金節
謹題

本朝一人一首跋

昔　本朝文物之盛詩人才子世世不乏想其諸家文筆簡編成堆車載斗量也然世遠人亡而存者幾希可以痛焉可以惜焉頃間　家嚴向陽先生病餘寂閒一日與讀耕先生談及此事因披繙懷風藻凌雲文粋經國麗藻無題詩等詩集抄出其詩一人各限一首乃加批評命小子渉筆其撰擇之精搜求之勞可勝言乎既而晝廳夜几孜孜不怠逾月成篇合部十卷名曰本朝一人一首在昔索靖語魏玄同曰病中無以慰把君詩軸遺日今　家嚴病餘把　本朝詩軸遺日者可併按焉何與世人笙歌鼓舞飲食談話者可同年而語哉聽夫良玉不過卞璣則長埋黄壤寶劍不過雷煥則誰開青函哉今人唯知五岳有文字禪而未知　本朝之古官家有詩才故瓊章瑤句韜光而不能揚其美筆葉詩鋒在笥而不得發其鋭幸有　家嚴之撰而舉揚其名孰與良玉過卞璣哉孰與寶劍遇雷煥哉嗚呼他日此書遍行于世而人人記作者姓名知作者系譜識作者行實誦作者詩句且又深味其句意參考諸中華之詩章則爲登騷壇之助者必矣豈屑五岳蔬筍之味乎嘗聞鯉趨而過庭得學詩也今小子於伯魚雖不可及焉得聞　本朝之詩不亦悦乎萬治庚子冬之孟小子春信謹跋

本朝一人一首補遺

林子曰世無陳農則遺書不可求焉家不東觀則難得未見之書才不王充則所闕不可諳焉料知此編可有漏脱故餘數葉以待增補也若幸多多得之則可修續集以繼此編

寛文乙巳仲春既望

室町通鯉山町

田中清左衛門刊行

付録

鵞峰年譜・称号義述

ここに掲げる「鵞峰年譜」及び「称号義述」は、『本朝通鑑』首巻所収の原文に、返り点・句読点を付したものである。年号その他に（　）を付した部分は、校注者の最小限の注記である。また、年譜を読むための、鵞峰をめぐる林家関係の系図を左に示す。

なお、浅学、誤読のあらんことを恐れる。読者諸賢の御示教を乞う次第である。

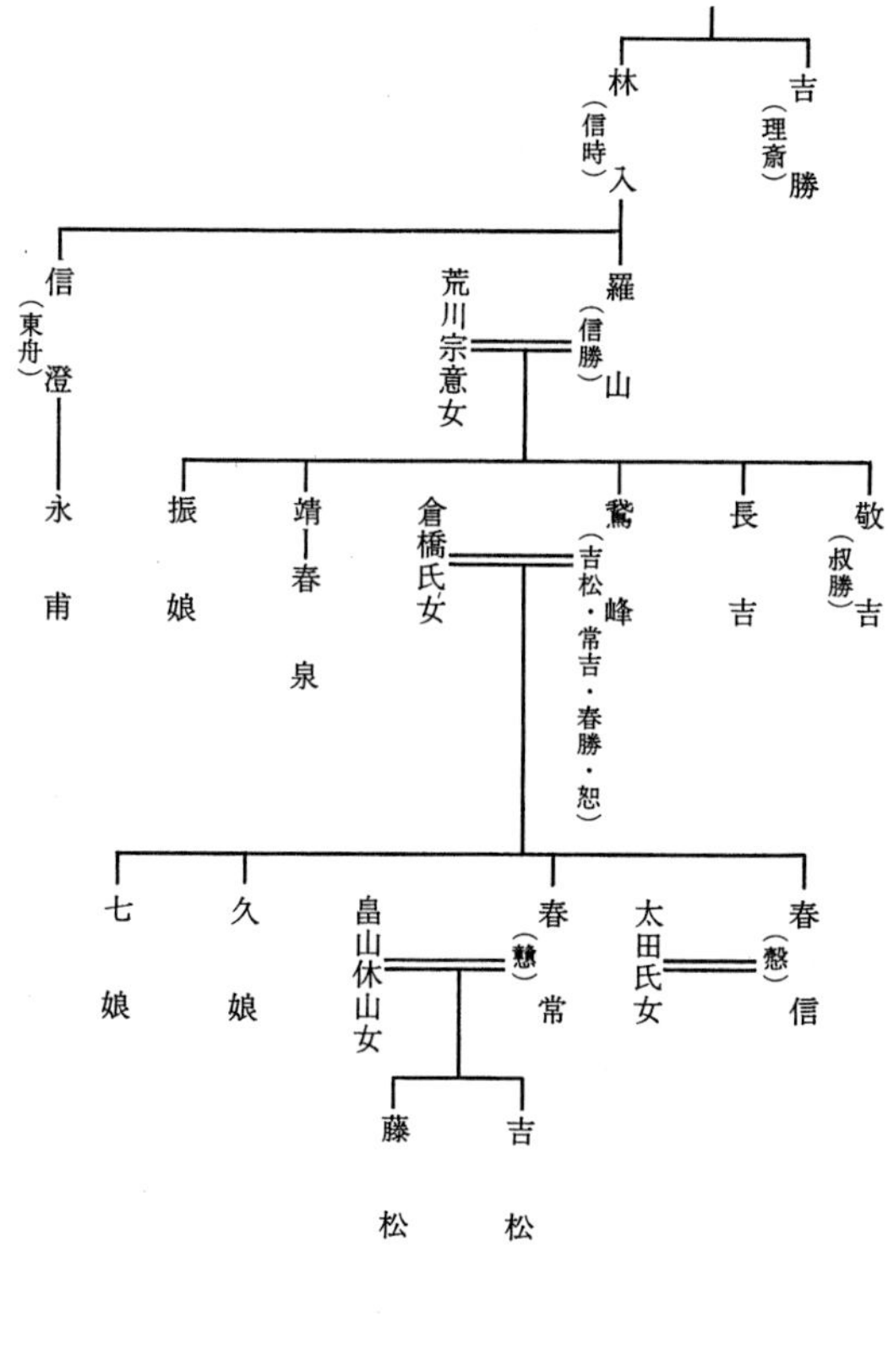

鵞峰林先生自叙譜略

元和四年戊午（一六一八）
五月二十九日、生二於京都新町宅一。在二四条坊門錦小路之際一 祖父林入、名レ之曰二吉松一。伯祖理斎幼名也 先考在二江戸一。母順淑、孺人育二養之一。
外祖荒川宗意、殊愛二撫之一。
五年己未（一六一九）
六年庚申 余三歳（一六二〇）
十一月、次兄長吉疱瘡。与二長兄敬吉一共避レ之、赴二宗意宅一。二十一日、長吉没。時五歳 既而敬吉及余、在二宗意宅一、而疱瘡。母昼夜保養、共快復。自レ是屢赴二宗意宅一遊戯。
七年辛酉（一六二一）
八年壬戌（一六二二）
九年癸亥（一六二三）
寛永元年甲子 余七歳（一六二四）
先考在レ洛、常抱レ余、屢称二膝上王文度一。又曰、此児能飲食、常不レ択二五味一、後必保レ家。戯称曰二常吉一。　今年十一月二十一日、同母弟靖生。
二年乙丑 余八歳（一六二五）
先考在二江戸一。余就二敬吉一習二読書一。
三年丙寅 九歳（一六二六）
八月朔日、　先考従二　台駕（将軍家光）一入京。四日、宗意病死。台駕東帰之後、　先考暫留、講二論語一。余陪座。冬、　先考赴二江戸一。依二其命一、就二松永貞徳一習二国字一。頃間、或人戯曰、敬吉継二家業一。東行可レ仕二幕府一。二弟唯留レ洛、亦足矣。余掉レ頭不レ肯。其人曰、此児亦不二尋常一。
四年丁卯 十歳（一六二七）
五年戊辰 十一歳（一六二八）
敬吉講二大学一。余陪聴。十月、敬吉赴二江戸一。余与レ靖留レ洛。侍二母側一、常受二慈訓一。在洛門人、時時来則対話、及二文字之事一。且好誦二倭字草子一。
六年己巳 十二歳（一六二九）
六月十六日、林入没二於京一。十九日、敬吉没二於江戸一。二十五日、敬吉訃至、母悲歎殊甚。　先考聞二林入訃一、而賜レ暇帰洛。其間追二悼敬吉一、激二励余学一。既而　先考東行。今歳、余有レ病太痩。薬灸有レ験、逐レ年肥満。
七年庚午 十三歳（一六三〇）
今春元服、号二又三郎春勝一。字子和。後改二名恕、字之道一 既通二習五経句読一。又登二東山一、読二山谷詩集一。又過二中村氏宅一、読二東坡集一。此夏母疾病。召二親戚一議二医薬之事一。六月七日、　先考賜レ暇帰洛。此日妹(振娘)生。既而母病愈。　先考為レ余講二尚書・左伝序一、且口二授左伝句読一。中秋、始作レ詩。　先考賜レ和及レ冬。　先考東行、道逢下　上使有二官事一而入洛上。又帰レ家畢レ事、与二　上使一赴二江戸一。

八年辛未 十四歳 (一六三一)

読二史記・前後漢書一。又読二十八史略一十餘遍。略知二歴代治乱興廃一、且頗知二　本朝故事一。

九年壬申 十五歳 (一六三二)

見二　先考所レ作大学諺解一、而読二論・孟・中庸大全一、頗窺二五経一。又見二聯珠詩格・瀛奎律髄・唐詩選・唐詩解・古文前後集等一、学二詩文一。召二門人稲春碩一、講二論語及古文一。弟靖始承二句読於余一。

十年癸酉 十六歳 (一六三三)

時時会二那波道円一、聴三其講二孟子一。又為レ余講二春秋胡氏伝一。

十一年甲戌 十七歳 (一六三四)

与二道円一会如レ前。聴三其講二(朱子)感興詩一。又来二余宅一、講レ学論レ文。六月、　先考従二　台駕一入洛。其間、余及靖執二謁於元老一。執政以二　官事繁務一、未レ遑レ拝二幕下一。幕下東行之後、　先考暫留レ洛。十月三日、携二宜人(ギジン、妻)及余・靖并妹一赴二江戸一。断髪号二春斎一。靖自二途中一有レ病。十一月朔日、余始登城、奉レ拝二　幕下一。土井大炊頭利勝導レ之、松平伊賀守忠晴啓二達之一。歴日、見二諸執政一、謁二貴戚一。

十二年乙亥 十八歳 (一六三五)

正月猪日、登　城、奉二賀年始一拝礼。〇二月、聖堂釈菜、講二論語首章一。夏秋之間、患二小瘡一累レ月。自レ是在宅、専励二読書一。一二覧事文類聚一、全部加レ朱。有レ暇則作レ詩。

十三年丙子 十九歳 (一六三六)

在レ家専学問。〇今冬、朝鮮信使来朝。其筆吏全梅隠、因二　先考之求一、而書二向陽軒三字一、以為二余号一。〇今歳、亦有レ病、起居不レ快。病間、代二　先考一作二倭漢軍談一。堀田加賀守正盛所レ求也。

十四年丁丑 二十歳 (一六三七)

読二通鑑綱目一、全部加レ朱。且渉二猟群書一、又見二日本旧記一。凡有二公務一、則在レ家略預聴レ之。

十五年戊寅 二十一歳 (一六三八)

春夏之間、　先考新作二一宇一、使二余移居一焉。〇八月十九日、叔父東舟(林信澄)卒。其子永甫継レ家。自二此冬一、余及永甫、始列二営陰之庁一、且預二寺社訴論之事一。屢赴二安藤右京進重長・松平出雲守勝隆宅一、而朔望登　城。屢応二土井大炊頭之招一、聞二天正・慶長旧談。又時時会石川主殿頭忠総・松平右衛門大夫正綱、聞 御当家参河・遠江開基之事。此三叟者、直在其時之人、而其所語皆為実説。其餘老人之言、亦多聴之。○頃間謁尾張亜相義直卿・紀伊亜相頼宣卿・水戸黄門頼房卿、及彦根羽林直孝。就中義直卿殊加懇意。経年頼房卿亦眷遇稍厚。此冬、講三体絶句。

十六年己卯二十二歳（一六三九）

自三月講三谷（山谷）詩集幷任淵註（山谷詩集注）。十一月十五日、娶倉橋至政女。

十七年庚辰二十三歳（一六四〇）

四月、講畢山谷詩幷註総二十巻。其後講詩経集伝。有 命、編集諸家系図伝。従 先考、屢赴奉行太田備中守資宗宅、議之。毎日書札来往、然詩講定日不懈。○十二月朔日、会誓願寺、試系図起筆。今歳 先考挙百問（羅山文集）。余及靖有対詞。

十八年辛巳二十四歳（一六四一）

自四月朔日、会評定所。編集系図、毎日赴焉。終年自是不預棠陰及寺社之事。以労系図之事無暇也。然執政有殊旨、則預往焉。永甫趾病不起。余専労系図之事、頗為先考之助。其事詳系図序幷別記

十九年壬午二十五歳（一六四二）

勤系図之事如去年。今春暇日、作七武論。

二十年癸未二十六歳（一六四三）

自春至秋、勤系図之事同前。○七月七日、朝鮮信使来朝。先考及余・靖、与三使幷朴学士贈答。有別記○八月十一日、長子春信生、名愨（カク）、字孟著、号勉亭、称梅洞。 東福門院、有欲聞朝鮮来貢始末之旨。阿部豊後守忠秋使余作記、而献京都。○九月九日、諸家系図伝悉成、漢字倭字総三百餘巻。○同月十四日、有譲位即位之事。酒井讃岐守忠勝・松平伊豆守信綱為上使上洛。依 命令 先考及余従両使、賜官金駅馬発途。晦日到京。十月三日、観譲位之儀。二十一日、観即位（後光明）之礼。十一月十四日、出京。此行在京之際、古河拾遺土井利勝寄衣食。二十四日、帰府。有別記及往還詩巻 此行在京之際、与 先考更日会両使於京尹板倉周防守重宗宅。讃岐守始知余堪可諮詢、謂 先考曰、春斎実是卿之家督也。自是眷遇日厚。帰府之後、達於上聞。爾来毎有文事公務、余無不預焉。伊豆守亦往往加懇意。

正保元年甲申二十七歳（一六四四）

四月七日、講畢詩伝。○頃歳 先考承命作鎌倉京都将軍・信長・秀吉譜、本朝編年録、中朝帝王譜。余及靖代其労。但

編年録未レ成。○十二月十四日、次男春常生。名戇（コウ・タウ）、字直民、号ニ整宇一。○同月末、始賜ニ年俸二百俵幷月支一、阿部豊後守伝レ　命。

二年乙酉 二十八歳（一六四五）

正月九日、始講ニ書経蔡伝一。○是月、宗対馬守義成就ニ執政一白曰、朝鮮守ニ我国禁一、擒ニ南蛮耶蘇邪徒一護ニ送諸馬嶋一、乃献ニ礼曹書簡一。○二月、有レ　命曰、対馬守遣ニ回簡於礼曹一、可レ感ニ朝鮮厚ニ隣好一也。以レ非ニ私贈答一、故　先考蒙レ　命代ニ対馬守一作レ之。与ニ元老執政一相議之後、於ニ　御前一決焉。時有レ旨、改ニ五六字一。　先考受レ旨欲レ退。有レ　命曰、即座改レ之。余執レ筆改正、備ニ　上覧一而定焉。此時讃岐守・堀田加賀守候ニ　御前一。伊豆守授ニ官紙於余一、阿部対馬守磨レ墨。在ニ　御前一之輩是耳。豊後守患レ眼不登　城。○四月二十三日、　今大君（家綱）元服任官。従ニ先考一預ニ其議一。先レ是定ニ　御諱一、亦為ニ　先考之助一。

今夏、有ニ　東照大神君官位昇進、年月之沙汰一。五月朔日暁、余賜ニ駅馬一赴ニ日光一。翌朝登山、逢ニ毘沙門堂公海一、写ニ　神庫所レ蔵太政大臣宣旨一。三日、午刻帰府、登　城献レ之。同九日、又乗レ駅登ニ駿州久野山一。写ニ　御官位　宣旨八通一而帰到。大磯駅会下　勅使菊亭大納言経季卿自ニ江戸一帰洛上、告ニ其趣一。十二日、夜帰宅。往還可ニ九十里一　翌日、登　城献レ之。其後、経季卿奏聞、補ニ不足一、而　東照神君　御官位　宣旨全備矣。

頃年、有ニ高野山衆徒・行人之訴論一。執政聴レ之、余亦預焉。其後於ニ　御前一裁ニ断之一、禁ニ錮其長無量寿院澄栄・宝性院青山・文殊院立詮一。而有レ　命遣ニ安藤右京進於山中一、猶鞫ニ治其事一、且尋ニ問古来之寺法一。余亦被レ召ニ於　御前一、辱蒙ニ　御旨一、賜ニ官金駅馬一。蓋是讃岐守推挙也。十月十四日、与ニ右京進一同途出府。下旬、到レ京。会ニ周防守一、召ニ仁和寺・大覚寺・東寺密徒於五味氏宅一、問ニ衆徒・行人之等品一。而歴ニ伏見・淀・大坂・泉堺一、入ニ紀州一登山。毎日議ニ其事一。召ニ山僧一尋ニ問之一。留レ山十日、悉見ニ古今旧文一、写ニ其切要者一。冊子満レ簏終レ事。歴ニ和州一詣ニ三輪・初瀬一、憩ニ奈良一拝ニ春日一、入京。十二月、帰府。臘末、叙ニ法眼位一。

今冬、近臣中根壱岐守為ニ　上使一、来ニ　先考宅一。示ニ日光文書一、其中官符内記　東照社多。余在レ側白ニ　先考一曰、拠ニ延喜式神名帳一、称レ社者尋常也、称レ宮者殊尊レ之也。如ニ伊勢・宇佐・鹿島・香取一是也。禁中尊ニ　東照大神一、則宜レ称レ宮。然称レ社者奈何。　先考頷焉。壱岐守黙不レ言而去、奏ニ其趣於便殿一。其後、松平伊豆守殊受ニ密旨一来、問ニ宮与レ社之差別一。　先考献ニ勘文一、余侍焉。其後、酒井讃岐守依レ命　来詢焉。再白ニ密旨一、然欲下以ニ直諭一決上レ之。去年以来、　先考有レ病、未ニ全

愈一。故召レ自二内門一、別許二乗輿一而登　城。余独自二徒歩一従レ之。既而依レ　仰於二便殿一直被レ問レ之。讃岐守等候焉。　先考畢レ事而退。経レ日今川刑部大輔範英為二　上使一上洛。就二菊亭大納言経季卿一奏レ之。及レ冬経季卿為二　勅使一登二日光山一。有下改二　東照社一賜二宮号一之　宣命上。経季卿及範英加二倍食禄一。余在二高野山一、聞二此事一。然則宮号之事、出レ自二余之一言一者乎。

三年丙戌二十九歳（一六四六）

先考自二去年一至二今秋一有レ病。故有二　官事一、則余登　城勤レ之。或日光山　東照宮加二封戸一、或草二参州滝山久能山及河越仙波神領之案一、或初預二官幣例年之事一。又於二　御前一直二読東叡山寛永寺院号円頓之名一而奏レ之。〇十二月八日、　大樹出二御黒書院一。讃岐守携レ余拝二御前一。依レ　命登二上壇一。違二　台顔一咫尺、読二進日光山印章一、畢レ事而退。其明日、依レ　召登　城。讃岐守・豊後守伝レ　命曰、春斎能勤二家業一。宜下倍レ禄賜二五百俵一且別賜中宅地上。余拝二　命之辱一。豊後守曰、専是讃牧所二執達一、而大君之登庸也。此日、靖蒙二殊恩一、始登営。賜二年俸二百俵及月支一。詳二靖年譜一　此日、伊豆守有レ故不レ在レ　城。

四年丁亥三十歳（一六四七）

正月、余移二新宅一。此乃去冬所レ賜、本是東舟所レ住也　先考賜二倭漢群書一千餘部一。〇十一月十三日、従二　御駕一、於二王子村仮閣一、観二犬追物一。有二別記一　今年、大明福州有下乞二援兵一之事上。書簡屢至、長崎司山崎氏献レ之。余依二執政之命一、独預二其返報一。或読二進御前一、或受レ　命従二伊豆守一、赴二彦根羽林藤直孝一告二其趣一。且就二　先考一、日日陪二讃岐守・堀田加賀守・阿部豊後守・阿部対馬守席一。踰レ月而後、侍二紀伊亜相頼宣卿・水戸黄門頼房卿一、於二営中一読二福州之書簡一。此事皆執政甚秘。故余亦不レ能レ写レ之。其記録絶、而不二詳伝一レ之。其略記粗存二於家一

慶安元年戊子三十一歳（一六四八）

四月十七日、正当二　東照大神君三十三回御忌辰一。讃岐守携レ余先登山。及二十六日一、　官駕入レ山。法筵前後次第、無レ不レ窺二見之一。二十日、還御。又其餘斎会件件悉畢。及二月末一、従二讃岐守一帰府。作レ記詳二叙始末一、憑二讃牧一献レ之。又図二其大要一、毎段作二其辞一。

二年己丑三十二歳（一六四九）

七月、余罹二熱病一殆危。貴戚元老、屢以二使者一問レ之。既而達レ　台聴レ命。執政曰、其父老莫レ使二彼死一、宜二択レ医療一レ之。執政使久保氏到二余宅一、諭二　上意一。讃岐守毎日使来、懇問レ之。其餘執政屢問レ之。至二九月一平復。登城、辱蒙二　徽音一。詳二病後自記一

〇今秋、久娘生。　今冬、講二畢書経一。有二私考一

三年庚寅三十三歳（一六五〇）

正月十一日、始講二春秋胡氏伝一。〇八月、七娘生。今秋、応二讃

岐守求一、作二中華歴代紀略一。此後、又作二日本王代一覧一、又作二歴代荃宰録一。

四年辛卯 三十四歳（一六五一）

自レ春至レ夏、余有二贅疣病一。至レ秋快復。有二別記一 ○四月二十日、大猷公（家光）薨。奉レ葬二日光山一。先考登山。○八月、 今大君（家綱）任二征夷大将軍一。余若徒奉レ拝レ之。屢預二元老執政咨詢一。有二別記一

頃年、讃岐守懇遇愈加。依二余勧一、先読二保元以来倭字記一、次聴二東鑑一、遂聴二史漢・通鑑等書一。屢招レ余談二倭漢之事一。在二営中一相会、亦及レ此。

承応元年壬辰 三十五歳（一六五二）

秋冬之間、讃岐守登二日光一、草二山中之制法一。余同行、畢レ事而帰。

二年癸巳 三十六歳（一六五三）

四月、大猷公三回御忌辰。讃岐守登二日光山一、行二法会一。余従レ之往還。有二別記一 ○今冬、 先考借二野州足利所蔵之五経註疏旧本一、与二家蔵本一対校。余与レ靖預レ之。或朝住（往？）而暮休、或午往而夜帰、或宵往而暁帰。累レ歳終レ功。○自二寛永壬午一、暇日、従二 先考一遊二浅草蘭若及友人門生宅一。有二倭漢十題之詠一、至二今茲一二千首成。

三年甲午 三十七歳（一六五四）

三月二十七日、講二春秋胡伝一畢。○八月、始開二礼記講筵一。

明暦元年乙未 三十八歳（一六五五）

今春、 先妣有レ病、周年未レ愈。夏秋之間、移二余宅一頤療。累二数月一帰二本家一。○六月、蒙レ 命撰二日本百将伝抄五巻一献レ之。○十月、朝鮮信使来朝。侍二 先妣病一之暇、与レ靖相代、見二三使及李進士贈答一。有二別記一 及二其登 城一、余亦入営、観二其儀一。以二 先考齢高、且 先妣病一、故余代二其労一。日赴二執政宅一而登城。御返簡及元老執政回書、於二余宅一清二書之一。爾来毎レ有二朝鮮之事一、無レ不二咨詢一。其餘外国之事亦然

二年丙申 三十九歳（一六五六）

三月二日、 先妣易簀、以二儒礼一葬レ之。有二別記一 閏四月、依二遺言一赴レ京。五月、帰府。有二別記一 今秋、長男春信始登 城、謁見。

三年丁酉 四十歳（一六五七）

正月十八日、余宅罹災。十九日、 先考宅罹災。時先考有レ病避レ災、移二忍岡別墅一。二十三日、捐レ世。有二別記一 ○六月十九日、登 城。賜二先考食禄九百石於余一、以二余所レ食五百俵一賜レ靖。○八月、江戸神田新宅改作成、移居。以二俗忌一既除レ故。講二礼記残編一。

万治元年戊戌 四十一歳（一六五八）

春、祠堂成。二月、行二春分祭一。自レ是毎歳分至之祭不レ懈　集二　先考遺文家稿罹災一。故捜二索於四方一。○三月、賜二　官本六十部一、且賜二　官金五百両一、為二求レ書之料一。以三家蔵之書罹二今春之災一也。由レ是累年之間、或買レ之或写レ之、数百部。○六月、蒙レ　命輯二唐百人一詩一。先レ是　先考承レ　命撰二中華百人一詩一。此後又撰二三十六詩人一配二歌仙一。○十二月、承レ　命書下論語十有五而志二于学一一章於聖像之上上。狩野探幽所レ画

二年己亥 四十二歳（一六五九）

正月、作二本朝甲子会紀論一、又叙二両朝甲子一。○二月、以三三年喪終一、故行二釈菜一。有二別記一　自レ是毎歳或春或秋行レ之為レ例。皆有二別記一　○八月十八日、講二畢礼記一。○今年所レ集遺文至二百五十巻一、乃刻二於梓一。

三年庚子 四十三歳（一六六〇）

今秋、有二河魚疾一。保養之間、口二授春信一、作二本朝一人一首一。○十一月、作二本朝稽古編一万言一。○十二月、賜二　官金五百両一、為二　聖殿重修之料一。

寛文元年辛丑 四十四歳（一六六一）

三月十二日、靖帰泉。詳二天倫哀事一　○預議、預議(?)改元之事例也。会津中将源正之・前橋少将源忠清・阿部豊後守忠秋・稲葉美濃守正則同坐。致仕酒井空印 元讃岐守 亦預二其事一。○六月、羅山文集板刻成、作レ序行二于世一。○十一月、蒙レ　命撰二異朝百将・本朝三十六将小伝一。○十二月廿八日、叙二法印位一。今年講二易学啓蒙一畢。

二年壬寅 四十五歳（一六六二）

正月、始講二周易本義一。○二月、　先聖殿重修成、行二釈菜一。○今春、依二安芸世子綱晟求一、作二本朝人鑑図説一。此後綱晟封レ国、有二続編之請一。余諾不レ果。綱晟卒。後其嗣安芸守綱長請不レ止。故作二続編一　○十月、元老前橋少将酒井忠清伝下可レ継二成本朝編年録一之命上。有二別記一　○十二月、春信賜二学問料三百俵一。

三年癸卯 四十六歳（一六六三）

二月十八日、憑二久世大和守一、献二羅山文集於御前一。蒙二　御感一。大和守奉書有レ之　○三月十七日、久娘患二疱瘡一而没。○四月、先二台駕一、伴二阿部豊後守一、登二日光山一。有二于役日録一　○十一月、講二畢周易本義一。至レ此五経悉終レ功。○余自レ始二講詩一以来、至レ此二十三年。其間講二職原抄於前橋少将忠清一、講二孫子講義於姫路拾遺忠次一、講二大学・論語全部於永井伊賀守尚庸一、講二論語半部於松平主殿頭忠房一、講二中庸於加賀中将一、講二洪範於井上河内守正利一。其餘或不レ終レ編、或僅数席者猶有レ之。又与二水戸参議光国卿一詩文贈答、与二井上河内守及其叔父筑後守政重一談レ易論二性理一、議二喪祭之礼一。与二加藤内蔵助明友一談二道理一、屢遊二其宅一、

作レ文賦レ詩。其餘士林交際見二家集一。○十二月二十六日、賜二弘文院学士号一。有二奉書一。

四年甲辰 四十七歳（一六六四）

今夏、元老執政承レ　命損二益前代法度一、定二新制二十一条一、且禁二殉死一。余預二咨詢一。五月二十三日、諸大名并一万石以上応レ　召登　城。余先於二　御前一読二新法度一、而後従二諸老一出二前殿一、高レ声読レ之。侯伯城主等共謹聴レ之。○七月二十八日、編年録続補事決。永井伊賀守尚庸為二奉行一。有二別記一　○八月五日、被レ定二　麾下法度二十三条一。召二隊頭群士一告二諭之一。余又読レ之。議二制法一者、会津中将源正之・姫路侍従源忠次・前橋少将源忠清・忍拾遺阿部忠秋・小田原拾遺越智正則、及副執事久世大和守広之・土屋但馬守数直而已。余并右筆一両人在二其席一。○同月十五日、次男春常・姪春東、始登　城、拝謁。○十月、改二本朝編年録名一、而号二本朝通鑑一。会津中将源正之・姫路侍従源忠次及元老執政定二其議一。是月二十一日、移二居忍岡一。十一月朔日、本朝通鑑起筆。自レ是至二庚戌之冬一。始末詳二別記一

五年乙巳 四十八歳（一六六五）

正月八日、通鑑起筆。此後歳初起筆、以二十一日一為レ例　○二月二十五日、行二菅祭一会一。有二別記一　○四月、　東照宮五十回御忌辰。従二前橋少将一登二日光山一。春信同行。有二別記一　○五月二十五日、　聖殿奏二舞楽一。左方伶長辻伯者守近元等以下、左右伶人三十餘輩勤レ之。有二別記一　○今夏蒙レ　命作二霊芝之説一。去年甲辰之冬、郭外箕田妙厳寺生二霊芝一。以為二奇瑞一、備二　上覧一。使二狩野探幽図一レ之。至レ此有レ命如レ此。余拙二於運筆一、春信代書レ之　○七月、患レ瘡、至二九月一愈。○今年、作二姫路拾遺源忠次碑文一。忠次嗜二倭歌一、写二貯旧記一。於レ余交際最渥、詩歌贈答三十年。嘗依二其求一、撰二中華武将三十六人図之屏風一。今流二伝于世一、士林家家有レ之。

六年丙午 四十九歳（一六六六）

春催二瓊筵坐花会一。有二別記一　○七月九日、春信移二神田本宅一、毎日来二史館一、修二通鑑一。二十九日、娶二太田氏女一。八月四日、臥レ病。九月朔日、終レ命。有二西風涙露一　是月、忍岡北園藪(藪)中霊芝生。案居レ喪守レ志者、有二産レ芝之感一、見二歴史一多矣。因レ是想レ之、春常善居二兄喪一之応乎　○十一月二十六日、七娘没。○十二月二十三日、春常賜二年俸三百俵一、余亦賜二黄全(金)五枚一。蓋　官命起二我家之不幸一也、由レ是感発不レ已。自二明春一史館通鑑之務如レ前。

七年丁未 五十歳（一六六七）

今夏、続二補春信史館茗話一。今秋、依二会津中将源正之求一、作二会津山水賦一。此後、又依二其求一、作二会津風土記序・会津神社志序・箕田園記一。又其所二編輯一二程治教録・三子伝心録・玉山講義附録、皆作レ序。歴レ年中将卒。後依二遺言一、風土記等五部皆献二　営中一　○十一月二十八日、春常娶二畠山民部入道休山女一。

八年戊申 五十一歳（一六六八）

今兹、井上河内新製二簠簋籩豆一、納二 聖堂一。

九年己酉 五十二歳（一六六九）

八月、再興二釈菜之礼一。春信没後、吾家又有二凶事一。故中絶踰レ年至レ是、又復レ初

十年庚戌 五十三歳（一六七〇）

六月六日、東方白而日出之時、嫡孫吉松生。外祖休山、以二余幼名一自筆二二字一授レ之。　七日、召二於 御前一、読二進通鑑序二篇一。十二日、献二通鑑十二箱於 御前一。雖三其末三箱未二清書一、以下奉行伊賀守任二京尹一、近日発途上也。是亦依レ 命也。　十九日、召二於 御前一、加二賜采地二百石一。依二通鑑編集之労一也。春常賜二白銀千両一、春東賜二御服一。門生及校者賜レ物有レ差。詳二別記一

初通鑑起筆之時、姫路拾遺・前橋少将来観二其稿一。既而小田原拾遺来、其半時再至。久世大和守亦来。永井伊賀守以レ為二奉行一故、或毎レ月而来、或隔レ月而至。其餘松平弾正大弼綱晟・浅野因幡守長治・松平日向守信之・松平主殿頭忠房・板倉内膳正重矩・井上河内守正利・太田備中守資宗・同摂津守資次・加藤内蔵助明友・小出備前守吉之・鍋嶋加賀守直能・京極主膳正高通・渡辺大隅守綱三・保田若狭守宗雪・阿倍氏兄弟、或偶来、或屢来。○此月二十日、致仕。元老忍拾遺忠秋、輿レ病而来過、賀二大部成而加一レ禄。○二十七日、伊賀守赴レ洛。○十月十八日、通鑑残編畢成。納二諸三箱一、憑二執政久世大和守一、啓二達之一。総計三百十巻。詳二別記一　二十三日、所レ附二史館一之九十五人月俸、不レ改レ之、以為下勤二公用一、聚二諸生一之料上。二十八日、修二通鑑竟宴会一。又記二編輯始末一、為二冊子一、遺二於京尹一。

自二今春一 官暇、補二論語諺解一。又与二春常一作二詩経私考一。以下四経皆有二私考一、唯闕中詩考上也。

十一年辛亥 五十四歳（一六七一）

正月、春常講二詩経一。○二月、釈菜。前橋令嗣河内守忠明来観。自レ是執政嗣子又城主等、来二観釈菜一者多矣。○四月、春常蒙レ 命、従二小田原拾遺一赴二日光山一、作二 大猷公二十一回御忌辰記一。

是冬、詩経私考并別考成。史館夜課、覧二畢三国志・晋書、并荀悦漢紀・袁宏後漢紀一。又点二性理大全・二程全書・小学一、句二読近思録・四書人物考一、又補二白氏文集之点一、新点二元氏集一。其餘漢魏叢書之内数部、荀子・呂氏春秋・文中子・選詩風雅翼・文章軌範・古逸詩載・世説等皆加点。諸生各分二勤之一、皆有二跋文一。其餘左伝・文選・韓文・柳文等、所二対読一若干部。又自二去春一口二授狛庸一、点二資治通鑑一。

十二年壬子 五十五歳（一六七二）

今春、賜二 官材一、営二学寮於 聖堂之東一、聚二諸生一。所謂東寮是也。先レ是所レ有称二西寮一、以分レ之。八月八日、前橋少将来儀。

十八日、小田原拾遺来儀、共設二饗応一。少将知レ余三十餘年。拾遺素与二 先考一有二旧好一、余亦自レ少出二入其門一。故両老共被二懇遇一。〇十二月二十八日、春常叙二法眼位一。

今年講二畢周子通書一。又自二去年一講二職原一、至二是年一而終。有二会通十六巻一。

延宝元年癸丑 五十六歳（一六七三）

今春、講二朱子感興詩一作二私考一。三月、屢翫二桜花一作二管春録秋一。作二両朝時令一、加賀羽林所レ求也。又作二本朝言行録一、酒井河内守所レ求也。

今年、論語諺解成。又自二去年一作二孟子諺解一。読二歴史一、終二宋・斉・梁・陳・南史一。

二年甲寅 五十七歳（一六七四）

今春、講二大学或問一、至二仲冬一而終。〇七月九日、次孫藤松生。〇八月、依二諸老之旨一、作二吉田社勘文一。凡廷臣之事、有レ告二達於武家一、則時時有二顧問一。頃間、長崎呈二呉三桂鄭錦舎檄文一。作二諺解一。是後毎度皆然。〇今冬、有レ命葺二修 先聖殿一。

今年、春常講二詩経一畢。〇見二畢魏・北斉・後周・北史一。

三年乙卯 五十八歳（一六七五）

今春、春常講二書経一。有二重考一〇余講二中庸或問一。〇仲秋、釈菜。水戸参議来二観之一。〇十一月、依二小田原拾遺求一、作二関東行賞録一。〇臘月、使二諸生点二撿家集記作文目録一、殆近二二千篇一。詩雖レ不レ遑レ数レ之、及二万首一乎。〇是年、見二畢隋書・唐書一。

四年丙辰 五十九歳（一六七六）

仲春、釈菜。前橋少将・小田原拾遺・土浦拾遺土屋但馬守来観。祭畢、於二北塾一進レ膳。〇四月、孟子諺解成。〇五月二日、藤松夭。〇今冬、講二畢中庸或問一。〇十一月九日、春東帰泉。事見二碑誌一。十二月十二日、賜二遺跡於養子一。〇今年、見二畢五代史・宋史一。自二庚戌春一至二今冬一歴二七年一、資治通鑑点。至二五代一終二後唐一、其末纔残。

五年丁巳 六十歳（一六七七）

今春、講二毛詩序・尚書序一、而作二私考一。覧二畢遼・金二史一。〇三月、資治通鑑点成、終二全部之功一。自二庚戌之春一至レ此。狛庸執筆、凡八年今夏、覧二元史一。〇五月、纂二百花鳥詩一。〇七月二十三日、覧二畢元史一。至レ此二十一史全加二朱点一。〇九月二十五日、周易程伝考起筆。以二其次一作二周易私考翼及周易新見一。至二閏臘上旬一、程易至二豫卦一、翼至二離卦一、新見至二蠱卦一。〇同月、宋・元通鑑加点。及二閏臘一、至二宋仁宗之半一。〇閏臘、作二本朝三十六将小伝一、松平主殿頭所レ求也。

六年戊午 六十一歳（一六七八）

正月、講二左伝序一、而作二私考一。〇仲春、釈菜。加賀中将来二観之。〇七月、程伝考成。私考翼・新見共成。三部合四十八冊。〇八月、春常講書経畢。〇九月、繫辞考起筆。〇十一月、春常開周易本義講筵。

今冬、見儀礼経伝集解加朱。

七年己未六十二歳（一六七九）

正月、講西銘、作私考。〇仲春、釈菜。仙台少将藤綱村来観、稲葉丹後守同道。又於別座、執政久世大和守広之・大久保加賀守忠朝来観。各別設飲食。

今春、園中桜花新立八名。并先年所名三十六品、又別設十名、総四十六種、各作詩為一帖。

今夏、応小田原拾遺求、国史実録起筆。自神武至称徳、其末未成。応水戸参議求、纂本朝近代一人一首続集。又依堀田備中守請、作牧民忠告諺解。〇今秋、見古今人物論・崇正弁・異端弁正。

秋冬之間、一見大学衍義補・漢魏叢書・杜詩集註。此等数篇猶未終巻。〇孟秋、依小田原拾遺求、撰定本朝武将三十六人。画工法眼狩野永真図之。其中六将余賛之、其餘三十将春常賛之。〇十一月四日、余臥病、踰月困労。飲法眼渋江長怡薬、幸不至危急。然自覚不能復本。小田原拾遺問病安否、其使者懇至。前橋少将亦丁寧。且佐倉四品・土井能登守・堀田備中守・三執政及松平因幡守以下皆寄使。十二月二十日、小田原拾遺自来、問余病。

八年庚申六十三歳（一六八〇）

正月、余病自若不能登　営。在家久臥。故致仕之志、決于此。〇二月上旬、改長怡薬、飲前典薬頭橋玄淵薬。〇同月十日、頼阿倍政重、就松平因幡守・石川美作守、麾下両執事、此月因幡守為当番請致仕事。畠山侍従・源基玄同行、政重達前橋・小田原両大老、并三執政。二月二十三日、両大老、三執政、両執事会於　殿中、示諭春常伝　公命。　官禄如前例、賜春常。且家料俸支無別儀。又殊賜春常所食月俸於余、以為退老之営。此月二十八日、譲　先聖殿及弘文院書院於春常。三月四日、堀田備中守来問病、且賀致仕。同月六日、余代春常移六義堂以養老。同月二十日、松平因幡守来、問余閑居。凡自去冬臥病以来、至致仕、貴戚元老執政、及旧交之輩、使問有差。

右一巻、　先生所自撰也。　今茲之春、先生自知其病不起、請　官致仕。厥後得些快験、而撰定所曾作譜略。示僕曰、余自少壮、於公事可謂労矣。於家業可謂勤矣。然汝所不視所不聴、其不能知焉。他日汝為余作年譜、則以之為階梯。刪其繁撮其要而可也。僕嗚咽不レ能レ答焉。及二夏之初一、病痾再発、逐レ日増重。五月五日、遂卒二于正寝一。享年六十三。嗚呼哀哉。非下独以二家業衰弊之私一而哀上レ之、方為二　日本学道之機一而哭レ之。豈唯父子恩愛之哀情而已哉。知与レ不レ知、無レ不三拊レ胸而嘆二惜之一。方今没後、対二此巻一、一字一涙、心神讋伏、不レ能レ読焉。片言隻行、猶欲レ使二人知一レ之。豈妄略二一言一哉。乃不レ省二一字一、不レ贅二一辞一。蔵二之巾笥一、時時拝読、追二慕昔日教導之恩一也。在昔趙岐自為二寿蔵一、陶元亮自作二祭文一、傅奕自為二墓誌一、白居易自作二墓銘一。所謂知レ死不レ惑者也。如二　先生一、亦是一轍也。因書二数語一以為二後証一。

延宝八年庚申七月廿四日

不肖孤鷾（春常）泣書

称号義述

余弱冠以来、至二老境一、称号殆至二三十一。皆有レ所レ由、有レ所レ寓レ意。歳末閑暇、悉述二其義一如レ左。

一向陽軒　寛永十三年丙子之冬、先考令三朝鮮国全梅隠書二此三字一、以授レ余為レ号。取二諸蘇麟「向レ陽花木易レ為レ春」之句一、而規二祝之一也。其後見二朱文公「竹牖向レ陽開」之句一、而号二竹牖一。又見二白楽天「爬レ背向レ陽眠」之句一、而号二爬背子一。又因三庭植二葵花一、号二葵軒一。此等皆自二向陽二字一起来者也。寛永二十年癸未秋、朝鮮朴蒼雪書二葵軒二字一、以為レ額掛レ之。罹二丁酉之災一、而為二烏有一。

一物格菴　全梅隠書二物格二字一、掛二書院一以為二庵号一。既而聞、辺鄙書生有下称二格庵一者上。又城下有下曰二格庵一者上。故今不レ用二此号一。

一仲林　先考以レ余為二其中子一。故常以レ是呼レ之。

一辛夷塢　神田旧宅有二辛夷樹一。故令三朝鮮人金雪峰書二此三字一、傚二王維輞川之跡一也。先考作レ詩賜レ之。丁酉之災、樹与レ額共亡矣。

一南牕　朝鮮尹泉書二此二字一、故以為レ額。且有二南栄之号一。丁酉之災額焚。

一温故知新斎　此五字亦全梅隠筆也。藤勿斎贈二此額於余一。

一柳風梧月　弄吟康節、二句用二此四字一刻印。

一東武精舎　篆字刻二此大印一。

一礼部尚書　余曾有下可レ為二治部卿一之　命幷執政之書上。故刻二此大印一。

一忍岡山荘　東叡山上野高処者、元是武州名所忍岡也。其事見二尭憲文明年中和字紀行一。今岡半為二平地一。唯余所レ居独高所、謂二忍岡一不レ失二其名一。

一秦湘過客　長安城在二秦地一漢唐都焉。故指二京師一称レ秦者、中華例也。鎌倉有二八景一。故先輩此地比二瀟湘一。先考拠レ之、指二江戸一、或称二湘左一又称二湘東一。余産二於京師一、移二江戸一。丙申之夏、江戸京都往還時、称二秦湘過客一。拠下鄭谷詩「君向二瀟湘一、我向レ秦」之句上也。

一晞顔斎　先考称二夕顔菴一。故慕レ之、用レ此為二斎名一。

一也魯斎　亡兄敬吉少而才敏。余資稟拙而魯、然愁伝二家業一。故取二「参也魯」字一、以名レ斎。

一碩果林　余喪二考妣一之後、数年弟靖早世。故嘆二家族之哀一、取二易剥卦「碩果不レ食」之義一、以加二「林」字上一、以期二枝葉復盛一也。其趣詳二記中一。

一恒宇　外取二恒久之義一、而内寓二雷風恒之意一。奮激震動、声名以施二教化之志一也。

一南墩　寝室之南庭有レ墩。望中多景、曾作二之賦一。

一玉鷲峰　羅浮山有二玉鷲峰一。景二慕先考一、以為二別号一。

一桜峰　艮塾之庭、桜花爛熳。皆是先考遺愛也。拠三羅浮山有二桜桃峰一、以為二艮塾之額一。

一頭雪眼月庵　胡雲峰易通曰、頭如レ雪眼如レ月云云。蓋年老猶能読レ書之謂也。余今齢近二六旬一、而読書不レ懈。故用二此四字一、以為二一号一。然書二此号一希也。故不レ及二刻印一。

一弘文院学士　寛文三年癸卯臘月二十六日、官賜二弘文院学士号一。而国老執政連署奉書有レ之。褒二五経講畢之務一、而暗二合貞観時弘文館学士之名一也。爾来専用二此号一。

一余初諱春勝、字子和、後改二名恕一。時先考字レ之曰二之道一、取二諸忠恕之道一也。

一春斎　自レ少至レ老世俗皆知レ之。

此外有二韓人筆傍花随柳堂額一。又国史編輯之間、称二国史館提挙一。頃年依レ開二学寮一、而称二忍岡塾主一。又晩林夕陽叟等、暫時所レ称者亦有レ之。乙卯臘末。

作者系図

作者には、本巻の詩題の通し番号（アラビア数字）を付した。

天皇家

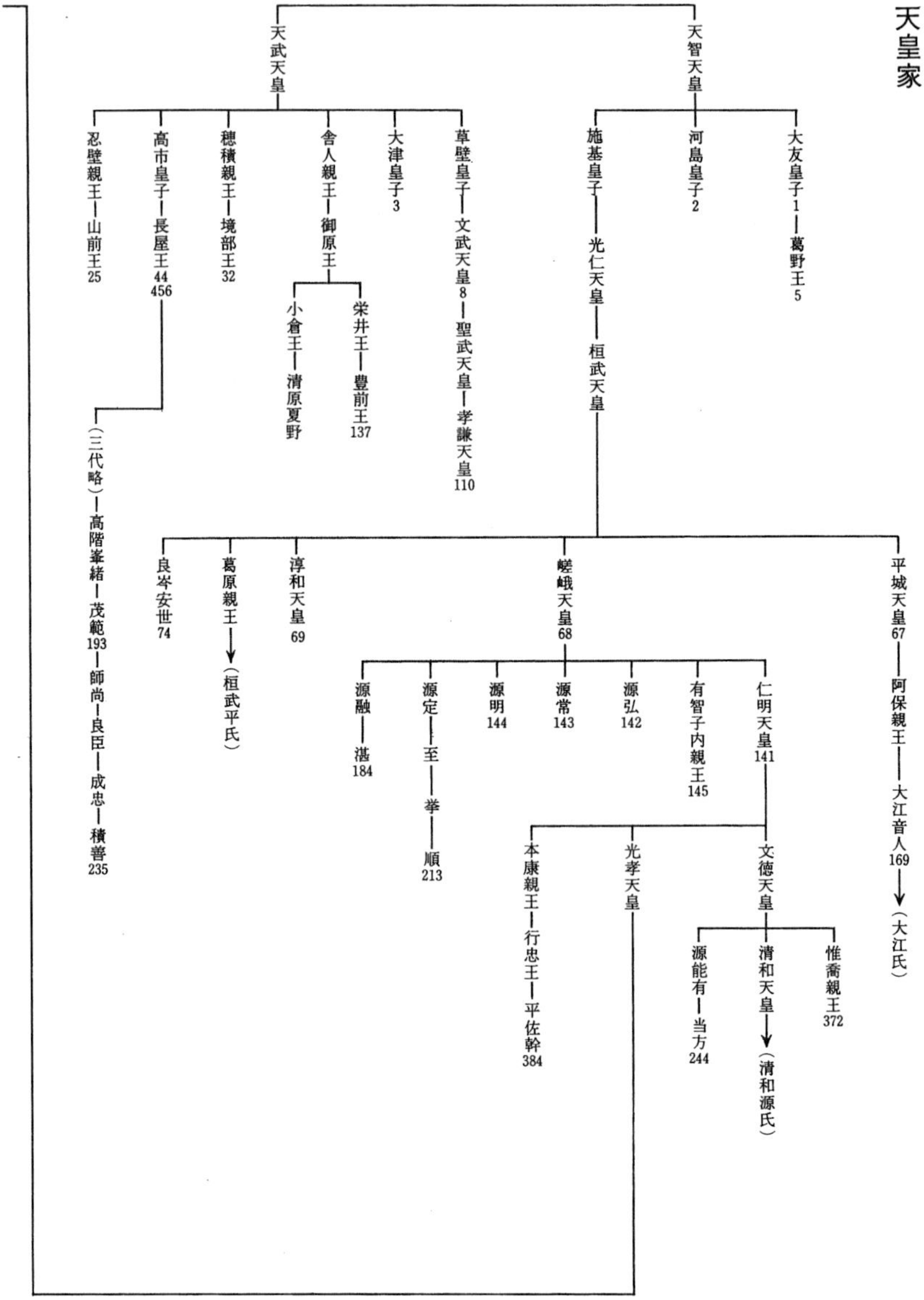

天智天皇
大友皇子 1
葛野王 5
河島皇子 2
施基皇子
光仁天皇
桓武天皇
天武天皇
草壁皇子
文武天皇 8
聖武天皇
孝謙天皇 110
大津皇子 3
舎人親王
御原王
栄井王
豊前王 137
小倉王
清原夏野
穂積親王
境部王 32
高市皇子
長屋王 44 456
（三代略）
高階峯緒
茂範 193
師尚
良臣
成忠
積善 235
忍壁親王
山前王 25
平城天皇 67
阿保親王
大江音人 169
（大江氏）
嵯峨天皇 68
仁明天皇 141
文徳天皇
惟喬親王 372
清和天皇
（清和源氏）
源能有
当方 244
光孝天皇
本康親王
行忠王
平佐幹 384
有智子内親王 145
源弘 142
源常 143
源明 144
源定
至
挙
順 213
源融
湛 184
淳和天皇 69
葛原親王
（桓武平氏）
良岑安世 74

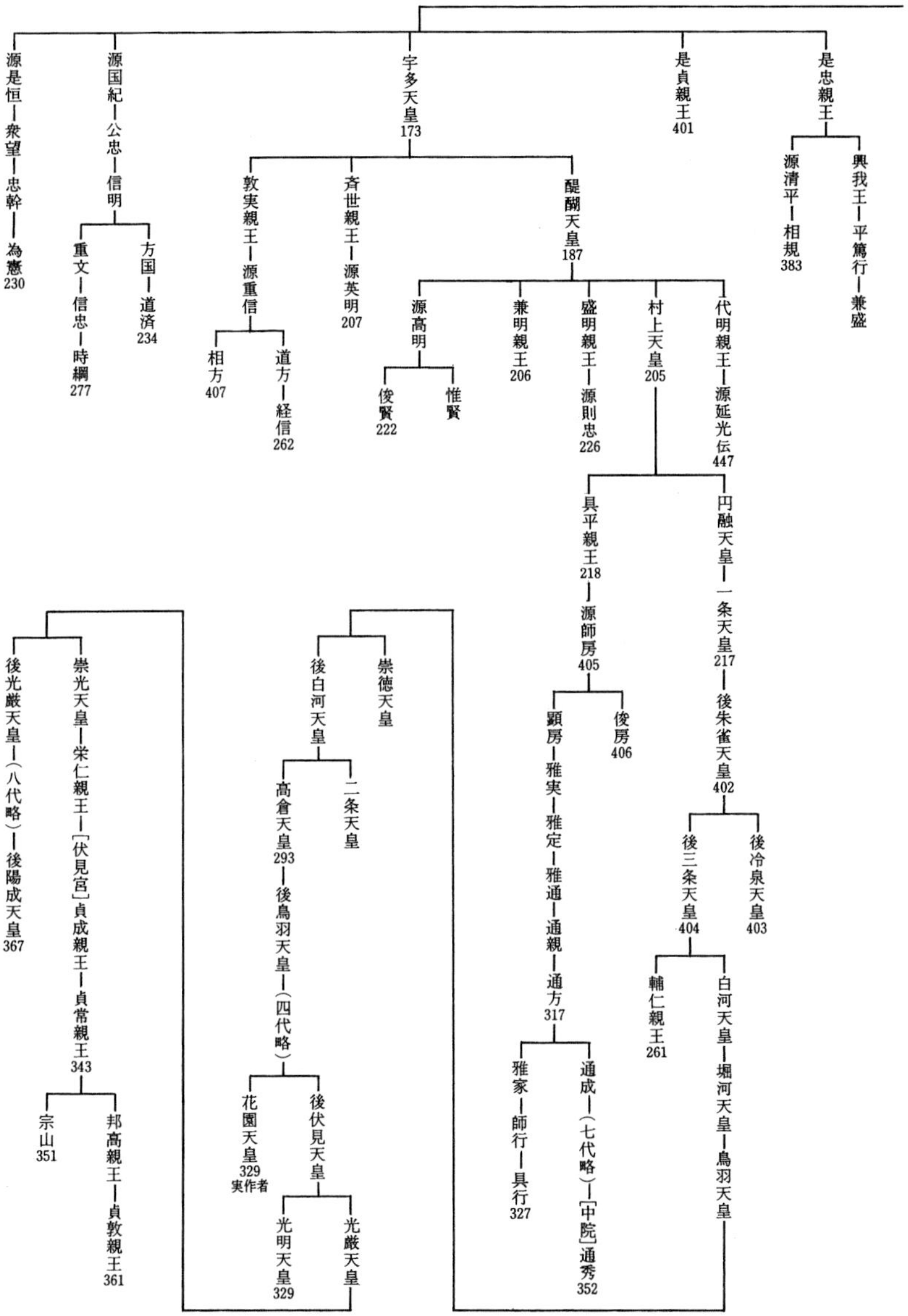
源是恒—衆望—忠幹—為憲 230
源国紀—公忠—信明
重文—信忠—時綱 277
方国—道済 234
宇多天皇 173
敦実親王—源重信
相方 407
道方—経信 262
斉世親王—源英明 207
醍醐天皇 187
源高明
俊賢 222
惟賢
兼明親王 206
盛明親王—源則忠 226
村上天皇 205
代明親王—源延光伝 447
是貞親王 401
是忠親王
源清平—相規 383
興我王—平篤行—兼盛
具平親王 218—源師房 405
顕房—雅実—雅定—雅通—通親—通方 317
俊房 406
雅家—師行—具行 327
通成—(七代略)—[中院]通秀 352
円融天皇—一条天皇 217—後朱雀天皇 402
後三条天皇 404
後冷泉天皇 403
輔仁親王 261
白河天皇—堀河天皇—鳥羽天皇
後白河天皇
崇徳天皇
高倉天皇 293—後鳥羽天皇—(四代略)
二条天皇
花園天皇 329 実作者
後伏見天皇
光明天皇 329
光厳天皇
後光厳天皇—(八代略)—後陽成天皇 367
崇光天皇—栄仁親王—[伏見宮]貞成親王—貞常親王 343
宗山 351
邦高親王—貞敦親王 361

清和源氏

- 清和天皇―貞純親王―経基王
  - 源満仲
    - 頼信
      - 頼義
      - 頼清―兼宗―成宗 408
    - 孝道 228
  - 源満政―（五代略）―光季―光行 323

桓武平氏

- 桓武天皇―葛原親王
  - 高見王―平高望―国香―貞盛―（十一代略）―時頼 324
  - 高棟王―平惟範 179―（三代略）
    - 行義―（四代略）―範家
      - 行範―経高 315
      - 棟範―棟基 322
    - 理義―定親

藤原氏（南家）

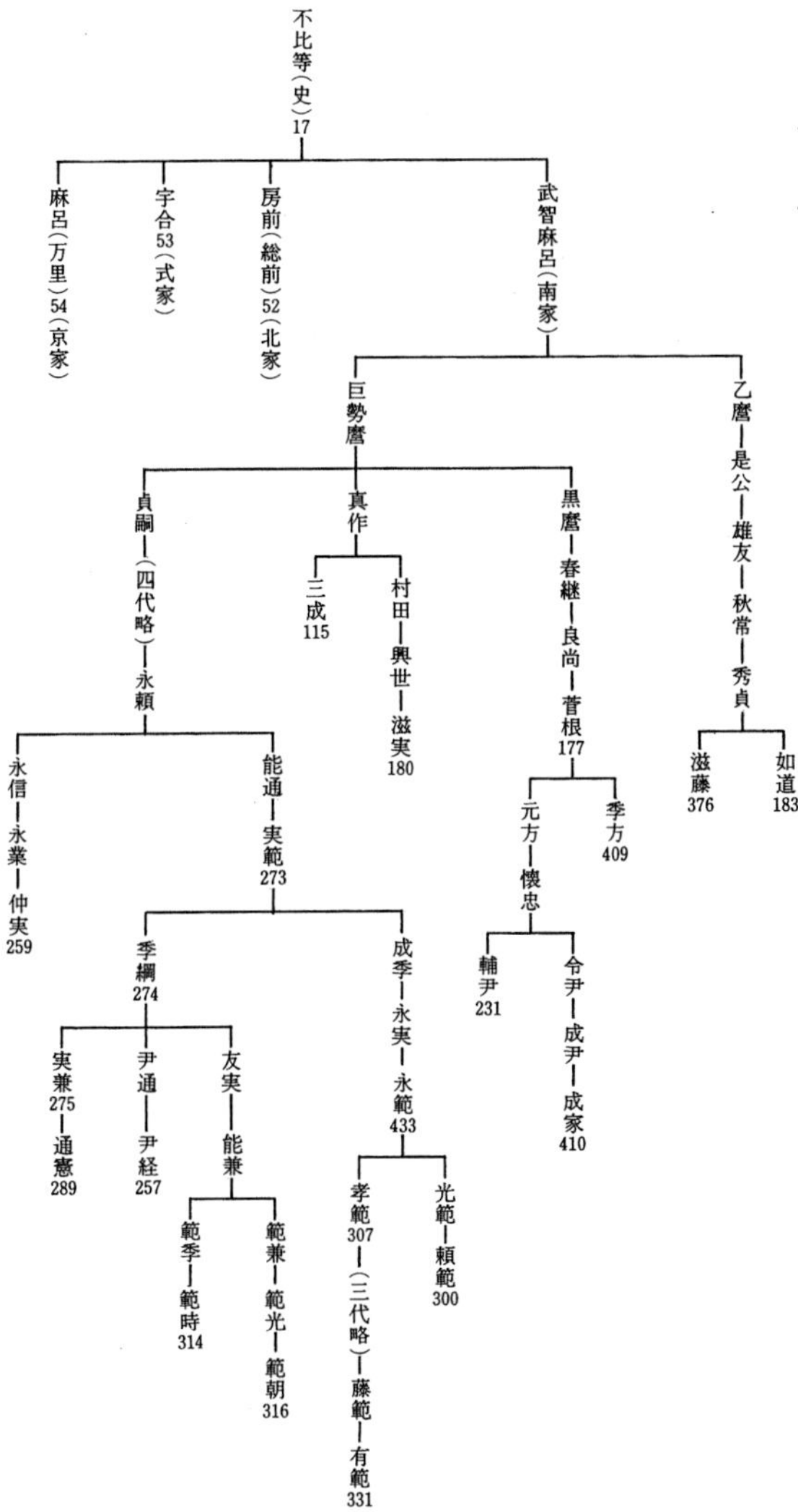

不比等（史）17
麻呂（万里）54（京家）
宇合53（式家）
房前（総前）52（北家）
武智麻呂（南家）
巨勢麿
乙麿
是公
雄友
秋常
秀貞
滋藤376
如道183
貞嗣
（四代略）
永頼
真作
三成115
村田
興世
滋実180
黒麿
春継
良尚
菅根177
元方
懐忠
輔尹231
令尹
成尹
成家410
季方409
永信
永業
仲実259
能通
実範273
季綱274
実兼275
通憲289
尹通
尹経257
友実
能兼
範季
範時314
範兼
範光
範朝316
成季
永実
永範433
孝範307
（三代略）
藤範
有範331
光範
頼範300

藤原氏（北家）

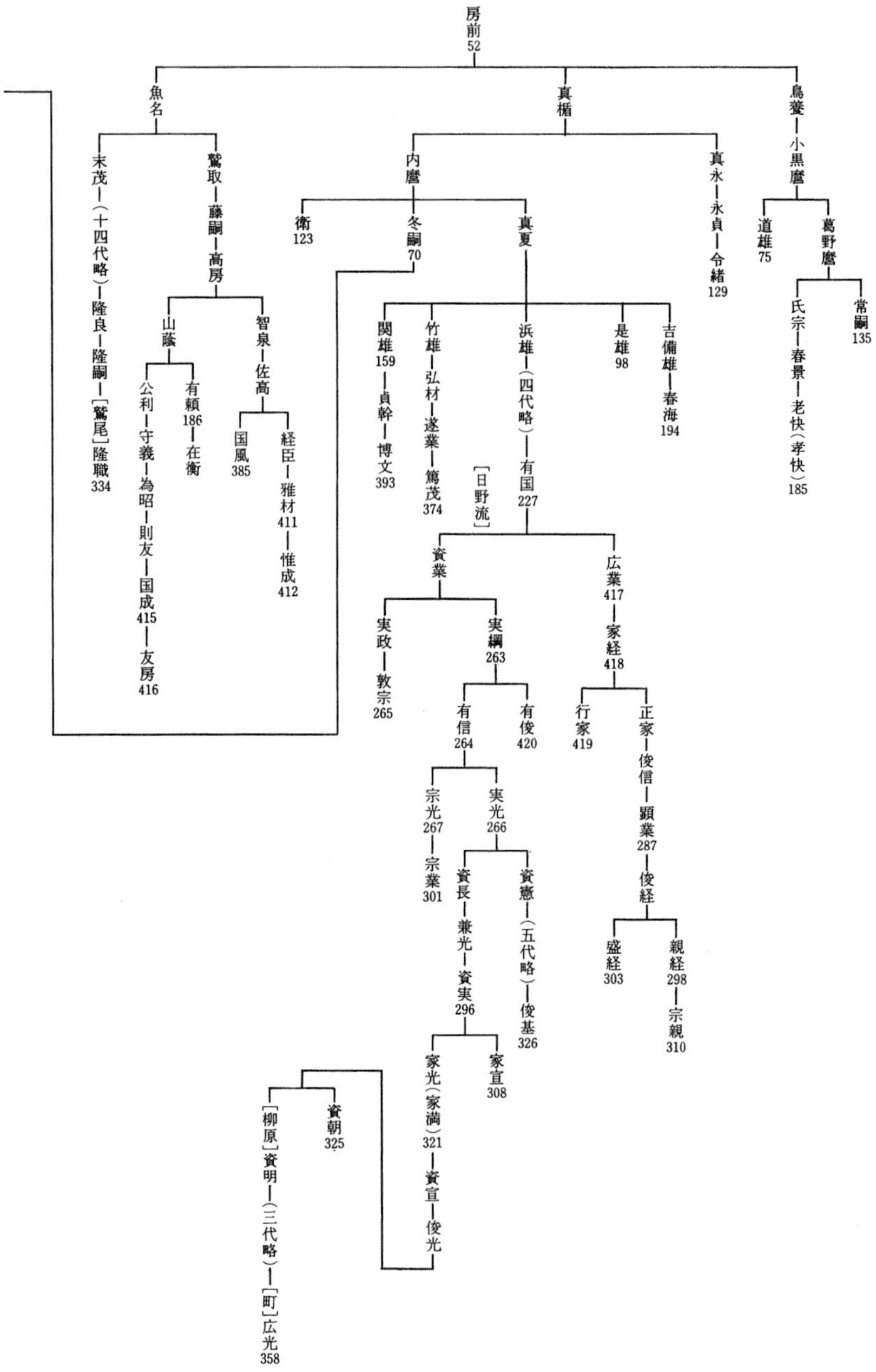

房前 52
魚名
真楯
鳥養―小黒麿
末茂―（十四代略）―隆良―隆嗣―［鷲尾］隆職 334
鷲取―藤嗣―高房
山蔭
智泉―佐高
公利―守義―為昭―則友―国成 415―友房 416
有頼 186―在衡
国風 385
経臣―雅材 411―惟成 412
内麿
真永―永貞―令緒 129
道雄 75
葛野麿
氏宗―春景―老快（孝快）185
常嗣 135
衛 123
冬嗣 70
真夏
関雄 159―貞幹―博文 393
竹雄―弘材―遂業―篤茂 374
浜雄―（四代略）―有国 227
是雄 98
吉備雄―春海 194
［日野流］
資業
広業 417―家経 418
実政―敦宗 265
実綱 263
行家 419
正家―俊信―顕業 287―俊経
有信 264
有俊 420
盛経 303
親経 298―宗親 310
宗光 267―宗業 301
実光 266
資長―兼光―資実 296
資憲―（五代略）―俊基 326
家光（家満）321―資宣―俊光
家宣 308
［柳原］資明―（三代略）―［町］広光 358
資朝 325

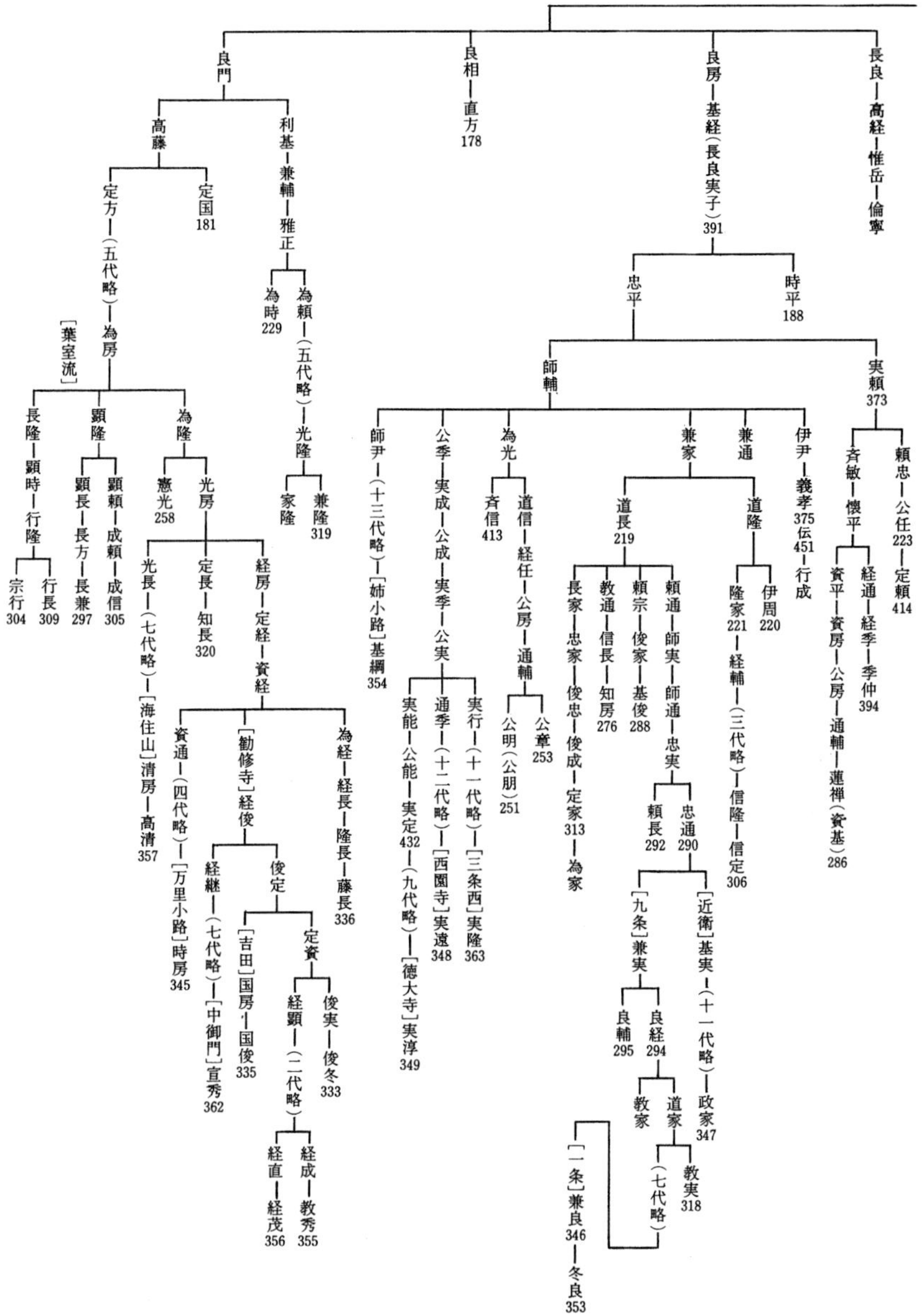
長良—高経—惟岳—倫寧
良房—基経（長良実子）391
時平 188
忠平
実頼 373
頼忠—公任 223—定頼 414
斉敏—懐平
経通—経季—季仲 394
資平—資房—公房—通輔—蓮禅（資基）286
師輔
伊尹—義孝 375 伝 451—行成
兼通
兼家
道隆
伊周 220
隆家 221—経輔—（三代略）—信隆—信定 306
道長 219
頼通—師実—師通—忠実
忠通 290
［近衛］基実—（十一代略）—政家 347
［九条］兼実
良経 294
道家
教実 318
（七代略）
［一条］兼良 346—冬良 353
教家
良輔 295
頼長 292
頼宗—俊家—基俊 288
教通—信長—知房 276
長家—忠家—俊忠—俊成—定家 313—為家
為光
道信—経任—公房—通輔
公章 253
公明（公朋）251
斉信 413
公季—実成—公成—実季—公実
実行—（十一代略）—［三条西］実隆 363
通季—（十二代略）—［西園寺］実遠 348
実能—公能—実定 432—（九代略）—［徳大寺］実淳 349
師尹—（十三代略）—［姉小路］基綱 354
良相—直方 178
良門
利基—兼輔—雅正
為頼—（五代略）—光隆
兼隆 319
家隆
為時 229
高藤
定国 181
定方—（五代略）—為房
［葉室流］
為隆
光房
経房—定経—資経
為経—経長—隆長—藤長 336
［勧修寺］経俊
俊定
定資
俊実—俊冬 333
経顕—（二代略）
経成—教秀 355
経直—経茂 356
［吉田］国房—国俊 335
経継—（七代略）—［中御門］宣秀 362
資通—（四代略）—［万里小路］時房 345
定長—知長 320
光長—（七代略）—［海住山］清房—高清 357
憲光 258
顕隆
顕頼—成頼—成信 305
顕長—長方—長兼 297
長隆—顕時—行隆
行長 309
宗行 304

藤原氏(式家)

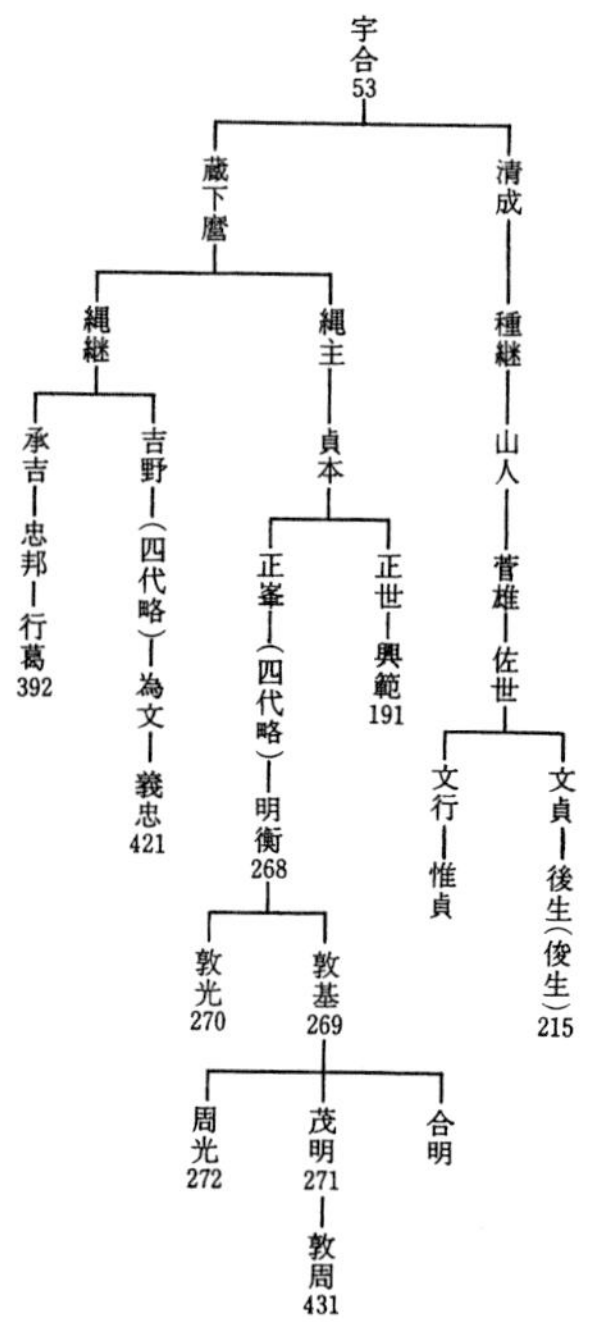
宇合 53
清成—種継—山人—菅雄—佐世
文貞—後生(俊生) 215
文行—惟貞
蔵下麿
縄主—貞本
正世—興範 191
正峯—(四代略)—明衡 268
敦基 269
合明
茂明 271—敦周 431
周光 272
敦光 270
縄継
吉野—(四代略)—為文—義忠 421
承吉—忠邦—行葛 392

菅原氏

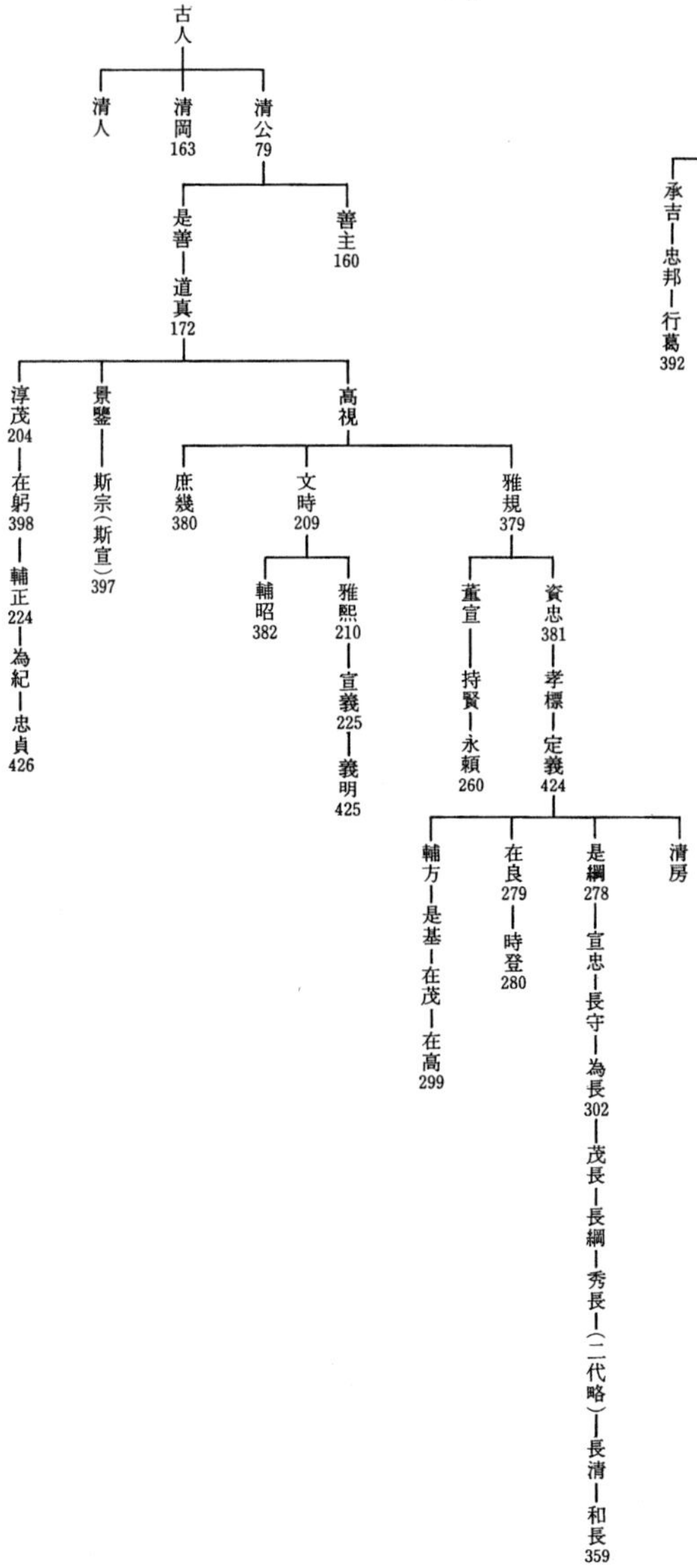
古人
清公 79
善主 160
是善—道真 172
高視
雅規 379
資忠 381—孝標—定義 424
清房
是綱 278—宣忠—長守—為長 302—茂長—長綱—秀長—(二代略)—長清—和長 359
在良 279—時登 280
輔方—是基—在茂—在高 299
董宣—持賢—永頼 260
文時 209
雅熙 210—宣義 225—義明 425
輔昭 382
庶幾 380
景鑒—斯宗(斯宣) 397
淳茂 204—在躬 398—輔正 224—為紀—忠貞 426
清岡 163
清人

大江氏

- 音人 169
  - 公幹 — 清忠 — 如鏡 399
  - 玉淵 — 朝綱 208
    - 澄明
    - 澄江 — 通直 — 佐国 281 — 通国
  - 千里
  - 千古 200
    - 維明 — 仲宣 — 以言 233
    - 維時 211
      - 重光 — 匡衡 236
        - 挙周 — 成衡 — 匡房 282
          - 隆兼 283
          - 維順（匡時）
        - 時棟 237
      - 斉光伝 452 — 寂照（定基）458

橘氏

- 諸兄 — 奈良麻呂
  - 島田麿
    - 真材 — 峯範 — 広相 377
      - 公材 —（四代略）— 俊清 — 敦隆 250
      - 公緒 182
    - 長谷雄 — 海雄 — 茂枝 — 正臣 — 是輔 — 倚平 395
    - 常主 131 — 安吉麿 — 良喜 — 澄清 196
    - 有主 — 継氏 — 善根 — 性空 249
  - 清友 —（四代略）— 実利 — 正通 216
- 佐為 —（四代略）— 長盛 — 直幹 378

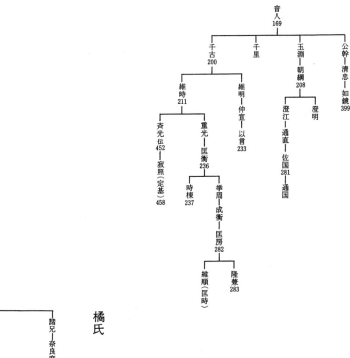

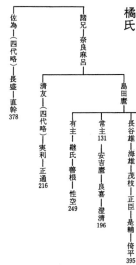

紀氏

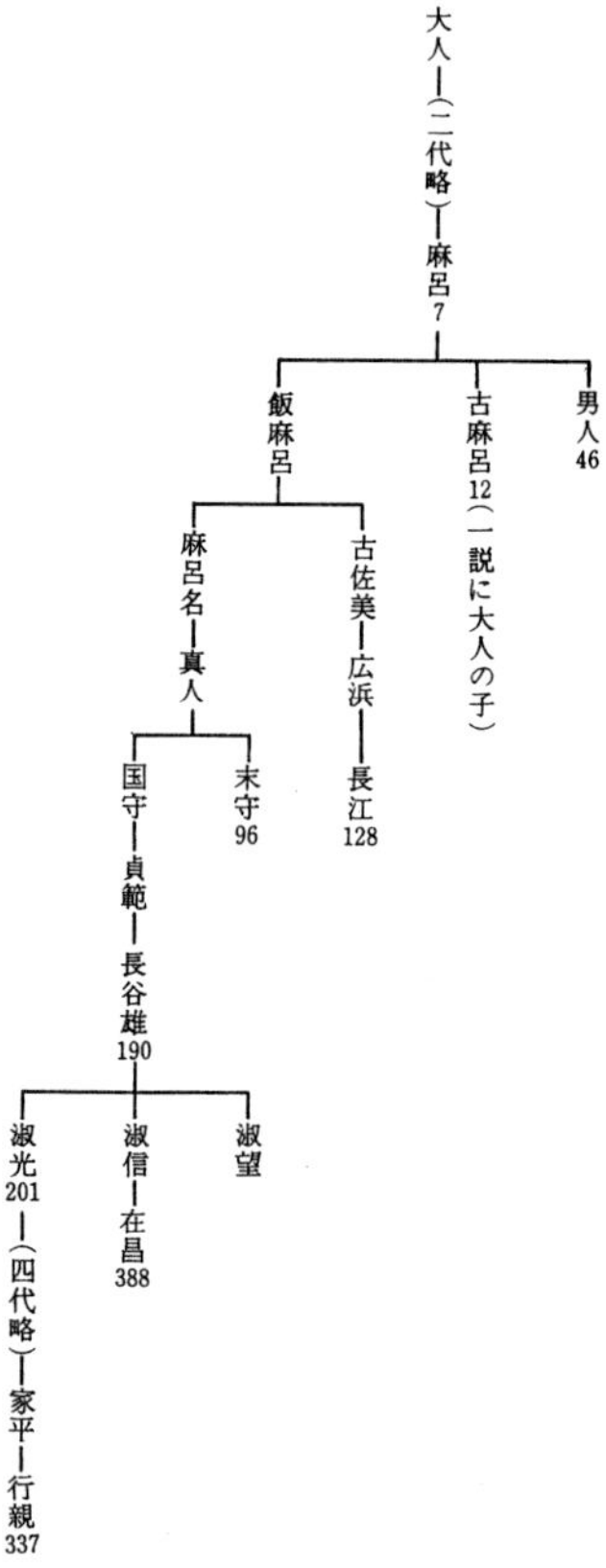
大人—（二代略）—麻呂7
男人46
古麻呂12（一説に大人の子）
飯麻呂
古佐美—広浜—長江128
麻呂名—真人
末守96
国守—貞範—長谷雄190
淑望
淑信—在昌388
淑光201—（四代略）—家平—行親337

その他

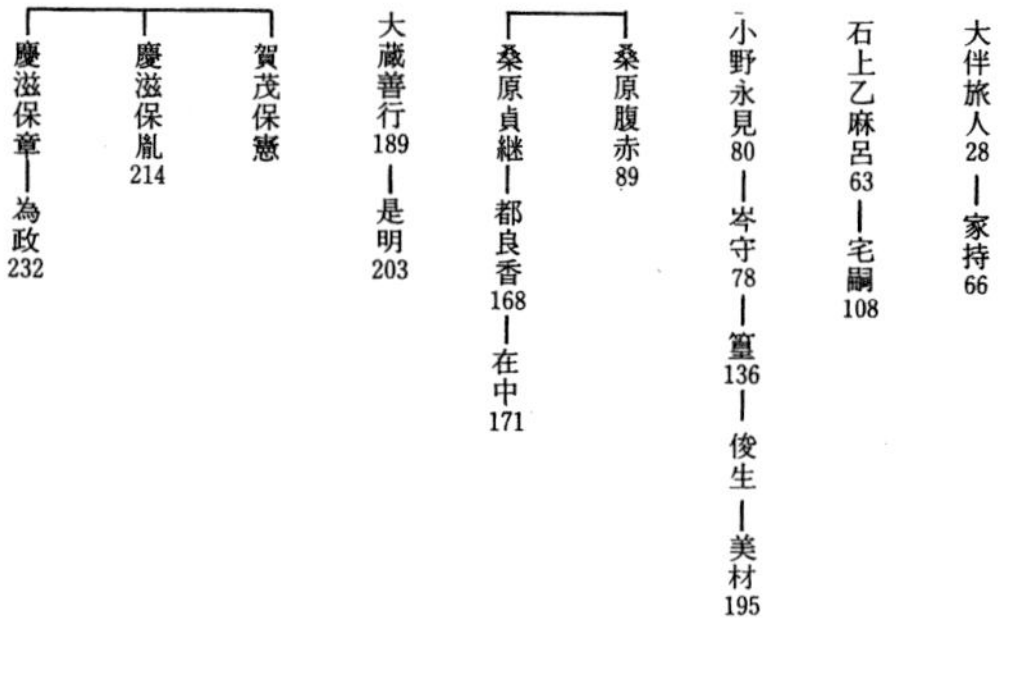
大伴旅人28—家持66
石上乙麻呂63—宅嗣108
小野永見80—岑守78—篁136—俊生—美材195
桑原腹赤89
桑原貞継—都良香168—在中171
大蔵善行189—是明203
賀茂保憲
慶滋保胤214
慶滋保章—為政232

解説

『本朝一人一首』を読むために

小島憲之

一　はしがき

すでに傘《さん》の寿命を越えたわたくしには、もはや気負いのかけらもない。ただ『本朝一人一首』の平仮名の訓読文《テキスト》を作ろうとするとき、その詩の私解よりも、まず著者林鵞峰の息吹を伝えているかどうかということを考える。訓読文は句読点に従って作れば容易だ、などと呑気に構えているわけにはゆかない。版本本来の思わぬ誤刻は当然あるとして、傍訓や句読点など皆無の箇所は、いったいどのように処理すべきであろうか。

かりに付訓しようとしても、上代・中古などの詩ならいざ知らず、中世以降になると、語彙語句などの「訓《よみ》」に時代の「ゆらぎ」「移ろい」がみられる。旧い伝統の訓を守るもの、然らざるもの、或いは両者の併用の訓などが混在し、いちいちの語について、長い日月を経なければ解決できないものがあまりにも多い。特に中世語・近世語などには、浮動があり、訓の甲か乙か決めがたい例が目に見えて続出する。詩語などに付訓する場合、いわゆる「歴史的仮名遣」(旧仮名遣)との差の有無、清音・濁音という清濁の問題などを抱え込んでいる以上、判断をますます複雑化させる。周知の如く、『日葡辞書』やあまたの『節用集』群などを繙けば、その複雑性がたやすく納得できるであろう。しかも時代語という共通的な時代性のほかに、なお個人の訓《よみ》、すなわち個人性というものも加わる。特に人名・地名などの固有名詞の訓はその一例といえる。本書の本文訓読の「ねらい」は、当然のことながら、鵞峰という個人のよみ癖に従うことである。しかしそれがすべて可能かと質問されるならば、「否」と答えるよりほかはない。とはいえ、作者鵞峰自身の訓を目標とするささやかな努力は、それなりに試みなくてはなるまい。その試みには、まずいくばくかの約束事を示す必要がある。

鵞峰の『本朝一人一首』に近づくためには、藤原惺窩の学統を汲む林羅山、それ以来の林家の家学を知ることが第一である。しかもその間近かな例として、まず固有名詞のよみに家学の一端を忠実に伝えようとする鵞峰の心情が感じられよう。幸いにも、父羅山の『本朝編年録』を引き継いで完成した、寛文十年(一六七〇)の『本朝通鑑』『続本朝通鑑』が残る。鵞峰は羅山の『編年録』に諸資料を加え、校合し、両書は完成するが、その漢文の序に、「新シク訓点ヲ加へ」(通鑑)、「悉ク傍訓ヲ加へ」(続通鑑)などとみえるのは、如何に訓点を重んじたかがよくわかろう。固有名詞の訓、特に帝号・年号のよみは、明治の中期、『御諡号年号読例』が発表されるまでは定着せずばらばらであり、もちろん鵞峰の時代には決定をみない。両通鑑の目録には――『続本朝通鑑』は、醍醐帝より後陽成帝まで――、帝号・年号に傍訓がめぐらされ、また『通鑑』付録には、明人薛応旂《せつおうき》撰『通鑑甲子会紀』に倣った「甲子会紀」があり、「皇運部」「朝職部」「武職部」に分類され、豊かな傍訓がみえる。一例を示そう(各名号の下は甲子会紀訓)。

㈠帝号……敏達《ビダツ》・敏達《ビタツ》　文徳《モンドク》・文徳《モンドグ》
㈡年号……承和《ジヨウワ》・承和《セウワ》　永久《エイキウ》・永久《エイキウ》

右の仮名遣の差は、帝号・年号の訓の未決のため、当時としては同情すべき点もある。また帝号「朱雀《シュシャク》」(同)、年号「天平《テンヘイ》」(同)など、現行の訓とちがう例が随処にみられる。なお人名についても、差のある例が少なくない。聖徳太子「厩戸豊聡《とよと》耳《みみ》皇子」を目して「豊聡《トヨトシ》」と訓み、「吉備真備《きびのまきび》」を「吉備真備《キビマビ》」、「高階積善《もりよし》」を「高階積善《シゲヨシ》」と訓むなど、現在の通用訓とは異なるよみを付する例が甚だ多い。これらはすべて鷲峰のよみではあるが、本書の傍訓としては、帝号・年号などの両訓をもつときは、便宜的にみて、現行訓に近いよみの方を採る。但し一般の人名の訓が一訓である場合は、鷲峰のそれによることはいうまでもない。

鷲峰は本書を他人にも読ませようとする。そのために、当時の版本一般に通じる符号を以てする。その序文の冒頭のあたりを示すと、

㈠「壮-年」「絶-句」　㈡「其-後」「登-時」

の如く、連語の中間に「a-b」を施すものと(右側に付する例もある)、左側の横に「a-b」を施す符号とがみえる。前者㈠は音読すべきことを示し(「音読符」と仮称)、後者㈡は訓読すべきことを示す(「訓読符」と仮称)。これらの符号は、鷲峰の詩文のよみ方を表わすものであって、彼の呼吸、その語勢を如実に示す。近世刊本類の符号を無視して、訓読文を作るのは現代流のややルーズな傾向といえる。この符号に従うことは神経質に過ぎるともみられようが、やはり従うことこそ鷲峰のもとのよみに戻ることである。とはいえ、この符号は、音・訓の意義の上からいえば、これを無視することと差があるにも拘わらず、目で眺めるという視覚的な位置からみれば、符号の「中間」と「左側」の位置はわずかな差である。木版本を彫る職人の誤刻も確かにあろう。たとえば「終-日」(巻六)は「終-日」という音読符号ではない。従って、訓を与える場合、「ひねもす」「ひもすがらに」その他によまねばならず、鷲峰のもとのよ

みはわからない。むしろ音読符「終―日」の誤ではないかとさえ思われる。逆に「子―日」は、「子―日」(ねのひ)の誤ではなかろうか。このように、眼花のもと虫眼鏡的な作業も行わねばならず、書き下し文を提供する場合には、思わぬ伏兵に出逢うことも多い。

次に、傍訓について一言しよう。本書を手にした読者は、歴史的仮名遣(旧仮名遣)との差がかなり大であることに気付かれるであろう。「覚へ」「栄へ」などはその一例。また林子評の部分に多くみられる「猶《ナヲ》」は「ナホ」ではない。「猶」に傍訓のない場合も、林子の気持からいえば、すべて「猶《(ナヲ)》」であったかと思われる。しかし「猶」を底本が無訓としたときは、底本尊重方針から、「猶」は訓のないままにして置くか、文脈上止むを得ないときは、「猶《ナホ》」と付訓する。従って、「猶《なほ》」は底本では無訓であることを知ってほしい。また句末の助字「也」については、林子は「也《ナリ》」とよむのが殆んど大部分を占める。しかし稀に無訓の場合もあり、これはやはり底本の無訓のままに従う。「猶」の場合と同じく、「也」についても、底本の傍訓の有無によって訓読文の状態が変ってゆき、「也」・「猶」の訓の有無も、任意的ではない。更に一例をあげると、「林子曰」を「林子ガ曰ハク」とあるのは、一例のみ。鵞峰の気持は、「林子曰」の全体にわたって「林子ガ…」と読もうとしたかも知れぬが、他の場合は、底本を尊重して「林子曰はく」と読む。読者の不審が当然起るであろうが、これらは底本の訓の有無を尊重したための不統一の例である。もちろん詩句など底本に無訓・無符号の場合、訓読文をわかりやすくするために適宜に傍訓を付したのは、校注者に一任された自由の部分である。これらについては、心ある読者諸子は末尾に付した本書の原文を参照されたい。

底本尊重主義とはいえ、誤刻ならぬ作者の誤読とみなすべき詩句がかなりある。林家蔵の出典本文《テキスト》の問題なども からむために、この誤読に対しては多少の配慮を加えるのが学問的愛情というものであろうか。それにしても、やはり誤読は誤読として存在する。これに対する処置は、林子のよみを指摘しつつもとの姿を示し、訂正の理由を簡単に述べるのがよかろう。これはかえってわたくし自身の誤読を曝すことにもなろうか。またたとえば、対句の語の訓について、前句が音読、後句が訓読などの不ぞろい、或いはテニヲハの違いなど、底本の誤読ではないにしろ現代一般の訓み方からみて、滑らかでない処もみられる。しかし、誤読でない限り底本に従うべきである。こうして、生れた詩の訓読文は、読者にとっては、無骨無風流、「ぎこちない」感じを与えることにもなろう。しかしそれが林子鵞峰のリズムなのである。

本書は、詩の部分のほかに、林子評という散文の部分が大きな位置を占める。これには、傍訓や音訓符号があるが、マル・テンの句読点がなく、林子のめざした文章の「切れ」はどこか、その区切りは明らかでない。すなわち詩とは違って、林子の呼吸が果して伝えられるかどうか、危惧を感ぜざるを得ない。このあたりの句読は、校注者一任ということになろう。また散文と共に詩の訓読について、近世の傾向に従って音便を多く使用してみたが、これも一任された部分といえよう。げんに林子の訓に音便ならぬよみも、二、三に止まらない。

詩の訓読に際して、なるべく多く平仮名の振り仮名を付する。また前述の如く「かくかくよめ」という林子の指定のない箇処の付訓は歴史的仮名遣を付する。しかし歴史的仮名遣によるといいながらも、前述の如く、中世以降には訓の「ゆらぎ」がある。しかも『節用集』などには、それぞれ新・旧仮名遣の差もある。林子の時代に通用した訓と推定したところで、一定の「ゆらぎ」を摑むことは不可能に近い。それをあえて取捨選択したのは読者の批判の対象となろう。

ともあれ、林子鵞峰の本書の訓読文を伝えようとしたわたくしのできうる限りのはかない態度は以上の如し。「以て瞑すべし」の境地に到底至らず、徒らにわれとわが身を細紐でしめつけるばかり。やはり巻末に付した原文のみが、巍然として『本朝一人一首』のテキストとして誇り顔をしめす。

二　『本朝一人一首』の周辺

本書『本朝一人一首』は、

寛文乙巳仲春既望
室町通鯉山町
田中清左衛門刊行

の奥書をもつ刊本(一六六五年陰暦二月十六日)、十巻五冊本。大本合本もあるという。この刊記などに関しては巻十の末尾の脚注参照。五冊本は各二巻あての五冊、ここでは神田香巌旧蔵本(以下「神田本」と略称)を底本とする。香巌は故神田喜一郎博士の王父。博士の簡明な紹介によれば、

名は信醇、京都の人。漢詩人として聞え、また書画の鑑識に長じた。京都帝室博物館学藝委員。(「大正癸丑の蘭亭会」所収)

とみえる。神田本は刊記・本文など流布の五冊本と殆んど同じであるが、なおよく比べてみると、一、二の違いがある。その著しい例は、63の石上乙麻呂「飄二寓南荒一贈二在京故友一」の詩である。

神田本(巻一、十七ウ)　　流布本(同)

遼-敻遊《フ》二千里《ニ》一　　遼-敻遊《ヒ》二千-里《ニ》一

徘徊シテ惜ム二寸心ヲ一
風前蘭送ルレ馥ヲ
月後桂舒レ陰ヲ
斜雁凌レ雲ヲ響
軽蟬抱テレ樹ヲ吟ス
相思フ知レ別ヲ動
徒ニ愛三弄ス白雲ヲ一

とみえ、神田本の本文・訓のままではこの詩はよくよめない。特に第七・八句を無理に神田本によってよもうとすれば、

相思《あひおも》ふ別を知って動き、徒に白雲を愛弄《あいろう》す

となり、意味がよくわからない。この不備をもつ神田本を最も古いものとみなす私見は、恐らくおろかな考えではなかろう。また神田本の「林子曰」の前半の部分は、「林子曰、乙麻呂者左太臣古麻呂子也。有テレ故南謫ニラル。寫ニ心ヲ文藻ニ一…」(。印稿者)であるが、流布本は、「乙麻呂者ハ、左大臣麻呂ノ子也。有テレ故南謫。寫ス二心ヲ文藻ニ一…」の本文をもち、この方がよみやすい。恐らく神田本の印刷が最も早く、初刷本かと思われる。また68の嵯峨天皇「春日遊猟日暮宿ニ江頭亭子一」(巻二、二オ)の第四句「追レ禽鷹融払ニ軽風一」の「融」について、欄外に「翮《カク》」と訂正するのは、初刷後気付いたためであろう。但し通行流布本は神田本の「鷹融」のままである。その他、音・訓符号など一、二の違いがあるが——167「字訓詩」第七句「不レ絶《タヘ》」は流布本無訓——、大差のあるのは、この63の石上乙麻呂の作詩のみといえる。

徘徊惜ム二寸心ヲ一
風前蘭送リレ馥ヲ
月後桂舒フレ陰ヲ
斜雁凌テレ雲ヲ響キ
軽蟬抱テレ樹ヲ吟ス
相思テ知ル二別慟ヲ一
徒ニ弄ス白雲ノ琴

すなわち神田本はもとの姿に最も近いものかと思われ、これを底本としたのはゆえなしとしない。

『本朝一人一首』は、鵞峰の撰ではあるが、林家一族の暖い協力があった。その「自叙譜略」(付録参照)、いわばその「略年譜」によれば、万治三年(一六六〇)、四十三歳の条に、

今秋、河魚の疾有り。保養の間、春信に口授して『本朝一人一首』を作る。(原文漢文。以下同じ)

とみえる。これは長子春信に口授して作ったものであり、子の協力による。その間の消息は、春信の「本朝一人一首跋」、

頃間《このごろ》、家厳向陽先生(鵞峰)、病餘寂閴《せきげき》、一日読耕先生(鵞峰弟、靖)と談じて此事《このこと》に及ぶ。……小子(春信)に命じて筆を渉《と》らしむ。其の撰択の精、捜求の労《らう》、勝《あげて》言ふべけん乎《や》。既にして昼牕夜几《ちうさうやき》、孜孜《しし》怠らず。月を逾《こ》へて篇を成す。合部十巻、名づけて『本朝一人一首』と曰ふ。

に詳しい。本書の書名は、直接には羅山撰の内閣文庫蔵の『唐宋元明一人一首』により、これが『本朝一人一首』を作る契機となったものであろう。もっとも父羅山には『漢魏六朝唐宋百人一首』の撰進があり(明暦元年。「羅山年譜」)、これも鵞峰の『一人一首』の述作を促したものといえる。羅山の『百人一首』については、

漢魏六朝唐宋詩、世に名あるもの多し。其の中、一人一篇を擢《てき》するときは、則ち人と詩と同じく一百也。而も之を限るに百を以てす。其の取捨の際、何ぞ容易ならん哉《や》。(『林羅山文集』巻五十二)

と述べる――羅山のこの『百人一首』は、鵞峰の「略年譜」には、『中華百人一詩』と略称する――。また鵞峰自身も、将軍家綱の命を蒙って『唐百人一詩』を輯する(万治元年)。その二年後に、春信に口授した『本朝一人一首』(万治三年)の誕生をみる。こうした「一人一首」「百人一首」などという流行語がおのずから本書の書名にも投影す

る。ただし前述の羅山の発言にみる如く、一人一首に限定することは容易なことではない。直接のもとになった『唐宋元明一人一首』は、絶句であるため、選択はかなり自由であるが、詩体は絶句に限らない。これに対して、あまたの詩体を載せた鵞峰の本書には、特色があり、その取捨の苦心は察するにあまりがある。たとえば、253の長い詩題の中に、「字訓」「離合」「越調」「走脚」「廻文」の詩をあげる。その中で紙幅の関係上、脚注に省略した例を示すと、「字訓」は、文字の遊びによる詩体。「里魚穿レ浪鯉、江鳥送レ秋鴻。上里魚者鯉也、下江鳥者鴻也……」(作文大体・字訓詩)。「離合」は、文字を離したり合わせたりする遊びの一種、雑体詩の名(文体明弁・離合詩)。「烟霞望暁好、因吾忽光臨……。下句因字、上句烟字、片作レ奪……」(作文大体・雑体詩)。「越調」は、唐宋代に行われた音階の一つ、第三句が三字を二回繰返す詩体。ヱチテウとも。「越調詩者、至二第三句一具無二七字一、但上三字下三字相対也、是句中対云也」(作文大体・同)、とみえる。「走脚」(250)、「廻文」(212)については、それぞれの脚注参照。

前述の如く、本書の撰述過程において、長子春信の協力があり、また、書名の決定以前には羅山撰の『唐宋元明一人一首』があった。こうした協力は幕儒林家の伝統である。詩評を期待した現代の評論家がこの点に不満をいだくのも、この家学のありかたに原因があろう。たしかに詩評の点からいえば、後出の江村北海撰『日本詩史』(新日本古典文学大系65)などに劣るかも知れない。しかし本書が詩評・詩話に限らず、作者の経歴、時代による配列順などにも力を注ぐことはそれなりに意義がある。幸島《こうじま》宗意の『倭版書籍考《わはんしょじゃくこう》』(元禄十五年版)に、

本朝一人一首　十巻五本アリ、万治ノ初、弘文林公ノ作ナリ。大友皇子ヲ始、近世諸名公三百餘人ノ詩各一首ヲ採レリ。禅僧ノ詩ト惺窩・羅山ノ詩ハ除レ之。詩評有リ、詩話アリ、作者ノ世系ヲ記ス。近時ノ珍書ナリ。(巻七。句読は稿者)

とみえる如く、「歌い文句《もんく》」であるべき詩評の影がうすく、かえって作者の「世系」など史学に関する部分が目に付くために「近時の珍書」と評したかとも思われる。世系に沿って作者の行実を問題にするのは、やはりその家学の一端を示す。本書は詩それ自身を語る単なる詩論書ではない。

林家の側面を窺う一例として、明治十年（一八七七）、駐日公使何如璋《かじょしょう》の随員として来日した書記官黄遵憲《こうじゅんけん》撰の『日本雑事詩』がある。彼は四年あまり在日し、日本を離れるまでわが知識人と交わり、明治新政時代の雑事、すなわちその頃の風俗などを詩に歌いあげ、これに注を付す。この『日本雑事詩』の原本を訂正した「定本」は、光緒十六年（明治二十三年）の刊。その一例、

斯文《しぶん》一脈伝燈《でんとう》を記するに、四百年来老僧に付《ふ》す。始めて儒冠に変じて法服《ほふく》を除き、林家の孫祖《そんそ》中興と号せらる。

――「斯文一脈記伝燈、四百年来付老僧。始変儒冠除法服、林家孫祖号中興。」――（藝文印書館印行本）

右の詩についてのコメントは、林家の詩全体をよく示す。まず儒僧藤原粛（惺窩）が出て林信勝（羅山）がその学をつぐ。次に「三百年来文教が大いに興ったのは、徳川将軍が林氏父子を抜擢したためである。羅山の弟信澄、羅山の子恕（鵞峰）は、皆秀才に挙げられた」と結ぶ（漢文の大要）。また日本の漢学者について述べた無題の詩の後半に、「道学儒林列伝を尋ぬ、東方の君子国に賢《けん》多し」と述べ、そのコメントの一部に、惺窩・羅山をはじめとして鵞峰・信篤（鵞峰の次男）・林衡（述斎）など林家につらなる儒者の名前をあげる。

黄氏の詩材となった林一族がその家業を如何によく継承したかは、まず『林羅山文集』（七十五巻）によってよく知られる。これは羅山の没後、鵞峰と弟靖の努力による。寛文元年（一六六一）、鵞峰の序を冠する――「六月、羅山文集板刻成、作レ序行二于世一」（「鵞峰自叙譜略」）――。その「林羅山文集序」の後半の部分を示せば、

恭惟夫先生之学、以レ経為レ主、以二程朱之書一為二輔翼一。而攷二諸歴史一、参二諸子類一、網二羅百家一、収二拾今古一。而該二通我国史一、乃《イマシ》至二稗官小説一、亦無レ不レ見焉。……方今所二編輯一之文与レ詩、総百五十巻。尋二諸《コレヲ》本朝一、則未レ見二若レ斯之大一、而雖二唐宋名家一、亦不レ多レ譲焉。可レ謂日域千歳独歩、唯先生一人也。乃是闔国之公言、而非二余之私言一也。（句読点稿者）

となるが、確かに鵞峰のいう如く「余の私言」ではなく、満目の見る処であった。

この『羅山文集』の中で、羅山は、絶えずその子孫一門の学業、その鍛練を促進したふしが随処にみられる。たとえば、

「示二恕・靖一百問」（巻三十四・三十五）「再示二恕・靖一問条二十七件」（巻三十六）

にみる「問対」「問条」は、子の恕（鵞峰）、その弟の靖（守勝）へのそれである。儒学（朱子学）を中心とする問対、すなわち「願はくはその説を聞かん」「願はくは其の弁を聞かん」など、親子、兄弟間の火花を散らす論戦を物語る。「鵞峰自叙譜略」（寛永十七年）にいう、「先考挙二百問一。余及靖有二対詞一」と。これを具体的にいえば、父羅山の「示二男恕一以二講レ詩事一寛永二十年作」（巻六十四）は、『詩経』を講ずるときの心得を示し、また「与二男靖一七篇」（同）には、「勉哉《つとめよや》」を以てして、勉学をすすめ、文章によって一族の教育を怠らなかったのである。中には儒教的な訓誡のほかに、文学上の問対も少なくない。たとえば、「蘭」の問対には、「山谷《さんこく》（黄庭堅）が愛する所、亦是何《なん》の種の草歟《くさぞや》」（巻三十五）と問い、また「山更幽」の問対には、梁の王文海（王籍）と王舒王の詩について、「其の優劣を聞かんと欲す」（巻三十六）と問い、また「春宵一刻値千金」の詩に関する問対「春夜花月」には、宋人半山・眉山の詩の「優劣如何」を問うなど、文学に問する問対もある——本書の林子評に詩の優劣を問う条が二、三にとどまらないのは、この

あたりに原因があろう――。つまり父羅山は、「儒」はもちろん、「文」の眼をそだてることをも心掛けたのである。『林羅山文集』を編集し、その序を書いた三男鵞峰が唐宋詩にも興味をいだくのは自然の成行きである。前述の如く、羅山の没後の翌年(万治元年)、将軍の命を承けて、「唐百人一詩」を輯し、またこれより先の明暦元年(一六五五)、父羅山の命を受けて、「中華百人一詩」を撰したのも、そのあらわれといえよう。また本書を、鵞峰の口授によって月余にして子の春信が完成したのも、偶然なことではなく、すでに家学を受け継いでいたためである。また春信の「本朝一人一首跋」に、作者の系譜、その行実などを示したのは、「深く句意を味う」ための方法であったと述べる。

本書は、前述の如く『唐宋元明一人一首』を参考にする。しかし「林子曰」云々の詳しい評を加えたのは単なる模倣とはいえない。家学の伝統がこれに拍車をかけたのであった。この『唐宋元明一人一首』は、「唐絶句」の条の「虞世南 字伯施、太宗時学士」の如く簡単な例が多く、中には作者についての説明のない例が大半を占める。もっとも、その「元絶句」にみる、「寄二季潭一 滕子載 滕・藤音転。藤原氏日本人」の如き、考証の結果を示す例も稀にはみえる。この詩は『本朝一人一首』(巻十、462)にもみえ、林子評は、むしろ前者の注を詳述したと思われるふしもある。この詩の林子評には、「宋景濂が日東曲に」云々とみえるが、これに先行する「明絶句」の条に、この「日東曲」を載せ、その詩の末尾の注記に、

富士国中最高山、六月山上有レ雪、三州謂二豆・駿・相一也。

とみえる。これはかなり詳しい注記といえよう。或いはこの書の注記に繁簡の差があるのは、羅山の書が未完成のためであったとも考えられる。このように、簡単ではあるが、『唐宋元明一人一首』の方法を鵞峰の『本朝一人一首』は学ぶが、更に注記として、「林子曰」の条に特色をもたせたことは、羅山・鵞峰のたて糸をつなぐ文学研究の一つ

の方向を示すものといえよう。詩評は、「感慨深切ナリ」「有声ノ書ナリ」「絶作ト謂ヒツベシ」などと、一言で示すならば、確かに読者の心を捕える。しかも単なる詩評を越えて、文献にみえる詩話、作者の系譜を加えて、客観的に一首の理解に努力したのは、羅山以来の林家の伝統を守ったものといえる。鵞峰の評は羅山以来の家学の説を継承し、更にそれは兄弟、子孫へと流れてゆく。その一例に、長男春信(梅洞)の『史館茗話《しかんめいわ》』が残る。

この『史館茗話』は、春信が国史編纂の余暇にわが国の王公卿士に関する文苑遺事を選び、料案四十二条としたものである。春信の死後、父鵞峰は更に五十八条を加えて百条とするが、前半四十二条が春信の撰である。前述の如く、父鵞峰の口授を筆にして『本朝一人一首』を援助するが、春信にとっては、『史館茗話』は、あまり力を要しない作業であったといえよう。鵞峰の略年譜に、

今夏、春信が『史館茗話』を続補す。(寛文七年)

とのみ記すが、その続補の部分について、鵞峰は、「丁未春之仲月閏、館之休老爺学士(鵞峰)濺レ涙跋二遺帖之後一、併為三続帖之序二」と述べ、更にその末尾に、

一件一涙、泣いて記し、記して泣く。誰か知らんや百話の百憂より出づることを。(『史館茗話』)

と結ぶ。

春信撰の四十二条の部分は、逆に『本朝一人一首』の補遺の補強ともみられ、これを参照することによって、「林子曰……」の部分が理解しやすい点も少なくない。二、三例をあげよう。巻八380菅原庶幾「餞別」に、「林子曰、庶幾は文時の弟也」とみえるのみで、この詩の場面は想像しがたい。しかし『茗話』によれば、作者が「一葉舟飛不レ待レ秋」と対句が思い浮かばなかったとき、大江朝綱の「盍《なん》ぞ燈を詠ぜざるや」の発言によって、前句が生れたという、

『江談抄』(巻四)所収の詩話を載せる。また巻八385小野国風「無為にして治まる」の二句について、「林子曰、此の詩、或いは大江朝綱作と曰ふ」とのみみえるが、『茗話』によれば、「大江朝綱の作る所也」のほかに、「奉試」の詩であり、奏覧の日に「帝撃レ節而歎レ之」の詩話を示す。これらは『一人一首』理解の補強補遺となろう。

本書『一人一首』は、文字通り一人に一首が限定されているために、同一人の他の佳詩を載せるわけにはゆかない。そのため「林子曰……」の部分に、同一人の佳句を挿入することは止むを得ない。この点において、所載の詩一首について、それ自身の採用に多少の危惧をもっていたかも知れない。しかし『茗話』は一首の限定はなく、自由であるために、詩の周辺を詳しくする場合が多い。378橘直幹「石山作」についていえば、『茗話』では、詩題を「遊二石山寺一」とし、内容は「林子曰」も『茗話』も大差はない。しかし「林子曰」の部分の「卜二隣家一」については、『茗話』は「隣家」の詩という別の条として、「以為《おも》へらく得意の句なりと」の詩評を加える。また389紀斉名「紅白梅花」の、「林子曰」の部分にみえる「賦二秋未レ出二詩境一」のくだりは、『茗話』と大差ないが、『茗話』によれば、省試の詩題であることが判明する。また具平親王との論争について、死に臨んでの斉名の恨みの発言、「但《ただ》以言の詩草を改むるの一件、遺憾未だ散ぜず」というなど、『一人一首』に未収の詩話をも載せる。やはり『茗話』は、『一人一首』を考察する上に欠くことができない。林家の詩文学は、羅山より子の鵞峰へ、更にその子春信へとそのまま伝わる。また広くいえば、羅山の影は、鵞峰の兄弟たちへ、また子孫へと投射し、伝統的な共有物はおのずから『本朝一人一首』の成立に与かって力があったといえる。

『史館茗話』と共に、鵞峰撰の『本朝通鑑』『続本朝通鑑』も本書に関係がある。これに関しては、鵞峰の「自叙譜略」に、寛文四年(一六六四)の起草、十年(一六七〇)の修補、竟宴によって完結などの記事がみえる。詳しくは、『本朝通

鑑』序、及び『続本朝通鑑』序参照。これは徳川家光の命による羅山の仕事を完成させたものであり、

今大君幕下(徳川家綱)、揚ニ継レ志之孝名一、降ニ重編之鈞旨《きんし》一。可レ謂ニ洪業之餘烈一也。

と述べる。これは林家の仕事に父子が関係したことを示すが、やはりこの『通鑑』の資料の一部が『一人一首』の資料ともなったことを予想させる。げんに366源義昭「避レ乱泛ニ舟江州湖上一」については、「林子曰」の記事はみえない。しかし『続通鑑』(巻一九九)によれば、永禄十年(一五六七)八月十五日の記事に、

源義秋悟ニ佐佐木承禎無一レ頼、且懼ニ其図ニ叛逆一、而窃出ニ矢島一、泛ニ舟於山田一、而赴ニ若狭一。……義秋舟中作レ詩曰……。

とみえ、この詩の背景がよくわかる。また364源晴信「新正口号」の詩の「林子曰」の記事にみえない部分を、『続通鑑』(巻一八四)によれば、「晴信詩十餘首、伝ニ聞於京師一」と述べる。本書巻七の武将関係の詩は、『通鑑』によって消息が明瞭になる。父羅山の『通鑑』は完成をみるが、その資料は本書のそれに如何にかかわるか。本書『一人一首』をよむことは、同時に『通鑑』や『茗話』をよくよむことによって初めて理解される部分が多いといえよう。伝えられた林家の資料は、そのまま一族の共有する資料でもある。

三 『本朝一人一首』

鵞峰の『一人一首』の構成は、左の如し。

(内集) 巻一—巻七(1大友皇子—371源敬)

(外集) 巻八(372惟高親王—435源高徳)

（雑集）　巻九（436―454、無名氏及び怪誕詩）

（別集）　巻十（455朝衡―482僧機先）

これに、「附録（十段）」「後序」「題二一人一首後一」「一人一首跋」「一人一首補遺」など、付録類が加わる。本書の中心は、「内集」の巻一―巻七であり、その範囲は、天智淡海朝より近世初期に至る。「外集」及び「雑集」には、短冊類からの収集、無名氏の詩句、更に「別集」には、中国雑書より抽出した詩を収め、特に宋・明ごろの雑書所収の日本人と推定される詩をも集めたことは甚だ貴重である。

しかし五山の詩僧たちの詩は除外する。これは、林家の儒学に対して、「五岳文字禅の作」として忌み嫌ったわけではなかろう。「一人一首附録」（第十段）に、五山諸彦の詩集名をあげるのは、それを裏書きする。これに関して、長子春信が代弁している如く、「現代の人は五山文学の存在を知っていても、わが国の官家に詩才のあることを知らぬ、この美を称揚するために前者を捨てる」といった意味のことを述べているが（「一人一首跋」）、やはり僧団の文学を否定したわけではない。なお藤原惺窩と林羅山の詩を除いた理由について、特に今回採らなかったのは、「微意あるべし」（「一人一首後序」）と鵞峰の弟林靖（読耕斎）はいう。恐らく偉大なこの漢学者両者の作を『一人一首』の詩の中に載せなかったのは、詩の可否によるのではなく、学統や紙幅などの関係によるためであろう。げんに「若し幸に多多《たた》之を得ば、則ち続集を修して以てこの編に継ぐべし」（「本朝一人一首補遺」）と述べるのは、本書の脱漏を収めて、増補を待ったわけであろう。もし更に紙幅を増せば、少なくとも五山の詩もなにがしかは所収されたのであろう。巻二の終りに近い105の詩の次に、「他日若し一人一首の数に拘らず」云々とみえるのは、一人一首に限らない詩集への希望を意味しよう。それにしても、「内集」にみる三七一首にわたる本朝の詩は、詩体を考慮しているだけに壮観といわざるを得まい。

本書は、「林子曰」云々という鵞峰の評の多いことが特色である。しかも詩本来の評よりも、作者の系譜、行実が中心をなす部分が多い。詩話的・説話的文献その他を援用し、詩という文学の理解に務める。そのためには直感的感覚的な詩そのものを直接評することを避けようとする。そこに『一人一首』の詩評に賛同しない現代の評者もあろう。中には316藤原範明「山中花夕」の評の如く、父羅山の談話を載せて追憶し、「載二於此一、以示二子孫一」と述べるなど、家学への継承を物語る。同時に、『資《し》治《ち》通《つ》鑑《がん》』を引用して、「一事の証すべき無し」といい、最後にこれを評して「詩話に非ず」と述べるのは、詩話を越えたことを自ら反省したことにもなろう。また99藤原冬継「扈二従梵釈寺一応レ制」に関して、林子は「冬嗣」と同一人か否かの詳しい考証の後、これは「詩話を妨ぐ」というが、これも詩話以上の考証を自ら述べたことをいう。このように詩話を超えた考証的な態度を自ら認めるほど、林子評にはよかれあしかれかかる特色をもつ。

前述の如く、「詩話」を超えるということは、その逆に詩話を多く採用することを示す。いわば『江談抄』的・『著聞集』的(「文学」の条など)な詩と詩話との結合が多く、林子評は詩評というよりは、むしろこれが主役とさえ思われるほどである。この詩話にはあまたの歴史上の人物が登場し、あるいは文学史的な説明もある。文学史といえば、前述の二書は殆んど語らず、歴史上人物の行動も不十分であり、やはり林子評はこれらを凌駕する。また多くの詩集よりそれぞれ一首を選ぶことは容易ではない。しかもこれに系図的なものを頭にえがき、なるべく接近して配列する。巻二で『文華秀麗集』より67平城帝、68嵯峨帝、69淳和帝と並べることは容易であろう。しかし巻八となると系図的にはゆかない。この巻は『新撰朗詠集』に出典をもつ詩が多い。この朗詠集の配列が四季や雑など部類別であることにより、本書の配列にはそのまま適用することができない。しかも林子の配列は、411藤原雅材「雨晴山河清」・412藤原惟成「江山此地深」と続けて、藤原北家魚名の子孫の親子関係を示す。また415藤原国成「依レ酔忘二天寒一」・416藤原友房「月前聞レ擣レ衣」も、同じく北家の子孫で親子関係をなす。付録「作者系図」参照。その他の複雑な例は省略するとして、このたぐいの配列は、林子の苦心を物語ることになる。単に漠然と一人一首を配置したわけではなく、林子鵞峰の史家としての面目の一端を知ることができる。

本書は「一人一首」といっても、少なくとも「内集」のみで、四百首に近い詩があり、同時にその数と同じ詩人が登場することになる。もっとも人名には類似名が多く、また類似ならぬ同一人を別人と誤った例もある。たとえば、巻三170田口(ママ)達音(田達音)は巻四175島田忠臣と同一人名であり、林子はこれを別人とみて誤を犯す。また巻二の冒頭の、65大伴家持と66大伴池主は、前者は池主、後者は家持が正しく、『万葉集』巻十七を読み誤った大きな誤といえる。これをそのまま採用した清人兪樾《ゆえつ》撰『東瀛詩選』(補遺巻四十一)の存在すること、罪作りともいえよう。また詩の本文にテキストの不十分な点もあり、これは流布本の群書類従の源となる本を主として利用したためであろう。しかしこのような不備、特に人名の誤はそれほど多いわけではない。注意すれば、やはり『一人一首』の採用態度は、おおむね妥当である。

こうした多少の欠点があるにも拘わらず大きなプラスの存在を忘れてはならない。特にそれは巻一の巻末にみる『懐風藻』の撰者の推定である。その撰者名は今日もなお未詳であるが、最も有力な説とみなされるのは、「淡海三船説」である。それは鵞峰と弟靖の談話の中に生れた説であるが、父の羅山に告げたところ、笑って頷いたというのであり、鵞峰は「蓋し其れ許せるか」と判断する。三船説の根拠は、『懐風藻』に、淡海朝天智帝の皇子大友皇子・

葛野王などの詩を載せることで、それにつらなる淡海三船を撰者に当てる。鵞峰のこの説に対する自信として、「これは我が家の私言であるが、後世の博雅の君子によって、この私言が「他日の公言為《た》らん」と述べる。三船説は伴信友・上田秋成など江戸の学者の多くはこれに従う。また巻六に三十名三十首を『本朝無題詩』より抽出するが、その書名その撰者に関する説も注意すべき例となろう。こうしてプラスの面をいくらあげてもあげきれない。読者は林子評を熟読されんことを乞う。

本書が活字化されないのは、現代人にとって漢詩などが興味をもたれないことに大きな原因があろう。しかし前述の如く、『倭版書籍考』を始め、清人兪樾『東瀛詩選』にも姿をみせるが、なお三浦安貞『詩轍《してつ》』(天明四年)も同様である。また芭蕉の『嵯峨日記』の冒頭にみる如く、洛西嵯峨の落柿舎の一間に置かれた書物は、

白氏集・本朝一人一首・世継物語・源氏物語・土佐日記云々

などであり、当時如何に『一人一首』が読まれたかが推測できよう。

しばしば述べた如く、本書の成立は林家の学を受け継いだもので、主役はもちろん鵞峰であるにも拘わらず、林羅山をめぐる縦糸横糸が深く結ばれているといっても過言ではなかろう。鵞峰の略年譜は父羅山のそれを受けたもので、二つの略年譜を比較すれば如何に強靱な糸でつながれているかがよく察知される。本書校注の付録に、鵞峰の略年譜である「自叙譜略」を載せたのはその意味によるものであり、これをよくよむことによっていきいきとした林家の学風を知ることができる。幕府への忠誠、父子兄弟愛、「親に孝」、更に述作物『本朝一人一首』『本朝通鑑』及び『続本朝通鑑』など、すべて家学の中に包まれている。親に孝行といえば、異国にあって故郷の人を思う詩群が巻十にみえる。林子評がこれに涙をそそいだのも、林家の躾の賜であろうか。「自叙譜略」は単に乾燥しきったものではなく、

そこに家学という協同作業を如実に示してくれる。こうした点に立つと、本書『一人一首』の詩評の乏しさを云々するのは、表面的な考えであり、特異な詩評書といえよう。林家の学即ち羅山・鵞峰の作品は日本思想史、思想家として取上げられ、それに関する史学畑の論文はかなり多い。しかし本書はあくまでも一人一首の詩に関するものであり、「林子曰く」の部分と、抽出した一人一首の詩を鵞峰が如何に正しく読んでいるかに重点がある。鵞峰の訓についてはなるべく彼の説に従いつつも、脚注でその不備を指摘したのもそのためである。詩学に対する鵞峰の態度にあまたの共感を覚えつつ、筆を擱く。

本書の生れるに際して、友人山本登朗君を始め、井野口孝・村田正博・北山円正・谷口孝介君のほか、龍谷大学院生諸君(田村敏紀・中西美由紀・姚巧梅君など)に、また資料関係としては龍谷大学図書館の協力をえた。厚く感謝を捧げる。但し最終の定稿はすべて自ら筆を執った次第。

新日本古典文学大系 63
本朝一人一首

1994年 2月21日 第1刷発行
2005年 8月19日 第2刷発行
2024年 9月10日 オンデマンド版発行

校注者 小島憲之《こじまのりゆき》

発行者 坂本政謙

発行所 株式会社 岩波書店
〒101-8002 東京都千代田区一ツ橋 2-5-5
電話案内 03-5210-4000
https://www.iwanami.co.jp/

印刷／製本・法令印刷

ISBN 978-4-00-731471-1 Printed in Japan

作者名索引

作者名索引

1) この索引は，『本朝一人一首』に作品を収められた詩人について簡単な伝を記し，該当する詩の番号を示したものである．

2) 作者名は，原則としてその名を掲げ，説明文の冒頭に姓を付記した．

3) 作者名の表記等は，原則として本文の記載に従った．

4) 配列は，頭漢字を音読し，現代表記の五十音順による．（下記一覧参照）

5) 本書には，系譜・血縁に関する用語が多く見られる．紙幅の関係上，脚注では説明を省略し，ここにその関係を簡単に示す．（数字は何代目かを示す）

本人(1)　子(2)　孫(3)　曾孫(4)　玄孫(5)　来孫(6)　昆孫(丼孫)(7)　仍孫(8)　雲孫(9)

あ・い　安 以 伊 倚 為 惟 維 一 尹
う・え・お　宇 鬱 永 英 衛 穎 越 延 淵 乙 音
か　河 夏 家 雅 嗜 覚 葛 菅 関
き　季 姫 基 機 宜 義 礒 吉 宮 匡 教 境 業
く・け　具 空 経 敬 犬 兼 憲 顕 玄 言 彦
こ　古 胡 虎 五 後 御 公 広 弘 光 行 孝 高 康 篁 興 国 黒 今
さ　左 佐 娑 嵯 斉 在 三 山
し　士 子 史 氏 志 師 斯 資 時 滋 実 守 首 周 秋 衆 十 従 淑 俊 春 淳 順 庶 渚 諸 如 助 尚 勝 浄 常 岑 臣 信 真 親 人 仁
せ　是 正 成 性 政 清 盛 晴 聖 石 寂 積 千 川 宣 善
そ　素 宗 相 総 則 村
た　多 泰 大 醍 宅 達 湛 男
ち　池 知 智 仲 虫 忠 長 朝 澄 直
つ・て　通 弟 定 貞 天 田
と　冬 当 棟 滕 藤 同 道 篤 敦
に・ね　年
は・ひ　馬 博 範 比 尾 美 備 百 敏
ふ・へ・ほ　腹 福 文 平 辨 保 輔 豊 茅
ま・め・も　麻 末 万 明 茂
ゆ・よ　友 有 雄 陽
ら・り・れ・ろ　頼 理 隆 旅 良 令 蓮 老 鹿
わ　和

あ―お

安興《やすおき》　物部．生没年等未詳．能登権介等を歴任．　199

安世《やすよ》　良岑．延暦4年(785)～天長7年(830)．桓武帝の皇子．藤原冬嗣(→70)とは異父同母．延暦21年(802)，良岑氏を賜姓．『日本後紀』編纂に参画．滋野貞主(→86)とともに『経国集』を編纂．．　74

安麻呂《やすまろ》　大神．天智2年(663)～和銅7年(714)．高市麻呂(→9)の弟．慶雲4年(707)，氏長．摂津大夫，兵部卿等を歴任．　23

以言《これとき》　大江．天暦9年(955)～寛弘7年(1010)．千古(→200)の四代目．一時弓削姓を名乗る．文章博士，式部権大輔等を歴任．一条朝の代表的文人の一人．多くの詩文が残る．233

伊周《これちか》　藤原．天延2年(974)～寛弘7年(1010)．北家師輔流．道隆の子．隆家(→221)の兄．内大臣であったが，父の死後，叔父の道長との権力争いに敗れ，罪を得て大宰権帥に左遷．後に召還され准大臣となり，儀同三司と呼ばれる．母方の高階家の影響を受け，詩文の才に優れ，召還後は内裏や道長邸の会の作者になる．　220

倚平《よりひら》　橘．生没年未詳．諸兄の九代目．文章生出身．従五位下日向守に至る．　395

為憲《ためのり》　源．天慶4年(941)～寛弘8年(1011)．光孝源氏．光孝帝の五代目．文章生出身．遠江守，伊賀守等を歴任．源順(→213)に師事し，慶滋保胤(→214)等によって催された勧学会にも参加．詩文のほか，『口遊』『三宝絵』『世俗諺文』の著作によって知られる．　230

為康《ためやす》　三善．永承4年(1049)～保延5年(11

39)．もと射水氏．越中国の出身．上洛して算博士三善為長に学び養子となる．算博士等を歴任．浄土信仰にあつく，『拾遺往生伝』『後拾遺往生伝』を著したほか，『朝野群載』『童蒙頌韻』等，文人としての著作が多い．256

為時《ためとき》　藤原．寛仁2年(1018)以降没．北家良門流．堤中納言兼輔の孫．紫式部の父．越前守，越後守等を歴任．菅原文時(→209)に学び，慶滋保胤(→214)等によって催された勧学会の一員．一条朝の代表的文人の一人．229

為政《ためまさ》　善滋．生没年未詳．慶滋為政とも．保胤(→214)の甥．文章博士，式部大輔等を歴任．和歌と漢詩の双方にすぐれる．232

為長《ためなが》　菅原．保元3年(1158)〜寛元4年(1246)．是綱(→278)の四代目．文章博士，参議等を歴任，正二位に至る．五代の諸帝の侍読を勤め学者として栄達をきわめる．『文鳳抄』『字鏡集』等の著作がある．302

惟喬親王　→惟高親王

惟高親王《これたかのしんのう》　承和11年(844)〜寛平9年(897)．惟喬とも書く．文徳帝第一皇子．後に出家して小野に隠棲．在原業平との親交が『伊勢物語』に見える．後世，藤原良房を外戚とする弟の惟仁親王(清和帝)との立太子争いが説話化された．372

惟氏《これなが(?)のうじ》　伝未詳．惟良春道(→113)の一族で，嵯峨帝(→68)に仕えた宮女か．146

惟上《これかみ》　嶋田．伝未詳．242

惟成《これしげ》　藤原．永祚元年(989)没．北家魚名流．魚名の九代目．林子評に仍孫とするのは誤．雅材(→411)の子．正五位上権左中弁に至る．東宮時代から花山院に仕え，院に従って出家．詩歌にすぐれる．412

惟範《これのり》　平．承和12年(845)?〜延喜9年(909)．桓武平氏．高棟王の子．大蔵卿，中納言等を歴任．179

維時《これとき》　大江．仁和4年(888)〜応和3年(963)．千古(→200)の子．文章博士，東宮学士，撰国史所別当，中納言等を歴任．『日観集』(散佚)，『新国史』の編纂に携わり，『千載佳句』等を編集．従兄の大江朝綱(→208)や菅原文時(→209)と並ぶ，承平・天暦期の文壇の重鎮．211

一条天皇《いちじょうてんのう》　天元3年(980)〜寛弘8年(1011)．在位寛和2年(986)〜寛弘8年(1011)．その時代，紫式部など後宮の女房たちの仮名文学とともに，男性貴族の漢詩文も隆盛を迎え，一時期を画した．高階積善(→235)編『本朝麗藻』はこの時期の詩文を集成したもの．217

尹経《ただつね》　藤原．生没年未詳．南家貞嗣流．実範の四代目．安芸権守等を歴任．257

宇合《うまかい》　藤原．持統8年(694)〜天平9年(737)．史(→17)の三男．式家の祖．『常陸国風土記』の編纂を主導か．常陸守，参議，大宰帥等を歴任．53

宇多天皇《うだてんのう》　貞観9年(867)〜承平元年(931)．光孝帝の第七皇子．在位仁和3年(887)〜寛平9年(897)．多くの詩宴・歌合を主催し，また『新撰万葉集』『句題和歌』の編集を命じた．醍醐帝に与えた『寛平御遺誡』，また『宇多天皇御記』(佚文)が残る．173

鬱檀《うつだん》　未詳．林子評は，兼明親王(→206)または具平親王(→218)に擬する．459

永河《ながかわ》　坂田．宝亀8年(777)〜天安元年(857)．南淵弘貞(→151)の弟．はじめ槻本氏．父の奈弖麻呂が坂田と改姓した後，弘仁14年(823)，永河等がさらに南淵と改姓．南淵永河(→124)は同一人物．106

永河《ながかわ》　南淵．→坂田永河．124

永見《ながみ》　小野．生没年未詳．『凌雲集』目録に征夷副将軍従五位下陸奥介と見える．賀陽豊年(→73)と親しく(日本後紀)，その「野将軍を傷む」(凌雲集)は，その死を傷んだもの．80

永氏《ながうじ》　伊福部．底本の「永代」は誤．生没年未詳．承和9年(842)，外従五位下．150

永範《ながのり》　藤原．康和4年(1102)〜治承4年(1180)．南家貞嗣流．実範(→273)の四代目．永実の子．文章博士，大宰大弐等を歴任，三代の帝の侍読を勤め正三位に至る．平安末期を代表する学者．433

永名《ながな》　路．生没年未詳．大判事，土佐守，備前守等を歴任．152

永野《ながの》　大枝．伝未詳．148

永頼《ながより》　菅原．生没年未詳．雅規の四代目．大学助等を歴任．260

英明《ふさあきら》　源．天慶2年(939)没．宇多帝(→173)の孫．斉世親王の子．母は菅原道真(→172)の娘．近衛中将，蔵人頭等を歴任．橘在列(→212)と親交を結ぶ．『慈覚大師伝』の著者．207

衛《まもる》　藤原．延暦 18 年(799)～天安元年(857)．北家．内麿の第十子．冬嗣(→70•99)の異母弟．式部大輔，右京大夫等を歴任．『令義解』編纂に参画．　123

穎人《えひと》　上毛野．天平神護 2 年(766)～弘仁 12 年(821)．文章生出身．延暦 23 年(804)，遣唐使の録事として渡唐．帰国後『新撰姓氏録』撰進に参画．弘仁 8 年(817)，大伴皇子(後の淳和帝→69)の東宮学士．上毛野氏は，豊城命(崇神帝の皇子)の子孫とも，豊城命の五世の孫である多奇波世君の子孫とも．　77

穎長《かひなが》　多治比．伝未詳．　138

越智人《おちんど》　石川．生没年未詳．兵部少輔，遠江守等を歴任．　156

延光《のぶみつ》　源．延長 5 年(927)～天延 4 年(976)．醍醐帝(→187)の孫．代明親王の子．従三位大納言に至る．　447(伝)

淵名《ふちな》　藤原．伝未詳．藤原秀郷の曾孫兼光の子兼助の別号か．または兼光の孫兼行の別号か．　245

乙麻呂《おとまろ》　石上．天平勝宝 2 年(750)没．麻呂の子．神亀元年(724)，左大弁．天平 11 年(739)，故藤原宇合(→53)の妻の久米若売との恋愛が発覚して土佐に配流，詩集『銜悲藻』(散逸)を作る．天平年間に遣唐大使となったが赴かず．中務卿，中納言等を歴任．石上氏は物部氏からの派生．　63

音人《おとんど》　大江．弘仁 2 年(811)～元慶元年(877)．もと大枝氏．貞観 8 年(866)，大江と改姓．大江氏(江家)の祖．惟仁親王(後の清和天皇)の東宮学士，式部少輔，参議等を歴任．学識が深く，「在朝之通儒」と称せられる．『群籍要覧』(散逸)，『弘帝範』(散逸)を撰定．また菅原是善等と『文徳天皇実録』『貞観格式』を撰定．世に江相公と称する．　169

か―く

河島皇子《かわしまのこうし》　斉明 3 年(657)～持統 5 年(691)．天智帝の第二皇子．壬申の乱後，天智系ながら，天武朝の皇太子草壁皇子を補佐する六皇子の一人に加えられ，天武帝の発意による国史編纂事業にも参画．大津皇子(→3)の親友．　2

夏蔭《なつかげ》　笙笠．伝未詳．『雑言奉和』には単に「学生」と記す．　202

夏嗣《なつつぐ》　浄野．生没年未詳．『経国集』巻十一目録に従五位下とある．　125

家経《いえつね》　藤原．正暦 3 年(992)～天喜 6 年(1058)．北家内麿流(日野家)．広業(→417)の子．式部権大輔，文章博士，讃岐守等を歴任．詩歌にすぐれる．　418

家持《やかもち》　大伴．養老 2 年(718)～延暦 4 年(785)．大伴旅人(→28)の長子．越中守，兵部少輔等を経て，中納言•陸奥按察使鎮守府将軍に至る．『万葉集』に多くの作品を残し，その編者の一人．漢詩文への造詣は，越中守時代(746～751)の大伴池主(→65)等との贈答からうかがわれる．　66

家宣《いえのぶ》　藤原．文治元年(1185)～貞応元年(1222)．北家内麿流(日野家)．資実(→296)の子．家満(→321)の兄．参議，左大弁等を歴任，従三位に至る．　308

家満《いえみつ》　藤原．正治元年(1199)～嘉禎 2 年(1236)．北家内麿流(日野家)．資実(→296)の子．家宣(→308)の弟．『尊卑分脈』は「家光」に作る．文章博士，参議，権中納言等を歴任，従二位に至る．　321

雅規《まさのり》　菅原．天元 2 年(979)没．道真(→172)の孫．高視の子．文時(→209)・庶幾(→380)の兄．左少弁，文章博士等を歴任．　379

雅材《まさき》　藤原．生没年未詳．北家魚名流．経臣の子．従五位下右少弁に至る．　411

雅望《まさもち》　笠．伝未詳．　427

雅熙《まさひろ》　菅原．『尊卑分脈』は「惟熙」に作る．生没年未詳．文時(→209)の子．輔昭(→382)の兄．文章生出身で，左衛門尉，諸陵助等を歴任．　210

嗐哩嘛哈《がいりまどう》　未詳．林子評は，征西将軍懐良親王が明に遣わした僧侶などに擬する．　463

覚阿《かくあ》　生没年未詳．藤原氏．→林氏評．461

葛野王《かどのおう》　天智 8 年(669)～慶雲 2 年(705)．大友皇子(→1)の長子．母は十市皇女(天武帝と額田王の娘)．持統 10 年(696)，皇嗣を巡って衆議紛糾したとき，兄弟相承を否定し子孫相承を主張，文武帝(→8)冊立を可能にした．正四位式部卿．　5

菅根《すがね》　藤原．斉衡 2 年(855)?～延喜 8 年(908)．南家黒麿流．武智麻呂の六代目．文章博士，蔵人頭，参議等を歴任．醍醐帝の侍読．菅原道真(→172)と不和になり，その配流の時，止めようとした宇多上皇の行動を阻んだことで知られる．　177

菅才子《かんさいし》　未詳．　255

菅丞相 →道真

関雄《せきお》 藤原．延暦 24 年(805)〜仁寿 3 年(853)．北家．内麿の孫．真夏の子．少時より文才があり，隠逸を好んで東山進士と呼ばれた(本朝遯史)．鼓・琴にすぐれ，能書家でもあった．東山の旧宅は禅林寺(永観堂)となる． 159

季綱《すえつな》 藤原．生没年未詳．南家貞嗣流．実範(→273)の子．大学頭，右衛門権佐等を歴任．『本朝続文粋』の編者に擬せられるが疑わしい． 274

季仲《すえなか》 藤原．元永 2 年(1119)没．北家実頼流．実頼の六代目．正二位権中納言となり，大宰権帥を兼ねたが，日吉社の強訴により流罪となり，常陸で死去． 394

季方《すえかた》 藤原．生没年未詳．南家黒麿流．菅根(→177)の子．従四位上右馬頭に至る． 409

姫大伴氏《ひめおおともものうじ》 伝未詳．女流詩人．大伴氏の出身か． 97

基経《もとつね》 藤原．承和 3 年(836)〜寛平 3 年(891)．北家内麿流．長良の子．叔父の良房の養子．摂政，太政大臣等を歴任，関白となり，北家の権勢を確立した．諡は昭宣公． 391

基綱《もとつな》 藤原．永正元年(1504)没．北家師尹流(姉小路家)．昌家の子．従三位権中納言に至る．林子評に父の名を基昌とするのは誤． 354

基俊《もととし》 藤原．永治 2 年(1142)没．北家頼宗流．俊家の子．右大臣の子でありながら左衛門佐の卑官にとどまり，不遇．詩歌に優れ，とくに歌人としてめざましく活躍．歌壇の指導者として多くの歌合の判者となる．『長承二年相撲立詩歌』『新撰朗詠集』の編者． 288

機先《きせん》 未詳．明に渡った僧侶． 482

宜《よろし》 吉田．生没年未詳．はじめ出家して恵俊，文武 4 年(700)に還俗して吉宜と称する．養老 5 年(721)，医術の師範として賜禄．神亀元年(724)，吉知首(→35)とともに吉田と賜姓．図書頭等を歴任．吉田氏は，孝昭帝の子の天帯彦国押人命の四世の孫，彦国葺命の子孫と伝える．もと渡来人の系統． 49

義輝《よしてる》 源．天文 5 年(1536)〜永禄 8 年(1565)．足利家．足利幕府十二代将軍義晴の子．義昭(→366)の兄．十三代将軍となったが，何度も近江に逃れ，最後は京で松永久秀に襲われて自害． 365

義孝《よしたか》 藤原．天暦 8 年(954)〜天延 2 年(974)．北家師輔流．摂政伊尹の子．左近少将に至る．和歌にもすぐれていたが，流行の疱瘡により兄の挙賢と同日に夭逝．かねてより深く仏道に帰依し，死後人々の夢に現れ極楽往生を遂げたことを語ったという(今昔物語等)．林子評に花山帝に従って出家したとするのは誤．藤原義懐と混同か． 375, 451(伝)

義昭《よしあき》 源．天文 6 年(1537)〜慶長 2 年(1597)．足利家．足利幕府十二代将軍義晴の子．義輝(→365)の弟．兄の死後還俗し織田信長と結んで最後の十五代将軍となる．後に信長に追われ，幕府滅亡後は隠棲して豊臣秀吉から一万石を与えられる． 366

義忠《よしただ》 藤原．寛弘元年(1004)〜長久 2 年(1041)．式家縄継流．為文の子．東宮学士，大和守等を歴任．吉野川で溺死したが，後朱雀帝の侍読であったことにより参議を追贈． 421

義明《よしあきら》 菅原．生没年未詳．文時(→209)の四代目．従五位下壱岐守に至る． 425

礒麻呂《いそまろ》 大枝．伝未詳． 166

吉人《よしんど》 阿倍．天応元年(781)〜承和 5 年(838)．式部大輔，治部卿等を歴任．老荘に通じる学者． 119

宮作《みやつくり》 桑原．生没年未詳．『凌雲集』目録に従八位下陸奥少目とある．桑原広田麻呂(→105)と同族か．桑原氏は，漢の高祖七世の子孫である万徳使主の末裔という． 88

匡衡《まさひら》 大江．天暦 6 年(952)〜寛弘 9 年(1012)．維時(→211)の孫．文章博士，東宮学士，尾張守等を歴任．長徳元年(995)には一条帝に『白氏文集』等を講じる．当代随一の文人学者と言われ，『江吏部集』三巻，和歌の家集『江匡衡集』が残る． 236

匡房《まさふさ》 大江．長久 2 年(1041)〜天永 2 年(1111)．匡衡(→236)の曽孫．成衡の子．大蔵卿，権中納言，大宰権帥等を歴任．正二位に至る．平安後期を代表する大学者で和歌や政務にもすぐれ，諸方面で活躍．『傀儡子記』『続本朝往生伝』『江家次第』をはじめ著作や作品は数多く，『江談抄』はその言談を筆録したもの． 282

教実《のりざね》 藤原．承元 4 年(1210)〜文暦 2 年(1235)．北家道長流(九条家)．良経(→294)の孫．

関白道家の子．左大臣，摂政，関白等を歴任．ただし林子評に見えるように，年齢から建保元年(1213)内裏詩歌合の作者とは考えられない． 318

教秀《のりひで》 藤原．応永 33 年(1426)～明応 5 年(1496)．北家高藤流(勧修寺家)．経成の子．従一位准大臣に至る．林子評に坊城家とするのは誤． 355

境部王《さかいべのおう》 生没年未詳．天武帝の孫．穂積皇子の子．一説に長皇子の子ともいう．霊亀 3 年(717)，無位から従四位下．養老 5 年(721)に治部卿となる． 32

業忠《なりただ》 清原．応永 16 年(1409)～応仁元年(1467)．宗業の子．大外記，少納言等を歴任，当代第一の儒学者とされ，正三位大蔵卿に至る． 342

具行《ともゆき》 源．正応 3 年(1290)～元弘 2 年(1332)．村上源氏(北畠家)．具平親王(→218)の十一代目．従二位権中納言に至る．後醍醐帝の側近．元弘の乱の後に近江柏原で斬首． 327

具平親王《ともひらしんのう》 康保元年(964)～寛弘 6 年(1009)．村上帝(→205)の第七皇子．兼明親王(→206)の後任として中務卿となり，後中書王，六条宮と呼ばれる．博学多識で漢詩・和歌の双方にすぐれ，詩文の会を多く催すなど，一条朝詩壇の中心人物の一人として活躍． 218

空海《くうかい》 宝亀 5 年(774)～承和 2 年(835)．真言宗の開祖．文人．三筆の一人．讃岐国多度郡生まれ．上京して大学明経科に入学．後に山林で修行．延暦 23 年(804)，遣唐使とともに入唐し，当代一の密教の巨匠，青竜寺東塔院の恵果和尚に学ぶ．帰国後，高尾山寺(神護寺)に住み，弘仁 7 年(816)，高野山を開く．同 14 年，東寺に住持．天長 5 年(828)，綜芸種智院を開設．『三教指帰』『文鏡秘府論』『遍照発揮性霊集』『高野雑筆集』等のほか，わが国最古の字書『篆隷万象名義』の著作がある． 116

け・こ

経高《つねたか》 平．治承 4 年(1180)～建長 7 年(1255)．桓武平氏高棟王流．行範の子．棟基(→322)の従兄弟．正二位参議民部卿に至る．故実に通じ高い学識で著名．日記『平戸記』がある． 315

経信《つねのぶ》 源．長和 5 年(1016)～永長 2 年(1097)．宇多源氏．蔵人頭，大納言，大宰権帥等を歴任．帥大納言・桂大納言と呼ばれる．詩歌管弦にすぐれ，歌壇の中心人物として活躍．和歌の家集『大納言経信集』，『難後拾遺』，家記の『帥記』等が残る． 262

経茂《つねしげ》 藤原．生没年未詳．北家高藤流(勧修寺家)．経直の子．教秀(→355)の従兄弟．正二位権中納言に至る． 356

敬《たかし》 源．慶長 5 年(1600)～慶安 3 年(1650)．徳川義直．家康の九男．名古屋城の城主．尾張徳川家の始祖． 371

犬上王《いぬかみのおう》 和銅 2 年(709)没．大宝 2 年(702)，持統帝の葬儀の作殯宮司．慶雲 4 年(707)，文武帝(→8)の葬儀の御装司．和銅元年(708)，宮内卿． 11

兼致《かねむね》 卜部．生没年未詳．卜部氏(吉田家)．兼倶の子．神祇権大副に至る． 360

兼明親王《かねあきらしんのう》 延喜 14 年(914)～永延元年(987)．醍醐帝の第十六皇子．源氏の姓を賜り，左大臣に至ったが，藤原兼通の謀略により親王に復し中務卿の閑職に甘んじた．この時の「兎裘賦」は有名．晩年を嵯峨の山荘で送る．世に前中書王と称する． 206

兼隆《かねたか》 藤原．生没年未詳．北家良門流．光隆の子．歌人の家隆の兄．従五位下斎院次官に至る． 319

兼良《かねら》 藤原．応永 9 年(1402)～文明 13 年(1481)．北家道長流(一条家)．関白経嗣の子．左大臣，摂政，関白等を歴任．時代を代表する学者として諸方面に活躍．数多くの注釈書のほか『樵談治要』『東斎随筆』『連歌初学抄』など著書は多い． 346

憲光《のりみつ》 藤原．生没年未詳．北家高藤流．為隆の子．検非違使，左衛門佐等を歴任． 258

顕業《あきなり》 藤原．寛治 4 年(1090)～久安 4 年(1148)．北家内麿流(日野家)．有国(→227)の嫡流．俊信の子．母は菅原是綱の娘．式部大輔，東宮学士，左大弁等を歴任． 287

玄恵《げんえ》 観応元年(1350)没．もと比叡山の僧侶であったが後に下山，儒学者として活躍し，足利尊氏・直義などに重んじられる．洗心子・健叟と号し，独清軒と称す．『太平記』『庭訓往来』などの著者に擬せられる． 332

言鑑《ときみ》 生没年等未詳．文章生出身で，安芸守等を歴任．将門の乱の時に左大史として作った太政官符が『本朝文粋』巻二に見える．

430

彦公《ひこきみ》　錦部．伝未詳．『経国集』にも詩が見える．錦部氏は，神饒速日命から十二代目の物部目大連の子孫という．　100

古嗣《ふるつぐ》　山田．延暦 17 年(798)～仁寿 3 年(853)．少内記，大外記，阿波介等を歴任．『日本後紀』の編纂に参画．　139

古麻呂《こまろ》　紀．生没年未詳．麻呂(→7)の子とも(紀氏系図)，大人(うし)の子とも(続日本紀)．新羅貢調使を迎える騎兵大将軍，式部大輔等を歴任．　12

古麻呂《こまろ》　調．生没年未詳．養老 5 年(721)当時，明経第二博士．学業の師範として褒賞され，皇太子学士等を歴任．　40

古麻呂《こまろ》　塩屋．生没年未詳．養老 5 年(721)，東宮侍講．明法家の師範として賜禄．養老律令撰定に参画，『令集解』にもその名が見える．天平 13 年(741)，藤原広嗣の乱に連座して配流．塩屋氏は，武内宿禰の子の葛城曾都比古命の子孫と伝える．　59

古麻呂《こまろ》　伊伎．生没年未詳．渡来人の系統．大宝元年(701)，遣唐使．下野守，上総守等を歴任．　60

胡衡　正しくは朝衡．→仲麻呂

虎継《とらつぐ》　紀．伝未詳．　153

五月《さつき》　平．伝未詳．嵯峨帝(→68)・藤原冬嗣(→70)・滋野貞主(→86)等の文苑の一員か．　101

五常《ともつね》　高丘．生没年等未詳．高丘相如(→386)の祖父とも(江談抄)．大外記，筑後介等に任ぜられ，従五位下に至った．在原行平のために作った奨学院建立の奏状が『本朝文粋』巻五に残る．　422

後三条天皇《ごさんじょうてんのう》　長元 7 年(1034)～延久 5 年(1073)．後朱雀帝皇子．在位治暦 4 年(1068)～延久 4 年(1072)．母は三条院皇女禎子内親王．藤原氏を外戚とせず，積極的に親政を行う．　404

後朱雀天皇《ごしゅじゃくてんのう》　寛弘 6 年(1009)～寛徳 2 年(1045)．一条帝皇子．在位長元 9 年(1036)～寛徳 2 年(1045)．母は藤原道長の娘上東門院彰子．　402

後生　藤原．延喜 9 年(909)～天禄元年(970)．式家清成流．宇合の八代目．俊生とも．文章博士，東宮学士等を歴任．大内記の時，藤原実頼に『世説新語』を進講．　215

後陽成天皇《ごようぜいてんのう》　元亀 2 年(1571)～元和 3 年(1617)．正親町帝の孫．陽光院の子．在位天正 14 年(1586)～慶長 16 年(1611)．　367

後冷泉天皇《ごれいぜいてんのう》　万寿 2 年(1025)～治暦 4 年(1068)．後朱雀帝皇子．在位寛徳 2 年(1045)～治暦 4 年(1068)．母は藤原道長の娘嬉子．　403

御依《みより》　紀．伝未詳．『雑言奉和』に従五位下斎院長官・左馬頭とある．　107

公緒《きんお》　橘．生没年未詳．広相(→377)の子．播磨守等を歴任．　182

公章《きんあきら》　藤原．生没年未詳．北家師輔流．為光の六代目．本書の作者名注記に為光の玄孫とするのは誤．公明(→251)の兄．左京大夫等を歴任．　253

公任《きんとう》　藤原．康保 3 年(966)～長久 2 年(1041)．北家実頼流．実頼の孫．頼忠の子．権大納言に至り，晩年は出家隠棲．時代を代表する歌人・文化人として重きをなし『拾遺抄』等を編集．詩文にも通じ，『和漢朗詠集』を編集して後世に影響を与えた．　223

公朋《きんとも》　→公明

公明《きんあきら》　藤原．本書の「公朋」は誤か．生没年未詳．北家師輔流．為光の六代目．本書の作者名注記に為光の玄孫とするのは誤．公章(→253)の弟．　251

広業《ひろなり》　藤原．貞元元年(976)～万寿 5 年(1028)．北家内麿流(日野家)．有国(→227)の子．文章博士等を経て，従三位参議兼勘解由長官に至る．詩人として活躍，儒家としての日野家の基礎を築く．　417

広光《ひろみつ》　藤原．永正元年(1504)没．北家内麿流(町家，日野町家とも，町家は柳原家庶流)．資広(藤光改名)の子．正二位権大納言に至る．　358

広江《ひろえ》　越智直．「直」は姓(かばね)．生没年未詳．養老 4 年(720)当時，大学明法博士．翌年，東宮侍講．学業の師範として褒賞され，刑部少輔等を歴任．越智氏は饒速日命の子孫と伝えられ，饒速日命の子の宇麻志麻遅命を祖とする物部氏とは同族．　37

広主《ひろぬし》　石川．生没年未詳．『経国集』巻十一目録に従五位上刑部少輔とある．　126

広俊《ひろとし》　中原．生没年未詳．明経道の儒家中原家の出身．日向守等に任ぜられる．　285

広世《ひろよ》　和気．生没年未詳．清麻呂の子．文章生，大学別当，式部大輔．大学の南辺に弘文院を創設．延暦 21 年(802)，高尾山寺(神

護寺)で最澄に天台の妙旨を講演させ，桓武帝の天台宗理解を進める．和気氏は垂仁帝の子である鐸石別命の子孫という． 122

広成《ひろなり》 丹墀．天平 11 年(739)没．宣化帝の六世の子孫．持統・文武朝の左大臣であった島の子．天平 4 年(732)，遣唐大使．同 7 年，経論五千余巻と諸仏像を携えた僧玄昉を伴って帰国．中納言，式部卿等を歴任． 55

広成《ひろなり》 葛井．生没年未詳．はじめ白猪姓．養老 3 年(719)，遣新羅使．同 4 年，葛井と賜姓．備後守，中務少輔等を歴任．葛井(白猪)氏は，百済(周国を称する)からの渡来人系．王辰爾の甥の胆津の子孫とも，百済の塩君男味散君の子孫とも． 64

広相《ひろみ》 橘．承和 4 年(837)～寛平 2 年(890)．諸兄の六代目．博覧を改名．文章生出身で，文章博士，参議等を歴任．没後中納言従三位を追贈．いわゆる「阿衡事件」のもととなった上奏を行い，藤原佐世の論難を招いたことで知られる． 377

広庭《ひろにわ》 安倍．斉明 5 年(659)～天平 4 年(732)．御主人《みうし》の子．参議，中納言等を歴任． 45

広田 →広田麻呂

広田麻呂《ひろたまろ》 桑原．底本の「広田」は誤．伝未詳．桑原宮作(→88)と同族か． 105

弘《ひろむ》 源．弘仁 3 年(812)～貞観 5 年(863)．嵯峨帝(→68)の皇子．弘仁 5 年，源姓を賜る．参議，中納言，大納言等を歴任． 142

弘貞《ひろさだ》 南淵．宝亀 8 年(777)～天長 10 年(833)．坂田奈弖麻呂の子．弘仁 14 年(823)，南淵氏と賜姓．二十歳以前に文章生．大伴皇子(後の淳和天皇→69)の東宮学士，式部大輔，参議等を歴任．『令義解』の編纂とその講読に参画．また『経国集』の編纂にも参画． 151

光行《みつゆき》 源．長寛元年(1163)～寛元 2 年(1244)．清和源氏．満政の八代目．光季の子．林子評に満政の来孫とあるのは誤．正五位下河内守に至る．和歌と漢学の双方を学び，鎌倉に住み幕府に仕える．『蒙求和歌』等の著作があるが，特に源氏物語研究の河内方の祖として名高い． 323

光守《みつもり》 常．伝未詳．「常」は常澄氏，もしくは常道氏か． 140

光明天皇《こうみょうてんのう》 元亨元年(1321)～康暦 2 年(1380)．後伏見院の子．光厳院の猶子．北朝の帝．在位建武 3 年・延元元年(1336)～貞和 4 年・正平 3 年(1348)．ただし 329 の作者は花園院．編者の誤． 329

行家《ゆきいえ》 藤原．長元 2 年(1029)～嘉承元年(1106)．北家内麿流(日野家)．家経(→418)の子．文章博士，讃岐守等を歴任．父と同じく詩歌にすぐれる． 419

行葛《ゆきかつ》 藤原．生没年未詳．式家縄継流．宇合の六代目．従五位下に至る． 392

行親《ゆきちか》 紀．生没年未詳．家平の子． 337

行長《ゆきなが》 藤原．生没年未詳．北家高藤流(葉室家)．行隆の子．宗行(→304)の兄．下野守等を歴任．『平家物語』の作者にも擬せられる． 309

行文《ぎょうもん》 背奈．生没年未詳．高麗国の人，福徳の子．養老 5 年(721)当時，明経第二博士．学業の師範として褒賞．大学助等を歴任． 39

孝快 →老快

孝謙天皇《こうけんてんのう》 養老 2 年(718)～宝亀元年(770)．聖武帝の娘．天平 10 年(738)，立太子．天平勝宝元年(749)，即位．藤原仲麻呂，僧道鏡を寵愛．政権の偏向は，橘奈良麻呂の変(757)，淳仁帝への譲位(758)，藤原仲麻呂の乱，淳仁帝廃立，称徳帝としての重祚(764)等，政情不安を招いた． 110

孝言《たかとき》 惟宗．生没年未詳．教親の子．大学頭，伊勢守等を歴任．時代を代表する詩人として大江佐国(→281)と並び称された．多くの作品を残し，『万葉集』にも訓点を加えたという． 284

孝親《たかちか》 橘．生没年等未詳．文章博士，宮内大輔等を歴任．大江匡房(→282)の外祖父． 396

孝仲《たかなか》 惟宗．伝未詳． 254

孝道《たかみち》 源．寛弘 7 年(1010)以前没．清和源氏．満仲・頼光の養子．武門の出だが文雅に進み，大学頭，越前守等を歴任．一条朝の代表的文人の一人． 228

孝範《たかのり》 藤原．保元 3 年(1158)～天福元年(1233)．藤原利永の子．南家貞嗣流の永範(→433)の養子．実範(→273)の五代目．文章博士，大学頭等を歴任．『柱史抄』『明文抄』等の著作があり，弟子の源光行(→323)の著作にも跋文を加える． 307

孝標《たかすえ》 菅原．伝未詳．藤原頼長(→292)の周辺の人物． 291

孝廉《こうれん》 王．弘仁 6 年(815)没．渤海国の人．

同5年，渤海国よりの大使として来日．翌年，帰国の途次に病没． 93

高市麻呂《たかいちまろ》 大神．斉明3年(657)〜慶雲3年(706)．壬申の乱の功臣．持統6年(692)3月，伊勢行幸にあたり，農事に妨げとなることを主張，冠位をかけて諫言したことで名高い． 9

高尚《たかなお》 惟良．生没年未詳．民部大輔，大舎人頭等を歴任． 174

高清《たかきよ》 藤原．長享2年(1488)没．北家高藤流(海住山家)．清房の子．正二位権大納言に至る．林子評に勧修寺家とするのは誤． 357

高倉天皇《たかくらてんのう》 永暦2年(1161)〜治承5年(1181)．後白河帝の子．在位仁安3年(1168)〜治承4年(1180)．後白河法皇院政下の帝．平清盛の娘建礼門院徳子を中宮とし，その子安徳帝に譲位． 293

高庭《たかにわ》 布瑠．生没年未詳．『日本後紀』の編纂に参画．布瑠氏は，孝昭帝の子である天帯彦国押人命の七代目にあたる米餅搗大使主命の子孫という． 130

高徳《たかのり》 源．生没年未詳．清和源氏(児島家)．備前国の武将．本姓三宅．元弘の乱に際し後醍醐帝方に呼応して挙兵．以後朝廷側(南朝方)に立って活動．本書所収の詩句を隠岐に向かう行在所に書き付けた故事(太平記)で知られる． 435

高名《たかな》 白鳥．伝未詳．白鳥氏は阿知使主にゆかりを持つと伝える朝鮮系渡来氏族． 158

康嗣《やすつぐ》 刀利．生没年未詳．慶雲2年(705)，藤原万里(→54)が釈奠を復興した時，宿儒として釈奠文を作る．大学博士等を歴任． 19

康富《やすとみ》 中原．康正3年(1457)没．英隆の子．明法家．清原良賢に師事し，権大外記，中務権少輔等を歴任．日記『康富記』が残る．中原家は代々権大外記を勤めたが，林子評に見える明経博士家の中原氏とは無関係． 341

篁《たかむら》 小野．延暦21年(802)〜仁寿2年(852)．岑守(→78)の子．文章生を経て，承和元年(834)，遣唐副使．しかし，篁は病気と称して大宰府に止まり，大使常嗣(→135)と嵯峨帝(→68)を風刺(西道謡)したため，隠岐に配流．同7年帰京．『本朝文粋』『和漢朗詠集』『扶桑集』『古今和歌集』等に作品が残る．『野相公集』五巻があったというが，散逸． 136

興範《おきのり》 藤原．生没年未詳．式家綱主流．宇合(→53)の六代目．参議，大宰大弐等を歴任． 191

国俊《くにとし》 藤原．生没年未詳．北家高藤流(吉田家)．国房の子．権中納言に至る．林子評に俊冬(→333)と従兄弟とするのは誤．俊冬の父俊実の従兄弟． 335

国成《くにしげ》 藤原．生没年未詳．北家魚名流．山蔭の六代目．美作守，式部大輔等を歴任． 415

国風《くにかぜ》 小野．『和漢朗詠集私注』以来小野国風とするが，正しくは藤原姓か(二中歴)．藤原国風は生没年未詳．北家魚名流．大学頭佐高の子．従四位下大宰大弐に至る． 385

黒人《くろひと》 民．生没年未詳．正倉院文書(播磨国正税帳)に播磨国大掾・従六位上と見える．天平4年(732)ごろ下任．民氏は野見宿禰の子孫とも，天児屋根命の子孫とも，あるいは渡来人の系統とも伝える． 61

今継《いまつぐ》 坂上．生没年未詳．天長元年(824)以前，紀伝博士．『日本後紀』撰進に参画，時に従五位下大外記兼紀伝博士．坂上氏は，後漢の霊帝の子の延王の子孫という． 84

今雄《いまお》 坂上．生没年未詳．弘仁5年(814)来日の渤海国使の録事釈仁貞(→94)に贈る詩のみが知られる． 95

さ

左拾遺《さしゅうい》 未詳．林子評は，藤原斉信(→413)または藤原行成に擬する． 460

佐幹《すけもと》 平．生没年未詳．仁明平氏．三河守正五位下に至る． 384

佐国《すけくに》 大江．生没年未詳．朝綱(→208)の曾孫．通直の子．掃部頭等に任ぜられたが，不遇．詩人として多くの作品を残し，また『万葉集』にも訓点を加えたという．花を愛し，その執着のため死後蝶に化したとの説話が『発心集』に見える． 281

娑婆《さは》 林．生没年未詳．大同元年(806)，賀美能親王(後の嵯峨帝→68)の東宮学士．林氏は，武内宿禰の子孫とも，5世紀後半の豪族大伴室屋の子孫とも． 76

嵯峨天皇《さがてんのう》 延暦5年(786)〜承和9年(842)．桓武帝の第二皇子．平城帝(→67)の同母弟．幼少より読書を好み，南淵永河(→106・124)・朝野鹿取(→91)等に教えを受ける．大同4年(809)即位．藤原冬嗣(→70)・勇山文継(→92)等を登用．当代第一の詩人．詩を「経国の大業」とみなし，『凌雲集』『文華秀麗集』の撰進

を命じる．また，書にすぐれ，三筆の一人． 68

斉光《ありみつ》 大江．承平5年(935)～永延元年(987)．千古(→200)の孫．維時(→211)の子．東宮学士，大学頭，参議等を歴任，正三位に至る． 452(伝)

斉信《ただのぶ》 藤原．康保4年(967)～長元8年(1035)．北家師輔流．太政大臣為光の子．権中納言，中宮大夫，大納言等を歴任．すぐれた官僚であると同時に詩人としても活躍．藤原公任(→223)・行成・源俊賢(→222)とともに一条朝の四納言と言われる． 413

斉名《ただな》 紀．天徳3年(959)～長保元年(999)．本姓田口氏．大内記，式部少輔等を歴任．大江以言(→233)と並ぶ，一条朝を代表する詩人． 389

在高《ありたか》 菅原．保元3年(1158)～寛喜3年(1231)．是綱(→278)の弟輔方の四代目．在茂の子．文章博士，大学頭，左衛門尉等を歴任． 299

在昌《ありまさ》 紀．生没年未詳．長谷雄(→190)の孫．淑信の子．文章博士，式部大輔，東宮学士等を歴任． 388

在中《ありなか》 都．生没年未詳．都良香(→168)の子．元慶3年(879)の渤海国使来訪の時，越前掾として送別の詩を贈る．『和漢朗詠集』『新撰朗詠集』『本朝文粋』に詩を残す． 171

在良《ありよし》 菅原．長久4年(1043)～保安3年(1122)．定義の子．『更級日記』作者の甥．是綱(→278)の弟．鳥羽帝の侍読を勤め，文章博士，摂津守等を歴任．当時の文壇の代表として活躍．後に従三位を追贈され，北野三位として祭られた． 279

在列《ありつら》 橘．天暦7年(953)没か．秘樹の三男．文章生出身．安芸介等を歴任の後，比叡山に登り出家．源英明(→207)と親交を結ぶ．家集『沙門敬公集』は弟子の源順(→213)の編纂． 212

在躬《ありみ》 菅原．生没年未詳．淳茂(→204)の子．右中弁，侍従，文章博士等を歴任． 398

三成《みつなり》 藤原．延暦10年(791)～天長7年(830)．南家真作流．武智麻呂の四代目．従四位下東宮亮に至る．琴の演奏に優れる． 115

三船《みふね》 淡海．養老6年(722)～延暦4年(785)．大友皇子(→1)の四代目．もと御船王．出家して元開と称し，後に還俗，天平勝宝3年(751)，淡海三船となる．八世紀後半の代表的文人で，石上宅嗣(→108)と「文人の首」として併称．大学頭，文章博士等を歴任．『懐風藻』の撰者か．また『続日本紀』編纂に参画．『唐大和上東征伝』を撰修． 109

三方《みかた》 山田．生没年未詳．渡来人系の学者．はじめ出家して新羅に学び三方沙弥と称したが，還俗．慶雲4年(707)，学術を褒賞．養老4年(720)，東宮侍講となるとともに，学業の師範として褒賞．時に文章博士．山田氏は，右京諸蕃の系統は周の霊王の太子晋の子孫，河内国諸蕃の系統は魏王昶の子孫という． 33

山前王《やまくまのおおきみ》 養老7年(723)没．天武帝の孫．忍壁皇子の子．刑部卿等を歴任． 25

し

士仏《しぶつ》 坂．応永22年(1415)没．南北朝・室町時代の医家．北朝の後光厳・後円融・後小松の三帝，足利義詮・義満・義持の三将軍の侍医．民部卿法印となり，後小松帝より上池院，足利義満より士仏の名を与えられる．詩文にもすぐれ，『伊勢太神宮参詣記』が残る． 338

子載《しさい》 藤．未詳．藤原氏．子載は中国風の名．元末から明初の頃，中国に渡航か． 462

史《ふひと》 藤原．斉明4年(658)～養老4年(720)．生年，斉明5年とも．鎌足の子．不比等とも書く．持統3年(689)，判事．文武4年(700)，律令撰定を主導．以後，平城京の経営と遷都，養老律令の撰定など朝廷の枢要に権勢をふるう．没後，淡海公と追称． 17

氏上《うじかみ》 大伴．生没年未詳．『凌雲集』目録に従六位下大内記とある． 85

志貴人《しきひと》 巨勢．生没年未詳．『凌雲集』では志貴人，その目録に蔭孫無位，『経国集』では識人，その目録に従五位上とある． 90

師房《もろふさ》 源．寛弘5年(1008)～承保4年(1077)．村上源氏．具平親王(→218)の子．藤原頼通の養子となり，右大臣左大将に至り，世に土御門右大臣と号する．才学あり，詩歌にすぐれる． 405

斯宣《これのぶ》 菅原．正しくは斯宗か．斯宗は生没年未詳．道真(→172)の孫．少監物となる． 397

斯宗 →斯宣

資実《すけざね》 藤原．天養2年(1145)～建久7年(1196)．北家内麿流(日野家)．実光(→266)の四

代目. 兼光の子. 文章博士, 大宰権帥, 権中納言等を歴任. 296

資忠《すけただ》 菅原. 永延元年(987)没か. 雅規(→379)の子. 文章博士, 大学頭, 右中弁等を歴任. 381

資朝《すけとも》 藤原. 正応3年(1290)～元弘2年(1332). 北家内麿流(日野家). 俊光の子. 文章博士等を経て権中納言に至る. 後醍醐帝の側近. 正中の変の際に佐渡に配流, 元弘の乱の後に斬首. 325

時綱《ときつな》 源. 寛治2年(1088)以後没. 光孝源氏. 信忠の子. 文章生出身. 大学権助, 肥後守, 筑前守等を歴任. 277

時登《ときなり》 菅原. 延久2年(1070)～保延5年(1139). 在良(→279)の子. 文章博士, 大学頭, 左衛門尉等を歴任. 本書林子評に在良の弟とするのは誤. 280

時棟《ときむね》 大江. 生没年等未詳. 大江匡衡(→236)に養われたと伝えられる. 長徳3年(997)省試を受け, 紀斉名(→389)によっていったん落第とされたが, 匡衡の弁護によって及第. 河内守等を歴任. 237

時平《ときひら》 藤原. 貞観13年(871)～延喜9年(909). 北家内麿流. 基経(→391)の長男. 昌泰4年(901)左大臣の時, 菅原道真(→172)を大宰権帥に左遷. 『三代実録』『延喜格』『延喜式』の編纂に関与. 延喜元年(901)9月, 別邸で大蔵善行(→189)の七十賀の詩宴を主宰. 188

時房《ときふさ》 藤原. 長禄元年(1457)没. 北家高藤流(万里小路家). 嗣房の子. 従一位内大臣に至る. 345

時頼《ときより》 平. 安貞元年(1227)～弘長3年(1263). 北条氏. 時氏の子. 鎌倉幕府執権となり北条氏の権力を確立. 出家引退後にひそかに諸国を巡ったとの伝説がある. 法名は道崇. 324

滋陰《しげかげ》 小野. 生没年等未詳. 大蔵少丞等を歴任. 176

滋実《しげざね》 藤原. 延喜元年(901)没. 南家真作流. 武智麻呂の六代目. 興世の子. 陸奥守, 左近衛将監等を歴任. 180

滋藤《しげふじ》 藤原. 生没年未詳. 南家乙麿流. 武智麻呂の七代目. 如道(→183)の弟. 中務丞に至る. 376

実遠《さねとお》 藤原. 明応4年(1495)没. 北家公季流(西園寺家). 太政大臣公名の子. 内大臣, 左大臣等を歴任. 348

実兼《さねかね》 藤原. 応徳2年(1085)～天永3年(1112). 南家貞嗣流. 実範(→273)の孫. 季綱(→274)の子. 蔵人に任ぜられたが若くして急死. 『江談抄』の筆録者に擬せられる. 275

実光《さねみつ》 藤原. 延久元年(1069)～久安3年(1147). 北家内麿流(日野家). 実綱(→263)の孫. 有信(→264)の子. 宗光(→267)の兄. 鳥羽・崇徳両帝の侍読を勤め, 権中納言, 大宰権帥等を歴任, 従二位に至る. 266

実綱《さねつな》 藤原. 寛弘9年(1012)～永保2年(1082). 北家内麿流(日野家). 有国(→227)の孫. 資業の子. 大学頭, 文章博士, 備中守等を歴任. 時代を代表する学者文人として多くの詩文を残す. 263

実淳《さねあつ》 藤原. 文安2年(1445)～天文2年(1533). 北家公季流(徳大寺家). 公有の子. 内大臣, 左大臣, 太政大臣等を歴任. 和歌, 連歌を好み, 歌学にも詳通. 『漢和法式』や歌集『徳大寺実淳集』等が残る. 349

実定《さねさだ》 藤原. 保延5年(1139)～建久2年(1191). 北家公季流(徳大寺家). 公能の子. 内大臣, 右大臣, 左大臣等を歴任. 後徳大寺左大臣と呼ばれる. 詩歌・管弦・故実にすぐれ, 特に歌人として名高い. 432

実範《さねのり》 藤原. 生没年未詳. 南家貞嗣流. 能通の子. 文章博士, 大学頭等を歴任. 南家家学の始祖と仰がれる. 273

実頼《さねより》 藤原. 昌泰3年(900)～天禄元年(970). 北家内麿流. 基経(→391)の孫. 忠平の子. 左大臣, 関白, 太政大臣等を歴任. 諡は清慎公. 373

実隆《さねたか》 藤原. 康正元年(1455)～天文6年(1537). 北家公季流(三条西家). 公保の子. 正二位内大臣に至る. 和歌で名高く, 漢詩文にもすぐれる. 時代を代表する文化人として, 古典注釈書をはじめ, 和歌の家集『再昌草』, 日記『実隆公記』等多くの著作がある. 363

守遍《しゅへん》 生没年等未詳. 「法印守遍」として『新拾遺集』以下に入集. 他には尊円親王の判を持つ『守遍詩歌合』のみが残る. 林子評に, 久我通宣の子, 後に東寺長者になったとするが, 通宣誕生は尊円没後であり, 疑問. 340

首《おふと》 大津. 生没年未詳. はじめ出家して義法と称する. 新羅へ留学. 帰国後, 和銅7年(714)に還俗. 大津首と賜姓. 占術にすぐれ、養老5年(721), 陰陽道の師範として賜禄.

陰陽頭，皇后宮亮等を歴任． 51

首名《おびとな》 安倍． 天智 3 年(664)～神亀 4 年(727)． 阿倍とも． 大宰大弐，兵部卿等を歴任． 安(阿)倍氏は，孝元帝の子の大彦命，もしくはその子の建沼河別命を祖と伝える． 林子評に武内宿禰を祖と言うのは疑問． 27

首名《おびとな》 道． 天智 2 年(663)～養老 2 年(718)． 大宝律令撰定に参画． 和銅 5 年(712)，遣新羅大使． その後，筑後守等を歴任． 祖と伝える大彦命は孝元帝の皇子． 31

周光《ちかみつ》 藤原． 生没年未詳． 式家縄主流． 明衡(→268)の孫． 敦基(→269)の子． 茂明(→271)の弟． 大監物等に任ぜられたが不遇であった．． 272

秋津《あきつ》 宗岡． 伝未詳． 年老いてようやく省試に及第したという． 400

衆海《もろうみ》 藤原． 伝未詳． 248

十市采女《とおちのうねめ》 伝未詳． 美濃の国十市の采女という． 390

従終興《じゅうしゅうきょう》 未詳． 明に渡った禅宗僧か． 476•477

淑光《よしみつ》 紀． 貞観 17 年(875)?～天慶 2 年(939)． 長谷雄(→190)の子． 『古今集』真名序の筆者淑望の弟． 文章生出身で，少納言，参議等を歴任． 詩歌にすぐれる． 201

俊基《としもと》 藤原． 元弘 2 年(1332)没． 北家内麿流(日野家)． 種範の子． 大内記等を歴任． 後醍醐帝の側近． 正中の変の際に鎌倉に送られたが許され，元弘の乱の後に再び鎌倉に送られて葛原で斬首． 326

俊賢《としかた》 源． 天徳 4 年(960)～万寿 4 年(1027)． 醍醐帝(→187)の孫． 高明の子． 蔵人頭，参議，権中納言を歴任． 222

俊秀《としひで》 藤原． 344 の作者(叡山僧某)と推定される． 伝未詳．

俊冬《としふゆ》 藤原． 貞治 6 年•正平 22 年(1367)没． 北家高藤流(坊城家)． 俊実の子． 権中納言に至る． 333

俊房《としふさ》 源． 長元 8 年(1035)～保安 2 年(1121)． 村上源氏． 具平親王(→218)の孫． 師房(→405)の子． 母は藤原道長の娘尊子． 従一位左大臣左大将に至り，世に堀川左大臣(『新撰朗詠集』では「右大臣」)と号する． 詩歌および書にすぐれ，その死は『後拾遺往生伝』『三外往生伝』に伝える． 406

春海《はるみ》 藤原． 生没年未詳． 北家内麿流． 内麿の曾孫． 文章博士，大学頭等を歴任． 『日本書紀』の講書を行った一人で，『延喜四年私記』(佚書)の著者． 194

春卿《はるきみ》 小野． 伝未詳． 164

春師 →泰師

春上《はるうえ》 三原． 宝亀 5 年(774)～承和 12 年(845)． 天長 5 年(828)，参議． 三原氏は，天武帝の子である新田部皇子の子孫． 114

春道《はるみち》 惟良． 生没年未詳． 『経国集』巻十•十一目録に従八位上近江少掾とある． 隠逸の士で，嵯峨帝の贈詩の題で「惟逸人」「惟山人」等と呼ばれる． 林靖『本朝遯史』には「春道ハ始終山ニ在ル者ニ非ズ，然レドモ当時称シテ山人ト為シ，又逸人ト為スハ，則チ山居ノ楽，雲臥ノ趣，固ニ了了タレバナリ． …頗ル中華ノ風ヲ得タル者也」と評する． 惟良氏は，もと錦部氏． 百済国の速古大王の子孫． 113

淳茂《あつしげ》 菅原． 延長 4 年(926)没． 道真(→172)の四男． 本書作者名注に次男とするのは誤． 昌泰 4 年(901)に道真に連座して播磨に配流されたが，許されて帰京． 文章博士，大学頭等を歴任，正五位下に至る． 204

淳和天皇《じゅんなてんのう》 延暦 5 年(786)～承和 7 年(840)． 桓武帝の第三皇子． 弘仁 14 年(823)即位． 『経国集』撰進を命じる． 69

順《したがう》 源． 延喜 11 年(911)～永観元年(983)． 嵯峨源氏． 定の曾孫． 挙の子． 文章生出身で，地方官等を歴任． 『和名類聚抄』を編纂． 和歌にもすぐれ，梨壺の五人の一人として『万葉集』の訓読と『後撰集』の撰進に活躍． 213

庶幾《もろちか》 菅原． 生没年未詳． 道真(→172)の孫． 高視の子． 雅規(→379)・文時(→209)の弟． 大監物，大学助等を歴任． 380

渚田 →清田

諸勝《もろかつ》 巧． 伝未詳． 149

諸足《もろたり》 高向． 生没年未詳． 鋳銭司長官． 高向氏は，武内宿禰の子の蘇我石河宿禰の子孫とも，武内宿禰六世の孫の猪子臣の子孫とも伝える． 56

如鏡《ゆきみ》 大江． 生没年未詳． 音人(→169)の四代目． 文章生出身． 安房守となる． 399

如道《ゆきみち》 藤原． 生没年未詳． 南家乙麿流． 武智麻呂の七代目． 滋藤(→376)の兄． 右中弁，検非違使佐等を歴任． 183

助仁《じょにん》 荊． 生没年未詳． 百済国よりの渡来系氏族． 大宰少典，左大史などを歴任． 18

尚相《まさすけ》 文室． 伝未詳． 240

勝俊《かつとし》 豊臣． 永禄 12 年(1569)～慶安 2 年

(1649). 木下家定の子. 豊臣秀吉の正妻の甥. 木下長嘯子と号した. 若狭小浜の領主となったが, 関ヶ原の合戦で所領を失って隠棲. 歌人としてすぐれ, 江戸時代初期の和歌指導者の一人となり, 自由な歌風を提唱. 歌集『挙白集』等の著作がある. 369

浄足《きよたり》 田中. 生没年未詳. 讃岐守, 備前守等を歴任. 田中氏は蘇我稲目の子孫と伝える. 43

浄麻呂《きよまろ》 美努. 生没年未詳. 遣新羅大使, 遠江守, 大学博士等を歴任. 天川田奈命(天湯川田奈命とも)は, 角凝魂命の四世(三世とも)の孫と伝えられ, 美努氏の祖先とする伝承がある. 13

常《とこ》 源. 弘仁3年(812)〜斉衡元年(854). 嵯峨帝(→68)の皇子. 弘仁5年, 源姓を賜る. 正二位左大臣に至る. 『令義解』『日本後紀』の編纂に携わる. 143

常嗣《つねつぐ》 藤原. 延暦15年(796)〜承和7年(840). 北家鳥養流. 総前(→52)の五代目. 蔵人頭, 参議等を歴任. 承和元年(834)に遣唐大使となり, 同5年, 渡唐. この間の小野篁(→136)との経緯は『入唐求法巡礼行記』に詳しい. 信仰に篤く, 『叡山大師伝』の外護の檀越の一人. 135

常主《つねぬし》 橘. 底本の「常重」は誤. 延暦6年(787)〜天長3年(826). 橘諸兄の四代目. 母は淡海三船(→109)の娘. 少納言, 参議等を歴任. 131

常重 →常主

岑守《みねもり》 小野. 宝亀9年(778)〜天長7年(830). 永見(→80)の子. 賀美能親王(後の嵯峨帝→68)の侍読, 参議, 大宰大弐等を歴任. 大宰府に続命院(旅中の病人のための療養施設)を設置. 『凌雲集』を撰進. 『内裏式』『日本後紀』の編纂に参画. 小野氏は, 孝昭帝の子の天押帯日子の子孫とするのが一般だが, 『小野氏系図』は始祖を敏達帝とする. 78

臣足《おみたり》 息長. 生没年未詳. 養老3年(719), 出雲守となり, 伯耆・石見二国を管する. 応神帝の子の若野毛二俣王, もしくは孫の意富々杼王を息長氏の祖と伝える. 34

信定《のぶさだ》 藤原. 久安元年(1145)〜嘉禄2年(1226). 北家道隆流(坊門家). 隆家(→221)の七代目. 信隆の子. 従三位左京大夫に至る. 306

真室《まむろ》 文室. 生没年未詳. 大宰少弐, 下総守, 紀伊守等を歴任. 文室氏は, 天武天皇の子である長皇子の子孫という. 155

真道《まみち》 菅野. 天平13年(741)〜弘仁5年(814). はじめ津氏. 延暦9年(790), 菅野氏と賜姓. 安殿皇太子(後の平城帝→67)の東宮学士等を歴任. 『続日本紀』編纂者の一人. 菅野氏(津氏)は, 百済国(周国を称する)の都慕王の十代の子孫という貴首王の末裔. 71

真友《さねとも》 清原. 伝未詳. 清原氏は, 天武帝の子の舎人親王を始祖と伝える(清原氏系図). 167

親経《ちかつね》 藤原. 仁平元年(1151)〜承元4年(1210). 北家内麿流(日野家). 顕業(→287)の孫. 俊経の子. 盛経(→303)の兄. 文章博士, 権中納言等を歴任. 良経(→294)の推挙により『新古今集』の真名序を作る. 298

人足《ひとたり》 中臣. 生没年未詳. 島麻呂の子. 和銅元年(708), 造平城京司次官. 霊亀2年(716), 神祇伯として出雲国造の神賀事を奏聞. 29

仁貞《にんじょう》 弘仁6年(815)没. 渤海国の僧. 同5年, 渤海国使の録事として来日. 翌年, 帰国の途次, 大使の王孝廉(→93)とともに病没. 94

仁明天皇《にんみょうてんのう》 弘仁元年(810)〜嘉祥3年(850). 嵯峨帝(→68)の第二皇子. 弘仁14年(823), 立太子. 天長10年(833), 即位. 奢侈の風があり, 治世中に承和の変(842)がおこる. 嘉祥2年(849), 四十の賀に興福寺の僧らが献上した長歌が伝わる. 141

せ・そ

是綱《これつな》 菅原. 長元3年(1030)〜嘉承2年(1107). 定義(→424)の子. 『更級日記』作者の甥. 在良(→279)の兄. 大学頭, 武蔵守等を歴任. 278

是貞親王《これさだしんのう》 延喜3年(903)没. 光孝帝皇子. 宇多帝(→173)の兄. 401

是明《これあきら》 大蔵. 生没年未詳. 善行(→189)の子. 大和少掾等を歴任. 203

是雄《よしお》 藤原. 天長8年(831)没. 北家内麿流. 真夏の子. 本書作者名注に葛野麻呂の長子とするのは誤. 98

正時《まさとき》 藤原. 伝未詳. 238

正通《まさみち》 橘. 生没年未詳. 諸兄の九代目. 少納言実利の子. 源順(→213)に学び, 後に慶滋保胤(→214)とともに侍読として具平親王

(→218)に近侍. 晩年高麗に渡り宰相になったという説話(江談抄等)が残る. 216

成益 ﾅﾘﾏｽ 伴. 延暦8年(789)〜仁寿2年(852). 大学に学び進士に及第. 承和3年(836)の承和の変の時, 藤原良房側に属した. 同13年, 法隆寺僧善愷の訴訟事件で伴善男に弾劾される. 154

成家 ﾅﾘｲｴ 藤原. 生没年未詳. 南家黒麿流. 菅根(→177)の六代目. 大学頭, 信濃守等を歴任. 410

成宗 ﾅﾘﾑﾈ 源. 生没年未詳. 清和源氏. 兼宗の子. 蔵人に任ぜられる. 408

成信 ﾅﾘﾉﾌﾞ 藤原. 生没年未詳. 北家高藤流(葉室家). 顕隆の曾孫. 成頼の子. 305

性空 ｼｮｳｸｳ 延喜10年(910)〜寛弘4年(1007). 橘氏. 諸兄の七代目. 出家して天台宗の僧となり, 人々の帰依を受け, 播磨書写山に円教寺を開き, 世に書写上人と号する. 249

政家 ﾏｻｲｴ 藤原. 文安元年(1444)〜永正2年(1505). 北家道長流(近衛家). 関白房嗣の子. 左大臣, 太政大臣, 関白等を歴任. 日記『後法興院記』が残る. 林子評に父を房通とするのは誤. 347

政時 ﾏｻﾄｷ 大江. 伝未詳. 252

政宗 ﾏｻﾑﾈ 藤原. 永禄10年(1567)〜寛永13年(1636). 武将. 米沢城主伊達輝宗の子. 陸奥をほぼ平定したが, 秀吉に服属, 関ヶ原合戦の後, 仙台藩に転封. 370

清岡 ｷﾖｵｶ 菅原. 生没年未詳. 菅原清公(→79)の弟. 善主(→160)の叔父. 甥の善主とともに大学の試に及第したことが『江談抄』に見える. 163

清公 ｷﾖｷﾐ 菅原. 宝亀元年(770)〜承和9年(842). 古人の子. 延暦8年(789), 文章生試に及第. 文章得業生, 大学少允を経て, 同21年に遣唐判官, 渡唐して徳宗に謁見. 帰国後, 大学頭, 文章博士等を歴任. 『凌雲集』『文華秀麗集』『経国集』の編纂に参画. 詩文集『菅家集』六巻があったが, 散逸. 79

清行 ｷﾖﾕｷ 三善. 承和14年(847)〜延喜18年(918). 氏吉の子. 巨勢文雄に学び, 文章博士, 大学頭等を経て, 参議, 宮内卿に至る. 「革命勘文」「意見十二箇条」『円珍和尚伝』等を執筆. 詩人としても紀長谷雄(→190)と並称される. 192

清貞 ｷﾖｻﾀﾞ 多治比. 承和6年(839)没. 『凌雲集』目録に従八位上播磨権少掾とある. 87

清田 ｷﾖﾀﾞ 嶋田. 底本の「渚田」は誤. 宝亀10年(779)〜斉衡2年(855). 大学少属. 弘仁4年(813), 『日本書紀』講書に関与. また『日本後紀』編纂にも参画. 120

盛経 ﾓﾘﾂﾈ 藤原. 応保元年(1161)〜嘉禎元年(1235). 北家内麿流(日野家). 顕業(→287)の孫. 親経(→298)の弟. 左大弁, 式部丞等を歴任. 303

晴信 ﾊﾙﾉﾌﾞ 源. 大永元年(1521)〜天正元年(1573). 武田家. 信虎の子. 戦国時代の甲斐国の武将. 出家して信玄と号す. 364

聖遠 ｾｲｵﾝ 塩飽. 元弘3年(1333)没. 北条氏に仕えた武士. 鎌倉陥落の際に自決. 328

石足 ｲﾜﾀﾘ 石川. 天智6年(667)〜天平元年(729). 大宰大弐, 権参議等を歴任. 石川氏は武内宿禰を始祖と伝える氏族の一つ. 24

寂照 ｼﾞｬｸｼｮｳ 長元7年(1034)没. 俗名は大江定基. 維時(→211)の孫. 文章生出身. 三河守等を歴任. 永延2年(988)出家し, 寂心(慶滋保胤→214)・源信に師事. 長保5年(1003)入宋, 在宋三十二年に及び杭州で没す. 458

積善 ｾｷｾﾞﾝ 高階. 生没年未詳. 茂範(→193)の五代目. 左少弁従四位下に至る. 寛弘7年(1010)頃, 『本朝麗藻』を編纂. 勧学会再興の一員でもあり, 一条朝の代表的文人の一人. 235

千古 ﾁﾌﾙ 大江. 延長2年(924)没. 音人(→169)の子. 維時(→211)の父. 『句題和歌』の作者千里の弟. 醍醐帝に『白氏文集』を進講. のち伊予権守. 200

川島皇子 →河島皇子

宣義 ﾉﾌﾞﾖｼ 菅原. 長和6年(1017)没. 文時(→209)の孫. 大内記, 右少弁を経て文章博士に至る. 225

宣秀 ﾉﾌﾞﾋﾃﾞ 藤原. 文明元年(1469)〜享禄4年(1531). 北家高藤流(中御門家). 宣胤の子. 従一位権大納言に至る. 362

宣令 ﾉﾌﾞﾖｼ 刀利. 生没年未詳. 養老5年(721), 東宮侍講. 伊予掾等を歴任. 41

善永 ﾖｼﾅｶﾞ 滋野. 生没年未詳. 『経国集』巻十目録に蔭子無位とある. 112

善行 ﾖｼﾕｷ 大蔵. 天長9年(832)〜延喜21年(921)以降. 文章生出身. 渤海存問使等を勤めた後, 『三代実録』『延喜格』の編纂に参加. 延喜元年(901)9月には多くの門下生が出席して藤原時平主宰による七十賀の詩宴が行われた. 民部大輔, 但馬守等を歴任. 従四位下

に至る.　189

善主《よしぬし》　菅原.　延暦 22 年(803)〜仁寿 2 年(852).　菅原清公(→79)の子.　承和 3 年(836), 最後の遣唐使の一員, 遣唐判官として渡唐. 兵部少輔, 主税頭を歴任.　160

善宗《よしむね》　三善.　伝未詳.　387

善縄《よしただ》　春澄.　延暦 16 年(797)〜貞観 12 年(870).　始め猪名部氏.　天長 5 年(828), 春澄氏と賜姓.　東宮学士, 文章博士, 参議, 式部大輔等を歴任.　『漢書』『文選』を進講.　『続日本後紀』の編纂に従事し, その序を起草した.　165

善雄《よしお》　仲科.　生没年未詳.　本名は巨都雄.　延暦 17 年(798), 善雄と改名.　『続日本紀』撰進に参画.　弘仁 5 年(814), 大伴親王(後の淳和帝→69)の東宮学士.　仲科氏は菅野氏と同祖.　周国を称する百済国の塩君の孫の宇志の子孫と伝える.　82

素俊《そしゅん》　生没年未詳.　橘家季の法名.　連句にすぐれ, また琵琶の名手と伝える.　434

宗業《むねなり》　藤原.　生没年未詳.　北家内麿流(日野家).　宗光(→267)の子.　文章博士, 式部大輔等を歴任, 従三位に至る.　301

宗光《むねみつ》　藤原.　康治 2 年没(1143).　北家内麿流(日野家).　実綱(→263)の孫.　有信(→264)の子.　実光(→266)の弟.　式部大輔, 大学頭, 右中弁等を歴任.　267

宗行《むねゆき》　藤原.　承久 3 年(1221)没.　北家高藤流(葉室家).　行隆の子.　行長(→309)の弟.　林子評には顕隆の孫とするが, 顕隆の弟長隆の曾孫の誤か.　もと行光を改名.　正三位中納言に至る.　承久の変の後, 関東に連行され斬首されたが, 途中の菊河で詩作を書き付けた故事は名高い.　304

宗山《そうざん》　生没年未詳.　伏見宮貞常親王(→343)の子.　法名等貴.　相国寺万松院に住す.　351

宗親《むねちか》　藤原.　元暦元年(1184)〜安貞 2 年(1228).　北家内麿流(日野家).　親経(→298)の子.　治部権大輔, 中宮大進等を歴任.　310

宗雄《むねお》　大和.　伝未詳.　241

相規《すけのり》　源.　生没年未詳.　光孝帝の四代目.　摂津守従五位上に至る.　383

相如《すけゆき》　高岳.　生没年等未詳.　五常(→422)の孫という(江談抄).　文章生出身で大外記, 飛驒守等を歴任.　慶滋保胤とその才を並称された.　また藤原公任(→223)の師ともされる.　386

相方《すけかた》　源.　生没年未詳.　宇多帝の四代目.　林子評に玄孫とするのは誤.　左大臣重信の子.　備後守等を歴任, 正四位下権左中弁に至る.　407

総前《ふささき》　藤原.　天武 10 年(681)〜天平 9 年(737).　史(→17)の次男.　北家の祖.　「房前」とも書く.　中衛大将, 東海東山二道節度使等を歴任.　没後, 左大臣, 太政大臣を追贈.　52

則忠《のりただ》　源.　生没年未詳.　醍醐帝(→187)の孫.　盛明親王の子.　母は菅原在躬の娘.　中宮権亮, 但馬守等を歴任.　226

村継《むらつぐ》　宮原.　底本の「宮部」は誤.　伝未詳.　宮原氏は延暦 10 年(791), 船氏から改姓.　渡来人系の氏族.　本書作者名注に物部氏と同祖とするのは誤か.　104

村上天皇《むらかみてんのう》　延長 4 年(926)〜康保 4 年(967).　醍醐帝第十四皇子.　在位天慶 9 年(946)〜康保 4 年(967).　源順(→213)等の梨壺の五人に『万葉集』の訓読と『後撰集』の撰進を下命.　その治世は, 後代に天暦の治と呼ばれ, 理想視される.　205

た・ち

多益須《たやす》　巨勢.　天智 2 年(663)〜和銅 3 年(710).　朱鳥元年(686), 大津皇子(→3)の事件に連座して捕えられたが, のち赦免.　持統 3 年(689), 撰善言司となり, 典籍より善言を収集する作業に従事.　巨勢氏は, 武内宿禰の子の許勢小柄宿禰の末裔.　10

泰師《たいし》　楊.　底本の「春師」は誤.　生没年未詳.　天平宝字 2 年(758), 渤海国副使として来日.　翌年, 帰国.　133

大隅《おおすみ》　守部.　生没年未詳.　文武 4 年(700), 大宝律令撰定の功により賜禄.　養老 5 年(721)当時, 明経第一博士.　学業の師範として褒賞され, 大学博士等を歴任.　本書の作者名注に祖とする振魂命は未詳.　48

大石王《おおいしのおう》　生没年未詳.　文武 3 年(699), 弓削皇子の葬儀を監護.　河内守, 播磨守等を歴任.　21

大津皇子《おおつのこうし》　天智 2 年(663)〜朱鳥元年(686).　天武帝の第三皇子.　才能•人物とも皇太子草壁皇子をしのぐ人物.　天武帝の殯宮中, 不当の言動があったとして処刑.　3

大島《おおしま》　中臣.　生没年未詳.　天智〜持統朝の人.　天武帝の命により, 河島皇子(→2)等と

神武天皇の子である神八井耳命の子孫という. 175

忠通《ただみち》 藤原. 承徳元年(1097)〜長寛2年(1164). 北家. 関白忠実の子. 関白, 摂政, 太政大臣を歴任. 父の忠実, 弟の頼長(→292)と対立したが保元の乱以後は地位を確立. 詩歌や書の才に恵まれ, 『田多民治集』の家集もある. 歌壇の庇護者として和歌を隆盛に導く. また『本朝無題詩』は彼の意向で編まれたかと言われる. 290

忠貞《たださだ》 菅原. 生没年未詳. 淳茂(→204)の五代目. 為紀の子. 文章博士, 式部少輔等を歴任. なお, 為紀の弟にも忠貞(生没年等未詳)の名が見える. 426

長穎《ながかび》 藤原. 伝未詳. 239

長屋王《ながやのおう》 天武13年(684)〜天平元年(729). 生年は天智10年(671), 持統8年(694)とも. 天武帝の孫. 高市皇子の子. 大納言, 右大臣, 左大臣等を歴任. 天平元年(729), 謀反との讒言により自尽. 44, 456

長継《ながつぐ》 佐伯. 宝亀元年(770)〜天長5年(828). 内蔵頭, 左衛門監等を歴任. 佐伯氏は道臣命七代目の室屋大連公の子孫で, 大伴氏と同祖. 102

長兼《ながかね》 藤原. 生没年未詳. 北家高藤流(葉室家). 顕隆の四代目. 長方の子. 母は藤原通憲(→289)の娘. 蔵人頭, 権中納言等を歴任. 藤原資実(→296)との詩合『資実長兼両卿詩合』等が残る. 297

長江《ながえ》 紀. 生没年未詳. 麻呂(→7)の五代目. 民部大輔, 大和守, 右近衛少将等を歴任. 128

長国《ながくに》 中原. 天喜2年(1054)没. 大隅守重頼の子. 文章生出身. 五位肥前守に至る. 428

長谷雄《はせお》 紀. 承和12年(845)〜延喜12年(912). 麻呂(→7)の七代目. 都良香(→168), 菅原道真(→172)に学ぶ. 文章博士, 大学頭等を歴任, 晩年は中納言に至る. 三善清行(→192)とともに延喜の文壇の中心人物の一人. 家集の『紀家集』は残巻が現存. 190

朝綱《あさつな》 大江. 仁和2年(886)〜天徳2年(958). 音人(→169)の孫. 玉淵の子. 文章博士, 参議等を歴任. 『倭注切韻』(散佚), 『新国史』の編纂に携わり, 『紀家集』を書写. 承平・天暦期を代表する文人学者. 世に後江相公と称する. 208

朝衡 →仲麻呂

澄清《すみきよ》 橘. 貞観3年(861)〜延長3年(925). 諸兄の七代目. 文章生出身で, 参議, 左大弁, 中納言等を歴任. 196

直幹《なおもと》 橘. 生没年未詳. 長盛の子. 諸兄の弟の佐為の七代目. 林氏評に佐為の来孫とするのは誤. 大学頭, 文章博士等を歴任. 多くの詩文が残る. 民部大輔任官を願い申文を奏上したが入れられず, 後にこの事件は説話化され, 絵巻『直幹申文絵詞』ともなる. 378

直臣《ただおみ》 大枝. 生没年未詳. 大枝氏はもと土師氏で, 天穂日命十二世の子孫の可美乾飯根命の末裔. 天応元年(781), 菅原と改姓, さらに大枝と称する. 127

直方《なおかた》 藤原. 生没年未詳. 北家内麿流. 冬嗣(→70)の孫. 右大臣良相の子. 阿波権守等を歴任. 178

つ―と

通憲《みちのり》 藤原. 嘉承元年(1106)〜平治元年(1159). 南家貞嗣流. 実範(→273)の曾孫. 季綱(→274)の孫. 実兼(→275)の子. 一時高階姓を名乗る. 少納言任官の後, 三十九歳で出家. 法名信西. その後, 鳥羽・後白河両帝の近臣として活躍. 平治の乱の際に殺される. 博学多才で知られ, 『本朝世紀』『法曹類林』等の著作があり, 『通憲入道蔵書目録』も残る. 289

通秀《みちひで》 源. 正長元年(1428)〜明応3年(1494). 村上源氏(中院家). 通淳の子. 権大納言, 内大臣等を歴任. 日記『十輪院内府記』(塵芥記・一位殿御記等とも)が残る. 352

通方《みちかた》 源. 文治5年(1189)〜暦仁元年(1238). 村上源氏(中院家). 具平親王(→218)の八代目. 通親の子. 権大納言に至り, 土御門大納言と称す. 故実に通じ, 著作の『飾抄』が残る. 317

弟越《おとえ》 高丘. 底本の「茅越」は誤. 生没年未詳. 『凌雲集』目録に外従五位上山城介とある. 高丘氏は, 物部亀鹿火の子孫とも, 百済国の公族, 大夫高侯の後, 広陵の高穆より出たともいう. 83

定家《ていか》 藤原. 応保2年(1162)〜仁治2年(1241). 北家長家流. 俊成の子. 民部卿, 権中納言等を歴任, 正二位に至る. 時代を代表する大歌人として, 『新古今集』『新勅撰集』の撰者となるなど活躍, 中世を通じて歌学家の祖として信奉された. 日記『明月記』, 歌学書

『近代秀歌』等著作も多い. 313

定基 →寂照

定義 ﾂﾈﾖｼ 菅原. 長和2年(1013)〜康平7年(1064). 雅規(→379)の四代目. 孝標の子.『更級日記』作者の兄弟. 大学頭, 文章博士, 和泉守等を歴任. 後に従一位を追贈, 北野神社に新一位社として祭られる. 424

定国 ｻﾀﾞｸﾆ 藤原. 貞観9年(867)〜延喜6年(906). 北家良門流. 内大臣高藤の子. 右近衛大将, 大納言等を歴任. 181

定頼 ｻﾀﾞﾖﾘ 藤原. 長徳元年(995)〜寛徳2年(1045). 北家実頼流. 公任(→223)の子. 蔵人頭, 参議, 権中納言等を歴任. 四条中納言と呼ばれる. 父の才を継いで和歌にすぐれ, また能書としても知られる. 414

貞主 ｻﾀﾞﾇｼ 滋野. 延暦4年(785)〜仁寿2年(852). 大同2年(807), 文章生試に及第. 大内記, 式部大輔等を歴任. 『文華秀麗集』『内裏式』, 一千巻の類書『秘府略』(現存二巻)の編纂に参画. また, 『経国集』編纂の中心となる. 滋野氏は, 天道根命(神魂命の五世の孫)の子孫という. 86

貞乗 ｻﾀﾞﾉﾘ 生没年未詳. 桓武平氏(伊勢家). 貞陸の子. 出家して比叡山に入る. 330

貞常親王 ｻﾀﾞﾂﾈｼﾝﾉｳ 応永32年(1425)〜文明6年(1474). 崇光院の四代目. 貞成親王の子. 和漢の学にすぐれ, 伏見宮家を継ぐ. 343

貞敦親王 ｻﾀﾞｱﾂｼﾝﾉｳ 生没年未詳. 伏見宮貞常親王(→343)の孫. 邦高親王の子. 二品中務卿に至る. 361

天祥 ﾃﾝｼｮｳ 伝未詳. 明に渡った僧侶. 481

田使 ﾀﾂｶｲ 高村. 生没年未詳. 『経国集』巻十一目録に従四位下東宮学士兼文章博士とある. 高村氏は, 魯の恭王の子孫である青州刺史劉宗の末裔という. 121

冬継 →冬嗣

冬嗣 ﾌﾕﾂｸﾞ 藤原. 宝亀6年(775)〜天長3年(826). 北家内麿流. 総前(→52)の四代目. 『弘仁格式』『内裏式』『日本後紀』等の編纂の中心となる. 藤原氏の氏寺興福寺に南円堂を建立. 空海(→116)のため比叡山戒壇院建立にも尽力. また, 一族の学問奨励のために勧学院を設置. 70, 99

冬良 ﾌﾕﾖｼ 藤原. 寛正5年(1464)〜永正11年(1514). 北家道長流(一条家). 兼良(→346)の子. 内大臣, 太政大臣, 関白等を歴任. 父に似て学才に富み, 後継者として活躍. 353

当方 ﾏｻｶﾀ 源. 生没年未詳. 文徳帝の孫. 信濃守等を歴任. 244

棟基 ﾑﾈﾓﾄ 平. 生没年未詳. 桓武平氏高棟王流. 行義の八代目. 棟範の子. 経高(→315)の従兄弟. 正五位下勘解由次官に至る. 322

棟国 ﾑﾈｸﾆ 津守. 生没年未詳. 神主津守国平の子. 四位に至る. 429

滕木吉 ﾄｳﾓｸｷﾁ 生没年等未詳. 『隣交徴書』は藤原為時(→229)に擬する. 寛弘6年(1009), 宋人周世昌とともに宋に渡り, 真宗に謁見したことが『宋書』(巻四九一)「日本国」に見える. 457

藤孝 ﾌｼﾞﾀｶ 源. 天文3年(1534)〜慶長15年(1610). 足利義晴の子. 三淵晴員の子とも. 細川元常の養子. 織田信長をうながし, 将軍義昭を擁立. 義昭失脚後は信長に仕え, その死に際し出家, 細川玄旨・幽斎と号した. 和歌および故実にすぐれ, 時代を代表する知識人として, 多くの注釈書や和歌の家集『衆妙集』等が残る. 368

藤長 ﾌｼﾞﾅｶﾞ 藤原. 生没年未詳. 北家高藤流(甘露寺家). 隆長の子. 権中納言に至る. 336

同山 ﾄﾞｳｻﾞﾝ 文明15年(1483)没. 足利義政の子. 法名等源. 天竜寺香厳院に住す. 350

道永 ﾐﾁﾅｶﾞ 朝原. 生没年未詳. 天応2年(782), 陰陽を解する者十三人を大和に遣わして光仁帝陵の用地を占わせた時, 選に入る. 安殿皇太子(後の平城帝→67)の東宮学士, 文章博士, 大学頭等を歴任. 117

道済 ﾐﾁﾅﾘ 源. 寛仁3年(1019)没. 光孝源氏. 光孝帝の六代目. 下総権守, 筑前守兼大宰少弐等を歴任. 大江以言(→233)に師事. 和歌と漢詩の双方にすぐれ, 和歌の家集『道済集』, 歌学書『道済十体』も残る. 234

道慈 ﾄﾞｳｼﾞ 天平16年(744)没. 俗姓は額田氏. 大宝元年(701), 遣唐使に従って留学. 天平元年(729), 律師. 大安寺を平城京に移建. 『愚志』(散逸)を著述. また『日本書紀』編纂に関与とも. 57

道真 ﾐﾁｻﾞﾈ 菅原. 承和12年(845)〜延喜3年(903). 是善の子. 文章博士, 讃岐守等を歴任. 宇多帝(→173)の時, 蔵人頭として阿衡事件に活躍. 寛平6年(894), 遣唐使の廃止を献策. 醍醐帝の即位後, 右大臣となるが, 昌泰4年(901), 左大臣藤原時平(→188)の讒言によって大宰権帥に左遷され, 同地で没す. 傑出した学者・文人として『類聚国史』等を編

纂.『新撰万葉集』の撰者ともいう.その詩文は『菅家文草』『菅家後集』に収める. 172

道長《みちなが》 藤原.康保3年(966)〜万寿4年(1027).北家師輔流.長兄道隆の死後内覧の宣旨を受け,その後,一条(→217)・三条・後一条の三代の帝の外戚として左大臣,摂政,太政大臣となり栄華をきわめる.学芸を好み,自邸や宇治の別荘で詩文の会を主催することも多く,当時の詩壇の中心人物. 219

道雄《みちお》 藤原.宝亀2年(771)〜弘仁14年(823).北家鳥養流.総前(→52)の四代目.延暦22年(803)に遣唐大使となった葛野麻呂の弟. 75

道融《どうゆう》 生没年未詳.俗姓は波多氏.唐僧道宣の『四分律鈔』を講説,弘通の端緒を開く.文章にすぐれ,淡海三船(→109)と並称. 62

篤茂《あつしげ》 藤原.生没年未詳.北家内麿流.真夏の五代目.文章生出身で,加賀介,図書頭等を歴任.詩文にすぐれ,『善秀才宅詩合』の判者となるなど活躍. 374

敦基《あつもと》 藤原.永承元年(1046)〜嘉承元年(1106).式家縄主流.明衡(→268)の子.敦光(→270)の兄.文章博士,上野介等を歴任.家学の発展に努め,多くの詩文を残す. 269

敦光《あつみつ》 藤原.康平6年(1063)〜天養元年(1144).式家縄主流.明衡(→268)の子.早く父を失い兄敦基(→269)に養われる.式部少輔,文章博士,大学頭等を歴任.多くの詩文を残す.臨終の際の奇瑞が『本朝新修往生伝』に記されている. 270

敦周《あつちか》 藤原.元永2年(1119)〜寿永2年(1183).式家縄主流.明衡(→268)の四代目.茂明(→271)の子.弾正大弼,文章博士等を歴任. 431

敦宗《あつむね》 藤原.天永2年(1111)没.北家内麿流(日野家).実綱(→263)の甥.実政の子.東宮学士,文章博士,大学頭等を歴任. 265

敦隆《あつたか》 藤原.保安元年(1120)没.『尊卑分脈』によれば橘氏.俊清の子.万葉集の歌に訓を付けて分類した『類聚古集』の編者. 250

に—ね

尼和氏《にわし》 誰をさすか未詳.林子評は,和気清麻呂の姉の法均(生没年未詳)と推定するが,法均は『経国集』巻十目録に「安養尼和氏」とあり,存疑.「和」は,和(やまと)氏の可能性もあり,あるいは和新笠(光仁帝妃)の近親の一人か. 111

年永《としなが》 小野.伝未詳.『経国集』にも詩が見える. 103

は—ほ

馬養《うまかい》 伊与部.生没年未詳.持統3年(689),撰善言司.大宝律令撰定に参画.皇太子学士.「浦島子伝」の作者(丹後国風土記逸文).伊与部氏の祖とされる事代主神は,出雲の大国主神の子. 20

博文《ひろふみ》 藤原.延長7年(929)没.北家内麿流.関雄(→159)の孫.大内記,文章博士,相模守等を歴任. 393

博覧 →広相

範時《のりとき》 藤原.生没年未詳.南家貞嗣流(高倉家).季綱(→274)の五代目.東宮学士等を経て従三位右大弁に至る. 314

範朝《のりとも》 藤原.生没年未詳.南家貞嗣流.季綱(→274)の六代目.正二位中納言に至る. 316

比良夫《ひらぶ》 采女.生没年未詳.慶雲4年(707),文武帝(→8)の葬儀の御装司.和銅3年(710),近江守.宇麻志麻治命は,饒速日命の子で,物部氏・采女氏等の祖という. 26

尾張学士 →言鑑

美材《よしき》 小野.延喜2年(902)没。篁(→136)の孫.大内記,信濃権守等を歴任.詩文にすぐれ,また能書家としても名高い. 195

備《そなう》 黄文連.「連」は姓(かばね).生没年未詳.文武4年(700),大宝律令撰定の功により賜禄.主税頭等を歴任.黄文氏は,黄書氏とも書き,高麗(高句麗)の久斯祁王の子孫と伝える. 36

百枝《ももえ》 田辺.生没年未詳.大宝律令撰定に参画.大学博士.豊城命(豊城入彦命とも)は崇神帝の子.その四世の孫の大荒田別命を田辺氏の祖と伝える. 22

敏範《としのり》 多治.伝未詳. 246

腹赤《はらあか》 桑原.延暦8年(789)〜天長2年(825).弘仁13年(822),都と改姓.弘仁5年(814),大初位下文章生.『文華秀麗集』『内裏式』の編纂に参画. 89

福良満《ふくらまろ》 淡海.生没年未詳.『経国集』には「福良」.『凌雲集』目録に従五位下日向守とある.淡海氏は大友皇子(→1)の子孫. 81

文継《ふんつぐ》 勇山・安野.生没年未詳.弘仁元年(810),紀伝博士・大学助.『凌雲集』『文華秀

第一の学者文人であった．平安時代の詩文の粋を集めた『本朝文粋』をはじめ，『明衡往来』『新猿楽記』などの著作で名高い．268

茂範《しげのり》 高階．生没年未詳．長屋王(→44)の六代目．治部大輔等を歴任．在原業平の子の師尚を嗣子とする．193

茂明《しげあきら》 藤原．生没年未詳．式家縄主流．明衡(→268)の孫．敦基(→269)の子．周光(→272)の兄．式部少輔，文章博士等を歴任．学者として活躍．271

ゆ・よ

友房《ともふさ》 藤原．生没年未詳．北家魚名流．国成(→415)の子．また甥とも．従四位下大和守に至る．416

有国《ありくに》 藤原．天慶6年(943)〜寛弘8年(1011)．北家内麿流．真夏の七代目．輔道の子．もと在国を改名．勘解由長官，大宰大弐等を歴任，従二位となる．菅原文時(→209)に学び，慶滋保胤(→214)等によって催された勧学会の一員で，一条朝の代表的文人の一人．227

有俊《ありとし》 藤原．康和4年(1102)没．北家内麿流(日野家)．有国(→227)の四代目．実綱(→263)の子．有信(→264)の兄．安芸守，左衛門権佐等を歴任．420

有信《ありのぶ》 藤原．長暦3年(1039)〜承徳3年(1099)．北家内麿流(日野家)．実綱(→263)の子．有俊(→420)の弟．東宮学士，右衛門佐，右中弁等を歴任．264

有相《ありすけ》 平．生没年未詳．刑部大輔等を歴任．197

有智子内親王《うちしないしんのう》 大同2年(807)〜承和14年(847)．嵯峨帝(→68)の皇女．弘仁元年(810)から天長8年(831)まで，初代賀茂斎院．詩文にすぐれた才媛であったこと，本書林子評に詳しい．145

有範《ありのり》 藤原．生没年未詳．南家貞嗣流．孝範(→307)の六代目．文章博士，治部卿等を歴任．331

有名王《ありなおう》 伝未詳．243

有頼《ありより》 藤原．生没年未詳．北家魚名流．魚名の六代目．山蔭の子．但馬守等を歴任．186

雄津《おつ》 金．伝未詳．底本の「全」は誤か．「金」は，金城氏，金刺氏等の略か．147

陽春《やす》 麻田．生没年未詳．百済国朝鮮王準の後裔．答本春初の子か．はじめ答本氏．神亀元年(724)，麻田姓を賜る．大宰大典，石見守等を歴任．58

ら—ろ

頼長《よりなが》 藤原．保安元年(1120)〜保元元年(1156)．北家．関白忠実の子．忠通(→290)の異母弟．左大臣となり，内覧の宣旨を受け政務に励んだが，失権して宇治に隠棲．崇徳上皇と共に保元の乱を起こし敗れて没．詩文よりも経学を好み，和漢の知識に通じる．292

頼之《よりゆき》 源．元徳元年(1329)〜明徳3年・元中9年(1392)．清和源氏(細川家)．頼春の子．足利尊氏に仕えて諸方を転戦，阿波・伊予の守護となり，足利義詮の遺託によって幼少の将軍義満を管領として補佐，康暦元年(1379)一時失脚して剃髪，後に許されて再び活躍．和歌や詩文を好む．339

頼範《よりのり》 藤原．生没年未詳．南家貞嗣流．実範(→273)の六代目．永範(→433)の孫．東宮学士等を歴任．300

理平《まさひら》 三統．仁寿3年(853)〜延長4年(926)．大蔵善行(→189)に学び，少外記の時に『三代実録』，大外記の時に『延喜格』『延喜式』の編纂に参加．その後，文章博士，式部大輔を歴任．198

隆家《たかいえ》 藤原．天元2年(979)〜寛徳元年(1044)．北家師輔流．道隆の子．伊周(→220)の弟．父の死後，罪を得て出雲権守に左遷．後に権中納言に復し大宰権帥などを歴任．221

隆兼《たかかね》 大江．生没年未詳．匡房(→282)の子．従四位下式部少輔に至る．283

隆職《たかつね》 藤原．生没年未詳．北家末茂流(鷲尾家)．隆嗣の子．権中納言に至る．林子評に隆良の子とするのは孫の誤．334

旅人《たびひと》 大伴．天智4年(665)〜天平3年(731)．壬申の乱の功臣安麻呂の子．養老2年(718)，中納言．神亀5年(728)ごろ、大宰帥．天平2年(730)，大納言となり帰京．万葉中期の代表歌人．本書の作者名注に祖とする道臣命は，神武帝東征に従った勇者．28

良檝《よしかじ》 中臣．生没年未詳．意美麻呂の五代目．良舟(→161)の弟．正六位上式部少掾(中臣氏系図)．162

良経《よしつね》 藤原．仁安4年(1169)〜元久3年(1206)．北家道長流(九条家)．関白忠通(→290)の孫．兼実の子．良輔(→295)の兄．摂政太

政大臣となり，後京極摂政と称す．すぐれた歌人，歌壇の庇護者であり，『新古今集』の仮名序を書いたが，詩も好み，詩歌会や詩歌合をしばしば催す．和歌の家集『秋篠月清集』等が残る． 294

良香《よしか》 都．承和元年(834)〜元慶3年(879)．桑原貞継の子．腹赤(→89)は伯父．初めの名は言道．貞観14年(872)，良香と改名．弘仁13年(822)，都氏と賜姓．少内記，掌渤海客使，文章博士，侍従等を歴任．『日本文徳天皇実録』の編纂に参画．『都氏文集』六巻(現存三巻)があり，『本朝文粋』『扶桑集』『古今和歌集』にも作品が伝わる． 168

良舟《よしふね》 中臣．生没年未詳．意美麻呂の五代目．良檝(→162)の兄．正六位上文章生(中臣氏系図)． 161

良輔《よしすけ》 藤原．建保6年(1218)没．北家道長流(九条家)．関白忠通(→290)の孫．兼実の子．良経(→294)の弟．従一位左大臣． 295

令緒《よしお》 藤原．生没年未詳．吉緒とも．北家真楯流．総前(→52)の五代目．『経国集』巻十一目録に従八位下文章生とある．天長8年(831)，従五位下． 129

蓮禅《れんぜん》 生没年未詳．俗名藤原資基．北家実頼流．通輔の子．従五位下に至った後に出家．筑前入道と号する．『三外往生伝』の著作があり，『本朝無題詩』に多くの佳作を残し，その編者とする説もある． 286

老《おゆ》 春日蔵．「蔵」は姓(かばね)．生没年未詳．はじめ出家して弁基と称する．大宝元年(701)，還俗してこの名を賜る。『常陸国風土記』の編者とも．春日氏は，孝昭帝を祖とするものと敏達帝を祖とするものとがあり，老がどちらに属するかは不明． 38

老快《ろうかい》 藤原．生没年未詳．『尊卑分脈』は「孝快」に作る．北家鳥養流．右大臣氏宗の孫．春景の子．本書作者名注に常嗣(→135)の曾孫とするのは誤り．蔵人，民部少輔等を歴任． 185

老人《おきな》 調．生没年未詳．調氏は百済国よりの渡来系氏族．持統3年(689)，撰善言司．大宝律令撰定に参画．他に大学頭等を歴任． 16

鹿取《かとり》 朝野．宝亀5年(774)〜承和10年(843)．延暦21年(802)，遣唐准録事．『日本後紀』『内裏式』の編纂に参画．朝野氏は，武内宿禰の子である葛城襲津彦の第六子熊道足禰を祖とする忍海原氏が，延暦10年(791)に改姓を許されたもの． 91

わ

和長《かずなが》 菅原．寛正元年(1460)〜享禄2年(1529)．東坊城家．長清の子．大学頭，文章博士等を経て，正二位権大納言に至る． 359

和麻呂《やまとまろ》 百済．生没年未詳．百済からの渡来人の系統．但馬守等を歴任． 47